토머스 핀천
Thomas Pynchon

1937년 미국 뉴욕주 롱아일랜드에서 태어났다. 1953년 응용 물리학 전공으로 코넬대학교에 장학생으로 입학했으나 2년 후에 영문학으로 전공을 바꿨다. 1959년 첫 단편 「이슬비」와 「엔트로피」를 발표했고, 같은 해 보잉 항공사에서 근무를 시작했다. 1962년 보잉 사를 그만두고 첫 장편 『브이.』를 집필했으며, 이 작품으로 윌리엄 포크너 상을 수상했다. 1966년 『49호 품목의 경매』로 국립 예술원에서 수여하는 리처드 앤드 힐다 로즌솔 상을 수상했고, 1973년 『중력의 무지개』로 전미 도서상을 수상했으며, 퓰리처 상 후보에 오르기도 했다. 이 밖에 1964년에는 중편 「은밀한 화합」을, 1984년에는 단편집 「느리게 배우는 사람」을, 1990년에는 장편 『바인랜드』를, 1997년에는 장편 『메이슨 앤드 딕슨』 등을 출간했고, 2006년 『어게인스트 더 데이』를, 2009년 『타고난 악』을, 2013년 『블리딩 에지』를 발표하며 다시 한번 화제를 일으켰다. 토머스 핀천은 매년 노벨 문학상 후보로 거론되는 포스트모더니즘 문학의 대표 작가이나, 공식 석상에 모습을 드러내지 않는 은둔가로 알려져 있다.

옮긴이 설순봉

1957년 서울대학교 영문학과를 졸업하고 미국 뉴욕주립대학교에서 공부했고, 서울여자대학교, 성균관대학교 등에서 영문학을 가르쳤다. 이문열의 『황제를 위하여』를 포함한 다수의 한국 소설을 영어로 번역했고, 헤밍웨이의 『무기여 잘 있거라』, 존 버거의 3부작 『그들은 노동에 함께 하였느니라』 등 다수의 책을 우리말로 옮겼다.

KB106500

벌.

브이.

토마스 핀천

서순용 옮김

민음사

차례

1장

슐레밀[1]이자 인간 요요인
베니 프로페인,
원수점(遠手點)에 다다르다
V

1

1955년 크리스마스이브였다. 검은색 진 바지에 스웨이드 재킷, 운동화에 챙 넓은 카우보이모자를 쓴 베니 프로페인은 버지니아주 노포크시를 우연히 지나치게 되었다. 원래 좀 감상적인 편인 그는 선원 시절 패거리들과 같이 드나들던 주점 '세일러스 그레이브'[2]를 잠깐 들여다보기로 했다.

이스트메인가에 있는 그 선술집에 가기 위해 그는 아케이드를 지나가려 했다. 아케이드와 이스트메인가가 만나는 지점에는 기타를 든 늙은 악사 하나가 빈 고체 연료 깡통을 앞에 놓고 앉아 구걸하고 있었다. 거리에서는 하사관 하나가 1954년형 패커드 퍼트리시언 가스탱크에다 볼일을 보려는 참이었고, 그 주위로 대여섯 명의 견습

---

1   schlemiel. '일이 잘 꼬이는 불운한 사람'이라는 뜻.
2   sailor's grave. '선원의 묘지'라는 뜻.

수병이 모여 서서 응원하고 있었다. 늙은이는 결이 곱고 탄력 있는 바리톤 목소리로 노래하고 있었다.

우리네 이스트메인가에서는, 매일 밤 매일 밤이 크리스마스이브
선원들과 아가씨들도 모두 같은 마음
빨간색 초록색 네온사인은
이 다정한 거리 위로 빛을 던지며
바다에서 돌아오는 자를 반겨 준다오
산타의 자루는 가득 찼다네, 이루어진 꿈들로 가득 찼다네
5센트짜리 맥주는 샴페인처럼 반짝이고
술집 아가씨들은 남자면 누구나 대환영
그러니까 나는 알 수 있다네
우리 이스트메인가에서는, 오늘도 크리스마스이브라는 걸

"옳소." 수병 하나가 외쳤다. 프로페인은 모퉁이를 돌아섰다. 항상 그렇듯이 이스트메인가는 예고도 없이 그에게 덤벼들었다.

해군에서 제대한 후 프로페인은 줄곧 도로 인부로 일해 왔다. 일이 없을 때는 동해안을 요요처럼 오르락내리락하며 지냈다. 이렇게 지낸 지도 이제 일 년 반쯤 되는 것 같았다. 이 일 년 반이라는 시간 동안 헤아리기조차 골치 아플 정도로 많은 도로들을 포장하며 돌아다닌 프로페인은 지금은 도로(그중에도 특히 지금 그가 지나고 있는 이런 도로)라는 것들에 대해 적이 경계심을 갖게 되었다. 그가 지금껏 지나다닌 도로들은 사실상 각각 다른 여러 개의 거리로 남아 있는 것이 아니라 추상화된 어떤 하나의 거리로 합쳐져 있었다. 이 추상화된 거리 때문에 만월의 밤이면 그는 악몽에 시달리곤 했다. 누구에게나 골칫거리일 뿐 아무런 대책이 서지 않는 빈민 구역이자 술주정꾼 해

병들의 상주 구역인 이스트메인가는 편안하게 잠자는 사람의 꿈도 악몽으로 둔갑하게 만들 정도로 돌연히 통행인의 신경을 뒤흔들어 놓는 버릇이 있다. 그 악몽은 개를 늑대로, 빛을 반(半)암흑으로, 그리고 부재를 어떤 기다림의 실재로 바꾸어 버린다. 풋내기 수병이 길바닥에서 토하고, 양쪽 엉덩이에 기선 프로펠러 무늬의 문신을 새긴 술집 아가씨가 나타나는가 하면, 금방이라도 무슨 일을 저지를 것 같은 잠재적 미치광이는 지금 판자 유리문을 골똘히 들여다보며 가장 효과적으로 유리를 뚫고 통과하는 방법을 연구 중이다. '제로니모'[3]는 언제 외칠 것인가. 판자 유리를 깬 다음에 할까, 아니면 유리가 깨지기 전에? 갑판원 하나가 뒷골목에서 엉엉 울고 있었는데 그 이유는 지난번 자신이 이런 식으로 울다가 해군 헌병에게 잡혀 미치광이로 몰리는 바람에 구속의를 입어야만 했다는 것이었다. 가끔가다 저쪽에서 '헤이 루브'[4] 장단에 맞추어 순찰봉을 휘두르며 해군 헌병이 만들어 내는 가로등 불빛의 일렁임이 발밑에 와서 어른거렸고, 머리 위에서는 수은등의 대열이 그 아래를 지나는 행인들의 얼굴을 녹색의 흉측한 괴물상으로 탈바꿈시켜 가면서 술집들이 없는 동쪽 어두운 끝으로 불균형한 'V'를 그리며 멀어져 가고 있다.

선술집 세일러스 그레이브에 도착한 프로페인은 마침 선원들과 해병들 사이에 벌어진 싸움판에 맞닥뜨렸다. 그는 잠시 문가에 서서 싸움 구경을 하기로 했으나 문득 한 발이 이미 선술집 안에 들어가 있다는 것을 깨닫고는, 몸을 숙여 싸움꾼들 밑으로 빠져 들어

---

3   Geronimo(1829~1909). 미국 아메리카 인디언의 아파치족 추장. 뛰어난 전과로 용맹함의 상징이 되었으며 전장에서 용기를 북돋울 때 그의 이름을 외치는 전통이 생겼다.

4   hey rube. 주로 서커스 등 흥행원들 사이에서 사용하던 구호로, 만취한 관객이 소동을 일으킬 때 경고의 신호로 쓰던 말이다.

가 놋쇠 난간 옆까지 무사히 피신했다. 여기라면 비교적 안전할 것 같았다.

"왜 남자들은 서로 안 싸우곤 못살까?" 프로페인의 바로 왼쪽 귀 뒤편에서 목소리가 들렸다. 술집 아가씨 비어트리스였다. 이 아가씨로 말할 것 같으면 프로페인의 정든 옛 배인 구축함 'USS 스캐폴드'는 물론이거니와 '데스디브 22'의 연인이기도 했다. "베니." 비어트리스가 외마디 소리를 질렀다. 둘은 오랜만에 만나는 터였으므로 꽤 낭만적인 분위기가 되었다. 프로페인은 톱밥 깔린 바닥에다 화살 꽂힌 심장과 '사랑하는 비어트리스여.'라는 쪽지를 입에 문 갈매기를 그렸다.

스캐폴드 식구들은 눈에 띄지 않았다. 그 배는 이틀 전에 지중해를 향해 출항했기 때문이었다. 출항에 앞서 선원들의 떠들썩한 불평소리와 욕지거리가 마치 유령선에서 들려오는 듯 구름 낀 항구 도시 거리거리로 떠밀려 왔다고 했다. 리틀 크리크⁵에까지 그 소리들이 들렸다는 풍문이었다. 어쨌든 그 결과 오늘 저녁에는 이스트메인가 술집에 여자들이 어느 때보다 더 많이 나와 술을 나르고 있었다. 왜인고 하니, 스캐폴드 같은 배 한 척이 출항하면 남편을 떠나보낸 해군 사모님들이 당장 평상복에서 술집 정복으로 갈아입고 술집을 향해 달려오기 때문이었다. 이들은 유연한 팔로 맥주 쟁반도 썩 잘 날랐고 매춘부의 미소도 곧잘 지었다. 해군 악대가 이별가를 울리고, 바람둥이 아내의 남편들이 심드렁한 얼굴에 억지 미소를 띤 채 비장한 차려 자세를 취하고 서 있는 그 위로 구축함의 검은 연기가 까만 눈송이와도 같은 매연 가루를 퍼붓는 바로 그 순간에도 이 여자들은, 이미 이 짓거리들을 하고 있었을 터였다.

.

---

5   Little creek. 미국 델라웨어주 켄트 카운티에 있는 마을.

비어트리스가 맥주를 가져왔다. 그때 마침 뒤쪽 테이블로부터 고막을 찢는 비명 소리가 들려왔다. 흠칫 놀란 비어트리스는 그만 맥주를 조금 엎지르고 말았다.

"맙소사, 플로이가 또 무슨 짓을 했군." 그녀가 중얼댔다. 플로이는 현재 소해정 '임펄시브'의 엔진 기사로 있는 사나이였다. 그리고 그는 이스트메인가에서 알아주는 말썽꾼이기도 했다. 이 남자는 해군 장화를 신고도 겨우 키가 150센티미터밖에 안 됐는데 언제나 배에서 제일 키 큰 사람들 상대로 싸움을 걸곤 했다. 그들이 으레 본격적인 맞상대를 안 하리라는 계산에서였다. 열 달 전(바로 그가 스캐폴드에서 임펄시브로 전속되기 직전의 일이었다.) 해군은 플로이의 치아를 모조리 제거하는 결의안을 통과시켰다. 이에 화가 난 플로이는 곧장 주먹질 싸움을 시작했다. 간호병 한 사람과 치의 장교 둘이서 플로이의 주먹질 공세를 한차례 당하고 나서야 그들은 플로이가 진심으로 자기 이를 지키려 한다는 것을 깨달았다. "하지만 생각해 보라고." 치의 장교들은 터지려는 웃음을 꾹 참고 플로이의 조그만 주먹질을 막아 내면서 소리쳤다. "치근이 온통 상한 데다 잇몸도 모두 곪았단 말이야. 그러니……" "싫어." 플로이는 소리를 꽥 질렀다. 결국 그들은 플로이에게 마취 주사를 놓을 수밖에 없었다. 마취에서 깨어난 플로이는 묵시를 보았고 이내 길고 음탕한 욕설을 쏟아 놓기 시작했다. 두 달 동안 그는 도깨비에 홀린 듯이 스캐폴드 위를 배회했다. 갑자기 펄쩍 뛰어서 오랑우탄처럼 머리 위에 있는 아무것이나 붙잡고 매달려 가지고는 지나가는 장교들의 이를 걷어차기도 했다.

그는 선미에 자리를 잡고 서서, 누구라도 들어 주는 사람만 있으면 흐물흐물한 입을 놀리며 지끈지끈 쑤시는 잇몸 사이로 장광설을 늘어놓기 일쑤였다. 입안이 아물자 해군은 플로이에게 번쩍거리는 의치 한 벌을 하사했다. "맙소사." 그는 신음하듯 외치고는 그대로 뱃전을 향해 달려가 뛰어넘으려 했다. 그러나 다후드라는 몸집 큰 흑인 선원에게 잡혀서 바다에 뛰어들지는 못했다. "이것 봐, 꼬마 씨." 하고 거구의 다후드가 말했다. 그에게 머리채를 잡힌 채 공중에 매달린 플로이로 말할 것 같으면, 발은 갑판에서 1미터는 떨어진 채 버둥거리고 있었으며, 입고 있는 멜빵바지며 절망에 찬 얼굴에는 온통 경기가 일고 있었다. 이 꼴을 찬찬히 들여다보며 다후드는 물었다.

"뭣 때문에 그런 짓을 하려 했지?"

"이봐, 난 죽고 싶단 말이야." 플로이가 울부짖었다.

"생명이란 우리한테 제일 귀중한 재산이란 걸 몰라?" 다후드가 다시 말했다.

"웃기지 마." 플로이가 눈물을 줄줄 흘리며 말했다. "왜야, 그건?"

"왜냐하면, 생명 없이는 우리는 송장과 다를 바 없으니까."

"그뿐이야?" 하고 플로이는 대꾸했지만 그 후 일주일을 두고 이 점에 대해서 생각해 보았던 것이다. 그러고는 전과 같이 날뛰지 않게 됐다. 그리고 육지에도 다시 오르기 시작했다. 임펄시브 전속이 정해진 뒤 얼마 지나지 않아서였다. 다른 엔진 기술병들은 밤에 소등 신호 후 플로이의 간이침대 쪽에서 무엇을 갊는 듯한 이상한 소리를 듣기 시작했다. 이것이 이삼 주 계속되던 어느 날 새벽 2시에 한 엔진병이 전등을 켰다. 불을 켜고 보니 그것은 플로이가 의치를 가는 소리였다. 그는 침대 위에서 다리를 꼰 채 눈 굵은 작은 줄자로 열심히 의치를 갈고 있었다. 그다음 월급날, 플로이는 세일러스 그레이브에 다른 엔진병들과 같이 앉아 있었다. 그는 보통 때보다 얌전하고 조용했다. 11시 무렵 비어트리스가 맥주잔이 잔뜩 담긴 쟁반을 들고 플로이가 앉은 테이블 옆을 흔들흔들 지나갔다. 플로이는 기쁨에 넘쳐서 비어트리스 쪽으로 고개를 쑥 내밀고 입을 딱 벌리더니 그녀의 오른쪽 엉덩이를 꽉 물었다. 그동안 정성 들여 갈아 놓은 새 이가 살에 가서 박히자 비어트리스는 비명을 지르면서 맥주 쟁반을 내동댕이 쳤다. 맥주잔들은 찬란한 포물선을 수없이 그리면서 잔디에 물을 뿌리듯 세일러스 그레이브에 골고루 맥주를 뿌렸다.

이것은 플로이의 주요 오락거리가 되었다. 이 소문은 곧 전 분함대와 소함대, 그리고 급기야는 전 구축함대에까지 두루 퍼졌다. 스캐폴드나 임펄시브와 관계없는 사람들도 구경하러 모여들게 되었다. 그런데 이는 오늘 저녁에도 진행 중인 것과 비슷한 수많은 싸움의 계기가 되었다.

"누굴 물었어?" 프로페인이 물었다. "그쪽을 안 보고 있었거든."

"비어트리스." 비어트리스가 대답했다. 다른 비어트리스 얘기였다.

그 자신 역시 비어트리스라는 이름을 지닌 술집 여주인 버포 부인은 비어트리스라는 이름에 대해서 특유의 이론을 가지고 있었다. 그 이론에 따르면 아주 어린 아이들이 여자라면 덮어놓고 엄마라고 부르듯이 어찌 보면 어린아이들이나 다름없이 의지할 사람을 필요로 하는 선원들에게는 모든 술집 여자들이 다 비어트리스가 되어 주어야 한다는 것이었다. 이 이론을 뒷받침하기 위해 이 여자는 자기네 술집에 발포 고무로 된 유방 모양의 맥주 빨아 먹는 꼭지를 따로 주문해서 갖춰 놓기까지 했다. 월급날 밤이면 8시에서 9시까지 버포 부인이 '수유 시간'이라고 명명한 행사가 있었다. 수유 시간은 7함대 소속의 한 예찬자가 선물한 용무늬 기모노를 입은 버포 부인이 안쪽 문을 열고 나타나 갑판장용 호루라기를 휘익 부는 것을 신호로 하여 정식으로 시작된다. 신호가 떨어짐과 동시에 술집에 모인 남자들은 일제히 맥주 꼭지들이 있는 곳으로 돌진한다. 재수가 좋으면 꼭지 한 개를 차지하고 한 모금 빨 수 있었다. 이런 맥주 꼭지가 모두 해서 일곱 개 있었는데 보통 이 행사에 참가하는 해병의 수는 약 이백오십

명가량이었다.

바야흐로 플로이의 머리가 바 카운터를 돌아 나타나고 있었다. 프로페인에게 시선이 멎자 그는 이를 아래위로 딱 맞부딪혀 보였다. "여긴 말이야. 내 친구 듀이 글랜드야. 막 배를 탔거든." 플로이가 말했다.

"잘 부탁합니다." 듀이가 가볍게 인사하고는 말을 이었다. "노래 한 소절 불러 드리죠."

"자네가 일등병 된 걸 축하하는 노래야. 듀이는 그걸 누구에게 나 불러 주지." 플로이가 말했다.

"그건 작년 일인걸." 프로페인이 대답했다.

그러나 듀이 글랜드는 벌써 황동 난간에 한 발을 걸쳐 놓고 한쪽 무릎에 기타를 얹은 자세로 기타 줄을 퉁기기 시작했다. 여덟 소절을 연주한 뒤 그는 왈츠 리듬을 타며 노래를 불렀다.

가련한 제대 군인이여
떠나가니 섭섭하기 그지없구려
사관님들 방에서도 눈물 흘리고
불쌍하신 부관님도 울고 계시다네
그대는 잘못한 거라네
내 아무리 엉덩이에 매질당하고
징계장 백만 장을 떼인다 해도
나는 배에서 이십 년은 더 살려네
가련한 제대 군인일랑은 아니 되려네

"재밌는데." 프로페인은 맥주잔 속에다 대고 말했다.
"더 있어요." 듀이 글랜드가 대답했다.

"그래요?" 프로페인은 심드렁하게 말했다.

사악한 독기가 프로페인을 뒤에서부터 덮쳐 오고 있었다. 팔 한 개가 마치 감자 자루처럼 그의 등에 철썩 내려앉더니 병든 원숭이 털 같은 걸로 대충 만든 토시에 싸인 맥주잔 한 개가 그의 시야에 들어 왔다.

"어, 베니, 뚜쟁이 사업 잘돼 가는가? 혁, 혁."

그런 웃음을 웃는 사람은 베니의 예전 동료 피그 보딘밖에 없었 다. 고개를 돌려 보니 과연 그의 짐작대로였다. 혁혁대는 그의 웃음 소리는 혀끝을 앞니에 갖다 대고 목에서 연구개음을 끄집어내는 소 리와 흡사한 음탕하기 짝이 없게 들리는 소리였다. 피그가 노리는 효 과 역시 바로 그것이라는 점이 뻔했다.

"잘 있었나, 피그? 근데 자네 왜 이렇게 한가해?"

"무단 외출하셨지, 뭐. 갑판장 호드 영감 때문이야. 헌병 나리들 한테 안 잡히는 유일한 방법은 술 안 마시고 자기 패거리하고 뭉쳐 있는 거잖아. 그래서 이렇게 세일러스 그레이브를 찾아오신 거라고."

"영감은 잘 있어?"

피그는 영감하고 영감이 결혼한 여자가 별거하게 됐는데 그 여 자가 바로 이 세일러스 그레이브에 일자리를 구했다고 이야기했다.

프로페인은 영감의 어린 부인 파올라 생각을 잠깐 해 보았다. 그 여자는 제 말로는 열여섯 살이라고 했지만 알게 뭐란 말인가? 전쟁 직전에 태어난 탓에 그 여자의 출생 기록이 보관된 건물은 몰타의 다 른 건물들처럼 파괴돼 버렸으니 알 길이 없을밖에.

그 두 사람이 만난 자리에는 프로페인도 같이 끼어 있었다. 몰타 섬의 내장이라고도 불리는 몰타섬 발레타시 스트레이트가의 '메트 로 바'에서였다.

"시카고란 말이야." 영감이 갱스터 목소리로 수작을 걸었다. "시카고라고 들어 봤나?" 그러면서 영감은 한편 윗옷 속주머니로 한 손을 쑥 밀어 넣었다. 자못 살벌한 몸짓이었다. 그러나 이것은 영감이 지중해 연안의 술집들을 순례하며 으레 한차례씩 벌이는 단막극일 뿐이었다. 결국 주머니에서 끄집어낸 것은 권총도 피스톨도 아닌 손수건 한 장이었다. 영감은 그걸로 코를 횡 풀고는 앞에 마주 앉은 여자를 보고 웃어 댔다. 이런 경우 상대 여자들은 으레 미국 영화들에서 배운 판에 박힌 짓들을 해보일 테지만, 파올라 마이스트랄은 달랐다. 이 여자는 표정에 아무 변화 없이 눈썹을 똑바로 모은 채 영감을 주시할 뿐이었다.

결국 영감은 요리사 맥이 폐품을 팔아 모은 돈 500달러를 나중에 700달러로 불려 갚기로 하고 빌려서 파올라를 미국으로 데려와 버렸던 것이다.

어쩌면 파올라 입장에서는 그건 미국으로 건너오기 위한 수단에 불과했는지도 모를 일이었다. 그건 지중해 술집 아가씨들이 모두 열망하여 마지않는 일이었으니까. 그도 그럴 것이 미국에 오면 배불리 먹고 따뜻한 옷을 입을 수 있고 가는 곳마다 완전 난방이 되었을뿐더러 건물도 파괴되지 않아 온전했으니 말이다. 영감은 파올라를 입국시킬 때 나이를 속여야 했다. 그 여자는 나이를 마음대로 부를 수 있는 외모라 그건 아무 문제가 없었다. 게다가 가지각색 말을 조금씩은 다 알고 있는 형편이어서 국적도 마음대로 정할 수 있었다.

호드 영감은 갑판장 방에 모여 앉은 스캐폴드 패거리에게 이 여자 이야기를 하곤 했는데, 그때마다 야릇한 정이 엿보이는 말투가 새어 나오는 것을 막지 못했다. 마치 이야기를 풀어놓는 동안 영감의 의식 속에 어떤 깨달음이 느리게나마 뚫고 들어오는 것을 느끼는 듯한 태도였다. 그 깨달음이란 말하자면 이런 것으로 보였다. 즉, 성이란 영감이 생각한 것보다 훨씬 신비롭다는 사실, 또 숫자로 명시할 수 있는 것 말고는 깜깜인 영감은 아무래도 그 신비가 과연 어떤 것인지 영영 이해하지 못하리라는 사실 따위가 그 깨달음을 이루고 있는 듯했다. 실제로 그 문제는 호드 영감 같은 뱃사람으로서는 사십오 년이라는 긴 세월을 살았을지언정 이해할 가망이 없는 것이기도 했다.

"괜찮은 애지." 피그가 말했다. 프로페인의 시선은 술집 뒤쪽을 향해 있었다. 거기에서는 방금 그 여자가 자욱한 연기 속을 헤치며 이쪽을 향해 걸어오고 있었다. 그녀는 틀림없는 이스트메인가 술집 아가씨로 보였다. 눈밭에서 만난 들토끼, 햇빛이 쏟아지는 키 큰 풀숲의 호랑이가 주는 야릇한 느낌에 대해 그는 잠깐 생각해 보았다.

그녀는 프로페인에게 미소를 지어 보였다. 슬픈, 억지로 만든 미소였다.

"다시 입대하러 왔어?"

"지나는 길에 들렀어." 프로페인이 말했다.

"나하고 서쪽 해안으로 가자고. 내 할리데이비슨을 따라 붙을 헌병 차는 없을 테니 안심하고 말이야." 피그가 말했다.

"저것 봐, 저것 봐." 꼬마 플로이가 한 발로 깡충깡충 뛰면서 소리치고 있었다. "아직 아냐. 아직 가지 말라고!" 플로이는 손가락으로 카운터 쪽을 가리켰다. 거기에는 기모노를 입은 버포 부인이 나타나 있었다. 갑자기 술집 안이 조용해졌다. 문간을 막고 서서 실랑이를 하던 해병대와 해군 사이에도 잠시 휴전이 이루어졌다.

"여러분." 버포 부인이 입을 열었다. "오늘 저녁은 크리스마스이브예요." 그러고는 갑판장용 피리를 꺼내 불기 시작했다. 첫 번째 가락이 열띤 플루트 소리와도 같은 소리를 내면서 부릅뜬 눈들과 딱 벌린 입들 뒤쪽으로 진동하며 울려 퍼졌다. 세일러스 그레이브의 모두는 완전히 위압당한 표정으로 경청했다. 차차 그들은 부인이 불어 대고 있는 것이 바로 캐럴 「저 맑고 환한 밤중에(It Came Upon the

Midnight Clear)」의 가락임을 깨달았다. 버포 부인은 갑판장의 피리 소리가 허락하는 한도 내에서 캐럴송의 멜로디를 만들어 내느라 애 쓰고 있었다. 그 뒤쪽에서는 전에 필라델피아 일대의 나이트클럽에 출연한 경력이 있는 예비역 하나가 피리 소리 가락에 맞춰 낮은 소리로 노래하기 시작했다. 플로이는 눈을 번쩍이며 "천사의 소리다." 하고 외쳤다.

두 사람은 '땅에는 평화가 있고 사람들에게는 기쁜 소식이 전해 지도다. 하늘의 자비하신 왕으로부터.'라는 대목을 부르고 있었다. 그러나 무신론자임을 막연히 자처하는 피그는 더는 참지 못하고 나섰다. 그는 "아, 저건 밥 시간이 됐다는 신호로 들리는데." 하고 큰소리로 말했다. 버포 부인과 예비역은 둘 다 조용해졌다. 그러나 모두 가 피그의 메시지를 알아듣기까지는 약 일 초의 시간이 필요했다.

"수유 시간이다!" 플로이가 소리쳤다.

이로써 마비의 순간은 끝이 났다. 머리 회전이 빠른 임펄시브의 선원들은 갑자기 밀려드는 뱃사람들의 소용돌이 속에서도 용케 일 치단결하여 플로이를 몸뚱이째 떠메고는 가장 가까운 꼭지를 향해 선두를 지키며 돌진했다.

버포 부인은 크라카우의 나팔수처럼 보루와도 같은 자신의 높은 자리에 계속 서 있었으나, 이윽고 밀려오는 공격대의 선두가 카운터를 휩쓸자 그만 그 거센 물결에 떠밀려 뒤로 나자빠져 얼음통 속에 처박히고 말았다. 한편, 플로이는 두 손을 앞으로 쭉 내뻗은 채 카운터 위로 떠밀려 올라갔다. 그가 손에 잡히는 대로 맥주 꼭지의 핸들을 한 개 낚아채자 뱃사람들은 그를 송두리째 놓아 버렸다. 내던져진 몸의 원동력으로 인해 플로이와 그가 잡고 있는 맥주 꼭지의 핸들은 함께 호를 그리며 아래로 떨어졌다. 발포 고무 유방에서 맥주 줄기가 마치 하얀 폭포처럼 쏟아지기 시작했다. 그 통에 플로이와 버포 부인, 그리고 스무 명 남짓의 뱃사람들(그들은 측면 공격 작전으로 카운터 뒤까지 침입하는 데 성공한 후 맹렬한 격투를 벌여 서로를 인사불성에 빠뜨리려 하고 있었다.)이 모두 맥주를 뒤집어쓰게 되었다. 플로이를 싣고 와서 부려 놓은 패거리들은 일단 해산한 후 맥주 꼭지를 하나라도 더 확보하려 제각기 분투하고 있었다. 플로이의 상등 하사관은 땅에 무릎을 꿇고 엎드린 채 플로이의 두 발을 꽉 붙들고 있었는데, 그의 심산은 플로이가 맥주를 양껏 들이켠 다음엔 바로 그의 두 발을 잡아 빼면서 플로이가 확보한 스트라이커의 자리를 점령하려는 것이었다. 임펄시브 파견대는 날아가는 쐐기와 같은 형태를 취하고 공격에 임했다. 그들의 항적과 돌파구에는 적어도 예순 명가량의 수병들이 엉겨 붙어서 서로 차고 잡아 뜯고 팔꿈치로 치고 고래고래 고함을 지르기에 여념이 없었다. 그중에는 맥주병을 휘둘러 가며 다른 사람들을 비켜서게 하려는 자들도 있었다.

프로페인은 바의 끄트머리께에 앉아서 벌어지는 광경을 바라보고 있었다. 수제품 선박 장화, 나팔바지며 걷어 올린 작업복 바짓자락들. 나자빠진 몸뚱어리와 그 끝에 달린 멍청하게 늘어진 얼굴, 깨진 맥주병, 톱밥의 폭풍우 등을 그의 눈은 기록하고 있었다.

그러나 그는 곧 눈을 돌려 자신 앞에서 벌어지는 일에 집중했다. 어느새 파올라가 그에게 바싹 다가와 있었다. 그녀는 두 팔로 그의 다리를 감싸 안고 그의 검은 데님바지에다 제 볼을 갖다 대고 있었다.

"어쩌면들 저럴까?" 그녀가 말했다.

"글쎄." 프로페인은 애매하게 대답하고서 파올라의 머리를 쓰다듬기 시작했다.

"우리 모두 원하는 건 평화가 아닐까?" 하고 그녀는 한숨 섞인 소리로 말했다. "작은 평화만 있으면 되는 거 아니겠어? 괜히 가만있는 사람에게 달려들어서 엉덩이를 물어뜯는 일 같은 것도 없이 말이야."

"조용히 있어 봐." 프로페인이 말했다. "지금 방금 누군가가 듀이 글랜드를 찼어. 기타로 배를 얻어맞았다고. 바로 제 기타로 말이야."

파올라는 그의 다리에 기댄 채 뭐라고 웅얼거리고 있었다. 둘은 위쪽에서 벌어지고 있는 대학살에는 아랑곳하지 않은 채 말없이 앉아 있었다. 버포 부인이 걷잡을 수 없이 울어 대고 있었다. 사람 소리 같지 않은 울음소리가 계속 바의 가짜 마호가니 벽에 부딪혔다가 위로 솟구쳐 올라갔다가는 이쪽까지 넘어왔다.

피그는 어느새 바 뒤쪽 벽에 붙은 선반에 놓인 스물네 개의 맥주잔을 치워 버리고 거기에 올라 앉아 있었다. 이 남자는 사태가 위급해질 때면 자리를 피해 이런 식으로 관망하는 취미가 있었다. 그는 지금 아래쪽에 늘어선 일곱 개의 분출구를 서로 먼저 확보하기 위해 마치 어미젖을 차지하려 싸우는 돼지 새끼들처럼 쟁탈전을 벌이고 있는 그의 패거리를 흥미진진한 얼굴로 바라보고 있었다. 바 뒤의 바닥에 깔린 톱밥은 거의 몽땅 맥주에 젖어 있었다. 서로 치고 발로 차고 하는 통에 맥주에 젖은 톱밥이 깔린 바닥에는 마치 상형 문자와도 같은 이국적인 무늬가 만들어지는 것도 볼 수 있었다.

밖으로부터 사이렌 소리와 호각 소리, 그리고 달리는 발소리 등이 들려왔다. "저런, 저런." 피그는 그렇게 말하고 선반에서 뛰어내려 바 끄트머리 모퉁이를 돌아 프로페인과 파올라에게 다가왔다. "이 봐." 그는 아주 태연한 목소리로 말했다. 그는 마치 바람이 얼굴을 때리기라도 하는 것처럼 양쪽 눈을 가늘게 뜨고 있었다. "경비대가 오고 있어."

"뒤로 빠지자." 프로페인이 말했다.

"여잘 데려와." 피그가 말했다. 그들은 방에 가득한 몸뚱이들 틈을 빠져나와 뒤쪽으로 달렸다. 가는 길에 듀이 글랜드를 데리고 나온 그들은 해안 경비대가 세일러스 그레이브로 쳐들어왔을 무렵엔 이스트메인가와 나란히 뚫린 골목길을 달리고 있었다. "지금 어딜 가는 거지?" 프로페인이 물었다. "갈 데로 가지 어디로 가긴." 피그가 말했다. "어서 엉덩이나 부지런히 움직이라고."

2

이들이 드디어 닿은 곳은 뉴포트뉴스에 있는 한 아파트였다. 이 아파트에는 여군 예비 부대 대위 네 사람과 석탄 부두 작업원이자 피그의 친구인 모리스 테플론이 살고 있었다. 이들은 크리스마스에서 새해까지 다 같이 자기들이 취했다는 사실을 겨우 알 수 있을 정도로만 취한 상태로 지냈는데, 프로페인 등이 밀고 들어가 눌러앉아 버린 것을 그 집 사람들은 아무도 싫어하지 않는 눈치였다.

테플론의 이상한 습관 때문에 프로페인과 파올라는 두 사람 다 그걸 원치 않으면서도 별수 없이 가까워지게 되었다. 테플론에게는 카메라가 하나 있었다. 해군에 있는 친구한테 부탁해서 외국에서 반쯤 불법으로 들여온 라이카였다. 경기가 좋고, 붉은 기니산 레드 와인이 몸집 큰 상선 주위에 파도처럼 뿌려지는 그런 주말이면 그는 카메라를 목에 걸고 침대에서 침대로 돌아다니며 사진을 찍었는데, 이것들을 이스트메인가에 모여드는 음탕한 뱃사람들한테 팔곤 했던것이다.

갑자기 충동적으로 호드 영감의 안온한 잠자리에서 뛰쳐나온 후, 또다시 세일러스 그레이브의 반쯤은 집이나 다름없이 가정적인 울타리에서 뛰쳐나온 파올라 호드(처녀 때 성은 마이스트랄이었다.)는 지금 일종의 쇼크 상태에 있었다. 그 때문에 프로페인은 타고나지도 않은 위로와 동정 실력을 마구 발휘해야만 했다.

"내게는 이제 당신밖에 없어."여자는 으름장을 놓듯 말했다. "내게 잘해야 된다는 뜻이야."그들은 테플론의 주방 식탁에 앉아 있었다. 그들 앞에는 마치 브리지 놀이 상대나 되는 것처럼 피그 보딘과 듀이 글랜드가 마주 앉아 있었다. 그리고 모두의 한가운데에는 보드카 병이 놓여 있었다. 그들은 대체로 입을 다물고 있었다. 다만 지금 보드카에 섞어 마시고 있는 액체가 떨어지면 그다음에는 무엇을 섞을 것인가를 두고 토의할 때만 입을 여는 정도였다. 그 한 주일 동안 이들은 우유와 깡통에 든 야채수프를 섞어 보았고, 드디어는 말라빠진 수박 조각에서 짜낸 주스를 섞어 마셔 보기도 했다. 수박 즙을 조그만 컵에 짜 넣는다는 것(그것도 신경줄이 썩 양호하지 못한 상태로)이 얼마나 힘든지는 해 보지 않으면 모를 것이다. 정말 힘든 일이었다. 보드카에서 씨를 건져 내는 것 또한 문제였다. 결국 그들은 서로 미워하게 됐고 그 증오는 시간이 갈수록 더 커졌다.

그들 사이에 생긴 악감정의 일부는 피그와 듀이가 둘 다 파올라를 탐냈기 때문이기도 했다. 두 사람은 매일 밤 마치 무슨 위원회라도 결성한 양 프로페인에게 와서는 그녀와 하게 해 달라고 졸라 댔다.

"저 여잔 지금 남자들한테 시달리다 겨우 회복하려 애쓰고 있어."프로페인은 이런 식으로 그들을 말려 보았다. 피그는 아예 말도 안 되는 소리라고 튕겨 버리든가 아니면 이를 자기의 옛 상관 호드 영감에 대한 모욕으로 받아들이려 했다.

그런데 사실은 프로페인 자신도 별반 얻어걸린 것이 없었다. 파올라가 원하는 것이 도대체 뭔지도 알 수 없었다.

"무슨 뜻이야?"프로페인이 물었다. "너한테 잘해야 한다는 게?"

"호드 영감처럼 하면 안 된다는 말이야." 그녀가 대답했다. 그는 이내 이 여자가 거듭하는 부탁의 의미를 알아내려는 시도를 집어치우고 말았다. 가끔 그녀는 듣기만 해도 괴이한 이야기들을 들려주었

다. 영감이 다른 여자들하고 바람을 피운 얘기를 비롯하여 주먹으로
입을 쳤다며 취해서 마구 욕설을 퍼부었다는 등의 이야기였다. 영감
아래 있으면서 쓸기, 깎기, 쇠솔로 문지르기, 페인트칠하기, 또 깎기,
이렇게 사 년을 일한 경험이 있는 프로페인으로서는 파올라의 말을
반 정도는 믿을 수 있었다. 왜 반 정도인가 하면 모든 일에는 보통 두
가지 면이 있는데 여자들은 한 면만을 보기 때문이었다.

그녀는 그들 모두에게 노래 한 곡을 가르쳐 주었다. 알제리 전투
에서 프랑스로 휴가 온 애인에게 배운 것이라고 했다.

내일 아침은 해가 안 나올 거예요
나는 문을 닫아걸 거예요
죽은 세월이 못 들어오게요
나는 길을 갈 거예요
구걸을 하며 살 거예요
땅으로 물로
낡은 세계에서 새 세계로
나는 구걸을 하며 살아갈 거예요

그 남자는 마치 몰타섬과도 같은 사람이었다. 키가 작달막하고
단단한, 속을 짐작할 수 없는 남자였다. 그녀는 그 남자와 단 하룻밤
을 같이 지냈을 뿐이었다. 그러고 나서 그는 피레에프스로 떠났던 것
이다.

'내일 아침은 해가 뜨지 않을 거예요. 나는 문을 닫아걸겠어요.
죽은 세월이 못 들어오게요. 나는 길을 떠나겠어요. 저 땅 위와 바다
건너 방랑자의 길을. 낡은 세계에서 새로운 세계로……'

그녀는 듀이 글랜드에게 노래의 코드를 가르쳐 주었다. 그러고

나서 그들은 모두 같이 테플론의 냉기 가득한 주방 식탁에 둘러앉아 네 개의 가스불이 방 안의 산소를 먹어 들어가는 가운데 노래를 부르고 또 불렀던 것이다. 프로페인은 그 여자의 눈을 바라보며 그녀가 애인 생각을 하고 있다고 짐작했다. 아마도 그 남자는 정치에는 무관심하나 전투에서는 누구보다도 용감한 그런 사나이였을 것이다. 그러나 남자는 틀림없이 지쳐 버렸을 것이다. 원주민들의 부락 찾기, 그리고 아침이면 전날 밤 민족 해방 전선이 저지른 것만큼이나 잔인한 작전을 꾸미는 일 등에 지칠 대로 지쳤을 것이다. 그녀는 목에 '기적 훈장(Miraculous Medal)'을 하나 걸고 있었다.(아마도 이건 오고 가는 선원 중에 누군가가 준 것이리라. 우연히 파올라에게서 ── 섹스가 공짜 아니면 결혼을 전제로 이루어지는 ── 그의 고향 미국의, 어느 착실한 가톨릭 처녀의 모습을 발견하고 즉흥적으로 한 짓일지도 모른다.) 이 여자가 도대체 어느 정도 독실한 가톨릭교도일까, 또 어떤 교파일까? 반쯤만 가톨릭인(어머니는 유대인이었다.) 프로페인의 도덕관에는 일관성이 없었다.(그의 도덕관은 경험을 통해서 형성되었는데, 그는 경험조차 별로 없었다.) 그는 어쩌면 이 여자가 예수회 계통 가톨릭이 아닐까 하고 생각해 보았다. 그렇다 하더라도 이 여자가 믿는 교리는 보통 이상한 것이 아닌 듯싶었다. 그러지 않고서야 어떻게 스스로 남자를 따라온 터에 잠자리를 같이할 것을 거부하고, 또 그러고 나서 남자에게 성실을 기대하겠는가.

섣달그믐 전날 밤, 이들은 테플론의 부엌에서 빠져나와 몇 블록 떨어진 데 있는 유대인 전용 식료품 가게에 갔다. 돌아와 보니 피그와 듀이 글랜드가 없었다. '마시러 감.'이라고 쓴 쪽지를 남겨 놓고 나가 버린 것이었다. 집 안에는 한껏 크리스마스 기분이 풍기고 있었다. 라디오에서는 낭만적인 음악이 흐르고 있었고 어느 침실인가로부터는 팻 분의 노래가 들렸다. 또 다른 침실에서는 물건들을 던지는 소리가 들려왔다. 어찌어찌해서 이 젊은 남녀는 침대가 놓인 어두컴컴한 방으로 들어와 버렸다.

"싫어." 여자가 말했다.

"좋다는 소리지."

침대가 삐걱거리고 그들도 모르는 사이에 찰칵 소리가 났다. 테플론의 라이카였다.

프로페인은 응당 보여야 할 반응을 보였다. 주먹을 불끈 쥔 채 침대에서 성난 맹수처럼 뛰어내렸다. 테플론은 아주 쉽게 몸을 피하고는 "잠깐, 잠깐." 하며 재미난 듯 키득거렸다.

사생활의 침범은 크게 죄목으로 삼을 것이 없었다. 하지만 하필이면 이 개입이 중대한 순간 직전에 일어났다는 사실이 그를 화나게 했던 것이다.

"뭘 그래, 그런 건 아무렇지 않게 생각할 사람이." 테플론이 달래려 했다. 파올라는 급히 옷을 주워 입고 있었다. 프로페인이 말했다.

"그 카메라가 우리를 몰아내고 있는 거야, 저 바깥 눈 속으로 말이야, 테플론."

"자." 그는 카메라를 열고 프로페인에게 필름을 내주었다. "그까짓 일을 가지고 뭘 바보같이 야단이야."

필름은 받았지만 프로페인도 한번 그렇게 말한 이상 그대로 물러설 수는 없는 일이었다. 그래서 그는 옷을 챙겨 입고 모자까지 눌러썼다. 파올라는 해군 외투를 입고 서 있었다. 몸집보다 훨씬 큰 외투였다.

"나가자." 프로페인이 외쳤다. "눈 속으로." 정말 밖에 눈이 오고 있긴 했다. 그들은 노퍽까지 가는 나룻배에 올라탔다. 그러고는 배 꼭대기에 앉아서 종이컵에 담긴 블랙커피를 마셔 가며 커다란 유리창에 눈의 장막이 휘몰아치는 것을 바라보았다. 그것 말고는 그들 오른쪽 벤치에 앉은 부랑자와 서로의 얼굴밖에 쳐다볼 것이 없었다. 엔진은 시끄러운 소리를 내며 힘들게 돌아가고 있었다. 엔진의 진동은 그들의 엉덩이에도 전달되었다. 하지만 그들은 할 말을 찾지 못하고 있었다.

"거기 있고 싶었어?" 그가 물었다.

"아니, 아니." 그녀는 부들부들 떨며 말했다. 그들 사이에는 낡아 빠진 벤치의 두어 뼘 되는 간격이 조심스레 남겨져 있었다. 그는 여자를 가까이 끌어당길 생각은 없었다. "결정하는 대로 따를 거야, 나는."

'아이고 골치야. 이제 딸린 식구가 생겼구나.' 그는 속으로 외쳤다.

"왜 그렇게 떨고 있어? 이 안은 따뜻한데."

여자는 아니라며 고개를 좌우로 흔들었다.(무엇이 아니라는지는 모르겠지만.) 그러고는 갈로슈[6]를 신은 발끝을 내려다보았다. 잠시 후 프로페인은 일어나 갑판으로 나갔다.

게으름 피우듯 넘실넘실 물 위에 떨어지는 눈송이들 때문에 밤 11시인데도 황혼이나 일식 때 같은 느낌이었다. 머리 위에선 몇 초마다 한 번씩 기적이 울리고 있었다. 혹시라도 충돌할 만한 것이 지나갈 경우를 위한 경적이었다. 하지만 이 배가 가는 길에는 아무도 타지 않은 생명 없는 배들만이 나사못이 내는 소리, 또는 눈꽃이 물 위에 떨어지면서 내는 소리에 불과한 의미 없는 소리들을 서로에게 지르면서 지나다닐 뿐인 걸 누가 모르겠는가. 그리고 프로페인이 홀로 그 속에 있다는 것을.

우리 중 더러는 죽기를 두려워한다. 또 어떤 사람들은 외로움을 무서워한다. 프로페인은 육지나 바다에서 이러한 광경에 부딪힐 때, 겁이 나곤 했다. 다시 말해, 그 자신 외에는 살아 있는 것이 없는 것

6   물이 새지 않도록 고무나 나무로 바닥을 덧댄 덧신.

같은 분위기에 놓일 때가 두려웠던 것이다. 어쩐 일인지 그는 늘 그런 분위기 속으로 걸어 들어가기가 일쑤였다. 거리의 모퉁이를 돌았을 때라든가 조망 갑판으로 통하는 문을 하나 열고 나가 섰을 때, 그는 이국땅에 혼자 서 있는 느낌에 사로잡히곤 하는 것이었다.

그러나 바로 이때 등 뒤에서 문이 열리더니 파올라가 장갑을 끼지 않은 맨손을 그의 겨드랑이에 밀어 넣었다. 그러고는 그의 등에 볼을 갖다 대었다. 그는 마음의 눈으로 그 자리에서 물러나 그들의 모습을 마치 정물화를 보듯 바라보았다. 하지만 그녀는 이 장면의 외로움을 조금도 덜어주지 못했다. 둘은 저편 강변에 닿을 때까지 그렇게 하고 서 있었다. 나룻배가 선착장으로 들어갔다. 쇠사슬 소리가 요란하게 들렸다. 그러고는 자동차들이 점화되는 소리, 시동이 걸리는 소리.

그들은 시내까지 버스를 타고 갔다. 말은 한마디도 주고받지 않았다. 몬티첼로 호텔 근처에서 내려 피그와 듀이 글랜드를 찾으러 이스트메인가를 향해 걸었다. 세일러스 그레이브는 불이 꺼져 있었다. 프로페인이 기억하는 한 처음 있는 일이었다. 경찰이 문을 닫아 버린 것 같았다.

그들은 두 사람을 그 옆 체스터스 힐빌리에서 발견했다. 듀이는 밴드에 끼어 앉아 있었다. "파티다, 파티." 하고 피그가 소리를 질렀다.

전 스캐폴드 선원들이 같이 모인 것을 위해 축배를 올리자는 데 의견을 모은 모양이었다. 피그는 자청해서 사회자가 되어 수재나 스콰두치에서 파티를 열기로 결정을 내렸다. 그것은 지금 뉴포트뉴스 조선장에서 완공 직전에 있는 이탈리아 호화 선박이었다.

"도로 뉴포트뉴스로 가?"(그는 테플론과의 사건에 대해 피그에게 얘기하지 않기로 했다.) 그래, 또 요요가 되는 거구나.

"이제 이 짓도 그만해야겠어." 하고 말했지만 아무도 귀를 기울이지 않았다. 피그는 파올라와 추잡한 부기 춤을 추느라고 정신이 없었다.

3

그날 밤 프로페인은 낡은 나룻배 선창가에 있는 피그의 집에서 잤다. 그리고 파올라는 마침 길에서 마주친 비어트리스 중 한 사람의 집에 가서 그날 밤을 보냈다. 헤어질 때 그녀는 아주 엄숙한 표정으로 새해 파티에는 프로페인의 파트너가 될 것을 약속했다.

3시경에 프로페인은 심한 두통을 느끼면서 주방 바닥에서 깨어났다. 얼음같이 찬 밤공기가 문 밑으로 스며들고 있었으며, 바깥 어디에선가는 짐승이 으르렁대는 소리 같은 것이 나지막하게 연속적으로 들려왔다. "피그." 프로페인은 목 쉰 소리로 불렀다. "아스피린은 어디 있지?" 아무 대답이 없었다. 프로페인은 휘청거리면서 옆방으로 들어갔다. 피그는 거기에도 없었다. 밖에서는 짐승 소리가 더욱 기분 나쁘게 들려왔다. 프로페인은 유리창 쪽으로 가서 내다보았다. 피그는 골목길 저쪽 아래에서 모터사이클 엔진을 공회전시키고 있었다. 눈은 아주 작은 반짝거리는 입자가 되어 떨어져 내리고 있었다. 골목에서의 눈경치는 나름대로 색다른 광선 효과를 이루고 있었다. 이 광선 속에서 피그는 흑백의 광대복 차림이 되어 있었고 낡은 벽돌담들은 눈 고물을 뒤집어쓴 채 중간 톤의 회색이 되어 있었다. 피그는 털실로 짠 모자를 목까지 내려오게 잡아당겨서 쓴 탓에 마치 머리가 검은색 타원형의 생명 없는 물체처럼 보였고, 엔진에서 나온 배기가스가 그를 에워싼 채 구름을 이루고 있었다. 프로페인은 몸을 떨었다. "뭐 하는 거야, 피그?" 그는 말했다. 피그는 대답을 하지 않앉다. 새벽 3시에 골목에서 피그와 할리데이비슨이 그리고 있는 음산한 화폭은 프로페인에게 참으로 느닷없이 레이철을 연상시켰다. 그건 반갑지 않은 일이었다. 그는 눈이 방 안으로 새어 들어오고 두통까지 있는 이 춥디추운 밤에 그 여자를 생각하고 싶은 마음이 추호도 없었던 것이다.

레이철 아울글래스는 1954년형 MG를 한 대 가지고 있었다. 아빠가 준 선물이라고 했다. 성능시험을 위해 (아빠 사무실이 있는) 그랜드 센트럴을 중심으로 한 일대를 몇 바퀴 돌면서 전봇대며 소화전 또는 가끔 가다 만나는 보행자 등을 상대로 적당히 길을 들인 후 레이철은 그놈의 차를 여름 내내 써먹을 요량으로 캐츠킬스로 몰고 왔다. 거기서 작은 체구의 심통쟁이, 바람둥이 레이철은 이 MG를 몰고 17번 도로의 피에 걸신들린 커브와 급회전 도로 등도 두려워하지 않고 마구 달렸었다. 즉, 그녀는 빌어먹을 차의 거만한 궁둥이를 요염하게 흔들어 가며 건초 실은 수레, 으르렁거리는 세미 트레일러, 또는 짧게 친 머리의 풋내기 대학생들을 미어지게 실은 중고품 포드 로드스터 등을 차례차례 추월했던 것이다.

막 해군에서 제대한 프로페인은 그해 여름 '슐로자우어의 트로카데로'라는 음식점에서 샐러드 조리사의 조수로 일하고 있었다. 그곳은 뉴욕주 리버티에서 15킬로미터 정도 떨어진 곳이었다. 프로페인의 상사는 이스라엘에 가서 아랍인들하고 싸우는 것이 소원인 다 콘오라는 정신 나간 브라질 남자였다. 시즌이 시작될 무렵, 술 취한 해병 하나가 나타났다. 그 작자는 무단 외출할 때 들고 다니는 가방 안에 30구경 기관총을 가지고 있었는데, 어떻게 해서 그 무기를 손에 넣게 됐는지의 경위에 대해서는 얼떨떨한 모양이었다. 다 콘오는 그것이 패리스섬으로부터 조각조각 분해된 상태로 따로따로 밀수된 것이라고 믿고 싶어 했다. 그 자신 같으면 바로 그렇게 했을 것이기 때문이었다. 그는 바텐더와 한참 실랑이(그 역시 총을 원했으니까.)를 한 끝에 드디어 그 총을 입수하는 데 성공했다. 그는 아티초크 세 개와 가지 한 개를 주고 총을 얻은 것이다. 그는 그것을 채소용 대형 냉장고 위에 못질해 붙인 메주자[7] 및 샐러드 테이블 뒤에 늘어진 시온주의 깃발과 함께 귀중한 전시품으로 삼았다. 그 후 몇 주 동안 다 콘오는 수석 셰프가 안 보는 사이에 기관총을 급히 조립해서 양상추, 물냉이, 꽃상추 속에 감춰 뒀다가 식당에 모인 손님들을 가짜 기관총 사격으로 깜짝 놀라게 해 주곤 했다. 그러고는 혼자서 즐거워하는 것이었다. "예블 예블 예블." 그는 사팔눈을 험악하게 뜨고 사람들에게 중얼댔다. "복부에 적중했군, 압둘 사이드, 예블 예블, 무슬림 돼지 새끼들." 다 콘오의 기관총은 이 세상에서 유일하게 예블 예블 소리를 내는 기관총이었으리라. 그는 자지도 않고 새벽 4시까지 그놈의 총을 만지작거리기 일쑤였다. 총을 소제하면서 그는 달빛같이 푸르른 사막이며 하얀 수건으로 머리를 싸맨 예멘의 아가씨들(사랑에 앓고 있는 아가씨들)을 꿈꾸고는 했다. 그는 미국계 유대인들이 어떻게 태평하게 식사 때마다 식당에 나와 앉아 거드름을 피우고 있는지 이해할 수 없다고 말했다. 지구를 반 바퀴만 돌아가면 그들의 동족이 사막에서 시체로 나뒹그러져 있는 판에 어떻게 그럴 수가 있느냐는 것이었다. 영혼 없는 창자에게 무슨 말을 할 수 있단 말인가? 기름과 초를 쳐 가며 떠들어 대고 종려나무 속대를 들고 탄원을 해 보라지.[8] 그가 가진 것 중에는 기관총만 한 것이 없었다. 들을 수 있을까? 창자들에게 듣는 재주가 있을까? 아니다. 못 듣는다. 그리고 우리는 우리를 끝장낼 그 소리를 영영 듣지 못하게 되어 있다. 하트 샤프너 앤

<hr>

7   유대인들이 양피지에 성경 구절을 적어 보관해 두는 작은 함.
8   기름과 식초, 종려나무 속대나 새순은 모두 샐러드 재료이다.

드 막스의 양복에 감싸인 운하 같은 내장 기관의 어느 부분을 겨냥한들 무엇 하리오. 또 지나는 웨이트리스 아가씨들에게 음탕한 트림을 내뱉는 그 어느 창자를 겨냥해도 마찬가지였다. 이래 보나 저래 보나 그놈의 총은 한낱 물체에 지나지 않았으며, 어느 방향으로든 간에 균형 잃은 어떤 힘이 잡아당기는 쪽으로 주둥이를 들이댈 따름이었다. 그러나 다 콘오가 겨냥하는 벨트의 쐐기는 어느 것일까? 압둘 사이드, 내장 기관? 또는 그 자신? 물어 무엇 하겠는가? 그가 알 수 있는 것은 고작 이뿐이었다. 즉, 자기가 시온주의자이며 고통을 받았다는 것, 여러 가지 일들에 대하여 갈피를 못 잡고 있다는 것, 그리고 지구 저쪽에 있는 어떤 키부츠의 비옥한 양토에(그것이 어느 키부츠의 양토이든 상관없었다.) 머리를 처박고서 거꾸로 서지 못해 발광할 지경이라는 것만이 분명한 사실들이었다.

프로페인은 다 콘오와 기관총의 관계를 그때는 이해하지 못했었다. 어떤 물건을 사랑한다는 것, 그것은 그 당시의 그에게는 이해하기 어려운 일이었다. 그러나 그는 그로부터 얼마 안 되어 레이철과 MG의 관계도 그와 비슷한 것임을 알았고, 그제야 비로소 상당한 세월 동안 상당한 수의 사람들에게 일어나고 있었던 일을 그가 모르고 있었다는 사실을 깨달았다. 그것은 그의 상상보다 더 오랜 시간 동안 더 많은 수의 사람들에게 일어난 일이기도 했다.

그가 그 여자를 만난 것도 MG 때문이었다. 이는 그 여자와 알게 되는 모든 사람의 경우와 같았다. 좀 더 구체적으로 말하자면 그는 진짜로 그 차에 치인 것이다. 어느 날인가 정오쯤 그는 다 콘오가 불량품으로 낙인찍은 양배추가 가득 담긴 쓰레기통을 비우려고 뒷문으로 빠져나갔었다. 그런데 그때 마침 그의 오른쪽 방향에서 MG의 음흉한 포효가 들려왔다. 프로페인은 짐을 든 보행자는 길에 대해 우선권이 있다는 신조를 굳게 믿었으므로 안심하고 계속 걸었었다.

다음 순간 그는 자동차 오른쪽 범퍼에 뒤꽁무니를 들이받힌 것이다. 다행히 차는 시속 8킬로미터로 달리고 있었으므로 뼈가 부러질 정도 의 사고는 아니었다. 다만 프로페인이 쓰레기통을 안은 채, 녹색 우 박처럼 흩어져 내리는 양상추들과 함께 보기 좋게 나가떨어지게 하 는 데에는 충분한 속력이었다.

그와 레이철은 상추 잎사귀에 묻히다시피 한 채로 경계하는 눈 으로 서로를 바라보았었다. "낭만적이군요." 그녀가 말했다. "혹시 당신이 내 꿈속의 남자일지 누가 알겠어요? 그 얼굴을 덮고 있는 상 추 이파리를 치워 봐요. 어떻게 생겼나 보게." 그는 신사의 예의를 기 억하며, 모자를 벗듯이 이파리를 얼굴에서 벗겼다.

"아니군요." 그녀가 말했다. "당신은 내 꿈속의 남자가 아니에요."

"다음번에는 무화과 이파리로 한번 시험해 보시죠." 하고 프로 페인이 말했다.

"하하." 그렇게 웃고서 그녀는 요란한 소음과 함께 가 버렸다. 그 는 갈고리를 찾아 가지고 흩어진 쓰레기를 한 무더기로 모았다. 그러 면서 그는 또 하나의 생명 없는 물건이 나타나서 그를 죽일 뻔했다는 점에 대해서 생각해 보았었다. 그는 한데 모은 상추 잎들을 쓰레기통 에 담아서 주차장 뒤에 버렸다. 작은 계곡을 이룬 이곳은 트로카데로 의 쓰레기장 같은 곳이었다. 그러고는 주방으로 돌아가고 있는데 레 이철이 되돌아왔다. MG의 목쉰 배기 소음은 자유의 여신상이 서 있 는 데까지 들릴 정도로 시끄러웠다. "이봐요, 뚱보 씨, 타요. 드라이 브시켜 드릴 테니." 하고 그녀가 소리쳤다. 프로페인은 그래도 되겠 다고 생각했다. 식당의 상 차리는 일을 도와야 했지만 아직 두어 시 간 남아 있었으니까.

17번 도로에 올라선 지 오 분 만에 그는 결심을 했다. 즉, 그가 만약에 살아서 성한 몸으로 트로카데로에 돌아간다면 앞으로는 레이철은 아예 생각도 안 할 것이며 얌전한 보행족 아가씨들 외에는 관심을 갖지 않으리라는 결심이었다. 그녀는 휴일 사고 사망자 명단에 미리 오른 사람처럼 차를 몰았다. 물론 그녀가 자동차와 자기 자신의 능력을 가늠하고 있다는 것은 알았다. 하지만 어떻게, 가령 조금 전에 2차선 도로의 블라인드 커브를 돌 때, 전면에서 다가오는 우유 트럭이 그녀가 자기 차선으로 아슬아슬하게나마 되돌아갈 수 있을 만큼의 거리에 머물러 있으리라고 알 수 있었단 말인가? 두 차가 엇갈릴 때의 간격은 1.5센티미터 정도였잖은가?

그는 여자의 핸드백을 열고 담배를 찾아 불을 붙였다. 보통 같으면 여자 앞에서 부끄러움을 타는 그였지만, 생명에 위협을 느끼는 마당에 평소의 수줍음 따위는 잊어버렸다. 그녀는 그가 뭘 하는지 전혀 모르고 있었다. 차를 모는 데 완전히 열중하여 옆에 누가 있는지도 모르는 것 같았다. 그녀는 단 한 번 입을 열었다. 그에게 뒷좌석에 차가운 맥주가 한 박스 있다는 것을 알리기 위한 말 한마디를 던지기 위해서였다. 그는 여자의 담배를 빨면서 자신에게 혹시 자살 강박증이 있는 것이 아닌가 의심해 보았다. 어쩐 일인지 그는 가끔 고의로 적대적인 사물에 맞부딪히는 지경에 자기 자신을 몰아넣는 버릇이 있는 것 같았다. 그렇게 해서 자기 자신을 없애 버리려는 욕망에 쫓기듯이 말이다. 어쨌든 그가 지금 여기에 왜 와 있단 말인가? 레이철의 사람 죽여주는 엉덩이 때문에? 그는 곁눈질로 가죽의자 커버 위에서 차의 진동에 따라 춤추고 있는 엉덩이 모양을 감상했다. 그녀의 검은 스웨터 아래에서 그리 단순하지도 복잡하지도 않게 움직이는 그녀의 왼쪽 가슴도 관찰했다. 드디어 그녀가 인기척이 없는 채석장에 차를 멈췄다. 아무렇게나 깨어진 채 내버려진 돌무더기들이 흩어져 있었다. 돌의 종류는 알 수 없었다. 그러나 생명이 없다는 것만은 알 수 있었다. 그들은 흙길을 올라가 채석장 맨 밑바닥보다 12미터는 더 높이 떠 있는 평지에 닿았다.

쾌적하지는 않은 오후였다. 구름 한 점 없는 하늘에서는 태양이 내리쬐고 있었고 뚱뚱보 프로페인은 온몸이 땀에 젖어 있었다. 레이철은 프로페인과 같은 고등학교에 다닌 남자애들을 더러 알고 있던 모양인지, 누구를 아느냐, 누구는 아느냐 하는 질문 게임을 시작했다. 프로페인이 졌다. 그녀는 또 이번 여름 동안 편력한 데이트 상대들을 모조리 프로페인에게 소개하기 시작했다. 모두가 아이비리그 대학 남학생들인 것 같았다. 프로페인은 가끔 한 번씩 그녀의 자랑에 맞장구를 쳐 주었다.

그녀는 다음으로 그녀의 모교 베닝턴에 대해 얘기했고 그다음으로는 자기 자신에 대해 얘기했다.

레이철은 롱아일랜드의 파이브 타운스 지역 출신이었다. 그곳은 멜버른, 로런스, 세다허스트, 흘렛, 그리고 우드미어의 다섯 개 지역이 모여 있는 곳이었다. 때로는 롱비치와 애틀랜틱비치도 거기에 포함됐다. 그렇지만 지금껏 아무도 그 때문에 이 고장 이름을 세븐 타운스로 바꿀 생각을 한 적은 없었다. 주민들은 세파디[9]들은 아니었으나 그 일대는 일종의 지리적 근친상간이라고 할 법한 것의 피해 아래에 있었다. 딸들은, 중국 음식집과 해산물 레스토랑, 그리고 복층식으로 지은 유대교 회당 들이 요정 나라의 집들처럼 현혹적인, 때로는 바다처럼 매력적인 이 마술적인 경계선 내에서 흑인 하녀를 대동한 채 근엄하고 얌전하게 산책하는 것이 고작이었다. 이들은 마치 마녀에게 잡혀 온 라푼첼들과도 같았다. 그러다 나이가 어느 정도 들면 북동부의 산 속 휴양지로 또는 대학으로 나들이를 가게 되는데, 남편을 물색하러 가는 것은 아니었다.(왜냐하면 다섯 개 지역에서는 여자가

---

9   스페인과 포르투갈계 유대인.

열예닐곱만 되면 이미 운명에 의해 정해진 남편이 나타나기 마련이기 때문이었다.) 이들이 이렇게 바깥세상으로 보내지는 것은 적어도 좀 놀아봤다는 느낌을 맛보게 하기 위해서였다. 즉 그래야만 여자아이의 정서 발달이 원만해진다는 생각에서였던 것이다.

용감한 자만이 탈출을 한다. 일요일 밤, 골프도 끝나고 흑인 하녀들도 지난밤 파티의 뒷정리를 마친 후 로런스에 사는 친척집으로 놀러 가고 「에드 설리번」[10]도 아직 몇 시간은 기다려야 될 판이다. 이때 이 왕국의 명문 가족들은 크나큰 저택에서 나와 자동차에 올라탄 후 번화가로 향한다. 거기에서 이들은 끝없이 계속되는 듯한 나비 새우와 에그 푸용[11]의 향연에 자신들을 잠시 내맡긴다. 동양인들은 허리 굽혀 인사하고 미소도 곧잘 지으며 새가 지저귀는 것 같은 목소리로 여름밤의 어스름 빛 속을 종종걸음 친다. 이윽고 밤이 되면 그들은 거리에 나가 간단한 산책을 즐긴다. J. 프레스의 신사복에 잘 담긴 아버지의 듬직한 체구와 모조 다이아몬드 테 선글라스로 눈을 감춘 그의 딸, 그리고 재규어 가죽 무늬의 바지를 입은 날씬한 엉덩이의 어머니.(그러니까 이들은 짐승에게서 자동차 이름만 뺏은 것이 아닌 모양이다.) 누가 감히 탈출할 수 있으며, 누가 감히 탈출을 원할 수가 있단 말인가?

레이철은 탈출을 원했다. 다섯 개 지역 근방의 도로 공사를 한 일이 있는 프로페인은 어째서 그녀가 탈출을 원했는지 알 수 있었다.

해 질 무렵이 되자 이들은 둘이서 맥주 한 상자를 다 끝장내 버렸다. 프로페인은 형편없이 취했다. 그는 차에서 내려 나무 뒤에 가서 우뚝 섰다. 그러고는 서쪽을 향했다. 태양에다 오줌을 끼얹어 영

---

10   뉴욕 출신 연예 칼럼니스트 에드 설리반이 진행한 인기 코미디 쇼.
11   양파, 새우, 돼지고기 등을 넣어 만든 중국식 계란 요리.

영 꺼지게, 다시는 불을 밝히지 못하게 할 마음이 없지 않았다. 어쩐지 그 일이 자기에게 꽤 중요한 일 같았다.(생명 없는 것들은 무엇이고 제 원하는 대로 해 버린다. 아니, 생명이 없는 이상 원하는 게 있을 리 없다. 그런 건 사람에게나 있는 일이지. 그러니까 생명 없는 것들은 무엇이고 원대로 하는 것이 아니라, 무엇이든 할 일을 할 따름이었다. 그렇기 때문에 프로페인은 태양에 대고 오줌을 쏴 대고 있었다.)

해는 넘어가 버리고 말았다. 아닌 게 아니라 프로페인이 꺼 버린 것 같았다. 태양에게 승리한 그는 어두워진 세계의 왕으로 영원불멸 군림하게 된 것이다.

레이첼이 신기하다는 듯 그를 쳐다보고 있었다. 그는 지퍼를 올리고 맥주 상자로 비틀거리며 다가갔다. 두 캔이 남아 있었다. 그는 그 두 캔을 따서 하나를 여자에게 건넸다. "내가 태양을 꺼 버렸어." 그가 말했다. "자, 그걸 축하하는 뜻에서 한 잔!" 그러나 그는 맥주 한 캔을 거의 모두 윗도리에다 쏟았다. 채석장 바닥에는 우그러진 빈 맥주 캔 두 개가 또다시 떨어지고 곧 뒤를 이어 빈 종이 상자가 떨어졌다.

여자는 차 안에서 한 번도 나오지 않고 앉아 있었다.

"베니." 그리고 손톱 한 개가 그의 얼굴을 건드렸다.

"왜."

"나랑 친구할래?"

"친구가 부족해 보이진 않는데."

여자는 채석장을 내려다본다. "우리, 다른 것들 — 베닝턴이니 슐로자우어니 다섯 개 지역이니, 이런 것들은 모두 가짜라고, 모두 환상이라고 그렇게 한번 믿어 볼 수 없을까." 그녀가 말했다. "이 채석장만이, 우리가 생기기 전부터 우리가 죽은 다음까지 끄떡없이 버티고 있을 이 죽은 돌들만이 진짜라고 한번 믿어 보잔 말이야."

"뭣 하러."

"그게 세상 아냐?"

"그런 건 대학교 일 학년 지질학 시간 같은 데서 배운 거야?"

그녀는 이 말에 상처받은 듯했다. "그냥 알고 있는 것뿐이야."

"베니. 내 친구가 돼 줘, 그뿐이야." 그녀는 작은 소리로 탄원하듯 말했다.

그는 대답 대신 어깨를 으쓱해 보였다.

"뭔가 써 보내 줘."

"괜히 그러지 마, 난 말이야……."

"길이 어떤지. 내가 생전 볼 수 없을 남자의 길은 어떤 건지를 말이야. 디젤과 먼지, 지나가다 들르는 여관들, 길가의 술집들, 이런 데 대해서 말이야. 그것뿐이야, 내가 원하는 건. 이서카 서쪽과 프린스턴 남쪽은 어떤 곳인지 듣고 싶어. 내가 못 가는 데에 대해서 듣고 싶다고."

그는 배를 긁적이며 말했다. "그러지, 뭐."

그 여름의 나머지 기간 동안 프로페인은 적어도 하루 한 번 정도는 레이철과 마주쳤다. 둘은 언제나 차 안에서 얘기했다. 그는 항상 그녀의 나른한 두 눈 뒤에 숨은 점화기를 찾으려 했고 그녀 쪽에서 봐서 오른쪽 운전대 뒤에 앉아서 끝없이 얘기를 계속했다. 그녀의 얘기는 일체가 MG의 어휘로 엮어졌다. 그로서는 무엇이라 대꾸하기도 어려운 생명 없는 언어들이었다, 그것들은.

곧 그가 겁내던 일이 일어났다. 즉, 그는 드디어 자기가 레이철을 사랑하고 있다는 망상에 넘어가 버린 것이다. 그러고 나서는 이렇게 되는 데에 왜 그렇게도 많은 나날이 필요했는지 의아해하는 자신을 발견했다. 그는 밤에 종업원 합숙소에 누워 어둠 속에서 담배를 피우며 희미하게 빛나는 불붙은 끄트머리를 단축시켜 갔다. 새벽 2시 무렵 위층 침대 주인이 야근을 마치고 돌아왔다. 듀크 웨지라는 여드름쟁이 허풍선이였다. 첼시 구역에서 온 이 청년은 자기가 여자 운이 얼마나 좋은가에 대해서(실상 좋기야 좋았지만) 자랑하는 걸 일삼는 작자였다. 이자의 이야기는 프로페인에게 자장가나 다름없었다. 어느 날 밤, 프로페인은 정말로 이 악당이 레이철하고 있는 것을 목격하게 되었다. 둘은 레이철의 집 앞에 MG를 세워 놓고 그 안에 같이 들어앉아 있는 것이었다. 그는 제 잠자리로 슬그머니 되돌아갔으나 배반당한 느낌 같은 건 품지 않았다. 그 작자도 별로 얻어걸리는 것이 없을 게 뻔했기 때문이었다. 그는 일부러 자지 않고 있다가 재미 삼아 웨지의 허풍에 귀를 기울여 주기까지 했던 것이다. 그 녀석은 제가 어떤 식으로 레이철에게 접근했는가, 한 단계 한 단계씩 상세하게 보고했다. 하지만 결론인즉, 거의 다 되어 가다가 그만 아깝게도 끝까지 가지를 못했다. 그는 결국 그녀의 세계(프로페인으로서는 그게 뭔지 헤아릴 길 없으나 모두들 탐내는 고귀한 물건인 것 같았다.)에 대한 잡담 외에는 아무것도 얻어 내지 못한 셈이다. 그가 그녀를 마지막 본 것은 노동절 날 밤이었다. 다음 날 그녀는 떠날 예정이었다. 그날 저녁 식사 시간 바로 전에 누군가 다 콘오의 기관총을 훔쳐 가는 사건이 벌어졌다. 다 콘오는 눈물을 흘리며 그걸 찾아 헤매었다. 수석 셰프는 프로페인에게 샐러드를 만들라고 했다. 어쩌다가 그랬는지 몰라도 프로페인은 프렌치드레싱에다가는 냉동 딸기를 넣고 월도프 샐러드엔 다진 간을, 그리고 감자를 튀기는 기름 속에는 빨간 잔무를 스무 개쯤 빠뜨려 같이 튀겨 내는 짓을 저질렀다.(감자를 새로 튀기기가 너무 귀찮아서 그대로 손님들에게 갖다줬더니 오히려 격찬들을 했지만.) 그러는 와중에도 브라질 친구는 눈물을 줄줄 흘리며 부엌으로 돌격해 들어오곤 했다.

그는 결국 기관총을 영영 못 찾고 말았다. 슬픔으로 정신이 반쯤

나가고 기력을 탕진해서 신경이 곤두선 그는 다음 날 해고를 당하고 말았다. 이러나저러나 휴가철은 끝나 가고 있었다. 그 후 그는 이스라엘행 배를 탔는지도 모를 일이었다. 수많은 지쳐 버린 일용꾼들이 미국에서 벌어진 불행한 사랑을 잊으려 이 나라를 뜨듯이, 그 친구도 이스라엘에 가서 어떤 농장 트랙터의 내장이나 주물러 대고 있는지도 모른다고 프로페인은 생각해 보았다.

일이 끝나자 프로페인은 레이첼을 찾아갔으나 나가고 없었다. 하버드 석궁 팀 주장하고 외출했다고 했다. 종업원 합숙소 주변을 어슬렁대다가 프로페인은 심드렁해 있는 웨지를 발견했다. 오늘 저녁은 어쩐 일인지 짝이 없이 혼자 있었다. 자정까지 둘은 블랙잭을 했다. 웨지가 여름 동안 쓰지 못한 콘돔을 건 노름이었다. 프로페인은 그중 쉰 개를 빌려 노름을 시작했는데 이길 수가 들었는지 계속 땄다. 웨지는 깨끗이 다 잃고 나자 더 빌려 오겠다며 달려 나갔다. 그러더니 오 분 후에 고개를 저으면서 되돌아왔다. "아무도 날 안 믿어." 프로페인은 그에게 몇 개를 다시 빌려주었다. 자정 무렵 프로페인은 그에게 적자가 서른 개라고 일러 주었다. 웨지는 거기에 대고 적절한 논평을 했다. 프로페인은 수북이 쌓인 것들을 거둬 모았다. 웨지는 머리를 테이블에 찧으면서 말했다. "저 자식은 쓰지도 않을 거야. 그러니 원통하지 뭐야. 평생 한 번도 안 쓸 거란 말이야." 그는 테이블에 대고 말하고 있었다.

프로페인은 레이첼의 통나무집으로 다시 갔다. 정원 뒤편에서 물 끼얹는 소리와 물이 콸콸 호스를 빠져나오는 소리가 들려왔다. 무슨 일인가 하고 돌아가 보았다. 그녀가 세차를 하고 있었다. 밤늦은 시간에 말이다. 그뿐이 아니었다. 그녀는 또 차에 대고 말까지 걸고 있었다! "이 잘생긴 친구야." 이런 소리를 지껄이고 있는 것이었다. "난 널 만지는 게 좋거든." 이것 봐라, 하고 그는 속으로 놀랐다. "내가 너를 몰고 달릴 때 기분이 어떤지 알아? 우리 단둘이 달릴 때 기분을 아느냐고?" 그녀는 스펀지로 자동차 앞 범퍼를 애무하듯 닦으며 말하고 있었다. "난 네 이상한 버릇들도 다 알고 있어, 귀여운 녀석아. 브레이크를 언제나 왼쪽으로 갸웃하는 버릇이며 5000회전 때면 흥분으로 몸을 부르르 떠는 버릇, 모두 알고 있지. 넌 또 화가 나면 기름을 막 태워 버리지, 그렇지? 난 못 속여." 그녀 목소리에는 미친 기미 같은 건 전혀 없었다. 그러니까 어쩌면 젊은 여대생들이 하는 일종의 장난인지도 모른다고 생각해 보았지만 역시 좀 이상했다. "우린 언제까지나 같이 있을 거야." 이건 섀미 가죽으로 후드를 닦으며 하는 소리였다. "그리고 말이야, 너 오늘 우리가 지나친 그 검은색 뷰익 때문에 고민할 것 없어. 그까짓 게 뭐라고! 살만 잔뜩 찌고 기름이 질질 흐르는 마피아 차가 뭐가 좋아. 금세라도 뒤 칸에서 사람 몸뚱이가 튀어 나올 것 같더라. 너도 그런 기분이었지? 그리고 말이야, 넌 정말 멋져. 뼈대도 좋고, 진짜 영국 신사 같지, 너는. 상류층 영국 신사 말이야. 참 그리고 넌 말이지, 또 아이비리그 신사 같은 면도 있거든. 난 절대로 널 못 버릴 거야, 절대로." 문득 프로페인은 토할 것처럼 야릇한 기분이 되었다. 사람들이 공공장소에서 감정을 과시하는 것을 보면 그에게는 곧잘 이런 증세가 생겼던 것이다. 그녀는 차에 타고 있었고 지금은 운전석에 반듯하게 누워 있었다. 그녀의 목은 여름 하늘의 뭇별들을 향해 드러나 있었다. 그가 가까이 다가가려는 순간 그는 그녀의 창백한 손이 기어 전환 장치를 향해 뻗는 것을 봤다. 그녀는 그것을 만지작거리기 시작하고 있었다. 그는 그녀의 손짓을 지켜보았다. 조금 전까지 웨지와 같이 있었던 덕분에 그것이 어떤 손짓인지 쉽사리 알 수 있었다. 더 이상 보고 서 있을 생각은 없었다. 그는 언덕 쪽으로 슬슬 걷기 시작했다. 언덕을 넘고 숲을 지나 계속 걸었다. 트로카데로에 돌아왔을 때 그는 자기가 어디로 어떻게 다니다 왔는지 잘 알 수 없는 기분이었다. 통나무집들은 모두 불이 꺼져 있었고 앞에 있는 사무실만이 아직도 열려 있었다. 사무실 직원은 마침 어딜 잠깐 나갔는지 보이지 않았다. 프로페인은 사무실 책상 서랍을 뒤적거려 겨우 압정 한 상자를 찾아내는 데 성공했다. 통나무집들이 있는 데로 돌아간 그는 새벽 3시까지 두 줄로 서 있는 문마다 웨지의 콘돔 한 개씩을 압정으로 다는 작업을 했다. 방해하는 사람은 아무도 없었다. 그는 마치 자기가 내일 죽을 자의 문에 피로 표시를 하며 다니는 죽음의 천사 같다는 느낌이 들었다. 메주자를 벽에 거는 목적은 이 천사를 속여서 그 문 앞을 지나쳐 버리게 하는 데 있었다. 여기에 늘어선 백여 채의 통나무집 중에 단 한 곳도 메주자를 걸어 놓은 곳은 없었다. '자기들 손해지.' 하고 프로페인은 속으로 내뱉었다.

여름이 지난 다음에도 편지 왕래 같은 것은 있었다. 그의 편지들은 오자투성이였고 그녀의 편지들은 어느 때는 재치가 가득, 어느 때는 절망이 가득, 또 어느 때에는 정열이 가득했다. 일 년 후 그녀는 베닝턴을 졸업하고 뉴욕으로 진출해 직업소개소의 비서로 취직을 했었다. 그래서 그는 뉴욕을 들를 때면 한두 번 그녀를 만나 봤다. 그들이 서로를 생각하는 태도에는 아무 두서도 없었으며, 또한 그녀의 요요와 같은 두 손은 보통 다른 일로 분주했지만, 가끔 한 번씩은 그는 마치 보이지 않는 탯줄로 이어진 듯이, 가령 오늘 밤처럼, 그녀를 기억해 내고 갈망하곤 하는 것이었다. 그럴 때면 그는 자기가 과연 그녀에게서 얼마나 독립되어 있는가를 의심해 보기도 했다. 한 가지 다행인 것은 그녀가 그들의 사이를 어떤 '관계'로 보지 않는다는 점이었다.

"이봐, 그럼 이게 뭐야?" 그는 언젠가 그녀에게 물었다.

"비밀이야." 어린아이 같은 웃음을 웃으면서 그녀는 말했다. 그러자 프로페인은 마치 로저스 앤드 해머스타인[12]을 4분의 3박자로 들을 때처럼 가슴이 두근거리고 몸에서 힘이 빠져 버리는 느낌이었다.

그녀는 가끔 지금처럼 밤에 그를 찾아왔다. 눈보라와 함께 들어오는 악령처럼 말이다. 그에게는 눈보라도, 그리고 악령도 막아 낼 재간이 없었다.

4

결국 설날 파티는 요요처럼 끝이 났다. 적어도 당분간은 그 상태를 피하지 못하게 된 것이다. 재회를 축하하는 패거리들은 수재나 스카두치에 몰려가 야간 당번 경비를 와인 한 병으로 매수한 후 드라이독에 정박한 구축함 패거리들에게(한바탕 실랑이를 한 끝에) 한데 섞일 것을 허락했다.

파올라는 프로페인에게 바싹 붙어 다니려 했다. 그런데 프로페인은 함장 부인으로 자처하는 털(무슨 털인지 몰라도) 외투로 몸을 감은 육체파에게 눈독을 들이고 있는 판이었다. 휴대용 라디오와 호른이 준비되었고 와인도 풍성했다. 듀이 글랜드는 돛대로 기어오르겠다고 마음을 정한 모양이었다. 기타를 대롱거리면서 점점 높이 기어올라가는 그의 모습은 올라갈수록 얼룩말을 닮아 갔다. 활대에까지 오르자 듀이 글랜드는 거기에 걸터앉아 기타를 튕겼다. 그러고는 촌뜨기 억양으로 노래를 시작하는 것이었다.

Depuis qui je suis né

12   미국의 2인조 대중음악 작곡, 작사가.

42

J'ai vu mourir des pères,

J'ai vu partir des frères,

Et des enfants pleurer⋯⋯

또 그놈의 노래다. 이번 주의 망령이라고나 할까. "태어난 이래 부터(그는 읊조렸다.) 나는 아버지들의 죽음을 보았노라, 형제들이 떠나는 걸 보았노라, 그리고 어린아이들이 우는 걸 보았노라⋯⋯."

"그 비행사 친구 뭐가 문제였는데?" 하고 그는 그 노래를 파올라가 그에게 처음 해석해 주었을 때 그녀에게 물었었다. "그런 거 못 본 사람도 있나? 그런 일들은 전쟁이 아니라도 일어나. 뭘 하겠다고 전쟁을 원망해. 난 전쟁 전에 후버빌에서 태어났단 말이야."

"바로 그거라고." 파올라가 말했다. "Je suis né. 태어났다는 것."

듀이 글랜드의 목소리는 마치 생명 없는 바람 소리의 일부 같았다. 멀리멀리 높이 올라가 있는 탓이리라. 가이 롬바르도[13]하고 「올드 랭 사인」은 어떻게 된 거야?

1956년이 되기 일 분 전에 듀이는 갑판으로 내려와 섰다. 프로페인은 둥근 돛대 재목 하나를 타고 앉아 있었다. 내려다보니 바로 밑에서 함장 부인과 피그가 꼭 붙어 있었다. 갈매기 한 마리가 눈 덮인 하늘 저쪽에서 날아 들어와 원을 그린 후 프로페인이 있는 재목 위(그의 손이 놓인 데서 30센티미터쯤 떨어진 데)에 내려앉았다. "안녕하시오, 갈매기 동지." 하고 프로페인은 말을 걸어 보았다. 갈매기는 아무 대답도 하지 않았다.

"난 말이죠." 프로페인은 밤을 향해 말했다. "난 젊은 사람들이 같이 어울리는 게 보기 좋거든." 그는 중앙 갑판을 훑어보았다. 파올

---

13   Guy Lombardo(1902~1977). 캐나다 출신 재즈 뮤지션.

라가 보이지 않았다. 그러자 갑자기 모든 것이 터지기 시작했다. 거리에서 사이렌이 두 번 울렸다. 측면에 '미합중국 해군'이라는 표식이 붙은 회색 쉐보레 차들이 부두로 몰려 나왔다. 스포트라이트의 불빛이 쏟아지고 흰 모자에 '헌병'이라고 적힌 검은색과 노란색의 완장을 두른 키 작은 사람들이 부두에 쫙 깔렸다. 배 위의 취객 중 세 명은 배의 좌현을 따라 달려가며 배와 부두 사이에 다리를 놓으려는지 널빤지들을 던져 물에 빠뜨리고 있었다. 확성기를 단 트럭도 한 대 나타났다. 이제 부두는 마치 본격적인 자동차 주차장과도 같이 수많은 차에 덮여 있었다.

"자, 여러분." 몸뚱이가 없는 50와트짜리 목소리가 울렸다.

"자, 여러분." 그 말밖에는 할 말이 없는 모양이었다. 해군 대장 부인이 비명을 지르기 시작했다. 자기 남편이 드디어 자기를 잡으러 나타난 거라고 외치고 있었다. 둘이 (불타는 죄를 지으면서) 누워 있는 곳 뒤로 두세 개의 스포트라이트가 떨어졌다. 피그는 청색 제복 윗도리에 달린 열세 개의 단춧구멍을 제대로 찾아 채우느라 쩔쩔매고 있었다. 이건 급할 때는 거의 해 내기 불가능한 작업이었으므로 쩔쩔맬 만도 했다. 부두 쪽에서 응원을 보내는 탄성 소리와 웃음소리가 들려왔다. 헌병들 중 일부는 쥐처럼 정박선을 타고 건너오는 중이었고 갑판 밑에서 잠자고 있던 전 스캐폴드 선원들은 술에 취해 잠들었다 깨어나 비틀거리며 사다리를 올라오고 있었다. 한편 듀이 글랜드는 기타를 단검처럼 휘두르며 외치고 있었다. "여러분, 다 같이 여기 서서 침입자들을 물리치는 겁니다!"

프로페인은 이 모든 것을 그 높은 자리에서 보고 들었다. 한편으로는 파올라 때문에 슬슬 걱정이 되었던 터라 이제 그녀를 찾아보려 했으나 계속 움직이는 스포트라이트에 갑판의 불빛조차 흡수되어 버려서 찾을 수가 없었다. 다시 눈이 내리기 시작했다. "만약에 말이야." 하고 프로페인은 자신을 쳐다보며 눈을 깜빡거리고 있는 갈매기에게 말했다. "만약에 내가 하느님이라면 말이야." 그는 조심조심 평갑판을 기어 올라가 배를 깔고 엎드렸다. 그의 코와 눈과 카우보이 모자가 밖으로 비어져 나온 모양이 흡사 킬로이[14] 같았다.

"내가 하느님이라면." 하고 그는 헌병 한 명을 손가락으로 가리켰다. "빵! 헌병 녀석, 엉덩이에 한 방 먹어라!" 그러나 그 헌병께서는 끄떡없이, 하던 작업을 계속하고 있었다. 즉, 그는 계속 110킬로그램도 넘는 사격 지휘관 팻시 파가노의 복부를 야경봉으로 두들겨 패는 데 열중해 있었다. 부두 주차장에는 또 한 떼의 차가 와서 한몫 끼었다. 해군에서 '캐틀 카'[15]라고 부르는 죄수 호송차였다.

"빵! 캐틀 카, 곧장 달려. 부두 끝에까지 가서 풍덩 빠지라고!" 그러자 차는 정말로 물속으로 풍덩 빠지려는 것 같았다. 그러나 다음 순간, 그것은 브레이크를 끼익 걸더니 물에 떨어지기 직전에 멈춰 서고 말았다. "팻시 파가노, 날개라도 돋아나서 훌쩍 날아가라고." 그러나 최후의 야경봉 타격으로 팻시는 드디어 완전히 녹초가 되었다. 헌병은 그 작자를 때려눕힌 자리에 놔두고 가 버렸다. '여섯 명쯤 달려들어야 저 인간을 움직일 수 있을 거야.'라고 생각한 프로페인은 문득 "이건 어찌 된 거지." 하고 놀랐다. 바닷새가 이런 일들에는 진력이 났다는 듯이 해군 기지 쪽으로 날아가 버린 것이다. '어쩌면 신은 좀 더 긍정적이어야 하는지도 몰라.' 하고 프로페인은 생각해 보았다. '무턱대고 벼락만 던져 대지 말고.' 조심스레 그는 또다시 손가락

---

14   2차 세계 대전 당시 미군들 사이에서 유행한 낙서로 '정체불명의 사나이'를 뜻한다. 일반적으로 담 너머로 커다란 코를 걸친 대머리 남자의 모습이다.

15   cattle car. '가축 수송차'라는 뜻.

을 들어 듀이 글랜드를 가리켰다. 그러고는 "듀이 글랜드, 저자들한테 그 노래를 불러 줘 봐. 그 알제리 평화주의자 노래 말이야." 하고 말했다. 듀이 글랜드는 바야흐로 브리지의 구명 밧줄에 올라탄 채 베이스 선으로 어떤 노래인가의 도입부를 튕기고 있었다. 그리고 나서 「블루 스웨이드 슈즈(Blue Suede Shoes)」를 엘비스 프레슬리처럼 노래하기 시작했다. 프로페인은 몸을 돌려 똑바로 누운 후 내리는 눈을 지켜보았다.

"거의 비슷하게 해 내는걸." 하고 그는 떠나간 새와 내리는 눈에게 말했다. 그는 모자를 벗어 얼굴을 덮고 눈을 감았다. 그리고 이내 잠이 들었다.

아래쪽에서 떠들썩하던 소리가 잦아들기 시작했고 몸뚱이들이 호송차에 짐짝처럼 차곡차곡 실린 채 끌려갔다. 그것을 실은 확성기를 비치한 트럭도 한두 번 피드백 소리를 지르고는 소리를 끄고 그곳을 빠져나가고 있었다. 스포트라이트 역시 이제는 볼 수 없었고, 해안 경비대 사령부 쪽으로 사이렌 소리가 멀어져 가고 있었다.

프로페인은 아침 일찍 잠을 깼다. 온몸에는 얇은 눈의 막이 뒤덮여 있었고 감기라도 들었는지 몸이 덜덜 떨렸다. 그는 살얼음이 살짝 낀 사다리 밧줄을 휘청휘청 타고 내려갔다. 거의 두 발에 한 발씩은 미끄러지면서 아래로 내려온 그는 배에 아무도 없다는 것을 발견했다. 몸을 녹일 생각에 아래로 내려가 보았다.

또다시 그는 한 생명 없는 물체의 배 속에 들어와 있었던 것이다. 몇 개의 갑판 저 아래에서 소리가 들렸다. 야간 경비려니 하고 프로페인은 짐작했다. "혼자 있을 도리가 없군." 하고 그는 중얼댔다. 그러고는 통로 하나를 골라잡고 발소리를 죽이며 소리 나는 쪽으로 걸어가 보았다. 쥐덫 한 개가 눈에 띄었다. 그는 그것을 조심스럽게 집어 올려 통로 밑으로 내던져 버렸다. 쥐덫은 칸막이 벽에 맞아 찰칵하고 큰 소리를 내며 닫혔다. 발소리가 갑자기 그쳤다. 그러고는 또다시 이어졌다. 이번에는 더욱 조심스러운 발소리였다. 발소리는 프로페인 아래쪽에서 나더니 사다리를 타고 올라오는 듯하다가 쥐덫이 널브러진 곳으로 다가오고 있었다.

"하하." 프로페인은 웃으면서 모퉁이 하나를 조심조심 돌아가 쥐덫을 하나 더 발견했다. 그것을 집어 이번에는 승강구 계단 쪽으로 던졌다. 찰칵, 발소리는 또다시 계단을 타고 내려갔다.

쥐덫을 네 개 던지고 나니 프로페인은 조리실까지 와 있었다. 거기에는 경비가 마련한 원시적인 커피 상이 차려져 있었다. 경비가 몇 분 동안은 얼떨떨해 있을 것으로 계산한 그는 전기풍로 위에다 물을 한 주전자 올려놓았다.

"이봐." 갑판 두 개 위쪽에서 경비가 외쳤다.

"이런, 이런." 하고 프로페인은 한탄하면서 조리실에서 살짝 잽싸게 빠져나와 또 쥐덫을 찾기 시작했다. 바로 위 갑판에서 한 개 발견했다. 바깥으로 나가 쥐덫을 보이지 않는 호를 그리게끔 높이 던져 올렸다. 그는 이렇게 함으로써 자기가 적어도 쥐들을 구해 주고 있는 거라고 생각했다. 뒤쪽에서 불투명한 찰칵 소리가 나더니 비명 소리가 들려왔다.

"내 커피." 하고 프로페인은 입속으로 외치고는 계단을 한 번에 두 개씩 내려갔다. 그는 끓고 있는 물속에 그라운드 커피[16]를 한줌 집어넣었다. 그러고는 다른 쪽으로 빠져나가려다 자칫하면 경비와 맞부딪힐 뻔했으나 용케 위기를 모면했다. 경비는 왼쪽 소매 끝에 쥐덫 한 개를 매단 채 걸어오고 있었다. 그는 프로페인과 아주 가까운 거리까지 와 있었으므로 프로페인은 그자의 얼굴에 떠오른 순교자의

---

16   굵게 간 커피.

인내와 고통이 어린 표정을 읽을 수 있었다. 그자는 조리실로 들어오고 프로페인은 그와 동시에 조리실에서 빠져나갔다. 조리실에서 들려오는 고함 소리를 들었을 때 프로페인은 이미 세 개의 갑판을 올라가 있었다.

"이젠 뭘 할까?" 그는 한 통로로 걸어 들어갔다. 양쪽으로 빈 특등 선실들이 늘어서 있었다. 용접공이 던지고 간 분필 한 토막을 찾은 그는 칸막이에다 "수재나 스콰두치는 화냥년. 부자 새끼들은 모두 뒈져 버려라."라고 쓰고 나서 "유령"이라고 사인을 했다. 그랬더니 조금 기분이 풀리는 것 같았다. 누가 이놈의 것을 타고 이탈리아로 항해를 할 것인가? 회사 중역들일까, 영화배우들일까? 추방당한 깡패들도 이 배를 타고 갈 수 있겠지. "오늘 밤에는." 프로페인은 만족스럽게 속삭였다. "오늘 밤만은, 수재나, 넌 내 거야." 그러니까 낙서를 하든, 쥐덫을 터뜨리든, 누가 뭐라고 할 까닭이 없었다. 돈 내고 이 배를 타는 어느 손님이 이런 짓을 할 수 있으랴. 그는 통로를 따라가며 쥐덫을 거둬 모았다.

또다시 조리실 바깥까지 다가간 그는 쥐덫들을 사방팔방으로 내던져 터지게 했다. "하하." 경비가 웃어 대고 있었다. "잘해 봐. 실컷 소동을 피우라고. 난 네가 만든 커피나 마시고 있을 테니."

정말로 그자는 프로페인의 커피를 마시고 있었다. 프로페인은 멍한 기분으로 마지막 쥐덫을 집어 들었다. 찰칵, 쥐덫이 닫혀 버렸다. 첫째 마디와 둘째 마디를 경계로 세 손가락이 끼어 버린 것이다.

'어떻게 할까.' 프로페인은 생각했다. 소리를 질러 볼까? 아니다. 그러지 않아도 지금 경비가 저렇게 웃어 대는데 그럴 수는 없었다. 프로페인은 이를 악물고 쥐덫을 손에서 빼냈다. 그러고 나서 그것을 다시 장치한 후 뱃전 창문으로 해서 조리실 안으로 던져넣고는 냅다 뺑소니를 쳤다. 부두에 가 닿은 그는 등에 눈덩이 한 개를 맞았다. 그 바람에 카우보이모자가 벗어져 땅에 떨어져 버렸다. 그는 몸을 굽혀 모자를 집어 들면서 반격을 해 볼까 하고 잠깐 생각해 보았으나 좋지 않은 생각인 것 같아 집어치우기로 했다. 그러고는 줄곧 뛰었다.

파올라는 나루터에 가 있었다. 배에 오르면서 그녀는 그의 팔을 잡았다. 그는 다만 이런 말 한마디를 던졌을 뿐이었다. "이놈의 나룻배에서 내릴 날이 있을까?"

"눈을 맞았네." 그녀는 그렇게 말하고 눈을 털어 주려고 발돋움을 했다. 이때 프로페인은 하마터면 그녀에게 키스를 할 뻔했다. 차가운 공기가 쥐덫에 다친 손을 마비시키고 있었다. 노퍽에서 바람이 불어 들어왔다. 그들은 돌아가는 횡단 항해를 선실 내에서 마쳤다.

레이철은 노퍽 버스 정류장에서 드디어 그에게 따라붙은 셈이다. 그는 뉴욕주 뉴욕시 행 편도 버스표 두 장을 카우보이모자 속에 끼워 넣고는 삼사십 년에 걸쳐 이 엉덩이 저 엉덩이가 스치고 가느라고 퇴색하고 기름때가 묻은 나무 벤치에서 파올라와 나란히 움츠리고 앉아 있었다. 눈을 감고 잠을 청하다가 막 잠이 들려는 순간 마이크에서 그의 이름을 부르는 소리가 들려왔다.

그는 당장에 그게 누구인 줄 알았다. 잠이 미처 깨기도 전부터 그는 알았던 것이다. 육감으로 알았다고 할까. 하긴 그는 줄곧 그녀를 생각하고 있었으니까.

"베니!" 레이철의 소리였다. "전국에 있는 버스 정류장을 모조리 찾아봤어." 파티가 열리는 중인 듯 흥겨운 소리들이 배경처럼 들려왔다. 새해 전날 파티겠지. 그가 있는 곳에 시계라고는 다 낡은 벽시계 하나뿐이었다. 그리고 한 무리의 집 없는 인간들이 나무 벤치에 웅크리고 있었다. 그레이하운드도 트레일웨이스도 아닌 장거리 운행 버스를 기다리는 족속들이었다. 그는 이들을 바라보며 레이철이 지껄이는 소리에 귀를 기울이고 있었다. "돌아와." 그녀가 말했다. 이건 그녀가 아니었다면 용서하지 않았을 말이었다. 그는 자기 자신의 내적인 소리가 이렇게 말할 때도, 자기 안에 있는 어떤 허황되고 분수를 모르는 충동이 하는 말이려니 하고 귀를 기울이지 않으려 했던 것이다.

"그런데 말이야……." 그는 이런 식으로 그 장면을 피하려 하고 있었다.

"내가 버스비를 보낼 테니까."

당연히 그러시겠지.

속이 텅 빈 나무에다 쇠줄을 튕기는 소리가 마룻바닥을 따라 그에게 울려왔다. 울적하기 짝이 없는 표정의 듀이 글랜드가 뼈만 앙상해 가지고 기타를 끌고 걸어 들어오고 있는 것이었다. 프로페인은 되도록 부드러운 목소리로 레이철의 말을 가로막으며 말했다. "내 친구 듀이 글랜드가 왔어." 그는 속삭이듯 말했다. "노래를 한 소절 들려주고 싶어 할 거야."

듀이는 레이철에게 자기 애창곡 가운데 하나인 대공황의 노래를 불러 주었다. 「방황하네(Wanderin')」라는 노래였다. "대양을 헤엄치는 뱀장어들이여, 바다를 헤엄치는 뱀장어들이여. 빨강 머리 여자가 나를 얼간이로 만들었네……."

레이철의 머리카락은 붉었다. 멋모르고 빨리 튀어나온 회색 머리카락은 빼고 말이지만. 한 손으로 머리채를 뒤로 쓸어 모아 위로 높이 치켰다가 전부를 앞쪽으로(갸름한 두 눈까지도 덮어 버리면서 말이다.) 쏟아지게 하는 제스처를 해 보일 때면 그것은 틀림없이 멋진 빨강 머리였다. 하지만 이 제스처는 애써서 잘 봐줘도 150센티미터 넘을까 말까 한 여자에게는 무리한 동작이었다. 적어도 그런 평가를 내릴 만한 동작임이 틀림없었다.

그는 보이지 않는 탯줄이 배를 잡아당기는 것을 느꼈다. 그는 그녀의 그 긴 손가락들을 눈앞에 그려 보았다. 손가락들 사이로 가끔 푸른 하늘이 슬쩍슬쩍 내비치고 있었다.

게다가 이건 그칠 날이 없을 것 같으니 어쩔 것인가, 하고 그는 한탄했다.

"자넬 찾는데." 듀이 글랜드가 말했다. 안내 데스크의 여자가 얼굴을 찌푸렸다. 뼈대가 크고 피부가 얼룩덜룩한 여자였다. 이 지역 말고 다른 어딘가에서 들어온 여자가 틀림없었다. 그리고 그녀는 지금 이를 드러내고 웃는 듯한 뷰익 차의 정면 그릴이나 어느 노변 주점의 셔플보드[17]를 꿈꾸는 듯한 눈을 하고 앉아 있었다.

"보고 싶어." 레이철이 말했다. 그는 사흘 동안 기른 수염이 돋친 턱을 송화기에 대고 북북 문댔다. 그는 여기서 북쪽으로 장장 800킬로미터 뻗어 있는 지하의 전화선 언저리에 지렁이라든가 눈먼 소인족 같은 것들이 얼씬거리며 엿듣고 있으리라고 생각했다. 소인들은 여러 가지 요술을 부릴 줄 안다니까 혹시 전화의 내용을 바꿔 버리거나 다른 목소리를 흉내 내는 짓을 할지도 몰랐다. "그럼 그냥 그렇게 떠돌아다니겠단 거야?" 그녀가 말하고 있었다. 여자 뒤에서 누군가 토하고 있는 소리가 들렸고 그 광경을 지켜보고 웃는 사람들의 웃음소리도 들려왔다. 정신 나간 듯이 웃고들 있었고, 축음기에서는 재즈 음악이 돌아가고 있었다.

'우리가 원하는 게 이런 걸까?'라고 말할 뻔했으나 그는 대신 "파티는 재밌어?"라고 물었다.

"라울 집에서 열렸어." 그녀가 말했다. 라울과 슬랩 그리고 멜빈은 누군가 '병든 족속들'이라고 명명한 바 있는 불평분자의 무리에

---

17   밀대 등을 이용하여 원반을 상대 진영에 밀어 넣는 보드게임의 일종.

속하는 자들이었다. 그들은 러스티 스푼[18]이라는 이름이 붙은 웨스트사이드의 술집에서 인생의 절반을 보내는 패거리였다. 그는 술집세일러스 그레이브와 비교해 보았지만 별로 다른 점이 생각나지 않았다.

"베니." 레이철은 운 적이 없었다. 적어도 그가 아는 한 운 적이없었다. 그렇기 때문에 그는 지금 걱정이 되었다. 하지만 어쩌면 거짓으로 우는 체하는 건지도 몰랐다. "차오(Ciao.)." 그녀가 말했다. 잘난 그리니치 빌리지에서 통하는 가짜 냄새가 폭폭 나는 작별 인사다. 말하자면, 어떤 작자들이 '굿바이.'라는 작별 인사를 피하느라고 꾸며 낸 수작인 것이다. 그는 수화기를 내려놓았다.

"싸움 한판 신나게 벌어지고 있는데." 듀이 글랜드가 말했다. 시무룩한 얼굴에 눈은 핏발이 서서 버얼겠다. "플로이 녀석이 흠씬 취해 가지고 해병 엉덩이를 물어뜯었어."

유성이 궤도를 핑핑 도는 모습을 측면에서 바라보며 거울로 태양을 분열시켜 보라. 그러고는 거기에 상상의 줄을 한 가닥 매달아 보라. 그러면 전체가 하나의 요요로 보일 것이다. 태양에서 가장 먼점을 원일점(遠日點)이라 하면 유추 논법에 따라 요요를 잡은 손에서 가장 먼 점은 원월점(遠月點)이 된다.

프로페인과 파올라는 그날 밤 뉴욕으로 떠났다. 듀이 글랜드는 배로 돌아갔는데 그 후 프로페인은 그를 다시는 보지 못했다. 피그는 할리데이비슨에 실려 정처 없이 떠나갔다. 그레이하운드 버스에는 젊은 한 쌍이 타고 있었는데 이들은 다른 손님들이 잠만 들면 뒷자리에 가서 한판 하려는 눈치였다. 연필 깎는 기계를 팔러 다니는 세일즈맨 한 사람도 타고 있었다. 그는 전국 방방곡곡 안 가 본 데가 없는

18   rusty spoon. '녹슨 숟가락'이라는 뜻.

듯, 다른 손님들에게 흥미진진한 정보를 제공하고 있었다. 손님 중 누가 어느 도시로 가고 있든지 간에 이 남자는 그곳에 관해서 훤히 꿰뚫고 있었다. 그밖에 어린아이 넷이 타고 있었는데 이 애들의 어머니들은 한결같이 무능했다. 요령껏 간격을 두고 좌석 배치를 받은 어린아이들은 쉴 새 없이 지절대고 토하고 죽는 시늉을 하고 헛소리를 해 대는가 하면, 그중 한 놈은 열두 시간에 걸친 운행 중 계속 소리를 꽥꽥 질러 대고 있었다.

메릴랜드에 닿을 무렵, 프로페인은 일을 끝장내기로 결심했다. "널 떼어 버리려는 게 아니야." 그는 버스표 봉투에다 연필로 레이철의 주소를 적어서 건네주며 말했다. "다만 내가 여기에 얼마나 머물러 있을지 알 수 없어서 그러는 거야." 사실이 그랬다.

그녀는 고개를 끄덕이며 말했다. "그 여자 사랑해?"

"그 여자는 좋은 사람이야. 네게 일자리를 구해 줄 거야. 그리고 있을 곳도 마련해 줄 거고. 우리가 사랑하는 사이냐고 묻지는 마. 그건 아무 의미도 없는 말이야. 이게 그 여자 주소야. 지하철 웨스트사이드 IRT선을 타고 가면 돼. 바로 거기 가서 내릴 거야."

"뭐가 무서워서 그래?"

"잠이나 자." 여자는 시키는 대로 그의 어깨에 머리를 얹고 잠이 들었다.

뉴욕 34번가 정류장에서 그는 가벼운 거수경례로 파올라와 헤어졌다.

"혹시 한번 들를지도 몰라. 그렇게 되지 않길 바라지만 말이야. 사정이 좀 복잡하거든."

"그 여자한테 뭐라고 할까?"

"아무 말도 할 필요 없어. 알고 있을 테니까. 바로 그게 문제지만. 그 여자한테 너나 내가 뭐라고 얘기해 줄 필요조차 없다는 게 문제지, 뭐든 다 알고 있는 게 말이야."

"전화해 줘, 벤. 부탁이야. 할 수만 있다면."

"할게." 그가 말했다. "할 수만 있다면."

5

그렇게 해서 1956년 1월, 베니 프로페인은 또다시 뉴욕에 나타나게 되었다. 계속되던 거짓 봄 날씨가 끝장나는 판에 입성했던 것이다. '아워 홈'이라는 상가 구역의 싸구려 여인숙에서 매트리스 한 장과 길가 노점에서 신문 한 장을 확보한 그는 그날 밤늦게까지 가로등 불빛으로 구인 광고란을 읽으며 거리를 배회했다. 언제나 그렇듯이 특별히 그를 원하는 사람은 없었다.

혹시, 전에 알고 지내던 사람이 있어서 그를 보았더라면 프로페인이 그사이에 조금도 변하지 않았다는 것을 당장 알아 보았을 것이다. 그는 그때나 지금이나 마찬가지로 물컹하고 살이 찐 어딘가 아메바를 연상시키는 청년이었다. 바싹 짧게 깎은 머리는 군데군데 따로 한 숨음씩 자랐으며 돼지 눈을 닮은 작은 두 눈 사이는 한참 떨어져 있었다. 도로 노동은 프로페인의 외모에 아무 흔적도 남기지 않은 것이다. 외모뿐 아니라 그의 내면에도 아무 변화를 주지 않은 것 같았다. 도로는 프로페인이 먹은 나이의 상당 부분을 제 것으로 한 셈이지만 도로 일과 그는 어느 모로 보나 생면부지의 사이 같았다. 거리는 (보통 길이든, 원형 또는 사각형 광장이든 또는 사람들이 모이는 어느 공공장소나 조망대 같은 곳이든 간에) 그에게 아무것도 가르쳐 준 것이 없었다. 아직도 그는 전과 같이 측량기, 기중기, 덤프트럭 등을 조종할 줄 몰랐고, 벽돌을 쌓는다든가 줄자로 무엇을 잰다든가 하는 일도 서툴렀으며, 고도 측량봉을 흔들리지 않게 잡을 줄도 몰랐고, 심지어 자동차도 운전할 줄 몰랐던 것이다. 그는 계속 걷기만 했다. 종종 그는 자기가 환하고 거대한 슈퍼마켓의 통로들을 걷고 있는 환각에 사로잡히기도 했다. 그건 그가 필요로 하는 유일한 능력이었다.

어느 날 아침 프로페인은 일찍 눈을 떴는데 그러고 나서 다시 잠들 수가 없었다. 그래서 기분이 내키는 대로 그날 하루를 요요처럼 42번가 지하를 오르락내리락하며 지내기로 마음먹었다. 그는 지하철을 타고 타임스 스퀘어에서 그랜드 센트럴까지, 그리고 또 거기에서 거꾸로 타임스 스퀘어까지 왕복하기로 했다. 그는 복도에 놓인 매트리스 두 개에 발이 걸려 넘어질 뻔하면서 아워 홈 세면장으로 갔다. 면도를 하려고 면도날을 뽑는데 날이 잘 안 빠지는 바람에 억지로 빼다가 손가락에 상처를 입고 말았다. 피를 씻으려고 샤워를 하려 했으나 이번에는 손잡이가 돌아가질 않았다. 마침내 말을 듣는 샤워기를 찾았지만 그것도 별 소용이 없었다. 뜨거운 물과 찬물이 마음대로 들고 나고 하는 통에 본의 아니게 껑충껑충 춤을 춰야만 했고, 그의 입은 짐승의 외침 같은 신음 소리를 연발했으며, 몸을 사시나무같이 와들와들 떨어야 했던 것이다. 그러다 바닥에 떨어진 비누 조각에 미끄러져서 하마터면 목이 부러질 뻔했으며, 샤워 후 몸의 물기를 닦는데 낡은 타월까지 두 동강이 나 버려서 무용지물이 되어 버리는 게 아닌가. 옷을 입을 때도 티셔츠를 반대로 입는가 하면, 바지 지퍼를 올리는 데 십 분, 매다가 끊어진 구두끈 수선하는 데 십오 분을 소비해야만 했다. 그다음 그의 아침 노래들은 모두가 소리 없는 쌍소리와 저주로 일관됐다. 피곤해서도 아니었고 몸이 특히 말을 안 듣는다거나 하는 핑계도 아니었다. 다만 그가 슐레밀이기 때문에 오랫동안 알고 있었던 사실, 즉 생명 없는 것들과 프로페인 자신은 화목하게 같이 지낼 수 없다는 사실 때문이었던 것이다.

프로페인은 그랜드 센트럴까지는 렉싱턴가의 구간 열차를 타고 갔다. 공교롭게도 그가 올라탄 지하철 열차에는 기막히게 멋진 여성들이 하나 가득 올라타 있었다. 일터로 가는 비서들과 학교로 가는 여학생들이었다. 그건 정말이지 너무했다. 프로페인은 손잡이에 매달린 채 기진맥진한 상태에 빠져들어 갔다. 프로페인에게는 달의 차고 기욺에 따라 생기는 이상한 증세가 있었다. 바로 한 달의 일정 기간 동안에는 특정한 나이 층과 체격의 여성이기만 하다면, 덮어놓고 당장에, 걷잡을 수 없이, 끌리게 만드는 막연하면서도 강력한 바람기의 발작과도 같은 것이었다. 그는 이 발작들로부터 서서히 깨어나기는 했으나 아직도 그의 눈동자들은 흔들렸고 목은 자꾸만 완전한 360도 회전을 하고 싶어 했다.

아침 출근 시간이 지난 열차 칸은 거의 비어 있기 마련이다. 마치 관광객들이 떠나고 난 다음의 어질러진 해변과도 같았다. 9시하고 12시 사이에 영주민들이 수줍은 듯한 태도로 조심스레 자기들의 해변으로 되돌아오는 시간이었다. 해가 뜨면서부터 온갖 부유한 계층의 인사들이 여름과 생명을 불어넣던 세계가 이제는 잠자는 부랑자들과 극빈자 수당으로 연명하는 늙은 여자들의 차지가 된다. 그때까지 줄곧 거기에 있었으나 눈에 띄지 않았을 뿐인 이들은 제 영토권을 재정립하고 낙엽 지는 계절을 맞을 준비에 바빴다.

열한 번째인가 열두 번째 운행 중에 프로페인은 꾸벅꾸벅 졸면서 꿈을 꾸었다. 그러나 정오가 가까웠을 때 세 명의 푸에르토리코 애송이들 때문에 깨어났다. 이들의 이름은 톨리토, 호세, 그리고 쿡이었는데 이 마지막 이름은 쿠카라치토를 줄여서 부른 것이었다. 그들은 지하철에서 돈벌이 공연을 하는 패거리로, 주말 아닌 때의 오전은 지하철 열차 공연에 부적당한 줄 알면서도 상관하지 않고 봉고 연주를 벌이고 있었다. 호세는 커피 깡통 한 개를 들고 있었는데 그것은 엎어 놓으면 이들이 추는 메렝게 춤이나 바이온 춤의 반주를 넣는 악기가 됐고, 뒤집어 놓으면 혹시라도 이들 공연의 값어치를 인정하는 승객이 있을 경우, 그들이 주는 잔돈푼, 통행 토큰, 껌, 또는 침 따위를 받는 용기로 사용되는 물건이었다.

프로페인은 눈을 껌벅이며 깨어났다. 그러고는 그들이 뱅뱅 돌며 춤을 추고 거꾸로 서서 재주넘기를 하는가 하면 사랑을 고백하는 흉내를 내는 모습들을 물끄러미 바라봤다. 그들은 또 열차 손잡이에 매달려서 그네 뛰는 재주, 시미 춤을 추듯이 몸을 떨며 철봉 타고 오르기 따위의 재주도 부렸다. 톨리토는 일곱 살짜리 쿡을 마치 콩 주머니인 듯 던져 올렸다가 다시 받는 재주를 부리고 있었으며, 호세는 이들 뒤쪽에 버티고 앉아서 열차가 내는 소음에 장단이라도 맞추듯 깡통 북에 대고 복잡한 리듬을 두드려 댔다. 그의 팔꿈치 아래 팔뚝과 손은 끝없는 진동을 만들어 내고 있었으며, 벌어진 입에 드러난 치아 위로는 웨스트사이드만큼이나 광대무변하고 지칠 줄 모르는 미소가 넌지시 걸쳐 있었다.

그들은 열차가 타임스 스퀘어에 닿을 때쯤 해서 깡통을 돌렸다. 프로페인은 그들이 다가오기 전에 눈을 감아 버렸다. 그들은 그의 맞은편 좌석에 앉더니 다리를 대롱거리면서 취득물을 점검하기 시작했다. 쿡이 가운데 앉고 다른 둘은 양쪽에서 그를 밀어붙여 바닥에 내려앉게 하려고 애를 쓰고 있었다. 아이들 이웃에 사는 두 명의 십대 남자애들이 올라탔다. 능직 목면으로 된 검은색 바지와 등에 '플레이보이'라는 글씨가 핏빛으로 새겨진 검은색 갱 재킷 차림이었다. 단번에 좌석에 앉았던 셋은 모든 동작을 정지하고 서로를 견제하는 듯한 태도로 눈만 크게 뜬 채 둘을 쳐다보았다. 그중 제일 나이 어린 쿡은 참을 줄을 몰랐다. "마리콘!"[19] 하고 그는 명랑한 목소리로 외쳤다. 프로페인의 눈이 그 소리에 절로 떠졌다. 그들보다 나이가 더 많은 쪽인 두 소년의 거만한 발소리가 다음 객실을 향해 스타카토로 움직여 갔다. 톨리토는 한 손으로 쿡의 머리를 내리눌렀다. 마치 마룻바닥을 뚫고 그 아래로 들어가 버리게 하려는 듯한 몸짓이었다. 하지만 쿡은 용케 빠져나왔다. 문이 닫히고 기차는 그랜드 센트럴을 향해 또다시 움직였다. 아이 셋은 프로페인에게 온통 주의를 기울였다.

"이봐, 형." 쿡이 불렀다. 프로페인은 반쯤 경계하면서 아이를 쳐다보았다.

"어떻게 된 거야." 호세가 커피 깡통을 머리에 얹으면서 말했다. 별생각 없이 머리에 올려놓은 깡통은 이내 귀 밑으로 미끄러져 내렸다. "왜 타임스 스퀘어에서 안 내렸는데?"

"자다가 그랬나 봐." 톨리토가 말했다.

"이 남자는 요요야." 호세가 말했다. "두고 봐." 아이들은 프로페인을 잠시 잊어버리고 다른 차칸에 가서 공연을 개시하는 모양이었다. 그들은 기차가 다시 그랜드 센트럴을 출발하려 하자 자리로 돌아왔다.

"저것 봐." 호세가 말했다.

"이봐, 형." 쿡이 불렀다. "어떻게 된 거냐고."

"일거리가 없군." 톨리토가 말했다.

"우리 형처럼 악어 사냥을 해봐." 쿡이 말했다.

"쿡네 형은 엽총으로 악어들을 쏴 죽인다고." 톨리토가 말했다.

"일거리가 필요하면 악어 사냥을 해 봐요." 호세가 말했다.

프로페인은 배를 긁적였다. 그러고는 열차 바닥을 내려다보았다.

19   maricon. '동성애자'라는 뜻.

"안정적인 일이야?" 하고 그는 물었다.

열차는 타임스 스퀘어에 도착했다. 그러고는 승객들을 토해 내더니 또 다른 승객들을 태우고 문을 닫은 뒤 터널 속으로 소리 지르며 달음박질쳐 내려갔다. 저쪽 선로로 다른 열차가 들어왔다. 갈색 불빛 속에 몸뚱이들이 붐비고 있었고, 확성기가 들어오고 나가는 열차들을 말해 주고 있었다. 점심 시간이었다. 지하철역은 갑자기 활기를 띠었다. 사람 소리와 움직임이 부쩍 늘어났다. 관광객들이 떼를 지어 돌아오고 있었다. 또 하나의 열차가 들어와서 문을 열었다 닫고는 출발해 버렸다. 목조 플랫폼 위의 군상은 계속 늘어나는 중이었고 안락의 결여에서 오는 불쾌감, 공복감, 방광의 팽창으로 인한 불안감, 그리고 질식할 듯한 느낌이 상승하고 있었다. 첫 번째 열차가 돌아왔다.

이번에 객실 안으로 비집고 들어온 군상 속에는 검은 코트를 입은 소녀가 섞여 있었다. 소녀의 머리카락이 코트 밖으로 길게 내려드리운 것이 눈에 띄었다. 소녀는 객실 네 칸을 뒤지고 난 다음에야 프로페인 곁에서 그를 바라보고 앉아 있는 쿡을 발견했다.

"이 형이 앙헬 형이 악어 사냥하는 일을 돕고 싶대." 쿡이 소녀에게 말했다. 프로페인은 좌석에 비스듬히 누워 자고 있었다.

꿈속에서 그는 언제나 그렇듯이 혼자 있었고, 자기의 시야 밖에 있는 것은 모두 죽어 있는 밤거리를 걷고 있었다. 그 거리에서는 언제나 밤이었다. 흔들리지도 않는 불빛은 소화전을 강렬히 비추었고 군데군데 맨홀 뚜껑이 눈에 띄었다. 여기저기에 네온사인이 빛나고 있었으나 그 사인들이 무엇을 말하고 있는지 그는 깨어난 후 기억해 본 일이 없었다.

막연하게나마 그는 이 장면이 언젠가 들은 적이 있는 이야기와 연결되어 있다는 생각을 했다. 그것은 배꼽 대신 황금 나사못을 달고 나온 남자아이에 대한 이야기였다. 이십 년 동안 이 사람은 전 세계의 유명한 의사와 전문가들을 찾아다니며 나사못을 제거하기 위해 상의했으나 소용이 없었다. 드디어 아이티에서 그는 부두교인 의사를 만나 약을 지어 받는다. 아주 냄새가 고약했으나 시키는 대로 마신다. 약을 마신 후 그는 잠이 들고 곧 꿈을 꾸기 시작한다. 이 꿈속에서 그는 녹색 가로등이 켜진 거리에 혼자 있게 된다. 마술사의 지시에 따라, 그는 섰던 자리에서 오른쪽으로 두 발짝, 그리고 왼쪽으로 한 발짝 발을 뗀다. 거기에서부터 일곱 번째 가로등 옆에서 그는 여러 가지 색깔의 풍선이 잔뜩 열린 나무를 한 그루 발견한다. 꼭대기에서 아래로 네 번째 가지에 빨간색 풍선이 달려 있다. 그것을 따서 터뜨리니 그 속에 노란색 자루가 달린 스크루드라이버가 있다. 그것으로 그는 배에 박혀 있는 나사못을 빼낸다. 그 일을 마치자 그는 곧 꿈에서 깨어났다. 아침이 되어 있었다. 그는 자기의 배꼽 쪽을 살펴봤다. 나사못이 보이지 않았다. 이십 년 동안의 저주가 드디어 풀린 것이다. 좋아서 어쩔 줄 모르며 그는 침대에서 펄쩍 뛰어내렸다. 그 찰나, 그만 엉덩이가 떨어져 나가고 말았다.

거리에 혼자 있을 때마다 프로페인에겐 언제나 어떤 물건 하나만 찾아낸다면 자기 몸을, 마치 기계를 해체하듯 쉽게 해체할 수 있을 것이라는 생각이 엄습하곤 했다. 그런데 바로 여기에서부터 공포가 시작되었다. 이 대목에서 그의 꿈은 무서운 악몽으로 변했던 것이다. 왜냐하면 여기서부터는 거리를 계속 걷는 한, 몸의 부분들이 엉덩이뿐 아니라 팔과 다리와 해면 같은 뇌, 그리고 시계처럼 똑딱이는 심장까지 하나씩 떨어져 나가야만 했기 때문이다. 그가 길을 계속 걷는 동안 그것들은 하나씩 떨어져 나가 휴지 조각들처럼 거리를 어지럽히고 맨홀 뚜껑 위에도 나둥그러져 있을 것이었기 때문이다.

수은등이 밝혀진 이 거리가 과연 고향이란 말인가? 그는 결국

제 무덤을 찾아 돌아가는 코끼리란 말인가? 이제 그는 쓰러져 눕고 얼마 안 있어 상아가 될 것인가? 큼직한 상아 덩어리 속에 미래의 정교한 체스 말들, 등 긁는 긴 주걱, 그리고 또 크기가 다른 여러 개의 구(球)들이 정밀하고 우아하게 겹쳐진 것이 환히 들여다보이는 중국 세공품들이 때를 기다리며 잠들어 있을 것인가?

다만 꿈꿀 것은 이것뿐이었다. 이외에는 아무것도 없었다. 즉 거리를 빼면 그의 꿈은 아무것도 아니었다. 그는 곧 깨어났다, 스크루드라이버도, 열쇠도 찾지 못한 채. 다만 여자의 얼굴 하나만이 그의 얼굴 바로 옆에 와 있었다. 쿡은 고개를 숙이고 두 발을 벌린 자세로 조금 물러서 있었다. 객실 두 개를 사이에 둔 저쪽으로부터 전철기를 넘어가느라고 덜컥대는 기차 소리와 어울려 톨리토의 커피 깡통 두드리는 소리가 들려왔다.

여자의 얼굴은 앳되고 부드러웠다. 한쪽 볼에는 갈색 사마귀가 한 개 달려 있었다. 그녀는 그가 눈을 뜨기 전부터 그에게 말을 걸고 있었고 그에게 자기와 같이 자기 집에 가자고 하고 있었다. 여자의 이름은 호세피나 멘도사였고 쿡의 누나였다. 집은 업타운에 있다고 했다. 그런데 그녀는 꼭 자기가 프로페인을 도와야겠다고 생각한 모양이었다. 그는 무엇이 어떻게 되어 가고 있는지 영문을 알 수 없었다.

"저어…… 아가씨." 그는 얼떨떨해서 말했다.

"여기 이러고 있는 게 좋아서 그래요?" 여자가 소리쳐 물었다.

"아니, 좋아서가 아니고요." 프로페인이 말했다. 열차는 승객을 가득 싣고 타임스 스퀘어를 향해 달리고 있었다. 블루밍데일 백화점에서 쇼핑을 하고 돌아가는 길인 두 노부인들이 객실 저 위쪽으로부터 그들이 있는 쪽으로 적의에 찬 눈길을 보내고 있었다. 피나는 드디어 울기 시작했다. 나머지 아이들이 노래를 부르며 몰려왔다. "살

려 줘." 프로페인은 말했다. 그러나 누구에게 하는 소린지 그 자신도
몰랐다. 깨어났을 때 그는 이 도시에 있는 모든 여자를 사랑하고 갈
망했다. 그런데 이제 여기에 한 여자가 나타나서 그를 집으로 데려가
겠다고 야단인 것이다. 기차가 타임스 스퀘어에 도착했고 일제히 문
들이 활짝 열렸다. 자기가 하고 있는 행동이 무엇인지조차 충분히 의
식하지 못한 채 그는 한 팔에 쿡을 거머잡아 안고 문 밖으로 달려 나
갔다. 검은색 코트 자락이 펄럭일 때마다 열대 지방의 새들이 고개를
살짝살짝 내미는 녹색 드레스를 입은 피나는 호세, 그리고 톨리토와
손을 잡고 일렬 종대로 서서 따라오고 있었다. 그들은 녹색 등이 줄
지어 매달려 있는 정거장에서 달음질쳐 빠져나왔다. 운동 신경이 둔
한 프로페인은 몇 번이고 휴지통이며 음료수 자판기에 부딪혔다. 쿡
은 프로페인의 팔에서 빠져나가더니 한낮의 군상 사이로 돌진해 들
어갔다. "루이스 아파리시오."[20] 하고 외치면서 아이는 상상 속 자기
만의 '루이스 아파리시오' 베이스를 향해 한 무리의 걸 스카우트 소
녀들의 틈을 꿰뚫고 미끄러져 들어갔다. 계단을 내려가서 업타운 구
간행 타는 곳까지 가니 열차가 하나 서 있었다. 피나와 아이들이 올
라탔다. 프로페인이 뒤따라 들어서는데 문이 닫혀 버린다. 꼼짝없이
문틈에 몸이 끼이고 말았다. 피나의 눈이 쿡의 눈과 함께 휘둥그레졌
다. 작은 비명 소리와 함께 그녀는 프로페인의 손을 잡아당겼다. 그
랬더니 기적이 일어났다. 문이 다시 열린 것이다. 여자는 그를 안으
로 끌어들였다. 즉 그녀의 조용한 에너지권 내로 그를 끌어들이는 데
성공한 것이다. 그는 분명히 알게 됐다. 이제 당분간은 서툴고 운 없
는 사나이 프로페인이 잽싸고 자신 있게 행동할 수 있으리라는 사실
을 말이다. 집까지 가는 동안 내내 쿡은 「티에네스 미 코라손(Tienes

20   Luis Aparizio. 베네수엘라 출신의 야구 선수.

Mi Corazon)」이라는 사랑 노래를 불렀다. 그것은 언젠가 그가 영화에서 들은 적이 있는 노래였다.

그들은 업타운 80번지 구역에 살고 있었다. 암스테르담가와 브로드웨이 사이였다. 피나와 쿡, 어머니, 아버지, 그리고 앙헬이라는 또 다른 아들, 그렇게 다섯 식구였다. 앙헬의 친구인 제로니모가 와서 마룻바닥에서 자고 가기도 했다. 이 집 아버지는 극빈자 수당을 받고 있었고 어머니는 프로페인을 보자마자 대번에 반해 버렸다. 이들은 그에게 욕조를 잠자리로 내주었다.

다음 날, 프로페인이 거기에 잠들어 있는 것을 보고 쿡이 차가운 물을 틀어 버렸다. 프로페인은 소리를 지르며 후다닥 일어났다.

"이봐 형, 가서 일거릴 구해 봐." 쿡이 말했다. "피나가 그러래." 프로페인은 벌떡 일어나 쿡의 뒤를 쫓았다. 물을 줄줄 흘리면서 작은 아파트 안에서 쿡을 따라 뛰어 돌아다니다, 앞방에서 와인을 마시면서 리버사이드 공원에서 그날 눈요기할 여자 얘기를 하며 뒹굴고 있는 앙헬과 제로니모에 걸려서 넘어졌다. 쿡은 깔깔거리고 "루이스 아파리시오."라고 외치면서 달아났다. 프로페인은 바닥에 코를 납작하게 찧으며 엎어졌던 것이다. "와인이나 마셔." 앙헬이 말했다.

몇 시간 후, 그들은 모두 술에 만취되어 낡은 갈색 석조 건물 계단을 비틀거리며 걸어 내려왔다. 앙헬과 제로니모는 여자들이 공원에 나오기에는 날씨가 너무 춥지는 않은지를 놓고 토론을 벌이고 있었다. 그들은 서쪽을 향해서 거리 한복판을 활보하기 시작했다. 하늘은 구름이 잔뜩 끼어 음침했다. 프로페인은 자꾸 자동차들에 가서 부딪혔다. 길모퉁이까지 간 그들은 핫도그 노점으로 쳐들어가 머리를 식히기 위해 피나 콜라다를 마셨다. 별 효과가 없었다. 리버사이드에 도착했을 때 드디어 제로니모가 나가떨어졌다. 프로페인과 앙헬은 제로니모를 버둥거리는 숫양이라도 되듯 떠메고는 거리를 가로지르고 언덕을 내리 달려서 공원에 골인했다. 프로페인이 돌에 걸려 넘어지는 통에 세 사람은 모두 얼어붙은 풀밭에 나뒹굴었다. 그들 머리 위에서는 퉁퉁한 털외투를 입은 아이들 한 패거리가 눈부시게 노란 콩 주머니를 던지며 놀고 있었다. 제로니모가 노래하기 시작했다.

"이것 봐." 앙헬이 말했다. "저기 하나 있다." 성질머리 사납게 생긴 인상 나쁜 푸들을 산보시키러 나온 여자 말이었다. 목덜미에 길고 윤기 있는 머리카락이 넘실대는 나이 어린 여자였다. 제로니모는 "코뇨."[21]라고 말하고는 음탕한 손놀림을 하기 위해 노래를 잠깐 그쳤다. 그러고서 이번에는 여자를 상대로 또다시 노래를 계속했다. 그녀는 이들 중 아무도 보지 못한 듯 시종 벌거벗은 나무들에게 미소를 보내며 침착하기 그지없는 얼굴을 한 채 업타운 방향으로 걸음을 옮기고 있었다. 여자가 안 보일 때까지 눈으로 그녀를 좇고 있던 그들은 여자가 시야에서 사라지자 서글퍼졌다.

앙헬이 한숨을 쉬며 말했다. "저렇게 많은데 말이야." 그리고 말을 이었다. "여자가 수백만 명이 득실대는데 우린 이게 뭐냐고. 여기 뉴욕에서도 그렇지만 전에 살던 보스턴도 그랬어. 그밖에도 수백 수천 개의 도시에 흔한 게 여잔데 우린 어떻게 된 거냔 말이야. ……완전히 축 처지는 일이야."

"뉴저지 쪽도 마찬가지야." 프로페인이 말했다. "뉴저지에서 일한 적이 있지."

"그쪽 동네에 쓸 만한 물건들이 많지." 앙헬이 대꾸했다.

"고속도로 같은 데서는 많이 구경할 수 있었어. 자동차 속에 들어앉아 있는 것들 말이야." 프로페인이 말했다.

"제로니모하고 난 하수도에서 일해." 앙헬이 말했다. "거리 밑에

21   coño. 여성 성기를 칭하는 스페인어 속어 표현.

서 일하는 거야. 거기선 아무것도 구경할 수 없어."

"거리 밑이라……." 프로페인이 조금 뒤에 반복하듯 중얼댔다. "거리 밑……."

제로니모는 노래를 그치고 프로페인에게 그곳에 대해 이야기해 주었다. 그는 프로페인에게 소형 악어에 대한 기사를 기억하느냐고 물었다. 작년인가 재작년 뉴욕시의 수많은 아이들이 애완용 소형 악어들을 산 적이 있었다. 메이시스 백화점에서는 그걸 한 마리에 50센트 받고 팔았고 아이들은 저마다 꼭 한 마리씩은 가져야 할 것처럼 아우성쳤다. 그렇지만 아이들은 곧 싫증을 내고 말았다. 더러는 악어들을 거리에 내다 버렸지만 대부분의 아이들은 그냥 변기에 넣고 물을 내려 버린 것이다. 이것들이 자라서 새끼를 치고 쥐와 오물을 먹으며 지낸 끝에 이제 와서는 거대하고 눈먼 알비노가 되어 하수도 전역을 돌아다니고 있었다. 저 아래 세상에 얼마나 많은 악어들이 살아 움직이고 있는지는 아무도 몰랐다. 더러는 동족 상식을 하게 되었었다. 왜냐하면 인근에 있던 쥐를 다 잡아먹어 버린 탓에 한 마리도 남지 않았거나 아니면 쥐들이 공포에 질려 다 도망가 버렸기 때문이었다.

이 하수도 스캔들이 일어나자 보건부는 양심에 자극을 받은 듯 지원자들을 모집하기 시작했다. 이들이 하는 일은 엽총을 들고 하수도에 내려가 악어들을 잡아 없애는 일이었다. 지원자가 많지 않았고 한번 지원했던 사람들도 곧 그만둬 버렸다. 앙헬하고 제로니모만은 다른 사람들보다 석 달은 더 머물러 있노라고 제로니모가 자랑스럽게 말했다.

프로페인은 갑자기 술이 깨는 것을 느끼며 천천히 물었다. "아직도 지원자를 구하고 있어?" 앙헬이 노래하기 시작했다. 프로페인은 몸을 굴려 제로니모 쪽으로 돌아누워 그를 노려보듯 쳐다보며 말했다. "아직도 구하고 있느냐구?"

"그럼." 제로니모가 말했다. "엽총 써 본 일 있어?"

프로페인은 그렇다고 말했다. 사실 그는, 적어도 거리 위에서는 엽총을 쏴 본 일이 없었다. 또한 앞으로도 그럴 생각은 없었다. 하지만 거리 밑, 그렇지, '거리 밑'에서야 괜찮지 않을까. 오발로 자기를 쏴서 죽을 수도 있는 일이었으나 그것도 나쁠 건 없었다. 한번 해 볼 만한 일인 것 같았다.

"차이추스 씨한테 말해 볼게, 지원대 대장이야." 제로니모가 말했다.

콩 주머니는 잠깐 동안 공중에 밝은 빛을 발하며 빙글빙글 달려 있었다.

"저것 봐, 저것 봐." 아이들이 소리 질렀다. "저게 떨어지는 것 좀 보라고!"

2장

그 '모든
병든 족속들'
V

1

프로페인과 앙헬과 제로니모는 정오쯤 여자 감상을 집어치우고
술을 찾아 공원을 나섰다. 약 한 시간 정도 지났을 때 레이철 아울글
래스, 바로 프로페인의 레이철이 집에 돌아가는 길에 이들이 있던 자
리를 지나갔다.

이 여자의 걸음걸이를 묘사하기란 쉽지 않다. 용감하고 관능적
인 걸음걸이라고 할까? 마치 휘몰아쳐 쌓인 눈 속에 코 높이까지 묻
혀 가며 애인을 만나러 씩씩하게 진군하는 듯한 걸음걸이였다. 그
녀는 뉴저지 해안에서 불어오는 미풍에 회색 코트 자락을 나부끼면
서 산책길 한가운데로 걸어왔다. 그녀의 하이힐은 격자 블록의 X 자
를 정확하고 깨끗하게 내리치고 있었다. 이 도시에 팔 년 동안 살면
서 배운 재주다. 그 짓을 하느라고 구두 굽을 잃은 일도 있었고 가끔
균형을 잃기도 했으나 이제는 눈을 가리고도 해낼 수 있었다. 그녀는
격자의 X 자 밟기를 자신만의 자랑거리로 삼고 있었다.

레이철은 시내에 있는 직업 소개소에서 인터뷰 담당인지 인사 담당인지 하는 직책을 맡아 일하고 있었다. 지금 그녀는 이스트사이드에 있는 성형외과의 셰일 슌메이커 박사를 만나고 오는 길이었다. 슌메이커는 장인의 솜씨를 자랑하는 인기 있는 성형외과의였다. 그의 밑에는 두 명의 조수가 딸려 있었는데 그중 하나는 비서와 접수 담당과 간호사를 겸하는 조수로 교태가 넘쳐흐르는 살짝 올라간 들창코, 그리고 수천 개에 이르는 주근깨의 소유자였다. 그런데 그 코와 주근깨들은 모두 슌메이커의 작품이었다. 주근깨들은 문신으로 박아 넣은 것이었는데 그 여자는 박사의 정부였고 무슨 변태적인 착상으로 그랬는지는 몰라도 이름을 어빙[22]이라고 했다. 또 하나의 조수는 트렌치라는 이름을 가진 불량 청년이었다. 이 청년의 취미란 환자를 보는 틈틈이 유대인 연합회에서 자기 고용주에게 증정한 목제 상패에다 수술용 메스를 던지는 일이었다. 이들의 영업은 독일인 구역에 바로 인접한 곳, 즉 1번가와 요크가 사이에 서 있는, 아파트 건물의 미궁처럼 깊숙이 들어앉아 있는 으리으리한 방들에서 영위되고 있었다. 이 구역의 분위기에 맞추기 위해서인지 보이지 않는 확성기에서는 독일 경음악이 계속 세차게 흘러나오고 있었다.

레이철이 그곳에 도착한 것은 아침 10시였다. 그녀는 어빙이 기다리라고 하는 대로 거기 앉아서 줄곧 기다렸다. 의사 선생은 그날 아침 바쁘다고 했다. 환자가 많이 와 있었다. 코가 아무는 데 넉 달씩이나 걸리기 때문일 거라고 레이철은 혼자 생각했다. 지금부터 넉 달 후면 6월이었다. 그러니까 코만 그렇게 흉측하게 생기지 않는다면 자신이 신부 후보로서 완벽하리라고 자부하는 많은 유대인 아가씨들이 모두 규격품 코의 격막을 끼우고 여러 곳에 있는 휴양지로 남편감

<hr/>

22   '어빙(Irving)'은 주로 남자 이름으로 쓰인다.

을 찾아서 편력할 때가 되는 것이다.

레이철은 불쾌했다. 레이철 생각에 이 여자들이 코 수술을 받는 이유는 수술을 받으면 정말로 얼굴이 예뻐져서라기보다, 매부리코는 전통적으로 유대인의 표시로 알려져 있는 반면 약간 위로 치켜 올라간 짧은 코는 영화나 텔레비전 광고 같은 데서 보는 WASP, 즉 백인 앵글로 색슨 신교도(White Anglo-Saxon Protestant)의 표식이기 때문이었다.

그녀는 바깥쪽 진료실에서 들어오는 환자들을 바라보며 앉아 있었다. 숀메이커를 만나러 오기는 했지만 그다지 빨리 대면하고 싶은 생각은 없었다. 턱수염을 기른(그래 봤자 숱이 성긴 턱수염은 약한 턱을 감추는 데 별 역할을 못 했지만) 젊은 남자가 옅은 회색 양탄자 저쪽에서 축축한 눈으로 힐끗힐끗 쳐다보고 있었다. 쳐다보면서도 조금은 쑥스러운 눈치였다. 거즈를 입 주변에 둘둘 맨 소녀가 눈을 감은 채 소파에 아무렇게나 누워 있었고 그 양쪽에는 여자아이 부모가 앉아서 소곤거리는 소리로 수술비에 대해 의논 중이었다.

레이철의 바로 정면 벽에는 양탄자를 사이에 두고 거울이 높이 걸려 있었고 거울 밑에는 장식장이 있었다. 그 위에는 19세기 말 내지 20세기 초 모형의 시계가 놓여 있었는데, 그 양면으로 난 글자판은 복잡한 시계 내부 장치 위쪽으로 네 개의 아치식 황금 부벽들에 의해 떠받쳐져 있었고, 그 모두는 맑디맑은 스웨덴제 납유리에 에워싸여 있었다. 추는 왔다 갔다 하는 것이 아니라 바닥과 평행을 이루는 원판 모양이었으며 6시가 되면 시곗바늘과 평행이 되는 작은 기둥으로 조절되었다. 그 원판은 한쪽으로 4분의 1 회전을 하고 나서는, 또 다른 쪽으로 4분의 1 회전을 했다. 한 번씩 작은 막대가 거꾸로 비틀릴 때마다 탈진 장치(脫進裝置)의 눈금이 하나씩 바뀌었다. 원판 위에는 꼬마 도깨비 같기도 하고 악마 같기도 한 것이 두 개 올라앉아 있었다. 황금으로 만들어진 이들은 희한하기 짝이 없는 자세를 취하고 있었다. 이 움직임은 레이철의 등 뒤에 있는, 바닥에서 천장까지 닿는(소나무 한 그루의 나뭇가지와 녹색 바늘잎들을 몽땅 드러내 보여 주는) 긴 유리창과 함께 거울에 반영되고 있었다. 창밖으로는 나뭇가지들이 2월의 바람 속에 끊임없이 앞뒤로 채찍질을 하며 공기를 요동시키고 있었다. 그 앞에서 작은 악령들은 박자를 맞추어 춤을 추었고, 그들 머리 위로는 수직으로 배열된 황금 전동 장치, 톱니바퀴, 지레, 스프링 등이 어느 무도회장의 샹들리에 못지않게 따스하고 경쾌한 빛을 발하고 있었다.

레이철은 45도 각도에서 거울을 보고 있었으므로 방을 향하고 있는 사람의 얼굴과 그 다른 쪽에 있는 얼굴을 동시에 볼 수 있었다. 시간과 역시간이 공존하는 셈이었다. 그것들은 정확하게 공존할 뿐 아니라 서로를 말소하기도 했다. 세상에는 어쩌면 이와 같은 조회점(照會點)들이 여러 개 있는 것이 아닐까? 아니면 지금 이 방과 같이 불완전하고 불만투성이의 임시 인구들이 모인 결절점에서만 일어나는 현상일까? 진짜 시간에 가짜 시간, 혹은 거울 시간을 더하면 영이 될까? 이 모든 것은 분명히 밝혀지지 않은 어떤 도덕적 원리를 인간에게 가르치려 하는 것일까? 아니면 그저 거울 세계 속 일일 뿐일까? 코허리를 바깥으로 휘게 만든다든가 턱에다 작은 연골 뭉치를 갖다 붙임으로 해서 악운이 행운이 된다는 약속, 얼굴을 바꾼 자들은 앞으로 거울 시간에 따라서만 살면 된다는 약속, 일도 사랑도 거울 빛 속에서 하며, 죽음이 그들 심장 고동 소리(메트로놈 소리)를 마치 빛이 진동을 그칠 때처럼 조용히 멈추게 할 때까지, 세기의 샹들리에 밑에서 요정의 춤을 추리라는 약속만이 중요한 건 아닐런지?

"아울글래스 양." 어빙이 숀메이커의 성스러운 방문 앞에서 미소를 띠며 불렀다. 레이철은 핸드백을 들고 자리에서 일어났다. 거울 앞을 지나면서 그녀는 거울 속에 비친 자기 모습을 비스듬히 쳐다봤다. 그러고 나서 방문으로 걸어 들어가 콩팥 모양의 책상 뒤에 느긋하고 거만하게 버티고 앉은 숀메이커 박사와 대면했다. 그는 계산서와 먹지를 책상 위에 내놓고 있었다. "하비츠 양의 계산은." 그가 입을 열었다. 레이철은 핸드백을 열고 20달러짜리 지폐 뭉치를 꺼냈다. 그러고는 책상 위에 널려 있는 서류들 위에 떨어뜨리며 말했다.

"세어 보시죠. 잔금이에요."

"나중에." 의사가 말했다. "앉으세요. 아울글래스 양."

"에스터는 무일푼이 됐어요. 그리고 죽을 고생까지 하고 있죠. 당신이 여기다 벌여 놓은 이……."

"사악한 장사판." 그가 냉랭히 말했다. "담배 하시죠?"

"내 걸 피우겠어요." 의자 끝에 마지못한 듯 걸터앉은 레이철은 이마에 한두 가닥 내려온 머리카락을 밀어 넘기고는 담배를 뒤지기 시작했다.

"인간의 허영심을 미끼로 장사하고 있습니다." 숀메이커가 계속했다. "아름다움이 마음에 있는 것이 아니라 돈으로 살 수 있는 거라는 거짓 이론을 퍼뜨리고 있고요. 네, 맞아요." 그는 은으로 된 묵직한 라이터를 든 손을 불쑥 내밀면서 말했다. 라이터의 불이 가늘게 올라갔다. 그는 사납게 말을 계속했다. "돈으로 살 수 있단 말입니다, 아울글래스 양. 난 그걸 팔고 있고요. 난 나 자신이 필요악이라고까지는 생각 안 해요."

"불필요한 존재겠죠." 레이철은 연기의 둥근 후광 너머에서 말했다. 그녀의 눈은 맞붙은 톱니의 경사면인 듯 빛나고 있었다.

"여자들을 유혹해서 자신들을 팔게 만드니까요." 그녀가 말했다.

그는 레이철의 관능적인 코가 그리는 곡선을 바라보며 물었다. "정교회 신자이신가? 아닌가요? 그럼 보수파 유대교 신자? 젊은 분이 보수파일 리는 없지. 우리 부모는 정교회죠. 그분들은 이렇게 말합니다. 그리고 나도 그렇게 말하죠. 아버지의 종교야 무엇이 되었든 어머니가 유대인인 이상 자식은 유대인이다. 우린 모두 어머니 태에서 나오니까. 기나긴 유대인 어머니들의 행렬이 이브에게까지 연결되는 거라고."

그녀는 '위선자'를 보는 눈빛으로 그를 비난하고 있었다.

"아니." 그가 말했다. "이브는 최초의 유대인 어머니요. 제일 먼저 본보기를 만든 사람이에요. 그이가 아담에게 한 말은 그 후 대대손손 모든 유대인 여자들에 의해 반복되고 있지요. 즉, '아담, 이리 들어와서 금단의 열매를 맛보아요.'라는 말 말이지요."

"하하." 레이철이 웃어 보였다.

"이 역사적인 연쇄 현상, 이 특성의 대물림을 어떻게 무시할 수 있겠어요? 물론 우리는 발전을 거듭하며 진화해 왔죠. 이제 와서 지구가 평평하다고 우기는 사람은 없지 않습니까? 하긴 영국에는 그런 사람도 있다고 하지만 말이오. 평면 지구회인가 하는 단체의 회장이라는 사람이 그런 발표를 했다더군요. 지구는 평면이며 주변에는 얼음 장막이 둘러싸고 있다고. 그리고 그 얼음 영역은 지구에서 사라져 다시 돌아오지 않을 사람들이 가는 곳이라고요. 라마르크의 이론도 마찬가지로 틀린 말이지요. 그 사람은 어미 쥐의 꼬리를 자르면, 태어나는 새끼 쥐들도 꼬리가 없어진다는 이론을 펴고 있는데 그건 틀린 말입니다. 그 사람의 말은 과학적으로 충분히 반증되고 있어요. 화이트샌즈나 케이프커내버럴[23]에서 로켓으로 촬영한 모든 사진들이 평면 지구회의 주장을 여지없이 반증하고 있는 것처럼. 내가 젊은 유대인 여성의 코에 어떤 짓을 한대도 소용없는 일이에요. 그 여성이

---

23   두 지역 모두 공군 기지와 우주 센터가 설치되어 있다.

일단 유대인 어머니가 되는 경우에는, 응당 그렇게 되어야 하겠지만, 거기에서 나오는 아이들은 어엿한 유대인 코를 달고 나올 것이기 때문이죠. 그러니 누가 내게 죄를 묻겠습니까? 내가 그 위대한 역사의 사슬에 어떤 손상이라도 주었단 말인가요? 천만에. 내가 하는 일은 결코 자연을 거역하는 일이 아니에요. 그리고 나는 유대인 중 누구도 배신하지 않았어요. 인간 개개인은 자기 멋대로 원하는 짓들을 하지만 역사의 사슬은 계속되고 있어요. 나같이 미약한 역사적 요인은 그 거대한 역사의 흐름에 대해서 아무런 힘도 쓰질 못해요. 그런 특권은 가령 세균의 원형질을 바꾸는 힘 정도는 있는 뭔가에게나 허용될지도 모르죠. 예를 들어 원자 방사선 같은 것에는 그런 힘이 있을지도 몰라요. 그런 것들에 의해서는 유대인들이 배신당할 수도 있을 거라고요. 방금 말한 특권을 가진 사람이 있다면 그는 아마 미래의 인간들에게 코를 두 개씩 주든가 아니면 한 개도 주지 않을 수도 있겠지요. 안 그래요? 하, 하. 그런 사람들은 인류 전체의 배신자라고 불러도 마땅할 테죠."

멀리 떨어져 있는 문 쪽에서 트렌치가 칼 던지기 연습을 하는 소리가 들려왔다. 레이철은 다리를 단단히 꼬고 앉아 있었다.

"외적으로는 손상이 없다고 합시다. 하지만 내적으로는 어떨까요?" 레이철이 말했다. "당신이 하는 일은 그 사람들의 내부도 변형시키는 거라고 볼 수 있지 않겠어요? 그런 여자들이 얼마나 좋은 유대인 엄마 노릇을 할 수 있겠어요? 기껏해야 딸이 원하지도 않는데 억지로 코 수술이나 받게 하는 엄마들이 되겠죠. 지금까지 손을 댄 환자들은 몇 세대나 이어졌을까요. 도대체 몇 세대에 걸친 인간들한테 친절하신 단골 의사 선생 노릇을 해 보셨냐는 말이에요?"

"성격 한번 나쁜 아가씨군." 숀메이커가 말했다. "게다가 그렇게 예쁘기까지. 그런데 어째서 나한테 화를 내는 겁니까? 난 기껏해야

한낱 성형외과의일 뿐인데 왜 야단이냐고요. 내가 정신 분석 전문의
도 아니잖소. 언젠가는 인간의 뇌를 조작하는 특수 성형외과가 나올
지도 모르죠. 그리고 그렇게 되면 어떤 남자아이는 아인슈타인으로,
또 어떤 여자아이는 엘리너 루스벨트로 만드는 일도 생길 수 있을 겁
니다. 어쩌면 인간들이 좀 덜 고약하게 행동하도록 만드는 방법도 쓰
게 될지 몰라요. 하지만 그때가 아직 안 된 이상 내가 어떻게 사람들
의 내부까지 책임을 지겠습니까. 내부라는 게 역사의 사슬과는 아무
관계가 없는 이상……."

"당신은 지금 사슬을 또 하나 만들고 있는 거예요." 그녀는 소리
지르지 않으려고 애를 쓰며 말했다. "사람들의 내부를 바꾸는 행위
는 세균의 원형질과는 아무 관계가 없는 또 하나의 사슬을 만들어 놓
고 있단 말이에요. 결국 그런 내부적인 특성은 외부에도 전달이 되기
마련이에요. 한 특정한 인생 태도 같은 걸 전염시킨다든가……."

"내부랬다, 외부랬다." 그가 말했다. "이랬다 저랬다 일관성이
전혀 없어서 도무지 따라갈 수가 없군요."

"다행이에요." 그녀가 말했다. "나 역시 당신 같은 인간들하고
상종하는 건 딱 질색이니까요. 꿈에라도 만날까 무섭군요."

"그런 꿈을 꾸거든 담당 정신 분석의한테 가 보시죠." 그가 말
했다.

"당신이나 계속 꿈속에 살아요." 그녀는 문까지 가서 반쯤 되돌
아보며 말했다.

"내 예금 통장은 묵직하고 든든하거든. 그러니까 아마 계속 꿈
속에서 살 수 있을 겁니다." 그가 말했다.

마지막 퇴장 연설을 남에게 넘겨주는 성미가 아닌 여자인지라
레이철은 다시 한마디를 던졌다. "꿈에서 깨어난 성형외과의가 목매
달아 죽었다는 얘기를 들은 적이 있죠." 그녀는 이 말을 던지고는 휙

나가 버렸다. 그러고는 세찬 굽 소리를 울리며 거울과 시계 앞을 지나쳐서 조금 전에 소나무 가지를 흔들던 바람 속으로 뛰쳐나갔다. 물컹한 턱과 휘어 버린 코, 그리고 레이철에게는 집단적 종교 의식의 결과 비슷한 것으로 보이는 상처 난 얼굴들을 몽땅 뒤에 남겨 놓은 채 바람 속으로 걸어 들어간 것이다.

이제 격자 길이 끝나고 레이철은 잎사귀 없는 나무 밑으로 리버사이드 공원의 죽은 풀밭을 걷고 있었다. 다음으로 그녀의 귓갓길에 나타난 것은 리버사이드 드라이브에 을씨년스럽게 서 있는 해골 같은 아파트 건물들이었다. 그녀는 지금 그녀와 오래 한 방을 쓰고 있는 여자 친구 에스터 하비츠에 대해 생각하고 있었다. 레이철이 에스터를 얼마나 많은 재정적 위기에서 구출해 줬는지는 두 사람 다 기억할 수 없을 정도였다. 녹슬고 낡은 맥주 캔이 그녀의 발치에 나뒹굴었다. 레이철은 그게 원수라도 되는 듯 발로 걸어찼다. '도대체 뭐야.' 그녀는 혼자 속으로 울분을 토했다. 뉴욕은 정말 이따위 동네야? 등쳐먹는 인간들과 등쳐 먹히는 인간들의 소굴일 뿐이냐고? 숀메이커는 에스터의 등을, 그리고 에스터는 내 등을 쳐서 뜯어 먹고 있지. 그러면 인생은 뜯는 자와 뜯기는 자로 이루어진 화환이란 말이야? 착취하는 자와 착취당하는 자의 둥근 사슬? 그렇다면 내가 착취하는 사람은 누구지? 그녀의 머리에 제일 먼저 떠오르는 이름은 슬랩이었다. 그는 레이철 주변을 맴도는 라울, 슬랩, 멜빈 삼인조의 일원이었다. 레이철은 뉴욕에 온 후 이들 세 남자와 남성에 대한 전적인 배격 사이를 항시 오락가락하고 있었다.

"대체 왜 그렇게 늘 뺏기고만 있어?" 그 남자는 이렇게 말한 적이 있었다. "왜 그 여잔 네게서 늘 뺏어만 가냐고." 이 말은 그가 자기 집에서 그녀에게 한 말이었다. 그것은 슬랩-에스터 단막극이 시작되기 전이면 으레 전주곡처럼 일어나기가 일쑤인 슬랩-레이철 단막극

이 진행되는 동안의 일이었다고 그녀는 기억했다. 그것은 또 콘 에디
슨[24]이 전기를 끊어 버린 직후의 일이기도 했다. 그래서 이들은 주방
의 취사용 가스 불 하나로 서로를 바라보며 앉아 있었다. 가스 불은
파란색과 노란색으로 된 뾰족탑을 이루었고 그들의 얼굴을 가면으
로, 그리고 눈은 표정이라곤 없는 얄팍한 불빛으로 만들어 버리고 있
었다.

"아니야, 슬랩." 레이철은 말했다. "그건 그 애가 지금 돈이 떨어
졌기 때문이야. 내게 돈이 있는 이상 도와주면 안 될 건 또 뭐야?"

"그게 아니라고." 슬랩이 말했다. 그의 볼 위쪽에서 작은 경련이
이는 것도 같았다. 하지만 가스 불빛 때문에 그렇게 보인 것인지도
몰랐다. "아니라고. 내가 뭘 모르고 하는 소리라고 생각하는 모양인
데 그런 게 아니야. 내가 보기에 그 여자는 네게서 돈을 빨아먹기 위
해 적어도 네게 돈이 있는 한 널 필요로 하고, 또 너는 그 애한테 엄
마 노릇 하는 맛에 그 애가 필요한 거라고. 그 애가 네 지갑에서 10센
트짜리 한 개씩 가져갈 때마다 너희 둘을 탯줄처럼 묶고 있는 끈에는
작은 오라기가 하나씩 덧붙여지는 거라고. 그럴수록 그 끈을 끊기는
점점 더 어려워지고, 네게서 떨어져 나가는 것이 그 애에게 점점 더
치명적인 일이 되는 거라고. 지금까지 빚을 얼마나 갚았지?"

"갚을 거야." 레이철이 말했다.

"그럴 테지. 이제 빚이 800달러 더 늘었을 뿐일 거야. 이걸 바꾸
느라고 말이야." 그는 쓰레기통 옆 벽에 기대어 놓은 작은 초상화에
대고 팔을 휘둘렀다. 그는 손을 뻗어 그것을 집어 들었다. 그러고는
둘이 같이 「파티장의 소녀」를 들여다볼 수 있도록 파란 가스 불빛을
받는 각도로 그림을 기울였다. 그 그림은 탄화수소 광선 밑에서만 볼

24   뉴욕에 전력 및 가스를 공급하는 미국의 에너지 기업.

수 있게 그려졌는지도 몰랐다. 그림 속 여자는 에스터였다. 그림 속의 그녀는 벽에 기대선 자세로 누군가, 앞에서 다가오고 있는 사람을 똑바로 쳐다보고 있었다. 그런데 그중에도 특별히 시선을 사로잡는 것은 그녀의 눈이었다. 그것은 어찌 보면 희생물의 눈으로 보였고 또 어찌 보면 조종자의 눈 같기도 했다.

"저거 봐, 저 코." 그가 말했다. "걔는 왜 저걸 바꾸려는 거지? 저 코 덕택에 겨우 사람 같아 보이는데 말이지."

"그럼, 네가 걱정하는 건 오로지 예술가적 입장에서구나." 레이철이 말했다. "그러니까 말하자면 시각적, 사교적 효과가 찬성할 만하지 못하다는 말이지? 그 밖에 또 무슨 반대할 근거가 있어?"

"레이철." 그는 신경질적으로 외쳤다. "그 앤 일주일에 50달러를 벌잖아? 거기서 25달러는 정신 분석을 받는 비용으로, 12달러는 집세로 쓰고 나면 남는 건 13달러란 말이야. 그런데 그건 또 어디에 쓰지? 블록 깔린 길에서 부러뜨릴 하이힐 값으로, 립스틱 값으로, 귀걸이와 옷값으로, 그리고 가끔 한 번씩 먹을 걸 사느라고 조금은 쓰겠지. 그런데 이제 코를 갈아 붙이느라고 800달러를 쓰시겠다니! 다음번엔 또 뭘 하려고 들지 모른다고, 메르세데스 벤츠 300SL? 진품 피카소? 낙태 수술? 그다음에는?"

"걱정할 것 없어, 그 점은. 걔는 그때 올바른 일을 한 거니까." 레이철이 차갑게 말했다.

"레이철." 갑자기 어린 소년처럼 굴면서 간절한 목소리로 그가 말했다. "너는 좋은 여자야. 사라져 가는 종족의 일원이라고. 불쌍한 사람을 돕는 건 옳은 일이야. 다만 거기에도 지켜야 할 한계가 있다는 게 문제지."

이 말싸움은 앞으로 갔다 뒤로 갔다 하며 상당히 오래 계속됐다. 하지만 둘이 다 진짜로 성이 나지는 않았고 새벽 3시가 되자 필연적인 종착역(침대)에 이르러 애무로 서로의 두통을 씻어 버렸었다. 해결된 것은 아무것도 없었다. 일은 해결되는 법이 없었다. 그것은 9월에 있었던 일이었다. 드디어 둘둘 말았던 거즈는 가 버리고 낫같이 날카로운 코끝이 신의 선민들이 가는 곳, 즉 푸른 하늘에 높이높이 솟은 웨스트체스터 교회의 뾰족탑을 가리키고 있었다.

그녀는 공원을 빠져나왔다. 그러고는 112번가에서 허드슨 강가를 떠났다. 뜯어내는 자와 뜯기는 자. 아마도 이 착취적인 인간관계야말로 이 섬 도시의 기반을 이루는 근본 원리인지도 몰랐다. 도시의 밑바닥, 즉 하수도 바닥에서부터 엠파이어 스테이트 빌딩 꼭대기의 안테나 끝까지 모두 이 원리에 의해 지배되고 있는지도 몰랐다.

로비에 들어선 그녀는 나이 먹은 경비에게 웃어 보이고 엘리베이터로 들어섰다. 7G호까지 일곱 층을 올라가면 홈 스위트 홈이다. 제일 먼저 그녀가 열려 있는 출입문 안으로 본 것은 연필로 그린 '병든 족속들'의 캐리커처와 함께 붙어 있는 '파티'라는 두 글자였다. 그녀는 핸드백을 주방 식탁 위에 던지고 문을 닫았다. 그 그림과 글씨는 이 집에 세 번째로 들어온 거주자인 파올라 마이스트랄의 작품이었다. 식탁 위에도 그녀가 남긴 전언이 있었다. "원섬, 카리스마, 푸 그리고 나, V-노트, 매클린틱 스피어, 파올라 마이스트랄." 고유 명사뿐인 문장이었다. 그 여자의 세계에는 고유 명사밖에 없었다. 즉 사람들과 장소들의 이름 외에 그녀의 흥미를 끄는 것은 없었다. 그밖에 우리 인생을 이루고 있는 사물들은 그녀의 관심 밖이었다. 그 여자에게 사물에 대해 얘기한 사람이 있었는지 의심스러운 일이었다. 그런데 어떻게 된 건지 레이철의 세계는 사물에 의해서 완전히 점령된 느낌이었다. 지금 그녀를 지배하고 있는 것은 '에스터의 코'라는 사물이었다.

샤워를 하면서 레이철은 청승맞은 실연 노래를 불렀다. 타일로 된 샤워실의 반향으로 그녀의 정열적이고 관능적인 목소리가 더 크게 확대되었다. 사람들이 어떻게 그토록 작은 여자에게서 그렇게 큰 소리가 나오느냐고 신기해한다는 것을 그녀는 알고 있었다.

남자는 쓸모없어

그저 놀고 돌아다닐 뿐

그 사람 사는 곳은 싸구려 여인숙

거기서도 보나마나

놀기만 할 거예요

온갖 잔꾀로

착한 여자 속이고

놀고만 다니는 남자

이제 나는 착한 여자

내 말을 믿어요

지금껏 멸시를 받았지만

상관치 않겠어요

마음 착한 남자를 만나기도

무척 힘이 드는 일

왜냐하면 마음 착한 남자란

마음 착한 남자란······

얼마 후에 파올라의 방 불빛이 유리창으로 새어 나오기 시작했다. 새어 나온 불빛은 병 부딪히는 소리, 수돗물 흐르는 소리, 변기의 물 내리는 소리 등과 함께 공기통을 타고 하늘로 올라갔다. 그러고는 레이철이 그 긴 머리를 손질하는 가냘픈 소리가 끊어질 듯 끊어질 듯 들렸다.

그녀가 전깃불을 모두 끄고 집을 나갔을 때 파올라 마이스트랄의 침대 옆에 놓인 야광 시계의 바늘은 6시를 가리키고 있었다. 똑딱거리는 소리는 나지 않았다. 전기 시계이기 때문이었다. 시계의 분침은 움직임이 보이지 않았음에도 불구하고 곧 12라는 숫자에서 멀어져 갔다. 그러고는 시계의 얼굴 다른 쪽을 미끄러져 내려가기 시작하고 있었다. 마치 그것은 거울의 표면을 통과해 들어와 저편의 진짜 시간 속에서 한 일을 이쪽 편의 거울 시간 속에서 반복하려는 것과도 같았다.

2

파티는 결국 그것이 하나의 물체에 불과하다는 듯 시계의 큰 태엽처럼 초콜릿색 방 언저리로 풀려 나가고 있었다. 파티 자체의 긴장을 해소하면서 그 안에서 어떤 균형을 찾아 보려는 것 같기도 했다. 방의 한가운데 송판 마룻바닥에는 레이첼 아울글래스가 몸을 웅크리고 앉아 있었다. 검은 스타킹을 신은 그녀의 두 다리는 창백한 광채를 발하는 듯했다.

어쩌면 당신은 그녀가 천 가지쯤 되는 화장의 비법을 두 눈에 적용하고 있다고 생각할지 모른다. 그녀의 눈은 구태여 담배 연기의 효과까지 빌리지 않더라도 그대로 충분히 신비스럽고 관능적이었다. 그녀에게 뉴욕은 연기의 도시였고 그 거리는 저승의 가장자리쯤 되는 곳으로, 그곳을 방황하는 몸뚱이들은 죽은 지 얼마 안 된 자들의 망령들이었다. 연기는 그녀의 목소리에도 깃들었고 몸짓에도 자욱하게 끼어 있었다. 그렇기 때문에 그녀는 더 확실하게 실재하는 것 같았다. 그녀의 말소리, 눈길, 소소한 교태 등은 모두가 연기처럼 그녀의 그 긴 머리카락 속에서 잠시 쉬고 있는 듯했다. 그것들 모두 그녀가 우연히 자기도 모르게 머리를 흔들어 날아가게 할 때까지 거기 그렇게 머물러 있을 터였다.

세계적인 모험가 스텐슬은 주방 싱크대 위에 올라앉아서 어깨뼈를 날개 치듯 흔들어 대고 있었다. 레이철은 그에게 등을 보이고 앉아 있었다. 주방의 빼꼼히 열린 문틈으로 그는 그녀의 등골에 파인 홈이 검은 스웨터 위로 더 검은 그림자를 뱀처럼 길게 그리고 있는 것을 볼 수 있었다. 조그만 머리의 작은 움직임들 그리고 그녀의 머리카락이 보여 주는 미세한 떨림도 그는 놓치지 않고 관찰할 수 있었다. 그녀는 지금 무엇인가에 골똘히 귀를 기울이고 있었다.

스텐슬은 레이철이 자신을 좋아하지 않는다고 결론을 내리고 있었다.

"그 사람이 파올라를 쳐다보는 눈이 마음에 안 들어." 레이철은 에스터에게 그렇게 말한 적이 있었다. 그리고 에스터는 물론 이 말을 스텐슬에게 전했던 것이다.

하지만 그건 그의 시선이 음흉하다는 뜻은 아니었다. 이유는 더 깊은 데 있었다. 파올라가 몰타섬에서 왔다는 것과 관계가 있었다.

1901년, 즉 빅토리아 여왕이 죽은 해에 태어난 스텐슬은 말하자면 새로운 세기의 아이였다. 그는 어머니 없이 자랐다. 아버지 시드니 스텐슬은 유능한 외무부 관리로서 말없이 나라를 위해 일한 사람이었다. 어머니의 실종에 대해서는 아무 얘기도 들을 수 없었다. 아기를 낳다 죽었는지, 다른 남자와 도망을 갔는지, 아니면 자살을 했는지 알 길이 없었다. 다만 그의 아버지 시드니가 아들과 주고받은 서신에서 한 번도 거기에 관해 언급하지 않을 정도로 고통스러운 사연이 있었던 것만은 분명한 것 같았다. 아버지는 1919년에 몰타섬에서 일어났던 '6월 폭동'을 조사하던 중 원인 불명의 사인으로 죽었다.

1946년 어느 날 저녁, 그 아들은 지중해와 돌난간 하나만을 사이에 둔 채 마르그라빈 디 키아브 로엔스타인이라는 여자와 마주 앉아 있었다. 장소는 마요르카 서해안에 있는 그녀의 별장이었다. 때마침 해가 두꺼운 구름 속으로 지고 있어서 바다는 진줏빛이 도는 회색으로 물들어 있었다. 어쩌면 두 사람은 어느 습기 어린 땅의 마지막 남은 두 명의 신, 혹은 마지막 거주자가 된 것 같은 기분에 젖어 있었는지도 모를 일이다. 이렇게 추측해 봤자 확실히 알 수는 없는 일이다. 정확한 상황은 모르는 대로, 그들의 대화는 이런 식으로 흘렀을 것 같다.

마르그: 그럼 꼭 가셔야겠다는 건가요?

스텐: 스텐슬이라는 사람은 이번 주 안에 루체른에 가 있어야 합니다.

마르그: 저는 군사적 예비 행위를 찬성하지 않아요.

스텐: 이건 스파이 활동은 아닙니다.

마르그: 그럼 뭐죠?

(스텐슬은 어스름 빛을 지켜보며 웃는다.)

마르그: 당신은 너무 가까워요.

스텐: 누구에게 말입니까? 마르그라빈, 그는 그 자신과도 가깝지 않아요. 지금껏 그가 해 온 일이라곤 한 섬에서 다른 섬으로 건너다닌 것밖에 없습니다. 그게 이유일까요? 꼭 이유가 있어야 할까요? 어디 한번 얘기해 봅시다, 그는 화이트홀[25]을 위해 일하지 않아요. 화이트홀하고는 아무 인연도 없습니다. 혹시 그의 뇌 속에 이어져 있는 새하얀

25 White hall. '영국 정부'를 뜻한다.

복도들[26]하고라면 또 모를까, 하, 하. 이 형체 없는 복도들로 말할 것 같
으면 그도 여기만은 항상 깨끗이 쓸고 잘 정리를 해 놓았어요. 가끔 순
방하는 요원들한테 책잡히지 않도록 말이죠. 그 요원들은 십자가에 못
박힌 자들의 땅이자 전설적인 인간애의 땅에서 오는 사절들입니다. 이
들의 상관은 누구냐고요? 스텐슬 자신은 아닙니다. 만일 그렇다면 그
건 광증이겠지요. 제아무리 예언자를 자처하는 인간이라도 감히 생각
못 할 광증 말입니다.(그는 한참 말을 멈춘다. 구름 밖으로 새어 나오는
빛이 미약해짐에 따라 활력과 아름다움을 잃으면서 두 사람을 스치고 지
나간다.)

　　스텐: 스텐슬은 아버지 스텐슬이 죽은 후 삼 년이 지난 다음에야
성년이 되었습니다. 물려받은 상속 재산 중에는 상당한 부수의 원고 노
트가 있었어요. 송아지 가죽으로 반가죽 장정을 했는데 유럽 여러 도시
들을 전전하는 동안 습기에 노출되어 종이가 온통 휘어져 있었지요. 일
기와 정보부 직원으로서 남긴 개인적인 기록들이었어요. 1899년 4월,
피렌체에서 남긴 기록에는 다음과 같이 적혀 있었습니다. 아들 스텐슬
은 그 부분을 암기해 두었죠. "V.의 배후와 내부에는 우리 중 누가 생
각하는 것보다 더 많은 비밀이 숨어 있다. 그것은 '누구'라고 할 수 있
는 것이 아니다. '무엇'이라고 하는 것이 더 올바를 것이다. 그녀는 과
연 무엇일까? 제발 내가 그 답을 적지 않아도 되기를 기원할 뿐이다.
이 기록에서나 공적인 기록에서 거기에 대해 언급하지 않아도 되기를
바란다."

　　마르그: 여잔가요?

　　스텐: 또 다른 여자요.

　　마르그: 당신이 찾아다니는 건 그 여자예요?

26　　'흰색 복도들'을 뜻하는 'White halls'로 말장난을 한 것이다.

스텐: 그다음에는 그가 여자를 자기 어머니라 믿느냐고 물을 테지요. 하지만 그건 우습기 짝이 없는 질문입니다.

1945년 이후, 허버트 스텐슬은 일부러 잠들지 않고 버티는 훈련을 하고 있었다. 1945년 이전의 그는 몹시 게을렀고 잠을 인생 최대의 축복 중 하나로 간주했었다. 그는 전쟁과 전쟁의 막간기를 마음대로 돌아다니며 자유로이 지냈다. 수입은 그때도 지금처럼 일정치 않았다. 아버지 시드니 스텐슬은 파운드나 실링으로 셀 수 있는 재산으로는 남긴 것이 별로 없었으나, 그 대신에 서방 세계 전역에 걸쳐 자기 세대의 사람들 간에 호의를 사 두었기 때문에 그것이 아들 스텐슬에게 어느 정도 상속받을 재산 역할을 했던 것이다. 그 세대는 아직까지 근본적으로 인간관계를 가족 관계의 연장이라고 믿었으므로 이 도시에서 저 도시로 옮겨 다닐 때마다 훌륭한 후견인들이 나타나 그에게 큰 도움이 되었다. 그러나 그가 언제나 남에게 빌붙어 지내기만 한 것은 아니었다. 프랑스 남쪽에서는 노름판 물주로 일한 적이 있었고, 동아프리카에서는 농장 감독으로, 그리스에서는 사창굴 지배인으로 각각 일했으며, 또 본국에서는 공무원으로 일한 경력이 있었다. 포커 놀음도 그의 중요한 수입원이었다. 작은 비용쯤은 언제나 그것으로 충당할 수 있었고 가끔은 큰 비용까지도 포커 놀음으로 벌어 충당하곤 했다.

죽음의 왕국에서 죽음의 왕국으로 떠도는 사이의 과도기 동안 그는 자기 아버지의 일기장을 뒤져 보는 것을 일삼으며 지냈다. 말하자면 혈육으로서 상속받은 것에 대한 계약 조건을 어떻게 이행할 것인가에 대한 연구를 한 셈이었다. V.에 관한 대목은 한 번도 눈에 띄지 않았다.

1939년에는 런던에서 외무부 일을 하며 지냈다. 9월이 찾아왔다가 다시 떠나갔을 때 그는 마치 의식의 경계선 위쪽 구석진 데서 낯선 사람이 자기를 흔들어 깨우려 하는 것 같다는 느낌을 받았다. 그는 별로 깨어나고 싶은 생각이 없었다. 그러나 깨어나지 않으면 곧 자기 혼자 자고 있게 될 것을 알았다. 원래 사교적이고 활동적인 그는 봉사를 자원했다. 그 결과, 그는 북아프리카에 파견되었다. 스파이와 통역관과 연락관을 겸한, 한계가 분명치 않은 직책이었다. 거기에서 그는 다른 정보원들과 함께 투브루크에서 알아게일라로, 그러고는 또다시 투브루크를 거쳐 알알라메인으로 시소를 탔으며 또다시 튀니지로 옮겨 갔었다. 한바탕 그러고 나자 그는 자기가 너무도 많은 시체들을 보았다는 사실에 깜짝 놀랐다. 평화조약이 맺어지자 그는 전쟁 전의 몽유병을 도로 살려낼까 하는 생각을 재미삼아 해 보았다. 제대는 했지만 미국으로 돌아갈 생각이 없는 미군 병사들이 자주 드나드는 오랑의 한 카페에 앉아서 그는 일없이 피렌체에서의 일기 부분을 들여다보고 있었다. 그러던 중, V.에 관한 글의 대목이 갑자기 다른 의미를 띠고 그의 눈에 들어왔던 것이다.

"'V.'는 'Victory(승리)'를 의미하겠지요." 마르그라빈은 장난처럼 말했다.

"아니에요." 스텐슬이 머리를 저었다. "혹시 스텐슬이 지금껏 외로웠기 때문에 친구가 필요하게 되었는지도 모르죠."

이유가 무엇이든 간에 그는 더 적극적인 일을 하면서 보낼 수 있는 시간을 잠이 너무도 많이 빼앗아 가고 있다는 사실을 깨달은 것이다. 전쟁 전 그의 무계획적이고 충동적인 움직임이 단 하나의 위대한 움직임 속에 흡수되어 버린 것처럼, 그는 이제 무기력에서(그렇게까지 활력 넘치는 것은 아니었지만) 활동적인 영역으로 옮겨 갔다. 일, 즉 V.에 대한 추적은 하느님께 영광을 돌리지도, 자신을 더 거룩하게(청교도적 개념을 빌린다면) 해 주지도 않았다. 즐겁지도 않은 데다 우울한 일이었다. 재미없고 지루할 게 뻔한데도 의식적으로 맡은 일이었다. 아무런 보상도 약속되지 않은 것은 둘째치고, 그저 V.에 대한 언급이 거기 존재하기에 기어이 찾아내야 한다는 이유만 가지고 해 나가기에는 어려운 일이었다.

그녀를 찾는다는 것, 그게 대체 뭐란 말인가? 단지 사랑이었다. 온전히 스텐슬의 내면을 향하며, 간신히 이끌어 낸 활기를 향해 그를 떠미는 사랑. 이 사랑의 대상을 찾은 이상, 놓쳐 버릴 수는 없었다. 그렇게 놓치기에는 너무나 많은 대가를 치렀다. 하지만 붙잡고 있자니 V.에 대한 탐색전을 계속해야만 했다. 그러다가 V.를 찾아내는 날에는? 그때는 어디로 가야 한단 말인가? 결국 반쯤만 의식하는, 반쯤은 죽어 있는 삶으로 돌아가는 수밖에 없는가? 그런 연유로 그는 되도록 탐색의 종결에 대해서는 생각하지 않으려 노력했다. 다가갔다가 얼른 한발 빼는 식으로.

이곳 뉴욕에서 스텐슬은 진퇴양난의 막다른 길에 갇힌 격이었다. 그는 지금 에스터 하비츠의 초청으로 파티에 와 있었는데 바로 이 에스터의 코를 고쳐 준 숀메이커는 V.에 관한 지극히 중요한 정보를 가진 것 같았다. 그러나 그는 계속 아무것도 모른다고만 주장하고 있었다.

스텐슬은 기다릴 작정이었다. 우선 이스트사이드 30번가에 쌈직한 아파트 하나를 빌리기로 했다. 아파트를 그에게 임시로 빌려준 원거주자는 시드니의 지인인 이집트학 학자의 아들이며 그 역시 이집트학 학자인 봉고-샤프츠베리라는 남자였다. 그의 아버지와 시드니는 1차 세계 대전이 일어나기 전, 한동안 서로 적대 관계이기도 했다. 하기야 스텐슬이 지금 가진 소위 '연락망'에 속하는 인물들은 모두 다 그랬다. 분명 이상한 일이었으나 허버트에게는 오히려 다행스러웠다. 왜냐하면 그 덕분에, 말하자면 더욱 확실하게 생존을 보장받은 셈이기 때문이었다. 그는 지난 한 달 동안 아파트를 그야말로 발만 붙이는 근거지로 삼고 그의 연락망에 속하는 인사들을 찾아다니기에 여념이 없이 지냈다. 겨우 잠깐 눈만 붙이고는 또 다음 연락처로 달려가는 식의 생활이었다. 그의 연락망은 점차 원래 연락처들의 아들들, 또는 친구들로 구성원이 바뀌어 가고 있었으며, 그에 따라 원래의 가족적인 소위 '피의 연줄'이라는 느낌도 희박해져 가고 있었다. 이제 곧 스텐슬이 이들에게 반갑지 않은 손님으로 취급될 날이 오리라는 것을 그는 지금 이미 알고 있었다. 그때가 되면 그와 V.는 그들 둘을 한꺼번에 잊어버린 세계에 단둘만 남게 되리라.

그러나 그때까지는 아직도 기다려 볼 만한 것들이 조금 있었다. 우선 숀메이커가 있었고 다음으론 군수품의 왕 키클리츠가 있었으며 의사 아이겐밸류가 있었다.(별칭들은 시드니가 예전에 이미 붙였던 것들이다, 그가 이들을 개인적으로 알고 지냈던 건 아니었지만.) 이들이 있는 이상 그에게는 할 일이 있었다. 불안정하기 그지없고 침체된 기간임엔 틀림없었고 스텐슬 본인도 그것을 알고 있었다. 뭐라도 확실하게 조사해 볼 만한 거리도 없이 한 도시에 한 달씩이나 머무르는 것은 너무나 지루하고 답답했다. 그는 뭐든지 우연히 암시를 주는 일이라도 생길까 하는 막연한 희망을 가지고 뉴욕시를 배회하기 시작했다. 그러나 아무런 암시적인 사건도 일어나지 않았다. 에스터의 초청 역시, 혹시라도 조그만 단서, 희미한 실마리를 얻을지 모른다는 생각에서 기꺼이 받아들였었다. 그러나 '그 모든 병든 족속들'은 아무것도 그에게 줄 수가 없었다. 이 아파트의 주인은 그들 모두가 공유하는 어떤 기질이랄까, 경향이랄까, 그 비슷한 것을 대변하고 있는 듯한 남자였다. 마치 전쟁 전의 스텐슬이기라도 한 듯 끔찍스러운 꼴을 그에게 보여 준 것이다.

아일랜드와 아르메니아계 유대인이며 세계인으로 알려진 퍼거스 믹솔리디언은 자기가 뉴욕에서 제일 게으른 인간임을 자처했다. 전부 미완성으로 끝나 버린 그의 창작 경력은 무운시(無韻詩)로 된 서부극에서 시작하여 펜역 정거장 남자 화장실 칸막이에서 떼어 내 온 판자벽에까지 이르렀다. 그는 이 판자벽을 나이 많은 다다이즘 대가들이 소위 '레디메이드'라고 명명했던 유의 작품으로 미술 전람회에 출품하기도 했다. 비평가들의 평은 친절하지 않았다. 퍼거스는 어찌나 게을러졌던지 유일한 활동이라고는(생명 유지에 불가결한 기본적인 몇 가지만 빼고) 일주일에 한 번씩 부엌 싱크대에서 건전지 및 증류기, 정화기, 소금물 따위를 만지작거리는 일이 고작이었다. 그 작업은 다름 아닌, 수소를 만드는 일이었다. 이렇게 만들어진 수소는 Z 자가 그려진 튼튼한 녹색 풍선 속으로 들어갔다. 언제나 잠들자고 마음먹을 때마다 그는 풍선을 침대 기둥에다 끈으로 묶어 놓았다. 그러면 방문객들이 그가 지금 의식의 어느 편에 머물러 있는가를 알 수 있기 때문이었다.

그의 또 다른 취미는 텔레비전 감상이었는데, 그걸 위해 아주 기묘한 수면 스위치를 고안해 내기까지 했다. 스위치는 그의 팔 안쪽 피부에 장치된 두 개의 전극에서 신호를 받도록 만들어져 있었다. 퍼거스의 의식이 어떤 수준 이하로 떨어질 것 같으면 피부의 저항이 규정된 수치를 넘어가게 되며 그에 따라 스위치가 켜졌다. 이렇게 해서 퍼거스는 텔레비전의 연장 화면이 되는 셈이었다.

'족속들'의 나머지 인원들도 같은 기면 증세가 있었다. 라울은 텔레비전 시리즈 각본을 쓰는 일을 했는데, 항상 텔레비전 업계 사람들이 스폰서 비위를 맞추느라고 전전긍긍하는 것을 비난하면서도 자기부터가 스폰서들의 취향을 똑똑히 기억해 두는 일을 잊지 않았다. 슬랩은 산발적으로 작업하는 화가였다. 그는 자기 자신을 긴장병적 표현주의자라고 불렀으며 자기 작품을 총칭하여 '무교류의 종말'이라고 불렀다. 멜빈은 기타를 연주했고 진보적인 포크송을 불렀다. 이들의 스타일에 그다지 특별한 것은 없었다. 보헤미안적이고 창조적이고 조금쯤 예술적인, 비교적 흔한 모형이었다. 이들의 특이점은 그런 부류의 다른 패거리보다 약간 더 현실에서 유리되었다는 점이었다. 낭만주의의 가장 극단적인 퇴폐라고 할 만한 것이었으나, 실제적으로는 빈곤과 반항과 예술적 '영혼'의 의인화 같은 것에 불과했다. 그것도 그럴 것이 그들의 대부분은 먹고살기 위해 일을 해야만 했고, 그들의 대화는 본질적으로 《타임》지 같은 잡지에서 빌린 것들이었다.

어쩌면 그렇게 살면서도 목숨을 부지할 수 있었던 이유는, 오로지 그들이 혼자가 아니라는 데 있을 거라고 스텐슬은 생각해 보았다. 온실 속의 시간 감각에 따라, 인생에 대해서 아무것도 아는 게 없이 그저 운명에 맡기고 살아가는 이런 인간들이 얼마나 많은가.

오늘 저녁 파티는 정확히 말해서 세 그룹으로 나뉘어 있었다. 퍼거스와 그가 데리고 온 여자 그리고 또 한 쌍의 남녀는 삼사 리터쯤 되는 와인병과 함께 침실로 퇴각한 지 오래였다. 나머지 '족속들'로 하여금 능력껏 난장판을 벌이게 내버려 두고 문을 잠가 버린 것이다. 스텐슬이 지금 올라앉아 있는 싱크대는 조금 후 멜빈이 올라앉을 자리였다. 그는 여기 앉아서 기타를 연주할 것이며 자정이 되기 전에 이 부엌은 이스라엘 민속춤과 풍요를 기원하는 아프리카 민속춤으로 한바탕 요란스러울 것이었다. 거실의 전등은 한 개씩 한 개씩 꺼질 것이며 축음기에서는 쇤베르크 사중주곡 전편이 계속 돌아갈 것이었다. 그러는 동안 방 안에서는 꼭 석탄불이나 횃불처럼 담뱃불이 여기저기서 벌건 빛을 발할 것이고, 바람둥이 데비 센세이(예를 들어)는 바닥에 누워서 라울 또는 슬랩 등의 애무를 받는 한편, 손으로는 방을 같이 쓰는 여자 친구와 소파에 나란히 앉아 있는 다른 남자의 다리를 어루만지고 있으리라. 이러한 사랑의 축제라고 해야 할지, 화환(花環)형 성교라고 할지 싶은 것은 이렇게 끝없이 계속될 것이었다. 와인이 엎질러지고 가구가 부서질 것은 물론이었다. 다음 날 아침 잠시 눈을 뜬 퍼거스는 파괴의 실태와 아파트 여기저기에 나자빠져 있는 남아 있는 사람들을 보고 그들에게 욕설을 퍼부을 것이다. 그러면 그들은 쫓겨나고 퍼거스는 계속 잠을 잘 것이다.

스텐슬은 신경질적인 어깻짓과 함께 싱크대에서 내려와 코트를 찾아 입었다. 나오다가 그는 여섯이 한데 모여 있는 인간 또아리와 부딪혔다. 라울, 슬랩, 멜빈과 여자 셋이었다.

"이 사람 왜 이래." 라울이 말했다.

"판에 끼라고." 슬랩이 긴장이 마구 풀려 가는 파티장을 팔을 휘둘러 가리키며 말했다.

"나중에." 스텐슬은 말하고 문으로 걸어 나갔다.

여자들은 아무 말 없이 서 있었다. 이들은 일종의 파티장 보조 인원 같은 존재들이었다. 그런 의미에서 없어도 되는, 아니면 적어도 다른 여자들과 바꾸어도 아무 상관없는 그런 존재이기도 했다.

"그렇다니까." 멜빈이 말하고 있었다.

"고급 주택가가 세상을 점령하고 있어." 슬랩이 말했다.

"하, 하." 여자 중 하나가 웃음을 터뜨렸다.

"조용해." 슬랩이 말하고 모자를 잡아당겼다. 이 남자는 밖에서나 안에서나 모자를 썼다. 잠자리에서도 썼고 술이 곤드레로 취했을 때도 썼다. 거기에다 끝이 날카롭게 뻗치고 끔찍하게 큰 깃이 달린 배우 조지 래프트풍의 양복을 입었는데, 단추를 채우지 않은 칼라도 끝이 뾰족하고 풀이 빳빳하게 서 있었다. 심지를 넣은 어깨 역시 날카롭게 모가 서 있었다. 그러나 그의 얼굴만은 그렇지를 않다는 것을 여자는 발견했다. 그것은 방종한 천사의 얼굴처럼 어딘지 물러 보이는 데가 있는 얼굴이었다. 곱슬머리에, 두 눈 밑에는 빨간색과 보라색의 환이 두세 줄씩 짝을 지어 둥그렇게 드리워 있었다. 오늘 밤 나는 저 슬픈 눈 밑 동그라미들에 한 개씩 한 개씩 입 맞추어 주겠지, 여자는 그런 생각을 하고 있었다.

"실례해요." 여자는 중얼거리고 비상구 쪽으로 움직여 갔다. 유리창까지 온 그녀는 창밖으로 강물 쪽을 바라봤다. 안개만 자욱할 뿐 아무것도 볼 수 없었다. 누군가의 손이 그녀의 등골에 와 닿더니 멈추었다. 손이 닿은 곳은 이 여자를 알게 되는 모든 남자들이 찾아내게 되는 바로 그 자리였다. 그녀는 자세를 바로잡고 꼿꼿이 섰다. 두 어깨뼈를 되도록 한데 모으고 가슴을 팽팽하게 만든 그녀는 갑자기 유리창에 비친 자신의 모습을 의식했다. 그녀는 유리창에 비친 남자의 영상이 그들 둘의 영상을 지켜보고 있다는 것을 느꼈다. 여자는 돌아섰다. 그 남자는 얼굴이 붉어져 있었으며 짧게 깎은 머리에 해리스 트위드 슈트를 입고 있었다. "어머, 새 얼굴이군요." 그녀는 미소를 지으면서 말했다. "제 이름은 에스터예요."

남자는 또 얼굴을 붉혔다. 순진한 청년이었다. "브래드라고 합니다." 그가 말했다. "놀라게 해서 미안해요."

여자는 이내 본능적으로 알아차렸다. 남자는 아이비리그 학교를 갓 졸업했으며, 아직까지 학생 사교 클럽 회원의 티를 못 벗은 것치고는 꽤 그럴듯한 축에 속했고, 자신이 앞으로 죽는 날까지 학생 사교 클럽 회원 신분을 유지하리라는 것을 알고 있었다. 한편 그가 그런 자기 위치에 불만을 품고 박탈감에 시달리며 '이 모든 병든 족속들' 주변에서 얼쩡대고 있다는 사실 또한 그녀는 눈치챘다. 회사 관리직에 오르면 작가를 꿈꾸고, 엔지니어나 건축가가 되고 나서는 그림을 그리고 조각을 하려 할 인간임이 틀림없었다. 줄 양쪽에 한 다리씩을 걸어 놓으려 할 것이나, 마음속으로는 양쪽에서 손해만 보고 있을 것을 슬그머니 깨닫고 있는 것이 분명했다. 그러면서도 분명 그는 계속 왜 그런 분리선이 존재해야 하는지 의아해할 터였다. 시간이 흐름에 따라 쌍둥이의 삶을 배울 것이며 쌍둥이의 게임을 계속해 나가다가 결국 긴장이 계속되고 쌓인 끝에 가랑이가 두 쪽이 나서 결딴나고 말 것이다. 여자는 발레의 4번 자세를 취했다. 그의 시선과 45도가 되게 가슴을 조정하고 코를 그의 심장에 겨냥한 채 속눈썹 너머로 그를 올려다보는 것이었다.

"뉴욕에 오신 지 얼마나 되세요?"

바 'V-노트' 밖에서는 한 무리의 부랑자들이 앞쪽 유리창 앞에 모여 서서 입김으로 유리를 뿌옇게 만들며 안을 들여다보고 있었다. 간간이 대학생처럼 보이는 남자들이 데리고 온 여자와 함께 자동문 밖으로 나왔다. 그러면 부랑자들은 바우어리가의 짧은 구간을 막고 줄지어 서서 한 명 한 명 차례로 담배라든가 지하철 차비, 맥주 한 캔 살 돈 등등을 구걸하는 것이었다. 밤새도록 2월의 바람이 열쇠가 열쇠 구멍을 밀고 들어가듯 3번가의 폭넓은 길을 마구 밀고 내려와 뉴욕이라는 선반(旋盤)에서 나오는 모든 대팻밥과 거기 들어가는 절삭유와 찌꺼기에 해당되는 것들 위에 휘몰아칠 것은 분명했다.

안에서는 매클린틱 스피어가 정신없이 엉덩이를 흔들어대고 있었다. 피부는 그의 두개골의 일부인 양 단단했으며 초록색 조그만 등불 아래 핏줄 한 올에서 수염 한 올까지 날카롭게 도드라져 돋보였다. 아랫입술 양쪽을 따라 아래로 그어진 두 선은 관악기를 불 때의 입모양 때문에 새겨진 것인 듯했다. 어떻게 보면 콧수염의 연장선인 것처럼도 보였다.

그는 12센티미터쯤 되는 리드가 붙은 수제품 상아 알토 색소폰을 불었는데 누구도 들어 보지 못했을 특이한 소리가 나고 있었다.

으레 그렇듯이, 청중은 둘로 나뉘었다. 이른바 대학생 패거리는 한 세트 반쯤 듣고는 흥미를 잃고 나가 버렸다. 하지만 부유층이 사는 지역이나 도시 반대편에서 마음먹고 하룻밤 혹은 꽤 오랜 시간의 휴가를 즐기러 온 다른 계층의 인사들은 열심히 귀를 기울이며 이해해 보려 애쓰고 있었다. "생각해 보는 중이에요." 그들은 누가 물으면 이렇게 대답할 것이었다. 바에 서 있는 사람들은 모두들 연주되고 있는 음악을 이해하고 찬성하고 또 거기에 공감하는 듯한 표정들을 짓고 있었다. 하지만 그것은 원래 바에 서 있는 사람들은 의미심장한 표정을 짓기 마련이기 때문인지도 몰랐다.

V-노트의 바 한쪽 끝에는 손님들이 빈 맥주병이나 잔을 놓는 데 쓰는 테이블이 하나 있었다. 하지만 손님 중 누군가 일찌감치 그걸 차지해 버린다고 해도 뭐라고 하는 사람은 없었다. 바텐더들은 이러나저러나 너무 바빠서 거기 앉은 사람들에게 소리를 지르거나 저리 비키라고 할 경황이 없었다. 이 순간 그 테이블은 윈섬과 카리스마 그리고 푸가 차지하고 있었다. 파올라는 화장실에 가고 없었다. 모두들 아무 말 않고 앉아 있었다.

스탠드에 선 악단에게는 피아노가 없었다. 베이스와 드럼과 매클린틱, 그리고 F조로 호른을 부는, 오자크 지역에서 데려온 소년 한 명뿐이었다. 드러머는 화려한 기교를 싫어하는, 집단의식이 투철한 연주자였다. 아마도 대학생 취미에는 맞지 않았을 것이다. 베이스 주자는 작고 사악해 보이는 남자였다. 눈알은 샛노랗고 가운데에 바늘 끝만 한 동공이 도사리고 있었다. 그는 자기 악기에 대고 중얼거리는 버릇이 있었다. 악기는 그자보다 더 컸는데, 그래서 그런지 주인 말을 잘 듣는 것 같지 않았다.

호른과 알토 색소폰은 둘 다 6도와 감4도를 즐겨 썼다. 덕분에 연주는 마치 칼싸움이나 줄다리기 같은 성질을 띠곤 했다. 두 악기가 함께 내는 소리는 불협화음까지는 아니었지만 마치 서로 반대되는 목표를 향하여 달리는 듯 긴장이 공기 중에 떠돌았다. 매클린틱 스피어의 독주는 또 좀 달랐다. 어떤 청중들은(특히《다운비트》에 기고를 하거나 LP판 해설을 맡아 쓰는 사람들은) 그가 코드 변화를 완전히 무시한다고 느끼는 것 같았다. 그들은 소위 '영혼'에 대해 길게 얘기했고 아프리카 민족주의에 의해 선양된 반지성적 상승 리듬에 대해서도 많은 얘기를 했다. 그것은 음악에 대한 아주 새로운 이해를 뜻한다고 그들은 말했다. 그리고 그들 중 더러는 '버드[27]는 죽지 않았다.'라고도 말했다.

찰리 파커의 영혼이 일 년 전 3월의 바람 속으로 사라진 후 터무니없는 풍문들이 수도 없이 회자되고 글로도 쓰였다. 그런 다음 또 더욱 더 많은 말들이 나돌았고 지금까지도 계속 이런저런 소리들이 나돌고 있었다. 그는 전후 가장 위대한 알토 색소폰 주자였다. 그가 떠나자 이상한 부정의 의지, 혹은 결정적 사실을 믿고 싶지 않은 마음 같은 것이 광기 어린 예찬자들로 하여금 모든 지하철역과 보도 그리고 공중 화장실에 그 거부의 문구인 "버드는 죽지 않았다."를 써 놓게 만들었던 것이다. 그런데 이날 밤 V-노트의 청중 가운데서 적게 잡으면 10퍼센트가량이 아직도 버드의 죽음에 관한 사실을 입수하지 못하고 꿈에 잠긴 채 매클린틱 스피어에게서 찰리 파커의 화신을 발견한 듯했다.

"저 친구, 버드가 빠뜨린 음들을 모조리 부는데." 누군가 푸의 앞에서 수군거렸다. 푸는 소리 없이 맥주병을 테이블 끝에다 깨뜨리는 시늉을 하고는 그 말을 한 사람 등에다 처박고 비트는 몸짓을 해 보였다.

27   미국의 저명한 재즈 음악가 찰리 파커의 별명.

마지막 세트를 연주했을 때는 문 닫을 시간이 다 되어 있었다.

"갈 시간이 다 됐나 봐." 카리스마가 말했다. "파올라는 어디 갔지?"

"저기 오는군." 윈섬이 말했다.

밖에서는 바람이 자기만의 영원한 공연을 계속하고 있었다. 아직도 바람결이 꽤 세찼다.

3장

일인 다역 전문가 스텐슬이
여덟 개의 연출을 시도하다
V

　스텐슬에게 'V'라는 글자는, 난봉꾼에게는 벌린 다리, 조류학자에게는 이동하는 새의 무리, 촬영 기사에게는 쓸 만한 도구 같은 것이었다. 일주일에 한 번쯤은 그 역시 그동안 있던 일은 모두 하나의 꿈이었다는, 또 하나의 꿈과 같은 생각에 사로잡히기도 했다. 그럴 때면 그는 지금 자기가 그 꿈에서 깨어나 이제까지 해 왔던 V.의 탐색전은 결국 학술적인 과제에 지나지 않았다는 사실을 깨닫는 중이라고 생각하곤 했다. 말하자면 그것은 『황금 가지』[28]라든가 『백색 여신』[29] 같은 정신의 모험에 불과했다는 것이었다.

　그러나 곧 그는 두 번째로 꿈에서 제대로 깨어나 사실상 그동안의 탐색이 처음부터 지금까지 한 번도 예외 없이 쭉 순수하고 일직

28　스코틀랜드 인류학자 I. G. 프레이저의 저서. 주술과 종교의 기원에 대해 밝히고 있다.

29　영국의 시인, 소설가, 비평가인 R. R. 그레이브스의 저서. 시의 신화적, 심리학적 근원을 연구했다.

선상에 놓인 진짜 추적이었다는 지긋지긋한 사실을 깨닫고 말았다. V.를, 무엇이라고 형용할 것인가? 막연하게 일종의 사냥당하는 짐승이라고 할까? 추적당하는 수토끼, 암토끼, 아니면 야생 토끼? 그도 아니라면 전시대적이고 괴이한 금지된 성적 쾌락? 그렇다면 또 스텐슬 자신은 무엇인가? 짐승 몰이 막대를 휘두르며 뎅그렁뎅그렁 방울 소리 요란하게 V.의 뒤를 껑충껑충 쫓아가는 어릿광대라고 하면 될까? 하물며 다른 누군가를 웃기려는 것이 아니라 자기 자신을 웃기기 위한 어릿광대 노릇이었다.

마르그라빈 디 키아브 로엔스타인에게 그가 한 항의, 즉 직업적인 스파이가 아니라고 한 말은 사실상 동기의 순수성을 주장하기 위해서라기보다는 괜히 토라져서 던진 말이었다.(V.의 본거지가 아마도 옴짝달싹 못할 상황일 것이라는 판단하에 그는, 일주일 동안이나 밤낮없이 궁전을 어슬렁거리며 자질구레한 정보를 수집하고 있던 톨레도를 떠나 곧장 마요르카를 찾았다.) 그는 자기가 하는 일이 적어도 스파이 행위만큼이라도 기품 있고 전통 있는 일이라면 좋을 것 같았다. 그런데 실제로는 그 어떤 전통적인 수법이나 수단도 그의 손에만 닿으면 항상 미천한 목적에 쓰이고 말았다. 예를 들면 길게 늘어진 망토는 빨래 주머니로, 살기등등한 단검은 감자 칼로 쓰이는 식이었다. 굉장히 중요해 보이는 서류 뭉치도 알고 보면 한낱 일요일 오후를 보내는 소일거리에 불과했다. 한편 더욱 어처구니없는 것은 위장까지도 일에 필요해서가 아니라, 자기 자신을 이 탐색에서 조금이라도 멀리 떨어뜨려 놓기 위한 작은 속임수였다는 점이다. 즉, 여러 가지 '위장' 공작은 그가 진퇴양난에 처했을 때 좌절감과 고통을 약간이나마 조금 더 뒤로 미루기 위해 쓰는 수단에 불과했던 것이다.

허버트 스텐슬은 특정 나이대의 어린아이들이 그러듯이,『교육』이라는 책의 저자인 헨리 애덤스를 비롯한 고금의 수많은 독재자들이 그러듯이, 자기 자신을 삼인칭으로 불렀다. 그 덕분에 '스텐슬'은 스텐슬의 여러 신분들 중 하나 같다는 인상을 주었다. '개성의 강제적 탈구(脫臼)'라는 것이 그가 이 기법에 붙인 이름이었다. 이것은 '다른 사람의 시점에서 사물을 본다.'라는 것과 반드시 똑같은 것은 아니었다. 오히려 이 기법은 그가 완전히 혐오하는 옷차림을 한다든가, 먹으면 구역질이 날 만큼 입에 안 맞는 음식을 먹는다든가, 낯선 곳에 가서 기거한다든가, 스텐슬 자신의 취향과 다른 바나 카페에 드나드는 일 같은 것이었다. 이 짓을 한번 시작하면, 몇 주일씩이나 계속했다. 그럼 왜 이딴 짓을 하는가? 그것은 스텐슬로 하여금 자기 위치(즉, 그의 삼인칭 신분)를 지키게 하기 위해서였다.

그리하여 서류 한 장마다 깃든 씨앗 알알을 둘러싸고 부연 진주층 같은 한 더미의 추측과 시적 상상, 그리고 본인도 기억하지 못하고 아무런 권리도 없는 과거, 세상 누구도 인정해 주지 않는 가상의 우려이자, 역사적인 취급조차 받지 못하는 과거에 대해 '개성의 강제적 탈구'가 피어난 것이다. 그는 자기 안의 해저 조개 양식장 속 조개를 하나하나 빠뜨리지 않고 지극히 조심스럽게 다루었다. 항구의 말뚝으로 둘러쳐진 양식장 안을 더듬더듬 돌아다닐 때, 그는 익숙해진 조개더미 한가운데 움푹 팬 작고 깊은 웅덩이를 피하려고 애를 썼다. 그 깊은 속에 무엇이 살고 있는지 알 도리가 없었다. 몰타섬, 그의 아버지가 죽었고, 그가 지금껏 한 번도 가 본 적이 없는 곳이었다. 뿐만 아니라 그 땅에 대해 아는 것도 없었다. 지금껏 간 적도, 아는 것도 없는 이유는 그곳의 무엇인가가 그를 가까이 오지 못하게 했음과 동시에, 또한 그가 겁을 집어먹었기 때문이었다.

어느 날 저녁, 봉고-샤프츠베리의 아파트 소파에서 스텐슬은 늙은 시드니가 몰타에서 겪은 모험(그런 것이 있었다는 가정하에)의 유일한 유물로 남겨 준 물건을 꺼내 들고 다시 들여다보았다. 4도 인쇄의 밝은 느낌을 주는 그림엽서로《데일리 메일》에 실린 1차 세계 대전 당시 전쟁 사진을 따서 만든 듯했다. 사진은 치마를 입은 스코틀랜드 병정들이 땀을 흘리며 들것을 밀고 가는 장면이었다. 들것 위에는 어마어마하게 생긴 독일인 사병이 누워 있었다. 커다란 콧수염이 달린 이 군인은 한 다리가 부목에 묶인 채 태평스러운 웃음을 띠고 있었다. 시드니는 다음과 같이 썼다. "늙어 버린 느낌이구나. 하지만 한편으로는 제물로 바쳐진 처녀 같은 기분도 든다. 편지를 써서 나를 기쁘게 해 주렴. 아버지로부터."

젊은 스텐슬은 편지를 보내지 않았다. 그는 그때 열여덟 살이었고 따라서 편지를 쓰는 법이 없었기 때문이다. 지금 그의 탐색전은 일정 부분 이 사건에서 기인하기도 했다. 그는 여섯 달이 지난 후에 시드니의 부고를 들었고 그제야 그림엽서 이후 아버지와 아들 사이에 한 번도 편지 왕래가 없었다는 사실을 깨달았다.

한편 아버지 동료였던 포펜타인이란 사람이 이 아파트 주인의 아버지인 에릭 봉고-샤프츠베리와 결투 중 살해당했다. 늙은 포펜타인도 늙은 스텐슬이 몰타섬에 가듯이 이집트에 간 것일까? 그 역시 가기 전에 자기 아들에게 편지를 썼을까? 어쩌면 자기 아들에게 마치 자신이 슐레스비히홀슈타인이든, 트리에스테든 소피아든 또는 그밖에 어디든 갔다가 죽어 버린 또 다른 스파이가 된 것 같다고 썼을까? 사도직의 계승. 사람들은 아마도 자기가 죽을 때를 아는 것 같다는 생각을 스텐슬은 자주 했다. 하지만 죽음이 마지막 신의 사명 같은 것이라고 한다면 그에 대해 말할 도리가 없을 것이다. 그는 일기에서 포펜타인에 대한 은폐된 언급밖에 발견할 수가 없었다. 나머지는 연출과 꿈뿐이었다.

1

오후 시간이 흘러감에 따라 리비아 사막 쪽으로부터 노란 구름이 몰려들어 무함마드 알리 광장 상공을 뒤덮기 시작했다. 소리 없는 바람이 이브라힘로를 휩쓸고 광장을 가로질러 도시 쪽으로 사막의 한기를 몰아오고 있었다.

카페 웨이터이자 아마추어 호색가인 P. 아이율의 말에 따르면 이 구름들은 비가 오려는 신호라고 했다. 그의 유일한 고객은 얼굴이 볕에 그을린 것으로 보아 관광객인 것 같은 영국인뿐이었는데, 트위드 양복에 얼스터 코트라는 영국식 복장을 하고 있었다. 남자는 기대에 찬 얼굴로 광장을 내다보았다. 카페에 들어와서 커피 잔을 앞에 놓고 앉은 지는 불과 십오 분밖에 안 되었지만 벌써부터 무함마드 알리의 기마상만큼이나 전체 풍경의 영구적인 구성 요소로 자리 잡은 듯 보였다. 영국인들 중에는 이런 천부적 소질을 가진 사람이 있다는 것을 아이율은 알고 있었지만, 대부분의 경우 그런 이들은 관광객이 아니었다.

아이율은 카페 입구 언저리서 어슬렁대고 있었다. 그는 겉으로는 따분해 보였으나 내면에서는 서글프고도 철학적인 사념들이 쏟아질 듯 가득했다. 이 친구가 기다리는 것은 여자일까? 알렉산드리아에서 로맨스나 첫눈에 반한 사랑을 바란다는 건 얼마나 잘못된 기대인지. 어떤 관광 도시든 그런 귀한 선물을 쉽게 내주려 하지는 않는다. 그 자신만 해도(남프랑스를 떠난 게 몇 년이나 되었더라? 십이 년쯤?) 적어도 이만큼이나 긴 세월을 기다려야만 하지 않았던가? 맘대로들 생각하라지, 그들은 여행 안내서가 말해 주는 것들, 그러니까 지진으로 바닷물에 씻겨 내려간 파로스 등대라든지, 회화적이지만 무표정의 극치인 아랍인, 기념비, 고분, 현대식 호텔 따위 이상의 것을 바랄 것이다. 그러나 이곳은 허위의 도시이며, 잡것과 속물의 도시였다. '그들'에게는 아이율 자신만큼이나 따분한 곳이리라.

그는 햇빛이 짙어지고, 무함마드 알리 광장 둘레에 서 있는 아카시아 잎들이 바람에 흔들리는 것을 쳐다보았다. 멀리서 무슨 이름 부르는 소리가 들려왔다. 포펜타인, 포펜타인. 그 소리는 어린 시절로부터 들려오는 소리처럼 광장의 텅 빈 뜰에 와서 울려 퍼졌다. 금발에 혈색이 좋은(북쪽 사람들은 태반이 그렇게 생겼지만) 살찐 영국인 한 사람이 셰리프 파샤로를 걸어 내려오고 있었다. 잘 차려입은 양복에 머리 치수보다 두 사이즈 정도나 큰 햇볕가리개를 쓰고 있었다. 이 남자는 아이율의 손님 쪽을 향해 걸어오더니 20미터 앞에서부터 빠른 영어로 지껄이기 시작했다. 여자 이름 하나와 영사관이 이야기 속에 들먹여지는 것을 아이율은 알아들을 수 있었다. 그는 그들이 하는 이야기 따위가 궁금할 게 뭐냐는 몸짓으로 어깨를 한 번 흠칫해 보았다. 벌써 옛날부터 그는 영국인들의 대화란 도통 아무 재미도 없다는 걸 발견했기 때문이었다. 그럼에도 불구하고 나쁜 버릇이란 떨어지지 않는 법이다.

비가 내리기 시작했다. 빗방울이 자디잔, 거의 안개 같은 비였다.

"핫 핀간." 살찐 영국인이 으르렁댔다. "핫 핀간 카와 비수카르, 야 웰레드." 두 개의 붉은 얼굴이 테이블 양쪽에서 성난 듯 불타고 있었다.

제기랄, 아이율은 속으로 내뱉었다. 테이블에 가까이 가서는 "무엇을 드시겠습니까, 무슈?" 하고 영어로 물었다.

"아." 하고 몸집 큰 사나이는 그때야 웃는 얼굴이 되어 "커피 한잔. 알겠나, '카페' 말일세." 했다.

테이블로 되돌아갔을 때에는 둘 다 자못 심각한 어조로 그날 저녁 영사관에서 열릴 예정인 큰 파티에 대해 얘기하고 있었다. 무슨 영사관이지? 아이율이 똑똑히 알아들을 수 있었던 것은 몇몇 개의 이름뿐이었다. 빅토리아 렌, 앨러스테어 렌 경(아버지인지 남편인지 몰라도), 그리고 봉고-샤프츠베리라는 이름들이었다. 그 나라 사람들 이름은 이상하기 짝이 없었다. 아이율은 커피를 갖다 놓고는 어슬렁거리고 있던 원래의 자리로 돌아왔다.

이 뚱뚱한 남자는 목하 빅토리아 렌이라는 여자를 꼬시려는 중이었다. 문제는 아버지뻘 남자와 같이 여행 중인 이 여자에게는 봉고-샤프츠베리라는 불륜 상대가 이미 있어서 접근하기 힘들다는 것이었다. 트위드 양복을 입은 나이 든 쪽이 뚜쟁이 역할인 모양이었다. 둘은 영국 의회의 실세인 앨러스테어 경의 암살을 기도 중인 아나키스트들이었다. 이 의원 나리의 부인인 빅토리아로 말할 것 같으면 그녀의 아나키스트적 경향을 눈치챈 봉고-샤프츠베리라는 남자에게 협박당하고 있는 처지였다. 두 남자는 직업 연예인들었으며 봉고-샤프츠베리가 제작하는 대규모 보드빌[30]에 출연할 기회를 노리고 있었다. 한편 봉고-샤프츠베리는 머리가 좀 모자란 듯한 렌 의원에게서 돈을 좀 뜯어내 보고자 이 도시에 와 있었다. 그가 생각해 낸 수법이란, 체면을 차리기 위해서 영국인답게 정식 부인인 것처럼 꾸미고 있으나 사실상 렌 의원의 정부인 육체파 여배우 빅토리아를 통해서 렌에게 접근하는 것이었다. 오늘 저녁 뚱뚱이와 트위드는 둘이서 팔짱을 끼고, 경쾌한 노래를 부르면서 입장할 계획이었다. 눈알을 슬슬 굴리고, 스텝을 밟으면서 들어갈 생각이었다.

빗발이 그사이 더 굵어져 있었다. 뚜껑에 문장이 찍힌 흰 봉투가 테이블의 두 사람 사이에 오고 갔다. 갑자기 트위드가 태엽 달린 인형처럼 벌떡 일어서더니 이탈리아어로 떠들기 시작했다.

30   노래와 춤이 어우러진 가벼운 오락용 희가극.

발작인가? 그러나 해는 나와 있지 않았다. 그때 트위드가 노래를 시작했다.

Pazzo son!

Guardate, come io piango ed imploro……[31]

이태리 오페라였다. 아이율은 구역질이 날 것 같았다. 그는 고통스러운 웃음을 지으며 그들을 바라보았다. 어릿광대 영국인은 공중으로 뛰어 오르더니 발뒤꿈치 두 개를 맞부딪혔다. 그러고 나서 그는 가슴에 주먹을 쥔 한 손을 갖다 대고, 다른 쪽 팔을 앞으로 뻗은 채 노래를 계속했다.

Come io chiedo pietà![32]

비가 두 사람을 흠씬 적시고 있었다. 해에 그을린 얼굴이, 광장 전체의 유일한 색채인 양, 풍선처럼 까딱까딱했다. 뚱뚱이는 커피를 마시며 비를 맞고 앉아서 제 동료의 노는 꼴을 보고 있었다. 아이율은 햇볕가리개 모자에 빗방울이 떨어져서 깨지는 소리를 들을 수 있었다. 마침내 뚱뚱이가 잠에서 깨어나듯 일어서더니 테이블 위에 1피아스터와 1밀리엠[33]을 내놓고(쩨쩨한 놈!) 우두커니 서서 이쪽을 보고 있는 다른 남자에게 가자고 고갯짓을 했다. 무함마드 알리와 그

---

31   이탈리아어로 '미칠 것 같아! 내 울고 애원하는 모습을 보아 주오.'라는 뜻이다.

32   이탈리아어로 '내가 얼마나 동정을 애원하는가를!'이라는 뜻이다.

33   둘 다 수단, 이집트 등지의 화폐로 소액 동전이다.

가 탄 말을 제외하면 광장은 완전히 텅 비어 있었다.

(두 사람은 얼마나 많은 순간 이렇게 같이 서 있었을까? 광장이나 오후 햇빛 속에 가로세로로 움츠러든 모습을 한 채 이렇게 서 있던 일은 이제껏 헤아릴 수 없이 많았으리라. 즉각적인 인상을 보고서 추론해 낼 수밖에 없는 내용이지만, 두 사람은 유럽이라는 체스판 위의, 제거해 버려도 큰 소실은 없을 체스 말이었을 것이다. 비록 그중 하나는 다른 하나에 대한 경의의 표시로 약간 뒤로 물러나 대각선으로 서 있었으나 둘은 같은 색 체스말이었으며 또한 모든 대사관의 장식 바닥에서 그게 애인이든, 식권이든, 정치적 암살 대상이든 그런 것들을 둘러싼 모종의 대립을 알아보았다. 그들이 보기에는 동상의 얼굴들에는 자기가 자신을 책임지고 있다는 안도감이, 그리고 어쩌면 슬프게도 자기 인간성에 대한 안도감이 감돌았다. 그들은 누가 판을 짜 본들 유럽의 모든 광장들이 어차피 생명 없는 채로 남아 있으리라는 걸 떠올리지 않기 위해 애쓰는 중이 아니었을까?)

두 사람은 절도 있게 180도 회전을 하더니 각각 반대 방향으로 헤어져 걷기 시작했다. 뚱뚱이는 케디발 호텔 쪽으로, 그리고 트위드는 라에텡로와 터키인 거주 구역 방향으로 사라져 갔다.

잘해 보시지, 아이율이 속으로 내뱉었다. 오늘 저녁 무슨 일들을 벌이고 있는지는 모르겠지만 어쨌든 잘해 보라고. 어쨌든 저 작자들을 다시 볼 일은 없을 테니까. 뭐 아무런 상관없지. 그는 마침내 벽에 몸을 기댄 채 잠이 들었다. 비 때문에 몸이 나른해졌기 때문이었다. 그는 마리암과 오늘 밤에 대한 꿈을 꾸기 시작했다. 그리고 아랍인 거주 구역에 대한 꿈을…….

광장의 파인 곳들이 차올랐다. 그 물 고인 웅덩이들 위로는, 언제나처럼, 아무렇게나 흩뿌려지는 동심원의 방울들이 판을 치고 있었다. 8시경, 빗줄기가 약해지기 시작했다.

2

잡역부 유세프는 케디발 호텔에서 일꾼으로 차출되었다. 그는 약해지는 빗속을 뚫고 오스트리아 영사관 쪽을 향해 길을 가로질러 뛰어갔다. 그러고는 고용인 입구로 영사관 안에 들어갔다.

"늦었어!" 취사장의 총지휘관인 메크네스가 소리쳤다. "그러니까, 이 낙타 새끼야, 넌 펀치 테이블이나 맡아."

나쁘지 않은 자리군, 하고 유세프는 흰 재킷으로 갈아입고 수염에 빗질을 하며 생각했다. 중간층에 있는 펀치 테이블에서는 모든 것을 한눈에 볼 수 있었다. 앞이 깊이 파인 드레스를 입은 예쁜 여자들의 가슴으로부터(그중에서도 정말이지, 이탈리아 여자들 가슴은 끝내주지!) 찬란한 별들, 리본 그리고 이국적인 훈장들의 전시를 곧바로 내려다볼 수 있었던 것이다.

곧 유세프는 배정받은 유리한 위치에서 오늘 저녁 그의 지혜롭기 짝이 없는 입에서 튀어나올 하고많은 냉소 중 제일 첫 번째 것을 내뱉었다. 할 수 있을 때 놀라고들 해, 이제 곧 그 훌륭한 옷들이 조각조각 찢기고 우아한 장식 마룻바닥은 피로 더께가 얹힐 테니까. 유세프는 아나키스트였던 것이다.

아나키스트였을 뿐 아니라 빈틈도 없었다. 그는 늘 시사에 촉각을 세웠고, 작은 혼란이라도 일어날 가능성이 있지 않나 방심하는 일이라곤 없이 살피고 지켜보았다. 오늘 밤 돌아가는 정치판은 희망적이었다. 영국의 새로운 점령지 영웅이자 최근에 카르툼에서 승전보를 울린 키치너 사령관은 화이트 나일[34] 하류 640킬로미터 지점에서 정글 속을 수색하고 있었다. 그런데 마르샹이라는 프랑스 장군 한 사

34 나일 강 상류에서 수단의 카르툼까지 내려오는 나일의 본류.

람도 그 부근에 가 있다는 소문이 돌고 있었다. 영국은 나일 계곡에 프랑스가 개입해 들어오는 것을 원치 않았다. 새로 구성된 프랑스 내각 외무부의 무슈 델클라세는 두 파견대 사이에 충돌이 일어나는 경우에 전쟁을 일으킬 의도가 충분히 있음을 표명했다. 그런데 그 병력끼리 만난다는 것은 다들 의견을 같이하듯, 거의 틀림없이 일어날 일이었다. 러시아는 프랑스 편을 들 것이었고 이미 독일과 화해 관계인 영국 편에는 이탈리아와 오스트리아가 끼어들 전망이었다.

시작! 영국인이 말했다. 풍선이 올라갔다. 아나키스트나 파괴에 헌신하는 자에게는 향수를 느끼게 하는 어린 시절 추억이 인간의 균형 감각을 위해 필요하다고 믿는 유세프는 풍선을 사랑했다. 거의 밤마다, 그는 꿈의 변방 지대에서 화려하게 채색되고 그의 입김으로 팽팽하게 부풀어 오른 돼지 창자 풍선 주변을 달이 해를 돌듯 회전하는 것이었다.

그러나 지금 그는 시야 한구석에서 하나의 기적을 목도했다. 믿음이 없는 인간이 이걸 어떻게 설명해야 할 것인가…….

풍선 아가씨였다. 풍선 아가씨라. 유리알처럼 잘 닦은 바닥에 발이 닿는 둥 마는 둥, 그녀는 빈 컵을 유세프에게 내밀고 있었다. 메시쿰 빌케르, 좋은 저녁 되세요, 우리 영국 숙녀분, 이것 말고 채워 드릴 빈 곳이 있으신지요? 이토록 어린 애라면 살려 줘야 하는 거 아닐까? 혹은 그래야만 하는 게 맞을까? 아침이기만 하다면, 그 어느 날 아침이라도 좋다. 무에진[35]들이 죄다 침묵하고 비둘기도 지하 묘지에 숨어 버린 아침이라면 그도 자신의 성의(聖衣)를 벗고 공허의 새벽 속에 우뚝 일어서서 자기가 해야 할 일을 할 수 있을까? 양심이 시키는 대로?

35   이슬람 사원에서 시간을 알리는 사람들을 뜻한다.

"오." 그녀가 미소 지었다. "오, 고마워요. 렐타크 레벤." 그대의 밤이 우유처럼 희기를.

그대의 배처럼…… 아니다. 그만둬야지. 아래쪽 큰 홀에서 올라오는 연기처럼 가볍게 그녀는 고개를 까딱하고 사라져 버렸다. 그녀는 알파벳 O를 한숨 쉬듯 발음했다. 마치 사랑 때문에 기절하려는 듯이 말이다. 몸집이 묵직하고 머리가 세기 시작한 나이 든 남자 한 명이 층계에서 그녀 곁에 나타났다. 야회복을 입은 신사의 인상은 직업적인 길거리 싸움패 같았다. "빅토리아." 그가 낮게 울리는 목소리로 불렀다.

빅토리아. 여왕 이름을 따서 붙인 이름이었다. 그는 웃음이 터져 나오려는 것을 참으려 했으나 허사였다. 정말이지 유세프는 뜬금없는 것을 재미있어하는 편이었다.

이날 저녁 파티가 계속되는 동안, 그의 눈은 간간이 그녀에게 가서 멎었다. 모든 번쩍이는 혼란 속에서 눈의 초점을 둘 곳을 갖는다는 것은 유쾌한 일이었다. 그러나 그는 딱히 초점을 둘 필요도 없이, 그 여자 자신이 벌써 군중 밖으로 유독 두드러진다는 사실을 깨달았다. 그녀의 색채며 목소리까지 세상 사람들보다 훨씬 가벼운 듯, 그를 향해 둥실둥실 떠올라 오는 것이었다. 그의 두 손은 샤블리 펀치로 끈적거렸고 콧수염도 형편없이 헝클어져 있었다. 게다가 무의식적으로 손톱을 이로 물어뜯는 버릇까지 있었다.

메크네스는 삼십 분에 한 번씩 그를 감시하러 찾아왔다. 그리고는 으레 욕설을 퍼부었다. 소리가 들릴 만한 범위 안에 아무도 없을 때에는 욕설과 모욕적인 언사의 경쟁전이 일어났다. 더러는 거칠고 더러는 재치 있는 이 욕설과 모욕적인 언사들은 모두가 레반트 지역의 전통적 격식을 따른 것이었다. 이들은 서로의 조상을 거꾸로 따라 올라가 들먹여 가며 욕을 퍼부었는데, 한 단계씩 더 올라가고 세대가 바

뛸 때마다 조상들의 꼴은 그만큼 더 황당무계하고 기괴해지곤 했다. 윗대로 올라갈수록 더욱더 괴이한 결합에 의해 자손을 본 셈이었다.

오스트리아 영사 케벤휠러-메치 백작은 러시아 영사 드 빌리에와 오랜 시간 붙어 있었다. 어떻게 저렇게 떠들고 농담하며 지낸 다음 내일은 서로의 적이 될 수 있을까, 유세프는 신기하다고 생각했다. 어쩌면 저 두 사람은 어제 역시 서로의 적이었는지도 몰랐다. 소위 민중의 공복이라는 사람들은 인간이 아니라고 그는 결정지었다.

유세프는 퇴각하는 메크네스의 등에 대고 펀치 국자를 흔들어 댔다. 민중의 공복이라, 흥. 그런데 자신은 또 민중의 공복이 아니고 뭐란 말인가? 그 자신은 인간이라고 할 수 있을까? 정치적 허무주의를 포용하기까지는 분명 그랬던 것 같다. 하지만 오늘 저녁 이 자리에서 '저들'의 '심부름꾼'으로 일하는 그는 어떤 상태에 놓여 있는가? 벽에 붙은 물건이나 다름없는 존재라고 볼 수밖에 없을 것 같았다.

하지만 이제 사태가 달라질 것이라는 생각이 그를 미소 짓게 했다. 비록 우울한 미소이기는 했으나 곧 그는 또다시 풍선의 백일몽에 빠져들어갔다.

층계 맨 아래에 그 여자, 빅토리아가 앉아 있었다. 그녀는 흥미로운 그림 속 중심인물이었다. 그녀의 곁에는 비에 젖어 우그러든 야회복을 입은 뚱뚱한 금발 남자가 앉아 있었다. 그 맞은편에는, 납작한 이등변 삼각형의 세 정점에 해당하는 위치에 그녀의 이름을 불렀던 머리가 센 신사와 장식 없이 새하얀 일자 드레스를 입은 열한 살짜리 여자아이, 그리고 얼굴이 볕에 그을린 남자 한 명이 서 있었다. 유세프가 들을 수 있는 유일한 목소리는 빅토리아의 목소리였다. "내 동생은 돌멩이와 화석을 좋아해요, 굿펠로 씨." 옆에서는 황금색 머리가 예의 바르게 끄덕이고 있었다. "이분들께 보여 드려, 밀드레드." 여자아이가 들고 있던 주머니에서 돌멩이 한 개를 끄집어내었다. 아이는 먼저 빅토리아 바로 옆 남자에게 그것을 들어 올려 보이고는 자기 옆의 얼굴이 붉은 남자에게 보였다. 그는 당황한 몸짓으로 뒤로 한 발 물러섰다. 저 남자는 마음 놓고 얼굴을 붉혀도 되겠어, 그래도 누구 하나 모르겠지, 하고 유세프는 혼자 생각했다. 몇 마디 말이 더 오갔다. 그런 뒤 붉은 얼굴은 무리를 떠나 층계로 성큼성큼 올라왔다.

유세프에게 다가온 그는 다섯 손가락을 들어 올려 보였다. "캄세."[36] 유세프가 잔을 채우고 있는 동안 누군가 영국인 뒤로 다가오더니 어깨를 가볍게 건드렸다. 영국인은 휙 뒤를 돌아보았다. 주먹 쥔 두 손은 여차하면 싸울 태세를 취하고 있었다. 유세프의 눈썹이 눈에 띄지는 않을 만큼 치켜 올라갔다. 이자도 길거리 싸움패였군. 저렇게 반사 동작이 빠른 남자를 본 지가 얼마나 오래되었던가? 비석 깎기 견습공이자 암살자인 열여덟 살 청년 튜픽쯤이나 되어야 저자와 비길 만할 것 같은데.

하지만 그는 마흔 살에서 마흔다섯 살쯤 되어 보였다. 직업적으로 필요하지 않은 이상 그 나이에 그러한 운동신경을 가졌다는 것은 있을 수 없는 일이라고 유세프는 결론 내렸다. 그렇다면 살인 기술과 영사관 파티 참석이 동시에 요구되는 직업은 대체 무엇일까? 그것도 오스트리아 영사관 파티라니.

영국인의 손은 이제 긴장이 풀려 있었다. 그리고 자못 즐거운 듯 머리를 끄덕였다.

"여자가 예쁘군." 상대가 말했다. 그는 푸른색이 도는 안경에다 가짜 코를 붙이고 있었다.

영국인은 상대에게 미소를 보낸 뒤 돌아서서 다섯 개의 펀치 잔

36   아랍어로 '다섯 개'를 뜻한다.

을 집어 들고 층계를 내려가기 시작했다. 두 번째 계단에서 그는 발이 걸려 쓰러졌다. 그는 빙글빙글 돌기도 하고 껑충껑충 튀어 오르기도 하며 층계 밑까지 떨어졌다. 유리 깨지는 소리와 샤블리 펀치의 분무가 뒤따랐다. 유세프는 그자가 높은 데서 떨어지는 기술을 익혔다는 것을 알 수 있었다. 다른 길거리 싸움패가 그 장면의 거북함을 감추기 위해서 껄껄대며 웃었다.

"뮤직 홀에서 어떤 친구가 그 재주 부리는 걸 한 번 봤지. 그런데 자네가 훨씬 더 잘하는데, 포펜타인, 정말이야." 하고 그는 말했다.

포펜타인은 담배 한 개비를 뽑았다. 그러고는 마지막으로 나가 떨어진 자리에 그대로 드러누운 채 담배를 피워 물었다.

중간층에서는 푸른색 안경의 사나이가 기둥 뒤에서 살짝 내다보더니 코를 떼어 내며 주머니에 넣고는 사라져 버렸다.

재미있는 집합이었다. 여기에 뭔가 있다고 유세프는 감을 잡았다. 그것이 키치너, 그리고 마르샹과 관계가 있는 어떤 것일까? 물론 그렇겠지. 그러나, 여기서 그의 퍼즐 풀이는 중단되어야만 했다. 메크네스가 유세프의 고조-고조-고조할아버지하고 할머니는 발이 하나밖에 안 달린 잡종 개였으며, 당나귀 똥과 매독에 걸린 코끼리를 먹고 살았다는 말을 일러 주러 찾아왔기 때문이었다.

3

'핑크' 레스토랑은 조용했다. 한가해 보이기조차 했다. 영국인과 독일인 관광객이 몇 명 있는 정도였다. 다가가 봤자 별로 얻을 것이 없는 이 구두쇠들은 여기저기에 흩어져 앉아서 무함마드 알리 광장에 한낮의 소음만을 더하고 있었다. 머리를 정성스레 빗어 넘기고 콧수염을 꼬아 올리는 등 겉치장의 마지막 세부까지 완벽하게 손본 뒤 한쪽 구석에서 벽을 등지고 앉아 있는 맥스웰 롤리버그는 바야흐로 공포 때문에 치솟은 찌르는 듯한 통증이 첫번째로 복부를 치고 가는 것을 느꼈다. 왜냐하면 신중하게 손질한 머리와 피부와 의복 아래에 는 구멍 나고 더러워진 속옷과 쓸모없는 심장이 있었기 때문이다. 우 리 친구 맥스는 이국인에다 알거지였던 것이다.

십오 분만 더 기다려 보자. 그는 결정했다. 그때까지 아무 전망 이 보이지 않으면 뤼니베르로 옮겨 가는 거야.

그는 이 관광 도시의 경계선을 팔 년 전인 1890년에 넘었었다. 요크셔에서 어떤 불유쾌한 사건이 있은 뒤에 이리로 온 것이었다. 그 때는 랠프 맥버지스라는 이름이었다. 그때만 해도 그는 전망이 좋 았던 영국 순회 보드빌 단에 한몫 끼려는 야망을 가진 젊은이였다. 그는 노래도 조금 불렀고 춤도 조금 추었다. 그리고 촌티 나는 농담 도 몇 마디 할 줄 알았다. 그러나 맥스 또는 랠프에게는 문제가 있었 다. 즉 어린 여자아이들을 너무 좋아한다는 것이었다. 바로 이 소녀, 앨리스는 열 살인데도 이미 어느 정도 어른스러운 여자들처럼 굴었 다.(그 애는 그것을 놀이라고 부르면서 재미있어했다.) 하지만 애들도 자 기가 하는 짓이 뭔지 알고 그러는 거라고 맥스는 단정했다. 아무리 나이가 어려도 자기가 하는 일에 대해 충분히 알 거라 믿었던 것이 다. 다만 애들은 거기에 대해서 생각을 깊이 하지 않을 뿐이다. 그래 서 그는 한계선을 열여섯 살 정도에 긋고 있었다. 조금만 나이가 더 많아도 쓸데없는 낭만, 신앙, 가책 같은 것이 고개를 들고 나와 파드 되[37]를 망쳐 버리기 일쑤이기 때문이었다.

그런데 아이가 자기 친구들한테 얘기를 해 버린 데서 일은 시작

37　고전 발레에서 주역 발레리나와 그 상대역이 추는 2인조 춤을 뜻한다.

됐다. 샘이 난 다른 애들(적어도 그중 한 명은 목사와 부모와 경찰에게 일러바칠 정도로 샘이 났던 모양이다.) 때문에 골치 아픈 일이 벌어진 것이다. 이런, 정말 민망한 꼴이었다. 그러나 그는 애써 그 장면을 잊으려 하지는 않았다. 크지 않은 동네인 라드윅인더펜에 있는 아테네 극장의 분장실. 드러난 쇠파이프와 한쪽 구석에 걸린 스팽글이 장식된 낡은 가운들. 보드빌 공연 때문에 밀려난, 소위 낭만적 비극 공연에서 사용되던 속이 빈 판자 종이 기둥의 잔해. 가끔씩 침대 대용으로 쓰이던 의상 상자. 그러고는 발소리, 사람들의 목소리, 문손잡이 돌리는 소리, 천천히, 아주 천천히…….

그 애는 그걸 원했다. 일이 벌어진 다음에도 그 애는 증오에 찬 얼굴들이 에워싼 보호 구역 밖으로 메마른 눈길을 보내며 '아직 그걸 원해요.' 하고 말없는 메시지를 계속 보냈던 것이다. 앨리스, 랠프 맥버지스를 끝장내 버린 앨리스. 그 애들이 대관절 뭘 원하는지 어떻게 알겠어?

알렉산드리아에 오게 된 이유야 어쨌든, 그는 항상 이곳을 뜨고 싶은 마음이 간절했다. 어떤 관광객과도 상관없는 문제였지만. 원한 적도 없었는데 어쩌다 보니 이 관광의 세계에 완벽하게 편입되어 떠돌아다니는 방랑객이 되어 버린 셈이었다. 말하자면 그는 식당 웨이터나 짐꾼, 또는 택시 운전사나 호텔 직원 같은 다른 자동인형들처럼, 이미 지형도에 새겨졌다 해도 과언이 아닐 만큼, 관광지 분위기의 자연스러운 일부를 이루는 존재였던 것이다. 다른 말로 하면, 있어도 그만 없어도 그만인 존재였다. 일단 사업을 시작하면(사업이라는 것은 주로 음식이나 술, 잠자리를 구걸하는 일이었지만) 맥스와 그가 거래를 해 보기로 마음먹은 '상대'와의 사이에는 임시적인 규칙이 하나 생겼다. 그 규칙이란 맥스가 실제로는 부유한 관광객이지만 쿡 여행사의 착오로 인해서 잠깐 동안 궁색한 지경에 빠졌다는 상황을 기억하는 것이었다.

관광객들은 이런 것을 재미있어했다. 그들도 그의 정체를 모르는 것이 아니었다. 다만 그의 수작에 걸려드는 자가 있다면 가게에서 물건값 깎는 재미, 또는 거지들에게 푼돈 주는 재미 같은 것을 맛보기 위해서 짐짓 속아 넘어간 척하는 것뿐이었다. 말하자면 이런 것은 관광 제국의 사소한 불편 중 하나에 불과했다. 그런데 맥스 같은 존재가 조성하는 분위기의 '이채로움'이란 불편을 보상하고도 남음이 있었던 것이다.

핑크 레스토랑은 갑자기 활기를 띠기 시작했다. 맥스는 호기심과 기대를 품고 사람들의 입장을 지켜보았다. 로제트로 저편에서 한 떼의 사람들이 즐거운 듯 와자지껄 떠들어 대며 길을 건너오고 있었다. 방금 한 건물에서 빠져나온 패거리였는데 그것은 대사관이나 영사관 건물 같아 보였다. 오늘 저녁 거기서 열린 파티가 방금 끝난 모양이었다. 레스토랑은 급속히 꽉 차는 중이었다. 맥스는 새로운 사람이 한 명씩 나타날 때마다 잘 관찰했다. 신호를 놓치지 않기 위해서였다. 비록 쉽게 알아볼 수 없는 미세한 신호일 것임에 틀림없었지만.

그는 결국 네 명이 이루는 그룹을 잡기로 마음을 정했다. 남자 둘과 여자아이 하나, 그리고 젊은 여자 하나의 구성이었다. 이 초국가적인 지역에 팔 년 동안 살면서 그가 배운 것은 관광객을 식별하는 기술이었다. 지금 같은 경우 여자들은 거의 틀림이 없었다. 하지만 동반하고 있는 남자들은 어딘지 찜찜했다. 그 남자들은 다른 모든 관광 도시의 경우와 같이 알렉산드리아에서도, 관광객이라면 거의 본능적으로 띠기 마련인 일종의 넘치는 자신감을 과시하지 않았다. 이런 태도는 보통은 생전 처음 여행을 나온 풋내기 관광객들도 당장 몸에 붙이는 태도였던 것이다. 어쨌든 이제 시간이 너무 지났다. 맥스는 오늘 밤 잘 곳도 아직 마련하지 못했을 뿐만 아니라 요기도 못 한 처지였다.

운은 어떻게 떼어도 상관없었다. 몇 개의 정해진 말 중에서 아무거나 한 개 고를 뿐이었으니까. 그 문구들은 모두 '대상'들을 잘만 골랐다면 아무 문제 없는 것들이었다. 중요한 건 그들이 어떤 반응을 보이느냐였다. 지금 같은 경우는 그의 짐작이 거의 맞아 떨어진 셈이었다. 한쪽은 금발에 살이 찌고 다른 쪽은 검은 머리에 붉은 얼굴을 한 코미디 팀으로 보이는 두 남자는 유쾌한 친구들 노릇을 하기로 한 모양이었다. 그러라지. 맥스도 유쾌한 척은 꽤 할 줄 알았다. 서로 자기소개를 할 때 시선이 밀드레드 렌에게 반 초쯤 머무르기는 했지만 너무 오래 본 건 아닐까? 하지만 이 애는 근시에다 땅딸한 것이 앨리스와는 질적으로 전혀 달랐다.

이상적인 '대상'이었다. 모두 그를 여러 해 동안 알고 지낸 친구처럼 행동했다. 하지만 어떤 가공할 삼투작용에 의해서인지는 몰라도 소문이 퍼져 버린 것 같은 느낌을 주는 패거리이기도 했다. 이 소식이 바람결에 알렉산드리아에 와 있는 모든 거지, 부랑인, 자의에 의한 추방자 및 각종 이방인 방랑객들에게 알려지기만 하면, 즉 포펜타인과 굿펠로와 렌 자매가 핑크 테이블에 둘러앉아 있다는 소식이 전해지기만 하면, 빈털터리 패거리가 곧장 이리로 모여들기 시작할 터였다. 하나씩 하나씩 바람에 실려 오듯 모여든 이들은 한결같은 환영을 받을 것은 물론, 마치 십오 분 전까지 같이 있던 친구가 잠깐 자리를 떴다 다시 돌아온 것처럼 하나도 빠짐없이 다정하고 허물없는 태도로 맞아들여질 것이다. 맥스의 눈에 환영들이 보이기 시작했다. 파티는 내일도, 또 그다음 날도 계속된다. 그들은 변함없이 밝은 목소리로 웨이터들을 불러 의자를 더 가져오라고 하며 음식과 술을 더 청하겠지. 곧 다른 관광객들은 몰아내 버려야 하는 지경이 되고 핑크의 모든 의자들이 네 사람과 그들의 손님들에 의하여 독점되고 만다. 이 테이블을 중심으로 의자들은 통나무 단면이나 빗물 웅덩이처럼 끝없는 동그라미를 만들며 퍼져 나갈 것이다. 핑크의 의자들이 바닥나면 웨이터들은 끙끙대며 옆 레스토랑이나 길 저 아래까지 가서 빌려 오고, 그걸로도 모자라면 다음 블록이나 다음 시 구역에까지도 의자를 빌리러 원정을 가겠지. 의자에 앉은 거지들은 길에까지 넘쳐나고 의자와 거지가 이루는 동그라미는 그런 뒤에도 계속 커지기만 한다. 이들의 대화도 정비례해서 엄청나게 커져 간다. 다들 저마다의 회고담, 농담, 꿈, 광기 및 재치 있는 한마디를 지껄이고, 그것은 또한 참 굉장한 흥행거리가 될 것이다. 그야말로 특대형 보드빌 말이다. 배가 고파지면 먹고, 취하고, 또 취하고, 한없이 그렇게 앉아서 즐기는 것이다. 그럼 이 모든 것의 끝은? 과연 끝날 수가 있을까?

여자가 이야기를 하고 있었다. 나이가 더 많은 쪽 여자, 빅토리아는 아까부터 뭔가 계속 이야기하고 있었다. 탄산수에 취한 모양이었다. 열여덟 살쯤이리라, 부랑자 대회의 환영을 떨쳐 버리며 맥스는 그녀의 나이를 짐작해 보았다. 지금의 앨리스도 그쯤 되었겠지.

이 여자에게 약간 앨리스가 느껴지지 않나? 앨리스는 물론 아예 다른 평가의 영역에 있었다. 그러나 어쨌든 그 애처럼 기묘한 배합물로 이루어진 여자인 것 같았다. 장난기와 바람기가 섞여 있었고 쾌활하고 풋내가 물씬 나는 점도 비슷했다.

여자는 가톨릭 신자였다. 집 근처에 있는 수도원 학교를 다녔다고 했다. 이번이 그녀가 해외로 나온 첫 번째 여행이었다. 자기 종교에 대해서 너무 말이 많기는 했다. 한때는 하느님의 독생자에 대해서 젊은 여자가 젊은 남자에게 갖는 것과 다름없는 감정까지 가졌던 모양이었다. 하지만 결국은 그가 그런 존재가 될 수 없다는 것과 그가 사실은 묵주가 유일한 장식인 시커먼 옷 입은 여인들로 가득한 하렘의 주인이라는 것을 깨달은 것이다. 그런 경쟁 구도를 감당할 자신이 없었던 빅토리아는 몇 주일 만에 수도원을 떠났다. 그러나 가톨릭 교회는 떠나지 않았다. 슬픈 얼굴의 대리석상 및 초와 향 냄새야말로 친척인 에벌린 아저씨와 함께 그녀가 가진 평화로운 세계의 중심을 이루고 있었다. 아저씨라는 인간으로 말할 것 같으면, 거친 성미탓인지 아니면 뭔가 저지른 일이 있기 때문인지는 몰라도 오스트레일리아로 가서 술꾼이 되었지만 몇 년에 한 번씩은 오스트레일리아에서 돌아왔다. 방문 시 가져오는 선물이라고는 기막히게 엮어 내는 거짓말뿐이었는데 빅토리아는 그가 같은 얘기를 두 번 하는 것을 들어 본 기억이 없었다. 더욱 중요한 것은 어쩌면, 다녀간 후부터 다음 방문 때까지 빅토리아가 상상 속에서 구축하고 발전시킬 세상, 미지의 세계를 지을 재료를 그 아저씨가 제공해 주었다는 사실일 것이다. 그 식민지 분위기가 물씬 풍기는 인형의 세계를, 그녀는 부단히 발전시키고 돌아다니고 조작하며 가지고 놀았던 것이다. 그녀는 특히 미사를 올릴 때면 이 놀이를 했다. 왜냐하면 그 장소에는 사춘기의 환상에 딱 어울리는 극적인 배경이 준비되어 있었기 때문이다. 그리하여 챙 넓은 모자를 쓴 하느님은 원주민 꼴을 한 사탄하고 하늘의 대결 무대에서 빅토리아 같은 여자아이의 명예와 안녕을 위하여 격투를 벌이고는 했다.

그런데 앨리스는('그 애'에게는 목사님이 환상의 대상이 아니었겠나?) 성공회 교도였으며, 영국 여자다웠다. 그리고 훌륭한 미래의 어머니감이었으며, 뺨은 사과처럼 발그레했으며 기타 등등 모든 것을 다 갖추고 있었다. 그나저나 너 왜 이래, 맥스. 그는 자신에게 물었다. 의상 상자 속에서 그만 나오라고, 우울한 과거에서 뛰쳐나와. 이 여자는 빅토리아야, 빅토리아라고…… 그런데 이 여자가 나를 잡아끄는 이유가 뭐지?

보통은 이런 자리에 한몫 끼게 되면 맥스는 말이 많아지고 다른 사람들을 즐겁게 할 줄 알았다. 밥값이나 자릿값을 하기 위해서라기보다는 그저 명석함과 재치를 연마해서 자기 스타일을 결함 없이 유지하려는 생각 때문이었다. 이야기를 그럴듯하게 꾸며 댄 다음 그 반응을 보고서 청중과 자기의 관계를 가늠하는 것은 중요한 일이었다. 왜냐하면, 누가 알겠나, 혹시라도, 혹시라도…….

그는 다시 사업을 시작할 수도 있는 처지였다. 여기를 떠나면 세계 도처에 관광 회사가 있지 않은가. 그뿐 아니라 팔 년이라는 세월이 지난 지금, 눈썹 모양을 바꾸고 머리를 물들이고 콧수염을 기르면 누가 그를 알아볼 것인가? 망명할 필요조차 없었다. 극단 단원들 사이에 소문은 퍼졌고, 덕분에 영국 모든 소도시와 심지어 더 구석진 지방에까지 이야기가 들어갔다. 하지만 다들 인물 좋고 성격 좋은 랠프를 좋아했다. 그러니 설령 정체가 드러난다 해도 팔 년이나 지난 지금 와서 설마하니…….

그러나 오늘 밤은 맥스의 입이 좀체 열리지 않았다. 여자가 자리의 대화를 장악하고 있었는데 그건 맥스가 별로 소질이 없는 성질의 대화였다. 전날 관광에 대한 논의(명승지! 고분! 흥미로운 걸인!) 같은 것은 아예 있지도 않았다. 상점이나 바자회에서 산 값싸고 진귀한 물건들에 대한 보고, 내일 관광에 대한 계획도 전혀 없었다. 다만 오늘 저녁에 오스트리아 영사관에서 있었던 파티에 대해 가벼운 언급이 있을 뿐이었다. 그런 화제 대신 이 자리에는 일방적인 고백과 함께 삼엽충 화석이 붙은 돌덩어리를 들여다보는 밀드레드가 있었다.(그 애는 이 돌멩이를 파로스 등대의 폐허 근처에서 발견했다고 했다.) 두 남자로 말할 것 같으면, 그들은 빅토리아의 얘기에 귀를 기울이는 시늉은 하고 있었으나 사실 마음은 멀리 다른 곳에 가 있었다. 시선이 부지런히도 움직였다. 서로의 얼굴을 쳐다보다가 식당 출입문 쪽으로 향했다가 별안간 식당 안을 한 바퀴 휘익 둘러보기도 했다. 저녁 식사가 나왔다. 식사가 끝나고 빈 접시들이 들려 나갔다. 그러나 배불리 먹은 다음에도 맥스는 기분이 나지 않았다. 어딘지 모르게 우울한 사람들이었다. 맥스는 마음이 편안하지 않았다. 지금 뭔가 좋지 않은 자리에 들어와 끼어 있었다. 이것은 판단력의 결함을 뜻했다. 이 패들을 골라잡은 것은 잘못이었다.

"이런!" 굿펠로가 외쳤다. 다들 고개를 들고 쳐다보았다. 그들의 등 뒤로 야회복을 입은 깡마른 남자가 땅에서 솟아난 것처럼 와서 서 있었다. 꼭 화난 매처럼 생긴 머리였다. 머리는 사나운 표정을 그대로 유지한 채 너털웃음을 웃었다. 빅토리아가 참지 못하고 웃음을 터뜨렸다.

"어머, 휴!" 그녀가 기쁜 듯이 소리쳤다.

"바로 그렇소." 깊은 곳에서 나오듯 울리는 소리였다.

"휴 봉고-샤프츠베리." 굿펠로가 퉁명스럽게 말했다.

"하르마키스." 봉고-샤프츠베리는 사기로 만든 매의 머리를 가리키며 말했다. "헬리오폴리스의 신이며 하(下)이집트의 신입니다. 진품이죠. 고대 의식에서 사용되던 가면이지요." 그는 빅토리아 곁에 자리를 잡고 앉았다. 굿펠로의 얼굴이 험상궂게 찡그려졌다. "정확히는 수평선의 호루스이자 인간의 머리를 가진 사자로 알려져 있어요. 스핑크스 같은 거요."

"오." (그 나른하게 들리는 "오.") 빅토리아가 말했다. "스핑크스 말이군요."

"나일강 어디까지 내려가실 작정인가요?" 포펜타인이 물었다. "굿펠로 씨가 선생이 룩소르에 관심이 있다고 얘기하던데."

"거긴 때 묻지 않은 땅으로 느껴지거든요, 선생." 봉고-샤프츠베리가 대답했다. "1891년도에 그레보가 테베 승려들의 분묘를 발견한 이래 그 지역에서 이렇다 할 값어치 있는 업적이 생기지 않고 있으니까요. 물론 기자의 피라미드도 돌아봐야지요. 하지만 그건 십육 년인가 십칠 년 전에 플린더스 페트리 씨가 어려운 답사를 한 이래 새로 얻어낼 게 별로 없어졌어요.”

이건 또 뭐야, 맥스는 속으로 중얼거렸다. 이집트 연구가쯤 되나, 아니면 베데커[38]라도 읊고 있는 건가? 빅토리아는 굿펠로와 봉고-샤프츠베리 사이에 예쁘게 균형을 잡고 앉아 있었다. 마치 바람기의 균형을 정확하게 잡으려고 애쓰는 듯이.

하지만 언뜻 보기에 이상할 것은 없었다. 한 여자를 에워싸고 사랑의 경쟁을 벌이고 있는 두 남자, 밀드레드라는, 여자의 어린 여동생과 개인 비서쯤 되어 보이는 포펜타인. 굿펠로가 비서를 둘 정도의 여유도 없어 보이는 것은 아니었다. 하지만 겉이야 그렇다고 하고 속은 어떨까?

싫지만 인정하지 않을 수 없었다. 베데커 여행 안내서 속 세계에서 사기꾼과 마주치는 일은 흔치 않았다. 이중성은 불법이었다. ‘악한’이 되는 짓이었다. 그런데 이들은 지금 관광객으로 위장하고 있는 것이 분명했다. 그러니까 이들의 놀이는 맥스의 놀이와 같지 않았던 것이다. 맥스는 겁을 먹었다.

테이블에서 이야기가 그쳤다. 세 남자의 얼굴에서는 이제 아무런 감정도 찾아볼 수 없었다. 바로 그 원인이 테이블 쪽으로 다가오고 있었다. 짧은 망토에 푸른색 안경을 쓴 별로 볼품없이 생긴 인물이었다.

“어서 오게, 렙시우스.” 굿펠로가 말했다. “브린디시 날씨에 싫증이 난 모양이군, 자네.”

“갑자기 볼일이 생겨서 이집트에 와야 했네.”

<hr>

38   독일의 출판업자 카를 베데커가 19세기에 만든 세계적인 여행 안내서.

이렇게 해서 일행은 벌써 넷에서 일곱으로 불어났다. 맥스는 조금 전 보았던 환영을 기억했다. 여기 모인 족속들은 정말이지 괴상한 이방인의 집합이었다. 그는 새로 온 남자들 사이에서 극히 미세한 신호가 오가는 것을 보았다. 매우 짧은 신호였는데 한편으로 굿펠로와 포펜타인 역시 동시에 그런 신호를 주고받은 것을 알 수 있었다.

이렇게 편이 나뉘는 건가? 편을 나눌 이유가 이들 사이에 있다는 건가?

굿펠로는 와인잔에 코를 대고 향을 맡았다. "자네하고 같이 여행하던 친구 말이야, 그 친구 한번 다시 만나고 싶었는데." 그가 마침내 말했다.

"스위스에 갔지." 렙시우스가 말했다. "바람 깨끗하고 산도 깨끗한 스위스. 이놈의 지저분한 남쪽 땅은 가끔가다 더는 못 참게 진저리가 난다니까."

"남쪽도 한참 내려가면 그렇지만도 않지만 아니면 진저리가 날 만하지. 내 생각에는 나일강 아주 하류까지 내려가면 조금도 때 묻지 않은 원시적 순수를 만날 수 있을 거야."

타이밍 한번 좋은데. 맥스는 생각했다. 대사를 읊기 전 해 보인 몸짓도 수준급이었다. 이들이 누구인지는 아직 알 길이 없었지만 오늘 밤은 적어도 아마추어들을 상대하는 게 아니라는 것을 맥스는 깨달았다.

렙시우스가 자못 사색적인 어조로 말했다. "야생 동물들의 법칙이 통하는 곳 아닐까, 거긴? 재산권 같은 건 아예 없고. 싸움질만 있을 거라고. 이긴 놈이 모두를 갖는 거지. 명예, 목숨, 권력, 물론 재물까지 전부."

이상한 일이었다. 포펜타인도 그렇고, 봉고-샤프츠베리도 그렇고, 시종 입을 다물고 듣고만 있었다. 그들은 각각 제 편에게 슬쩍 눈

짓만 할 뿐, 아무 표정도 보이지 않았다.

"그러면, 카이로에서 다시 만날까?" 렙시우스가 말했다.

"그러세, 약속하지." 그는 말을 마친 뒤, 고개를 끄덕거렸다.

렙시우스가 인사를 던지고 그들에게서 떠나갔다.

"참 이상한 사람이군요." 밀드레드가 사라지는 남자의 등에 대고 돌멩이를 던질 태세를 취하자 가만히 말리면서 웃는 얼굴로 빅토리아가 말했다.

봉고-샤프츠베리가 포펜타인을 돌아봤다. "불결한 것보다 정결한 걸 좋아하는 게 이상한 일일까요?"

"하는 일이 뭔지에 따라서는." 포펜타인이 대답했다. "누구 아래에서 일하는지도 중요하고요."

핑크가 문을 닫을 시간이었다. 봉고-샤프츠베리가 기막힐 정도로 신속하게 계산서를 집어 들어 모두를 놀라게 했다. 절반의 승리로군, 맥스는 생각했다. 거리로 나온 그는 포펜타인의 옷소매를 슬쩍 잡으며 쿡 여행사를 힐끔기 시작했다. 빅토리아는 다른 사람들을 앞질러서 호텔을 향해 셰리프 파샤로를 가로질러 가고 있었다. 일행의 등 뒤로 유개 마차 한 대가 오스트리아 영사관 진입로를 빠져나와 로제트로 아래쪽을 향해 정신없이 달려가고 있었다.

포펜타인은 돌아서서 지켜보았다. "누군지 몰라도 되게 급한 모양인데." 봉고-샤프츠베리가 한마디 했다.

"글쎄." 굿펠로가 말했다. 셋은 영사관 2층 유리창에 켜진 몇몇 불빛에 눈을 돌렸다. "하지만 조용은 하군."

봉고-샤프츠베리가 순간 웃음을 터뜨렸다. 약간의 의구심이 섞여 있었다.

"여기, 바로 길바닥에서……."

"5달러짜리 한 개만 있으면 어떻게든 하겠는데요." 맥스는 계속했다. 그는 포펜타인의 주의를 끌기 위해 애를 썼다.

"그래요." 애매한 대꾸였다. "물론이죠. 그 정도 여유는 있어요." 지갑을 천연덕스럽게 더듬으며 하는 말이었다. 빅토리아가 포도 끝에서 이쪽을 바라보고 있었다. "어서들 와요." 하고 그녀가 소리쳤다.

"곧 갈게요." 굿펠로가 싱글싱글 웃으며 소리 질렀다. 그러고는 봉고-샤프츠베리와 함께 길을 건너기 시작했다.

"포펜타인 씨." 여자가 발을 구르며 불렀다. 포펜타인이 5달러짜리 지폐를 손가락 사이에 낀 채 돌아보았다. "그 병신 빨리 쫓아 버리고 어서 오세요. 1실링쯤 쥐 버리고 얼른 오시라니까요. 늦었단 말이에요."

화이트와인, 앨리스의 환영, 포펜타인이 가짜일지도 모른다는 최초의 느낌, 어쩌면 규칙 위반의 구실이 될 수 있을 것도 같았다. 규칙은 간단했다. 맥스, 저들이 주는 건 뭐가 됐든 받는 거야. 맥스는 이미 바람 속에 작게 팔랑대는 지폐에 등을 돌린 채 바람을 등지고 걷기 시작하고 있었다. 그다음 불빛의 연못을 향해 절뚝절뚝 움직여 가면서, 그는 포펜타인의 시선을 등 뒤에 느낄 수 있었다. 자기 꼴이 대강 어떠하리라는 것도 짐작할 수 있었다. 그는 작은 저지선에 부딪친 것이었다. 자기 기억이 얼마나 안전한지에 대한 믿음과, 밤거리에서 앞으로 기대해 볼 만한 불빛의 정박소가 얼마나 남았는지에 대한 확신이 모두 조금 더 희박해져 있었다.

4

알렉산드리아-카이로 간 급행열차는 연착되었다. 검은 매연과 하얀 증기를 정거장 철로 너머 공원의 소나무와 아카시아 숲으로 뿜어 보내면서 천천히, 요란스럽게 정차하고 있었다.

"물론 연착이죠." 하고 조종사 발데타르는 플랫폼에 나와 선 사람들에게 사람 좋아 보이는 표정으로 여유 있게 능쳤다. 관광객과 사업가 외에도 쿡 여행사와 게이즈 여행사의 짐꾼들, 이들보다 더 가난한 3등차 승객, 거기 딸린 수많은 짐짝들. 시장통이나 다름없지 뭔가, 이러니 어떻게 안 늦고 배긴담. 칠 년 동안 그는 줄곧 이런 식으로 여유 있게 열차를 운행해 오고 있었으며 그동안 이 기차가 시간을 지킨 적은 한 번도 없었다. 열차 시간표라는 것은 철도 회사 주인들이 손익 계산을 할 때나 필요할 뿐, 열차 운행과는 관계가 없는 것이었다. 열차는 철도 회사 시간표와는 상관없이 자기 시간을 따라서 다니면 된다. 인간이 알아볼 수 없는 자기만의 시계에 따라 움직이면 되는 것이다.

발데타르는 알렉산드리아 출신이 아니었다. 포르투갈에서 태어났으며 지금은 아내와 세 명의 아이와 함께 카이로 기차역 구내에 살고 있었다. 줄곧 동쪽으로 전진해 온 인생이었다. 포르투갈의 다른 유대계 동족들이 안일한 온실 속 삶을 지향했던 것과는 정반대로 그는 소위 조상의 뿌리를 찾는 일에 열을 올렸다. 승리의 땅이자 신의 땅을 찾아낸 것이다. 그곳은 또한 고통의 땅이기도 했다. 핍박의 역사가 남은 장소들은 그를 분개하게 했다.

그러나 알렉산드리아는 예외였다. 유대력 3554년, 프톨레미 필로파토르는 예루살렘 사원 입장을 거부당한 뒤 알렉산드리아로 돌아와 그곳의 유대인들을 수없이 감옥에 보냈다. 군중의 구경거리가 되어 제일 먼저 거리로 끌려 다니고 집단 살인을 당한 것은 기독교도들이 아니었다. 프톨레미는 알렉산드리아의 유대인들을 히포드롬 경기장에 가둬 넣고서 이틀에 걸친 방탕의 대향연을 벌였다. 왕과 향연객들, 살인 코끼리들은 술과 마약에 만취되어 가기 시작했다. 모두들 피에 대한 갈증이 적정선까지 올랐을 때 코끼리들이 경기장 안으로 풀려났고 갇혀 있는 죄수들 쪽으로 몰이를 당했다. 그러나 이 짐승들은 죄수들에 앞서 경비병들과 구경꾼들에게 먼저 달려들어 여럿을 짓밟아 죽였던 것이다.(어쨌든 얘기는 그렇게 전해졌다.) 큰 충격을 받은 프톨레미는 죄수들을 사면해 주었을 뿐만 아니라 시민권을 되돌려 주었으며 그들의 원수를 죽일 자유까지 하사했다.

신앙심이 남달리 깊었던 발데타르는 자기 아버지에게 이 이야기를 들었는데, 나름대로 상식적인 견해를 떠올렸다. 사람이 술에 취했을 때도 못 믿을 판에 취한 코끼리가 한 짓을 두고 이런저런 말을 할 게 뭐란 말인가. 그건 신의 개입이 아니었다. 살펴보면 역사상 신이 개입한 예는 얼마든지 있었다. 그런 이야기들은 발데타르에게서 공포와 경외심을 일으켰으며 자기가 신 앞에 얼마나 미천한 존재인지를 실감하게 하곤 했다. 가령 노아의 홍수, 둘로 갈라진 홍해, 소돔의 파멸과 롯의 도피, 이런 것들은 그를 항상 감동시켰다. 신에게 선택받은 민족인 유대인까지 포함해서, 인간이란 땅과 땅을 에워싼 바다에 의해 운명을 굉장히 크게 좌우당한다고 발데타르는 느꼈다. 땅과 물의 격변이 우연한 사건이든 아니면 신의 뜻이든 간에 그는 인간이란 자신들을 재난에서 보호해 줄 신을 필요로 한다고 믿었다.

폭풍우나 지진에게는 마음이 없었다. 따라서 마음이 있는 인간이 마음이 없는 자연을 다스릴 수는 없었다. 오직 신만이 할 수 있는 일이었다.

그러나 코끼리들에게는 마음이 있다고 볼 수 있을 것도 같았다. 술을 마시고 취하는 기능을 가졌다면 어떤 종류의 마음을 가졌다고 보아야 할 것 아닌가. 마음 또는 '영혼'이란 결국 그런 것이 아닐까. 마음과 마음 사이에서 일어나는 일은 신의 소관이 아니었다. 그것은 운명이나 미덕이라는 것에 속한 일이리라. 운명이 히포드롬 경기장의 유대인들을 구해 낸 것이다.

발데타르는 열차의 부속품쯤에 지나지 않는 것처럼 보였지만 개인적인 인생의 측면에서는 이토록 깊은 철학과 상상력이 넘치는 인물이었으며, 또한 많지 않은 관계에도 충실했다. 신과의 관계는 물론 니타와의 관계, 아이들과의 관계, 또 자기 종족 역사와의 관계에 두루 성실성을 발휘했다. 그에게 이런 것은 특별히 노력할 필요가 없는 일이었다. 말하자면 자연스러운 일이었다. 그럼에도 불구하고 관광 책자 속 나라를 찾아오는 인간들은 번번이 멋지게 속아 넘어갔다. 즉, 그들은 관광 책자 속 나라에 사는 사람들이 그저 비인간인 척하고 있을 뿐 사실은 살아 있는 사람이라는것을 전혀 눈치채지 못했던 것이다. 이 비밀은 석상들이 말을 한다는 것(특히 목청이 좋은 멤논 석상은 해 뜰 무렵 조심성을 잃은 적도 있다.)과 관공서 건물 중 일부가 정신병을 앓고 있다는 것, 이슬람 사원 중 몇몇이 애정 행각을 벌인다는 것 같은 이곳의 다른 비밀들처럼 잘 지켜지고 있었다.

승객과 짐을 실은 열차는 드디어 타성을 극복한 듯 움직이기 시작했다. 시간표보다 십오 분 정도밖에는 늦지 않았다. 기차는 떠오르는 해를 향해 달렸다.

알렉산드리아-카이로 간 철도는 일종의 아치를 그렸는데, 아치의 현이 가리키는 방향은 남동부였다. 하지만 기차는 우선 마레오티스 호수를 돌아가기 위해 북쪽으로 올라가야만 했다. 발데타르가 1등석 객실들을 돌며 기차표를 걷는 동안 기차는 부촌과 종려나무며 오렌지나무가 무성한 과수원들을 지나갔다. 갑자기 풍경이 끝나고, 다음 순간 발데타르는 푸른색 렌즈로 눈을 감춘 독일인과의 대화에 정신이 팔린 아랍인의 곁을 간신히 지나쳐서 다음 객실로 들어섰다. 새로운 객실에 들어서자 유리창 밖으로는 죽음의 장면이 펼쳐지고 있었다. 사막이었다. 풍요의 여신 데메테르가 보지 못한 지구상 단

하나의 지점 같은 거대한 분지, 고대 엘레우시스의 고분이 보였다가 남쪽으로 사라졌다.

시디 가베르에서 기차는 드디어 남동쪽으로 방향을 돌리기 시작했다. 태양처럼 조금씩 조금씩 천천히 돌아가는 중이었다. 천정(天頂)에 도달할 즈음 카이로에 도착할 터였다. 마무디예 운하를 횡단한 다음부터는 녹색 들판이 서서히 펼쳐졌다. 즉, 삼각주의 시작이었다. 기차 소리에 놀란 오리와 펠리컨 떼가 마레오티스 호안에서 뭉게구름처럼 하늘로 떠올랐다. 호수 아래쪽에는 백오십여 개의 촌락이 있었다. 1801년 알렉산드리아 포위 당시, 영국이 지중해를 끌어들이기 위하여 사막의 지협 하나를 절단하면서 일어난, 인간에 의한 대홍수 때문에 몽땅 침몰된 적이 있는 지역이었다. 발데타르는 공중에 가득히 떠 있는 물새들이 그 지역 농부들의 망령으로 보였다. 마레오티스의 호수 바닥에서 얼마나 신기한 일이 벌어지고 있을지를 생각하면 꽤 재미있었다. 잃어버린 한 나라가 몽땅 거기에 있는 셈이었다. 집들, 헛간들, 농장들, 수차들, 모두가 옛날 그대로 있을지도 몰랐다.

일각돌고래들이 쟁기를 끌고 있을까? 가오리들이 수차를 돌리고 있을까?

둑 아래쪽에서 아랍인 무리가 느릿느릿 움직이고 있었다. 호수의 물을 증발시켜 소금을 만들고 있는 사람들이었다. 운하의 저 아래쪽에는 유람선들이 떠 있었다. 배의 돛이 태양빛에도 끄떡없이 용감하게 하얀빛을 과시했다.

저 태양 아래서 니타는 지금 그들 부부의 집 작은 뜰에서 부른 배를(발데타르는 그 안에 남자아이가 자라고 있었으면 했다.) 안고 이런저런 일을 돌보고 있겠지. 이번에 나오는 아이가 아들이면 아들 둘 딸 둘, 공평해져서 좋을 것 같았다. 요즘에는 여자들이 남자들 수를 앞지르고 있었다. 자기까지 그 불균형에 공헌할 필요는 없다고 생각했다.

"딱히 반대하는 건 아니지만." 그는 그녀와 결혼 전 교제를 할 때(여기 오기 전 일이었다. 오는 도중이었다고 하는 것이 더 정확하겠다. 바르셀로나 부두에서 짐을 부릴 때 일이었으니까.) 이렇게 말했다. "하느님 뜻일 테니까, 그렇지? 솔로몬만 해도. 그 외의 수많은 훌륭한 임금들도. 한 남편에 부인이 수두룩하다니."

"훌륭한 임금이라니." 그녀는 소리를 질렀다. "도대체 어디 사는 누가?" 둘은 어린아이들처럼 동시에 웃음을 터뜨렸다. "시골 색시 하나도 못 거두면서." 이 말은 결혼할 생각이 있는 젊은 총각한테 할 만한 게 못 되었다. 하지만 이 말은 그러고 나서 곧장, 그가 그녀를 사랑하게 된 이유가 되기도 했다. 그들은 덕분에 거의 칠 년 동안이나 일부일처제를 고수하며 서로 사랑할 수 있었던 것이다.

니타, 니타…… 마음속에 떠오르는 그림은 언제나 황혼 녘 집 뒤뜰에 앉아 있는 그녀의 모습이었다. 아이들 우는 소리며 수에즈로 가는 밤 기차의 기적 소리로 시끄러운 그곳에서는 심장의 지질학적 문제 때문인지 넓어진 모공 속으로 석탄재가 내려앉고는 했다. "얼굴색이 정말 형편없군. 점점 더 형편없어지는데." 그는 이렇게 수작을 걸었다. "나한테 잘 보이려는 예쁜 프랑스 아가씨들하고 앞으로 더 친하게 지내야겠네." "그러든지." 그녀는 전혀 질 생각이 없었다. "내일 빵집 남자가 나하고 자러 오면 그 얘기 전해 줄게. 아주 좋아할 거 같은데." 그곳은 또한 이베리아 연안의 향수를 자극하는 것으로 가득했는데, 널어 말린 오징어, 아침 해나 저녁노을로 불을 밝힌 하늘을 배경으로 펼쳐진 고기 그물, 바로 가까이 어스름빛 속에 서 있는 창고에서 들려오는 선원들과 어부들의 노랫소리며 술주정 하는 소리들(찾아 봐, 찾아 봐! 이 세상의 밤처럼 고통에 찬 그 소리들을.)이었다. 그 모든 것이 열차가 전철기를 지날 때 들리는 덜걱임이나 칙칙 뿜어

나오는 생명 없는 증기 소리와 마찬가지로 현실감을 잃고 상징적인 것들로 탈바꿈하는 장소였다, 그곳은. 그 모든 것이 그의 집 뜰에 열린 호박, 쇠비름 잎, 오이, 홀로 서 있는 대추야자, 장미, 포인세티아의 한가운데로 모여드는 듯한 느낌마저 들었던 것이다.

다만후르에 반쯤 갔을 때 그는 가까운 객실에서 아이가 우는 소리를 들었다. 그는 궁금해서 그 소리가 나는 객실을 들여다보았다. 열한 살쯤 되어 보이는 근시의 여자아이가 보였다. 눈물에 흠뻑 젖은 비뚤어진 두 눈은 도수 높은 안경알 뒤에서 헤엄치고 있었고, 소녀의 맞은편에는 서른 살가량의 남자가 앉아서 떠들어 대고 있었다. 또 하나의 남자는 성난 것처럼(사실은 그렇지 않은데 얼굴 색깔 때문에 그렇게 보이는지도 몰랐다.) 이들을 바라보고 있었다. 여자아이는 돌멩이 한 개를 납작한 가슴에 꼭 끌어안고 있었다.

"하지만 아가씨도 태엽 달린 인형은 가지고 놀아 봤겠지?" 남자가 끈덕진 어조로 추궁하듯 말하는 소리가 문 너머에서 둔하게 들려왔다. "기계장치가 들어 있어서 정확하게 작동하는 인형 말이야. 걷기도 하고 노래도 하고 줄넘기도 하지. 진짜 아이들하고는 달라. 진짜 아이들은 울고 심술을 부리고 예의 없이 굴거든." 기다랗고 바싹 마른 신경질적이어 보이는 두 손이 양쪽 무릎 위에 각각 한 개씩 꼼짝 않고 놓여 있었다.

"봉고-샤프츠베리." 반대편 남자가 입을 열었다. 봉고-샤프츠베리는 신경질이 난 듯 손을 저어 그의 말을 막았다.

"자, 내가 그 기계인형을 아가씨한테 보여 주지, 전기 기계인형 말이야."

"가지고 계신가요……." 소녀는 겁을 먹고 있었다. 발데타르는 불쌍한 생각이 치솟아 올랐다. 자기 딸들 생각이 났던 것이다. 영국인 가운데에는 더러 이런 망할 것들이 섞여 있거든. "가지고 계신가요, 지금?"

"내가 바로 그런 인형이지." 봉고-샤프츠베리가 미소를 지었다. 그리고 커프스단추 한 개를 풀기 위해서 한쪽 코트 소매를 걷어 올렸다. 그는 셔츠 소매 끝도 걷어 올리고 팔 안쪽 맨살을 소녀에게 불쑥 내밀어 보였다. 반짝거리는 까만 것이 피부 속에 꿰매어져 있었다. 그것은 소형 전기 스위치로 쌍투식이었다. 발데타르는 흠칫 뒤로 물러서서 눈을 끔벅였다. 은색 전기선들이 전극으로부터 팔을 거슬러 올라가다 옷소매 밑으로 사라졌다.

"봐, 밀드레드. 이 전기선들은 내 뇌 속으로 들어가는 거야. 스위치가 닫혔을 때는 지금처럼 보통으로 행동해. 그게 저쪽으로 젖혀지는 날에는……."

"아빠!" 소녀가 외쳤다.

"모든 게 전기로 조종되는 거야. 간단하고 깨끗하지."

"그만두시죠." 반대편 영국인 남자가 말했다.

"왜 그러나, 포펜타인." 악의에 찬 목소리였다. "쟤를 위해서? 애가 놀라서 불쌍하다 그건가? 아니면 자네 자신을 위해서 그러는 건가?"

포펜타인은 쑥스러운 듯이 물러났다.

"어린아이를 겁주는 건 옳지 않다는 생각이 들어서요, 선생."

"아, 그놈의 원칙. 원리 원칙 만세나 부르시지." 송장 같은 손가락들이 허공을 찔렀다. "하지만 두고 보게, 포펜타인. 언젠가 나, 아니면 또 다른 내가 당신을 불시에 덮쳐서 잡을 테니까. 사랑할 때, 미워할 때, 얼빠진 동정심에 빠져 들어갔을 때. 난 지켜보고 있을 거야. 같잖은 인류애에 사로잡혀서 조금이라도 다른 사람을 상징 말고 사람으로 보는 날, 그땐 아마……."

"인류애가 대관절 뭔데요?"

"빤한 걸 묻는군. 하하. 인류애란 파멸의 대상이지. 응당 파괴되어야 할 것."

발데타르 뒤의 객실에서 시끄러운 소리가 들려왔다. 포펜타인
이 튀어나오다 그와 부딪혔다. 밀드레드가 도망쳤다. 돌멩이를 꼭 끌
어안고서 옆 객실로 간 것이다. 뒤편 플랫폼으로 나가는 문은 열려
있었다. 그 앞에서 뚱뚱하고 혈색 좋은 영국인 하나가 아까 발데타르
가 독일인과 얘기하는 것을 보았던 아랍인과 맞붙잡고 실랑이질을
하고 있었다. 아랍인은 피스톨을 들고 있었다. 포펜타인이 그들에게
접근해 갔다. 그는 자기에게 유리한 각도를 찾으려 눈으로 가늠하며
조심스레 다가가고 있었다. 발데타르는 드디어 정신을 차리고 싸움
을 말리러 들어갔다. 그가 거기까지 가기 전에 포펜타인은 아랍인의
목을 발길로 걷어찼다. 발길은 숨통에 적중한 모양이다. 아랍인이 요
란스럽게 쓰러졌다.

"자, 그럼 이제." 포펜타인이 사색적인 어조로 말했다. 그 살찐
영국인은 피스톨을 빼앗아 들고 있었다.

"무슨 일입니까." 발데타르가 물었다. 모범적인 공복의 태도를
한껏 발휘하면서.

"아무 일도 아니오." 포펜타인이 소버린 금화[39] 한 개를 내밀면
서 말했다. "소버린 한 닢만 처방하면 치료할 수 있는 일이니까 걱정
마시길."

발데타르는 어깨를 한 번 으쓱하고서는 아무 대꾸도 하지 않았
다. 둘이서 아랍인을 일으켜 3등석 차량으로 끌고 갔다. 거기 있던
담당 직원에게 돌봐 주라고(아랍인은 아직도 거동을 잘 못 했다.) 전한
뒤 다만후르에서 내리게 하라고 지시했다. 아랍인의 목에 퍼런 멍이
들고 있었다. 그는 몇 번인가 입을 열어 말을 하려 했다. 많이 아파

---

39   영국의 옛 화폐로 1파운드 상당의 가치가 있다.

보였다.

영국인들이 드디어 자기네 객실로 돌아간 뒤, 발데타르는 몽상에 빠졌다. 몽상은 열차가 다만후르를 지날 때까지도 계속되었고(다만후르에 도착해서는 아랍인과 푸른색 안경을 낀 독일인이 대화하는 모습을 또다시 목격했다.) 점점 좁아지는 삼각주를 지나서 태양이 정오의 하늘로 솟아오르고 열차가 카이로 중앙 정거장에 거의 도착해 갈 무렵까지도 계속됐다. 아이들이 열차에 몰려들어 뛰어오며 한 푼만 달라고 구걸하는 소리를 들으면서도 계속해서 꿈을 꾸었고, 파란 목면 스커트를 입고 가슴이 햇볕에 멋진 갈색으로 그을린 베일 쓴 처녀들이 물동이를 채우러 나일 강가로 걸어 내려가는 것을 보면서도 그의 몽상은 계속되었다. 수차가 돌아가는 관개 운하의 물이 빛을 내며 수평선 쪽으로 레이스를 짜듯 퍼져 나가고 있었다. 종려나무 그늘에서는 농부들이 쉬고 있었고 버펄로들은 매일같이 도는 길을 돌고 또 돌았다. 녹색 삼각형의 정점은 카이로였다. 그렇다는 것은, 비유하자면 지금 탄 열차가 만약 정지한 채로 땅이 빠르게 움직여 지나갈 경우, 카이로 양쪽 리비아와 아라비아의 쌍둥이 황야들이 가차 없이 끼어들어 비옥하고 생명이 넘치는 지대를 먹어 들어가기 때문에 끝에 가서는 들어갈 수나 있으면 다행이다 싶어질 때쯤 갑자기 눈앞에 대도시가 불쑥 나타난다는 뜻이다. 착한 사나이 발데타르의 마음속에서는 사막같이 황량하고 우울한 의심이 일기 시작했다.

이 친구들이 만일 내가 생각한 유형의 인간들이라면, 아이들을 괴롭히는 세상이라니 볼 장 다 본 세상 아닌가?

당연히 그는 마노엘과 안토니오와 마리아를 떠올렸다. 그의 아이들이었다.

5

사막이 인간의 땅에 기어 들어온다. 농부는 아니지만 그는 땅이 약간 있다. 아니, 있었다. 어린 소년 시절부터 그는 울타리를 늘 손보아 왔다. 회칠을 하고 제 몸만큼 무거운 돌덩이들을 주워다 고여 놓았다. 그래도 사막은 기어 들어왔다. 울타리가 배반한 걸까, 사막이 들어오도록 내버려 두고 있는 걸까? 아니면 소년이 나쁜 정령의 마법에 걸려 울타리 고치는 손에 문제가 생겼던 걸까? 사막의 공격이 소년이나 울타리, 아버지와 어머니가 막아 내기에는 너무도 강력했던 것일까?

아니. 사막이 온 것뿐이다. 그건 일어난 일이고, 그 밖의 아무 의미도 없었다. 소년을 홀린 정령도 없었고 울타리의 배반도 없었고 사막의 적의도 없었다. 아무것도 없었다.

곧 아무것도 없게 될 것이다. 있는 것은 오직 사막뿐. 두 마리의 염소는 흰 토끼풀을 찾으려고 코로 흙을 파헤치다 모래에 질식해서 죽겠지. 소년은 그 시큼한 젖을 다시는 맛볼 수 없게 된다. 멜론도 모래 아래 묻혀 죽어 가고, 천사의 나팔처럼 생긴 압델라위도 여름에 시원한 그늘 아래 우리를 쉬게 할 수 없을 것이다. 옥수수도 시들어 빵을 만들 수 없다. 아내와 아이들은 병이 나고 난폭해지고 남편은 어느 날 저녁 울타리가 있던 곳으로 달려가서 있지도 않은 돌멩이들을 들어 올려 내던지는 시늉을 하며 알라신을 저주하겠지. 그러고는 예언자에게서 용서를 구하고 사막에다 오줌을 갈길 것이다. 모욕을 줄 수 없는 것을 모욕하려는 쓸모없는 희망을 품고.

사람들은 아침에 집에서 1킬로미터도 더 떨어진 곳에서 그를 발견해 낸다. 피부가 온통 퍼렇게 질려 반쯤 죽다시피 한 그 잠든 몸뚱이는 부들부들 떨리고 모래 위에는 흘러내린 눈물이 서리로 변해 얼어붙어 있다.

그리고 이제 집은 모래로 채워지기 시작하고 있구나, 다시는 뒤집힐 일 없는 모래시계의 아래쪽처럼 말이다.

"다들 뭘 하는 거지?" 게브라일은 뒤쪽의 승객을 흘낏 돌아보았다. "대낮인데도 말발굽 소리가 저렇게 울리는군. 시내 한복판 에즈베키예 가든 안에서도 말이야." 지당하신 말씀, 영국인 나으리. 나 같은 놈이 도시에 나와서 너 같은 서양 손님들(팔자가 좋아서 돌아갈 땅이 있는 그런 작자들)을 싣고 다니는 마부가 되다니. 우리 가족은 너희들 변소만 한 방 하나에서 그래도 살아 보겠다고 퍼덕거리고 있단다. 아랍인 구역이라는 데서 말이다. 너희들은 거기에 생전 안 가지. 너무 더러우니까. 그리고 '흥미롭지'도 않고. 거긴 길거리가 어떻게나 좁은지 사람 그림자도 지나가기가 쉽지 않아. 그 거리는(다른 많은 거리들도 그렇지만) 너희들 관광 안내서 지도에는 나오지도 않지. 집들은 층계처럼 차곡차곡 쌓여 있어. 얼마나 높이 쌓아 올렸는지 집 두 채의 유리창이 서로 닿아서 해가 가려질 지경이라고. 거기서는 금 세공업자들이 오물 속에서 살면서 관광 여행을 하시는 영국인 숙녀분들을 위해서 조그만 불길을 살려 가며 장신구 같은 거나 만들고 있지.

오 년 동안 게브라일은 그들을 증오했다. 석조 건물들과 잔돌이 다져진 거리, 철제 교각과 셰퍼드 호텔의 유리 달린 창문들을 증오했다. 그의 느낌에는 그 모든 것들은 그의 옛집을 삼켜 버린 죽은 모래더미하고 다를 것이 없었다. 그는 집에 와서 마누라에게 밖에서 술을 마시고 들어왔노라 고백한 직후 같은 땐 이런 말을 곧잘 지껄여 댔다.

"도시란 말이지, 도시란, 사막이 변장한 거야." 그렇게 말하고 나면 그는 으레 아이들에게 소리를 질렀다. 다섯 명의 아이들은 이발소 위층의 창도 없이 깜깜한 방에서 눈 뜨기 전 강아지 새끼들처럼 서로 몸을 맞대고 웅크리고 있었다.

주님의 천사 게브라일은 주님의 예언자인 무함마드에게 쿠란을 받아쓰게 했다. 쿠란의 그 모든 거룩한 말씀들이 사실은 이십삼년 동안 사막에서 귀를 기울인 결과라고 하면 얼마나 웃기는 일이겠는가. 사막에는 알다시피 목소리 같은 게 없다. 쿠란이 아무것도 아니라면, 그럼 이슬람교 역시 아무것도 아니었다. 그렇게 되면 알라는 꾸며 낸 옛날이야기가 될 것이며 그의 천국이란 인간의 갈망이 상상해 낸 허구가 될 것이다.

"됐네." 승객이 그의 어깨 너머로 얼굴을 내밀며 말했다. 이탈리아 사람처럼 마늘 냄새가 풍겼다. "여기서 기다리게." 하지만 옷차림은 영락없이 영국인이었다. 어쩌면 그렇게 끔찍한 몰골인지! 타서 익은 얼굴에서는 죽은 피부가 허옇고 너덜너덜한 걸레 조각처럼 벗어지고 있었다. 셰퍼드 호텔 앞이었다.

점심때부터 지금까지 마차는 도시의 유명한 구역이란 구역은 죄다 돌아다닌 뒤였다. 빅토리아 호텔에서(이상하게도 이 승객은 하인용 출입구 쪽에서 나왔다.) 출발한 그들은 맨 처음 로제티 광장으로 갔다. 그다음, 무스키를 따라 내려가다가 몇 번인가 멈추고, 그런 뒤에는 론드포인트를 향해 언덕길을 올라갔다. 거기서 게브라일은 영국 남자가 삼십 분 동안 시장 깊숙이 향기 짙은 미궁에 들어갔다 나오는 동안 기다렸다. 누군가와 만나나 보다 싶었다. 그나저나 어디서 저 여자를 봤지? 분명히 로제티 광장에서 마주친 젊은 여자를 그는 어디선가 본 적이 있었다. 콥트교 교도 같은 인상이었다. 마스카라를 칠한 눈이 어마어마하게 커 보였다. 살짝 매부리코에 콧등은 아치를 그렸다. 입가 양쪽에 수직으로 볼우물이 파여 있었다. 코바늘 뜨개로 떠 낸 숄이 머리와 등을 덮고 있었으며 높이 솟은 광대뼈에 피부는 따뜻한 갈색을 띠었다.

여자는 물론 내연녀였다. 그는 얼굴을 잘 기억했다. 영국 영사관

서기관이나 되는 듯한 남자의 내연녀. 게브라일은 한번 여자 쪽의 부름을 받고, 남자를 빅토리아 호텔 앞길 건너 쪽에서 태워 준 일이 있었다. 또 한번은 둘이 여자의 방에 같이 들어간 것을 그는 알고 있었다. 게브라일은 얼굴을 잘 기억하는 덕에 꽤 득을 보는 편이었다. 두 번째 마주쳤을 때 알아보고 인사를 하면 팁을 더 많이 주기 때문이었다. 이런 이들을 어떻게 사람으로 본단 말인가. 그들은 돈이었다. 영국인 나부랭이들의 연애 놀이 따위가 다 뭐란 말인가. 사랑이란(이타적인 것이든 성적인 것이든) 쿠란만큼이나 허위적인 것이었다. 그런 건 존재하지 않았다.

무스키에서 영국인이 만난 상인 한 사람도 본 적이 있는 남자였다. 마디스트[40]들한테 돈을 빌려주었던 보석상으로, 마디스트 운동이 실패하자 동조한 것이 알려질까 봐 잔뜩 얼어 있었다. 영국인은 거기에 무슨 볼일이 있었을까? 가게에서 보석 같은 걸 사 오지도 않았다. 가게 안에 한 시간가량이나 들어가 있었는데. 게브라일은 웃기지 말라는 제스처로 어깨를 가볍게 들었다 내린다. 둘 다 멍청이들이었다. 마디, 즉 최후에 올 인류의 구세주는 오로지 사막일 뿐이었다.

1883년, 마디였던 무함마드 아흐마드가 바그다드 근처의 동굴 속에 불사의 몸으로 잠들어 있다고 믿는 사람들이 있었다. 최후의 날에 예언자 그리스도가 이슬람교를 세계의 종교로 다시 일으켜 세울 때 그는 세상에 돌아와 팔레스타인 어딘가의 회당 문 앞에서 그리스도의 적인 드잘을 물리칠 것이다. 천사 아스라필이 나팔을 한 번 힘껏 불면 세상의 모든 것이 죽어 없어져 버릴 것이고, 또 한 번 불면 죽은 사람들이 살아날 것이다.

하지만 사막의 천사는 모든 나팔들을 모래 밑에 감추었다. 사막

---

40   세상의 종말 이전 구세주 강림 신앙을 가진 이슬람 종파.

그 자체가 최후의 날을 충분히 예언하고 있는데, 더 이상 무슨 예언이 필요할 것인가?

게브라일은 기운이 다 빠져 가지고 얼룩무늬 가죽을 씌운 마차 좌석에 등을 기대고 쉬었다. 그는 불쌍한 말의 둔부를 쳐다보았다. 말 엉덩이라, 웃음이 터질 것만 같았다. 이게 과연 신의 계시란 말인가? 안개가 자욱이 카이로시 위에 드리워져 있었다.

오늘 밤, 그는 아는 무화과 행상 한 명하고 진탕 마실 생각이었다. 그는 그 남자의 이름을 몰랐다. 무화과 행상은 '최후의 날'을 믿고 있었다. 사실 남자는 최후의 날을 직접 보고 만져 본 사람이었다.

"소문을 들었어." 자기 애를 한쪽 어깨에 걸쳐 놓고서 사랑을 사려는 서양 손님을 찾으러 아랍인 식당을 돌아다니는 충치투성이 여자에게 미소를 지어 보이며, 남자가 불길한 어조로 말했다. "정치적인 소문 말이야."

"정치는 거짓이지."

"바르엘아비야드 저 위쪽 이교도들이 사는 정글 속에 파쇼다라는 곳이 있어. 서양 사람들, 영국 사람에 프랑스 사람까지 거기에서 큰 싸움을 할 거야. 사방으로 싸움이 퍼진 끝에 세계가 다 휩쓸릴 거라고."

"그리고 아스라필이 전투 명령을 내리겠군." 게브라일은 비꼬는 말투로 말했다. "그에게 그럴 힘이 있을까. 그는 거짓이야, 나팔도 거짓이고. 딱 한 가지 사실은……."

"사막, 사막이지. 와흐야트 아부크! 하느님 맙소사."

그러고 나서 무화과 행상은 브랜디를 더 가져오기 위해 연기 속으로 사라졌다.

아무것도 오지 않는다. 이미 여기에는 아무것도 없었다.

괴저에 걸린 것 같은 얼굴의 영국 남자가 돌아왔다. 친구인 듯싶은 뚱뚱한 남자가 그의 뒤를 따라 호텔에서 나왔다.

"슬슬 해 보라고." 친구 쪽이 유쾌한 목소리로 말했다.

"하하, 난 내일 밤 빅토리아를 데리고 오페라에 가기로 되어 있다네."

승객이 마차에 돌아와 말했다. "크레디 리오네 근방에 화학물품을 파는 가게가 있네." 피곤한 얼굴의 게브라일은 고삐를 다시 잡았다.

밤은 빠른 속도로 다가오고 있었다. 안개 때문에 별들이 보이지 않았다. 브랜디 역시 도움이 될 것이다. 게브라일은 별이 없는 밤을 좋아했다. 꼭 거대한 거짓말이 드디어 탄로 나려는 순간처럼 느껴졌던 것이다…….

6

새벽 3시. 거리는 정적에 잠겨 있었다. 돌팔이 의사 거지스의 밤일, 즉 도둑질의 시간이었다.

아카시아 잎이 미풍에 가볍게 흔들렸다. 소리는 그것뿐이었다. 거지스는 셰퍼드 호텔 뒤뜰 근방 나무 덤불에 숨어 있었다. 해가 떠 있는 동안에는 그와 시리아 곡예단 단원들, 그리고 포트사이드에서 온 삼인조 악단(덜시머, 누비아 드럼, 갈대 피리로 구성되어 있었다.)은 이스마일리예 운하 근처의 공지에서(아바시예 도살장 부근 교외 지대였다.) 공연을 했었다. 거기에선 하나의 축제가 열렸었다. 아이들을 위한 그네와 엄청난 증기 회전목마도 있었다. 뱀 놀리는 사람이며 갖가지 음식과 음료를 파는 장사치들도 넘치게 많았고, 압델라위 씨앗과 리임 씨앗 구운 것, 당밀 튀김, 리코리스와 오렌지 꽃 향기가 나는 물, 고기 푸딩 등등 모든 것이 풍성했다. 그의 고객은 카이로의 어린

아이들과 서양의 나이 먹은 아이들, 바로 관광객들이었다.

낮에도 뺏고 밤에도 뺏자는 것이었다. 뼈마디만 이렇게 안 쑤신다면 얼마든지 밤낮으로 벌어들일 수 있으련만. 실크 손수건 마술에 접는 상자 마술, 그가 걸치고서 재주를 부리는, 수상한 주머니들이 달려 있고 상형문자로 그려진 쟁기와 홀(笏), 먹이를 찾는 따오기, 백합, 태양 따위가 수놓인 그의 망또가 있었다. 그러나 이 모든 장비들을 가지고도, 마술사와 도둑은 손은 날렵하고 뼈는 고무로 되어 있어야 했다. 하지만 어릿광대 노릇을 하는 동안 뼈는 그만 딱딱하게 굳어 버렸다. 생생하게 살아 있어야 할 뼈들이 온통 피부 아래서 돌 막대기처럼 뻣뻣해진 것이다. 얼룩덜룩한 옷을 입은 시리아인 곡예사들이 쌓아 올린 피라미드 꼭대기에서 아래로 떨어지는 묘기를 부리는 것은 실제로도 그랬지만 보기에도 참으로 위험할 것 같은 곡예였다. 또한 피라미드 밑바닥에 있는 남자와 어릿광대 막대를 가지고 함께 부리는 재주 역시 아주 위태로운 것이었다. 이 묘기를 부릴 때면 피라미드의 구조는 온통 비틀거리고 기울어지며 나머지 곡예사들 얼굴은 거짓 공포로 질려 버렸다. 아이들은 웃고 소리를 질러 댔으며 눈을 꼭 감거나 눈을 크게 뜨고 그 아슬아슬한 장면을 즐겼다. 이게 진짜 보상이라고 그는 생각했다.(보수를 의미하는 것이 아니라는 건 신이 알고 있었다.) 아이들을 즐겁게 하고 갈채를 받는 것, 그것이야말로 곡예사의 귀중한 기쁨이었던 것이다.

이제 그만, 그만. 이걸 빨리 끝장내야지. 그런 다음 얼른 잠자리로 들어가야지, 하고 그는 생각했다. 이러다가 어느 날 너무 지치고 반사 신경이 둔해진 몸으로 피라미드에 기어 올라갔다간 정말로 굴러떨어지고 말 것이다. 목 부러지는 곡예는 가짜가 아닌 진짜가 되고야 말겠지. 거지스는 더위를 식혀 주는 아카시아의 서늘한 바람에 소름이 끼쳤는지 몸서리를 쳤다. 올라가자, 그는 제 몸에게 말했다. 올라가자, 저기 저 유리창으로.

그러고는 반쯤 몸을 일으켰는데 그때 마침 그의 눈에 경쟁자의 모습이 들어왔다. 또 한 사람의 어릿광대 곡예사가 거지스의 임시 은신처인 나무 덤불에서 3미터쯤 높은 데 있는 유리창에서 기어 나오는 중이었던 것이다.

그러면 일단 있어 보자고. 저 녀석 기술이 어떤지 좀 보는 거야. 사람은 항상 배워야 하니까. 남자는 그에게 옆얼굴을 보이고 있었는데 어딘지 잘못된 데가 있어 보였다. 가로등 탓일지도 몰랐지만. 남자는 지금, 발을 좁은 창턱에 겨우 붙인 채 게걸음으로 건물 모퉁이를 향해 조금씩 움직여 갔다. 그러나 몇 발짝 움직여 가던 그가 갑자기 동작을 멈췄다. 그러더니 얼굴에서 무엇인가 손톱으로 뜯어내는 것처럼 보였다. 무언가 허옇고 휴지같이 얇은 것이 아래쪽 덤불을 향해 가볍게 하늘거리며 떨어졌다.

얼굴 껍질? 거지스는 또다시 소름이 끼치는 것을 느꼈다. 그에게는 질병에 관한 생각은 억지로라도 안 하려는 버릇이 있었다.

창문턱은 모퉁이 쪽으로 갈수록 더 좁아지는 모양이었다. 도둑은 건물 벽에 더 단단히 달라붙었다. 마침내 모퉁이에 가 닿았다. 발을 각각 건물 다른 측면에 갖다 붙인 채 눈썹에서 배까지 그를 두 쪽으로 가르고 있는 건물 모서리에 매달려 있던 남자는 그만 균형을 잃고 떨어져 버렸다. 아래로 추락하면서 남자는 영어로 욕지거리를 내뱉었다. 그런 다음 나무 덤불 속에 요란한 소리를 내며 떨어지고 말았다. 덤불에 아무렇게나 나가떨어진 남자는 몸을 한 번 굴리더니 잠시 가만히 누워 있었다. 성냥불이 켜졌다 꺼졌다. 그다음, 어둠 속에서 빨간 담뱃불만이 맥박이 뛰듯 타올랐다.

거지스는 남자에 대해 무한한 동정을 느꼈다. 남자에게 일어난 일은 언젠가는 그의 모든 나이 먹었거나 나이 어린 아이 관객들 앞에서 그가 당할 일이었기 때문이었다. 조금만 미신을 믿었다면 그날 밤은 사업 같은 건 집어치우고 도살장 근처에 있는 공동 숙소 텐트로 돌아갔을 것이다. 하지만 낮에 관객들이 던져 준 몇 푼을 가지고 어떻게 먹고살 것인가? "사기업이란 사양길에 들어선 직업이야." 그는 기분이 약간 괜찮을 때면 이런 생각을 했다. "진짜 능숙한 놈들은 모두 정치판으로 들어가 버렸거든."

영국인은 담뱃불을 끄고 일어났다. 그러고는 가까이에 서 있는 나무로 기어올랐다. 거지스는 그만의 전용 욕지거리들을 입속으로 중얼대며 덤불 속에 엎드려 있었다. 영국인 남자가 나무로 기어 올라가면서 씨근덕거리며 혼잣말 하는 것이 들렸다. 드디어 어느 정도 높이까지 올라간 남자는 가지를 타고 기어 나가 말이라도 타는 것처럼 걸터앉더니 유리창 속을 들여다보기 시작했다.

한 십오 초나 지났을까, 거지스는 분명히 들을 수 있었다. "이건 좀 심하잖아." 나무에서 흘러나오는 말이었다. 또 담뱃불이 하나 켜졌다. 그러더니 갑자기 아래쪽으로 활을 그리더니만 나뭇가지 얼마 전에 멈추었다. 영국인 남자는 한 손으로 나뭇가지에 매달려 있었다. 어처구니없군, 거지스는 속으로 말했다.

풀썩. 영국인 남자는 또다시 덤불 속에 나가 떨어졌다. 거지스는 조심스레 일어서서 그의 곁에 다가갔다.

"봉고-샤프츠베리?" 거지스가 다가가는 소리를 듣고 남자가 말했다. 남자는 별 없는 하늘의 정점을 올려다보며 누워 있었다. 버릇인 듯 얼굴의 죽은 껍질을 뜯어내면서. 거지스는 얼마 안 떨어진 곳에 서 있었다. "아직 때가 안 되었어요." 남자는 계속했다. "아직은 날 잡을 수 없다고, 녀석들은 지금 저 위에 있는 내 침대에 들어가 있어요. 굿펠로하고 여자 말이에요. 이 년 동안이나 같이 다니는 와중에 저 녀석한테 저런 식으로 당한 여자 수는 셀 수도 없거든. 유럽의 모든 수도가 마게이트[41]고, 연인들을 위한 산책길이 대륙 한쪽 끝에서 다른 쪽 끝까지 뻗친 줄 아는 모양입디다."

그는 노래를 시작했다.

브라이튼에서 내가 본 그 여자가 아니야
누구지, 누구지, 누구냐고, 이 여자 친구는?

미쳤군, 거지스는 다시금 동정했다. 태양이 남자의 얼굴에서 머무른 게 아니라 머릿속까지 파고 들어간 것이 분명하다.

"저 여자는 저 녀석을 '사랑'하게 될 거요, 사랑이 뭔지는 모르겠지만. 녀석은 여자를 버리겠죠. 내가 신경이라도 쓸 거 같아요? 파트너랑 일을 할 때는 뭐 어쩔 수가 없죠. 별의별 이상한 짓을 해 대도 별수가 없다고요. 굿펠로가 어떤 놈인지 서류를 읽어 뒀어요. 그 녀석에 대해서는 알고 있었다고요……. 하지만 빌어먹을 태양이라든지, 나일강 하류에서 일어나고 있는 일, 그리고 당신 팔에 박힌 스위치는 정말 상상도 못 했소이다. 거기다 겁먹은 여자아이라니, 그리고 또 지금……." 그는 조금 전까지 들여다보던 유리창 쪽을 가리켰다. "저기서 벌어지고 있는 일, 이런 것들을 다 합치고 보니까 나도 나가떨어질 수밖에 없을 것 같다고요. 누구나 한계란 있게 마련이잖소. 총 좀 저리 치워요. 봉고-샤프츠베리, 아, 말을 잘 듣는군. 그리고 기다려 봐요. 기다려 보는 길밖에 없으니까. 저 여잔 아직 얼굴이 알려지지 않았어요. 그러니까 제거할 수 있는 인물이죠. 저 여자뿐인가요! 돌아오는 주일 내로 우리 중 얼마나 많은 수가 떨려 나갈지 누가 알겠느냐 말이오? 여자는 문젯거리도 못 되죠. 저 여자하고 굿펠로

41   영국 남동부의 휴양지.

141

따위는.”

거지스가 남자를 어떻게 위로할 수 있었겠는가? 그는 영어를 잘 못했다. 남자의 말도 반밖에는 못 알아듣는 형편이었다. 미친 남자는 여전히 미동도 없었다. 그냥 하늘만을 쳐다볼 뿐이었다. 거지스는 뭐라도 말하려고 입을 열다가 마음을 바꾸었다. 그러고는 뒤로 물러섰다. 그는 갑자기 자기가 얼마나 피곤한지를 깨달았다. 곡예사 노릇을 하느라 얼마나 지쳐 버렸는지를. 바닥에 자빠져 있는 소외당한 남자의 모습은 언젠가는 거지스 자신의 모습이 될 것인가?

늙어 버렸어, 거지스는 생각했다. 내 유령을 본 거야. 하지만 어쨌든 '호텔 뒤 닐'을 한번 들여다는 봐야지. 거기 묵는 관광객들이 이 호텔 손님들만큼 부자는 아니지만 어쩌겠어, 걸리는 대로 재주껏 벌어 봐야지.

7

에즈베키예 가든 북쪽에 있는 비어홀은 유럽 북부의 관광객들이 자기들 이미지에 맞추어 만들어 놓은 곳이었다. 피부가 검은 열대 종족들 가운데에서 고향 기분을 맛보겠다는 노력의 결과였으리라. 그런데 그게 어찌나 독일처럼 만들어졌는지, 이제 와서는 고향의 풍자 격이 되어 있었다.

한네가 지금껏 일자리를 지킨 것은 단지 그녀가 강건한 몸매에 금발이라는 이유 때문이었을 것이다. 남부에서 온 아담한 몸집의 갈색 머리가 한동안 이 집에서 일을 했는데 결국 해고를 당한 것은 딱 보기에 충분히 독일스럽지 않다는 이유 때문이었다. 말하자면 바이에른 농부의 딸로서는 괜찮겠지만 당당한 독일 여자로서는 어딘가 모자라는 데가 있다는 것이었다. 주인인 뵈블리히의 이런 변덕스러운 성격을 한네는 가볍게 웃어넘길 따름이었다. 자라면서부터 인내심을 배운 그녀는(그녀는 열세 살 때부터 바걸 노릇을 했다.) 꼭 암소처럼 정적인 성질을 길러 냈다. 그런데 그녀의 이런 특성은 요즘 들어 술꾼들의 주정, 매춘 행위, 그 밖에 술집 특유의 얼빠진 환경 가운데에서 매우 유용하게 작용했다.

이 세상의 소 같은 인간들에게 있어(적어도 이 관광 세상에서는) 사랑이란 되도록 조용히 와서 조용히 이루어지고 조용히 사라져 가게 되어 있었다. 이것은 한네와 순회공연 배우인 렙시우스 사이에서도 구축된 개념이었다. 그는 세일즈맨이었다.(적어도 스스로는 그렇게 얘기했다.) 그는 여자들 액세서리 같은 것을 팔았다. 그렇다면 더 따질 게 뭐란 말인가? 세상 겪어 볼 만큼 겪어 본(이건 그녀의 어휘였다.) 한네, 감상 따위는 없는 세계에 익숙한 한네였다. 그러나 그녀는 남자에게 정치란 여자에게 있어서 결혼만큼이나 중요하며 덮어놓고 절실한 문제라는 것을 알고 있었다. 비어홀이란 곳이 술 취하고 여자하고 놀아나는 이상의 의미를 가질 수 있다는 것을 깨달았던 것이다. 이곳의 고객들 중 관광 안내서가 가르치는 삶과는 거리가 있는 인물들이 포함되어 있다는 것만큼이나 엄연한 사실이었다.

뵈블리히가 만약 그녀의 애인을 본다면 얼마나 싫어할까? 한네는 취사장에 들어가, 팔꿈치까지 비눗물을 묻힌 채로 서성댔다. 지금은 저녁 식사와 본격적인 음주가 시작되기 전 비교적 한가한 막간이었다. 분명 렙시우스는 '충분히 독일스럽지 않았다.' 한네보다 머리 하나하고도 반만큼 작은 그는 뵈블리히의 세계가 만들어 낸 흐릿한 빛 속에서도 색을 입힌 안경을 써야 할 만큼 시력이 약했다. 팔과 다리까지도 가냘프기 그지없었다.

"시내에 경쟁자가 와 있다고." 그는 한네에게 털어놓았다. "우리만 못한 물건을 가지고 더 싸게 팔려는 수작이지. 윤리에 어긋난다고. 안 그래?" 그녀는 수긍의 표시로 고개를 끄덕였다.

그 남자가 만약에 들어오면…… 그녀가 가로챌 수 있는 정보라는 정보는 모조리…… 지저분한 일이고, 여자를 시켜서 할 만한 일은 아니지만…… 하지만…….

시력이 약한 두 눈과 요란하게 코고는 소리, 그녀에게 다가올 때의 소년 같은 태도와 그녀의 포동포동한 다리가 안아 주는 가운데 쉬기까지 걸리는 긴 시간…… 이런 것들을 위해 그녀는 그의 어느 '경쟁자'이고 틀림없이 감시해 주어야 했다. 대상은 영국인이었는데 어디선가 햇빛을 너무 쬔 모양이었다.

그날은 하루 종일 그녀의 귀가 시시각각 더 예민해지는 것 같았다. 모든 것이 느리게 움직이게 마련인 아침 시간 동안에는 특히 더욱더 날카로워지는 것 같았다. 정오가 되자 취사장은 차츰 무질서 상태로 빠져 들어갔다. 갑작스럽게 한 번에 일어난 사태는 물론 아니었다. 주문 몇 개가 뒤늦게 전달되었고, 접시 한 개가 떨어져서 그녀의 연약한 고막처럼 산산조각이 났다는 정도의 대수롭지 않은 일들이었다. 그런데 어쨌거나 이 시간이 되기까지 그녀는 이미 지시를 내린 사람 자신이 원했던 것 이상의 정보를 들어 버렸던 것이다. 파쇼다, 파쇼다……. 이 단어는 뵈블리히네 식당 안에 끈질긴 비처럼 줄기차게 흩뿌려졌다. 사람들 얼굴까지 달라 보였다. 요리장 그륀과 바텐더 베르너, 청소하는 소년 무사, 로테와 에바를 포함한 다른 여자 종업원들 모두가 잽싸고 간교하고 음흉한 것 같았다. 한네에게는 뵈블리히가 다른 때처럼 자기 앞을 지나가는 한네의 엉덩이를 찰싹 때리는 것까지도 심상치 않게 느껴졌다.

지나친 생각이야, 한네는 자기 자신에게 말했다. 그녀는 원래 지나친 생각 따위를 하지 않는, 실질적인 사고방식의 소유자였다. 이게 바로 사랑의 부작용일까? 없는 것이 보이고 없는 소리가 들리고 반추와 2차 소화를 위해 이렇게 애써야 하는 것이? 지금껏 자기가 사랑에 관해서는 알 만큼 안다고 생각한 한네는 걱정되기 시작했다. 렙시우스가 다른 남자들하고 다른 게 대체 뭐지? 조금 더 느리고 조금 더 연약하다는 것, 어쨌든 일하는 능력도 시원찮았고, 그런 부류의 다른 남자들하고 비교할 때 특히 심오할 것도 놀라울 것도 없는 남자였다.

남자와 정치라니. 정치란 남자들에게는 섹스 같은 것인지도 몰랐다. 남자가 여자한테 하는 짓하고 더 힘센 정치가가 반대편 약한 정치가한테 하는 짓을 가리켜 말할 때 같은 어휘를 쓰지 않던가? 도대체 파쇼다가 그녀와 무슨 상관이란 말인가? 또한 마르샹과 키치너, 그 외의 다른 어떤 한 쌍의 이름이라도 마찬가지로 저들이 서로 '만난 것'이 대체 무슨 상관인가? 뭘 하려고 만났든지 그 이유 역시 그녀와는 하등 관계가 없었던 것이다. 불현듯 한네는 고개를 흔들며 웃음을 터뜨렸다. 뭣 때문에 저들이 만나는지 상상 정도는 할 수 있었다.

그녀는 비눗물로 탈색된 손으로 노란색 머리카락 한 가닥을 뒤로 넘기면서 생각했다. 어째서 피부가 죽어 가고 허옇게 부푸는지에 대해서. 꼭 나병 환자의 피부 같았다. 점심때부터 줄곧 질병에 대한 암시가 자꾸만 의식 속을 파고들었다. 질병에 대한 암시는 카이로시 오후의 음악 속에 잠복해 있었다. 파쇼다, 파쇼다, 창백하고 정체불명인 두통을 가져오는 단어였다. 정글과 이국의 미생물을 연상시켰으며, 사랑의 열기(거기에 대해서만큼은 그녀가 모를 리 없었다. 왜냐하면 워낙 건강한 그녀가 알고 있는 유일한 열기였으니까.)나 다른 어떤 인간과 관계된 열병이 아닌 열병을 떠올리게 했다. 빛의 장난일까. 아니면 다른 사람들의 피부에도 병든 얼룩이 나타나고 있는 걸까?

그녀는 마지막 큰 접시를 헹궈 얹었다. 아니, 접시에 무엇인가 묻어 있었다. 그녀는 접시를 도로 설거지 물 속에 집어넣고서 벅벅 문질렀다. 그러나 한네가 접시를 비스듬히 들고 불빛에 비춰 보니 자국은 아직도 남아 있었다. 거의 보이지 않았으나 그것은 분명 거기에 있었다. 대강 삼각형 모양인 그 얼룩은 꼭대기 점이 접시 가운데 쪽에 있었고 저변은 접시 가장자리에서 약 손가락 한 마디가량 떨어져 있었다. 갈색에 가까운 얼룩 경계선은 접시의 색 바랜 흰색 바탕 때문에 분명히 드러나지 않았다. 그녀는 접시가 불빛을 더 잘 받도록 몇 도쯤 더 기울였다. 그랬더니 그만 얼룩이 사라져 버렸다. 이상해서 고개를 움직여 다른 각도에서 보았다. 이번에는 두 번 거듭 보였다 사라졌다 하는 것이 아닌가. 한네는 눈의 초점을 접시 가장자리 약간 밖으로 벗어나게 하면서 조금만 뒤쪽에 갖다 맞추면 얼룩이 비교적 꾸준히 남아 있다는 사실을 발견했다. 그러나 얼룩의 형태는 가만있지 않았다. 한순간 초승달 모양이 되는가 하면 그다음 순간 사다리꼴로 부지런히 변해 갔다. 불안과 짜증을 느낀 그녀는 접시를 도로 설거지물 속에 처넣고는 개수대 아래 부엌 도구들 중에서 조금 더 빳빳한 솔이 있나 찾기 시작했다.

얼룩은 정말 존재하는 것일까? 그녀는 그 얼룩의 색이 마음에 안 들었다. 그냥 뭐가 좀 묻어서 생긴 얼룩이야, 그녀는 자신에게 말했다. 그냥 그뿐이라고. 그런 다음 더욱 세게 문지르기 시작했다. 밖에서는 맥주 주당들이 거리에서부터 몰려 들어오고 있었다. "한네." 뵈블리히가 불렀다.

맙소사, 절대 안 지워지겠다는 거지? 그녀는 마침내 포기하고 접시를 다른 접시들이 있는 데다 함께 얹었다. 그러나 얼룩은 꼭 두 쪽으로 분열된 듯 양쪽 망막에 비추었다.

싱크대 위에 걸린 거울 조각에 얼른 머리 모양을 비춰 본 한네는 생긋 미소를 지으며 동족들의 시중을 들기 위해 홀로 나갔다.

물론 그녀의 눈에 제일 처음 띈 것은 '경쟁자'의 얼굴이었다. 남자의 모습은 그녀를 메스껍게 만들었다. 뺄젖고 희게 얼룩이 진 얼굴에다 늘어진 몇 올인가의 피부 허물. 그는 그녀도 아는 포주 바르쿠미안하고 얘기에 열중해 있었다. 한네도 애교를 발휘하기 시작했다.

"……크로머 경이라면 그 일은 막아 낼 수 있어요……."

"……선생, 카이로에 있는 창녀하고 암살 전문가는 전부……."

누군가가 구석에서 토했다. 한네가 곧 달려가서 치웠다.

"……만약 누군가가 크로머를 암살한다면……."

"……꼴이 안 좋겠군요, 총영사가 부재라니……."

"……악화 일로일 텐데……."

손님 하나가 수작을 걸었다. 뵈블리히가 짐짓 험악한 얼굴을 지으면서 다가왔다.

"……어떤 수단을 써서라도 그 사람을 잘 지켜야……."

"……이 병든 세상에서 능력 있는 인간들을 모조리……."

"……봉고-샤프츠베리가 할 수만 있다면……."

"……오페라에서……."

"……어디? 어떤 오페라……?"

"……에즈베키예 가든……."

"……오페라는…… 「마농 레스코」……."

"……누가 그래요? 난 그 여잘 알아요…… 콥트교도 제노비아……."

"……대사관 케네스 슬라임의 여자……."

사랑이다. 그녀는 주의를 기울였다.

"……그 여자가 슬라임한테 들었어요. 크로머가 아무런 방비 태세도 취하지 않고 있다고. 내 참! 굿펠로하고 나는 오늘 아침에 들어

왔어요, 아일랜드인 관광객 행세를 하고 말이죠. 그 작자는 곰팡이가 낀 실크해트에 클로버 잎 한 개를 달고, 난 빨간 턱수염을 달았다고요. 저들이 우릴 그냥 길거리에다 내다 던진 격이에요…….”

“……아무런 방비도 없다니. 말도 안 되는…….”

“……저런, 클로버를 달다니…… 굿펠로는 그렇게 폭탄을…….”

“……그자를 정신 차리게 할 건 아무것도 없나 보군…… 도대체가 신문도 안 읽는 건지…….”

베르너와 무사가 새 술통의 꼭지를 따는 동안 그들은 오랫동안 바에서 기다리고 서 있었다. 삼각형의 얼룩은 마치 성령 강림절에 임한 혓바닥 같은 불꽃처럼, 무리들 위 어딘가를 떠돌고 있었다.

“……이제 저들이 만났으니…….”

“……한동안 머물겠는데, 내 생각에는 아마도…….”

“……정글쯤이 아닐지…….”

“……선생이 보시기에는 그 일이 일어날…….”

“……그게 시작된다면 그건 아마도…….”

어디서 일어난다는 거지?

“파쇼다.”

“파쇼다.”

한네는 멈추지 않고 계속 걸었다. 비어홀 문을 열고 거리로 나갔다. 십 분 후에 웨이터 그륀은 그녀가 어떤 가게 앞에서 등을 벽에 기댄 채 온화한 눈으로 밤의 ‘가든’을 바라보고 있는 것을 발견했다.

“들어와.”

“파쇼다가 뭐야, 그륀?” 어깨를 한 번 으쓱해 보인 그륀은 답했다. “땅 이름이야, 뮌헨이라든가 바이마르라든가 키엘 같은 타운 말이야. 하지만 정글 속 타운이지.”

“여자들 액세서리하고 무슨 관계가 있지?”

"들어가자. 다른 여자애들하고 나만으로는 저 패거리 주문을 다 받을 수 없어."

"나 이상한 게 보이는 것 같아. 넌 안 그래? 공원 위쪽으로, 뭔가 떠돌아다니는 것 같지 않아?" 운하 저쪽으로부터 알렉산드리아행 야간 급행열차의 기적 소리가 들려왔다.

"제발." 흔히들 앓곤 하는 고국 땅의 도시에 대한 향수일까, 아니면 기차나 또는 단지 그 기적 소리에 대한 향수일까? 그런 것이 어쩌면 둘을 잠깐 동안 사로잡았을지도 모른다. 잠시 후 여자가 그런 느낌을 뿌리치기라도 하듯 어깨를 으쓱해 보였다. 그러고는 둘이서 비어홀을 향해 걸어갔다.

바르쿠미안이 있던 자리에는 꽃무늬 드레스를 입은 나이 어린 여자가 앉아 있었다. 나병 환자 같은 피부의 영국인 남자는 화가 나 있는 표정이었다. 반추를 통해 상황을 적응하는 편인 한네는 눈동자를 살짝 굴리며 둘이 앉은 옆 테이블에 패거리들과 와서 앉아 있는 중년 은행 서기 쪽으로 가슴을 쓱 내밀어 보였다. 기대대로 환영을 받은 그녀는 환영에 응하며 그 자리에 가서 앉았다.

"당신을 따라다녔어요." 나이 어린 여자가 말했다. "아버지가 알면 돌아가실 거예요." 한네는 어린 여자의 반쯤 그늘에 가린 얼굴을 볼 수 있었다. "굿펠로 씨의 일을 알면 말예요."

잠시 말이 끊겼다. "오늘 오후에 아가씨 아버님은 독일 교회에 계셨죠. 우리가 지금 독일 비어홀에 있는 것같이 말이죠. 앨러스테어 경은 누군가가 바흐를 연주하는 걸 듣고 있었어요, 마치 이 세상에 남은 건 바흐밖에 없다는 태도로 말이죠." 또 한 번 말이 끊겼다. "그 사람이 알게 하기 위해서였겠지요."

여자는 고개를 숙였다 맥주 거품이 윗입술 위에 남아 있다. 사람이 모여 있는 방이 흔히 그렇듯이 한순간 홀 안에 야릇한 정적이 흘렀다. 그 정적 속으로 다시 한번 알렉산드리아행 야간 급행열차 기적 소리가 끼어들었다.

"아가씨는 굿펠로를 사랑하시죠." 그가 말했다.

"네." 거의 귓속말 같았다.

"내가 무슨 생각을 하든간에." 여자가 말했다. "그건 내가 추측한 거예요. 못 믿으시겠죠. 하지만 그건 정말이에요."

"날 보고 어떻게 해 달라는 거죠, 그럼?"

그녀는 손가락으로 컬이 들어간 머리카락의 고리들을 휘감았다. "아무것도 해 주실 건 없어요. 다만 이해해 줬으면 해요."

"어떻게 당신은……?"

화난 듯한 음성이었다. "누군가를 '이해하려' 하다가 죽을 수도 있다는 걸 몰라요? 아가씨 요구대로 하다간 말이에요. 당신네 집 식구들은 모두 미치기라도 했나요? 심장이든지 불빛이든지 간이든지 그런 게 아니면 생전 만족을 못한다는 건가요?"

사랑이 아니라고 한네는 단정했다. 한네는 같이 앉았던 사람들에게 실례한다고 고하고서 테이블을 떠났다. 그것은 남녀 간의 문제가 아니었다. 얼룩은 아직도 그녀에게서 떠나지 않았다. 오늘 밤 렙시우스에게 무엇이라고 말해야 할까? 소원이 있다면 그의 안경을 벗겨서 부러뜨려 버리고 짓밟아 버린 다음에 그가 고통스러워하는 꼴을 지켜보는 것뿐이었다. 얼마나 통쾌할까?

이것이 바로 저 온순하고 착한 한네 에셰르체의 지금 심정이었다. 세상이 파쇼다인지와 함께 온통 미쳐 버린 걸까?

8

에즈베키예 가든의 여름 극장 꼭대기 층에 관객을 향하게 배치된 네 개의 골방에는 커튼이 문 대신 드리워져 있었고 그 앞으로 복도가 지나갔다.

푸른색 안경을 쓴 남자가 잰걸음으로 걸어와 무대와 통하는 복도 끝으로부터 두 번째인 골방 안으로 들어갔다. 두툼한 붉은 벨벳 커튼이 남자가 지나가고 나서 박자 감각을 잃은 듯 앞뒤로 흔들렸다. 하지만 워낙 무게가 있어서 곧 멈추었다. 이제 커튼은 꼼짝도 하지 않았다. 십 분이 지났다.

'비극'을 상징적으로 만들어 놓은 조상이 서 있는 모퉁이를 두 남자가 돌아 나왔다. 그들의 발은 한쪽 끝에서 다른쪽 끝까지 일각수와 공작이 다이아몬드 무늬로 그려진 카펫 위로 짐승들을 우지끈우지끈 밟고 지나갔다. 한 남자의 얼굴은 얼굴을 뒤덮은 허연 허물 때문에 눈이고 코고 입이고 온통 가려져 얼굴 윤곽까지 바뀐 형편이어서 모습을 알아보기 어려웠다. 다른 남자는 몸집이 뚱뚱했다. 두 남자는 푸른색 안경을 쓴 남자가 들어간 다음 골방으로 들어갔다. 밖에서 들어오는 늦여름 햇빛이 하나밖에 없는 유리창으로 들어와서 비극 조각상과 카펫을 오렌지색으로 물들이고 있었다. 그림자들은 더 둔탁한 느낌을 주었으며 그림자와 그림자 사이의 공기는 오렌지색 같지만 확실히는 특정하기 힘든 짙은 색을 띠고 있었다. 그러자 꽃무늬 드레스를 입은 젊은 여자가 홀로 걸어 내려와 두 남자가 들어 있는 골방으로 들어갔다. 몇 분 후 여자는 눈과 얼굴이 온통 눈물에 젖어 가지고 나왔다. 뚱뚱한 남자가 따라 나왔다. 그들은 시야 밖으로 사라져 버린다.

완전한 침묵이 흘렀다. 그리하여 붉고 흰 얼굴의 남자가 권총을 빼어든 채 커튼을 젖히고 나타난 것은 예기치 않은 매우 갑작스러운 순간을 연출했다. 권총에서는 연기가 피어올랐다. 그는 다음 골방으로 들어갔다. 곧 그와 푸른색 안경을 쓴 남자는 서로 붙잡고 실랑이질을 하며 커튼 밖으로 튕겨져 나와 카펫 위를 뒹굴었다. 하체는 아직도 커튼에 가려진 채였다. 흰 얼룩 얼굴의 남자는 상대 남자의 푸른색 안경을 벗겼다. 그런 다음 그것을 두 쪽 내서 바닥에 내던졌다. 상대 남자는 눈을 꼭 감고 불빛을 피하기 위해 얼굴을 돌리려 애썼다.

또 한 명의 남자가 복도 끝에 서 있었다. 이쪽에서는 그 남자의 그림자밖에 보이지 않았다. 유리창은 그 남자 뒤쪽에 있었다. 안경을 벗긴 남자가 이제 웅크리고 앉았다. 그러고는 땅에 엎어져 있던 남자의 머리를 억지로 돌려 불빛을 향하게 했다. 복도 끝 남자가 오른손을 약간 움직였다. 웅크리고 앉았던 남자가 그쪽을 보았다. 다른 쪽 남자의 오른손 주변에서 불꽃이 번쩍했다. 그러고는 또 하나의 불꽃이 번쩍했다. 그리고 또 하나가. 불꽃들은 햇빛보다 더 짙은 오렌지색이었다.

잔상은 역시 제일 마지막까지 남아 있는 법인 모양이다. 그리고 물체를 비추는 눈과 받아들이는 눈 사이에는 아주 미세하나마 분계선이 있는지도 모른다.

반쯤 일어났던 몸이 무너져 내렸다. 얼굴과 흰색 허물들이 더 크게 부각되었다. 쉬려는 듯한 자세를 취한 몸은 곧바로 잘 보이는 각도에 놓였다.

4장

에스터가
코 수술을 하다
V

다음 날 저녁, 시내버스 뒷자리에서 긴장으로 뻣뻣해진 다리를
모으고 얌전히 앉은 에스터는 방탕하고 황량한 바깥 풍경과 『브라이
디 머피의 탐색』이라는 페이퍼백에 번갈아 가며 시선을 주었다. 이
책은 콜로라도의 한 사업가가, 사후에도 삶이 있다는 것을 알리려는
목적으로 쓴 것이었다. 이야기가 전개되면서 작가는 차차 로스앤젤
레스 등지에서 유행하는, 초경험적 정신 상태라든가 신앙 요법, 초감
각적 인식 등 갖가지 20세기의 괴상한 철학의 변형들을 들먹이기 시
작했다.

버스 운전사는 시내버스 운전사 중에서도 지극히 표준적인 유
형이었다. 업타운에서 다운타운까지 왔다 갔다 해야 하는 버스에 비
해 교통신호나 정지신호를 덜 받았으므로 당연히 더 친절한 편이었
다. 핸들 옆에 놓인 포터블 라디오는 WQXR 채널[42]에 맞추어져 있

---

42   미국 라디오 방송. 프로그램 소개 및 고전 음악,《뉴욕타임스》뉴스 등
      을 제공한다.

었다. 때마침 차이콥스키의 「로미오와 줄리엣」 서곡이 시럽처럼 운전사와 승객들 위로 흘러내렸다. 버스가 콜럼버스가를 횡단할 때 정체불명의 불량배가 돌을 던졌다. 어둠 속에서 스페인어 고함이 버스 안까지 울려 퍼졌다. 시내 쪽으로 몇 블록 떨어진 곳에서 자동차의 역화음(逆火音)인지 총성인지 분간할 수 없을 폭발음이 들려왔다. 검은 악상 기호로 표기되어, 진동하는 공기 기둥과 현에 의해 생명을 얻은 변조기, 코일, 축전기, 튜브 등을 지나서 덜덜 떨리는 종이 고깔에서 쏟아져 나오는 사랑과 죽음의 영원한 드라마는 이날 저녁과 이 장소에서 유리된 채 계속되고 있었다.

버스는 돌연히 센트럴 파크의 황무지로 접어들었다. 에스터도 저 바깥 주택가와 시내 상가 지역에서 사람들이 덤불에 숨은 채로 노상강도며 강간이며 살인 따위 짓거리를 계속하리라는 것을 알았다. 그녀와 그녀가 사는 세계는 해가 떨어진 뒤 센트럴 파크의 네모진 구획에서 일어나는 일에 대해서는 전혀 아는 게 없었다. 그 안에서 일어나는 일이 무엇인지에 대해서는, 마치 계약에 정해지기라도 한 것처럼, 경찰과 불량배와 기타 온갖 방법으로 탈선한 인간들끼리만 공유하였던 것이다.

만약 그녀에게 정신 감응 능력 같은 것이 있어서 바깥에서 일어나는 일들을 텔레비전 채널 돌리듯 들여다볼 수 있다면……. 거기에 대해 생각을 계속하고 싶지 않았다. 정신 감응 능력이라는 건 틀림없이 대단한 능력이겠지만 고통도 많이 따른다는 것은 의심할 여지가 없어 보였다. 게다가 다른 누군가가 자기 마음을 엿보고 있을 수도 있었다.(어쩌면 레이첼이 전화 내선으로 엿들었을 가능성은 없을까?)

그녀는 새로운 코끝을 섬세하게 건드렸다. 가볍게. 요즘 들어 익힌 몸짓이었다. 사람들의 주의를 끌려는 의도보다는 아직도 그게 그대로 거기에 붙어 있는지 확인하려는 것이었다. 버스는 공원 지대를 벗어나 환한 이스트사이드 5번가의 전등 빛 가운데로 들어갔다. 그 불빛을 보니 내일 로드 앤드 테일러 백화점에 가서 39달러 95센트짜리 드레스를 살 거라는 사실이 떠올랐다. 그가 좋아할 것 같은 드레스였다.

나도 참, 얼마나 용감한지 모르겠어, 이런 밤에 이 무법 지대를 꿰뚫고 '내 사랑'을 만나러 오다니! 그녀는 신이 나서 마음속으로 속삭였다.

1번가에 내린 그녀는 주택가를 향해, 어쩌면 꿈을 향해, 구두 뒷굽 소리를 울리며 걸어갔다. 곧 그녀는 오른쪽으로 돌면서 핸드백 속에서 열쇠를 찾기 시작했다. 문 앞에 선 그녀는 열쇠로 문을 열고 들어섰다. 앞쪽 방들은 텅텅 비어 있었다. 벽거울 아래 시계 속에 있는 금으로 만들어진 두 요정은 언제나와 마찬가지로 탱고를 추고 있었다. 에스터는 몸과 마음이 순식간에 편안해지는 것을 느꼈다. 수술실 뒤쪽(그녀는 열린 문 너머로 자신의 얼굴이 변하게 된 수술대 쪽에 감상적인 곁눈질을 보냈다.)에 작은 방이 있었고 그 안에는 침대가 하나 놓여 있었다. 남자의 머리와 어깨는 독서용 램프가 만드는 포물선의 강렬한 빛 가운데 있었다. 그는 그녀를 쳐다보았다. 그녀는 두 팔을 그에게 뻗쳤다.

"빨리 왔네." 남자가 말했다.

"늦게 왔어." 그녀가 스커트에서 발을 빼내면서 말했다.

1

원래가 보수적인 편인 숀메이커는 자신의 직업을 가리켜 탈리아코치[43]의 기술이라고 했다. 비록 16세기의 이탈리아 사람처럼 원시적이지는 않았지만 어딘지 모르게 감상적인 타성이 엿보이는 기술을 고수하였던 그는 그런 이유에서 소위 최신 기술이라는 것을 도입하지 않았다. 심지어는 생김새까지 탈리아코치와 닮아 보이게 하고자 여러모로 노력을 하는 중이었다. 눈썹은 가느다랗게, 반원형으로 다듬었으며 콧수염은 덥수룩하게 마구 자라도록 내버려 두었다. 턱수염은 끝이 뾰족했고, 이따금 머리 위에는 학생 때 쓰던 야물커[44]까지 올라앉아 있었다. 그에게 자극(나아가 직업 그 자체까지)을 준 것은 세계 대전이었다. 자기 세기와 연배가 같았던 그는 열일곱 살에 콧수염을 기르기 시작했다.(그때 기르기 시작한 콧수염을 지금까지 그대로 유지 중이었다.) 이렇게 나이를 속여 입대한 그는 악취가 나는 군수송선을 타고 진군했다. 적어도 자기 생각에, 그의 목적은 프랑스의 파괴된 성이며 상처 난 들판 위로 꼭 귀 없는 너구리처럼 높이 솟아올라서 훈 족을 쳐부수는 것이었다. 용감한 이카로스처럼.

그런데 소년은 하늘 높이 오르지 못했다. 군은 그를 비행사가 아닌 비행기 정비공으로 만들어 버렸다. 하지만 그것만 해도 기대한 것보다는 나았다. 그거면 충분했다. 그는 브레게, 브리스톨, JN 전투기 속은 물론이고 실제로 거기 타서 하늘로 향하는, 그가 우러러 보던 전투기 조종사에 대해서도 속속들이 알게 되었다. 이러한 노동의 분배에는 봉건적이면서도 동성애적인 요소가 존재했다. 숀메이커는 그들의 시동이라도 된 느낌이었다. 그 시절 이후부터는 항공업계의 민주화와 더불어 하늘을 나는 기계 종류들이 당시에는 감히 상상도 할 수 없었을 만큼 복잡하기 그지없는 '무기의 체계들'로 발전했고,

43   Gasparo Tagliacozzi(1545~1599). 16세기 서양에서 최초로 코 성형 수술을 기록에 남긴 이탈리아 의사.

44   유대인 남자들이 머리 정수리 부분에 쓰는, 작고 동글납작한 모자.

그 결과 오늘날 비행기 정비공은 자기들이 돕는 비행사들과 마찬가지로 전문가적인 귀족이 되었다.

하지만 그건 적어도 손메이커에 있어서는 얼굴에 선명하게 떠오를 만큼 순수하고 추상적인 정열이었다. 어쩌면 콧수염 탓일지도 모르겠는데, 그는 이따금 비행사로 오해받을 때가 있었다. 일이 없을 때면 가끔가다 한 번씩 실크 스카프(파리에서 샀다.)를 목에 둘러 보고는 했다. 비행사처럼 보이려는 의도에서였다.

전쟁의 특성상 필연적인 일이기는 했으나, 출격했던 얼굴들(덥수룩한 얼굴, 매끈한 얼굴, 반들반들하게 머리를 빗어 넘긴 얼굴, 머리가 벗어진 얼굴) 중 더러는 영영 되돌아오지를 않았다. 어린 손메이커는 이 사태에 청소년기 사랑의 특징인 유연함으로 대처했다. 그의 자유롭게 떠다니는 사랑은 한동안 슬픔과 좌절에 휩쓸렸다가도 얼마 안 가 또다시 새로운 얼굴을 찾아 달라붙었다. 그러나 언제나 상실이란 '사랑은 죽게 마련.'이라는 명제만큼이나 막연한 성질을 띠었다. 왜냐하면 그들은 하나같이, 훨훨 날아가서는 하늘 속에 삼켜져 버렸기 때문이었다.

에번 고돌핀만이 예외였다. 그는 삼십 대 중반의 연락 장교로, 아르곤 고지 정찰이라는 단기 임무를 띠고 미군과 같이 임무를 수행했다. 초창기 비행사들이 일반적으로 그랬지만 그 가운데서도 고돌핀은 특히 극도로 멋을 신경 쓰는 남자였다. 그런 경향쯤 전시 같은 극한 상황에서는 별로 이상해 보이지 않았다. 어쨌든 하늘에는 적어도 참호가 없었고 대기 속에는 가스나 썩어 가는 동료의 악취도 섞여 있지 않았다. 양측의 전투자들은 징발한 시골 저택의 웅장한 벽난로 앞에서 샴페인 병을 터뜨릴 만큼 여유로웠고, 포로들에게도 극진한 예의를 다할 아량이 있었으며, 공중전 때면 모든 결투 규칙이며 격식을 철저히 지켰다. 이들은 19세기 귀족들이 싸움에 임할 때 발휘하던 온갖 까다로운 절차들을 완벽하게 고수했다. 에번 고돌핀은 본드 가[45]에서 특별 주문한 맞춤 비행복을 입었고, 종종 자기 비행기인 프렌치스패드를 향해 요철이 심한 임시 진입로를 비틀거리며 가로질러 달려 가다가도 가을과 독일군의 침략에도 죽지 않고 살아남은 양귀비 한 송이를 꺾어 웃옷에 꽂기도 했다.(삼 년 전, 아직도 참호를 무대로 싸우는 전쟁 특유의 이상주의적 향취가 남아 있던 시절《펀치》에 게재된, 플랑드르 평원을 주제로 한 시를 떠올린 탓일 것이다.)

고돌핀은 슌메이커의 영웅이 되었다. 몇 가지 우정의 신호가 눈에 들어왔다. 가령 가끔 경례에 답한다든지, 소년 정비공의 책임인 평행 비행에 대해 "좋아." 하고 한마디 칭찬해 준다든지, 경직된 미소를 짓는다든지 하는 것에 불과했지만. 그러나 그는 이런 표시들을 열렬히 받아들여 간직했다. 어쩌면 그는 이 보답 없는 사랑의 종말을 처음부터 보고 있었을지도 모른다. 하지만 죽음에 대한 잠재의식은 이런 유의 '관계'를 더욱 감미롭게 만들어 주는 법이다.

종말은 의외로 빨랐다. 뫼즈아르곤 전투가 끝나 갈 무렵 어느 비 오는 오후, 고돌핀의 엉망진창이 된 비행기가 회색 배경을 뚫고 갑작스럽게 나타난 것이다. 그러고는 힘이 빠져 빙글빙글 돌다가 한쪽 날개가 지면을 향해 급강하하더니 바람에 실린 연처럼 활주로 쪽으로 미끄럼을 탔다. 그러나 그것은 활주로에 약 백 미터쯤 못 미치고 말았다. 비행기가 땅에 와서 부딪쳤을 때에는 이미 위생병과 들것을 든 대원들이 뛰어가고 있었다. 마침 근처에 있었던 슌메이커도 그들 틈에 끼어 함께 달려갔다. 벌써 비에 축축이 젖어 가고 있는 파편 무더기를 보았을 때까지만 해도 슌메이커는 무슨 일이 일어났는지 알지 못했다. 그러고 나서 군의관들이 서 있는 곳으로 비틀비틀 걸어간 그

45   런던 웨스트엔드에 있는 고급 상점가.

는 살아 있는 시체 위에 늘어져 있는 인간의 얼굴을 보았던 것이다. 그것은 최악으로 만화화된 모습이었다. 코 윗부분이 떨어져 나갔을 뿐 아니라 파편 때문에 한쪽 볼이 부분적으로 잘렸고 턱은 절반이 바스러져 버렸고 두 눈은 멀쩡했으나 완전히 무표정했다.

숀메이커는 아마도 조금 실성했었던 모양이다. 그다음으로 그가 기억하는 장면은 구급소에서 일어난 일이었다. 그는 거기에 가서 군의관들로 하여금 제 코의 연골을 떼어서 쓰게 하려 애썼다. 고돌핀이 살긴 할 것이라고 결정되었다. 하지만 얼굴은 다시 만들어야만 했다. 그러지 않으면 젊은 장교가 살아가기란 불가능했던 것이다.

누군가에게는 퍽이나 다행스럽게도, 수요 공급의 법칙은 성형외과 부문에서 역시 활발히 작용했다. 1918년에 이르러 고돌핀의 사례는 그리 드문 일이 아니었다. 코를 다시 만들어 붙이는 방법은 사실상 기원전 5세기 때부터도 존재했으며 티어시의 피부 이식법은 사십여 년 전부터 상용되었었다. 전시에는 필요에 의하여 이런 최신 기법들을 일반의, 이비인후과의, 아니면 긴급 징병을 당한 산부인과의까지 앞다투어 만들고 사용했다. 이 중에서 성과가 괜찮다고 판명된 기법은 채택되어 곧바로 더 젊은 군의관들에게 넘겨졌다. 그러나 실패로 돌아간 경우에는 기형과 부랑자 1세대를 형성했으며, 수술을 아예 받지도 못한 부상자들과 함께, 보기에도 끔찍한 전후의 비밀 조직을 형성하게 된 것이다. 사회 어느 계층에도 속하지 못한 이들이 간 곳은 과연 어디일까?

(프로페인은 이들 가운데 더러를 도로 밑에서 본 적이 있었다. 그 나머지와는 어쩌면 미국 시골의 교차도로 같은 데서 마주칠 수 있을 것이다, 프로페인 자신처럼. 언젠가 프로페인은 길을 가다 오른쪽으로 길 하나가 새로 난 것을 발견했다. 그러고는 지난날과 같은 트럭의 디젤 배기가스 냄새를 맡았다. 마치 유령의 내부를 관통해 가는 기분이었다. 거기에서 그는 보았

던 것이다. 무슨 이정표라도 된 듯 길모퉁이에 우두커니 서 있는 이런 자들 중 한 사람을. 그가 다리를 전다면, 우리는 그 다리에 브로케이드[46]의 문양이나 얕은 돋을새김 같은 상흔을 상상하면 되겠으며(여자들이 몇 명이나 놀라서 도망갔을까!) 목에 난 상처는 요란하게 생긴 훈장을 남에게 보이는 것이 겸연쩍어 감추기라도 한 것처럼 살짝 감추어져 있을 것이다. 뺨에 난 구멍 밖으로 삐져나온 혀는 하나 더 생긴 입 밖으로 비밀 얘기를 슬쩍 던져 주는 일 같은 것은 일어나지 않을 것이다.)

에번 고돌핀은 이들 중 하나가 되고 말았다. 의사는 젊은 사람이었다. 그는 '미군 해외 파견단' 따위와 어울리지 않는 자기 나름의 이론을 몇 개 갖고 있었다. 이름은 할리돔인 이 의사는 이물 이식법의 찬성자였다. 그는 살아 있는 얼굴에 무생물을 이식하는 방법을 지지했다. 당시의 일반적 견해는 환자 자신의 연골이나 표피만 이식 가능하다는 것이었다. 의학에는 문외한이었던 슌메이커는 자기의 연골을 내놓겠다고 제의했으나 거절당했다. 이물 이식법은 일견 타당해 보였다. 대체 뭣 때문에 구태여 한 사람을 더 보태서 두 사람이 병원 신세를 져야 하느냐는 것이 할리돔의 생각이었다.

그리하여 고돌핀에게는 상아로 만든 콧날과 은과 파라핀으로 세운 광대뼈와 셀룰로이드 턱이 생겼다. 한 달 후 슌메이커는 그를 병원으로 보러 갔다. 이것이 그가 고돌핀을 본 마지막이었다. 재건 작업은 완벽했다. 그는 내용이 뭔지 명확하지 않은 참모직을 맡아서 런던으로 돌아가게 됐다고 했다. 고돌핀은 기분 나쁠 정도로 가볍고, 그래서 더욱 냉혹하게 들리는 말투로 이런 말을 덧붙였다.

"실컷 봐 둬. 육 개월이면 망가지기 시작할 테니." 슌메이커는 뭐

---

46   비단에 다채로운 색실, 금실, 은실을 씨줄로 해서 문양 등을 나타낸 문직 비단.

라 대꾸할 말을 찾지 못한 채 더듬거렸다. 고돌핀이 말을 계속했다. "저기 저 친구 좀 봐." 침대 두 개 저쪽에 한 남자가 누워 있었다. 고돌핀과 비슷한 사고를 당한 모양이었다. 다만 얼굴 피부만은 다친 데가 없는 듯 온전해 보였고 윤기마저 돌았다. 그러나 그 아래 두개골 모양은 기형이었다. "이물 반응이라고 부르는 거야. 감염, 염증이 생기기도 하고 그냥 통증만 일으키기도 할 거야. 말하자면 파라핀이 무너질 수 있다는 말씀이지. 순식간에 원래 꼴로 돌아간다고." 그는 사형 선고를 받은 사람처럼 말했다. "어쩌면 내 광대뼈를 전당포에 맡길 수도 있을걸, 한 재산 될지도 몰라. 18세기의 전원풍 입상 세트 중 하나였지, 녹이기 전에는. 숲속의 요정이라든가 양 치는 소녀라든가 그따위 것들 중 하나였다고. 독일군이 사령부로 쓰던 성에서 빼 온 거야. 그전에는 어디 있었는지 알 길이 없지만 말이야……."

"혹시……." 슌메이커의 목이 껄끄럽게 말랐다. "혹시 어떻게 고칠 수는 없을까요. 처음부터 다시……."

"모두 너무 바쁘지. 이것만도 다행 아니겠나. 불평할 순 없어. 다른 사람들하고 비교해 봐, 육 개월 동안 신나게 살아 볼 도리도 없게 된 불쌍한 작자들하고 말이지."

"그럼 그때는……."

"그 생각은 안 하기로 했어. 하지만 이 육 개월은 참 멋있는 시간이 될 것 같아."

젊은 정비공은 이후 몇 주일 동안을 일종의 감정적 진공 상태에서 보냈다. 오직 일만 하며 지냈다. 평소처럼 손을 늦추는 일도 없었다. 그는 자신을 자기가 쓰는 스패너와 스크루 드라이버하고 동일한 무생물체로 여기게 되었다. 외출 허가가 날 때면 다른 사람에게 양도해 주었고, 하룻밤에 평균 네 시간 정도밖에 자지 않았다. 이 무기물에 가까운 인생은 어느 날 저녁 막사에서 의무관 한 사람과 우연히 만남으로써 끝이 났다. 숀메이커는 자기 느낌대로 원시적인 질문을 했다.

"어떻게 하면 의사가 될 수 있죠?"

그것은 이상주의적일 뿐만 아니라 단순한 반응이었다. 그는 단지 고돌핀과 같은 사람들을 도와주고 싶었다. 예를 들면 할리돔처럼 무자비하고 신의 없는 인간들이 성형외과계를 지배하는 일만은 막아야겠다는 생각이었다. 이를 위해 그는 십여 년 동안 주특기인 기계공 일 말고도, 수도 없이 많은 시장터와 창고 인부로, 또는 수금원으로 일을 해야 했는데, 한번은 일리노이 주 데카터 외곽의 밀주단 관리인 노릇까지 한 적이 있었다.

이 노동의 기간을 그는 야간 대학에 다니면서 강의를 듣고, 간혹 주간 대학에도 다니면서 보냈다. 하지만 한 번도 세 학기 이상(이것도 그의 주머니가 조금 여유 있었던 데카터 이후의 일이었지만) 계속된 적은 없었다. 그 후 인턴을 마친 다음 그는 마침내 대공황 전야에 이르러서 의학계에 입당하게 되었다.

무생물과 같은 편에 서는 것이 '악당'의 표식이라면, 숀메이커 같은 경우, 적어도 동기만은 인간적 동정이었다. 그러나 도중 어디서부터인가 그의 태도에는 변화가 일어났다. 그 변화는 어찌나 미세했는지 남달리 예민한 프로페인조차도 감지하지 못했을 것이다. 그는 할리돔에 대한 증오와 고돌핀에 대한 스러져 가는 사랑의 힘으로 일을 계속했다. 증오와 사랑은 그로 하여금 일종의 '사명 의식'을 갖게 했는데 이것은 너무 미미한 나머지 증오라든가 사랑 같은 것보다는 더 확실하고 단단한 양식을 필요로 했다. 그리하여 그의 사명 의식은 성형외과의의 '이상'을 규정하는 몇몇 싸늘한 이론들에 의하여 겨우 살아남았다. 자신의 소명을 전장에 부는 바람결에서 들었던 만큼, 그는 자기 영역 바깥에서 활개 치는 힘들이 저지른 파괴마저 수복해야 한다며 거기에 몸을 바쳤다. 누군가가(정치인과 기계) 전쟁을 일으켰고, 누군가가(어쩌면 인간형 기계) 숀메이커의 환자들을 매독에 쓰러지게 했고, 또 누군가는(고속도로며 공장 등지에서) 자동차, 절삭기, 기타 우리 문명이 만들어 낸 파괴 도구를 가지고 자연의 작품을 박살내고 있었다. 이 모든 원인을 어떻게 없애 버릴 것인가? 원인은 분명히 존재하고 있을 뿐만 아니라 실재 사물의 총체에서 일부를 이루었다. 그는 슬슬 현상 유지에서 오는 나태에 잠겨 들었다. 그것은 일종의 사회적 의식이라고도 할 수 있을 만한 것이었다. 하지만 현재 그의 의식은 지난날 어느 밤 막사에서 군의관과 대화하다 사로잡히고 만, 인류 일반의 분노보다는 한참 질이 낮은 경계선과 영역 위에 위치했다. 그것은 곧 목적의 퇴화이자, 부식이었다.

2

에스터는 이상하게도 그를 '족속들'에 가장 늦게 합류한 스텐슬을 통해 알게 됐다. 스텐슬은 다른 것을 찾던 도중에 오직 자신만이 아는 이유로 우연히 에번 고돌핀의 이야기에 관심을 갖게 되었었다. 스텐슬은 고돌핀의 행적을 뫼즈아르곤까지 따라간 다음, 미군 해외 파견 기록 장부에서 숀메이커의 또 다른 이름을 입수하기에 이르렀다. 그런 뒤에도 몇 달이 걸려서야 스텐슬은 그를 독일인 구역의 위치한, 항상 배경 음악을 틀어 놓는 안면 성형 병원까지 추격하는 데 성공한 것이다. 스텐슬은 생각해 낼 수 있는 수단을 모두 써서 설득하려 했지만 외과의는 자기는 아무것도 모른다는 말만 반복했다.

어떤 종류의 좌절은 우리를 관대하게 만든다. 에스터는 자기의 6번 유형 코를 증오하고 대학생들에게 널리 퍼진 "못생긴 여자가 바람을 피운다."라는 유감스러운 격언을 한껏 증명하면서 러스티 스푼 근처를 무르익은 몸과 달아오른 눈으로 배회하고 있었다. 소외감에 시달리던 스텐슬은 누구에게라도 울적한 기분을 풀고 싶던 판에 역시 절망에 허덕이고 있는 에스터를 만나게 되어 일종의 희망조차 걸면서 잡고 늘어진 셈이었다. 둘의 관계는 슬픈 여름 오후의 메마른 분수 앞이나 일사병이 걸린 가게 앞, 피 흐르듯 타르가 흐르는 도로 등을 방황하는 것으로 발전했으며, 결국은 언제 둘 중 하나만 원해도 간단히 깨 버릴 수 있는, 가벼운 부녀 관계 협약쯤으로 낙찰되었다. 해약 시 검토 단계 같은 것도 필요치 않았다. 숀메이커에게 에스터를 소개해 주는 것이 그녀에게 줄 수 있는 가장 괜찮은 감상적 액세서리라는 생각을 떠올린 스텐슬은 이 모든 전개가 꽤 멋진 아이러니라는 느낌에 사로잡혔다. 그 결과 9월에 만남이 이루어졌고 에스터는 군소리 없이 그의 칼날과 만지작대는 손가락에 자신을 내맡겼던 것이다.

　그날 대기실은 기형인간 전시장 격이었다. 귀가 없는 대머리 여자 하나가 관자놀이에서 후두부까지 벌겋고 번질대는 피부를 드러내고 앉아서 황금 요정이 들어 있는 시계를 골똘히 쳐다보고 있었다. 그 옆으로는 좀 더 젊은 여자가 한 사람 앉아 있었는데 이 여자의 두개골은 세 쪽으로 갈라진 듯 포물선 모양을 그리며 세 개의 봉우리가 머리카락 밖으로 솟구쳐 나와 있었다. 머리카락은 여드름이 가득 돋은 얼굴 양쪽으로 선장의 턱수염처럼 흘러내렸다. 방 저쪽 벽에는 녹색 개버딘 양복을 입은 노신사가 《리더스 다이제스트》를 읽으며 앉아 있었는데 콧구멍이 세 개에 윗입술이 없고 이의 크기는 제각각 태풍이 잦은 마을의 공동묘지 묘석처럼 아무렇게나 겹쳐 누워 있었다. 그런가 하면 저만치 떨어진 한구석의 선천적 매독 환자로 보이는 무성(無性)의 생명체는 아무것도 보고 있지 않았다. 뼈가 상해 있을 뿐 아니라 부분적으로는 완전히 무너져 있어, 회색이 도는 옆얼굴은 거의 일직선을 이루었고, 입을 덮다시피 하고 있는 코는 납작한 피부 조각처럼 늘어져 있었다. 턱은 한쪽이 움푹 꺼져서 큼직한 구멍이 생겨 있었고 그 안에는 방사상의 주름진 피부가 들어차 있었다. 눈은 옆얼굴의 나머지 부분을 납작하게 만든 부자연스러운 중력으로 인해 짓눌려 감긴 상태였다. 감수성이 풍부한 나이인 에스터는 이들 모두에게서 자기를 발견한 것만 같았다. 그녀로 하여금 '병든 족속들'의 여러 남자와 잠자리를 같이하게 했던 소외감의 재확인이기도 했다.

첫날 숀메이커는 수술 전 지형 조사라는 것을 했다. 여러 각도에서 에스터의 얼굴과 코를 촬영했고 기도 상부의 염증을 검사했으며 매독 검사도 했다. 그는 또 어빙과 트렌치의 도움을 받아 가며 얼굴의 복제형 마스크, 아니면 데스마스크를 두 개 떴다. 숨을 쉴 수 있도록 빨대 두 개를 꽂아 주었는데 어린애 같은 상상력을 가진 그녀는 소다 가게, 체리 향 코카콜라, 「진정한 고백」[47] 등을 연상했다.

다음 날 그녀는 다시 진료소로 갔다. 두 개의 복제형 마스크가 책상 위에 나란히 놓여 있었다. "내가 쌍둥이네요." 그녀는 낄낄대며 웃었다. 숀메이커가 한 손을 뻗어 마스크 중 하나의 석회 코를 쳐서 떨어뜨려 버렸다.

"자, 그러면." 그는 미소를 지으며 말했다. 꼭 마술사 같은 손길로 점토 한 덩어리를 내보이더니 떨어뜨려 버린 코의 자리에 갖다 얹었다. "어떤 코를 마음에 두셨죠?"

물을 것도 없었다. 그녀가 원하는 건 오직 아일랜드식 코였다. 약간 위로 올라간 그 코야말로 모두가 원하는 그런 코니까. 그러나 그들 중 아무도 살짝 들린 들창코 역시 미학적으로는 불완전하다는 사실을 깨닫지 못하는 모양이었다. 결국 살짝 들린 들창코란 유대인

47   1937년 발표된 미국의 코미디 영화.

의 코를 반대로 만든 것에 불과했던 것이다. 거의 아무도 소위 '완전한' 코, 즉 콧잔등이 똑바르고 끝은 위로 들리지도 아래로 꺾이지도 않았으며 콧구멍을 가르는 축주가 윗입술과 90도로 만나는 그런 코는 원하지 않았다. 이런 현상들은 결국 그가 평소에 주장하는 대로, 교정이란(사회적이든, 정치적이든, 감정적이든 모두 다) 중용을 찾기 위한 이성적 노력보다는 그게 뭐든 간에 정반대의 것을 향해 후퇴하는 것이라는 지론을 뒷받침해 주고 있었다.

몇 번 손가락과 팔목을 예술적으로 멋지게 휘두른 뒤 그는 물었다.

"이렇게요?" 눈이 화끈 달아오른 그녀는 고개를 끄덕였다. "얼굴 다른 부분들과 잘 조화되는 것이 중요하죠, 알겠어요?" 그러나 당연히 그 코는 나머지 부분들과 잘 어울리지 않았다. 인간적으로 말해 보자면, 얼굴이란 태어날 때 갖고 태어나는 법이니까.

"그렇지만." 그는 오래전부터 이런 식으로 자기 자신을 합리화하고 있었다. "조화에는 또 다른 조화가 있으니까." 그래서 에스터의 코가 생겨났다. 영화나 광고, 잡지 사진 등이 설정한 아름다운 코의 이상형과 완전히 부합되는 코였다. 숀메이커는 이런 경우를 가리켜 '문화적 조화'라는 말을 썼다.

"그럼 다음 주에 해 보죠." 그는 에스터에게 시간을 정해 주었다. 에스터는 짜릿한 흥분을 느꼈다. 마치 새로 태어나는 순간을 기다리는 것 같았다. 자기가 어떤 모습으로 세상에 등장할지에 대해 침착하고 사무적인 태도로 신과 의논한 것만 같은 기분이었다.

다음 주, 그녀는 제시간에 도착했다. 배 속은 긴장해서 부풀어 올랐고 피부는 예민할 대로 예민해져 있었다. "이리 와요." 숀메이커가 부드럽게 손을 잡고서 이끌었다. 그녀는 왠지 수동적이 되고 그에게 (조금이나마) 성적 매력마저 느끼는 자신을 발견했다. 그녀는 지금 치과 환자용 의자에 몸을 뒤로 눕힌 채 몸종처럼 주변에서 서성거리며 시중들고 있는 어빙이 수술 준비를 시키는 대로 내맡기고 있었다.

그녀는 에스터의 얼굴을 코를 중심으로 해서 녹색 비누, 아이오딘과 알코올로 깨끗이 닦아 냈다. 콧구멍 속의 털을 잘라 내고 속을 소독제로 깨끗이, 조심스럽게 닦았다. 그러고 나서 에스터에게 넴뷰탈을 주었다.

원래라면 그녀는 진정이 되어야 했을 테지만, 바르비투르산은 사람에 따라 다른 반응을 일으키기도 한다. 거기에 더해서 성적 흥분역시 진정제 효과에 영향을 미친 모양이었다. 어쨌든 수술실에 들어갈 무렵 에스터는 거의 헛소리를 할 지경으로 들떠 있었다. "하이오신을 쓸걸 그랬어요." 트렌치가 말했다. "그걸 쓰면 완전히 정신이 나가 버리니까."

"시끄러워." 의사가 말했다. 어빙이 갖가지 도구들을 늘어놓기 시작했다. 그 사이에 트렌치는 에스터를 수술대에 꼼짝 못하게 묶어 버렸다. 에스터의 눈은 열이 올라 미친 것 같았고 입에서는 조용한 흐느낌이 새어 나오고 있었다. 아마도 마음이 흔들리는 모양이었다. "이젠 너무 늦었죠." 트렌치가 능글맞게 위로하려 들었다. "이봐요, 가만히 좀 누워 있어요."

세 사람 모두 수술용 마스크를 썼다. 눈들에 갑자기 악의가 가득해 보였다. 그녀는 고개를 한 번 흔들었다. "트렌치, 이 여자 머리를 잡아." 숀메이커가 마스크 때문에 웅얼대는 소리로 말했다. "그리고 어빙이 마취를 맡는 게 좋겠어. 우리 아가씨도 연습을 해 둬야지. 어서 가서 노보케인 병 좀 가져와."

그들은 에스터의 머리 밑에 살균한 타월을 깔고 두 눈에 각각 피마자 기름 한 방울씩을 떨어뜨렸다. 그녀의 얼굴을 이번에는 메타펜과 알코올로 또다시 닦아 냈고 콧구멍 속 깊숙이 가제 뭉치를 박아 넣었다. 인두와 인후로 소독약과 피가 흘러 내려가는 것을 막기 위해서였다.

어빙이 노보케인과 주사기와 바늘을 들고 돌아왔다. 우선 그녀는 마취제를 에스터의 코끝 양쪽에 한 대씩 놓았다. 다음으로 양쪽 콧구멍을 중심으로 각각 방사상에 여러 대씩 놓았다. 코 양쪽의 신경을 죽이기 위해서였다. 바늘이 꽂힐 때마다 어빙의 엄지손가락은 주사기의 피스톤을 누르는 동작을 거듭했다. "큰 걸로 바꿔." 숀메이커가 조용한 소리로 말했다. 어빙이 멸균기에서 5센티미터짜리 바늘을 건져 냈다. 이번에는 바늘을 코 양쪽 피부 바로 밑에 찔러 넣고서 콧구멍에서 코와 이마가 이어지는 부분까지 계속 밀어 넣었다.

아무도 에스터에게 수술에 고통이 따른다는 얘기를 해 주지 않았다. 하지만 이 주사들은 고통스러웠다. 그녀는 이런 아픔을 한 번도 겪어 본 적 없는 것 같았다. 아픈 것을 참느라고 몸을 뒤틀고 싶어도 움직일 수 있는 것은 엉덩이뿐이었다. 트렌치는 그녀의 머리를 잡고 몸이 수술대에 붙들린 채 꿈틀대는 꼴을 은근한 눈초리로 감상했다.

어빙의 주사기는 이번에는 마취제를 가득 넣고 콧속으로 들어가 상하 연골 사이로 해서 미간의 뼈가 조금 튀어나온 부분까지 밀고 들어갔다. 코의 양쪽 칸을 가르는 뼈와 연골의 벽인 격막 속으로 또 일련의 주사기 공격이 가해진 후에야 마취 과정이 끝났다. 이 모든 작업에 내포된 성적 비유를 트렌치는 그냥 넘기지 않았다. "찔러, 빼내, 찔러, 오, 방금 건 좀 끝내줬어, 빼내……." 그는 에스터의 눈을 내려다보며 킥킥거렸다. 그때마다 어빙은 짜증 섞인 한숨을 내쉬었다. '아직 애라니까.' 같은 소리가 당장이라도 새어나올 것 같았다. 잠시 후 숀메이커는 에스터의 코를 꼬집고 비틀었다. "어때요? 아파

요?" 속삭이는 소리였다. "아뇨." 숀메이커가 더 세게 비틀었다. "아
파요?" "아뇨." "됐어. 눈을 가려."

"보고 싶어 할지도 모르잖아요." 트렌치가 말했다.

"보고 싶어요? 우리가 에스터에게 무슨 짓을 하는지 볼 건가요?"

"모르겠어요." 그녀의 음성은 약했다. 지금 제정신과 히스테리
의 중간쯤을 헤매는 모양이었다.

"보시지, 그럼." 숀메이커가 말했다. "적어도 배우는 게 있겠지.
우선 우리는 군살을 잘라 내요. 메스 좀 줘 봐."

수술은 말하자면 판에 박힌 작업이었다. 숀메이커는 빠른 동작
으로 움직였다. 그와 그의 간호사는 둘 다 전혀 동작을 낭비하지 않
고 움직이고 있었다. 애무하듯 스펀지를 가지고 계속 닦아 내어 피는
거의 볼 수도 없을 지경이었다. 가끔 피 한 줄기쯤이 경계망을 뚫고
흘러내렸지만 그쯤은 어쩔 수도 없었다. 미처 닦아 내기 전에 머리
밑에 깐 타월 더미로 스며들었으니까.

숀메이커는 우선 절개를 두 번 했다. 둘 다 측면 연골 아래쪽으
로 코 안쪽 피부에 가한 절개였다. 그런 다음 손잡이가 길고 날이 휘
고 끝이 날카로운 가위를 콧속으로 넣은 뒤 연골을 지나 코뼈 있는
데까지 밀어 올렸다. 가위는 열 때나 닫힐 때나 잘리도록 만들어진
물건이었다. 높이 쳐들린 머리를 마지막으로 손질하는 이발사처럼
재빠르게 코뼈를 연골과 덮혀 있는 껍질로부터 분리해 냈다. "우린
이걸 굴착이라고 해요." 그가 설명했다. 그는 다른 콧구멍 속에 가위
를 밀어 넣어 똑같은 작업을 했다. "알다시피 당신 코뼈는 두 개입니
다. 두 개의 코뼈가 격막으로 분리되어 있고 아래쪽으로는 각각 한쪽
씩 측면 연골에 이어져 있어요. 난 지금 이 이음새에서 코뼈가 이마
와 만나는 데까지 굴착을 할 겁니다."

어빙이 끌같이 생긴 연장을 그에게 건네주었다. "매퀜티의 기중

기라고 부르죠." 연장을 손에 들고 콧속을 여기저기 뚫더니 굴착이 끝난 듯했다.

"자, 이제." 연인같이 부드러운 말투였다. "난 군살을 잘라 낼 거예요." 에스터는 인간적인 어떤 자취라도 찾아보려는 듯 되도록 똑바로 그의 눈을 쳐다보았다. 지금껏 그녀는 이토록 외롭고 무력한 기분을 느껴 본 일이 없었다. 그 후에 그녀는 이따금 이런 소리를 했다. "무슨 종교적 신비 체험 같았어. 어떤 종교인지는 몰라도 동양 종교 비슷한 거겠지. 어쨌든 그 종교를 통해서 우리가 도달할 수 있는 지고의 경지는 물체 상태야. 돌멩이 같은. 그때 기분이 딱 그랬어. 에스터라는 본질이 몽땅 사라지고 아래로 아래로 떨어져 버렸지. 한 방울의 액체처럼 말이야. 걱정도 없었고 충격도 없었어. 그냥 자꾸만 더 투명한 액체가 되었을 뿐이야. 아무 느낌도 없이 그냥 존재할 뿐이었다고 할까."

진흙 코를 단 마스크는 가까이 놓인 작은 테이블에 얹혀 있었다. 그 마스크를 빠르게 곁눈질해 가며 숀메이커는 이미 만들어 놓은 절개구 속에 톱날을 집어넣었다. 그러고는 뼈가 있는 부분까지 밀어 올렸다. 거기에 새 콧등을 나란히 갖다 댄 후 그쪽 코뼈를 잘라 내기 시작한다. "뼈는 잘 잘라지거든." 그는 에스터에게 말했다. "사실 우린 굉장히 약하게 만들어졌어요." 톱날이 격막까지 가서 닿았다. 숀메이커가 날을 뺐다. "이제 까다로운 부분이에요. 다른 쪽도 꼭 같게 잘라 내야 되니까. 안 그러면 코의 균형이 어긋나거든요." 그는 아와 같은 방식으로 다른 쪽에 밀어 넣었다. 그런 후에 에스터의 계산으로는 약 십오 분 동안이나 마스크를 들여다보았다. 그러고는 몇 가지 작은 조정을 하는 모양이었다. 끝으로 그는 드디어 그쪽 편의 뼈를 일직선으로 도려냈다.

"당신의 혹은 이제 격막에 한쪽 끝이 붙어서 달랑거리는 뼛조각

두 개가 됐어요. 이제 그걸 마저 잘라서 다른 두 절단면하고 같은 높이로 만들 거예요." 그는 모서리가 진 날을 앞쪽으로 당기도록 만들어진 칼로 재빨리 절단했다. 절단을 마친 그는 스펀지를 우아하게 휘두름으로써 일단 절차를 마쳤다.

"자, 이제 혹은 콧속에서 따로 돌고 있네요." 그는 견인기로 한쪽 콧구멍을 뒤집은 뒤 집게를 집어넣어 혹을 찾기 시작했다. "혹을 도로 가져가요." 그러고는 웃으며 말했다. "아직 나오기 싫다는군." 그는 가위로 그것을 붙들고 있는 측면 연골로부터 혹을 잘라 냈다. 그러고는 뼈 집게로 거무스름한 연골 덩어리를 집어내어 에스터의 눈앞에 자랑스럽게 휘둘렀다. "이십이 년이나 당신의 사교 생활을 불행하게 만들던, 바로 그거 맞죠? 제1막은 끝났어요. 지금부터 이걸 포름알데히드에 넣을 텐데 기념품으로 간직하고 싶으면 가지고 가요." 말을 하면서 그는 절단한 가장자리 부분들을 작은 줄로 갈기 시작했다.

이로써 혹은 끝장난 셈이었다. 하지만 혹이 있던 자리에 이제는 밋밋한 평면이 있었다. 콧등이 애초부터 너무 넓어서 탈이었다. 이제 콧등을 좁혀야 했다.

또다시 그는 코뼈를 찾아 굴착을 했다. 이번에는 광대뼈가 만나는 곳과 그 너머까지였다. 가위를 치운 후 그는 우측으로 톱니가 난 톱을 갖다 대었다. "당신 코뼈는 아주 단단히 뿌리를 박고 있어요. 옆으로는 광대뼈, 그리고 위로는 이마 있는 데까지 뿌리를 뻗고 있죠. 이제 깨뜨려서 떼어 내야겠어요. 진흙 코처럼 마음대로 움직일 수 있게."

그는 양쪽으로 코뼈에 톱질을 했다. 코뼈는 광대뼈에서 떨어져 나왔다. 다음으로 그는 끌을 들더니 한쪽 콧구멍 속에 그것을 집어넣었다. 그러고는 그것을 되도록 깊숙이 밀어 넣었다. 드디어 끌은 뼈에 가서 닿았다.

"느낌이 있으면 말해요." 그는 끌에 대고 망치질을 가볍게 했다. 멈추더니 고개를 갸웃했다. 그러고는 이번에는 좀 더 세게 두드렸다. "아주 단단한데." 그가 농담조를 버리고 말했다. 딱, 딱, 딱, "떨어져, 망할 것." 끌의 끝은 1밀리미터씩 에스터의 두 눈썹 사이로 파고들었다. "샤이세!"[48] 딱 하고 꽤 큰 소리를 내며 그녀의 코는 이마에서 떨어져 나왔다. 엄지손가락으로 이쪽저쪽을 눌러 숀메이커는 분쇄 작업을 마무리했다.

"이것 봐, 이제 흐물흐물하게 됐어요. 그게 제2막이죠. 이제, 격막을 잘라 내야 한다는 말씀!"

메스를 들고 그는 격막 주변에 절단구를 몇 개 만들었다. 격막과 격막에 잇닿은 연골 사이 부분이었다. 다음으로 그는 격막 전면을 중심으로 비공 바로 안의 뒤쪽에 있는 소위 '척추'라는 곳까지 깎아 내려갔다.

"이렇게 하면 격막이 마음대로 떠돌게 돼요. 끝막음은 가위로." 해부 가위를 들더니 그는 격막 양쪽 측면으로 뼈들이 있는 부분을 지나 코 위의 미간까지 잘라 올라갔다.

그런 다음 그는 끌을 비공 바로 안쪽에 만들어 놓은 절개구에 넣었다. 또 하나의 절개구로 빼낸 후 끌의 날을 이리저리 움직여서 격막 아랫부분을 분리시키는 데 성공했다. 견인기로 비공 하나를 들어 올리고는 알리스 집게로 분리된 격막의 일부를 끌어냈다. 측경기가 마스크와 드러난 격막 사이를 급히 오갔다. 다음으로 숀메이커는 직선 가위로 격막에서 삼각형의 조각을 떼어 내었다. "자, 이제 모든 걸 제자리로 돌려놓읍시다."

한쪽 눈으로는 계속 마스크를 지켜보며 그는 코의 뼈들을 한데

48   '엉터리', '쓸모없는' 등의 의미를 띤 독일어 욕설.

모았다. 콧등이 좁아지고 혹이 잘려 나간 납작한 부분이 없어졌다. 그는 두 쪽이 틀림없이 정중앙에서 만났는가를 확인하는 데 상당한 시간을 보냈다. 뼈들을 움직일 때마다 야릇한 소리가 났다. "들창코를 만들려면 봉합선을 두 개 내야 돼요."

봉합은 새로 잘라 낸 격막의 절단 부분과 축주 사이에 만들어졌다. 바늘과 바늘 받침이 동원되었고 축주와 격막 사이의 전체 넓이에 사선을 만들며 두 개의 실크 바늘 자국이 만들어졌다.

수술은 다 해서 한 시간 안에 끝났다. 그들은 에스터의 얼굴을 닦아 주고 가제 마개를 빼낸 후 그 자리에 설파 연고를 바르고 또다시 가제를 넣었다. 반창고 한 가닥이 비공 위를 가로질러 지나갔고 또 한 가닥이 새 코의 콧등을 가로지르고 지나갔다. 이 위에 스턴트 몰드[49]와 함석으로 된 방호 장구가 씌워졌고 또 반창고가 둘렸다. 그리고 그녀가 숨을 쉴 수 있도록 콧구멍에 고무 튜브를 집어넣었다.

이틀 후 포장이 제거됐고 닷새 후에 반창고가 제거됐다. 칠 일 뒤에는 실을 빼냈다. 위로 솟아오른 코끝은 꼴불견이었다. 그러나 숀 메이커는 두세 달만 지나면 끝이 좀 내려올 거라고 단언했다. 실제 그랬다.

3

그걸로 끝이었을 수도 있었다. 하지만 에스터의 경우는 달랐다. 어쩌면 매부리코 시절 습관이 타성에 의해서 남아 있었는지도 모른다. 그러나 예전 어느 한순간도 그녀는 남자에게 그렇게 수동적이 되

---

49   외과 이식 수술에서 수술 부분을 보호하기 위해 쓰는 틀의 일종.

어 본 일이 없었다. 수동적이라는 것은 그냥 딱 하나의 의미였다. 그녀는 숀메이커가 입원시켜 준 병원에서 하루 낮과 하루 밤을 지낸 뒤, 이스트사이드를 몽유병 환자처럼 배회하기 시작했던 것이다. 그녀의 흰색 부리와 충격의 흔적이 내비치는 눈을 보고 사람들은 놀라 뒷걸음질치곤 했다. 그러나 그녀는 성적으로 흥분했을 뿐이었다. 숀메이커가 콧구멍 속에 있는 비밀 스위치, 혹은 음핵을 건드린 격이었다. 구멍은 결국 구멍이니까. 트렌치의 비유적 상상력은 전염성이 있는지도 몰랐다.

다음 주, 실을 빼러 돌아온 그녀는 다리를 꼬았다 풀었다, 속눈썹을 파닥거렸다, 은근한 목소리를 내 보았다, 갖은 천박한 수작을 다 동원했다. 숀메이커는 그러지 않아도 처음부터 에스터를 만만한 놀이 상대로 점찍어 놓고 있었지만.

"내일 다시 와요." 그가 그녀에게 말했다. 어빙은 이날 사무실에 없었다. 에스터는 다음 날 레이스가 달린 속옷에 되도록 많은 선정적인 액세서리로 무장하고 나타났다. 얼굴 가운데에 올라앉은 가제에도 겔랑 샬리마 향수 몇 방울쯤은 찍어 바른 것 같았다.

뒷방에서 그가 물었다. "기분이 어떻소?"

그녀는 웃었다. 웃음소리가 부자연스럽게 컸다. "아파요, 하지만."

"그렇지, '하지만'일 거요. 아픈 걸 잊어버리는 방법은 얼마든지 있으니까."

그녀는 바보스럽고 반쯤은 사과하는 듯한 미소를 통 멈출 수 없는 듯했다. 미소를 짓다 보니 얼굴을 잡아당겨 코가 더욱 아파졌다.

"우리가 뭘 하려는지 알아요? 아니지, 내가 에스터에게 하려는 게 뭔지 아느냐는 쪽이 맞겠지. 물론 알고 있겠지만."

그녀는 그가 옷을 벗기게 내버려 두었다. 그는 검은색 가터벨트에 대해서만 한마디 했을 뿐이다.

"어머, 어쩌지!" 양심의 가책이 그녀를 덮쳤다. 슬랩이 준 것이기 때문이었다. 아마 사랑의 표시였을 것이다.

"그만둬, 값싼 연극은 집어치우라고. 넌 처녀가 아니야."

또 한 번 사과하듯 웃었다. "바로 그것 때문에 그런 거라고요. 이건 다른 남자 친구가 준 거거든요. 내가 사랑한 남자."

이 여자 너무 충격을 받아서 어떻게 됐나, 하고 그는 좀 놀라면서 생각했다.

"이봐요, 우리 수술하는 걸로 상상하자고. 수술 좋아했잖아?"

반대편 커튼의 벌어진 틈으로 트렌치가 들여다보고 있었다.

"침대에 드러누워요. 그게 우리 수술대니까. 근육 주사를 맞으려는 거라고."

"싫어요." 그녀가 외쳤다.

"싫다는 말을 하는 방법에도 여러 가지가 있지? '좋아.'라는 뜻으로 '싫어.'라고 한다든지. 지금 그 '싫어요.'는 마음에 안 드는데. 다시 말해 보라고."

"싫어요." 작은 신음 소리와 함께 말했다.

"다시 한번."

"싫어요." 이번에는 미소와 함께. 그리고 속눈썹이 반쯤 내려왔다.

"다시."

"싫어요."

"점점 나아지는군." 바지는 이미 내려서 발에 감긴 채로, 넥타이를 끄르며 그는 세레나데를 불렀다.

> 말했던가, 친구여
> 이 여자 콧날이 엄청나게 귀엽다고
> 콧속 격막이 아주 끝내준다고

연골 절제 수술이란 지금까지
내게 그저 두둑한 수표에 불과했다네
이 여자의 쇄설성 뼈를 톱질할 때까지는

[후렴]
에스터를 자르기 전에는
아무것도 안 잘라 본 거나 다름없었지
이 여자는 최고야, 친구
이 여자 코에 홀딱 반해 버렸다네

이 여자는 튕기지도 않아
돌처럼 꼼짝 않고 누워 있지
이 여자는 내 코 성형을 아주 좋아해
하지만 다른 여자들은 다 싸구려

에스터는 얌전해
끔찍하게 침착해
대체 어떤 바보가
에스터를 놓치겠어?

그리고 이건 진짠데
아일랜드도 이 여자한테 꼼짝 못 해
왜냐하면 코끝이 살짝 들려 있거든
그리고 이 여자 이름은 에스터야

마지막 여덟 줄을 부르는 동안 에스터는 첫째와 셋째 줄마다

"싫어요."라고 장단을 맞췄다.

에스터가 나중에 쿠바로 가게 된 것은 이런 (말하자면) 제임스 1세
풍 병인학(病因學) 때문이었다. 곧 알게 될 것이다.

5장

스텐슬, 하마터면 악어와 같이
서쪽으로 갈 뻔하다
V

1

이 악어는 얼룩빼기였다. 푸른 기가 도는 흰색과 검은 해초의 색이 섞여 있었다. 움직이는 속도는 빠르지만 둔했다. 게을러서일 수도, 늙어서일 수도, 그것도 아니면 머리가 나빠서 그럴 수도 있었다. 프로페인은 그놈이 아마도 사는 데 지쳤을지 모른다는 생각을 해 보았다.

추격전은 해가 지면서부터 계속되고 있었다. 그들은 구경 120센티미터쯤 되는 파이프 구역 내에 있었다. 등이 아파 견딜 수가 없었다. 프로페인은 악어가 그보다 더 좁은 파이프 구역으로 빠져들지 말았으면 싶었다. 그렇게 되면 더는 따라갈 수 없게 될 텐데, 침전물이 진흙처럼 끈적끈적하게 쌓인 바닥에 무릎을 꿇은 채 거의 보이지도 않는 상대에게 발사해야만 했던 것이다. 아주 빨리, 악어가 사격권 밖으로 빠져나가기 전에 쏘아야만 했다. 앙헬이 회중전등은 가지고 있었다. 그러나 아까부터 와인을 마셔 댄 터라 겨우 프로페인 뒤쪽에서 정신이 나간 듯 엉금엉금 기어 따라오는 게 고작인 형편이었다. 회중전등 불빛은 파이프 아무 데나 빛을 던지고 있었다. 프로페인은 악어의 모습을 드문드문 잠깐씩만 볼 수 있을 뿐이었다.

가끔가다 그의 사냥감은 수줍어하는 듯한 유혹적인 태도로 반쯤 돌아다보았다. 조금 슬퍼 보이는 것도 같았다. 지상에서는 비가 내리는지, 마지막 하수구의 열린 구멍을 통하여 약한 잠꼬대 소리같이 빗소리가 들려왔다. 앞쪽은 암흑 세계였다. 하수구의 꾸불꾸불한 터널은 수십 년 전에 만든 낡은 것이었다. 프로페인은 직선 터널이 간절했다. 거기 같으면 사냥이 쉬워지기 때문이었다. 이렇게 짧은 구간마다 꺾여 드는 구역에서 총을 쐈다가는 자칫하면 총알이 되돌아올 수도 있었다.

이것이 그의 첫 번째 사격은 아니었다. 그도 이제 두 주일은 족히 이 일을 해 왔으며 그사이에 악어 네 마리와 쥐 한 마리 사살이라는 경력을 쌓아 놓고 있었다. 매일 아침과 저녁 근무조가 바뀔 때마다 콜럼버스가 사탕 가게 앞에서 조례가 있었다. 대장인 차이추스는 아무도 모르게 노조를 만들고 싶어 했다. 그는 상어 가죽 비슷한 천으로 만든 상하의에 뿔테 안경 차림이었다. 보통 자원자 수는 뉴욕 시 전체는 고사하고 푸에르토리코 구역만 순찰하기에도 충분치 못했다. 그러나 차이추스는 자기 꿈을 버리려 하지 않았다. 아침 6시면 그는 늘어선 자원대원들 앞을 고집스러운 얼굴로 왔다 갔다 했다. 그의 직위는 공무원 급이었다. 그러나 그는 언젠가는 월터 루서[50]가 되고 말 생각이었다.

"좋아, 로드리게스. 그래, 채용하기로 하지." 정부 관련 부서에서는 자원자가 모자라 쩔쩔매고 있는 형편이었다. 몇 명씩 자원하기는

---

50   Walter Philip Reuther(1907~1970). 미국의 노동 운동 지도자.

했다. 하지만 전혀 체계나 계획이 없이 마지못해 흘러 들어오는 자들이었으며 그나마 지속하는 사람이 몇 없었다. 대부분은 첫날만 나오고 그만두었다. 그것은 꽤 괴상한 집단이었다. 부랑자…… 대부분이 부랑자들이었다. 이들은 겨울 햇살이 비치는 유니언 스퀘어에서 몇 마리 안 되는 비둘기를 들여다보며 외로움을 잊으려는 족속, 저위 첼시에서 저 아래 할렘, 따뜻하고 작은 바다 높이의 땅 어디쯤 머물면서 고속도로 콘크리트 기둥 뒤에서 녹슨 허드슨 강물과 거기 떠 있는 예인선들, 또는 채굴한 석재를 실은 배들을 몰래 쳐다보는 족속이었다.(이 도시에서 저들의 존재는 숲의 요정으로 알려져 있다. 다음 겨울 고가도로를 지날 때는 눈여겨보시라. 콘크리트에서 슬며시 자라 나오는 족속들. 꼭 콘크리트의 일부인 것 같고, 아니면 적어도 바람의 일부인 것 같으며, 저들이, 아니 어쩌면 우리가 저 끈덕진 강물이 대관절 어디로 흘러가는지 생각에 잠길 때면 으레 찾아오는 그 기분 나쁜 감정으로부터 도망치려는 것처럼 비치리라.) 두 개의 강 너머에서 모여 온 부랑자들(아니면 중서부에서 막 흘러 들어온, 구부정한 등에 욕먹는 데는 이골이 난 패거리들도 있었다. 근심을 모르던 어린 시절의 모습과 머지않아 죽어서 가련한 송장이 되었을 때의 모습이 합쳐지고, 또 겹쳐져서 지금 모습을 분간하기 어려울 정도였다.) 거지 하나는(어쩌면 그냥 이 거지들 중에서 얘기를 털어놓은 게 그 사람뿐일지도 모른다.) 한때 히키-프리먼, 아니면 가격대가 비슷한 다른 고가 브랜드의 옷이 옷장 하나 가득 걸려 있던 친구다. 하루 일이 끝나면 반짝이는 백색 링컨을 몰고 동쪽으로 뻗은, 그의 개인 도로나 다름없는 40번 국도 곳곳에서는 서너 명의 아내들이 도로변에서 약간 떨어진 저택에서 그를 기다렸다. 폴란드 키엘체 출신이며 아무도 제대로 발음할 수 없는 본명을 가진 미시시피라는 친구는 오스비에킴 강제 수용소에서 만난 여자와 살았으며, 화물선 미콜라이 레이의 게양 케이블 끝에 한쪽 눈을 잃었고, 1949년에는 배에서 뛰어내리려다가 샌디에이고 경찰에게 지문을 찍히기도 했다. 어느 이국의 땅에서 콩 수확 시즌을 따라 표류해 들어온 유목민들일까. 어찌나 이국적인지 작년쯤 롱아일랜드 바빌론 동쪽 구역에 있던 사람들 같기도 했다. 하지만 단지 그 계절밖에는 기억하지 못할 이들의 계절이 끝나 가고 있었다. 의류 수거함이며 이발 기술 학원 따위가 가득한, 시간이 이상한 방식으로 사라져 버린 전통 있는 부랑자의 아성인 바워리가에서부터 로어 3번가에서 이제는 업타운까지 그들이 떠올라 왔다.

악어 사냥은 둘씩 짝을 지었다. 하나가 회중전등을 들고 다른 하나는 12게이지 샷건을 들었다. 차이추스는 사냥 대원 대부분이 이 무기에 대해 다이너마이트를 터뜨려 물고기를 잡는 낚시꾼 같은 기분을 느낀다는 것을 알았다. 사실 정작 그는《필드 앤드 스트림》같은 잡지에 대단한 사냥꾼으로 실리고 싶은 야망 같은 것은 없었다. 연발총은 빠르고 확실했다. 1955년 엄청났던 하수구 스캔들 이후 정부 해당 부서에서는 정직에 굉장히 신경을 쓰기 시작했고, 그 결과 악어 시체, 혹시라도 쥐가 총에 맞아 죽은 경우에는 그 시체까지도 제출하라고 하는 형편이었다.

사냥 대원은 각각 완장을 두르게 되어 있었는데 이것은 차이추스가 내놓은 아이디어였다. '악어 순찰대'라는 초록색 글자가 적힌 완장이었다. 이 프로그램이 처음 시작되었을 때 차이추스는 플랙시 유리로 된 상황판을 사무실로 들여다 놓았다. 상황판에는 뉴욕 지도가 그려져 있었고 그래프용지가 내걸렸다. 차이추스가 이 유리판 앞에 가서 앉으면 스푸고라는 재향 군인회 사람 하나(별명이 '덤불낫'이었다.)이 옆에 와서 섰다. 자기 말에 따르면 여든다섯으로, 1922년 8월 13일 하루 동안에 브라운스빌 여름 차도 밑에서 들쥐들을 마흔일곱 마리나 낫 한 개로 죽여 없앴다는 늙은이였다. 그는 차이추스 옆에서 노란 유성 연필로 악어가 보였던 지점들, 가능성 있는 지점들, 현재 사냥이 진행되는 지점들, 이미 죽인 지점들 등을 적어 넣었다. 이러한 보고는 모두 후발 대원들이 돌아다니면서 물어 왔는데, 정해진 도로를 따라 맨홀을 찾으며 그 아래에 대고 소리를 질러 상황을 묻는 형식으로 진행되었다. 후발 대원들 저마다가 지참하고 있던 무전기는 일반 방송망에 연결되어 차이추스 사무실의 천장에 매달린 저성능 스피커로 이어지게 되어 있었다. 처음에는 꽤 신나고 재미있는 일이었다. 차이추스는 상황판 위에 드리운 전등과 자기 책상 위독서용 램프를 제외한 모든 불을 다 껐다. 방 안은 마치 전투 중인 작전 사령부 같았다. 누구라도 이 방에 갑자기 들어온다면 팽팽한 긴장감 및 목적의식을 감지함은 물론 이 방으로부터 도시 구석구석까지퍼져 나갈 위대한 조직망의 위력을 느꼈을 것이다. 방은 큰 조직망의뇌수요, 초점이었다. 그러나 그것도 라디오를 통해 이 따위 소리가들리기 전까지의 일이었다.

"부인이 고급 프로볼로네[51] 한 개라는데요."

"고급 프로볼로네인지는 벌써 사다 줬는데 그래. 왜 자기가 쇼핑을 안 하고 그러는 거야. 하루 종일 그로세리아 부인 텔레비전만보고 앉았으면서."

"지난밤 에드 설리번 쇼 봤나, 앤디? 원숭이 떼거지를 내보내더니 피아노를 치게 하던데."

한편 다른 쪽 구역으로부터는 이런 소리가 들려왔다. "스피디곤잘레스[52]가 이러는 거야. '세뇨르, 내 엉덩이에서 손 좀 떼 주시면좋겠는데요.'라고."

51 이탈리아산 치즈의 일종.
52 워너 브러더스에서 만들어 낸 약삭빠른 생쥐 캐릭터.

"하, 하."

또 이런 소리도 들렸다. "이스트사이드 쪽에 와 보셔야겠는데요. 여기 그게 잔뜩 있다고요."

"거기 죄다 지퍼가 달려 있어, 이스트사이드에서는 말이야."

"그래서 네 건 왜 그렇게 짧은 거야?"

"얼마나 큰지는 중요한 게 아니야. 어떻게 쓰는지가 중요하지."

물론 연방 통신 위원회에서는 가만있지 않았다. 그들이 방향 탐지 안테나가 달린 감시 차량을 타고 다니며 이런 작자들을 잡아낸다는 소문이 돌았다. 처음에는 경고장이 날아왔다. 다음에는 전화가 왔고 그다음에는 드디어 직접 담당자가 나타났는데 그는 차이추스 것보다 더 번쩍거리는 상어 가죽을 닮은 천으로 만든 상하의를 입고 있었다. 어쨌든 무전기 같은 것은 집어치워야만 했다. 그리고 얼마 안가서 차이추스의 담당 감독관은 그를 불러들여 아버지가 아들에게 타이르는 듯한 어조로 악어 순찰대를 지금까지와 같은 규모로 운영할 예산이 없다는 말을 했다. 그리하여 '악어 사냥 – 사살 중앙 본부'는 경리과의 중요하지 않은 지부에 의하여 점거되었고 늙은 '덤불낫' 스푸고는 아스토리아 퀸스로 떠났다. 그곳은 연금과 야생 마리화나가 자라는 꽃밭, 때 이른 무덤이 기다리는 땅이었다.

가끔 이들이 사탕 가게 앞에서 조례를 열 때면 차이추스는 대원들에게 격려 연설을 했다. 관련 부서에서 엽총 탄환 배당을 제한하겠다고 선고한 날 그는 2월의 얼음장 같은 빗속에 모자도 쓰지 않은 맨머리를 드러내고 서서 대원들에게 그 말을 전했다. 얼굴에 흘러내리는 것이 녹은 진눈깨비인지 아니면 눈물인지 알아보기는 어려웠다.

"제군들." 그는 말했다. "제군들 가운데 더러는 우리 순찰대 창립일부터 근무해 왔다. 매일같이 그 못생긴 낯짝 중 두셋 이상을 여기서 보아 왔다. 제군들 중 상당수는 한번 가고 나서 돌아오지 않았다. 뭐 상관없지. 어디 가서든 더 벌 수 있다면 좋은 일일 테니까. 우리 순찰대는 돈 많은 조직체는 못된다. 이게 노조에 가입된 조직이었다면 난 제군들의 못생긴 낯짝 중 더 많은 수를 매일같이 볼 수 있었을 것이다. 제군들 중 돌아오는 자들은 사람 오줌과 악어 피 속에서 하루 여덟 시간씩을 산다. 그러고도 아무도 불평하지 않으며 나는 제군들을 자랑스럽게 생각한다. 순찰대의 역사가 비록 짧았음에도 우리는 여러 번 예산 삭감을 당했다. 하지만 아무도 우는 소리는 안 했다. 우는 건 경멸해 마지않을 일이기 때문이다.

그런데 오늘 그자들은 또 우리의 물자를 삭감했다. 각 팀은 종전처럼 열 발이 아니라 다섯 발씩을 배당받게 된다. 시내에 앉아서 일하는 자들은 제군들이 탄약을 낭비하는 줄 안다. 나는 그게 낭비가 아니라는 사실을 알지만, 그자들처럼 아래로 내려가 본 일이 없는 자들한테 설명해 봤자 통할 리가 없지. 그자들은 자기들의 100달러짜리 옷이 더러워질까 봐 내려갈 엄두도 못 낸다. 그러니 내가 제군들에게 하고 싶은 말은 다만 이것이다. 확실한 사격만 하라. 확실하지 않은 것엔 시간을 아껴라. 지금까지 그랬듯 계속 노력하라. 나는 제군들을 자랑스럽게 생각한다. 정말 자랑스럽다!"

다들 거북한 표정으로 서성였다. 차이추스는 더 이상 아무 말도 하지 않았다. 반쯤 돌아서서 콜럼버스가 저편에서 쇼핑백을 들고 비틀거리며 걸어오는 늙은 푸에르토리코인 노파를 바라보고 있을 뿐이었다. 차이추스는 항상 자기 대원들을 얼마나 자랑스럽게 생각하는지에 대해 떠들어 대었는데 대원들은 그런 설교하는 버릇이며 미국 노조식 운영 방침이며 사명에 대한 망상에도 불구하고 그를 싫어하지 않았다. 왜냐하면 상어 가죽으로 만든 것 같은 옷과 색을 입힌 안경을 벗고 보면 그 역시 부랑자이기 때문이었다. 다만 시간과 공간의 우연한 차이가 그들이 모두 같은 잔의 술을 나누어 마시는 것을 면하게 해 주었을 뿐이었다. 그러나 그들 모두 그를 좋아했기 때문에 '우리 순찰대' 어쩌고 하는 얘기(그가 진심으로 자랑스러워한다는 것은 대원 중 아무도 의심하지 않았다.)를 불편하게 생각했다. 술 때문에, 혹은 너무도 외로워서 총을 쏘아 댄 행위, 또는 강 언저리 정화 탱크에 기대어 잠깐 눈을 붙이며 농땡이를 피운 일이며 자기 파트너조차 못 들을 작은 소리로 읊조린 불평들이며 나아가 불쌍한 마음에 놓아준 들쥐들을 떠올렸다. 그들은 대장의 긍지에 대해 공감할 수는 없었다고 해도 대장의 감정을 허구로 만드는 데에 대한 죄책감을 느낄 수는 있었다. 하지만 그들은, 여느 훌륭한 학교에서 어렵게 배운 것은 아니나, 긍지란 것이('우리 순찰대'에 대한 것이든 아니면 그냥 개인에 대한 것이든 아니면 원죄에 대한 것이든) 사실상 세 개의 빈 맥주병만큼의 값어치도 지니지 않는다는 사실을 알았던 것이다. 왜냐하면 빈 맥주병 세 개면 이들은 돈으로 바꾸어 잠시라도 따뜻한 데서 몸을 덥히고 한잠 잘 수 있었으니까. 긍지란 그 무엇과도 바꿀 수 없었다. 가련하고 순진한 차이추스는 그렇다면 그걸 가지고 대체 뭘 얻고 있는 거지. 예산 삭감밖에는 얻는 것이라곤 아무것도 없었다. 하지만 다들 그를 좋아했고 아무도 그에게 차마 그 꿈이 헛것이라는 사실을 가르쳐 줄 생각이 없었다.

프로페인의 눈에는 차이추스가 주제를 모르는 인간처럼 보였다. 아니, 그런 문제에는 관심조차 없는 위인이었다. 자기가 바로 그 되돌아오는 못생긴 얼굴들 중의 하나라고 프로페인은 생각하고 싶었지만 따지고 보면 자기가 도대체 누구란 말인가. 그는 그냥 갓 들어온 신입대원에 불과했다. 탄약이 어쩌고 하는 연설 이래 프로페인은 자신은 차이추스에 대해서 이렇게도 저렇게도 생각할 자격이 없는 사람이라고 스스로에게 말했다. 프로페인은 그 어떤 단체 의식도 긍지도 느끼지 못했다. 그건 분명했다. 그건 그냥 일이지 우리 순찰대 같은 게 아니었다. 그는 연발총 쓰는 법을 배웠다. 분해하고 소제하는 법까지 확실히 익혔다. 일을 시작한 지 두 주일이 지난 지금, 움직임이 좀 더 빨라진 것 같은 기분도 들었다. 그렇다 해도 실수로 자기 발이나 그보다 더 중요한 부위를 쏘는 짓 같은 것은 안하리라는 생각이 들었을 뿐이지만.

앙헬이 노래를 불렀다. "Mi corazón est tan solo, mi corazón……"[53] 프로페인은 장화를 신은 자기 발이 앙헬이 부르는 노래에 장단 맞춰 움직이는 것을 쳐다보았다. 그러고는 회중전등의 불빛이 물 위를 이리저리 돌아다니는 것을 보다가 앞서가는 악어 꼬리가 유유히 흔들리는 것을 보았다. 맨홀 가까이 다가가고 있었다. 보고할 지점이었다. 정신 차려, 악어 순찰대 대원들아. 앙헬은 노래를 부르며 울기 시작했다.

"그쯤 해 둬." 프로페인이 말했다. "십장 벙이 저 위에 와 있으면 끝장이야. 정신 좀 차려."

"난 벙이 싫다고." 앙헬이 말했다. 그러고는 소리 내어 웃기 시작했다.

"쉿." 프로페인이 말했다. 십장을 맡고 있는 벙은 연방 통신 위원회가 나서기 전에는 무전기를 가지고 다녔다. 지금은 필기 판을 들고 다니며 매일매일 보고서를 차이추스에게 제출하고 있었다. 명령할 때 빼고는 별로 입을 여는 일도 없었다. 그는 늘 같은 소리를 지껄였다. "내가 십장이야."라는 한마디였다. 가끔은 "나는 십장 벙이라고." 라고 하기도 했다. 앙헬의 이론에 따르면 그렇게 똑같은 소리를 계속하는 것은 어쩌면 그 자신을 일깨우기 위해서일지도 몰랐다.

전방에는 악어가 쓸쓸한 모습으로 묵직하게 움직이고 있었다.

[53]   스페인어로 "내 마음은 이리도 외로워, 내 마음은……."이라는 의미이다.

그들이 따라붙어서 끝장내 주기를 기다리기라도 하듯 점점 더 움직임은 느려졌다. 일행은 맨홀에 도달했다. 앙헬이 사다리를 기어 올라가 뚜껑 밑바닥을 짧은 쇠지렛대로 두드리기 시작했다. 프로페인은 회중전등을 들고 악어의 거동을 지켜보았다. 위쪽에서 마찰음이 들리더니 갑자기 뚜껑이 한쪽으로 밀려 나갔다. 핑크색 네온 불빛의 하늘이 초승달 모양으로 보였다. 비가 앙헬의 눈으로 내리쳤다. 십장 벵의 얼굴이 초승달 하늘 속에 나타났다.

"칭가 투 마드레."[54] 앙헬이 경쾌한 소리로 외쳤다.

"보고해." 벵이 말했다.

"놈이 지금도 움직여." 프로페인이 밑에서 소리쳤다.

"한 놈 잡으러 가는 중이라고." 앙헬이 말했다.

"너 취했어." 벵이 말했다.

"아니야." 앙헬이 말했다.

"취했잖아!" 벵이 말했다. "내가 십장이야."

"앙헬." 프로페인이 말했다. "얼른 와, 놓치겠다."

"난 안 취했어." 앙헬이 말했다. 갑자기 벵의 주둥이에 주먹을 한 대 갈기면 얼마나 기분이 좋을까 하는 생각이 드는 모양이었다.

"너에 대해서는 보고하겠어." 벵이 말했다. "술 냄새 난단 말이야."

앙헬이 맨홀 밖으로 기어 올라가기 시작했다. "거기에 대해서 얘기 좀 해 봐야겠는데."

"뭣들 하는 거야?" 프로페인이 말했다. "땅따먹기 놀이라도 하려는 거야?"

"일 계속해." 벵이 구멍에 대고 소리쳤다. "네 파트너는 규율 위반으로 잡아 둬야겠어." 반쯤 구멍 밖으로 기어 나간 앙헬이 벵의 다

54   스페인어 욕설이다.

리를 힘껏 물었다. 병이 비명을 질렀다. 프로페인은 앙헬이 사라지고
핑크색 초승달 하늘이 그의 자리에 나타나는 것을 보았다. 비는 하늘
에서 계속 떨어지고 있고 떨어져서는 구멍의 벽돌 벽을 타고 질질 흘
러 내려왔다. 싸우는 소리가 거리 쪽에서 들려왔다.

"알 게 뭐야." 프로페인이 말했다. 그는 회중전등 불빛을 터널 쪽
으로 보냈다. 악어 꼬리가 다음 모퉁이로 유연히 돌아가고 있었다.
그는 어깨를 한 번 움찔했다. "그래 어디 한번 가 봐, 멍청한 녀석."
그가 말했다.

그는 맨홀을 떠났다. 한쪽 팔 아래로 안전장치를 건 총을 끼고
다른 손에 회중전등을 들었다. 단독 사냥은 이번이 처음이었다. 겁은
나지 않았다. 총을 쏠 때가 되면 뭐로든 전등을 받칠 만한 걸 찾겠다
고 생각했다.

지금 와 있는 데는 이스트사이드 업타운 어디쯤일 것 같았다. 그
가 잘 아는 구역 밖이었다. 젠장, 내가 이놈의 악어를 쫓아 뉴욕시를
횡단했다고? 그는 모퉁이를 돌아갔다. 핑크색 하늘에서 내려오는 빛
이 끝났다. 이제 그와 악어를 두 초점으로 하고 그 연결 축으로 가느
다란 불빛만이 존재하는 타원이 느릿느릿 움직이고 있었다.

그들은 왼쪽으로 돌았다. 업타운을 반쯤 향해서였다. 물은 조금
씩 더 깊어지는 중이었다. 오래전 이곳의 지상에서 살았던 어느 신부
의 이름을 따서 지은 페어링 지구로 들어섰다. 1930년대 대공황 시
절, 신부 하나가 계시를 받아 뉴욕시의 멸망 이후에 쥐들이 이 도시
를 지배하게 되리라는 것을 알게 되었다. 그는 하루 열여덟 시간씩
걷고 또 걸어 급식소와 구빈원을 수없이 찾아다니며 찢어진 영혼을
위로하고 꿰매 주었다. 굶어 죽은 시체로 가득 찬 도시만이 그의 눈
에 보였다. 시체는 보도에도 가득했고 공원 풀밭에도 가득했다. 가로
등에서도 뒤틀린 목을 내어놓고 매달려 있었다. 그 도시는(어쩌면 미

국 그 자체였을지도 모른다. 다만 그의 시야가 그렇게까지 넓지 못했을 뿐일지도 모른다.) 해가 가기 전에 쥐들에게 넘어갈 것이라고 그는 결론지었다. 사태가 이렇게 되고 보니 페어링 신부는 쥐들 먼저 손을 쓰는 게 좋겠다고 생각하기에 이르렀다. 쥐들이 먼저 로마 가톨릭 신도가 되게 해야 한다고 그는 마음먹은 것이다. 루스벨트가 취임한 지 얼마 안 된 어느 날 밤, 그는 자기 주거지에 제일 가까이 있는 맨홀로 해서 아래 세계로 내려갔다. 볼티모어 교리문답 책과 일과 기도서, 그리고 왜 그런 짓을 했는지는 아무도 알 수 없었으나 나이트의 『현대 선박 조종술』 한 권을 그는 가지고 있었다. 죽은 뒤 몇 달 만에 발견된 일기에 따르면, 제일 처음 그가 한 일은 렉싱턴과 이스트리버, 86번가와 79번가 사이에 흐르는 모든 물에게 영원한 축복과 퇴마 의식을 거행하는 일이었다. 이것이 후에 페어링 교구가 된 지역이었다. 이 축복과 퇴마 의식은 성수를 풍족하게 해 주었을 뿐만 아니라 교구의 쥐들이 이윽고 모두 전도되었을 때 일일이 개별적으로 세례를 베푸는 수고를 줄여 주었다. 그뿐 아니었다. 그는 어퍼 이스트사이드에서 일어나고 있는 일을 다른 쥐들도 전해 듣고 전도를 받으러 올 것을 기대했다. 오래지 않아 그는 땅을 물려받은 이들의 영적 지도자로 군림할 것이었다. 그리고 그는 신자들에게 베푼 영적 양식의 대가로 그들이 자기들 중 세 마리쯤을 식량으로 공급해 주는 것이 그렇게 큰 희생은 아니라고 생각했던 듯하다.

그래서 그는 하수구 한쪽 둑에 은신처를 짓고 성의로 이불을 삼고 일과 기도서를 베고 자는 생활을 시작했다. 매일 아침 그는 그 전날 밤 말려 두었던 부목들로 불을 피웠다. 주변의 낙수 홈통 밑으로는 콘크리트가 움푹 패어 있었다. 그는 여기서 씻고 물을 마셨다. 구운 쥐(그는 다음과 같이 일기에 썼다. "간은 특히 연하고 육즙이 풍부하다.")로 아침 식사를 끝낸 후 최초의 작업, 즉 쥐와 의사소통하는 방법을 연구했다. 아마도 그는 성공한 것 같았다. 1934년 11월 23일 일기에는 이렇게 적혀 있었다.

이그나티우스는 아주 가르치기 어려운 학생 같다. 오늘은 면죄부 문제를 놓고 언쟁을 했다. 바르톨로메오와 테레사도 그의 편을 들었다. 나는 그들에게 교리 문답집 구절을 읽어 주었다. "교회는 면죄부를 통해 죄 지음에 대한 이 세상의 벌을 교회의 영적 금고로부터 예수 그리스도, 성모 마리아, 성자들의 무한한 속죄의 일부로 우리에게 충당함으로써 면케 하여 주노라."

이그나티우스가 물었다. "그런데 도대체 무한한 속죄라는 게 뭔데요?"

또다시 나는 읽어 주었다. "그것은 그들이 살아 있는 동안 얻은 것이나 그들에게는 필요 없는 것이니, 이를 교회는 성자들의 제찬에 참석한 성도들에게 충당하노라."

"아하." 이그나티우스는 비웃었다. "그럼 그게 마르크스가 주창한 공산주의와 뭐가 다른지 모르겠네요. 하지만 그게 하느님을 모르는 사상이라고 신부님이 그러셨잖아요. 각자에게 필요한 대로 나누어 주고 각자에게서 능력이 자라는 대로 받는다는 건데." 나는 공산주의에는 몇 가지 종류가 있다는 얘기를 해 주기로 했다. 우선, 초기 교회는 아닌 게 아니라 공동체적 자비와 재물의 분배에 기초해 있었다고 말이다. 그런데 바르톨로메오가 끼어들었다. 그는 영적 금고에 대한 이론에 대해서 아직 유년기에 불과했던 교회의 경제 및 사회 조건 탓인지 모르겠다고 말했다. 테레사는 즉각 바르톨로메오를 비난했다. 바르톨로메오 자신이 마르크스주의적 견해를 가지고 있다는 것이었다. 싸움이 심하게 벌어졌다.

결국에는 가엾게도 테레사의 한쪽 눈이 송두리째 빠져 버리는 결과가 초래됐다.

그녀의 고통을 덜어 주기 위해 나는 그녀를 안락사시켰다. 그리고 그 유해로 정오 기도 직후에 맛있는 식사를 할 수 있었다. 나는 꼬리도 충분히 오래 삶으면 꽤 맛있는 요리가 될 수 있다는 것을 발견했다.

그가 적어도 일단의 쥐들을 전도하는 데 성공한 것은 분명했다. 일기장에는 회의주의자 이그나티우스에 대해서는 그 이상의 언급이 없었다. 어쩌면 다른 싸움에서 죽었는지도 몰랐다. 아니면 그 구역을 떠나 이교도들이 사는 시내 하수구 구역으로 이주했는지도 몰랐다. 최초의 전도 이후, 일기는 점점 뜸해졌다. 하지만 기록된 내용은 모두 낙관적인 얘기들이었고 때로는 행복에 도취된 느낌마저 있었다. 이런 부분들을 읽으면 마치 무지와 야만이 팽배한 황량한 암흑시대에 이 페어링 교구만은 빛으로 가득 찬 작고 이국적인 지역으로 남아 있었던 것 같은 느낌이다.

쥐 고기는 결국 신부님 위장에 잘 맞지 않았던 모양이다. 어쩌면 쥐들이 전염병에 걸렸는지도 모른다. 그것도 아니면 교구 성도들이 마르크스주의에 대해서 표한 동조가 그에게 지상에서 보고 들은 일들(급식소에서 일어난 일들, 중환자 병동과 임산부 병동에서 본 광경들, 고해소에서 들은 얘기 등)을 너무 많이 상기시켰는지도 모른다. 그의 후기 기록에 반영된 행복감들은 사실상 창백하고 비뚤어진 그의 교구민들이 곧 자기들이 차지할 땅에 현재 살고 있는 동물들보다 더 나을 것도 없다는 우울한 사실에 대한 방어기제로 꾸며 낸, 필요한 망상이었을 수 있다. 그의 마지막 기록은 그런 느낌을 전해 주고 있다.

아우구스티누스가 시장이 되는 날에는(그 친구는 모든 면에서 뛰어난 데다 다들 그에게 헌신적이니 가능성은 충분히 있다.) 그 친구나 그의 의회가 이 늙은 신부를 기억해 줄까? 이름뿐인 교구나 두둑한 연금을 달라는 말이 아니다. 그리스도교의 참된 자비심을 품고 나를 기억해 줄까. 신께 바친 헌신은 하늘에서 상을 받을 것이며 이 세상에서는 아니라는 것을 확실히 알지만 낡은 토대 아래 이 '아이오나'[55]에 세워진 새 도시에서 약간의 영적인 만족은 얻을 수도 있으리라. 그렇지 못한다고 해도 나는 평화를 잃지 않고 신의 곁에 머무르리라. 그것이야말로 가장 큰 상일 것이니. 나는 지금껏 전통을 따르는 늙은 사제로 살아왔다. 특히 힘을 가져 본 적도, 특히 부유해 본 적도 없다. 어쩌면

여기서 일기장의 기록은 끝났다. 일기는 지금도 바티칸 도서관의 금지 구역 안에 보관되어 있으며, 그것이 발굴되었을 때 읽어 볼 수 있었던 뉴욕시 상수도 부서의 옛날 직원들 마음속에도 간직되어 있다. 그것은 벽돌과 돌과 막대기로 만들어진, 사람 송장 하나 들어갈 만한 크기의 무덤 속에서 발견되었다. 이 돌무덤은 교구의 변방 지역에 해당되는 지름 1미터쯤 되는 파이프 안에 조립되어 있었다. 그 옆에는 기도서가 놓여 있었다. 교리 문답서와 나이트의 『현대 선박 조종술』은 보이지를 않았다.

차이추스의 선임이었던 만프레트 카츠는 일기장을 읽은 후 이렇게 말했다. "어쩌면 그놈들은 지금, 침몰하는 배에서 도망치는 방법을 연구하고 있을지도 모르겠군."

프로페인이 이 이야기들을 들었을 즈음에는 이미 원본에서 상당히 왜곡되어 환상적인 요소들이 원래보다 과장되어 있었다. 전설적 사건이 전해져 내려오는 이십여 년 동안 아무도 그 노신부의 정신 상태를 검토할 생각은 하지 않았던 것이다. 그것은 하수구에서 태어

55   영국 초기 그리스도교 중심지의 하나.

난 이야기들의 공통적인 특징이기도 했다. 그 이야기들은 그저 존재할 뿐, 진실인지 거짓인지는 전혀 문젯거리가 안 되었다

프로페인은 이제 변방 지역 횡단이 끝났다는 것을 깨달았다. 악어는 아직도 그의 전방에 있었다. 벽에는 드문드문 긁적여 놓은 성경 구절들이 보였고 라틴어 문구들('아누스 데이, 키 톨리스 페카타 문디, 도나 노비스 파쳄.' 즉 '세상의 죄를 씻어 주시는 하느님의 양이시여, 우리에게 평화를 내려 주소서.')도 적혀 있었다. 평화. 일찍이, 공황기에 이곳에는 자신이 떠받치고 있는 하늘의 무시무시한 중력에 서서히 으깨어지고, 배고픔으로 날카로워진 채 도로에 내동댕이쳐진 평화라는 것이 있었다. 페어링 신부 이야기 속에는 시간의 일관성이 없었으나 프로페인은 대강의 테두리를 짐작할 수 있었다. 십중팔구는 이 지역에서 그가 했던 사역 때문이었겠지만, 그는 파문당했음이 틀림없었다. 로마 교황청의 감추어진 수치거리가 되고 만 늙은이는 자기의 성의와 침대가 있는 하수구 성소에서 성자의 이름들을 가진 쥐 회중을 상대로 설교하였던 것이다. 그의 목표는 오로지 평화뿐이었다.

프로페인은 불빛을 벽의 낡은 낙서 위에 비추었다. 십자가 모양을 한 검은 핏자국 같은 것이 눈에 띄자 피부에 소름이 돋아났다. 맨홀을 떠난 후 처음으로 그는 자신이 혼자라는 사실을 의식했다. 앞쪽에 있는 악어는 별 도움이 못 되었다. 곧 죽을 놈이었다. 다른 유령들의 뒤를 쫓을 것이었다.

그에게 제일 흥미로웠던 것은 베로니카에 관한 이야기였다. 그것은 일기장에 언급된 팔자 사나운 테레사 외의 유일한 여성 신자였다. 하수구에서 일하는 노동자라는 게 으레 그렇듯("네 마음은 시궁창에 빠져 있어."라는, 흔히 쓰는 욕설 역시 이런 사실을 반영하고 있을 것이다.) 각색된 이야기 중 하나는 매혹적인 막달라 마리아처럼 묘사된 이 암컷 쥐와 신부 사이가 심상치 않은 관계인 것처럼 되어 있었다.

프로페인이 들은 이야기들로 미루어 볼 때 베로니카는 페어링 신부가 구제할 가치 있는 영혼을 가진 유일한 신자로 간주했음을 알 수 있었다. 그녀는 밤에 신부를 유혹하는 마녀로서의 목적이 아니라 배워서 알고자 하는 의도를 품고 그를 찾아오는 일이 종종 있었다. 어쩌면 그녀는 그녀를 예수에게로 이끌고자 하는 신부의 욕망 일부를 자신의 집으로(그 집이 교구 어디에 있든지 간에) 가져가려는 목적에서 찾아왔는지도 몰랐다. 가령 스카풀라[56]에 붙은 메달, 신약에서 골라 암송한 구절, 부분적인 면죄나 고해성사 같은 것들을. 실제로 간직할 수 있는 무엇인가를. 베로니카는 우리가 흔히 보는 그런 천한 쥐가 아니었다.

내 작은 농담은 진담이었는지도 모른다. 그들이 시성(諡聖)에 대해서 생각하기 시작할 정도로 단단한 믿음을 갖게 된다면 베로니카는 아마도 그 명단의 제일 앞에 서게 될 것이다. 그리고 아마도 이그나티우스의 자손이 악마의 옹호자로 나설 거다.

오늘 밤 V.가 나를 보러 왔다. 흥분해 있었다. 바울과 또 못된 짓을 한 모양이었다. 죄의식이 그 애가 견디기에는 너무도 컸다. 거의 눈앞에 생생하게 보이는 모양이었다. 뒤를 쫓으면서 잡히기만 하면 집어삼킬 태세인 크고 희고 둔중한 짐승으로 그녀는 죄의 모습을 보고 있었다. 우리는 악마와 그의 계략에 관해 여러 시간 동안 이야기를 나누었다.

V.는 수녀가 되고 싶다는 의사를 말했다. 나는 그녀에게 현재까지

---

56   가톨릭 수사가 어깨에 걸쳐 착용했던 노동복의 일종이다.

는 아직 인가받은 교단이 없다고 설명해 주었다. 그녀는 내가 나서서 일을 추진해 볼 만큼 많은 수의, 수녀가 되고자 하는 처녀들을 모을 수 있을지 알아보겠다고 했다. 그러자면 주교에게 편지를 써야겠는데 내 라틴어 실력이 이렇게 형편없으니…….

하느님의 어린 양, 프로페인은 생각했다. 신부는 그들에게 '신의 쥐'에 대해 가르쳤을까? 하루에 세 마리씩 죽여 없애는 데 대해서는 어떻게 생각했을까? 만약 살아 있다면 나나 악어 순찰대에 대해서 어떻게 생각할까? 그는 엽총의 상태를 점검했다. 이 교구 지역은 초기 그리스도교 신자들의 지하 피난처에 못지않게 복잡하게 커브를 그리는 길들이 군집을 이루고 있었다. 총을 쏴 볼 필요조차 없었다. 여기는 안 돼, 그는 그렇게 결정했다. 하지만 이유는 단지 그뿐이었을까?

등이 통증으로 지끈거렸다. 피곤이 몰려왔다. 도대체 이 짓을 얼마 동안이나 계속해야 하는 거지, 그는 새삼스럽게 생각하기 시작했다. 지금껏 이렇게 오랜 시간 악어를 추격한 일은 한 번도 없었다. 그는 잠깐 멈춰 섰다. 그러고는 터널 뒤쪽에 귀를 기울였다. 둔탁한 물소리밖에는 아무 소리도 들리지 않았다. 앙헬은 다시 오지 않을 것이다. 그는 한숨을 한 번 쉬고 또다시 강 쪽을 향해 걷기 시작했다. 악어는 하수도 물에 거품을 내며 움직이고 있었다. 놈이 웅얼거리는 소리도 프로페인은 들을 수 있었다. 저게 뭐라고 말하는 걸까? 나한테? 그는 계속 굽이진 파이프 길을 따라 움직였다. 그러면서 자기가 곧, 그저 그 자리에 쓰러져서 차라리 물길에 떠내려가기를 바라게 되리라는 생각을 해 보았다. 포르노 사진, 커피 찌꺼기, 사용했거나 사용조차 하지 않은 콘돔, 분뇨 등과 함께 휩쓸려 떠내려가 정화 탱크를 거쳐 이스트리버에 도달한 후 조류를 가로질러 퀸스의 석조 요새까지 떠내려가겠지. 이놈의 악어하고 악어 사냥은 분필 낙서로 꽉 찬

벽에 둘러싸인 전설의 땅에서 될 대로 되라지. 여긴 총을 쏠 만한 장소가 아니었다. 그는 유령 쥐들의 눈들을 느낄 수 있었다. 혹시라도 페어링 신부의 무덤이 되어 버린 1미터짜리 파이프를 보게 될까 봐 그의 눈은 똑바로 앞만 주시했다. 입구 바로 아래 지하에서 끽끽대고 있는 신부의 옛사랑 베로니카의 소리를 혹시라도 들을까 마음으로 귀를 막으며 움직여 나갔다.

돌연히(너무 돌연해서 그는 겁에 질렸을 정도였다.) 앞쪽의 모퉁이 도는 곳에 불빛이 비쳤다. 비 내리는 저녁에 도시에서 흔히 볼 수 있는 불빛이 아니라 그보다 창백하고 불분명한 빛이었다. 그들은 모퉁이를 돌았다. 그는 회중전등의 전구가 퍼덕이기 시작하는 것을 보았다. 잠깐 동안 악어의 자취를 잃어버렸다. 그러고는 모퉁이를 마저 돌아 교회의 회중석같이 널찍한 공간을 발견했다. 머리 위도 교회의 천장처럼 아치 모양이었다. 구조를 잘 알아볼 수 없는 벽에서는 형광등 불빛 비슷한 빛이 반사되고 있었다.

"이건 또 뭐야." 그는 소리 내어 말했다. 강물의 역류? 바닷물은 때때로 어둠 속에서 빛을 발한다는 사실을 그는 알고 있었다. 배가 지나간 자리에서 이렇게 기분 나쁜 불빛을 종종 볼 수 있다. 그러나 여기서는 그런 일이 일어날 수 없었다. 악어는 그를 향해 돌아서 있었다. 아주 깨끗하게 쏘아 버릴 수 있는 위치와 자세였다.

그는 기다렸다. 물론 무엇인가 일어나기를 말이다. 그는 감상적이고 미신적인 인간이었다. 틀림없이 악어가 말을 한다든지, 페어링 신부의 육신이 부활한다든지, 관능적인 V.가 나타나서 살생을 막기 위해 유혹하는 일 같은 기적이 일어날 것을 기다렸다. 자신이 곧 공중에 떠오를 것 같은 환각마저 잠깐 가진 그는 자기가 지금 어디에 있는지 알 수 없는 느낌이었다. 지하 납골당, 아니면 무덤?

"슐레밀 같으니." 그는 인광을 바라보며 중얼거렸다. 실수투성이의 지지리도 재수 없는 녀석. 총도 그의 손안에 들어오면 그냥 폭발해 버릴 것이다. 악어의 심장은 계속 똑딱거릴 테고 그의 심장은 터져 나갈 것이다. 정강이까지 푹푹 빠지는 구정물과 불경한 빛 속에서 프로페인의 심장에 붙은 커다란 태엽이며 탈진 장치는 녹이 슬어 갈 것이 뻔했다.

"널 그냥 놔줘도 될까?" 심장 병은 이미 그가 틀림없는 사냥감을 추격하고 있다는 사실을 알고 있었다. 필기 판에 이미 적어 버린 것이다. 그는 악어가 이제 더 이상은 갈 수 없게 되었음을 깨달았다. 놈은 사격당할 것이라는 것을 확실히 알고서는 뒷발을 깔고 주저앉아 기다리고 있었다.

필라델피아의 독립기념관 바닥을 새로 깔 때 십 분의 일 평방미터쯤 되는 공간만은 원래 모습 그대로 남겨 두었었다. 관광객들에게 보여 주기 위해서였다. "어쩌면 말입니다." 안내원은 이렇게 말했다. "벤저민 프랭클린이 바로 여기 섰을 거예요. 조지 워싱턴도 그랬을지 모르지요." 프로페인은 8학년 수학여행 때 이 말을 듣고 적잖이 감동했었다. 그는 지금 그때 느낀 감흥을 경험하고 있었다. 바로 여기 이 방에서 한 늙은 남자가 자기의 세례 교인들을 죽여 삶아 먹었고 쥐와 수간을 했으며, 미래의 수녀 V.를 상대로 쥐가 수녀가 되는데 대한 토론을 벌였다. 이야기의 각색본 중 무엇을 들었는지에 따라 달랐겠지만 상황은 대략 그랬다.

"미안하다." 그는 악어에게 말했다. 그는 언제나 미안하다고 말했다. 슐레밀들이 입에 달고 다닐 만한 소리였다. 그는 연발총을 어깨에 올렸다. 그런 다음 안전장치를 풀었다. "미안하다." 그는 다시 말했다. 페어링 신부는 일찍이 쥐에게 말을 걸었다. 프로페인은 악어에게 말을 걸고 있었다. 그는 총을 쏘았다. 악어는 몸을 떨고 뒤로 자빠지더니 잠시 퍼덕거렸다. 그러고는 움직이지 않았다. 피가 아메바처럼 흘러나와 물 위의 약한 불빛과 어울려 무늬를 이루었다. 갑자기 회중전등의 불빛이 나가 버렸다.

2

'총독'(루니) 윈섬은 흉측하게 큰 에스프레소 머신에 올라앉아 마리화나를 피우며 옆방 아가씨에게 눈길을 던지고 있었다. 리버사이드 드라이브 위쪽에 높이 올라앉은 이 아파트 건물에는 방이 무려 열세 개나 있었는데 초창기 동성애자들의 분위기로 온통 꾸며져 있었을 뿐 아니라 방의 배치 역시 지금처럼 방과 방 사이의 문들을 열어 두었을 때는 지난 세기 작가들이 소위 '전망'이라고 부르던 것이 느껴지도록 고안되어 있었다.

그의 아내 마피아는 침대에 누워서 고양이 팽과 놀고 있었다. 그녀는 옷을 하나도 입지 않은 채로 신경과민증이 있는 회색 샴고양이 팽의 좌절로 지친 발톱 앞에 패드를 넣은 브래지어를 대롱대롱 흔들고 있었다. "둥실둥실. 우리 귀여운 고양이님께서는 화가 나셨나? 브래지어를 못 갖고 놀게 해서? 귀여워라. 귀여워 죽겠네."

이런 젠장. 윈섬은 속으로 그런 생각을 했다. 인텔리 여자 아니랄까 봐. 하필이면 인텔리 여자하고 결혼하다니. 다들 본모습을 끝까지 감추지는 못한다니까.

마리화나는 블루밍데일 백화점을 통해 손에 넣은 꽤 괜찮은 물건이었다. 몇 달 전 카리스마가 이따금 발휘되고는 하는 직업적 열정에 사로잡혀 입수했는데, 카리스마는 그때 당시 화물 발송원으로 일하고 있었다. 윈섬은 언젠가는 액세서리 부서에서 핸드백을 파는 것이 소원이라는 가냘픈 소녀이며 지금은 로드 앤드 테일러에서 판매

원으로 일하는 마리화나 밀매인에 대해 마음속에 새겨 두었다. 이 물건은 마리화나 흡연자들이라면 다들 먹어 줄 만한, 말하자면 시바스 리갈 스카치위스키나 검은색 파나마산 마리화나와 동급쯤 되는 것이었다.

루니는 '유별난 레코드' 사(「하이파이 폭스바겐」,「레번워스 합창단의 흘러간 명곡들」따위의 음반을 만들었다.)의 사장이었다. 그는 시간의 대부분을 나돌아 다니며 희한한 물건을 사들이는 일에 바쳤다. 예를 들면 한번은 녹음기 한 대를 생리대 자판기로 위장하여 펜역 여자 화장실 벽에 달아 놓은 적이 있었다. 또 마이크를 손에 들고 가짜 턱수염과 청바지로 변장하여 워싱턴 스퀘어 분수대 근방을 왔다 갔다 하기도 하고, 125번가 사창굴에 내동댕이쳐지기도 했으며, 양키 스타디움 불펜 언저리를 어슬렁대기도 했다. 루니는 어디에나 있었고 무슨 생각을 떠올리면 막을 길이 없었다. 그가 당한 제일 아슬아슬한 경험은 완전 무장한 CIA 요원 두 사람이 사무실로 쳐들어와서 윈섬의 위대하고도 비밀스러운 꿈을 파괴한 사건이었다. 그 꿈이라는 것은 차이콥스키「1812년 서곡」의 최종적이면서도 획기적인 편곡이었다. 종과 브라스밴드와 오케스트라 대신 그가 무엇을 사용하려 했는지는 하느님과 윈섬밖에는 몰랐다. 그런 게 CIA의 관심을 끌 리는 없었다. 요원들이 알아내려 한 것은 대포 쏘는 소리에 대해서였다. 무엇 때문인지는 몰라도 윈섬은 공군 작전 사령부 고위층들을 상대로 정탐 행위 비슷한 것을 해 오고 있었다.

"왜 그랬지?" 회색 정장을 입은 CIA 요원이 물었다.

"왜 그러면 안 되지?" 윈섬이 답했다.

"왜 그랬느냐고?" 청색 정장을 입은 CIA 요원이 물었다.

윈섬은 대답했다.

"제기랄." 순식간에 얼굴이 하얘진 요원들이 한 목소리로 말했다.

"모스크바에서 떨어뜨린 걸 거야, 당연히." 루니는 덧붙였다. "다들 역사적 정확성을 원하잖아."

고양이가 사람 신경을 온통 뒤흔들어 놓을 비명을 질렀다. 카리스마가 옆방 어디에서인가 엉금엉금 나타났다. 커다란 녹색 '허드슨즈 베이' 제품 담요를 온몸에 뒤집어쓰고 있었다. "굿 모닝." 카리스마가 말했다. 담요 때문에 말이 불분명하게 들렸다.

"아니." 윈섬이 말했다. "또 틀렸어. 지금은 한밤중이야. 그리고 내 아내 마피아는 고양이하고 놀고 있고. 자, 들어가서 한번 보라고. 입장권을 팔아 볼까 하는데."

"푸는 어디 있어." 담요 속에서 나오는 물음이었다.

"놀러 갔지." 윈섬이 말했다. "다운타운으로."

"루우우운." 여자가 말꼬리를 길게 늘였다. "와서 저거 좀 봐." 고양이는 벌떡 드러누워서 얼굴에는 죽은 사람 같은 웃음을 띤 채 네 발을 공중에 뻗고 있었다.

윈섬은 아무런 평가도 내리지 않았다. 방 한가운데 녹색 무더기 같은 것이 에스프레소 머신 옆을 지나 마피아의 방에 들어갔다. 침대 곁을 지나던 그것이 잠시 멈춰 섰다. 손 한 개가 나오더니 마피아의 허벅지를 도닥였다. 그러고는 욕실 쪽으로 계속 움직여 갔다.

에스키모들은 자기 아내를 음식이나 잠자리처럼 손님에게 하룻밤 내주는 것을 주인의 예의로 간주한다는 점을 윈섬은 생각해 보았다. 카리스마 녀석이 마피아에게서 뭐 좀 얻어걸리고 있는지 모르겠군.

"무클룩." 그는 큰 소리로 말했다. 에스키모어일지도 모른다고 생각했다. 아니라면 안타까운 노릇이었다. 다른 말은 몰랐으니까. 어쨌거나 아무도 그의 말을 들은 것 같지 않았다.

고양이가 허공을 날아 에스프레소 머신이 있는 방으로 들어왔다. 그의 아내가 페뉴아르인지 기모노인지 하우스코트, 그도 아니면 네글리제라고 할 법도 한 옷을 걸치고 나타났다. 뭐가 다른지도 알 수 없었다. 마피아는 주기적으로 그에게 설명하려 했으나 소용없었다. 윈섬이 아는 것이라고는 그게 뭐든지 간에 그녀에게서 벗겨 내야 한다는 사실뿐이었다. "나 일 좀 하려고." 그녀가 말했다.

그의 아내는 작가였다. 소설(지금까지 세 권이 출판되었다.) 하나가 천여 페이지씩 되었는데 생리대가 그렇듯 막대한 수의 여성 충성 독자를 확보하고 있었다. 일종의 팬클럽 같은 것까지 형성되어 비슷한 여자들끼리 모여앉아 그녀가 쓴 책 구절을 읽고 그녀의 '이론'을 토의했다.

그들 두 사람이 만약에 드디어 헤어질 단계까지 이른다면, 바로 그 '이론' 때문일 것이다. 불행하게도 마피아는 자기 신봉자 중 누구 못지않게 '이론'을 믿었던 것이다. 사실상 별로 '이론'이랄 게 없기는 했다. 마피아 입장에서 말하자면 희망에 찬 동경 정도였다. 결국 명제란 하나밖에 없었던 것이다. 오직 영웅적인 사랑으로만 세상을 부패로부터 구해 낼 수 있다는 게 다였다.

영웅적인 사랑이란 실제로는 하룻밤에 대여섯 번씩, 중간 중간 체조에 가까우며 반쯤은 가학적인 레슬링을 섞어 가며 성교하는 일뿐이었다. 윈섬은 딱 한 번 실패하고서 "우리 결혼을 트램펄린 체조로 만들 셈이야?" 하고 고래고래 소리를 질렀다. 그녀는 그게 꽤 재치 있다고 생각한 모양이었다. 그 말은 그녀의 다음 소설 속 주요 악역인 유대인 정신병자 슈바르츠의 대사로 쓰였다.

그녀의 작중 인물들은 모두 기분 나쁠 정도로 단순한 종족적 분류법에 의하여 나누어졌다. 저자가 감정을 이입해 가며 만들어 낸 남주인공과 여주인공(어쩌면 헤로인[57]도? 윈섬은 자문해 보았다.)들, 신과도 같으며 정력이 끝없는 성적 체조 선수들은 죄다 키가 크고 강인하고 피부가 흰(아주 이따금 건강미 넘치게 그을린 경우도 있었다.) 앵글로

색슨, 튜턴, 스칸디나비아 혈통이거나 그 혼혈에만 국한되었다.

그녀의 작품에 코믹한 역이나 악당 역을 제공하는 종족은 언제나 흑인, 유대인 그리고 남유럽에서 온 이민자들이었다. 원래 노스캐롤라이나 태생인 윈섬은 흑인에 대한 증오라는 도시적이라 해야 할지 양키답다고 해야 할지 모를 태도를 비판적으로 보고 싫어했다. 연애 시절 그는 그녀가 가진 방대한 양의 흑인 농담들에 감동했었다. 결혼 후에야 그는 그녀가 가짜 가슴을 달고 다녔다는 사실만큼이나 끔찍한 진상을 알게 되었다. 그녀는 남부 사람들이 흑인에 대해 품고 있는 감정을 거의 모르고 있었다. 그녀는 흑인을 가리키는 '검둥이'라는 말을 증오 어휘로 사용하고 있었다. 애당초 그 여자 자신이 불타는 감정보다 조금이라도 더 섬세한 감정은 알지도 못했으며 다루지도 못한 것이 사실이나, 윈섬은 어이없고 화가 치밀어서 그녀에게 흑인에 대한 감정은 사랑이나 증오나 호감이나 혐오 같은 말로는 설명할 수도 없는 일종의 상속물이라는 사실을 설명할 힘조차 없었다. 다른 것들과 마찬가지로 그냥 넘기는 수밖에 없었다.

그녀가 만약 영웅적인 사랑을 믿는다면(빈도수 외에 아무것도 아니었으나) 윈섬은 그녀의 이상인 완전한 관계의 남자 역을 반도 제대로 해내지 못하고 있는 것이 분명했다. 오 년간의 결혼 생활을 통해 그가 느낀 것은 그들 둘은 항상 따로따로 하나의 개체로 남아 있을 뿐 두 개의 반쪽으로서 합쳐진 일이 거의 없다는 사실이었다. 콘돔의 단단한 막, 아니면 틀림없이 그들을 감싸고 있을 그 어떤 격막이든지 뚫고 정액이 흘러나올 확률보다도 감정적인 삼투작용이 적은 관계였다.

윈섬으로 말하자면《패밀리 서클》같은 잡지가 대표하는 백인

---

57   마약의 일종인 헤로인을 뜻하지만 '여주인공'을 뜻하는 영어 단어 철자
      가 'heroine'인 점을 이용한 말장난으로 추측된다.

개신교도적 감성을 갖도록 교육을 받으며 자라났다. 거기서 가장 흔한 계율은 바로 아이들이 결혼을 얼마나 신성하게 해 주는가에 대한 것이었다. 마피아도 한때는 아이를 열렬히 가지고 싶어 했었다. 어쩌면 인간을 뛰어넘은 아이들의 어머니로 군림해서 새로운 인종을 창시하고 싶어 했는지도 모른다. 윈섬은 유전학으로나 우생학적으로 그녀의 특정한 기준에 맞은 모양이었다. 그러나 그녀는 교활해서 대기 기간을 두기로 했다. 그리하여 영웅적인 사랑의 첫 일 년 동안은 지루한 피임 절차가 지켜졌다. 그러는 동안 이런저런 일로 둘 사이가 벌어지기 시작했고 마피아는 점점 윈섬이 과연 이상적인 선택이었나 하는 의심을 갖게 되었다. 어째서 그녀가 지금껏 떠나지 않고 버티는지 윈섬은 알 수 없었다. 어쩌면 작가로서의 명망 때문인지도 몰랐고 또 어쩌면 대인관계에 대한 본능이 이제 그만 집어치워도 된다고 말해 줄 때까지 이혼을 연기하고 있는지도 몰랐다. 그는 그녀가 법정에서 그를 너무 불가능하게 들리지 않는 한도 내에서, 손쓸 수 없는 성불구자로 묘사할 것이라고 확신하고 있었다. 《데일리 뉴스》며 가십 잡지에서 미합중국 전체에 그가 불능이라고 보도하지 않으리라는 보장은 아무것도 없었다.

뉴욕주에서 유일한 이혼 근거는 간통이었다. 루니는 자기 쪽에서 재빨리 한 수 먼저 둘 생각을 슬슬 해 보면서 레이철의 룸메이트인 파올라 마이스트랄에게 예사롭지 않은 눈길을 보내고 있었다. 예쁘고 섬세하지만, 듣자하니 미 해군 3급 갑판장인 남편 호드 영감과 잘되지 않아 현재 별거 중이라고 했다. 하지만 그 여자가 윈섬을 더 좋은 선택이라 판단할 보장도 없었다.

카리스마는 물을 튀기며 샤워를 하고 있었다. 어쩌면 저 안에서까지 녹색 담요를 뒤집어쓰고 있을까? 윈섬은 카리스마가 숫제 담요 속에서 산다는 인상을 받고 있었다.

"여봐요." 마피아가 책상에서 불렀다. "프로메테우스 철자가 어떻게 되더라. 아무나 가르쳐 줘." 윈섬이 막 '프로필락틱'이라는 피임약하고 같은 철자로 시작된다는 말을 하려는데 때마침 전화벨이 울렸다. 윈섬은 에스프레소 머신에서 뛰어내려 전화 쪽으로 걸어갔다. 출판사 사람들이 저 여자가 얼마나 무식한지 알아야 할 텐데.

"루니, 내 룸메이트 봤어? 나이 어린 쪽 말이야." 그 여자는 본 적이 없었다.

"아니면 스텐슬은."

"스텐슬은 이번 주 내내 여기 안 왔어. 무슨 단서를 찾았다고 하던데. 꼭 대실 해밋 소설 주인공처럼 비밀스럽게 굴더라고."

레이철은 흥분해 있었다. 숨소리도 그랬고, 하여튼 정상이 아닌 것 같았다. "둘이 혹시 같이 있을까?" 윈섬은 수화기를 목과 어깨 사이에 끼운 채 두 손을 벌리고 어깻짓을 했다. "그 애가 어젯밤 집에 안 왔단 말이야."

"스텐슬이 무슨 짓을 하고 있는지는 몰라. 하지만 내가 카리스마한테 물어봐 줄게."

카리스마는 담요에 싸인 채 욕실 안에 서서 거울을 보며 자기 치아를 조사하고 있었다. "아이겐밸류, 아이겐밸류." 그는 중얼댔다. "내가 해도 이거보다는 치근관 치료를 잘할 텐데. 내 절친한 친구 윈섬은 도대체 뭣 때문에 그 인간한테 돈을 내는 거야?"

"스텐슬은 어디 있어?" 윈섬이 물어보았다.

"그 친구 어제 부랑자 한 놈한테 몇 자 적어 보내던데, 1898년에 나왔을 것처럼 낡은 작전모를 쓴 녀석이었지. 무슨 단서를 찾아서 무한정 하수구 속에 가 있을 거라는 내용이었어."

"구부정하게 걷지 마." 윈섬의 아내가 마리화나 연기를 푹푹 뿜으면서 전화기 쪽으로 되돌아가는 그에게 말했다. "똑바로 서서 걸으라고."

"아이, 젠, 밸류!" 카리스마가 신음 소리를 냈다. 욕실에서 뒤늦
게 메아리가 울렸다.

"뭐라고 그래." 레이철이 물었다.

"우리 중 아무도, 그 친구가 하는 일을 자세히 몰라. 하수구에 들
어가서 투덜거리고 다니려면 그러라고 하지 뭐. 내 생각에는 파올라
하고 같이 있는 것 같지는 않은데."

"파올라는 말이지. 굉장히 아픈 아이라구." 레이철은 성을 내며
전화를 끊었다. 하지만 원섬에게 화를 낸 것은 아니었다. 전화를 끊
은 그녀는 에스터가 자신의 흰 가죽 레인코트를 입고 살금살금 나가
는 것을 발견했다.

"나한테 물어보고 입을 수도 있지 않았을까." 레이철이 말했다.
에스터는 언제나 물건을 슬쩍 실례하고서 잡히면 살살거리는 버릇
이 있었다.

"어딜 가는 거야, 이런 시간에." 레이철이 물었다.

"응, 밖에 좀." 얼버무렸다. 당당한 여자라면 저렇게 대답 안 할
텐데, 레이철은 생각했다. 그랬으면 아마 이렇게 말했겠지. 네가 대
체 뭔데 나한테 어디 가냐 마냐 따지는 거야? 그러면 레이철은 이런
소리를 했을 거다. 너한테 천 달러나 빌려준 사람이지 누구겠어? 그
러면 에스터는 화가 나서 숨이 넘어가는 소리로, 일이 이렇게 된 이
상 나갈래. 몸을 팔든 뭐든 해서 네 돈은 꼭 갚을 거야. 우편으로 보
내 줄 거야, 하고 말했겠지. 레이철은 그녀가 사납게 발을 구르며 문
까지 걸어가는 것을 기다릴 것이다. 그러고는 막 나가려는 순간, 퇴
장 직전 한 마디를 던져 줄 것이다. 가서 거지나 되라고. 돈 갚는 건
잊지 말고. 어서 나가서 뒈져 버려. 문은 쾅 소리를 내며 닫힌다. 하
이힐 굽 소리가 또각또각 홀을 따라 멀어져 갈 것이다. 슈욱, 철걱,

하고 엘리베이터의 문 소리. 그런 다음에는 만세, 에스터가 꺼졌다. 다음 날 그녀는 뉴욕 시립 대학 우수 졸업생인 22세의 에스터 하비츠가 브로디라는 한 남자하고 다리에서, 아니면 고가도로, 아니면 고층건물에서 추락했다는 보도를 읽을 것이다. 레이철은 너무 큰 충격 때문에 울지도 못할 터였다.

"그게 과연 나일까?" 큰 소리로 말했다. 에스터는 이미 나가고 없었다. "그러니까." 그녀는 빈의 악센트가 섞인 발음으로 계속해서 말했다. "이게 우리가 소위 억제된 적의라고 하는 건가 봐. 다들 자기 룸메이트를 속으로는 몰래 죽여 버리고 싶어 한다든지, 그 비슷한 소리 말이야."

누군가가 문을 세차게 두들기고 있었다. 열고 보니 푸와 미 해군 3급 갑판장 조수의 제복을 입은 네안데르탈인 같은 사람이 서 있다.

"이쪽은 피그 보딘." 푸가 말했다.

"세상 참 좁다니까." 피그 보딘이 말했다. "난 호드 영감의 여자를 찾고 있어요."

"나도 그래요." 레이철이 말했다. "그런데 도대체 누구신데 호드 영감의 큐피드 노릇을 하고 있죠? 파올라가 그 남자, 두 번 다시 보고 싶지 않대요."

피그는 자기의 하얀 모자를 탁상 램프 위에 던졌다. 모자는 바로 램프에 가서 탁 걸렸다. "냉장고에 맥주 있어?" 푸가 만면에 미소를 띠고 말했다. 레이철은 '족속'들이 아무 때나 들이닥치는 일에 익숙해져 있었다. 그들이 우연히 사귄 친구들도 마찬가지였다. "MYSAH."라고 그녀는 말했다. 이건 그들만의 통용어로서 'Make Yourself At Home.'[58]의 두문자만 모은 것이었다.

---

58   영어로 '집에서처럼 편하게 지내.'라는 의미이다.

"영감은 메드[59]에 가 있죠." 피그가 긴 의자에 가서 누우며 말했다. 마침 키가 작아서 발이 의자 밖으로 드리워지지 않았다. 털이 덥수룩한 굵은 팔 하나가 쿵 하고 바닥에 떨어졌다. 카펫이 없었다면 쿵 대신 철썩하고 울렸겠지, 레이철은 생각해 보았다. "우린 같은 배에서 일해요."

"그럼 왜 당신은 그 메드인지 뭔지에 안 가 있죠?" 레이철이 물었다. 피그가 지중해를 가리키고 있다는 것은 알고 있었다. 하지만 지금 그녀는 적의에 가득 차 있었다.

"나는 휴가 중입니다." 피그가 말했다. 그는 두 눈을 감았다. 푸가 맥주를 들고 돌아왔다. "아 그래, 그렇지, 밸런타인 위스키 냄새가 나는군." 피그가 말했다.

"피그는 냄새를 엄청나게 잘 맡아." 푸가 마개를 딴 밸런타인 위스키 1쿼트짜리 병을 피그의, 뇌하수체에 문제가 있는 오소리처럼 보이는 주먹 옆에 갖다 놓았다. "이 사람이 냄새를 잘못 알아맞히는 걸 한 번도 본 일이 없거든."

"두 사람은 어떻게 만났지?" 레이철이 바닥에 자리를 잡으며 물었다. 피그는 아직도 눈을 감은 채 맥주를 줄줄 흘려 가며 들이키고 있었다. 맥주는 그의 양쪽 입가에서 흘러내려 털에 덮인 귓구멍 속에 웅덩이를 만드는가 하면 더러는 소파를 축축하게 적시며 스며들었다.

"네가 '스푼'에 한 번이라도 가 봤다면 안 물어봐도 알았겠지." 푸가 말했다. 그가 말하는 '스푼'이란 러스티 스푼이라는 그리니치빌리지 서쪽 외곽의 술집이었다. 이 술집은 적어도 전설에 따르면, 일찍이 1920년대 취미가 꽤 특이한 유명 시인 한 명이 술을 들이키고 들이키다 죽어 버렸다는 곳이었다. 그 이래로 이 집은 '그 모든 병든 족속들' 같은 패거리들 사이에서 명성을 올렸다. "피그는 거기서 아주 인기가 좋아."

"그건 믿을게. 피그가 러스티 스푼의 총아라는 건." 레이철이 톡 쏘는 소리로 말했다. "그렇게 기가 막히게 냄새를 알아맞히고 맥주 상표도 잘 알아맞힌다면야."

피그는 지금까지 기적적일 만큼 오래 입에 대고 있던 맥주병을 떼어냈다. 그러고는 "꺼억"과 "아" 소리를 연발했다.

레이철은 미소를 지었다. "친구가 음악을 듣고 싶어 할지도 모르겠네." 그녀가 말했다. 그러고는 손을 뻗쳐 FM 라디오를 최대 볼륨으로 틀었다. 그녀는 남부 지방의 옛 노래가 나오는 채널을 찾아 다이얼을 비틀었다. 곧 애절한 바이올린과 기타 반주 소리와 함께 가수의 노랫소리가 흘러나온다.

> 어젯밤 고속도로 순찰대와 경주를 했지
> 그런데 그놈들 폰티악이 더 잘나가더라고
> 난 그만 전신주에 꼬리를 말아 버렸어
> 그래서 지금 내 사랑이 앉아서 울고 있는 거야
> 난 하늘나라에 있다고, 자기, 그러니까 울지 마
> 그렇게 우울해할 일 하나도 없어
> 자기네 아빠의 낡은 포드를 몰고 경찰차랑 경주를 해 봐
> 그러면 자기도 여기 와서 나를 만나겠지

피그의 오른발이 까딱이기 시작했다. 음악하고 대강 박자가 맞았다. 곧 그의 배(맥주병은 그 위에 가서 얹혀 있었다.)가 같은 박자로 오르락내리락했다. 푸는 약간 놀란 얼굴의 레이철을 지켜보았다.

"나는 아무것도 안 좋아해요." 피그는 그렇게 말했다가 잠시 틈

을 두었다. 레이철은 저 사람이라면 그럴 거라고 생각했다. "이렇게 뱃속까지 발로 차는 것 같은 음악만 빼고는 말이죠."

"그래요?" 그녀가 말했다. 별로 더 그 주제에 끼어들고 싶지는 않았지만 이미 걸려들었다는 것을 깨달았다. "많이 발로 차셨겠죠, 호드 영감하고 같이 휴가라도 나갈 때면."

"뱃사람 몇 놈 걷어찬 정도라고요." 피그가 음악 소리에 지지 않으려고 큰 소리를 질렀다. "누굴 차든 뭐 마찬가지죠. 폴리[60]가 어딨다고 했죠?"

"어디라고 말한 적 없는데요. 그 애한테 아주 순수하고 플라토닉한 감정 외에는 안 가진 거 분명해요?"

"뭐라고요?" 피그가 말했다.

"해코지하겠느냐고." 푸가 설명했다.

"난 장교한테밖에는 그런 짓 안 해요." 피그가 말했다. "의리를 지킨다니까요. 영감이 혹시라도 떠나기 전 뉴욕에 간다면 여자를 찾아봐 달라고 했을 뿐이에요."

"아무튼, 난 그 애가 어디 있는지 몰라요." 레이철이 소리를 높여서 말했다. "알면 나도 좋겠지만." 이 말은 좀 더 조용히 했다. 일이 분간 그들은 한국에 나가서 싸운 한 군인 얘기를 들었다. 한국에 빨갱이든, 하얭이든, 파랭이든 그런 걸 위해서 싸우러 갔단다. 어쨌든 이 친구의 애인인 벨린다 수(수라는 이름은 파랭이, 즉 '블루'와 운을 맞추기 위한 것이었다.)가 하루는 프로펠러 영업자하고 도망쳐 버렸다는 거였다. 그 헌병대 친구만 불쌍하게 됐다. 갑자기 피그가 레이철 쪽으로 고개를 홱 돌리더니 물었다. "사르트르가 우리 모두는 하나의 성격을 위장하고 있다고 한 데 대해서 어떻게 생각해요?"

60   파올라의 애칭이다.

그녀는 놀라지 않았다. 스푼 같은 데에 들락거리는 남자가 응당할 만한 말이었으니까. 다음 한 시간 동안 그들은 고유명사로만 구성된 대화를 했다. 힐빌리 채널은 기계가 터지도록 큰 소리를 질러 대고 있었다. 레이철이 한 쿼트들이 맥주병을 따 가지고 와서 앉자, 자리는 활기를 띠고 파티 분위기에 싸이기 시작한다. 푸도 기분이 썩 좋았는지 무궁무진한 중국 농담의 뚜껑을 열기 시작했다. 바로 이런 것이었다.

"유랑 시인 링이라는 남자가 있었어. 그런데 어찌어찌 재주를 부려서 위세 좋은 고위 관료의 신용을 얻어서 섬기게 된 거야. 어느 날 밤 이 인간이 그 관료네 집에서 금화 천 냥에 진귀하기 이를 데 없는 옥 사자를 가지고 도망쳤지. 얼마나 타격이 컸는지 전 고용주인 고위 관료는 하룻밤 새 머리가 허옇게 세어 버렸다지 뭐야. 그러고서 죽는 날까지 아무 일도 안 하고 자기 방 먼지 구덩이 속에 앉아서 비파줄을 튕기면서 딱 한 소절만 주구장창 외웠대. '그것 참 신기한 시인이로다.' 하고."

1시 30분에 전화벨이 울렸다. 스텐슬이었다.

"스텐슬이 방금 총에 맞았어." 스텐슬이 말했다.

탐정 소설이라도 낭독하는 것 같았다. "괜찮아요? 어디 있어요?" 그는 자기가 있는 곳을 말했다. 80번가 이스트사이드였다. "앉아서 기다려요. 우리가 데리러 갈 테니까."

"앉을 형편이 못 되는걸요." 그는 전화를 끊었다.

"따라와." 그녀가 코트를 집어 들며 말했다. "재밌는 놀이야. 흥분과 스릴이 만점이라고. 스텐슬이 방금 단서인지를 쫓다가 부상당했대."

푸가 휘파람을 불었다. 그런 다음에는 낄낄대며 웃었다. "단서라는 놈들이 반격을 시작했나 본데."

스텐슬이 전화한 곳은 헝가리인의 커피숍으로 알려진 요크가의 '헝가리언 커피숍'이었다. 지금 그 커피숍에는 두 명의 나이 지긋한 부인과 비번인 경찰 한 명만 손님으로 앉아 있었다. 페이스트리 진열대 뒤쪽에 있는 여자는 소녀처럼 싱싱한 볼에 얼굴 가득 미소를 띠고 있었다. 가난해 보이는 한창 자랄 나이 어린애들에게는 좀 더 먹이고, 집 없는 떠돌이들에게는 커피를 공짜로 다시 부어 주는 여자로 보였다. 단지 이 동네 아이들은 온통 부자들이었으며 떠돌이가 간혹 보인다고 해도 순전히 그건 착오에 의한 것으로, 떠돌이들 자신이 그 사실을 잘 알고 있었다. 그들은 되도록 얼른 이 동네를 뜨곤 했다.

스텐슬은 어색하고 어쩌면 위험할지도 모를 상황에 처해 있었다. 맨 처음 엽총이 발사되었을 때 날아온 조그만 총알이(두 번째는 하수구 바닥에 엎드려서 잽싸게 피했다.) 왼쪽 엉덩이에 와서 박혔던 것이다. 앉고 싶은 생각이 별로 없는 건 당연했다. 그는 방수복과 마스크를 동쪽 강변도로 보도 가까운 곳에서 처분해 버린 후 근처 빗물 웅덩이 속 수은등 불빛에 의지해 머리에 빗질을 하고 몸가짐을 바로 했다. 자기가 얼마큼이나 단정해 보일까 하고 생각해 보았다. 경찰관이 지키고 서 있는데 그보다 더는 공을 들일 수 없었다.

스텐슬은 공중전화 박스를 나와 오른쪽 엉덩이만으로 조심스레 조금씩 움직여서 카운터에 있는 등받이 없는 의자에까지 움직여 갔다. 얼굴을 찡그리지 않으려 애를 썼고 또 어쩌다 약간 찡그리더라도 나잇살 먹은 남자의 겉모습이 대충 얼버무려 주기를 바랐다. 그는 커피를 청하고는 담배를 한 대 피워 물었다. 손이 떨리지는 않았다는 사실을 마음속에 기록해 두었다. 성냥불은 깨끗한 원추형을 이루고 있었고 흔들림이 없었다. 스텐슬, 침착하자. 그는 자신에게 말했다. 하지만 도대체 어떻게 그자들이 네 꼬리를 잡았지?

그것이 가장 안 좋은 부분이었다. 그와 차이추스는 실수로 만난 격이었다. 스텐슬은 그때 레이철의 집을 향해 걸어가고 있었다. 콜럼버스가를 지나는데 건너편 보도에 줄지어 차이추스의 장광설을 듣고 있던 너절한 차림의 패거리가 눈에 띄었다. 조직적인 집단에 그는 언제나 큰 매력을 느꼈다. 어중이떠중이가 모여서 이룬 집단은 더욱 그랬다. 이들은 그의 눈에 마치 혁명 분자들처럼 보였던 것이다.

그는 길을 건넜다. 무리는 해산해서 뿔뿔이 흩어지고 있었다. 차이추스는 그 자리에 서서 그들이 사라지는 모습을 한동안 지켜보았다. 그러고는 돌아서다가 스텐슬을 발견했다. 동쪽에서 온 광선에 비친 차이추스의 안경알은 창백하고 공허해 보였다. "늦게 왔군." 차이추스가 말을 건넸다. 맞는 말이야. 몇 년이나 늦었지. 스텐슬은 생각했다. "십장 벙한테 가 봐, 저기 저 격자무늬 셔츠 입은 친구 말이야." 스텐슬은 그제야 자기가 사흘 동안 수염도 깎지 않고 옷도 갈아입지 않았다는 사실을 기억했다. 타도라든가 전복 기도 따위의 냄새만 풍겨도 스텐슬의 호기심을 충분히 자극할 수 있었다. 그는 차이추스에게 다가갔다. 그의 얼굴에는 자기 아버지의 외교관다운 미소가 떠올라 있었다. "구직 중인 건 아닌데요." 그는 말했다.

"영국인이군." 차이추스가 말했다. "여기서 일한 마지막 영국인은 악어를 붙들고서 죽을 때까지 안 놔주고 죽여 버리더라고. 영국에서 온 친구들은 쓸 만한 거 같아. 하루만 시험으로 일해 보면 어떤가?"

물론 스텐슬은 대체 뭐에 대해서 하루만 일해 보자는 말인지 물었다. 이렇게 해서 일은 성립되었다. 두 사람은 곧 차이추스가 에둘러 평가단이라고 부르는, 하수구에 대한 토의가 곧 본업인 사람들과 같이 쓰는 그의 사무실로 돌아왔다. 파리 기록 자료 어딘가에 생미셸 불바르 아래 중앙 하수도를 관할하는 수거관 중 한 명과 인터뷰를 한 것이 있었다. 인터뷰 당시 나이가 많았지만 놀라운 기억력을 가졌던 그 남자는 1차 세계 대전이 발발하기 조금 전 한 달에 두 번 하는 하수구 검시를 위해 내려갔다가 V.일지도 모를 여자를 보았다고 말했었다. 하수도 관련으로 단서의 맛을 본 스텐슬은 또 한번 접근해 보는 것도 괜찮겠다고 생각했다. 그들은 점심을 먹으러 나갔다. 오후가 되자 비가 오기 시작했다. 그런 다음 화제는 하수도에 떠도는 전설로 옮겨 갔다. 두세 명의 늙은이들이 기억 속 얘기들을 가지고 끼어들었다. 한 시간쯤 얘기가 계속됐을 때 베로니카가 이윽고 언급된 것이다. 신부의 정부이자 수녀가 되기를 원했으며 신부의 일기에는 이름의 두문자인 V.만이 기록되었다는 것이었다.

비록 옷은 구겨지고 자라기 시작한 턱수염이 지저분했지만 설득력과 사교술을 잃지 않은 스텐슬은 흥분을 보이지 않으려 애쓰면서 어찌어찌 말을 꾸며 하수구에 내려가게 되었다. 하지만 그들 쪽에서는 오히려 그가 그렇게 나오기를 기다리고 있었던 모양이었다. 자, 여기서 또 어디로 가면 되지? 페어링 교구에서 볼 것은 다 본 것 같았다.

커피 두 잔을 비우자 경찰이 떠났고 오 분 뒤에는 레이철과 피그 보딘이 나타났다. 그들은 푸의 플리머스에 올라탔고 푸는 스푼으로 가자고 했다. 피그는 대찬성이었다. 레이철은(끝도 없이 착한 레이철은) 아우성을 치지도, 이것저것 물으려 하지도 않았다. 그들은 그녀의 아파트에서 두 블록 떨어진 데서 내렸다. 푸는 거리 아래쪽으로 미끄러져 갔다. 그사이에 비가 또다시 내리기 시작했다. 돌아오는 길에 레이철이 한 말이라곤 이것뿐이었다. "당신 엉덩이 말인데, 꽤 쓰라리겠어." 그녀는 이 말을 기다란 속눈썹과 어린 소녀 특유의 짓궂은 미소 저쪽에서 보내왔다. 십 초 남짓한 시간 동안 스텐슬은 아마도 레이철 역시 그에 대해 느꼈을 늙은 호색가 같은 기분을 느꼈다.

6장

프로페인, 거리의 높이에
다시 서다
V

1

   슐레밀인 프로페인에게는 언제나 사고처럼 여자 문제가 생겼다. 구두끈이 끊기거나 접시를 떨어뜨려 깨거나 새 셔츠를 입다가 핀에 찔리는 것처럼. 피나도 예외는 아니었다. 처음에는 프로페인도 자기가 그 여자의 '자애'라고 할 만한 거대한 전체의 조각난 일부일 것이라도 생각했다. 수도 없는 조그맣고 다친 짐승들이며 거리의 무직자들, 그 모든 신을 등지고 죽어 가는 무리에 속한 프로페인은 피나에게 있어 자기 역시 그저 신의 은총과 용서를 얻기 위한 방편쯤일 것이라고 생각했다.

   그러나 늘 그렇듯이 그는 잘못 생각한 것이었다. 최초의 깨달음은 그가 여덟 시간이나 내리 악어 사냥을 한 첫날, 앙헬과 제로니모가 마련한 따분한 축하 파티 때 찾아왔다. 그들은 다 같이 연장 근무를 했었다. 그런 다음 새벽 5시쯤 멘도사가에 돌아왔다. "정장을 입어." 앙헬이 말했다.

"정장 같은 거 없는데." 프로페인이 말했다.

그들은 그에게 앙헬 것을 한 벌 내주었다. 그건 너무 작았다. 꼭 어릿광대가 된 느낌이었다. "내가 진짜 하고 싶은 건 좀 자는 거라고." 그가 말했다.

"낮에 자." 제로니모가 말했다. "이봐, 정신 차려, 친구. 우린 지금부터 쓸 만한 코뇨를 찾으러 나갈 거야."

피나가 포근하고도 따뜻해 보이는 몸짓으로 졸린 눈을 하고 나타났다. 파티라는 얘기에 자기도 따라가겠다고 했다. 그녀는 8시에서 4시 30분까지 비서 일을 했지만 이때는 마침 병가를 얻고 있었다. 앙헬은 몹시 당황했다. 그렇게 하면 자기 여동생도 그런 코뇨 중 하나가 될 것이기 때문이었다. 제로니모가 돌로레스하고 필라라는, 아는 여자애들을 부르자고 제의했다. 여자애들은 코뇨와는 달랐다. 앙헬의 표정이 밝아졌다.

여섯 사람은 가게 문을 닫고도 여전히 영업을 하는 125번가 근처의 클럽에서 갈로 와인에 얼음을 넣어 마시는 것으로 시작했다. 비브라폰과 리듬 악기만으로 이루어진 작은 악단이 방 한쪽 구석에서 맥없이 연주하고 있었다. 악사들은 앙헬, 피나, 제로니모와 같은 고등학교 출신이었다. 휴식 시간이 되자 그들이 다가오더니 같이 앉았다. 술이 취해 얼음 조각을 서로에게 던지고들 있었다. 다들 스페인어로 말을 했다. 프로페인은 어릴 때 집에서 얻어 들은 이탈리아어와 영어를 섞어서 대화했다. 의사소통은 10퍼센트도 제대로 안 되었지만 아무도 상관하지 않았다. 프로페인은 말하자면 딱 한 명 있는 손님 역만 하면 되었던 것이다.

곧 피나는 졸린 눈에서 술기운으로 반짝이는 눈으로 바뀌었다. 점점 말이 적어지는 대신 더 많은 시간을 프로페인에게 미소를 지어 보이는 데 할애했다. 그건 꽤 불편한 노릇이었다. 비브라폰 연주자인

델가로는 그다음 날 결혼하기로 돼 있었는데 갑자기 생각이 달라진 모양이었다. 결혼 찬반론이 맹렬하게 벌어졌다. 격렬하기는 했지만 쓸모없는 논쟁이었다. 모두 언성을 높이며 떠들고 있는 동안 피나는 프로페인에게 이마가 맞닿도록 몸을 기대 왔다. 술 때문에 가볍고 새콤해진 숨을 뿜으며 "베니토."[61]하고 속삭였다.

"조세핀."[62] 그도 유쾌하게 끄덕이며 말했다. 그러나 어쨌든 머리는 지끈거리며 아파 왔다. 그녀는 다음 곡이 울리기까지 그의 머리에 제 머리를 맨 채 기대앉아 있었다. 그러자 제로니모가 와서 그녀를 잡아 일으켰고 둘은 춤을 추러 갔다. 통통하고 상냥한 돌로레스는 프로페인에게 춤을 청했다. "논 포소 발라레." 그가 말했다. "논 푸에도 바일라르."[63]라고 정정해 준 그녀는 그냥 그의 팔을 잡아끌었다. 세상은 곧 무생물인 굳은살이 역시 무생물인 염소 가죽에 부딪치는 소리에 이어 펠트가 금속을 치는 소리, 막대들이 서로 맞부딪히는 소리에 휩싸였다. 그는 당연히 춤출 줄 몰랐다. 구두가 자꾸만 춤을 방해했다. 방의 반쯤 저편에서 춤을 추던 돌로레스는 미처 눈치채지 못하고 있었다. 출입문 쪽이 떠들썩하더니 플레이보이 재킷 차림의 십대 소년들 대여섯 명이 쳐들어왔다. 음악은 여전히 쨍강거리며 계속되었다. 프로페인은 구두를 벗어 던졌다.(제로니모의 낡은 검은색 단화였다.) 그러고는 양말 바닥으로 춤에 전력을 기울였다. 잠시 후 돌로레스가 옆에 다시 나타났고 오 초 후에는 창살 같은 구두 굽이 그의 발등 한가운데로 와서 정통으로 박혔다. 너무 지쳐 있어서 소리도 지르지 못했다. 구석에 있는 테이블로 절뚝절뚝 걸어간 그는 그 아래

61   프로페인의 이름 '베니'를 스페인식으로 발음한 것이다.
62   '피나'의 정식 이름이다.
63   스페인어로 '춤을 잘 못 춥니다.'라는 의미이다.

기어 들어가서 잠이 들었다. 정신 차리고 보니 햇빛이 그의 눈을 찌르고 있었다. 그들은 그를 암스테르담가로 떠메어 가는 중이었다. 꼭 관을 운구하는 사람들처럼 그를 들어 옮기며 다 같이 "빌어먹을, 빌어먹을, 빌어먹을……." 하며 읊조리고 있었다.

그는 갔던 술집 수를 다 기억하지 못했다. 그는 취했었다. 제일 나쁜 기억은 피나와 단둘이 들어간 어느 공중전화 부스 안에서 일어난 일이었다. 둘은 사랑에 대해 떠들고 있었다. 그는 자기가 뭐라고 했는지 생각이 나지 않았다. 그때도 그랬지만 해 질 무렵 유니언 스퀘어에서 깨어났을 때도 지독한 두통에 눈은 뜰 수도 없었고 몸은 꼭 독수리처럼 욕심 사나워 보이는 비둘기들의 싸늘한 몸뚱이를 이불처럼 덮고 있었다. 중간에 일어난 일 중 그가 기억하는 또 하나의 사건은 경찰과의 그다지 유쾌하지 않은 대결이었다. 앙헬과 제로니모가 2번가에 있는 어느 바의 남자 화장실에서 변기 부품들을 코트 속에 감추어 빼돌리려다 일어난 일이었다.

그다음 수일 동안 프로페인은 자기 시간을 역으로, 아니면 슐레밀스럽게 나누어 썼다. 즉 직장에서 보내는 시간은 안식과 도피의 시간으로, 그리고 피나와 어떻게든 관계된 시간은 임금도 안 나오는 중노동 시간으로 계산하게 된 것이다.

공중전화 부스에서 우리가 대체 뭐라고 한 걸까? 그 질문은 도처에서 그를 기다리고 있었다. 근무 당번이 바뀔 때, 낮과 밤이 끝날 때, 또는 휴식 시간에, 언제 어디에서고 대기 중이었다. 맨홀 중 하나를 빠져나오면 어김없이 밖에서 그를 기다리던 악질적인 안개 같았다. 술에 취해 덤벙대며 2월의 태양 밑에서 지낸 그다음 날 하루는 공백의 시간이었다. 피나에게 무슨 일이 있었느냐고 물어볼 생각은 없었다. 그들 사이에서는 어색한 기류가 감돌았다. 상대에게 어색함을 느끼는 것은 피차 마찬가지인 것 같았다. 결과적으로는 같이 자기라도 한 것 같은 분위기였다.

"베니토." 어느 날 밤 그녀가 말했다. "왜 우린 서로에게 말을 안 하지."

"뭐." 프로페인은 대답했다. 그는 텔레비전에서 랜돌프 스콧이 나오는 영화를 보고 있었다. "왜 그래, 난 피나에게 말을 하는데."

"그렇겠지. 옷 예쁜데, 커피 좀 더 마실래, 오늘 악어 한 마리 또 잡았어. 이런 식이지. 내가 말하는 게 뭔지 알면서 그래."

그는 그녀가 말하는 게 무엇인지를 알고 있었다. 그나저나 랜돌프 스콧이란 남자를 보라. 초연하고 태연하고 말없는 남자. 꼭 필요한 때 외에는 입을 여는 법이라곤 없다. 한번 입을 열었다 하면 옳은 말만 한다. 엉뚱한 소리, 요령부득한 말이 그 입에서 흘러나오는 일은 없다. 그런데 그 스크린 다른 쪽에 앉은 남자 프로페인을 보라. 그는 자신이 한 마디만 잘못 말하면 길거리에 보다 가까이(원하는 것보다 어쩌면 더 가까이) 끌려 나올 것을 잘 알고 있었다. 그런데 그가 하는 말은 죄다 틀린 말들뿐이었다. "영화라도 보러 갈래." 그녀가 말했다.

"지금 하는 이 영화도 괜찮아." 그가 대답했다. "랜돌프 스콧이 연방 보안관인데 저기 지금 가는 저 친구는 지역 보안관이야, 저 친구는 깡패들한테 매수당했어. 하루 종일 아무것도 안 하고 언덕 위쪽에 사는 과부 한 명과 팬탠 카드놀이만 하면서 소일하고 있지."

그녀는 잠시 후 슬프고 화가 난 얼굴로 물러섰다.

왜? 왜 그녀는 그를 사람처럼 대했을까. 왜 그냥 자비를 베풀 대상 아니면 물건으로 남겨 두지 않았을까. 대체 피나는 뭘 더 원하는 거지? 원하는 게 대관절…… 하긴, 다 바보 같은 질문이었다. 조세핀은 들떠 있었다. 그녀는 후끈후끈하고 끈적끈적해져서 비행기든 뭐든 가리지 않고 어디에나 올라탈 기세였다.

하지만 호기심 때문에 그는 앙헬에게 물어보고야 말았다.

"내가 어떻게 알아." 앙헬이 한 대답은 이랬다. "제 일이지 내 일이 아니야. 아무튼 걔는 자기네 사무실 남자들을 싫어해. 다들 계집애 같다나. 상사인 윈섬이라는 놈은 안 그런 모양이지만 유부남이라니까 계산에서 빼고."

"피나가 원하는 게 대체 뭐야? 멋진 직장 여성? 너희 어머니 생각은 어때?"

"우리 어머니는 누구나 결혼해야 된다고 생각하지. 나, 피나, 제로니모 모두들. 너한테도 곧 얘기가 들어갈지 몰라. 어쨌든 피나는 아무도 원하지 않아. 너든 제로니모든 플레이보이든 그애는 원하질 않아. 아무도 몰라. 그애가 무얼 원하는지."

"플레이보이라." 프로페인이 말했다. "휴—."

피나가 이 덜 자란 갱단의 정신적인 어머니이자 소년단 지도 선생님이라는 사실을 프로페인은 깨달았다. 아마 학교 다닐 때 잔 다르크라는 여자에 대해 배운 모양이지. 그 성녀도 군대를 돌아다니면서 피나가 지금 하는 짓 비슷한 짓을 햇병아리처럼 비겁하고 전쟁터에서는 쓸모가 없는 병정들에게 해 주고 돌아다녔었지.

아무리 그래도 성적인 위안까지 주고 있는지 물어볼 만큼 어리석은 프로페인은 아니었다. 그런 건 물어볼 필요도 없었으니까. 그것은 또 다른 의미에서 봉사 행위라는 것을 그는 잘 알고 있었다. 군대 아니면 갱단의 어머니가 된다는 일은 짐작건대 (여자에 대해 아는 것이 아무것도 없으니 '짐작'밖에 해 볼 게 없었다.) 여자애라면 으레 선망하는 무해한 일이었다. 그들은 부대를 따라다니고 싶어 할 터였다. 피나의 경우 따라다니는 대신 인도자 역이라서 더 유리한 위치일 것이라는 사실이 조금 색달랐지만.

플레이보이들 중 몇 명? 아무도 모르지, 앙헬은 말했다. 수백 명쯤 될지도 모른다고 했다. 그들 모두 피나에게 미쳐 있다고(정신적으로 말이다.) 했다. 그 대가로 그녀는 자비와 위로만 베풀면 되었던 것이다. 자비와 위로를 베푼다는 일은 이미 자비가 넘쳐날 지경으로 가득한 그녀에게는 어려울 일도 아니었다.

플레이보이들은 이상하게도 지친 모습들이었다. 그들은 모두 누군가에게 고용되어 있었는데, 대다수는 피나네 집 근처 동네에 살고 있었다. 하지만 다른 갱단들과 달리 정해진 구역이 있는 것은 아니었다. 그들은 뉴욕시 전체에 퍼져 있었고 지리적이거나 문화적인 공통 기반이 없었다. 따라서 이들은 자기네 병기고와 병력을, 싸움을 계획 중인 어떤 패거리가 도움을 청하면 아낌없이 다 내주었다. 청소년 지도 위원회는 한 번도 이들을 조사 대상 명단에 올린 적이 없었다. 앙헬이 한 말처럼 도처에 퍼져 있었으나, 겁쟁이들이었기 때문이었다. 녀석들과 편을 먹었을 때 얻을 수 있는 가장 큰 장점이라고 해봤자 고작 심리적인 위안쯤이었다. 짐짓 겉모습은 무시무시하게 꾸미고들 다녔다. 새까만 벨벳 재킷 등에 집단 이름이 슬쩍 작고 핏빛 나는 글씨로 새겨져 있었고 창백하고 무표정한 얼굴을 하고 다녔다. 그 얼굴들은 꼭 밤의 이면을 보는 것 같은 느낌을 주었다.(또한 거기야말로 그들이 머물 곳이라는 느낌도 아울러 주었는데, 그건 그들이 갑자기 길 저편에서 나타나서 얼마간 같이 걷다가 갑자기 보이지 않는 커튼 뒤에 숨듯 사라지는 버릇이 있었기 때문이었다.) 이들은 또한 맹수가 어슬렁거릴 때처럼 걸었고 굶주린 눈에 입은 잔인해 보였다.

프로페인은 성 에르콜레 데이 리노세론티 축일까지는 이 친구들과 사교적인 만남을 가질 기회가 없었다. 축일은 3월 초하루에 '리틀 이탈리아'라는 시내의 지정된 구역에서 열렸다. 그날 밤 멀버리가에는 백열 전구로 만든 아치들이 몇 개씩이나 하늘 높이 세워졌다. 점점 작아지는 나선형을 이룬 전구의 줄 하나하나는 거리 이쪽에서 저쪽에 걸쳐 바람 없는 대기 속에서 시선이 닿는 끝까지 맑게 빛났다. 전등 불빛 아래에는 판자로 만든 가설 매대가 설치되어 동전 던지기, 빙고 게임, 플라스틱 오리를 집으면 상품을 주는 놀이 따위를 할 수 있었다. 몇 발짝에 한 개씩 이탈리아식 도넛인 체폴레, 맥주, 소시지 페퍼 샌드위치 같은 것을 파는 노점들도 늘어서 있었다. 그리고 그 모든 것 뒤로는 밴드석이 둘 있었다. 하나는 시내 쪽 거리 끄트머리에 있었고 다른 하나는 거리 중간쯤에 있었다. 밴드들은 유행가와 오페라를 연주하고 있었는데 밤공기가 너무 차서인지 음악 소리가 그리 크게 들리지는 않았다. 꼭 불빛 아래에서만 들리도록 정해져 있는 느낌이었다. 중국인과 이탈리아인 주민들은 집 앞 계단에 나와 앉아 있었다. 그들은 지금이 여름밤인 것처럼 바깥에 앉아서 군중, 조명, 체폴레 노점에서 빛 쪽으로 슬슬 기어오르다가 미처 닿기도 전에 사라져 버리는 연기 같은 것을 한가롭게 구경하고 있었다.

프로페인과 앙헬과 제로니모는 코뇨를 찾아 어슬렁거렸다. 목요일 밤이었다. 내일은(제로니모의 빠른 계산에 따르면) 차이추스가 아니라 미국 정부를 위해 일하는 날이었다. 왜냐하면 금요일은 일주일의 5분의 1이었고 정부는 세금을 따로 받지 않는 대신 급여에서 5분의 1을 떼었기 때문이었다. 제로니모의 계산에서 아름다운 점은 금요일 말고 아무 날이든지 이쪽 기분에 따라 그렇게 생각해 버린다는 데 있었다. 5일 중 어느 날이나, 혹은 며칠이라도 상관없었다. 우울한 나머지 이렇게 우울한 시간을 친애하는 차이추스에게 바친다는 것이 지독하게 의리 없는 짓처럼 느껴질 때면 자기는 지금 차이추스를 위해서가 아니라 미국 정부를 위해 일하고 있다고 생각하면 되는 것이었다. 프로페인은 이런 식의 생각에 익숙해져 있었다. 이 생각은 낮 시간에 함께하는 동료들이며 그전 날까지도 다음 날 언제 일해야 할지 알 수 없는 십장 병의 교대 근무표와 함께, 프로페인을 깨끗한 정사각형 구획 속에 넣을 수 없으며 햇빛과 거리의 빛과 달빛과 밤빛에 따라 위치가 변하는, 경사진 도로 표면의 모자이크 도안 속에 얽힌 시간표에 따르게 했다.

이 거리에서 그는 편안함을 느끼지 못했다. 판자 가설 매대 사이사이 보도에 무리 지은 사람들은 꿈에 나온 물체들만큼도 논리적이지 않아 보였다. "저 사람들은 얼굴이 없어." 그는 앙헬에게 말했다.

"하지만 엉덩이들은 꽤 봐줄 만해." 앙헬이 말했다.

"얼른 저것 좀 봐." 제로니모가 말했다. 립스틱을 잔뜩 바른 입술에 가슴과 엉덩이가 팽팽한 세 명의 나이 어린 여자들이 원반 돌리기 게임 앞에서 얼굴을 씰룩대며 멍한 눈으로 서 있었다.

"베니토, 너 이탈리아 말 할 줄 알잖아. 같이 놀자고 해 봐."

등 뒤에서는 밴드가 「나비 부인」을 연주하고 있었다. 도저히 프로의 솜씨가 아닌 데다 연습도 안 해 본 것 같았다.

"무슨 외국에라도 나온 거야?" 프로페인이 말했다.

"제로니모는 관광객이야." 앙헬이 말했다. "산후안에 가서 '카리브 힐튼'에 살고 싶어 해. 차 몰고 시내를 돌면서 푸에르토리코 여자애들 구경도 하고 말이야."

그들은 원반 돌리기 게임 앞에 서 있는 여자애들 주변을 배회하기 시작했다. 프로페인의 발 한쪽이 빈 맥주캔을 밟는 동시에 앞으로 굴러 넘어지는 자세를 취했다. 양옆에 있던 앙헬과 제로니모가 그를 잡아 올렸다. 그는 반쯤 넘어지다가 도로 일어섰다. 여자애들이 이쪽을 보고 낄낄댔다. 하지만 아이섀도를 바른 눈에 즐거운 빛이라고는 없었다.

앙헬이 손을 흔들었다. "이 친구 무릎이 훅 꺾였어." 제로니모가 한껏 부드러운 소리로 말했다. "예쁜 애들만 보면 항상 그런다니까."

낄낄거리는 소리가 더 커졌다. 어디선가 미국 해군 소위와 게이샤가 저 밴드 음악에 맞추어 이탈리아어로 노래를 부르고 있을 법도 했다. 그렇게 되면 관광객이 겪는 언어적인 혼란이 굉장하리라는 점에 대해 프로페인은 잠시 생각해 보았다. 여자애들이 서 있던 자리를 떠나 걷기 시작하자 셋은 옆에 붙어 보조를 맞추며 따라갔다. 그들은 맥주를 사 가지고 빈 계단에 앉았다.

"베니가 이탈리아어를 할 줄 알아." 앙헬이 말했다. "뭐라도 이탈리아어로 말해 봐."

"스파침."[64] 프로페인이 말했다. 여자애들은 충격을 받은 모양이었다.

"당신 친구 입이 험한데." 그중 한 명이 말했다.

"입이 험한 사람 옆에는 앉아 있기 싫어." 프로페인 옆에 앉아 있던 여자애가 말했다. 그러고는 일어나서 담배꽁초를 휙 내던지고 길거리로 걸어 나갔다. 거리에 선 그녀는 삐뚜름한 자세를 하고 서서 검은 눈구멍으로 프로페인을 노려보았다.

"그거 이 친구 이름인데." 제로니모가 말한다. "내 이름은 피터 올리어리야. 여기 이쪽은 체인 퍼거슨이고." 피터 올리어리는 제로니모의 옛 학교 친구로 지금은 뉴욕주 북쪽에 있는 신학교에서 신부가 되기 위해 공부하고 있었다. 고등학교 시절 얼마나 바른 생활 사나이였는지 제로니모와 패거리는 골치 아픈 일이 일어날 것 같을 때면 항상 그의 이름을 실례하는 버릇이 있었다. 그 이름에 처녀를 잃은 여자들, 맥주 값을 대신 물어 준 사람, 두들겨 맞은 사람이 몇 명인지는 아무도 몰랐다. 체인 퍼거슨은 어젯밤 멘도사네 집 텔레비전에서 다 같이 본 서부극에 나오는 주인공 이름이었다.

"베니 스파침이 진짜 당신 이름이라고?" 거리에 나가 선 여자애가 물었다.

---

64   남부 이탈리아의 욕설로 '정액'을 뜻한다.

"스파치멘토." 이탈리아어로 파괴 또는 부패를 의미하는 단어였다. "끝까지 다 말하기도 전에 말을 잘라 버렸잖아."

"뭐, 그럼 됐어요." 그녀가 말했다. "그럼 좋다고요." 좋기도 하겠다, 망할 계집애. 그는 몹시 우울해져서 속으로 말했다. 앞서 말한 이름은 이 계집애를 저 위에 걸린 아치형 전등보다 더 높이 뛰어오를 만큼 놀라게 하지 않았던가. 열네 살보다 더 될 것 같지는 않아 보이는 애였다. 그런데도 벌써부터 남자들이란 떠돌이라는 사실을 아는 것이었다. 그녀에게는 다행스러운 일이기도 했다. 침대 속 남자 친구들과 그들이 치워야 할 모든 이른바 스파침들은 다시금 떠돌이가 되어 그녀를 떠나가겠지. 개중 약간은 떠나지 않고 남아서 조그만 떠돌이로 변하기도 할 것이다. 하지만 그 조그만 떠돌이 역시 결국 떠나갈 것이고, 그녀가 그걸 좋아할 리는 없었다. 하지만 그는 여자애에게 화가 난 것은 아니었다. 그런 뜻을 전할 생각으로 그녀를 똑바로 쳐다봤다. 하지만 그 시커먼 눈 속에서 어떤 생각들이 오가고 있는지를 알 도리라고는 없었다. 그 눈은 거리의 모든 불빛을 흡수하는 것만 같았다. 소시지 그릴 아래 타오르는 불에서부터 전구까지 다리를 놓고 있는 그 빛, 부근 아파트 유리창에서 새어 나오는 불빛, 데 노빌리 시가 끄트머리의 벌건 빛, 밴드 스탠드의 번쩍이는 금색과 은색 악기들이 뿜는 광채, 관광객 중에서도 얼마 안 되는 순진한 족속들의 눈빛까지 포함한 이 거리의 온갖 빛을 다 빨아들이는 것만 같았던 것이다.

뉴욕 여자들 눈은(그는 노래하기 시작했다.)
달그림자처럼 어두워,
아무도 몰라 거기서 일어난 일
언제나 황혼인 거기서 일어난 일

브로드웨이 불빛 아래선

우리 집 불빛에서는 먼 그곳에서

막대사탕처럼 달콤한 미소와

크롬으로 도금한 금빛 심장

그들은 봤을까 방랑하는 부랑자들

갈 데라고는 없는 남자들을

버펄로에 두고 온 못생긴 여자 생각에

울고 있는 떠돌이들을?

유니언 스퀘어의 낙엽처럼

무덤이 내다보이는 바다처럼

뉴욕 여자들 눈은 죽어 있어

나를 위해 영원히 울지 않겠지

나를 위해 영원히 울지 않겠지

　거리에 서 있던 여자애가 움찔했다. "박자가 엉망이네요." 그것은 대공황 시절 노래였다. 프로페인이 태어난 해인 1932년에 사람들이 불렀다. 어디서 그걸 들었는지는 기억나지 않았다. 만약 그 노래에 박자가 있다면 뉴저지 어딘가에서 낡은 들통에다 콩을 쏟아부을 때의 박자일 것이다. 도시 도로 공사 관리원이 보도를 곡괭이로 두드리는 소리나, 무직자를 실은 낡은 화물차가 10미터쯤에 한 번씩 철도 이음새를 넘어가는 소리에서나 찾을 수 있을 법한 그런 박자 말이다. 여자애는 아마도 1942년생쯤 되겠지. 전쟁에는 자기만의 박자가 없었다. 그냥 소음뿐이었다.

　길 저편에서 체폴레 장수가 노래를 시작했다. 앙헬과 제로니모도 노래했다. 길 건너 밴드 역시 가까운 데에서 테너 한 사람을 구한 모양이었다.

Non dimenticar, che t'i'ho voluto tanto bene,
Ho saputo amar, non dimenticar······.[65]

그러자 그 추운 거리가 갑자기 노래의 꽃 바다가 된 것 같았다. 그는 여자애를 붙잡고 바람을 피해 어디론가 이끌어 가고 싶어졌다. 어디든 좀 따뜻한 곳으로 데리고 가서 볼베어링처럼 보이는 그 가련한 구두 굽을 축으로 삼아 한 바퀴 돌려 준 다음 그의 이름이 결국은 스파침이라는 것을 보여 주고 싶었다. 그는 가끔 발작처럼 이런 욕정에 사로잡혔다. 그럴 때 그는 잔인한 행위에 대해 강렬한 욕구를 느꼈으며, 내면을 가득 채우고도 남아서 눈으로, 구두 틈새로 줄줄 흘러넘쳐 맥주에서 사람 피까지 모든 것이 섞인 인간의 슬픔이라는 큰 웅덩이를 길에 만들 만큼 크나큰 서러움에 잠기려는 충동을 느꼈다. 다만 온갖 것이 다 섞인 그 웅덩이에는 사랑이나 연민 같은 것이 거의 섞여 있지 않았다. "난 루실이에요." 여자애가 프로페인에게 말했다. 나머지 둘도 자기소개를 했다. 루실이 계단으로 되돌아오더니 프로페인 옆에 다시 앉았다. 제로니모는 맥주를 더 가지러 갔다. 앙헬은 노래를 계속 부르고 있었다. "무슨 일 해요?" 루실이 물었다.

나는 데리고 자고 싶은 여자한테 말도 안 되는 얘기를 하는 버릇이 있다니까, 프로페인은 생각했다. 그는 겨드랑이를 긁적거렸다.

---

65   이탈리아어로 '잊지 말아 다오. 내가 그대를 이다지도 그리워한다는 것
      을. 잊지 말아 다오. 내가 그대 때문에 이처럼 마음이 쓰라린 것을······.'
      이라는 뜻으로, 1952년도 발표된 칸초네의 가사다.

"악어를 죽여." 그가 말했다.

"뭐라고요?"

그는 여자애에게 악어에 대해서 말해 줬다. 상상력이 풍부한 앙헬도 나서서 그의 얘기에다 자세한 묘사와 색채를 보탰다. 다 같이 계단에 모여 앉아 신화 하나를 엮어 낸 것이다. 하지만 그건 천둥에 대한 공포, 인간들의 꿈, 추수 후 죽은 곡식이 봄에 소생하는 것에 대한 경이, 그런 영원한 데서 도출된 것이 아니었다. 대신 일시적 흥미, 갑작스러운 부기 같은 것에 지나지 않았으므로 멀버리가의 밴드가 연주하는 밴드 스탠드나 소시지 페퍼 샌드위치를 파는 가설 매대처럼 엉성하고 덧없는 신화밖에 되지 못했다.

제로니모가 맥주를 들고 돌아왔다. 모두들 앉아서 맥주를 마시며 사람들을 구경했고 하수구 이야기를 했다. 여자애들은 노래를 하고 싶어 했다. 그러더니 곧 애교를 부리기 시작했다. 루실이 펄떡 일어나더니 껑충껑충 뛰어가며 말했다. "잡아 봐요."

"이런." 프로페인이 말했다.

"따라가 봐요." 여자애의 친구 하나가 말했다. 앙헬과 제로니모가 소리 내어 웃었다.

"어떻게 하라고?" 프로페인이 말했다. 다른 두 애들은 앙헬과 제로니모가 웃는 것이 못마땅한 모양이었다. 여자애들 역시 일어나더니 루실을 쫓아 뛰어갔다.

"따라가 봐?" 제로니모가 말했다.

앙헬이 트림을 하며 말했다. "맥주도 마셨겠다; 땀 좀 빼 보자고." 그들은 계단에서 불안한 발걸음으로 내려서서 나란히 선 채 가벼운 달리기를 시작했다. "어디로 간 거야." 프로페인이 말했다.

"저기다." 조금 뒤에 보니 일행은 사람들을 넘어뜨린 모양이었다. 누군가가 제로니모에게 주먹을 먹이려다 놓친 후에 한 줄로 빈 스탠드 밑으로 기어 들어갔다. 그 난리 통을 빠져나와 보니 그들은 길거리에 서 있었고 여자애들은 저 앞에서 껑충껑충 뛰어가고 있었다. 제로니모는 거친 숨을 몰아쉬었다. 그들은 옆쪽 거리로 꺾어져 들어간 여자애들의 뒤를 좇았다. 마침내 모퉁이를 돌아 거리로 접어들어 보니 여자애들은 한 명도 보이지를 않았다. 그 후 십오 분 동안은 멀버리가에 인접해 있는 거리들을 어수선하게 수색하는 일로 보냈다. 그들은 세워 둔 자동차 밑, 전신주 뒤, 또는 계단 뒤쪽 등을 샅샅이 뒤졌다.

"아무도 없다." 앙헬이 말했다. 모트가에서 음악이 연주되는 중이었다. 소리는 어느 집 지하에서 흘러나왔다. 그쪽으로 가서 살펴봤더니 바깥 게시판에 '사교 클럽 – 맥주와 춤'이라고 적혀 있었다. 그들은 층계를 내려갔다. 문을 열어 보니 아닌 게 아니라 한구석에 맥주 바가 마련된 실내가 나타났다. 다른 쪽 구석에는 주크박스가 있었고 특이한 차림새를 한 열다섯에서 스무 명쯤 되는 소년 소녀들이 웅성거리고 있었다. 아이비리그 스타일로 빼입은 남자들과 칵테일 드레스 차림의 여자들이었다. 전축에서는 로큰롤 음악이 흘러나오고 있었다. 기름을 칠한 머리와 끈 없는 브래지어처럼 흔한 것들에도 불구하고 사뭇 이곳의 분위기는 컨트리클럽 댄스파티처럼 세련돼 보였다.

세 사람은 그냥 그렇게 서 있었다. 잠시 후 프로페인은 방 한가운데에서 비행 청소년 대장쯤 되는 것 같은 남자와 춤을 추고 있는 루실을 발견했다. 남자의 어깨 너머로 그녀는 프로페인에게 혓바닥을 내밀었다. 프로페인은 그냥 시선을 피해 버렸다. "나는 마음에 안 든다고." 누군가가 말하는 소리가 들렸다. "센트럴 파크에 내보내서 공원 안을 한번 지나가게 해 보면 어떨까. 강간하려는 놈이라도 있나 보자고."

그는 우연히 왼쪽으로 눈을 돌렸다. 코트 보관실이 있었고 한 줄로 달린 고리에 스무 벌도 넘는 검정 벨벳 재킷들이 걸려 있었다. 등에 붉은 글씨가 새겨진 옷들은 고리 양쪽으로 심지 박은 어깨들을 균형 맞춰 드리운 채 단정하게 일제히 늘어져 있었다. 이런, 프로페인은 생각했다. 여기는 플레이보이 왕국이었군.

앙헬과 제로니모도 같은 쪽을 바라보고 있었다. "어떻게 할까, 우리." 앙헬이 말했다. 댄스홀 저편 문가에서 루실이 손짓하고 있었다.

"잠깐 기다려." 그는 말했다. 그러고는 플로어에 흩어져 있는 쌍쌍의 남녀들 사이를 누비며 가까이 갔다. 아무도 그를 이상하게 보는 사람은 없었다.

"왜 그렇게 오래 걸렸어?" 그녀는 그의 손을 잡았다. 방 안은 어두웠다. 그는 당구대에 가서 부딪쳤다. "여기야." 그녀가 속삭였다. 그녀는 녹색 펠트 천 위에 누워 있었다. 모서리 포켓과 사이드 포켓, 그리고 루실이 있었다. "나 진짜 웃긴 얘기 좀 해도 될까." 그가 입을 열었다.

"저 사람들이 다 해 줬어." 그녀가 속삭였다. 문에서 들어오는 희미한 불빛으로 보니 그녀의 테를 두른 두 눈은 꼭 펠트의 일부 같았다. 마치 얼굴을 지나쳐서 당구대 아래 깔린 펠트를 보는 느낌이었다. 스커트가 올라갔고 입이 열렸으며 하얗고 예리한 이가 그의 부드러운 곳 어디든 물어뜯을 기세로 드러났다. 그녀는 그의 또 하나의 유령이 될 것이 분명했다. 그는 바지 지퍼를 내리고 당구대에 기어 올라갔다.

옆방에서 갑자기 비명이 들려왔다. 누군가가 주크박스를 넘어뜨리는 소리가 났고 이어서 전깃불이 나가 버렸다. "뭐야." 하고 그녀가 일어났다.

"싸움이 났나?" 프로페인이 말했다. 여자는 테이블에서 날듯이 뛰어내렸다. 그러면서 프로페인을 쳐서 넘어뜨렸다. 그는 그만 큐 걸이에 머리를 박고 바닥에 벌렁 나자빠졌다. 그 갑작스러운 움직임 탓에 당구공들이 눈사태처럼 그의 배 위로 쏟아져 내렸다. "맙소사." 그가 머리를 감싸며 말했다. 그녀는 하이힐 소리를 울리면서 멀어져 갔다. 텅 빈 댄스홀에 반향을 일으키며 점점 멀리 사라져 갔다. 그는 눈을 떴다. 당구공 한 개가 눈높이에 누워 있었다. 흰 동그라미 안의 8이라는 글씨가 눈에 띄었다. 그는 소리 내어 웃기 시작했다. 바깥 어디서인가 앙헬이 지원을 요청하는 소리가 들렸다고 프로페인은 생각했다. 그는 삐걱거리는 몸을 억지로 일으키고 바지 지퍼를 도로 올렸다. 그러고는 어둠 속으로 더듬더듬 나갔다. 접이의자 두 개와 주크박스 코드에 걸려 넘어져 가며 거리에까지 나간 것이다.

건물 앞 계단 브라운스톤 난간 뒤에 웅크리고 앉은 채 그는 플레이보이 패거리가 거리에 모여서 웅성대고 있는 것을 보았다. 여자들은 계단에 올라앉아 있든지 아니면 보도에 줄지어 선 채 응원을 하고 있었다. 거리 한가운데에는 루실과 붙어 있던 대장님이 밥 킹스라는 표식이 붙은 재킷을 입은 거대한 흑인과 빙빙 맴을 돌고 있었다. 몇 명의 '밥 킹스' 패거리는 군중 바깥쪽에서 플레이보이 몇 명과 맞붙어 있었다. 관할권 싸움이군, 프로페인은 생각했다. 앙헬도 제로니모도 보이지 않았다. "누구 한 사람 죽어야 끝나겠네." 바로 위쪽 층계에 앉아 있던 여자애가 말했다.

갑자기 크리스마스트리에 축하용 금가루를 확 뿌려 놓은 듯한 광경이 벌어졌다. 번쩍거리는 칼날, 타이어 휠, 전투복 벨트의 날카롭게 벼려진 버클 따위가 길바닥 군중 속에서 한꺼번에 빛을 발한 것이다. 계단에 앉은 여자애들은 다 같이 숨을 들이쉬고 긴장으로 이를 드러냈다. 누가 먼저 피를 흘릴지 두고 내기라도 벌인 것처럼 흥분해 있었다.

그런데 기다리는 일은 일어나지 않았다. 그게 뭐였든지 간에, 어쨌든 오늘 밤에는 일어나지 않을 것이 명백해졌다. 어디서부터인지는 몰라도 플레이보이들의 성녀 피나가 그 섹시한 걸음걸이로 맹수의 이빨과 발톱들 사이에서 모습을 드러낸 것이다. 대기는 여름밤의 부드러움을 띠었고, 캐널 가 쪽에서 심홍색 구름에 실린 소년 합창단의 「오 살루타리스 호스티아(O Salutaris Hostia)」가 실려 왔다. 대장님과 밥 킹은 우정의 표시로 팔짱을 꼈으며 그들의 부하들도 무기를 다 같이 넣어 두고 서로를 껴안았다. 피나는 바람을 넣은 고무 인형처럼 포동포동한 아기 천사들 무리에 의해 떠받들려졌고 조용히 미소 지으며 그녀가 창조한 돌연한 평화 위를 둥둥 떠다녔다.

프로페인은 놀라서 입이 딱 벌어졌을 뿐 아니라 코가 찡해 왔다. 그는 일어나서 슬금슬금 그 자리를 빠져나갔다. 그런 다음 약 일주일 동안 그는 피나와 플레이보이들에 대해 골똘히 생각을 해 보았다. 그 결과 정말로 걱정되기 시작했다. 플레이보이들은 특별한 것이라곤 없는 깡패들이었다. 그저 깡패일 뿐이었다. 당장은 그녀와 플레이보이들 사이의 관계를 사랑이라 부른다 해도 그리스도교적으로, 거룩하고, 온당할 터였다. 하지만 이 상태가 얼마나 오랫동안 계속될까? 피나는 얼마나 버틸 수 있을까? 성녀의 뒤에 숨어 있는 바람둥이를 이 음탕한 소년들이 단 한번이라도 보는 날이면, 그녀의 성의 아래 숨겨진 검은 레이스 속옷을 발견하는 날이면, 피나는 지배자의 위치 대신 몰매를 맞는 꼴이었다. 알고 보면 자기가 그런 사태를 자초한 셈이기도 했다. 지금 그녀는 스스로 선을 넘으려 하고 있었다.

어느 날 저녁 그는 자려고 매트리스를 한쪽 어깨에 걸친 채 욕실로 들어갔다. 그는 그때까지 텔레비전에서 톰 믹스가 나오는 옛날 영화를 보고 있었다. 피나는 유혹적인 자세로 욕조 안에 누워 있었다. 물도 옷도 없었다. 피나뿐이었다.

"음, 저기." 그가 말했다.

"베니, 나 처음이야. 네가 첫 남자가 되어 주면 좋겠어." 그녀는 이 말을 도전하듯이 말했다. 잠깐 동안은 그녀의 말이 그럴듯하게 들렸다. 왜냐하면 결국 그가 아니면 신도 얼굴을 돌린 늑대 패거리 모두의 밥이 될 것이 뻔했기 때문이다. 그는 거울 속에 얼굴을 비춰보았다. 살이 쪄서 볼품없는 얼굴이었다. 눈가의 가죽이 늘어져 마치 가죽 주머니가 달린 것 같았다. 왜 이 여자는 나를 고른 거지?

"왜 나야." 그가 물었다. "그건 결혼할 사람을 위해 아껴 두는 거라고."

"누가 결혼한대." 그녀가 말했다.

"잠깐, 마리아 아눈치아타 수녀님이 뭐라고 하시겠어. 피나가 나를 위해서 그렇게 좋은 일을 많이 해 주고 또 길거리의 불쌍한 불량배들을 위해서도 얼마나 좋은 일을 많이 했는데. 그런데 이제 와서 그게 다 장부에서 지워지게 굴면 어떻게 해." 프로페인의 입에서 이런 말들이 나올 줄 누가 알았으랴? 그녀의 눈은 불타올랐고 몸은 관능적으로 천천히 뒤틀리고 있었으며 황갈색 살결 전부의 표면이 흐르는 모래처럼 파들거렸다.

"안 돼." 프로페인이 말했다. "자, 어서 거기서 나와, 난 잘 테니까. 그리고 앙헬한테 소리쳐 봐도 아무 소용없어. 앙헬은 자기 누이가 바람 피우고 다니는 건 절대 반대하지만 속으로는 알고 있거든, 피나가 어떤 여자인지."

그녀는 욕조에서 기어 나왔다. 그러고는 로브를 몸에 걸쳤다. "미안." 그녀가 말했다. 그는 매트리스를 욕조 안에 던져 넣었다. 그러고는 제 몸을 그 위에 내던지고 나서 담배에 불을 붙였다. 그녀는 전등을 끄고 나가서 문을 닫았다.

2

피나에 대한 프로페인의 우려는 얼마 안 가서 곧 실제적이고도 추악하게 실현되었다. 봄이 왔다. 몇 번의 거짓 경고 끝에(우박이 쏟아지고 큰 바람이 일어난 뒤에 오는 평화로운 나날들) 조용하고 아무렇지 않게 입성한 것이다. 하수구의 악어 개체수는 극소수가 되었다. 차이추스는 자기가 필요 이상의 악어 사냥꾼들을 거느리고 있다는 사실을 깨닫게 됐다. 그리하여 프로페인과 앙헬, 제로니모는 반나절씩 일을 했다.

점점 더 프로페인은 아래 세상에 대해서 나그네 같은 감정을 갖게 되었다. 이 현상 역시 악어 수가 줄어든 것처럼 눈에 띄지 않게 오랜 시간을 두고 일어난 일인 듯했다. 그는 친한 친구 그룹과 연락이 두절된 것 같은 기분이었다. 난 대체 뭐지, 그는 자신에게 소리를 질렀다. 악어들의 성 프란체스코라도 되는 건가? 말도 안 걸 뿐만 아니라 좋아한 적도 없는데. 나는 그놈들을 죽이고 있다고.

병신아, 그의 안에서 악마의 대변인이 속삭였다. 그놈들이 얼마나 여러 차례 어둠 속에서 너한테 어기적거리면서 찾아왔는지를 모를 리가 없잖아. 꼭 네 절친한 친구들이나 되는 것처럼 말이야. 녀석들이 네가 한 방 갈겨 주기만 기다렸다는 걸 생각도 못 해 봤다고?

그는 페어링 교구를 거쳐 거의 이스트리버까지 추적했던 악어를 떠올렸다. 슬쩍 걸음을 늦추면서 그가 따라붙도록 도왔고, 심지어 따라오기를 간절히 원하는 것 같았다. 어쩌면 그는 자기가 어디선가 (술을 진탕 마셨거나, 머리가 이상해지게 여자 생각이 간절해지거나, 쓰러질 듯 피곤한 순간이면) 악어 귀신이 된 그것들의 발자국이 서명으로 찍힌 계약서에 사인을 한 건 아닌가 하는 생각마저 들었다. 그와 악어 사이에는 프로페인이 죽음을 주고, 대신 악어는 그에게 일자리를 준다는 계약이 성립되어 있었다. 공평한 일이었다. 그는 그들을 필요로 했다. 그리고 만약 그들이 그를 필요로 한다면, 그건 그들의 악어 뇌 속에 유사 이전부터 존재하는 회로가 아기 때부터 자기들이 친척이나 부모로 만들어졌을지도 모를 손지갑이나 핸드백, 그 밖의 전 세계에 퍼져 있는 메이시스 백화점의 온갖 잡동사니들처럼 한낱 파는 물건에 지나지 않는다는 것을 새기고 있기 때문일 터였다. 변기를 통과하여 지하 세계로 내려간 그 영혼의 여행은 일시적인 긴장 속 평화였을 뿐, 또다시 가짜 생명을 가진, 애들 장난감으로 되돌아가기까지 빌린 시간에 지나지 않았던 것이다. 물론 그들이 그걸 원할 리는 없었다. 그들은 그 이전의 자신들로 되돌아가고 싶어 했을 것이다. 그 이전으로 돌아가는 가장 완벽한 방법은 죽음이었다. 그 외에 뭐가 더 있었겠는가. 죽어서 기술공 쥐들에게 기술적으로 뜯겨 정교한 로코코 예술품이 되고 교구의 성수에 침식당하여 고색창연한 골동품이 되고 그날 밤 악어의 유령을 그토록 빛나게 만들었던 무엇인가에 의하여 인광으로 화해 버리는 것이 바랄 수 있는 제일 멋진 운명이었던 것이다.

이제 네 시간으로 줄어든 근무를 위해 밑으로 내려간 프로페인은 종종 악어들에게 말을 거는 버릇이 생겼다. 그의 파트너들은 그런 버릇에 신경을 곤두세웠다. 어느 날 밤 깜짝 놀랄 일이 생겼다. 악어 한 마리가 방향을 돌려 역습해 온 것이었다. 악어 꼬리가 회중전등을 든 대원의 다리를 스치며 지나갔다. 프로페인은 그에게 비키라고 소리치고는 다섯 발을 몽땅 쏘았다. 총알들은 메아리의 작은 폭포를 일으키며 악어의 이빨에 가서 박혔다. "이제 됐어." 그의 파트너가 말했다. "저놈 위에 올라가서 걸어 다녀도 되겠어." 프로페인은 듣고 있지 않았다. 그는 머리가 날아간 시체 옆에 서서 한결같은 하수구의 물길이 생명의 피를 강물 어디론가(방향 감각마저 확실치 않았다.) 씻어 내려가는 것을 쳐다보았다. "이봐." 그는 시체에게 말했다. "규칙을 어긴 건 너야. 넌 역습을 못 하게 돼 있어. 계약에 없는 짓이라고." 십장병이 한 번인가 두 번 그에게 악어에게 말 거는 습관에 대해서 주의를 주었다. 순찰대 전체에 안 좋은 본보기가 된다는 것이었다. 프로페인은 알겠다고 했다. 그 후로 이제는 꼭 말해야 된다고 믿게 된 그말들을 입속에서만 말하곤 했다.

드디어 4월 중순 어느 날 밤, 그는 일주일 동안 생각지 않으려 애써 왔던 어떤 사실을 인정하지 않을 수 없었다. 그것은 그와 하수관리국의 현역 행정 단위로서 순찰대라는 것이 이제 끝장났다는 것이었다.

피나는 이제 악어가 얼마 안 남았고 세 남자가 곧 무직이 되리라는 것을 눈치채고 있었다. 그녀는 어느 날 저녁 텔레비전을 보고 있는 그의 곁에 다가왔다. 그는 「대열차 강도」를 재방송으로 보고 있었다.

"베니토." 그녀가 말했다. "일자리 구해야지."

프로페인이 그 말에 동의를 표하자 그녀는 자기네 사장인 '유별난 레코드 사'의 윈섬이 서기 한 사람을 구하고 있다는 말을 했다. 그러고는 자기가 면접 약속을 잡아 주겠다고 했다.

"난 안 돼." 프로페인이 말했다. "난 서기 일 같은 거 못해. 머리가 좋지도 않고 사무직 같은 건 맞지도 않아." 그녀는 프로페인보다 더 바보 같은 사람들도 서기 노릇을 하고 있다고 말하고 나서 이 자리에 취직이 되면 앞으로 더 높은 자리로 진급이 되어 무언가 될 수도 있을 것이라고 말했다.

슐레밀은 슐레밀이지. 그런 인간을 갖고 뭘 어째 보겠다는 거지? 내가 뭔가 돼 보겠다고? 누구든 한계점에 이르게 마련이다. 프로페인은 자신이 바로 그런 지점에 다다랐으며, 할 수 있는 것과 할 수 없는 것에 대해 뭔가 배웠다는 기분이었다. 그러나 아직도 어쩌다 한 번씩 형편없는 낙관주의에 사로잡히는 것이 그의 문제였다. "한번 해 보지." 그는 그녀에게 말했다. "그리고 고마워." 그녀는 그의 결정에 대해 우아한 만족감을 표시했다. 얼마 전에 그는 그녀를 욕조에서 차내 보냈었다. 그런데 지금에 와서 그녀는 다른 쪽 뺨을 그에게 돌리고 있었다. 그는 음탕한 생각을 갖기 시작하고 있었다.

다음 날 그녀는 전화로 그를 불렀다. 앙헬과 제로니모는 낮 근무를 위해 나가고 없었다. 프로페인은 금요일까지 일이 없어 바닥에 엎드려 학교를 빼먹고 집에 있는 쿡과 피노클 카드 놀이를 하고 있었다.

"양복 찾아 입어." 그녀가 말했다. "1시에 면접이야."

"뭐라고?" 프로페인이 말했다. 그는 요 몇 주일 동안 멘도사 부인의 음식을 먹고 살이 더 쪄 있었다. 이제 앙헬의 정장은 그에게 안 맞았다. "우리 아버지 걸 한 벌 빌려 입어." 그녀는 말하고 전화를 끊었다.

멘도사 씨는 상관하지 않았다. 장에 걸린 옷 중에서 제일 큰 것을 고르고 보니 1930년대 중반에 유행했던 조지 래프트 스타일의, 어깨에 심지를 넣은 더블 버튼 네이비색 서지 정장이었다. 그걸 찾아 입고 앙헬에게서 구두 한 켤레를 빌려 신었다. 시내에 들어가는 지하철에서 그는 사람들이 자기들이 태어난 시대에 대한 향수에 걸려 있다는 생각을 해 보았다. 어쩌면 그때 마침 자기 자신이 개인적인 '대공황'을 겪고 있는 듯한 느낌이 들었기 때문이었을 것이다. 빌려 입은 신사복, 그리고 앞으로 기껏해야 이 주 뒤면 끊어질 시청 일 같은 것이 그런 기분을 들게 했는지도 몰랐다. 주변에는 새 정장을 입은 사람들이 에워싸고 있었다. 매주, 수백만 개도 넘게 새 무생물들이 생산되고 있었다. 거리에 선보이는 새 자동차들, 여러 달 전에 그가 등졌던 도시 외곽에서 수천 개씩 올라가는 새집들까지. 대공황이라는 건 어디에 있단 말인가? 그것은 베니의 배 속, 그리고 두개골

속의 어딘가에 있었다. 몸에 꽉 끼는 네이비색 서지 재킷과 슐레밀의 태평스러운 얼굴이라는 외관 뒤에 숨어서 사람의 눈을 용케 속여낸 줄 알고 낙관하고 있는 것이었다.

유별난 레코드 사는 그랜드 센트럴 구역 내 건물 17층에 있었다. 그는 열대 온실 식물이 가득 놓여 있는 대기실에 앉아서 기다렸다. 유리창 밖에서는 황량한 바람의 물결이 열기를 빨아들이며 질주하고 있었다. 안내 직원이 그에게 신청 용지를 내주며 써서 내라고 했다. 피나는 보이지 않았다.

다 써 넣은 용지를 책상에 앉은 여직원에게 내주고 있을 때 배달부 한 명이 사무실로 들어섰다. 낡은 스웨이드 재킷을 입은 흑인 남자였다. 그는 사내 우편물 봉지들을 한 묶음 책상에 떨어뜨렸다. 그러다가 프로페인과 남자의 눈이 한순간 마주쳤다.

어쩌면 프로페인은 그 남자를 거리 아래서나 일용직 구직 대열 같은 데에서 보았는지도 몰랐다. 어떤 영문인지는 몰라도 프로페인과 남자 사이에서는 눈이 마주친 순간 일종의 미소 비슷한 것이랄지, 이심전심 같은 것이 오가는 것을 그는 느꼈다. 이 배달부가 프로페인에게 무슨 전언이라도 가지고 온 것만 같았다. 전언은 다른 사람이 보지 못하도록 두 사람의 마주친 눈빛이라는 봉투 속에 감추어진 채 넘어온 것이다. 내용은 '누굴 속이려고? 바람 소리를 들어 봐.'라는 것이었다.

그는 바람 소리를 들어 보았다. 배달부는 떠났다. "윈섬 씨가 곧 면접하실 거예요." 안내 직원이 말했다. 프로페인은 유리창으로 가서 42번가를 내려다보았다. 꼭 바람이 보이는 듯했다. 정장이 거북하게 느껴졌다. 그의 내면에 들어 있는 대공황, 어느 주식 시장이나 연말 보고서에도 드러나지 않은 이 야릇한 대공황을 감추는 데 별 도움이 안 되는 모양이었다. "저기요. 어디 가세요?" 안내 직원이 물었다.

"마음을 바꿨어요." 프로페인이 그녀에게 대답했다. 홀에 나가 엘리베이터를 타고 로비로 내려가 거리로 나가는 동안 그는 계속 그 배달부를 찾아보았다. 거리도 살펴봤지만 그의 모습은 아무 데에도 보이지 않았다. 그는 멘도사 영감의 재킷 단추를 끌렀다. 그러고는 고개를 푹 처박은 채 42번가를 향하여 바람을 받으며 걸어갔다.

금요일 조례 때, 차이추스는 거의 울면서 그들에게 통고를 했다. 이제부터는 일주일에 두 번씩밖에 일을 하지 않게 되었다는 얘기였다. 그것도 남은 일이란 브룩클린 지역을 청소하는 일뿐이었고 다섯 팀밖에는 필요 없게 되었다고 했다. 그날 저녁 집에 돌아오는 길에 프로페인, 앙헬, 제로니모는 브로드웨이에 있는 동네 술집에 들렀었다.

그들은 9시 30분 내지 10시 정도까지 거기 머물렀다. 때마침 여자들 몇몇이 술집으로 들어왔다. 술집은 브로드웨이 80번가에 위치해 있었다. 쇼 비즈니스의 중심가 브로드웨이도 아니었고 상처 입은 마음들로 불을 밝힌 곳도 아니었다. 브로드웨이 외곽 지역은 정체불명의 황량한 땅이었다. 여기서는 심장이 격렬하게 뛰거나 산산조각 날 만큼 극적인 일 따위는 무엇 하나 일어나지 않았다. 다만 분비물들이 조금씩 보다 많이 퇴적되다가 결국 끝에 가서는 그 자체의 끊임없는 전율만으로도 지쳐 버리는 동네였다.

처음으로 여자들 한 무리가 몰려 들어와 저녁 손님을 위해 옷을 바꿔 입고 나왔다. 여자들은 예쁘지 않았다. 바텐더는 항상 그녀들에게 위로나 격려의 말 한마디씩을 던져 줄 줄 알았다. 그중 더러는 가게 문을 닫을 때쯤 해서 마지막 한잔을 마시러 돌아올 것이었다. 장사야 잘되었든 공쳤든 상관이 없었다. 여자들이 혹시 손님(보통 그 근처 작은 깡패 조직 중 일원이었다.)이라도 한 명 데리고 돌아올 것 같으면 바텐더는 마치 그 둘이 어린 연인들이나 되는 것처럼 주의를 기울이며 친절하게 시중을 들었는데, 실제로는 어느 정도는 그게 사실이

기도 했다. 여자 하나가 밤새도록 아무 돈벌이도 못 하고 돌아올 것 같으면 바텐더는 그녀에게 브랜디를 아낌없이 섞은 커피를 마시게 하고서 오늘 밤은 비가 왔다든가, 너무 추웠다든가 하면서 장사가 잘 될 리 없다며 위로해 주는 것이었다. 여자는 이런 경우 보통 누구라도 가게에 앉아 있는 남자 중 한 사람을 낚아 보려고 마지막 시도를 해 보기도 했다.

프로페인과 앙헬과 제로니모는 여자들과 좀 떠들다가 볼링을 몇 판 하고는 술집을 나섰다. 술집에서 나오다가 그들은 멘도사 부인을 만났다. "피나 봤니?" 부인이 앙헬에게 물었다. "퇴근하면 곧바로 집에 와서 나하고 시장 보러 가겠다고 했단 말이다. 이런 일이 한 번도 없었는데 웬일인지 모르겠구나, 앙헬리토, 난 걱정돼 죽겠다."

쿡이 달려왔다. "돌로레스가 그러는데 피나가 플레이보이들하고 같이 나갔대. 하지만 어디로 나갔는지는 모른대. 피나가 방금 돌로레스한테 전화했는데 말하는 게 이상했대." 멘도사 부인은 쿡의 머리를 두 손으로 움켜잡고 전화 온 데가 어디냐고 물어 댔다. 쿡은 방금 모른다고 했지 않느냐고 말했다. 프로페인은 앙헬 쪽을 쳐다봤다. 그의 눈은 이미 프로페인을 보고 있었다. 멘도사 부인이 사라지자 앙헬이 말했다. "생각도 하기 싫어. 내 친누이인데 안 그렇겠냐고. 하지만 만약 그놈의 깡패 자식들 중의 누군가가 수상한 짓이라도 했다면, 그냥……"

프로페인은 자기도 그런 생각을 하고 있었다는 말을 하지 않았다. 그렇지 않아도 이미 앙헬은 흥분할 대로 흥분해 있었다. 하지만 그도 프로페인 역시 깡패단의 짓이라고 짐작하고 있다는 것을 알고 있었다. 둘 다 피나를 잘 알고 있었다. "찾아야겠어." 그가 말했다.

"녀석들은 도시 전역에 퍼져 있어." 제로니모가 말했다. "내가 소굴을 두어 군데는 알고 있어." 그들은 모트가에 있는 클럽 하우스부터 가 보기로 했다. 자정까지 그들은 지하철을 타고 시내를 샅샅이 뒤지고 다녔다. 가는 곳마다 빈 클럽 하우스와 잠긴 문들만이 그들을 기다리고 있었다. 그러다가 60번가 암스테르담로를 헤매고 있을 때, 모퉁이에서 시끌벅적한 소리가 들려왔다.

"제기랄." 제로니모가 말했다. 본격적인 패싸움이 벌어지고 있었다. 총도 몇 개는 보였지만 무기는 주로 칼, 쇠파이프, 전투복 벨트였다. 셋은 차들이 세워진 길 한편을 따라 가까이 갔다. 가는 도중, 트위드 정장을 입고 신형 링컨 컨티넨털 뒤에 숨어서 녹음기 조종 장치를 만지작거리고 있는 누군가와 마주쳤다. 음향 기술자는 마이크를 대롱거리며 근처 나무 위에 올라가 있었다. 밤공기는 차가웠고 바람이 불고 있었다.

"안녕하쇼." 트위드 정장 남자가 말했다. "윈섬이라고 해요."

"피나네 사장이야." 앙헬이 속삭였다. 프로페인은 피나의 소리 비슷한 비명이 거리 위쪽에서 들려오는 것을 들었다. 그는 달리기 시작했다. 총 쏘는 소리와 고함 소리가 들렸다. 약 3미터 앞에서 다섯 명의 밥 킹네 피라미들이 골목으로부터 길까지 뛰어나왔다. 앙헬과 제로니모가 프로페인의 바로 뒤를 따랐다. 누군가가 라디오의 가스펠 음악 채널을 볼륨 끝까지 틀어 놓은 채 길 한가운데에 차를 세우고 있었다. 가까이 가다가 그들은 휘익 하고 벨트가 바람을 가르는 소리와 함께 고통에 찬 비명을 들었다. 그러나 큰 나무 한 그루의 어두운 그림자 때문에 아무것도 볼 수는 없었다.

그들은 클럽 하우스를 찾아서 근처를 자세히 살폈다. 곧 그들은 'PB'라는 글자와 화살표가 보도 위에 분필로 끄적여 있는 것을 발견했다. 화살의 끝은 브라운스톤 건물을 가리키고 있었다. 그들은 그 집으로 들어가는 계단을 달려 올라가 'PB'라는 글자가 적힌 문을 발견했다. 문은 열리지 않았다. 그러나 앙헬이 두어 번 발로 차자 열렸다. 그들이 방금 등진 거리는 아수라장이 되었다. 몸뚱이들이 몇 개쯤 보도에 나뒹굴고 있었다. 앙헬이 혼자서 달음박질해 들어갔다. 프로페인과 제로니모도 뒤를 따라 들어갔다. 사이렌 소리가 업타운 쪽과 도시 반대쪽 방향에서 들려왔다. 그 소리는 싸움 소리와 어울려 소음을 더욱 혼란하게 했다.

앙헬은 홀 제일 끝에 있는 문 하나를 열었다. 약 반 초 동안 프로페인은 열려진 문 저쪽 낡은 군대 목침대 위에 알몸으로 머리를 흩뜨린 채 미소 짓는 얼굴로 누워 있는 피나를 보았다. 그녀의 눈은 그전에 당구대 위에서 봤던 루실의 눈처럼 퀭해 보였다. 앙헬이 돌아서더니 이를 전부 드러내며 말했다. "들어오지 마. 기다려." 그가 들어가고 문이 닫혔다. 곧 남은 둘은 앙헬이 피나를 두들겨 패는 소리를 들었다.

앙헬은 그녀를 죽이려는 것인지도 몰랐다. 남매 간의 규약이 얼마나 엄중한 것인지 프로페인은 알 도리가 없었다. 거기에 들어가서 말릴 수도 없었다. 경찰차 사이렌이 점점 커지더니 갑자기 딱 그쳤다. 패싸움 역시 갑자기 딱 그쳐 버렸다. 싸움이 끝난 것이다. 하지만 사실은 싸움보다 더한 것이 끝난 거나 다름없었다. 그는 제로니모에게 작별 인사를 하고 브라운스톤 건물 앞을 떠났다. 고개를 돌려 그의 뒤쪽으로 펼쳐진 거리의 상황을 쳐다볼 생각도 없이 그는 그냥 계속 걸었다.

그는 멘도사네 집으로 돌아가지 않으리라 마음먹었다. 거리 아래에는 이제는 더 이상 일거리가 남아 있지 않았다. 그는 표면으로, 즉 꿈의 거리로 돌아와야만 했다. 이내 그는 지하철 정류장을 발견했다. 이십 분 뒤, 그는 시내에서 싸구려 잠자리를 찾고 있었다.

7장

그녀는 서쪽 벽에 매달렸다
V

치의학 박사 더들리 아이겐밸류는 파크가에 있는 자택을 겸한 사무실에서 자신의 보물들에 둘러싸여 앉아 있었다. 사무실의 장식품 역할을 하고 있는 마호가니 장 안에는 검은색 벨벳 받침판 위에 이 하나하나가 다 다른 귀금속으로 만들어진 의치 한 세트가 전시되어 있었다. 윗니 오른쪽 송곳니는 고순도 티타늄으로 만들었는데, 아이겐밸류가 보기에는 전체 의치의 초점에 해당하는 물건이었다. 몇 해 전 그는 클레이턴 (블라디라고 불리기도 했다.) 키클리츠라는 작자의 개인 비행기를 타고 간 콜로라도 스프링스에 있는 한 주조 공장에서 그 제품의 원형 스펀지 틀을 보았었다. 요요다인 사의 키클리츠는 동쪽 해안 최대의 군수업자였다. 전국에 지사가 세워져 있었는데 그와 아이겐밸류는 같은 사교 클럽에 속해 있었다. 뭐라도 믿고 싶었던 스텐슬은 그렇게 말했고 어쨌거나 진짜로 그렇게 믿었다.

관심을 가지고 관찰하는 사람 눈에는 또렷이 보였겠지만 아이젠하워 대통령의 첫 임기가 끝나 갈 무렵부터 빛나는 작은 깃발들이 흩날렸다. 역사의 물결이 요동치는 회색 대기 가운데 용감하게 펄럭이며, 지금까지는 존재하지 않았으며 예상도 할 수 없었던 일이 도덕적인 우위에 서기 시작했다는 신호였다. 일찍이 20세기 초 전후해서는 정신분석학이 가톨릭 사제 대신 고해 신부 노릇을 했었다. 그런데 지금에 와서는 벌어지는 상황으로 미루어 보건대 이상한 일이지만 정신분석가가 치과의에게 왕좌를 빼앗기는 판국이었다.

이런 변화는 사실 겉으로 보기에, 전문 용어의 변화 때문에 나타난 현상에 지나지 않는 것 같았다. 진료 예약이라는 말이 상담 예약으로 바뀌었고 사람들이 자신에 대해 심오한 얘기를 할 때면 "치과의가 한 말에 따르면……."이라고 서두를 떼게 된 것이다. 이러한 예의 정신치의학은 자기 선임처럼 다른 전문 용어들을 속속 만들어 냈다. 그렇게 해서 신경쇠약은 '부정교합'으로, 구순기, 항문기, 생식기 따위의 개념은 '유치 발치'가 되었다. 본능이라는 단어는 '치수(齒髓)'로 초자아는 '에나멜'로 각각 바뀌었다.

치수는 부드러운 조직으로 섬세한 혈관과 신경이 레이스처럼 테를 두르고 있었다. 에나멜은 주로 칼슘이었다. 고로 무생물이었다. 이것들이 정신치의학에서 취급하는 개체와 주체였다. 단단한 무생물적 주체가 따스하고 맥박 뛰는 객체를 보호하고 감싸 주었다.

아이겐밸류는 티타늄의 둔중한 불꽃에 현혹되는 느낌을 음미하며 스텐슬의 환상에 대해 생각했다.(그는 의식적인 노력을 통해 그것을 말초 아말감으로 여기는 데 성공했다. 수은의 환각적인 흐름과 빛이 금과 은의 순수한 진실과 하나가 되어 뿌리에서 멀리 떨어진 곳에 있는 에나멜층에 생긴 구멍을 때우는 과정에 대한 생각이었다.)

이에 난 구멍은 버젓한 이유가 있어야 생긴다는 사실에 대해서 아이겐밸류는 숙고했다. 만일 이 한 개에 구멍이 몇 개씩이나 생긴다 해도 거기에는 치수의 생명을 위협하려는 의도적인 조직이나 음모 같은 것이 발생하지 않았다. 그러나 사람들 중에는 꼭 사고처럼,

세상 여기저기에 아무렇게나 흩어져 있는 충치들을 모아 비밀 결사단 같은 것을 조직하려 드는 스텐슬 같은 인간이 있게 마련인 것 같았다.

인터폰이 천천히 깜박이더니 "스텐슬 씨 오셨습니다."라고 말한다. 그자가 이번에는 무슨 핑계를 만들어 가지고 왔을까. 그는 벌써 세 번이나 예약을 하고 치아 관리를 받았다. 우아하고 유연한 걸음걸이로 아이겐밸류 박사는 개인 대기실을 향해 걸어갔다. 스텐슬이 일어나서 그를 맞이하며 뭐라고인가 입속으로 웅얼거렸다. "치통인가요?" 의사가 걱정스럽고도 친절한 어조로 물었다.

"이는 말짱합니다." 스텐슬이 비로소 말했다. "얘기를 해야 돼요. 둘 다 연극은 집어치우고 얘기를 합시다."

사무실의 그의 책상에 앉은 후 아이겐밸류가 말했다. "형사 노릇이 서툴군요. 스파이 노릇은 더욱 그렇고."

"스파이가 아닙니다." 스텐슬이 항의했다. "하지만 '사태'가 워낙 못 참을 지경까지 가서요." 이것은 그의 아버지에게서 배운 어투였다. "그자들이 악어 사냥 순찰대를 철폐하고 있단 말입니다. 사람들 주의를 피하려고 서서히 점차적으로 없애고 있어요."

"스텐슬 씨 때문에 놀란 걸까요?"

"제발 그만하시죠." 그는 갑자기 핏기가 싹 가셨다. 파이프와 담배쌈지를 꺼내더니 카펫으로 완전히 덮힌 바닥에 담배 부스러기를 떨어뜨리기 시작했다.

"스텐슬 씨는 악어 사냥 순찰대를 유머 감각까지 발휘해 가며 묘사하셨지요." 아이겐밸류가 말했다. "썩 재미있는 얘기였어요. 우리 간호사가 당신 입을 벌려 놓고 작업 중임에도 불구하고 말이죠. 그녀가 손이라도 부들부들 떨 줄 알았습니까? 아니면 내가 창백해질 것을 기대라도 했어요? 간호사가 아니라 내가, 저 드릴을 손에 들고 있었다면 어땠을까 생각하다가 죄의식이 느껴져서 꽤 불편하던데요."스텐슬은 드디어 파이프 속에 담뱃가루를 채워 넣고 불을 붙였다. "당신은 어디선가 내가 음모에 대해서 잘 안다는 이상한 생각을 하게 된 모양인데, 당신이 사는 세계에서는 뭉쳐 있는 현상들이 모두 음모처럼 보일 겁니다. 그러니 지금 의심하는 것도 말이 되죠. 하지만 하필 왜 나한테 상담하러 온 거냐 이겁니다. 브리태니커 백과사전에나 물어보시라고요. 그게 나보다야 당신이 알고 싶어 하는 것에 대해 더 잘 알 테니까요. 물론 당신이 치의학에 대해 배우고 싶어 한다면야 좀 다른 얘기겠지만요." 그 앞에 앉아 있는 남자는 너무나 나약해 보였다. 대체 몇 살이나 되었을까……. 쉰다섯쯤 되었을 것이다. 그러나 그냥 보기에는 일흔은 족히 되어 보였다. 그런데 거의 비슷한 나이일 아이겐밸류는 사실 서른다섯쯤으로 보였다. 스스로 느끼는 만큼 충분히 젊어 보였다. "분야는 뭡니까?" 아이겐밸류는 장난스럽게 물었다. "치근막병과, 구강외과, 교정학, 보철학, 어느 것에 관심이 있죠?"

"보철학이라고 해 두지요." 스텐슬의 말에 아이겐밸류는 조금 놀랐다. 그는 파이프 담배 연기로 주변에 보호막을 치고 뒤쪽에 은밀하게 숨어 있었다. 하지만 목소리는 이제 꽤 평정을 되찾은 듯 침착하게 들렸다.

"따라오시죠." 아이겐밸류가 말했다. 그들은 뒤편 사무실에 들어갔다. 진열실로 쓰이는 방이었다. 여기에는 포샤르[66]가 사용했던 집게 한 벌, 1728년 파리에서 발간된 『구강외과의』 초판본, 채핀 애런 해리스[67]의 환자들이 사용했다는 의자와 볼티모어 치과 대학의 1호

---

66   Pierre Fauchard(1678~1761). 프랑스의 치의학자. 근대 치의학의 아버지로 불린다.

건물에서 떨어져 나온 벽돌 한 장 같은 것들이 놓여 있었다. 아이겐밸류는 스텐슬을 마호가니 장식장이 있는 곳으로 데리고 갔다.

"누구 거죠?" 스텐슬이 이를 바라보며 말했다.

"신데렐라에 나오는 왕자처럼 난 아직도 그 의치가 딱 맞을 입을 찾고 있어요."

"스텐슬이 생각하기에도 그래 보이는군요. 신데렐라라면 껴 줄 법도 한데요."

"내가 만든 겁니다. 당신이 찾고 있는 누구도 저걸 봤을 리는 없어요. 당신과 나, 그 외에는 극소수의 선택받은 사람들만 봤다고요."

"스텐슬이 어떻게 알겠어요."

"내가 진실을 말했다는 걸? 그런 생각을 하시다니, 스텐슬 씨."

장식장 속의 의치도 웃는 것 같았다. 약간 책망하는 듯한 웃음이었다. 사무실에 돌아간 후 아이겐밸류는 스텐슬을 떠보려고 물었다. "그런데 V.가 도대체 누굽니까?"

그러나 그 천연덕스러운 질문은 스텐슬을 당황하게 하지 않았다. 또한 치과의사가 자기의 집념에 관해 알고 있다는 사실에 놀라는 빛도 보이지 않았다. "정신치의학에도 비밀이 있듯이 스텐슬에게도 비밀이 있지요." 그는 이렇게 대답했다. "하지만 무엇보다 중요한 것은 V.에게도 비밀이 있다는 사실이에요. 그녀는 그에게 빈약하디빈약한 뼈대만 내밀었어요. 나머지는 모두 그의 추측이지요. 그는 그녀가 누군지, 무엇인지도 모릅니다. 알아내려고 노력하고 있을 뿐. 그건 그가 그의 아버지에게서 물려받은 상속권 같은 것이지요."

바깥에서는 오후도 저물어 가고 있었다. 작은 바람이 일으킨 가

---

67   Chapin Arron Harris(1806~1860) 미국의 치의학자로 세계 최초의 치과 전문대학인 볼티모어 치과 대학을 세웠다.

벼운 파동만 일 뿐이었다. 스텐슬의 이야기는 아이겐밸류의 책상보다 넓지 않은 직육면체 안으로 무용지물처럼 떨어져 들어가 버리는 것 같았다. 치과의는 스텐슬이 그의 아버지가 어떻게 해서 V.에 관해 알게 되었는지 경위를 말하는 동안 잠자코 있었다. 이야기가 끝나자 아이겐밸류는 말했다. "물론 현지 조사는 했겠지요."

"네. 하지만 이미 말한 것 외에 더 알아낸 건 없었어요." 사실이 그랬다. 불과 몇 년 전 피렌체는 20세기 초의 피렌체처럼 관광객으로 붐비고 있었다. 그러나 V.는(누군지는 몰라도) 르네상스적이면서도 바람이 잘 드는 그 도시 공간에 흡수되었는지, 아니면 수천 점의 걸작 회화 속 일부가 되어 버렸는지 아예 흔적도 보이지 않았다. 하지만 그는 자기 목적과 관계가 없지만도 않은 사실을 발견하기는 했다. 그것은 그녀가, 다소 피상적이었을지언정 1차 세계 대전 몇 년 전에 있었던 온갖 외교적인 센스가 동원된 아마겟돈의 음모나 준비 작업과 어느 정도 연관이 있으리라는 것이었다. V.와 정치적 음모, 그 구체적인 형태는 당대 역사의 수면에 떠오른 우발적 현상들에 의탁해 알아볼 수밖에 없었다.

아이겐밸류는 어쩌면 이번 세기의 역사가 물결 주름이 잡힌 천과 같다고 생각했다. 스텐슬처럼 주름 아래 들어가 있으면 천의 날실, 씨실, 무늬 같은 것이 하나도 보이지 않는 것이다. 하나의 주름 속에 들어가 있기 때문에 우리는 비로소 다른 주름이 있으리라는 것을 상상하고, 그 주름들도 우리가 들어 있는 주름 속처럼 각각 골짜기를 이루고 있으리라는 것도 상상한다. 그런데 이 골짜기 하나하나가 결국은 전체 옷감보다 중요해지고 따라서 연속성을 잃게 된다. 우리가 1930년대의 웃기게 생긴 자동차 모형을 보고 매력을 느낀다든지 1920년대에 유행하던 옷이나 할머니 할아버지들의 기묘한 도덕적인 습관 따위를 재미있어하는 것도 이런 이유에서일 것이다. 우리는 이런 시대성에 대해서 뮤지컬 코미디 같은 걸 만들기도 하고 보러 다니기도 한다. 그리고 그런 것들에 속아 넘어가 거짓된 기억과 거짓된 향수를 일으키기도 한다. 이쯤 되면 연속적 전통에 대한 모든 감각을 잃어버리는 셈이다. 우리가 골짜기에 살지 않고 불룩 튀어나온 부분에 산다면 상황이 달라질지도 모른다. 왜냐하면 적어도 우리 눈으로 전체 상황을 볼 수 있을 테니까.

1

1899년 4월, 젊은 에번 고돌핀은 봄에 취해, 통통한 청년에게는 어울리지 않는 미학적인 옷차림으로 피렌체에 활개를 치고 들어왔다. 오후 3시에 온 도시에 퍼부은 폭염 때문에 얼굴이 마치 방금 구워 낸 고기 파이처럼 익은 색에 딱딱하게 굳어 있었다. 중앙역에 내린 그는 옅은 분홍색의 실크 우산으로 무개 마차를 불러 세웠다. 쿡 여행사에서 나온 짐꾼에게 주소 하나를 고함쳐 말하고 서투른 앙트르샤 되[68]를 해 보이고서 누구에게랄 것도 없이 야호, 하고 외쳤다. 그는 마차에 올라탄 다음, 비아 데이 판차니 방향으로 노랫소리와 함께 실려 갔다. 그는 왕실 지리학회 회원이자 남극 탐험가인 늙은 아버지 휴 함장을 만나러 온 것이다. 어쨌든 그것이 표면상의 이유였다. 그러나 그는 무슨 일에 이유 따위는, 표면적인 것이라 해도 별로 필요가 없다고 믿는 무사태평 인간이었다. 가족들은 그를 백치 에번이라고 불렀다. 보복으로 그는 짓궂은 소리가 하고 싶을 때면 자기를 제외한 모든 고돌핀 가 사람들을 '특권층'이라고 불렀다. 하지만 그

---

68   발레에서 펄쩍 뛰어오르며 발을 서로 교차하는 동작을 뜻한다.

의 다른 발언들이나 마찬가지로 이 발언에도 악의는 없었다. 어려서 그는 디킨스의 작품에서 뚱뚱한 소년을 다룬 방식에 깜짝 놀랐다. 작품 속의 뚱뚱한 소년은 뚱뚱한 애들이 다들 괜찮은 녀석이라는 그의 관념에 대한 도전으로 보였다. 그는 얼간이 노릇을 열심히 하는 만큼이나 뚱뚱한 족속들에 대한 모욕적 견해를 부정하는 일에도 열심이었다. 왜냐하면 '특권층'들에 대한 반항심에도 불구하고 멍청이 역할을 하는 것이 그리 쉽지만도 않았던 것이다. 그는 자기 아버지를 좋아했지만 보수적인 유형이 아니었다. 철이 들면서부터 줄곧 그는 고돌핀 제국의 영웅 휴 함장 그늘에서 살면서 자기에게도 얼마쯤 돌아왔을지 모를 영광을 거부해 왔던 것이다. 그러나 이것은 시대적 특징이기도 했으며 에번은 시대를 거스르기에는 너무 착했다. 한동안은 바다로 나갈 궁리도 해 보았다. 아버지의 발자취를 따르기 위해서가 아니라 '특권층'들에게서 떠나고 싶어서였다. 그는 사춘기 시절 집안 사람들과 불화가 있을 때면 기도 문구 같기도 하고 이국어 같기도 한 한마디를 웅얼거리는 것으로 만족하는 듯했는데, 그 외마디 단어란 가령, 바레인, 다르에스살람, 세마랑[69] 등이었다. 그러나 해군 사관학교 2학년 때 그는 '붉은 아침 해 연맹'이라는 허무주의 집단을 이끌다가 퇴학당하고 말았다. 혁명을 실현하기 위해서 미친 듯이 술을 마시고 난동을 부리는 파티를 제독실 유리창 밑에서 가능한 자주 여는 것이 좋다고 믿는 집단이었다. 집안사람들은 드디어 절망 가운데 공동 전선을 펴고 그를 대륙에 유배해 버렸었다. 은근히 그가 대륙에서 그럴듯한 반사회적 행동을 일으켜서 외국 감옥에 투옥되기를 바랐을지도 모를 일이었다.

---

69   페르시아만, 인도네이시아, 아프리카 등지의 바다와 인접한 곳의 지명으로, 이전에 영국 영토였다.

파리에서 저지른 해롭지 않은 방탕한 짓 탓에 도빌에서 두 달에 걸친 회복 기간을 보낸 그는 셰르 발론이라는 호텔에 머물렀는데, 명문가 사람들이나 호텔의 이름값에 감지덕지하는 사람들에게서 17000프랑이나 받는 곳이었다. 막상 가 보니 거기에는 '퇴학을 당했다고 하더구나. 누구하고 대화하고 싶다면 나는 피아차 델라 시뇨리아 5번지 8층에 있으니 그리로 와라. 네가 아주 보고 싶다. 전보로 긴 얘기를 하는 건 현명하지 않겠지. 베이수. 이해할 줄 믿는다. 아버지로부터.'라는 전문이 기다리고 있었다.

베이수라니, 역시 그랬구나. 무시할 수 없는 호출이었다. 베이수, 그는 이해했다. 에번이 미처 기억도 못 할 정도로 오래전부터 두 사람을 묶어 온 유일한 연계였던 것이다. 그곳은 또한 '특권층'들의 힘이 미치지 않는 곳으로 에번이 작성한 이국적 지역의 명단 중에서도 가장 중요한 장소였다. 이미 열여섯 살쯤 되었을 때부터는 그런 곳이 실재한다고는 믿지 않았지만, 그러나 그가 알고 있는 한 그것이야말로 아버지와 에번 둘만 공유하고 있는 유일한 어떤 것이었다. 전보를 다 읽고 나서 그가 처음 보인 감정적인 반응(휴 함장도 이젠 다 늙었군, 아니면 노망이 더해진 모양이야 등등)은 곧 조금 너그러운 의견 쪽으로 기울었다. 에번은 아버지의 최근 남극 탐험 여행이 노인에게 너무 큰 부담을 주었을 거라는 쪽으로 마음을 먹었다. 그러나 피사에 가는 도중, 에번은 아버지의 말투에 무언가 심상치 않은 점이 있었다는 사실을 뒤늦게 깨닫고 불안해졌다. 최근 들어 그는 인쇄된 모든 것(음식점 메뉴, 기차 시간표, 벽보 따위의)을 자세히 들여다보는 버릇이 생겼었다. 그는 그런 것들에서 어떤 문학적인 의미를 해독하려 한 것이다. 에번은 아버지를 파테르[70]라고 부르면 혹시라도 『르네상스』

---

70   그리스어로 '아버지'라는 뜻이다.

의 저자[71] 이름과 헷갈릴지 모른다는, 이유 있는 우려 때문에 자기 아버지를 그렇게 부르는 것을 꺼리던 젊은 세대에 속했으며 문장이나 말의 어조에 민감했다. 그런데 아버지가 보낸 전보에는 뭔지 짚어 내기는 힘들어도 등골을 오싹하게 하는 공포의 예감 같은 것이 감돌았던 것이다. 상상력은 날개를 달고 날아올랐다. '전보로 긴 얘기를 하는 건 현명하지 않겠지.' 이 말은 음모, 규모가 크고 비밀에 싸인 조직적인 행위 같은 것의 존재를 시사하는 것 같았다. 그런데다 그 암시가 하필 부자 사이에 존재하는 단 하나의 공유물과 복합되어 있었다. 그중 하나만 있었다면 창피한 기분이 들었을 것이다. 스파이 소설에나 나올 법한 공상에 어떤 의미로든 가담되어 있다는 게 수치스러웠을 것이다. 아니, 그보다도 존재했어야 하나 존재하지 않는 것, 지금 와서는 오직 어린 시절 자기 전 이야기였던 그 전설의 기억 속에서만 살아 있는 어떤 것을 근거로 무슨 행동이든 시도하려고 한다는 게 더욱 수치스러웠을 것이다. 하지만 이렇게 두 가지 요소가 합쳐지자 효력은 경마에서 말 몇 마리에 동시 베팅을 한 것처럼 강력해졌다. 그것은 단순히 하나에 다른 하나를 더한 것을 넘어 또 다른 작용에 의해 합쳐진, 전혀 다른 것들의 복합적이면서도 더욱 큰 힘으로 작용하기 시작했다.

아버지를 만나야만 했다. 영혼의 방랑벽, 연분홍색 우산, 그리고 괴상한 옷차림에도 불구하고. 결국 그의 피 속에도 반항심이 섞여 있었던가? 이 점에 대해 깊이 생각할 정도로 심적인 갈등을 느껴 본 적은 없었다. '붉은 아침 해 연맹'이란 한낱 재미있는 장난에 불과했고 지금껏 정치에 대해서 심각한 생각이나 느낌을 가져 본 일이 없었다.

<hr>

71　　Walter Pater(1839~1894). 영국의 비평가로, 성이 그리스어의 '아버지'인 파테르와 같은 철자이다.

하지만 그는 나이 많은 세대에 대해서 참을성이라는 게 없었고, 그런 태도는 드러내 놓고 하는 반항이나 별다를 것이 없었다. 사춘기의 진흙 구렁을 벗어나면서 그는 '제국' 얘기를 점점 더 지루하게 느꼈고, 그 영화로움에 대한 얘기라면 나환자의 발작처럼 무서워하며 피하게 되었다. 중국, 수단, 동인도, 베이수 등은 그 당시 그에게 큰 영향을 끼쳤었다. 그의 능력에 얼추 맞아떨어질 만한 흥미로운 세계였던 것이다. 그는 그런 지역을 돌아보며 '특권층'의 침입과 약탈에서 완전히 안전한 상상 속 식민지를 확보했다. 그는 간섭도 싫어했고, 자기 나름대로 무슨 일이든 '너무 잘하지' 않기를 원했으며, 게으른 심장 고동이 마지막 맥박을 울릴 때까지 백치로서 일관된 삶을 살 생각이었다.

마차는 왼쪽으로 거칠게 틀더니 뼈를 뒤흔들 것처럼 덜컹대며 전차 선로를 넘어갔다. 그러고는 또다시 오른쪽으로 돌아 비아 데이 베치에티로 들어섰다. 에번은 네 손가락을 치켜들며 마부에게 욕지거리를 했다. 하지만 마부는 멍청한 미소만 지었다. 전차 한 대가 요란하게 그들 뒤에서 다가오더니 나란히 와서 달렸다. 에번이 고개를 그쪽으로 돌리자 줄무늬 난 옷을 입은 젊은 여자가 커다란 눈을 깜박이며 그를 쳐다보고 있는 것이 보였다.

"시뇨리나." 그가 소리쳤다. "아, 브라바 판치울라, 세이 투 잉글레사?[72]"

여자는 얼굴을 붉히며 들고 있는 양산에 놓인 자수만 골똘히 들여다보았다. 에번은 마차에서 일어서서 그럴싸한 자세를 취하고 윙크를 했다. 그러고는 「돈조반니」 중에서 「오, 오라 창가로」를 숨소리를 섞어 가며 부르기 시작했다. 여자가 이탈리아어를 이해했는지는

72   이탈리아어로 '아 용감한 아가씨, 당신은 영국인인가요?'라는 뜻이다.

알 수 없었으나 그 노래는 부정적인 효과를 초래했다. 그녀가 유리창가를 떠나 차칸 가운데 떼 지어 서 있는 이탈리아 사람들 틈바구니에 들어가 버렸던 것이다. 에번의 마부는 그 순간 말들에게 채찍질을 가해 속도를 높였다. 말들은 가던 길에서 빗나가 또다시 선로를 가로지른 뒤 전차를 앞질러 달렸다. 에번은 노래를 부르다가 균형을 잃고 거의 마차 밖으로 떨어질 뻔했다. 하지만 그는 용케 마부석 덮개 한쪽을 허우적거리는 손끝으로 잡는 데 성공했다. 그렇게 한참 동안 별로 우아하지 못한 버둥거림을 계속한 끝에야 겨우 다시 자리에 가서 털썩 주저앉을 수 있었다. 그러는 동안 비아 페코리에 도착해 있었다. 그는 뒤를 돌아다보고 여자가 전차에서 내리는 것을 확인했다. 마차가 조토의 캄파닐레를 덜컥덜컥 지나쳐 가는 동안 그는 한숨을 쉬며 그녀를 생각했다. 그는 아직도 여자가 영국인이었는지가 못내 궁금했다.

2

폰테 베키오의 주류상 앞에 시뇨르 만티사는 자신의 공범이자 맥 빠져 보이는 칼라브리아[73] 사람 체사레와 함께 앉아 있었다. 두 사람은 브롤리오산 와인을 홀짝이며 불행한 기분에 사로잡혀 있었다. 비가 오는 와중에 불현듯 체사레는 스스로를 증기선이라고 생각하기 시작했다. 비가 잦아들자 영국인 관광객들이 다시금 다리를 따라 늘어선 가게들 밖으로 나오기 시작했다. 체사레는 자기 목소리가 들리는 범위 안에 들어온 모두에게 자신의 발견을 알린다. 술병 입구에

---

[73]   이탈리아 남쪽에 위치한 지역 이름.

서 입을 떼지 않은 채 그는 짧게 소리를 질렀다. 환상을 더욱 북돋기 위해서였다. "투." 그가 보낸 신호는 다음과 같았다. "투. 바포레토, 이오."[74]

시뇨르 만티사는 그에게 관심도 보이지 않았다. 그의 160센티미터 남짓한 체구는 접이식 의자 위에 앙상하게 올라앉아 있었다. 잘 만들어진 작은 몸뚱이었다. 꼭 금세공사(벤베누토 첼리니일 수도 있겠다.)가 만든 망각된 예술 작품처럼 진귀한 구석도 엿보였다. 검은색 서지 양복을 입혀 경매장에 진열한 골동품 같았다. 그의 눈은 다년간에 걸친 탄식 때문인지 분홍색 테가 둘려 있었다. 아르노강과 가게들 정면에 부딪치고 되돌아온 햇빛, 내리는 비 때문에 수없는 조각들로 분광된 햇빛이 금발과 눈썹과 콧수염에 파고들어 얽혀서 머물러 있는 탓에 그의 얼굴은 선뜻 다가서기도 어려운 황홀의 가면으로 변모해 있었다. 그것은 눈 속의 슬프고 지친 빛을 부인했다. 그러나 누구든 이 사람을 쳐다보고 있노라면 얼굴의 다른 부분을 한동안 감상한 끝에 도로 이 슬프고 지친 듯한 두 눈으로 돌아오게 마련이었다. 만약에 시뇨르 만티사에 대한 관광책자라도 나온다면 틀림없이 이 두 눈은 매우 흥미로운 관광 요소로 별표 표시가 들어갈 터였다. 물론 두 눈에 대한 수수께끼는 설명이 빠져 있을 것이다. 왜냐하면 그 눈 속 슬픔이라는 것은 굉장히 유동적이고 초점도 없었으며 뭐라 지적하기 힘든 아주 불분명한 것이었기 때문이다. 여자 때문이로군, 잠깐 쳐다본 관광객 정도라면 응당 그렇게 확신할지도 모른다. 복잡한 거미줄 틈으로 뭔가 보편적인 광채 같은 것이 드러나 보여, 그가 그런 유의 사람이 아니라는 것을 밝히기 전까지는 말이다. 그렇다면 그의 비밀이란 뭐란 말인가? 어쩌면 정치일 수도 있다. 부드러운 눈빛과

---

74   이탈리아어로 '나는 증기선이다.'라는 뜻이다.

빛나는 꿈을 가진 마치니[75]를 떠올려 보면 이 사람에게서 모종의 나약함과 시인의 자유분방함을 느낄 수도 있을 것이다. 그러나 그 눈을 충분히 오랫동안 바라보는 동안, 눈 뒤쪽에 비치는 플라스마가 세상 모든 그럴듯한 슬픔의 양상(곤경에 빠진 재정, 나빠진 건강, 파괴된 믿음, 배반, 무능력, 상실 따위)을 차례대로 보여 줄 것이었다. 이쯤에서 우리의 관광객은 진실 하나를 깨닫게 될 것이다. 그것은 바로 지금 자신이 보고 있는 것이 그저 어느 하나도 똑같은 물건을 취급하는 법이 없는 노점들로 들어찬 기나긴 거리 축제 같은 것이라는 사실이었다. 그 축제에 널려 있는 것들 중에서 한참 동안 서서 들여다볼 만한 실체 따위는 하나도 없었다.

그 이유는 뻔할뿐더러 실망스럽기도 했다. 시뇨르 만티사 자신이 그 모든 지경을 다 거쳐 왔다는 것, 그 단순한 사실이 바로 그 이유였다. 축제 노점에 늘어놓은 물건들은 그의 삶 가운데 어느 한순간 기억 속의 영원한 전시품으로 남아 있었다. 그것은 리옹에서 살던 금발의 재봉사이기도 했고 피레네 산맥 너머 담배를 밀수하려다 실패한 계획이기도 했으며 또 어떤 경우에는 벨그레이드에서 일어난 소규모 암살 시도였다. 모든 일들은 반전된 채 기억 속에 기록되었다. 그는 사건 하나하나에 동등한 비중을 두었다. 거기서 배운 것이라고는 그런 일들이 언젠가 또 일어날 것이라는 사실뿐이었다. 마키아벨리와 마찬가지로 그는 망명 중이었으며 반복과 부식의 그림자에 잠식되어 있었다. 그는 이탈리아식 비관주의라는 맑은 강가에서 때 묻지 않은 마음으로 사색에 잠겼다. 모든 인간은 부패했다. 역사는 같은 양상을 되풀이했다. 그 조그맣고 잰 발이 걸음을 옮기는 곳 어디

---

75   Giuseppe Mazzini(1805~1872). 이탈리아의 애국자이자 혁명가. 가리발디 장군의 조력자이다.

에도 그에 대한 서류 기록이 남는 일이라곤 없었다. 공무원들은 그의 존재에 관심이 없는 것 같았다. 그는 사실 이제는 사라져 가는 예언자 집단의 중요 인사였다. 그는 어쩌다 흘리는 눈물을 제외하면 눈빛이 흐려지는 일이 없었으며, 그가 속한 집단의 바깥쪽은 영국과 프랑스의 성형외과 업계와도 그 경계선을 같이했다. 거기에 더해 스페인 '1898년 세대'의 세계를 둘러싸고 있는 경계선과도 인접해 있었던 것이다. 이들에게 유럽 대륙은 친숙한 미술관 같았다. 다만 이미 오래전에 싫증이 난 탓에 지금은 비를 피할 곳 아니면 막연한 위험에서 도망갈 곳으로만 쓰였지만.

체사레는 술병에 입을 대고 들이켠 후 노래를 하기 시작했다.

Il piove, dolor mia
Ed anch'io piango…….[76]

"싫어." 시뇨르 만티사가 술병을 거절하여 말했다. "그 사람 올 때까지 더 이상 안 마실래."

"영국 여자 둘이 온다." 체사레가 외쳤다. "이 여자들을 위해 한 곡조 불러야지."

"제기랄."

Vedi, donna vezzosa, questo poveretto,
Sempre cantante d'amore come…….[77]

---

76 이탈리아어로 '비가 내리네, 내 아픈 가슴에. 그리고 나도 눈물 흘리네…….'라는 뜻이다.

77 이탈리아어로 '아름다운 여인이시여, 불쌍한 이 나를 보아 주시오, 언제나 부르나니 사랑의 노래, 그것은 마치…….'라는 뜻이다.

"시끄러워. 조용히 좀 해."

"……증기선 같아." 의기양양하게 그는 백 사이클은 족히 될 만한 음성을 폰테 베키오 쪽으로 뽑았다. 깜짝 놀란 영국 여자들이 몸을 움츠리며 지나갔다.

잠시 후 시뇨르 만티사는 의자 밑으로 손을 뻗치더니 따지 않은 술병을 하나 끄집어내었다.

"가우초가 왔어." 그는 말했다. 키가 크고 걸음걸이가 묵직한 사나이가 그들 옆에 와서 섰다. 그는 펠트모 아래로 눈을 끔벅이며 그들을 신기하다는 듯이 바라보고 있었다.

체사레 때문에 신경질이 났는지 엄지손가락 끝을 물어뜯으며 시뇨르 만티사는 와인병 따개를 찾았다. 그러고는 무릎 사이에 병을 끼워 넣고 코르크 마개를 빼내었다. 가우초는 의자를 거꾸로 타고 앉아서 술병을 들고 길게 들이켰다.

"브롤리오산 와인." 시뇨르 만티사가 말했다. "최고급품이에요."

가우초는 멍한 표정으로 모자챙을 만지작거렸다. 그러더니 갑자기 소리쳤다. "난 행동가 형이죠, 선생. 시간 낭비는 싫어해요. 자, 그럼. 용건을 얘기합시다. 선생 계획을 좀 들여다봤어요. 어젯밤에는 자세한 걸 묻지 않았소이다. 자질구레한 얘길 안 좋아해서죠. 솔직히 선생이 얘기해 준 것들만으로도 너무 자세한 정도였다오. 용서하시오. 너무 반대만 해서 미안하지만 일의 성질이 그만큼 까다로워서니까. 잘못될 만한 여지가 너무 많은 것 같소. 지금 일에 관계된 사람이 몇 명이죠? 선생, 나, 그리고 이 촌뜨기?" 체사레의 얼굴이 행복한 미소를 지었다. "둘은 필요 없는 수예요. 선생 혼자 했어야만 해요, 모든 걸. 수행원 가운데 한 사람을 매수해야 한다는 얘기도 했었죠. 그럼 숫자가 벌써 넷이 되는 거요. 그런 식으로 앞으로 얼마나 더 매수해야 할 것 같아요? 얼마나 많은 양심을 얼버무려야 하는가. 이놈의 일이 끝나기 전 그중 아무도 우리를 배신하지 말란 법은 또 어디 있느냐고요?"

시뇨르 만티사는 술을 한 모금 마신 뒤 콧수염을 닦았다. 그러고는 고통스러운 미소를 지으며 입을 열었다. "체사레는 연락책을 할 수 있어요. 용의자 명단에서도 빠져 있거든요. 아무도 주의해 보지 않을 존재라고요. 피사까지는 유람선으로, 거기에서 니스까지는 기선으로 가는 이 통행로를 누가 마련하겠어요, 만약⋯⋯."

"선생이 했어야지. 물론." 가우초가 위협적인 어조로 말했다. 그러면서 그는 와인병 따개로 시뇨르 만티사의 늑골을 쿡쿡 쑤셨다. "선생 혼자면 됐소. 유람선이며 기선 선장들하고 거래하는 게 과연 필요한 절차일까? 아니지, 필요한 건 배에 올라타는 일뿐이오. 타고 가면 그만이라고. 거기서부턴 세게 나가야지. 과감하게 말이오. 책임자 급 누가 나타나기라도 하면⋯⋯." 그는 와인병 따개를 마구 비틀어 시뇨르 만티사의 흰색 리넨 셔츠를 한 뼘가량 돌돌 말았다. "알겠소?"

핀에 꽂힌 나비처럼 병따개 끝에 꿰인 시뇨르 만티사는 두 팔을 휘두르면서 얼굴을 찡그리곤 금발머리를 흔들어 대었다.

"맞는 말씀이야." 그는 드디어 입을 열어 마지못해 대답했다. "맞는 말씀이라고요, 사령관. 군인들 기질에는⋯⋯ 단도직입적인 행동이⋯⋯ 훨씬 잘 맞지. 하지만 이러한 섬세한 문제를 다루는 데 있어서는."

"허튼소리!" 가우초는 병따개를 빼냈다. 그러고는 시뇨르 만티사를 노려보았다. 그사이에 비는 그치고 해가 떨어졌다. 다리 위는 관광객들로 붐비고 있었다. 룬가르노에 있는 호텔가로 돌아들 가는 중이었다. 체사레는 사람 좋은 표정으로 관광객들을 바라보고 있었다. 셋은 가우초가 입을 열 때까지 침묵을 지켰다. 가우초는 이윽고 조용하지만 불안이 깔린 어조로 말을 시작했다.

"작년 베네수엘라에서는 이렇지 않았소. 아메리카 대륙 어디도 이렇지는 않았다고요. 이렇게 비비 꼬이고 복잡한 수작은 구경도 못 했소이다. 싸움은 간단하고 깨끗했죠. 우리는 자유를 원했는데 그들은 그걸 마음에 들어 하지 않는다. 그렇다면 자유냐, 노예살이냐, 딱 두 단어뿐이었단 말씀이오. 선생 같은 예수회 신자들이 좋아하는 쓸데없는 군소리 따위는 없었소. 장황한 말장난이며 종이 전단, 설교도 없고 정치적으로 올바른 게 뭔지에 대한 글줄도 없었다고. 우리는 우리가 어디 서 있는지 알았고 언젠가는 가서 서야 할 자리도 알았을 뿐이오. 싸움에 있어서도 마찬가지로 단도직입적이고 깨끗하게 행동했지. 당신네는 자기들이 훌륭한 마키아벨리의 후예라고들 생각하고 있겠지? 노련한 전술을 능수능란하게 구사하는? 마키아벨리가 사자와 여우에 대해 말한 일이 있잖소. 그런데 당신네는 지금 그 여우 부분만 보는 거요. 그 뒤틀린 흐리멍덩한 머리로는 그럴 수밖에 없을 거요. 도대체 사자의 강력한 힘, 호승심, 타고난 기품은 어디로 갔단 말이오? 등만 돌리면 인간이 인간의 원수가 되는 이 시대는 대체 어떻게 돼먹은 시대란 말이오?"

시뇨르 만티사는 조금 평정을 되찾은 듯 달래는 어조로 이렇게 말한다. "두 쪽 다 필요하다마다. 바로 그렇기 때문에 사령관을 협조자로 선택한 거 아니겠어요. 사령관은 사자이고 나는," 겸손한 어조였다. "아주 작은 여우이겠습죠."

"그리고 이자는 돼지고?" 가우초가 체사레의 등을 손바닥으로 철썩 치며 외쳤다. "브라보! 매우 훌륭한 팀이구려!"

"돼지 맞아요." 체사레가 술병으로 잽싸게 손을 뻗치며 행복한 소리로 말했다.

"더는 안 돼." 가우초가 말했다. "여기 이 선생이 우리 모두를 위해 수고스럽게도 트럼프 카드로 집을 지어 주셨지. 아무리 내게 그런

집에 들어가 살 생각이 없다 해도 당신 같은 술주정뱅이가 속없이 지껄이는 소리 때문에 집이 날아가게 할 생각은 없단 말이오. 그러니, 자넬 완전히 취하게 내버려 둘 순 없다고." 그는 도로 시뇨르 만티사 쪽으로 돌아서며 말했다. "아무렴. 선생은 진짜 마키아벨리 신봉자는 될 수 없어요." 가우초는 계속했다. "그자는 모든 사람을 위한 자유의 사도였죠. 어느 누가 『군주론』을 읽고 그자가 공화주의 이념 아래 단결된 이탈리아를 꿈꿨다는 사실을 간과할 수 있겠소? 바로 저기가……." 그는 노을이 진 왼쪽 강둑을 가리켰다. "그자가 살던 곳이오. 메디치가에게 핍박을 당했지. 그들은 여우였어. 그자는 여우들을 미워했고. 그자가 마지막 남긴 권고는 사자를 위한 것이었어요. 힘의 화신인 사자 같은 인간이 나타나 모든 여우들을 이탈리아 밖으로 몰아내 버리기를 원한 거였다고요. 그의 도덕관이야말로 나와 남아메리카에 있는 우리 동지들처럼 단순하고 정직했지. 그런데 지금 그의 깃발 아래 선생은 메디치의 그 간악한 권모술수를 부활하게 하려는 거라고요. 그 장구한 세월 이 도시에서 자유를 구속한 자의 방법을 영원히 계속하는 짓이라고 볼 수 있다고요. 나는 단지 선생 같은 사람하고 상종한 것만으로도 영영 돌이킬 수 없는 불명예를 저지른 셈이라오."

"만약…… 만약에 사령관이 다른 계획을 세웠다면, 우린 기꺼이……." 또다시 고통스러운 미소를 지으며 시뇨르 만티사가 말했다.

"물론 다른 계획을 세웠지." 가우초가 사납게 대꾸했다. "사실상 유일한 계획이라오. 말씀해 드리지, 지도 있소?" 시뇨르 만티사는 얼른 속주머니에서 연필로 그린, 접힌 도표를 끄집어내었다. 가우초는 불쾌한 듯한 표정으로 그것을 들여다보았다. "이게 우피치 미술관이로군." 그가 말했다. "여긴 들어간 일이 한 번도 없소. 들어가 봐야겠구려. 그래야 느낌을 파악할 수 있을 테니까. 그런데 그 물건은 어디 있소?"

시뇨르 만티사는 왼쪽 구석을 가리켰다. "로렌초 모나코의 방. 바로 여기요. 정문 입구 열쇠는 벌써 맞춰 뒀지요. 큰 복도가 세 개 있어요. 동쪽, 서쪽에 하나씩 있고 그 둘을 연결하는 짧은 복도가 남쪽으로 나 있어요. 3번 서쪽 복도에서 이 작은 복도로 들어가야 해요. '각종 초상화들'이라는 표식이 붙어 있을 거요. 오른쪽 끝으로 가면 전시장에 들어가는 입구가 딱 하나 있어요. 여자 그림은 서쪽 벽에 걸려 있지요."

"유일한 입구이자 유일한 출구라." 가우초가 말했다. "마음에 안 드는군. 빠져나갈 구멍이 없다는 건. 건물 자체에서 빠져 나오려면 동쪽 복도를 전부 지나서 피아차 델라 시뇨리아로 통하는 층계를 거쳐야 하다니."

"엘리베이터가 있어요." 시뇨르 만티사가 말했다. "팔라초 베키오에 이어지는 통로까지 타고 갈 수 있는."

"엘리베이터라니." 가우초가 비웃는 소리로 말했다. "바로 선생 같은 사람한테서나 들을 만한 제안이군." 그는 시뇨르 만티사 쪽으로 몸을 숙이고는 이를 드러내며 내뱉듯 말했다. "지금 이 상태로도 선생 계획대로 하면 제일 멍청한 짓을 하는 거나 같다는 걸 모르시나 본데. 이렇게 긴 복도를 끝에서 끝까지 가는 것도 그렇거니와, 거기서 또 다른 복도를 하나 더 지나고, 그러고도 또다시 셋째 복도를 반이나 더 가야 하지 않소? 그런 다음 또 복도를 하나 더 거쳐서 막다른 방에 다다르게 되어 있는데, 거기서부터는 또다시 온 길을 전부 다 거쳐 나오게 되어 있으니 도대체가 그 거리라는 게……." 그는 재빨리 계산했다. "600여 미터나 된다 이 말이오. 전시장을 하나씩 거칠 때마다, 모퉁이를 하나씩 돌 때마다, 경비가 달려들 게 뻔한 이 기나긴 거리를 다 무사히 거쳐야 하는데 그걸로도 부족해서 엘리베이터까지 타자는 거요!"

"그뿐 아니라." 체사레가 한마디 거들었다. "그 여잔 무지하게
크지요."

가우초가 한쪽 주먹을 불끈 쥐었다. "얼마나 큰데."

"세로 175센티미터, 가로 279센티미터." 시뇨르 만티사가 별수
없이 고백했다.

"도대체 어떻게 된 돌대가리요!" 가우초는 머리를 흔들면서 뒤
로 기대앉았다. 분노가 치밀어 오르는 것을 누르느라 애를 쓰며 그는
시뇨르 만티사를 향해 입을 열었다. "나는 작은 편이 아니오." 설명하
듯, 최대한 인내심을 발휘한 음성이었다. "사실상 큰 편에 속하오. 어
깨도 벌어졌고. 말하자면 사자같이 생겼소. 종족적 특징인지도 모르
지. 나는 북쪽에서 왔소. 어쩌면 독일 피가 좀 섞였을지도 모르오. 독
일인들은 라틴계보다 키가 더 커요. 키도 크고 어깨도 더 넓죠. 아마
언젠가는 내 몸도 퉁퉁해질 거요. 하지만 지금은 전부가 근육이오.
어쨌든 나는 큰 사내라 이 말인데, 틀린 말이오? 아니면 할 수 없고.
결국 하고 싶은 말은……." 그러나 언성은 점점 높아졌다. "그놈의 보
티첼리 작품은 나하고 피렌체에서 제일 뚱뚱한 갈보가 같이 그 아래
들어가고 나서 보호자로 갈보 엄마의 코끼리만 한 몸뚱이까지도 넉
넉히 들어갈 수 있을 만큼 크다고요. 도대체 300미터나 되는 길을 그
걸 들고 어떻게 걸어 나올 작정이오. 호주머니 속에라도 쏙 집어넣어
가지고 나올 작정이오?"

"진정하세요, 사령관님." 시뇨르 만티사가 간청하듯 말한다. "누
가 듣고 있을지도 모르니까. 완전히 해결책을 강구해 놓은 세부사항
입니다요. 체사레가 지난밤 찾아간 꽃집 주인이……."

"꽃집 주인! 꽃집 주인이라. 꽃집 주인한테도 비밀을 폭로하셨
구만. 아주 석간신문에 선생의 의도가 무엇인가를 발표하시는 게 더

262

만족스럽지 않겠소?"

"그 사람은 안전해요. 나무를 마련해 주기로 했을 뿐이라고요."

"나무는 또 뭐요."

"박태기나무 종류죠. 자그마한 것으로요. 4미터쯤 돼요. 더 클 필욘 없으니까요. 체사레가 아침 내내 일했죠. 그 몸통을 파내느라고요. 그러니까 우린 나무의 붉은 꽃들이 죽기 전에 얼른 일을 해치워야 돼요."

"혹시 내가 너무 끔찍하게 멍청하다면 용서하시오." 가우초가 말했다. "선생은 지금 「비너스의 탄생」을 둘둘 말아서 박태기나무 기둥 파낸 데다 감추어 가지고는 경비들이 한 소대가량 지켜 선 300여 미터의 거리를 운반하겠다는 계획이지요? 그러는 사이에 경비들은 그림 도둑맞은 것을 발견할 것이고 곧장 피아차 델라 시뇨리아로 몰려나가겠지만. 선생은 군중 속으로 숨어 버리시겠다 그 말씀인가요?"

"맞았어요. 이른 저녁 시간이 제일 적당할 거요……."

"그만 실례하겠소."

시뇨르 만티사가 펄쩍 일어났다. "제발, 사령관님." 그가 외쳤다. "기다려 보세요. 체사레와 내가 직접 인부처럼 꾸미겠어요. 우피치 미술관은 지금 보수 공사 중이니까 이상해 보일 것 없어요……."

"미안하지만. 당신들 둘 다 정신이상이오."

"하지만 사령관의 협조가 반드시 필요해요. 우리에게는 사자가 필요하다고요. 군사 작전, 전략에 능한 사람이……."

"좋소." 가우초가 가던 길을 되돌아와서 시뇨르 만티사 옆에 우뚝 섰다. "내가 제안을 하나 하겠소. '로렌초 모나코의 방'에는 유리창이 있겠죠?"

"완전히 방비가 돼 있는 창문이죠."

"문제없어요. 폭탄 하나면, 작은 폭탄 하나면 해결되는 문제요.

폭탄은 내가 책임지리다. 누구라도 방해를 하면 완력으로 해치우는 거요. 유리창으로 해서 우리는 중앙 우체국 옆으로 빠져나갈 수 있을 거요. 유람선하고는 어디서 만나기로 되어 있소?"

"산트리니타 다리 밑에서."

"룬가르노에서 약 350미터쯤 더 올라가서군. 마차를 한 대 강제 동원할 수 있겠죠. 유람선을 오늘 밤 자정에 기다리라고 하시오. 이게 내 제안이오. 채택하든가 말든가 마음대로 해요. 난 저녁때까지 우피치 미술관에 있겠소. 답사 방문차 말이오. 저녁때부터 밤 9시까지는 집에서 폭탄을 만들고 있을 거요. 그다음에는 '샤이스포겔' 비어홀에 있겠소. 10시까지 연락주시오."

"하지만 사령관님, 나무는 어떻게 하죠. 200리라가 들었는데."

"빌어먹을 놈의 나무를 어떻게 하든 내가 알 게 뭐요!" 멋지게 '뒤로돌아'를 한 후 가우초는 오른쪽 강둑을 향해 성큼성큼 걸어갔다.

해는 아르노강 위에 걸쳐 머뭇거리고 있었다. 그 약해져 가는 빛이 시뇨르 만티사의 눈에 고인 액체를 연한 다홍색으로 물들이고 있었다. 마치 그가 지금껏 마신 와인이 그대로 넘쳐나는 듯했다. 다만 눈물과 섞여 조금 색이 옅어졌을 뿐이었다.

체사레는 시뇨르 만티사의 앙상하게 마른 어깨에 팔을 얹어 위로를 표시했다. "잘될 거야." 그가 말했다. "가우초는 야만인이더군. 정글 속에 너무 오래 들어가 있었기 때문이지. 이해를 못 하는 거야."

"그 여자는 정말 아름다워." 시뇨르 만티사가 속삭였다.

"진짜야. 나도 그 여잘 사랑해. 우린 사랑의 동지야." 시뇨르 만티사는 대답을 하지 않았다. 잠시 후 그는 술병으로 손을 뻗었다.

3

한때 요크셔주 라드윅인더펜 주민이었으나 최근 들어 세계 시민으로 자처하는 빅토리아 렌 양은 비아 델로 스튜디오의 한 교회 앞쪽 좌석에 무릎을 꿇고 있었다. 그녀는 회개 기도를 올리고 있었다. 한 시간 전, 비아 데 베키에티에서 살찐 영국 청년이 마차를 타고 달리는 것을 보며 부정한 생각들을 했기 때문이었다. 그녀는 그런 생각들에 대해 지금 깊이 참회하는 중이었다. 열아홉 살에 그녀는 이미 심각한 남자관계를 가진 경력이 있었다. 그전 해 가을 영국 외무부 직원인 굿펠로라는 남자를 유혹했던 것이다. 젊은이들이란 참으로 적응력이 강하게 마련이라 그녀의 기억에서 그 남자의 얼굴은 벌써 지워져 있었다. 나중에 두 사람은 그녀가 정조를 잃은 것에 대해 국제 정세가 긴장을 띨 때면 으레 발생하는 격정적인 감정 때문이었다고 재빨리 책임을 돌렸다.(마침 파쇼다 사건이 한창 절정에 이르렀을 때였다.) 이제, 여섯 달인가 일곱 달이 지난 지금에 와서 그녀는 사실상 얼마만큼이 계략이고 얼마만큼이 우발적으로 어쩔 수 없이 일어난 일이었는지 알 수 없게 되어 있었다. 두 사람의 관계는 어느 정도 진행이 된 후 결국 홀아비인 그녀의 아버지 앨러스테어 경에게 발각되었었다. 그녀는 앨러스테어 경과 여동생 밀드레드와 함께 여행 중이었던 것이다. 대화가 오가고 울고 위협하고 욕하는 일련의 절차를 어느 오후 에즈베키예 가든 나무 밑에서 밟는 동안 어린 밀드레드는 충격에 사로잡혀 눈물 고인 눈으로 그 모든 광경을 지켜보았었다. 그때 그 아이의 마음속에 어떤 상처들이 새겨졌는지는 아무도 몰랐다. 빅토리아는 급기야 쌀쌀맞은 이별을 고함으로써 모든 사건을 끝맺었다. 그녀는 또한 영국에는 절대로 돌아가지 않겠다는 맹세도 함께 했다. 앨러스테어 경은 고개를 끄덕인 후 밀드레드의 손을 잡고 그 자리를 떠났다. 두 쪽 다 아무도 뒤돌아보지 않았다.

그 뒤, 생활 문제는 쉽게 해결이 됐다. 신중한 저축 덕에 그녀는 400파운드쯤을 긁어모을 수 있었다. 앙티브의 주류상, 아테네에 있는 폴란드 기병대 중위, 로마에 있는 미술상 들에게서 거두어들인 금액이었다. 그녀는 지금 왼쪽 강둑에 자그마한 양장점을 하나 차리려고 거래차 피렌체에 와 있었다. 사업가적 역량을 가진 젊은 여자인 그녀는 정치에도 관심을 갖게 되었고 자기 자신의 견해 같은 것도 갖기 시작했다. 그녀의 정치적 입장은 무정부주의자, 사회주의자, 심지어 로즈베리 백작까지도 배격하는 것으로 시작되었다. 열여덟 살 생일날부터 지금까지 그녀는 아직도 젖살이 오동통한, 반지를 끼지 않은 손으로, 어떤 결벽함을 꼭 한 푼짜리 촛불처럼 불꽃이 꺼질세라 소중히 들고 다닌 것이다. 그녀의 순수성은 정직한 눈과 조그만 입, 어떤 회개 기도보다도 더욱 진솔한 여자의 육체에 의해 모든 오점으로부터 구제될 수 있었다. 그리하여 그녀는 그 영국적인 풍성한 다갈색 머리카락 속에서 빛을 발하는 상아 빗 한 개를 제외하곤 아무런 장식도 몸에 걸치지 않은 채 무릎을 꿇고 있었다. 상아 빗은 빗살 다섯 개짜리였다. 그 모양은 십자가에 달린 남자 다섯 명의 형상이었다. 다들 적어도 팔 하나쯤은 공동으로 사용하고 있었다. 이 다섯 개의 형상 중 어느 것도 종교적인 인물을 나타내지는 않았다. 이들은 영국 병사들이었다. 그녀는 이 빗을 카이로 시장에서 발견했다. 아무래도 수단의 이슬람교 반란군 중 솜씨 좋은 누군가가 1883년 카르툼 대학살을 기념하기 위해 만든 것 같아 보였다. 흔히 젊은 여자들이 어떤 색, 어떤 모양 옷이나 액세서리를 고를 때와 마찬가지로 그녀 역시 본능적이고 단순한 동기에서 이 물건을 샀을 터였다.

그녀는 이제 와서는 굿펠로나 그 뒤의 세 남자하고 지낸 일들에 대해서 죄의식을 느끼지 않았다. 굿펠로를 기억하는 것조차도 오로지 그가 그중 첫 번째이기 때문이었다. 그녀의 지극히 개인적이고도 독특한 가톨릭 신앙이 교회에서 일반적으로 죄라고 보는 것을 그냥 넘겨 버렸기 때문은 아니었다. 그녀가 그 행위에 죄의식을 느끼지 않은 건 죄를 용서받았기 때문이 아니라 그 네 가지의 가시적인 일화를 빅토리아 본인에게만 내려진 축복의 표시로 인식했기 때문이었다. 어쩌면 소녀 시절 몇 주인가 견습생으로 수도원에서 지낸 적이 있기 때문일지도 몰랐다. 아니면 이 태도 자체가 그 세대 공통의 증세 같은 것일 수도 있었다. 하지만 어쨌거나 열아홉 살 나이에 그녀는 가장 위험한 극단까지 밀려난 수녀 기질의 결정체 같은 것을 갖게 되었다. 수녀의 베일을 썼느냐는 중요한 문제가 아니었다. 중요한 것은 그리스도를 자기 남편처럼 생각하게 되었다는 사실이었다. 결혼에서 육체적인 결합은 그리스도의 불완전하고 인간적인 변형(지금까지 네 명을 만나 왔다.)과 함께하는 것으로밖에 이룰 수 없었다. 앞으로도 그리스도는 그가 합당하다고 보는 여러 형태로 그녀의 남편 역할을 수행하리라는 사실을 그녀는 잘 알았다. 이런 사고방식이 어떤 결말을 초래하는지는 짐작하기 어렵지 않았다. 파리에서 이런 여자들은 '흑미사'에 참석했고, 이탈리아에서는 대주교나 추기경의 첩으로서 라파엘전파와도 같은 영화를 누리게 마련이었다. 그러나 빅토리아는 이런 여자들보다는 신앙의 경계가 더 너그러운 편이었다.

그녀는 무릎을 꿇었던 자리에서 일어나 중앙 통로를 따라 교회 뒤쪽을 향해 걸었다. 성수에 손가락을 담근 후 무릎을 굽히려는 바로 그때였다. 누군가가 그녀의 등 뒤에 와서 부딪쳤다. 그녀는 깜짝 놀라서 돌아다보았다. 그녀보다 목 하나가 더 작은 나이 든 남자가 두 손을 앞으로 뻗고 눈에는 공포가 가득한 채 서 있었다.

"영국인이죠?" 그가 말했다.

"네, 그래요"

"좀 도와주셔야겠습니다. 곤란한 상황이에요. 총영사에게도 갈 수 없는 형편입니다."

거지도 궁한 관광객도 아닌 것 같았다. 그녀는 왠지 그에게서 굿 펠로와 비슷한 인상을 받았다. "그럼 스파이인가요?"

나이 든 남자는 빛이라곤 없는 웃음을 웃었다.

"네, 어떤 의미에서 스파이 행위에 가담하고 있는 셈이죠. 하지만 내 의사에 따른 건 아니에요. 난 일이 이렇게 되길 원치는 않았어요."

그는 괴로운 표정을 지으며 말을 이었다. "이건 고해입니다. 아시겠어요? 지금 나는 교회에 있지요. 교회는 고해를 하는 곳 아닙니까……"

"따라오세요." 그녀가 낮은 소리로 말했다.

"밖으로는 못 나가요. 카페들은 감시를 받고 있어요."

그녀는 그의 팔을 잡았다. "뒤쪽에 정원이 있을 거예요. 이쪽이에요. 성물실을 거쳐 가야 해요."

그는 유순하게 그녀가 이끄는 대로 따라갔다. 성물실에서는 신부 한 사람이 무릎을 꿇은 채 성무일과 기도서를 읽고 있었다. 그녀는 지나면서 그 신부에게 10솔디를 주었다. 신부는 그들을 쳐다보지도 않았다. 궁륭 형태의 짧은 아케이드를 빠져나가자 이끼 낀 돌담에 둘러싸인 작은 정원이 나타났다. 그 안에는 아직 어린 소나무 한 그루와 좁은 풀밭, 그리고 잉어 연못이 있었다. 그녀는 그를 연못가에 있는 석제 벤치로 이끌어 갔다. 가끔 비가 돌담 너머로 들이쳤다. 그는 한쪽 팔 아래에 조간신문을 끼고 있었다. 그는 신문을 벤치 위에 깔았다. 그들은 벤치에 앉았다. 빅토리아는 양산을 폈고 나이 든 남자는 잠시 카보우르 담배 한 대에 불을 붙였다. 그는 내리는 빗속으로 담배 연기를 몇 번 내뿜더니 이야기를 시작했다.

"베이수라는 곳에 대해서 들어 본 적이 없을 것 같은데요."

그녀는 들어 본 적이 없었다.

그는 그녀에게 베이수에 관해서 이야기하기 시작했다. 거기에 가기 위해서는 낙타 등을 타고 광대한 툰드라를 지나고 죽은 도시들의 돌멘과 사원 들을 거쳐 이윽고 넓은 강가에 도달해야 했다. 그 위로 뻗은 나뭇가지들이 어찌나 울창한지 강물은 도통 햇빛을 보지 못했다. 티크 목재로 건조한 기다란 배를 타고 강을 건너는데, 용 모양으로 만들어진 배는 자기들끼리만 통하는 언어를 쓰는 갈색 피부의 원주민들이 몰았다. 여드레 동안에 걸쳐 위험한 늪지로 덮인 지협을 어렵게 통과하면 녹색 호수로 들어갈 수 있었다. 호수 저쪽으로는 베이수를 둘러싼 산기슭의 작은 언덕들이 그제야 보이기 시작했다. 원주민 안내인들은 산들이 시작되는 지점부터는 꼼짝도 하지 않으려 했다. 길을 손가락으로 가리켜 보여 주고는 재빨리 되돌아가 버린 것이다. 날씨에 따라 한 주 아니면 두 주쯤 걸려 화강암과 푸른 얼음으로 된 퇴석 지대를 지나면 드디어 베이수의 경계 지역에 다다를 수 있었다.

"그럼 거기에 가 보셨군요." 그녀가 말했다.

그는 거기에 가 보았다. 십오 년 전의 일이었다. 그리고 그 후로는 줄곧 분노의 질주 같은 삶이었다. 심지어 남극 지대를 항해하면서 겨울 폭풍을 피하느라 급히 마련한 피난처에 웅크리고 있을 때나 아직 이름도 붙지 않은 빙산 상단 측면에 텐트를 치고 들어가 있을 때, 그는 베이수 사람들이 검은 나방 날개를 증류해서 만든 향수의 냄새를 잠깐씩 맡곤 했었다. 이따금 그들의 애수 어린 노랫가락이 바람의 깃을 두른 채 표류해 오는 것 같기도 했다. 색 바랜 벽화들, 옛 전쟁과 신들 사이의 옛 사랑을 묘사한 벽화들 역시 이따금 경고도 없이 새벽 공기 속에 떠올랐다가 사라졌다.

"당신은 고돌핀 씨군요." 그녀는 마치 그 사실을 전부터 알고 있었던 것처럼 말했다.

그는 고개를 끄덕이고 모호한 웃음을 띠었다. "신문 관계자는 아니었으면 좋겠는데." 그녀는 고개를 저어 보였다. 머리가 흔들리면서 작은 빗방울들이 흩어져 떨어졌다. "이건 대중을 대상으로 유포할 얘기가 아니거든요." 그가 말했다. "그리고 또 어쩌면 틀린 얘기일 수도 있고요. 난들 나 자신의 동기를 어떻게 알겠어요. 비록 더러는 무모한 짓도 좀 했다지만 말입니다."

"용감한·일을 하셨죠." 그녀가 말했다. "하신 일들에 대해서 어느 정도 알고 있어요. 신문에서도 읽고 책에서도 읽었죠."

"하지만 그런 일들은 모두 하지 않았어도 될 일들이었어요. 내 류빙을 따라 여행한 일, 6월에 남극에 가려던 것, 거긴 6월이면 한겨울이에요. 미친 짓이었죠."

"멋있는 시도였어요." 그는 절망에 잠겨 생각했다. 이제 일 분만 있으면, 저 여자는 남극에 영국 국기가 휘날려서 자랑스러웠다는 말을 꺼내겠지. 불현듯 머리 위로 높이 솟은 교회 건물의 중세적인 분위기며, 이 장소의 고요함, 여자의 무감동한 태도, 고백하고 싶은 자신의 충동 같은 것들이 아무래도 심상치 않다는 것이 느껴지기 시작했다. 그는 자기가 너무 말을 많이 하고 있다는 것을 깨달았다. 그는 이쯤에서 그만해야겠다고 마음먹었다. 하지만 말을 그칠 수가 없었다.

"우리는 항상 우리가 하는 일에 대해서 틀린 이유를 대기 쉽습니다." 그가 외쳤다. "이렇게 말할 수 있죠. 중국 정책, 그건 여왕을 위해서였어. 인도 정책, 영화로운 제국의 꿈 때문이었어. 이렇게요. 잘 압니다. 나도 내 부하와 국민, 나 자신에게 이런 소릴 해 왔으니까. 지금 남아프리카에는 죽어 가는 영국인들이 있지요. 이런 소리들을 믿는 사람들이 내일도 죽어 갈 겁니다. 이렇게 말해도 된다면, 당신이 신을 믿듯이 이런 소리를 믿는 작자들 말입니다."

그녀는 살짝 웃었다. "그런데 선생님은 안 믿으셨나요?" 그녀가 부드럽게 물었다. 그녀의 눈은 자기가 받쳐 든 양산 차양에 가서 머물러 있었다.

"나도 믿었어요. 다만……."

"말해 보세요."

"하지만 왜일까요? 당신은 '왜'라는 걸 가지고 스스로를 정신이 이상해질 만큼 괴롭힌 적이 없습니까?" 담뱃불이 꺼져 버렸다. 그는 불을 다시 붙이기 위해 잠시 말을 그쳤다. "그곳은." 그는 계속했다 "아무리 봐도 특별하지도 초자연적이지도 않은 땅이었습니다. 대대손손 지켜 내려온, 세상 그 어디에도 알려지지 않은 비밀이나 그 비밀을 간직하는 사제 같은 존재도 없었어요. 만병통치 처방은 물론이고, 하다못해 고통을 잊게 하는 약 같은 것도 없었어요. 베이수는 전혀 사람 살기 편안한 데가 못 되지요. 오직 야만과 폭동과 살인적인 반목이 있을 뿐. 신에게 버림받은 지구상의 다른 변방 지역과 하등 다를 게 없었다고요. 영국인들은 지금까지 몇백 년 동안을 베이수 같은 지역들에 들어갔다 나왔다 하면서 지내 왔지요. 단지……."

그녀는 그를 지켜보고 있었다. 벤치에 기대어 놓은 양산 자루 끝은 풀에 파묻혀 있었다.

"색깔만은 달랐지요. 정말로 다채로웠어요." 그의 두 눈은 굳게 감겨 있었다. 둥글게 받친 한 손으론 이마를 고이고 있었다. "무당장의 거처 바깥에 서 있는 나무들 속에 사는 거미 원숭이들은 무지개 빛깔이었죠. 햇빛 속에서 보면 색깔이 시시각각으로 다르게 보였어요. 모든 것이 색깔을 바꾸었죠. 산과 평지도 시간마다 다른 색깔이 되었어요. 색깔이 바뀌는 순서도 매일 달랐고요. 꼭 미치광이의 만화경 속에 들어가 있는 기분이랄까. 거기에서는 꿈을 꾸어도 색깔의 홍수였어요. 서양 사람들이 한 번도 보지 못했을 형체들이 넘쳐흘렀고요. 그 형체들은 실재하지는 않았죠. 무슨 의미를 갖고 있는 것도 아니었고. 다만 요크셔의 하늘에서 시시각각 형체를 바꾸는 구름같이 종잡을 수 없이 다양한 것들이었어요."

그녀는 놀란 모양이었다. 높고 깨질 듯한 웃음을 터뜨렸다. 그는 그 웃음소리를 듣지 못했다. "그건 사라지지 않아요." 그는 말을 계속했다. "털이 부드러운 양 떼도 아니고, 굴곡이 심한 소묘화도 아니었어요. 그건, 그건 베이수일 뿐이었죠. 그것의 옷, 아니면 피부 같은 거예요."

"그 아래는요?"

"영혼에 대해 묻는 거죠? 물론 그 소리일 테죠. 그 땅의 영혼이라는 것에 대해 생각해 본 적은 있어요. 그런 게 있다고 가정하고 말입니다. 이런 단서를 붙이는 건 그곳의 음악, 시, 법률, 의식 같은 것도 모두 겉돌았기 때문이에요. 말하자면 단지 피부에 불과했던 거죠. 문신한 원시인의 피부처럼요. 가끔은 나 자신을 위해 상상해 보곤 했어요. 여자를 꿈꾸듯이. 방금 한 말이 거슬리지 않았으면 좋겠군요."

"괜찮아요."

"민간인들은 군인에 대해 이상한 관념을 가지고 있죠. 하지만 이 경우만은 그들이 우리에 대해 가진 생각이 타당하다고 하겠어요. 젊은 장교들이 머나먼 오지에서 살결이 검은 원주민 여자들로 하렘을 꾸밀 거라는 추측 말입니다. 군인 중 많은 자들이 이런 걸 꿈꾼다고 해도 과언은 아닐 거예요. 다만 아직까지 실현한 사람을 못 보았을 뿐이죠. 나 역시 그런 공상에 잠겼다는 것도 부인하지 않겠어요. 베이수에서 자주 하던 상상이죠. 어쩐지 거기서는……." 이마에 깊은 주름이 잡혔다. "꿈이 현실에 더 가까운 건 아니어도, 왠지 모르게, 내 생각에는, 더 진짜처럼 느껴지는 것 같았거든요. 내가 알아들을 수 있게 말하고 있긴 한 건가요."

"계속하세요." 그녀는 도취된 듯한 눈으로 그를 바라보고 있었다.

"그 땅을 여자라고, 그 길고 긴 여정의 어느 대목에서인가 발견한 한 여자라고 상상하는 겁니다. 그 여자는 머리에서 발끝까지 문신이 덮여 있어요. 나는 왠지는 몰라도 부대에서 혼자 떨어진 거예요. 다시 돌아갈 수 없게 된 거지요. 그래서 나는 그녀 곁에서, 밤이고 낮이고, 그녀와 함께 있을 수밖에 없었죠……."

"그리고 그 여자를 사랑하게 되겠죠."

"처음에는 그럴 거예요. 하지만 곧 그 피부, 요란하고 신성 모독적인 무늬며 색깔의 반란이, 나 자신과 내가 그녀에게서 사랑한다고 생각했던 무엇인가의 사이를 가로막고 들어서기 시작할 거예요. 곧, 어쩌면 며칠 사이에 사태는 급속도로 악화되어 나는 어느 신에게든 기도를 시작하겠죠. 저 여자에게 제발 나병이라도 붙게 해 달라고. 문신들이 빨간색, 보라색, 초록색의 파편 한 무더기로 벗어져 나가고, 드러나서 떨리는 핏줄과 인대만 남아서 내 눈과 내 손으로 그 적나라한 꼴을 보면서 느낄 수 있게 해 달라고 비는 거예요. 용서해 줘요." 그는 그녀를 쳐다보지 못했다. 바람이 담 너머로 비를 몰아쳐 왔다. "십오 년 전 일이었어요. 우리가 카르툼에 들어간 직후였지요. 동양에서 있었던 작전 중에 잔인한 것도 많이 봐 왔지만 그것과는 비교가 안 되었어요. 우리는 고든 장군 군대와 교대할 예정이었죠. 그때 당신은 조그만 소녀였을 겁니다. 하지만 그에 대해 읽어서 알고는 있을 거예요. 마디 군대가 그 도시에 한 짓, 고든 장군과 병사들에게 한 짓은 너무 끔찍했지요. 난 그때 열병에 걸렸어요. 틀림없이 썩은 살과 쓰레기 더미를 너무 많이 봐서 얻은 병일 테지. 그 모든 것에서 도망치고 싶은 충동이 갑자기 내게 찾아왔어요. 질서 정연한 사각형 방진과 의기양양한 반대편 행진이 온통 뒤섞여서 혼란스럽고 무분별한 상태로 무너져 버리는 느낌이랄까요. 내게는 항상 카이로, 봄베이, 싱가포르 쪽 참모 친구들이 있었죠. 측량 조사반 파견 계획이 두 주 만에 통과되고 내가 거기 포함됐어요. 난 그렇게 매번 해군 장교가 낄 구석이 없는 데 가서 한몫 끼곤 했죠. 민간인 기사 몇 사람을 호위하면서 지구상 최악의 땅에 잠입하는 임무였어요. 정말이지 황당무계하고 낭만적인 계획이었습니다. 지형선, 측연 표시, 음영, 색채, 이런 모든 게 예전 빈 공간이었던 자리에 채워 넣어지는 거예요. 모두가 제국을 위한 것이었습니다. 뭐 아무튼 그런 비슷한 생각이 머릿속 어딘가에 들어 있었을 거요. 하지만 적어도 그때 내 생각은 그저 빠져나가는 데에만 집중되어 있었죠. 성 조지[78]를 외치면서 동양인과 거래하는 데 애국심을 실컷 발휘하는 것도 괜찮은 일이에요. 마디 군대도 그 비슷한 외침을 울렸지만 말입니다. 그들은 아랍어로 외쳤겠지요. 카르툼에서는 그 외침을 철저히 행동으로 보여 준 거겠고요."

다행히도 그는 그녀의 머리카락 속 빗을 보지 못했다.

"베이수 지도는 만들었나요?"

그는 대답을 주저했다. 그러더니 "아니요." 하고 답했다. "아무런 자료도 돌아오지 않았어요. 외무부에서고 지리학회에서고 파견은 실패였다는 보고만 있었죠. 거긴 사악한 나라예요. 기억해야만 해요. 열셋이 갔는데 그중 세 명만 돌아왔거든요. 나하고 내 부관, 이름도 잊어버린 민간인 한 사람. 그 사람은 내가 아는 한 지구상에서 영영 흔적도 없이 사라진 거나 다름없고."

"부관은 어떻게 되었나요."

"그 친구, 그는 병원에 있어요. 지금은 은퇴했죠." 침묵이 흘렀다. "두 번 다시 아무도 파견되지 않았어요." 노 고돌핀은 계속했다.

78   St. George. 영국의 수호 성인.

"정치적 이유 때문이었어요. 알 수는 없지만. 이러나저러나 아무도 상관하지 않았죠. 난 아무 책임도 지지 않았고요. 내 잘못이 아니라고들 말해 주더군요. 여왕은 친히 칭찬까지 해 주었어요. 비록 사건 자체는 비공개로 은폐되었지만요."

빅토리아는 무의식적인 동작인 듯 발로 땅을 가볍게 때렸다. "그리고 이 모든 일들이 선생님이 지금 하시는 스파이 활동에 관련이 되어 있는 거겠죠?"

갑자기 그는 한결 늙어 보였다. 담뱃불이 또다시 꺼져 있었다. 그는 그것을 수풀 속에 내던졌다. 손이 떨리고 있었다. "그래요." 그는 막막한 듯이 교회 건물과 회색 담을 손짓으로 가리키며 말했다. "당신이 누군지도 모르는데…… 내가 경솔했을 수도 있겠군요."

그가 자신을 두려워하고 있다는 사실을 깨달은 그녀는 몸을 앞으로 내밀며 그에게 주의를 집중했다. "카페를 감시하고 있다는 사람들 말인데요. 베이수에서 온 밀사들인가요?"

나이 든 남자는 손톱을 이로 물어뜯기 시작했다. 완전한 호를 그린 손톱 끝을 위아래 앞니로 조금씩조금씩 잘라 나갔다. 느리고 규칙적인 작업이었다. "선생님은 그자들에 대해 무엇인가를 발견하신 거죠." 그녀는 끈질기게 추궁했다. "말할 수 없는 어떤 것 말이에요." 동정과 짜증이 뒤섞인 그녀의 목소리가 작은 정원에 울렸다. "내가 도와드릴 수 있게 해 주셔야 돼요." 사각사각, 손톱을 물어뜯는 소리가 계속되었다. 비가 뜸해지더니 이윽고 그쳤다. "위험을 당할 때 도움을 청할 사람 하나도 찾을 수 없다면 세상이 어떻게 된 거겠어요?" 사각사각, 대답은 여전히 없었다. "총영사님이 도울 수 없다는 걸 어떻게 아세요? 부탁이니 제가 돕게 해 주세요." 바람이 담 너머로 불어 들어왔다. 이제는 비를 동반하지 않은 바람이었다. 연못 속에서 무엇인가가 여유 있게 물장구를 쳤다. 그가 오른손을 마치고 왼손으로 옮겨 가는 동안 그녀는 계속 간청했다. 머리 위로는 하늘이 어두 워져 가고 있었다.

4

피아차 델라 시뇨리아 5번지 8층은 탁한 공기에서 튀긴 오징어 냄새가 풍겼다. 에번은 층계의 마지막 세 단을 오르느라 숨이 모자라서 헐떡였다. 성냥불을 네 개나 긋고서야 그는 자기 아버지의 문을 찾아낼 수 있었다. 문짝에는 기대했던 명패 대신 '에번'이라고만 적힌 아무렇게나 찢어 낸 종잇조각이 압핀에 꽂혀 있었다. 그는 호기심에 사로잡혀 그 쪽지를 찬찬히 뜯어보았다. 빗소리와 집에서 나는 삐걱거림을 제외하고는 통로는 고요했다. 그는 어깨를 한 번 으쓱하고 문을 밀어 보았다. 문은 미는 대로 열렸다. 그는 더듬거리며 안으로 들어갔다. 가스를 찾아서 불을 붙였다. 방에는 가구가 별로 없었다. 의자 등받이에 바지 한 벌이 아무렇게나 내던져져 있었고, 두 팔을 벌린 흰 와이셔츠 한 벌이 침대 위에 펼쳐져 있었다. 사람이 살고 있다는 표시는 그뿐이었다. 트렁크도, 서류도, 아무것도 없었다. 의아한 마음으로 그는 침대에 걸터앉아 생각을 정리해 보았다. 전보를 주머니에서 꺼내 다시 읽었다. 베이수. 주어진 유일한 단서였다. 그렇다면 결국 노(老) 고돌핀은 정말로 그런 곳이 있다고 믿었단 말인가?

어렸을 때도 에번은 아버지에게 자세한 이야기는 묻지 않았다. 그는 원정이 실패로 끝났다는 것을 눈치채고는 있었다. 어쩌면 그 이야기들을 들려주는 졸린 듯 다정한 목소리 속에서 개인적인 죄의식이나 자책감 같은 것을 느꼈는지도 몰랐다. 하지만 그저 그렇게 느꼈을 뿐 아무 질문도 하지 않았다. 그냥 앉아서 아버지 이야기에 귀를 기울일 뿐이었다. 언젠가 베이수의 존재를 부정하리라는 걸 예측이라도 한 듯이. 지금 이 순간 연루되지 않아야 나중에 좀 더 쉽게 부정할 수 있으리라는 사실을 알고 있었다는 듯이. 좋다. 아버지는 일년 전 마지막 만났을 때 태연하고 편안해 보였다. 그런고로 남극에서 무슨 일이 있었던 것임에 틀림없다. 아니면 귀환 중에, 아니면 피렌체에서. 왜 노 고돌핀은 아들 이름만 적힌 전언을 남겨 놓았을까? 두 개의 가능성이 있었다. (1) 쪽지에 적은 전언이 아니라 명패라고 볼 수 있다. 즉, 휴 함장이 자기 별명을 에번 1세라고 지었을 수 있었다. (2) 에번이 방에 들어오게 할 생각이었을 수 있다. 어쩌면 둘 다일 수도 있겠지. 갑자기 영감에 사로잡힌 듯 에번은 의자 등받이에 걸친 바지를 집어 들었다. 그러고는 바지 주머니들을 뒤지기 시작했다. 3솔디와 담배 케이스가 나왔다. 담배 케이스 속에는 손으로 만 담배 네 개비가 들어 있었다. 그는 배를 긁적였다. 어떤 말이 그에게 떠올랐다. 전보로 긴 얘기를 하는 건 현명하지 않겠지, 그는 한숨을 내쉬었다.

"자 그럼 좋아, 젊은 에번." 그는 혼자서 중얼했다. "어디 한 번 이 놀이를 철저하게 즐겨 보자고. 숙련된 스파이 역, 고돌핀 등장." 그는 조심스레 담배 케이스를 조사했다. 숨겨진 스프링이라도 없나 확인하기 위해서였다. 케이스 안감 아래 뭐라도 들어 있지 않나 찬찬히 만져 보았다. 아무것도 없었다. 그는 방을 수색하기 시작했다. 침대 매트리스도 찔러 보고 혹시 최근에 꿰맨 바느질 자국이라도 없나 잘 살펴보았다. 옷장 속을 샅샅이 뒤졌고 구석마다 성냥불을 그어 조사했다. 의자 밑바닥에 테이프로 붙여 놓은 건 없는지 들여다보기도 했다. 이십 분이 지나도록 그는 아무것도 찾지 못했으며 차차 자신이 스파이로서의 실력은 별로 신통치 않다는 사실을 깨닫기 시작했다. 그는 건조한 기분으로 의자에 풀썩 주저앉았다. 그러고는 아버지의 담배 케이스에서 담배 한 개비를 뽑아 들고 성냥불을 그었다. "가만 있자." 그는 말했다. 성냥을 흔들어 불을 끄고 나서 테이블을 앞으로 당겼다. 그러고는 주머니칼을 꺼내어 담배를 한 개 한 개 쪼갰다. 조심스레 담배 개비들의 배를 따기 시작한 것이다. 속에서 나온 담배가루는 손으로 털어서 바닥에 떨어뜨렸다. 세 번째 만에 그는 성공했다. 담배 종이 속 연필로 쓰인 글자를 발견한 것이다. '여기는 발각됐다. 샤이스포겔에서 오후 10시에. 조심해라. 아버지로부터.'

에번은 시계를 들여다보았다. 도대체 이 빌어먹을 게 다 뭐지? 왜 이렇게 공을 들였지? 노인이 정치판에라도 낀 걸까, 아니면 다시 어린애가 된 걸까? 적어도 앞으로 몇 시간은 아무것도 할 수 없었다. 그는 이러한 망령의 회색 장막을 잠시라도 거둬 줄 일이 다가오는 중이기를 바랐다. 그러나 한편으로는 실망할 것을 미리 각오하고 있었다. 그는 가스 불을 끄고 홀로 나가서 문을 닫고 계단을 내려갔다. 샤이스포겔이라는 데는 또 어딘지 의아해하며 계단을 내려오는데 갑자기 계단이 그의 무게에 눌려 푹 가라앉았다. 그는 허우적거리며 계단과 함께 아래로 꺼질 뻔했다. 겨우 난간에 손을 댄 그는 그걸 붙잡고 늘어졌다. 그러나 난간의 밑동 쪽이 부서져 뽑히는 바람에 결국 그는 7층 아래 계단 바닥을 내려다보는 데까지 밀려 버렸다. 그는 거기에서 난간 위쪽을 고정한 못들이 서서히 빠져 나가는 소리를 들으며 공중에 매달려 있게 되었다. 그는 생각했다. 나라는 놈은, 정말이지 지지리도 운동 신경이 없나 보군. 저게 언제 몽땅 빠질지도 모르는 마당에 이런 꼴이 되었으니! 그는 어떻게 해야 할지 머리를 굴리며 주변을 돌아보았다. 두 다리는 다음 계단 난간으로부터 옆으로 약 2미터, 높이 5센티미터쯤 떨어져 있었다. 그가 방금 떠난 망가진 계단은 오른쪽 어깨에서 30센티미터쯤 떨어져 있었고, 지금 매달려 있는 난간은 위태롭게 흔들리고 있었다. 이러나저러나 밑질 건 없잖나,

타이밍만 어지간히 맞으면 될 테니까. 조심조심 그는 오른쪽 팔을 위로 굽혀 손이 계단 옆쪽에 확실히 닿도록 했다. 그러고 나서 자기 몸을 확 밀쳤다. 그의 몸은 그 흔들림 덕에 입을 벌린 계단 밑바닥 바로 위를 향했고 그의 귀는 몸이 진폭의 정점에 다다른 순간 위쪽에서 못들이 빠지는 요란한 소리를 들었다. 그는 즉시 난간을 뿌리쳐 내버리고 다음 난간 위로 몸을 떨어뜨렸다. 깨끗하게 난간에 올라탄 그는 난간을 거꾸로 타고 미끄럼을 탔다. 그는 위쪽 난간이 저 아래 밑바닥에 큰 소리를 내며 떨어지는 것과 같은 때 7층에 닿았다. 그는 난간에서 내려왔다. 몸이 덜덜 떨리고 있었다. 그는 층계에 걸터앉았다. 매끈하게 해냈군, 그는 생각했다. 브라보, 아주 잘했어. 곡예사를 해도 되겠는걸. 그러나 다리 사이에 토해 버릴 뻔한 걸 억지로 참아낸 잠시 후 그는 자신에게 물었다. 이게 사고였을 가능성이 얼마나 될까? 올라갈 때는 계단이 아무렇지도 않았잖은가. 그는 불안한 미소를 지었다. 아버지나 거의 다름없는 미치광이가 된 기분이었다. 거리에 나오자 대부분의 떨림은 멎었다. 그는 몸을 가다듬으면서 건물 앞에 잠시 서 있었다.

어느 틈에 그의 양쪽 옆에는 경찰들이 와서 서 있었다. "증명서 좀 봅시다." 그들 중 하나가 말했다.

정신이 돌아온 에번은 기계적인 항의를 했다.

"지시를 받았을 뿐이오. 카발리에레."[79] 에번은 '카발리에레'라는 호칭에서 약간의 경멸을 느꼈다. 그는 여권을 꺼냈다. 경찰들은 그의 이름을 보고 일제히 고개를 끄덕였다.

"과히 실례가 안 된다면……." 에번이 말했다.

---

[79] 이탈리아어로 '기마병'을 뜻하며 여기서는 '신사 양반' 정도의 의미로 쓰였다.

미안하지만 그들은 그에게 아무 말도 해 줄 수가 없다고 했다. 자신들을 따라가야 한다고만 했다.

"영국 총영사 면담을 요구하겠소."

"하지만 어떻게 당신이 영국인인 걸 알 수 있겠어요, 카발리에 레? 이건 가짜 여권일 수도 있습니다. 당신은 이 세상 어느 나라 사람일 수도 있는 거죠. 한 번도 못 들어 본 어떤 나라 사람일 수도 있다는 말입니다." 그는 목 뒤에서 오싹함을 느꼈다. 갑자기 이들이 베이수에 대해 얘기한 것이라는 망상이 들었던 것이었다. "당신들 상관이 내게 만족할 만한 답변을 해 주겠다면 기꺼이 같이 가리다."

"당연하죠, 카발리에레." 그들은 광장을 가로지르고 모퉁이를 돌아 기다리고 선 마차에 다다랐다. 경찰 중 하나가 마치 짐이라도 덜어 주듯 공손한 태도로 그의 우산을 압수하여 자세히 들여다보기 시작했다. "출발." 다른 쪽 경관이 외쳤다. 그들은 다 같이 보르고 디 그레치를 마차로 달리기 시작했다.

5

그날 베네수엘라 영사관은 난장판이 따로 없었다. 정오에 로마에서 들어온 암호 메시지 때문이었다. 매일 들어오는 우편물 더미에 섞여 들어온 메시지의 내용은 피렌체 근방 혁명 활동이 새로운 기세를 올릴 것이라는 경고였다. 이보다 앞서 이미 지역 내의 다양한 연락망으로부터도 키가 크고 중절모를 쓴 이상한 사나이가 지난 이삼일간 영사관 근처에 잠복해 있다는 보고도 들어왔다.

"이성적으로 생각해 봅시다." 부영사 살라자르가 종용했다. "최악의 경우를 생각해 봐도 데모나 한두 번 하는 걸 텐데 뭘 그러십니까. 도대체 그들이 할 수 있는 게 뭐겠습니까. 유리창이나 몇 개 깨고 정원수나 짓밟는 게 고작이겠죠."

"폭탄이야." 상관인 라톤이 외쳤다. "파괴, 약탈, 강간, 혼란, 우리 영사관을 점령한 후에 쿠데타를 일으키고 혁명 위원회를 조직할 거야. 여기보다 더 좋은 장소가 어디 있겠어? 저들은 가리발디가 이 나라에서 한 일을 기억하는 거야. 우루과이 사태를 보라고. 동조자가 꽤나 모일걸. 우리한테는 뭐가 있어? 자네, 나, 크레틴병에 걸린 서기인지 뭔가 하나에다 잡역부 하나뿐이잖아."

부영사는 자기 책상 서랍을 열고 루피나 와인병을 꺼냈다. "친애하는 라톤, 진정하시라고요. 아닌 말로 모자를 쓴 얼뜨기 괴물이라는 게 사실상 우리 편 사람인지도 모르니까. 카라카스에서 우리를 감시하라고 보낸 자인지도 모른다는 말입니다." 그는 잔 두 개에 술을 따랐다. 그러고는 하나를 라톤에게 건네주었다. "그뿐 아니라 로마에서 온 메시지에는 아무런 결정적인 말도 없었잖습니까. 수수께끼의 남자에 대해서도 아무 말 없었고요."

"거기 가담한 자인 게 뻔해." 라톤이 술을 홀짝거리며 말했다. "알아봤단 말이야. 그자 이름도 알고 있고 수상하고 불법적인 활동을 해 왔다는 것도 알고 있어. 자네, 그자의 별명이 뭔지 아나?" 그는 극적 효과를 위해 잠깐 말을 끊었다. "가우초야."

"가우초들은 아르헨티나에 있잖습니까." 살라자르가 달래는 어조로 말했다. "어쩌면 프랑스어 '고슈'[80]에서 온 말일지도 모르지요. 왼손잡이라서 말이에요."

"그게 우리가 의지할 수 있는 전부야." 라톤이 계속 주장했다. "같은 대륙 아니냐 말이야."

80   프랑스어로 '왼쪽'을 뜻한다.

살라자르는 한숨을 쉬며 말했다. "어쩌자는 겁니까, 그럼?"

"여기 정부 경찰들에게서 도움을 받자는 거야. 그 밖에 무슨 다른 도리가 있겠어?"

살라자르는 잔 두 개에다가 또다시 술을 부었다. "첫째." 그는 말했다. "국제적 혼선이 생기죠. 관할권 문제도 생길 거고. 이 영사관 택지는 법적으로는 베네수엘라 영토라고요."

"그들에게 경찰이 우리를 빙 둘러 호위하도록 해 달라고 요청하는 거야. 영사관 택지 밖으로." 라톤이 교활하게 말했다. "그렇게 되면 이탈리아 영토에서 일어난 폭동을 진압하는 게 될 테니까."

"그럴 수도 있겠죠." 부영사는 어깨를 으쓱했다. "하지만 다시 생각해 보면, 그건 로마와 카라카스에 있는 윗선에 체면만 잃는 짓일 수도 있습니다. 한낱 혐의나 뜬소문 때문에 그렇게 엄중한 방비를 한다는 건 자칫하면 완전히 바보가 되기 십상인 일 아닙니까."

"뜬소문이라니!" 라톤이 소리를 질렀다. "내가 내 눈으로 그 기분 나쁜 인간을 봤다는데 뜬소문이란 말이야?" 그의 한쪽 콧수염은 술에 흠뻑 젖어 있었다. 그는 그것을 신경질적인 손짓으로 짜냈다. "뭔가가 일어나고 있단 말이야." 그는 계속 중얼댔다. "단순한 폭동이 아니야. 한 나라에서 그칠 일도 아니고. 어마어마한 일이 다가오고 있어. 이 나라 외무부가 우리를 감시하고 있다고. 물론 난 함부로 말을 할 수 없는 입장이지. 하지만 이 짓을 자네보다 오래 해 왔다네, 살라자르. 기억해 둬. 머지않아 엄청난 꼴을 당하게 될 거야. 정원수 좀 짓밟히는 게 문제가 아니라고."

"물론." 살라자르가 성난 소리로 말했다. "이제 저도 신용 못 하겠다면 그야……."

"말해 줘도 모르겠지. 아마 로마에서도 모를 거야. 시간이 되면 모든 걸 알게 될 거야. 얼마 안 가서 알게 될 거라고." 그는 음울하게

282

덧붙였다.

"혼자서 해내실 수 있는 일이라면 끼어들지 않겠습니다. 이탈리아인, 영국인, 아예 독일인까지 불러들이신대도 가만히 있겠습니다. 하지만 그 거창한 쿠데타가 실현되지 않을 경우에는 저까지도 꼴이 말이 아니게 될 겁니다."

"그렇다면." 라톤이 키득키득 웃었다. "그 병신 같은 서기 보고 우리 두 사람 자리를 몽땅 차지하라면 되겠군."

살라자르는 누그러지지 않았다. "생각해 볼 만한 일인데요." 어조는 짐짓 심각했다. "그 친구가 총영사 노릇을 어떻게 할지 흥미가 안 생기는 것도 아니네요."

라톤이 으르렁대는 소리로 외쳤다. "난 아직 자네 상관이야."

"좋아요, 각하. 그렇다면……." 무력한 듯 두 손을 벌려 보이면서 그는 말을 마쳤다. "분부를 내리시죠."

"이탈리아 경찰들에게 당장 연락을 취할 것. 사태를 설명하고 반드시 조력해 줄 것을 당부할 것. 되도록 조속한 시간 안에 회의를 열자고 제안할 것. 해지기 전을 뜻하는 거야, 내 말은."

"그뿐입니까?"

"가우초인가 하는 자를 구속해 달라고 해 볼 수도 있겠지." 살라자르는 대답을 하지 않았다. 루피나 와인병을 잠시 노려본 끝에 라톤은 돌아서서 사무실을 나가 버렸다. 살라자르는 펜 끝을 자근자근 씹으면서 사색에 잠긴 모습으로 앉아 있었다. 한낮이었다. 그는 유리창 밖으로 길 건너 우피치 미술관을 바라보았다. 아르노강 위에는 구름이 몰려 있다. 어쩌면 비가 올 것도 같았다.

그들은 마침내 우피치에서 가우초를 잡았다. 그는 '로렌초 모나코의 방' 한쪽 벽에 등을 기대고 서서 「비너스의 탄생」을 조소하는 시선으로 응시하고 있었다. 비너스는 조개껍질 같은 것 안에 서 있었다. 뚱뚱하고 금발이었다. 기질적으로 독일인 피를 이어받은 가우초는 그녀의 그런 점이 마음에 드는 것 같았다. 하지만 그림의 나머지 부분은 뭐가 뭔지, 왜들 좋다는 건지 알 수가 없었다. 그녀가 다 벗고 있어야 할까, 아니면 천을 둘러야 할까에 대한 논의가 벌어지고 있는 모양이었다. 그녀의 오른쪽에는 유리알 같은 눈에 몸매가 꼭 서양배 같은 여인 한 사람이 담요 비슷한 물건 한 장을 들고 서서 그것으로 그녀를 덮으려 하고 있었다. 그런가 하면 왼쪽에는 날개가 달린 화난 표정의 젊은 남자가 담요를 불어 젖혀 버리려 하는 것 같았다. 또 한편, 젊은 여인 한 사람이 몸에 거의 아무것도 걸치지 않은 채 남자의 허리를 붙잡고 늘어진 것도 보였다. 아마도 잠자리로 돌아가자고 어르고 달래는 중인 것 같았다. 이 이상한 패거리들이 서로 옥신각신하는 동안 비너스는 긴 머리카락으로 자신을 가리면서 무엇인가를 멍청히 쳐다보고 있었다. 이들 중 어느 누구도 거기 있는 다른 사람들을 똑바로 쳐다보지 않았다. 어수선한 그림이었다. 가우초는 어째서 시뇨르 만티사가 이걸 갖고 싶어 하는지 알 수 없었다. 하지만 그건 가우초 자신의 일은 아니었다. 그는 중절모 아래로 손을 넣어 머리를 긁적였다. 그러고는 너그럽고도 경직된 미소를 띤 채 돌아섰다. 그런데 바로 그 순간 그는 네 명의 경찰이 전시장 안으로 들어와 자신을 향해 다가오고 있는 것을 발견했다. 첫 번째 충동은 뛰는 것이었다. 두 번째 충동은 유리창으로 빠져나가는 일이었다. 하지만 이미 그곳 지리를 조사해 둔 참이었다. 따라서 두 가지 충동은 생기자마자 꾹 눌렸다. "그자다." 경찰 중 하나가 외쳤다. "전진!" 가우초는 모자를 기우뚱하게 쓴 채 두 주먹을 엉덩이에 붙이고 그 자리에 서서 기다렸다.

그들은 그를 포위했다. 그러고 나서 턱수염 난 경위가 그에게 당신을 체포해야겠다고 말해 줬다. 분명 유감스러운 일이나 틀림없이

수일 내로 석방이 될 거라는 말도 덧붙였다. 경위는 그에게 반항은 하지 않는 게 좋겠다고 충고하기도 했다.

"너희 넷쯤은 혼자서 감당할 수 있어." 가우초가 말했다. 그의 마음은 바삐 움직이고 있었다. 그는 작전을 세우고 각도들을 계산하는 중이었다. 그 위대하신 시뇨르 만티사가 체포될 정도로 미련한 짓을 저질렀단 말인가. 베네수엘라 영사관에서 불평을 했을까? 그는 침착한 태도를 잃지 않고 일이 어떻게 된 것인지 알 때까지는 그 무엇도 시인하지 말아야 했다. 그는 '각종 초상화들' 방 앞을 지나 이끌려 나갔다. 그러고는 오른쪽으로 두 번 돌아 긴 통로로 들어섰다. 이 통로는 만티사의 지도에서 보지 못했다. "이건 어디로 통하는 길이죠?"

"폰테 베키오로 해서 피티 미술관으로 들어가는 길." 경위가 말했다. "관광객을 위한 코스지만 우린 그렇게 멀리까지 가지는 않을 거요." 그건 완벽한 도피로였다. 만티사 이 천치 늙은이! 그러나 다리 중간에서 그들은 담배 가게 뒤쪽으로 빠져나왔다. 경찰들은 이 출구를 잘 알고 있었다. 그렇다면 결국 이것도 별로 전망이 좋지는 않았다. 그나저나 왜 이렇게 은밀하게들 행동하는 거지? 지금까지 어떤 시 행정부도 이렇게 신중을 기한 일은 없었다. 그러니까 아무래도 베네수엘라 측이 원인인 것 같았다. 큰길에는 덮개가 달린 검은색 사륜마차가 대기하고 있었다. 경찰들은 그를 재촉해서 올라타게 하고는 오른쪽 강둑 쪽으로 달리기 시작했다. 이들이 곧장 목적지로 향하지 않을 것이라는 사실은 알고 있었다. 과연 짐작대로였다. 일단 다리를 건너자, 마부는 지그재그로 달렸다. 원을 그렸다가 오던 길을 다시 갔다가 별짓을 다 하기 시작했다. 가우초는 느긋이 뒤에 기대앉아 편한 자세를 취했다. 경위에게서 담배 한 대를 얻어 불을 붙인 후 사태를 정리해 보기로 했다. 만약 베네수엘라 측에서 벌인 일이라면 상황이 어렵게 됐다. 그는 사실 이 도시 북쪽 카보우르 근처에 자리 잡은 베네수엘라인 사회를 조직하라는 특명을 띠고 피렌체에 왔었다. 베네수엘라인의 수는 불과 몇백에 지나지 않았다. 그들은 자기들끼리만 어울리며 담배 공장이나 메르카토 첸트랄레[81]에서 일하거나 근방에 주둔하고 있는 제4군단의 종군 상인 노릇을 하며 생계를 이었다. 두 달 이내로 가우초는 이자들을 '필리 디 마키아벨리'[82]라는 조직명 아래 계급과 제복을 가진 단체로 바꾸어 놓았다. 이자들이 딱히 권력욕을 부린 것도 아니었고 정치적으로 자유주의 사상이나 민족주의 사상 같은 것에 편향된 것도 아니었다. 단지 그들은 가끔 가다 신나는 폭동에 가담하는 것을 즐겼을 뿐이었다. 그런 마당에 군사 조직과 마키아벨리의 후원이 일을 더 빠르게 해 준다면 오히려 다행일 터였다. 가우초는 그들에게 지난 두 달 동안 폭동 기회를 만들어 보겠다고 약속해 오고 있었다. 하지만 아직 시기가 좋지 않았다. 카라카스는 정글 속에서 일어나는 작은 충돌 따위를 제외하고는 잠잠했다. 그는 큰 사건이 일어나기를 기다리고 있었다. 충분히 강력한 자극제만 생기면 그는 대서양 중심부를 꿰뚫고 끝없이 뻗어나갈 거대한 반응을 일으켜 볼 계획이었다. 영국과 미국 사이에 육탄전까지 일으킬 뻔했던 영국령 기아나의 경계선 논쟁이 해결된 지 결국 이 년밖에 지나지 않았다. 카라카스에 있는 그의 정보원들은 그에게 자꾸만 마음 놓으라고만 전했다. 자기들 말로는 지금 무대 준비가 착착 잘되어 가고 있다는 것이었다. 무장도 다 되었고 매수공작도 끝났다고 했다. 그러니까 나머지는 시간문제였다. 분명 무슨 일인가가 일어난 모양이었다. 아니면 왜 이들이 그를 잡아넣으려 할 것인가. 부관인 쿠에르나 카브론에게 메시지를 보낼 방법을 찾아내야만 했다. 통상 회담 장소

---

81   이탈리아어로 '중앙 시장'이라는 뜻이다.
82   이탈리아어로 '마키아벨리의 아들들'이라는 뜻이다.

는 피아차 비토리오 에마누엘레에 있는 샤이스포겔이라는 비어홀이었다. 거기다 아직도 만티사와 그의 보티첼리 문제는 해결이 안 된 채였다. 유감스러운 일이었다. 하지만 그것은 아무래도 또 다른 날 밤까지 기다려야만 할 것 같았다.

이런 멍청이!

베네수엘라 영사관은 우피치 미술관에서 불과 50미터 이내잖아? 만약 시위가 벌어졌다면 경찰들은 시위 군중 때문에 눈코 뜰 새가 없을 것이었다. 폭탄 터지는 소리조차 못 들을지도 몰랐다. 훌륭한 견제 작전이 될 수 있었다. 그리하여 만티사와 체사레와 살찐 금발 여인은 안전하게 빠져나갈 수 있을 터였다. 자기가 직접 그들을 배와 약속된 다리 밑 장소까지 호송할 수도 있었을 것이다. 왜냐하면 시위 선동자가 현장에 오래 남아 있다는 건 현명한 일이 아니니까.

이것은 당연히 그가 죄목이 뭔지는 몰라도 경찰서에 가서 말을 잘해 풀려나든가 아니면 그게 실패할 경우 도망칠 수 있을 때를 가정한 상상이었다. 지금 당면한 가장 시급한 문제는 쿠에르나카브론에게 메시지를 보내는 일이었다. 그는 마차가 속도를 늦추기 시작하는 것을 느꼈다. 경찰 중 한 명이 실크 손수건을 하나 꺼냈다. 그자는 그것을 길게 반으로, 또 반으로 접더니 그것으로 가우초의 눈을 동여맸다. 마차가 덜컹 흔들리더니 정차했다. 경위는 그의 팔을 잡고 건물 앞마당을 거쳐 문으로 들어가더니 모퉁이 몇 개를 돌아서 그를 붙든 채 계단 한 단을 내려갔다. "이리로 들어가." 그가 명령했다.

"부탁이 있는데." 가우초가 짐짓 거북스러워하는 태도로 말했다. "오늘 와인을 좀 과하게 마셨어. 그런데 오기 전에 미처, 그러니까 당신네들 심문에 정직하고 순순히 답변하자면 지금 아무래도……."

"좋아." 경위가 성난 소리로 말했다. "안젤로, 감시해라." 가우초는 고맙다는 뜻으로 미소를 지어 보였다. 그는 안젤로 뒤를 쫓아갔다.

안젤로가 문을 열어 주었다. "이것 좀 풀어도 될까?" 그는 물었다.

"결국 볼일 보는 곳에서는 볼일을 볼 수가 있어야 하잖아."

"맞는 말이군." 경찰이 말했다. "유리창은 불투명하게 돼 있고 말이지. 원하는 대로 해."

"대단히 고맙구려." 가우초는 눈가리개를 풀고 주변을 돌아보았다. 놀랄 만큼 정교하게 만들어진 화장실이었다. 칸막이까지 있었다. 미국인과 영국인들을 제외하고 볼일을 보는 데 이렇게 공을 들인 것을 본 적도 없었다. 바깥 복도에서 잉크와 종이와 봉합 풀 냄새가 나던 것을 그는 기억했다. 틀림없이 어느 영사관일 것 같았다. 미국 영사관과 영국 영사관은 둘 다 비아 토르나부오니에 자리 잡고 있었다. 그러니까 그는 지금 피아차 비토리오 에마누엘레 서쪽으로 약 세 블록 되는 지점에 와 있었다. 샤이스포겔은 거의 소리쳐 부르면 들릴 거리에 있었다.

"빨리 해." 안젤로가 말했다.

"쳐다보고 있을 건가?" 가우초는 성을 버럭 내며 물었다. "일 정도는 혼자 보게 놔둘 수 없단 말이야? 난 아직 피렌체 시민이야. 이 도시는 예전에 공화국이었다고." 그는 대답을 기다리지 않은 채 칸막이 하나로 걸어 들어가 문을 닫았다. "내가 도망을 치면 어떻게 칠 거 같은데?" 그는 안에서 농담조로 말했다. "뭐, 변기 아래로 물이랑 같이 내려가서 아르노강을 헤엄쳐 나갈 거 같아?" 소변을 보며 그는 칼라와 넥타이를 풀었다. 그러고는 쿠에르나카브론에게 보내는 메시지를 칼라 안쪽에다 적었다. 그는 잠시 여우도 사자만큼이나 쓸데가 있다고 생각했다. 그는 칼라를 도로 달고 넥타이를 맸다. 그리고 눈가리개를 한 후 걸어 나왔다.

"매고 있기로 결정했나 본데." 안젤로가 말했다.

"방향 감각이 아직 괜찮은지 보려고." 둘은 웃었다. 경위는 경찰

두 명을 밖에 세워 두고 있었다. '인정머리 없긴.' 그는 호위되어 복도를 되돌아 걸으며 생각했다.

곧 그는 어떤 개인 사무실에 끌려가 딱딱한 목제 의자에 앉았다. "눈가리개를 풀어." 영국 발음이었다. 여위고 머리숱이 성긴 남자가 책상 너머에서 그를 쳐다보고 있었다.

"당신이 가우초요?" 남자가 물었다.

"영어로 말하셔도 됩니다." 가우초가 말했다. 경찰 세 명은 물러가고 없었다. 경위와 국가 경비대원으로 보이는 사복 경찰 셋이 벽에 붙어 서 있는 것이 보일 뿐이었다.

"눈치가 빠르시군." 대머리 남자가 말했다.

가우초는 적어도 정직한 인상을 주기로 마음먹었다. 그가 아는 영국인은 모두 공명정대에 대해서라면 특이할 정도로 애착을 가진 것 같았다. "맞아요." 그는 인정했다. "각하, 여기가 어딘지에 대해서 어느 정도 눈치는 챘지만요."

대머리 남자는 씁쓸한 미소를 지으며 말했다. "난 총영사가 아니오. 그분은 퍼시 채프먼 소령인데 지금은 다른 일로 바빠요."

"그럼 추측건대 선생은 영국 외무부에서 오신 분인 것 같군요. 이탈리아 경찰하고 같이 일하는."

"그렇게 말할 수도 있겠지. 그렇게 내부 일을 잘 아는 걸 보니 왜 연행됐는지도 알고 있을 것 같구려."

이 남자하고는 사적으로 교섭할 수도 있으리라는 생각이 문득 가우초에게 들었다. 그는 고개를 끄덕였다.

"그러니까 정직한 얘기를 나눌 수도 있겠소."

가우초는 입을 벌려 웃으면서 또 고개를 끄덕였다.

"그럼 시작하지." 대머리 남자가 말했다. "먼저 얘기해 주실까, 베이수에 대해서 알고 있는 모든 걸."

가우초는 얼떨떨해서 한쪽 귀를 잡아당길 뿐이었다. 어쩌면 그의 계산이 모두 틀렸는지도 몰랐다. "베네수엘라?"

"얕은 수는 부리지 않기로 한 줄 알았는데. 난 베이수라고 했소."

갑자기 정글을 떠난 후 처음으로, 가우초는 두려워졌다. 대답을 했을 때 그의 목소리는 자신의 귀에도 공허하게 들리는 오만에 가득 차 있었다. "베이수에 대해선 아무것도 아는 게 없어요." 그는 말했다.

대머리 남자는 한숨을 쉬었다. "좋아." 그는 잠시 책상 위의 종이들을 뒤섞더니 계속했다. "지겨운 심문이라는 걸 시작해 보지." 남자는 경찰 세 명에게 신호를 보냈다. 그들은 잽싸게 다가와 가우초를 삼면에서 에워쌌다.

6

노 고돌핀이 깨어났을 때에는, 저녁 해가 유리창으로 붉은 물감을 푼 물줄기처럼 쏟아져 들어오고 있었다. 자기가 어디에 있는지 기억하기까지 일이 분이 걸렸다. 그의 눈은 어둠이 드리운 천장에서 옷장 문에 걸려 있는 크게 부풀린 꽃무늬 드레스로, 머리 솔, 유리병, 작은 단지 들이 어지럽게 놓여 있는 화장대 위로 옮겨 갔다. 그는 드디어 기억해 냈다. 여기는 그 젊은 여자, 빅토리아의 방이었다. 그녀가 그를 이리로 데려와 잠시 쉬라고 말했다. 그는 침대에 일어나 앉았다. 그러고는 방 안을 불안한 눈으로 두리번거리며 살펴보았다. 그는 자신이 피아차 비토리오 에마누엘레의 동쪽에 위치한 사보이 호텔에 와 있다는 것을 알았다. 하지만 그녀는 어디에 갔단 말인가? 그녀는 그의 곁에 있겠다고 말했었다. 그를 지켜 주겠다고, 아무런 해도 끼치지 않게 하겠다고 약속했었다. 그런데 지금 그녀는 사라지고 그의 곁에 없었다. 손목시계를 들여다보았다. 약해져 가는 햇빛을 받으려 시계 눈금판을 이쪽저쪽으로 돌려 가며 살펴보았다. 그는 자기가 잠든 지 약 한 시간밖에 안 되었다는 사실을 알아냈다. 그녀는 그가 잠들자 곧 나간 모양이었다. 그는 일어나서 유리창으로 걸어갔다. 창가에 서서 광장을 내다보았다. 그리고 해가 지는 것을 지켜보았다. 그녀가 결국 적의 한패인지도 모른다는 생각이 갑자기 그를 사로잡았다. 그는 성난 동작으로 돌아섰다. 방을 급히 가로질러 문고리를 비틀었다. 문은 잠겨 있었다. 나약한 놈 같으니! 아무나 오가다 만난 사람을 붙잡고 고백하는 버릇은 정말 어떻게 해야 좋을지! 배반이 자신을 에워싸는 것이 느껴졌다. 무엇인가가 그를 배반의 물길 속에 처넣어 멸망시켜 버리려는 것 같았다. 고해실로 걸어 들어간다는 것이 함정 속으로 빠져 들어간 것이었다. 그는 급히 화장대로 걸어갔다. 문을 열 연장으로 쓸 만한 것을 찾기 위해서였다. 그는 거기에서 향수 향이 풍기는 노트에 그를 위해 적어 놓은 메시지를 발견했다. 메시지는 매우 잘 구성된 문체로 쓰여 있었다.

당신이 나만큼이나 당신의 안녕을 생각하신다면 제발 가 버리지 마세요. 내가 당신을 믿는다는 것을 알아주세요. 그리고 이렇게 어려운 처지에 있는 당신을 도와 드리고 싶어 한다는 것도 알아주세요. 전 당신이 내게 해 준 얘기를 영국 영사관에 전하려고 나가는 겁니다. 전에도 이들과 접촉해 본 일이 있어요. 제가 알기로 외무부원들은 능력이 탁월할 뿐만 아니라 대단히 신중합니다. 해가 지고 나서 곧 돌아오겠어요.

그는 노트를 꽁꽁 주먹으로 뭉쳐서 방 저쪽 벽으로 던졌다. 모든 것을 선의로 해석해서 그녀가 카페를 감시하던 자들의 한패가 아니며 오로지 그를 위해서 행동한 것이라 가정하더라도, 채프먼에게 가서 그의 얘기를 한다는 것은 치명적인 착오였다. 자기 일을 외무부 직원에게 알릴 만한 형편이 도저히 못 되었던 것이다. 그는 침대에 털썩 주저앉았다. 고개를 떨어뜨리고 두 손은 꼭 맞잡은 채 두 무릎 사이에 끼워 넣었다. 회한과 마비된 듯한 감각과 무력함이 그를 완전히 사로잡았다. 십오 년 동안이나 잘 어울리는 패거리처럼 뭉쳐 다닌 감정들이었다. 꼭 수호천사나 되는 것처럼 어깨에 올라타 거드름을 피우기도 했다. "내 잘못이 아니라고." 그는 빈방에 대고 큰 소리로 변명을 했다. 마치 자루에 자개가 박힌 머리 솔과 레이스가 달린 줄무늬 침대 커버와 향수가 담긴 유리병들이 말을 배워서 그의 편을 들어 주기 위해서 모여들기라도 할 것처럼 말이다. "난 산에서 살아 돌아올 수 없게 되어 있었어. 게다가 그 불쌍한 민간인 기사는 이 세상에서 완전히 자취를 감췄지. 파이크리밍은 회생 불가능한 감각 마비 상태로 웨일스의 양로원에 갇혀 있고. 그리고 휴 고돌핀으로 말하자면……." 그는 일어나서 화장대로 걸어갔다. 그러고는 거울에 비친 얼굴을 응시했다. "그냥 시간문제라고." 별로 넉넉지 않은 캘리코 천 조각이 식탁을 덮고 있었다. 그 옆에는 핑킹가위가 놓여 있었다. 그 여자는 재단사가 되는 데 대해서 심각하게 고려하고 있는 모양이었다.(그녀는 자기 과거에 대해서 그에게 정직하게 말해 주었다. 그의 고백을 듣고 마음이 움직여서 그랬다기보다는 서로를 신용할 수 있을 만한 어떤 표적으로서 그런 것 같았다. 그는 그녀가 카이로에서 굿펠로와 지낸 얘기를 했을 때 놀라지 않았다. 그저 불행한 일로 생각했을 따름이었다. 그 일이 그녀에게 스파이 행위에 대해 야릇하고 낭만적인 생각을 갖게 했는지도 몰랐다.) 그는 가위를 집어 들었다. 그러고는 손안에서 그것을 돌려 보았다. 가위는 길고 번쩍거렸다. 톱니 모양의 날은 흉측한 상처를 만들 것 같았다. 그는 거울 속에 비친 자신의 반영을 묻는 눈으로 쳐다보왔다. 거울 속 그의 영상은 우울한 미소를 띠고 있었다. "아냐." 그는 소리 내서 말했다. "아직 안 돼."

가위로 문을 여는 데는 일 분도 채 걸리지 않았다. 뒤쪽 계단으로 두 층을 내려와 직원 출입구로 해서 밖으로 나갔다. 그가 나간 곳은 비아 토싱기였다. 광장으로부터는 북쪽으로 한 블록 떨어진 곳이었다. 그는 도심과는 반대 방향인 동쪽으로 방향을 잡았다. 그는 피렌체를 빠져나가는 방법을 찾아야만 했다. 하지만 이번 일이 어떻게 해결되든 간에 그는 지금 직책을 사임해 버렸으며 앞으로는 도망자 신분으로 임시 하숙에서 잠깐씩 묵으며 어두운 세계의 주민으로 살아가야 할 것이었다. 어둠 속을 헤쳐 나가며 그는 완전히 자신의 운명을 내다볼 수 있었다. 피할 수 없는, 이미 다 만들어진 물건 같은 것이었다. 그것은 아무리 방향을 바꿔 보고 길에서 벗어나려 하고 피해 보려 해도 소용없었다. 어떻게 해 봐도 한 자리에 고정된 채 서 있었던 것이다. 그리고 그 반역적인 암초는 방향을 바꿀 때마다 점점 더 가까이 다가오고 있을 것이었다.

그는 오른쪽으로 돌아 두오모 성당을 향해 걸어가기 시작했다. 관광객들이 천천히 거니는 가운데 마차들이 덜컹대며 달렸다. 그는 인간 사회에서 소외된 느낌에 휩싸였다. 아주 최근까지도 자유주의자의 연설용 유행어나 위선적인 개념이라고밖에는 생각하지 않았던 감흥이었다. 그는 관광객들이 입을 딱 벌리고 종루를 바라보며 놀라는 것을 바라보았다. 그는 객관적으로 그 어떤 감정이입 없이 뭔가를 관조하는 것이 특기였다. 어쩌면 그렇게까지 무관심할 수 있는지 이상할 정도였다. 그는 관광이라는 현상에 대해서 고찰했다. 이 사람들이 쿡 여행사로 점차 더 큰 무리를 지어 몰려가게 하는 이유란 대체 뭘까. 캄파냐의 열병과 레반트의 오물과 그리스의 부패된 식품이 벌이는 향연에 함께하게 해 달라고 간청하게 만드는 게 대체 뭐란 말인

가. 매번 계절이 끝날 때면 그 황량한 시간 동안 이국의 각 지역들을 피부만 애무한 채 러드게이트 서커스[83]로 돌아갈 뿐이었다. 끝없이 사냥감을 찾아다니는 매처럼, 또는 수많은 여자들을 뒤쫓으며 이 여자에서 저 여자로 옮겨 다녔으나 그 어느 한 여자의 가슴도 이해하지 못했던 난봉쟁이 돈후안처럼 이 도시에서 저 도시로 끝없이 옮겨 다닐 뿐 결국에 가서는 모두 수박 겉핥기로 끝났던 것이다. 그는 이들, 즉, 겉피부를 사랑하는 자들에게 베이수에 대해 말하지 않을 의무가 있지 않을까? 그는 그런 자들에게 비단 베이수에 대해서만 이야기하지 못하는 게 아니라, 이국의 반짝이는 껍데기 아래에는 진실의 사점(死點)이 존재하며 언제나(영국도 마찬가지로) 그 진실은 똑같은 종류이며 똑같은 말로 표현될 수 있다는 치명적인 사실을 말해줄 순 없을 것 아닌가? 그는 6월 이래, 그리고 그 무지막지한 남극 탐험 이래 자기가 아는 것들을 가지고 계속 살아왔다. 그러나 이제는 마음만 먹으면 자유자재로 지식을 포기할 수도 있는 경지에 이르러 있었다. 어차피 인간들의 무리를 떠난 탕아인 그는 혼자서 방황하는 몸이며, 앞으로도 인간들에게서 축복을 받으리라는 희망 따위는 전혀 갖고 있지 않았다. 가령 두오모 성당 남쪽 입구에서 말이 히힝대는 소리를 내며 수군대고 있는 네 명의 뚱보 여교사들, 트위드 옷을 입고 조그만 콧수염을 기른 멋쟁이 남자(어떤 약속 때문인지는 몰라도 라벤더 향기를 열기처럼 내뿜으며 서둘러 걸어오고 있었다.) 같은 자들은 알고나 있을까, 그러한 자기 억제가 얼마나 위대한 내면의 힘을 필요로 하는지를. 그 자신으로 말하면, 이제 내면의 힘 따위는 거의 다 닳아 없어져 버리고, 더는 버티기 힘든 단계에 내몰려 있었다. 그는 비아 델 오리볼로를 따라 정처 없이 걸었다. 가로등과 가로등 사이 어두운 공간

83   런던 세인트 폴 대성당 근처에 있는 광장이다.

들을, 그의 어느 생일 때인가 생일 케이크의 촛불을 끄는 데 몇 번의 입김을 불어야 하나 세었듯 세면서 걸어 나갔다. 올해, 다음 해, 언젠가, 어쩌면 영원히 오지 않을지도 모를 시간. 여기서는 짐작도 안 될 정도로 많은 초들이 늘어서 있었다. 하지만 초의 대부분은 비틀린 새까만 심지만 달고 있었으며 파티는 매우 미약한 조명만 밝힌 채 밤샘 모임으로 변모하기 직전이었다. 그는 왼쪽으로 돌아 병원과 외과의 전문학교가 있는 방향으로 걷기 시작했다. 작고 머리가 하얗게 센 그는 자기가 느끼기에 너무 큰 그림자를 던지며 걸었다.

등 뒤에서 발소리가 들렸다. 다음 가로등을 지나면서 그는 헬멧을 쓴 머리들이 길게 늘어난 채 막 속도를 내기 시작한 그의 발치에서 어른거리는 것을 보았다. 경찰일까? 공포가 엄습해 오는 것이 느껴졌다. 그는 순간 공포에 완전히 사로잡혔다. 미행당하고 있었던 것이다. 그는 그들을 대면하기 위해 돌아섰다. 두 팔은 궁지에 몰린 콘도르의 늘어진 날갯죽지처럼 엉성하게 벌어져 있었다. 그의 눈에는 상대가 보이지 않았다. "심문에 응해 주셔야겠습니다." 어둠 속에서 어떤 목소리가 이탈리아어로 말했다.

자기가 생각해도 영문을 알 수 없었지만 갑자기 생기가 돌아오는 것을 늙은이는 느꼈다. 이것은 생소한 사태가 아니었다. 오히려 언제나 일어나던 일인 듯했다. 마디 부대에 대항해서 배반자들로 편성된 분대를 이끌었던 때, 포경선을 타고 보르네오에 들어갔던 때, 한겨울 남극 탐험을 감행했을 때와 비교해 보면 비슷한 수준의 난국이었을 따름이었다. "웃기지 마." 그는 경쾌하게 외쳤다. 그러고는 그들이 자신을 잡아넣은 불빛의 웅덩이에서 훌쩍 뛰어나가 좁고 구불구불한 옆길로 쏜살같이 빠져 달아났다. 그는 등 뒤로 발소리와 욕지거리 소리, 그러고는 "전진!" 하는 고함 소리를 들었다. 소리 내어 웃고 싶었지만 호흡을 낭비해서는 안 된다는 사실을 기억했다. 50여미터를 달린 후 그는 갑자기 골목길로 접어들었다. 골목 끝에는 격자 울타리가 있었다. 그는 그것을 부여잡고 훌쩍 뛰었다. 그러고는 기어 오르기 시작했다. 어린 장미 가시들이 두 손을 마구 찔렀고 적의 으르렁대는 소리가 다가왔다. 그는 둥근 천장으로 덮인 발코니에 이르렀다. 프렌치 윈도를 발로 차고 들어간 곳은 촛불 하나가 밝혀진 침실이었다. 남자와 여자가 깜짝 놀라서 침대에서 몸을 움츠리고 있었다. 둘의 애무는 그 자리에 얼어붙은 채였다. "성모님 맙소사!" 여인이 비명을 질렀다. "남편이 왔나 봐!" 남자는 저주를 내뱉으며 침대 밑으로 숨으려 했다. 고돌핀은 방을 더듬거리는 발걸음으로 통과하면서 너털웃음을 터뜨렸다. 오 이런, 그는 느닷없이 떠올렸다. 전에도 이런 걸 봤지. 이십 년 전 이 모든 걸 뮤직홀에서 봤다고. 그는 문을 열었다. 계단이 나타났다. 잠시 망설인 그는 계단을 오르기 시작했다. 틀림없었다. 그는 지금 한껏 낭만적인 기분에 빠져 있었다. 만약 지붕 꼭대기에서 지붕 꼭대기로 펄쩍펄쩍 뛰는 광경이 벌어지지 않는다면 실망할 것만 같았다. 지붕에 다다랐을 즈음 그를 추적하는 무리의 목소리는 왼쪽의 상당히 떨어진 곳에서 와자지껄 혼란스럽게 들려오고 있었다. 실망에 사로잡힌 그는 어쨌든 두세 개의 지붕을 건너뛰었다. 그러고 나서 실외 계단을 하나 발견한 그는 그것을 타고 또 다른 골목길에 내려섰다. 그는 숨을 크게 쉬며 구불구불한 그 골목길을 여유 있게 달리기 시작했다. 약 십 분을 그렇게 달리자 휘황찬란하게 밝은 건물 뒤 유리창이 드디어 그의 주의를 사로잡았다. 그는 살금살금 그리로 다가갔다. 살짝 들여다보니 안에서는 세 명의 남자가 온실 꽃과 관목과 교목 들이 정글을 이루고 있는 가운데서 뭔가를 열심히 의논하고 있었다. 그중 한 명은 그가 아는 남자였다. 그는 놀라면서 키득거렸다. 세상 참 좁다니까. 그는 생각했다.(그는 그 참 좁은 세상의 지옥 끄트머리를 본 사람이었다.) 그는 유리창을 가볍게 두

드리며 "래프." 하고 조용히 불렀다.

시뇨르 만티사는 깜짝 놀라서 올려다봤다. "밍게잖아!" 고돌핀의 싱글싱글 웃는 얼굴을 발견한 그는 말했다. "내 늙은 영국 친구야. 얼른 들어오게 해, 아무나 얼른." 붉은 얼굴의 화원 주인은 못마땅해하며 뒷문을 열어 주었다. 고돌핀은 잽싸게 안으로 들어갔다. 두 남자는 끌어안았다. 체사레는 머리를 긁적였고 화원 주인은 문을 다시 잠근 후 부채종려나무 뒤로 기어들어 가 버렸다.

"포트사이드에서 멀리도 왔군." 시뇨르 만티사가 말했다.

"그리 멀 것도 없지." 고돌핀이 대꾸했다. "그리 먼 건 아니라고."

이들의 사이는 부패하지 않는 우정의 한 예였다. 아무리 여러 해가 지나고 둘 사이에 아무리 많은 메마르고 고독한 땅덩이가 가로막고 있었더라도 상관없는 종류의 우정이었다. 그러면 그럴수록 오히려 사 년 전 가을 수에즈 운하 꼭대기에 있는 석탄 보급 부두에서 만났던 순간은 더욱 의미 깊게 재생되었다. 그날 고돌핀은 해군 장교 정복을 완전히 갖춰 입고 군함 점검 준비를 하고 있었다. 사업가인 라파엘 만티사는 한 달 전에 칸에서 만취한 채로 카드놀이를 하다가 사들인 행상선 일단을 감독하는 중이었다. 둘의 시선이 마주친 순간 그들은 곧바로 서로의 눈에서 같은 고독함과 거대한 절망감을 느꼈다. 서로 말을 나누기 전에도 두 사람은 이미 친구가 되어 있었던 것이다. 곧 그들은 같이 나가서 같이 취하는 사이로 발전했다. 서로의 인생담도 나누었다. 같이 싸움에 걸려들기도 했고 포트사이드의 유럽화된 큰 거리 뒷골목에서 임시적인 고향 비슷한 것을 찾기도 했다. 이들 사이에는 영원한 우정이라느니 피로 맺어진 형제애라느니 하는 허튼소리도 필요하지 않았다.

"무슨 일이야, 이 친구야." 이윽고 시뇨르 만티사가 물었다.

"기억하나. 내가 언젠가 한 말을." 고돌핀이 말했다. "베이수라는 곳에 대해서 말일세." 이 남자에게 그 이야기를 해 주었을 때는 아들에게 말해 줄 때나 조사 위원회 사람들에게 말했을 때, 바로 몇 시간 전 빅토리아에게 말했을 때와는 완전히 다른 기분이었다. 래프에게 베이수에 대해서 이야기하는 것은 노장 선원들끼리 둘 다 상륙 허가를 받고 가 본 일이 있는 항구 도시에 대해 얘기를 나누는 것과 같았던 것이다.

시뇨르 만티사는 연민에 사로잡혀 얼굴을 찌푸렸다. "또 그게 말썽이군." 그는 물었다.

"지금은 일이 있는 모양이니 나중에 얘기하세."

"아무것도 아니야. 박태기나무에 대해서 의논 좀 하고 있었을 뿐이야."

"이제 더 할 말도 없어요." 화원 주인 가드룰피가 말했다. "난 반시간은 더 계속 같은 얘길 되풀이했다고요."

"저 친구가 자꾸 버티는 거죠." 체사레가 악의에 찬 어조로 말했다. "이번에는 250리라를 달라는 거라고요."

고돌핀이 미소를 지으며 말했다. "이번에는 뭘 가지고 법의 눈을 피할 생각인가. 박태기나무가 필요하다니?"

아무런 주저 없이 시뇨르 만티사는 상황을 설명했다. "그리고 이제는." 그는 결론으로 들어갔다. "우리에겐 복제품이 필요해. 경찰이 그 복제품을 찾아내게 해야 한다고."

고돌핀이 휘파람을 불었다. "그럼 자넨 오늘 밤 피렌체를 뜨겠단 건가?"

"어떤 방법이라도 써서 그렇게 할 작정이지. 자정에 유람선을 타고 떠날 작정이야."

"한 사람 더 탈 자리 있을까?"

"이 친구야." 시뇨르 만티사가 그의 팔을 꽉 잡으며 말했다. "자네를 위해서인가." 고돌핀이 고개를 끄덕였다. "곤란한 일이 일어났나 보군. 물론이네. 물어볼 필요조차 없었네. 아무 말도 없이 따라왔더라도 나는 기뻐했을 걸세. 유람선 선장이 뭐라고 입만 뻥긋하는 날이면 내가 단칼에 죽여 버렸을 걸세." 노 고돌핀은 싱글싱글 웃었다. 몇 주일 만에 처음으로 반쯤은 안전한 느낌을 갖기 시작했던 것이다.

"내가 모자란 50리라 내겠네. 허락해 주게." 그가 말했다.

"내가 어떻게……."

"괜한 소리 말게. 나무를 가져오시오." 시무룩한 얼굴로 화원 주인은 돈을 받아 주머니에 넣고 구석으로 가서 양치류 식물의 무성한 덤불 뒤로부터 술통에서 자란 박태기나무 한 그루를 끌어내 왔다.

"우리 셋이면 저걸 문제없이 나를 수 있겠군." 체사레가 말했다. "어디로 운반할깝쇼."

"폰테 베키오." 시뇨르 만티사가 말했다. "그러고 나선 샤이스포겔에 가는 거야. 알겠나, 체사레. 굳게 단결된 강력한 전투태세를 취해야 해. 가우초가 우리를 겁주고 위협하게 해선 안 돼. 비록 그자의 폭탄은 사용할 필요가 있을지 몰라. 하지만 우리에게 박태기나무도 있다는 사실을 잊어서는 안 돼네. 사자와 여우의 합세 같은 거지."

그들은 나무의 각 삼면에 섰다. 그러고는 그것을 들어 올렸다. 화원 주인이 이들이 지나갈 수 있도록 뒷문을 잡고 서 있었다. 그들은 나무를 20미터쯤 떨어진 곳에 세워 둔 마차로 서둘러 운반해 갔다.

"달려." 시뇨르 만티사가 소리쳤다. 말들은 속보로 달리기 시작했다. "난 내 아들하고 몇 시간 이내로 샤이스포겔에서 만나기로 돼 있어." 고돌핀이 말했다. 에번이 어쩌면 지금쯤 시내에 나와 있을는지도 모른다는 사실을 잊은 모양이었다. "내 생각에는 비어홀이 카페보다 안전할 것 같았어. 그런데 어쩌면 거기야말로 위험한 장소였는지도 모르겠군. 경찰이 내 뒤를 쫓고 있어. 그들 말고도 또 다른 자들이 감시하고 있을지도 모르고."

시뇨르 만티사는 급작스레, 그러나 익숙한 솜씨로 우회전을 하면서 말했다. "말도 안 돼. 내게 맡겨. 만티사하고 있는 한 안전하다고 믿어야지. 내 목숨이 붙어 있는 한 자네 목숨을 지켜 줄 테니까." 고돌핀은 잠시 동안 대답을 하지 않았다. 그러고는 우정을 받아들인다는 표시로 고개만을 슬슬 내저었다. 왜냐하면 이제 에번이 보고 싶어졌던 것이다. 거의 필사적으로 보고 싶었다. "자넨 아들을 보게 될 걸세. 아주 근사한 가족 재회를 맞이하는 거지. 아들하고 멋진 재회를 하게 될 거라고."

체사레는 술병 한 개를 따면서 오래전 유행하던 혁명가를 부르고 있었다. 아르노강 쪽에서 바람이 일었다. 그 바람에 시뇨르 만티사의 머리카락이 창백하게 퍼덕거렸다. 그들은 도심을 향해 달렸다. 마차는 텅 빈 편자 소리를 울리며 달렸고, 체사레의 비탄에 잠긴 노랫소리는 곧 그저 광막해 보이기만 하는 거리의 대기 속으로 흩어져 버렸다.

7

가우초를 심문한 영국인은 스텐슬이라는 이름의 남자였다. 해가 지고 나서 조금 후에 그는 채프먼 소령의 서재에서 가죽 안락의자에 깊숙이 앉은 채 명상에 잠겨 있었고, 흠집이 나 있는 담배 파이프는 옆에 놓인 재떨이에서 모르는 사이에 불이 꺼져 있었으며 그의 왼손은 한 움큼의 펜대들을 쥐고 있었다. 펜대들 끝에는 갓 끼운 펜촉이 반짝거리고 있었다. 그의 오른손은 맞은편 벽에 붙어 있는 현 외무부 장관의 커다란 사진에 창던지기라도 하듯 규칙적으로 펜대들을 던지고 있었다. 이제까지는 한 번밖에 맞히지 못했다. 펜촉은 외무부 장관 이마 한가운데에 가서 박혀 있었다. 그 때문에 그의 상관은 인자한 코뿔소로 변해 있었다. 웃기는 모습이기는 했으나 별로 얼굴 인상을 낮게 만들어 준 것 같지는 않았다. 지금의 '상황'은 솔직하게 말해서 겁이 날 지경이었다. 그뿐만이 아니었다. 상황은 돌이킬 수 없게 엉망이 돼 있었다.

문이 갑자기 확 열리더니 나이에 어울리지 않게 머리가 세고 앙상하게 마른 사나이가 고함을 치며 뛰어들었다. "그자를 찾았어." 그가 말했다. 그러나 크게 흥분한 것 같지는 않았다.

스텐슬은 의문의 눈초리로 그를 쳐다보았다. 펜대 한 대가 그의 손에서 균형을 잡고 있었다. "그 늙은이 말인가?"

"사보이에서 찾았어. 젊은 여자하고. 영국 여자였어. 늙은이를 가둬 놨다. 그 여자가 방금 우리한테 말해 줬어. 제 발로 걸어 들어와서 일러 주더라고. 아주 태연스럽게 말이야……."

"어서 가서 보라고, 그러면." 스텐슬이 그의 말을 자르며 말했다. "지금쯤은 도망가 버렸을 테지만 말이야."

"여자를 안 만나 보겠나?"

"예쁜가?"

"그런 편이지."

"싫어, 그렇다면. 그러지 않아도 상황이 골치 아프게 돼 있어. 내 말의 뜻을 알아듣는지 모르겠지만. 그 여자는 자네한테 맡기기로 하지, 드미볼트."

"좋아, 시드니. 의무에 충실하겠다, 그 말씀이지? 철두철미하게 애국하겠다는 거로군. 자, 그럼 나는 이만 실례하겠네. 내가 자네한테 먼저 기회를 준 거 잊지 말게."

스텐슬은 빙그레 웃었다. "자네 꼭 합창단 소년처럼 구는군. 나도 만나 보지 뭐. 나중에. 자네가 일을 다 본 다음에."

드미볼트는 침통한 미소를 지었다. "그 덕분에 '상황'이 반쯤은 견딜 만한걸." 그렇게 말한 후 그는 들어왔을 때처럼 문으로 툭 튀어 나갔다.

스텐슬은 이를 갈았다. '상황'이라, 그놈의 진절머리 나는 '상황'. 좀 더 철학적인 순간에는 이 '상황'이라는 추상적인 물건의 실체에 대해서 곰곰이 생각해 본 적도 있었다. 그 사상적인 기반, 세부적인 구조 등등에 대해서 말이다. 그는 대사관 직원들이 누가 어느 각도에서 봐도 끝내 정체를 밝히지 않고 불가사의한 채 남아 있으려는 그 '상황'이라는 것에 부딪혀 미친 듯이 날뛰며 길거리에서 광인처럼 무슨 소린지 모를 말들을 중얼거리던 때를 기억했다. 그에게는 코비스라는 학교 친구가 있었다. 그들은 같이 외교관이 되었고 승진도 비슷하게 해 왔다. 그런데 작년 파쇼다 사태가 터진 뒤, 어느 날 아침 코비스가 각반에 차양이 넓은 헬멧 차림으로 프랑스 침공에 가담할 의용군을 모집하며 피커딜리 근방을 배회하고 있는 것이 발견되었던 것이다. 커나드사의 정기선을 한 척 징발할 계획 같은 것도 세운 모양이었다. 마침내 붙잡혔을 때 그는 과일 행상 몇 명, 매춘부 둘, 그리고 뮤직홀 코미디언 하나를 모집하는 데 성공했다. 모두 선서를 거쳐 의용군이 된 것이었다. 스텐슬은 그들이 「나가자, 그리스도의 군병들이여」를 제멋대로의 가락과 제멋대로의 박자로 불러 대던 것을 가슴 아프게 기억하고 있었다. 그는 이미 오래전 어떤 '상황'도 객관적 현실성 따위는 없다고 결론 내렸다. 그것은 다만 특정한 순간, 관련된 인간들의 마음속에만 존재할 뿐이었다. 그러나 이 몇몇의 마음들이 뭉쳐서 만들어 낸 종합 혹은 복합이란 동질적이라기보다는 혼혈적인 논리에 지배되기 마련이어서, 세계를 3차원으로 보는 데에만 익숙해 있는 관찰자의 눈에는 '상황'이라는 것이 4차원상의 도표로 보이게 된다. 따라서 외교상의 거래가 성공하느냐 실패하느냐는 그것을 다루는 외교 집단이 얼마나 유대감을 갖는지에 직접적으로 달려 있는 것이다. 이러한 깨달음은 그로 하여금 팀워크에 대해 집념에 가까운 열의를 갖게 했고 그의 동료들은 그에게 '탭 댄서 시드니'라는 별명을 붙여 주었다. 뮤지컬 무대 앞에서나 실력 발휘를 할 수 있으리라는 의미였다.

그럼에도 불구하고 그건 훌륭한 이론이었다. 그 역시 자신의 이론에 대단한 애착을 품었다. 지금 벌어지고 있는 대혼란 와중에 유일한 위안이라면 이 이론이 현 사태를 제법 그럴싸하게 설명해 주고 있다는 점이었다. 엄격한 비국교도인 친척 아주머니 두 명 아래서 자란 스텐슬은 유럽의 인구를 '북유럽인', '개신교도', '반지성적 지중해인', '로마 가톨릭교도', '정신 나간 작자'들로 구분하는 앵글로색슨 특유의 구분법을 견지했다. 그래서 그는 이탈리아적인 모든 것에 대한 뿌리 깊고도 대부분은 잠재의식에 새겨진 악감정을 갖고 피렌체에 도착했었다. 비밀경찰에서 나온 협조자들이란 사람들이 하는 짓역시 이러한 태도를 정당화해 주었다. 그렇게 천박하고 조화를 모르는 패거리들에게서 도대체 어떤 '상황'을 기대할 것인가?

예를 들면 영국 청년 일만 해도 그랬다. 일명 가드룰피라고도 하는 이 고돌핀이란 남자 말이다. 이탈리아 경찰은 한 시간 동안이나 그를 심문하고도 해군 장교인 그의 아버지에 대해서 아무것도 알아내지 못했다고 했다. 그런데 그 젊은이가 맨 처음 이탈리아 경찰들에 이끌려 영국 영사관에 왔을 때 한 일은 스텐슬에게 자기 아버지를 찾아 달라고 청하는 일이었던 것이다. 베이수에 대한 모든 질문에 남자는 꽤 순순히 대답했다.(물론 외무부에 이미 소장된 정보 자료를 그대로 되풀이한 거나 다름이 없었지만.) 그는 묻지도 않았는데 오늘 밤 샤이스포겔에서 잡아 둔 약속에 대해서까지 술술 얘기했다. 대체적으로 그 남자는 베데커 안내서에 쓰여 있지 않고 쿡 여행사가 해결해 줄 수 없는 문제에 봉착한 영국인 관광객이라면 누구나 보일 법한 정직한 관심과 어리둥절함을 나타냈을 뿐이었다. 그런 모습은 아마도 그가 간교하고 노회한 부자 스파이의 일원일 거라는 스텐슬의 상상과는 전혀 달랐다. 저렇게 숙맥처럼 굴다니, 이자들을 누가 고용했건 간에 (샤이스포겔은 독일인 비어홀이었다. 이건 확실히 그냥 넘길 수 없었다. 특히 이탈리아가 드라이분트[84]의 일원이라는 점을 고려해 보면 더욱 그랬다.) 봐줄 리가 없었다. 이번 일은 너무 크고 중대한 일이었다. 최고의 전문가가 아니면 맡길 리가 없는 일이었던 것이다.

외무부는 고돌핀에 대한 서류를 계속 수집하고 보관 중이었다. 조사 원정단 계획이 완전히 실패한 거나 마찬가지였던 1884년 이후의 일이었다. 베이수라는 지역의 이름은 자료 속에서 단 한 번밖에 언급되지 않았다. 그것도 국무성 국방 장관에게 보내는 비밀 서신 속에서 딱 한 번뿐이었다. 그것은 고돌핀 본인의 증언에 대한 요약이었다. 한 주 앞서 런던 주재 이탈리아 대사관은 전보 사본 하나를 보내왔다. 피렌체의 검열반에서 경찰에 보고한 뒤 통과시킨 것이었다. 이탈리아 대사관은 대강 적은 단순한 전언 말고 아무것도 부가하지 않았다. 전언의 내용은 이러했다. '귀하께 필요한 정보일 수 있어 전달해 드립니다. 협조를 통해 양국 이익을 도모할 수 있으리라 믿습니다.' 전언에는 이탈리아 대사의 이름 첫 글자가 새겨 있었다. 서류 속에서 베이수라는 존재가 다시 되살아난 것을 본 스텐슬의 상관은 도빌과 피렌체 작전 요원들에게 이들 부자를 잘 감시하도록 경고했다. 지리학회에도 문의 서찰이 날아갔다. 보고서의 초판이 분실된 탓에

84   19세기 말부터 20세기 초까지 지속된 독일, 오스트리아, 이탈리아의 3 국 동맹체.

젊은 연구원들은 원래 의장단 중에서 아직 살아 있거나 연락이 가능한 모두를 접견함으로써 사건 당시 고돌핀이 한 증언을 하나로 합치는 일을 시작했다. 스텐슬의 상관은 전보에 암호가 쓰이지 않은 점을 주목했다. 하지만 그 사실은 지금 외무부가 상대하는 적이 굉장히 노련한 스파이 그룹이라는 스텐슬의 확신만을 더욱 견고하게 했을 뿐이다. 그 정도로 오만하고 자신만만하다니, 정말 참아 주기 어려운 기분이었다. 그 오만한 자신감 때문에 그 정도로 적개심이 일어나는 것일지도 몰랐다. 그러나 한편으로는 바로 그 점 때문에 상대에 대한 존경심도 들었다. 암호 같은 것은 사용하지 않겠다는 것, 이것이야말로 진정한 스포츠맨 정신처럼 보였다.

문이 조심스레 열렸다. "저, 스텐슬 씨."

"왜 그래, 모핏. 내가 시킨 대로 했나?"

"그들은 함께 있어요. 이유를 따지는 건 제 의무가 아니지요. 아시다시피."

"브라보, 그자들한테 한 한 시간쯤 같이 있을 시간 여유를 주자고. 그리고 나서 우리는 가드룰피 청년을 석방해 주는 거야. 더 이상 아무 혐의도 없습니다, 불편을 끼쳐드려 미안합니다, 안녕히 가십시오, 하고 보내 버리라고."

"그러고는 미행하라 이 말이죠, 네? 본격적으로 무대 막이 오르는 거군요, 하하."

"그자는 샤이스포겔로 갈 거야. 그 청년한테 약속을 지키라고 권했거든. 자기가 한 말이 정말이었든 거짓말이었든 그는 노인네를 만날 거야. 적어도 그 청년이 우리 기대대로 각본에 맞춰 행동을 한다면."

"그리고 가우초는요?"

"그자한테는 한 시간을 더 줘 봐. 그리고 나서 도망치고 싶어 하면 도망치게 내버려 둬."

"불안한데요, 스텐슬 씨."

"됐어, 모핏. 이제 합창 대열로 돌아갈 때야."

"타-라-라-붐-데-에-이." 모핏이 징 없는 댄스 슈즈로 탭 댄스 추는 시늉을 하며 문으로 나갔다. 스텐슬은 깊은 한숨을 내쉰 후 의자에서 몸을 앞으로 조금 기울여 하던 다트 놀이를 계속했다. 곧 두 번째로 명중했다. 먼저 것에서 떨어진 곳에 맞은 다트 때문에 외무부 장관은 일그러진 염소 같은 꼴이 되었다. 스텐슬은 이를 악물었다. "자, 맞아라." 그는 다시 말했다. "여자가 나타나기 전에 이놈의 늙은 이를 가시 꽃이 핀 고슴도치처럼 만들어 놔야지."

감방 두 개 떨어진 저쪽에선 떠들썩한 모라 놀이[85]가 벌어지고 있었다. 창밖 어디선가 여자 하나가 고국을 지키다 머나먼 땅에서 전사한 사랑하는 사람에 대해 노래하고 있었다.

"저 여자는 관광객들 들으라고 노래하는 거야." 가우초가 불쾌한 듯이 말했다. "틀림없이 그럴 거야. 피렌체에서는 아무도 노래 같은 거 안 부르거든. 어쨌든 전에는 그랬어. 내가 얘기했던 베네수엘라 친구들이나 가끔 부를까. 하지만 그 친구들은 진군가밖에 부르지 않아. 기강 잡는 데 괜찮은 노래들이지." 에번은 감방 문 옆에서 쇠창살에 이마를 갖다 댄 채 서 있었다. "이제 베네수엘라 친구들은 다신 없을지도 모르겠군요. 벌써 다 체포되어서 바다에 던져졌는지도요."

가우초가 가까이 와서 동정이 담긴 손길로 에번의 어깨를 잡았다. "자넨 아직 젊어." 그가 말했다. "자네가 어떤 식으로 당했는지 짐작할 만해. 그게 그들의 수법이거든. 정신력을 빼앗아 버리곤 하지.

85   주먹과 손가락으로 하는 놀이.

자넨 아버지를 다시 만나게 될 거야. 나는 내 베네수엘라 친구들을 다시 보게 될 거고. 오늘 밤 말이야. 우리는 피렌체가 사보나롤라의 화형 후 한 번도 구경 못 한 굉장한 축제를 벌일 거야."

에번은 절망스러운 표정을 지으면서 좁은 감방과 무거운 창살들을 둘러보았다. "내게는 곧 석방될지도 모른다고 하더군요. 하지만 당신은 오늘 저녁 무슨 일을 벌일 가망이 전혀 없을 것 같은데요. 잠을 제대로 못 잘 것만은 틀림없겠지만."

가우초가 소리를 내서 웃었다. "그들이 나도 석방할 걸 믿어. 난 그자들한테 아무 말도 안 해 줬어. 그자들 수법을 너무 잘 알고 있거든. 미련하고 아주 잘 속는 놈들이야."

에번은 쇠창살을 힘껏 움켜잡으며 화가 치민 소리로 말했다. "미련하기 짝이 없죠. 미련할 뿐 아니라 미치기까지 했다니까요. 일자무식에다, 어떤 얼간이 같은 서기 녀석이 내 이름을 가드룰피라고 틀리게 적었나 봐요. 그랬더니 계속 그렇게 부르는 겁니다! 그게 내 별명이라나. 서류 좀 봐요, 가드룰피라고 보란 듯이 적혀 있죠? 제 말 맞죠?"

"생각이란 것 자체가 그놈들에겐 신기한 것일 테니까. 그러니 하나가 떠오르면 그게 엄청나게 귀한 재산이라도 되는 것처럼 꽉 붙잡고 안 놓으려 하는 거겠지."

"문제가 그뿐이라면 얼마나 좋겠어요. 그런데 그게 아닌 거예요. 어떤 높은 분께서 베이수가 베네수엘라의 암호라는 생각을 했다 이겁니다. 아니면 철자도 못 배운 서기 녀석이나 그 녀석 형이나 동생이 저지른 짓인가도 모르죠."

"그자들이 내게 베이수에 대해서 말하라고 했어." 가우초가 생각에 잠기는 소리로 말했다. "내가 뭐라고 할 수 있겠나, 정말 모르는 일인데. 영국인들은 그걸 중요하게 여기는 것 같았어."

"하지만 그게 왜 중요하다는 얘긴 안 해 주죠. 모두가 수수께끼 같은 암시적인 말만 던지더군요. 독일하고 관련이 있는 것 같아요. 남극도 어떤 끈인지는 몰라도 연관된 것 같고. 어쩌면 몇 주일 내로 전 세계에 대이변이 일어날 거라고들 하더라고요. 그런데 내가 그 일에 가담되어 있다는 거예요, 그리고 당신도. 그렇지 않다면 우리를 뭣 때문에 같은 감방 안에 가두었겠어요. 이러나저러나 풀어 줄 거면서 말이죠. 어딜 가나 미행당할 겁니다. 생각해 보세요. 그들 주장에 의하면 우린 거대한 비밀결사 같은 것에 가담하고 있잖습니까. 그런데 정작 우리들은 지금 뭐가 어떻게 되고 있는 건지 아무것도 알지를 못하다니 대관절 이게 뭐란 말입니까."

"녀석들 말은 믿지 않았기 바라네. 외교 쪽 일을 하는 인간들은 매번 그런 식으로 말을 하니까. 툭하면 절벽 끝에 사는 것처럼 겁주는 소리만 지껄이거든. 만약에 그 인간들 인생에서 위기 요소를 빼 버린다면 밤잠이나 제대로 잘 수 있을지 모르겠더라고."

에번은 그를 향해 서서히 돌아섰다. "하지만 난 그들 말을 믿어요. 말해 드리죠. 우리 아버지에 대해서. 아버지는 내가 잠들기 전 내 방에 와서 곧잘 앉아 계셨어요. 그리고는 베이수라는 곳에 대해서 꼭 무슨 옛날이야기라도 들려주듯 얘기해 줬죠. 거미원숭이에 대해서도 말해 줬고, 딱 한 번 본 인신공양도 그렇고, 우유 같은 빛을 내다가 불빛을 내기도 하는 물고기가 사는 강에 대해서 끝도 없이 얘기를 했어요. 그 물고기들은 사람이 목욕을 하러 들어가면 모여들어서 빙빙 맴돌았다고 해요. 일종의 아주 정교한 춤이었죠. 그건 인간을 악운으로부터 보호해 주는 춤이었어요. 또 그곳은 화산 지대였는데 그 안에 도시들이 있었어요. 화산들은 백 년에 한 번씩 폭발해서 지옥의 불바다가 되었지만 다들 상관없이 그 안에서 살았다는군요. 파란 얼굴의 언덕에서 사는 남자들, 낳는 족족 세쌍둥이인 골짜기의 여인네들, 조합까지 운영하면서 여름 내내 축제판을 벌이고 노는 거지 떼들. 남자애들이 성장하는 과정에 대해 알고 계시죠? 이별의 시기는 오게 마련이에요. 자기 아버지가 신이 아니고 아버지 말이 신탁이 아니라는 생각을 한동안 몰래 해 오다가 어느 날 그 혐의가 틀림없다는 확신 비슷한 걸 얻게 되잖아요. 그러고 나면 믿음에 따른 권리를 더는 가질 수 없게 된다는 걸 깨닫게 되죠. 베이수 같은 것은 자기 전이야기나 공상에서 나온 전설이 되고 마는 거예요. 그런 다음 소년은 그저 인간에 불과한 자기 아버지를 초월한 무엇인가가 되는 법이죠. 사실 난 휴 함장에게 정신이상이라도 온 줄 알았어요. 선뜻 입원 서류에 서명할 정도였죠. 하지만 피아차 델라 시뇨리아 5번지에서 난 거의 살해당할 뻔했어요. 그건 사고라고는 보기 힘든 재난이었는데 만약에 그게 사고였다면 무생물 세계의 장난이었다고 해야겠죠. 그 다음부터 지금까지, 나는 두 나라 정부가 나서서 아버지가 꾸며낸 옛날이야기나 집착 같은 거라고 생각했던 바로 그것 때문에 악몽에 시달리다 미치게 된 사람 같은 꼴이 되는 걸 이 두 눈으로 목격했어요. 베이수와 어린 소년의 아버지에 대한 사랑을 거짓말로 만들어 버린, 우리가 그저 인간일 뿐이라는 상황이 이제 와서는 내게 그 두 가지 모두를 정당화해 주는군요. 영사관에서 만난 이탈리아인이며 영국인이며 무식한 서기까지도 모두 결국에는 인간이니까요. 그 사람들의 불안도 내 아버지의 불안과 비슷한 거예요. 이제는 내 불안이 되어 가고 있고요. 불과 몇 주일 내에 아마 이 세상에 사는 모든 사람들의 불안이 되어 버릴지도 모르죠. 아무도 희생 제단 위에서 불살라지고 싶어 하지 않는 이 세상 말입니다. 어쩌면 이걸 이 빌어먹을 별 위에서 용케 파괴되지 않은 사람과 사람 사이의 교감이라고도 할 수 있겠죠, 아무도 별로 마음에 들어 하지 않는 세계지만. 어쨌든 여긴 우리의 별이고 여기 살고 있으니까.”

가우초는 아무 대답도 하지 않았다. 그는 유리창 쪽으로 걸어가서 밖을 내다보며 서 있었다. 이제 아까의 여자는 고향과 약혼녀를 떠나 지구 저쪽으로 멀리 가 버린 해병에 대한 노래를 하고 있었다. 복도 아래쪽에서 외침이 들려왔다. "다섯, 셋, 여덟, 후유!" 곧 가우초는 두 손을 목으로 가져가서 칼라를 떼어 냈다. 그는 그것을 들고 에번에게 돌아왔다.

"만약 저들이." 그는 말했다. "아버지하고 약속한 시간 전에 자네를 풀어 주거든 말인데, 샤이스포겔에는 내 친구도 하나 있어. 이름은 쿠에르나카브론이지. 거기선 누구나 그 사람을 알아. 이 메시지를 그 친구한테 전해 주면 참으로 고맙겠네." 에번은 칼라를 받아서 기계적으로 주머니에 넣었다. 그러다가 어떤 생각이 떠오른 모양이었다.

"하지만 저들이 칼라가 없어진 걸 알 텐데요."

가우초는 씽긋 웃으면서 셔츠를 휙 벗더니 이층 침대 아래로 던져 넣었다. "날씨가 덥군. 저들한테도 그렇게 얘기하면 돼. 지적해 줘서 고맙네. 나한테는 여우처럼 생각하는 일이 영 쉽지 않아."

"어떻게 탈출할 작정입니까?"

"간단하지. 간수가 자네를 풀어 주러 들어오거든 우리 둘이서 그자를 때려눕혀 정신을 잃게 하는 거야. 그러고는 열쇠 뭉치를 가지고 자유를 향해 싸우며 나아가는 거지."

"우리 둘이 다 나가게 되는 경우에도 이 메시지를 전할까요?"

"물론이지. 난 제일 먼저 비아 카보우르에 가야 하니까. 샤이스포겔에는 나중에 들를 생각이야. 다른 일을 같이하는 사람들부터 만나러 가기로 했어. 일이 잘되기만 하면 굉장한 쇼가 벌어질 걸세."

곧 발소리와 열쇠를 절렁대는 소리가 가까워져 왔다. "잘도 우리 생각을 알아차려 주는군." 가우초가 키득거리며 말했다. 에번은 급히 그에게 돌아서며 손을 꽉 잡았다.

"행운을 빕니다."

"그 곤봉은 내려놓으라고, 가우초. 둘 다 석방시켜 줄 테니까." 간수가 밝은 목소리로 말했다.

"이런, 이 무슨 운명의 장난인가." 가우초가 서글프게 말했다. 그는 유리창으로 되돌아갔다. 여자의 목소리는 마치 4월 위로 엄습하는 것만 같았다. "꼭 까치 소리 같군!" 그는 꽥 소리를 질렀다.

8

이탈리아 스파이들 사이에서 최근 유행하는 농담은 이탈리아인 친구의 아내를 가로챈 영국 남자 얘기였다. 어느 날 밤 남편이 집에 돌아와 보니 신의 없는 남녀 한 쌍이 침대 위에서 한참 일을 벌이는 중이었다. 화가 치민 남편은 권총을 꺼내 쏘려 했다. 그런데 막 발사하려는 순간 영국 남자가 손을 들어 말리며 이렇게 말했다. "이보게, 친구." 짐짓 품위 있는 말투였다. "고위 인사들 사이에 불화를 일으켜서는 안 되지 않을까. 이 일이 4국 동맹에 미칠 여파를 생각해 보게나."

이 이야기는 압생트를 마시며 처녀들을 망치고 돌아다니는 페란테라는 이름의 사나이가 지어냈다. 그는 턱수염을 기르려 애쓰고 있었으며 정치를 증오했다. 피렌체에 사는 다른 수천 명의 젊은 남자들과 마찬가지로 이 남자는 자기를 신 마키아벨리즘 신봉자라고 생각했다. 그는 길게 내다보는 편이었는데, 딱 두 가지의 신념밖에 없었다. (1) 이탈리아의 외교가 인사들은 다 구제불능으로 부패했으며 멍청하다는 것 (2) 누군가가 움베르토 1세를 암살해야 된다는 것이 그 두 가지였다. 페란테는 베네수엘라 문제에 연루된 지 여섯 달도 넘었는데 아직까지도 거기에서 빠져 나올 길로는 자살 말고 다른 방법을 찾지 못하고 있었다.

그날 저녁 그는 작은 오징어 한 마리를 들고 비밀경찰 본부 근방을 배회하고 있었다. 그걸 요리할 곳을 찾고 있었던 것이다. 방금 시장에서 산 오징어를 저녁밥으로 먹을 참이었다. 피렌체의 스파이 활동 중심부는 르네상스와 중세 취미 호사가들을 위한 악기 공장 2층이었다. 명목상 운영자는 포크트라는 오스트리아인으로, 낮 동안에는 레벡,[86] 숌,[87] 테오르보[88] 따위를 열심히 조립했고 밤에는 스파이가 되었다. 합법적이고 일상적인 생활을 하는 동안에 포크트는 자기 친구들을 불러와서 악기를 시연하도록 하는 가스코뉴라는 흑인 조수와 자신이 처녀 때 팔레스트리나와 애정 행각을 벌인 적이 있다는 괴상한 환각에 사로잡힌 엄청나게 늙고 뚱뚱한 자기 어머니와 지냈다. 그의 어머니는 끊임없이 손님들을 붙잡고 '조반니노'에 대한 회고담을 늘어놓았다. 이야기의 대부분은 작곡가의 성적인 기벽에 대한 것들이었다. 이 두 사람이 포크트의 스파이 활동에 가담하고 있는지는 아무도 알 수 없었다. 자기 동료까지 포함하여 만만한 대상의 행적을 파헤치기를 일삼는 페란테조차도 몰랐다. 그러나 포크트는 오스트리아인이었으므로 어느 정도 신중한 성격이리라는 것은 감안해 두어야 했다. 페란테는 맹약 같은 것을 별로 대단하게 생각지 않았다. 그는 그런 것이 임의적일 뿐 아니라 대개 우스꽝스러울 따름이라고 생각했다. 하지만 일단 동맹을 맺은 이상, 특별한 불편이 없다면 지키는 게 낫다는 의견이었다. 그런 견지에서 1882년 이후 독일인과

---

86   중세의 찰현 악기이다.

87   중세의 더블 리드 관악기이다.

88   17세기경에 쓰였던 대형 류트이다.

오스트리아인은 당분간 같은 편일 터였다. 그러나 영국인들은 단연코 받아들일 수 없었다. 여기에서 바람난 부인의 남편에 대한 농담이 나온 것이었다. 그는 이 문제에 관한 한 런던과 협조할 아무런 이유도 발견할 수 없었다. 그의 생각에 영국은 자기 적들을 두 쪽으로 갈라놓으려고 음모를 꾸미는 것만 같았다. 그는 3국 동맹을 양분해 버리고 나면 영국이 그 제각각을 여유롭게 대응할 수 있으리라는 계산일 것이라고 보았다.

그는 부엌으로 내려갔다. 안에서는 끔찍한 비명 같은 소리가 들렸다. 개인적인 규칙에서 벗어나는 일은 덮어놓고 경계부터 하는 페란테는 조용히 그 자리에 엎드렸다. 그러고는 손과 무릎을 짚고 엎드린 채 스토브 뒤까지 살금살금 기어서 다가갔다. 고개를 살며시 내밀어 살펴보니 그것은 노파가 비올라 다 감바를 가지고 뭔가 가락을 연주하는 소리였다. 그녀는 악기를 그다지 잘 다루지 못했다. 페란테를 보자 노파는 활을 내려놓고 그를 노려보았다.

"대단히 죄송합니다, 부인." 페란테는 일어서면서 말했다. "연주를 방해할 생각은 없었어요. 프라이팬하고 기름을 조금 빌릴까 해서 들여다본 겁니다. 저녁을 먹으려고요. 잠깐이면 되겠는데요." 그는 아양을 떨듯이 오징어를 그녀 앞에 흔들어 보였다.

"페란테." 노파가 갑자기 소리를 질렀다. "지금은 자질구레한 일을 얘기할 때가 아니야. 큰일이 벌어지고 있다고."

페란테는 깜짝 놀랐다. 이 여자가 서류를 훔쳐봤나? 아니면 아들이 항상 모든 것을 얘기해 주는 걸까? "무슨 말씀인지 모르겠는데요." 그는 조심스레 말해 보았다.

"말도 안 되는 소리." 그녀는 쏘아붙였다. "영국인들은 네가 모르는 뭔가를 알고 있어. 모든 건 이 터무니없는 베네수엘라 사건에서 시작된 거야. 순전한 실수로, 아무도 눈치채지 못한 동안 말이야. 네 동료들은 끔찍하게 거대하고 무시무시한 일에 맞닥뜨렸어. 얼마나 중대한 일인지 저자들은 그 일의 이름조차 크게 말 못 하는 형편이라고."

"그럴는지도 모르죠, 모르긴."

"그러면, 가드룰피 청년이 스텐슬한테 자기 아버지의 말에 따르면 베이수의 스파이들이 이 도시에 와 있는 것 같다고 증언했다는 게 사실이 아닌가?"

"가드룰피는 화원 주인 이름이에요." 페란테는 짐짓 태연하게 말했다.

"우리한테 감시받고 있는 남자죠. 그 사람은 가우초 패거리와 관련된 자입니다. 가우초는 베네수엘라의 합법적인 정부에 대한 반동을 선동하고 있는 인물이죠. 우리는 이들을 화원에까지 추적해 갔어요. 노부인께서는 사실들을 혼동하신 것 같군요."

"그보다는 너와 네 동료들 쪽에서 이름을 혼동한 모양인데. 너는 아마 베이수가 베네수엘라의 암호라는, 말도 안 되는 소리까지 믿고 그렇게 주장하려 들겠지."

"우리 서류에는 그렇게 나와 있는데요."

"영리한 녀석이구나, 페란테, 너는 아무도 안 믿는군."

그는 어깨를 으쓱했다. "그럴 여유가 있을까요?"

"아마 없겠지. 누구 밑에서 일하는지도 모를 야만스럽고 시시한 종족이 지금 이 순간에도 다이너마이트로 남극 빙산을 마구 터뜨려 가며 지하의 자연 동굴에 들어가려는 마당에 그럴 여유는 당연히 없겠지. 그 자연 동굴망은 베이수 사람들과 런던 왕실 지리학회, 헤어고돌핀과 피렌체 스파이들에게만 알려져 있지."

페란테는 갑자기 숨이 가빠 오는 것을 느꼈다. 그녀가 지금 스텐슬이 런던에 보낸 지 한 시간도 채 지나지 않은 비밀문서를 해설하는 중이었기 때문이었다.

"자기네 땅 화산들을 알아본 결과." 그녀는 말을 계속했다. "베이수 주민 가운데 누군가가 이 동굴의 존재를 처음으로 알아차리게 된 거라고. 그런데 이 동굴들로 말하면 지구의 내부를 빙빙 둘러가며 꿰뚫고 있지. 깊이는 각각……"

"잠깐!" 페란테가 소리쳤다. "헛소리입니다."

"사실을 말하라고." 그녀가 날카로운 소리로 말했다. "베이수가 정말은 어떤 암호인지 말하란 말이야. 말해, 이 바보야, 내가 벌써 알고 있는 거지만 얘기해, 베수비우스 화산을 가리키는 말이라고 실토하라고, 어서." 노파는 지독하게 꽥꽥거렸다.

그는 숨이 막혔다. 이 여자는 넘겨짚었든 몰래 뒷조사를 했든 누가 하는 소릴 들었든 했겠지. 아마 노파에게 큰일이야 생기지 않겠지만. 하지만 어떻게 나는 정치 따윈 질색이고 국제적이든 부서 하나에서 일어난 일이든 간에 정치라면 다 싫다고 말할 수 있을까? 그리고 이번 사건을 이끌어낸 정치 역시 지긋지긋하다고 말할 수 있겠는가. 이번의 정치적인 문제 역시 다른 유의 정치와 마찬가지 원리로 움직였으며 따라서 그는 혐오를 금할 수 없었다. 모두가 암호에 대해 베네수엘라를 가리키는 것이라고 추정하고 있었다. 뻔한 추정이었다. 그런데 영국인들이 베이수라는 곳이 실재하는 지역의 이름이라는 사실을 들고 나선 것이다. 그러고는 젊은 가드룰피가 이미 십오 년 전에 지리학회와 조사위원회에서 입수한 화산들에 관한 자료를 확증하는 증언을 했다. 미약한 사실에 또 다른 사실이 더해지더니 한 장의 전보를 검열하게 된 것을 발단으로 눈사태라도 터진 듯 반나절 꼬박 계속된 고통스럽기 짝이 없는 혼란이 초래되었다. 의견 교환, 타협, 위협 따위를 위한 회합 및 당파 싸움, 비밀투표 등의 과정을 거쳐 급기야 페란테와 그의 상관은 사태의 진상에 직면할 수밖에 없게 되었다. 즉, 공동의 위기가 닥칠 확률이 높음을 고려해 보면, 영국과 동맹을 맺을 수밖에 없다는 소름 끼치는 사실이 바로 그것이었다. 어쨌거나 받아들이지 않을 수 없는 타협안이기는 했다.

"베누스 여신을 뜻하는 것일 수도 있죠." 그는 말했다. "어쨌든 전 이 문제에 대해서 말할 수가 없습니다. 용서하세요." 노파는 또 소리를 내어 웃고는 비올라 다 감바를 붙잡고 다시 한 번 톱질을 시작했다. 그녀는 페란테가 스토브 위쪽 벽에서 프라이팬을 내리고 올리브 기름을 조금 부은 후 불 찌꺼기를 쇠꼬챙이로 들쑤셔 불길을 일으키는 것을 경멸에 찬 시선으로 바라보고 있었다. 기름이 슬슬 끓기 시작했을 때 그는 마치 제물이라도 바치는 태도로 오징어를 그 안에 갖다 넣었다. 그는 갑자기 자기가 땀을 뻘뻘 흘리고 있다는 사실을 깨달았다. 스토브의 열기는 땀이 날 정도로 세지 않았다. 옛 시대의 가락이 흐느낌처럼 방 안에 퍼지고 벽에 부딪쳐 되돌아왔다. 페란테는 혹시 그 곡조가 팔레스트리나가 작곡한 게 아닐까 생각해 보았다. 별로 그럴 이유가 없었음에도 그런 환상에 자신을 잠깐 내맡겨 본 것이었다.

9

에번이 방금 나선 감옥 건물에 가깝고 영국 영사관에서도 과히 멀지 않은 곳에 두 개의 골목이 뻗어 있었다. 하나는 비아 델 푸르가토리오[89]였고 다른 하나는 비아 델 인페르노[90]였다. 길은 T 자 형태

---

[89]   이탈리아어로 '연옥의 길'을 뜻한다.
[90]   이탈리아어로 '지옥의 길'을 뜻한다.

로 엇갈리고 있었는데 T의 긴 쪽은 아르노와 평행이었다. 빅토리아는 이 교차점에 서 있었다. 밤이 우울하게 그녀를 둘러쌌다. 흰색 체크무늬 무명옷을 입은 작고 꼿꼿한 형체가 어둠 속에 떠올랐다. 그녀는 연인이라도 기다리듯 가늘게 떨고 있었다. 영사관 사람들은 그녀에게 친절했다. 그러나 그게 다가 아니었다. 그녀는 그들 눈빛 저편에 무겁게 드리운 모종의 배경지식을 감지했다. 그래서 단박에 노 고돌핀이 정말로 '무서운 필연'에 기인한 고민을 하고 있었다는 사실과 자신의 본능적인 직감이 이번에도 들어맞았다는 사실을 알았던 것이다. 이 본능적인 직감에 대한 그녀의 자부심은 운동선수의 기량에 대한 자부심에 못지않은 것이었다. 그녀의 본능은 예를 들어 고돌핀은 스파이이며 보통 관광객이 아니라는 것을 알렸다. 그뿐만이 아니었다. 본능은 그녀 자신의 잠재된 스파이 능력까지 드러내 보여 준 것이었다. 고돌핀을 돕겠다는 그녀의 결의는 스파이 행위에 대한 낭만적인 착각에서 나온 것이 아니었다. 사실상 그런 직업에서 그녀는 추악함 외에 멋지거나 화려한 요소를 찾아볼 수 없었다. 그러나 그녀는 기술이나 특성 등에 대하여 순전히 그 자체로도 훌륭하고 아름답다고 생각했기 때문에 그 일을 하기로 했다. 일은 모름지기 도덕적인 동기와 인연이 멀수록 더욱 효율적일 터였다. 인정하려 하지 않았겠지만, 원래 그녀는 페란테, 가우초, 시뇨르 만티사와 같은 종류의 인간이었다. 그들과 똑같이 이 여자도 기회만 주어지면, 마키아벨리의 『군주론』을 지극히 개인적으로 실행할 것이었다. 이 여자는 시뇨르 만티사가 여우의 특성을 신봉하듯 개인의 자질과 특성을 신봉했다. 아마도 언젠가 그들 중 누군가는 이렇게 질문할 것이다. 정도에서 더 벗어나고 강력함은 더 떨어지는 방향으로 기우는 불균형 상태야말로 한 시대의 종말이 아니고 뭐겠는가.

그녀는 교차로에서 돌같이 꼼짝 않고 서서 생각에 잠겼다. 그 노인은 결국 그녀를 믿고 지금쯤 그녀가 오기를 기다리고 있을까? 그녀는 제발 그가 기다리고 있기를 바랐다. 그를 위하는 마음에서라기보다는, 상황이 계획대로 맞아 들어갈 때마다 그것이 마치 자신의 실력을 입증하는 훌륭한 증언인 것처럼 받아들이는 뒤틀린 자기 과장 성향 때문이었다. 단 한 가지, 그녀가 반드시 피하는 일이 있었는데 (그녀의 인식에 따르면 남자들이란 초자연적인 무엇인가였기 때문이기도 했지만) 쉰이 넘는 남자들을 '다정한', '친애하는', '친절한' 같은 수식어로 뭉뚱그려 묘사하는 여고생스러운 면을 내보이는 것이었다. 그녀는 모든 나이 든 남자들에게서 잠재적인 이미지들을 보려 했다. 그들의 이십 년이나 삼십 년 전 모습을 포착해 보려 한 것이다. 죽어 가는 사람의 생령에서 살아 있을 때의 윤곽을 엿보려는 것과 비슷하다고 볼 수 있으리라. 그녀는 강인한 근육과 섬세한 손을 가진 젊고 정력적인 고돌핀의 청년 시절 모습을 보았다. 어쨌든 그녀가 돕고자 한 것은 젊은 형태의 휴 함장이었다고 할 수 있을 것이다. 그녀는 그런 이미지를 자기가 운명이라는 거센 강물에 파 놓은 수로라든가 수문, 방파제 같은 거대한 구조물의 일부로 써먹을 참이었다.

만약 몇몇 정신과의들이 눈치챘듯이 조상으로부터 내려오는 기억, 우리의 행동과 우연한 욕망을 자극하고 형성하는 원초적인 지식의 저수지 같은 것이 있다고 해 보자. 그렇다면 그녀가 지금 지옥과 연옥의 교차로에 서 있는 것, 그리고 가톨릭 신앙을 필요하고 타당하다고 믿으면서 전적으로 받아들인 것까지도 그 저수지에서 제일 중요한 밸브라도 되는 양 광채를 내며 위용을 뽐내는 원시적인 믿음에서 도출되고 의존하고 있다고 볼 수 있지 않을까? 그녀는 일종의 원시적인 믿음으로서, 인간에게 생령이나 영적인 유사 형태 (증식보다도 분열에 의해 생겨나는)가 있다는 생각과 아들은 아버지의 도플갱어라는 생각을 고수했다. 이러한 이원성을 삶의 원리로 받아들인 빅토리아가 삼위일체설을 받아들이는 것은 전혀 어렵지 않았다. 노 고돌핀에게서 더욱 젊고 왕성한 제2의 고돌핀이 후광처럼 번뜩인 것을 목격한 빅토리아는 감옥 건물 앞에서 이렇게 기다리고 서 있었다. 그녀 우측 어디선가 한 여자가 돈 많은 노인과 잘생긴 청년 사이에서 누구를 고를지 갈등하는 내용의 노래를 쓸쓸한 음성으로 불렀다.

마침내 감옥 문이 열리는 소리가 들렸다. 그러고는 남자의 발소리가 좁은 골목길을 지나 다가오는 소리와 함께 문이 쾅 하고 다시 닫히는 소리가 들렸다. 그녀는 양산 끝을 조그만 발 옆의 땅에 박아놓고 그것을 응시하며 서 있었다. 남자는 미처 알아채기 전에 그녀가 있는 곳까지 와 있었다. 하마터면 둘이서 부딪칠 뻔했을 정도였다. "이런." 그가 놀란 소리로 말했다.

그녀는 고개를 들고 그를 쳐다보았다. 얼굴은 형체가 뚜렷하지 않았다. 남자는 그녀를 더욱 가까운 곳에서 자세히 들여다보더니 "오늘 오후에 전차에서 본 아가씨, 맞지요?"

그녀는 그렇다는 의미로 입속에서 중얼거렸다. "그리고 당신은 나를 향해서 모차르트를 불렀죠." 그는 전혀 그의 아버지 같지 않았다.

"장난 좀 쳤지요." 에번이 더듬거리며 말했다. "거북하게 하려던 건 아니었는데."

"그렇게 했잖아요."

에번은 기가 죽어서 고개를 숙였다. "하지만 지금 이 늦은 시간에 이런 데서 뭐 하고 있어요?" 그는 억지로 웃었다. "설마 나를 기다리고 있었던 건가요."

"맞아요." 그녀가 조용히 말했다. "난 당신을 기다리고 있었어요."

"황송하기 짝이 없는 일인데. 이런 말을 해도 될지 모르지만, 아가씨는 그런 종류의 여자가 아닌 것 같은데요. 혹시 맞나요? 내 말

뜻은, 젠장, 단도직입적으로 왜 나를 기다리고 있었죠. 내 노래가 마음에 들어서 그런 건 아닌 것 같고."

"당신이 그분의 아들이기 때문이에요." 그녀가 말했다.

그는 설명을 요청할 필요가 없음을 깨달았다. 어떻게 우리 아버지를 만났어요, 어떻게 내가 여기 있고 석방되리라는 것을 알았어요, 같은 소리를 얼빠지게 물을 필요라고는 없었던 것이다. 그러고 보면 조금 전 감방에서 가우초에게 한 말들은 나약한 믿음에 대한 고백이었던 듯했다. 거기에 대한 가우초의 침묵 역시 나약함이나 죄에 대한 면죄 선언 비슷한 것이라고 볼 수 있을 것만 같았다. 가우초의 침묵이 자신을 나약함에서 건져 올려 흥분으로 넘치는 새로운 남성적인 차원에 끌어 올려 준 기분이었다. 그는 베이수에 대한 자신의 믿음이 기적이나 환영을 의심할 권리를 영영 앗아 가 버렸다는 것을 느꼈다. 앞으로 그는 아마도 가는 곳곳마다 오늘 교차로에서 이 여자를 만난 것과 마찬가지로 기적과 환영 따위를 첫값을 치르듯 기꺼운 마음으로 당연히 받아들여야 하리라는 생각을 했다. 두 사람은 같이 걷기 시작했다. 그녀는 두 손으로 그의 팔을 잡았다.

그녀의 머리보다 그의 머리가 약간 더 높은 위치에 있던 탓에 그는 그녀의 머리에 깊이 박힌 정교하게 만들어진 상아 빗을 볼 수 있었다. 얼굴들, 헬멧들, 한데 이어진 팔들. 책형일까? 그는 눈을 껌벅이며 얼굴들을 자세히 들여다보았다. 모든 얼굴들이 몸무게 때문에 아래로 끌려 내려가는 모습이었다. 얼굴에 나타난 찡그린 표정에는 동양적인 인내심이 역력했다. 노골적인 고통이나 백인들 특유의 표현은 보이지 않았다. 그의 옆에 있는 여자는 매우 신비했다. 하마터면 그 빗을 구실삼아 말을 걸 뻔했다. 그러나 마침 그 순간 여자 쪽에서 먼저 말을 걸어왔다.

"오늘 밤은 정말이지 이상하네요. 이 도시 전체가. 뭔가 터져 나오려고 도시 표면 바로 밑에서 떨리고 있는 기분이에요."

"아, 네. 어떤 기분인지 알아요. 나는 우리가 르네상스 시대에 사는 게 아니라고 스스로에게 말하곤 해요. 프라 안젤리코, 티치아노, 보티첼리, 브루넬레스키의 교회, 메디치의 망령들, 다 소용 없어요. 지금은 전혀 다른 시대입니다. 어쩌면 라듐 같다고도 할 수 있겠네요. 라듐은 아주 조금씩 상상도 할 수 없을 만큼 긴 기간을 두고 납으로 변한다죠. 그 옛날 피렌체를 에워쌌던 광채는 사라지고 납덩이같은 회색빛만이 감돌고 있는 거예요."

"아마 광채는 베이수에만 유일하게 남아 있는지도 모르지요."

그는 여자를 내려다보았다. "몇 살인가요, 당신은." 그는 물었다. "어쩐지 당신이 나보다 그곳에 대해서 더 잘 안다는 생각까지 드는데요."

그녀는 약간 성난 표정으로 말했다. "내가 그분과 같이 얘기했을 때 어떤 느낌이었는지 아시겠어요? 마치 당신이 어렸을 때 그분이 당신에게 모든 걸 얘기해 준 것처럼 내게도 옛날에 모든 이야기를 다 해 주었던 것 같았어요. 그런데 나는 그분을 만나서 다시 그 목소리를 들을 때까지 그 이야기들을 잊어버리고 있었던 거예요. 하지만 그분을 보고 그 소리를 듣는 순간 모든 걸 되찾았지요. 모든 기억들이 순식간에 전혀 상한 데 없이 물밀듯 되돌아왔으니까요."

그는 빙그레 웃었다. "그럼 우린 남매와 같군요."

그녀는 대답을 하지 않았다. 둘은 비아 포르타 로사로 접어들었다. 거리는 관광객들로 붐비고 있었다. 기타와 바이올린, 카주로 이루어진 세 명의 방랑 악사가 길모퉁이에 서서 감상적인 곡을 연주하고 있었다.

"어쩌면 우리는 지옥의 변방에서 살고 있는지도 몰라요." 그가 말했다. "아니면 우리가 만난 곳처럼 지옥과 연옥의 정지된 지점에

와 있는지도 몰라요. 피렌체 아무 데에도 비아 델 파라디소[91]가 없는 것은 이상한 일이죠."

"어쩌면 세계 어느 곳에도 그런 데는 없을지도 몰라요."

두 사람은 적어도 그 순간 동안은 계획이나 이론이나 규약 같은 모든 외적인 것들을 저버린 채, 세계적인 재난에 대해 같이 걱정했다. 그리고 오늘날 세상에서 사춘기를 넘긴 모두가 대가처럼 부여받은 '인간 조건'이 빚어낸 일련의 사태들에 대한 이타적인 슬픔에 젖어, 젊음의 감흥 속에 전적으로 순수하게 빠져 들어가는 기분이었다. 두 사람에게 음악이란 감미롭고도 고통스러웠다. '죽음의 춤'처럼 서서히 움직이는 발목에 매인 쇠사슬 소리 같았다. 그들은 도로와 보도 사이 경계선에 같이 서 있었다. 장사치와 관광객 무리에 떠밀리면서 서로를 바라보며 서 있었던 것이다. 아마도 그 순간, 그들은 젊음의 유대감 때문만이 아니라 상대의 눈 속 깊이 빠져든 탓에 다른 아무것도 느낄 수 없는 상태에 이르러 있었을 것이다.

그가 침묵의 순간을 먼저 끝장냈다. "아직 이름을 말해 주지 않으셨군요."

그녀가 그에게 말해 주었다.

"빅토리아." 그가 불러 보았다. 그녀는 승리감 비슷한 것을 맛보았다. 그 승리감은 그가 그녀의 이름을 부르는 어조와 태도에 기인했다.

그는 그녀의 손을 다독이며 말했다. "갑시다." 그의 어조는 사뭇 보호적이었다. 어쩌면 아버지가 딸을 대하는 태도 같기도 했다. "난 아버지하고 샤이스포겔에서 만나기로 돼 있어요."

"참 그랬죠." 그녀가 말했다. 그들은 좌측으로 돌았다. 아르노를 등지고 피아차 비토리오 에마누엘레를 향한 것이다.

---

91   이탈리아어로 '천국의 길'이라는 뜻이다.

'필리 디 마키아벨리'는 작전 본부로 비아 카보우르에 있는 주인 없는 연초 창고를 점령하여 사용하고 있었다. 지금 그 연초 창고에는 야간 소총 점검을 하러 들어온 귀족적인 사나이 보라초를 제외하고는 아무도 없었다. 갑자기 문을 요란하게 두드리는 소리가 들려왔다. "누구요." 보라초가 소리쳤다.

"사자와 여우." 누군가가 대답했다. 보라초는 문의 빗장을 열었다. 하마터면 그는 막 문으로 들어오는 몸집이 좋은 메스티소[92] 티토에게 떠밀려서 넘어질 뻔했다. 티토는 제4사단 병사들에게 포르노 사진을 팔아 먹고사는 남자였다. 그는 몹시 들떠 있었다.

"행군을 할 거랍니다." 그가 떠들어 댔다. "오늘 밤에요. 소총과 총검을 든 보병 부대 절반이 출동이래요……."

"도대체 이게 뭐야." 보라초가 으르렁댔다. "이탈리아가 전쟁 포고라도 했단 말인가. 도대체 무슨 일이 일어난 거야?"

"영사관 때문이에요. 베네수엘라 영사관. 그자들이 거길 수비하겠다는 겁니다. 우리가 쳐들어 올 걸 기대하는 거죠. 누군가가 필리 디 마키아벨리를 배반한 거예요."

"진정해." 보라초가 말했다. "어쩌면 가우초가 약속한 그때가 드디어 온 걸 거야. 그럼 아마 그분이 곧 오시겠지. 어서 서둘러 다른 사람들한테도 알려야 돼. 대기하게 해. 누군가를 시내로 들여보내서 쿠에르나카브론을 찾아보라고 하고. 아마 비어홀에 가 있을 거야."

티토는 경례를 하고 뒤로 돌아 문으로 달음질쳐 갔다. 문에까지 간 그는 빗장을 열었다. 그러다가 문득 어떤 생각이 떠오른 모양으로 "어쩌면." 하고 다시 말을 꺼냈다. "어쩌면 가우초 자신이 배반자인지도 모르죠." 그는 문을 열었다. 가우초가 무서운 얼굴을 하고 서 있

---

92   스페인과 북미 원주민 사이의 혼혈을 가리키는 말.

었다. 티토는 입을 딱 벌렸다. 아무 말도 않고 가우초는 주먹으로 메스티소의 머리를 내리쳤다. 티토는 비틀거리다가 땅바닥에 나자빠졌다.

"병신 같으니." 가우초가 말했다. "무슨 일이야? 모두 미치기라도 했어?"

보라초가 그에게 군대 출동에 대해 얘기했다.

가우초는 두 손을 비비며 말했다. "잘됐어. 아주 잘된 일이야. 그런데 아직 카라카스에서 아무 소식도 못 듣고 있잖아? 하지만 걱정할 건 없지. 오늘 저녁 움직이자. 군단들한테 경고를 보내. 오늘 밤 12시에 거기 있어야 하니까."

"시간이 별로 없는데요, 사령관님."

"우린 거기에 가 있을 거야, 12시까지. 가 봐."

"알았습니다, 사령관님." 보라초는 거수경례를 하고 티토의 몸뚱이를 조심스레 넘어서면서 방에서 나갔다.

가우초는 깊은 숨을 내쉬고 나서 팔짱을 끼었다. 그런 다음 팔을 활짝 벌렸다가 다시금 팔짱을 끼었다. "이리하여." 그는 빈 창고에 대고 외쳤다. "사자의 밤이 다시 피렌체에 도래했도다!"

10

샤이스포겔 비어홀 겸 레스토랑은 피렌체의 독일인 여행자들 외에, 다른 나라에서 온 여행자들 사이에서도 인기 있는 밤놀이 장소인 모양이었다. 이탈리아 카페로 말할 것 같으면(백보 양보해도) 미술품 감상이나 즐길 만한 한가한 오후 시간이라면 그런 대로 갈 만한 데였지만 해가 진 다음에는 영 쓸모가 없었다. 그때부터는 좀 활기차고 떠들썩한 분위기가 필요했다. 이탈리아 카페처럼 분위기가 늘어지는(게다가 약간 배타적인 느낌도 있었다.) 장소로는 그런 요구를 충족할 수가 없었다. 영국인, 미국인, 네덜란드인, 스페인인을 막론하고 모두가 마치 성배를 찾는 순례자들처럼 정원 딸린 비어홀을 찾았고 그 성배를 드는 기분으로 뮌헨 맥주가 담긴 잔을 들어 올렸다. 샤이스포겔에야말로 사람들이 원하는 것들이 다 있었다. 굵게 땋은 금발 머리채를 뒤쪽으로 빙빙 돌려 똬리를 만들어 붙인 여종업원들은 거품이 이는 맥주잔을 한 번에 여덟 개씩 쟁반에 담아 나를 만큼 힘이 셌고, 마당에는 소규모 브라스밴드를 위한 정자가, 실내에는 아코디언 연주자가 있었다. 사람들은 여기서 비밀 이야기를 테이블에서 큰 소리로 떠들어 댔고 담배 연기도 충분히 짙었다. 다 같이 어울려 노래하는 재미도 나쁘지 않았다.

노 고돌핀과 라파엘 만티사는 마당 뒤쪽에서 작은 테이블을 사이에 두고 마주 앉아 있었다. 강에서 불어오는 바람이 입가를 싸늘하게 했고 밴드 쪽에서 들러 들어오는 음악의 흐름이 귓가에 맴돌았다. 이 두 사람은 도시의 어느 누구보다도 고립된 기분을 맛보는 중이었다.

"내가 자네 친군가, 아닌가?" 시뇨르 만티사가 조르듯이 말했다. "말해 주게. 만약에 자네가 자네 말대로 이 세상 밖으로 떠돌아다녔다 치지. 하지만 나도 마찬가지 아닌가. 나 역시 한 나라에서 다른 나라로 뿌리 내릴 곳 없이, 끝없이 옮겨 다녀야 했지 않나. 한 나라에서 다른 나라로, 그곳에서 또 다른 나라로 뿌리째 뽑혀 나가 맨드레이크같이 비명을 지르며, 메마른 땅에서 다음 메마른 땅으로 이식당해 온, 비정한 태양과 오염된 공기에 끊임없이 시달려 온 내가 아니냐 말일세. 자네의 비밀을 형제에게 말 안 하면 누구에게 할 수 있겠는가?"

"아들한테 할 수 있을지도 몰라." 고돌핀이 말했다.

"내게는 한 번도 아들이 없었지. 하지만 사람들이 인생을 살면서 언제나 뭔가 자기 아들에게 줄 귀중한 걸 찾는다는 건, 즉 사랑과 함께 넘겨줄 만한 대단한 걸 찾는 데에 삶을 바친다는 건 알아. 사람들 대부분은 자네만큼 다복하지 않지. 어쩌면 그런 귀한 말들을 아들에게 해 주기 위해서는 다른 모든 인간들에게서 인연을 끊고 완전히 멀어져야 할는지도 모르겠네. 그렇지만 세월이 퍽 흘러 버렸잖은가. 조금만 더 참아 보라고. 자네 아들은 자네에게서 보물을 받아서는 자기 인생을 위해 써 버릴 걸세. 아들을 나쁘게 말하려는 게 아냐. 젊은 세대란 원래 그렇게 되어 있다는 것뿐이야, 전적으로. 자네도 청년 시절 그 비슷한 보물을 자네 아버지에게서 가져와 버렸겠지. 그게 아직 자네에게도 귀중한 만큼 자네 아버지에게도 귀중했으리라는 건 미처 생각 못 했을 거야. 그런데 영국인들이 말하는 한 세대가 다음 세대에게 뭔가를 '물려준다.'라는 소리는 문자 그대로거든. '물려줄' 뿐이지 결코 아들 쪽에서 '돌려주는' 일은 없지. 이건 꽤 슬픈 일이야. 그리스도교 정신에 위배되는 것 같기도 하고. 하지만 태초부터 정해진 인간의 진실이니 별수 있겠나. 앞으로도 변할 리 없는 진실이라고. 주고 돌려주는 일이란 같은 세대 사람 사이에서밖에 일어나지 않아. 자네하고 자네의 친구 만티사 사이에서만 가능하다는 뜻이야."

노인은 반쯤 미소를 지으며 고개를 흔들었다. "별것 아닐세, 래프. 그저 오래 지니고 있었던 추억이라 정이 들었다고 할지……. 아마도 자네도 별거 아니라고 생각할 걸세."

"그럴지도 모르지. 영국인 탐험가가 무슨 생각을 하는지 이해하기 쉬울 리 없지. 남극에서 일어난 일인가? 대체 뭐가 영국인들을 그런 끔찍한 지역으로 가게 만드는 거지?"

고돌핀은 눈길을 허공에 던졌다. "영국인들로 하여금 쿡 관광여행이라는 이름의 춤을 추면서 지구상의 어디로라도 달려가게 만드는 그 어떤 것과도 대척관계에 놓인 그 어떤 것일까, 그것은? 그자들은 그냥 한 지역의 표피층만 원하는 부류지. 탐험가는 그 심장을 원한다네. 어떤 의미에서는 연애 감정과도 비슷할 거야. 나는 원시 지역을 죄다 돌아다니면서 단 한 번도 심장까지 파고들어 본 적이 없었어. 베이수 이전까지는 말이야. 작년의 남방 탐험 뒤에야 난 그 표피 아래 뭐가 있는지를 볼 수 있었어."

"뭘 봤는가, 자네?" 시뇨르 만티사가 앞으로 몸을 굽혀 오며 물었다.

"아무것도 아닌 것." 고돌핀이 속삭였다. "난 '아무것도 아닌 것'을 보았다네." 시뇨르 만티사는 한 손을 뻗어 노 고돌핀의 한쪽 어깨에 얹었다.

"이해해 주게." 고돌핀이 고개를 숙이며 말했다. 그는 미동도 하지 않았다. "나는 십오 년 동안 베이수 때문에 몹시 고통을 받아야만 했네. 꿈속에서조차 그 땅을 보았지, 거의 인생의 절반을 거기서 보냈다고 해도 과언이 아니라네. 내게서 떠나가려 하지를 않더군. 색채, 음악, 향기……. 어디로 위임받아 가든 마찬가지였어. 추억이 언제고 따라다녔지. 지금도 거기서 온 밀사들이 나를 따라다니고 있어. 그 야생의 광기 어린 땅은 나를 놔주지 않아. 래프, 자네는 나보다도 더 오랫동안 이 비밀을 품고 있어야 할 거야. 내게는 시간이 별로 남지 않았어. 아무에게도 말하지 말게. 약속해 달라고는 않겠네. 약속한 거나 다름없다는 걸 아니까. 난 다른 그 누구도 하지 않은 일을 했네. 나는 남극에 다녀왔어."

"남극이라고 했나. 친구, 그러면 왜 우리는……."

"신문에서 그 보도를 읽을 수 없었느냐는 거겠지. 왜냐하면 내가 그렇게 만들었거든. 저들은, 자네도 기억하겠지만, 나를 마지막 거점에서 발견했다네. 눈보라 속에 반송장이 된 채 말이야. 누구나가 내가 극지에 가려다 미처 못 간 걸로 생각했지. 하지만 난 갔다 돌아오는 길이었다네. 그냥 멋대로 보도하게 내버려 뒀던 거야, 알겠나? 난 틀림없는 작위를 내던져 버리고 내 일생 최초의 영예를 차 버린 거라네. 내 아들 녀석은 태어나면서부터 계속해 오던 짓이기는 하지만. 에번은 반항적인 애야. 그러니까 그 애가 그런 행동을 하는 건 갑작스러운 결정에 따른 게 아니지. 하지만 나 같은 경우 갑작스럽고도 불가항력적인 결정이었어. 바로 남극에서 나를 기다리고 있던 무언가 때문이었지."

두 명의 전투 경찰과 상대 여자들이 테이블에서 일어나 서로 팔짱을 낀 채 정원에서 빠져나갔다. 밴드는 슬픈 왈츠를 연주하기 시작했다. 비어홀에서 벌이는 술판의 떠들썩한 소리가 두 남자가 있는 곳까지 들려왔다. 바람은 일정하게 지속적으로 불어왔으며 달은 보이지 않았다. 나뭇잎들은 조그만 자동 장치라도 달린 양 앞뒤로 질서 있게 움직이고 있었다.

"어리석은 일이었어." 고돌핀이 말했다. "내가 한 짓 말이야. 하마터면 반란이 일어날 뻔했다고. 혼자서 한겨울에 남극점에 가겠다고 했으니 그럴 만도 했지. 다들 날 미친 줄 아는 것 같았어. 어쩌면 그때쯤부터 정말 미쳤을지도 몰라. 하지만 난 거기에 가야만 했어. 언제부터인지 이 끊임없이 소용돌이치는 세계에서 딱 둘뿐인 움직이지 않는 곳 중 하나에 도달하면 베이수의 수수께끼에 대한 답을 얻으리라는 생각을 갖게 된 거였어. 이해하겠어? 단 한순간만이라도 좋으니 세계라는 회전목마의 가운데 점에 가서 서 보고 싶었던 거야. 거기서부터 나의 방위를 새로 잡으려 했지. 그런데 아니나 다를까 대답이 날 기다리고 있더군. 나는 깃발을 세우고 근처에 식량을 저장할 굴을 파기 시작했네. 그 불모지가 나를 에워싸고 거세게 화를 내더군. 꼭 조물주가 잊어버린 곳 같았어. 거기보다 더 죽어 있고 텅 빈 곳은 세상 어디에도 없었을 거야. 50센티미터인가 1미터쯤 팠을 때였어. 연장이 맑은 얼음에 부딪쳤다네. 그러고는 이상한 광채가 내 시선을 끌었어. 광채는 그 안에서 나오고 있는 것 같았어. 구멍 속을 깨끗이 치워 내고 들여다봤다네. 얼음 너머로 나를 응시하고 있는 것이 있었어. 그것은 완전히 보존된 거미원숭이 시체였어. 털이 아직도 무지갯빛으로 빛나고 있었다네. 놀랍게 생생해 보였지! 그때까지 그들이 내게 보여 준 것 같은 막연한 암시가 아니었어. 방금 그들이 내게 보여 줬다고 말했지만 허튼소리가 아닐세. 일부러 그들이 그걸 거기에 가져다 둔 걸 거라고, 내 눈에 띄게 하려고. 그건 이 세상 이치 또는 인간적 상상력으로 설명할 수 없을 어떤 이유에서였을 것도 같아. 그게 아니면 그냥 단순히 그걸 본 내 반응을 살피려고 한 짓일지도 모르고. 일종의 조롱처럼 말이야. 고돌핀 한 사람 빼고는 아무도, 아무것도 살아 있지 않은 곳에 놓인 인생의 광대 같은 거였다고 할 수도 있겠지. 당연히 거기에도 모종의 암시는 있었을 걸세. 나는 그들이 자기들에 대한 진실의 일면을 내게 말해 준 거라고도 생각해. 만일 에덴을 창조한 것이 신이라면 베이수를 창조한 것은 어떤 악마인지, 과연 신인들 알 수 있을까. 끝도 없는 악몽 속에서 주름이 자글자글 잡히던 피부가 바로 거기 있었지. 베이수, 그 자체는 그저 요란한 꿈이었네. 이 세상의 남극이 최대한 가깝게 표상하는 것의 꿈이랄까, 대파멸의 꿈 말일세."

시뇨르 만티사는 실망한 눈치였다. "틀림없나, 휴. 내가 들은 바로는 극지대에서 인간들이 직사열에 어느 기간 동안 노출되고 나면 실제로는 존재하지 않는 걸 보는 수가 있다고 하던데, 환각 같은……."

"그렇다고 뭐가 달라지지?" 고돌핀이 말했다. "그게 만약 환각에 불과했다고 하더라도, 그건 중요한 일이 아니야. 중요한 건 내가 본 것도 아니고 보았다고 믿은 것도 아니야. 결국 내가 어떤 생각을 하느냐가 문제니까. 내가 어떤 진실에 도달했느냐가 문제라고."

시뇨르 만티사는 어쩔 수 없다는 태도로 어깨를 움츠려 보였다. "그런데 자네 뒤를 쫓고 있다는 자들은 어떻게 된 거지?"

"얘기해 버리는 게 나을 것 같아. 그들은 내가 이미 그들이 보낸 암호의 의미를 알아차리고 그것을 글로 써서 출판할까 봐 겁을 내고 있는 거라네. 하지만 어떻게 출판을 해? 래프, 내가 잘못 생각하고 있으면 그렇다고 말해 주게. 그걸 책으로 내면 세상을 미치게 할 거야. 눈을 보니 얼떨떨한 모양이군. 알 만해. 아직은 그걸 볼 수 없으니까. 하지만 보게 될 거야. 자네는 단단한 사람이지. 그 일이 자네에게 더 큰 상처를 주지는 않을 걸세." 그는 소리 내서 웃었다. "내게 준 것보다 더 큰 상처는 말이야." 그는 시뇨르 만티사의 어깨 너머 위쪽을 올려다보았다. "내 아들이 왔군. 그 여자도 같이 왔어."

에번은 그들이 앉은 옆에 우뚝 서 있었다. "아버지." 그가 불렀다.

"아들아." 부자는 악수를 했다. 시뇨르 만티사는 소리쳐서 체사레를 불렀다. 그러고는 빅토리아를 위해 의자 하나를 끌어 당겼다.

"잠깐 실례해야겠어요. 죄송합니다. 쿠에르나카브론이라는 분한테 전할 메시지가 있어서요."

"그 사람은 가우초의 친군데." 체사레가 그들 뒤에 와서 서며 말했다.

"가우초를 만났나?" 시뇨르 만티사가 물었다.

"반시간 전에."

"지금 어디 있지?"

"비아 카보우르에 갔어요. 나중에 여기 오겠다고 했는데요, 다른 일로 친구들을 만나야 된다고요."

"아하!" 시뇨르 만티사가 시계를 들여다보며 말했다. "시간이 별로 없네, 체사레, 가 봐. 가서 유람선 약속을 확인해. 그런 다음 폰테 베키오에 가서 나무를 찾는 거야. 택시를 타. 어서 가 보라고." 체사레는 느릿느릿한 걸음으로 그들 곁을 떠난다. 시뇨르 만티사는 지나가는 웨이트리스를 잡아서 맥주 4리터를 놓고 가게 했다. "우리의 사업을 위하여." 그가 말했다.

세 테이블 떨어진 저쪽에서는 모핏이 빙그레 웃으며 바라보고 있었다.

11

비아 카보우르 행군은 가우초가 기억할 수 있는 한 가장 눈부신 행군이었다. 보라초와 티토를 비롯한 몇몇 동지들은 기습작전으로 기마대 소속의 말 백여 마리를 약탈하는 데 성공했다. 절도 행위는 곧장 발각되어 버렸지만 그전에 필리 디 마키아벨리는 이미 함성을 지르고 노래를 불러 대며 말 잔등에 올라앉아 시내 한복판을 향하여 신나게 달려가고 있었던 것이다. 붉은 셔츠를 입은 가우초가 싱글벙글 웃으며 선두에서 달렸다. "나가자, 형제들이여." 그들은 소리 높여 노래를 불렀다. "마키아벨리의 아들들이여. 나가자, 자유를 향하여!" 바로 뒤에 군대가 따랐다. 그들은 마구 줄이 흐트러진 채 맹렬한 추격전을 벌였다. 반은 도보로, 일부는 마차를 타고 쫓아왔다. 시내까지 반쯤 간 지점에서 반도들은 이륜마차를 타고 오는 쿠에르나카브론과 만났다. 가우초는 빙글 돌아서더니 와락 덤벼들어 친구를 송두리째 들어 올려 또다시 필리 디 마키아벨리의 곁으로 달려갔다. "동지!" 그는 얼떨떨해 있는 그의 부관에게 외쳤다. "영광스러운 저녁이 아닌가."

그들은 자정이 되기 몇 분 전에 영사관에 도달했다. 그때까지도 노래를 부르고 고함을 지르면서 그들은 말에서 내렸다. 중앙 시장에서 일하는 동지들이 썩은 과일과 야채를 충분히 공급해 주었기 때문에 이들은 영사관에다 대고 치열하고 지속적인 연발을 쏴 댈 수 있었다. 군대가 도착했다. 살라자르와 라톤이 이층 유리창에서 얼어붙은 자세로 내려다보고 있었다. 주먹싸움이 벌어졌다. 아직은 총이 발사되지 않았다. 광장은 갑자기 혼란의 소용돌이에 빠졌다. 행인들은 아무 데고 피할 곳을 찾아 고함을 지르면서 달음질을 쳤다.

가우초는 체사레와 시뇨르 만티사가 두 그루의 박태기나무를 들고 중앙 우체국 옆에서 서성대고 있는 것을 발견했다. "하느님 맙소사." 그가 말했다. "나무를 두 개나? 쿠에르나카브론, 난 잠깐 어딜 갔다 와야겠어. 자네가 이제 사령관이야. 지휘를 맡게." 쿠에르나카브론은 거수경례를 한 뒤 군중 속으로 뛰어 들어갔다. 가우초는 시뇨르 만티사에게로 가까이 가면서 에번과 그의 아버지 그리고 여자가 그 근방에서 기다리고 서 있는 것을 봤다. "부오나 세라,[93] 가드룰피, 또 만났구려." 그가 에번 쪽으로 경례하는 시늉을 해 보이며 소리쳤다. "만티사, 준비가 다 되었소?" 그는 가슴에 십자로 엇갈리게 두른 탄약 벨트에서 커다란 수류탄 한 개를 떼어 냈다. 시뇨르 만티사와 체사레는 속을 파낸 나무를 집어 들었다. "나머지 나무를 지켜 줘." 만티사는 고돌핀에게 소리쳤다. "우리가 돌아올 때까지 아무도 그걸 못 보게 해야 하네."

"에번." 여자가 그에게 가까이 오며 속삭였다. "총격이 있을까요?"

그는 그녀의 목소리 속의 공포만을 듣고 거기 담긴 흥분과 기대는 듣지 못했다. "걱정 마세요." 그는 그녀를 보호하고 싶은 가슴 아프도록 간절한 욕구를 느끼며 말했다.

노 고돌핀은 어색한 마음에 발을 서성대면서 두 사람을 바라보고 있었다. "애야." 그는 드디어 자기가 어리석은 짓을 하고 있다는

---

93   이탈리아어 저녁 인사.

자의식을 품은 채 말을 꺼냈다. "지금은 적당한 때가 아닌 줄은 안다만 별수 없구나. 난 오늘 밤 피렌체를 떠나야 해. 오늘 밤에 난, 난 네가 나하고 같이 갔으면 좋겠구나." 그는 그의 아들을 쳐다보지 못했다. 젊은이는 팔을 빅토리아의 어깨에 얹은 채 아쉬운 듯한 미소를 띠었다.

"하지만 아빠." 그가 말했다. "그렇게 하면 단 하나뿐인 진짜 사랑을 두고 가게 된다고요."

빅토리아는 발돋움을 하고 그의 목에 키스했다. "우린 다시 만날 거예요." 그녀는 슬프게 속삭였다. 그녀는 그가 시작한 연극의 맡은 역을 했을 뿐이다.

노인은 그들에게서 돌아섰다. 노인의 몸은 떨리고 있었다. 그는 이해할 수 없었다. 또다시 배반당한 느낌이었다. "용서해라, 제발." 그가 말했다.

에번은 빅토리아를 놓고서 고돌핀에게 다가갔다. "아버지." 그가 말했다. "아버지, 그냥 장난 좀 쳐 봤어요. 농담한 거라고요. 저 같은 멍청한 애들이나 치는 장난이었어요. 당연히 저야 아버지를 따라가야죠."

"잘못은 내가 했겠지." 아버지는 말했다. "내가 그만 넘겨짚었구나. 젊은 애들을 잘 이해 못 하니까. 봐라, 말하는 것 하나 잘 못 알아듣고……."

에번은 손가락들을 활짝 펼쳐 한쪽 손을 고돌핀의 등에 갖다 댄 채 그대로 가만히 있었다. 둘은 꼼짝 않고 잠시 서 있었다. "배에서." 에번이 말했다. "우리는 얘기를 나눌 수 있겠지요."

노인은 드디어 이쪽으로 돌아섰다. "그럴 만한 때도 된 것 같구나."

"맞아요." 에번이 미소를 지으려 애쓰며 말했다. "생각해 보면 정말 너무 오랫동안 떨어져 있었네요. 세계의 끝과 그 다른 쪽 끝에서 제각기 뛰어다녔으니까요." 노인은 대답이 없었다. 그 대신 그는 자기 얼굴을 에번의 어깨에 묻었다. 둘 다 조금씩 민망한 기분이었다. 빅토리아는 부자를 잠시 바라보다가 폭도들 쪽으로 담담한 눈길을 던졌다. 총성이 울리기 시작했다. 그리고 피가 보도를 물들이기 시작했다. 필리 디 마키아벨리의 합창에 비명 소리가 간간이 쉼표를 붙였다. 그녀는 얼룩덜룩한 셔츠를 입은 폭도 한 사람이 나무 밑동에 아무렇게나 나자빠진 채 두 병정의 총검에 찔리고 또 찔리는 것을 보았다. 그녀는 교차로에서 에번을 기다릴 때처럼 완전한 부동자세로 서 있었으며 얼굴에도 아무런 감정이 나타나지 않았다. 여성으로서의 규율을 시범으로 보이기라도 하는 듯했다. 즉 모든 소란스럽고 폭발적인 남성적인 에너지에 균형을 맞추겠다는 듯 움직이지도, 표정을 보이지도 않는 듯했던 것이다. 아무런 손상도 없는 고요한 자신의 영역 안에서 그녀는 경련하는 부상당한 몸뚱이들과, 조그만 광장에 그녀만을 위해 공개된 것 같은 격렬한 죽음의 전시회를 바라보았다. 그녀의 머리에서는 책형당한 다섯 병사의 머리들이 그녀와 마찬가지로 무표정한 얼굴을 한 채 이 광경을 내려다보고 있었다.

나무를 떠멘 채 시뇨르 만티사와 체사레가 각종 초상화들 전시장을 비틀거리며 지나는 동안 가우초는 후방을 지키고 있었다. 그는 이미 두 명의 경비원에게 총을 쏘아야만 했었다. "서둘러." 그는 말했다. "얼른 빠져나가야 돼. 오랫동안 막을 수는 없다고."

'로렌초 모나코의 방' 안에 들어가자 체사레는 예리하게 갈아 둔 단검을 칼집에서 빼냈다. 그러고는 보티첼리를 액자에서 도려낼 준비를 시작했다. 시뇨르 만티사는 그녀의 살짝 양쪽이 다른 눈과 약간 치켜 올라간 가냘픈 머리와 물결치는 황금색 머리카락을 바라보고 있었다. 그는 꼼짝 못하고 완전히 마비 상태에 빠진 듯했다. 여러 해에 걸쳐 갈망해 마지않던 여인 앞에 드디어 서게 된 심약한 호색가가 이러할까……. 드디어 여인 앞에서 오랜 꿈을 실현하려는 순간 갑자기 무력해진 것이다. 체사레는 칼을 캔버스에 박고는 아래로 톱질해 내려갔다. 거리에서 흘러들어오는 광선과 칼날에 반사된 빛과 들고 온 호롱불 불빛이 그림의 호화로운 표면에서 춤을 추고 있었다. 시뇨르 만티사는 그 빛의 움직임을 지켜보았다. 속에서 공포감이 서서히 자라났다. 그 순간 그는 휴 고돌핀이 얘기한 거미원숭이 생각을 하고 있었다. 세계의 밑바닥에서 수정 얼음을 통해 지금도 빛을 발하고 있을 그것을 떠올린 것이다. 이제 그림의 전 표면이 움직이고 있는 듯, 색채와 움직임의 홍수가 일고 있었다. 그는 몇 년 만에 처음으로 리옹에 있던 금발의 여자 재봉사를 떠올렸다. 그녀는 밤에 압생트를 마실 것이며 정오까지 숙취를 앓을 터였다. 그녀는 신이 자기를 증오한다고 말했다. 또한 동시에 그녀는 그에 대한 믿음을 점점 잃는 듯했다. 그녀는 파리에 가고 싶다고 했다. 자기 목소리가 꽤 좋다고 생각하는데 어떻게 생각하느냐고 물었다. 또한 무대에 설 계획이라고, 그야말로 소녀 때부터 품어 온 꿈이라고도 말했다. 수도 없이 여러 날에 걸쳐 아침마다, 정열의 타성적인 동력이 잠이 못 미치는 먼 곳까지 그들을 밀쳐 버렸을 때, 그녀는 끝없는 계획과 절망과 조그맣고 적당한 사랑 이야기들을 그에게 계속 털어놓았다.

그렇다면 비너스는 어떤 여자일까? 새벽 3시에 잠의 도시를 탈출하고 나면 그들은 과연 어떤 신세계들을 정복하게 될까? 그녀의 목소리, 그녀의 꿈은 어떤 것일까? 그녀는 이미 여신의 몸이었다. 그녀에게는 그가 들을 수 있는 아무런 목소리도 없었다. 그리고 그녀 자신(어쩌면 그녀의 본거지까지도)은 다만…….

호화롭고 천박한 꿈이었다. 파괴의 꿈이었다. 고돌핀이 뜻한 게 바로 이런 거였나? 하지만, 분명 그녀는 라파엘 만티사의 모든 사랑을 휩쓸어 간 여성이었다.

"기다려." 만티사가 펄쩍 뛰어나와 체사레의 손을 잡으며 말했다.

"미쳤어요?" 체사레가 사납게 말했다.

"경비들이 이쪽으로 오고 있어." 가우초가 전시장 입구 쪽에서 외쳤다. "한 떼가 오고 있다고. 제발 서둘러."

"이렇게까지 해 놓고." 체사레가 말했다, "이제 와서 놔두고 가겠다는 거요?"

"그래."

가우초가 고개를 쳐들었다. 갑작스럽게 긴장한 얼굴이었다. 희미한 포격 소리가 들려왔다. 화난 몸짓으로 그는 복도 아래편을 향해 수류탄을 던졌다. 다가오던 경비들이 흩어지고 수류탄은 '각종 초상화들' 전시실에서 터져 버렸다. 시뇨르 만티사와 체사레는 빈손으로 그의 뒤에 서 있었다. "죽지 않으려면 힘껏 뛰는 거야." 가우초가 말했다. "그 여자는 가지고 있소?"

"아니." 체사레가 말했다. 정나미가 떨어진 어조였다. "그놈의 나무조차도 없다고요."

그들은 화약 타는 냄새로 자욱한 복도를 달려 내려갔다. 시뇨르 만티사는 각종 초상화들 전시실에 있는 그림들이 전시회장의 재배치를 위해 모두 내려져 있는 것을 보았다. 수류탄은 벽과 몇 명의 경비들을 제외하고는 아무런 손상도 입히지를 못했다. 매우 미친 듯한, 총력을 기울인 찰나의 전투였다…… 가우초는 경비들을 겨냥도 하지 않고 총을 쏘아 대는가 하면, 체사레는 칼을 내휘둘렀으며, 한편 만티사는 두 팔을 미친 것처럼 날개 치듯 퍼덕였다. 그들은 기적적으로 입구에까지 도달하여 피아차 델 시뇨리아까지의 126개의 계단을 반은 뛰고 반은 구르며 내려왔다. 에번과 고돌핀이 그들과 합세했다.

"난 싸움터로 돌아가야겠어." 가우초가 숨을 헐떡이며 말했다.

그는 잠시 서서 살육의 현장을 바라보았다. "그건 그렇고 저자들은 꼭 원숭이 같군. 여자 하나 가지고 그 야단을 피우다니. 비록 그 여인의 이름이 '자유'라 할지라도 말이야." 그는 피스톨을 꺼내 상태를 살폈다. "밤에는 이런 생각도 들지." 그는 생각에 잠기듯 말했다. "밤에 혼자서 이런 생각을 해 보는 거야. 우리는 곡마단에서 재주 부리는 원숭이들이라는 생각 말이야. 인간들이 하는 짓을 흉내 내고 조롱하는 원숭이들이라고. 어쩌면 우리가 하는 짓은 전부 흉내뿐일지도 몰라. 우리가 애써 만들어 낼 수 있는 유일한 인간 조건이라는 게 가짜 자유와 가짜 위엄밖에 없는 것 같다고. 하지만 그럴 수는 없지. 만약 그렇다면 내 삶이란……."

시뇨르 만티사가 그의 손을 덥석 잡았다. "고맙소." 만티사는 말했다.

가우초는 고개를 저었다. "천만에." 그는 중얼거렸다. 그러고는 갑자기 돌아서서 광장에서 싸우고 있는 폭도들 쪽으로 걸어갔다. 시뇨르 만티사는 잠시 동안 그를 바라보고 서 있다가 "가세." 하고 드디어 말했다.

에번은 빅토리아가 홀린 듯한 얼굴로 서 있는 쪽을 바라보았다. 그쪽으로 다가갈 듯, 아니면 그녀를 부를 듯한 몸짓을 했다. 그러나 다음 순간 그는 어깨를 으쓱하고 다른 사람들의 뒤를 따르려 몸을 돌렸다. 어쩌면 그녀를 방해하고 싶지 않았는지도 모른다.

다행히 반밖에 썩지 않은 무 한 개에 얻어맞고 땅바닥에 엎어진 모핏은 그 자세 그대로 그들을 지켜볼 수 있었다. "그들이 도망치고 있다." 그는 자리에서 일어났다. 그러고는 금방이라도 총알이 자기에게 날아올 것을 기대하며 폭도들 사이를 헤집고 걷기 시작했다. "여왕의 이름으로 명하노니." 그가 소리쳤다. "그 자리에 서라." 누군가 그에게 와서 부딪혔다.

"아니." 모핏이 말했다. "시드니잖아요."

"지금까지 자네를 찾았는데." 스텐슬이 말했다.

"마침 잘 만났군요. 저들이 도망치고 있어요."

"그건 잊어버려."

"저 골목으로 갔어요. 어서 가죠." 그는 스텐슬의 옷소매를 잡아 당겼다.

"잊어버리라고, 모핏. 이제 그건 끝났어. 모든 게 다 파장이라고."

"어째서?"

"어째서인지 물을 것도 없어. 끝났다 이 말씀이야."

"하지만."

"방금 런던에서 전언이 왔어. 우리 상관에게. 그 작자는 나보다 사태를 더 잘 알고 있더군. 그래서 정지 명령을 내린 거야. 난들 어떻게 알겠나. 생전 누가 내게 뭐가 뭔지 얘기를 해 줘야지."

"하느님 맙소사."

그들은 어느 건물 문간으로 피해 들어갔다. 스텐슬이 파이프를 꺼내 불을 붙였다. 총성은 끝날 줄 모르는 듯한 크레셴도를 이루며 계속 들려온다. "여보게, 모핏." 스텐슬이 잠시 후 명상하는 듯한 태도로 파이프를 빨아 대다가 말했다. "만에 하나 말인데 외무부 장관 암살 기도가 일어난다면 그걸 막는 임무는 맡고 싶지 않군. 이권 충돌 때문이라고 해 두지."

그들은 룬가르노를 향해 좁은 골목을 급히 달렸다. 그들은 거기서 체사레가 두 명의 중년 부인과 한 명의 마부를 치워 버리고 차지한 전세 마차 한 대를 올라타고는 폰테 산트리니타를 향해 정신없이 달렸다. 배는 강 그림자 속에서 어렴풋한 모습으로 그들을 기다리고 있었다. 선장이 방파제를 달려 올라왔다. "셋이나 되다니." 그는 언성을 마구 높이며 말했다. "약속된 건 한 명뿐이었지 않소." 시뇨르 만티사는 몹시 화가 나서 마차에서 펄쩍 뛰어 내리더니 선장을 송두리째 들어 올려 아르노 강물 속으로 내던져 버렸다. 다른 사람들이 미처 놀랄 틈도 없이 순식간에 일어난 일이었다. "올라타세!" 그는 외쳤다. 에번과 고돌핀은 키안티 술병이 담긴 짐짝 위로 뛰어 올라탔다. 체사레는 여행의 앞길을 생각하고서 신음을 내뱉었다.

"누구라도 배를 몰 줄 알까?" 시뇨르 만티사가 물었다.

"군함과 마찬가지지." 고돌핀이 미소하며 말했다. "더 작고 돛이 없을 뿐. 애야, 네가 닻을 올리겠니?"

"예, 선장님." 곧 그들은 방파제에서 떨어져 나가 피사와 바다를 향해 세차고 끈질기게 흐르는 물결 속에 휩쓸려 떠내려가기 시작했다. "체사레." 그들이 소리쳤다. 이미 유령의 목소리인 듯싶었다. "잘 있게. 다시 만날 때까지."

체사레는 손을 흔들며 대답했다. "다시 만날 때까지." 그들은 시야에서 사라졌다. 어둠속에 풀려 들어가듯 흔적도 없이 가 버렸다……. 체사레는 두 손을 주머니에 찔러 넣고 걷기 시작했다. 가다가 거리에서 돌 한 개를 발견한 그는 룬가르노 강가를 따라 돌멩이를 툭툭 차면서 걸어갔다. 이제 가서 1리터들이 키안티 한 병을 사야지, 그는 생각했다. 그는 성령처럼 흐리멍덩하고 희끄무레한 팔라초 코르시니의 높은 건물 옆을 지나면서 상념에 잠겼다. 세상은 아직도 꽤 재미있는 곳이구나. 사람들과 사물들이 어울리지 않는 곳에 엉거주춤 걸려 있는 꼴이란 우습지 않을 수 없었다. 가령 지금 저쪽 강물 위에 떠내려가는 남자들만 해도 그렇다. 천 리터의 술을 실은 배 위에 탄 비너스를 사랑하는 사나이와 다 늙은 함장과 그의 풍채 좋은 아들. 게다가 또 저쪽 우피치에서는 어떤 광경이 벌어지고 있는가 말이다. 그는 큰 소리로 껄껄대기 시작했다. '로렌초 모나코의 방' 보티첼리의 비너스 앞에는 지금도 붉은 꽃이 만개한 채 속이 파인 박태기나무가 서 있을 것이다. 그는 그 광경을 경이로운 감흥 속에 떠올렸다.

8장

레이철은 요요를 도로 찾고,
루니는 노래 한 곡을 부르며,
스텐슬은 블라디 키클리츠를 찾아가다
V

1

프로페인은 4월의 열기 속에 땀을 흘리며 시립 도서관 뒤 작은 벤치에 앉아서 《타임스》 광고 면을 뭉친 것으로 파리들을 후려치고 있었다. 머릿속으로 작전 지도를 그려 본 그는 지금 앉아 있는 자리가 시내의 직업소개소 가운데 지리상으로 중심지라고 결정했다.

그 지역은 괴상했다. 그는 일주일 내내 십여 개의 사무실에 앉아서 수없는 신청서를 써내고 인터뷰를 하고 사람 구경, 특히 여자 구경을 해 왔다. 그는 썩 그럴듯한 백일몽의 각본까지 만들어 두고 있었다. 당신도 실직하고 나도 실직했죠. 우린 둘 다 실직한 몸이네요. 바보짓이나 해 볼까요……. 여자 생각이 가득했다. 하수도에서 일하면서 조금 모아 둔 돈이 있었지만 그간 거의 다 써 버린 형편이었다. 그런데 지금 속없이 여자 꼬실 생각이나 하고 있는 것이었다. 하지만 그런 망상이 시간 보내는 데 꽤 소용이 되는 건 사실이었다.

지금껏 찾아간 직업소개소들은 모두 변변한 면접도 보게 해 주

지 않았다. 사실 그 자신도 그들의 의견에 찬성할 수밖에 없기는 했
다. 재미삼아 그는 S로 시작되는 구인 광고를 훑어보았다. 아무도 '슐
레밀'을 원하는 자는 없었다. 일용직 근로자는 도시 외곽의 일에 보
내졌다. 그런데 프로페인은 맨해튼 내에 머물고 싶었다. 도시 변두리
를 전전하는 인생에 진력이 났던 것이다. 지금 그에게는 하나의 지
점, 작전상 근거지를 원하는 마음이 간절했다. 남의 눈을 의식하지
않고 하고 싶은 짓을 할 장소가 필요했던 것이다. 싸구려 여인숙은
여자를 데리고 가기 불편한 곳이었다. 프로페인이 지금 묵고 있는 여
인숙에 며칠 전 턱수염을 기르고 낡은 작업복 바지를 입은 젊은 남자
하나가 여자를 데리고 왔었다. 술꾼과 무직자뿐인 관객들은 처음 몇
분 동안은 잠자코 쳐다보고만 있더니 드디어 그들을 위해 세레나데
를 부르기 시작했다. "그대를 내 님이라 부르게 해 주오." 그들은 이
럭저럭 음정까지 맞춰 가며 같이 목청을 뽑았다. 몇 명은 목소리가
꽤 좋았다. 더러는 화음을 맞추어 부를 줄도 알았다. 브로드웨이 위
의 술집 바텐더가 하는 행동과 비슷한 성격의 일이었을 수도 있다.
여자와 그녀들의 손님에게 친절하게 구는 바텐더 말이다. 젊은이들
이 서로에게 열중해 있는 걸 볼 때 지켜 주는 예의 같은 것이 있는 법
이다. 그것은 비록 자신은 그런 재미를 오랫동안 못 보았거나 앞으로
도 별 가망이 없는 경우에라도 변함없이 지켜지곤 한다. 이런 태도에
는 냉소도 섞여 있고 자기 연민도 좀 섞여 있으며 어느 정도 폐쇄적
인 면도 없지는 않다. 하지만 젊은이들이 친밀하게 교제한다는 것에
대한 진짜 기쁨에서 우러난 태도이기도 하다. 자기중심적인 동기에
서 나온 행동이었음에도 불구하고 프로페인 같은 젊은 사람으로서
는 자기에게서 다른 사람들에게로 관심을 돌려 보는 기회가 될 때도
종종 있었다. 그런 유의 타인에 대한 관심이 무관심보다는 나으리라
는 생각이 들었다.

프로페인은 한숨을 내쉬었다. 뉴욕 여인들의 눈은 갈 데 없는 무직자들이나 갈 곳 없는 젊은이들은 거들떠보지도 않는다. 물질적인 부와 성행위는 프로페인의 마음 한복판을 나란히 팔짱끼고 같이 활보했다. 흥미 위주로 이론을 하나 만들어 보자면 이렇게 될 것이다. 전쟁이든 행정이든 폭동이든 모든 정치적 행위들의 근원에는 성욕이 존재한다. 역사는 경제 세력에 의해 펼쳐지는데, 누구나 돈을 벌어 부자가 되려 하는 것은, 부자가 되면 자기가 원하는 누구와든, 원하는 때 언제든 성행위를 할 수 있기 때문이었다. 지금 도서관 뒤쪽 벤치에 앉아서 떠올릴 수 있는 생각이라고는 생명 없는 물건을 사기 위해 생명 없는 돈을 더 벌려고 한다면 그건 미친 짓이라는 사실뿐이었다. 생명 없는 돈은 생명 있는 온기를 얻기 위해 써야만 했다. 살아 있는 어깻죽지에 박히는 죽은 손톱 역할이라면 맞을까. 베개에 대고 지르는 다급한 외침, 뒤엉킨 머리카락, 눈꺼풀이 내려온 두 눈, 꿈틀대는 허리, 이런 것들을 얻는 데에 써야만 했던 것이다.

그런 생각을 하다 보니 그는 그만 발기해 있었다. 《타임스》 광고면으로 가리고는 가라앉기를 기다렸다. 비둘기 몇 마리가 신기하다는 듯이 그를 바라보았다. 정오 직후여서 볕이 뜨거웠다. 더 찾아봐야지, 아직 오늘 하루가 다 가진 않았어. 그런데 대체 뭘 어떻게? 저들의 말에 의하면 그에게는 전문 분야가 없었다. 사람들은 다들 모종의 기계와 썩 사이좋게 지내고 있었다. 그러나 곡괭이와 삽마저도 프로페인의 손에서는 안전하지 않았다.

그는 문득 아래를 내려다보았다. 발기 때문에 신문에는 가로로 주름 하나가 잡혀 있었다. 주름은 융기의 점차적인 저하에 따라 신문 페이지 끝까지 기사의 행들을 관통하며 계속되었다. 직업소개소의 이름들이 쭉 나열된 페이지였다. 좋아. 그는 생각했다. 난 이제 눈을 감을 거야. 그러고는 셋을 세겠어. 그러고 나서 눈을 떴을 때 그 주름이 가서 닿은 곳이 어디든지 간에 가 보는 거야. 그저 충동적인 마음이었다. 동전 던지기로 마음을 정하는 식이었다. 바보 같은 무생물 부착물과 무생물 종이를 놓고 하는 점치기였다. 순전한 우연에 따른 결정이었다.

그가 눈을 떴을 때 주름은 공간-시간 직업소개소를 가리키고 있었다. 브로드웨이 아래쪽 풀턴가 근처에 있는 소개소였다. 나쁜 선택이었다. 지하철을 타는 데 15센트나 든다는 얘기였다. 그러나 약속은 약속이었다. 다운타운 렉싱턴가에 이르렀을 때 그는 맞은편 좌석 위에 대각선으로 누워 있는 노숙자를 발견했다. 아무도 그의 곁에 앉으려 하지 않았다. 그 남자는 지하철의 왕이었다. 아마도 밤새 그 자리에 그러고 있었을 터였다. 브루클린까지 갔다가 요요처럼 되돌아오기를 몇 번이나 반복했을까. 그러는 동안 머리 위에서는 헤아릴 수 없이 많은 물들이 소용돌이쳤을 것이며 남자는 자신만의 해저 왕국을 꿈꾸고 있었을 것이다. 그 왕국의 백성인 인어, 심해 생물 들이 돌과 침몰한 큰 돛단배들 틈에서 사이좋게 살고 있겠지. 그는 그렇게 러시아워를 지내며 신사복을 입은 남자들과 하이힐을 신은 여자들의 눈총을 실컷 받았을 것이다. 세 사람은 앉을 수 있는 자리를 혼자 차지하고 누웠으니 그럴 수밖에. 하지만 아무도 감히 깨우려고는 하지 않았다. 바다 밑과 거리 밑이 같다고 한다면 그는 그 두 세계를 다 지배하는 왕자였다. 프로페인은 지난 2월 지하철에서의 자신을 생각했다. 그가 그때 쿡과 티나에게 어떤 모습으로 비쳤을지도 생각해 보았다. 왕 같지 않았을 건 틀림없을 것 같았다. 아마도 왕보다는 슐레밀이자 하인으로 보였을 것이다.

자기 연민에 빠져 있느라 풀턴가의 정류소를 그냥 지나칠 뻔했다. 문이 닫히는 찰나, 스웨이드 재킷 밑자락이 문에 끼는 바람에 하마터면 그대로 브루클린까지 끌려갈 뻔했다. 거리 아래쪽으로 걸어

가니 공간-시간 직업소개소가 나타났다. 사무실은 10층 꼭대기였다. 도착해 보니 대기소는 사람으로 붐비고 있었다. 재빨리 돌아본 결과 볼만한 여자라곤 하나도 없다는 것을 알 수 있었다. 여자는 고사하고, 대공황 당시 시간의 휘장을 열고 걸어 나온 듯한 일가족을 빼면 도대체가 눈길을 줄 만한 인간들이 없었다. 그 기이한 일가로 말할 것 같으면, 남편, 아내 그리고 어느 쪽 어머니인지 모를 노부인 한 사람의 3인 가족이었는데, 흙투성이 왕국에서 낡은 플리머스 소형 트럭 한 대에 몸을 싣고 여기까지 일자리를 구해 흘러 들어온 모양이었다. 세 사람은 서로에게 소리를 꽥꽥 지르고 있었고 노부인 외에는 일자리에 별로 관심도 없는 것 같았다. 노부인은 대기실 한가운데에 두 다리로 버티고 서서, 입에는 담배를 매단 채, 두 사람에게 지원서를 어떻게 쓸지 지시를 내리고 있었다. 입에서 대롱거리는 담배는 자칫하면 입술에 발린 립스틱을 태울 것만 같았다.

프로페인은 지원서를 써서 접수원의 책상에 갖다 떨어뜨린 후 기다리기 위해 자리를 잡고 앉았다. 곧바로 복도 쪽에서 빠르고 섹시한 하이힐 굽 소리가 들려왔다. 마치 자석에 끌리는 듯 그의 머리가 휙 돌아간 것과 동시에 그는 하이힐 높이까지 합쳐서 155센티미터밖에 안 되어 보이는 키 작은 여자가 문으로 걸어 들어오는 것을 보았다. 이런, 이런 젠장, 그는 속으로 외쳤다. 굉장히 쓸 만했다. 그러나 그녀는 일자리를 구하러 온 것이 아니었다. 난간 저쪽으로 들어갔다. 그녀는 자신의 영토에 와 있는 모든 인간들에게 미소와 인사와 손짓을 보이며 딸깍딸깍 자기 책상으로 가 앉았다. 그는 나일론에 감싸인 허벅지들이 서로 스치며 키스하는 소리를 들었다. 이런, 이런 젠장. 그는 생각했다. 또 시작하는구나. 내려가, 이 자식. 놈은 고집이 셌다. 내려가려 하질 않았다. 목덜미가 화끈거리고 붉어지기 시작했다. 안내 데스크의 비서는 빈틈없는 인상의, 몸매가 가느다란 여자였다. 그녀는 정말 빈틈이 없어 보였다. 꼭 끼고 팽팽한 속옷, 스타킹, 인대, 힘줄, 입술까지 정말 빈틈없는 사무직 여성의 표본이었다. 그녀는 책 상들 사이를 정확한 걸음걸이로 꿰뚫고 다니면서 지원서들을 떨어 뜨리는 중이었다. 마치 카드패를 나눠 주는 자동 기계라도 되는 것 같았다. 면접을 볼 사람 수는 여섯이군, 프로페인은 생각했다. 저 여 자가 나를 뽑을 확률은 6대1. 러시안룰렛 같았다. 어째서일까? 여자 는 그를 파멸시킬까. 저렇게 다리가 가냘프고 부드럽고 잘 빠진 여자 가 과연 그런 짓을 할 수 있을까. 그녀는 고개를 숙이고 손에 든 지원 서를 들여다보았다. 여자가 얼굴을 들었다. 그는 그녀의 양쪽 눈 꼬 리가 똑같이 긴 두 눈을 보았다.

"프로페인." 그녀가 불렀다. 여자는 약간 찡그린 얼굴로 그를 바 라보고 있었다.

망했다, 그는 생각했다. 맞았구나. 슐레밀에게 운 좋은 일이 생 길 리가. 그건 상식에 벗어난 일이었다. 슐레밀은 지도록 되어 있었 다. 러시안룰렛도 이름만 달랐지 지금까지 그가 내기를 걸어 온 다른 게임과 다를 것이 없었다. 그는 속으로 신음하며 한탄했다. 게다가 이놈까지 이렇게 되어 버렸으니 어쩌면 좋단 말인가. 그녀가 그의 이 름을 또 불렀다. 그는 의자에서 비실비실 일어났다. 그리고《타임스》 지로 앞을 가린 채 걸어 나가기 시작했다. 난간이 있는 곳에서 120도 회전을 하여 그녀의 책상까지 이르렀다. 책상 위의 명패에는 레이철 아울글래스라고 적혀 있었다.

그는 얼른 의자에 앉았다. 그녀는 담배에 불을 붙이고 그의 상반 신을 감상하기 시작했다. "만날 때가 되긴 됐지." 그녀가 말했다.

그는 담배를 뒤적거려 찾았다. 그녀가 손톱 끝으로 성냥갑을 튕 겨 보냈다. 벌써 그녀의 손톱 끝이 등 위에서 느껴지는 것 같았다. 그 때가 되면 미친 듯 파고들 손톱들은 지금 그의 등을 미끄러져 지나가며 균형을 잡고 있는 중이었다.

그녀가 그렇게 할 날이 오기는 할 것인가. 벌써 그들은 침대 위에 올라 있었다. 그는 긴 속눈썹에 덮인 꼬리가 긴 두 눈으로 꽉 찬 슬픈 얼굴이 그의 아래 그림자에 드리워 창백하게 서서히 긴장하기 시작하는 새로운 백일몽을 보았다. 정말이지 그녀는 그를 꼼짝 못 하게 사로잡고 있었다.

그러자 이상하게도 발기가 가라앉기 시작하고 목덜미의 붉은 기도 가셨다. 마치 옛날 금화나 망가진 요요가 된 기분이었다. 한참을 구르고 뒹굴며 타성에 젖어 있다가, 갑자기 끊어졌던 탯줄이 도로 이어지더니 그 끈의 한쪽이 빠져나갈 수도 없고 그걸 원하지도 않는 손에 쥐여 있는 것을 발견했을 때 이런 기분일 것이다. 이제 와서는 무용함, 고독함, 방향 상실 같은 예후조차 필요 없이, 단순한 톱니 기계가 그만 손써 볼 수도 없는 힘에 의해서 나아갈 길을 완전히 결정당해 버렸다는 것을 그는 알게 되었다. 만약에 요요에게 생명이 있다면 틀림없이 이런 식으로 느꼈을 것이다. 그리고 그런 괴이한 물건이 존재하지 않는 이상 프로페인은 자신이 그에 가장 가까운 경우가 될 거라고 생각했다. 그러나 그녀의 올려다보는 눈길을 받고 있는 동안, 그는 자기가 과연 생명체이기는 한지 의심하기 시작했다.

"야간 경비 일은 어때." 드디어 그녀가 말했다. 너를 지키라고? 그는 속으로 중얼댔다.

"어딘데." 그가 말했다. 그녀는 메이든 레인 근처의 주소 하나를 말했다. "'인류 연구 협회'라는 데야." 당연히 그는 그 이름을 그녀만큼 재빨리 발음할 수 없었다. 그녀는 카드 한 장을 집더니 뒷장에 주소와 이름 하나를 적었다. 올리 버고마스크라는 이름이다. "이 사람이 고용주야." 그러고는 그 쪽지를 그에게 넘겨주었다. 그녀의 손톱 끝이 찰나의 순간 그의 피부에 닿았다 떨어졌다. "결과를 알게 되면 다시 와. 버고마스크는 그 자리에서 말해 주는 사람이니까. 시간 낭비를 안 해. 이 일이 안 되면 다른 걸 찾아보면 돼."

문가에서 그는 돌아다보았다. 그녀는 키스를 던지고 있는 걸까, 아니면 하품을 하고 있는 걸까?

2

윈섬은 직장을 일찍 나섰다. 아파트로 돌아왔을 때 그는 아내가 피그 보딘과 바닥에 앉아 있는 것을 발견했다. 둘은 맥주를 마시며 그녀의 '이론'에 대해 토의하고 있었다. 마피아는 꽉 끼는 반바지를 입은 다리를 꼬고 앉아 있었고 피그는 그녀의 가랑이를 정신없이 바라보고 있었다. 영 거슬리는 인간이야, 윈섬이 생각했다. 그는 맥주를 가지고 그들 곁에 가 앉았다. 그는 피그가 마피아와 재미를 좀 볼 수 있을지 한가한 호기심을 가져 본다. 하지만 누가 마피아에게서 재미를 얻어낼 수 있는지 알아보기란 어려운 문제였다.

피그 보딘에 관해서는 바다에 관련된 재미있는 얘기가 나돌았다. 윈섬은 그 얘기를 피그 자신에게서 직접 들었다. 그는 피그가 언젠가 포르노 남자 주연 배우가 되고 싶어 한다는 사실도 알고 있었다. 피그는 가끔 아주 악당 같은 미소를 짓곤 했는데 말도 못 하게 퇴폐적인 영화를 보고 있거나 아니면 직접 연출이라도 하는 듯한 표정이었다. USS 스캐폴드(피그가 소속된 배)의 무전실 만곡부는 피그가 지중해 항해 중 수집해서 선원들에게 한 권에 10센트씩 받고 빌려주는 읽을거리로 가득 차 있었다. 그의 수집품은 전 함대에서 그를 퇴폐의 상징으로 볼 만큼 추잡한 것들이었다. 하지만 그들 중 아무도 피그가 보관뿐만 아니라 창작에 있어서도 굉장한 재능을 갖고 있다는 사실을 눈치채지 못했다.

어느 날 밤 두 척의 항공모함과 수 척의 다른 중장비함들, 스캐폴드를 포함한 열두 척의 구축함 단형 편대로 구성된 제60 기동함대는 지브롤터에서 동쪽으로 수백 마일 떨어진 해로상을 항해하고 있었다. 아마 때는 새벽 2시쯤이었을 것이다. 시계는 무제한이었고 별들은 타르 빛깔의 지중해 물 위로 비대하고 음탕하게 부풀어 있었다. 레이더에는 아무런 물체와의 접촉도 나타나지 않았었다. 조타기 후방 경비원은 모두 잠이 들어 있었다. 전방 조망대에서는 잠을 쫓기 위해 바다에 대한 수다들을 떨고 있었다. 그건 바로 이런 어느 밤이었다. 갑자기 기동함대의 모든 텔레타이프가 활동을 개시했던 것이다. 뗑뗑뗑뗑뗑. 종이 다섯 번 울리고는 번쩍. 적의 함대와 접촉이 개시됐음을 알리는 신호였다. 때는 1955년, 즉 다소 평화로운 시절이었다. 함장들은 자다가 호출되었으며 전투 본부가 소집되었고 분산 작전이 개시됐다. 아무도 무슨 일이 일어났는지 몰랐다. 전신기가 또다시 울리기 시작했을 즈음엔 함대는 수백 평방마일의 면적 위로 분산되어 있었고 대부분의 무전실들은 만원이 되어 있었다. 무전기가 타자를 시작했다.

"메시지를 하기함." 텔레타이프 기사 및 통신 장교들은 잔뜩 긴장하여 몸을 성급히 기울이며 기다렸다. 그들의 머릿속에는 악독한 창꼬치 모양의 러시아 어뢰가 떠올랐다.

"특보." 그렇지. 그래, 그들은 생각했다. 벨 소리 다섯 번은 특보 신호지. 어서 계속해.

"녹색 문. 어느 날 밤 돌로레스와 베로니카, 저스틴과 섀런. 신디루와 제럴딘, 그리고 어빙은 난교 파티를 벌였다……." 그런 다음 어빙의 관점에서 파티의 구체적인 진행 내용이 장장 텔레타이프 용지 140센티미터에 걸쳐 언급되었다.

어떤 이유인지 피그는 끝내 잡히지 않았다. 어쩌면 스캐폴드 전신 요원의 절반이 그의 장난에 한몫 끼고 있었기 때문이었는지도 모른다. 그뿐 아니라 아너폴리스 출신의 크누프라는 통신 장교 한 사람도 그 음모에 끼었던 것이다. 그리하여 이들은 전투 사령부가 소집되는 즉시 무전실 문을 폐쇄하는 데 성공했다.

이것은 유행처럼 퍼졌다. 그다음 날 밤에는 초특보 무전으로 개이야기가 보내졌다. 피도라는 이름의 세인트버나드견과 두 명의 해군 여자 예비 부대원에 대한 이야기였다. 이 전문이 들어왔을 때는 피그가 당직 중이었는데 그는 내용이 꽤 재치 있다고 자신의 심복인 크누프에게 감상평까지 남겼다. 이 이야기 다음에는 또 다른 초특보 노작들이 발표됐다. 나의 첫 성경험, 우리 부장은 왜 그렇게 변태인가, 운도 좋은 피에르의 미친 짓 등. 스캐폴드가 나폴리에 도달했을 즈음에는 정확히 365센티미터에 달하는 텔레타이프 전문이 입수되었다. 피그는 이것들에 F라는 표제를 붙여 잘 철해 두었다.

하지만 죄를 짓고 나면 대가가 따르는 법이다. 그 후 바르셀로나와 칸 중간 어느 지점에서인가 피그에게 악운이 내린 것이다. 어느 날 밤 그는 메시지 판을 들고 다니다가 부장실 입구에서 잠이 들어 버렸다. 그런데 하필이면 바로 이때 배가 항구 쪽으로 10도 전환을 한 것이다. 피그는 공포에 질린 해군 소령 위로 송장처럼 쓰러졌다. "보딘." 부장은 기가 차서 외쳤다. "자네 자고 있었나?" 피그는 널려 있는 특별 요청서 용지 더미에서 코를 골고 있었다. 그 결과 그는 식당에 배치되었다. 첫날 그는 급식대 옆에서 잠들어 으깬 감자 요리를 몽땅 못 먹게 만들어 버렸다. 다음 식사 때는 수프 앞에 배정됐는데 이 수프는 요리사 포타모가 만들어서 이러나저러나 아무도 먹지 않을 물건이었기 때문에 걱정이 없었다. 아마도 피그의 두 무릎은 서로를 얽는 기묘한 방법을 익힌 모양이었다. 배가 수평으로 되어 있는 한 그는 이런 식으로 무릎을 서로 얽고 선 채로 잠을 잘 수 있었다. 그는 말하자면, 의학적인 신발견이었다. 배가 미국으로 돌아왔을 때 그는 포츠머스 해군병원의 관찰 대상이 돼 있었다. 다시 스캐폴드로 들어온 무렵에는 갑판장 조수인 호드 영감이라는 자 아래 배치되었다. 이틀도 지나기 전 호드 영감은 피그가 무단 외출을 하게 해 줬는데, 이를 시작으로 수없이 호드 영감은 피그의 무단 외출을 도왔다.

라디오에서는 데이비 크로켓[94]에 관한 노래가 흘러나오고 있었다. 윈섬에게는 적잖이 귀에 거슬리는 음악이었다. 1956년에는 너구리 털로 만든 모자가 절정의 유행을 맞았다. 미국 각 지역에서 수백만의 아이들과 젊은이들이 프로이트 심리학에서 말하는 양성구유자의 상징 같은 털이 무성한 모자를 쓰고 다니는 것을 볼 수 있었다. 윈섬이 어릴 때 산 너머 테네시에서 듣던 이야기와는 완전히 반대되는, 터무니없는 크로켓에 대한 전설들이 나돌기 시작했다. 입은 험하지, 이가 득실대는 데다, 술주정뱅이, 부정 관료, 엉터리 개척자인 이 남자가 이 땅의 젊은이들에게 고고하고 용모단정하고 앵글로색슨의 우월함을 예증하는 인물인 것처럼 묘사되기 시작한 것이다. 남자는 예를 들면 마피아가 꾸는 꿈 중에서도 더욱 광적이고 색정적인 꿈에서 깨어난 후 만들어 낼 법한 영웅으로 부풀어 오르고 말았다. 그 노래는 패러디를 불러왔다. 윈섬은 심지어 자기의 자서전을 기초적인 각운과 세 개의(셀 수 있을 만큼 간단한) 코드를 조합해서 간단하게 그 노랫가락에 맞추어 엮었다.

> 1923년 더럼에서 태어났어요
> 아빠는 아쉽게도 거기 없었지요

---

94   David Crockett(1786~1836). 미국의 전설적인 개척자이자 정치가.

이웃집 나무 아래서 린치를 당했어요
세 살 때 검둥이 한놈에게 얻어맞았지요

[후렴]
루니, 루니 윈섬, 데키-댄스[95]의 왕

금방 자라나기 시작했어요
다들 바람둥이가 될 거라고 했지요
툭하면 기차선로를 돌아다녔어요
1달러로 팔자나 고쳐 보려 한 거지요

마침내 윈스턴-세일럼에 사납게 입성했어요
남부 출신의 미인을 찾아냈지요
그 여자 아버지가 버럭 화를 내기까진 괜찮았어요
여자의 배가 불러 오기 전까지는 잘 굴러갔지요

천만다행으로 전쟁이 났어요
그는 용감하고 씩씩한 군인이 됐지요
하지만 애국심은 오래가지 못했어요
그들이 그를 운수에 없던 참호에 처넣었지요

그는 바로 위 상관하고 거래를 했어요
그러곤 정훈실에 배속이 되었지요
전쟁 기간 내내 왕궁 같은 저택에서 보냈어요

95   '데카당스'를 비튼 언어유희이다

병사들을 선동해서 도쿄로 날려 보냈지요

전쟁은 끝나고 전투도 끝났어요
군복과 개런드 소총일랑은 모두 버렸지요
그러고는 재미를 보러 뉴욕에 왔어요
하지만 1951년까지 일자리는 못 구했지요

음악가 협회에 들어가서는 복사나 했어요
재미는 없어도 고정 수입은 됐지요
어느 화창한 날 사무실을 슬쩍 빠져나왔어요
그는 거기서 마피아란 여자를 만났지요

마피아는 그가 꽤 잘나갈 인간이라고 생각했어요
그리고 그 여자는 침대를 제법 흔들 줄 알았지요
루니 아저씨는 아마 머리가 돈 모양이에요
얼마 안 가서 결혼식을 올려 버렸으니까요

이제 그는 아예 레코드 회사를 차렸어요
수익의 3분의 1하고 월급을 받지요
거기에 자유롭고 싶어 하는 미인 아내가 있어요
그 여자의 이론을 실천하기 위해서지요

[후렴]
루니, 루니 윈섬, 데키-댄스의 왕

피그 보딘은 곯아떨어져 있었고 마피아는 옆방 거울 앞에 서서 자신의 옷 벗은 모습을 감상하고 있었다. 그리고 파올라는? 루니는 생각했다. 파올라, 너는 지금 어디에 있지? 그녀는 말도 없이 사라지는 버릇이 생겨 버렸다. 한 번에 이틀, 사흘씩 아무에게도 어디 간다고 말을 안 한 채 사라졌다 돌아오는 것이었다.

어쩌면 레이철이 루니를 위해 파올라에게 몇 마디쯤 해 줄지도 몰랐다. 그 자신도 알고 있듯이. 그에게는 여자의 행실에 대해 19세기적인 관념이 몇 개 있었다. 그런데 파올라로 말하자면 수수께끼 같은 존재였다. 말도 별로 없었고 러스티 스푼에도 피그가 다른 곳에 가 있다는 걸 알았을 때만 가끔 가는 정도였다. 피그는 그녀를 탐내고 있었다. 장교들(어쩌면 고위 장교 이상? 윈섬은 스스로에게 물었다.)에 대해서만큼은 배반하도록 만들어진 규약 뒤에 숨은 채, 피그는 파올라를 상대로 수없는 남자들만의 망상을 속으로 연출하고 있음이 틀림없었다. 당연하다고 윈섬은 생각했다. 그녀는 사디즘 대상에 어울리는 수동적인 얼굴이었으니까. 수없는 무생물 의상과 액세서리로 꾸며 놓고서 고통을 가하면서 피그 마음속 리스트에 수록된 각종 기괴한 행위를 강요하겠지. 그녀의 부드럽고 처녀 같은 팔다리는 그런 취미에 불을 붙일 만큼 야릇하게 비틀릴 것이다. 레이철의 말이 맞았다. 피그는(그리고 어쩌면 파올라까지도) 데키-댄스가 낳은 아이들일 뿐이었다. 자칭 데키-댄스의 왕인 윈섬은 그냥 유감스러워할 뿐이었다. 그 사태가 어떻게 해서 대두되었으며 그 자신을 포함한 다른 사람들 모두가 이따위 사태가 벌어지게 하는 데 어떻게 공헌했는지 그는 알지 못했다.

마피아가 있는 방으로 들어갔을 때 그녀는 몸을 굽히고 니삭스를 벗고 있었다. 여대생 차림이군, 그는 생각했다. 그는 아무 데고 제일 가까이에 드러난 그녀의 엉덩이를 세게 때렸다. 그녀는 몸을 일으키고 돌아섰다. 이번에는 그녀의 뺨을 내리쳤다. "왜 이래." 그녀가 말했다.

"새로운 방식이지." 윈섬이 말했다. "변화를 위해서 연구해 봤어." 한 손으로 그녀의 가랑이를 움켜잡고 다른 한 손으로 그녀의 머리채를 휘어잡은 채 그는 그녀를 어울리지 않게도 꼭 희생물이나 되는 것처럼 침대를 향해, 반은 들고 반은 던지며 끌고 갔다. 완전히 얼떨떨해진 그녀는 침대 위에 검은 음모와 니삭스를 제외하곤 온통 허연 피부의 펑퍼짐한 뭉치가 되어 나자빠졌다. 그는 바지 지퍼를 내렸다. "잊어버린 거 없어?" 그녀가 머릿짓으로 서랍장 쪽을 가리키며 반쯤 공포에 질린 것 같은 목소리로 교태부리듯 말했다.

"아니." 윈섬이 말했다. "전혀 모르겠는데."

3

프로페인은 레이철이, 다른 면에서는 모른다 해도 재수 없는 여자는 아니라는 확신을 품고 공간-시간 직업소개소로 돌아갔다. 그도 그럴 것이 그는 버고마스크에게서 일자리를 얻은 것이다.

"잘됐네." 그녀가 말했다. "소개비는 그 사람이 낼 거야. 그러니까 당신은 안 내도 돼."

마침 퇴근이 가까웠다. 그녀는 책상 위에 놓인 것들을 정돈하기 시작했다. "우리 집에 같이 가자." 그녀가 조용히 말했다. "엘리베이터 옆에 가서 기다려."

하지만 복도에 나가 벽에 등을 기대고 선 채 그는 생각했다. 피나하고도 바로 이런 식으로 시작되었었다. 피나는 마치 그가 길바닥에 떨어진 묵주알이나 되는 듯이 주워서 집으로 데리고 갔던 것이다. 그때 그녀는 그가 마술에라도 걸린 것처럼 느꼈다. 피나는 그의 아버지와 마찬가지로 독실한 로마 가톨릭 신자였다. 레이철은 그의 어머니처럼 유대인이라는 사실을 그는 기억해 냈다. 어쩌면 이 여자가 원하는 건 유대인 어머니처럼 그에게 음식을 먹이겠다는 것뿐일지도 몰랐다.

둘은 꽉 들어찬 엘리베이터 속에 끼어서 말없이 내려갔다. 레이철은 회색 레인코트로 몸을 감고 초연한 얼굴을 하고 있었다. 지하철 개찰구에서 그녀는 두 사람 몫으로 토큰 두 개를 냈다.

"왜 이래." 프로페인이 말했다.

"돈이 없을 테니까." 그녀가 말했다.

"기둥서방이라도 된 것 같잖아." 그는 정말 그런 느낌이 들었다. 한 15센트씩 늘 주머니 속에 타서 넣어 가지고 다니는 그런 남자 말이다. 냉장고 속에는 언제나 살라미 소시지 반 토막쯤(또는 뭐가 됐든지 여자가 그의 먹이로 사용하는 것)이 있겠지.

레이철은 프로페인을 윈섬의 집에 묵게 하기로 마음먹었다. 그리고 식사는 자기 집에서 제공할 생각이었다. 윈섬의 집은 족속들 사이에서 웨스트사이드의 숙소로 알려져 있었다. 거기에는 전원이 한꺼번에 가서 밤을 지낼 만한 충분한 면적이 있었고 윈섬은 이러나저러나 누가 와서 자든 상관을 안 했다.

다음 날 밤, 피그 보딘은 술에 취해서 저녁 식사 때 레이철의 집에 찾아왔다. 하지만 파올라는 집에 없었다. 그녀가 어디로 사라졌는지 아는 사람은 없었다.

"잘 있었나." 피그 보딘이 프로페인을 보고 외쳤다.

"여어." 프로페인이 말하고 둘은 맥주를 땄다.

곧 피그는 매클린틱 스피어의 음악을 들어야 한다면서 V-노트로 그들을 끌고 갔다. 레이철은 자리에 앉자 음악에 집중했고 나머지 둘은 서로 바다에 대한 이야기를 나누었다. 노래와 노래 사이 짧은 공백을 틈타서 레이철은 스피어가 앉은 테이블로 다가갔다. 거기에서 그녀가 발견한 것은 스피어가 유별난 레코드사를 위해 LP 두 장을 취입하기로 윈섬과 계약했다는 사실이었다.

그들은 잠시 동안 대화를 주고받았다. 곧 휴식 시간이 끝나고 4중주단은 스탠드로 되돌아가 활을 켜기 시작했다. 「너의 친구 푸가」라는 제목의 스피어 자신의 곡으로 시작되었다. 레이철은 피그와 프로페인이 있는 데로 돌아왔다. 둘은 호드 영감과 파올라의 얘기를 하고 있었다. 망할 것, 망할 것, 망할 것은 바로 나야. 내가 도대체 저 남자를 어디로 끌어들였단 말인가. 애써서 데려온 데가 대체 어디냐고?

그녀는 다음 날 아침 눈을 떴다. 일요일이었다. 간밤에 마신 술 때문에 가벼운 두통을 느꼈다. 윈섬이 밖에 와서 문을 두드려 대고 있었다.

"오늘은 안식일이야." 그녀가 투덜댔다. "도대체 왜 이러지."

"친애하는 고해신부여." 그가 말했다. 밤새 한숨도 못 잔 얼굴이었다. "부디 성내지 마실지어다."

"그건 아이겐밸류한테나 말하시지." 그녀는 부엌으로 발소리도 요란하게 걸어 들어가 커피를 불 위에 올렸다. "자." 그녀가 말했다. "말해 봐. 도대체 왜 그러는지."

물어보나마나 마피아 때문이었다. 어쨌든 그는 상당히 공을 들이고 있었다. 이틀 전 입은 셔츠를 그대로 입고 있었고 머리도 엉망이었다. 물론 모두가 레이철이 보라고 꾸민 짓일 것이다. 여자한테 같이 사는 여자 친구를 손에 넣도록 뚜쟁이 노릇을 좀 해 달라고 부탁하는 마당에 마냥 단도직입적으로 말을 꺼낼 수는 없었다. 조금 섬세한 절차가 필요했다. 마피아에 대해 얘기하고 싶다는 것은 핑계에 불과했다.

레이철은 그가 치과의사를 만나 얘기를 해 보았는지 알고 싶어

했다. 당연한 질문이었다. 윈섬은 아니라고 말했다. 아이겐밸류는 이즈음 스텐슬과 면담하느라고 바빠서 만날 수가 없었다는 것이었다. 루니는 여자로서의 견해를 듣고 싶다고 했다. 레이철은 커피를 따르고 나서 같이 사는 두 여자가 나가 버리고 없다고 말했다. 그는 눈을 딱 감고 덤벼들기로 한 모양이었다. "내 생각에 그 여자는 살짝 바람을 피우고 다니는 것 같아."

"그래서? 알아내서 이혼 청구 하면 되잖아."

둘은 커피 주전자를 두 번 비웠다. 루니는 그러고 나서 화장실에 갔다. 3시에 파올라가 들어왔다. 그녀는 둘에게 잠깐 미소를 지어 보이고는 자기 방으로 들어가 버렸다. 얼굴이 조금 붉어졌던가? 심장이 더 빠르게 고동을 친 건 사실이었다. 제기랄, 그는 머슴애처럼 굴고 있었다. 그는 자리에서 일어섰다. "이 얘기를 계속할 수 있을까?" 그가 말했다. "그냥 여담처럼 말이야."

"그렇게 해서 도움이 된다면." 그녀가 미소를 지어 보였다. 하지만 한순간도 그렇다고 믿지는 않는 표정이었다. "그런데 말이야, 매클린틱 스피어하고 계약했다는 건 또 무슨 소리야? 유별난 레코드 사에서도 일반 음반을 내기로 했다는 말은 하지 마. 도대체 뭘 얻으려는 거야? 신앙심?"

"만약 거기서 얻을 수 있는 게 있다면." 윈섬이 말했다. "고작 그 정도겠지." 윈섬은 리버사이드 파크를 가로질러 자기 아파트로 돌아갔다. 그는 방금 한 일이 잘한 일인지 자문해 보았다. 어쩌면 레이철은 그가 원하는 것이 자기와 함께 지내는 여자가 아니라 레이철 본인인 줄 알았을지도 모른다는 생각이 불현듯 들었다.

아파트로 돌아가니 프로페인이 마피아와 이야기를 하고 있었다. 젠장, 그는 속으로 외쳤다. 이젠 그만 자고 싶다고. 그는 잠자리로 들어가 태아 같은 자세를 취했다. 그랬더니 참 신기하게도 곧 잠이

들어 버렸다.

"반은 유대인, 반은 이탈리아인이라고요?" 마피아가 다른 방에서 말하고 있었다. "지독하게 재미있는 입장이네. 샤일록 같다고 해야 할지, 안 그래요? 하하. 러스티 스푼에서 자주 마주치는 젊은 배우가 한 사람이 자기가 아일랜드계와 아르메니아계가 섞인 유대인이라고 하던데. 한번 만나 보셔야죠."

프로페인은 긴말을 하기가 싫었다. 그래서 이렇게 말하고 넘어가려 했다. "아마 좋은 데인가 보네요, 그 러스티 스푼이라는 데는. 하지만 나하고는 격이 안 맞겠죠."

"당치 않은 소리" 마피아가 말했다. "격이라니. 귀족적이라는 건 결국 영혼의 문제라고요. 알 게 뭐예요. 혹시 왕실 혈통일 수도 있지 않겠어요?"

나도 알아, 프로페인이 생각했다. 나는 슐레밀의 혈통이지. 욥이 바로 내 혈통의 선조라고. 마피아는 속이 들여다보이는 니트 드레스를 입고 있었다. 그녀는 턱을 무릎 위에 고이고 스커트 아래 자락이 벌어져 늘어지게 하고 앉아 있었다. 프로페인은 몸을 한 번 뒤집어 배를 깔고 엎드렸다. 이제 일이 아주 재밌어지겠는데, 그는 생각했다. 어제 레이철은 카리스마를 찾으러 프로페인의 손을 끌고 이리로 들어왔었다. 그때 마피아와 푸는 거실 바닥에서 한 사람 모자란 채로 오스트레일리아식 2인조 레슬링을 하고 있었다.

마피아는 프로페인과 평행이 되도록 납작하게 엎드렸다. 아마도 코를 맞대겠다든가 그런 생각을 하는 것 같았다. 맙소사, 이걸 애교라고 생각하는 모양이군, 프로페인은 생각했다. 그러나 고양이 팽이 두 사람 사이를 가르고 들어와서 등을 동그랗게 말고 앉았다. 마피아는 발딱 드러누워서 고양이를 긁어 주며 어르기 시작했다. 프로페인은 맥주를 더 가지러 냉장고 쪽으로 어슬렁대며 걸어갔다. 피그 보딘과 카리스마가 술꾼 노래를 부르며 몰려 들어왔다.

　　미국 어느 도시에나 있다네, 병든 술집들이 있다네
　　병든 사람들이 하루를 꼬박 보내는 곳들이라네
　　마룻바닥에서 한판 할 수 있는 볼티모어
　　프로이트적 장면을 연출할 수 있는 뉴올리언스
　　선불교와 베케트를 떠들 수 있는 아이오와의 키오쿡
　　인디아나의 테러호트에는 에스프레소 머신이 있고
　　참으로 공백다운 문화의 공백이 있다네
　　나는 두루두루 다녀 봤다네, 매사추세츠 보스턴에서
　　넓고 넓은 태평양 해안에까지
　　그러나 내 술집은 러스티 스푼
　　오직 러스티 스푼뿐이라네

　그들의 노래가 술집의 분위기를 리버사이드 드라이브의 점잖은
건물들 한가운데로 끌어들이는 느낌이었다. 곧 누구 하나 눈치채지
못한 채로 파티가 벌어졌다. 푸가 들어오고 전화를 걸기 시작하더니
열어 둔 문 너머로 여자들이 나타나기 시작했다. 누군가가 FM을 틀
고 또 누군가가 맥주를 사러 갔다. 담배 연기가 낮은 천장 아래 회색
의 층을 이루며 드리웠다. 두세 명의 족속들 멤버가 프로페인을 구석
으로 데리고 가서 회칙들을 가르치기 시작했다. 프로페인은 그들이
떠들어 대도록 내버려 둔 채 계속해서 맥주를 마셨다. 곧 그는 취했
고 바깥에는 밤이 찾아왔다. 그는 알람시계를 맞추고 아무 방이나 들
어가 빈 구석을 찾아 잠이 들었다.

4

그날 밤, 4월 15일의 일이다. 다비드 벤구리온은 독립 기념일 기념사를 통해 국민들에게 이집트가 이스라엘을 상대로 대학살을 기도하고 있다는 사실을 발표했다. 겨울에 들어서면서 중동으로부터의 위기 상황은 악화 일로였다. 4월 19일에 양국 간 휴전 조약은 효력을 발하기 시작했다. 같은 날, 그레이스 켈리는 모나코의 왕자 레니에 3세에 결혼했다. 봄은 이런 식으로 지나갔다. 정치적인 급류와 조그만 소용돌이들이 부지런히 헤드라인을 제공하는 가운데 조금씩 봄이 탕진된 것이다. 사람들은 저마다 자기들이 원하는 정보만을 읽었고 역사의 넝마조각과 지푸라기를 주워다 각자의 쥐 굴을 만들었던 것이다. 뉴욕시에만 하더라도 대강 계산해서 오백여 만 개의 쥐 굴들이 있었다. 전 세계 수도에 포진한 정부 고관들, 국가의 지도자이자 국민의 공복인 자들이 속으로 무슨 생각을 품고 있는지 어떻게 알겠는가. 그자들의 역사에 대한 개인적인 해석은 분명 행동으로 드러날 것이었다. 만약에 표준 유형 분포라는 것이 있다면 필시 그럴 터였다.

스텐슬은 말하자면 유형에서 벗어난 경우였다. 등급 없는 관리이자, 필요에 따라 음모와 협상의 건축가가 된 그는 응당 자기 아버지처럼 행동력이 있어야 했다. 그런데 그는 아이겐밸류와 만나서 떠들고 파올라를 하염없이 기다리는 등 반사회적인 행위 이상의 아무런 행동도 하지 않고 있었다. 파올라를 기다리는 이유는 그가 그토록 노력해서 구축하고 있는 고딕풍의 추리 한 무더기에 그녀가 얼마나 딱 맞아떨어지는 인물인지 말해 주고 싶어서였다. 물론 그 밖에도 추적해야 할 단서들은 많았다. 하지만 이제 와서 그는 별다른 흥미를 느끼지 못하고 맥이 빠진 추적만을 겨우 계속하고 있는 형편이었다. 더 중요한 할 일이 있을 것만 같았다. 하지만 그 중차대한 사명이 무엇인지에 대해서는 V.의 궁극적인 구조만큼이나 불명확했고, 또한 어째서 처음부터 스텐슬이 V.를 추적하게 되었는지에 대한 이유만큼도 더 뚜렷할 것이 없었다. 그는 다만 어떤 정보가 유용한 것일 경우와 그렇지 못할 경우, 단서를 포기해야 될 경우와 마지막까지 그 불가피한 환상의 골목길까지 기어이 뒤쫓아야 할 경우를(그의 말에 따르면 '본능적으로') 가려낼 뿐이었다. 말할 것도 없이, 스텐슬의 경우처럼 완전히 지적인 충동에 대해서 본능 운운하는 것은 말도 안 되었다. 그의 집념은 본능적이라기보다 선택적인 집념이라고 하는 것이 옳았다. 그런데 그것은 대체 어디서 어떻게 선택된 것일까. 그가 주장하는 대로 그를 자연적으로는 존재하지 않는 순수하게 '자기 시대의 사람'이라고 볼 수는 없었다. 러스티 스푼에서처럼, 그저 자기 정체성을 찾아 헤매는 현대인이라고 부를 수는 있을 것이었다. 실제로 거기 모인 사람들 대다수가 이미 그의 문제가 바로 자기 정체성의 문제라고 규정하고 있었다. 그러나 그런 관점에도 문제점은 있었다. 스텐슬은 사실상 정체성을 너무 많이 가졌을 뿐, 하나도 찾지 못한 것이 아니었기 때문이었다. 그의 정체들은 그가 감당해 내기 부담스러울 만큼 많았던 것이다. 우선 그는 그저 'V.를 찾는 남자'였다.(그 일에 필요한 모든 위장들도 그의 정체에 속해 있었다.) 그 여자로 말할 것 같으면 정체 확립이라는 면에서 그만의 것이 아니라 영혼을 다루는 치과의사 아이겐밸류를 비롯한 족속들의 것이기도 했다.

이 문제는 성적으로 꽤 흥미로운 모호성을 띠고 있었다. 만에 하나 모든 추적 끝에 스텐슬이 자신은 그저 일종의 영적인 성도착증 환자에 불과했다는 사실과 맞닥뜨리게 된다면 얼마나 우스꽝스럽게 될까. 족속들은 얼마나 웃고 또 웃어 댈 것인가! 사실 그는 V.의 성별이 무엇인지 짐작도 할 수 없었다. 성별뿐 아니라 V.의 속이나 종이 무엇인지도 전혀 몰랐다. 젊은 여성 관광객 빅토리아와 하수구의 쥐 베로니카를 동일시하고 그들이 V.라고 추정한다고 해서 그가 윤회를 믿는 것은 아니었다. 그는 다만 자신이 뒤쫓는 사냥물이 빅토리아가 베이수 계획에 맞아떨어지고, 베로니카가 쥐들의 새로운 질서에 맞아떨어졌듯이 '큰일', 즉 세기 최대의 음모에 맞아떨어진다는 점을 확인하고 싶었을 뿐이었다. 그녀가 역사적으로 실재한다면 틀림없이 그녀는 지금 이 순간에도 계속 존재하고 있을 것이었다. 왜냐하면 '이름이 없는 계획', 그 원대한 계획은 지금까지도 성취되지 않았기 때문이었다. V.가 여성이냐 아니냐는 문제가 아니었다. 범선이나 어느 민족을 여성형으로 부르는 편이 V.를 여성형으로 부르는 것보다 나을 거라 해도 상관없었다.

5월 초 아이겐밸류는 스텐슬을 블라디 키클리츠에게 소개했었다. 그는 전국 각지에 아무렇게나 공장들을 흩트려 놓고 감당할 수 없을 정도로 많은 정부 기관의 하청을 맡고 있는 요요다인 사 사장이었다. 1940년대에만 해도 요요다인 사는 키클리츠 완구 제조 회사라는 이름으로 그럭저럭 재미를 보는 사업체에 불과했다. 뉴저지 너틀리에 조그만 장난감 가게 딱 한 개가 있을 뿐이었다. 그런데 어떤 이유 때문인지는 몰라도 그즈음 미국의 어린이들이 갑자기 다 같이 특정 장난감에 대한 병적인 욕구에 사로잡힌 것이다. 그 장난감이란 팽이와 비슷한 일종의 회전의(回轉儀)였는데 회전봉에 끈을 감아서 작동시켰다. 키클리츠는 거기에서 새로운 시장의 가능성을 발견했다. 그는 그리하여 그 장난감 제조 라인을 확장시켰다. 그런데 그가 이렇게 회전의 장난감 시장을 독점해 가고 있을 즈음 또 다른 사건이 일어났다. 즉, 한 떼의 학생 단체가 그의 공장으로 견학을 오더니만 아이들이 회전의 장난감과 회전 나침반이 같은 원칙으로 작용한다는 얘기를 한 것이었다. "뭣하고 같은 원칙이라고?" 키클리츠가 물었다.

아이들은 그에게 회전 나침의에 대해서 설명을 해 주었다. 그리고 비례 자이로와 자유 자이로에 대해서도 설명을 해 주었다. 키클리츠는 어떤 상업 잡지에서 이런 것들을 정부가 한도 끝도 없이 원한다는 기사를 읽은 것을 어렴풋이 기억해 낼 수 있을 것 같았다. 정부에서는 배나 비행기뿐 아니라 최근에 와서는 미사일에도 이것들을 쓰는 것 같았다. '자, 그렇다면.' 키클리츠는 생각했다. "한번 해 봐서 안 될 거 없겠지." 소규모 기업들에게서 그쪽 분야 기회는 당시에 썩 괜찮은 것으로 알려져 있었다. 키클리츠는 정부를 위해 자이로를 만들기 시작했으며 곧 텔레미터 기구며 테스트 세트 부품들 및 소형 통신 기구 등도 제조하게 되었다. 그는 새 사업체를 사들이기도 했고 다른 사업체와 합자하기도 하여 계속 사업을 확장시켰다. 이제 그로부터 십 년도 채 안 된 지금에 와서 그는 체계 관리, 비행기 기체, 명령 조직, 추진기, 지상 지원 도구 등을 온통 장악하는 굳건하게 조립된 왕국을 이룩하기에 이른 것이다. 한 신입사원이 그에게 '다인'이란 것이 힘의 단위를 가리키는 말이라고 일러 주자 그는 키클리츠 제국의 서민적인 출발을 상징하는 동시에 힘, 기업, 공학 기술, 소박하고 강건한 개인주의를 표상하는 단어로서 요요다인이라는 어휘를 만들어 자신의 거대 기업체를 명명했다.

스텐슬은 롱아일랜드에 있는 공장 하나를 견학한 적이 있었다. 전쟁 기기들을 잘 살펴보면 거대 음모의 어떤 단서를 발견할 수 있지 않을까 하는 계산에서였다. 과연 그랬다. 그는 사무실들이 운집한 구역에 침입하여 제도기와 설계도가 꽉 찬 사이를 뚫고 들어갔다. 그런 다음, 서류 캐비닛들이 이루는 수풀에 반쯤 가린 채 요즘 들어 엔지니어들의 제복 일부처럼 되어 버린 커피가 담긴 종이컵을 들고 홀짝대는 한 남자를 찾아냈던 것이다. 남자는 머리가 벗어진 돼지 같은 인상이었으며 유럽풍으로 재단된 양복을 입고 있었다. 그 기사의 이름은 쿠르트 몬다우겐이라고 했다. 그런데 그는 페네문데에서 일을 했던 것이다. 거기서 그는 페어겔퉁스바페 아인스 앤드 츠바이 (Vergeltungswaffe Eins and Zwei)[96](정말 마술적인 머리글자가 아닐 수 없다!)를 추진했다. 곧 오후가 다 지나갔고 스텐슬은 다시 만나서 이야기를 계속하자고 약속한 뒤 그와 헤어졌다.

한 일주일쯤 뒤, 러스티 스푼의 골방에서 몬다우겐은 뮌헨 맥주의 흉측한 모조품을 마셔 가며 남서아프리카에서 보낸 젊은 날을 회상했다.

스텐슬은 그의 말에 열심히 귀를 기울이고 있었다. 이야기와 뒤따른 질문까지 통틀어 삼십 분밖에 걸리지 않았다. 그런데 다음 수요일, 아이겐밸류의 사무실에서 스텐슬이 다시 그 이야기를 했을 때에는 상당한 각색을 거친 뒤였다. 아이겐밸류의 말에 따르면 스텐슬화되어 있었던 것이다.

96   독일어로 '보복 병기 1, 2계획'이라는 뜻이다.

9장

몬다우겐의 이야기
V

1

1922년 5월 어느 아침이었다.(이것이 의미하는 바는 이제 날씨가 바름바드 구역에서는 거의 겨울이나 마찬가지라는 의미였다.) 그날 아침 최근까지 뮌헨의 공과대학에서 공부했던 젊은 공학도 쿠르트 몬다우겐은 칼크폰타인 사우스 마을 근처 백인 전초지에 나타났다. 살집이 있다기보다는 육감적이라고 하는 것이 더 적절할 것 같은 몸집에다 금발과 긴 속눈썹, 나이 든 여자들을 반하게 할 만한 수줍은 미소를 지닌 청년이었다. 그는 그때 낡은 이륜마차 속에 들어앉아 해뜨기를 기다리며 무료해진 사람처럼 코를 후비면서 빈트후크 행정부의 말단 관리인 빌럼 판베이크의 토굴, 혹은 오두막을 쳐다보고 있었다. 말은 꾸벅꾸벅 졸며 제 몸에 이슬을 모았고 그 자신은 분노와 혼란과 짜증을 참으려고 애를 쓰며 좌석에서 몸을 뒤틀고 있었다. 광막한 죽음과도 같은 칼라하리[97]의 가장 끝 언저리 아래쪽에서는 태양이 능장을 부리면서 그를 조롱하고 있었다.

몬다우겐은 라이프치히 출신답게 이상한 버릇을 적어도 두 가지 가지고 있었다. 첫째(더 사소한)는 생물이고 무생물이고 아무 때나, 기분 내키는 대로 어린애 부르듯 어미를 바꿔 부르는 습관이었다. 둘째(더 주요한)는 동향 사람 카를 베데커처럼 남부와 조금이라도 관련된 지역이면 무조건 불신하는 성향이었다. 따라서 그가 지금 자기가 처한 입장의 아이러니를 보고 어떤 생각을 했을지, 그리고 뮌헨에서 공부를 하다가(이 남부병이 우울증처럼 진행성 질환이자 불치병인 것처럼) 결국 불황에 빠진 그 지역을 떠나 지구 반대편, 남서부 보호 지역의 거울 시간 속으로 들어오게 된 기구한 운명을 어떻게 바라보았을지는 상상할 수 있을 것이다.

몬다우겐이 맡은 일은 공중 무선 방해 잡음, 즉 공전(公電)과 관계된 일이었다. 1차 세계 대전 중, H. 바르크하우젠이라는 독일인이 연합군 사이의 전화 연락 내용을 엿듣다가 일련의 하강음을 듣게 되었는데 꼭 점차 떨어지는 슬라이드 호루라기 소리와도 흡사했다. 그리고 이 '호루라기 소리들'(바르크하우젠은 그 소리들을 이렇게 불렀다.)은 각각 일 초쯤 계속됐으며 저주파, 또는 가청 주파권 내에 머물러 있었다. 밝혀진 바에 의하면 이 '호루라기 소리들'은 다종다양한 공전 요소 중에서 첫 번째로 나타난 것에 불과했다. 개중에는 문을 닫는 쾅 소리, 턱 하고 갈고리로 낚아채는 듯한 소리, 상승음, 콧김 새는 소리, 새벽 합창이라는 이름으로 알려진 새들의 지저귐 같은 소리 등이 포함돼 있었다. 아무도 정확히 무엇이 이런 음향을 내는지는 알지 못했다. 태양의 흑점 때문이라고 하는 사람도 있고 번개 때문이라고 하는 사람도 있었다. 그러나 모두들 적어도 지구 어디엔가 자장이 존재한다는 사실에만은 합의를 보았다. 그리하여 각각 다른 위도에

97   아프리카 남서부의 사막 지대이다.

서 관측한 공전을 기록하고 종합해 보자는 계획이 섰고, 명단 아래쪽에 올랐던 몬다우겐에게는 남서아프리카가 배당되었다. 그는 남위 28도 가까이에 기구들을 설치하라는 지시를 받았다.

처음에는 예전 독일 식민지였던 곳에 살아야 한다는 사실이 마음에 걸렸다. 대부분의 과격한 젊은이들(뿐만 아니라 적지 않은 수의 늙은이들)과 마찬가지로 그는 패배라는 것을 증오해야 하는 것으로 여기고 있었다. 그러나 곧 그는 전쟁 전에 지주였던 다수의 독일인들이 케이프 정부로부터 시민권과 재산과 원주민 일꾼들을 계속 유지할 수 있도록 허락을 받고 그대로 머물러 호화롭게 사는 것을 발견했다. 그 지역 북쪽으로 카라스 목장과 칼라하리 늪지 사이에 위치한 포플이라는 자의 농장에서는 그야말로 고국을 떠난 자들의 사교계까지 형성되어 있었다. 바로 몬다우겐의 관측소에서 하루 거리밖에 안 되는 곳이었다. 몬다우겐이 도착한 이래 매일 밤 포플의 바로크식 농장 저택에서는 경쾌한 음악과 예쁜 아가씨들로 가득 찬 요란한 파티가 열렸다. 마치 영원한 사육제 기간인 것 같았다. 그러나 이제 와서는 그가 신에게 버림받은 이 땅에서 찾아낸 안락한 인생이 바야흐로 증발되어 버리는 느낌이었다.

해가 떴다. 그리고 판베이크는 마치 보이지 않는 도르래가 장치된 물체가 무대에 갑자기 튀어 나오듯 제 집 출입구에 나타났다. 솔개 한 마리가 오두막집 앞에 내려와 판베이크를 응시했다. 몬다우겐 자신도 동작을 개시했다. 그는 마차에서 뛰어내려 오두막집을 향해 움직였다.

판베이크는 집에서 주조한 맥주병을 들고 그를 향해 휘둘렀다. "알고 있어." 그는 메말라서 갈라진 땅뙈기 저편에서 이편을 향해 소리를 질렀다. "알고 있다고. 밤새 그것 때문에 잠도 못 잤단 말이야. 내 걱정거리가 부족할까 봐 염려라도 되나?"

"내 안테나 때문이에요." 몬다우겐이 외쳤다.

"자네 안테나라니, 내 바름바드 구역 말이겠지." 보어인은 그렇게 말했다. 그는 반쯤 취해 있었다. "자네 어제 무슨 일이 일어난지 아나? 자 걱정을 시작해 보시게나. 아브라함 모리스가 오렌지강을 횡단했단 말일세."

이 정보는 의도한 대로 몬다우겐에게 충격을 준 모양이었다. 몬다우겐은 겨우 "모리스만요?" 하고 물었다.

"남자 여섯 명에다 여자하고 아이들도 건너왔지. 소총하고 가축까지 싣고 말이야. 그런데 그게 문제가 아니야. 문제는 모리스가 인간이 아니라는 데 있어. 그자는 메시아야."

몬다우겐의 걱정은 갑자기 공포로 변했다. 공포가 그의 내장 벽을 타고 뭉게뭉게 피어올랐다.

"그자들이 자네 안테나를 꺾어 버리려고 했지."

하지만 그는 아무 조처도 취하지 않았던 것이다…….

판베이크는 조소하듯 말했다. "자네에게도 책임이 있어. 방해음을 청취해서 데이터인지 뭔지를 기록하겠다고 했지. 하지만 그놈의 소음을 내 울창한 왕국 전역에 퍼뜨리겠다고는 안 했어. 소음을 청취하는 것이 아니라 소음을 만들어 내는 격이 되어 버렸잖아. 본델스바르츠 일족은 귀신을 믿거든. 그자들은 공전을 무서워해. 일단 공포를 느끼고 나면 위험해지고."

몬다우겐은 앰프와 스피커를 사용하고 있었다는 것을 인정했다. "잠들어 버릴 때도 종종 있거든요. 그런데 소리는 때를 가리지 않고 형형색색으로 나타난단 말이에요." 그는 설명조로 말했다. "난 말하자면 일인 연구소라고요. 어쨌든 잠은 가끔 자야 하지 않겠어요? 그래서 작은 스피커를 침대 맡에 설치했어요. 스피커에서 소리가 나기 시작하면 곧바로 눈을 뜨는 훈련이 돼 있어요. 그래서 소리군의 제일 처음 몇 소절을 빼고는 전부 잡아낼 수 있죠."

"자네가 관측소에 돌아갔을 땐." 판베이크는 그의 말을 끊고 들어왔다. "안테나도 없어졌을 뿐만 아니라 다른 장치들도 박살 났을 거라고. 잠깐만……." 젊은이의 얼굴이 붉어지더니 그가 씨근덕거리며 돌아서자 판베이크는 덧붙였다. "복수하러 달려가기 전에 한마디만, 꼭 한마디만 하지. 유쾌하지 못한 말이지만. 반란이라는 말만 기억하게."

"본델 사람들이 당신네한테 반항적인 말 한마디라도 하면 그걸 반란이라고 부르는 버릇이 있으신 거 같은데요." 몬다우겐은 울음을 터뜨릴 것 같은 얼굴로 말했다.

"아브라함 모리스는 지금쯤 야코부스 크리스티안하고 팀 뷰크스와 합세했을 거야. 북쪽을 향해 가고 있겠지. 자네 근처 본델 녀석들도 이미 얘기를 들어서 알고 있다는 걸 똑똑히 보지 않았나. 이 구역 본델 녀석들이 모조리 이 주일 내로 무장을 마친다 해도 나는 안 놀랄 거야. 툭하면 사람을 죽이고 다니는 펠트쉰드라거 일족이나 북쪽에서 온 비트부이 일족은 말할 것도 없고. 비트부이는 언제고 싸울 핑계만 찾고 있지." 오두막집 안에서 전화벨이 울렸다. 판베이크는 몬다우겐의 얼굴 표정을 잽싸게 읽고 말했다. "기다리게. 재미있는 뉴스일지 모르니까." 그는 안으로 사라졌다. 근처 오두막에서 본델스바르츠 일족의 양철 피리 소리가 바람 소리같이 가냘프게, 건기의 햇빛처럼 단조롭게 들려왔다. 몬다우겐은 그 소리가 자신에게 뭐라도 말해 줄 듯이 귀를 기울였다. 그러나 그를 위한 전언 따위는 아무것도 없었다.

판베이크가 입구에 나타났다. "이것 봐, 도련님, 내가 자네라면 말이야. 난리통이 지나갈 때까지 바름바드에 가 있다 오겠어."

"대체 무슨 일이 일어난 거예요."

"구루카스에 있는 지역 관리인한테서 전화가 왔어. 모리스를 따라붙은 모양이야. 그리고 판니케르크라는 경사가 한 시간 전에 그자한테 바름바드까지 평화적으로 들어오도록 달랬다는 거야. 그런데 그걸 거절해 버렸다는군. 판니케르크는 체포하겠다는 뜻으로 모리스 어깨에 손을 얹었지. 본델 녀석들 사이에서 퍼지고, 어쨌든 지금쯤 포르투갈 변경까지는 벌써 다 퍼졌을 소문인데, 경사가 글쎄 이랬다는 거야. '정부의 납덩이가 네 위장 속에 녹아 버릴 거다,'라고. 자네, 이거 시적인 발언이라고 생각하지 않나? 모리스하고 함께 있던 본델 녀석들은 그걸 선전포고로 받아들였고. 일이 터진 거라네, 몬다우겐. 바름바드로 가게. 아니, 계속해서 더 나아가 버리는 게 더 좋을 거야. 오렌지강을 건너서 안전지대로. 그게 내가 할 수 있는 제일 좋은 조언일세."

"아니." 몬다우겐이 말했다. "내가 좀 비겁한 편이긴 해요, 아실 테지만. 하지만 두 번째로 좋은 조언을 하나 말해 보시죠. 왜냐하면 안테나 때문에 첫 번째 말씀대로 할 수는 없어요."

"자네는 안테나가 꼭 자네 이마빼기에서 솟아나기라도 한 것처럼 애지중지하는군, 어디 갈 테면 가 보라고. 용기가 있으면 어디 돌아가 봐, 나한테는 그런 용기가 없지만. 내륙으로 들어가 보라고. 포플네에 모인 친구들한테 여기서 들은 얘기를 해 줘. 그 친구 집에 요새에 들어앉듯 틀어박혀 있어 봐. 내 의견은 아마 피로 목욕을 하게 될 거라는 거야. 자넨 1904년에 여기 없었지 않은가. 하지만 포플한테 물어 보게. 그 친구는 기억하고 있을 걸세. 그 친구한테 말해 줘. 폰트로타 시대가 다시 돌아왔다고 말이야."

"당신이 막을 수도 있었잖습니까?" 몬다우겐이 외쳤다. "그자들이 불만 없이 지내도록 하는 게 당신네가 여기 있는 목적이 아니었어요? 다시는 반란을 일으키지 못하게요."

판베이크는 쓴웃음을 웃었다. "내가 보기에 자네는 말이야." 그는 이윽고 웃음을 거두고 천천히 말했다. "공무원 직책이라는 것에 대해 환상 같은 걸 갖고 있는 것 같아. 왜 이런 속담도 있지 않나, 역사는 밤에 이루어진다고. 유럽의 공무원들은 보통 밤에는 잠을 자거든. 다음 날 아침 사무실에서 기다리는 새로 들어온 우편물들이 바로 역사라는 얘기야. 이런 경우 공무원은 역사와 싸우려 하지를 않지. 오히려 공존하는 방법을 연구하는 거야. 정부의 납덩이라니, 맞는 말이지 뭔가! 우리는, 어쩌면 괴상한 시계의 부속품으로 만들어진 납추 같은 존재거든. 우리 역할은 시계를 계속 움직이게 하는 일이야. 역사와 시간의 질서가 혼란을 극복한다는 신념을 고수하는 일을 한다고. 좋아! 혹시 납추 중에서 몇 개가 녹아 버리든지 시계의 시간이 부정확해진다든지 해도 큰 문제가 아니야. 납추 몇 개쯤 다시 만들어서 달면 되는 거니까. 만약 빌럼 판베이크가 그런 납추 중 한 개가 되어서 시계가 다시 시간을 지키게 만들 수 없다고 한들, 섭섭하기 짝이 없지만 어쩔 수는 없지."

이렇듯 영문 모를 독백에 심취해 있는 그를 향해서, 쿠르트 몬다우겐은 절망에 빠진 몸짓으로 거수경례를 던지고는 이륜마차에 올라타서 내륙 방향으로 달리기 시작했다. 여행은 순조로웠다. 가끔가다가 관목 숲에서 소달구지가 불쑥불쑥 나타난다든가 새까만 매가 하늘 한가운데에서 선인장과 가시나무들 사이를 돌아다니는 조그맣고 재빠른 먹잇감이 없나 살피는 것을 제외하면 별다를 일 없는 여행이라 할 수 있었다. 해는 뜨거웠다. 몬다우겐의 모든 구멍으로부터 수분이 스며 나오고 있었다. 그는 여행 중 내내 깜빡 잠들었다 움찔하며 일어났다. 이런 쪽잠 중에 꾼 꿈속에서 그는 종소리와 사람의 비명 소리를 들었다. 오후가 다 되어서 관측소에 닿았다. 본넬 일족의 마을은 꽤 조용했고 장비도 모두 무사했다. 그는 가능한 한 빠르게 움직여 안테나들을 끌어내려 청음기들과 함께 수레에 실었다. 대여섯 명의 본델 일족이 둘러서서 그가 하는 짓을 쳐다보고 있었다. 떠날 준비를 모두 끝냈을 때에는 해가 거의 지고 있었다. 가끔 곁눈으로 원주민 부락 안팎으로 드나드는 본델 일족 무리의 미세한 움직임이 보였다. 사방으로 들고 나는 움직임은 어스름 빛에 하나로 녹아 들어가는 듯했다. 마을 서쪽 어디에선가 개싸움이 시작된 모양이었다. 그가 밧줄의 마지막 반 마디를 졸라매고 있을 때 근처에서 양철 피리 소리가 들려왔다. 그는 이내 피리 연주가 공전 잡음을 흉내 내고 있다는 사실을 깨달았다. 둘러서서 구경하던 본델 사람들이 낄낄대기 시작했다. 웃음소리는 점점 불어나서 마침내는 기본적인 위험에서 도망치려는, 정글을 가득 채운 작은 짐승들의 소리처럼 들려왔다. 그러나 몬다우겐은 진짜 도망치는 것이 누구고, 무엇으로부터 도망치려는 것인지 잘 알고 있었다. 해가 졌다. 그는 마차에 올라탔다. 아무도 작별 인사를 하지 않았다. 등 뒤에서 피리 소리와 웃음소리가 들릴 뿐이었다.

포플 가까지는 몇 시간을 더 가야 했다. 가는 도중 일어난 유일한 사건은 왼편 언덕 뒤쪽에서 난 일련의 총소리(이번에는 진짜)였다. 아침 일찍, 포플 가의 불빛이 관목 지대의 완전한 어두움 속에서 돌연히 쏟아져 나와 그를 덮쳤다. 그는 작은 협곡 위에 난 판자 다리를 건너 집 앞까지 가서 이륜마차를 세웠다.

항상 그랬듯이 파티가 열리고 있었다. 백여 개도 넘는 유리창들마다 대낮같이 불이 밝혀 있었고 포플 저택의 수많은 가고일 조각, 아라베스크 세공, 석고 세공, 뇌문 장식 들이 아프리카의 밤을 설레게 하고 있었다. 농장의 본델 일족이 이륜마차에서 짐을 내리고 몬다우겐은 문에 몰려나와 선 사람들에게 사태를 설명했다. 거기에는 여자들 한 무리와 포플 자신도 끼어 있었다.

그의 보고를 듣고서 근처 농장이나 축사 주인인 포플의 이웃 몇 명은 겁을 먹은 것 같았다. "하지만 말이야." 포플이 좌중에게 말했다. "다들 여기에 붙어 있는 것이 상책이라고. 놈들이 정말로 불을 지르고 부수고 돌아다닌다면 저마다 자기 집을 지키겠답시고 가 있어 봤자 별수 없잖아. 힘이 그런 식으로 나뉘면 놈들은 재산뿐만 아니라 우리 목숨까지 해칠 수 있을 거라고. 이 동네에서 이 집만큼 괜찮은 요새도 없어. 튼튼하고 방어하기가 쉽거든. 저택이며 구내 전부가 협곡 깊숙이 둘러싸여 있으니까. 먹을 것도 얼마든지 있고 술에다 음악에다……." 그는 끈적한 눈짓을 해 보였다. "……미녀들까지. 아쉬울 게 없지. 밖에 있는 놈들은 될 대로 되라고 내버려 두자고. 마음껏 싸우도록. 하지만 여기 이 집에서는 우리끼리 한판 실컷 놀아 보자고. 문에는 빗장을 지르고 유리창은 막고 판자 다리들도 모조리 허물어 버리는 거야. 무기부터 나누어 가진 다음에 오늘 밤부터 농성을 시작하자고."

2

포플 가의 '농성 파티'는 이렇게 해서 시작되었다. 몬다우겐은 두 달 반 만에 그곳을 떠났는데 그동안 저택에서 밖으로 나온 사람이라고는 한 명도 없었다. 뿐만 아니라 바깥으로부터 소식을 들은 사람도 없었다. 몬다우겐이 떠날 때 그 집에는 아직도 지하실에 열 병도 넘는 와인 병이 거미줄에 덮인 채 남아 있었고 아직도 잡아먹지 않은 소가 열 마리도 넘게 있었다. 집 뒤쪽 채마밭에는 토마토, 고구마, 근대, 허브 따위가 무성했다. 포플은 그 정도로 부유한 농부였다.

몬다우겐이 도착한 다음 날, 저택과 장원 전체를 바깥세상으로부터 차단하는 일이 끝났다. 끝을 뾰족하게 간 말뚝으로 울타리를 쌓고 다리를 모두 없애 버렸다. 경비 당번 명단이 작성되었고 참모진이 선출되었다. 사람들은 파티에서 새로운 놀이라도 발견한 것처럼, 모든 일에 신이 나서 덤벼들었다.

이렇듯 흥미로운 인간들이 모두 모인 셈이었다. 물론 그중 대다수는 독일인으로, 부유한 이웃을 포함해서 빈트후크, 스바코프문트에서 잠깐 방문한 사람들이었으나 연방에서 온 네덜란드인과 영국인도 있었다. 그 외에도 해안가 다이아몬드 광산 지대에서 온 이탈리아인, 오스트리아인, 벨기에인마저 있었으며 지구 이 구석 저 구석에서 모여든 프랑스인, 러시아인, 스페인인이 있었고 폴란드인까지 한 명 있었다. 그런 사람들 모두가 바깥세상이 정치적 대혼란을 겪는 동안, 유럽인의 소규모 비밀회의, 혹은 국제 연합 비슷한 것을 조직하여 회의를 진행시키는 듯한 분위기를 만들고 있었던 것이다.

저택에 온 다음 날 아침 일찍 몬다우겐은 지붕 꼭대기에 올라갔다. 저택에서 제일 높은 박공 위를 빙 두른 장식 철책에 안테나를 붙이기 위해서였다. 눈앞에는 협곡과 풀밭, 마른 늪지, 관목 숲이 이루는, 눈길을 끌 거라곤 아무것도 없는 조망이 펼쳐 있었다. 이 모든 것이 반복, 기복을 거듭하다가 결국에는 동쪽으로는 칼라하리 황무지, 북쪽으로는 수평선 저변에서 솟아오르는 아스라한 노란색 연기 너머까지 뻗어간 뒤에 종국에는 남회귀선 위에 영원히 내걸려 있으리라.

그 장소에서 몬다우겐은 저택의 안뜰 같은 장소 역시 들여다볼 수 있었다. 사막 저편 모래폭풍에 걸러진 햇빛은 열린 퇴창에 부딪쳐 사방으로 반사되는 한편, 아래로 쏟아져 내리기도 했는데 아래로 떨어지는 햇빛은 하강 중에 더욱 강렬해진 듯 눈부시기 그지없었다. 빛이 가서 떨어지는 지점에는 붉은색의 커다란 반점, 아니면 웅덩이 같은 것이 선명하게 눈에 띄었는데 거기에서 자라난 두 가닥의 붉은 줄기가 햇빛의 쌍둥이처럼, 아니면 담쟁이의 부드러운 덩굴손처럼 바들거리며 가까운 출입구 쪽으로 뻗쳐 있었다. 몬다우겐은 몸을 가늘게 떨면서 계속 지켜보았다. 반사된 햇빛은 담을 타고 올라가 하늘로 사라졌다. 우연히 눈을 든 그는 반대편 유리창이 활짝 열리는 것과 동시에 공작새 같은 네글리제를 입은, 묘령의 여자가 해를 올려다보고 있는 모습을 보았다. 그녀의 왼손이 왼쪽 눈으로 올라갔다. 외알 안경이라도 조절하는 것 같았다. 몬다우겐은 연철 소용돌이 장식 뒤에 웅크리고 앉은 채 경이감 같은 것을 느꼈다. 그의 놀라움은 여자의 외모보다도 오히려 그 자신이 그렇게 숨어 있는 상태에서 누군가를 지켜보려는 욕망을 느꼈다는 사실 때문에 일어난 감흥이었다. 그는 햇빛이나 그녀의 우연한 동작이 젖꼭지라든가 배꼽이라든가 치모 같은 것을 드러내 주기를 기다리고 있었던 것이다.

하지만 이미 그는 여자에게 발각되고 말았다. "밖으로 나와라, 밖으로 나와, 가고일 조각상이여." 여자가 장난스럽게 외쳤다. 몬다우겐은 갑자기 곧바로 벌떡 일어났다. 그러는 바람에 균형을 잃고 하마터면 지붕에서 곧장 아래로 떨어질 뻔했다. 그러나 다행히 피뢰침을 잡은 그는 45도 각도로 미끄러지는 데 그쳤다. 그는 미끄러지면서 소리 내어 웃었다.

"내 불쌍한 안테나들." 숨찬 음성으로 그는 소리쳤다.

"옥상 정원으로 오세요." 여자가 말했다. 그러고는 새하얀 방 안으로 사라져 버렸다. 방은 드디어 칼라하리에서 놓여난 듯 강렬한 햇빛 때문에 아찔하게 눈부신 수수께끼로 화해 있었다.

안테나를 다 세우고 나서 그는 원주형 탑, 굴뚝을 몇 개 돌고 지붕의 비탈을 몇 번 기어 오르내린 후 마침내 나지막한 울타리가 있는 곳까지 가서 닿았다. 그는 어색한 몸짓으로 울타리를 넘어갔다. 순간 마치 회귀선이라도 넘어선 느낌이었다. 그가 거기에서 마주친 생의 장면이란 지독하게 사치스럽고 괴이했다. 육식동물의 체취가 느껴졌고, 한마디로 악취미에 가까웠다.

"남자가 참 예쁘장하기도 하지." 여자가 벽에 기대선 채 담배를 피우며 말했다. 잠깐 사이에 여자의 옷은 승마 바지와 군복 셔츠로 바뀌어 있었다. 갑작스럽게, 그가 반쯤 기대한 것과 같이 고통스러운 비명 소리가 아침 공기를 꿰뚫고 들려왔다. 지금껏, 솔개와 바람 그리고 바깥의 초원에서 마른풀이 버석대는 소리 외에는 찾아드는 것이 없던 아침 공기 속에 새로운 방문객이 뛰어든 셈이었다. 달려가서 보지 않아도 몬다우겐은 그 비명 소리가 그가 붉은 핏자국을 목격한 안뜰 쪽에서 왔다는 것을 알 수 있었다. 그도 그랬지만 여자도 꼼짝하지 않았다. 둘 다 호기심을 보이지 않겠다는 규약이라도 맺고 있는 느낌이었다. 그러니까 열 마디도 채 오가기 전에 벌써 둘 사이에 어떤 종류의 공모 관계가 성립된 것이다.

여자의 이름은 베라 메로빙, 같이 있는 남자는 바이스만 중위였으며, 여자는 뮌헨 출신이었다.

"어쩌면 어느 축제에서 한 번 만났을지도 모르겠네요." 여자가 말했다. "가면 때문에 서로 누구인지 모른 채 만났겠지요."

몬다우겐은 그럴 확률이 별로 없다고 생각했다. 하지만 만약에 그들이 정말로 전에 만난 일이 있다면, 조금 전 그 음모를 꾸미는 듯한 느낌을 뒷받침해 줄 근거가 조금이라도 있다면, 아마도 그것은 뮌헨처럼 자포자기, 배금주의, 재정적인 종양으로 죽어 가는 그런 도시에서 일어난 일일 것만 같았다.

둘 사이의 거리가 좁혀짐에 따라 몬다우겐은 그 여자의 한쪽 눈이 의안이라는 사실을 알았다. 여자는 그가 품은 호기심을 눈치채자마자 눈 하나를 빼내서 손바닥에 올려놓았다. 그러고는 그에게 내밀었다. 반투명한 물방울 같았다. 눈알의 흰 부분은 안와(眼窩)에 끼워

지면 햇빛을 반쯤 받은 바다의 녹색을 띠었다. 작은 무한한 티끌들이 그 표면을 덮고 있었다. 안쪽에는 섬세하게 만들어진 바퀴, 스프링, 시계 내부에서 볼 수 있는 것과 같은 톱니바퀴가 장치되어 있었으며 그것들은 메로빙 양이 목에 걸고 있는 가느다란 쇠줄에 달린 황금 열쇠로 태엽을 감게 되어 있었다. 더 진한 녹색 및 황금의 작은 반점들이 십이궁도(十二宮圖)를 연상시키는 모양들을 그 눈망울 위에 윤상으로 그려 넣어 홍채와 시계의 얼굴을 동시에 이루고 있었다.

"밖은 좀 어때요?"

그는 자기가 아는 한정된 양의 정보를 여자에게 몽땅 제공했다. 여자의 두 손이 떨리고 있었다. 그는 여자가 눈알을 도로 끼우려는 동작을 할 때 그 손이 떨리고 있다는 것을 처음으로 알았다. 그는 여자가 말하는 낮은 소리를 자칫하면 못 알아들을 뻔했다…….

"1904년이 되찾아올지도 모르겠군요."

이상한 일이었다. 판베이크도 그런 말을 했었다. 이 사람들과 1904년은 대체 무슨 관계일까? 그가 막 여자에게 물어보려는 찰나, 바이스만 중위가 사복 차림으로 병든 듯한 종려나무 뒤에서 나타나더니 여자의 손을 잡아끌고 집 안쪽으로 사라졌다.

두 가지 여건이 포플 저택을 공전 연구를 하기에 딱 맞는 곳으로 만들어 주었다. 우선, 하나는 그 농장주가 몬다우겐에게 방 하나를 통째로 쓰게 해 주었다는 점이었다. 저택 구석 작은 탑 속의 방 한 칸이었다. 이국땅에 들어박힌 작은 영토 같은 과학의 밀실이었다. 주변에는 몇 개의 헛간 비슷한 공간이 완충지대처럼 둘러 있었고, 들짐승에게 뜯어 먹히는 그리스도교 순교자의 모습이 그려진 스테인드글라스를 통해 옥상에 나갈 수 있도록 되어 있었다.

다음으로는, 포플이 저택 식당의 대형 샹들리에에 불을 밝히기 위해 설치해 놓은 작은 발전기 덕분에 몬다우겐의 수신기에 필요한 적은 양의 전력이나마 공급할 수 있는 여분 전력원을 확보할 수 있었다는 점이었다. 지금까지처럼 거추장스럽게 배터리 여러 개를 사용하는 대신, 몬다우겐은 이제 전력을 빼내어 필요한 전력을 조절할 회로 같은 것을 만들어 볼 수도 있을 것 같았다. 그렇게 해서 기계를 직접 조종할 수도 있을 것이며, 나중에 필요하면 배터리를 재충전할 수도 있을 터였다. 그래서 그날 오후 몬다우겐은 휴대품, 장비, 서류 따위를 대충 흩뜨려 놓고서 발전기를 찾으러 본관으로 내려갔다.

얼마 안 가 그는 경사진 좁은 복도를 걸어 내려가다가 약 6미터 전방에 걸린 거울에 주의를 기울였다. 거기에는 모퉁이를 돌아간 곳에 있는 방의 실내가 비쳐 있었다. 마치 액자에 끼운 화폭인 것처럼 베라 메로빙과 중위의 옆모습이 떠올라 있었다. 때마침 여자는 남자의 가슴을 승마용 채찍 비슷한 것으로 때리고 있었고 중위는 장갑 낀 손으로 그녀의 머리카락을 잡아채며 말을 계속했는데 입놀림이 상당히 정확했던 탓에 몬다우겐은 입술의 움직임만으로도 그가 하는 음란한 욕설들을 하나하나 모두 읽을 수 있었다. 복도 구조 때문에 소리는 일체 전달되지 않았다. 그날 아침 이미 유리창에 나와 선 그녀를 바라보며 야릇한 흥분을 느꼈던 몬다우겐은, 모든 것을 설명해 줄 만한 사진 해설 같은 것이 거울에 떠오르기를 기다리는 자신을 발견했다. 그러나 여자는 이윽고 바이스만을 놓아 주었고 이어서 그도 그 장갑을 낀 의미심장한 손을 뻗쳐 문을 닫았다. 그러고 난 뒤에는 모든 것이 마치 몬다우겐이 꿈속에서 본 그림이나 다름이 없게 된 셈이었다.

이내 음악 소리가 들리기 시작했다. 소리는 그가 저택 안 깊숙이 들어가면서 점점 크게 들려왔다. 아코디언, 바이올린, 기타가 어울려 단조와 묘하게 반음씩 낮아진 음조들로 이루어진 탱고 음악을 연주하고 있었다. 그 음악은 독일인들 귀에 자연스럽게 들릴 법도 했다.

어린 소녀의 목소리가 감미롭게 노래하고 있었다.

　　사랑은 채찍이어라
　　키스는 혀끝을 도발하고 심장을 난도질하네
　　애무는 단지 덧나게 할 뿐
　　덧난 세포의 궤양을

　　사랑하는 이여, 내게 와요
　　오늘 밤 나의 조그만 원주민 노예가 되어요
　　코뿔소 가죽 채찍의 키스란
　　내게는 영원한 기쁨이니

　　사랑이여, 나의 조그만 노예여
　　그대는 색을 볼 수 없지요
　　백색과 흑색은 그저
　　우리 마음에 달려 있으니

　　그런 고로 나의 발아래
　　고개를 끄덕이고 무릎을 꿇고 애원을 해요
　　비록 눈물은 메마르고
　　고통은 그대로 남았을지언정

　몬다우겐은 황홀경에 빠져서 문간 뒤에 숨어 살며시 내다보았다. 노래의 주인공은 기껏해야 열여섯 살 정도 된 소녀였다. 백금색의 긴 머리카락에 어쩌면 가는 체격에 비해 가슴이 지나치게 풍만했다.
　"헤트비히 포겔상어예요." 소녀가 그에게 말했다. "이 땅에서 제

게 주어진 사명이란 남자라는 족속을 애태워서 미치게 하는 일이
죠." 말이 떨어지기 무섭게 애러스 천으로 만들어진 벽걸이 휘장에
가린 채 후미진 안쪽 방에 숨어 있던 악대가 느릿느릿한 폴카 비슷한
춤곡을 연주하기 시작했다. 돌연히 전혀 우연 같지 않게 안쪽에서 불
어오는 바람에 실려 코로 흘러드는 사향 냄새에 압도된 몬다우겐은
소녀의 허리를 끌어안고 빙빙 돌며 방 안을 가로질렀다. 방에서 빠져
나가 사면 벽이 거울인 침실의 캐노피 침대를 돌아서 또다시 다른 곳
으로 나간 그들은 기나긴 회랑 같은 방으로 흘러들어갔다. 10여 미
터 간격으로 황금색 단검 같은 아프리카의 태양 광선이 강렬하게 내
리꽂고 있는 장방형 갤러리에는 존재한 적도 없는 라인 계곡의 회고
적인 풍경화들과 카프리비[98] 시대 훨씬 이전에(어쩌면 몇몇은 비스마
르크보다도 이전에) 죽은 프로이센 장교들과 이제 와서는 먼지 속에
꽃피울 수밖에 없는 처지가 된 딱딱하게 굳은 금발 머리 여인들의 초
상화가 걸려 있었다. 일정한 간격을 두고 폭포처럼 내리쬐는 금빛의
태양은 얼마나 강렬한지 눈앞에 잎맥 같은 환영이 어른거렸다. 둘은
갤러리를 빠져나와 가구라고는 없는 아주 작은 방으로 들어갔다. 방
은 사면 벽이 검은 벨벳으로 감싸여 있었다. 저택 전체 높이만큼 위
로 뻗어올라 간 이 방은 위로 올라갈수록 굴뚝처럼 좁아지다가 끝에
가서는 환히 천창이 나 있어서 낮에 별을 볼 수 있게 되어 있었다. 거
기에서 또 층계를 서너 개 내려가 포플의 천문대로 들어섰다. 원형으
로 된 이 방에서는 황금색 박편에 덮인 목조 태양이 중앙에서 차갑게
불타고 있었으며 주변을 아홉 개의 행성과 위성들이 천장에 드리워
진 궤도를 따라 맴돌고 있었다. 이것들은 거칠고 엉성한 거미줄을 이
룬 수많은 쇠사슬 및 도르래들, 피대, 레일들, 톱니바퀴 들 그리고 이

98   Leo von Caprivi(1831~1899). 독일의 군인이자 정치가.

모든 것에 기생하는 벌레들에 의해 조종되고 있었는데, 또한 방 한구석에 설치된 발로 밟아 돌리는 바퀴의 동력에 주로 의존하고 있었다. 이 바퀴는 평소 손님들을 즐겁게 하기 위해 본델스바르츠 일꾼 한 명이 맡아서 움직이고 있었으나 현재는 방치된 상태였다. 이미 음악의 섭정권을 벗어난 지 오래인 몬다우겐은 여기에서 여자를 놓아 주었다. 그러고는 바퀴로 달려가서 규칙적이고도 느릿느릿한 박자를 밟기 시작했다. 이내 태양계가 동작을 개시했다. 삐걱거리는 소리, 우는 소리 같기도 한 바람 소리 같은 것이 동작의 활기를 더했다. 덜컥거리고 부들부들 떨면서 나무 행성들은 각기의 공전과 회전을 하기 시작했고 토성의 테들이 돌기 시작했다. 위성들은 각자 세차(歲差) 운동을, 우리의 지구 역시 끄덕끄덕 흔들흔들 회전을 개시했다. 이내 모든 별들이 보다 빨리 움직이기 시작했다. 소녀는 금성을 파트너로 선택한 듯 그 언저리에서 춤을 계속했고 몬다우겐 역시 한 세대에 걸쳐 만들어진 노예들의 발자취를 따라 측량 작업에 전념했다.

이윽고 그가 지쳐서 속도를 늦추고 멈춰 섰을 때 소녀는 보이지 않았다. 우주의 서툰 모방에 불과한 목제품들의 영역 깊숙이 사라져 버린 것이다. 숨을 헐떡이며 바퀴에서 비틀비틀 내려선 몬다우겐은 발전기를 찾아 아래로 아래로 내려갔다.

이내 그는 원예 도구들이 놓인 지하실에 흘러들어 갔다. 그리고 그날 하루 있었던 일 모두가 이 일을 위한 대비였던 것처럼, 벌거벗은 채 바닥에 엎드려 있는 본델족 남자를 발견했다. 등과 엉덩이에는 가죽채찍 자국이 무수했다. 더러는 오래된 것들로 새살이 돋아난 것을 볼 수 있었다. 더 최근 생긴 상처는 치아가 없이 미소 짓는 입처럼 쩍쩍 열려 있었다. 억지로 용기를 그러모으고 마음을 단단히 먹으며 겁쟁이 몬다우겐은 남자 곁으로 다가갔다. 몸을 굽혀 숨소리를 들어 보았다. 그중에서도 보다 기다랗게 난 상처 밖으로 허옇게 추파를 보내고 있는 척추를 쳐다보지 않으려 애를 쓰며 심장이 뛰고 있는지 확인해 보려고 했다.

"손대지 마." 포플이었다. 그는 코뿔소 가죽채찍을 들고 있었다. 아니면 기린 가죽으로 만든 소몰이 채찍일지도 몰랐다. 포플은 자기 다리에다 채찍을 엇박까지 곁들여 규칙적으로 가볍게 치고 있었다. "저놈은 자네 도움을 바라지 않을 거야. 동정도 말이지. 놈이 원하는 건 코뿔소 가죽채찍으로 얻어맞는 것뿐일 거라고." 포플은 아예 소리를 빽빽 지르고 있었다. 그것은 포플이 언제나 본델 사람들에게 쓰는 신경질적인 어조였다. "이봐, 안드레아스, 너 코뿔소 가죽채찍 좋아하지?"

안드레아스는 희미한 고갯짓과 함께 "주인님……." 하고 들릴락 말락 한 소리로 말했다.

"너희 일당들이 말이야, 우리 정부를 배반했다고." 포플이 계속 큰소리를 쳤다. "반란을 일으키고 죄를 범했다 그 말씀이야. 폰트로타 장군이 도로 오셔서 너희를 모조리 혼내 줄 때가 됐어. 번쩍이는 눈에 수염이 난 병사들을 이끌고 오실 때가 됐다고. 끔찍한 소리를 내던 포병대도 올 테지. 그렇게 되면 너희들도 꼴 한번 볼만하겠군, 안드레아스. 예수님이 이 땅에 다시 강림하시듯이 폰트로타께서 너희를 구원하러 오신다. 기뻐하며 감사 찬송이나 불러. 그리고 그날이 오기 전까진 나를 아버지처럼 사랑하는 거야. 왜냐하면, 난 폰트로타의 팔뚝이나 다름없기 때문이야. 그분의 뜻을 수행하는 사도이고 말이지."

판베이크가 말한 대로 몬다우겐은 포플에게 1904년에 대해서, 폰트로타 시절에 대해서 얘기해 달라고 부탁했다. 포플이 하는 이야기의 병적인 요소는 그냥 단순한 광증이 아니었다. 그는 지난날에 대해 끝없이 얘기를 풀어놓았는데 그중 첫 번째 이야기는 지하실에서 끝내 몬다우겐이 얼굴 한번 볼 수 없었던 본델스바르츠 사람이 죽어가는 것을 쳐다보면서 들었다. 그런 다음, 떠들썩한 축하연에서 경비 당번을 서면서, 정찰을 돌면서, 대연회장에서 래그타임 곡조에 맞추어, 그 기나긴 얘기를 듣게 되었던 것이다. 어떤 때는 연구를 방해하려는 의도를 보이면서까지 연구실인 탑에 쳐들어와 말을 계속했다. 그는 그냥 얘기를 해 나가려고 한다기보다도 어쩌면 1904년 남서아프리카 독일 주민들의 실태를 행동으로 재연해 보이려는 것 같았다. '어쩌면'이라는 수식은, 농성 파티가 길어짐에 따라 점차 말과 행동의 구분이 흐릿해졌기 때문이었다.

어느 날 밤, 몬다우겐은 처마 바로 아래 발코니에서 경비 당번을 보고 있었다. 조명이 나빠서 아무것도 보이지 않았다. 달이 적어도 반쪽은 저택 위로 떠오르고 있었다. 안테나들이 시커먼 밧줄처럼 달의 얼굴을 가리고 있었다. 그가 소총 멜빵을 잡고 앞뒤로 흔들면서 정해진 곳도 없이 협곡 방향을 한가롭게 내다보고 있을 때였다. 갑자기 누군가 그의 옆에 다가와 섰다. 나이 든 영국인으로, 고돌핀이라는 이름의 신사였다. 달빛 속에서 그 남자는 몹시 왜소해 보였다. 작은 관목 숲 속에서 소음이 가끔씩 들려오고 있었다.

"방해가 안 될까요." 고돌핀이 말했다. 몬다우겐은 지평선이라 짐작되는 쪽에서 눈을 떼지 않은 채, 어깨를 한 번 움찔해 보였다. "파수를 보는 일은 마음에 들어요." 영국인은 말을 계속했다. "이 끝없는 축제 속에서 유일한 평화니까요." 그 사람은 은퇴한 선장이었다. 몬다우겐의 짐작으로는 일흔 몇 살쯤 되는 것 같았다. "극지방 항해를 위해서 선원을 모집하러 케이프타운에 간 적이 있죠."라고 그는 말했다.

몬다우겐의 눈썹이 치켜 올라갔다. 잔뜩 당황한 그는 코를 후비면서 말했다. "남극 항해요?"

"물론입니다. 다른 쪽 극지였다면 조금 거북할 뻔하기도 했죠. 허허. 나는 그때 스바코프문트에 쓸 만한 배가 있다는 정보를 들었어요. 하지만 너무 소형 선박이더군요. 얼음덩어리를 헤치고 갈 만한 물건이 못 되었어요. 포플이 마침 거기에 왔다가 나를 이리로 초대했어요. 주말을 같이 지내자고. 나도 조금 쉴 필요를 느꼈거든요."

"그런 것치곤 쾌활해 보이시네요, 빈번하게 실망할 일과 마주치셨을 텐데도."

"다들 가혹한 취급은 안 하더군요. 나처럼 비틀거리는 늙은 얼간이한테는 동정을 발휘하는 것 같았어요. 저 늙은이는 과거에 사는 인간이다 정도로 생각하고 가엾어하는 거지요. 과거에 산다는 건 사실이지. 난 거기에 있었으니까요."

"극지방에 말이죠."

"그래요. 그리고 지금 나는 거기로 돌아가야겠다고 생각한 거지요. 간단한 문제예요. 그런데 이런 기분이 들더군요. 내가 지금 농성 파티에서 끝까지 버티고 나면 나중에 남극 항해를 할 때 웬만한 일로는 놀라지 않을 것 같다고 말이죠."

몬다우겐은 노인의 말에 동의하고 싶어졌다. "물론 나는 남극에 대해서 그런 환상 같은 건 갖고 있지 않지만요." 하고 그는 조건을 달듯 말했다.

노 선장은 껄껄 웃으며 말했다. "아니, 당신에게도 있을 걸요. 기다려 보면 알겠지만 누구에게나 남극은 존재해요."

그것은 또한 모두의 한계점이라는 생각이 얼핏 몬다우겐의 뇌리를 스쳐 갔다. 모두가 동경하는 남극은 동경의 대상인 동시에 최종 한계점인 것이다. 처음 얼마 동안은 그 역시 농장의 사교 생활에 몰두했다. 농장 저택 전역에서 아주 바쁘게 펼쳐진 사교 생활이었다. 결국 그는 자신의 과학적인 사명들마저 오후로 미루곤 했다. 이른 오후에는 경비 당직 외에는 모두가 낮잠을 잤던 것이다. 그는 헤트비히 포겔상어를 끈덕지게 추적한 적도 있었다. 그러나 어떻게 된 일인지 늘 베라 메로빙과 마주쳤을 뿐이었다. 이게 바로 남부병 3기라는 거야, 조심하라고, 조심! 몬다우겐의 도플갱어인, 아데노이드 증세에 시달리는 색슨족 청년이 속삭였다.

그 여자는 몬다우겐보다 나이가 약 두 배나 많았지만 강렬한 성적 매력을 발휘했다. 그녀의 매력에 대해서는 그 자신에게조차 설명할 도리가 없었다. 그는 여자와 복도에서 갑자기 맞닥뜨리기도 했고, 가구 모서리를 돌아가다가, 혹은 지붕 위를 지나다가 만나기도 했다. 그냥 한밤중에 마주치는 일도 있었다. 어쨌든 언제나 예기치 않은 만남이었다. 한 번도 그가 먼저 접근한 적은 없었으며, 여자 쪽에서 역시 어떤 반응도 보이지 않았다. 둘 다 자기들의 관계가 발전되지 않게 하기 위해 최선을 다했으나, 어쩔 수 없이 음모는 자라나고 있었다.

그게 심각한 관계이기라도 한 것처럼 한번은 바이스만 중위가 그를 당구실에서 붙잡아 세웠다. 몬다우겐은 지레 겁을 먹고 도망치려 했다. 하지만 바이스만 중위는 예상 밖의 얘기를 했다.

"뮌헨에서 왔지요?" 바이스만이 확인하듯 물었다. "슈바빙에 가 본 적 있소?" 가끔요. "브렌네셀 구역은?" 한 번도. "단눈치오에 대해서 아는 것 있어요?" 그는 계속했다. "무솔리니는? 피우메는? 이탈리아 이레덴타[99]에 대해서는? 파시즘은? 독일 민족 사회주의 노동당은? 아돌프 히틀러에 대해서는? 카우츠키의 독립당에 대해서는?"

"고유명사가 참 많기도 하군요⋯⋯." 몬다우겐이 항의하듯 말했다.

---

99   행정적으로는 이탈리아에 속해 있지 않은 이탈리아어 사용 지역을 행정권에 포함시키려는 19세기 말의 운동을 뜻한다.

"뮌헨에서 왔다면서 히틀러를 모르다니." 마치 '히틀러'라는 단어가 아방가르드 연극 제목이라도 되는 듯한 어조였다. "젊은 친구들은 대체 뭣들 하는 건지." 머리 위의 녹색 램프 불빛 때문에 그의 안경알은 두 개의 부드러운 잎사귀 같아 보였고 그러고 보니 얼굴도 아주 유순해 보였다.

"난 엔지니어예요. 정치에 별 관심이 없습니다."

"언젠가 우리가 당신 같은 사람의 도움을 필요로 할 때가 올 거요." 바이스만이 말했다. "어떤 용도를 위해서라고 명확히 말할 수는 없지만. 하여간 그렇게 될 것만은 틀림없소. 비록 너무 분야가 전문적인 데다가 범위가 작더라도 말이오. 분명 그런 사람들이 쓰일 일이 생길 거요. 당신에게 화를 낸 건 아니오."

"정치가도 일종의 엔지니어죠. 안 그래요? 인간들을 원료로 쓰는?"

"모르겠소." 바이스만이 말했다. "이 지방에는 얼마 동안이나 머무를 계획이죠?"

"필요 이상은 아닐 겁니다. 육 개월? 확실하지는 않아요."

"만약에 내가 선생을 어떤 자리에 천거한다면 어떨지, 약간 권한 비슷한 게 있는 자리 말이오. 시간도 많이 빼앗기지 않을 거고……."

"조직 활동인가요?"

"그렇소. 선생은 머리 회전이 빠르시군. 바로 알아들은 것 맞죠? 역시 나를 위해서 일을 좀 해 줘야겠소. 젊은이들이야말로 이 일에 적합해요. 몬다우겐, 두 번 말하지 않겠소만 우리는 어쩌면 일을 되돌릴 수 있을지도 몰라요."

"보호령 말씀입니까? 하지만 그건 국제연맹 관할하에 있잖습니까?"

바이스만은 고개를 뒤로 젖히고서 껄껄대며 웃기 시작했다. 그런 다음 다시 말을 걸어오지 않았다. 몬다우겐은 어깨를 으쓱하고서는 큐를 한 개 내리고 벨벳 주머니에서 공 세 개를 털어냈다. 그러고는 거의 아침까지 드로 샷을 연습했다.

당구실에서 나온 그는 머리 위에서 쏟아져 내리는 격렬한 재즈의 소나기를 맞았다. 눈을 끔벅이며 대리석 층계를 올라 무도회장으로 들어섰다. 방은 비어 있었다. 남녀의 옷가지들이 아무렇게나 널려 있었고 구석에 놓인 축음기에서 나는 음악 소리만 경쾌하고 공허하게 샹들리에 빛 아래에서 노호하듯 울려 퍼지고 있었다. 하지만 사람은 단 한 명도 없었다. 그는 우스꽝스러운 원형 침대가 있는 탑 안의 연구실로 올라갔다. 공전의 태풍이 그사이에 폭탄처럼 쏟아져 내렸다는 사실을 발견했다. 그는 잠이 들었다. 그 도시를 떠난 후 최초로 뮌헨이 꿈에 나왔다.

꿈속에서는 사육제가 벌어지고 있었다. 흔히들 미친 독일식 사육제라고 부르는, 마르디 그라[100] 사육제였다. 바이마르 공화국 정권 아래 이 사육제의 계절에 볼 수 있는 인간의 타락상을 세로형 좌표에 그어 본다면, 전쟁 이후 인플레이션과 함께 계속해서 상승곡선을 그리고 있는 형편이었다. 주된 이유는 아마도 뮌헨 시민 중 누구도 다음 사육제까지 제 목숨이 붙어 있을지, 무사히 잘 살고 있을지 모른다는 데 있을 터였다. 사람들은 뭐라도 손에 넣으면(음식이든 장작이든 석탄이든) 아낌없이 서둘러 탕진해 버리려고 했다. 대체 무엇을 위해 모아 두고 아끼느냐는 것이었다. 불황은 회색의 구름층에 무겁게 걸려 있었다. 그것은 빵 배급을 받으러 늘어선 사람들의 혹한 때문에 비인간화된 얼굴들로부터 우리를 지켜보고 있었다. 불황은 몬다우겐이 망사드식 지붕 위 다락방에 세 들어 살고 있던 리비히슈트라세에

---

100   참회의 화요일. 사순절 전에 갖는 사육제를 뜻한다.

서도 활보하고 다녔었다. 불황의 얼굴은 늙은 여자와 같았으며 이자르 강가에 불어오는 바람을 피하느라 몸을 웅크리고 말았다. 다 떨어진 검은색 외투로 몸을 단단히 싸맨 그것은 죽음의 천사처럼 내일 아사할 사람들의 문간에 분홍색 타액으로 표적을 긋고 다니는 듯했다.

어둠이 내렸다. 그는 낡은 천 재킷을 입고 있었다. 꼬리가 긴 털모자를 귀까지 내려 쓰고 다른 젊은이들과 팔짱을 끼고 걸었다. 누구인지도 몰랐지만, 아마 학생들인 듯했다. 그들은 다 같이 죽음의 송가를 부르며 한 줄로 서서 도로 중앙선에 횡렬로 늘어선 채 옷감 짜듯 겹쳐 서 있었다. 다른 쪽에서도 떠들썩한 패거리의 소리가 들려왔다. 저편 거리에서 만취해서 큰 소리로 노래하고 있는 집단이었다. 드문드문 서 있는 가로등 중 하나 옆에 나무 한 그루가 서 있었는데, 나무 밑에서 여자애와 남자애가 맞붙어 있는 것을 볼 수 있었다. 여자애의 뚱뚱해지고 늙어 가는 허벅지 한 쪽이 아직도 겨울처럼 차가운 바람에 드러나 있었다. 그는 몸을 굽혀 두 사람을 자기 웃옷으로 덮어 주었다. 눈에서 눈물 방울이 떨어지다가 공중에서 얼어 버렸고 방울진 얼음들은 우박처럼 두 젊은이의 몸뚱이 위에 소리 내며 떨어졌다. 둘의 몸뚱이는 돌로 변해 있었던 것이다.

이번에는 비어홀에 들어가 있었다. 젊은이, 노인, 학생, 노동자, 할아버지, 그리고 사춘기 여자애 들이 술을 마시고, 노래하고, 우는 소리로 시끌벅적했다. 동성이고 이성이고 가릴 것 없이, 덮어 놓고 서로를 어루만지고 있었다. 누군가가 벽난로에 불꽃을 일으켜, 길에서 발견한 고양이를 굽고 있었다. 거기 모인 사람들에게 규칙적으로 엄습해 오는 침묵의 파도 속에서는 벽난로 뒤쪽 참나무 시계가 재깍대는 음향이 놀랍도록 크게 들려왔다. 얼굴들이 만들어 낸 혼잡 가운데 여자들이 헤치고 나타나 그의 무릎에 와 앉았다. 그는 가슴이나 허벅지를 쥐어짜기도 하고 코를 비틀기도 했다. 테이블 저쪽 끄트머리에서 엎질러진 맥주가 거품 폭포를 이루더니 긴 테이블 위를 달려 이쪽으로 몰아쳐 왔다. 고양이를 굽던 불은 몇 개의 테이블로 번져 있었다. 맥주로 불을 꺼야만 했다. 살찐 고양이는 새까맣게 그을린 채 그것을 굽던 운 나쁜 요리사 손에서 낚아채어졌다. 풋볼처럼 이 사람 손에서 저 사람 손으로 던져지며 방 안을 끝없이 돌았다. 그것을 잡아서 다시 던진 사람의 손에 물집이 생겼다. 이윽고 그것은 떠들썩한 웃음소리 속에 해체되어 버렸다. 비어홀 안에는 연기가 겨울 안개처럼 드리워져 있었다. 엮여 있는 몸뚱이들은 지하 어디선가 뒤틀리고 있는 저주받은 인간들의 몸뚱이들 같았다. 얼굴들은 한결같이 야릇한 백색이었다. 움푹한 두 볼, 두드러진 관자놀이, 피부에 바로 내비치는 송장의 뼈대.

베라 메로빙이 나타났다.(왜 베라가 나타났지? 그녀의 검은색 가면은 머리 전체를 가리고 있었다.) 검은 스웨터와 검은 댄서용 타이츠를 입고 있었다. "이리 와요." 그녀가 속삭였다. 그의 손을 잡더니 좁은 길들을 지나갔다. 길은 거의 불빛이 없이 어두웠지만 축제객들로 가득차 있었다. 이들은 병적인 음성으로 노래하고 축배를 올리면서 흥을 돋우고 있었다. 마치 병든 꽃송이와도 같은 하얀 얼굴들은 보이지 않는 힘에 의해서 움직이는 양 끄덕거리며 어둠 속을 지나가고 있었다. 어떤 중요한 매장예식에 참례하기 위해 묘지로 향하는지도 몰랐다.

새벽녘에 베라는 스테인드글라스 창문을 통해 몬다우겐의 방에 들어왔다. 본델 일족 한 명이 처형되었다는 얘기를 해 주기 위해서였다. 이번에는 교수형이었다고 했다.

"와서 봐요." 그녀가 재촉하듯 말했다. "마당에서 했어요."

"싫습니다. 싫어요." 그것은 1904년부터 1907년까지 대반란 때 시행된 처형 중 가장 인기 있던 방법이었다. 그때는 무능한 독일 행정에 반항하여 평소 서로 싸우기만 하던 헤레로 일족과 호텐토트 일족이 연합 없이 동시에 반란을 일으킨 시기였다. 일찍이 중국과 동 아프리카 진압 작전에서 유색인종 다스리는 솜씨를 과시해서 베를 린 정부의 인정을 받은 바 있는 로타르 폰트로타 장군이 헤레로 진압 의 임무를 맡게 된 것이다. 1904년 8월, 폰트로타는 '전멸 명령'을 내 렸다. 이에 의해, 독일군은 모든 헤레로 사람을 남자, 여자, 아이들 할 것 없이 닥치는 대로 다 죽였다. 그들의 방법은 체계적이고 철저했 다. 작전은 80퍼센트의 성과를 거두어 1904년에 그 지역에 사는 헤 레로 일족의 인구는 팔만여 명으로 추산된 데 비해 수년 후 독일 정 부에 의해 시행된 인구 조사에 나타난 숫자는 15130명에 불과했다. 즉 64870명이 감소된 것이다. 이와 마찬가지로 호텐토트 역시 인구 수가 같은 기간 동안 약 만 명 줄었으며 베르그다마라도 만 칠천 명 이 줄어들었던 것이다. 이 굴곡진 시기에 자연사한 경우를 넉넉히 빼 더라도, 폰트로타가 처치해 버린 인구수는 적어도 육만 명은 된다고 보아야겠는데 그렇다면 육백만 명 인구의 1퍼센트밖에 안 되는 격이 기는 했으나 그래도 나쁘지 않은 성과임에는 틀림없었다.

포플은 처음 남서아프리카 지방에 어린 하급 장병으로 왔었다. 얼마 안 가서 그는 이 땅에서 인생을 썩 즐기게 되었다. 그는 그해 8 월, 즉 남반구의 봄철에 폰트로타와 같이 말을 타고 진군했다. "길가 에 수없이 자빠져 있었어. 부상당한 것들, 병든 것들 할 것 없이 말이 야." 그는 몬다우겐에게 말했다. "탄약을 아끼기로 했지. 그 당시 병 참술은 어설펐거든. 더러는 총검으로 찔러 죽이고 더러는 목을 매달 았지. 절차는 간단했어. 남자건 여자건 제일 가까운 나무로 끌고 가 서 탄약 상자 위에 세웠던 거야. 밧줄 같은 것이 없으면 전신줄, 울타 리쇠줄, 아무 거라도 좋았어. 그걸로 올가미 비슷하게 만들어서 목에 걸고 가지에 밧줄을 걸치고서 끝을 나무 몸통에 단단히 매는 거야. 그러고는 상자를 차 버리면 끝이었지. 시간이 좀 걸리는 교살이기는 했어. 하지만 이건 약식 군법회의 조처였다네. 말하자면, 현장에서 손쉽게 구할 수 있는 도구나 시설을 이용할 수밖에 없는 상황이었으니까 별수 없었지. 매번 스캐폴드를 새로 세울 수는 없고 말이야."

"물론 그랬겠지요." 몬다우겐은 대꾸했다. "하지만 전신줄이며 탄약 상자가 그렇게 흔했던 걸로 보면 그때 군비가 그리 허술하지만은 않았던 것 같은데요." 그는 엔지니어다운 꼼꼼한 태도로 이렇게 물었다.

"글쎄." 포플이 말했다. "그건 그렇고, 자네 바쁜 것 같은데 그만 실례하겠네."

하긴 그것도 사실이었다. 지나친 사교 활동으로 인한 과로가 착각하게 한 것인지는 몰라도 최근에 와서 공전 신호 속에 무언가 이상한 것이 발견되었던 것이다. 연구열이 높았던 몬다우겐은 포플의 축음기 중 한 개에서 모터를 빼내고 거기에다 펜 한 개와 롤러 몇 개, 몇 장의 긴 종이들을 합쳐서 자기가 없는 동안에도 신호를 기록해 둘 수 있는 오실로그래프[101] 비슷한 것을 만들어 설치해 두었다. 그를 파견한 측에서는 그가 이런 기계까지 갖출 필요를 느끼지 못했다. 이전 기지에서는 자리를 비우고 어디 갈 일 같은 것은 없었기 때문에 지금까지는 사실 필요가 없었다. 그는 펜이 긁적여 놓은 은밀한 기록들을 들여다보았다. 거기에는 모종의 규칙성, 혹은 도안 같은 것이 존재하는 듯했다. 일종의 암호일 수도 있는 것이 적혀 있었던 것이다. 그러나 그것이 정말 암호인지를 가려내기 위해서는 그것을 해독하는 길밖에 없다는 것을 그가 깨닫기까지는 여러 주일이 걸렸다. 연구실은 목록표 방정식들이 적힌 종이, 도표 등으로 지저분해졌다. 겉으로 보기에는 잡다한 소리에 둘러싸여 열심히 일하는 것처럼 보였

---

101   전류의 진동 기록 장치이다.

다. 그 잡다한 소리 가운데에는 뱀이 내는 쉿쉿 소리 같은 것도 있었고 시계가 재깍거리는 소리 또는 새의 지저귐 같은 소리도 섞여 있었다. 그러나 사실, 그는 일을 하는 것이 아니었다. 일하는 체하면서 놀고 있는 셈이었다. 무엇인가가 그를 저지하고 있었다. 어느 날 밤, 오실로그래프가 망가져 버렸다. 소리의 태풍이 또다시 불어왔기 때문이었다. 고장 난 기계는 미친 것처럼 마냥 긁적대고만 있었다. 기계고장은 심각한 것이 아니어서 쉽사리 고칠 수 있었다. 하지만 그로서는 그 고장이 과연 하나의 사고에 지나지 않는 것이었는지 의심스러웠다.

그는 아무 때고 저택 안을 돌아다니는 버릇을 갖게 되었다. 마치 어떤 공백을 채우려는 듯이 예기치 않은 시간에 예기치 않은 구석까지 배회하고 다녔던 것이다. 사육제 꿈속의 '시선'이라도 된 듯이, 그는 자신에게 특별한 시각적 자질이 있다는 사실을 깨달았다. 시각적 자질이란 가령 타이밍 감각이라든가 봐 둘 만한 것이 있을 때 그것을 바로 어느 순간 포착할 것인지에 대한 괴이할 만큼 정확한 감각을 뜻했다. 물론 그걸 봐야 할지 말아야 할지에 대해서는 여기에서 문제삼을 일이 아니다. 그가 농성 파티 초기에 베라 메로빙을 바라보며 느낀 열띤 충동의 원형이 억눌린 끝에 변해 버린 새로운 형태의 관심 같은 것이었다, 그것은. 예를 들어 한번은 이런 일도 있었다. 어느 날 코린트식 돌기둥에 등을 대고 서서 삭막한 겨울 햇볕을 쬐고 있었을 때였다. 그는 갑자기 가까운 곳에서 그녀의 목소리를 들었다.

"아니에요. 이건 비군사적일 수는 있겠지만 가짜 농성은 아니에요."

몬다우겐은 담배에 불을 붙인 후 기둥 뒤에서 계속 내다보았다. 그녀는 금붕어 연못 옆의 암석정원에 노 고돌핀과 앉아 있었다.

"기억하세요?" 그녀가 말했다. 그러나 곧 그녀는 그 어떤 올가미

보다 더 강렬하게 목을 조이는 듯한 귀향의 아픔을 그의 얼굴에서 발견한 모양이었다. 그리하여 그녀는 고돌핀이 말을 가로채게 내버려 두었다.

"나는 농성이 군사 기법 이상의 것이라는 얘기를 믿지 않게 되었어요. 이십여 년 전, 그러니까 당신들이 그토록 그리워하는 1904년 이전에 이미 그런 믿음을 포기했지요."

타협적인 어조로 그녀는 1904년에 자신은 다른 나라에 있었노라고 설명했다. 그리고 연도나 장소란 그때 물리적으로 거기 없던 사람이라도 소유할 수 있는 것이라고 말했다.

그것은 고돌핀에게 감당하기 힘든 소리였다. "1904년에 러시아 함대에 충고를 했어요." 그는 회고하는 듯한 말투로 말했다. "그네들은 내 충고를 받아들이지 않았지. 기억하겠지만 일본군이 우리를 포트아서에 꼼짝 못 하게 가둬 버렸죠. 그래요. 그건 참 대단한 농성 작전이었어요. 고전적인 스타일을 다 갖춘 농성이었죠. 일 년이나 계속됐어요. 지금도 기억해요. 얼어붙은 언덕들, 매일 아침부터 밤까지 기침을 토하던 박격포의 소름 끼치는 소음, 밤이면 진지들 위에 번득이던 허연 스포트라이트, 그 강렬한 빛 때문에 눈을 뜰 수가 없을 지경이었죠. 신앙심이 깊은 어느 젊은 장교의 표현에 따르면 그 광선들은 졸라맬 만한 유약한 목들을 찾아내는 신의 손가락 같다고 했어요. 그 젊은 장교는 한쪽 팔이 떨어져 나가 쓸모없게 된 옷소매를 장식띠처럼 앞으로 둘러 핀으로 고정시키고 있었어요."

"바이스만 중위하고 포플 씨가 준 거예요, 내가 가진 1904년의 정보는요." 그녀의 말투는 마치 받은 생일 선물 목록을 외어 보는 어린 여학생의 말투 같았다. "선생님의 베이수에 대한 정보를 누군가가 선생님에게 주었듯이 말이에요."

거의 한 순간도 틈이 없이 그는 소리를 질렀다. "아니, 아니, 난 그곳에 있었어요." 그러고 나서 그는 가까스로 고개를 돌려 그녀를 바라보며 말했다. "내가 당신에게 설마 베이수 얘기를 한 건 아니겠죠."

"물론 하셨지요."

"나 자신도 베이수에 관해 기억하는 게 없어요."

"저는 기억해요. 우리 두 사람을 위해서 기억해 두었어요."

"'기억'해 두었다고." 그는 갑자기 한쪽 눈을 찡그리며 경계하는 빛이 되었다. 그러나 곧 긴장을 풀고 그는 말을 계속했다.

"내 베이수의 기억이 어딘가에서 얻은 것이라면 내게 그것을 준 장본인은 다름 아닌 시간과 남극과 미군 복무겠지요. 하지만 이제는 모두 다 없어진 것들이에요. 아무것도 내게 남아 있지 않아요. 나는 그때의 한가로움, 감수성에 대해서 얘기하고 싶어요. 전쟁 때문이라면 그럴듯할 것 같은데. 요새는 그렇게 말하는 것이 유행인 모양이더군요. 뭐든지 전쟁 탓으로 돌리는 것 말이에요. 하지만 베이수는 정말로 가 버린 거예요. 영원히 돌이킬 수 없는 곳으로 사라져 버렸지요. 옛날 농담들, 노래들, '열병'들, 클레오 드 메로드나 엘레오노라 두세 같은 여인에게서 찾을 수 있었던 아름다움, 이런 모든 것들과 같이 영영 없어져 버린 거예요. 살짝 밑으로 처진 눈 꼬리가 그리는 곡선들, 해묵은 양피지처럼 믿을 수 없이 넓은 눈두덩이…… 하지만 당신은 기억 못 하시겠죠. 너무 젊어서."

"전 사십이 넘었어요." 베라 메로빙이 미소 지으며 말했다. "그리고 물론 나도 기억하고 있어요. 두세에 대한 사실 역시 나로서는 전해 받은 것에 지나지 않긴 해요. 20년 전『불꽃』[102]을 통해 그 여자를 유럽에 전해 준 사람에게서 받았어요. 우린 피우메에 있었어요. 또 다

른 농성이었죠. 재작년 크리스마스 때였어요. 그 사람은 그때를 피의 크리스마스라고 불렀지요. 그가 내게 그 여자를 전해 줬답니다. 그가 있던 궁정에서 있었던 추억으로서, 그 여자 얘기를 내게 해 줬어요. 안드레아 도리아가 우리 머리 위에서 폭탄을 퍼붓고 있었지요."

"그들은 휴일을 즐기러 아드리아 해변으로 갔어요." 고돌핀이 바보스럽기까지 한 미소를 지으며 말했다. 자기 자신의 과거를 추억하는 듯했다. "그는 나체로 밤색 말을 탄 채 물속으로 들어갔고 그녀는 물가에서 기다렸지요……."

"아니에요." 갑자기, 그 순간만은 악의를 띠고 그녀가 외쳤다. "자기에 대해 쓴 소설을 내지 못하게 하려고 보석을 팔았다는 얘기, 사랑의 술잔으로 처녀의 두개골을 사용했다는 얘기 모두가 거짓말이에요. 그녀는 사십이 넘은 나이에 사랑에 빠졌던 거예요. 그런데 그 남자가 그녀에게 상처를 줬지요. 그녀에게 상처를 주기 위해 수고를 아끼지 않았어요, 그 사람은. 그의 목적은 그것뿐이었어요. 그 사람이 그녀와 불태운 연애를 소설로 옮겨 쓸 때 우리는 둘 다 피렌체에 있지 않았던가요? 우리가 어떻게 그들을 피할 수 있었을까요! 하지만 나는 언제고 그를 잡으려는 순간 놓치고는 했어요. 처음에는 피렌체에서, 다음에는 바로 종전 직전 파리에서였지요. 그가 자신의 지고한 순간에 달할 때까지, 즉, 그가 미덕의 최고봉에 오를 때까지 기다려야만 할 것 같았어요. 피우메까지 기다리도록 선고를 받은 것 같았다고요."

"피렌체라…… 우리는……." 그는 의아한 듯, 힘없는 눈빛으로 말했다.

그녀는 마치 키스해 달라고 힌트라도 던지듯 앞으로 몸을 굽혔다. "모르겠어요? 이 농성 말이에요. 이게 베이수예요. 드디어 그 일이 일어난 거지요."

그러자 아주 돌연히 아이러니컬한 전도 현상이 일어났다. 약자가 아주 잠깐 우세해지는 그런 일 말이다. 이럴 때 공격자의 작전이란 기껏해야 잠깐 기다리는 것뿐이다. 관전하던 몬다우겐은 두 사람의 대화 속 내적 논리보다는 노인의 내면에 숨어 있던 잠재적인 활력 때문에 이런 일이 일어났다고 판단했다. 말하자면 맹목적이지만 거대한 노욕(老慾)을 원동력으로 하여 비상시를 대비해서 저장해 둔 힘 같은 것이었다.

고돌핀은 비웃듯이 웃음을 터뜨리며 말했다. "우리는 전쟁을 겪은 거라고요. 베이수라는 건 사치요 도락일 뿐이었다고요. 이제 베이수 같은 것에 심취할 처지가 못 돼요."

"하지만 여전히 욕구는 남았잖아요." 그녀가 항의했다. "지금도 결핍을 느끼고 있잖아요. 대체 뭘로 그 공백을 채울 수 있죠?"

그는 고개를 갸웃하면서 싱긋 웃었다. "벌써 그 공백은 채워지고 있어요. 진짜라는 것에 의해서 채워지고 있지요, 불행한 일이기는 하지만. 지인이라는 단눈치오의 경우를 봐도 그렇지 않습니까. 원하든 원치 않든 간에 전쟁은 개인적인 영역에서 은밀한 것을 파괴해 버렸어요, 꿈속의 은밀함 같은 것 말이지요. 우리 모두를 그 사람같이 만들어 버린 거예요. 이제 소위 새벽 3시의 불안감, 과격한 발언, 살아 있는 사람들의 무리를 대상으로 한 환각적 정치행위, 이런 것들만이 우리에겐 남아 있는 겁니다. 우리의 베이수들은 이제 와서는 우리 것도 아니고, 우리를 포함해서 서로 소통하는 무리의 것도 아니게 되었어요. 말하자면 공공재산이 되어 버렸지요. 이 모든 것의 얼마만큼을 세상 사람들이 볼 수 있게 될지는 모르겠군요. 아니면 앞으로 얼마나 더 사태가 삼엄하고 험악해질런지. 다만 내가 다행스러워하는 것은 이 세상에 있어야 하는 기간이 내게는 얼마 남지 않았다는 것뿐이라오."

"대단하시네요." 그녀는 이 말밖에 하지 않았다. 그러고 나서 그녀는 끼어들기 좋아하는 금붕어 한 마리의 머리를 돌로 쳐서 죽인 뒤 고돌핀의 곁을 떠났다.

혼자 남은 남자는 이렇게 말했다. "우리는 성장하는 거야. 피렌체에서 나는 나이 쉰넷이었지만 아직도 어른이 다 못 되었지. 그때 두세가 거기에 있다는 걸 알았다면 그 시인 남자 친구하고 보란 듯이 경쟁이나 해 볼 텐데 그랬군, 하하. 그런데 한 가지 문제가 남아 있거든. 그건 내가 지금 여든 살 가깝게 되니까 전쟁 때문에 세상이 나보다 더 늙어 버렸다는 사실이야. 자꾸만 새로 깨닫게 되는군. 오늘날 세상은 진공 속에 사는 젊은이들에게 얼굴을 찡그린 채로, 사명감을 가지고 쓸 만한 인물이 되고 착취당해야 한다고 주장하고 있지." 이렇게 말한 뒤, 고돌핀은 약간 길게 끄는 듯한 경쾌한 폭스트롯의 그럴싸한 곡조에 맞추어 다음과 같은 시를 읊었다.

그 옛날 우리는 슬쩍 바람을 피웠지요
여름날 바닷가에서
그대의 숙모 이피게니아는 망측하다고 했지요
우리가 길가에서 살짝 키스하는 걸
아, 그때 그대는 열일곱도 넘지 않았으니까요
파라솔을 쓴 그대는 내게 참 아름다웠지요
아, 이제 우리가 그 빛의 계절로 되돌아가
우리 풋사랑을 경쾌한 여름 연처럼 날려 올릴 수 있다면
가을이나 밤을 생각지 않아도 되었던 그때
그 여름날 바닷가로 되돌아갔으면

(여기서 아이겐밸류가 그의 얘기를 딱 한 번 중단시켰다. "그 사람들

이, 어느 나라 말을 쓰던가요. 독일어? 영어? 몬다우겐은 그때 영어를 할 줄 알던가요?" 그런 다음 스텐슬이 신경질을 터뜨릴 것을 미리 막듯이 그는 이 렇게 덧붙였다. "그 친구가 별 볼일 없는 대화를 그렇게 잘 기억한다는 게 신기해서요. 삼십사 년이나 지난 지금 그렇게 자세히 기억한다는 게. 몬다 우겐에게는 아무 의미도 없지만 스텐슬에게는 모든 걸 의미하는 대화를 말 이오."

말을 잃은 스텐슬은 파이프를 빨며 정신적 치과의를 바라보고 있었다. 가끔 흰 연기를 통해 그의 입 한쪽 구석에 야릇한 흠이 생긴 것이 보였다. 이 윽고 그는 답했다. "시각적 자질을 지적한 건 스텐슬이지 그자가 아니었소. 아시겠소? 물론 아시겠지. 다만 그의 입으로 그 말을 하는 것을 들으려고 그 러시는 거겠지."

"내가 이해하는 건 다만." 아이겐밸류가 천천히 말했다. "V.에 대한 당 신의 태도에는 당신이 인정하려고 드는 것보다 더 복잡하고 다양한 면들이 있다는 사실이라오. 정신분석학자들은 그걸 반대 감정 병존이라는 이름으로 불렀지요. 요즘 들어서 우리는 이질치아형(異質齒牙型)이라고 부르지만."

스텐슬은 아무런 대답도 하지 않았다. 아이겐밸류는 어깨를 으쓱한 뒤 그가 얘기를 계속하게 해 주었다.)

저녁에는 구운 송아지 고기가 식당의 긴 테이블 위에 놓였다. 이 미 만취한 듯한 만찬 손님들은 이내 송아지에게 달려들어 고기의 좋 은 부분부터 손으로 뜯어 먹기 시작했다. 옷에 그레이비소스와 고기 기름을 묻혀 가면서. 언제나 그랬지만 이날 저녁도 몬다우겐은 일터 로 돌아가기 싫었다. 그는 붉은 카펫이 깔린 통로들을 무턱대고 걸었 다. 거울이 달려 있는 통로의 조명이 좋지 않았고 소리의 반향도 없 었다. 그리고 지나가는 사람들도 없었다. 오늘 저녁 그는 까닭 없이 약간 신경이 곤두서 있었고 우울했다. 어쩌면 이 포플 가 파티에서 뮌헨 사육제의 절망적인 분위기를 느꼈기 때문인지도 몰랐다. 하지만 그 느낌에 대해 명확한 이유라고는 찾을 수 없었다. 왜냐하면 여기에 있는 건 풍요지 불황이 아니었고 매일의 생존 경쟁 대신 사치가 존재했기 때문이었다. 또한 그런 것 말고 더욱 큰 이곳의 특징은 꼬집을 만한 허벅지와 가슴이라면 얼마든지 있다는 점이었다.

어쩌다가 그는 헤트비히의 방 옆을 지나가게 됐다. 방문이 열려 있었다. 그녀는 화장대 앞에 앉아서 눈 화장을 하고 있었다. "들어와요." 그녀가 말했다. "거기 서서 엿볼 것 없이 들어오라고요."

"당신의 작은 눈이, 어쩐지 꽤 고풍스러워 보이는데요."

"포플 씨 명령이에요. 여자들은 모두 1904년 스타일로 의상과 화장을 통일하라고 했거든요." 이렇게 말하고 그녀는 낄낄 웃었다. "1904년에는 아직 태어나지도 않았는데 말이죠. 난 이런 옷이나 화장을 안 해야 돼요." 그녀는 한숨을 지었다. "하지만 디트리히처럼 보이려고 눈썹을 그렇게나 많이 뽑았는데 이제 와서 그만둘 순 없어요. 난 이제 멋진 검은 날개 같은 눈썹을 그릴 거예요. 끝을 날카롭게 만들어야죠. 마스카라도 끔찍이 많이 칠했어요. 제발 아무도 내 심장에 상처를 주지 않도록 빌어 줘요, 쿠르트. 눈물이라도 흘리는 날이면 이 구식 눈 화장이 다 지워질 판이에요."

"아, 심장이라는 게 있었단 말인가요?"

"제발 그만둬요, 쿠르트. 울리지 말라고 부탁했잖아요. 이리 와서 머리 손질하는 거나 도와줘요."

그가 그녀의 묵직한 금발을 들어 올리자 목둘레에 최근에 난 상처인 듯한 5센티미터 간격으로 나란히 나 있는 두 개의 둥근 흔적이 눈에 띄었다. 놀라움이 손길을 타고 머리카락을 따라 그녀에게 전해졌는지는 몰라도, 눈치챘다는 표시는 내지 않았다. 둘이 같이 그녀의 머리를 틀어 올려 컬이 지는 둥근 매듭을 만들었다. 그러고는 흘러내리지 않도록 검은색 새틴 리본으로 고정시켰다. 상처를 감추기 위해 그녀는 목에다 얼룩 마노로 만들어진 가는 목걸이를 둘렀다. 그녀는 서너 줄을 차례로 더 낮게 가슴에 드리웠다.

그는 몸을 굽혀 그녀의 한쪽 어깨에 키스를 했다. "싫어." 그녀는 신음하듯 말했다. 그리고 나선 발작을 일으키듯이 향수병을 집어 들더니 그의 머리 위에 거꾸로 세웠다. 그녀는 갑자기 화장대에서 벌떡 일어났다. 그러는 통에 몬다우겐은 키스하려던 어깨에 턱을 얻어맞고 나자빠졌으며 잠깐 동안 의식까지 잃고 말았다. 깨어나 보니 그녀는 "아우프 뎀 치펠-차펠-체펠린."이라는 세기 초에 유행하던 노래를 부르며 스텝 댄스를 하듯 방에서 빠져나가고 있었다.

그는 비틀거리며 복도로 나갔다. 그녀는 사라지고 없었다. 성불구자가 된 듯한 느낌과 함께 몬다우겐은 그의 탑 연구실, 오실로그래프와 비록 얼음처럼 차고 빈약하기는 했지만 과학의 위안이 있는 곳을 향해 발걸음을 옮겼다.

그가 겨우 집의 한가운데에 있는 장식 석굴이 있는 데까지 다다랐을 때였다. 갑자기 군복 정장을 한 바이스만이 석순 뒤에서 나타났다. "어핑턴!" 바이스만이 외쳤다.

"대체 뭐요!" 몬다우겐은 눈을 끔벅이며 물었다.

"침착하기 짝이 없군. 직업적인 배반자들은 언제나 침착하지." 입을 쩍 벌린 채 바이스만은 냄새 맡는 시늉을 했다. "야, 이거 정말 좋은 냄새로군." 그는 안경알을 번쩍이며 말했다.

아직도 얼떨떨한 상태에서 헤어나지 못한 몬다우겐은 향수의 독기에 싸인 채 그저 자고만 싶었다. 그는 왠지 좀 화가 나 보이는 중위를 밀치고 지나가려 했으나 중위가 채찍 자루로 길을 막는 통에 지나갈 수가 없었다.

"어핑턴에서 누구와 접촉하고 있었소?"

"어핑턴?"

"틀림없이 거기겠지, 연방 내에서 제일 가까운 큰 도시니까. 영국인 공작원들이 문명의 이기와 위안들을 포기한다는 걸 상상이나 할 수 있겠소?"

"난 연방에 아는 사람이라고는 하나도 없어요."

"대답을 신중하게 해요, 몬다우겐."

마침내 몬다우겐은 바이스만이 그의 공전 실험 장치에 대해 말하고 있다는 사실을 깨달았다. "그건 송신이 불가능해요." 그는 소리를 내지르며 말했다. "기계에 대해서 조금만 알고 있어도 그런 사실쯤은 단번에 눈치챘을 텐데. 그건 수신밖에 못 하게 돼 있단 말이오, 내 참!"

바이스만은 가까스로 미소를 한 번 지어 보였다. "당신은 지금 스스로 유죄 선고를 한 거나 다름없어요. 그자들한테 지령을 받고 있군요, 당신은. 나로 말할 것 같으면 전자 공학에 대해서는 아는 게 없지만 서투른 암호 해독가가 긁적여 놓은 것쯤은 알아볼 줄 알아요."

"그 실력을 좀 더 과시해 주시겠다면 연구실에 기꺼이 모시죠." 몬다우겐이 한숨을 내쉬며 말했다. 그는 바이스만에게 변덕스럽게 시작된 자기 '일'에 대해 말한 것이었다.

"그게 정말이오?" 그러나 바이스만은 갑자기 어린애 같은 태도로 "내게 수신된 것들을 보여 주겠다고?"라고 물었다.

"볼 건 다 보신 모양인데요. 어쨌든 덕분에 답이 더 쉽게 찾아질 것 같네요."

바이스만은 계면쩍은 듯 웃으며 이렇게 말했다. "아하, 알았소, 알았다고. 아주 머리가 빨리 도는 젊은이로군. 정말 놀랍소. 그만둡시다. 내가 어리석었소. 사과하오."

갑자기 영감을 얻은 몬다우겐은 "난 그들의 방송망을 조정하고 있어요." 하고 속삭였다.

"내가 지금 한 말이 바로 그거 아니오!" 바이스만이 얼굴을 찡그리며 말했다.

몬다우겐은 어깨를 움츠렸다. 중위는 고래 기름 램프를 켰고 둘은 같이 탑으로 올라갔다. 그런데 경사진 통로를 올라가던 중, 대저택을 온통 뒤흔들며 고막을 터뜨릴 듯한 외마디 웃음소리가 들렸다. 몬다우겐은 온몸이 마비되는 것을 느꼈다. 등 뒤에서 램프 깨지는 소리가 났다. 돌아다보니 바이스만이 조그만 푸른 불꽃과 유리 조각들 한가운데에 서 있었다.

"바다 늑대군." 바이스만은 겨우 이렇게 말할 뿐이었다.

몬다우겐의 방에는 브랜디가 좀 있었다. 그러나 바이스만의 얼굴은 줄곧 담배 연기 같은 색깔이었다. 그러고는 말을 하려 들지 않았다. 그는 술이 곤드레로 취해서 이윽고 의자에 앉은 채 잠이 들었다.

몬다우겐은 새벽까지 암호와 씨름했다. 언제나 그렇듯이 아무 성과도 없었다. 그는 계속해서 깜빡 잠이 들었다가는 확성기에서 울리는 소리 때문에 깨어났다. 반쯤은 꿈속에서 몬다우겐에게 목 안 깊숙이 들리는 웃음소리 같은 짤막짤막한 소리들이 아까의 오싹한 웃음소리처럼 들려왔다. 그 때문에 다시 잠들기가 주저되었으나 어쨌든 발작적인 선잠 가운데 시간은 흘렀다.

저택 안쪽 어디에선가(어쩌면 이 역시 꿈이었을지도 모르지만) 「디에스 이라이(Dies Irae)」[103]를 무반주 제창으로 부르는 소리가 들려왔다. 소리는 점점 커져서 몬다우겐을 완전히 깨우고야 말았다. 약이 오른 그는 문을 박차고 뛰어나갔다. 조용히 하라고 소리치기 위해서였다.

창고로 쓰이는 방들을 지나면서 그는 인접한 복도들이 눈부시게

---

103   '분노의 날'이라는 의미의 성가곡이다.

밝혀져 있는 것을 발견했다. 백색 도료를 입힌 바닥에는 아직도 축축한 핏방울들이 한 줄로 떨어져 있었다. 호기심을 참지 못한 그는 자국을 따라갔다. 휘장이 쳐진 곳을 지나고 모퉁이를 몇 개 돌아 45미터 정도 핏자국을 따르던 그는 슬쩍 보기에 사람 형체 같은 물체에 맞닥뜨렸다. 그것은 캔버스천으로 된 돛에 덮여 있었다. 통로를 막은 채 누워 있는 그 물체의 저편으로는 핏자국이 나지 않은 새하얀 바닥이 펼쳐졌다.

몬다우겐은 단거리 질주를 시작했다. 그것이 뭐든지 간에 뛰어넘어 버린 그는 조깅하는 속도로 계속 달려 이윽고 전에 헤트비히 포겔상어와 같이 춤을 춘 일이 있던 초상화 갤러리 입구에 도달했다. 아직도 그녀의 향수 때문에 머리가 어질했다. 갤러리 중간쯤에서 그는 근처 벽에 밝혀진 촛불에 비친 포플을 발견했다. 그는 구식 사병 복장을 한 채 발돋움을 하여 초상화 한 개에 키스하고 있었다. 그가 가 버린 다음 몬다우겐은 가까이 가서 액자에 붙은 놋쇠 표찰을 읽었다. 그가 의심했던 대로 그것은 폰트로타의 초상화였다.

"난 그분을 사랑했어." 포플은 그렇게 말했다. "우리에게 두려움을 잊는 방법을 가르쳐 주셨지. 덕분에 얻은 해방감이란 말로 표현할 수 없을 정도로 감미로웠어. 인간 생명은 귀중하고 존엄하다는 등 오랫동안 귀가 아프게 들어왔던 교훈들을 잊을 수 있다는 것, 그러고도 보복을 두려워하지 않을 수 있다는 것, 이게 얼마나 편안하고 사치스러운 기분인지 모를 거야. 언젠가 공과 고등학교에서도 그런 기분을 느낀 적이 있었어. 한번은 시험을 봤는데, 몇 주일간 암기하느라 애썼던 역사책에 나오는 중요한 날짜들을 정확히 쓰지 않아도 된다는 거야……. 그 일을 저지를 때까지는 그게 죄악이라는 가르침을 받았지. 하지만 일단 저지르고 나면 그때부터 투쟁이 시작돼. 그때부터 우리 자신한테 그건 절대 죄악이 아니라는 것을 재인식시키는 과업이 시작되는 거지. 금지된 성교처럼 아주 즐겁고 감미로운 일이라는 사실을 자꾸만 재인식시켜야 한다는 뜻이야."

등 뒤에서 터덜거리며 달려오는 발소리가 들렸다. 돌아다보니 고돌핀이었다. "에번." 노인은 소곤거리듯 말했다.

"네?"

"나다, 내 아들아. 휴 함장이다."

몬다우겐은 어쩌면 노인이 나쁜 시력 탓에 잘못 보았을 것이라고 생각하고 가까이 다가갔다. 하지만 문제는 시력이 아니라 더 심각한 것이었다. 그의 두 눈은 눈물이 고여 있는 것을 제외하고는 별로 달라 보이지 않았다.

"안녕하세요, 선장님."

"이제 숨기지 않아도 된다, 아들아. 그 여자가 말해 줬어. 난 알고 있단다. 걱정할 것 없어. 넌 에번으로 되돌아가도 돼. 아버지가 여기 있으니까." 노인은 그의 팔꿈치 위쪽 팔뚝을 움켜잡고 용감하게 미소 지어 보였다. "아들아, 이제 집에 돌아갈 때가 되었다. 우리는 정말이지 너무 오랫동안 집을 떠나 있었지. 가자꾸나."

친절한 마음에서 몬다우겐은 노선장이 자기를 이끄는 대로 따라갔다. 그를 따라 복도를 걸으며 그는 물었다. "누가 말했어요? '그여자'가 누구죠?"

고돌핀은 불확실한 어조로 말했다.

"그 여자 말이야, 네 여자 친구 이름이 뭐더라?"

이윽고 고돌핀에 대해 기억하고 생각해 낼 한순간의 여유를 찾은 몬다우겐은 약간의 충격을 느끼며 이렇게 물었다. "그 여자한테 무슨 짓을 당했어요?"

고돌핀의 작은 머리가 고개를 끄덕일 때처럼 꺾이더니 몬다우겐의 팔을 스쳤다. "피곤하구나."

몬다우겐은 몸을 굽혀 노인을 들어 올렸다. 어린아이만큼도 무겁지 않은 노인을 안고 걷기 시작했다. 거울 벽과 지난날의 태피스트리, 그리고 농성을 통해 처음으로 성숙해진 수십의 생명들이 숨어 있는 무거운 문을 지나 그는 하얗고 경사진 복도를 계속 걸어 올라갔다. 이윽고 그 거대한 저택의 오르막길 여행을 마친 그는 노인을 안고 자신의 탑 연구실로 들어섰다. 바이스만은 아직도 의자에서 코를 골고 있었다. 몬다우겐은 노인을 원형 침대에 누이고 검은색 새틴 모포로 덮어 주었다. 그러고는 그 곁에서 그를 내려다보며 노래했다.

> 오늘 밤에는 공작의 꼬리깃을 꿈꾸세요
> 다이아몬드 들판과 분수 고래를 꿈꾸세요
> 나쁜 일은 많고 축복은 적지만
> 오늘 밤 꿈은 그대를 보호하리
>
> 흡혈귀의 삐걱대는 날개 소리
> 별들을 가리고 유령의 울음소리 귀를 울리며
> 묘지 괴물들이 밤새껏 송장을 먹어 대도
> 꿈은 그대를 안전하고 튼튼하게 지키리
>
> 독 오른 이빨 가진 해골들이
> 저 아래 지하에서 올라와
> 땅속의 괴물들과 피 빼는 괴물
> 그대와 꼭 닮은 피에 굶주린 생령이 되어도
>
> 유리창 가리개 위의 그림자가 되고
> 한밤중에 엄습하는 날개 달린 괴물이 되고

부드러운 먹이를 찾는 악귀들이 되어도
그대의 꿈이 모두 쫓아내 주리니

꿈은 마법사의 외투 같은 것
요정들이 만들어 준 것이니
머리끝에서 발끝까지 감춰 주고
바람과 근심 걱정을 막아 주리라

그러나 만약 오늘 밤 천사가 찾아와
그대 영혼을 빛으로부터 멀리 데려가려 한다면
가슴에 십자를 긋고 벽을 향하기를
꿈도 그대를 돕지 못하리니

밖에서는 바다 늑대가 또다시 소리를 질러 대고 있었다. 몬다우겐은 빨랫감을 한 주머니 두드려 베개를 만든 뒤, 불을 끄고 양탄자 위에 누워 벌벌 떨며 잠을 청했다.

3

그러나 꿈에 대한 그의 노래에서는 피할 수 없는 사실이자 반드시 덧붙였어야 할 논평이 빠져 있었다. 그건 바로 꿈이란 것이 깨어 있을 때의 감각적 경험이 저장되었다가 재연되는 것이라 한다면 관음증 환자의 꿈은 절대 자기 꿈이 될 수 없다는 사실이었다. 그건 곧 현실로 판명되었다. 그가 고돌핀과 포플을 점차 구별할 수 없게 된 것이다. 이 같은 현상에는 어쩌면 베라 메로빙의 손길이 작용했을 수도 있었다. 그리고 일부는 정말 그냥 꿈일지도 몰랐다. 문제는 바로 거기에 있었다. 한 예로, 그는 이 말을 한 게 누구인지 알 수가 없었다.

"……그들의 열등한 문화적 위치라든가 우리들의 주도권 등등에 대해 귀가 아프도록 떠들어 댔지. 하지만 그런 건 고국에 있는 황제 또는 사업가들하고나 상관있을 뿐, 여기 나와 있던 우리는, 사람 좋은 로사리오(우리는 장군을 그렇게 불렀지.)마저도 그런 건 믿지 않았다니까. 그들이 우리만큼 문명인이었을 수도 있겠지. 나는 인류학자가 아니니까 그런 건 모르겠지만, 어쨌거나 비교가 불가능한 것 아니겠느냐 말이야. 그들은 농경과 목축 중심 문화에, 가축을 사랑했어. 아마 우리가 어릴 적부터 장난감을 사랑한 거나 비슷할 거야. 로이트바인이 집권하면서 그들은 가축을 빼앗겼지. 가축을 빼앗아다가 백인 정착민에게 준 거야. 헤레로족은 물론 반란을 일으켰어. 시작은 본델스바르츠와 호텐토트족이었고. 자기네 추장 아브라함 크리스티안이 바름바드에서 사살됐을 때였어. 누가 총을 먼저 쐈는지는 아무도 몰라. 오랫동안 논쟁해 온 문제지. 누가 알겠어? 상관할 사람은 또 누구고? 부싯돌이 맞부딪친 거지. 그러니까 우리가 필요해진 거고 그 결과 우리가 온 것뿐이야.

포플이었겠지. 아마.

하지만 베라 메로빙과 함께하는 몬다우겐의 '음모'는 차차 분명한 형체를 드러내기 시작했다. 그녀는 고돌핀을 원하고 있었다. 그로서는 이유를 짐작만 해 볼 뿐이었다. 하지만 그녀의 욕망이 회고 취미의 성욕에서 비롯했다는 것만은 분명해 보였다. 그런데 이 회고 취미의 성욕이라는 것으로 말하자면, 신경이라든가 열기 같은 것은 완전히 도외시해 버린, 단지 메마르고 형체조차 없는 기억의 영역에만 관련되어 있었다. 그녀는 틀림없이 몬다우겐을 필요로 했으나 그것은 그를(약간 비약일 수는 있지만) 오래전에 잃었던 아들로 등장시켜서 그녀가 추적하는 사냥감을 약화하기 위해서였을 뿐이었다.

그렇다면 그녀가 포플 역시 이용했으리라는 추측은 이치에 어긋나지 않을 듯했다. 가령 그녀가 아들의 대용품을 찾았듯이 그에게서 아버지의 대용품을 찾으려 했는지도 몰랐다. 농성 파티를 수호하는 악령과도 같은 포플은 실제로 날이 갈수록 거기 모인 사람들을 대표하는 위치를 굳혀 갔으며 공동의 꿈을 규정하는 역을 떠맡게 되었던 것이다. 아마 이러한 직권의 제재를 받지 않은 유일한 인물이 있다면 그건 몬다우겐이었을 텐데, 이는 그 특유의 관찰하는 습관 덕분이었을 것이다. 그리하여 몬다우겐은 어떤 한 토막의 말(회상, 악몽, 잡담, 독백 중 어느 것일 수도 있었다.)을 분석해 보면, 표면상으로는 포플의 말이라 해도 거기 드러난 인간상은 고돌핀이라 해도 부자연스러울 것이 없다는 사실을 발견했던 것이다.

어느 날 밤 그는 또다시 「디에스 이라이」 합창 소리를 들었다. 어쩌면 어떤 모르는 나라의 합창일지도 몰랐다. 그 소리는 그의 방을 둘러싼 빈 방들의 완충지대로 가까이 다가왔다. 자기는 남의 눈에 띄지 않으리라고 느낀 그는 슬쩍 구경하러 나갔다. 이웃에 살던 밀라노 출신 상인 한 명이 얼마 전 심장마비 증세를 일으키고는 며칠 버티다가 죽은 모양이었다. 떠들던 무리는 밤샘을 하던 조문객들이었다. 그들은 경건한 태도로 시체를 그의 침대에서 벗겨 낸 실크 시트로 감쌌다. 그러나 사람들이 죽은 몸뚱이의 살덩이를 완전히 덮어 버리기 직전에 몬다우겐은 슬쩍 뭔가를 발견했다. 피부에는 장식 무늬처럼 파인 자국과 보기만 해도 가엾은 새로 생긴 상처가 가득했던 것이다. 그것은 코뿔소 가죽채찍, 마코스, 당나귀 채찍일 수도 있었다. 하여간 길고 날카로우리라는 것은 분명했다.

그들은 시체를 내던지기 위하여 계곡을 향해 출발했다. 그런데 그중 한 명이 뒤에 남았다.

"그러니까 그분은 당신 방에 계시는군요." 그녀가 말했다.

"그분이 선택하셨어요."

"그분에게 선택이란 것이 있을 수 없어요. 내보내세요."

"직접 그렇게 하시죠."

"그러면 나를 그분에게 데려다주겠어요?" 그녀는 애걸하듯, 어쩌면 조르듯이 말했다. 포플의 희망에 따라 1904년식으로 화장을 하여 눈가에 검은색을 칠한 그녀의 검은 눈동자가 화장의 효력을 발휘하기 위해서는 지금의 텅 빈 복도보다는 덜 밀폐된 배경이 필요했다. 오래된 궁전의 정면, 지방 소도시의 광장 같은, 겨울에 기분 전환을 위해 찾아갈 법한 장소가 필요했던 것이다. 말하자면 어쨌든 칼라하리보다는 좀 더 인간적이며, 더 유머러스한 배경이 필요했다. 그녀는 인간적으로 가능한 일의 범주에 머물러 있지 않고 끊임없이 동요했다. 이러한 끝없는 동요는 마치 룰렛 구슬을 룰렛판이 도는 반대 방향으로 굴려서 어느 칸이 되었든지 간에 들어갈 칸을 하나도 찾지 못하는 모습을 연상시켰다. 즉 그녀의 가치는 영원한 불확실성으로 남아 있다는 점인 듯했는데, 몬다우겐은 이것을 용납할 수가 없었다. 그래서 그는 묵묵히 얼굴을 찡그리고는 약간의 위엄까지 갖추어 거절했다. 그러고는 돌아서서 그녀를 거기에 남겨 둔 채 자신의 공전을 향해 걸었던 것이다. 그들 둘 다 그가 아무 결단도 내리지 않은 것을 알고 있었다.

어설프나마 아들의 대역을 찾은 고돌핀은 자기 방으로 돌아갈 생각을 안 했다. 둘 중 어느 하나가 다른 하나를 받아들인 격이었다. 늙은 해군 장교는 잠들거나, 꾸벅꾸벅 졸거나, 이야기를 하며 시간을 보냈다. 그는 몬다우겐을 발견하기 훨씬 전부터 베라에게서 추측하기조차 꺼림칙한 목적이 있을 듯한 세뇌를 받고 있었기 때문에, 돌이켜 보면 그 기간 동안에 포플이 들어와 열여덟 해 전에 이 땅에 기마병으로 들어왔던 당시 이야기를 한 것일지도 모른다는 생각을 완전히 배제할 수는 없었다.

심팔 년 전에는 모두가 지금보다는 형편이 좋았다고 했다. 그러고 나서 흐늘흐늘해진 팔뚝 위쪽과 허벅지의 살덩이, 허리께에 두둑이 감긴 비계를 내보이기까지 했다. 머리카락도 빠지기 시작했으며 가슴에는 여자 유방 비슷한 것까지 생겨났다. 이런 것들조차도 그에게는 그가 처음 아프리카에 왔던 시절을 상기하게 했다. 전원이 도착 전 예방주사를 맞았다. 선(腺)페스트를 예방하기 위해 함대 소속 군의관은 끔찍하게 굵고 큰 주사 바늘을 그들 왼쪽 가슴에 갖다 꽂았다. 주사 맞은 자리는 일주일 동안 퉁퉁 부어올라 있었고 군인들이 무료할 때면 으레 그러듯 웃옷 단추를 끄르고 이 새로 획득한 여성적인 물건을 서로 보여 주며 심심풀이를 했다.

그 후 겨울도 반쯤 지났을 때에 이르러서는 햇빛 때문에 머리카락은 하얗게 바래고, 피부는 갈색으로 변했다. 그때 유행한 농담은 '군복 없이 내 앞에 나타나지 마. 검둥이로 착각할지도 몰라.'라는 것이었다. '오인' 사건도 적잖게 일어났다. 특히 워터버그 근처 숲과 사막에서 헤레로족을 추격할 때 빈번했던 이런 사건을 그는 떠올릴 수 있었다. 그 당시 부대에는 군인들에게는 재미없는 부류, 즉 열의가 없다고 해야 할지, 인도주의자라고 하는 편이 더 적합할지 모를 사람들이 있었다. 어찌나 불평불만투성이였는지 어쩌다 보면 저도 모르는 사이에 저놈들을 그냥 어떻게 해 버리고 싶다는 기분이 들었던 것이다. 얼마만큼이 '오인'이고 얼마만큼이 의도였는지는 의문의 소지가 남았다. 그게 그가 뜻하는 바의 전부였다. 그로서는 그런 감상적인 인간들이 원주민들보다 나을 게 없어 보였던 것이다.

다행스럽게도 군대 생활에서는 자기와 비슷한 부류와 어울리게 되어 있다. 비슷한 사고방식을 가진 동지들. 이들은 누가 무슨 짓을 하든 상관하지 않았다. 이러니저러니 말도 안 되는 소리로 시비를 거는 일 같은 것이 없었다. 인간들은 정치적인 측면에서 도덕관을 내세우려면 곧잘 인류애를 운운한다. 전장에서는 실제로 그걸 발견하게 되었다. 죄책감 같은 것은 없었다. 이십 년 동안 계속해서 죄에 대해 교육을 받은 끝에 죄란 아무 의미가 없으며, 교회와 견고한 담 속에서 사는 속세의 인간들이 꾸며 낸 이야기에 지나지 않는다는 사실을 깨닫게 되었다. 이십 년이 지난 후, 부끄러움을 떨쳐 버린다는 것은 유쾌하고 만족스러운 경험이었다. 곧 배를 쑤셔 죽이든지 아니면 또 다른 종류의 참혹한 짓을 할 헤레로 여인을 상관 앞에서 범하면서도 성기능을 잃지 않으며, 곧 죽일 자들과 말을 나누면서도 멋쩍은 얼굴을 하거나 일없이 몸을 움직이거나 당황하지 않을 수 있다는 것…….

그는 여전히 부진한 대로 암호 풀이 작업을 계속했으나 시간(그렇게 부를 수 있다면)이 흐름에 따라 연구실이 점점 밤과 같이 불투명해지는 것은 어쩔 수 없었다. 바이스만이 찾아와 도울 일이 없느냐고 물었을 때 몬다우겐은 성난 얼굴로 "나가요." 하고 사납게 외쳤다.

"협조하기로 했잖소."

"당신이 원하는 게 뭔지를 안다고요." 몬다우겐이 비밀이라도 찾아낸 말투로 말했다. "당신이 찾는 소위 '암호'라는 게 뭔지 안단 말이에요."

"그건 내 직책의 일부니까." 바이스만은 농촌 출신 남자 특유의 진지한 얼굴 표정으로 말했다. 그는 딴생각에 잠긴 듯 멍한 태도로 안경을 벗어서 넥타이 끝으로 닦기 시작했다.

"그 여자에게 말해요, 소용없다고. 아무 소용도 없다고." 몬다우겐이 말했다.

중위는 걱정스러운 듯 이를 갈며 말했다. "선생 비위를 한없이 맞춰 줄 수는 없는데." 그는 짐짓 설명조로 말했다. "베를린이 초조해하고 있소. 이제 더 이상 선생을 위해 변명을 하지 않으려 하오."

"내가 당신을 위해 일하고 있다, 그건가요?" 몬다우겐이 소리를 지르며 말했다. "별꼴이군." 하지만 이 소리에 고돌핀이 눈을 떠 버렸다. 눈을 뜬 그는 애수 어린 민요를 흥얼거리면서 그의 에번을 찾기 시작했다. 바이스만은 이를 두 개쯤 드러내 보이며 놀란 눈으로 늙은 이를 쳐다봤다.

"젠장." 그는 이윽고 억양 없는 음성으로 한마디 내뱉고는 뒤로 돌아서 나가 버렸다.

그러나 몬다우겐이 오실로그래프 기록이 적힌 용지 한 두루마리가 없어진 것을 눈치챘을 때는 그도 "잃어버렸나, 도둑맞았나?"라고 일단 물어볼 정도의 관용은 되찾고 있었다. 몬다우겐은 바이스만을 의심하기 전에 생명 없는 기계와 정신 나간 노 함장을 상대로 질문했던 것이다.

"자는 동안 들어왔나 보군." 하지만 몬다우겐 자신도 그것이 언제였는지 몰랐다. 가지고 간 게 종이 두루마리뿐일까? 고돌핀을 흔들어 대며 그는 물었다. "내가 누군지 알아요? 우리가 어디 있는지 알아요?" 그는 그 외에도 이와 비슷한 아주 기본적인 것들을 물었는데, 사실상 해서는 안 될 질문이었다. 왜냐하면 누가 됐든 듣는 사람에게 우리가 얼마나 겁에 질렸는지를 증명하는 종류의 질문이었기 때문이다.

그는 겁에 질렸다. 그런데 그것이 근거 없는 공포가 아니라는 게 곧 판명되었다. 30분이 지난 뒤에도 노인은 침대 가에 걸터앉은 채 몬다우겐에게 자기소개 같은 것을 계속했던 것이다. 그는 몬다우겐을 처음 본 듯했다. 몬다우겐은 스테인드글라스 바깥 저녁 초원을 향해 바이마르 공화국식의 씁쓸한 유머(그가 고안한 건 아니었다.)를 던졌다. 내가 그 정도로 몰래 잘 엿본 걸까? 농성 파티에서 보낸 나날의 수가 늘어남에 따라(날짜를 세지는 않았지만) 그는 점차 그를 실제로 본 것이 누구인지에 대해 기하급수적으로 자주 의문을 떠올렸다. 누구 하나라도 그를 봤을까? 겁이 많은 편인 몬다우겐은 공포의 온갖 변형을 모두 맛보는 미식가이기도 했다. 몬다우겐은 지금껏 맛본 적도 없는 특별한 공포를 대접받을 준비를 하기 시작했다. 그 불안의 메뉴에 오를 미지의 품목은 전형적인 독일식 질문으로 나타났다. 아무도 나를 본 사람이 없다면, 나는 과연 여기에 있는 것일까? 그런 다음 입가심으로 그는 이런 질문을 떠올렸다. 내가 만약 여기에 없다면, 이 모든 꿈들은 어디서 온 걸까. 어쨌든 이것들이 꿈이라고 한다면.

그는 파이어릴리라는 아름다운 암말 한 마리를 배정받았었다. 아, 이 짐승을 얼마나 사랑했던가! 그 말은 항상 달리거나 멋진 자세를 취하곤 했었다. 그야말로 여자였다. 짙은 밤색 몸통과 뒷다리와 볼기 언저리가 태양빛 속에 번쩍이는 모습은 얼마나 훌륭했던지. 그는 혼혈 하인에게 언제나 말을 빗질하고 깨끗이 닦아 주도록 했었다. 장군이 제일 처음 직접 말을 건 것은 아마도 파이어릴리에 대한 찬사를 하기 위해서였을 것이다.

그는 관할 지역 구석구석 이 말을 타고 돌아다녔다. 해안 사막으로부터 칼라하리까지, 바름바드로부터 포르투갈 변경 지대까지, 파이어릴리와 그와 동료 슈바크와 플라이슈는 모래사장과 돌밭과 숲 속을 미친 듯이 돌진하며 누볐다. 가느다란 물줄기가 졸졸 흐르나 싶으면 삼십 분도 지나지 않아서 폭이 1.5미터도 넘을 것 같은 물이 홍수처럼 넘치는 시냇물이 나타나기도 했다. 어느 지역 어느 곳에 가든 항상 여기저기 떼 지어 있는 흑인들 사이를 헤치고 다녔다. 그들은 무엇을 쫓았던 것일까? 어떤 청춘의 꿈을 좇았던 것일까?

그들의 모험에서 비현실성을 제하고 보기는 어려울 것이다. 거기에는 이상이나 운명적인 요소 같은 것이 있었다는 이야기다. 맨 처음에는 선교사들이, 다음에는 상인과 광산업자들이, 결국에는 정착자와 소시민들까지 건너와 저마다 뭔가 이뤄 보려다가 실패한 것과 매한가지였다. 말하자면 이번에는 군대에게 기회가 주어진 셈이었다. 두 개의 회귀선 너머에 있는 보잘것없는 땅 조각을 위해 이리로 건너와 이리저리 쫓아다닌 건 대체 무엇 때문이었을까? 군인 계급에게 하느님, 마몬[104] 또는 프레이야[105]와 동급이 되는 기회를 부여하겠다는 것 외에 또 무엇이 있었겠는가. 이 모험에서 그들이 추구한 바는 보통 군인들이 추구하는 바와 달랐다. 비록 아직 어린 병사들이었으나 알 수 있었다. 약탈할 것도 거의 없는 데다 저항도 못 하는 자들을 목매달아 죽이고 곤봉으로 패고 총검으로 찌르는 것이 과연 무슨 영예를 줄 수 있단 말인가? 이 전쟁은 처음부터 극도로 불평등한 전쟁이었다. 헤레로족은 젊은 군인의 기대에 합당한 적수가 될 수 없었다. 그는 포스터에서 선전하던 군생활과 너무도 다른 실제에 봉착하여 기만당한 기분이었다. 흑인 중에서 중무장을 갖춘 자의 수는 형편없이 적었고 그중에서도 극소수만이 겨우 쓸 수 있는 소총과 탄약을 가지고 있었다. 이쪽 군대는 맥심이며 크루프 총과 곡사포까지 가지고 있었다. 원주민을 보기도 전에 죽여 버리는 일도 종종 있었다. 즉, 작은 언덕에 올라서서 마을에 포격을 가하고 나서 그 뒤에 들어가 미처 다 못 죽인 자들을 마저 해치우면 끝이었다.

그는 잇몸이 쑤셨고 피로했다. 정상이 뭔지 정확히는 몰라도, 어쩌면 정상적인 상태보다 더 많이 자는 것 같았다. 그런데 어느 단계

---

104   신약성서에 나오는 '부요(富饒)'라는 뜻의 아람어 '마모나'에서 유래된 말로, 부와 탐욕의 신이다.

105   북유럽 신화에 나오는 사랑과 풍요, 아름다움의 여신으로 반신족에 속한다.

까지 가다가는 피부가 누렇게 변하고 갈증이 심해지고 넓은 보라색 반점이 다리에 생기는 등, 증세는 조바꿈을 했다. 숨결에서 심한 악취가 나서 자기가 맡기에도 구역질이 날 지경이었다. 정신이 돌아왔을 때, 고돌핀은 괴혈병 증세라는 진단을 내렸다. 균형 있게 음식을 섭취하지 않은 것이 이유라고 했지만, 실제로는 음식을 거의 섭취하지 않았기 때문이라고 하는 것이 더 정확할 터였다. 그는 농성이 시작된 이래, 거의 10킬로그램이나 빠졌던 것이다.

"신선한 채소를 먹어야 해." 노함장이 초조한 어조로 말했다. "식료품 보관실에 가면 뭔가 찾을 수 있을 거야."

"안 돼요. 절대로 안 돼요." 몬다우겐은 펄펄 뛰었다. "방에서 나가지 마세요. 하이에나하고 재칼이 복도를 오르락내리락하면서 기다리고 있어요."

"진정해." 고돌핀이 말했다. "내 걱정은 안 해도 돼. 금방 돌아올게."

몬다우겐은 침대에서 튀어 내려왔다. 그러나 연약해진 근육들이 말을 듣지 않았다. 몸이 잽싼 고돌핀은 벌써 사라졌고 열렸던 문이 탕 하고 닫혔다. 베르사유 조약에 대한 자세한 정보를 들은 후 처음으로 몬다우겐은 울음을 터뜨렸다.

그들은 노인의 피를 쭉쭉 빨아 먹을 것이 뻔했다. 그러고는 앞발로 뼈들을 쓰다듬고 백발에 목이 메어 캑캑대겠지.

몬다우겐의 아버지가 세상을 뜬 지도 몇 년 되지 않은 터였다. 키엘 반란에 어쩌다가 관련이 되어 죽임을 당한 것이었다. 하필 지금 그 생각이 떠오른 걸 보면 이 방에서 지내는 두 사람 중 고돌핀만이 환상에 사로잡힌 건 아닌지도 몰랐다. 농성 파티의 시시각각 바뀌는 영상들은 그들의 방음이 된 탑 속 연구실과 그 주변에까지 밀려 들어왔다. 윤곽이 흐릿한 영상들 가운데 단 하나만은 사라지지도 않고 오히려 점점 더 분명한 형체로 밤의 벽 위에 투영되었다. 그것은 몬다우겐이 원한 적 없던, 또한 일종의 연합 관계가 된 두 사람 사이의 유대감이 강요하는, 추억의 색채가 가득한 번쩍이는 빛 속에서밖에 본 적이 없는 에번 고돌핀이었다.

곧 무거운 발걸음 소리가 연구실 바깥에서 들려왔다. 돌아오는 고돌핀의 발소리치고는 너무 묵직하다고 그는 판단했다. 마음을 다진 몬다우겐은 신속하게 자기 잇몸을 지금껏 덮고 있던 침대 시트로 한 번 다시 닦아 내고서 침대에서 몸을 굴려 늘어진 새틴 침대 덮개 밑으로 들어갔다. 그 옛날 익살맞은 수많은 농담이 담긴 서늘하고 먼지 냄새 나는 세계, 이 세상의 운 나쁜 수많은 연인들이 몸을 숨기는 곳이기도 한 침대 밑 세계에 들어간 것이다. 그는 침대 덮개에 작은 구멍을 내고 내다보았다. 시야는 원형의 벽 삼분의 일 정도를 감추고 있는 높은 거울에 바로 면했다. 문손잡이가 돌아가고 문이 열렸다. 바이스만이 목둘레와 앞가슴과 소매 끝에 프릴 장식이 달린 발목까지 드리우는 흰 내리닫이 차림으로, 즉 1904년식 옷차림으로, 사뿐사뿐 발끝을 세워서 걸어 들어왔다. 그는 거울의 경계를 지나 공전 기계 장치가 놓인 쪽으로 사라졌다. 갑자기 새벽 합창 소리가 확성기에서 터져 나왔다. 처음에는 다소 혼란스러웠으나 차차 서너 명이 부르는 외우주로부터 들려오는 듯한 마드리갈로 정리되어 갔다. 침입자 바이스만은 몬다우겐에게서 모습을 감춘 채 이들의 합창에 합세했다. 그는 단조 찰스턴[106] 가락에 맞추어 가성으로 노래했다.

이제 밤이 시작되었네
세계여, 멈추어라

106   1920년대에 유행한 경쾌한 무도곡이다.

그 움직임을

뻐꾸기는 시계 속에서 편도염을 앓고 있네

그래서 오늘 밤이 어떤 밤인지 말해 줄 수 없다네

춤추는 저들 중 어느 누구도

아무런

대답도 할 수 없다네. 다만

그대와 나, 밤과

그리고 검정 코뿔소 가죽채찍만이……

    바이스만이 다시 거울이 비치는 영역에 나타났을 때 그는 또 하나의 오실로그래프 종이 두루마리를 들고 있었다. 몬다우겐은 아기 먼지들과 함께 뒹굴고 있었다. 그는 도둑아, 멈춰, 하고 소리칠 기력도 없었다. 복장도착증에 걸린 듯한 중위는 머리를 한가운데로 가르고 속눈썹에는 마스카라를 잔뜩 바르고 있었다. 마스카라를 바른 속눈썹이 안경알에 닿을 때마다 검은 평행선을 그리고 있었다. 그 때문에 그의 두 눈은 창살 달린 감방 유리창 너머에서 내다보는 듯한 인상이었다. 방금 전까지 괴혈병 걸린 몸뚱이가 들어 있던, 아직 흔적이 남아 있는 침대 덮개 곁을 지나갈 때 바이스만은 교태 어린 미소를 그 편으로 보냈다.(적어도 몬다우겐에게는 그렇게 느껴졌다.) 그러고는 사라져 버렸다. 그런 뒤 얼마 지나지 않아 몬다우겐의 망막이 빛으로부터 멀어졌다. 아니면 적어도 그런 것 같았다. 어쩌면 '침대 밑 세계'란 신경쇠약의 어린이들이 상상하는 것보다도 더 이상 야릇한 세계인 것 같았다.

    마치 석공이 되어 버린 기분이었다. 결론은 서서히 다가왔으나 결국 도저히 피할 수 없었다. 그들은 이제 살생을 하는 게 아니라는 사실을 결론적으로 깨달은 것이다. 보장된 안전에서 오는 쾌락과 멸종 작업에 뒤따르는 감미로운 권태는 얼마 안 가서 다른 성질의 것으로 변해 버렸다. 그것을 느낌이라고 부를 수는 없을 터였다. 왜냐하면 엄밀히 말해 그것은 우리가 보통 '느낌'이라고 부르는 것의 결여였기 때문이었다. 그는 그것을 '기능상의 합의'라고 불러 봤다. 작전상의 공감과 비슷한 것이었다.

아직도 분명히 기억하는 첫 번째 경험은 바름바드에서 키트만 슈프까지의 행군 중에 일어난 일이었다. 그의 부대는 그때 호텐토트 포로들을 이송하고 있었다. 그 이유는 높은 분들이나 알았는지 그들로서는 알 수가 없었다. 거리는 총 200여 킬로미터도 넘었다. 일주일 내지 열흘 걸리는 여정이었다. 아무도 기꺼워하지 않는 임무였다. 포로 중 많은 수가 도중에 죽었는데 그때마다 전체 행렬이 멈춰 서야만 했다. 열쇠를 가진 상사를 찾아야 했으나, 그는 수 킬로미터 뒤쪽에서 만취해 있든지 아니면 반만 취한 채로, 카밀둔 나무 그늘에 나자빠져 있기가 예사였다. 그에게 열쇠를 얻은 다음 먼저 자리로 되돌아와 죽은 자의 목 고리를 따야만 했다. 어떤 때는 쇠줄 무게가 고르게 나뉘도록 하기 위해 행렬을 다시 정비하기도 했다. 포로들의 부담을 덜어 주기 위해서라기보다 흑인들을 필요 이상 지치게 하지 않으려는 계산에서였다.

그날은 날씨가 기막히게 좋았다. 12월의 태양빛이 따가웠고 어디에선가 새 한 마리가 날씨 때문에 실성이라도 한 듯 우짖고 있었다. 파이어릴리는 발정이라도 났는지 포로들이 1~2킬로미터쯤 움직일 사이면 10킬로미터를 달리다시피 하며 날뛰고 있었다. 측면에서 보면 행렬은 다분히 중세적인 분위기였다. 쇠사슬이 목 고리를 이으며 늘어진 모양, 사슬 무게 때문에 땅으로 끌려 들어가는 듯한 포로들의 모습, 땅속으로 꺼지는 것을 막는 유일한 동력 같은 다리의 움

직임. 그들 뒤로는 충성심이 지극한 레호보스 혼혈들이 끄는 군용 수
레들이 따랐다. 그가 느낀 모종의 유사함에 공감할 수 있는 사람이
얼마나 되었을까? 팔라티나트에 있는 그의 고향 마을 교회에는 「죽
음의 춤」이라는 벽화가 있었다. 춤을 주도하는 죽음은 휘청거리듯
나약한 몸매였다. 검은색 옷에 커다란 낫을 든 그는 왕자에서 농부
까지 각층에서 발탁한 신하를 거느리고 있었다. 아프리카 행렬은 전
혀 그렇게 우아하지는 않았다. 이 행렬이란 기껏, 구슬 꿰듯 꿰어 놓
은 고통 속의 흑인들로 이루어진 동질적인 대열과 챙 넓은 모자를 눌
러 쓰고 마우저 총을 든 상사 한 사람밖에 없는 초라한 것이었다. 하
지만 거의 모두가 이 행렬에 대하여 뭔지 모를 묘한 연상을 떠올렸기
때문에 분위기는 엄숙하기까지 했다.

　이송 행진이 약 한 시간 좀 못 되게 진행되었을 때였다. 갑자기
흑인 하나가 발이 아프다고 불평을 하기 시작했다. 발에서 피가 난다
는 것이었다. 흑인의 감독관은 파이어릴리를 몰고 가까이 가서 들여
다보았다. 아닌 게 아니라 발에서는 피가 흐르고 있었다. 다만, 그 피
가 모래땅에 배어들기 전에 뒤에서 걷던 흑인이 모래를 차서 흩뜨렸
기 때문에 흔적은 남지 않았다. 얼마 지나지 않아 똑같은 흑인이 이
번에는, 모래가 발에 난 상처 속으로 들어오기 시작해서 지독히 아프
기 때문에 걸을 수가 없노라고 불평했다. 아마 이것도 사실이었을 테
지만, 어쨌든 백인 감독은 그에게 입을 닥치든지, 아니면 오후에 사
슬을 풀고 쉬는 동안 배급받을 물을 다른 사람에게 양보하든지 둘 중
하나를 택하라고 말했다. 병사들은 몇 차례의 이송을 거치면서, 흑인
한 명이라도 불평을 하게 내버려 두면 다른 흑인들도 불평을 하기 시
작하며, 그렇게 되면 어쩐 일인지 전체 속도가 느려진다는 사실을 배
워서 알고 있었던 것이다. 이들은 노래나 흑인 영가로 항의하지 않았
다. 만약 그랬다면 그나마 좀 참을 만했을 것이다. 그러나 울부짖고

마구 소리를 질러 대는 건 정말이지 견딜 수가 없었다. 따라서 이들이 침묵을 지키는 것은 실제 필요한 일이었고, 그래서 침묵이 강요되었던 것이다.

그러나 이 호텐토트족 사나이는 침묵하려 들지 않았다. 그는 조금 발을 절 뿐, 비틀거려 넘어지거나 하는 일은 없었다. 그런데 그자는 보병대의 어느 불평분자보다 더 시끄럽게 불평을 해 대는 것이었다. 젊은 장교는 교태를 부리며 경중대는 파이어릴리를 그리로 몰고 가서 사나이를 코뿔소 가죽채찍으로 한두 번 가볍게 후려쳤다. 말 위에 앉은 채 코뿔소 가죽채찍으로 제대로만 내리친다면 보통은 흑인 하나쯤 단번에 조용하게 만들 수 있었다. 총살하는 것보다 시간이나 수고가 덜 드는 셈이었다. 하나, 이 흑인의 경우에는 그렇지 않았다. 채찍질은 아무 효과도 없었던 것이다. 사태를 짐작한 플라이슈는 행렬 저편으로부터 그의 검은색 거세마를 몰고 달려왔다. 두 기병들은 함께 호텐토트 흑인의 엉덩이며 넓적다리를 채찍으로 후려치기 시작했다. 흑인은 마치 기이한 춤을 추는 사람 같았다. 이들은 쇠사슬로 다 같이 묶여 있었으므로, 전체의 움직임을 지연시키지 않으면서 그중 하나를 그런 식으로 춤추게 한다는 것은 특별한 기술을 필요로 하는 일이었다. 이렇게 곧잘 해나가던 판에 잠깐 미련한 실수 때문에 뜻밖의 사고가 일어났다. 플라이슈의 채찍이 쇠사슬에 걸리는 통에 플라이슈가 말에서 굴러떨어져 죄수들 발밑에 깔린 것이다.

이들은 마치 동물처럼 반사작용이 빨랐다. 다른 편에 있던 기병이 미처 사태를 파악하기도 전에 채찍으로 맞던 흑인이 플라이슈에게 달려들었다. 그는 제 목에서 늘어진 사슬로 플라이슈의 목을 감으려 들었다. 육감 같은 것에 의해 상황을 짐작(살인이 일어나리라는 기대와 함께)한 듯 행렬은 다 같이 멈춰 섰다.

플라이슈는 겨우 몸을 굴려 위기를 모면했다. 둘은 상사에게서 열쇠를 얻어 그 흑인을 나머지 행렬에서 분리시켜 낸 후, 길 한쪽으로 끌고 갔다. 플라이슈가 코뿔소 가죽채찍 끝으로 흑인의 생식기에 의무적인 유희를 끝낸 후, 둘은 소총 개머리판으로 그자를 치고 또 쳤다. 죽은 다음 남은 부분들은 독수리 밥으로 바위 뒤에 내던져졌다.

그런데 그 일을 하는 동안 그는 생전 처음으로 맛보는 야릇한 평화(나중에 들어 보니 플라이슈도 그 비슷한 것을 느꼈다고 했다.)를 느꼈다. 그 검둥이 역시 죽는 순간 같은 느낌을 경험했을지도 몰랐다. 보통은 그런 경우 귀찮고 골치 아픈 생각이 들 뿐이었다. 주변에서 한참 동안 윙윙 날아다니는 벌레에게 느끼는 기분과 비슷한 것이다. 그럴 때면 우리는 그것을 죽여 없애야 하는 현실에 봉착한다. 그 일을 위해 필요한 육체적 노력, 행위의 명확성, 그리고 이것이 끝없이 연속될 생명 가운데에서 고작 한 단위밖에 안 되며, 이것 하나를 죽여 봤자 모든 생명의 줄이 끊어질 리 없다는 사실, 내일도 다음 날도 또 그다음 날도 계속 더 죽여야 한다는 사실, 이 모든 것의 무익함과 무용함은 우리를 몹시 짜증 나게 할 것이다. 그리하여 그들은 저마다의 소멸·행위에 기병이라면 모름지기 모르는 사람이 하나도 없을, 군대 안에서의 엄청나게 광대한 권태가 빚어낸 야만성을 더하게 되었다.

이번에는 달랐다. 모든 것이 돌연히 제자리를 찾아 완전한 균형을 이루었다. 갑자기 텅 빈 밝은 하늘에 우주적인 동요가 일고 모래 한 알 한 알, 선인장 한 줄기 한 줄기, 머리 위를 맴도는 솔개의 깃털 한 올 한 올까지, 또한 뜨거운 공기의 미립자 하나하나까지, 모두 눈에 띄지 않는 작은 동작을 시작한 것 같았다. 이 검둥이와 그 자신, 그리고 그 자신과 앞으로 그가 죽일 검둥이들 하나하나가 일제히 제자리를 찾아 드는 것이 아닌가! 이윽고 이들은 마치 조화로운 춤의 한 장면과도 같은, 완전한 균형의 순간을 이룩했다. 드디어 뭔가 지금까지와는 다른 의미가 나타났다. 신병 모집 포스터, 교회 벽화, 이미 살육된 흑인들(움집째로 불을 질러 무더기로 태워 버린 잠들어 있거나 거동 불능인 자들, 공중에 던져 총검 끝으로 받아 죽인 어린애들, 아예 성기를 꺼내고 다가간 여자들, 그때 여자들의 눈은 예고된 쾌락 때문인지 오 분 더 살 수 있다는 기대 때문인지 야릇하게 흐려져 있었다. 오 분이 지나면 이들은 머리에 총알부터 맞은 다음 겁탈당하게 되었다. 물론 마지막 순간에 이르러 병사들은 자기들이 이들에게 하려는 짓이 어떤 건지 알려 주는 일을 소홀히 하지 않았다.)까지, 이 모든 것은 폰트로타의 명령이나 지시와도 달랐고, 봄비처럼 수많은 단계를 거쳐 내려오는 군대 명령에 무조건 복종하는 데서 오는 기능적인 만족감과 쾌락을 동반한 무기력한 권태감 같은 것과도 무관했으며, 식민지 정책과도, 국제적인 착취와도, 군대 내의 진급과 축재 등과도 아무 관계가 없는 일이었다.

파괴자와 피파괴자, 그리고 그들을 연결시켜 주는 행위만이 관계된 일이었다. 이것은 완전히 새로운 경험이었다. 폰트로타와 휘하의 각료들과 함께 워터버그에서 돌아오던 중에 길가에서 야생 양파를 캐는 노파를 만난 적이 있었다. 코니히라는 기병 하나가 말에서 뛰어 내리더니 노파를 총으로 쏴 죽였다. 방아쇠를 당기기에 앞서 그는 총을 노파의 이마에 갖다 대고는 이렇게 말했다. "난 지금부터 널 죽일 거야." 노파는 그를 쳐다보며 말했다. "고맙습니다요." 얼마 안 가 저녁때쯤 그들은 열예닐곱 되어 보이는 헤레로족 처녀를 만났다. 그녀는 전 소대의 공동 소유가 되었다. 파이어릴리 주인이 마지막 순서에 걸렸다. 일을 마친 후에 아마도 잠깐 망설이는 눈치를 보인 모양이다. 권총을 쏠 것인가 총검으로 죽일 것인가를 정하는 데 잠깐의 시간이 흘렀던 것이다. 그러자 처녀는 정말로 미소를 지어 보였다. 그러고는 두 개를 모두 가리켜 보이면서 엉덩이를 흙 위에서 이리저리 느릿하게 움직였다. 그는 두 개를 다 사용했다.

일종의 공중 부양술 비슷한 것에 의해 그가 또다시 침대 위에 몸

423

을 던졌을 때 헤트비히 포겔상어가 본델 남자 한 명의 등에 올라탄 채, 방으로 들어왔다. 본델 남자는 엎드려 네 발로 기었다. 그녀는 검은색 타이츠만 입고서 그 긴 머리카락을 있는 대로 늘어뜨리고 있었다.

"잘 있었어요, 가엾은 쿠르트." 그녀는 본델 남자를 몰고 침대 옆까지 와서는 등에서 내려섰다. "가도 돼, 파이어릴리. 난 이걸 파이어릴리라고 불러요." 그녀는 몬다우겐에게 미소를 보이며 말했다. "피부가 밤색이니까요."

몬다우겐은 인사를 하려 했으나 너무 기운이 없어서 말을 할 수 없었다. 헤트비히는 타이츠에서 빠져나왔다. "난 눈화장밖에 안 했어요." 그녀는 데카당스적인 말투로 그에게 속삭였다. "입술은 우리가 키스할 때 당신 피로 붉게 만들면 되겠죠." 그러고는 애무를 시작했다. 그도 응하려 했지만 괴혈병 때문에 무력해진 탓에 그럴 수가 없었다. 이런 상태가 얼마 동안이나 계속되었는지 그는 몰랐다. 며칠 동안 계속된 것 같았다. 방 안의 불빛이 여러 차례 변했다는 것을 떠올렸다. 헤트비히는 세계가 줄어들기를 거듭하다 마침내 남은 유일한 공간인 검정 새틴으로 된 동그라미 속, 어디에나 동시에 존재하는 듯했다. 그녀가 무한하거나 몬다우겐이 시간 감각을 완전히 잃어버린 모양이었다. 두 사람은 금발과 온 세상에 편재하는 메마른 키스로 만들어진 누에고치 비슷한 것의 안으로 같이 말려 들어가고 있었다. 기억에 따르면, 한 번인가 두 번쯤 그녀가 본델 처녀 하나를 데려와서 돕게 했던 것도 같았다.

"고돌핀은 어디 있죠?" 그가 외쳤다.

"그 여자가 잡고 있어요."

"이런!"

어떤 순간에 힘이라고는 하나도 없이, 또 어떤 순간에는 지루하고 피곤했음에도 흥분을 느끼면서 몬다우겐은 애매한 태도를 유지했다. 그녀의 애무를 특히 즐기지도 않고 또한 그녀가 자신의 남성적인 기력에 대해 어떻게 생각할 것인가에 대해서 별로 우려하지도 않았다. 이윽고 그녀가 지쳐 버린 모양이었다. 그는 그 여자가 원하는 것이 무엇인가 알았다.

"나를 미워하는군요." 그녀는 억지로 내는 비브라토처럼 입술을 부자연스럽게 떨며 말했다.

"하지만 난 아직 병에서 회복이 안 됐으니까."

유리창을 통해서 바이스만이 불쑥 들어섰다. 앞머리를 가지런히 빗어 내리고 흰색 파자마, 모조 다이아몬드 신발, 검은 안와와 입술이 두드러져 보였다. 그는 또다시 오실로그래프 뭉치를 훔치려고 들어온 것이었다. 확성기가 마치 성이 난 것처럼 소리를 질러 대기 시작했다.

조금 뒤, 포플이 베라 메로빙과 함께 방 입구에 나타나서 그녀의 손을 잡고는 경쾌한 왈츠 멜로디에 맞추어 노래하기 시작했다.

나는 당신이 뭘 원하는지 알아요
요부들의 공주시여
탈선, 환상과 비밀 부적을 원하죠

하지만 조금만 더
빗나가 보면
하루도 더 살고 싶지 않을 거예요

열일곱은 잔인한 나이
하지만 마흔둘에도
연옥의 불길이 더 높이 타오르진 않지요

그러니까 그 남자에게서 떠나요
대신 내 손을 잡아요
죽은 자로 하여금 죽은 자를 매장하게 하세요
또다시 저 숨은 문으로 나가요
또다시 1904년을 위해 개가를 부릅시다. 나는야
사랑에 빠진 독일계 남서아프리카 남자……

일단 제대를 하고서, 거기 그대로 남은 자들은 칸 같은 지역의 광산 일을 하기 위해 서쪽으로 가든가 아니면 농사가 잘될 만한 곳을 찾아 농장을 시작했다. 그는 안정을 찾지 못했다. 하긴 그런 식으로 삼 년을 살아온 남자가 갑자기 자리를 잡고 정착한다는 것도 어려운 일이었다. 어쨌든 당장은 힘들었다. 그래서 그는 해안 쪽으로 이동했다.

그 해안 지방은 시간을 잡아먹는 데 기가 막힌 곳이었다. 남극에서 오는 조류의 얼음장 같은 혓바닥이 흐트러진 모래알들을 싹싹 핥아 버리듯이, 그 지역은 시간을 싹싹 먹어 치워 버렸다. 그곳은 생명을 위해 아무것도 내줄 것이 없는 곳이었다. 토질은 메말랐고 벵겔라 대한류에 의해서 냉각된 소금기 도는 바람은 바다에서 육지로 휘몰아쳐 들어와 뭐든 조금이라도 자라 보려는 것들을 모조리 죽여 없앴다. 또한 끊임없이 안개와 태양의 전쟁이 벌어졌다. 안개는 항상 인간의 골수를 얼어붙도록 만들려 했고 태양은 일단 안개를 다 태워 버리고 난 후에는 인간을 공격하는 습성이 있었다. 스바코프문트의 태양은 때때로 하늘을 가득 채워 버리는 듯했다. 그것은 바다 안개 때문에 생기는 회절 작용에 기인하는 현상이었다. 노란색을 띤 번뜩이는 회색빛 태양 광선은 눈을 아프게 했다. 거기에 온 사람들은 얼마 안 가 그곳 하늘 아래서 견디기 위해서는 색안경을 써야 한다는 사실을 배우게 되었다. 그리고 그보다 더 오래 머물고 있으면 거기에서 인간이 산다는 사실조차 인간에 대한 모독인 것 같은 느낌이 찾아왔다. 하늘도 너무나 광대했고 그 밑에 자리 잡은 해안의 정착민 부락은 너무도 초라했으며 스바코프문트의 항구는 서서히, 그리고 끊임없이 모래에 묻혀 가고 있었다. 오후의 태양 아래 인간들은 불가사의하게 쓰러졌으며 말들은 실성해서 해변의 끈적끈적하고 연한 펄 속으로 자취를 감추었다. 그곳은 잔인한 해안이었다. 백인이고 흑인이고 할 것 없이 독일의 영토 전역에 걸쳐 살아남는다는 일이 여기에서만큼 선택의 문제가 아닌 장소도 없었으리라.

그는 속았다. 이것이 적어도 제일 처음 느낀 심정이었다. 군대생활과 조금도 비슷하지 않았다. 무엇인가가 변해 버린 것이다. 검둥이들마저 이제 와서는 더욱 중요치 않은 존재가 되었다. 전과 달리이제는 그들이 거기 있다는 사실마저 늘 잊게 되었다. 목적이 달라졌다는 것, 어쩌면 이 사실 때문에 온 변화일지도 몰랐다. 항구는 모래를 걷어내야만 했고 항구에서 내륙으로 철도를 들여야 했다. 내륙 지역이 항구 없이는 발달할 수 없는 것처럼 항구 역시 내륙 없이는 번성하지 못했던 것이다. 영지에서 자기 존재를 합법화한 식민지 개척자들은 이제 자신들이 약탈한 땅의 인간 조건을 향상시키는 임무를 수행해야만 했다.

보상도 없지는 않았다. 그러나 보상이라는 것 역시 군대 생활이 제공했던 종류의 사치스러운 것이 아니었다. 그는 갱(坑) 감독으로서 집을 한 채 배당받았고, 처음으로 수풀 속에서 항복하러 나오는 여자들을 바라보았다. 폰트로타의 후임인 린데크위스트는 몰살 명령을 취소하고 도망간 원주민 모두에게 돌아오도록 권고한 것이다. 돌아만 오면 한 사람도 다치지 않겠노라는 약속도 했다. 탐색대를 내보내서 잡아 오는 것보다 이쪽이 싸게 먹힌다는 생각 같았다. 그들은 숲속에서 아사 상태에 빠져 있었으므로 자비의 약속은 음식에 대한 약속과 같았다. 음식을 먹은 후 이들은 병사들의 관리하에 광산이나 해안, 카메룬 등지로 보내졌다 이들을 실은 차량들은 내륙 쪽으로부터 거의 매일같이 병사들의 호위 아래 해안으로 도착했다. 아침이면 그는 차량들이 닿는 정거장에 나가서 이들을 선별해서 나누는 일을 돕곤 했다. 호텐토트족은 주로 여자들이었다. 수하에 들어온 몇 명 안 되는 헤레로족 남녀 비율은 그보다는 더 비등했다.

삼 년 동안 남쪽에서 특권을 누린 끝에 이 살인자 같은 바다에 침범당한 재의 들판에 와서 떨어지기 위해서는 특별한 힘이 필요했다. 그 힘이란 자연에서 발견될 만한 힘이 아니었다. 반드시 환상에 의지하지 않으면 유지할 수 없는 힘이었다. 고래 등속조차도 이 해안은 무사히 지나치지 못했다. 바닷가에는 산책길 비슷한 지대가 있었는데 그 길을 거닐고 있노라면 곧잘 눈에 띄는 광경이 있었다. 그것은 물에서 밀려 올라와 썩어 가고 있는 고래의 시체였다. 거기에는 으레 갈매기들이 수없이 와서 앉아 식사를 하고 있었다. 밤이 되면 한 떼의 바다늑대가 교대하여 거대한 썩은 고기를 차지할 차례였다. 그리고 불과 며칠 이내로, 건물 입구 같은 거대한 턱뼈와, 살이 다 없어져 건축물 뼈대처럼 보이는 골격만 남게 될 것이며, 그것은 결국 태양과 안개의 작용으로 모조 상아가 되어 갈 것이었다.

뤼데리츠부흐트 연안의 작은 섬들은, 말하자면 자연이 만들어 낸 포로 수용소였다. 저녁에 다들 웅크리고 모여 앉은 가운데 담요나 음식이나 가끔씩은 코뿔소 가죽채찍의 키스 한두 개씩, 이렇게 나누어 주다 보면 대식민지 정책이 지향하는 '가부장적 징벌'이라는 것의 바로 그 부친이 된 느낌이 들곤 하는 것이었다. 그거야말로 그들의 불가침적인 권리였으니까. 그자들의 끔찍하게 마르고 안개로 미끈거리는 몸뚱이는 온기를 조금이라도 모아 보려고 한데 뭉쳐 있었고, 여기저기 고래 기름에 적신 갈대 뭉치 횃불이 용감하게 타오르고 있었다. 이런 밤이면 섬은 포대기로 싸 놓은 듯 침묵에 덮여 있었다. 그 자들이 불만을 외치거나, 정신 장애나 근육 경직 때문에 소리를 지른 다 해도 그 소리는 짙은 안개로 방음이 된 공기 속에 지워지고, 귀에 들려오는 것은 해변을 항상 비스듬히 와서 때리는 파도 소리뿐이었 다. 언제나 끈적거리며 메아리를 동반하는 조수는 이렇듯 해변으로 와서 비스듬히 친 다음 탄산수처럼 맹렬한 소금물을 튀기고 미처 건 드리지 못한 부분의 모래 위에 하얀 거품을 남긴 채 도로 바다로 향 해 밀려가는 것이었다. 이 마음 없는 리듬 너머로 어쩌다 한 번씩 소 리가 들렸는데, 좁은 해협 저쪽에서 광활한 아프리카 대륙 전역으로 퍼지는 그 소리는 안개를 더욱 차갑게, 달을 더욱 어둡게, 대서양을 더욱 두렵게 만들어 줄 뿐이었다. 인간의 소리로 치면 아마도 웃음소 리라고 했겠지만 인간의 소리가 아니었다. 그건 모종의 외계에서 온 분비물로 만들어진 산물이었다. 그 소리는 너무 꽉 들어차 숨이 막히 고 머리가 어질해질 정도인 혈액 속으로 넘쳐 들어가서, 신경 마디마 다 경련하게 하고, 밤이면 시야에 회색의 무시무시한 형체를 드러냈 으며, 근육 결마다 흥분시키고, 불균형을 느끼게 하면서, 그 징그러 운 발작에 의해서만 비로소 사라지는 듯한 모종의 과오 같은 기분이 들게 했다. 발작이란 다름 아닌, 구강을 역류하여 비강을 꽉 채우고 하악과 두개골의 중앙에서 느껴지는 따가움을 지운 뒤 인두를 통해 분출되는 살찐 방추형 공기의 파열이었다. 그것은 바다늑대라는 이 름으로 불리는 갈색 하이에나의 외침이었다. 그 짐승은 패류, 갈매기 시체 따위의 뭐든 살이 붙어 있고 움직이지 않는 것이라면 아무거나 찾아 먹기 위해 해변을 혼자서, 또는 떼 지어 헤매는 것이었다.

그러니까, 백인 군인들은 그들 가운데 돌아다니면서 그들을 인 간이 아닌 수집품 같은 것으로 볼 수밖에 없었다. 하루 평균 열둘 내 지 열다섯씩 죽어 나가고 있다는 정도는 통계 숫자로 알고 있었지만,

시간이 지나면서 그 열둘인가 열다섯이 도대체 누구인지는 전혀 상관하지 않게 되었다. 어둠 속에서 그들의 차이는 크기뿐이었다. 그러한 사실은 그들에게 전과 같은 관심을 갖지 않는 데 도움이 되었다. 그러나 물 저편에서 바다늑대가 소리를 지를 때면 최초 선발 때 놓친 첩 삼을 만한 여자가 없나 찾아보려 허리를 숙이다가도, 혹시 저 짐승이 울부짖으며 기다리는 게 바로 이 여자가 아닐까 하는 야릇한 느낌을 완전히 억누를 수는 없었다. 어쩌면 그 일은 오직 지난 삼 년간의 기억을 억지로 지워 잊어버린 후에 가능했을 것이다.

정부에서 급여를 받는 민간인이 갱 감독이 되어서 포기해야 했던 사치 중 하나가 바로 이것이었다. 즉, 그들을 인간으로 바라보는 일이었던 것이다. 이 제약은 첩의 소유권에까지도 힘을 미쳤다. 각자가 여자를 몇 명씩 가지고 있었다. 더러는 순전히 집안일을 시키려는 목적에서였으나 또 더러는 쾌락을 위해 있었다. 하지만 이들에게는 가정생활이라는 것 또한 단체 단위로 되어 있었으므로 여자들은 고위 장교를 제외하고는 개인 소유가 될 수 없었다. 중위, 소위, 사병, 그리고 그 자신과 같은 감독 급은 여자들을 수용소 하나에 놔두고 공용했다. 이 수용소란 독신 장교 숙소 근처의 철망으로 둘러싸인 거처였다.

여자 집단 중 어느 쪽이 인간, 혹은 동물로서 더 편하게 지낼 수 있었는가에 대해서는 쉽게 단언하기 어려웠다. 철망 안에 사는 창부들인가, 해변 가까이 커다란 가시 울타리 속에 수용된 노동조들인가. 백인들은 여자들의 노동력에 주로 의존해야만 했다. 그 이유는 아주 명백했는데 남자 수가 절대적으로 모자랐던 것이다. 여자들이 여러 가지 일에 아주 유용하다는 것을 그들은 이내 깨닫게 되었다. 여자들에게 항구 바닥에서 건져 올린 침적토를 실어 나르는 대형 수레를 끌게 할 수도 있었다. 나미브를 통과하여 키트만슈프까지 놓일 철도에 쓸 레일을 운반하게 할 수도 있었다. 그 지명은 물론 이전에 그가 흑인들을 거기까지 행군시켰던 일을 떠오르게 했다. 가끔 그는 안개에 가린 태양 아래에서 백일몽을 꾸는 자신을 발견했다. 흑인의 시체가 가장자리까지 차오른 물웅덩이들, 그들의 귀, 콧구멍, 입 등과 거기 박힌 녹색, 백색, 검은색 보석들, 파리 떼와 그 자손이 내는 무지갯빛 광채, 남십자성까지 불꽃을 높이 뿜을 듯한 불붙은 인간 무더기들, 쉽사리 부러지는 인간의 뼈, 주머니 가르듯 가르던 인간의 몸통, 갑작스레 무거워지는 어린애 시체. 하지만 여기에는 그런 것이 하나도 없었다. 이들은 조직을 이룬, 단체 행동을 하도록 훈련받은 집단이었다. 따라서 지금 그가 하는 일은 쇠사슬로 한데 묶인 노예들을 부리는 게 아니라 두 겹으로 길게 이어지는 여자 노동자들을 감독하는 일이었다. 여자들은 쇠로 된 버팀목이 달린 레일을 나르고 있었는데 그중 하나가 넘어진다고 해도 각자가 감당해야 하는 중량이 약간 증가될 뿐 그전처럼 단 한 번의 실수로 혼란과 마비가 야기되는 일은 없었다. 그 비슷한 일이 일어난 사례는 딱 한 번밖에 떠오르지 않았다. 그것마저 그 주일 전 안개와 추위가 평소보다 더 심했던 게 원인일지도 몰랐다. 그럴 때면 그들의 눈이나 발끝이 염증을 일으키기 쉬웠기 때문이었다. 사실 그날은 그 자신도 목이 뻣뻣하고 아팠다. 그래서 그 일이 일어났을 때도 얼른 고개를 돌려 무슨 일이 일어났는지 확인할 수 없었다. 어쨌든 갑자기 비명이 들렸고 여자 중 누군가가 발을 잘못 디뎌 넘어졌다는 사실을 알았다. 그런데 그 여자 하나가 넘어지자 행렬 전체가 다 같이 넘어져 버렸다. 가슴이 뛰었다. 바다에서 불어오는 바람도 부드럽고 상쾌했다. 이제 옛날 같은 장면이 일부나마 연출된 것이다. 안개 틈으로 내비치는 시원스러운 광경 같았다. 그는 여자 쪽으로 되돌아갔다. 그러고는 레일이 떨어지면서 그녀의 다리를 부러뜨렸다는 사실을 확인했다. 그는 레일을 들어 올리지도 않고 여자를 그냥 잡아 끌어냈다. 그런 다음 둑 밑으로 여자를 굴러떨어뜨려 그대로 죽도록 놔두고 가 버렸다. 그 일은 기분을 풀어 주었다. 적어도 잠깐이나마 추억에서 해방시켜 주었으니까. 추억이란 그 해변에서 일종의 우울증 취급을 받았다.

그러나 가시 울타리 안에 사는 여자들이 과중한 노동으로 지칠 대로 지친 한편, 철장 속에 사는 여자들도 성 노동에 지쳐 있었다. 군인들 중에는 괴상한 버릇 그대로 전장에 나온 자들도 있었다. 상사 하나는, 너무 계급이 낮아서 어린 소년(어린 소년이란 희귀한 품목이었다.)을 차지할 수 없게 되자, 임시변통으로 사춘기 전의 아직 가슴이 생기지 않은 여자아이들을 데려다 머리를 밀고 쭈글쭈글한 군대 각반 외엔 모두 벌거벗겨 놓는 것이었다. 그런가 하면 또 다른 어떤 작자들은 여자들을 꼼짝 않고 송장처럼 누워 있게 강요하고는 만약 그들이 어떤 성적 반응을 보인다든지 갑자기 숨소리를 낸다든지, 또는 본의 아니게 몸을 떤다든지 하는 날에는 베를린에서 특별히 맞추어 온 보석 달린 코뿔소 가죽채찍으로 벌을 주었다. 그러니까 이런 것까지 포함하면 여자들로서는 가시 울타리와 철 울타리 중 어느 것을 택할지 결정을 내리기 어려울 수밖에 없었다.

그 자신으로 말한다면, 새로운 단체 생활이 마음에 들지 않을 것은 없었다. 만약 그의 첩이었던 사라라는 이름의 헤레로 여자아이만 아니었다면 그는 그렇게 눌러앉아 있다가 건축업자 같은 것이 되었을지도 몰랐다. 그런데 그녀가 나타나 그의 불만을 자극하여 부풀려 버린 셈이었다. 어쩌면 끝내 그가 모든 걸 집어치우게 된 원인이었다고 해도 지나치지 않을 터였다. 어쨌든 그는 그곳을 떠나, 폰트로타와 함께 영영 사라진(적어도 그 자신은 그렇게 생각했다.) 그 옛날의 사치와 풍요를 조금이나마 회복해 보려는 목적으로 내륙으로 들어왔던 것이다.

그가 처음 그녀를 발견한 것은 대서양으로 1.5킬로미터쯤 더 나간 데에서였다. 거기서 여자들이 날라 오는 매끈한 검은색 돌로 방파제를 세우고 있었다. 돌을 날라다가는 바닷물 속에 넣어 점점 높이 쌓아 올렸는데, 일은 지극히 느리고 고되었다. 이렇게 해서 문어발 같은 방파제가 만들어져 가고 있었다. 그날, 하늘은 회색 천을 압정으로 찔러 고정시켜 놓은 듯했고 서쪽 수평선에는 먹구름 한 장이 하루 종일 표류하고 있었다. 그가 처음 본 것은 흰자위에 바다의 완만하면서도 격정적인 동요를 반사하고 있는 듯한 그녀의 눈이었다. 그러고는 코뿔소 가죽채찍이 꿰어 놓은 구슬 자국이 남은 그녀의 등을 보았다. 그는 자기가 여자에게 가까이 가서 막 들어 올리려던 돌을 다시 내려놓도록 손짓으로 명령한 것이 순전히 욕정 때문이라고 생각했다. 그는 종이쪽지에 숙소 감독 앞으로 몇 자 적어서 그녀에게 주었다. "감독한테 갖다 줘." 그는 위협하듯 말했다. "말을 안 듣는 날에는……." 그러고는 코뿔소 가죽채찍으로 소금에 전 공기를 내리쳐 쌩 하는 소리를 냈다. 전에는 위협적인 말조차 할 필요가 없었다. 그래도 소위 '조직 운영상의 교감' 때문인지 항상 쪽지는 전해져야 할 곳으로 전해졌다. 그 쪽지가 자신의 죽음을 명령한다고 할지라도 그들은 꼬박꼬박 어김없이 전하는 것이었다.

여자애는 쪽지를 한 번 보고 그를 한 번 쳐다보았다. 그녀의 두 눈에 구름들이 지나갔다. 그것이 반사적인 작용인지, 아니면 전도(傳導)적인 작용인지는 알 도리가 없었다. 소금물이 밀려와 그들의 발을 때렸고 하늘에는 시체의 고기를 찾는 새들이 맴돌고 있었다. 방파제는 등 뒤로 육지와 안전을 향해 뻗쳐 있었다. 하지만 말 한마디면 되는 일이었다. 아무 말이든, 극히 사소한 말이라도. 그 말 한마디로 이들은 자기네의 갈 길이 육지와 반대쪽인, 아직 짓지 않은 보이지 않는 방파제 쪽이라는 터무니없는 생각을 갖게 될 수도 있었던 것이다.

마치 우리의 구세주에게 그랬듯이 바다는 이들에게 포장도로나 다름없었으니까.

레일에 깔렸던 여자와 비슷한 여자를 발견했다는 생각이 듦과 동시에 그 그리운 옛 추억을 불러일으키는 또 한 장면에 맞닥뜨리고 있다는 것을 그는 깨달았다. 이 여자를 다른 사람들과 나누고 싶지 않았다. 그는 그런 자기 자신에 대해 분명히 의식하고 있었다. 그는 또다시 선택의 쾌락을 맛보고 있었던 것이다. 선택의 결과가 제아무리 끔찍한 것이라 하더라도 묵살해 버릴 수 있었다.

그는 그녀의 이름을 물었다. 사라라고 했다. 그러는 동안에도 그녀의 두 눈은 시종 그에게서 떠날 줄을 몰랐다. 남극 대륙처럼 얼음장 같은 소나기가 물 위를 가로질러 몰아쳐 와서 둘을 흠뻑 적셔 버렸다. 그러고는 북쪽으로 계속 달려갔다. 하지만 그 바람이 콩고강이나 베냉만 같은 곳은 못 가 본 채 죽어 버릴 것은 정해진 일이었다. 그녀가 몸을 떨었다. 그는 반사적으로 손을 뻗쳐 그녀를 잡으려 했다. 그러나 여자애는 손을 피해 돌을 집기 위해 몸을 굽혔다. 그는 코뿔소 가죽채찍으로 그녀의 궁둥이를 살짝 때렸다. 그런 뒤에 그 순간은, 그것이 무엇을 의미하는 것이었든지 간에 지나가 버렸다.

그날 밤 그녀는 찾아오지 않았다. 다음 날 아침 그는 그녀를 방파제에서 붙잡아 무릎을 꿇게 한 후 구두 신은 발로 목덜미를 눌러 그녀의 머리를 물속에 처박았다. 적당한 간격을 두고 나서 그는 숨을 쉴 수 있도록 머리를 쳐들어 주었다. 그때 그는 그녀의 허벅지가 마치 뱀같이 길고 매끄럽다는 것을 알았고, 그녀의 엉덩이 근육이 숲속에서 너무 오래 굶주린 끝에 고운 줄무늬가 새겨진, 광채가 도는 피부 아래 드러나 보이는 것을 관찰했다. 그날 그는 핑계만 생기면 그녀를 채찍으로 때렸다. 저녁때, 그는 쪽지를 또 한 개 적어서 줬다. "한 시간 여유를 주지." 그녀는 그를 쳐다보았다. 이 여자애에게는 다른 흑인 여자들한테서 느껴지는 동물적인 요소가 전혀 없었다. 다만 그녀의 두 눈이 붉은 태양과 벌써부터 물 위로 뿜어 오르기 시작하고 있는 안개의 흰 줄기들을 반사하고 있을 뿐.

그는 그날 저녁 밥을 먹지 않았다. 철망이 둘린 여자 수용소 근처의 자기 숙소에서, 술 취한 남자들이 왁자지껄하면서 그날 밤 짝을 고르는 소음을 들어 가며, 혼자 기다렸다. 그는 가만히 앉아 있을 수가 없었다. 어쩌면 오한이 나는 것 같기도 했다. 지정된 한 시간이 다 지났지만 그녀는 오지 않았다. 그는 윗도리를 입지 않은 채 낮은 안개구름 속으로 걸어 나갔다. 그녀가 있을 가시 울타리 수용소를 향해 걸었다. 완전한 어둠이 깔려 있었다. 축축한 바람이 그의 볼을 세차게 치고 지나갔다. 그는 비틀거리며 넘어질 뻔했다. 일단 수용소에 닿은 그는 횃불을 밝혀 들고 여자를 찾기 시작했다. 그들은 그가 실성한 줄 아는 듯했다. 어쩌면 정말 정신을 잃었는지도 모를 일이었다. 얼마나 오랫동안 여자를 찾고 있었는지 그는 기억하지 못했다. 그는 그녀를 찾아내지 못했다. 여자들은 모두 똑같아 보였다.

다음 날 아침, 여자애는 보통 때와 마찬가지로 일터에 나타났다. 그는 튼튼하게 생긴 여자 두 명을 골랐다. 그러고는 그녀의 등을 바위에 구부리게 한 후 그들로 하여금 잡고 있게 했다. 우선 코뿔소 가죽채찍으로 매질을 했다. 그러고는 범했다. 그녀는 냉랭한 위엄을 지켰고 일이 끝났을 때 그는 두 여자들이 어느 틈엔지 그녀를 놔둔 채 아침 작업을 하러 자기 자리로 가 버렸다는 것을 알았다. 그는 적이 놀랐다. 왜냐하면 그 여자들이 취한 행동은 마음씨 좋은 숙녀 가정교사를 연상시켰기 때문이다.

그날 밤, 그가 자리에 들고 한참 되었을 때 여자애는 그의 숙소에 찾아왔다. 그러고는 잠자리로 들어와 그의 곁에 누웠다. 여자란 얼마나 야릇한 변덕의 동물인가! 그녀는 그의 것이 되었다.

그러나 얼마 동안이나 그녀를 그의 것으로 지킬 수 있을까? 낮 동안 그는 그녀를 침대에 수갑을 채워 묶어 두었고 밤이면 여자 수용소를 찾는 것도 전과 다름없이 계속했다. 의심을 사지 않기 위해서였다. 사라로 하여금 음식을 만들고 청소하는 일을 하게 할 수도 있는 일이었다. 그에게 위안을 주는, 말하자면 그가 지금껏 가져 본 여자 중 가장 아내에 가까운 존재가 되게 했을 수도 있었던 것이다. 그러나 저 안개와 땀에 찌든 메마른 해안에서 소유자라는 것은 존재하지 않았고 따라서 소유물이라는 것도 존재하지 않았다. '무생물'의 주장이 그토록 강력한 장소에서 인간은 오로지 공동체에 속함으로써밖에 그 세력에 맞설 수 없었던 것이다. 얼마 안 가 근처 방을 쓰는 남색 취향 상사에게 그 일이 발각되었다. 보자마자 당장에 반한 모양이었다. 그자는 사라를 청해 왔다. 처음 그는 그녀가 창부 수용소에서 온 여자니까 차례를 기다리라고 해 보았다. 하지만 그런 수작은 당분간밖에 시효가 없을 것이 뻔했다. 그자가 낮 동안 그의 숙소로 찾아와 속박을 당한 채 꼼짝 못하는 상태에 있는 그녀를 발견했던 것이다. 그리하여 그자는 그녀를 자기 방식으로 차지했다. 그러고는 배려 깊은 상사답게 자기 소대와 행운을 나누기로 결정을 내렸던 것이다. 정오부터 저녁 식사 시간 사이에 이들은 그녀, 가엾은 사라, '그의' 사라, 독을 품은 해변이 허용해 주지 않은 그녀를 놓고 비정상적인 성의 향연을 벌인 듯했다.

집에 돌아온 그는 그녀가 침을 흘리며 헛소리를 하고 있는 것을 발견했다. 그녀의 두 눈에서는 이미 계절의 자취를 찾아볼 수 없었다. 영원히 사라져 버린 것이다. 미처 생각을 정리하거나 사태를 파악해 보기도 전에, 그는 그녀의 수갑을 풀었다. 그런데 마치 그 흥겨운 소대가 재미를 보면서 필요 이상 소모한 만큼의 정력을 따로 모아 두기라도 한 듯, 그녀는 돌연 믿을 수 없는 힘을 내어 그의 포옹에서 빠져나가 도망을 쳤다. 이것이 그가 그녀를 살아서 본 마지막 모습이었다.

다음 날, 여자애의 몸뚱이는 해변에 씻겨 올라왔다. 그녀는 그들이 아마도 영원히 진압시키지 못할 바다에서 목숨을 거둔 것이었다. 재칼들이 그녀의 가슴을 뜯어 먹은 후였다. 그런 뒤에 그는 무엇인가가 드디어 완성되었다는 느낌을 경험했다. 이것은 그가 수세기가 지난 것처럼 오랜 그 옛날, 수송선 '하비히트'를 타고 온 이래 처음 있는 일이었다. 그리고 그 분명하고 직접적인 도화선에 불을 붙인 것은 남색 취향 상사의 여자 취미나 그 유명한 선페스트 예방주사 등속의 것들이었다. 이것이 가령 우화였다면(그럴 리 없다고 생각했지만) 인간 욕망의 발달이나 관용의 진화를 예증하는 보기가 되었을 것이다. 어느 쪽이든 그로서는 불쾌하기 짝이 없는 숙고의 대상일 뿐이었다. 만약에 '대반란'의 시기 같은 것이 또다시 찾아온다면, 그토록 유쾌했던 노여움이나 추억으로서 반추하게 된, 예전과 같은 개인적이고 즉흥적인 악독한 짓거리는 도저히 반복할 수 없으리라고 그는 생각했다. 이제 그들이 맞이하게 될 것은 인간의 손쉬운 변덕을 부추기는 대신에 차갑게 가라앉히는 논리일 것이다. 그 논리는 성격 대신 능력을, 기적적인 정치 현상(대단히 아프리카적인 현상이었다.) 대신에 의도적 계략을, 사라와 코뿔소 가죽채찍과 바름바드에서 키트만슈프까지 가는 길에 있었던 죽음의 춤과 파이어릴리의 팽팽한 둔부와 빗물이 갑작스레 불어난 강물 속 가시나무에 꽂힌 검은 시체처럼 영혼의 미술관 속에 그가 간직하고 있던 가장 귀중한 화폭들 대신에 황량하고 추상적이고 그에게 아무 의미도 갖지 못할 족자 그림 하나만을 내놓았다. 그는 지금 그 그림을 등지고 서 있었으나, 그것은 그가 '저쪽 벽'에 가서 닿도록 후퇴 중의 배경으로 거기 그렇게 걸려 있을 터였다. 그의 마비된 경계심이 말해 준 대로, 이제 현실이 되는 것을 아무도 막을 수 없을 그 세계의 설계도와 같은 것이었다. 그 세계는 당시로부터 열여덟 해가 지난 지금에 와서도 적절한 비유를 찾지 못할 만큼 전폭적인 절망이 지배하고 있었다. 이 절망적인 세계에 대한 최초로 시도된 밑그림은 제이컵 마렝고[107]가 죽은 다음해, 그 끔찍한 해변에서 그려졌다고 그는 생각했다. 그해 해변에는 뤼데리츠부흐트와 묘지 사이에 아침마다 스무여남은 개의 여자 시체가 균일한 형태로 휴지처럼 널려 있었다. 그것은 병든 모래사장에 널려진 해초보다 더할 것 없는 물체들의 응집이었다. 거기서 인간 영혼의 여정이란 바람에 시달리는 짤막한 대서양 안의 취송 거리를 횡단하는 집단 이주에 지나지 않았다. 닻을 내린 죄수선처럼 안개로 휩싸인 섬에서 상상을 초월하게 거대한 그들 대륙과 하나가 되는 것이었다. 그뿐이었다. 거기에서는 철도 한 가닥이 그 어떤 도해법으로도 '죽음의 왕국' 일부라고 볼 수 없는 키트만슈프를 향해 슬금슬금 뻗어 나가고 있었다. 또한 그 땅은 인간성이라는 것이 점차 말소되었으며, 특히 고독한 순간이면 독일계 남서아프리카 거주민만을 위한 필요 아닌가 하는 생각이 들기는 했지만(물론 사실이 아니라는 것쯤은 그도 알고 있었다.) 인간이 필요로 하는 것이 결여되어 있었다. 그리고 동시대인의 자손들(신이여, 그들을 도우소서.)이 앞으로 직면하게 될 무엇인가가, 신경질적이고 불안정하고 항구적으로 불완전하면서도 해체시킬 도리가 없는, 소위 '인민 전선'의 차원으로 격하되어 있었다. 비정치적이고 얼핏 보기에는 소수에 불과한 적들에 대항하기 위한 것이었지만 사실상 이 적들이란 무덤까지 함께 갈 수밖에 없는 적들이었다. 형체 없는 태양, 달의 남극만큼이나 낯선 해변, 철망 속에서 서성대는 창부들, 소금 안

107   1904년~1908년 사이에 남서아프리카인들이 일으킨 독일 식민 통치 반란 사건의 지도자.

개, 알칼리성 토지, 끊임없이 새로운 모래를 실어다 항구 바닥을 돋우는 벵겔라 해류, 바위의 타성, 피부의 연약함, 가시나무의 구조적인 약점, 죽어 가는 여인의 들리지 않는 웅얼거림, 안개 속에서 헤매는 바다늑대의 무서운, 그러나 가끔은 필요한 울음소리 등등.

4

"쿠르트, 왜 이제 키스를 안 해 줘요?"

"내가 얼마나 잤지." 그는 궁금했다. 자는 사이에 누군가가 유리창에 내걸린 파란 커튼을 닫은 모양이었다.

"지금 밤이에요."

그는 방에서 뭔가가 사라졌다는 느낌에 사로잡혔다. 이어서 그 사라진 것이 확성기에서 나오는 소리였음을 깨달은 동시에 침대에서 튀어 올라, 미처 자기가 이제 걸을 수는 있을 만큼 회복했다는 것을 인식할 틈도 없이 수신기 쪽으로 비틀거리며 걸어갔다. 입속에서 야릇한 맛이 나고 기분이 나빴으나 적어도 이제는 뼈마디들이 쑤시지 않았다. 잇몸 역시 쓰리고 흐물흐물하게 느껴지지 않았으며 다리에 생겼던 붉은 반점들도 없어졌다는 것을 알 수 있었다.

헤트비히가 낄낄대고 웃었다. "꼭 하이에나 같아요."

거울을 들여다보니 꼴불견이었다. 그는 거울 속의 자기 자신에게 눈을 껌벅여 보았다. 그랬더니 왼쪽 속눈썹들이 금방 서로 붙어 버렸다.

"그렇게 흘겨보지 마세요." 그녀는 천장을 향해서 발끝을 세우더니 스타킹을 고쳐 신었다. 몬다우겐은 비뚤어진 눈길로 그녀를 쳐다보고는 수신 장치를 고치기 시작했다. 등 뒤에서 누군가 방으로 들어오는 소리가 났고 이어 헤트비히가 신음하기 시작했다. 병실의 무거운 분위기가 자욱한 허공에서 쇠사슬 흔드는 소리가 났다. 휘익 하는 소리와 피부를 뭔가로 내리치는 소리가 들렸다. 새틴이 찢기는 소리, 비단이 흔들리는 소리, 날카로운 프랑스식 구두굽이 나무 세공 바닥에 문신을 새기는 소리, 괴혈병을 앓고 나서부터 '엿보는 사람'에서 '엿듣는 사람'으로 변해 버린 걸까? 아니면 마음속 더 깊은 곳에서 일어난 변화, 그리고 전체적 변화의 일부 때문에 일어난 현상일까? 고장의 원인은 타 버린 파워 앰프 튜브였다. 그는 여분의 튜브로 갈아 끼웠다. 그러고 나서 돌아다보니 헤트비히는 이미 거기 없었다.

몬다우겐은 탑에서 사오십 개의 공전 수신을 하며 머물러 있었다. 이것만이 포플 저택 밖의 시간과 그를 연결해 주는 유일한 일이었다. 그는 동쪽에서 나는 폭발음에 얕은 잠에서 깨어났다. 이윽고 무슨 일이 일어났는지 스테인드글라스 너머로 나가니, 다들 지붕에 달려 나와 있었다. 협곡 저쪽에서 싸움이, 진짜 전쟁이 벌어지고 있었다. 서 있는 자리가 충분히 높았기 때문에 모두들 모든 것을 마치 관객인 그들을 위해 일부러 펼친 구경거리라도 되는 듯 한눈에 바라볼 수 있었다. 본델족의 작은 무리가 바위 가운데에 모여 웅크리고 있었다. 남자, 여자, 아이, 굶주린 염소들로 이루어진 집단이었다. 헤트비히는 지붕의 얕은 경사를 가로질러 그에게로 조금씩 다가오고 있었다. "얼마나 신나는 일이에요." 그에게 다가온 그녀는 속삭였다. 그녀의 눈은 그 어느 때보다 커져 있었고 두 손목과 발목에는 피가 엉겨 붙어 있었다. 지는 해가 본델 사람들의 몸뚱이를 일종의 오렌지색으로 물들였으며, 얇은 새털구름이 늦은 오후의 하늘에 투명하게 떠돌았다. 그러나 이내 태양은 이 구름 조각들을 눈을 뜨고 쳐다볼 수 없는 눈부신 백색 물체로 바꾸어 놓았다.

포위된 본델족 주변으로, 거친 밧줄 올가미 형체를 이루며, 백인의 무리가 진 치고 있었다. 미합중국 장교와 하사관으로 이루어진 간부진을 제외하고는 대부분 자원병들이었다. 그들은 가끔 가다 한 번씩 원주민 측과 교전하고 있었는데, 원주민들 쪽은 모두 합해서 대여섯 개의 소총밖에는 가진 것이 없었다. 그 아래쪽에서는 틀림없이 명령, 승리, 고통 등을 표하는 인간의 소리가 들렸을 것이다. 하지만 그들이 서 있는 이쪽에서는 콩 튀기는 소리 정도의 총성만 들릴 뿐 다른 소리는 아무것도 들리지 않았다. 한쪽에는 불탄 흔적이 보였고, 부서진 바위의 회색빛 무더기와 본델족들의 시체들 또는 몸뚱이의 부분부분이 무늬를 만들고 있었다.

"폭탄이었어." 포플이 말했다. "폭탄 때문에 잠이 깬 거라고." 누군가가 아래에서 술과 술잔과 엽궐련을 들고 올라왔다. 아코디언 주자는 악기를 들고 와서 연주하기 시작했으나 몇 소절 만에 중지당했다. 지붕 위 사람들은 그 누구도 죽음의 소리를 조금도 놓치고 싶어 하지 않았다. 그들은 전쟁터를 향해 몸을 기울이고 있었다. 목 줄기가 팽팽하게 당겨지고 눈두덩은 수면 부족으로 퉁퉁 부었으며 흐트러진 머리카락에는 비듬 조각들이 붙어 있었다. 손톱에 때가 낀 더러운 손가락들은 햇빛에 붉어진 와인 잔 다리를 새 발톱처럼 거머쥐고 있다. 어젯밤 마신 와인과 니코틴, 그리고 피로 까매진 입술들은 치석이 낀 치아 위로 끌어올려져 원래 색이라고는 어쩌다 한 가닥씩밖에 찾아볼 수 없었다. 나이 든 여자들은 다리를 자꾸만 움직였고, 모공이 숭숭 뚫린 볼에는 지워지지 않은 화장이 얼룩무늬를 만들고 있었다.

미합중국 진영 쪽 수평선 너머로부터 두 대의 복엽 비행기가 날아왔다. 무리에서 떨어져 나온 새 두 마리처럼 천천히 저공비행을 하고 있었다. "폭탄이 저걸로 왔어." 포플이 일행에게 말했다. 그는 이 순간 너무 흥분해서 술이 지붕에 엎질러진 것도 몰랐다. 몬다우겐은 쏟아진 술이 처마에까지 두 줄기로 흐르는 것을 뚫어져라 쳐다보았다. 어째서인지 그것은 이 집에서 맞은 그의 첫 아침을 상기하게 했다. 두 줄기 핏자국(언제부터 그는 그걸 피라고 불렀을까?)은 정원으로 흘러내렸다. 매 한 마리가 지붕 위로 내려와 와인을 따라갔다. 그랬다가 이내 다시 날개를 펴고 날아갔다. 언제부터 그는 그걸 피라고 불렀을까?

비행기들은 더 가까이 다가오지는 않을 것 같았다. 끝없이 그저 그렇게 하늘에 매달려 있으려는 모양이었다. 해가 지고 있었다. 바람에 날려 형편없이 얇아진 구름은 이제 붉은색으로 변하고 있었다. 기다랗게 하늘을 리본처럼 장식한 구름은 얄팍하고 아름다웠다. 그 구름들이 부축해 준 덕에 하늘이 맑아지지 않고 떠받들려 있는 느낌이었다. 본델족 하나가 갑자기 미친 듯이 뛰기 시작했다. 그러더니 우뚝 서서 창을 휘둘렀다. 이내 그는 전진 중인 보초선에서 가장 가까운 데까지 뛰어갔다. 그러자 언저리의 백인 병사들이 모두 한 덩어리로 모여들어 그에게 총격을 가하기 시작했다. 총성이 우박처럼 쏟아졌다. 포플의 지붕 위에서는 코르크 마개 뽑는 소리가 총성의 메아리를 일으켰다. 사나이는 그들이 있는 곳까지 거의 다 가서 쓰러진다.

이제 비행기 소리가 들렸다. 간헐적으로 들리는 그 소리는 마치 성난 짐승이 내는 것만 같았다. 비행기들은 어색한 모양으로 곡선을 그리더니 본델족이 있는 쪽으로 거꾸로 내려가기 시작했다. 돌연히 각각에서 떨어지는 세 개의 산탄통이 햇빛을 받았다. 꼭 여섯 개의 오렌지색 불덩이가 떨어지는 것 같은 광경이 펼쳐졌다. 불덩이들이 떨어지는 데에 한 세기는 족히 걸리는 듯했다. 그러나 곧 두 개는 바위틈으로, 두 개는 본델족 한가운데로 나머지 두 개는 시체들이 있는 곳으로 떨어졌다. 여섯 개의 폭파 화염이, 흙과 돌멩이와 선홍색 구름으로 도금된, 거의 검은색 배경의 하늘을 향해 폭포수처럼 솟구

처 올라갔다. 몇 초 후 요란한 기침 소리 같은 폭음이 겹쳐지면서 지
붕 위에 도달했다. 지붕 위의 구경꾼들은 기쁘기가 한량없었다. 보초
선은 신속하게 움직이고 있었다. 얇은 연기의 장막으로 둘러싸인 가
운데로 들어가더니 아직도 살아 움직이는 자, 부상당한 자를 죽이고,
시체들, 여자들, 아이들 그리고 한 마리 살아남은 염소에게까지 총을
쏘아 대었다. 그러더니 고조되던 코르크 뽑는 소리가 갑자기 딱 그쳤
다. 그런 다음 밤이 내려왔다. 몇 분 후, 누군가가 싸움터에 모닥불을
피웠다. 지붕 위의 구경꾼들은 평소보다 훨씬 흥겹고 요란한 밤의 축
연을 즐기기 위해 안으로 퇴각했다.

농성 파티가 맞이한 새로운 국면은 그날 밤 1922년이라는 연도
가 개입하면서 시작된 것일까, 아니면 지극히 내면적인 몬다우겐 혼
자만의 변화였을까? 그는 이제 보이고 들리는 것의 얼마만큼을 일부
러 외면하고 일부만을 임의로 걸러내어 전체 윤곽을 새롭게 그리기
시작한 것일까? 알 길이 없는 문제였다. 아무도 알아내고 말해 줄 사
람은 없었다. 이것이 어디서 기인한 현상이든, 즉 건강 회복에 따른
것이든, 폐쇄적인 생활에 대한 권태 때문이었든, 그는 어느 날에 이
르러 도덕적인 분노로 발전될 게 분명한 분비샘 압력의 최초 증후를
얻게 되었다. 적어도 그로서는 드물게 경험하는 현상을 만났다. 그의
기묘한 '관찰주의'라는 것이 의도에 따른 선택이나 내면적인 필요에
따른 게 아니라 오직 자기 눈에 보인 것들에 의해 결정되었다는 사실
이 바로 그것이었다.

아무도 더 이상은 전투를 구경하지 못했다. 가끔가다 한 무리의
기마병들이 먼 곳에서 먼지를 조금 일으키면서 평원을 미친 듯이 달
려 지나가는 광경, 수 킬로미터 떨어진 카라스산 부근에서 들려오는
폭음, 어느 날 밤 어둠 속에서 본델 남자 하나가 협곡 위에서 굴러떨
어지면서 아브라함 모리스의 이름을 외치는 소리를 들었을 뿐이었

다. 몬다우겐이 거기 머무른 마지막 몇 주일 동안은 누구나 집 안에서만 지냈다. 그동안 사람들은 하루에 불과 두세 시간씩밖에 잠을 자지 않았다. 삼분의 일 정도는 아파서 누워 지냈고 포플의 본델인 하인들 말고도 몇 명인가가 죽어 갔다. 매일 밤 환자 한 명씩을 찾아다니며 술을 먹여 성욕을 자극하는 것이 오락거리가 되기도 했다.

몬다우겐은 그의 탑 속에서 열심히 암호 풀이 작업을 하며 지냈다. 가끔 지붕에 잠깐씩 나가 서서 휴식을 취하기도 했는데, 그럴 때면 그는 어느 사육제 밤인가 자신에게 내려진 것만 같은 이 저주에서 과연 빠져나갈 날이 올 것인지에 대해 골똘히 생각해 보고는 했다. 그 저주란 남쪽이든 북쪽이든 발 닿는 이국 땅 어디에서든 데카당스에 둘러싸여 지내게 되는 저주인 듯했다. 뮌헨에만 국한하지도 않았고 특정 경제 공황에만 해당되지도 않았다. 그건 이 집을 좀먹고 있듯 유럽 전체를 좀먹고 있는 영혼의 공황 상태에 근원을 두고 있었다.

어느 날 밤, 그는 바이스만 때문에 잠을 깼다. 매무새가 아무렇게나 흐트러진 바이스만은 흥분 때문에 한곳에 가만히 서 있지를 못하는 형편이었다. "이것 봐, 이것 보라고." 그가 외쳤다. 그는 몬다우겐의 눈앞에다 종이쪽지를 휘둘러대고 있었다. 몬다우겐은 눈을 천천히 깜빡이며 그것을 읽어 보았다.

DIGEWOELDTIMSTEALALENSWTASNDEURFUALRLIKST

"이게 어쨌다는 거요." 그가 하품을 하며 말했다.

"이건 선생 암호요. 내가 해독해 냈다고. 봐요, 여기서 세 번째 글자를 모두 뺐소. 그랬더니 GODMEANTNUURK가 나왔어. 이걸 재배열하면 쿠르트 몬다우겐(KURT MONDAUGEN)이 되지 않는가 말이오."

"그렇다면." 몬다우겐이 으르렁거리며 말했다. "도대체 어떤 놈이 당신한테 내 서신을 읽어도 된다고 했소."

"메시지의 나머지는 이렇게 되지." 바이스만이 계속했다. "DIEWELTI-STALLESWASDERFALLIST."[108]

몬다우겐이 말했다. "난 전에도 그 말을 들은 일이 있지." 그의 얼굴에 미소가 퍼지기 시작했다. "부끄럽지도 않소, 바이스만. 직책을 내놓으시죠. 아무래도 분야를 잘못 고른 것 같으니. 엔지니어 소질이 넉넉하신데. 당신, 속임수를 썼지."

"절대로 아니오." 바이스만이 자존심 상한 목소리로 항의했다.

그 이후 몬다우겐은 탑 속 분위기에 압박당한 끝에 별장의 박공이며 복도며 층계 들을 달이 지도록 정처 없이 헤매고 다녔다. 아침 일찍, 칼라하리 위에 진주색 동이 트기 시작할 때쯤 그는 벽돌담 하나를 돌아 작은 홉 밭으로 들어섰다. 그는 거기에서 어쩌면 포플의 마지막 본델족이었을 본델 사람 하나를 발견했다. 그는 두 손목을 각각 다른 철사에 묶인 채 덩굴들이 늘어선 위에 드리워져 있었고 다리는 이미 곰팡이가 솜털같이 돋아 있는 병든 어린 홉 열매 위로 대롱거리고 있었다. 그의 몸뚱이 주변을 돌면서 엉덩이를 코뿔소 가죽 채찍으로 치고 있는 것은 노 고돌핀이었다. 그 옆에는 베라 메로빙이 서 있었다. 둘은 옷을 바꿔 입은 모양이었다. 고돌핀은 「저녁 바다 곁에서」의 후렴 부분을 떨리는 목소리로 부르기 시작했다.

몬다우겐은 이번에야말로 퇴장해 버렸다. 보고 싶지도 듣고 싶지도 않았던 것이다. 그는 그 대신 탑으로 돌아가 작업 일지 기록장이며 오실로그래프 기계 부품을 거둬 모으고 작은 배낭에 옷가지와

108   독일어로 '세계가 문제의 전부다.'라는 뜻이다.

세면도구를 챙겨 넣은 뒤 아래층으로 내려와 프렌치 윈도를 통해 몰래 빠져나왔다. 집 뒤쪽에서 긴 널빤지를 발견한 그는 그것을 협곡 있는 곳까지 끌고 갔다. 어떻게 해서인지 포플과 그 초대 손님들은 그가 출발한다는 것을 눈치챈 모양이었다. 그들은 유리창께 모여 서 있었다. 더러는 발코니에 나와 앉았고 또 더러는 그를 구경하기 위해 베란다에까지 나와 있었다. 마지막 안간힘을 써서 몬다우겐은 널빤지를 협곡의 폭 좁은 부분에 떨어뜨렸다. 그가 60미터 발아래를 흐르는 가느다란 물줄기를 내려다보지 않으려 애쓰며 널빤지 다리를 조심조심 건너기 시작하자 아코디언이 느리고 슬픈 탱고를 연주하기 시작했다. 마치 그가 저쪽 연안에 닿기까지 음악으로 그를 동반해 주려는 듯했다. 음악은 이내 떠들썩하고 감상적인 이별가로 바뀌었고 그들은 다 같이 노래를 부르기 시작했다.

어째서 그대는 그리도 빨리 떠나는가
우리들의 즐거운 파티를?
파티 손님들이 너무 점잖아서? 웃음이 시들해서?
그대가 점찍은 여자 때문에, 그 여자가 재미를 망쳤나?
제발 제발 말해 주오
우리보다 더 즐거운 음악을 들려주는 이가 있던가, 제발 말해 주오
술과 여자가 여기보다 푸짐한 데가 어디에 있던가?
이보다 더 흥겨운 파티가 어디 있던가?
남서부 보호령 안에
제발 말해 주오, 우리도 갈 테니
(이 파티가 끝나는 길로)
제발 말해 주오, 우리도 갈 테니

그는 저쪽 연안에 가서 닿았다. 배낭을 고쳐 멘 후, 전방에 나무들이 모여선 곳을 향해 걷기 시작했다. 200미터 넘게 걸어간 그는 끝내 돌아다보고야 말았다. 그들은 아직도 구경하고 있었다. 이제 드디어 주위가 조용해져 있었고 그 침묵은 일대 관목 지대 전부를 덮은 침묵의 일부가 되어 있었다. 아침 햇빛이 그들의 얼굴을 어디선가 본 일이 있는 '사육제의 백색'으로 표백하고 있었다. 그들은 마치 지구상의 마지막 신들인 양, 비인간화된 초연한 얼굴들로 협곡 이쪽을 지켜보고 있었다.

3킬로미터쯤 앞쪽 갈림길에서 그는 당나귀를 타고 가는 본델족 한 사람을 만났다. 그 사나이는 오른팔이 떨어져 나가고 없었다. "모두 끝났소." 그가 말했다. "본델 사람 많이 죽었소. 주인님들 많이 죽었소. 판베이크 죽었소. 내 아내, 아이들, 다 죽었소." 그는 몬다우겐을 뒤에 태워 주었다. 당시 몬다우겐은 그들이 어디로 가는지 몰랐다. 해가 떠오르면서 그는 볼을 본델 남자의 상처 자국 난 등에 갖다 대고 잠이 들었다 깨어났다를 반복했다. 언젠가는 대서양으로까지 가서야 끝날 이 누런 길에 그들 셋만이 살아 있는 물체 같았다. 햇빛은 정말 굉장했다. 그리고 고원의 영지도 끝없이 넓었다. 몬다우겐은 암갈색 황무지 속에서 자신이 작고 끝없이 무력하게 느껴졌다. 그들이 같이 여행하기 시작한 뒤 얼마 안 지나서 그 본델 남자는 노래를 하기 시작했다. 그의 작은 목소리는 가장 가까운 간나 숲까지도 가닿지 못한 채 중간에 꺼져 버리고는 했다. 그는 호텐토트 방언으로 노래를 했으므로 몬다우겐은 노래의 뜻을 알 수 없었다.

10장

각종 젊은이 집단이 한데 모이다
V

1

매클린틱 스피어는 호른 주자가 독주를 하는 동안 빈 피아노 곁에 서 있었다. 특별히 쳐다보는 것도 없이 멍한 눈이었다. 반쯤은 음악을 듣는 것 같기도 했다.(연주자가 알토 키를 가끔가다 한 번씩 누르는 건 마치 내추럴 호른에게 공감의 마술이라도 발휘해서 주제를 좀 다르게 전개해 보려는 시도 같았다. 어떻게 다르게 하려는 건지는 도무지 알 수 없었지만 스피어가 보기에는 어떻게 해도 지금보다는 더 나을 것 같았다.) 집중력의 나머지 반은 테이블에 앉은 손님들에게 쏠린 듯했다.

이번이 마지막 세트였다. 이번 주는 스피어에게 재수 없는 한 주였다. 대학이 문을 닫고 학생들을 풀어놓았기 때문이었다. 그들은 이런 데에 몰려와서 서로를 붙들고 떠들어 대는 것 말고 아는 게 없는 부류였다. 가끔씩 연주 세트 중간에 그를 자기네 테이블로 초청하기도 했다. 그러고는 그에게 다른 알토 주자들에 대해 어떻게 생각하느냐 같은 질문을 하는 것이었다. 더러는 북쪽 사람들 특유의 관용적인

448

제스처를 보이기도 했다. 이봐, 난 어떤 사람하고도 자리를 같이할 수 있다고, 하는 식의 태도, 아니면 "친구, 「나이트 트레인」한 곡 해 줄래?" 네, 선상님. 네, 주인님. 이 늙은 검둥이 엉클 매클린틱이 그걸 연주해 드립죠. 최고로 잘해 드립지요. 그러고는 나중에 세트가 다 끝난 다음에 보자고. 내 알토 색소폰을 가지고 네놈의 허연 아이비리 그 엉덩이를 후려갈길 테니.

호른 주자는 곡을 끝내 버리고 싶은 모양이었다. 그도 스피어처럼 일주일 내내 지쳐 있었으니까. 그들은 드럼 주자를 포함하여 넷이서 같이 화음 없는 유니송으로 메인 테마를 연주한 후 무대를 떠났다.

부랑배들은 배급이라도 타려는 듯 밖에 한 줄로 늘어서서 기다리고 있었다. 봄은 갑작스럽게 뉴욕에 후텁지근한 최음 효과를 주었다. 스피어는 그의 트라이엄프를 주차장에서 찾아내어 올라타고 업타운으로 달렸다. 몸을 풀 필요가 있었던 것이다.

반시간 후 그는 마틸다 윈스럽이라는 여자가 경영하는 유쾌한 여인숙(사창굴이기도 했다.)에 가 닿았다. 마틸다라는 여자는 우리가 해지는 오후 길거리에서 가끔 마주치곤 하는, 부드러운 걸음걸이로 우울증과 채소를 찾아 시장으로 향하는 부류의 체구가 자그마하고 마른 노부인이었다.

"그 애, 위에 있어." 마틸다가 말했다. 이 여자의 미소는 온 세상에 널리 던지는 미소였다. 스포츠카를 몰고 다니며 머릿속 가득 자만이 이끼처럼 차 있는 연주자들에게도 마찬가지였다. 스피어는 마틸다와 잠깐 권투하는 시늉을 해 보았다. 마틸다는 그보다 반사 신경이 좋았다.

여자는 담배를 피우며 침대에 앉아 서부 이야기를 읽고 있었다. 그는 코트를 의자에 던졌다. 그녀는 그를 위해 침대에 자리를 내주고 책장을 한 귀퉁이 접은 후 책을 바닥에 내려놓았다. 곧 그는 그녀에게 지난 한 주의 얘기를 해 주었다. 그를 배경 음악으로 사용한 상류층 자제들, 다른 악단 소속의, 그 자신들도 돈푼깨나 있으면서, 신중해서 그의 음악에 적당히 절충적인 반응을 보이는 연주자들, 그리고 사실은 V-노트에서 비싼 맥주를 마실 돈은 없지만 그의 음악을 이해하거나 이해하기를 원하는 자들, 그러나 이들이 앉을 자리는 이미 상류층 자제들과 부유한 연주자들이 다 차지해 버려서 남아 있지 않았다. 그는 이 모든 걸 베개에 대고 쏟아 놓았고 그녀는 놀라울 정도로 부드러운 손길로 그의 등을 문질러 주었다. 그녀는 자기 이름이 루비라고 했다. 하지만 그는 믿지 않았다. 곧바로 그는 이렇게 물어보았다.

"내가 하려는 말이 무슨 소린지 알 수 있어, 조금이라도?"

"호른이라면 몰라." 그녀는 정직하게 말했다. "여잔 그런 건 몰라. 여자는 느낌뿐이니까. 난 그 음악이 뭔지 느낄 수는 있어. 꼭 내 속에 들어왔을 때 원하는 게 뭔지 알 수 있는 것처럼. 어쩌면 다 같은 건지도 모르지. 난 모르겠어, 매클린틱. 넌 나한테 친절하게 대해 주는 것 같아. 내게 원하는 게 뭐지?"

"미안해." 그가 말했다. "난 여기 오면 긴장이 풀려."

"오늘 밤 자고 갈래?"

"응."

서로 어색한 상태로 슬랩과 에스터는 슬랩의 방 이젤 앞에 서 있었다. 둘은 「치즈 대니시 35호」를 바라보고 있었다. '치즈 대니시'는 슬랩이 최근 집착하는 주제였다. 그는 얼마 전에 이 아침 식사용 빵을 갑자기 미친 듯이 그리기 시작했다. 각양각색의 스타일, 조명, 배치를 동원해 가며 같은 소재를 계속 그렸던 것이다. 그의 방에는 이미 각각 입체파, 야수파, 초현실주의파의 기법이 쓰인 치즈 대니시 조각들이 널려 있었다. "모네는 쇠퇴기를 기베르니에 있는 자기 집에서 집 정원 연못의 수련을 그리면서 보냈다고." 슬랩은 이런 식으로 자기의 집착을 정당화하려 했다. "온갖 종류의 수련들을 그렸지. 그 사람은 수련을 좋아했어. 지금은 내 쇠퇴기야. 난 이 치즈 대니시가 좋거든. 지금까지 끝도 없이 이것들 덕분에 목숨을 유지해 왔어. 그러니 안 좋아할 수가 있겠어?"

「치즈 대니시 35호」라는 작품에서 주제는 화면 중앙에서 아래로 조금 왼쪽으로 치우친 곳의 좁은 면적을 차지하고 있을 뿐이었다. 그것은 전신주의 쇠사다리 막대 한 개에 꽂혀 있었다. 풍경은 텅 빈 길거리, 전면이 과감한 원근법을 사용하고 있었다. 생물이라고는 중앙 뒤쪽에 그려진 나무 한 그루와 거기 앉은 지극히 장식적인 새 한 마리밖에 없었다. 이 새는 끝없는 소용돌이 및 장식 곡선들과 밝은 색깔의 반점에 의해 질감이 느껴지도록 꾸며졌다.

"이건." 슬랩이 그녀의 질문에 답하듯 말했다. "긴장병적 표현주의에 대한 나의 반항이야. 내가 정한 범우주적 심벌이 이제 서양 문명에서 십자가 심벌을 대신하게 될 거야. 그 심벌은 바로 '배나무 속 자고새'야. 왜, 그 크리스마스 노래도 있잖아. 언어학적인 농담 말이야. 배나무에 자고새가 있다. 여기서 아름다운 점은 기계처럼 정확한 원리에 따라 움직이면서도 생물이라는 부분이야. 자고새는 나무에 열린 배를 따 먹어. 그리고 똥을 누면 나무에게 거름이 되거든. 그래서 나무는 날로 커지는 거야. 따라서 자고새도 날이 갈수록 높이 올라가게 돼. 나무는 계속해서 자양분을 공급하리라고 새에게 약속하는 거야. 이건 딱 하나만 빼면 영구 운동의 표본이지." 그는 그림 꼭대기에 그려진 날카로운 송곳니가 돋친 가고일을 가리켰다. 그중 가장 긴 송곳니 끝에서 상상의 연장선을 그어 보면 나무의 축과 평행이 되었다. 그리고 또 그 선은 새의 머리를 통과하게 되어 있었다. "낮게

나는 비행기나 고압선이었을 수도 있지." 슬랩이 말했다. "어쨌든 언젠간 저 새는 저 이빨에 꿰뚫리고 말 거야, 마치 치즈 대니시가 쇠막대기에 꿰뚫린 것처럼."

"왜 도망가지 않을까?" 에스터가 말했다.

"너무 둔하거든, 놈은, 전에는 날 줄 알았어. 하지만 이젠 아주 잊어버렸어."

"비유적인 그림인가 봐." 그녀가 말했다.

"아냐." 슬랩이 말했다. "그건《타임스》일요판에 나오는 낱말 맞추기 퍼즐 정도의 지적 수준밖에 요구하지 않는 작품이야."

그녀는 침대에 다가가 있었다. "안 돼." 그는 고함치듯 말했다.

"슬랩, 너무 힘들어. 여기가 아플 정도라고." 그녀는 배를 가리키며 말했다.

"나도 재미 못 보긴 마찬가지야." 슬랩이 말했다. "숀메이커한테 차인 걸 나더러 어떻게 하라고."

"나 네 친구 아니야?"

"아니야." 슬랩이 말했다.

"내가 어떻게 해야 믿어 주겠어, 난……."

"가 줘." 슬랩이 말했다. "나를 위해 에스터가 해 줄 수 있는 건 그거야. 날 잘 수 있게 해 주는 거. 내 정결한 막사에서 혼자 자게 해 주는 거라고." 그는 느릿느릿 침대로 걸어가 얼굴을 묻고 누웠다. 에스터는 곧 거기서 문도 닫지 않은 채 나갔다. 그녀는 남자에게 거부당했을 때 문을 꽝 닫고 나가 버리는 유형의 여자가 아니었다.

루니와 레이첼은 2번가 동네 술집에 앉아 있었다. 저쪽 구석에서 아일랜드인 한 사람과 헝가리인 한 사람이 볼링 게임을 하며 서로에게 고래고래 소리를 질러 대고 있었다.

"그 애가 밤에 어딜 나가는 걸까?" 루니가 말했다.

"파올라는 이상한 애야." 레이철이 대답했다. "조금 같이 지내다 보면 그 애에게 이런저런 걸 안 묻게 되더라고. 대답하기 싫어할 것 같은 질문은 말이야."

"어쩌면 피그를 만나는지도 몰라."

"아냐. 피그 보딘은 V-노트하고 러스티 스푼에서 살다시피 해. 그 남자는 파올라한테 푹 빠져 있기는 하지만, 그 애에게 호드 영감을 떠올리게 해. 해군한테는 뭔가 사람을 정 붙게 하는 데가 있나 봐. 그러다 보니 파올라는 피그를 피해 다니고 그 때문에 피그는 죽으려고 하지. 어쨌든 나는 그래서 기쁘지만 말이야."

나도 죽을 것 같다고, 윈섬은 이렇게 말하고 싶었다. 그는 그 말을 하지 않았다. 그즈음 그는 위로를 받기 위해 레이철을 찾는 버릇이 생겼다. 어느 틈엔가 그녀에게 의지하려는 중이었다. 그녀의 이성과 족속들에서 독립된 입장, 자주성 등이 매혹적이었던 것이다. 그러나 아직도 그는 파올라와 별 진전을 못 보고 있었다. 어쩌면 그는 레이철의 반응을 두려워하고 있는지도 몰랐다. 레이철이 같이 지내는 여자의 뚜쟁이 노릇을 하는 종류의 사람이 아닐지도 모른다는 사실을 깨닫기 시작한 것이다. 그는 보일러 메이커[109]를 또 한 잔 주문했다.

"루니, 술을 너무 많이 마시는 것 같아." 그녀가 말했다. "걱정된다고."

"잔소리. 잔소리. 잔소리." 그는 웃으며 말했다.

---

109   맥주와 위스키의 칵테일이다.

2

그다음 날 저녁, 프로페인은 인류 연구 협회 경비실에서 두 발을 가스 스토브 위에 얹은 채 『실존주의자 보안관』이라는 전위적인 서부 소설을 읽고 있었다. 그 책을 추천한 것은 피그 보딘이었다. 실험실 칸막이 하나 저쪽에는 전등으로 프랑켄슈타인에 나오는 괴물 같은 모습이 된 '슈라우드'가 프로페인을 향하여 앉아 있었다. 슈라우드는 방사선 반사량이 정해진 인조인간이었다.

그것의 피부는 셀룰로오스 아세테이트 뷰티레이트, 즉 빛뿐만 아니라 엑스선이나 감마선, 중성자까지도 통과시키는 투명한 플라스틱으로 만들어져 있었다. 뼈대는 한때 인간의 것이었다. 그러나 이제는 그 뼈들 모두가 정화되어 있었으며 특히 긴 뼈와 척추는 방사선의 선량계(線量計)를 받아들이기 위해 속이 파여 있었다. 슈라우드는 키가 175센티미터였다. 공군 기준으로 따지면 백분율 50퍼센트 선이었다. 폐와 성기관, 갑상선, 간, 비장 및 다른 내장 기관들도 속이 비어 있었고 몸의 외곽과 마찬가지로 투명한 플라스틱이었다. 이런 부위들은 원래라면 함유하고 있었을 섬유질만큼의 방사선을 흡수하는 액체들로 채워져 있었다.

인류 연구 협회는 요요다인 사의 자회사였다. 고도 비행이나 우주 비행 효과를 연구해서 정부에 제공하는 기관이었다. 또한 전국 안전 통행 위원회에 자동차 사고 연구 결과를 제공하기도 했다. 그리고 민간 방위대를 위해서는 방사선 흡수에 대한 연구 조사를 했는데 이것이 바로 슈라우드의 사용처였다. 18세기에는 사람을 시계 같은 자동 장치로 해석하는 경향이 있었다. 19세기에는 뉴턴의 물리학이 받아들여지고 열역학 영역에서 활발한 연구 실적이 나온 결과, 인간은 약 40퍼센트 효능을 가진 발열 기계로 간주되었다. 바야흐로 20세기에 이르러, 핵 물리학 내지 아원자 물리학의 획기적인 발전으로 인간은 엑스선, 감마선, 중성자를 흡수하는 물체로 정의되었다. 어쨌든 올리 버고마스크에게 진보의 개념은 그런 것이었다. 그게 바로 프로페인이 처음 고용되던 날 그가 했던 환영사의 주제였다. 오후 다섯 시, 프로페인은 일을 시작하고 버고마스크는 일을 마치고 나갈 때의 일이었다. 일터에는 여덟 시간씩 두 개의 팀이 있었다. 이른 팀과 늦은 팀이었다.(시간의 감각이 과거로 어긋난 프로페인은 이것을 늦은 팀과 이른 팀으로 부르려 했다.) 프로페인으로 말하면 오늘에 이르기까지 이 두 팀 모두에 속해서 일해 오고 있는 터였다.

그는 하룻밤에 세 번씩 실험 구간을 돌고 유리창과 무거운 실험 장비들을 점검해야 했다. 철야 실험이 진행 중일 때는 기록에 의존해야 했다. 기록이 너무 해독하기 힘들 때는 보통 사무실 한 귀퉁이의 간이침대에서 자고 있는 당번 기사를 깨워야 했다. 처음에는 사고 현장을 찾아보는 일이 어느 정도 흥미롭게 느껴졌었다. 그들이 농담으로 공포의 현장이라고 부르는 곳이었다. 여기에서는 마네킹을 앉혀 둔 낡은 자동차에 무거운 것을 떨어뜨리는 등의 실험이 행해졌다. 지금 진행 중인 연구는 구급 훈련에 관련된 것이었다. 여러 종류의 '쇼크'(상해 운동학적으로 고안된 합성 소재 인간 모형이었다.)들이 시험용 자동차의 운전석 및 소위 사망자석이나 뒷자리에 앉도록 되어 있었다. 프로페인은 아직까지도 자신이 처음 만난, 무생물이면서도 슐레밀인 쇼크와 그 자신 사이에 모종의 동족 의식 같은 것을 느끼고 있었다. 하지만 그러면서도 그는 완전히 경계심을 버리지는 않았다. 왜냐하면 마네킹은 역시 '인간적인 물체'이기 때문이었다. 나아가 쇼크는 인간들한테 스스로를 팔아넘길 수 있는 존재라는 생각마저 들어서 그는 경멸을 느끼곤 했었다. 그래서 이제 그 무생물 복사본이 복수를 하고 있는 격이었다.

쇼크는 실로 놀라운 마네킹이었다. 슈라우드 정도의 체격이었으나 살은 스펀지로 되어 있었으며 피부는 플라스티솔[110], 머리카락은 가발, 눈은 미안용 플라스틱으로, 이는(사실 이 부분은 아이겐밸류가 재도급을 맡아 공급했다.) 오늘날 모두 점잖고 교양 있는 미국 인구의 19퍼센트가 가진 것과 같은 물질로 되어 있었다. 몸속을 들여다보자면 흉곽에 피 저장소가 마련되어 있었고 중간 부분에 급혈 펌프가, 배에는 니켈 카드뮴으로 만들어진 전지 동력 공급원이 설치되어 있었다. 가슴 한쪽에 있는 조종판에는 토글과 가감 저항기가 장치되어 정맥과 동맥의 출혈을 막아 주었고 흉곽 손상에 의한 긴장성 기흉 같은 경우에는 맥박 수 내지 호흡 빈도까지 조절할 수 있었다. 흉곽 손상이 생긴 경우에는 플라스틱 폐를 삽입하여 흡수와 방출 작용을 했다. 이 작용은 배에 달린 공기 펌프로 조종할 수 있었는데, 차량용 냉각 통풍기가 아귀 부분에 맞춰져 있었다. 성기관 외상 같은 경우 탈착 가능한 모형으로 재현할 수 있었으나 모형을 부착하면 냉각 통풍기가 막혀 버렸다. 그 때문에 쇼크는 긴장성 기흉을 수반한 흉곽 손상과 성기관 외상을 동시에 입을 수 없게 되었다. 그러나 재차 조정 단계를 거쳐 기초 설계 결함이 원인이었던 이 결점은 결국 수정되었다.

쇼크는 이렇게 여러모로 완전히 살아 있는 인간 같았다. 처음 그걸 봤을 때 프로페인은 기절할 정도로 놀랐다. 때마침 그것이 두개골 함몰 및 턱의 부상, 팔다리의 이중 골절이라는 모형을 부착한 채 낡아빠진 플리머스 차량의 바람막이 밖으로 반쯤 비어져 나온 채 누워 있었던 것이다. 하지만 지금은 이미 익숙해진 일이었다. 인류 연구 협회에서 아직까지 그를 좀 겁주는 것이 있다면 그것은 어딘지 추상

---

110   수지와 가소제의 혼합물이다.

적인 느낌을 주는 뷰티레이트 소재로 만든 두상 밖으로 사람을 쳐다
보는 인간의 두개골 같은 얼굴을 달고 있는 슈라우드뿐이었다.

　이제 또 한 번 순찰을 돌 시간이었다. 건물에는 프로페인 외에는
아무도 없었다. 오늘 밤에는 아무런 실험도 없었다. 수위실로 돌아오
는 길에 그는 슈라우드 앞에 멈췄다.

　"어때, 재미가." 그가 말했다.

　너보다는 나아.

　"설마."

　그러는 넌 뭔데. 나하고 쇼크는 너하고 네 족속들이 언젠가는 맞
이할 모습이라고.(해골은 프로페인을 보고 씨익 웃는 것 같았다.)

　"추락 사고나 도로 사고 말고도 일어날 수 있는 일은 얼마든지
있어."

　하지만 제일 일어나기 쉬운 건 사실이지. 게다가 만약 그런 일이
안 일어나더라도 너희는 스스로 무슨 짓이라도 해서 이 꼴이 되고 말
거야.

　"영혼도 없는 주제에. 무슨 큰소릴 치는 거야."

　넌 언제부터 영혼이란 걸 가졌는데? 너야말로 어쩌자는 건지,
종교라도 가져 볼 생각이야? 난 말이야, 마른 홈통뿐이라고. 사람들
은 나한테 와서 선량계를 들여다보고 적어 갈 뿐이지. 사람들이 계량
치를 적어 가게 하기 위해서 내가 여기 있는지, 아니면 사람들이 계
측해야 하니까 내 안에 방사선이 있는 건지 모르겠어. 뭐가 맞을까?

　"둘 다 같아. 똑같은 말이야."

　다행이야!(미소의 그림자가 지나갔을까?)

　어째서인지 프로페인은 『실존주의자 보안관』의 줄거리를 다시
따라가기 어렵다고 생각했다. 잠시 후 그는 일어나서 슈라우드에게
다가갔다. "그건 도대체 무슨 뜻이지, 우리가 모두 너나 쇼크처럼 되

리라는 건? 죽는다는 뜻이야?"

내가 죽었나? 만약 그렇다면 그런 뜻이었나 보군.

"만약 아니라면 넌 지금 어떤 상태란 말이야?"

너하고 거의 비슷한 상태지. 너희 중 누구도 갈 길이 그리 먼 사람은 없다고.

"이해를 못 하겠어."

내 눈에도 그래 보인다. 하지만 너만 그런 것도 아니야. 어때, 위안이 좀 돼?

집어치워. 프로페인은 경비실로 돌아갔다. 커피를 끓일 때 그는 거의 실성 상태가 되어 있었다.

3

그다음 주, 라울, 슬랩, 멜빈이 파티를 열었다. '그 모든 병든 족속들'이 다 왔다.

새벽 1시에 루니와 피그가 싸움을 시작했다.

"개자식." 루니가 고함을 쳤다. "그 여자한테서 손 떼란 말이야."

"자기 부인 말이야." 에스터가 슬랩에게 일러 줬다. 족속들은 피그와 루니에게 방을 거의 다 내주고 모두들 벽 쪽으로 물러갔다. 피그와 루니는 둘 다 술에 취하고 땀에 젖어 있었다. 둘은 서부 영화 배우들처럼 싸우려 들었다. 서로 붙들고 이리저리 부딪쳐 가며 씨름하는 꼴이 서툴기 짝이 없었다. 아마추어 싸움꾼들이 유독 영화에 나오는 술집 싸움판을 자기들이 따라야 할 정통이라고 믿는 이유는 알 수 없는 노릇이었다. 이윽고 피그는 주먹으로 배를 한 대 쳐서 루니를 넘어뜨렸다. 루니는 눈을 감은 채 가만히 누워 있었다. 숨을 쉬면 배에 통증이 오므로 되도록 숨을 참는 것이었다. 피그는 부엌 쪽으로 걸어 나갔다. 그 싸움은 여자 하나를 놓고 일어난 싸움이었다. 하지만 두 남자 모두 그 여자의 이름이 마피아가 아니라 파올라라는 것을 알고 있었다.

"난 유대인들을 싫어하지 않아." 마피아가 설명했다. "다만 그 사람들이 하는 행동을 싫어할 뿐이라고." 마피아와 프로페인은 단둘이 그녀의 아파트에 있었다. 루니는 밖에서 술을 마시느라 집에 없었다. 어쩌면 아이겐밸류를 만나고 있을지도 몰랐다. 싸움이 난 다음 날의 일이었다. 마피아는 자기 남편이 어디에 가 있던지 상관치 않는 것 같았다.

갑자기 프로페인은 기막힌 생각을 해냈다. 이 여자가 유대인들을 싫어한다고? 그럼 반유대인은 괜찮겠지.

여자가 선수를 쳤다. 마피아는 손을 그의 벨트 버클에 뻗치더니 끄르기 시작했다.

"안 돼." 그가 마음을 바꾸며 말했다. 지퍼를 내려야 했으므로 그녀의 손은 도로 미끄러져 갔다. 엉덩이 양쪽으로 돌아간 그녀의 두 손은 스커트 뒤로 향했다. "아니, 이봐."

"난 남자가 필요해." 벌써 스커트에서 반쯤 걸어 나오면서 그녀는 말했다. "내 '영웅적 사랑'의 실험을 위해서 말이야. 난 우리가 처음 만났을 때부터 당신을 원해 왔어."

"'영웅적 사랑'은 무슨 얼어 죽을." 프로페인이 말했다. "결혼한 사람이."

카리스마는 옆방에서 악몽들과 실랑이질을 하고 있었다. 그는 녹색 담요 아래서 이리저리 몸을 굴리며 그 자신을 '박해하는 자'의 어른거리는 그림자를 후려치려 애쓰고 있었다.

"여기." 마피아가 하반신을 벗고 말했다. "여기 이 카펫에서."

프로페인은 일어서서 맥주를 찾기 위해 냉장고를 뒤지기 시작했다. 마피아는 바닥에 누운 채 그에게 소리를 질러 대고 있었다.

"뭐가 '여기'야." 하고 그는 맥주를 그녀의 배 위에 올려놓으며 말했다. 마피아는 사나운 소리를 지르면서 그것을 엎질러 버렸다. 맥주는 그들을 가로막는 축축한 지대를 카펫 위에 만들었다. 약혼자들이 옷을 입은 채 그냥 누워서 잠만 잔다는 널빤지나 트리스탄의 칼날처럼 말이다. "맥주를 드시고 나한테 '영웅적 사랑'에 대한 강의를 해주시지." 마피아는 옷을 챙겨 입을 생각을 아예 안 하는 것 같았다.

"여자란 자기를 여자로 만들어 주는 느낌을 원해." 거친 숨을 몰아쉬며 한다는 소리였다. "중요한 건 그거야. 여자란 남자에게 소유당하고 싶어 해. 남자가 뚫고 들어와서 자기를 폐허를 만들기를 원하지. 그런데 말야, 그보다도 더 여자가 원하는 건 남자를 포위하는 일이야."

요요 끈으로 만들어진 거미줄로 얽어매라지. 그물이라고 해도 좋고 함정이라고 해도 좋았다. 프로페인은 레이철 외의 그 무엇도 생각할 수 없었다.

"슐레밀하고 영웅은 아무 관계가 없어." 프로페인은 그녀에게 말했다. 영웅이라는 게 대체 뭐지? 총 여섯 자루와 말고삐와 올가미를 동시에 다룰 줄 알았던 랜돌프 스콧? 무생물의 주인? 하지만 사람이라고도 하기 힘든 슐레밀 주제에 어떻게 영웅이 될 수 있을까. 얌전한 여자처럼 드러누운 채로 무생물한테 당하기만 하는 주제에 말이지.

"난 잘 모르겠어." 그는 알 수 없었다. "성적인 충동이 왜 그렇게 복잡해야 하는 건지. 마피아, 왜 당신은 거기다 복잡한 이름들을 붙이려는 거야." 그는 또 따져 들고 있었다. 욕조 안에 들어가 있던 피나와 그랬듯이.

"당신은 뭔데." 마피아가 사납게 말했다. "잠재적인 호모섹슈얼이야? 여자들을 무서워해?"

"아니, 난 호모는 아니야." 어떻게 말해야 할까. 이따금 여자들은 그에게 무생물을 연상시켰다. 더 젊었을 때 레이철까지도 그랬다. 절반은 MG나 다름없던 레이철.

카리스마가 들어왔다. 작고 둥근 눈이 담요의 탄 구멍을 통해 내다보고 있었다. 그 눈은 마피아를 알아본 모양이었다. 그는 마피아에게 다가갔다. 조그만 녹색 모직 언덕이 노래하기 시작했다.

그건 천국보다는 조금 못했지
내가 재미 좀 보려고 할 때마다
1조 7항에 대한 설교를 듣는 건
만약에 세상이 다 그렇고 그렇다면
그건 참 실망스러운 일이겠지
로맨스를 꿈꾸는
사람한테는 말이야
그대에게 제안을 하나 할게
논리적인, 긍정적인, 단적인 제의를
그리고 어쨌든 웃기는 효과를 만들어 낼 순 있겠지

[후렴]
나를 P라고 치고
내 마음을 주자
너를 Q라고 치고

『트락타투스』[III]를 주자

R은 한평생 사랑만 하면 돼

음악으로 불룩해진 그는

만족스럽게 신음하기 딱 알맞지

사랑이란 사랑스럽게 보이는 모든 것이라고 정의해 보자

오른쪽에는 눈부신

가정적 사건

왼쪽에는 우리의 이음매 없는

괄호 속의 추격전

저 가운데 있는 말편자는

어쩌면 재수 좋은 놈이지, 우리는 손해 볼 게 없어

이 모든 괄호 속에서

우리는 그냥 저 조그만 P라든가

Q 같은 족속만 조심하면 돼

만약에 P가(마피아가 가세했다.) 나에 대해

손에 들어오지 않을 여자라고 생각한다면

그러면 Q는 너에게

물속에나 뛰어들라고 할 거야

R은 의미 없는 개념일 뿐

쾌락과는 관계가 없어요

내가 좋아하는 건 단단하고 만질 수 있고 잴 수 있는 것뿐

이봐요, 당신의 추격전은

불가능한 짓거리예요

III   비트겐슈타인의 철학 저서 제목이다.

462

나는 주인이 없는 여자들

그중의 한 여자예요

내가 구두를 벗어 던지는 동안 단 한순간만 가만히

새가 날고 벌이 윙윙거려요

당신의 그 잘난 P라든가

Q는 꺼져 버리라지

프로페인이 맥주를 다 마셨을 즈음에는 담요가 두 사람을 덮어
버린 후였다. '개의 별'[112]이 태양 궤도에 들어가기 이십 일 전부터 '개
의 날'[113]이 시작되었다. 세상은 점점 무생물과 뒤엉켜 움직이게 되었
다. 7월 1일에는 멕시코 오악사카 근처에서 기차 사고로 15명이 죽
었고 다음 날에는 마드리드에서 아파트 건물이 내려앉아 15명이 압
사했다. 7월 4일에는 카라치 근처의 강물에 버스가 추락하여 31명의
승객이 익사했다. 그 이틀 뒤에는 39명의 사상자가 필리핀 중부에서
열대성 폭풍에 희생당했다. 7월 9일에는 에게 해의 섬을 강타한 지
진과 해일로 43명이 죽었다. 7월 14일에는 뉴저지에 있는 매과이어
공군 기지에서 공군 수송기 한 대가 이륙 즉시 폭파되어 45명의 사
망자를 냈다. 인도 안자르에서는 7월 21일 지진이 나서 170명의 사
망자가 났고 7월 22일부터 24일까지는 홍수가 이란의 남부를 엄습
하여 300명의 희생자를 냈다. 7월 28일에는 핀란드 쿠오피오에서 버
스가 페리선에서 전복해서 15명의 승객이 사망했다. 7월 29일에는
네 개의 석유 탱크가 텍사스 두머스 근처에서 폭발하여 19명의 사망
자를 냈다. 8월 1일에는 17명이 리우데자네이루 근처에서 일어난 기

112   항성 중 가장 밝은 '시리우스'를 뜻한다.
113   7월 초부터 8월 중순까지의 더운 기간이다.

차 사고로 사망했다. 4일과 5일에는 남부 펜실베이니아에서 있었던 홍수로 15명이 사망했다. 같은 주에 저장성, 허난성, 허베이성 등을 엄습한 태풍으로 2161명이 사망했다. 8월 7일에는 여섯 대의 다이너마이트 트럭들이 콜롬비아 칼리에서 폭발하여 1600명의 사망자를 냈다. 같은 날 체코슬로바키아 프르제로프에서는 기차 사고가 일어나 9명이 사망했다. 그다음 날엔 벨기에 마르시넬의 탄광에서 262명의 광부들이 화염에 갇혀 세상을 떠났다. 몽블랑에서는 눈사태가 나 8월 12일부터 8월 18일까지의 한 주일 동안 15명의 등산자들을 죽음의 나라로 몰아갔다. 같은 주, 유타의 몬티첼로에서는 가스 폭발 사건이 일어나 15명의 사망자를 냈으며, 일본 오키나와에서는 태풍이 30명을 죽였다. 8월 27일에는 상슐레지엔에서 광부 29명이 가스 중독으로 또 탄광에서 사망했다. 또한 27일에는 해군 폭격기가 플로리다 샌퍼드 주택가 위에 추락하여 4명의 사망자를 냈다. 그다음 날, 몬트리올에서 일어난 가스 폭파 사고는 7명의 사망자를 냈으며 터키에서는 갑작스러운 홍수로 138명이 희생되었다.

상기한 것들은 집단 사망 사례다. 이 사망 사고들에는 불구, 장애, 노숙자, 고독 따위의 부수적인 것들이 뒤따랐다. 이것은 매월마다 무리 지은 생물들과 단지 모든 것에 무심할 뿐인 조화로운 세계 사이에 수차례에 걸친 조우에서 발생하는 일들이었다. 아무 연감이나 '재난' 항목을 펼쳐보면 알 수 있을 것이다. 상기한 숫자들도 어차피 거기 실려 있다. 즉 생물과 무생물 간의 거래는 단 한 달도 끊기지 않고 매월 매월 계속되어 왔던 것이다.

4

매클린틱 스피어는 오후 내내 해적판 히트곡 모음집을 들여다 보았다. "혹시라도 우울해질 때가 있으면." 그는 루비에게 말했다. "노래 모음집을 읽어 봐. 멜로디 말고 가사를 읽으라고."

루비는 대답하지 않았다. 그녀는 지난 한두 주 동안 신경이 약간 곤두서 있었다. "왜 그래, 루비." 그는 이렇게 관심을 표시해 보았지만 그녀는 어깻짓 한 번으로 그의 친절을 일축했다. 어느 날 밤, 루비는 그것은 자기 아버지 때문이라고 말했다. 아버지가 보고 싶다는 것이었다. 자기 아버지가 앓아누웠을지도 모른다고 했다.

"아버지를 그동안 계속 만나고 있었어? 어린 여자애라면야 그래야겠지만. 넌 아버지가 있다는 것만으로도 행복한 줄 알아야 돼."

"아버지는 다른 도시에 살아." 루비는 그 이상 말하려 하지 않았다.

오늘 밤 그는 이렇게 말해 봤다. "혹시 차비가 필요해? 아버지를 만나러 가면 되잖아. 그렇게 하는 게 좋을 것 같아."

"매클린틱." 그녀가 말했다. "창녀가 가긴 어딜 가? 창녀는 사람이 아니야."

"넌 달라. 나하고 있을 때 넌 분명히 사람이야. 너도 알잖아! 우리는 여기서 게임 따위를 하는 게 아니야." 그는 침대를 가볍게 두드려 보였다.

"창녀는 한군데에서만 사는 법이야. 동화에 나오는 어린 소녀처럼 말이야. 창녀는 여행 같은 걸 안 해, 손님 낚으러 길에 나갈 때 빼고는."

"너는 그렇게 할 생각까지는 없잖아."

"그렇다고 단언할 수는 없을지도 몰라."

"마틸다는 널 좋아해. 왜 그런 생각을 하지?"

"그럼 무슨 생각을 해야 돼? 이러나저러나 길에 나가지 않으면 이렇게 갇혀서 사는 거야. 난 아버지를 만나러 가면 다시는 안 돌아올 거야."

"어디 사는데, 아버지는? 남아프리카쯤 돼?"

"그럴지도 모르지."

"젠장."

안 될 말이야, 매클린틱 스피어는 자신에게 말했다. 창녀하고 사랑에 빠지는 사람은 없어. 열네 살쯤 된 소년이라면, 그리고 그 창녀가 소년의 첫 경험이라면 모르지만. 하지만 이 루비라는 여자는 침대속 일은 둘째치고 침대 밖에서도 좋은 친구였다. 그는 이 여자를 위해 걱정했다. 그것은 (드물게도) 긍정적인 형태의 걱정이었다. 말하자면, 만날 때마다 우울증이 심해져 가는 것 같은 루니 윈섬에 대한 걱정과는 종류가 전혀 다른 것이었다.

그 우울증은 약 이 주 전부터 줄곧 계속되고 있었다. 매클린틱은 전후에 유행하기 시작한 소위 '쿨한' 겉모습이라는 것을 완전히 탐탁지 않게 여기던 터라, 루니가 잔뜩 취해서 자기 사생활 이야기를 시작했을 때 다른 음악가들이라면 느꼈을지도 모를 혐오감이나 권태를 느끼지는 않았다. 몇 번인가 레이철도 같이 왔었다. 매클린틱은 레이철은 순수하다는 것을, 두 사람 사이에 아무런 수상쩍은 일도 진행되지 않았다는 사실을 알 수 있었다. 그렇다면 이 마피아인지 하는 여자야말로 정말 루니의 골칫거리라고 생각하는 것도 맞을 것 같았다.

뉴욕은 한여름으로, 일 년 중 제일 고약한 시기로 접어들어 가고 있었다. 공원에서 패싸움이 일어나 많은 애들이 목숨을 잃는 때였다. 신경이 닳고 많은 결혼이 깨지는 때였고, 겨울 동안 내부에 얼어붙어 있었던 모든 살인적이고 파괴적인 충동이 녹아서 표면으로 떠올라 인간들의 모공을 번득이는 때이기도 했다. 매클린틱은 재즈 페스티벌이 열리는 매사추세츠 레녹스로 갈 계획이었다. 그는 자기가 거기서 견뎌 낼 수 없으리라는 사실을 알았다. 하지만 루니는 어떻게 할 것인가? 그자는 (추측건대) 자기 집의 신경전으로 인해 뭐라도 저지를 것 같은 상태에 이르러 있었다. 매클린틱은 전날 밤, V-노트에서 세트 중간에 그 사실을 깨달았다. 그는 그런 표정을 전에도 본 일이 있었다. 포트워스에서 알고 지내던 베이스 주자 한 사람이 있었다. 이 사람은 절대로 얼굴 표정을 바꾸는 일이 없었다. "마약 문제가 좀 있어." 그는 사람들한테 늘 이렇게 말했다. 그런데 이 친구는 어느 날 밤 완전히 '플립(flip)'[114]되어 버리고 말았다. 그러고는 렉싱턴인가 어딘가에 있는 병원으로 실려 가 버리고 말았다. 매클린틱은 거기에 대해서는 아는 게 별로 없었다. 그런데 루니가 바로 그자와 비슷한 얼굴을 하게 된 것이다. 즉 그는 너무 무표정하게 되었다. 루니는 아무런 감동도 없는 말투로 이렇게 말했다, "여자 문제가 좀 있어." 뉴욕의 한여름을 기다려 녹아 버릴 그의 내부란 무엇일까? 대체 무슨 일이 일어나게 될까?

'플립'되어 버린다는 말은 기분 나쁜 말이었다. 매클린틱은 녹음하는 날마다, 녹음 스태프들이나 스튜디오 기술자들과 전기에 대한 얘기를 나누곤 했다. 매클린틱은 전기 같은 것에 아무런 관심도 없었다. 그러나 요즘 들어서는 혹시 전기가 그에게, 그의 음악을 이해하든 못 하든 어쨌거나 돈을 내는 더 많은 청중을 보내 주고, 그의 트라이엄프 자동차에 휘발유가 떨어지지 않게 해 주고, J. 프레스 제품 의상을 계속 공급한다면, 전기에게 감사하며 좀 더 배워야 할 것 같다는 생각을 하게 되었다. 그래서 그는 여기서 조금 저기서 조금 하는 식으로 전기에 대한 지식을 쌓았다. 작년 여름 어느 날, 그는 어느 기

---

114   영어로 '켜지다.'라는 뜻과 '맛이 가 버리다.'라는 뜻이 있다.

술자와 확률론적 음악 및 디지털 컴퓨터에 대한 이야기를 할 수 있을 정도가 되었다. 그 대화에서는 '세트(set)/리셋(reset)'이라는 단어가 튀어나왔는데 이것은 악단의 서명처럼 되어 가고 있었다. 그는 또 이 녹음 기술자로부터 '플립/플롭(flop)[115]'이라는 이름의 3극 진공관 두 개짜리 회로에 대해 배웠다. 그것은 스위치가 켜지면 어느 튜브가 전도하며 어느 튜브가 단절되었나에 따라 두 가지 중 하나로 작용했다. 세트인가 리셋인가 또는 플립인가 플롭인가의 차이였다.

"그건." 그 남자가 말했다. "가인가 불가인가, 아니면 1인가 0인가의 차이일 수도 있는데, 이거야말로 거대한 '전기 두뇌' 속의 특수 세포들, 아니면 기본 단위들 중 하나라 할 수 있는 거지."

"말도 안 돼." 벌써 한참 동안 기술자의 말을 알아듣지 못한 채 앉았던 매클린틱은 이렇게 말했었다. 그러나 한 가지 그에게 분명한 것은 계산기의 두뇌가 퍼덕거린다면 음악가의 두뇌 역시 그럴 수 있지 않느냐 하는 것이었다. 우리가 플롭 상태로만 남아 있을 수 있다면 만사 해결이었다. 하지만 우리를 플립시킬 방아쇠나 맥박은 어디에서 올 것인가?

시적인 기질을 별로 타고나지 못한 매클린틱은 세트/리셋에 맞춰서 엉터리 시를 지어 보았다. 그는 가끔 내추럴 호른 독주 중에 이 시를 혼자서 노래하기도 했다.

    요단강을 건너 보죠
    교회식으로 말이죠
    플롭 플립, 한번은 내가 뒤집혔죠
    플립 플롭, 이번에는 당신이 올라탔어요

---

115   'flop'은 영어로 '떨어지다.'라는 뜻이다.

세트 리셋, 왜 우린 시달려야 하나요

같은 분자 속에 광기와 제정신을 함께 가졌을까요

"무슨 생각을 하고 있어." 루비가 말했다.

"정신병에 대해서야." 매클린틱이 말했다.

"자긴 그런 걱정 안 해도 될 거야."

"나 말고." 매클린틱이 말했다. "너무나 많은 사람들이 실성해 가고 있다고."

잠시 가만히 있다가 그가 입을 열었을 때, 그것은 사실은 루비에게 하는 말이 아니었다. "루비, 전후에 도대체 무슨 일이 우리한테 일어났지? 그 전쟁을 겪고 나서 세상은 미쳐 버렸단 말이야. 하지만 1945년부터는 사람들에게 다시 불이 들어왔어. 여기 할렘에도 불이 들어왔다고. 모든 게 쿨해졌지. 사랑도 증오도 걱정도 흥분도 죄다 없어진 거야. 그런데 가끔 한 번씩 또 도로 실성하기도 해. 그래서 사랑도 할 수 있게 되고 말이야⋯⋯."

"정말 그 말이 맞는지도 모르겠네." 루비가 잠시 뒤에 말했다. "어쩌면 우리는 미치기 전에는 사랑을 할 수 없을지도 몰라."

"하지만 동시에 많은 사람들이 실성해 버리면 말이야, 그럼 전쟁이라는 게 나거든. 전쟁하고 사랑하고는 인연이 멀지, 그렇잖아?"

"플립 플롭." 루비가 말했다. "몹[116]을 찾아라."

"넌 꼭 어린애하고 다를 게 없구나."

"매클린틱." 루비가 말했다. "맞는 말이야. 나는 네가 걱정이야. 난 우리 아버지가 걱정이야. 어쩌면 우리 아버지도 실성해 버렸나도 몰라."

116   mop. 영어로 '대걸레'를 뜻한다.

"만나러 가 보지그래." 또 같은 얘기였다. 오늘 밤 둘은 자꾸만 이런 이야기를 나누게 되었다.

"넌 아름다워." 숀메이커가 말했다.

"정말?"

"지금 당신 그대로의 모습은 아닐는지도 모르지만 내게 보이는 당신은 아름다워."

그녀는 일어나 앉았다. "이런 식으로 계속할 순 없어요."

"이리로 와."

"안 돼요. 난 이 이상 감당할 수가 없다고요."

"이리 오라고."

"레이철이나 슬랩의 얼굴을 못 보겠어요."

"이리 오랬잖아." 드디어 그녀는 그의 옆에 다시 드러누웠다. "골반이 말이야." 그가 거기 손을 대며 말했다. "더 튀어 나와야겠어. 그러면 아주 섹시할 거야. 난 그렇게 만들어 줄 수 있어."

"제발 이러지 마세요."

"에스터, 난 네게 베풀려고 하는 거야. 너한테 뭐라도 더 해 주고 싶어서 그러는 거라고. 내가 네 속에 숨은 아름다운 너를 밖으로 끌어낼 수 있다면, 내가 너의 얼굴을 손봐 준 것처럼 다른 부분을 손봐서 이상적인 에스터를 구현할 수 있다면……."

에스터는 그들 옆의 탁자에서 탁상시계가 재깍거리는 소리를 들었다. 그녀는 여차하면 나체로라도 거리로 뛰쳐나갈 태세를 갖추면서 뻣뻣하게 누워 있었다.

"제발." 그는 말했다. "옆방에서 반시간만 지내면 되는 걸 가지고 뭘 그래. 아주 간단해서 나 혼자 할 수가 있다고. 부분 마취면 돼."

그녀는 울기 시작했다.

"다음에는 또 뭘까요?" 그녀는 잠시 후 이렇게 말했다. "더 큰 가슴을 원하겠죠. 그리고 그다음에는 내 귀가 약간 크다고 생각하게 될 거예요. 보세요, 어째서 그냥 나만으로는 안 되는 건데요?"

그도 화가 났는지 몸을 굴려 저쪽을 향했다. "여자란 어떻게 된 거야." 그도 방바닥에 대고 말했다. "사랑이라는 게 도대체 뭐냐고……."

"날 사랑하지 않는 거예요." 그녀는 일어나 앉아 브래지어를 입느라 더듬고 있었다. "한 번도 그 말을 한 적이 없어요. 그리고 그 말을 했다 해도 그걸 의미한 게 아니었을 테고요."

"넌 다시 올 거야." 그가 아직도 방바닥을 바라보며 말했다.

"안 올 거예요." 그녀는 얇은 울 스웨터 뒤에서 말했다. 하지만 물론 그녀는 다시 올 것이었다.

그녀가 간 다음에는 탁상시계의 재깍거리는 소리만이 들렸다. 숀메이커는 갑자기 요란하게 하품을 했다. 그는 몸을 다시 굴려 천장으로 시선을 던졌다. 그러고는 거기에 대고 낮은 소리로 욕설을 내뱉었다.

인류 연구 협회에서 프로페인은 커피 끓는 소리를 들으며 슈라우드와 상상 속의 대화를 하곤 했는데, 이쯤 되자 일종의 전통이 되어 버린 느낌이었다.

기억하나, 프로페인. 뉴욕주 엘마이라 밖 14번 도로를? 육교에 올라서서 서쪽을 바라보면 폐물 무더기 위에 해가 지는 것이 보이지. 열 개씩 포개진 채 산더미를 이룬 녹슨 타이어의 헌 차들, 자동차의 묘지와도 같지. 내가 죽을 수 있다면 내 무덤은 그런 모양일 거야.

"제발 그렇게나 되면 좋겠다. 네 꼴 좀 보라고. 네가 무슨 사람이라도 되는 것처럼 그렇게 사람 행세를 하는 거야! 넌 폐기 처분을 받아야 된다고. 화장하고 어쩌고 할 것도 없어."

물론. 사람처럼 말이지. 기억하나, 전쟁 직후 뉘른베르크에서 일어난 일을? 아우슈비츠의 사진들을 기억해? 저 차체들처럼 쌓아 올린 유대인의 시체들. 슐레밀, 그건 벌써 시작됐어.

"히틀러가 한 짓이잖아. 그자는 미쳤어."

히틀러, 아이히만, 멩겔레. 십오 년 전 얘기지. 하지만 그런 사태가 시작된 이상 미치고 성하고를 판단할 기준이 없어졌는지도 모른다는 생각을 해 봤어?

"무슨 소리야, 도대체?"

슬랩은 그의 「치즈 대니시 41번」에 세심한 손질을 가하고 있었다. 그는 시베리아 담비 털로 된 보드라운 낡은 붓을 사용하여 빠르고 짤막짤막한 터치로 화면에 칠을 했다. 두 마리의 갈색 민달팽이(껍질 없는 달팽이)들이 다각형 대리석 판 위에 가로 누워 교미하고 있었다. 그 사이에서는 반투명의 흰 거품이 피어 오르고 있었다. 임파스토[117]는 없었다. 주로 '길게 칠하기'에 의존해 있었고, 거기에 칠해지고 그려진 것은 사실보다 모두 과장되어 있었다. 야릇한 조명, 모두 잘못된 그림자들, 대리석과 민달팽이와 오른쪽에 공들여서 그려 넣은 반 먹다 만 치즈 대니시 등. 아래쪽과 옆쪽으로부터 X 자로 접근하여 어김없이 만난 민달팽이들의 축축하고 미끈거리는 자국은 달빛 같은 빛을 발하고 있었다.

카리스마와 푸와 피그 보딘은 웨스트사이드 위쪽의 한 식료품점에서 축구 구호를 외치며 몰려나왔다. 그들은 초라하게 생긴 가지한 덩이를 가지고 이리저리 공 던지기를 하고 있었다. 브로드웨이의 가로등 불빛이 그들에게 쏟아졌다.

117   재료를 두껍게 칠하는 유화 기법이다.

레이철과 루니는 셰리던 광장 벤치에서 마피아와 파올라에 대해 이야기하고 있었다. 새벽 1시였다. 바람이 불었고 그 밖에도 흥미로운 일이 일어나고 있었다. 이 도시에 사는 모두가 일시에 신문에 권태라도 느낀 듯 수천 장의 신문지가 시내 횡단 도로변에 있는 여기 작은 공원에 휘날렸던 것이다. 신문지는 푸르스름하고 둔한 박쥐처럼 나무에 가서 부딪혔다가, 루니와 레이철 그리고 한쪽에서 자고 있는 부랑자의 다리에 와서 척척 휘감기기도 했다. 수백만 개의 아무도 읽지 않은 쓸모없는 말들이 셰리던 광장에서 생명을 부여받은 것이다. 벤치에 앉은 두 사람은 이런 한가운데에서 이 모든 것을 의식조차 하지 않는 듯이 대화의 거미줄을 짜고 있었다.

스텐슬은 취기 없이 러스티 스푼에 우울하게 앉아 있었다. 역시 긴장병적 표현주의 화가인 슬랩의 친구 한 사람이 그에게 '대배신'에 대한 이야기를 길게 해 대더니 「죽음의 춤」 이야기를 또 꺼냈다. 그런데 실상 그들 주변에서는 비슷한 일이 벌어지고 있었다. 그 모든 병든 족속들은 특정한 유형의 사슬에 같이 매인 채 늪지 같은 곳에서 몰려다니고 있는 격이었던 것이다. 아니라고 할 수는 없을 터였다. 스텐슬은 몬다우겐의 이야기를 떠올렸다. '포플 가의 족속들'에 대해서 생각한 것이다. 여기서도 그와 비슷한 것들을 보고 있는 기분이었다. 점묘로 그린 붓꽃 뿌리 모양의 나병에라도 걸린 듯한 피부, 약한 턱, 핏발 선 눈, 아침에 마신 집에서 만든 와인 때문에 짙은 보라색 물이 든 혀와 치아의 뒤쪽, 몽땅 벗겨내서 던져 버릴 수 있을 것 같아 보이는 립스틱 화장…… 그걸 갖다 버리고 나면 배에서 내던져진 짐 짝처럼, 육체에서 분리되어 떨어진 미소, 뿌루퉁한 입모양 등등과 함께 다음 세대의 족속들을 위한 흔적으로 남을지도 몰랐다. 맙소사.

"왜 그래." 긴장병적 표현주의자가 말했다.

"우울증이야." 스텐슬이 말했다.

마피아 윈섬은 상대 없이 거울 앞에 옷을 벗고 서 있었다. 그녀는 자기를 감상하는 것 말고 다른 아무 일도 하는 것 같지 않았다. 고양이가 안마당에서 아옹거리고 있었다.

그리고 파올라로 말하자면, 그녀가 어디에 있는지 누가 알겠는가?

며칠 사이에 에스터는 부쩍 참을 수 없게 굴었다. 숀메이커는 다시금 이번에 아예 그녀와 결별할 생각을 하기 시작했다.

"당신이 사랑하는 건 내가 아니에요." 에스터는 계속 이렇게 말했다. "당신은 나를 내가 아닌 나로 보려고 해요."

여기에 대해 그도 일종의 플라톤적 논설을 펼칠 수밖에 없었다. 대체 자신을 얼마나 경박한 남자로 보기에 그녀의 몸만을 사랑하리라 생각하지? 그가 사랑하는 건 그녀의 영혼이었다. 대체 어떻게 되어먹은 여자기에. 여자라면 상대가 자신의 영혼, 진정한 자신을 사랑해 줄 것을 원하는 것이 아닐까? 당연히 그럴 것이다. 그러면 영혼이란 게 뭔데? 그건 몸의 이념이자 현실 이면의 추상이라고 할 수 있을 터였다. 지금 이순간은 아직 뼈와 섬유질이 불완전한 에스터의 진정한 존재인 것이다. 숀메이커 자신은 이러한 불완전 가운데 숨어 있는 진정하고 완전한 에스터를 끌어내 주려고 했을 따름이었다. 그녀의 영혼은 말할 수 없이 아름다운 눈부신 자태를 세상에 드러내게 될 것이었다.

"당신 대체 뭐야?" 에스터가 소리를 질렀다. "내 영혼이 어떻게 생겼는지 당신이 어떻게 알아요? 도대체 당신이 사랑하는 게 뭔지나 알아요? 당신 자신이라고요. 성형외과 의사로서 자신의 재능과 연애하는 거라고."

여기에 대한 대답으로 숀메이커는 그녀에게 등을 돌리고 방바닥을 응시했다. 그러고 나서 대체 여자들이란 어떻게 되어먹은 것이지? 하고 소리 내어 자신에게 묻는 것이었다.

정신적 치과의 아이겐밸류는 숀메이커의 상담역이 되어 주었다. 숀메이커는 직업적 동료는 아니었지만 스텐슬이 이들 가운데 내부 조직이 있다고 파악한 것이 진짜였는지, 어쨌거나 둘은 서로 접점을 가지고 있었던 것이다. '보라고, 이런 작가들이랑 어울려서 얻을건 아무것도 없다니까.' 그는 자신에게 말했다.

하지만 결국 그는 그들과 어울렸고 스케일링, 구멍 뚫기, 치근 파내기 등을 할인 가격으로 족속들에게 해 주었다. 왜 그랬을까? 그들이 그저 부랑자에 지나지 않는다 해도 사회에 귀중한 예술이나 사상을 더한다면 그건 좋을 일일 것이다. 그렇다면 언젠가, 가령 다음 역사적인 부흥기에 이르러, 데카당스가 종결되고, 지구가 행성들을 정복한 이후에, 그를 예술의 수호자이자 신 자코뱅파의 섬세한 주치의라고 말해 줄지도 몰랐다.

그러나 이들은 말 빼고는 아무것도 만들어 내지 못했으며, 그나마도 괜찮은 말조차 내놓지 못하는 형편이었다. 그중, 슬랩을 포함한 소수는 실제로 자기들이 내세우는 일들을 조금 해내기는 했다. 하지만 따지고 보면 그건 또 별게 아니었다. 치즈 대니시? 그게 아니면 고작 기법을 위한 기법에 불과한 긴장병적 표현주의, 또는 누군가가 이미 만들어 놓은 것에 대한 풍자 정도 이상의 것은 없었던 것이다.

예술에 대해서는 그렇다 치고 사상 쪽은 어떠한가? 족속들은 머릿속에 떠오른 무슨 생각이든 표현할 수 있는 속기술 비슷한 능력이 있었다. 러스티 스푼에서 대화란 고유명사, 문학 작품에 대한 암시나 어떤 식으로든 관련된 비평적이고 철학적인 문구들만으로 구성되어 있었다. 이 재료들을 어떻게 쌓아 올리느냐에 따라 누구는 똑똑한 친구가 됐고 또 누구는 멍청이가 되었다. 다른 사람들의 반응이 어떻게 나오느냐에 따라 인기가 정해졌다. 하지만 집 쌓는 토막 수는 일정했다.

"수학적으로 보면." 그는 자신에게 말했다. "누군가 창조적인 사람이 나타나지 않는 이상 언젠가는 저치들에게 가능한 배열이 남아나지 않을 거야. 그렇게 되면?" 글쎄, 그렇게 되면 어떤 사태가 벌어질까. 이런 식으로 끝없이 새로운 배열을 시도하는 것이야말로 데카당스였다. 그러나 모든 순열 및 배합의 가능성을 탕진한다는 것은 결국 죽음을 뜻했다.

그것이 아이겐밸류를 이따금 겁먹게 했다. 그럴 때면 그는 자기 사무실 뒤쪽으로 가서 진열된 치아들을 들여다보았다. 치아와 금속은 남는 법이었으니까.

5

주말을 보내러 레녹스에서 돌아온 매클린틱은 예상한 대로 뉴욕의 8월이 견디기 힘들다는 사실을 재발견했다. 트라이엄프를 타고 저녁 해가 질 무렵 센트럴 파크를 지나면서 그는 여러 가지 증후를 깨달았다. 풀밭에서 얇은(그리고 무방비한 느낌을 주는) 여름옷을 입고도 땀을 뻘뻘 흘리는 풀밭 위의 소녀들, 지평선 근처에서 슬슬 배회하며 움찔거리지 않고 밤을 기다리는 소년들, 신경이 곤두선 경찰과 시민 들(어쩌면 일 때문에 예민해져 있을 수도 있겠지만, 경찰 같은 경우는 이 청소년들과 곧 찾아올 밤이 어차피 자기 일이었다.) 등등.

그는 루비를 보러 돌아왔다. 성실한 그는 그녀에게 탱글우드와 버크셔의 다양한 풍경이 그려진 그림엽서를 일주일에 한 번씩 꼬박

꼬박 보냈다. 그림엽서들에 대한 회신은 한 번도 없었다. 하지만 그는 한두 번 장거리 전화를 걸어 그녀가 아직도 거기에 있으며 별로 나다니지 않는다는 것을 확인했었다.

무슨 까닭인지 어느 날 밤 그는 주를(트라이엄프의 속도를 생각한다면 작은 주에 불과했지만) 세로로 횡단하는 일을 감행했다. 베이스 주자와 함께였다. 그들은 하마터면 케이프코드에서 빗나가 바다로 차를 몰아넣을 뻔했다. 하지만 용케 자동차의 원동력만으로 크루아상 모양의 땅으로 미끄러져 들어가 '프렌치 타운'이라는 유흥가로 굴러 들어갔다.

이 지역의 주요 도로이자 유일한 대로 인근의 해산물 식당 앞에서 그들은 조개 까는 칼을 들고 멈블디펙 게임[118]을 하고 있는 음악가 두 사람과 마주쳤다. 그들은 파티에 가는 길이었다. "아, 좋지요!" 그들은 함께 그렇게 외쳤다. 하나는 트라이엄프 뒤로 기어오르고 술병(150퍼센트 인증을 받은 도수 높은 럼이었다.)과 파인애플 한 개를 든 다른 한 명은 후드에 올라앉았다. 가로등도 별로 없고 행락철 끝물이라 거의 폐허가 되다시피 한 도로를 시속 130킬로미터로 달리는 자동차 후드 위에서 이 남자는 조개 까는 칼로 파인애플을 쪼개어 매클린틱의 베이스 주자가 바람막이 유리 너머로 건네준 종이컵에다 럼 파인애플 주스를 조제했다.

파티에서 매클린틱의 눈은 멜빵 바지를 입은 여자아이 하나에게 끌렸다. 그녀는 부엌에 앉아서 밀려드는 피서객 비슷한 패거리들을 상대하고 있었다.

"내 눈 다시 줘." 매클린틱이 말했다.

---

118   2인 이상이 포켓 나이프를 가지고 즐기는 게임으로, 칼을 떨어뜨려 땅에 깊이 박히는 사람이 승리한다.

"난 당신 눈 안 가졌는데."

"이따 봐." 매클린틱은 다른 사람의 취기에 전염되는 기질이 있었다. 그리하여 그는 그들이 유리창을 통해 파티 장소로 기어 들어간지 오 분 만에 벌써 취해 있었다.

베이스는 바깥 나무 한 그루에 여자아이 하나하고 올라 있었다. "자네 부엌에 눈독 들이고 있군." 베이스가 내려다보며 익살맞게 소리쳤다. 매클린틱은 밖으로 나가 나무 아래에 앉았다. 위쪽의 두 사람이 노래를 시작했다.

아가, 너는 들어 본 적이 있니
레녹스에는 마약이 없다는 걸 말이다……

반딧불들이 매클린틱을 에워싸고 호기심 어린 관찰을 시작했다. 어디에선가 파도가 부서지는 소리가 들렸다. 실내의 파티는 사람이 그렇게 많은 것치고 조용했다. 여자아이가 부엌 유리창에 나타났다. 매클린틱은 두 눈을 감은 채 엎드려 얼굴을 풀에 파묻었다.

피아노 주자인 하비 파조가 다가와서 말했다. "유니스가 자네한테 전해 달라는데." 매클린틱에게 그가 말했다. "둘이 따로 좀 보재." 유니스는 부엌에 있던는 여자아이였다.

"싫어." 매클린틱이 말했다. 그의 머리 위 나무에서 움직이는 소리가 들려왔다.

"뉴욕에 부인이 있나?" 하비가 동정 어린 소리로 물었다.

"그 비슷해."

얼마 안 되어 유니스가 나타났다. "진 한 병이 있다고요." 그녀가 유혹했다.

"그보다 더 나은 방법을 들고 와야겠는데." 매클린틱이 말했다.

그는 호른을 가지고 가지 않았다. 그는 안에서 사람들의 통제 불가능한 공연이 펼쳐지도록 내버려 두었다. 차마 눈을 뜨고 볼 수가 없기 때문이었다. 그의 연주는 여기와 아무 연관도 없었다. 이들의 연주처럼 미친 듯한 요소가 그의 음악에는 없었다. 그것은 전쟁 후에 만연한 '쿨함'에서 기인한 몇 안 되는 긍정적인 결실 중 하나였다. 그는 악기 양쪽 끝에 정확히 무엇이 있는가에 대한 유연한 지식을 갖고 조용한 탐색을 했다. 여자아이의 귀에 키스하는 것과도 비슷했다. 입은 이쪽 사람 것이지만 귀는 저쪽 사람 것인데 둘 다 그것을 느낄 수 있다는 말이다. 그는 계속 나무 아래 남아 있었다. 베이스와 그의 여자 친구가 내려왔을 때, 매클린틱은 보드라운 스타킹을 신은 발이 등 아래를 누르는 것을 느꼈다. 그 때문에 잠에서 깨었던 것이다. 그의 곁을 영영 떠나기에 앞서(때는 새벽에 가까웠다.) 유니스는 엉망으로 취해서 그를 무서운 얼굴로 노려보며 욕설을 퍼부었다.

전 같았으면 매클린틱은 두 번 망설이지 않았을 것이다. 뉴욕에 부인이 있느냐고? 하하!

그가 마틸다네에 도착했을 때 그녀는 거기에 있었다. 그러나 겨우 만난 셈이었다. 그녀는 큼직한 가방에 옷을 챙겨 넣고 있었다. 만약 길이라도 잘못 접어들어서 십오 분만 늦었더라도 못 만날 뻔했다.

루비는 그가 문에 들어서자마자 발작을 했다. 우선 속치마 한 장이 그를 향해 날아왔는데, 그 물건은 방을 반쯤 가로지른 후 바닥에 내려앉기 시작했다. 복숭아색이었고, 슬퍼 보였다. 속옷은 사선을 긋는 햇빛의 방향을 따라 계속 하강했다. 둘은 착륙하는 모습을 같이 바라보았다.

"걱정 마." 그녀가 드디어 말했다. "나는 나하고 내기를 한 거야."

그녀는 짐을 도로 풀기 시작했다. 그녀의 눈물은 실크, 레이온, 면 소재 옷가지며 리넨 시트 등에 아무 남자하고나 가리지 않고 사귀는 여자처럼 두루두루 가서 떨어졌다.

"바보." 매클린틱이 소리쳤다. "바보 같으니라고." 뭐에든지 소리를 질러야만 했다. 그러나 그것은 그가 말하지 않아도 전해지는 감정을 믿지 않는다는 뜻은 아니었다.

"얘기할 게 뭐가 있겠어." 조금 후 그녀가 시한폭탄과도 같은 빈 가방을 침대 밑에 처넣으며 말했다. 그녀를 잃고 잃지 않는 문제가 이렇게 중요해진 것은 언제부터였을까?

카리스마와 푸가 술에 취해 가지고 영국 보드빌 가곡을 부르며 쳐들어 왔다. 그들이 거리에서 뭐라고 웅얼거리며 앓고 있는 것을 발견하여 데리고 왔다는 세인트버너드 종 개 한 마리도 함께였다. 이번 8월은 밤이 무더웠다.

"맙소사." 프로페인이 전화에 대고 말했다. "시끄러운 녀석들이 돌아왔군."

열린 문 저쪽 침대에서는 순회 자동차 경주 선수인 머리 세이블이라는 남자가 땀을 흘리며 코를 골고 있었다. 그 친구와 같이 온 여자는 뒹굴다가 저만치에 가 있었다. 그녀의 등에서 반쯤은 꿈속의 대화 같은 것이 들려왔다. 집 앞 차도에서는 어떤 작자가 1956년형 링컨 후드 위에 올라앉아 혼자 노래를 부르고 있었다.

어이 이봐,
젊은 피가 좀 필요해
마시고 목을 헹구지, 구강 청결제처럼 말이야
어이, 젊은 피, 오늘 밤 뭔 일이 일어날까…

8월은 늑대인간 같은 계절이다.

레이철은 수화기에 키스를 했다. 어떻게 물건에다 키스를 할 수 있담?

개는 부엌으로 비틀거리며 기어가더니 카리스마가 비워 놓은 약 이백여 개의 맥주병 가운데에 소리를 내며 쓰러졌다. 카리스마는 노래를 계속했다.

"하나 찾았다." 푸가 부엌에서 소리쳤다. "양동이 하나 찾았다고."

"거기다가 맥주 좀 따라 놔." 카리스마가 아직도 코크니[119] 억양이 남은 음성으로 소리쳤다.

"저 개 꽤 아파 보이는데."

"맥주가 제일 좋은 약이야. 해장술 말이야." 카리스마가 웃음을 터뜨리며 말했다. 잠시 뒤에는 푸가 거품이 오르듯, 신경질적이고, 백 명의 게이샤가 일제히 추는 춤 같은 순간에 동참했다.

"덥다." 레이철이 말했다.

"시원해질 거야, 레이철⋯⋯." 하지만 타이밍이 어긋났다. "난⋯⋯."이라는 말과 그녀의 "이러지 마⋯⋯."라는 말은 지하의 순회로 중간쯤 되는 어딘가에서 맞부딪쳐서 대개는 잡음처럼 울려 나왔다. 둘은 대화를 멈추었다. 방은 어둠에 잠겼다. 유리창 밖 허드슨 강 건너에서 천둥 없는 번개가 뉴저지 방향으로 살금살금 다가가고 있었다.

곧 머리 세이블의 코 고는 소리도 그쳤다. 여자도 조용해졌다. 잠시 동안 개가 맥주를 들이켜는 소리 외에는 모든 것이 정적에 싸였다. 다만 거의 들리지 않을 정도의 바람 빠지는 소리가 들렸는데, 그것은 프로페인이 잠자리로 사용하는 에어 매트리스에 작은 구멍이 생겨서 공기가 새는 소리였다. 그는 일주일에 한 번씩 윈섬이 벽장에

119   런던 토박이의 방언이다.

두고 쓰는 자전거펌프로 공기를 다시 채워 넣었다.

"무슨 얘길 하고 있었더라." 그가 물었다.

"아니……."

"알았어. 그런데 지하에서 대체 무슨 일이 일어나는 걸까. 우리가 지하에 들어갔다가 반대편 끝에 가서 땅으로 다시 올라오면, 들어갈 때와 똑같은 사람일까?"

"도시 아래서 그런 일들이 벌어지고 있기는 해." 그녀가 인정했다.

악어들, 영리한 신부들, 지하철을 배회하는 부랑자들, 그녀가 노픽 정류장으로 그에게 전화를 걸었던 밤. 그 밤에는 누가 그들을 조종했던 걸까? 그녀는 그때 진심으로 그가 돌아오기를 원했을까? 아니면 어느 작은 정령이 재미로 한 짓이었을까?

"난 자야겠어. 두 번째 당번이니까. 12시에 전화해 줄래?"

"물론이야."

"여기 있던 자명종 시계를 망가뜨렸거든."

"슐레밀. 다들 널 싫어해."

"그 사람들이 나한테 선전포고 했다고." 프로페인이 말했다.

전쟁은 8월에 일어나는 법이다. 20세기, 온대 지방에서는 전통적인 일이었다. 이것은 비단 계절로서의 8월만 의미하는 것이 아니며 또한 공적인 전쟁만 뜻하는 것도 아니었다.

제자리에 다시 놓은 수화기는 사악해 보였다. 음모라도 꾸미는 듯했다. 프로페인은 에어 매트리스에 나자빠졌다. 부엌에서는 세인트버나드 견이 맥주를 핥고 있었다.

"어이, 토하려나 본데?"

개는 토했다. 요란하고 끔찍했다. 원섬이 떨어져 있는 다른 방에서 돌격하듯 쳐들어 왔다.

"내가 자명종 시계를 망가뜨렸어." 프로페인이 매트리스에 얼굴을 묻은 채 말했다.

"뭐, 뭐." 윈섬이 말했다. 머리 세이블 곁에서 젊은 여자 목소리가 깨어 있는 세상에선 이해할 수 없는 언어로 잠에 취한 채 지껄이고 있었다. "어디들 갔었어." 윈섬은 곧장 에스프레소 기계로 달려갔다. 마지막 순간 걸음을 늦추더니 그 위로 뛰어올라 앉아서 발로 손잡이를 움직이기 시작했다. 그는 부엌을 바로 들여다보는 각도에 앉아 있었다. "아! 오!" 그는 마치 누군가에게 칼이라도 맞는 것 같은 소리로 말했다. "아아, 미 카사, 수 카사.[120] 이 친구들. 그런데 도대체 어디들 갔다 왔느냐니까."

카리스마는 고개를 푹 숙이고는 개가 토해 놓은 녹색 비슷한 액체 가운데 서서 서성대고 있었다. 세인트버나드 견은 맥주병에 둘러싸여 자고 있었다.

"어딜 갔겠어." 그가 말했다.

"그냥 길거리에서 몰려다녔어." 푸가 말했다. 개는 축축한 악몽 속의 형체들을 상대로 소리를 질러 대기 시작했다.

1956년 8월, 몰려다니는 일은 그 모든 병든 족속들 사이에서 인기 높은 소일거리였다. 안에서든 밖에서든 그랬다. 특히 자주 즐긴 것은 요요 놀이였다.

프로페인이 동해안을 오르내리며 한 여행을 따라한 것은 아니었지만 이들이 도시 단위로 벌이는 짓은 그 여행과 꽤 비슷했다. 여기서 반드시 지켜야 하는 규칙은 진짜로 취해 있어야만 한다는 것이었다. 러스티 스푼에 모여드는 극장 관객들 중 꽤 괜찮은 요요 기록을 세웠으나 정말 취했던 게 아니라는 사실이 밝혀진 뒤 기록을 전면적으로 취소당한 자도 있었다. '해군 장교 같은 주정뱅이들'이라고

---

120   Mi casa, su casa. 스페인어로 '나의 집, 너의 집.'이라는 뜻이다.

피그는 경멸을 섞어 불렀다. 또 하나의 규칙은 일단 지하철을 타면 적어도 한 번은 깨어나야 한다는 것이었다. 이런 규칙이 없다면 시간만 오래 잡아먹으면서 사실은 지하철역 벤치에서 자고 오는 건지도 모를 일이기 때문이었다. 규칙은 또 있었는데 시내를 길게 가로질러 왕복하는 지하철을 타야 한다는 것이었다. 그게 바로 요요가 움직이는 방향이었으므로. 요요 놀이 역사 초창기에 어떤 선수들은 42번가 셔틀[121]을 타고 기록을 올렸음을 부끄러운 얼굴로 자백하는 일도 있었다. 이런 일들은 지금에 와서는 요요 서클 사람들 사이에서 추문거리로 간주되고 있었다.

슬랩은 왕이었다. 일 년 전 라울과 멜빈의 아파트에서 파티가 열린 날 밤, 그리고 그가 에스터와 헤어지던 날 밤, 그는 웨스트사이드 급행열차에 올라탄 채 주말을 거기서 보냈던 것이다. 그때 그는 예순아홉 번을 완전히 왕복했다. 그 여행 끝에 그는 다시 업타운으로 가는 도중, 풀턴 근처에서 기아 상태로 기차에서 굴러 나온 뒤 치즈 대니시 열두 개를 먹고 나서 토했다. 그는 부랑자라는 이유와 길에서 토했다는 이유로 경찰서에 끌려갔었다.

스텐슬은 그 모든 게 우습다고 생각했다.

"러시아워에 한번 타 보시지." 슬랩은 말했다. "이 도시에는 구백만의 요요가 있다고."

스텐슬은 어느 날 오후 5시 그 조언을 따라 보기로 했다. 그 결과 그는 우산 하나를 부러뜨리고 다시는 시도하지 않겠다는 맹세를 하며 지하철역을 나왔다. 생명 없는 눈의 수직으로 선 시체들이 허리와 엉덩이를 서로 부비며 서 있었다. 터널에서는 기차가 선로를 지나가는 소리 외에 아무 소리도 들을 수 없었다. 폭력 사태(출구를 향한)

---

121   단거리 왕복 열차이다.

도 있었다. 승객 중 일부는 내릴 역 두 정거장 못미처부터 위쪽 출구를 향해 버둥대기 시작하지만 뜻대로 되지 않아 되돌아왔다. 모든 동작은 침묵 속에 이루어졌다. 이것이 현대판 「죽음의 춤」일까?

충격적이었다. 어쩌면 지하에서 받은 마지막 충격을 떠올리고서, 그는 레이철을 찾아갔다. 그녀는 프로페인(프로페인이라고?)과 저녁을 먹으러 나가고 없었다. 그러나 그가 피하려고 애썼던 파올라가 나타나 검은색 벽난로와 데키리코의 거리 풍경 복제화 가운데 그를 붙잡았다.

"이걸 꼭 보여 주고 싶었어요." 그녀는 뭔가 적힌 작은 타자 용지 꾸러미를 내주며 말했다.

'고백'이라는 것이 글의 제목이었다. 「파우스토 마이스트랄의 고백」이었다.

"난 돌아가야 해요." 그녀가 말했다.

"스텐슬은 몰타를 멀리하고 지냈지." 마치 그녀가 자기 보고 거기에 가라고 하기라도 한 것처럼 그는 말했다.

"읽어 봐요." 그녀가 말했다. "뭐라도 알게 될지 몰라요."

"그의 아버지는 발레타에서 죽었어요."

"그뿐인가요?"

그뿐이냐고? 이 여자 정말로 떠나려는 건가? 하느님 맙소사, 그런데 그 자신도 거기에 가려는 건가?

자비롭게도, 전화벨이 울렸다. 슬랩이었다. 주말에 파티를 연다는 통고였다. "가겠어요, 물론." 그녀는 말했다. 스텐슬은 소리 없이 그녀의 말을 반복했다.

11장

파우스토 마이스트랄의 고백
V

    불행히도 책상과 필기구만 있으면 어느 방이나 고해실이 된다. 이것은 우리가 저지른 행위들과 반드시 상관이 있어야 하는 게 아니다. 그리고 있다가 없다가 하는 유머 감각 같은 것과도 상관이 없다. 그건 단지 하나의 방(직육면체인)에 관련한 문제인지도 모른다. 아무런 특별한 설득력도 없는 방 말이다. 그 방은 다만 거기 있다. 그 방을 점거하고 거기서 비유를 발견해 낸다는 것, 그게 어쩌면 우리의 잘못이리라.

    방을 묘사해 보려 한다. 길이는 5미터, 폭은 3.5미터, 높이는 2미터이다. 벽은 금속망과 석회로 만들었으며 전쟁 중에 폐하께서 타신 전함과 비슷한 회색이다. 방은 대각선이 북북서, 남남서 및 북서, 남동향이 되도록 맞추어져 있다. 따라서 이 방에 들어온 사람은 누구든 북북서 방향(더 짧은 쪽) 유리창과 발코니에서 발레타시를 볼 수 있다.

    이 방에 들어가는 문은 긴 쪽 벽 중간에 나 있는데 서남서 방향에서 들어가도록 되어 있다. 바로 문에 들어서서 시계 방향으로 돌면 북북동 방향 구석에 휴대용 목제 스토브가 하나 있는 것을 볼 수 있다. 스토브 주변에는 상자며 그릇이며 먹을 것이 든 자루들이 놓여 있다. 매트리스는 긴 동북동 방향 벽 절반쯤을 차지하고 있고 오물 버리는 양동이가 남동 방향 구석에 있다. 세면대는 남남서 방향 구석에 그리고 조선소 쪽으로는 유리창 하나가 나 있다. 그러고는 지금 막 지나온 문이 있고 마지막으로 북서 방향 구석에 작은 책상과 의자가 있다. 의자는 서남서 방향 벽을 향해 놓여 있다. 따라서 도시를 똑바로 바라볼 수 있기 위해서는 머리를 뒤쪽으로 135도 회전시켜야 했다. 벽에는 아무 장식도 없고 바닥에는 카펫도 없다. 스토브 바로 위쪽 천장에는 짙은 회색 반점이 보인다.

이것이 그 방이다. 매트리스는 전쟁 직후 발레타에 주둔해 있던 해군 독신 장교 숙소에서 얻었고 스토브와 음식은 미국 원조 물자 발송 협회에서 준 것이며 책상은 이제는 흙에 묻힌 돌쩌귀들로 변한 집에 속했던 것이라는 사실들, 그 모든 것이 이 방과 무슨 상관이 있겠는가? 사실들이란 역사이며 오로지 인간만이 역사를 갖는다. 사실들은 감정적 반응을 불러일으킨다. 그렇다면 지금까지 우리에게 이런 감정적 반응을 보여 줄 만큼의 감수성을 띤 방이 존재했던가?

이 방은 전쟁 전 똑같은 방 아홉 개가 있었던 건물 속의 방 하나였다. 지금은 세 개의 방만 남았다. 이 건물은 조선소 위쪽으로 난 급경사 위에 서 있었다. 방은 두 방이 포개져 있는 위에 올라앉아 있었다. 건물의 나머지 3분의 2는 폭격으로 제거되어 버렸다. 1942년에서 1943년 사이의 겨울에 일어난 일이었다.

파우스토 자신은 세 가지로 정의할 수 있을 것이다. 관계는 다음과 같다. 너의 아버지, 이것이 하나의 정의다. 두 번째는 그 자신의 이름으로 정의될 수 있을 것이며, 마지막으로는 이 방의 거주자라는 정의가 있을 수 있겠다.

어째서? 어째서 이 방을 이 변명문의 서두로 사용하고 있을까?

그것은 이 방이 비록 유리창에는 유리가 없고 밤이면 춥지만 온실이 기 때문이다. 그리고 이 방은 자기 스스로의 역사를 갖지 못했지만 과거에 속해 있기 때문이다. 침대 등 평면의 있음이 우리가 사랑이라 고 부르는 것을 형성하기 때문이다. 신의 말씀이 우리에게 내려오고 어떤 종류의 종교이고 간에 시작된다면, 그 이전에 방 하나가 필요한 것이다. 과거와 거래하기 전에 현재와 밀봉되어 있는 그런 방 말이다.

전쟁 전, 내가 너의 어머니와 결혼하기에 앞서서 대학에 있을 때, 나는 다른 젊은이들과 마찬가지로 '위대성'이 내 어깨에 보이지 않는 케이프처럼 틀림없이 나를 에워싸는 것을 느꼈었다. 마라트, 드 누비에트나와 나는 위대한 '앵글로-몰타 시학파(詩學派)'의 젊은 장 교들이 될 야망을 가졌었다. '1937년 세대'라고 불러도 되겠다. 대학 시절에 갖는 이런 종류의 성공에 대한 확신감은 불안을 낳는 법이 다. 그 불안 중 가장 첫 번째는 시인이 언젠가는 써야 될 자서전이나 자기 생애에 대한 사과문이었다. 우리의 이론은 이랬다. 한 사람이 자기가 죽는 시간을 거의 정확히 알고 있지 않은 한 어떻게 자서전 을 쓸 수 있을까? 이것은 사람을 괴롭히는 질문이었다. 시기상조적 인 변명문을 쓰고부터 죽기까지 약 이십 년 동안 헤라클레스적인 시 적 묘기를 부릴 수 있을지도 모를 일 아닌가? 만약 그 순간의 업적이 변명문의 효과를 말소해 버릴 만큼 위대하다면? 그런데 반대로 이십 년이나 삼십 년이 아무런 업적도 없는 완전히 정체된 기간으로 끝나 버린다면? 그것은 젊음에 대한 너무도 끔찍한 역절정 아닌가!

시간은 물론 이 문제를 여러 모로 밝혀 주어 젊음의 비논리를 증 명해 주었다. 우리는 어떤 변명문이고 간에 인생이란 인간 개성에 대 한 부단한 거부라고 부름으로써 정당화할 수 있다. 어떤 변명문이고 전기 소설(반쯤은 가공된)에 지나지 않는다. 거기에서는 시간이 직선 적으로 흐름에 따라 차례차례 전개되고 배척되는 정체들이 각각 서로 다른 인물들처럼 취급받고 있는 것이다. 글을 쓴다는 그 행위부터가 이미 또 하나의 거부를 만들고 있는 셈이다. 과거에 첨가된 또 하나의 성격인 것이다. 그러니까 우리는 사실 영혼을 팔면서 살고 있는 것이나 다름없다고 하겠다. 역사에게 조금씩 조금씩 분할해서 지불하는 것. 그것은 지속적인 허구, 인과응보의 허구, 이성으로 구축된 인간 역사의 허구 등을 꿰뚫어 볼 만한 맑은 시야에 대한 대가로는 그리 비싼 게 아닐지도 모르겠다.

그러니까 파우스토 마이스트랄 1세가 세상에 군림한 것은 1938년 이전의 일이었다. 그는 카이사르와 신의 중간을 오락가락하는 군주로서 도래했다. 마라트는 정치계로 들어갈 계획이었고 드누비에트나는 엔지니어가 되겠다고 했다. 나는 신부가 되기로 되어 있었다. 그러니까 우리 세 사람의 관할하에 인간 투쟁의 모든 주요한 국면은 '1937년 세대'의 까다로운 검토를 받게 되는 셈이었다.

마이스트랄 2세는, 애야, 너와 함께 군림했다. 그리고 또 전쟁과 함께 왔단다. 너는 계획에 없었기 때문에 약간은 유감스러운 대상이기도 했지. 물론 파우스토 1세가 진정한 사명을 가졌다면 너의 어머니인 엘레나 젬지(그리고 너)는 그의 인생에 들어오지 않았겠지만 말이다. 우리 '운동'의 계획들에는 혼선이 생겼다. 우리도 아직 글을 쓰고는 있다. 하지만 다른 할 일들이 있었다. 우리에게 주어진 시인으로서의 '운명'은 더 깊고 유구한 귀족주의의 발견에 의하여 다시금 주어졌다. 우리는 바로 건설자가 된 것이다.

파우스토 마이스트랄 3세는 '13번째 공습일'에 태어났다. 그날은 엘레나의 죽음과 '나쁜 신부'라는 이름으로만 알려진 자와의 가공할 만남이 빚어낸 날이었다. 이 만남은 이제야 언어로 표현할 수 있을 정도로 끔찍한 것이었다. 그날 이후 일기에는 그 '탄생의 충격'에 대한 횡설수설 외에는 아무것도 안 적혔을 정도다. 파우스토 3세는 모든 인물 중 비인간에 가장 가까운 존재였다. 동물성을 암시하는 비인간성을 말하는 것이 아니다. 파우스토 3세의 비인간성은 깨진 물건 조각이라든가 깨진 돌멩이, 망가진 석조물, 파괴된 교회 건물, 파괴된 도시의 주점들, 이런 것들과 같은 종류였다.

그의 후계자인 파우스토 4세는 육체적으로나 정신적으로 파괴된 세계를 물려받았다. 그는 특정한 사건에 의해 탄생했다고 할 수는 없다. 다만 파우스토 3세가 의식으로 회귀, 혹은 인간으로 복귀하는 느린 상승을 거치면서 어떤 단계를 넘어서다 생겨난 전혀 새로운 정체라는 편이 맞을 것이다. 그 상승 곡선은 지금도 계속 오르고 있는 형편이었다. 어찌어찌해서인지(현재의 파우스토가 아직도 자랑스럽게 여기는 소네트 한 편을 포함한) 어마어마한 수의 시 작품이 모였고 종교, 언어, 역사 논문, 비평문(홉킨스, T. S. 엘리엇, 디키리코의 소설 『헵도메로스』에 대하여)이 축적되었다. 파우스토 4세는 소위 '문필가'였다. 그리고 '1937년 세대'의 유일한 잔존자였다. 왜냐하면 드누비에트나는 미국에서 도로 건설 중이었고 마라트는 루웬조리산 남쪽 어느 골짜기에 들어가 우리의 언어학적 형제들인 반투족들 사이에서 폭동을 조직하고 있었기 때문이다.

이제 우리는 이른바 정치적인 공백 기간이라는 시점에 이르러 있었다. 모든 것이 정체에 빠진 것이다. 옥좌라고 부를 수 있을 만한 거라고는 이 방 북서쪽 구석에 있는 나무 의자 하나뿐이다. 밀봉된 생활인 것이다. 그도 그럴 것이, 과거에 매인 어느 누가, 조선소의 호루라기 소리, 리벳 박는 기계 소리, 거리에서 차 지나는 소리를 들을 수 있단 말인가?

이제 와서는 기억은 배신자와 같다. 그것은 계속해서 미끄러져 가면서 형체를 바꾼다. 슬프게도 말이란, 아무 의미 없는 현상일 뿐이며, 정체성이라는 것이 단 하나라는, 그리고 영혼이라는 것이 항구

적이라는 잘못된 가정 위에 기반을 두고 있는 것이다. 한 인간은 자기의 기억을 진실인 것처럼 내세울 아무런 권리도 없다. 그것은 예를 들면 '마라트는 입이 사나운 대학 내 냉소주의자'라거나 '드누비에트 나는 자유주의자에 미친 놈'이라고 말하는 것만큼이나 터무니없는 것이다.

　이미 너는 알아채고 있겠지. 내가 사용하는 동사의 시제를 알아 봤을 것이다. 무의식적으로 우리는 과거로 옮겨가 버렸다. 파올라, 넌 이제 대학물 좀 먹은 사람 특유의 애수에 공격당하고 있는 거란 다. 파우스토 1세와 파우스토 2세의 일기를 말한 거다. 이런 길 외에 어떻게 우리가 바라는 대로 그를 다시 만날 수 있겠니? 가령 이 보기를 보자.

　　역사라고도 칭할 수 있는 이 '성 자일스 축제'는 이 얼마나 놀라운 지! 그 축제의 리듬은 규칙적이고도 유동적이다. 수천 개의 작은 언덕을 넘어 여행해 온 카라반의 기형 쇼와 같은 것. 최면 상태로 몸에 물결을 일으키는 뱀의 등에는 꼽추, 난쟁이, 탕아, 켄타우로스와 폴터가이스트 같은 것이 무한한 벼룩들처럼 다닥다닥 붙어 있다. 머리 두 개에 눈이 셋인 괴물은 가망 없는 사랑에 빠져 있고 늑대인간 가죽의 반인반수, 어린 소녀의 눈이 박힌 늑대인간, 어쩌면 유리 배꼽이 달린 늙은 남자도 한 명쯤 있으리라. 유리 배꼽 속에서는 금붕어가 그의 창자들이 이룬 산호의 나라 속을 이리저리 누비고 다닐 거라고 해 두자.

　때는 물론 1939년 9월 3일의 일이다. 비유들의 복합, 세부 묘사의 군집, 수사를 위한 수사는 오직 풍선이 하늘로 올라갔다는 사실을 말하기 위한 절차에 불과했다. 또한 오직 최종적인 것은 아닐지언정 역사의 다채로운 변덕을 다시 한 번 예증해 보여 줄 뿐인 것이었다.

우리는 왜 그렇게 인생의 한복판에 틀어박혀 살았을까? 왜 그렇게 인생에 대해 거창한 모험의 의욕을 느꼈을까? "아, 신은 여기 계셔, 알지, 매해 봄이면 카펫처럼 깔리는 술라 꽃에, 핏빛 도는 오렌지색의 관목 숲, 그리고 이 정다운 섬이 내게 선물한 '성 요한의 빵'이라 불리는 나의 귀여운 쥐엄나무 숲. 이게 바로 신이 여기 계시다는 증거 아니고 뭐겠어. 그분의 손가락은 산을 긁어 협곡을 만들었고 그분의 숨결은 우리 머리 위에 비구름을 드리우셨지. 그분의 목소리는 일찍이 난파당한 성 바오로를 몰타로 이끌어 이 섬에 축복을 주셨어." 마라트는 이렇게 쓰고 있다.

영국과 왕관, 우리는 그대들의 위풍당당한 수호자가 되리.
우리의 해변에서 야만스러운 침략자를 몰아내리.
신을 위하여 신의 자손들은 악마의 자손들을 패주시키리.
신은 그 다정한 손길로 평화의 등을 밝혀 주시리니.

'신의 자손들'이라, 이걸 보니 미소가 절로 나오는구나. 셰익스피어의 한 구절일까. 셰익스피어와 T. S. 엘리엇 때문에 우리 모두 망한 셈이다. 그러고 보면 1942년 재의 수요일에, 드누비에트나는 엘리엇의 시에 대한 이런 풍자시를 썼단다.

내가 그러하기 때문에
내가 바라지 않기 때문에
내가 살아남을 것을 바라지 않기 때문에
궁전으로부터 나온 불의와, 공기로부터 나온 죽음
내가 그러하기 때문에
다만 그러하기 때문에

내가 계속해서……

우리는「공허한 인간」[122]을 굉장히 좋아했던 것 같다. 또 우리는 엘리자베스 왕조풍 문구들을 일상 대화에 곧잘 사용했지. 1937년의 일기 어느 부분인가에는 마라트의 결혼 전야에 쓴 고별의 글이 있다. 다들 잔뜩 취해서 정치에 대해 떠들었단다. 킹스웨이(미안, 그때는 스트라다 레알레였지.)에 있는 어느 카페에서였다. 이탈리아 군대가 우리 섬을 폭격하기 이전의 일이었다. 드누비에트나는 우리의 헌법을 '노예 국가의 위선적 위장'이라고 불렀다. 마라트는 거기 반대했다. 드누비에트나는 테이블 위로 뛰어올라서 유리컵이 엎어지고 술병은 바닥으로 굴러떨어지는 가운데 소리를 질렀다. "가 버려라, 비열한 자여!" 그가 셰익스피어적인 표현으로 구사한 '가 버려라.'라는 어구는 그 후 '집단'의 표어처럼 되어 버렸다. 이러한 일기 속 사건 보고는 추측건대 그다음 날 기술한 것이다. 하지만 끔찍한 두통에 시달리고 탈수 증세까지 겪으면서도 파우스토 1세는 아직도 예쁜 여자들이며 핫재즈 밴드, 세련된 대화 등에 대해 언급하고 있다. 어쩌면 전쟁 전 대학 생활이란 그의 묘사대로 행복했던 모양이다. 사람들 간의 대화 역시 그의 말대로 '괜찮은' 대화였는지도 모르겠다. 이들은 아마도 태양 아래 모든 것에 대해 토론을 벌인 듯했다. 그리고 그 당시 몰타섬에는 정말로 태양이 풍요했다.

그러나 파우스토 1세는 다른 모두와 마찬가지로 질적 저하를 겪었던 것이다. 1942년의 폭격 중, 그의 후계자는 이렇게 평하고 있다.

우리의 시인들은 이제 일찍이 '하늘'이라고 불렸던 것에서 쏟아지

122   T. S. 엘리엇의 시 제목이다.

는 폭탄에 대해서 말고는 아무것도 쓰지 않는다. 우리의 '건설자'들은 의무적으로 인내력과 힘을 기른다. 하지만(영어와 그 감정적인 뉘앙스를 안다는 것은 정말이지 커다란 저주다!) 우리는 그와 아울러 이 전쟁에 대한 절망적이고 신경질적인 증오와 종전에 대한 갈구 역시 기르고 있는 셈이다.

나는 우리가 영국의 고등학교와 대학에서 받은 교육이 우리 내부의 순수함에 불순물을 넣었다고 생각한다. 더 젊었을 때 우리는 사랑과 공포와 모성애에 대해 엘레나와 내가 지금 쓰는 것 같은 몰타어로 이야기했었다. 하지만 무슨 언어가 그렇단 말인가! 몰타어는, 그리고 작금의 '건설자'들은 반인(半人)들이 아가르침[123]의 성소를 지은 이래 조금이라도 진보했는가? 우리는 동물처럼 말하고 있다.

내가 '사랑'을 설명할 수 있을까? 그녀를 향해서, 그녀에 대한 내 사랑은 보포르 경고사포 포수들과 스핏파이어 전투기 비행사들과 우리 총독에 대한 사랑과 똑같으며 그 일부라는 점을 설명할 수 있을까? 이 섬을 포용하고 거기서 움직이는 모든 것을 포용하는 사랑이라고! 몰타어에는 이를 형용할 말이 없다. 그리고 섬세한 뉘앙스도 내면의 지적 정도도 표현할 말이 없다. 그녀는 내 시를 읽을 수 없다. 나는 그녀를 위해 나의 시들을 번역해 줄 수가 없다.

그렇다면 우리는 그저 동물일까. 아직도 우리는 예수 탄생 400세기 전에 여기에 살았던 혈거인들과 다름없을까. 우리는 실제로 그들처럼 아직도 이 대지의 배 속에서 살고 있다. 교미하고 산란하며 거친 말만 지껄이다 죽는다. 우리 중에 신의 말들을 이해하고 교회의 가르침을 터득한 자가 있을까? 어쩌면 몰타 사람 마이스트랄, 저희 민족 중 한 사람인 그는 그저 의식 저변에 머무른 채 살아가도록, 무생물 같은

---

123   몰타섬의 유적지이다.

살덩어리, 자동인형으로 존재하도록 만들어졌는지도 몰랐다.

그러나 우리는 갈라서고 말았다. 저 위대한 우리의 1937년 세대는. 그저 단순한 몰타인의 상태로 되돌아간 것이다. 거의 무심한 채로, 시간 감각도 잃은 채 다만 견디기 위해서? 아니면 영어로 (지속적으로) 사고하고 전쟁과 시간, 사랑의 그 모든 회색빛 음영과 그림자를 인식하기 위해서?

어쩌면 영국의 식민 정책은 새로운 인간을 만들어 냈는지도 모른다. 바로 이중 인간이다. 그는 두 개의 방향을 동시에 목표로 한다. 한쪽은 평화와 순수이며 다른 한쪽은 피로한 지적 추구이다. 어쩌면 마라트와 드누비에트나와 마이스트랄은 이 새로운 종족의 첫 번째 세대일지도 모른다. 우리 뒤에는 어떤 괴물들이 따를 것인가…….

이러한 생각들은 내 마음의 어두운 쪽에서 나온 것들이다. 그렇다, 내 두뇌에서 나온 것들이다. 마음을 가리키는 말은 한마디도 존재하지 않는다. 우리는 증오스러운 이탈리아어로 이 '마음'이라는 말을 해야만 한다.

어떤 괴물들일까. 얘야, 너는 어떤 괴물이냐? 파우스토가 뜻한 것은 그게 아닐 수도 있다. 그는 어쩌면 정신적인 상속을 의미했을 수도 있다. 파우스토 3세, 파우스토 4세, 어쩌면 그 후예를 뜻했는지도 모르겠다. 하지만 이 발췌문에는 분명히 젊음의 매력적인 징후가 보인다. 첫째로 우리는 낙관주의를 읽을 수 있다. 그리고 또 이 낙관주의가 적대적 외부 세계에 의해 부적합 판정을 받은 후 추상적인 것을 향한 도피로 변했음을 알 수 있다. 폭탄이 떨어지는 가운데서도 그는 추상에 묻혀 있었다. 일 년 반 동안 몰타에는 하루 평균 열 번의 폭격이 있었다. 그가 어떻게 그 폐쇄적인 은거 생활을 계속할 수 있었을까? 그것은 하느님만이 아실 일이다. 일기에는 그에 대한 언급이 없다. 그 역시도 영국화된 파우스토 2세의 반쪽이 이루어 낸 업적일 것이다. 왜냐하면 그는 시를 썼으니까. 일기에서조차 우리는 현실에서 현실 이하로 갑자기 가 버리는 그를 볼 수 있다.

나는 이것을 버려진 하수구에서 야간 폭격 중 쓰고 있다. 불빛이라고는 도시 위에 번득이는 인광과 안에 켜 놓은 촛불 몇 개, 그리고 폭탄이 내는 섬광뿐이다. 엘레나는 내 곁에 있다. 그녀의 어깨에 얼굴을 묻고 웅얼거리며 자고 있는 아이를 안고 있다. 우리 주변에는 다른 몰타인들과 영국인 관리들, 몇 명의 인도 상인들이 빽빽이 들어차 있다. 이야기하는 사람은 거의 없다. 아이들은 머리 위 거리에서 나는 폭탄 소리를 눈이 휘둥그레져서 듣고 있다. 아이들에게 이건 그냥 재미있는 놀이일 뿐이다. 처음에는 아이들도 밤중에 놀라 깨어나면 울음을 터뜨렸다. 그러나 이제는 다들 익숙해졌다. 지금은 더러 대피소 입구 근처에 가서 서 있을 정도다. 이들은 번득이는 불빛과 폭탄 떨어지는 것을 구경하며 지껄이고 서로 툭툭 밀치기도 하고 손가락질을 하기도 한다. 아이들은 이상한 세대로 자라날 것이다. 우리 아이는 어떻게 될까! 그 애는 자고 있다.

그러고는 분명한 이유 없이 이런 글이 나온다.

'성 요한의 기사들'이 건립한 몰타여! 역사의 뱀은 하나로다. 우리가 그 뱀의 어느 부위에 엎드려 있는지는 중요하지 않다. 이 초라한 터널 속에서는 우리는 기사요 이단자이다. 우리는 릴라당[124]과 그의 흰

---

124   Auguste de Villiers de L'Isle Adam(1838~1889). 프랑스의 시인이자 문필가이다.

담비 팔이며 푸른 바다와 황금색 태양이 이룬 장원의 성대(聖帶)이다. 우리는 부두 위쪽에 높이 솟은 바람에 부서져 가는 자기 무덤에 외로이 혼자 서 있는 무슈 파리소[125]다. '대포위' 때 성벽에서 싸웠던 바로 그 말이다. 두 사람 모두 나의 위대한 스승이니. 죽음과 삶, 흰 담비와 낡은 천, 귀족과 서민, 축제에서나 전투에서나 죽음의 자리에서나 우리는 하나이고 순수하며, 동시에 잡다한 여러 종족이며, 그것이 곧 몰타이리라. 우리가 동굴에서 살며 갈대 무성한 해변에서 물고기와 씨름하고, 우리의 죽은 이들을 노래와 붉은 황토로 파묻으며, 돌멘과 사원과 멘히르와 선돌을 세워 막연한 신 혹은 다신들에게 영광을 돌리고, 느린 노래를 부르며 태양을 향해 일어나고, 우리의 삶을 강간과 약탈과 침략의 세기적 순환 가운데 영위한 시기로부터 시간은 전혀 흐르지 않았다. 우리는 그때 그대로인 것이다. 우리는 어두운 협곡과 신의 축복을 받은 사랑스러운 지중해의 땅 한구석, 혹은 어느 사원, 하수구, 지하 묘지의 어두움 속에서 그때의 우리로 남아 있는 것이다. 이것이 운명 때문인지 역사의 뒤틀림 때문인지 아니면 하느님의 뜻 때문인지는 알 수 없지만.

그는 이 글의 후반을 폭격이 끝나고 집에 돌아와서 쓴 모양이었다. 그러나 '변화'는 여전히 느껴졌다. 파우스토 2세는 은거 중인 젊은이였다. 개념들에 대한 애착(지속적이고 광범한 섬의 파괴가 한창 진행되고 있을 때도 그것만은 변함없었다.)뿐만 아니라 네 어머니와의 관계를 봐도 그 사실은 증명된다.

엘레나 젬지에 대해서는 마라트가 결혼한 후 얼마 안 되어서 파우스토 1세가 처음으로 언급했다. '1937년 세대'에 분열이 생긴 뒤

---

125   Jean Parisot de Valette(1495~1568). 몰타 기사단의 기사단장이다.

(가시적인 사실들로 유추했을 때 이들의 운동은 독신자 동맹 같은 것이 물론 아니었다.) 파우스토도 이제는 마음 놓고 선례를 따를 수 있다고 생각했는지도 모른다. 또한 그렇게 해서 그도 성직자의 독신 제도에 대한 위태롭고도 미온적인 태도 규명을 한 것이었다.

아, 그는 '사랑'을 하고 있었다. 그것은 확실했다. 그러나 그 문제에 대한 그 자신의 생각은 항상 변하고 있었다. 그것은 몰타식의 사랑이라는 개념과는 한 번도 부합한 일이 없었다고 나는 생각한다. 몰타식 개념이란 교회에서 인가한 성교를 뜻했고, 또 그 행위는 어머니가 되기 위한 것이었으며, 어머니 되는 일을 영광스럽게 하기 위해서였다. 우리는 이미 파우스토가 1940년에서 1943년 사이의 가장 힘든 '포위' 기간 중 어떻게 몰타섬과 같이 넓고 높고 깊은 사랑의 이념에 도달했는가를 살펴보았다.

'개의 날들'은 끝났다. '마이스트랄'[126]은 이제 불어오기를 그치고 '그레갈레'[127]라고 불리는 다른 바람이 마음씨 좋은 비를 몰고 와 우리 붉은 밀의 파종을 축복해 줄 것이다.

나 자신으로 말하면, 바람이 아니라면 무엇일까. 내 이름은 바로 쥐엄나무 사이를 지나가는 서풍이 아니던가? 나는 시간적으로 두 개의 바람 사이에 서 있다. 나의 의지에는 한 번 휘몰아치는 공기만큼의 힘도 없었다. 하지만 드누비에트나의 영리하고 냉소적인 이론들도 결국은 공기가 아니던가. 그의 결혼에 대한(마라트의 결혼에 대해서까지) 견해들은 내 귓가를 스쳐 간다. 귀는 약간 퍼덕일 뿐 별로 그 소리에 개의치 않는다.

126   지중해 연안 지방에 부는 건조하고 찬 계절풍을 뜻하기도 한다.
127   지중해 연안 지방에 부는 북동 방향의 강풍이다.

엘레나, 오늘 밤! 오, 엘레나 젬지! 암염소처럼 아담한 몸집의 엘레나. 너의 달콤한 젖, 너의 사랑의 비명. 우리 유년기의 여름밤 그렇게도 자주 바라보던 고조 섬 위쪽 하늘에 박힌 별들 사이 공간처럼 검은 눈의 엘레나. 오늘 밤 나는 비토리오사에 있는 너의 작은 집으로 가리라. 그리고 너의 검은 눈동자 앞에서 내 마음의 껍질을 깨고 십구 년 동안이나 아끼고 길러 온 성 요한의 빵을 성찬의 음식으로 바치리라.

그는 청혼을 하지는 않았다. 하지만 자신의 사랑을 고백했다. 그건 너도 짐작하겠지만, 그가 아직도 흐릿하게나마 '계획'에 대한 미련이 남았기 때문일 거다. 결코 확신을 품어 본 적 없는 신부직에 대한 미련 같은 것 말이다. 엘레나는 주저했다. 젊은 파우스토가 따져 묻자 그녀는 말끝을 흐려 버렸다. 그는 곧 격렬한 질투의 조짐을 보이기 시작했다.

그녀는 믿음을 잃은 걸까? 난 그녀가 드누비에트나와 나다녔다는 소문을 들었다. 드누비에트나라니! 그 친구 손아귀에 들어갔다는 건가. 하느님 맙소사, 돌이킬 방법은 전혀 없을까? 나는 이제 그들을 찾아내어 둘이 함께 있는 것을 발견하고 도전, 결투, 살인 등의 낡은 소극을 연출해야 하는 건가. 그 친구는 지금 얼마나 만족스러울까. 모두 계획적인 짓이다. 틀림없이 그럴 거다. 우리가 결혼을 놓고 벌였던 토론을 생각해 보면 알 만하고도 남을 일이다. 그는 어느 날 저녁 내게 이렇게 말했다. 가정형을 써서 얘기했지만, 물론! 어쨌든 그는 내게 자기가 언젠가 처녀 하나를 발견해 내서 어떻게 죄를 '교육'시켜 줄 것인지 상세하게 이야기했다. 그는 그 처녀가 엘레나 젬지일 것이라는 사실을 알면서 내게 그 얘기를 한 것이었다. 내 친구요, 투쟁의 동지인 그가 말이다. 그리고 그는 또 우리 '세대'의 삼분의 일에 해당하는 존재이기도 했다. 그녀를 절대로 되찾을 수 없을 것만 같다. 그와 단 한 번 접촉으로 열여덟 해 동안의 순결이 사라지는 것이다, 영영!

드누비에트나는, 파우스토가 의심의 끝에 가서는 깨달았어야 할 일이지만, 그녀의 망설임과는 아무런 관계도 없었다. 의혹은 애수 어린 명상으로 부드럽게 탈바꿈했다.

일요일에는 비가 왔다. 추억을 남겨 주는 비였다. 비는 나의 추억을 부풀려 쏙쏙하고 달콤한 향기를 피우는 부담스러운 꽃들로 만들려 한다. 내 기억 속 하루에서 우리는 어린아이들이었다. 우리는 부두 위쪽 정원에서 서로를 포옹했다. 아젤리아 꽃의 버석대는 소리, 오렌지 향기, 모든 별들과 달빛을 빨아들인 그녀의 검은 드레스, 드레스는 빨아들일 뿐, 그 무엇도 되비치는 법이 없었다. 그녀는 나의 모든 빛을 빨아들였다. 그녀는 쥐엄 열매와도 같은 내 마음속 부드러움을 차지해 버린 것이다.

결국 그들의 싸움은 제삼자를 끌어들였다. 전형적인 몰타 방식에 따라 신부 한 사람이 개입하게 된 것이다. 아발랑슈 신부라는 사람이었다. 그는 이때의 일기에서는 자주 언급되지 않는다. 그는 항상 얼굴 없는 인물로, 그의 반대역인 '나쁜 신부'의 대조로 나타난다. 그러나 그는 드디어 엘레나를 파우스토에게 돌아가게 하는 데 성공한 듯했다.

그 여자는 오늘 나에게 왔다. 연기와 비와 침묵을 뚫고 나에게 왔다. 검은 옷을 입은 탓에 주변에 묻혀 잘 보이지 않았다. 그녀는 나의 엄청난 환영의 포옹 속에서 흐느껴 울었다.

그녀는 아이를 낳게 되었다고 했다. 드누비에트나의 아이일 거라는 게 첫 번째 든 생각이었다.(적어도 반 초 정도는 당연히 그랬던 것이다. 바보 같으니.) 신부는 내 아이라고 했다. 그녀가 A에게 가서 고해한 것이었다. 거기에서 무슨 이야기가 오갔는지 그 누가 알랴. 이 선량한 신부는 고해의 비밀을 폭로할 수는 없는 모양이었다. 오로지 우리 세 사람이 다 아는 사실(즉, 그 아이가 나의 것이라는)만을 확인해 주었을 뿐이다. 우리 두 사람이 하느님 앞에 서로 맺어지기를 그는 원한 것이다.

그래서 우리의 계획이란 것은 끝장이 났다. 마라트와 드누비에트나는 실망하겠지.

그들의 계획은 끝장났다. 우리는 이 사명의 문제에 대해서 다시금 생각해 볼 것이다.

그리고 실의에 빠진 엘레나에게서 파우스토는 그의 '경쟁자'이자 나쁜 신부에 대한 이야기를 들었다.

아무도 그의 이름이 뭔지 교구가 어딘지 모른다. 미신에 가까운 소문만 무성할 뿐이다. 교회에서 파문당했으며 '어두운 자'와 동맹을 맺었다는 것이다. 그는 슬리에마를 지나면 나오는 바다 가까운 별장에 산다. 어느 날 밤 E가 혼자 거리에 나가 있는 것을 발견했다. 어쩌면 이 자는 영혼들을 잡아가려 거리를 배회하고 있었는지도 모른다. 음침하고 무서운 인상이었다고 그녀는 말했다. 하지만 그의 입은 그리스도와 같았다고 말했다. 눈은 챙 넓은 모자에 가려 그늘 속에 있었고 그녀가 볼 수 있는 것은 부드러운 볼과 고른 치아뿐이었다.

그건 흔히 말하는 '타락'이라는 이름의 수상한 것이 아니었다. 이곳에서 신부들이란 나이 어린 여자들에게 있어 어머니 다음으로 권위 있는 존재들이다. 어린 여자는 신부의 검은 법복 자락만 눈에 띄어도 당연히 존경과 공포를 느낀다. 더 따져 물어본 결과 다음의 사실들을 알아낼 수 있었다.

"그 사람을 만난 건 성당 근처, 해가 진 후 우리 성당에서였어요. 아직 빛은 남아 있었는데 낮고 긴 담이 있는 거리에서 마주쳤어요. 그이는 나보고 성당에 가는 길이냐고 물었어요. 난 성당 갈 생각은 없었죠. 고해 기간이 지났으니까요. 내가 어쩌다 그 사람을 따라서 그리로 가겠다고 동의했는지 모르겠네요. 그건 명령이 아니었어요. 그랬더라도 나는 복종했겠지만요. 우리는 언덕을 올라 성당으로 들어갔죠. 그러고는 측랑을 지나 고해실로 가까이 갔어요.

"고해를 했소?" 그가 물었어요.

난 그 사람 눈을 들여다봤죠. 처음에는 술에라도 취한 줄 알았어요. 그렇지 않으면 미친 사람이든가. 덜컥 겁이 났어요.

"그럼 이리 들어오시오." 우리는 고해실에 들어갔어요. 난 그때 신부님들에게는 그럴 권리가 있잖아, 하고 생각했어요. 그렇지만 나는 그 사람에게 아발랑슈 신부님께는 말하지 않았던 일들을 말했어요. 그때는 그 신부가 누군지 몰랐던 거예요, 아시겠죠."

지금까지 엘레나 젬지에게 죄라는 것은 숨 쉬고 먹고 떠드는 것만큼이나 자연스러웠다. 그러나 나쁜 신부의 민첩한 가르침 아래 죄는 악령의 모습을 띠기 시작했다. 이질적이고 기생적인 죄악이라는 것은 마치 그녀의 영혼에 달라붙은 검은색 민달팽이 같았다.

그녀가 어떻게 누구와든 결혼을 할 수 있을까? 그녀는 오로지 수도원에만 적합한 여자이며 그리스도만이 합당한 남편이라고 나쁜 신부는 그녀에게 말했다. 그 어떤 인간 남자도 그녀가 가진 '젊은 여자의 영혼'에 붙어 사는 죄라는 것과 공존할 수는 없었다. 오직 그리스도에 게만 그에 걸맞은 힘과 사랑과 관용이 있었다. 그는 나병환자들을 고치고 나쁜 열병을 내쫓지 않았던가? 오로지 그분만이 병을 맞아들여 가슴에 품고 거기 얼굴을 대고 입 맞추어 줄 것이다. 병을 가까이 알고 사랑하며 고쳐 주는 것은 하늘에 있는 영적 남편으로서 그의 사명일 뿐 아니라, 지금 이 땅에서의 사명이기도 했다. 이것은(나쁜 신부는 그녀에게 말했다.) 영혼의 암을 비유한 것이었다. 그러나 몰타인의 사고 는 언어의 제약 때문에 그런 이야기를 감지하지 못한다. 나의 엘레나 가 본 것은 질환, 문자 그대로 질병뿐이었던 것이다. 그녀는 나나 우리 아이들이 그녀의 죄를 거친 수확물을 거두게 될 것을 두려워했다.

그녀는 나와 A 신부의 고해실을 피했다. 자기 집에 들어앉아 있으면서 매일 아침 자신의 몸을 조사했고, 매일 밤 양심을 들여다보며 지냈다. 자기가 걸렸다고 믿었던 질병의 경과 증후를 보기 위해서였다. 그것은 또 하나의 사명이고 집념이었다. 그리고 그 언어는 파우스토 자신의 언어가 그랬던 것처럼 뒤틀렸으며 음침했다.

이것이, 가엾은 아이야, 네 성을 둘러싼 슬픈 사실들이란다. 네가 미국 해군에게 이끌려 떠나 버린 지금 너의 성은 다른 성이 되었다. 하지만 그 사고처럼 벌어진 사건의 표층 아래에서 너는 아직도 마이스트랄 젬지다. 끔찍하게 서로 맞지 않는 결혼이었다. 네가 그 때문에 파멸되지 않기를 바란다. 난 네게서 엘레나의 신화적 '질환' 이 나타나는 것보다는 네 아버지에게 일어난 것 같은 인격 분열이 나타날까 두려워한단다. 넌 제발 한 명의 소녀 파올라로만 남기를 바란다. 주어진 하나의 심장과 평화로운 온전한 마음을 갖기를 바란다. 이것을 기도라고 불러도 좋겠지.

나중에 결혼을 하고 네가 태어난 다음, 즉 파우스토 2세의 통치가 어느 정도 무르익고 폭탄이 떨어지고 있던 시절, 엘레나와의 관계는 '활동 정지 기간'에 들어갔던 것 같다. 다른 할 일이 많았기 때문이기도 했다. 파우스토는 국토 방위대에 입대했다. 엘레나는 간호 일을 돕기 시작했다. 폭격으로 집을 잃은 자들에게 음식과 은신처를 찾아 주었으며, 부상자를 위로하고 상처에 붕대를 감아 주고 죽은 자를 묻어 주었다. 이때(만약 그의 '이중 인간' 이론이 맞다면) 파우스토 2세의 몰타인 기질이 강화되는 반면 영국인 요소는 약화되었다.

오늘 독일 폭격기들이 다녀갔다. ME 109기들이었다. 쳐다볼 필요도 없었다. 우리는 이제 그 소리에 익숙해졌으니까. 다섯 번이었다. 재수 없는 타 칼리에 집중 폭격이었다. '허리즈'[128]와 '스핏파이어'의 용감한 사나이들! 이들을 위해 우리가 무엇인들 못 하리오!

그는 이제 섬 전체를 포용할 만한 그런 영적인 교감 의식으로 옮겨 가고 있었다. 타 칼리 비행장에서 그가 맡은 일은 공병대 잡역이었다. 영국 전투기를 위해 활주로를 닦고 복구하는 일, 사병 숙소, 식당, 격납고 등을 수리하는 일이었다. 처음에는 이 모든 일들을, 말하자면 어깨 너머로 바라볼 수 있었다. 즉, 자신의 은거 상태에서 벗어나지 않은 채 말이다.

이탈리아가 전쟁을 포고한 이래 하룻밤도 폭격 없이 보낸 일이 없다. 평화로울 때라는 건 어떤 느낌이던가? 언젠가(몇 세기 전의 일이었던가!) 우리는 하룻밤 내내 계속해서 잘 수도 있었다. 그런 것은 이제

<hr />

128   1940년 8월 '허리 작전(Operation Hurry)'에 동원된 영국군을 의미한다.

다 지나간 일이다. 새벽 3시, 요란한 사이렌 소리에 잠에서 깨어나 3시 30분에는 경고사포 포상들과 감시원들, 소화대원들을 지나쳐 비행장에 나간다. 공기 중에는 아직도 죽음이 분명히 떠돌고 있다. 죽음의 냄새와 함께 석회 가루의 느린 사후점적과 끈질긴 연기와 불꽃 등등. 영국 공군은 훌륭하다. 모두가 말이다. 지상 포병대, 용케 거기까지 뚫고 들어온 약간 명의 상선 선원들, 내 전우들, 이 모두를 나는 그렇게 부르는 것이다. 우리의 국토 방위대는 일반 노동자들보다 별로 나을 것 없었으나 가장 높은 기준에 도달하는 군인들이다. 정말이지 전쟁에 귀족적인 요소가 있다면 그것은 재건에 있지 파괴에 있는 것이 아니다. 우리에게는 휴대용 서치라이트(꽤 귀한 물품이었다.) 몇 개가 있을 뿐이었다. 곡괭이와 삽과 갈퀴로 우리는 우리 몰타의 국토를 맹용의 꼬마 비행기, 스핏파이어들을 위해 재건하는 것이다.

하지만 그 역시 신께 영광을 돌리는 일이 아닐까? 물론 중노동이다. 하지만 언제 어디선가 우리는 우리 자신도 모르는 사이에 일정한 기간 동안 징역을 선고받은 것이리라. 다음 폭격 때면 우리가 지금 채워 넣고 반반하게 다지고 있는 이 길은 또다시 구덩이와 돌무더기로 변할 것이며, 그다음에는 또다시 채워 넣어서 반반하게 다질 것이다. 그러나 그것은 다시 한번 파괴되기 위해서일 뿐이다. 밤이고 낮이고 편안할 때라고는 없었다. 밤 기도를 거른 적도 한두 번이 아니었다. 요즘 들어 나는 작업을 하면서, 때로는 삽질 박자에 맞추어 선 채로 밤 기도를 올린다. 무릎을 꿇는다는 일이 지금 와서는 사치가 되어 버렸다.

잠을 못 자고 끼니도 걸렀지만 아무도 불평은 하지 않았다. 몰타인들, 영국인들, 그리고 미국인 몇 명은 모두 한식구 아닌가? 우리는 어려서 하늘에서 열리는 성자들의 성찬식에 대해 배웠다. 그와 마찬가지로 여기 이 지상에서도, 그리고 여기 이 연옥과 같은 땅에서도, 하나의 성찬식이 거행되고 있다고 할 수 있지 않은가. 신들이나 영웅들의

성찬식이 아니라 다만 자기조차 모르는 자기 죄에 대한 속죄 작업을
하고 있는 인간들의 성찬식. 이들은 건널 수 없는 바다에 사면을 포위
당하고 죽음의 장비들에 의하여 감시되고 있는 자들이다. 성찬의 자리
는 여기 이 정든 작은 감옥, 우리의 몰타섬이다.

그러면 종교적인 추상으로 퇴각하자. 그리고 또 어떻게 해서인
지 쓸 시간을 찾아내어 써낸 시 속으로. 파우스토 4세는 어디선가 몰
타의 두 번째 '대포위' 때 나온 시에 대해 평한 일이 있다. 파우스토 2
세의 시도 그 비슷한 것이었다. 특정 비유들이 전반적으로 이 시기의
시 속에 반복되었는데 그중 두드러진 것은 '기사들의 발레타'라는 문
구였다. 파우스토 4세는 이것을 그저 '도피'로 해석하고 싶은 유혹을
느꼈다. 그것은 분명 심리적인 소원 성취의 표현이었다. 마라트는 등
화관제로 캄캄한 거리를 순찰하는 여인 발레타의 환영을 보았고 드
누비에트나는 개싸움(스핏파이어 대 ME-109 폭격기)에 대한 14행시
를 쓰면서 기사들의 결투를 중심 이미지로 사용했다. 인간과 인간의
싸움이 이보다 더 평등했던 때로 퇴각하자, 전쟁이 적어도 명예라는
환상의 금박을 입던 시절로 말이다. 하지만 한층 더 깊이 숙고해 보
면, 결국 그가 원한 건 시간이 완전히 사라진 상태가 아니었을까? 파
우스토 2세는 이 점에 대해서 생각에 잠겼던 모양이다.

지금은 자정 가까운 폭격의 막간, 정적의 시간이다. 나는 엘레나
와 파올라가 자고 있는 모습을 바라본다. 또다시 시간 속으로 되돌아
온 모양이다. 자정은 분명, 우리 주님이 뜻하셨던 것처럼 날과 날을 구
분 지어 준다. 그러나 폭탄이 떨어질 때나 작업을 하고 있을 때는 시
간이 마치 정지된 것 같다. 다들 시간이 없는 연옥에 갇혀 노동을 하고
있는 느낌이다. 어쩌면 이 느낌은 섬에 살기 때문에 드는 것인지도 모

르겠다. 신경 체계가 좀 달랐다면 다른 차원의 감각이 생겼을지도 모른다. 대지의 끝, 반도의 첨단을 정확히 가리키는 벡터 감각 같은 것 말이다. 하지만 바다 외에는 나아갈 공간이 없는 이 땅에서, 시간 속에 우리가 갈 만한 곳이 있다고 하는 것은 오로지 오만이 돋아나게 한 미늘과 창의 소행이리라.

아니면 더욱 신랄한 기분으로 쓴 듯한 다음의 글을 보자.

봄이 왔다. 어쩌면 시골에는 술라 꽃이 피었을 것이다. 도시에는 태양과 정말 필요한 것보다 더 많은 비가 내린다. 이런 건 중요하지 않다. 안 그런가? 나조차 우리 아이의 성장은 시간과 아무런 관계가 없다고 생각하려 한다. 그 아이의 이름과 같은 바람은 다시 이곳으로 찾아올 거다. 지저분한 그 아이의 얼굴을 항상 어루만져 주겠지. 지금 이 세상이 대관절 아이를 데려다 놓을 생각이나 할 수 있는 곳인가?

이제는 누구에게도 그것을 물어볼 권리가 없다, 파올라. 오로지 너에게만 그럴 권리가 있다.

또 다른 주요한 인상 하나는, 나를 향해 서서히 다가오는 묵시라는 말로밖에 표현할 수 없는 종류이다. 묵시를 향해 내달리는 성향인 급진파 드누비에트나까지도 결국 그의 기계적인 정치 이론 너머 진리가 앞선 세상을 만들어 버리고야 말았다. 그는 아마도 우리 중 가장 훌륭한 시인이었을 것이다. 적어도 그는 제일 먼저 가던 길을 멈추고 뒤로 돌아서서 지친 걸음으로 도피로를 되돌아간 사람이다. 그는 폭탄들이 남겨 준 진짜 세상으로 되돌아갔다. 재의 수요일에 대한 시는 그가 쓴 가장 졸렬한 시였다. 그 뒤로는 추상적인 사고며 정치적인 분노가 드러난 시를 더 이상 쓰지 않았다. 자신이 나중에 인정했듯이, 현 상태에 관심을 돌리는 척하며 이제껏 벌어진 일들에 대한 반성이나 제대로 된 정부의 수립에 따른 올바른 상황에 대한 성찰이 없는 시밖에 찾아볼 수 없었던 것이다.

결국 우리는 모두 되돌아왔다. 마라트는 다른 상황에서였으면 연극적이고 우스꽝스러워 보였을 짓을 했다. 그는 타 칼리에서 기계공 일을 하다가, 비행사 몇 명과 친해졌다. 그런데 하나씩 하나씩 그 친구들이 공중에서 총을 맞았던 것이다. 마지막 비행사가 죽은 날 밤 그는 장교 클럽으로 조용히 걸어 들어가 와인 한 병을 훔쳤다.(보급이 불가능했던 그 시절, 다른 것들과 마찬가지로 몹시 귀한 물건이었다.) 그러고는 살벌한 상태로 취해 버린 것이다. 사람들이 발견했을 때 그는 도시 변두리에 있는 경고사포 포상에 가서 대포 쏘는 법을 배우고 있었다. 다음 폭격이 있기 전에 그에게 쏘는 법을 다들 가르쳐 준 것이다. 이때부터 그는 비행장과 포병대에서 시간을 쪼개어 보내기 시작했다. 아마 스물네 시간 중 서너 시간씩밖에 자지 않는 것 같았다. 그는 훌륭한 사살 기록을 올렸다. 그의 시들은 우리와 같은 '도피로부터의 퇴각' 현상을 보이기 시작했다.

파우스토 2세의 퇴각은 그중 가장 폭력적인 것이었다. 그는 추상에서 빠져나와 파우스토 3세로 이행했다. 그건 바로 상황들 가운데 가장 현실적인 단계인, 비인간성을 띠게 된 것이다. 아마도. 누군가는 그렇게 생각하려 하지 않을 수도 있지만.

하지만 이 데카당스, 느린 파멸에 대해서는 모두들 감지했다. 섬 자체가 내리치는 망치 아래 한 치씩 한 치씩 바닷속으로 바스러져 들어가는 느낌이었다. "나는 기억한다" 다른 파우스토가 이렇게 기록하고 있다.

나는 기억한다

낡은 세상 마지막 밤의 슬픈 탱고 소리를

종려나무 잎 사이로 페니키아 호텔을

엿보던 한 소녀를

마리아, 내 가슴의 생명이여

그것은 용광로와

거기서 나온 광석 찌꺼기

갑작스런 분화구들

그리고 암이 피어나듯 사방에 파헤쳐진 흙더미들 이전의 일

썩은 고기 먹는 새떼가 하늘에서 땅으로 낙하하기 이전의 일

이 매미들과

이 메뚜기들

이 텅 빈 거리 이전의 일

아, 우리는 '페니키아 호텔을' 등의 시 구절로 가득 차 있었다. 자유시: 상관없잖아? 왜냐하면 그 느낌을 운이나 박자로 바꾸거나 유운이나 시적인 모호함에 신경 쓸 만한 시간이 도대체 없었기 때문이었다. 시는 먹는 것, 자는 것, 성교하는 것 정도로 급하고 거친 것이 되어 버렸다. 또한 검열당했고, 원래 그랬어야 할 만큼 우아하지도 못하게 되었다. 하지만 그 시는 맡은 바 임무를 다했다. 그 임무는 바로 진실을 기록하는 일이었다.

내가 의미하는 '진실'이란 가 닿을 수 있는 정확함이다. 형이상학적인 것이 아니다. 시는 천사들과의 교류나 잠재의식에서 연유한 현상을 말하는 것이 아니다. 그것은 내장, 생식기, 오관과의 교류를 뜻한다. 그 이상은 아니다.

이제 여기서 잠깐만 네 할머니 칼라 마이스트랄에 대해 얘기해 보자. 너도 알다시피 그분은 작년 3월에 세상을 하직했다. 내 아버지

보다 3년을 더 살았다. 그분의 죽음이 만약 더 이르게 찾아왔더라면 아마도 새로운 파우스토를 탄생시킬 만한 계기가 되었을지도 모른다. 파우스토 2세는 어머니에 대한 사랑과 고향 섬에 대한 사랑을 구별 못 하던 멍한 몰타 청년이었다. 칼라가 죽었을 때 파우스토 4세가 조금 더 열렬한 민족주의자였다면 지금쯤 파우스토 5세가 나타났을 것이다.

　전쟁 초기 일기에는 이런 말들이 적혀 있는 것을 볼 수 있다.

　　몰타는 여성 고유명사다. 이탈리아인들이 6월 8일 이후 그녀를 능욕하려 애쓰고 있는 것은 사실이다. 그녀는 바다 위에 시무룩한 자세로 누워 있다. 무솔리니 폭탄들의 파괴적 오르가슴을 그녀의 퍼진 몸은 기다리고 있는 것이다. 하지만 그녀의 영혼은 무결하다. 더럽혀질 수가 없다. 왜냐하면 그녀의 영혼은 바로 몰타섬의 민중들이기 때문이다. 이들은 그녀의 바위 틈바귀 속이나 지하 묘지 따위에 틀어박혀, 힘이 마비된 채, 하느님과 그의 교회에 대한 믿음에 가득 찬 채 견디는(다만 견디는) 중이다. 그녀의 육신이야 어떻게 된들 무슨 상관이란 말인가? 그건 그냥 연약하기 짝이 없는 희생물일 뿐이다. 그러나 방주가 노아에게 중요했듯 우리 몰타의 바위 속에 든 불가침한 태는 그녀의 자손에게 중요하다. 바로 하느님의 자식이기도 한 우리의 존경과 성실에 대한 보상인 것이다.

　바위의 태라니. 어쩌다가 이런 밑바닥 비밀 고백에 얽혀 들게 되었을까? 어느 시점에서인가 칼라는 아마도 그에게 그의 탄생을 에워싼 이야기들을 해 주었던 것 같다. 그건 노(老) 마이스트랄이 관련되었던 6월 폭동이 일어나기 얼마 전 일이었다. 정확히 어떤 식의 관련이었는지는 분명하게 알아낼 도리가 없었다. 하지만 칼라를 그와 그녀 자신에게서까지 소외시키기에 충분할 정도로 심각한 일이었다는 사실은 알 수 있었다. 결과적으로 우리는 어느 날 밤 산 조반니 거리 부두 방향 끄트머리에서 운명의 곡예를 연출하여 바닷속으로 곤두박질칠 뻔했던 것이다. 나로 말하면 림보[129]로 갔을 것이며, 그녀로 말하면 자살자의 지옥으로 굴러떨어졌을 것이다. 무엇이 그녀를 붙잡았던가? 소년 파우스토는, 그녀의 저녁 기도를 엿듣다가, 그녀를 붙잡은 것이 스텐슬이란 이름의 영국 남자라는 신비스러운 사실만을 알아낼 수 있었다.

그는 함정에 갇혔다고 느꼈을까? 하나의 태에서 요행히 도망친 뒤에, 별로 더 나은 운명이 아닌 또 다른 비밀 감옥 속에 끌려 들어간 걸까?

이번에도 역시 그는 고전적으로 퇴각했다. 그 저주받은 '교감'에 빠져든 것이다. 엘레나의 어머니가 비토리오사에 실수로 떨어진 폭탄에 맞아 죽었을 때.

아, 이제는 이런 일들에 익숙해졌다. 내 어머니는 살아 있고 건강하다. 신이 허락하시는 한 앞으로도 계속 그럴 것이다. 그러나 만약 그녀를 내게서 빼앗아 간다면(또는 나를 그녀에게서 빼앗는다면) 이쿤 리 트리드 인트.[130] 나는 죽음에 대해 오래 생각하기를 거부한다. 왜냐하면 젊은 남자는 여기서조차 영생불멸의 환상 속에 빠지기 쉽다는 것을 알고 있기 때문이다.

하지만 특히 이 섬에서 더욱 쉽게 일어나는 현상일 수도 있다. 왜

---

129   지옥과 천국 사이의 장소로, 그리스도교를 모르고 죽은 자, 세례를 받지
         못한 어린이, 이교도, 백치들의 영혼이 가는 곳이다.
130   Ikun li trid ink. 몰타어로 '당신의 뜻이 이루어지리이다.'라는 의미이다.

냐하면 이 땅에서 우리는 서로가 서로에게서 분리될 수 없기 때문이다. 단일체를 구성하는 지체들처럼. 더러가 죽으면 더러는 삶을 계속한다. 머리카락 한 가닥이 빠진다거나 손톱 한 개가 빠진다고 해서 내가 그만큼 덜 살아 있거나 덜 또렷하다고 할 수 있겠는가?

오늘은 폭격이 일곱 번 있었다. 적어도 이 시간까지는 말이다. ME-109기 백여 대 가까이의 폭격을 받은 셈이다. 성당과 '기사'들의 숙소 및 옛 기념비 등을 싹 쓸어 버렸다. 그들이 우리에게 남긴 것은 소돔이다. 어제는 폭격이 아홉 번 있었다. 나는 한 번도 그래 본 적 없을 정도로 열심히 일하고 있다. 몸이라도 건장해질 법한데 음식이 이렇게 모자라니 그럴 리도 없겠다. 배가 입항하는 일은 굉장히 어려워졌다. 호위함들은 격침당하고 있다. 동지 중 더러는 떨어져 나갔다. 기아로 심신이 약해진 것이다. 내가 제일 첫 번째로 떨어져 나가지 않았다는 건 기적적인 일이다. 상상해 보라. 연약한 대학가 시인 마이스트랄이 노동자가 되고 건축공이 되었다는 사실에 대해! 그리고 또 끝까지 살아남으리라는 사실에 대해서 말이다. 나는 꼭 살아남아야 했다.

그들은 바위라는 주제에 계속 천착했다. 마이스트랄 2세는 자신을 위해 미신을 만들어 내는 데 성공한 것이다.

이 담들에 손을 대서는 안 된다. 몇 킬로미터에 걸쳐 폭발물이 장치되어 있기 때문이다. 바위는 뭐든지 다 듣고 있다. 그러고는 들은 것을 뼈에게 전달한다. 전갈은 손가락을 타고 팔을 거쳐 올라간다. 뼈의 둥지와 뼈의 막대들을 거쳐 드디어 뼈의 그물을 뚫고 나온다. 그것이 네 속을 통과하는 건 바위와 뼈의 사정에서 일어난 현상이며 네게는 우연한 사고에 불과하다. 하지만 그건 또한 일깨움 같은 것을 주겠지.

그 진동은 말로 설명할 수가 없다. 소리를 느낀다. 진동을 담은 소리가 위잉 하고 울려온다. 이에도 진동은 느껴진다. 통증, 턱뼈에 퍼지는 멍하기도 하고 따끔거리기도 하는 감각, 고막에 느껴지는 숨 막힐 듯한 충격. 이런 것이 몇 번이고 거듭된다. 폭격이 계속되는 한 망치질은 끝나지 않으며 날이 끝나지 않는 한 폭격은 계속된다. 이것은 아무리 당해도 익숙해지지 않는 일이다. 그렇다면 지금쯤 우리는 모두 미쳐 버렸으리라는 생각이 들 것이다. 무엇이 나를 똑바로 서게 하고 담들을 피해 다닐 수 있게 하느냐고? 나로 하여금 평정을 지키고 잠잠할 수 있게 만드는 건 무엇이냐고? 의식에 대한 동물 같은 집착 외의 아무것도 아니다. 순수한 몰타적 기질이라고 해도 되겠다. 그건 영원히 계속되는 걸지도 모르겠다. '영원'이라는 것이 아직도 무슨 의미를 가졌다면 말이다.

자유 속에 섰지어다. 마이스트랄······.

위의 기록은 '포위'의 종말 무렵에 쓴 것이다. '바위의 태'라는 말은 시작이 아니라 종말에 와서야 드누비에트나, 마라트, 파우스토에게 중요한 의미를 갖게 되었다. 그 나날에 대해서 문법적으로 전후가 분명한 이 요약문은 시간의 손금과도 같은 것이리라. 드누비에트나는 이렇게 적고 있다.

바위 먼지의 작은 티끌들이
쥐엄나무 시체 속에 붙잡혀 있다
철의 원자들이
달의 탐욕스러운 쪽에 놓인
죽은 대장간 위를 선회하고 있다

마라트는 이렇게 썼다.

우리는 그들이 꼭두각시일 뿐이라는 걸 알았다

그리고 축음기에서 흐르는 음악에 지나지 않는다는 걸

비단의 폭은 사그라지고

둥근 가장자리 장식이 닳아져 버리고

플러시 천에도 옴병이 붙으리라는 것을

아이들이 자라날 것을 알았으며, 혹은 의심했으며

공연이 끝나고 최초의 백 년이 흐르면

움직이리라는 것을 하품이 정오를 향할 것

주디의 볼에서 벗어지는 페인트를 보게 될 것

중풍 걸린 놈들에게서 의혹을 보게 될 것

악한 이의 웃음에서 기만을 보게 될 것을 알았다

하지만 그리스도시여, 보석이 빛나는 가는 손은

예기치 못한 날개에서 번뜩이던,

불을 밝힌 초를 들고서

귀중한 부싯깃만 빼고 모든 가엾은 이들을

무시무시한 색의 불길 속에 올려 보내 버린

그 손은 누구의 것입니까?

"잘자요."라고 부드럽게 웃으며

나이 든 아이들의 거친 비명 속에 말한 그녀는 누구입니까?

그 위대한, 소위 「포위시」 운동이 외친 것은 파우스토 2세의 이미 두 쪽 난 영혼이 보여주듯이, 산 것의 무생물로의 빠른 전환이었다. 그런데 이 과정에서 배우는 인생의 가르침이란 바로 인생이 살아가면서 단 한 번이라도 그 사실을 인정하고도 미쳐 버리지 않을 수 없을 만큼 '사고'로 점철되어 있다는 사실이었다.

이로부터 여러 달이 지난 후 그의 어머니를 보고 나서 그는 아래와 같이 적고 있다.

시간은 어머니에게 흔적을 남겼다. 나는 자신에게 물었다. 저 여자가 알고 있을까. 그녀가 세상에 내놓은 아기, 그녀가 행복을 뜻하는 (반어적이지만) 이름을 붙여 준 그 아기의 영혼이 마구 찢기고 불행해지리라는 것을? 미래를 내다보는 어머니가 있을까. 때가 왔을 때, 아들이 이제 한 남자이며 속임수투성이인 세상과 거래를 하려 그녀를 떠나야 한다는 사실을 깨닫는 어머니가 있을까. 아니다. 이것은 몰타인들이 얼마나 시간 밖에서 살고 있는가 하는 사실을 입증해 주는 또 하나의 예일 뿐. 이들은 세월의 손가락들이 나이와 어리석음과 시력 감퇴를 우리의 얼굴, 가슴, 눈에 갖다 대고 흔들어 대는 것을 느끼지 못한다. 아들은 아들이다. 그들이 처음 본 그 빨갛고 주름살투성이인 그 모습과 영원히 이어진 그대로. 취하게 할 코끼리들은 항상 있을지니.

이 마지막 구절은 오랜 설화에서 따온 것이다. 왕은 코끼리 상아로 만든 궁전을 원했다. 소년은 이름 높은 전사인 아버지에게서 힘을 물려받았다. 하지만 소년에게 지략을 일러 주었던 것은 소년의 어머니였다. 코끼리들하고 친구가 되렴. 그런 다음에 술을 마시게 하는 거야. 그러고 나서 코끼리들을 죽이고 상아를 훔쳐 와. 소년은 물론 성공한다. 하지만 바다를 건너는 여정에 대해서는 이야기에 나오지 않는다.

"수천 년 전에는." 파우스토는 설명한다. "틀림없이 육지로 된 다리가 있었을 거야. 아프리카는 '도끼의 땅'이라고 불리잖아. 루웬조리산 남쪽에는 코끼리들이 있지. 이후로 바다는 꾸준히 파고들어 왔어. 독일군의 폭탄이 작업을 마저 완수할지도 모르겠군."

데카당스, 데카당스, 그게 대체 뭐지? 죽음, 아니, 비인간을 향한 군더더기 없는 몸짓에 불과할 것이다. 파우스토 2세와 3세는 자기네 섬처럼 점점 더 무생물로 변해 가면서 낙엽이나 고철처럼 물리 법칙에 따른 시간에 근접했다. 그들은 언제나 그 상황이 인간의 율법과 신의 율법 간의 심각한 대치인 것처럼 믿는 체했다.

파우스토가 모계 사회와 데카당스를 한데 묶어 생각하는 것은 몰타가 모계 중심인 섬이기 때문일까?

'어머니들은 사고와 누구보다도 가깝다. 이들은 배아된 알을 고통스러울 만큼 강하게 의식하고 있다. 마리아가 잉태의 순간을 알았던 것처럼 말이다. 하지만 접합체에는 영혼이 없다. 그냥 물질일 뿐이다.'

그는 이 문제에 대해서 더 이상 쓰고 싶어 하지 않았던 것 같다. 그러나…….

그들에게 아기란 항상 우연히 찾아오는 듯하다. 사건들의 두서없는 조합으로 일어나는 일이다. 어머니들은 계급에 상관없이, 모성애라는 가상의 신비를 저질러 버린다. 그건 진실을 직시할 능력이 없는 데 대한 일종의 보상일 것이다. 그들이 자기 내부에서 일어나는 일을 모르고 있다는 것이 바로 그 진실이다. 어느 시점에 가서는 그들 내부에 있는 것이 영혼을 얻겠지만, 어쨌든 기계적이고 낯선 생장임에 틀림없다는 사실 말이다. 이들은 뭔가에 붙잡힌 셈이다. 폭탄의 탄도, 별의 죽음, 바람과 바다의 용오름 같은 일을 주관하는 힘이 동의도 받지 않고 골반 부근 어딘가에 모여서 또 하나의 거대한 사고를 일으키려는 건지도 몰랐다. 그건 굉장한 공포였다. 그것은 누구에게나 그처럼 공포스러울 것이다.

그리하여 이제 파우스토가 신과 '타협'하는 장면으로 옮겨 간다.

그의 문제는 이를테면 신과 카이사르를 비교하는 것만큼이나 간단하지 않다. 여기서 카이사르는 특히 무생물로서 옛 메달이나 조각품에서 보곤 하는, 역사책에 나온 '권력자'로서의 '힘'인 카이사르를 의미한다. 카이사르도 한때 생명체였고, 그리고 그 역시 사물로 이루어진 세계와 타락한 신들 때문에 일어나는 어려운 문제들을 감당해야 했다. 드라마란 원래 힘의 대결에서 생기는 법이므로 모든 것을 인간의 율법과 신의 대결로 볼 수 있다면 간단할 것이다. 파우스토의 고향인 이 정박항이라는 투기장에서 공연되는 것이 드라마라면 말이다. 내가 그의 고향이라 부르는 것은 그의 영혼과 그의 섬을 동시에 의미한다. 하지만 이건 드라마가 아니다. '13번째 공습일'에 대한 사과문일 뿐이다. 그때 일어난 일들조차도 분명한 형체가 없었다.

나는 인간보다 더 복잡한 기계도 알고 있다. 만약 이것이 배교적으로 들린다면, 헤크 이쿤.[131] 인간적이 되기 위해서는 우리는 우선 우리가 인간성을 가졌다는 사실을 확신해야 한다. 우리가 데카당스에 더 깊이 침잠할수록 그 일은 더욱 어려워진다.

점점 더 자신에게서 소외된 파우스토 2세는 주변 세계에서 아름다운 무생물성의 징후들을 발견해 내기 시작했다.

겨울의 '그레갈레' 바람이 북쪽으로부터 폭격기들을 거느리고 들어왔다. 이 맹렬한 지중해의 북동풍은 성 바오로와 '축복', 그리고 저주를 몰고 왔다. 그러나 바람이 우리의 일부라고 할 수 있을까? 우리와 무슨 상관이 있을까?

언덕 너머 어디에선가는(어딘가의 대피소일 것이다.) 농부들이 6월의 밀 수확을 위해 씨를 뿌리고 있다. 폭탄은 발레타와 '세 도시'와

131   Hekk ikun. 몰타어로 '그렇다고 하자.'라는 의미이다.

항구에 집중적으로 떨어졌다. 전원생활은 아주 매력적인 것이 되었다. 하지만 포탄 중 빗나가는 것도 있었고, 그중 하나가 엘레나의 어머니를 죽였다. 폭탄에게 바람에게보다 더 많은 것을 기대할 수는 없다. 기대해서는 안 된다. 나는 미치지 않으려면 공병 활동이나 무덤 파기를 계속할 수밖에 없으며, 과거 또는 미래의 지금과 다른 상황에 대해 생각하기를 피해야 한다. 그러니까 이렇게 말하는 것이 더 나을 것이다. "항상 이래 왔잖아. 우리는 항상 연옥에서 살았고 여기서의 복무 기간은 가장 좋게 말해, 무기한이라고."

이쯤부터 그는 폭격 중에 거리를 돌아다니게 된 것 같다. 타 칼리에서 몇 시간 떨어진 거리까지, 잘 시간에 나돌아 다닌 것이다. 용맹심에서도 아니요 직무와 관련된 이유에서도 아니었다. 사실 처음에는 별로 오랫동안 나가 있지도 않았다.

무덤 모양의 벽돌 무더기들. 녹색 베레모 한 개가 그 가까이에 떨어져 있다. 영국 특공대원일까? 마르사뮤세토 너머의 경고사포에서 조명탄들이 날아온다. 붉은빛과 모퉁이 가게 건물 뒤쪽으로부터 뻗어오는 긴 그림자들. 그것들은 보이지 않는 중심점 주변으로 불안정한 불빛 속에서 움직이고 있다. 무엇의 그림자들인지 알아볼 길이 없다.

이른 태양은 아직도 바다 위에 낮게 걸쳐 있다. 눈이 멀 것 같은 강렬한 빛이다. 그 강렬한 빛의 궤도는 태양으로부터 시점(視點)까지 흰 도로를 만들듯 길게 뻗어 있다. 메서슈미트[132] 전투기 소리. 보이지는 않는다. 소리는 점점 커진다. 영국 스핏파이어들이 급한 경사를 이

---

132   독일의 전투기.

루며 높이 솟는다. 작은 몸체들은 그렇게도 강렬한 빛 속에서는 새까
맣다. 태양을 향해 날아가고 있다. 더러운 반점들이 하늘에 나타난다.
오렌지색과 갈색, 그리고 노란색이다. 배설물의 색이다. 그러고는 검
은색이 된다. 태양은 그것들의 가장자리를 황금색으로 변하게 한다.
그 황금색 테두리들은 수평선을 향해 움직여 간다. 반점들은 점점 커
진다. 새 반점들이 먼저 것의 중앙에서 피어난다. 그 높이에서 대기는
종종 매우 조용하다. 다른 어느 때 같으면 되풀이해서 바람이 저것들
을 순식간에 갈기갈기 찢어 없앴을 테지만. 바람, 기계, 더러운 연기,
어느 때는 태양. 비가 오면 아무것도 보이지 않는다. 하지만 바람은 여
전히 몰려들어 오고 이 아래로까지 밀고 내려온다. 그리고 우리는 모
든 것을 들을 수 있다.

   몇 달 동안은 '인상' 외에는 별로 존재하지 않았다. 그렇다면 이
건 발레타가 아니란 말인가? 폭격이 계속되는 동안에는 민간에 속하
는 것으로 영혼을 가진 모든 것은 지하로 들어가 있었다. 그 나머지
는 '관찰'을 하기에는 너무도 다른 일로 바빴다. 도시는 파우스토 같
은 이탈자들을 제외하고는 혼자 남게 되었다. 이탈자들은 소리로 말
해지지 않은 친화감 이상의 것을 느끼지 않았으며 '인상'들을 받아들
임으로써 '인상'의 진실을 변화시키기에는 도시와 너무도 비슷했다.
사람이 살지 않는 도시는 다르다. 그것은 '정상적인' 관찰자가 어둠
속, 즉 간헐적인 어둠 속에서 보는 것과는 다르다. 가짜 생명체들 또
는 상상력이 없는 생명체들 사이에서는 건강한 자를 혼자 있게 가만
히 내버려 두기를 거부한다는 것은 불문율의 악덕이다. 그들의 군거
(群居) 충동 및 고독에 대한 병적 공포증은 잠의 문턱 너머까지 연장
된다. 그리하여 그들이 모퉁이를 돌아(우리 모두가 그래야 하듯이, 지금
까지도 그래 왔고 또 지금도 그러고 있듯이. 그뿐 아니라, 우리 중 더러는 나

머지보다 좀 더 자주 돌게 되어 있다.) 거리에 나가 서게 되면…… 알겠지, 아이야. 거리 말이다. 20세기의 거리, 그 저쪽 끝 또는 모퉁이에는 내 집이 있을 것 같은 느낌, 안전 같은 것이 있을 것 같은 느낌을 우리에게 주는 그 거리 말이다. 하지만 보장은 전혀 없지. 우리가 틀린 쪽 끄트머리에 갖다 놓여진 거리. 그 이유는 우리를 거기에 갖다 놓은 기관원들이 제일 잘 알고 있겠지. 그런 것이 정말 있다면 말이다. 하지만 어쨌든 우린 걸어야 한다.

그건 신랄한 시험이다. 인구를 번식시키느냐 않느냐의 문제는 말이다. 유령들, 괴물들, 범죄자들, 성도착자들은 멜로드라마와 허약함을 드러낸다. 이것들이 일으키는 유일한 공포란 몽상가 자신의 고독에 대한 공포다. 그러나 사막, 거짓 가게 앞에 늘어선 줄, 화산 잿더미, 모닥불이 있는 대장간, 그리고 거리와 몽상가……. 몽상가, 그는 이 모든 물질이 이루는 풍경화의 중요치 않은 하나의 그림자 이상의 무어란 말인가. 그 모든 것과 그것들의 그림자들의 무심함을 나누어 가지고 그것의 일부를 이루는 한 요인 이상의 무엇이란 말인가. 바로 이것이 20세기의 악몽인 것이다.

그것은 적의가 아니었다, 파올라야. 폭격증에 이렇게 너하고 엘레나를 놔두고 돌아다닌 것은. 그것은 또한 젊은이에게 흔히 있는 이기적인 무책임감의 소위도 아니었다. 그의 청춘은, 그리고 마라트와 드누비에트나의 청춘은, 즉 (문학적으로나 문자상으로) '한 세대'의 청춘은 1940년 6월 8일에 떨어진 최초의 폭탄과 함께 돌연히 사라져 버린 것이다. 옛 중국의 발명가들과 그들의 후계자인 슐체, 그리고 노벨은 그들이 생각한 것보다도 훨씬 성능이 훌륭한 미약(媚藥)을 만들어 낸 것이다. 한번 복용하면 '세대'는 일생 동안 면역이 된다. 죽음, 굶주림, 중노동의 공포에 대하여 면역이 된단 말이다. 또한 아내와 아이로부터, 그리고 그들을 돌보아야 한다는 느낌으로부터 또한 사나이를 끌어가 버리는 사소한 유혹에 대한 면역이 생겼던 것이다. 어느 오후, 13회의 폭격 중 7회째 폭격이 가해졌을 때, 파우스토에게 일어난 그 일을 제외한 모든 것에 대한 면역이 생긴 것이다. 그의 도피 기간 동안 한 정신 맑은 순간, 파우스토는 이렇게 적고 있다.

발레타의 등화관제는 참으로 아름답구나. 오늘 밤의 '할당량'[133]이 북쪽으로부터 들어오기 시작하기 전까지는 적어도. 밤은 검은 액체처럼 거리를 채운다. 하수구로 흘러가는 그것의 물결은 내 발목을 잡아당긴다. 마치 도시 전체가 지하수가 된 느낌이다. 밤바다 밑의 아틀란티스라고나 할까.

발레타를 둘러싸고 있는 건 밤뿐인가? 아니면 그것은 인간의 느낌인가? '기대의 분위기' 같은 것 말이다. 기다리는 대상이 불분명하고 형언하기 어려운 꿈속의 기대감을 말하는 건 아니다. 발레타는 잘 알고 있다. 그녀가 기다리는 것이 무엇인지를. 이 침묵에는 긴장이나 불안감 같은 것은 섞여 있지 않다. 그것은 시원하고 안전하다. 권태 또는 잘 연습된 의식의 침묵과도 같은 것이다. 다음 거리에서 포병 한 떼가 그들의 포좌로 급히 몰려가고 있다. 그러나 이들의 잡스러운 노랫소리는 그것 역시 노랫말 중간에 이윽고 끊어져 버린 어색한 한 목소리만을 남기고 모두 잠잠해진다.

감사하게도 무사하구려, 엘레나. 우리의 또 다른, 지하의 집에서 당신과 아이는 안전했소. 늙은 사투르노 아아티나와 그의 부인이 이 해묵은 하수구로 아주 옮겨 왔으면 이제 당신이 나간 사이 아이를 돌볼 사람이 있겠구려. 당신이 일하러 나가야 할 때 말이오. 얼마나 여러 집에서 이 아이를 돌보았던가? 우리의 아이들은 전쟁이라는 한 아버

133   할당된 비행기 편대.

지와 몰타의 여인들이란 한 어머니를 가졌을 뿐이지. '가정'이란 것을 위해선 좋은 전망은 아니오. 가모장주의를 위해서도. 씨족주의나 가모장주의는 전쟁이라는 대성찬식과 공존할 수 없는 것 같소.

내가 당신의 사랑에서 떠나가는 것은 그리 해야 하기 때문이오. 우리 남자들은 해적도 이단자도 아니오. 적어도 우리의 큰 배들이 독일군의 U보트라는 소굴에서 빠져나온 사악한 철제 물고기 떼의 미끼와 밥이 되는 동안은 말이오. 이제 섬 이상의 세상은 없소. 그리고 여기서는 어느 바닷가까지고 불과 한 시간의 거리요. 당신을 떠날 수는 없소, 엘레나. 정말로는 못 떠나오.

그러나 꿈속에는 두 세상이 있소. 거리와 거리 밑의 두 세상 말이오. 하나는 죽음의 왕국이요, 다른 쪽은 삶의 왕국이오. 그런데 시인이 어떻게 저쪽 왕국을, 비록 관광객처럼이라도, 탐색하지 않을 수 있겠소? 시인은 꿈을 먹고 사오. 만약 호위함들이 오지 않는다면 그것 말고 그가 먹을 것이 무엇이 있겠소?

가여운 파우스토. 그 잡스러운 노래를 포병들은 「보기 중령」이라는 행진곡 가락에 맞추어 불렀다.

히틀러는
왼쪽 불알 한 개뿐이다
괴링은
두 개지만 작다
힘러도
비슷한 걸 가졌다
하지만 괴벨스는
한 개도 안 가졌다

단 한 개도……

어쩌면 이건 몰타에선 남성적 활기가 움직임에 의존하지 않았다는 것을 증명해 주는 예가 될지도 모른다. 그들은, 파우스토가 제일 먼저 인정했듯이, 노동자들이지 모험가들은 아니었다. 몰타와 그녀의 주민들은 이제는 전쟁이라는 홍수를 만난 '운명'이라는 이름의 강 속에 완전 부동의 자세를 고수하는 바윗덩어리인 것이다. 우리로 하여금 꿈의 거리에 인구를 증가시키게 하는 같은 모티프들이 우리로 하여금 바위에게 '불굴의 정신' 또는 '강인함', '인내력' 등의 속성을 부여케 하고 있는 것이다. 이것은 비유 이상의 것, 즉 망상이다. 다만 이 망상의 힘으로 몰타는 살아남은 것이다.

이리하여 몰타의 남성다움이란 점점 더 바위다움이라는 개념으로 정의지어지게 되었다. 그것은 파우스토에게는 그것 나름의 위험성을 가지고 있었다. 많은 시간을 비유 속에서 지낸 연고로 시인은 기능에서 독립된 비유는 값어치가 없다는 사실을 통절히 의식하고 있는 것이다. 즉 비유란 방법이요 기교에 불과하다는 사실을 말이다. 그리하여 다른 사람들의 물리학적 법칙을 법률로, 그리고 신(神)은 광년으로나 그 길이를 측정할 수 있을 턱수염에다, 성운으로 된 신발을 신은 인간의 형태쯤으로 생각할 때 파우스토류의 인간들은, 그저 존재할 뿐 다른 아무 생명의 표시가 없는 무생물이 지배하는 우주 속에 사는 과업을 떠맡게 되는 것이다. 그들은 그들이 타고난 무감각성을 안락하고 경건한 비유로 옷 입힘으로써 인류의 '실질적' 반수가 그 '위대한' 기만 속에 계속 머물 수 있게 하는 데 협조하며, 그들로 하여금 인간의 적인 기계와 집과 거리와 날씨가 그들 자신의 인간적 동기와 개인적 특성, 그리고 변덕스러움을 나누어 가졌다고 믿게 하는 데 한몫하는 셈이 되는 것이었다.

시인들은 수세기 동안 이 짓을 계속해 왔다. 이것이 그들이 사회에 주는 유일한 이점인 것이다. 그리고 만약 내일 모든 시인들이 사라져 버린다면 사회는 그들의 시의 짧은 기억과 죽은 책자들보다 더 길게 살아남지는 못할 것이다.

이 20세기에 와서는 그것이 시인의 '역할'이다. 즉 거짓말을 하는 역할 말이다. 드누비에트나는 이렇게 적고 있다.

> 만약에 내가 진실을 말한다면
> 당신은 안 믿을 겁니다.
> 만약 내가
> 어느 동료 인간도 공중에서 죽음을
> 떨어뜨리지 않으며
> 어느 의도적인 계획도 우리를
> 지하로 몰아넣지 않는다고 말한다면
> 당신은 웃을 겁니다. 마치 내가 내 비극적 마스크의 납덩어리 입술을 움직여 미소 짓기라도 한 듯이 말입니다.
> 당신에겐 미소 한 개를. 나 자신에겐 현수선(懸垂線) 뒤의 진실을. 초자연의 현장.
> $$y=a/2\,(e^{x/a}+e^{-x/a})$$

파우스토는 어느 오후 거리에서 이 기술공 시인과 마주쳤다. 드누비에트나는 이미 술에 취해 있었다. 그리고 이제 술기운이 떨어지려 하자 그는 다시 한바탕하러 가고 있었다. 티프키라라는 지독한 상인이 술을 비장해 가지고 있었다. 그것은 비 오는 어느 일요일의 일이었다. 날씨는 내내 나빴으나 폭격은 좀 뜸했다. 두 젊은이가 서로 마주친 것은 작은 교회 건물의 폐허 곁에서였다. 그 교회의 단 하나인 고해실은 두 조각이 났는데 남은 것이 어느 반쪽인지(신부의 것인지, 교구민의 것인지) 파우스토는 알아볼 수 없었다. 비구름 뒤의 태양은 마치 광채로운 회색빛 물체와도 같았고 보통 때의 열두 배쯤의 크기로 확대되어 천장에서 반쯤 내려 처진 채 거의 그림자가 질 정도의 빛을 던지고 있었다. 하지만 빛은 드누비에트나의 등 뒤에 와서 떨어졌으므로 기계공의 얼굴은 불분명하게밖에 보이지 않았다. 그는 기름때 묻은 카키색 작업복에 푸른색 작업모를 쓰고 있었다. 큰 빗방울이 두 사람 위로 후드득후드득 떨어졌다.

드누비에트나는 교회를 머리로 가리켰다. "왔었나, 신부?"

"미사에? 안 왔어." 이들은 한 달 동안 만나지 못했었다. 하지만 그동안에 대한 상세한 보고는 이들 사이에 필요가 없었다.

"가자. 취하는 거야. 엘레나하고 아이는 어때?"

"잘 있어."

"마라트는 또 임신했어. 자넨 총각 시절이 그립지 않아?" 그들은 비로 미끌미끌해진 자갈길을 걷고 있었다. 양쪽으론 폐물이 쌓여 있었고 담벼락 몇 개가 서 있었으며 집 앞 계단 몇 개도 눈에 띄었다. 윤이 나는 자갈에 달라붙은 둔탁한 돌가루의 줄무늬들이 보도 여기저기에서 보도의 원래의 도형을 방해하고 있었다. 태양은 거의 현실성을 띠는 단계에 이르러 있었다. 그들의 엷은 그림자는 뒤쪽으로 길게 뻗어 있었다. "아니면 자네처럼 결혼한 경우엔." 드누비에트나는 계속한다. "어쩌면 미혼 상태하고 평화하고를 동일시할지도 모르겠군."

"평화라." 파우스토가 말했다. "이상한 말이군." 그들은 석재의 깨진 조각들을 피해 가며 걷기도 하고 건너뛰기도 했다.

"실바나." 드누비에트나가 노래를 시작했다. "빨간 페티코트의 여인이여/돌아오라, 돌아오라/내 심장은 가져도 좋지만/내 돈은 다시 돌려다오……."

"자네 결혼하는 게 좋겠어." 파우스토가 우울한 목소리로 말했다. "그렇지 않으면 공평치 못해."

"시와 공학은 가정생활하고 아무 관련이 없어."

"우린." 파우스토가 돌이켜 생각하는 투로 말했다. "이 몇 달 동안 멋지게 논쟁을 벌인 일이 없었군."

"이리로 들어가세." 그들은 아직 비교적 온전한 상태인 건물 밑으로 통하는 계단을 밟고 내려가기 시작했다. 그들이 내려가자 석회가루의 뭉게구름이 일었다. 사이렌이 울리기 시작했다. 방으로 들어서니 티프키라가 테이블에 누워 잠자고 있었다. 한쪽 구석에서는 나이 어린 여자 둘이서 카드놀이를 하고 있었는데 별로 재미있어 보이지는 않았다. 드누비에트나는 잠깐 바 뒤로 사라지더니 작은 포도주병 한 개를 들고 다시 나타났다. 다음 거리에 폭탄 하나가 떨어진다. 천장의 들보들이 마구 흔들렸고, 거기 달린 오일 램프가 그네를 타기 시작했다.

"난 잠자고 있어야 하는 형편이야." 파우스토가 말했다. "오늘밤 근무하거든."

"반남자 애처가의 회한이라는 거야, 그건." 드누비에트나가 포도주를 따르며 으르렁대듯 말했다. 여자들이 눈을 들고 쳐다본다. "유니폼 때문이야." 그가 비밀이라도 털어놓듯 말했고, 그 말하는 품이 너무나 우스꽝스러워서 파우스토는 소리 내어 웃지 않을 수 없었다. 그들은 곧 여자들이 앉아 있는 테이블로 옮겨 갔다. 그들이 있는 바로 뒤쪽에서 포좌를 설치하고 있었기 때문에 대화는 두서가 없었다. 여자들은 전문적인 접대부들이었다. 잠시 동안 이들은 파우스토와 드누비에트나를 상대로 거래를 트려 애썼다.

"소용없어." 드누비에트나가 말했다. "난 돈 내 가면서 여자를 구해야 하는 지경에 처해 본 일이 없으며, 이 사람으로 말하면 기혼 남성이야, 신부인 데다가 말이야." 세 사람은 소리 내서 웃었다. 취기가 돌기 시작한 파우스토는 같이 웃지 않았다.

"그건 오래전에 끝난 얘기야." 그가 조용히 말했다.

"한번 신부가 되면 영원히 신부야." 드누비에트나가 반박했다. "자, 이 술에 축복이 내리게 하라고. 오늘은 일요일인데 자넨 미사에도 안 갔잖은가."

머리 위 지상에서는 경고사포들이 잠깐씩 간격을 두고 고막이 터질 듯한 포격을 해 대고 있었다. 매초 2회씩 폭음이 터졌다. 네 사람은 아랑곳하지 않고 포도주 마시는 일에 전념했다. 또 한 개의 폭탄이 떨어졌다. 드누비에트나가 대공 탄막 너머로 소리쳤다. 그것은 발레타에서는 이미 아무도 사용하지 않는 말이었다. 티프키라가 깨어났다.

"내 포도주를 훔쳤구나." 가게 주인이 소리쳤다. 그는 벽으로 뒤뚱거리며 걸어가더니 이마를 벽에 갖다 댔다. 그는 그의 털에 덮인 배와 등을 속셔츠 안에 손을 넣어 철저히 긁기 시작한다. "나한테 한잔 권하기라도 하면 어때."

"축복을 받지 못한 술이야. 배교 신부 마이스트랄 잘못이지."

"하느님하고 나 사이에 약속이 되었어." 파우스토가 마치 오해를 풀려는 듯 설명조로 말했다. "내가 물음을 계속하지 않는 한 그분은 내가 부름에 응하지 않은 사실을 잊어 주기로 말이야. 그저 생존하는 거야, 알겠지."

그건 언제 그에게 왔던가? 어느 거리에서? 그리고 이 '인상'의 달들 중 어느 시점에서? 어쩌면 그는 그냥 그 자리에서 그 생각을 해 냈는지도 모르겠다. 그는 취해 있었다. 어찌도 지쳐 있었는지 단 넉 잔의 포도주로 그 상태에 이른 것이었다.

"만약 물음을 묻지 않는다면." 여자 중 하나가 심각하게 물었다.

"어떻게 믿음이 생길 수 있을까? 신부님은 우리가 물음을 묻는 것이 옳은 일이라고 하시던데."

드누비에트나는 친구의 얼굴 표정을 살폈다. 아무런 대답도 떠올라 있지 않은 것을 볼 수 있었다. 그래서 그는 여자 쪽으로 몸을 돌리고 그녀의 어깨를 다독이며 말했다.

"그러니까 어려운 일이지. 포도주 마셔."

"안 돼." 티프키라가 비명을 질렀다. 그는 저쪽 벽에 몸을 지탱한 채 이들을 지켜보고 있었다. "낭비란 말이야." 또다시 포성이 들리기 시작했다.

"낭비라니." 드누비에트나가 그 소음 너머로 소리 내어 웃으며 말했다. "낭비에 대해선 말도 하지 마, 바보야." 그는 전투적인 몸짓으로 방을 가로질렀다. 파우스토는 잠시 쉬기 위해 머리를 테이블에 갖다 댔다. 여자들은 그의 등을 상으로 사용하며 카드놀이를 계속했다. 드누비에트나는 가게 주인의 양어깨를 잡았다. 그는 티프키라의 살찐 몸뚱이가 주기적으로 진동을 하게끔 간간이 그를 쥐어흔들며 가게 주인의 죄목들을 장황하게 늘어놓기 시작했다.

머리 위에서는 경보 해제를 알리는 사이렌 소리가 울렸다. 그러고 나서 얼마 지나지 않아 문에서 떠들썩한 소리가 들려왔다. 드누비에트나가 문을 열자 더럽고 지친 포병들이 시끌벅적 떠들며 술을 찾아 몰려 들어왔다. 파우스토는 잠에서 깨어나 펄쩍 뛰어 일어나더니 거수경례를 했다. 하트와 스페이드의 카드장들이 소나기처럼 쏟아져 내렸다.

"저리 비켜! 저리 비켜!" 드누비에트나가 외쳤다. 티프키라는 위대한 술 저장소 주인으로서 포도주를 한 병이라도 더 사 쟁이려는 그의 대야망을 포기한 듯 털썩 주저앉아 등을 벽에 대고 눈을 감았다. "마이스트랄을 일터까지 데려가야 해!"

"말을 거두어라, 비겁한 자여!" 파우스토가 외치곤 다시 한번 거수경례를 하더니 뒤로 벌렁 나자빠져 버린다. 낄낄대고 비틀거리면서 드누비에트나와 여자들은 파우스토를 일으켜 세웠다. 드누비에트나의 의도는 파우스토를 걸어서 타 칼리까지 데리고 가려는 것 같았다.(지나가는 트럭을 세워 얻어 타고 가는 것이 이럴 때의 관습이었지만.) 그를 술에서 깨어나게 하기 위해서였다. 그들이 어두워 가는 거리까지 닿았을 때 사이렌 소리가 또다시 울리기 시작했다. 포병 대원들이 손에 술잔을 든 채 계단을 달려 올라오다가 그들과 충돌했다. 신경질이 난 드누비에트나는 파우스토 팔 밑으로 돌연히 빠져나가 가장 가까이에 서 있는 포병의 배를 주먹으로 쳤다. 패싸움이 벌어졌다. 폭탄들은 '큰 항구' 위로 떨어지고 있었다. 폭파음은 동화 속의 요괴처럼 한 발짝 한 발짝 다가오고 있었다. 파우스토는 이쪽보다 훨씬 수가 많은 저쪽 패와 싸우느라 몰매를 당하고 있는 친구를 도울 욕구도 별로 느끼지 못한 채 땅바닥에 드러누워 있었다. 그들은 이윽고 드누비에트나에게서 물러나 포상을 향해 떠나갔다. 머리 위 과히 높지 않은 곳에서부터 ME-109가 조명등에 붙잡힌 채 갑자기 구름을 뚫고 내려왔다. 오렌지빛 예광탄이 그 뒤를 따랐다. "저놈 잡아." 포좌에서 누군가가 고함쳤다. 고사포가 발사되었다. 파우스토는 아주 가벼운 관심만을 가지고 지켜보고 있었다. 폭파하는 발사체와 조명등의 흩어진 빛 등에 비추어진 포대원들의 그림자가 어둠 속에 나타났다 사라졌다 한다. 잠깐 사이에 파우스토는 총수의 입술에 가 있는 포도주 잔의 붉은 광채가 천천히 사라지는 것을 보았다. 항구 위쪽 어디에선가 대공탄들이 메서슈미트 한 대에 따라붙는다. 전투기의 연료통은 굉장한 황색 꽃을 피우며 불붙는다. 비행기는 풍선처럼 서서히 하강한다. 비행기가 지나간 길의 검은 연기는 조명등의 불기둥 속을 파도치듯 넘나들었다. 조명등은 다른 사무를 보러 가기 전에

요격 지점에서 잠깐 머물고 있었다.

드누비에트나가 몸을 굽혀 그를 들여다본다. 그의 얼굴은 핼쑥하고 한쪽 눈은 부어오르기 시작하고 있었다. "가자, 가자고." 그가 목쉰 소리로 말했다. 파우스토는 마지못해 일어났다. 그리고 둘은 그곳을 떠났다. 일기장에는 그들이 어떻게 그 일을 해냈는지에 대한 언급이 없었다. 그러나 둘은 경보 해제가 울릴 때 타 칼리에 도착해 있었다. 그들은 약 1.5킬로미터를 도보로 갔었다. 아마도 이들은 폭격이 아주 가까이에서 있을 때마다 몸을 숨길 곳을 찾아 땅에 엎드렸을 것으로 추측된다. 이윽고 이들은 지나가는 트럭 등에 올라탈 수 있었다.

"그것은 전혀 영웅적인 행위라고는 할 수 없는 것이었다." 파우스토는 적고 있다. "우리는 둘 다 술에 취해 있었다. 하지만 나는 우리가 그날 밤 누린 것은 신이 우리에게 내려 준 선물이라는 느낌을 내 마음에서 지울 수가 없다. 신이 가능성의 법칙을 잠시 보류했다는 느낌이었다. 왜냐하면 그 법칙대로라면 우린 그날 밤 응당 죽었어야만 하니까. 어떻게 해서인지 거리는 우리에게 친절한 곳으로 느껴졌다. 어쩌면 그것은 내가 우리의 협약을 지켜 포도주에 축복을 빌지 않았기 때문인지도 몰랐다."

그 후. 하지만 이것은 그 종합적인 '관계'의 일부에밖에 해당되지 않는 얘기가 되겠다. 내가 파우스토의 단순성이라고 말하는 것은 바로 이것을 의미한다. 그는 신에게서 서서히 떨어져 나간다거나 신의 교회를 거부하는 등의 복잡한 행위는 전혀 하지 않았던 것이다. 믿음을 잃는다는 것은 복잡한 일이며 시간을 요하는 일이란다. 현현(顯現)이라든가, '진실의 순간들' 따위도 없다. 나중 단계에 가서는 많은 생각과 정신 집중이 필요한 법이며, 이 생각과 정신 집중 또한 전체적인 불공평이라든가 믿음이 깊은 자에게 내려지는 불운, 기도에 대한 응답의 결여 등이 구성한다고 볼 수 있는 사고(事故)의 예들이 축적되는 데서 생기기 마련이다. 파우스토와 그의 '세대'는 이런 한가한 지적 놀음을 할 만한 시간을 갖지 못했던 것이다. 그들은 그런 습관을 졸업하고 자신들을 덜 의식하게 되었으며, '평화로운 대학' 분위기에서 점점 더 떨어져 나와 포위당한 도시 쪽으로 더 가까이(그들이 인정한 것보다 더) 다가와 있었다. 그리고 영국인이기보다 더 몰타인이 되어 있었다.

그의 인생의 나머지 모든 부분은 지하에 들어가 있었고 사이렌이 조변수(助變數)에 불과한 정각(定角)을 얻은 격인 파우스토는 신과 맺은 옛 서약(또는 협약) 역시 바뀌어야 할 것을 깨달았다. 그리하여 적어도 신과의 실질적인 관련을 유지하기 위해 파우스토는 지금까지 가정을 위하여 하던 일, 예를 들면 음식을 조달한다든가 사랑을 한다든가 하는 일을 계속했다. 다시 말해 그는 임시로 그 방법을 '변통'했던 것이다. 그러나 그의 영국적인 부분은 그대로 남아서 일기 쓰기를 계속했다.

아이(너)는 점점 더 건강하고 활동적이 되었다. 1942년이 되자 너는 R. A. F.[134]라는 놀이를 제일로 즐기는 한 떼의 떠들썩한 아이들과 같이 어울리고 있었다. 폭격이 없는 틈을 타서 너를 포함한 여남은 명의 아이들은 거리로 나가 팔을 비행기처럼 벌리고는 소리를 지르며 무너진 벽돌과 폐물 더미, 그리고 움푹 파인 구멍 속을 들락거리며 노는 것이었다. 그중 건장하고 키가 큰 남자아이들은 물론 전투기였다. 인기 없는 남자아이들이나 여자아이들, 그리고 나이 어린 아이들은 적군의 비행기들이 되었다. 아마 너는 보통 이탈리아 비행선이 되었던 것 같다. 우리가 당시 차지한 하수구 구역 중에서 제일 쾌활한 기구(氣球) 소녀였지, 너는. 시달리고 쫓기고 날아오는 돌멩이

---

134   영국 공군.

와 작대기들을 피해 가며 너는 항상 네 맡은 역할이 요구하는 이탈리아식 민첩함을 한껏 발휘했지. 그리고 항복을 안 하려 애쓰곤 했단다. 하지만 너는 적수들을 네 꾀로 다 떨어져 나가게 한 뒤에는 마침내 애국심을 과시하며 항복을 선언했지. 하지만 네가 항복하기로 정한 때가 되기 전에는 그런 일은 일어나지 않았다.

너의 어머니와 파우스토는 대부분 집에 없었다. 간호사와 공병 노릇을 하기 위해서였다. 너는 우리 지하 사회의 양극단 문화에 노출되어 자라났던 거다. 그 하나는 기성세대에게 속하는 것으로, 이들에게는 갑작스러운 재난과 서서히 다가오는 재난 사이의 차이가 분명치 않았다. 다른 쪽 문화는 어린 너의 (진정한 너의 것인) 세계의 것이었다. 너희들은 이미 시대에 뒤떨어져 탄생한 파우스토 3세가 물려받은 세계의 원형이 되는 세계, 하나의 신중한 세계를 창조해 내고 있었다. 그 두 세력은 중화 작용을 일으켜 너를 두 세계 사이에서 고립된 곳에 혼자 남겨 버렸을까? 너는 아직도 두 세계를 살펴볼 수 있느냐, 내 딸아? 네가 만약 다행히도 두 세계를 다 바라볼 수 있는 유리한 위치에 있다면 너는 아직도 차폐된 역사에 도전하는 네 살배기 투사이리라. 현재의 파우스토는 그의 과거의 단절된 각 단계를 돌아보는 외에는 아무런 관찰 능력도 가지지 못했다. 아무런 계속성도 아무런 논리도 거기에는 없는 것이다. "역사란." 드누비에트나는 적고 있다. "의붓 기능이다."

파우스토는 너무도 많이 믿었을까. 영성체는 아버지와 남편으로서의 실패를 보상하기 위한 거짓 행위에 지나지 않았던가? 평화시의 기준으로는 그는 분명히 실패작이었다. 전쟁 전의 정상적인 상황에서라면 그는 너무 일찍 결혼하고 아버지가 된 젊은 남자에 어울리게끔 차차로 엘레나와 파올라를 사랑하게 되었을 것이며 성인 세계의 누구나 가지는 짐을 지는 일을 배우기까지의 성장 과정을 서서히 거치고 있었을 것이다.

그러나 '포위'는 다른 짐들을 만들어 냈고 어느 쪽 세계(어린아이들의 세계 또는 부모의 세계)가 더 진짜인가를 가리기조차 어렵게 만들었다. 더럽고 시끄럽고 거칠었지만 몰타의 아이들은 시적 사명을 완수하고 있었다. R. A. F. 놀이는 존재하는 세계를 은폐하기 위해 그들이 고안해 낸 비유 중 하나에 불과했다. 누구를 위해서였을까? 어른들은 일터에 있었고 늙은이들은 무엇이 어찌 됐든 상관을 안 했다. 아이들은 모두가 비밀에 '가담'하고 있었다. 아마 이보다 더 나은 소일거리를 찾지 못했기 때문이었을 것이다. 적어도 그들의 근육과 두뇌가, 그들의 섬이 이루어 가고 있는 폐허가 떠맡기는 일의 몫을 감당할 수 있을 정도로 자랄 때까지는 말이다. 지금은 기다리는 기간이었다. 그것은 진공 속의 시(詩)와도 같은 것이었다.

파올라, 내 딸이자 무엇보다도 몰타의 아이인 파올라, 너는 그 애들 가운데 하나였다. 이 아이들은 일어나고 있는 일이 무엇인가를 알고 있었다. 폭탄이 사람을 죽이는 것이라는 사실을 말이다. 하지만 따지고 보면 인간이란 도대체 무엇이더냐? 교회당이나 오벨리스크 장식 또는 석상과 다를 것이 없다. 중요한 건 한 가지 사실뿐이다. 그것은 폭탄을 이긴다는 사실이다. 죽음에 대한 그들의 생각은 비인간적인 것이었다. 사랑, 사회 관습, 형이상학 등으로 형편없이 뒤엉킨 우리 어른들의 인생 태도가 어린아이들의 그것보다 과연 더 나을지는 의심스럽다. 아이들의 것이 적어도 더 상식적이라는 것은 분명하니까.

아이들은 그들의 전용 통로를 사용하여(그것은 대부분 지하로 통했다.) 발레타를 돌아다녔다. 파우스토 2세도 폭파당한 도시에 가설된 그 단절된 세계를 묘사하고 있다. 샤아리이트 메위야를 휩쓸고 다니며 가끔 살인적 실랑이 같은 것을 즐기는 초라한 몰골의 부족에 대

해서였다. 정찰대와 식량 징발대는 시계(視界)의 언저리에 항상 맴돌
고 있었다.

사태가 변하고 있음이 분명했다. 오늘은 이른 아침에 폭격이 한차
례 있었을 뿐이다. 우리는 어젯밤 아아티나와 그의 아내가 있는 근처
하수 구역에서 잠을 잤다. 작은 파올라는 경보 해제가 울리자 마라트
의 아들, 그리고 다른 몇 명의 아이들하고 조선소 지역을 탐색하러 곧
장 나갔다. 날씨까지도 어떤 막간의 휴식을 알리는 것 같았다. 어젯밤
의 비는 석회와 돌가루를 진정시키고 나무 잎사귀들을 씻어 냈으며 빨
아 놓은 세탁물로 만든 우리 깔개에서 불과 몇 발자국도 안 되는 곳까
지 경쾌한 폭포의 물줄기가 들어오게 만들었다. 결국 우리는 이 안성
맞춤의 시냇물에 목욕재계를 한 후 아아티나 부인의 거주 구역으로 곧
옮겨 가 그 마음씨 좋은 부인이 바로 이런 긴급 사태에 대비하여 최근
고안해 둔 푸짐한 죽 요리로 맛있는 식사를 했다. 이 '포위'가 시작된
뒤 우리는 얼마나 풍부한 자비심과 존엄한 인간성에 마주쳤던가!

머리 위 거리에서 태양이 빛나고 있었다. 우리는 거리로 올라갔
다. 엘레나는 내 손을 잡고 평평한 땅으로 올라선 다음에도 손을 놓으
려 하지 않았다. 잠의 신선함을 아직도 그대로 지닌 그녀의 얼굴은 햇
빛 속에 순결하기 그지없었다. 몰타의 햇빛과 엘레나의 신선한 얼굴,
나는 마치 그녀를 처음으로 만난 것 같은 느낌에 사로잡혔다. 아니면
우리가 다시 아이들로 되돌아가 옛날의 오렌지나무 숲으로 이끌려 들
어가고 진달래의 숨결 속으로 걸어 들어가는 환각을 가지기도 했다.
그녀가 말을 하기 시작했다. 몰타어로 말해지는 사춘기 소녀의 말이었
다. 병사들과 해병들은 얼마나 용감한가("술 취한 것 같아 뵈질 않는다는
뜻이겠지." 내가 주석을 붙여 주자, 그녀는 짐짓 나무라는 표정이 되며 소리 내
어 웃었다.) 한쪽 벽이 폭파되어 버린 영국 클럽 건물 위층 오른쪽 방에

덩그러니 혼자 남아 있는 수세식 변기는 얼마나 우스꽝스러운가. 나는 젊은 기분으로 되돌아가 있었으므로 이 변기에 대해 화를 내며 정치적인 울분을 털어놨다. "전쟁 중의 민주주의란 참 훌륭하군." 내가 말했다. "전엔 그자들은 이 위대한 클럽들에 우리가 발을 들여놓지 못하게 했었지. 영국인과 몰타인의 교제는 소극(笑劇)이었으니까. 프로 보노[135]였지. 하하. 원주민들은 제자리를 지키게 하라. 하지만 지금은 그들의 신전에서 가장 거룩한 방도 대중 앞에 여지없이 공개되고 있지 않느냐 말이다." 우리는 이런 식으로 햇빛을 받은 거리를 거의 술주정꾼처럼 떠들며 거닐었다. 비는 봄 날씨 같은 정취를 거리에 가져다주었다. 이런 날엔 우리는 마치 발레타가 이전의 전원적인 역사를 되찾은 거나 아닌가 하는 느낌조차 가졌다. 마치 바닷가의 요새들로부터 포도 넝쿨이 피어나고 킹스웨이의 창백한 상처 자리에서 올리브와 석류나무들이 돋아날 것 같은 느낌 말이다. 항구는 보석처럼 반짝였다. 우리는 지나가는 누구나에게 손을 흔들어 보이고 말을 걸거나 미소를 보냈다. 엘레나의 머리털은, 접착력 좋은 그물인 양, 햇빛을 잡아넣고 있었다. 태양의 조각들이 그녀의 볼에서 춤을 추고 있었다.

우리가 어떻게 그 정원이랄까 공원이랄까 모를 곳에까지 가서 닿았는지 나는 알 도리가 없다. 우리는 오전 내내 바닷가를 거닐었다. 고기잡이배들도 나와 있었다. 어부의 아내 몇 명이 해초와 폭탄에 분쇄된 해변 요새의 노란 파편들 사이에서 잡담을 즐기고 있었다. 그들은 그물을 수선하고 바다를 관찰하는 한편 아이들에게 소리를 지르기도 했다. 그때는 발레타 어디에고 아이들이 있었다. 아이들은 나무에 매달려 그네를 타기도 했고 파괴된 방파제 끝에서 바다로 뛰어들기도 했

---

135 '선(善)을 위하여'로 직역된다. 보통 '전체의 이익을 위하여(pro bono publico)'라는 문구로 쓰인다.

다. 누구나 아이들의 소리는 들을 수 있었지만 그 텅 빈 폭격당한 집들 가운데서 그들의 모습을 발견하는 일은 좀체 없었다. 그들은 노래했다. 더러는 영창하듯 노래했고 더러는 비웃는 듯한 노래를 불렀으며 또 더러는 그저 소리만 질렀다. 그것이 과연 이 집들 중 어느 것엔가 잡혀서 그동안의 긴 세월을 존속한 우리 자신의 소리가 아니라고 누가 말할 수 있으며, 이제 그 소리가 지나가는 사람들을 얼떨떨하게 만들려고 다시 나타난 것이라는 추측을 누가 거부할 수 있을까?

우리는 카페 한 곳을 발견했다. 마지막 호송차가 가져다준 듯한 포도주가 있었다. 상당히 고품질의 것이었다, 그것은. 그리고 가엾은 닭고기 요리도 있었다.(우리는 잠깐 전 음식점 주인이 그것을 잡는 소리가 저쪽 방에서 들려오는 것을 들었었다.) 우리는 앉아서 포도주를 마셨다. 그러고는 항구를 바라보았다. 새들은 지중해 한가운데를 향해 날기 시작했다. 고기압 비행이었다. 어쩌면 그들은 독일군을 감지하는 감각의 문 같은 것을 가졌는지도 모르겠다. 그녀의 눈 속으로 머리털이 날아들었다. 일 년 만에 처음으로 우리는 이야기를 나눌 수 있었다. 나는 1939년 이전 그녀에게 영어 회화를 조금 가르친 적이 있었다. 오늘 그녀는 그 언어 강습을 다시 받기를 원했다. 언제 그런 기회가 다시 올지 누가 알겠느냐고 그녀는 말했다. 심각한 소녀의 어조로. 아, 나는 얼마나 그녀를 사랑했던가.

이른 오후, 가게 주인이 나와서 우리와 자리를 함께했다. 그의 한 손은 아직도 피로 끈적거렸고 깃털 몇 오라기가 아직 손에 붙어 있었다. "만나 뵙게 되어 기뻐요." 엘레나가 그에게 인사했다. 아주 즐거운 목소리였다. 늙은 남자도 유쾌한 듯 웃음소리를 내며 말했다.

"영국분들이시군요." 그가 말했다. "난 보자마자 그걸 알았죠. 영국 관광객들이시죠?" 그것은 우리끼리의 농담거리가 되었다. 장난꾸러기 엘레나가 테이블 밑으로 나를 계속 건드리는 사이 가게 주인은 영국인들에 대해 바보 같은 의견들을 늘어놓았다. 항구 밖의 바람은 시원했다. 그리고 어떤 이유에서인지 내 머리에 노랑이나 녹색 또는 갈색으로만 기억되었던 물빛이 지금은 푸르른 걸 알 수 있었다. 그 사육제의 청색을 띤 바닷물에는 백색 파도 머리들이 점각 장식처럼 일고 있었다.

대여섯 명의 아이들이 모퉁이를 돌아 달려 나왔다. 갈색 팔을 가진 내복 바람의 남자아이들과 뒤를 쫓아 달려오는, 간단한 내리닫이 치마 차림의 여자아이들이었다. 우리 아이는 거기에 끼어 있지 않았다. 아이들은 우리를 보지 않고 지나쳤다. 항구를 향해 언덕을 달려 내려가고들 있었다. 어디에선가 구름 한 장이 나타났다. 묵직해 보이는 그 구름장은 태양의 보이지 않는 수레들 틈에 완전히 부동의 자세로 걸려 있었다. 태양은 충돌 노선에 올라 있었다. 엘레나와 나는 이윽고 일어나서 거리 아래쪽으로 좀 더 걸어 내려갔다. 곧 다른 또 하나의 거리에서 또 한 떼의 어린아이들이 우리 앞 약 20미터 되는 지점에 나타났다. 아이들은 우리 앞을 가로지르고는 방향을 돌려 거리 뒤쪽을 향해 가더니 한 줄로 서서 한때는 집이었던 것의 지하실로 사라져 들어갔다. 벽들과 유리 창틀, 그리고 지붕들에 부딪혀 깨어진 햇빛이 우리에게 왔다. 마치 해골을 보는 느낌이었다. 우리의 거리에는 대낮의 단절 없는 햇빛을 받은 항구와도 같은 수많은 작은 구멍들이 뚫려 있었다. 우리는 기우뚱거리며 둔하게 걸음을 옮겼다. 가끔 균형을 유지하기 위해 서로에게 의지해야 했다.

오전엔 바다를, 오후엔 도시를 우리는 배회했다. 가엾은 깨진 도시여. 우리는 마르사뮤세토로의 경사길을 걷기 시작했다. 지붕도 벽도 유리창도 없이 앙상하게 서 있는 석조 건물의 외피들은 태양에게서 숨을 길이 없었고 태양은 그것들의 그림자들을 언덕 위로 또는 바다 방향으로 내던지고 있었다. 알고 보니 아이들은 우리 뒤를 따라오고 있었던 것 같다. 우리는 망가진 담 뒤에서 들려오는 그 애들의 소리를 들었다. 그런가 하면 우리는 또 맨발의 속삭임과 그 애들이 지나가면서 일으키는 작은 바람을 느낄 뿐이기도 했다. 그리고 아이들은 가끔 다음 거리 어디에선가 누군가를 부르는 것 같기도 했다. 항구 밖에서 부는 바람 소리로 인해 아이들이 부르는 이름은 분명하게 들리지 않았다. 해는 그것의 길을 막고 있는 구름을 향해 좀 더 언덕 아래쪽으로 다가왔다.

파우스토라고 아이들은 부르고 있는 것일까? 엘레나라고 불렀을까? 그리고 우리 아이는 저 아이들 중의 하나일까? 아니면 어딘가 다른 곳에서 누군가의 발걸음을 쫓고 있을까? 우리야말로 도피적 기억 상실증에 걸린 사람처럼 정처 없이 도시의 격자무늬 거리들을 따라 방황했었다. 사랑으로부터의 도주일까, 기억으로부터의 도주일까? 아니면 그날 오후의 햇빛의 성질 또는 내 오관과 그보다 더 이상의 것을 잠에서 깨어나게 한 내 팔에 가해진 다섯 손가락의 압력과 아무 관계도 없는, 사실 다음에 오는 어떤 추상적인 감상으로부터의 도주였을까?

슬프다는 말은 어리석은 말이다. 빛은 슬프지 않다. 적어도 그래서는 안 된다. 우리의 그림자들이 다르게 움직이든지 시궁창이나 땅에 생긴 구멍 속으로 빠져들어 가는 것을 볼까 두려워 뒤돌아보지도 못한 채 우리는 늦은 오후 시간까지 발레타를 두루 돌아다녔다. 마치 한정된 어떤 것이라도 찾는 사람들처럼.

이윽고 오후 늦게 우리는 도시 한가운데의 자그마한 공원에 도달했다. 한쪽 끝에서는 악대들의 연주 장소였던 정자가 바람 속에 삐걱거리고 서 있었다. 그것의 지붕은 놀랍게도 몇 개 안 되는 수직 기둥에 위태롭게나마 떠받들려져 있었다. 전체의 구조는 삐그러졌고 지붕 가에 빙 둘러 둥우리를 짓고 살던 이름 모를 새들은 한 마리를 제외하곤 모두 떠나 버리고 없었다. 남아 있는 한 마리는 우리가 접근해도 두려

위하는 빛 없이 고개만 내밀고 무엇인가를 응시하고 있었다. 마치 박제품 새를 보는 기분이었다.

우리는 바로 여기에서 잠에서 깨어났고 아이들은 우리를 에워싸고 가까이 다가왔다. 하루 종일 우리는 개떼에게 쫓기는 토끼 노릇을 해 왔을까? 잔재했던 마지막 음악도 동작이 빠른 새들과 같이 떠나가 버렸을까? 아니면 우리가 이제야 꿈꾸게 된 왈츠가 어디엔가 남아 있을까? 우리는 톱밥과 운 나쁜 나무에서 떨어져 나온 나뭇조각 가운데에 서 있었다. 진달래 덤불이 정자 건너편에서 우리를 기다리고 있었다. 하지만 바람의 방향이 맞지 않았다. 즉 미래 쪽으로부터 불어오고 있었던 것이다. 그리하여 모든 향기는 그것들의 과거를 향해 떠밀려 가고 있었다. 머리 위에서는 키 큰 종려나무들이 칼날 잎사귀의 그늘을 던지며 짐짓 걱정해 주듯 우리 쪽으로 약간 기우뚱하고 서 있었다.

추웠다. 그러고 나서는 태양이 그의 구름과 만났다. 그러자 지금까지 우리 눈에 띄지 않았던 다른 구름들이 태양의 구름을 중심으로 방사상으로 모여드는 것 같았다. 마치 오늘은 바람들이 장미꽃잎의 서른두 개 정점으로부터 한꺼번에 가운데로 몰려들어 하나의 대형 분수로 변해 불의 풍선을 제물처럼 떠받들고 있는 느낌이었다. 그리하여 하늘의 지주들은 바야흐로 불기둥들로 화해 있었다. 종려나무의 칼날 같은 잎의 그림자들은 사라지고, 모든 빛과 그림자는 거대한 산성 녹색 속으로 들어가 합쳐 버린다. 불의 풍선은 계속 언덕을 기어 내려오고 있었다. 공원의 모든 나무의 잎사귀들이 마치 메뚜기 다리들처럼 서로 비비며 버석대기 시작했다. 그것만으로도 음악은 충분했다.

그녀는 몸을 떨었다. 내게 잠깐 매달려 있더니 돌연히 폐품들이 어지러이 널린 풀밭에 가서 앉는다. 나는 그녀 옆에 앉았다. 우리는 퍽이나 야릇한 쌍으로 보였을 것 같다. 바람 때문에 어깨를 웅크리고 마치 음악 공연이 시작되기를 기다리기라도 하는 양 묵묵히 정자 쪽을 바라보고 있는 우리 모습이 말이다. 나뭇가지들 속에, 그리고 우리 시야의 변두리에, 우리는 아이들을 보았다. 얼굴들 같기도 하고 잎사귀 뒷면 같기도 한 하얀 번득임이 폭풍 예보의 신호들을 보내고 있었다. 하늘에 구름이 덮이기 시작했다. 녹색빛이 더 진해졌다. 그것은 몰타 섬(파우스토와 엘레나의 섬)을 꿈의 냉각 속으로 구제할 길 없이 깊이 빠뜨리고 있었다.

아, 그것은 또다시 겪어야 하는 어리석음에 지나지 않았다. 기압계의 급강하, 고정되어 있어야 할 경계선 너머로 갑자기 침입한 전초 부대, 평평한 거리로 생각했던 곳의 어둠 속에 나타난 낯선 층계. 우리는 오늘 오후 향수적 여행을 했을 뿐이었다. 그 여로는 우리를 어디로 데리고 왔던가?

우리가 다시는 찾을 수 없을 공원으로인가?

우리가 우리의 공동(空洞)을 메우기 위해 사용한 것은 결국 발레타에 불과했다. 돌과 쇠는 자양분을 공급하지 못한다. 우리는 나무 잎사귀들의 초조한 버석거림에 귀를 기울이고 굶주린 눈으로 앞을 응시하며 앉아 있었다. 우리에게 먹을 것이라곤 무엇이 있었겠는가. 오로지 서로가 있었을 뿐이다.

"추워요." 몰타어로. 그러고도 그녀는 내게 가까이 다가오지 않았다. 오늘은 영어에 대한 토의 같은 것은 있을 수 없었다. 나는 이렇게 묻고 싶었다. "엘레나, 우린 무얼 기다리는 거요?" 날씨가 개이길 기다리는 걸까? 나무들과 죽은 건물들이 우리에게 말을 걸어오기를 기다리는 걸까? 나는 이렇게 물었다. "왜 그래?" 그녀는 머리를 저었다. 그러고는 땅과 삐걱거리는 정자에 차례로 초점 없는 시선을 주는 것이었다.

그녀의 얼굴을 관찰하면 할수록(흩날리는 검은 머리털, 원근법을 사용하여 그린 듯한 그녀의 눈, 그 오후를 전반적으로 물들이고 있던 녹색 속으로 사그라져 들어가는 그녀의 주근깨들까지) 나는 점점 더 불안해졌다. 나는 항의하고 싶었다. 그러나 항의를 받을 사람이 아무도 없었다. 어쩌면 나는 울고 싶었는지도 모른다. 하지만 우리는 소금의 항구를 갈매기와 낚싯배에다가 몽땅 주어 버리지 않았던가. 우리는 항구를 발레타시처럼 우리 내부에다 수용하지 못했던 것이다.

그녀에게도 진달래에 대한 같은 기억이 있을까? 아니면 이 도시는 놀림거리에 지나지 않는, 지키지 않은 약속과도 같은 것이라는 느낌이 조금이라도 있을까? 우리는 무엇을 나누어 가지고 있을까? 황혼이 깊어 갈수록 나는 점점 더 깊은 의문에 빠졌다. 나는 이 여자를(적어도 나는 그렇게 생각하고 싶었다.) 내 안에 있는 사랑을 촉진하고 견고히 하는 데 도움이 되는 모든 것을 다 바쳐 사랑하고 있었다. 그러나 이 사랑은 점점 더 짙어지는 어둠 속의 사랑이다. 얼마만큼을 잃을는지, 어느 만큼이나 되돌아올는지 모르는 채 내주는 사랑 말이다. 과연 그녀는 내가 보는 그 정자를 보며 내가 듣는 아이들의 소리를 우리의 공원 변두리에서 듣고 있을까? 그녀는 참으로 여기에 나와 함께 있기나 한 건가, 아니면 파올라(그녀는 우리의 것이 아니라 발레타의 것이었지만)처럼 홀로 저 밖에 나가 있는가? 빛이 너무도 선명하고 지평선은 너무도 예리하여 현실의 거리로는 믿기 어려운 어떤 거리, 과거를 그리워하는(전에 있었으나 이제 또다시는 있을 수 없는 몰타를 동경하는) 향수병이 만들어 낸 것으로밖에는 생각할 수 없는 그런 어떤 거리에서나 그림자처럼 가늘게 진동하고 있는 것일까?

종려나무 잎사귀들이 서로 몸을 비벼서 빛의 녹색 섬유질로 서로를 찢어 넣고 있다. 나뭇가지들 역시 서로 마찰하고 캐러브 나무의 가죽처럼 건조한 잎사귀들도 고동치고 진동한다. 나무 뒤에 어떤 회합이라도 열리고 있는 듯, 하늘에서 어떤 모임이라도 열리고 있는 듯이 말이다. 점점 더 격해지는 우리 주변의 떨림은 이제 공포의 느낌을 전달했고, 아이들보다 또는 아이들의 유령들보다 더 소란스러웠다. 눈을 들어 쳐다보기도 두려웠지만 우리는 정자를 뚫어지게 응시했다. 무엇이 거기에 나타날는지에 대한 아무 예감도 없이.

그녀의 손톱들은(그것들은 너무도 많은 죽은 자를 매장하느라고 망가져 있었다.) 셔츠를 걷어 올린 부분의 내 맨살 속으로 계속 파고들었다. 압력과 고통이 점점 커졌고 우리의 머리들은 꼭두각시들의 그것인 양눈의 만남을 위해 천천히 돌아간다. 어스름한 빛 속에서 그녀의 두 눈은 크고 몽롱해 보였다. 나는 책 페이지의 여백에 눈을 주듯 그녀 눈의 흰자위를 보려 애썼다. 그러면서 나는 동공의 검은색 속에 씌어 있는 것이 무엇인가는 읽지 않으려 했다. 그것은 단지 밖에서 짙어지고 있는 밤의 색채 때문이었을까? 무언지 밤과 같은 것이 여기에 침입해 들어온 것은 사실이었다. 그것은 바로 오늘 아침, 해와 파도 머리와 진짜 아이들을 반영했던 그 눈 속에 증류된 채, 그리고 미리 정형(定形)된 채들어앉아 있었던 것이다. 내 손톱들이 응답하듯 그녀의 살에 파고들었다. 우리는 이렇게 해서 쌍둥이가 되었고 균형이 잡혔다. 그리고 우리는 고통을 공유했다. 우리가 나누어 가질 수 있었던 것이 그 밖에 또 무엇이 있었으리오. 그녀의 얼굴이 일그러지기 시작했다. 더러는 내게 손톱을 박는 데에 힘이 들어 그리되었을 것이나 또 더러는 내가 그녀에게 주는 고통 때문이기도 했다. 고통이 증대되었고 종려나무와 캐러브 나무들은 실성했다. 그녀의 동공이 하늘을 향해 굴렀다.

"미시에르나 리인티 피스스메비에트, 지트카데스 이스메크……"[136]
그녀는 기도하고 있었다. 후퇴한 것이었다. 과거로의 문턱까지 가서 닿은 그녀는 그 문턱을 넘어 좀 더 확실한 것으로 되돌아가 버린 것이다. 폭격이나 부모의 죽음, 또는 매일 시체를 다루는 일도 해내지 못한 것이었다, 그것은. 그 일이 이루어지기 위해서는 공원과 아이들의 포

---

136   '하늘에 계신 우리 아버지, 이름을 거룩하게 하옵시고.'라는 뜻이다.

위와 나무들의 흔들림과 다가오는 밤이 필요했던 것이다.

"엘레나."

그녀의 눈이 내게 돌아왔다. "사랑해요." 그녀의 몸이 풀 위에서 움직이고 있었다. "사랑해요. 파우스토." 고통과 향수, 그리고 결핍이 그녀의 두 눈 속에서 혼합이 되었다. 적어도 내게는 그렇게 보였다. 하지만 내가 어떻게 알 수 있었을까. 어떻게 내가 그 사실을, 가령 해가 점점 차가워진다든가, 하기아르 킴의 폐허들은(우리처럼 또는 1939년에 너무 늙었다는 이유로 자동차 수리장으로 보내진 후 폐물 더미에서 조용히 해체되어 가고 있는 나의 힐먼 밍크스처럼) 흙을 향한 진화를 거치고 있다든가 하는 사실들을 아는 그 안락한 확실성을 가지고 알 수 있었겠는가. 내가 어떻게 추리할 수 있었으리오. 추리의 구실이라고는(아니, 구실의 유령이라고 하는 것이 더 정확하겠다.) 내 손톱들에 의해 마찰되고 찔리는 신경들은 내 것과 다름없으며 그녀의 고통은 나의 것 그리고 그것은 또, 좀 더 연장시켜 생각해 볼 때, 우리를 에워싸고 춤추고 있는 잎사귀들의 것이라는 유추론뿐인 이상.

그녀의 눈 너머를 바라보던 내 눈에 온통 흰 잎사귀들이 보였다. 잎사귀들은 더 흐린 쪽 면을 바깥으로 드러내 놓은 채 퍼덕이고 있었다. 구름들이 결국 폭풍을 예고하는 구름들이었던 것이다. "아이들을." 나는 그녀가 말하는 것을 들었다. "아이들을 우린 잃었어요."

우리가 아이들을 잃었을까 또는 아이들이 우리를 잃었을까?

"아." 그녀가 숨을 쉬며 말했다.

"아, 저것 봐요." 그녀는 내가 그녀를 놓아줌과 동시에 나를 놓아주었고, 우리는 같이 일어서서 갈매기들이 시계의 하늘 절반을 채우는 광경을 바라보았다. 갈매기들은 지금 모두가 우리의 섬에 와서 햇빛을 받고 있었다. 바다 어디에서인가 일고 있는 폭풍 때문에 다 같이 육지로 방향을 돌린 이들은 끔찍하게 조용한 가운데 위아래로 천천히 움직이며 다가왔다. 비록 여유 있는 움직임이었으나 어김없이 육지를 향해 다가오는 수천 개의 작은 불덩이와도 같았다.

아무것도 없었다. 아이들, 광기 난 나무 잎사귀들, 또는 꿈의 기상학, 이런 것들이 진짜이든 아니든 간에 이 계절에 몰타에는 현현도 진실의 순간도 없었다는 말이다. 우리의 죽은 손톱은 우리의 살아 있는 살을 후벼 파고 으깸으로써 변형시킬 뿐 우리의 영혼이 갇혀 있는 감방을 탐사하는 일 같은 것은 하지 않았다.

나는 불가피한 주석을 붙여야겠는데 하나의 요구만을 말함으로써 주석을 대신하겠다. 무생물에게 풍요롭게 붙여진 인간적 속성을 주의 깊게 보라는 요구다. '하루 날'이라는 것은(그것이 만약에 그보다 더 길게 계속되는 기분의 투영이 아니라 참으로 하나의 날이었다면) 자동인형의 경우 인간성의 재출현을 의미했을 것이며, 퇴폐한 인간의 경우 건강을 의미했을 것이다.

이 부분의 기록은 내가 지금 제기한 명백한 역설 때문이라기보다 아이들 때문에 중요성을 띤다. 아이들은, 그들이 파우스토의 우상학에서 맡은 역할이 무엇이었든지 간에, 분명 현실적이었다. 그들은 그때 역사가 중지된 것이 아니라는 사실을 의식했던 유일한 존재들이었던 것 같다. 또한 부대들은 재배치되고 스핏파이어들이 운송되어 왔으며, 수송선들은 세인트 엘모 밖에 정박하고 있다는 것도 그들만이 의식하고 있는 듯했다는 말이다. 물론 이것은 '형세가 바뀐' 1943년의 일이다. 즉 이곳 기지에 배치되었던 폭격기들이 이탈리아로 전쟁의 일부를 옮겨 가고, 지중해의 대잠수함전의 성격이 우리로 하여금 존슨 박사가 일컫는바, '앞으로의 세 끼 식사' 이상의 것을 생각할 수 있게 하는 경지로까지 발전해 있었다. 하지만 그 이전에는 (아이들이 처음의 충격에서 회복되자) 우리 '어른들'은 아이들을 일종의 미신적 경계심으로 지켜봤었다. 마치 기록을 하는 천사들인 것처럼 말이다. 어른들이 보기에 그들은 산 자와 죽은 자, 그리고 꾀병을 앓는 자들을 일일이 가려서 기록부에 적고 있으며, 가령, 도비 총독은 어떤 옷을 입었으며, 어느 교회 건물이 파괴되었고, 또 병원들에서의 들고나는 현황은 어떠한가 등을 일일이 기록하고 있는 것처럼 여겨졌다는 얘기다.

아이들은 또 나쁜 신부에 대해서도 알고 있었다. 어린아이들에게는 마니교를 좋아하는 성향이 공통적으로 있다. 포위 상태에 처해 있는 현실과 로마 가톨릭교 배경에서 자라난 경력, 그리고 무의식중에 그들의 어머니와 성모 마리아를 동일시하는 습성 등의 복합적 결과로도 아이들은 단순한 선악 이원설을 참으로 야릇한 형태의 것으로 변경시켜 놓았던 것이다. 어른의 설교 앞에서는 이들은 마치 어떤 선과 악 사이의 추상적인 투쟁에 대해 관심을 가진 것도 같이 행동했으나 사실에 있어서는 공중전조차도 이들에게는 너무도 머리 위 높은 곳의 일이었기 때문에 실감할 수 없었던 것이다. 이들은 그들의 R. A. F. 놀이를 통하여 전투기와 조종사들을 땅 위로 끌어내려 왔다. 하지만 이미 말했듯, 그것은 비유에 불과했다. 말할 것 없이 독일인들은 순전한 악인들이었고, 연합군은 순전한 선인들이었다. 그것은 어린이들만 가졌던 느낌만도 아니었다. 하지만 만약 이들의 투쟁 개념을 도표로 표시한다면, 평등하게 양쪽으로 나누어지는 벡터의 대결(양을 알 수 없는 X를 형성하는)을 묘사하는 도안이 아니라 무차원의 한 점으로 대표되는 선과 그것을 에워싼 바퀴살과 같은 악의 동경(動徑)으로써 표시될 것이다. 이 경우 그 수가 일정치 않은 방사상의 동경들은 모두 선(善)의 중앙의 점을 지침하게 되며 따라서 이 그림은 궁지에 빠진 선(善)의 형태가 된다. 즉 공격을 받는 성모 마리아와 같은 것 말이다. 날개 돋친 모성은 보호적이며 여성은 수동적이다. 그것은 또한 포위 상태에 있는 몰타섬인 것이다.

이 도표는 '바퀴', 즉 운명의 여신의 바퀴이기도 하다. 그것이 아무리 빠르게 회전한다 할지라도 그 기본 배치에는 변함이 있을 수 없는 것이다. 스트로보[137] 효과로 바퀴살의 수가 더 많은 듯이 보이거나 그 방향이 달리 보일 수 있었지만, 바퀴통이 바퀴살들을 제자리에 고정시키고 있다거나 바퀴살들이 집합하는 곳이 바로 바퀴통이라는 사실에는 다름이 없었던 것이다. 이전의 순환식 역사관은 수레바퀴의 테만을 가르쳤었다. 거기에는 왕자들과 그 종들이 다 같이 붙잡혀 있었고 바퀴는 수직으로 서 있었다. 그리하여 거기에 매달린 인간은 누구나가 올랐다가는 내려가기 마련이었다. 그러나 아이들의 수레바퀴는 그런 것이 아니었다. 그들의 수레바퀴는 수평으로 누운 것이었고 그것의 테는 바다의 수평선과 같았던 것이다. 우리의 몰타인들은 참으로 감각적이고 '시간적'인 종족이다.

그리하여 아이들은 나쁜 신부에게 아무런 반대 수도 주지 않았던 것이다. 그는 도비 총독도 곤지 대승정도 또 아발랑슈 신부도 아니었다. 나쁜 신부는 밤처럼 편재했으며 아이들은 그들의 관찰을 지탱해 나가기 위해서는 적어도 그와 같이 빠르게 움직여 다녀야 했다. 그것은 조직적 행위는 아니었다. 이 '기록하는 천사들'은 사실상 아무것도 글씨로 써서 적어 놓은 것이 없었다. 그것은 말하자면 '집단적 자각'과 같은 것이었을 뿐이다. 아이들은 다만 수동적으로 '지켜봤을' 뿐인 것이다. 저녁 해가 질 무렵 이들이 폐허 더미 위에 보초병들처럼 서 있는 모습을 발견하기란 흔히 있는 일이었다. 아니면 이들은 거리 모퉁이에서 살며시 내다보기도 했고 또는 층층대 위 같은 곳

137   급속히 회전하거나 진동하는 물체를 정지 상태로 포착하여 관찰하는
       장치를 말한다.

에 웅크리고 앉아 있기도 했으며 두 사람씩 어깨동무를 한 채 텅 빈 광장을 깡충깡충 뛰며 가로지르기도 했다. 이럴 때 이들은 일견 방향 없이 움직이고 있는 것 같았으나 그들의 시야를 더듬어 보면 반드시 법의의 퍼덕거림이라든가 모든 다른 것보다 더 짙은 그림자 같은 것을 발견하기 마련이었던 것이다.

이 신부의 무엇이 그를 '외부인'으로 낙인찍혀 내쫓기게 했는가? 무엇이 그를 가죽 날개의 루시퍼와 히틀러, 그리고 무솔리니와 같은 바퀴살이 되게 했는가? 그것은 우리로 하여금 개에게서 늑대를 찾게 하고 같은 패거리 속에서 반역자를 찾게 하는 그런 성질이 더러 작용해서 이룩한 일일 것도 같다. 이 아이들은 막연히 바란다는 것은 모르는 생명체들이었다. 신부들은 어머니들처럼 존경받아 마땅하다. 하지만 이탈리아를 보라, 그리고 하늘을 보라, 여기에 배반과 위선이 있었던 것이다. 어째서 신부들 사이에서까지도 그런 일이 있을 수 있을까? 전에는 하늘이 우리의 변할 줄 모르는 믿음직한 친구였다. 태양의 용액이요, 플라스마였던 것이다. 그것은 지금 정부가 관광 사업 목적을 위해 착취하고 있는 그 태양이기도 하다. 하지만 전에는, 즉 파우스토 1세 때 태양은 신이 지켜 주는 눈이었고 하늘은 그의 볼이었던 것이다. 1939년 9월 이후 농포의 반점과 흑사병의 흔적이 나타나기 시작했다. 즉 메서슈미트 말이다. 신의 얼굴은 병들었고 눈은 방황하기 시작했으며 감겨지기 시작했다.(철저한 무신론자인 드누비에트나는 그것을 신이 윙크하는 것이라고 주장했다.) 하지만 시민들의 믿음과 교회의 힘은 아주 큰 것이어서 배반은 신의 것으로 간주되지 않았다. 차라리 하늘의 것으로 간주되었던 것이다. 그런 병균들을 가지고 신에게 그런 식으로 반역했다 하여 하늘은 완전히 악당시되었던 것이다.

진공 속의 시인인 아이들은 비유를 찾는 데 능했다. 그들은 비슷한 역병을 신의 대변자인 신부 중 아무에게나 전이시켜 버렸던 것이다. 모든 신부에게 다 그런 것은 아니다. 단 한 명의 교구 없는 외지 — 실레마는 다른 나라와도 같았으니까 — 사람으로서 이미 악평이 나 있는 한 신부가 그들의 회의주의의 도구로 선발된 것이다.

그에 대한 보도에는 일관성이 없었다. 파우스토는 아이들이나 아발랑슈 신부에게서 나쁜 신부가 "마르사뮤세토 해변에서 사람들을 개종시켰다."느니 "샤아리이트 메위야에서 활동을 벌이고 있다."는 등의 말을 들었었다. 기분 나쁜 불확실성이 그 신부를 에워쌌다. 엘레나는 전혀 관심을 보이지 않았다. 그녀는 자기가 그날 거리에서 악과 마주쳤다는 생각 같은 것은 하지 않았던 것이다. 그리고 또 나쁜 신부가 거리에서 아이들을 모아 놓고 설교한다는 소문이 자자했지만 그녀 자신 그가 파올라에게 나쁜 영향을 끼칠 것을 두려워한다거나 하는 일도 없었다. 그는 아이들이 부모들에게 가지고 오는 토막 이야기들을 꿰어 맞추어 짐작할 수 있을 만큼의 일관성 있는 철학 같은 것을 가르친 것도 아니다. 그는 여자아이들에게는 수녀가 될 것을 권고하고 감각적 극단을 피할 것을 권유했다. 즉 교미의 쾌락이나 분만의 고통 같은 것 말이다. 남자아이들에게는 그들의 섬을 이루는 바위에서 힘을 찾고 그와 같이 될 것을 권고했다. 그는 이상하게도 1937년 세대처럼 자주 바위를 언급했던 것이다. 그는 남성의 존재목적은 수정과 같이 되는 데 있다고도 말했다. 그와 같이 아름답고 영혼이 결여되어야 한다는 말이었다. "신은 영혼이 결여되었다고?" 아발랑슈 신부는 혼자 읊조렸다. "영혼을 창조한 그분에게는 영혼이 없다, 그건가? 그러니까 그분과 같이 되기 위해서는 우리는 우리 안에서 영혼이 부식되어 없어지게 해야 한다는 것일까. 광물성의 균형을 찾는다, 왜냐하면 거기에 영원한 삶이 있으니까. 즉 바위의 불멸성이지. 그럴싸한 얘기군. 하지만 배교야."

아이들은 물론 끄떡없었다. 그들은 만약 여자아이들이 몽땅 수녀가 되어 버린다면 몰타인이 멸종될 것이며, 바위라는 것은 감상 목적을 위해서는 훌륭했으나 아무 일도 하지 않았고, 일을 안 한다는 것은, 인간이 일하는 것을 좋게 생각하는 신의 노여움을 사는 일이라는 것쯤은 잘 알고 있었던 것이다. 그리하여 아이들은 수동의 태도를 지킨 채 그가 말하게 내버려 두기만 했다. 그리고 그의 발꿈치를 그림자처럼 따라다니며 지켜보기만 했던 것이다. 여러 다른 형태의 감시가 삼 년 동안 계속되었다. 포위 사태가 표면상 완화되자(그것은 파우스토와 엘레나가 함께 거닌 날부터의 일이기도 했다.) 아이들의 감시는 더욱더 강화되었다. 왜냐하면 그들은 할 일이 더 없어졌기 때문이었다.

아마도, 그것 역시, 그 같은 날 시작된 일이었던 것 같지만, 어쨌든 파우스토와 엘레나 사이의 갈등도 강화되기 시작했다. 그날 오후 공원에서의 끝날 줄 모르는 지루한 잎사귀들의 마찰과도 같은 것이었다. 두 사람 사이의 분규 가운데 더 작은 것들은 너를 에워싼 것들이었단다, 파올라야. 우리들은 마치 새로이 부모의 의무라는 것을 발견한 사람들과도 같았다. 이제 시간이 더 많아진 그들은 뒤늦게 아이에게 도덕적 가르침, 모성애, 공포의 순간을 위한 위로 등을 공급하려 했던 것이다. 두 사람은 그 일을 수행함에 있어 서툴렀고, 따라서 그런 일들을 시도했다가는 결국 아이에게 정력을 바치는 대신 서로를 공격하는 데 기운을 소모하곤 했던 거란다. 이럴 때면 아이는 곧잘 이 집을 빠져나가 나쁜 신부를 뒤쫓곤 했다.

그러자 하루 저녁 엘레나는 그녀가 신부를 만난 이야기를 털어놓았던 것이다. 그날 저녁의 언쟁에 대해서는 자세한 기록은 남아 있지 않다. 다만 이런 기록이 있을 뿐이다.

우리의 언성은 점점 높아졌다. 그리고 또 우리의 감정도 점점 악화되었다. 이윽고 엘레나가 외쳤다. "아, 그이가 시키는 대로 할 걸 그 랬어요. 이 아이는." 그러자 그녀는 자기가 무슨 소리를 했다는 것을 깨닫고 말을 끊어 버렸다. 그러고는 내 앞을 피해 가려 했다. 나는 그녀 를 붙잡았다.

"어떻게 하라고 시켰어?" 나는 그녀를 흔들어 대기 시작했다. 나는 그녀가 입을 열지 않았다면 그녀를 죽였을지도 모른다.

"나쁜 신부는." 그녀가 입을 열었다. "내게 아이를 낳지 말라고 했 어요, 방법을 알고 있다고. 난 그이의 말을 들을 뻔했어요. 하지만 아발 랑슈 신부를 만났죠, 우연히."

그녀는 공원에서 기도를 하기 시작했던 것처럼(그것 역시 우연히 였지만) 옛 습관들이 그녀에게 되돌아오게 했던 것이다.

난 네가 만약 우리가 너를 '원했다'는 환상 속에 자라난 아이라면 지금 이 말을 네게 하진 않았을 거다. 하지만 너는 그렇게도 어린 나 이에 지하의 공동 세계로 버려졌다. 누가 널 '원했다'든가 그렇지 않 다든가 누구에게 소유를 당한다든가 이런 문제는 너의 관심사일 수 없었던 것이다. 적어도 나는 그렇게 생각하고 있으며 그것이 정확한 생각이기를 나는 바란다.

엘레나가 그 얘기를 한 다음 날, 루프트바페[138]는 열세 번이나 날 아왔고 엘레나는 아침 일찍 사살당했다. 그녀가 탄 구급차가 직통으 로 폭격을 당한 것이다.

오후에 타 칼리에 있는 내게 소식이 전해져 왔다. 폭격이 멎은 한 순간 동안의 일이었다. 나는 그 소식을 가져온 자의 얼굴을 기억하지 못한다. 나는 내가 부삽을 흙무덤에 꽂고 그 자리에서 걸어 나온 것을

---

138   나치하의 독일 공군.

기억할 뿐이다. 그러고는 빈 공간이 흘렀다.

다음으로 내가 나를 의식한 것은 거리에서였다. 난 알아볼 수 없는 곳에 와 있었다. 경보 해제 사이렌이 울리는 것을 보니 나는 아마도 그때까지 폭격 속을 걷고 있었나 보다. 나는 폭파된 폐허의 비탈에 서 있었다. 내 귀에 외침 소리가 들려왔다. 적의를 품은 소리였다. 아이들이었다. 약 100미터쯤 떨어진 곳에서 아이들은 폐허 속에서 파괴된 건축물 하나를 향해 몰려가고 있었다. 난 아이들의 목표물이 된 그 파괴된 건축물이 어느 집 지하실인 것을 쉽게 알아볼 수 있었다. 난 호기심에서 그들 뒤를 쫓아 비탈길을 내려갔다. 어쩐지 정탐꾼이라도 된 느낌이었다. 나는 폐허를 빙 돌아 또 하나의 둑을 기어 올라 지붕에 이르렀다. 지붕에는 구멍이 여기저기 뚫려 있었다. 나는 이 구멍들을 통해 안을 들여다볼 수 있었다. 아이들은 검정 옷을 입은 어떤 몸집 큰 체구 하나를 에워싸고 있었다. 나쁜 신부였다. 그는 넘어진 기둥에 깔려 있었다. 그 얼굴은 (보여진 부분만으로 짐작컨대) 무표정했다.

"죽었니?" 한 아이가 물었다. 다른 아이들은 벌써 검은 누더기를 뒤지고 있었다.

"우리에게 얘기해 주세요, 신부님." 그들은 신부를 조롱했다. "오늘 말씀은 무엇에 관해서지요?"

"웃기게 생긴 모자야." 조그만 여자아이 하나가 낄낄거리며 말했다. 여자아이는 손을 뻗어 모자를 잡아당겼다. 한 타래의 흰 머리카락이 모자 밑에서 빠져나와 석회 가루의 흰 더미 속으로 떨어졌다. 한줄기 햇빛에 하얀 가루의 구름이 엉긴다.

"여자야." 그 소녀가 말했다.

"여자들은 신부가 될 수 없어." 남자아이 하나가 비웃듯 말했다. 소년은 머리 타래를 조사하기 시작했다. 이내 그 아이는 머릿속에서 상아 빗 하나를 발견하여 그것을 여자아이에게 건네주었다. 소녀의 얼굴에 미소가 퍼졌다. 다른 여자아이들은 그 값진 물건을 구경하기 위해 소녀를 에워쌌다. "진짜 머리털이 아니야." 소년이 말했다. "이것 봐." 그 아이는 신부의 머리에서 그 긴 흰 가발을 들어냈다.

"예수다." 키 큰 소년이 외쳤다. 신부의 삭발한 골통에는 두 가지 색채로 십자가의 문신이 새겨져 있었던 것이다. 이것은 많은 놀라운 사실 중 하나에 불과했다.

두 아이가 신부의 발께에 앉아 그의 구두를 벗기려 구두끈을 풀고 있었다. 이 시절 몰타에서 구두란 분명 횡재에 속했다.

"제발." 신부가 갑자기 말했다.

"신부님이 살아 있다."

"여자야, 바보야."

"제발 어쩌라고요, 신부님."

"수녀님이야. 수녀님들이 신부님처럼 옷차림을 해도 되나요?"

"제발 이 기둥을 들어 올려다오." 수녀님 겸 신부님이 말했다.

"이것 봐, 이것 봐." 여자의 발께에서 외치는 소리가 들렸다. 그 애들은 검은 구두 한 짝을 들어 올렸다. 그것은 구두 등이 높고 도저히 신을 수가 없게 생긴 물건이었다. 구두의 우묵한 곳은 굽 높은 여성용 구두 밑바닥으로 찍어 낸 것과도 같았다. 나는 이제 검은 법의 자락 밑으로 내비친 둔탁한 황금색 여성용 구두를 볼 수 있었다. 여자아이들은 구두가 얼마나 아름다운가에 대해서 수군거리고들 있었다. 그중 하나는 구두 버클을 끄르기 시작했다.

"기둥을 들어 올릴 수 없으면." 그 여자가 말했다.(그 여자의 목소리에는 이제 공포의 어조가 섞여 있었다.) "제발 사람들을 불러다오."

"아유." 다른 쪽 끝에서 누군가가 외쳤다. 부인용 구두 중 한 짝과 발 한 개(인조발)가 위로 보내졌다. 그 두 개는 잡아당기면서 빼내도록 되어 있었다. 그러니까 그 구두와 발 한 짝씩은 하나의 조립 단위를 이루고 있었던 거다.

"부인이 해체되고 있다."

그 여자는 아무것도 알아차리지 못하는 것 같았다. 어쩌면 이제 아무 감각도 남아 있지 않은지도 몰랐다. 그러나 아이들이 발을 그 여자의 얼굴 있는 곳까지 갖다 보이자 나는 그 여자의 두 눈에 눈물이 고여 눈 가장자리로 흘러내리는 것을 보았다. 여자는 아이들이 법의와 치마를 벗기는 동안 꼼짝 않고 누워 있었다. 아이들은 또 새 발톱 모양의 금 커프스 단추와 그 여자의 살에 바싹 달라붙은 바지도 벗겨 냈다. 소년 중 하나는 민병대에서 훔친 총검 한 개를 갖고 있었다. 총검은 군데군데 녹이 슬어 있어 아이들은 그것을 두 번 사용해서야 겨우 그 여자의 바지를 벗겨 내는 일에 성공할 수 있었다.

벌거벗은 몸뚱이는 놀랍게 젊어 보였다. 그리고 피부도 건강해 보였다. 어떤 이유로인지 우리는 모두 나쁜 신부를 늙은 사람으로 생각하고 있었다. 그녀의 배꼽에는 스타사파이어가 박혀 있었다. 칼을 가진 소년이 보석을 빼내려 했다. 그것은 빠져나오려 하지 않았다. 그 애는 총검 끝으로 파내기 시작했다. 몇 분 동안인가 계속 작업한 끝에 그 애는 보석을 빼냈다. 그 자리에 피가 고이기 시작했다.

다른 아이들은 그녀의 머리 주변에 모여들었다. 한 아이가 그녀의 입을 벌리고 있는 사이 다른 아이 하나는 의치 한 짝을 들어냈다. 여자는 저항하지 않았다. 다만 눈을 감고 기다릴 뿐이었다.

하지만 사실상 그녀는 눈을 감고 있을 수도 없었다. 왜냐하면 아이들은 그녀의 눈꺼풀 한 개를 뒤집고 홍채에 시계 도안이 그려져 있는 유리 눈알 한 개를 빼냈기 때문이다.

나는 나쁜 신부의 해체 작업이 끝없이 계속될 것인지에 대해 생각해 보았다. 어쩌면 그 작업은 저녁까지 계속될지도 몰랐다. 아이들은 그녀의 팔과 가슴을 빼내고 그녀 다리의 피부를 벗겨 냄으로써 어떤 정교한 은세공을 드러내 보여 줄지도 몰랐다. 어쩌면 몸통 밑에도 놀라운 것들이 감추어져 있는지도 몰랐다. 예를 들어 그녀의 내장들은 색색의 비단 천으로 되었는지도 몰랐고 폐는 풍선일지도 몰랐으며 로코코 스타일의 심장을 가졌는지도 몰랐다. 그러나 바로 그때 사이렌이 울리기 시작했던 것이다. 아이들은 새로 얻은 보물들을 가지고 흩어져 갔다. 총검이 낸 배의 상처에서는 계속 피가 스며 나오고 있었다. 나는 적의에 찬 하늘 아래 납작하게 엎드려 몇 분 동안인가 아이들이 남기고 간 잔해를 내려다보았다. 머리칼 없는 골통에 새겨진 작달막한 그리스도상과 한 개의 동공, 그리고 눈 하나가 나를 올려다보고 있었다. 입은 검은 구멍이었고 아래쪽으로는 동강이 난 다리가 있었으며 허리께에 검은 띠를 이룬 상처의 피는 배꼽 양쪽으로 계속 흐르고 있었다.

나는 지하실로 내려가 그녀 곁에 무릎을 꿇으며 물었다.

"살아 있소?"

폭격이 시작되자 그녀는 신음 소리를 냈다.

"기도해 드리리다." 밤이 다가오고 있었다.

그녀는 울기 시작했다. 그것은 눈물은 없고 비음이 조금 섞인 울음이었는데, 구강 깊은 곳에서 시작된 소리가 계속 뽑혀 나오는 듯한 이상한 소리 효과였다. 공습이 계속되는 동안 그녀는 울음을 그치지 않았다.

나는 그녀에게 내가 기억하는 한도 내에서 종부 성사를 해 주었다. 나는 그녀의 고해는 들을 수 없었다. 이가 빠졌을 뿐 아니라 그녀는 이미 말할 수 있는 경지를 지나 있었던 것 같다. 하지만 인간의 소리 같지도 않고 짐승의 소리 같지도 않은, 다만 죽은 갈대밭의 바람 소리에나 비길 수 있을 그 울음 속에는 아마도 수를 헤아리기 어려울 만큼 많을 것 같은 그녀의 모든 죄에 대한 진정한 증오심이 깃들어 있었다. 그리고 또 거기에는 신에게 상처를 준 데 대한 깊은 슬픔, 그리고 죽음보다 더 두려운 신의 은총의 상실에 대한 두려움도 섞여 있었다. 지하실 내부의 어둠은 해군 공창을 목표한 소이탄의 불빛으로 잠깐잠깐씩 환해졌다. 가끔 우리의 소리들은 폭파 소리나 포병대에서 들려오는 총격 소리에 덮여 들리지 않았다.

나는 그 불쌍한 여인에게서 끊임없이 새어 나오는 그 소리에서 내가 듣고 싶은 소리만을 들었던 것은 아니다. 난 이제 이 점에 대해 생각하고 또다시 생각하기를 거듭했단다, 파올라. 나는 너의 어떤 의구심이 생각해 낼 수 있는 것보다 훨씬 더 가혹하게 나 자신을 공격했었다. 넌 내가 신부만이 줄 수 있는 성례를 감히 베풂으로써 신과의 약속을 어겼다고 말하겠지. 엘레나가 죽자 나는 내가 그녀와 결혼하지 않았다면 되었을 신부의 신분으로 '퇴화'하고 말았다고 너는 생각하겠지.

내가 그때 알았던 것은 단 한 가지, 죽어 가는 인간은 죽음에 대비시켜야 한다는 사실뿐이었다. 나는 그녀의 감각 기관들에 부을 기름이 없었다. 그래서 나는 그녀의 배꼽으로부터, 마치 성작에서 기름을 떠내듯 피를 떠내어 그녀의 불구의 몸을 씻어 주었던 것이다. 그녀의 입술은 차가웠다. 난 포위가 계속되는 동안 수많은 시체들을 보고 다루었으나, 그 입술의 차가움은 지금까지 내 기억에서 사라지지 않는다. 나는 가끔 책상 위에 엎드려 잠이 들었다가도 내 팔에 놓고 있는 피 주사가 갑자기 중단되는 꿈을 꾸곤 했다. 이런 경우 잠에서 깨어나 내 팔을 만져 보곤 했는데 그러면서도 나의 삶이 악몽의 현실과 전혀 멀리 떨어져 있는 것이 아니라는 사실을 깨닫는 것이었다. 왜냐하면 그것에서 나는 밤의 냉기, 사물의 냉기만을 느낄 뿐 그것이 나의 일부라는 느낌은 도무지 감촉할 수 없었기 때문이다.

그녀의 입술에 손가락을 갖다 대자, 내 손가락들이 움칠했다. 그리고 나는 정신이 돌아왔다. 공습 해제 사이렌이 울렸다. 여자는 한두 번 더 울음소리를 내더니 조용해졌다. 나는 여자 곁에 무릎을 꿇고 나를 위해 기도하기 시작했다. 그녀를 위해서 난 할 수 있는 일을 다 했던 것이다. 난 얼마나 오랫동안 기도를 했던가? 알 도리가 없구나.

그러나 곧 찬바람이 나를(그리고 조금 전까지는 산 몸뚱이였던 그것을) 냉각시키기 시작했다. 무릎을 꿇고 있는 일이 불편하게 느껴지기 시작했다. 성인과 광인들만이 오랜 시간 동안 예배를 올릴 수 있는 것이리라. 나는 맥박이나 심장 고동이 계속 뛰고 있는지 확인했다. 그런 것이라곤 느낄 수 없었다. 나는 일어났다. 그러고는 지하실 안을 절뚝거리며 공연히 왔다 갔다 했다. 이윽고 나는 뒤를 돌아다보지 않은 채 발레타로 나갔다.

나는 타 칼리로 걸어서 돌아갔다. 내 삽은 아직도 내가 두고 간 그 자리에 있었다.

파우스토 3세의 삶에의 귀환에 대해서는 별로 적을 말이 없다. 그건 일어났을 뿐이다. 지금의 파우스토에게는 어떤 내적 차원이 그에게 자양분을 제공했는지에 대해 알고 있는 바가 없다. 이것은 고백서인데 바위로부터의 그 귀환에 대해서는 고백할 것이 아무것도 없는 것이다. 파우스토 3세에 대해서는 해독할 수 없는 기록들이 있을 뿐이다.

그리고 진달래와 캐러브 나무 한 그루의 스케치가 있을 뿐이다.

대답이 없는 두 개의 질문이 남아 있다. 만약에 그가 참으로 그 성례를 베풂으로써 신과의 약속을 어겼다면 어찌하여 그는 폭격에서 살아남을 수 있었던가?

그리고 어째서 그는 아이들을 저지하거나 기둥을 들어 올리지 않았던가?

첫 번째 물음에 대하여는 단지 그가 이제는 파우스토 3세였으므로 신을 필요로 하지 않았다는 대답을 해 볼 수 있을 뿐이다.

두 번째 질문은 그의 후계자에게 이 고백서를 쓰게 한 것이 바로 그것이란 말밖에 할 것이 없구나. 파우스토 마이스트랄은 살인죄를 범했다. 아니면 태만죄라고 부를 수도 있겠지. 그는 신 외의 아무 심판관에게도 자신을 해명할 필요는 없다. 그런데 이 순간 신은 멀리 떠나 있는 것이다.

그가 너에게는 좀 더 가까이 있기를.

1956년 8월 27일

발레타에서

스텐슬은 글씨가 써진 마지막 얇은 종잇장을 리놀륨 맨바닥에 떨구었다. 그렇다면, 그가 지금껏 기다리던 동시 발생적 사건이 이제 드디어 일어났단 말인가? 즉 그 모든 희망의 모기들을 저 바깥 밤 속으로 윙윙대며 날아가 버리도록 이 고인 물웅덩이의 표면을 깨뜨릴 그 사건이?

"영국인. 스텐슬이라는 이름의 불가사의한 사나이."

발레타. 그동안(아, 그건 자그마치 8개월 동안이었다.)의 파올라의 침묵은 그렇다면 — 그녀가 그에게 무슨 말이고 말하기를 거부한 것은, 그러면 그가 이윽고 발레타를 가능성으로 생각지 않을 수 없게 만들기 위해서였던가? 그건 왜일까?

스텐슬은 그의 아버지의 죽음과 V.가 서로 관계가 없는 것이기를 계속 믿고 싶었다. 그는 사실상 지금도 꼭 그렇게 하려면 그럴 수도 있었다.(그렇지 않은가?) 그리고 안온한 항해를 계속할 수 있었다.

그는 몰타로 가 거기에 종지부를 찍을 수도 있었다. 그는 몰타를 피해 왔었다. 그는 거기에 종지부를 찍는 것이 두려웠다. 하지만 여기에 계속 있는다 해도 그건 끝나도록 되어 있지 않은가, 제기랄. 겁을 먹고 V.를 추적하는 일을 계속한다 해도 말이다. 그는 그가 가장 두려워하는 것이 무엇인지 몰랐다. V.인지 잠인지. 아니면 그것들은 같은 것의 두 형태일 뿐일까.

그렇다면 결국 남은 건 발레타밖에 없다는 말인가?

12장

일은 재미없게 되어 가다
V

1

파티는 '병든 족속' 열두어 명으로 늦게야 시작되었다. 더운 밤이었다. 좀체 시원해질 기미가 보이지 않았다. 그들은 모두 땀을 뻘뻘 흘리고 있었다. 다락방은 낡은 창고의 일부였고 법적으로도 주택이라 인정받을 수 없는 곳이었다. 이미 오래전 이 지역의 건물들은 철거 대상에 속해 있었던 것이다. 어느 날엔가 크레인, 덤프트럭, 유료 하중차, 불도저 등이 나타나 이 근방의 땅을 고를 테지만 당장에는 아무도(시도 땅 주인도) 약간의 수익을 올리는 데 반대하지 않았던 것이다.

그리하여 라울, 슬랩 그리고 멜빈의 다락방 아파트에는 항상 무상(無常)의 분위기가 감돌았다. 마치 그 모든 모래 조각품들, 미완성의 캔버스들, 시멘트 블록과 휜 판자에 쌓아 올린 수천 권의 페이퍼백 책들, 그리고 이스트 70번가 지대의 한 저택(현재는 유리와 알루미늄으로 건조한 아파트 건물이 서 있다.)에서 훔쳐 낸 거대한 대리석 변기 등은 얼굴 없는 천사의 비밀 결사단 같은 것이 이유 하나 대지 않고 눈 깜짝하는 사이에 두드려 부술 수 있는 그런 어떤 실험주의 무대 장치이기나 한 것 같은 인상이었다.

좀 더 시간이 지나면 사람들이 도착할 것이었다. 라울, 슬랩, 멜빈의 냉장고는 이미 루비색 술병들로 반쯤 차 있었다. 비노 파이사노의 갤런들이 병은 중앙의 조금 높은 자리에 앉혀져 있었고 왼쪽으로는 조금 불안정한 균형을 이루며 25센트짜리 갈로 그르나슈 두 병이 놓여 있었다. 또 오른쪽 조금 낮게는 칠리언 리슬링이 자리 잡고 있었는데, 이 술병들의 구축물을 사람들이 보고 감상하고 음미하게 하기 위하여 냉장고의 문은 열어 놓은 채였다. 그래서 안 될 이유라도 있단 말인가. 우연의 예술 작품은 그해의 대유행 품목이었다.

파티가 시작될 무렵에도 윈섬은 와 있지 않았다. 그리고 그날 밤은 거기에 나타나지 않고 말았다. 그는 오후에 또 한차례 마피아하고 언쟁을 가졌었다. 그녀가 욕실에서 창작에 고심하고 있는 동안 그가 거실에서 매클린틱 일당의 녹음테이프를 돌렸다는 이유에서였다.

"당신도 다른 사람들이 창조한 것을 얻어먹으며 살지 말고 말이지." 그녀는 소리 질러 말했다. "당신 자신이 창조해 보았더라면 그것이 어떤 거라는 걸 이해했을 거야."

"창조라고?" 윈섬은 말했다. "누가 말이야. 당신 편집자? 출판사가? 그 작자들이 없었다면 당신이란 사람은 없었던 거나 마찬가지야!"

"어디든 당신이 있는 데에 있는 건 없는 거나 다름없이 마찬가지지." 윈섬은 그만두기로 한다. 마피아는 팽에게나 소리를 질러 대라고 내버려 둔 채 그는 집을 나왔다. 문께까지 가서 닿는 동안 세 개의 몸뚱이를 넘어야만 했다. 어느 것이 피그 보딘일까? 모두 담요를 뒤집어쓰고 있었다. 마치 '콩깍지 뒤집어쓰기' 놀이라도 하는 것 같왔다. 어쨌든 상관할 것이 무엇이란 말인가? 그녀가 혼자 있지 않을 건 명백한데.

그는 시내로 들어갔다. 얼마 후 V-노트를 지나치게 된 그는 안에서 테이블이 겹쳐져 쌓여 있고 바텐더는 TV로 운동 경기를 구경하고 있는 것을 확인했다. 두 마리의 살찐 샴고양이 새끼들은 피아노 위에서 놀고 있었는데 한 마리는 바깥에서 피아노 건반 위를 오르내리며 달리고 있었고 다른 한 마리는 안에 들어가서 줄을 뜯고 있었다. 별로 신통한 연주는 못 되는 것 같았다.

"룬."

"이것 봐, 난 좀 변화가 필요해, 운수가 좀 바뀌어야겠다고. 하지만 인종 차별의 감회 같은 걸 품고 한 말은 아닐세."

"이혼을 하라고." 매클린틱은 기분이 좋지 않았다. "룬. 우리 레녹스로 가자고. 난 주말을 무사히 넘기지 못할 것 같아. 내게 여자 문제 같은 건 말하지 마. 내게도 문제는 두 사람 몫도 더 있으니까."

"그러지 뭐. 산간벽지로, 푸른 동산으로, 선남선녀들을 찾아서 가자."

"맞아. 난 어떤 여자애 하나를 여기서 빼내 가야 한다고. 발정기가 끝나기 전에 말이지. 아니면 그게 뭐가 됐든지 끝나기 전에 서둘러야 될 것 같아."

거기까지 가는 데는 한참 걸려야 했다. 그들은 해 질 때까지 맥주를 마시고 나서 윈섬네로 가 트라이엄프에서 검은 뷰익으로 바꿔 탔다. "이건 마피아 여사 전용 각료 차 같아 보이는 걸." 매클린틱이 말했다. "겁난다!"

"하, 하." 윈섬이 웃음으로 답한다. 둘은 밤의 허드슨강을 끼고 시가지를 거슬러 올라갔다. 그들은 이윽고 할렘으로 곧장 흘러들어 갔다. 그때부터 마틸다 윈스럽의 술집에 닿도록까지 이들은 바에서 바를 전전했던 것이다.

곧, 둘은 마치 대학교 학부생들처럼 누가 술을 더 많이 마셨느냐에 대해 열띤 언쟁을 벌이고 있었다. 적의에 찬 눈길들이 이들에게 몰리기 시작했다. 그들의 적의는 색깔 때문에 생겼다기보다 동네 술집들이 지니기 마련인 내재적 보수주의라 할까 하는 것 때문에 생긴 것이었다. 그들은 지금 누가 더 술을 많이 마실 줄 아느냐가 남자다움의 증명이 될 수 없는 곳에 와 있었던 것이다.

그들이 마틸다의 술집에 도달했을 무렵에는 자정이 훨씬 넘어 있었다. 윈섬의 어투에서 반항적인 것을 느끼자 늙은 여인은 매클린틱에게만 말을 걸었다. 루비가 아래층으로 내려오자 매클린틱은 그녀와 윈섬을 인사시켰다.

위쪽에서 무엇인가가 깨지는 소리, 날카로운 고함 소리, 그러고는 나지막하게 울리는 웃음소리가 들려왔다. 마틸다가 소리를 지르면서 방에서 뛰어나갔다.

"루비 친구 실비아는 오늘 밤 바쁘다는군." 매클린틱이 말했다.

윈섬은 상냥했다. "걱정할 것 없어." 윈섬이 말했다. "자네들이 원하는 어디에고 이 늙은 아저씨 윈섬이 데려다 주겠어. 그리고 백미러 같은 건 들여다보지도 않을 거야. 그저 친절한 늙은 운전사 노릇만 하겠다 그거라고. 이 사람들아."

매클린틱은 이 말을 듣자 기분이 좋아졌다. 루비가 그의 팔을 잡고 있는 손에는 이상한 긴장이 느껴졌기 때문이다. 윈섬은 매클린틱이 얼마나 교외로 나가고 싶어 하는지 알 수 있을 것 같았다.

위에서는 다시 떠들썩한 소리가 들려왔다. 좀 전보다 더 시끄러웠다. "매클린틱!" 마틸다가 외쳤다.

"가서 내던지고 와야겠어." 그가 루니에게 말했다. "오 분 내에 돌아오겠어."

그리하여 루니 윈섬과 루비 단둘이 방에 남게 되었다.

"내게도 데리고 갈 만한 여자가 하나 있는데." 윈섬이 말했다. "그 여잔 이름이 레이철 아울글래스요, 112번가에 살고 있고."

루비는 일박용 손가방의 고리를 만지작거리며 말했다. "당신 부인이 좋아할 것 같지 않군요. 매클린틱하고 내가 트라이엄프를 갖고 가면 되는데 뭣 때문에 그런 수고를 하시게 하는지 모르겠네요."

"나의 아내는……." 윈섬이 갑자기 화난 소리로 말했다. "더러운 파시스트요. 그걸 알아 둘 필요가 있소."

"하지만 만약 누군가를 데리고……."

"내가 지금 하고 싶은 일은 단 한 가지, 뉴욕에서 빠져나가 우리가 일어나길 원하고 있는 일이 일어나는 그런 곳으로 가 버리는 그것뿐이란 말이오. 이전엔 그렇지 않았소? 당신은 아직 젊으니까 알 것도 같구려. 나이 어린 사람들에겐 아직도 인생이 그런 것 아니오?"

"난 그 정도로 젊진 않아요." 루비가 속삭이듯 말했다. "제발 진정해요, 루니."

"이것 봐요, 루비. 레녹스가 아닌 다른 데라도 좋아요. 동쪽으로 멀리 나가는 거요. '월든 호수'라도 좋고. 하하. 아니 안 돼. 거기엔 지금쯤 '리비어 해변'에 이미 다른 얼간이들이 너무도 많이 갔기 때문에 미처 그리로 가지 못한 보스턴 얼간이 족속들이 몰려왔을 거야. 바위에 궁둥이들을 붙이고 앉아 트림을 하면서, 가까스로 수위 눈을 속여 들고 들어온 맥주를 마시면서 젊은 애들을 관찰하고 있을 거라고요. 그리고 저희 마누라들을 증오하고 있겠지. 얼간이들의 악취 나는 애새끼들은 남몰래 물속에서 오줌을 갈기고 있을 거고. 어딜 가야 할까. 매사추세츠 어디에를 가야 하며 이 나라 어디에를 가야 하느냐고?"

"집에 있으면 돼요."

"아냐. 레녹스가 얼마나 나쁜 곳인지를 알아내기 위해서만이라도 가는 것이 나아."

"베이비, 베이비." 그녀가 나지막하고 넋 나간 소리로 노래하기 시작한다. "들어 봤어요? 알고 있어요? 레녹스엔 마약이 없다는 것을?"

"어떻게 했지?"

"코르크를 태웠죠." 그녀가 말했다. "순회공연 배우처럼."

"아니." 그가 방 저쪽으로 걸어가며 말했다. "아가씬 아무것도 쓰지 않았어. 쓸 필요가 없지. 화장 같은 건 할 필요가 없으니까. 마피안 말이지, 당신이 독일 여잔 줄 안다고. 난 레이철에게 얘기 듣기 전엔 당신이 푸에르토리코 여잔 줄 알았어. 당신이란 여잔 그런 사람일까, 보는 사람이 원하는 모습을 갖는 여자? 보호색을 가진 여자?"

"난 책을 좀 읽었어요." 파올라가 말했다. "들어 봐요, 루니. 아무도 몰타인이 무엇인지를 몰라요. 몰타인들 자신은 자기들이 순종이라고 생각해요. 그리고 유럽인들은 그들이 셈족, 햄족 또는 북아프리카인, 터키족 등등하고의 혼종이라고 생각해요. 하지만 매클린틱이나 여기 다른 사람들에게는 나는 루비라는 이름의 흑인 여자예요." 그는 흥 하고 콧방귀를 뀌었다. "제발 이 사람들한테, 저 사람한테 말하지 말아 줘요."

"절대로 말 안 할 거야, 파올라." 그러고는 매클린틱이 돌아왔다. "내가 친구 하나를 찾아올 테니 둘이 기다리라고."

"레이철이군." 매클린틱이 얼굴이 환해지며 말했다. "좋아." 파올라는 당황한 기색이다.

"우리 넷이서 교외로 달리는 거야……." 그의 말은 파올라를 위한 것이었다. 그는 취해 있었다. 일을 망쳐 놓고 있었다. "유쾌해질 거야. 아주 새롭고 깨끗한 시작이 될 거라고."

"내가 운전하는 것이 좋을 것 같은걸." 매클린틱이 말했다. 그러면 교외로 빠져나가 분위기가 부드러워질 때까지 주의를 집중할 일이 생겨서 좋을 것 같았던 것이다. 그리고 또 루니는 취한 것 같았던 것이다. 어쩌면 취한 이상일 것도 같았다.

"그래, 운전하게." 윈섬이 지친 듯 동의했다. 아, 제발 레이철이 집에 있었으면. 112번가까지 달리는 동안 매클린틱은 최고 속도를 내고 있었다. 그는 만약 레이철이 집에 있지 않다면 어쩔 것인지에 대해 생각해 보았다.

레이철은 집에 없었다. 문은 열려 있었고 메모 같은 건 보이지 않았다. 보통은 무엇이라곤가 적어 놓고 나가는 여자였다. 그리고 또 보통은 문을 잠그고 다녔었다. 윈섬은 안으로 들어갔다. 전등이 두세 개 켜졌을 뿐 아무도 없었다.

침대에 슬립 한 개가 아무렇게나 구겨진 채 던져져 있을 뿐이었다. 그는 미끈미끈한 검은색 슬립을 집어 들었다. '미끄러운 슬립.' 그는 생각했다. 그러고는 왼쪽 가슴에다 입을 맞췄다. 전화벨이 울렸다. 그는 울리게 내버려 두다가 이윽고 수화기를 들어 올렸다.

"에스터는 어딨지?" 그녀는 숨찬 소리로 물었다.

"당신은 멋있는 속옷을 착용하는군." 윈섬이 말했다.

"고마워. 에스터는 안 들어왔어?"

"검은 속옷을 입는 여자들은 경계할 것."

"루니, 지금 그런 농담을 할 때가 아니야. 에스터가 정말로 가 버린 거야. 곤경에 빠진 거라고. 뭐라고 적어 놓은 거라도 있는지 봐 주겠어?"

"나하고 레녹스로 가, 매사추세츠야."

참을성 있는 한숨 소리.

"아무것도 적어 놓은 건 없어. 아무것도."

"어쨌든 찾아봐 줘요. 난 지하철 정거장에 있어."

나하고 레녹스로 가자고.(루니는 노래를 시작했다.)

누에바 요크 시우다드¹³⁹는 8월이라고요

당신은 수많은 선남들한테 거절을 해 왔어

제발 내게 이 말은 하지 말아 줘요. "또 봐요, 아저씨!"

[후렴](볼레로조 춤곡의 템포로)

바람은 시원하고 식민지풍 거리들이 있는 곳으로 나오라

비록 우리의 거짓스러운 늙은 두뇌에는 100만 명의 청교도 유령

들이 거닐고 있지만

난 지금도 보스턴 팝스¹⁴⁰의 리드 악기 소릴 들으면 발기가 된다오

자, 이 보헤미아 땅을 버리고 가자고. 인생은 법관이나 경관이 없

는 데선 꿈같이 달콤하다오

레녹스는 멋진 곳이오. 그대는 내 말을 듣고 있소, 레이철이여

에이를 에이치로 폭넓히는 일은

우리가 한 번도 시도하지 않은 일……

올던과 월든이 있는 땅에서

감상적이며 대담해질 수 있는 땅에서

그녀가 내 곁에 있어 준다면

어찌 일이 잘못될 수 있으리오

여봐요, 레이철(딱, 딱, 첫 박자와 셋째 박자에 손가락으로 박자 치며)

제발 같이 가잔 말이오

---

139   뉴욕시.

140   Boston Pops. 매사추세츠주 보스턴에 있는 경·고전 음악단. 1885년 창
       단. 보스턴 교향악단과 연계되어 있다.

566

레이철은 중간에 수화기를 내려놓았고, 윈섬은 전화기 옆에 슬립을 손에 든 채 앉아 있었다. 그냥 그렇게…….

2

에스터는 곤경에 처해 있었다. 어쨌든, 정서적인 면에서는 틀림없이 그런 것 같았다. 레이철은 그날 오후 이른 시간에 에스터가 세탁실에서 울고 있는 것을 발견했던 것이다.

"왜 이래." 레이철은 물었었다. 에스터는 더 큰 소리로 울어 댔다.

"이것 봐." 레이철이 부드럽게 말했다. "레이철에게 말해 봐."

"귀찮게 굴지 말아. 저리 가!" 이런 식으로 둘은 세탁실의 세탁기와 원심분리기들 사이를, 그리고 시트와 조각 융단과, 브래지어들이 펄럭거리는 건조실 속을 쫓고 쫓으며 뛰었었다.

"이것 봐. 난 돕고 싶을 뿐이야." 시트 한 장에 에스터의 발이 걸렸다. 레이철은 어두운 세탁실에서 어찌할 줄 몰라 에스터에게 소리만 질러 대고 있었다. 갑자기 옆방의 세탁기가 미친 듯 날뛰더니 비눗물의 폭포수가 문 밑으로 빠져나와 그들이 있는 곳으로 쏟아져 들어왔다. 레이철은 얼굴을 찡그리며 카페지오 제품 구두를 벗어 던진 후 스커트를 걷어 올리고 걸레를 찾으러 방에서 뛰쳐나갔다.

걸레질이 오 분도 채 계속되지 않았을 때 피그 보딘이 문 안으로 고개를 디밀고 말했다. "그렇게 하는 게 아니야. 걸레질하는 걸 어디서 배웠지?"

"그래?" 그녀가 말했다. "걸레질하고 싶어? 문제없어." 그녀는 피그 보딘을 향해 걸레를 휘두르며 달려갔다. 피그는 물러섰다.

"에스터는, 왜 그래? 오다가 만났는데." 레이철은, 알면 얼마나

567

좋겠느냐고 속으로 말했다. 그녀가 바닥의 비눗물을 다 닦고 소방구 계단으로 올라가 유리창을 통해 그녀들의 아파트로 들어갔을 때 에스터는 물론 떠나가 버리고 없었다.

"슬랩한테 갔을 거야." 레이철이 말했다. 슬랩은 전화벨이 채 한 번도 울리기 전에 수화기를 들었다.

"이리 나타나면 알려 주겠어."

"하지만……."

"왜 그래." 슬랩이 말했다.

정말 왜일까? 알 수 없는 일이야! 그녀는 수화기를 내려놓았다.

피그는 유리창 가로대에 앉아 있었다. 그녀는 기계적으로 그를 위해 라디오를 틀었다. 리틀 윌리 존이 「열병(Fever)」을 노래하고 있었다.

"에스터는 왜 그럴까." 그녀는 달리 할 말이 없는 양 말했다.

"그건 내가 그대에게 물은 말인걸." 피그가 말했다. "임신한 모양이군."

"그건 바로 그대가 하고 싶은 생각일 테고." 레이철은 머리가 아팠다. 그녀는 생각을 하기 위해 욕실로 들어갔다.

'열병'은 그들 모두에게 닥치고 있었다.

피그, 사악한 피그는 이번만은 맞는 추측을 한 셈이다. 에스터가 슬랩의 아파트에 나타났을 때는 그녀는 농락당한 제분공장 직공 또는 양재사 따위의 전형적인 모습이었다. 머리는 축 늘어지고 얼굴은 부석했으며 가슴과 배는 벌써부터 부풀어 오른 듯했다.

오 분이 흐른 후 슬랩이 비난을 퍼붓고 있었다. 그는 「치즈 대니시 56호」(이것은 거무죽죽한 옷을 입은 그의 체구를 축소시키는 효과를 가진 사팔뜨기 초상화였다.) 앞에서 두 팔을 휘두르고 앞머리를 흔들어 대고 있었다.

"그런 말은 하지도 말아. 숀메이커는 10센트짜리 동전 하나 안 내놓을 거라고. 난 그걸 알고도 남아. 내기하겠어? 그건 큼직한 매부리코를 달고 나올 거야." 이 말이 그녀의 입을 막았다. 마음 좋은 슬랩은 쇼크 치료의 신봉자였던 것이다.

"이것 봐." 그는 연필을 한 개 집어 들며 말했다. "지금은 쿠바에 가기엔 적당치 않은 계절이야. 시즌이 지난 지금엔 거긴 누에바 요크보다 더 뜨거울 거야. 하지만 바티스타는 그의 모든 파시스트적 결함에도 불구하고 한 가지 미덕은 가졌거든. 그건 유산을 법적으로 승인한 일이야. 그러니까 넌 뭔가 좀 아는 의사 하나를 찾으면 되는 거야. 아마추어 말고. 깨끗이 끝날 수 있어. 안전하고 값싸게 말이지."

"그건 살인이야."

"가톨릭 신자가 됐구나. 잘한다. 어째선지 몰라도 가톨릭교는 항상 퇴폐기에 인기를 끈단 말이야."

"내가 무엇인지는 네가 알고 있지 않아." 그녀가 낮은 소리로 말했다.

"그 말은 그만두기로 하자. 내가 그걸 안다면 좋겠다만." 그는 잠시 말을 끊었다. 자신이 감상적이 되어 간다는 것을 깨달았기 때문이었다. 그는 모조 피지 한 장 위에 숫자를 적어 넣더니 말했다. "우리에게 300만 있으면 넌 거기까지 갔다 올 수 있어. 먹기를 원한다면 식비까지 포함해서 말이지."

"우리라니."

"'그 모든 병든 족속들.' 하바나까지 갔다 오는 데에 일주일이면 돼. 요요 챔피언이 되는 거지."

"싫어."

이런 식으로 그들은 오후 내내 형이상학적인 대화를 계속했다.

둘 중 어느 쪽도 자기가 무엇인가를 옹호한다든가 아니면 무엇인가 중요한 사실을 증명하려 애쓰고 있다는 생각은 하지 않았다. 그것은 마치 파티에서 하는 원업 게임이나 보티첼리 놀이와도 같은 것이었다. 그들은 서로에게 리구오리[141]의 논문, 갈레노스,[142] 아리스토텔레스, 데이비드 리스먼, T. S. 엘리엇 등을 인용하기도 했다.

"어떻게 거기에 영혼이 있다는 말을 할 수 있어? 언제 영혼이 육체에 들어가는지를 어떻게 아냐고? 아니면 영혼이라는 게 과연 있는지는 또 어떻게 알아?"

"그건 자기 자식을 살인하는 일이야."

"자식이라니, 슈밀트. 그건 복합 단백 분자일 뿐이야."

"아마 너도 혹시 목욕을 할 때가 있으면, 그건 아주 드문 사건이 겠지만, 600만 유대인 중 누군가로 나치 제품 비누를 사용하는 걸 상관 안 하겠지."

"그래, 좋다." 그는 성이 났다. "뭐가 다른지를 말해 봐."

그러고 나선 그들의 대화는 논리적이고 허위적인 대신에 감상적이고 허위적인 것으로 변했던 것이다. 그들은 마치 속에 아무것도 남은 것이 없는 주정뱅이의 구역질과 흡사한 말만을 내뱉을 뿐이었다. 즉 그들은 지금까지 웬일인지 몰라도 속에 가서 가라앉지 못한 모든 말을 다 쏟아 낸 다음, 그 다락방에다가 쓸모없는 외침(그들의 삶을 이루는 쓸모없는 구역질)을 쏟아 놓고 있었던 것이다. 그것은 다른 어떤 곳에서도 거기에서와 같은 만큼의 값어치는 지닐 수 없는 것이기도 했다.

해가 지고 나서부터는 그녀는 슬랩의 도덕 체계에 대한 항목별

141　　Alfonso Liguori. 18세기의 이탈리아 신학자.
142　　Galenos. 고대 그리스의 의사.

공격을 중단하고 그 대신에 「치즈 대니시 56호」를 상대로 손톱 돌격 전을 개시했다.

"많이 해 봐." 슬랩이 말했다. "더 멋진 구성이 나올 테니까." 그는 수화기를 손에 들고 있었다. "윈섬은 집에 없어." 그는 수화기를 딸각대더니 안내계에다 말했다. "300달러를 구하려면 어딜 가야 되오……." "안 돼요. 은행은 문을 닫았어요……. 난 고리대금업은 반대죠." 그는 교환수에게 에즈라 파운드의 구절을 인용했다.

"이것 봐요." 그가 말했다. "어째서 당신네 교환수들은 모두가 콧소리로 말하죠?" 웃음소리. "좋아요. 언젠가 한번 시험해 보기로 합시다." 에스터가 비명을 질렀다. 그녀는 방금 손톱을 깬 것이다. 슬랩은 수화기를 놓았다. "그건 반격할 줄 아는 그림이야." 그가 말했다. "이것 봐. 우리에겐 300이 필요해. 누군가가 그걸 가졌을 거야." 그는 결국 저축 예금 통장을 가진 모든 친구들에게 전화를 걸기로 마음을 정했던 것이다. 일 분 후에 이 명단은 탕진되었다. 그러고도 그는 에스터의 남쪽으로의 여행을 재정적으로 보장하는 일을 조금도 진척시키지 못하고 있었다. 에스터는 붕대를 찾아다니고 있었다. 결국 그녀는 휴지와 고무줄로 상처를 처리하기로 한 모양이었다.

"내가 무엇인가 생각해 내겠어." 그가 말했다. "슬랩에게 매달리라고, 에스터. 슬랩은 인도주의자니까." 둘은 다 같이 그녀가 그에게 매달릴 것을 알고 있었다. 그 밖의 누구에게 매달릴 것인가. 그녀는 매달리는 형의 여자였다.

그리하여 슬랩은 앉아서 생각에 골몰했고 에스터는 손가락 끝에 달린 휴지 뭉치를 흔들기 시작했다. 아마도 어떤, 자기만이 아는 가락에 맞추어 흔들고 있는 것 같았다. 그건 어쩌면 사랑의 노래 같은 것이었을지도 몰랐다. 둘은 서로에게 말하지는 않았지만 각각 라울과 멜빈, 그리고 '족속들'이 오기를 기다리고 있었다. 그러는 사이에도 벽 크기 그림의 색깔들은 지는 해를 보상하려는 듯 계속 새로운 파장을 반영하여 변화하고 있었다.

레이철은 에스터를 찾아다니느라고 늦은 시간에야 파티에 도착했다. 7층까지 올라가는 동안 그녀는 각 층이 끝날 때마다 서로 애무하는 쌍들, 형편없이 취한 젊은 남자들, 라울, 슬랩 그리고 멜빈에게서 훔친 페이퍼백의 구절을 낭송하거나 베끼고 있는 명상형 젊은이들과 마주쳐야 했다. 이들은 모두가 이날 밤의 파티가 얼마나 재미있었는지를 레이철에게 말했다. 즉 레이철은 아주 굉장한 재밋거리를 놓쳤다는 것이었다. 이들이 말하는 재미가 과연 어떤 것인지에 대해서는 그녀는 '모든 선량한 족속들'이 모여 있는 주방으로 미처 다 꿰뚫어 들어가기 전에 알아낼 수 있었다.

멜빈은 즉흥적으로 작곡한 가락에 맞추어 자기와 같이 살고 있는 슬랩은 얼마나 굉장한 인도주의자인가에 대하여 노래하며 기타를 튕기고 있었다. 그는 슬랩을 가리키며 '신형 흔들이 인형'이라느니 조 힐의 재생이니 하며 떠들어 댔다. 그는 또 슬랩을 가리켜 세계 지도급 평화주의자라고도 했고 미국 전통에 발맞춘 반항아라고도 했다. 그러고는 그는 또 슬랩은 파시즘, 개인 재산, 공화 정부, 웨스트 브룩 페글러[143] 등을 열렬히 반대한다는 말도 덧붙였다.

멜빈이 노래하는 동안, 라울은 레이철에게 지금의 멜빈의 슬랩 예찬에 부수적 광택을 첨가했다고 볼 수 있는 어떤 사건에 대해 귀띔해 주었다. 오늘 저녁 슬랩은 더 이상 들어설 수 없게 방을 꽉 채울 때까지 기다렸다가 대리석 변기에 올라선 뒤, 만좌의 주의를 모아 보려 애썼던 모양이다.

---

143   미국 보수파 신문 기자.

"에스터가 임신을 했습니다." 그가 말했다. "그래서 쿠바에 가서 낙태 수술을 하기 위해 300달러가 필요한 겁니다." 박수갈채, 만면의 미소 등, 그러고 나서 그 모든 병든 족속들은 인류애의 원천인 주머니에 손을 처박아 동전 몇 개와 떨어진 지폐 등등을 끄집어냈던 것이다. 그들의 공물에는 지하철 토큰도 몇 개 들어 있었는데 슬랩은 그 모든 것을 그리스 글자가 적힌 헬멧 속에다 거두어 모았다. 헬멧은 몇 년 전 누군가의 프래터니티[144] 주말 파티 기념으로 남은 것이었다.

놀랍게도 모금은 295달러하고 얼마의 잔돈에 달했다. 슬랩은 연설에 앞서 막 포드 장학금을 수여받고 도주 범인 인도 제도가 없다는 부에노스아이레스에 대한 동경심에 젖어 있는 퍼거스 믹솔리디언에게서 빌린 10달러를 멋진 제스처와 함께 내놓았던 것이다.

에스터가 이 모금 절차에 항의했는지는 몰라도 거기에 대해 기록이 남아 있는 것은 아무것도 없었다. 그 한 이유는 방안이 너무 시끄러웠다는 것일 테지만, 모금이 끝난 뒤 슬랩은 그 헬멧을 에스터에게 주었고 에스터는 변기 위로 부축되어 올라가 수락하는 짤막하지만 감동적인 연설을 했던 것이다. 뒤이은 박수갈채 속에서 슬랩은 "아이들와일드[145]로!"라고 외쳤고, 둘은 송두리째 들어 올려져 다락방 밖 층계 밑까지 운반되어 내려갔다. 그날 밤 유일하게 서툰 역할을 한 것은 이때 몸뚱이들을 운반한 자 중 하나였는데, 그는 최근에야 병든 족속에 입당한 학부 재학생으로 에스터를 쿠바에 보내는 대신에 계단 밑으로 떨어뜨리면 에스터를 쿠바까지 보내는 수고를 덜 수 있을뿐더러 또 하나의 파티를 가질 비용을 벌 수 있지 않겠느냐는 제안을 하고 나선 것이었다. 그는 당장에 침묵 처분을 받았다.

144 　남자 대학생 사교 클럽.
145 　현 케네디 공항.

573

"맙소사." 레이철이 말했다. 그녀는 지금껏 그렇게 많은 붉은 얼굴과 알코올에 젖은 리놀륨, 토사물, 포도주 등을 본 일이 없는 것 같았다.

"차가 한 대 필요해." 그녀가 라울에게 말했다.

"차를 대령할 것." 라울이 소리쳤다. "차 한 대를 레이철을 위해 대령하거라." 하지만 족속들의 관용은 탕진된 것 같았다. 아무도 그 소리를 귀 기울여 들으려 하지 않았던 것이다. 아마 레이철이 그들의 거사에 열렬히 동조하지 않은 것으로 미루어 보건대 그녀가 아이들 와일드로 가서 에스터가 비행기를 못 타도록 말릴까 주저하는 듯도 했다. 그것은 그들이 찬성할 수 없는 일이었다.

바로 그때 그 이른 아침 시간에 이르러서야 레이철은 프로페인 생각을 한 것이다. 그는 지금 비번일 것이었다. 그리운 프로페인. 그러나 형용사는 파티의 소음 속에 소리를 잃고 공중에 정지한다. 그것은 또 그녀의 꽃 몽우리(그녀는 그것의 개화에 대해 무방비 상태였다.)를 싸고 있는 가장 은밀한 외피에 멈춘 채 겨우 그녀의 147센티미터의 체구를 평화로 감싸 주고 있었다. 하지만 이런 생각을 하는 동안에도 레이철은 프로페인에게도 대령할 수 있는 차량이 없다는 사실을 의식하고 있었다.

"그러면 어때." 그녀가 말했다. 바퀴가 안 달렸다 뿐이었다. 나면 서부터 도보가였던 것이다. 프로페인, 그는 자기 자신의 힘에 통어되는 사람이었고 그 힘은 또 레이철을 통어하고 있기도 했다. 그럼 어떻게 된 것이란 말인가. 레이철은 지금 자신이 누구에게 종속된 것을 선언하고 있단 말인가? 마치 가슴의 거짓 없는 소득세 용지에 세목이라도 적어 내놓듯 말이다. 그것은 확실히 고통에 차고 그녀의 스물두 살이라는 나이를 몽땅 다 동원해서야 이해할 수 있을까 말까 한 정도의 긴 문자(정말, 그 정도로 길었다.)로 더럽혀진 그런 심장일 것 같았다. 왜냐하면 그건 확실히 복잡한 것이었으니까. 그도 그럴 것이 이것은 합중국의 세무원들이 귀찮게 구는 일 없이 당당히 피할 수 있는 의무에 속하는 것이었다. 하지만, 그렇다. '하지만'이 문제였다. 만약 이쪽에서 조금이라도(단 한 발짝이라도) 적극적으로 나간다면 그건 지출에 수입을 갖다 대어 보는 격이 되는 것이다. 그리고 그때에 어떤 거북한 상황이 벌어질는지, 어떤 자기 노출을 강요당하게 될는지 어떻게 알 수 있느냐 말이다.

이런 일들이 일어나는 건 참 야릇한 곳들에서였다. 그리고 또 이런 일들이 일어난다는 그 사실은 그보다 더 야릇한 일이었다. 그녀는 전화기가 있는 곳으로 걸어갔다. 누군가가 사용하고 있었다. 하지만 기다리면 되는 일이었다.

3

프로페인이 윈섬의 집에 가 보니 마피아는 팽창형 브래지어만을 한 채 처음 보는 세 명의 예찬자들과 그녀가 창안한 '뮤지컬 블랭킷'이라는 놀이를 하고 있었다. 아무렇게나 정지당한 채 서 있는 레코드의 음악은 행크 스노의 「이제는 마음 아프지 않아요(It Don't Hurt Any More)」였다. 프로페인은 맥주를 가지러 냉장고로 갔다. 그가 파올라에게 전화를 걸려 생각하고 있을 때 전화벨이 울렸다.

"아이들와일드라고?" 그가 말했다. "루니 차를 빌릴 수 있을지도 몰라. 뷰익 말이야. 단 한 가지 문제는 내가 운전을 못한다는 거야."

"내가 하면 돼." 레이철이 말했다. "보고만 있어."

프로페인은 기분이 한껏 들떠 있는 마피아와 그녀의 친구들을 유감에 찬 눈으로 바라보며 비상계단으로 차고로 내려갔다. 뷰익은 보이지 않았다. 매클린틱 스피어의 트라이엄프가 있을 뿐이었다. 자동차 문은 잠겨 있었고 열쇠도 없었다. 프로페인은 디트로이트에서 온 무생물 친구들에 둘러싸인 채 트라이엄프 후드에 올라앉아 있었다. 레이철이 십오 분이 채 되지 않아 나타났다.

"차가 없어." 그가 말했다. "꼼짝 못 하게 됐어."

"어쩌지." 그녀는 그에게 어찌하여 그들은 아이들와일드로 가야 하는지를 얘기해 줬다.

"무엇 때문에 그렇게 흥분을 했는지 알 수가 없군. 자궁을 긁어 내고 싶다면 그렇게 하라고 내버려 두면 돼."

레이철은 응당 "개자식." 하고 말하고 주먹으로 한 대 친 후 다른 곳으로 교통수단을 구해 나섰어야만 했다. 하지만 이 사람이 어딘지 좋아서 그의 도움을 청했던 터라, 어쩌면 그것은 또 임시적일지 모르나 새로운 평화의 느낌이 주는 쾌감 때문일 수도 있었다. 그녀는 그를 달래려 했다.

"난 그것이 살인인지 아닌지는 모르겠어." 그녀가 말했다. "그리고 상관도 안 해. 얼마가 지나면 살인이 된다는 거야, 도대체? 내가 거기에 반대하는 건 수술받는 쪽을 위해서야. 낙태 수술을 받아 본 여자한테 물어보면 알 거야."

일순간 프로페인은 그녀가 자기 자신에게 대한 얘기를 하고 있는 줄 알았다. 그는 빠져나가고 싶었다. 오늘 밤 이 여자의 행동은 이상했다.

"에스터는 약하단 말이야. 에스터는 희생자야. 그 애는 에테르에서 깨어나면 남자들을 증오할 거야. 모두가 거짓말쟁이라고 생각할 거라고. 그리고 또 남자가 조심하든 안 하든 간에 자기에겐 별 선택의 여지가 없다는 걸 알게 될 거야. 그리고 나선 결국 그 애는 아무나 하고 어울리기를 꺼리지 않는 지경에까지 이르게 될 거라고. 아무나 말이지. 이웃의 공갈쟁이들이나 대학생, 가짜 예술가들 등 아무나하고 말이야. 그 애는 미치광이같이 되고 불량소녀같이 될 거야. 왜냐하면 그것 없이는 견디지 못하게 될 테니까."

"그만둬, 레이철. 에스터 때문에 그렇게까지 흥분할 건 없잖아. 그 여자애를 사랑하기라도 하는 거야, 그 야단이게?"

"맞아."

"입 다물어." 그녀는 그에게 말했다. "이름이 뭐야? 피그 보던이야? 내가 무슨 말을 하고 있는지 알지. 네가 얼마나 여러 번 내게 얘기해 줬지. 도로 밑에서 본 것, 도로 위에서 본 것, 그리고 지하철에서 본 것들에 대해서 말이야."

"그랬지. 그건……." 그가 기죽은 목소리로 말한다. "그건 그랬어. 하지만."

"내가 말하려는 건 난 네가 그 불우한 사람들, 방황하는 자들을 사랑하듯 에스터를 사랑한단 말이야. 그 밖의 어떤 느낌을 가질 수 있겠어? 죄짓는 일이 그토록 최음제 역할을 하는 사람에게 가질 수 있는 느낌이 그 외에 뭐가 있을 수 있느냐고? 지금까진 그 앤 사람을 적어도 가려서 사귀었어. 하지만 항상 그 애의 충동이란 건 슬랩이나 숀 메이커 같은 자들에 대한 그 바보스러운 사랑이라는 거였단 말이야. 지치고 위궤양에 걸린 외로운 남자들, 사람들한테 버림받은 남자들 말이지."

"슬랩하고 너는……." 타이어를 발로 차며 말했다. "한때 수평 관계였지."

"좋아." 말을 멎은 후 말했다. "그건 나 자신이야. 내가 다시 될 수 있는 그런 여인상이라고 할까. 어쩌면 난 이 빨강머리 아래로는 희생된 여자아이의 전형일지도 몰라……." 그녀는 작은 손 한 개를 머리 밑에 처넣어 숱이 깊은 머리채를 천천히 들어 올렸다. 그것을 바라보며 프로페인은 발기가 되는 것을 느꼈다. "그 애에게서 발견할 수 있는 나의 일부라고나 할까. 마치 네가 모든 이름 없는 방랑자, 광장의 거주자를 볼 때 사랑을 느끼는 것은 그들 속에 네가 발견하는 대공황의 아이, 유산되지 않은 덩어리, 1932년 후버빌의 한 판잣집 마룻바닥에서 의식으로 화한 그 프로페인이기 때문인 것처럼 말이지."

이 여자가 누구 얘기를 하고 있을까? 프로페인은 밤새껏 연습을 한 터였지만 이런 장면에 대해서는 마음의 준비가 되어 있지 않았다. 그는 고개를 떨구고 무생물의 타이어만 발로 찼다. 그러면서도 그는 그가 제일 무방비 상태에 있을 때 이것들이 복수할 것을 알고 있었다. 그는 지금은 무슨 말이고 하기가 두려웠다.

그녀는 머리를 그대로 세운 채 눈에 빗물을 가득 담고 쳐다봤다. 그러더니 등을 대고 있던 완충기에서 몸을 떼고 일어난다. 두 다리를 벌리고 궁둥이는 그를 향해 공중에 곡선을 그린 채 말이다.

"슐렙하고 나는 각도를 바꿨어. 서로 맞지 않았기 때문이야. 난 족속들에 관심을 잃었어. 난 성장한 거야. 웬일인지 몰라도 그는 족속들을 떠나려 하지 않았어. 눈을 뜨고 내가 보는 만큼은 다 보면서도 말이지. 난 다시 빨려 들어가길 원치 않았어. 그것뿐이야. 하지만 그러자 네가……."

그러니까 결국 스튜이버선트 아울글래스의 자유파 따님 역시 여느 벽보 미인과 다를 것이 없단 말인가. 조금만 압력을 가해도 혈압이 오르고 내분비의 불균형을 일으키며 사랑 재배 지역의 신경이 자극되어 급기야는 슐레밀 프로페인과 어떤 계약 상태에 돌입하려는 거란 말인가. 그녀의 가슴은 그를 향해 확장되어 오는 것 같았다. 하지만 그는 제자리를 고수했다. 그는 쾌락으로부터 후퇴하기를 원치 않았고 무직자 부랑자(그것은 그 자신이었고 그녀였다.)를 사랑하는 과오를 범하고 싶지 않았으며 또 그 여자 역시 다른 모두와 마찬가지로 무생물이라는 걸 증명해 보고 싶지 않았던 것이다.

마지막 말은 왜 했던가? 결국 그가 원하는 것은 누군가 한 사람은 TV 스크린 이쪽의 진짜 인간이라는 점을 확인하는 일이었단 말인가. 그녀가 다른 모든 사람보다 더 인간적일 것이라는 생각은 왜 했던가?

넌 너무 많은 질문을 하고 있어. 그는 자신에게 말했다. 묻지 마. 받아들이라고. 그리고 또 주는 거야. 저 여잔 그걸 뭐라고 이름 짓든지 간에 말이지. 용기가 속옷 속에 솟았든, 너의 머릿속에 솟았든, 어떻게라도 하란 말이야. 저 여잔 몰라. 넌 몰라.

다만 그의 배꼽과 그의 포근히 잘 쌓여진 갈비뼈의 정점과 함께 따뜻한 다이아몬드를 이룬 그녀의 젖꼭지, 한 손을 자동차의 자동 변속 장치를 갖다 대고 서 있는 자동 장치로 조절해 놓은 그녀의 궁둥이의 곡선 그리고 최근에 폭신하게 부풀린 머리칼이 그의 코끝을 간질이는 감촉 등은 검은 차고나 자동차의 그림자(거기에는 둘의 그림자도 포함되어 있었다.)하고는 정말이지 아무 관계도 없다는 사실만이 중요했다.

지금은 레이철은 그를 붙잡고 있기만을 원했다. 그리고 그녀의 브래지어를 하지 않은 가슴을 누르고 있는 그의 맥주 배의 꼭대기를 만져 보는 것으로 만족하는 것 같았다. 그녀는 벌써부터 그의 무게를 줄일 생각을, 그에게 운동을 더하게 만들 궁리를 하고 있었다.

매클린틱이 들어왔을 때 그들은 그 모양으로 서 있었다. 즉 둘은 서로 부둥켜안고 있었고 가끔 둘 중 누군가가 균형을 잃었을 땐 작은 움직임으로 균형을 되찾았다. 즉 지하의 차고를 댄스홀로 전환한 셈이다. 결국 인간들은 전 시가지에서 춤을 추고 있었던 것이다.

레이철은 파올라가 뷰익에서 내리는 것을 보고는 바깥에서 일어난 일 모두를 알아차렸다. 두 여자는 얼굴이 마주치자 미소를 짓고 지나갔다. 그들이 교환한 수줍은 쌍안의 전갈은 그들의 길은 여기서부터 서로 다른 방향으로 갈라지리라는 것이었다. 매클린틱은 단지 "루니가 당신 침대에서 잠들어 있어. 누군가 그 사람을 돌보아야 되겠는걸." 하고 말할 뿐이었다.

"프로페인, 프로페인." 뷰익이 그녀의 손길이 닿자 으르렁댔고 그녀는 소리 내어 웃으며 말했다. "이것 봐요. 우린 이제 정말 여러 명을 돌보아야겠어."

4

윈섬은 왜 그 생각을 예전에 하지 못했던가 하고 가볍게 놀라면서 유리창 밖으로 몸을 내던지는 꿈에서 깨어났다. 레이철의 유리창으로부터 아래 마당까지는 7층 길이었다. 마당은 술 취한 자들의 용변, 오래된 맥주 깡통 처리, 걸레 먼지 털기, 밤고양이들의 유흥 등 저속한 목적을 위해서만 사용되는 공간이었다. 그 마당은 그의 시체에 의하여 큰 영광에 접할 것이 분명했다.

그는 유리창으로 다가가 창을 열고 올라간 후 창턱에 걸터앉았다. 그러고는 귀를 기울였다. 브로드웨이 어디쯤에선가는 남자들이 여자들의 뒤를 쫓고 있는 것을 알 수 있었다. 여자들의 낄낄대는 웃음소리가 들려왔다. 직장을 잃은 음악가 한 사람이 트롬본을 불고 있었다. 길 저쪽에서는 로큰롤이 들려왔다.

작은 십 대 여신이여
나를 거절하지 말아요
오늘 밤 공원으로 가는 거예요

거리의 오리 궁둥이 머리들과 터져 버리려는 좁은 스커트들에게 바치는 노래였다. 이 때문에 경찰들은 위궤양이 생기고, 청소년 위원회는 유익한 일거리를 얻는 것도 사실이었지만 말이다.

가면 되지 왜 안 돼? 열은 상승하기 마련이다. 건물 사이 통로의 거친 바닥에는 8월이란 있을 수 없다.

"들어 보게, 이 친구들아." 윈섬이 말했다. "우리 패거리 모두를 수식하는 말 한마디가 있어, 그건 병들었다는 거야. 우리 중 더러는 바지 앞을 잠가 둘 수조차 없는 형편이야. 더러는 갱년기가 될 때까지 배우자를 배반하지 않지. 하지만 바람둥이든 일부일처가든, 밤의 이편에 와 있든 저편에 가 있든, 거리에 나가 있든 아니든, 우리 중 한 사람도 온전치 않다는 걸 얘기해 주고 싶은 거라네……."

"아일랜드계 아르메니아 유대인인 퍼거스 믹솔리디언은 열세 사람의 랍비들이 이 세상을 지배하고 있다는 사실을 증명하기 위해 수백만 달러를 쓰는 어떤 재단에서 돈을 받고 있는데, 그것에 대해 전혀 가책을 느끼지 못하고 있는 형편이지."

"에스터 하비츠는 타고난 몸뚱이를 바꾸기 위해 돈을 지불하고 자기를 절단한 그 의사에게 열렬한 연정을 갖게 됐어. 그러고도 그것이 이상하다는 느낌이 전혀 없는 거야."

"텔레비전 작가 라울은 어느 스폰서에게고 걸리지 않을 그런 알쏭달쏭한 각본을 쓸 줄 아는 사람이야. 그러면서도 눈을 부릅뜨고 지켜보는 팬들에게 그들의 문제가 무엇이며 그들이 보고 있는 것이 무엇인가를 얘기해 주지. 하지만 그 친군 서부극과 탐정 영화에 만족한다고."

"화가 슬랩은 눈을 뜨고 있죠. 그리고 기술과 이른바 '영혼'이라는 것도 가졌어. 하지만 치즈 대니시의 노예지."

"포크 싱어 멜빈은 재능이 없어. 야릇하게도 이 사람은 나머지 족속 모두를 다 합친 것보다도 더 많은 사회 비판을 하지. 하지만 이 사람은 이루는 일이라곤 없는 사람이야."

"마피아 윈섬은 하나의 세계를 창조할 만큼 똑똑하지만 거기에서 살지 않기에는 너무나도 미련한 여자입니다. 실제의 세상이 자기와 절대로 맞지 않을 것을 깨달은 이 여자는 성적, 감정적 모든 정력을 다 기울여 세상이 자기에게 맞게 만들려 하지만 전혀 성공을 못하고 있답니다요."

"이런 식이랍니다, 대체로. 이 정도로 병든 하위문화에서 살아온 사람은 누구고 간에 자신을 건강하다고 말할 권리가 없다고요. 유일하게 할 수 있는 좋은 일은 내가 지금 하려고 하는 그 일, 즉 이 유리창에서 뛰어내리는 일일 뿐이죠!"

그렇게 말하면서 윈섬은 넥타이를 고쳐 매고 뛰어내릴 준비를 했다.

"여보게." 주방에서 윈섬의 말을 듣고 있던 피그 보딘이 말했다. "생명이 자네 가진 것 중 제일 귀중한 보밴 줄 몰라?"

"그 소린 전에도 들었어." 윈섬이 말했다. 그러고는 뛰어내렸다. 그는 유리창에서 1미터 아래쪽에 있는 비상구를 잊었던 것이다. 그가 일어나서 한 다리를 난간 밖으로 내밀었을 때는 피그가 유리창 밖에 나와 있었다. 그는 두 번째로 뛰어내리려는 윈섬의 벨트를 잡았다.

"이것 보라고." 피그가 말했다. 아래 뜰에서 술주정꾼 하나가 오줌을 갈기고 나서 위를 올려다보며 모두들 와서 자살 구경을 하라고 소리친다. 유리창마다 불이 켜지고 유리창 열리는 소리가 들렸다. 곧 피그와 윈섬은 관객을 상대하고 있었다. 윈섬은 잭나이프처럼 휜 채술 취한 남자를 내려다보고 갖은 욕설을 다 퍼부었다.

"놔주시지." 윈섬이 잠시 후 말했다. "팔이 아프지 않은가?"

피그는 사실상 그렇다고 말했다. "내가 얘기했던가." 피그가 말했다. "코카콜라 약탈파, 젖은 코르크파, 그리고 양말단 접기파에 대해서?"

윈섬이 소리 내어 웃기 시작했다. 굉장한 힘을 발휘하여 피그는 비상구의 낮은 난간 너머로 그를 끌어들였다.

"그건 비겁해." 숨을 헐떡이고 있는 피그에게 윈섬이 말했다. 윈섬은 피그의 잡고 있는 손을 휙 뿌리치고 계단을 달려 내려갔다. 밸브가 망가진 에스프레소 기계 같은 소리를 발하며 피그는 이내 윈섬의 뒤를 쫓았다. 그는 두 층 아래서 윈섬을 잡았다. 윈섬은 코를 잡고 난간 위에 서 있었다. 이번엔 그는 윈섬을 어깨에 둘러맸다. 그러고는 비상계단을 비장한 얼굴로 오르기 시작했다. 윈섬은 어깨에서 미끄러져 내려가더니 또 한 층을 달려 내려갔다. "아, 좋아." 그가 말했다. "아직 네 층이 남았군. 충분한 높이야."

길 건너의 로큰롤 애호가가 라디오의 볼륨을 높인 것을 알 수 있었다. 바야흐로 엘비스 프레슬리가 「잔인하면 안 돼요(Dont' Be Cruel)」를 불러 대고 있는 중이었다. 이것은 두 사람이 연출하는 장면의 배경 음악인 셈이었다. 피그는 앞쪽에서 경찰차의 사이렌 소리가 나는 것을 들을 수 있었다.

둘은 계단을 위로 아래로 쫓고 쫓기면서 낄낄거렸다. 관객들이 성원을 보냈다. 뉴욕이란 도시는 참 사건이 드문 곳이었으니까. 경찰이 그물과 스포트라이트, 사다리 등을 싣고 건물 사잇길로 쳐들어왔다.

마침내 피그는 윈섬을 1층 층계참까지 추격해 내려가는 데 성공했다. 이것은 땅에서 반 층 높이였다. 경찰은 그사이 그물 치는 일을 완료했었다.

"아직도 뛰고 싶은가." 피그가 말했다.

"응." 윈섬이 말했다.

"잘해 봐." 피그가 말했다.

윈섬은 백조 다이빙으로 머리를 땅에 갖다 박으려는 계획으로 뛰었다. 물론 그물은 처져 있었고 그는 한번 튕겨져 오른 후 형편없이 힘이 빠진 상태로 나가떨어졌다. 경찰이 달려들어 그에게 스트레이트 재킷을 입힌 후 벨뷰[146]로 운반해 갔다.

갑자기 자기가 오늘로써 여덟 달째 무허가 휴가를 받고 있는 것을 깨달은 피그는, 이와 동시에 경찰은 민간 정찰대나 마찬가지라는 사실을 기억하면서, 방향을 돌려 재빠르게 레이철의 유리창을 향해 비상계단을 달려 올라갔다. 근검한 시민들은 불을 끄고 엘비스 프레슬리에게 돌아갔다. 일단 안으로 들어간 그는 에스터의 낡은 드레스를 주워 입고 실내화를 신은 뒤 가성을 내면 경찰이 여기까지 올라와 문의하더라도 문제없을 것을 알았다. 경찰이란 원래 그 정도로 미련하기 때문이었다. 그의 가장 차림을 꿰뚫어 볼 리 없었던 것이다.

5

아이들와일드에서는 세 살배기 아이 하나가 대기 중의 비행기(마이애미, 아바나, 산후안)를 향해 에이프런으로 달려 나갈 만반의 태세를 취하고 있었다. 아이는 진력이 난 표정으로 가는 눈을 뜨고 배웅을 나온 친척들을 검은색 슈트를 입은 아버지의 비듬 깔린 어깨너머로 흥미 없이 쳐다보고 있었다. "쿠카라치타." 그들이 외쳤다. "아디오스 아디오스."

146   뉴욕시에 있는 대형 병원.

비행장은 이른 시간치고는 사람들로 붐비는 편이었다. 레이철은 에스터를 불러 달라고 부탁한 뒤 군중 사이를 아무렇게나 꿰고 다니며 그녀의 '길 잃은' 동숙인을 찾았다. 이윽고 그녀는 난간 있는 곳으로 가서 프로페인과 합류했다.

"우린 형편없는 수호천사들이야."

"내가 팬 아메리칸하고 그 나머질 모두 조사했어." 프로페인이 말했다. "적어도 큰 것들은 다 조사했는데, 그것들은 며칠 전부터 인원이 차 있대. 여기 있는 이 앵글로 항공이 오늘 아침 뜨는 유일한 비행기야."

확성기가 비행기의 출발을 알렸다. DC-3는 스트립 저쪽에서 기다리고 있었다. 불빛을 받고도 거의 번쩍이지 않는 낡고 초라한 물건이었다. 게이트가 열렸다. 기다리고 있던 승객들이 움직이기 시작했다. 그 푸에르토리코 아기의 친지들은 마라카스,[147] 클라베이스,[148] 팀발레스 등으로 무장하고 있었다. 이들은 마치 그 아이의 호신병인 양 다 같이 몰려 들어갔다. 경찰 몇 명이서 저지하려 했다. 그러자 누군가 노래를 시작했다. 곧 모두가 노래하고 있었다.

"저기다." 레이철이 소리를 질렀다. 에스터가 로커들이 있는 모퉁이를 돌아 후다닥 달려 나오는 것이었다. 슬랩이 레이철의 접근에 대비하여 방해 공작을 개시했다. 눈과 입으로 급한 소리를 외치며 손가방에선 콜로뉴가 흘러나와 보도에 한 줄로 떨어지는 것도 — 그리고 곧 마르는 것도 — 아랑곳없이 에스터는 푸에르토리코인들 사이로 뛰어들어 갔다. 뒤쫓던 레이철은 경찰 한 사람의 곁을 빠져들어 가는 데는 성공했으나 결국 슬랩과 정면으로 충돌하고 말았다.

147   리듬 악기의 일종.
148   타악기의 일종.

"아이쿠." 슬랩이 말했다.

"왜 이래, 바보야." 레이철은 슬랩에게 한 팔을 잡힌 채 말했다.

"가게 내버려 둬." 슬랩이 말했다. "가길 원하고 있어."

"넌 저앨 맘대로 했었지?" 레이철이 소리쳤다. "이제 아주 끝장 내 버리려는 거야? 나하곤 마음대로 안 됐지. 그러니까 넌 너같이 약한 저 애를 붙든 거지. 넌 물감하고 캔버스에다 추행하는 것만으로도 충분하다는 걸 모르니?"

어쨌든 그 모든 병든 족속들은 이날 밤 경찰관들을 매우 바쁘게 만들고 있었다. 호루라기들이 울렸고 난간과 DC-3 비행기 사이의 공간은 작은 규모의 폭동 장소로 바뀌고 있었다.

그도 그럴 것이 지금은 8월이었고 경찰은 푸에르토리코인들을 좋아하지 않았던 것이다. 쿠카라치타 음악의 다박절 부분은 기름진 풀밭에 가까이 다가간 메뚜기 떼의 소리처럼 성난 소리로 변했다. 슬랩은 그와 레이철이 수평으로 지낼 때에 대한 불친절한 회고의 발언을 몇 개 입에 올렸다.

한편, 프로페인은 얻어맞는 일을 피하는 데 전념하고 있었다. 에스터는 폭동을 가리개로 사용했고 그 덕분에 그는 에스터를 놓쳐 버린 것이었다. 누군가가 아이들와일드 이쪽 편의 전등불을 모두 껌벅거리게 만들어 놓았기 때문에 사태는 더욱 곤란해진 것 같았다.

그는 마침내 전송객들의 덩어리에서 몸을 빼낸 후 활주로를 달음질쳐 가로지르고 있는 에스터를 발견했다. 에스터는 한쪽 발에만 신발을 신고 있었다. 그가 막 그녀를 향해 뛰려는데 몸뚱이 하나가 그의 앞을 막고 넘어졌다. 그는 발이 몸뚱이에 걸려 넘어졌다. 눈을 뜨고 보니 거기에는 그가 알 만한 여자 다리 한 쌍이 있었다.

"베니토." 예나 다름없이 섹시한 슬픔을 머금은 뾰로통한 표정이다.

"맙소사. 너까지."

그녀는 산후안으로 돌아가는 길이라고 했다. 갱들과의 사건 이후 지금까지의 일에 대해서는 아무 말도 하려 하지 않았다.

"피나, 피나, 가지 마." 지갑에 든 사진보다 나을 것 없었다. 제아무리 옛사랑(이건 잘못 붙인 이름인지는 몰랐지만)일지라도. 산후안에 가 버린 다음엔 말이다.

"앙헬하고 제로니모도 와 있어." 그녀는 막연한 눈길로 주위를 돌아봤다.

"사람들은 내가 가길 원해." 그녀는 다시 걷기 시작하며 말했다. 그는 뭐라고 지껄여 대면서 따라갔다. 그는 에스터를 잊어버리고 있었다. 쿠카라치타와 아이의 아버지가 달음질쳐 지나갔다. 프로페인과 피나는 에스터의 신발 곁을 지나갔다. 신발은 뒤축이 부러진 채모로 누워 있었다.

이윽고 피나가 돌아섰다. 눈물 같은 건 고여 있지 않은 눈으로 쳐다보며 그녀가 말했다. "욕조의 밤을 기억해?" 그러고는 침을 한번 뱉고 몸을 돌려 비행기를 향해 쏜살같이 달려갔다.

"괜한 소리 말아." 그가 말했다. "그러나저러나 그 애들이 널 잡았을 거야." 그러나 그는 여전히 물체처럼 거기에 서 있었다.

"그건 내가 저지른 일이야." 잠시 후 그는 말했다. "그건 나 때문이었다고." 슐레밀은(적어도 그가 믿기로는) 수동적이었기 때문에 그는 전에 이런 인정을 한 일이 없었다. "아, 이럴 수가." 그뿐인가. 그는 에스터를 놓쳤고 레이철을 책임지게 된 것이다. 거기에다 또 파올라는 어쩔 것인가. 아무것도 얽어 걸리는 것이 없는 젊은이치곤 그는 여자 문제를 굉장히 많이 짊어진 것 같았다. 사실상 그가 아는 누구보다도 더 많이 짊어진 것 같았다.

그는 레이철을 찾아 돌아섰다. 폭도들은 이제 흩어지기 시작하고 있었다. 그의 등 뒤에서 프로펠러가 돌아가고 있었다. 비행기는 서서히 굴러가다가 삥그르르 돌더니 공중에 떴다. 그러고는 보이지 않게 되었다.

6

순찰원 존스와 텐 아이크 경관은 승강기를 무시하고 궁전식 계단을 완전한 보조를 맞추며 오르기 시작한다. 두 층을 오른 후 그들은 윈섬네 아파트를 향해 복도를 걸어 내려갔다. 승강기를 타고 올라온 몇몇 타블로이드 신문의 기자들이 중간에서 이들 앞을 가로챘다. 윈섬네 아파트에서 들려오는 소음은 리버사이드드라이브까지도 들릴 것 같았다.

"벨뷰에서 어떤 결정을 내릴지 예측할 수 없단 말이야." 존스가 말했다.

그와 그의 짝패는 텔레비전 프로그램 「드래그넷」을 성실하게 감상하는 애청자들이었다. 이들은 훈련을 통해 완전 무표정, 똑똑 끊어지는 발음, 그리고 무미건조한 목소리 등을 개발한 터였다. 둘 중 하나는 키가 크고 빼빼했으며 다른 쪽 사나이는 키가 작달막하고 뚱뚱했다. 둘은 계속 발맞추어 걸었다.

"의사 한 명하고 얘길 나눴지." 텐 아이크가 말했다. "고트초크라는 젊은 의사야. 윈섬이 뭐라고 잔뜩 말하더래."

"두고 보자고, 앨."

문 앞에 이르자 존스와 텐 아이크는 거기 모인 패거리 중 카메라맨 한 명이 플래시를 점검하는 동안 점잖게 기다렸다. 여자 하나가 지르는 행복의 비명 소리가 안에서 들려왔다.

"저런, 저런." 기자 한 명이 말했다.

경찰관들은 문을 노크했다. "들어와요. 들어와요." 여러 목소리가 열렬히 말했다.

"경찰입니다, 부인."

"난 순경은 질색이야." 누군가 험상궂게 말했다. 텐 아이크는 문을 찼다. 문은 이미 열려 있었다. 마피아와 카리스마, 푸, 그리고 '뮤지컬 블랭킷' 놀이를 하고 있는 다른 사람들의 조준선을 카메라맨에게 제공하기 위해 몸뚱이들이 뒤로 물러섰다. 카메라가 '잘칵' 했다.

"아깝군." 카메라맨이 말했다. "지금 건 실을 수가 없을 테니." 텐 아이크는 마피아를 향해 사람들 사이를 뚫고 들어갔다.

"자, 부인."

"같이 하겠어요?" 히스테리기가 섞인 목소리였다.

경찰관은 관용적인 미소를 띠고 말했다. "부인 남편과 얘기를 나누었어요."

"가자고." 다른 쪽 사나이가 말했다.

"앨의 생각이 옳은 것 같군요, 부인." 플래시가 여름밤의 소리 없는 번개처럼 가끔씩 번쩍번쩍하면서 방 안을 밝혔다.

텐 아이크가 영장을 흔들어 보이며 말했다. "당신들을 모두 체포하겠소." 그리고 존스에게 "스티브, 경위한테 전화를 걸어."

"무슨 혐의죠." 사람들이 소리를 지르기 시작했다.

텐 아이크는 타이밍이 좋았다. 그는 심장 고동이 몇 번 뛸 동안 기다린 뒤 말했다. "소요죄라고 해 두죠."

아마 그날 밤 소요스럽지 않았던 유일한 곳은 매클린틱과 파올라의 거처였을 것이다. 작은 트라이엄프는 허드슨강을 따라 서서히 달렸다. 그들은 누에바 요크에서 인간의 귀와 콧구멍과 입을 틀어막고 있던 숨 막히는 것(그것이 무엇이었던 간에)을 더러 떼어 가지고 시원하게 달린 것이었다.

그녀는 그에게 바른대로 모든 것을 말했고 매클린틱은 침착하게 들었다. 그녀가 그에게 자기가 누구인지를 말하고 스텐슬과 파우스토에 대해서 말하는 동안, 그리고 심지어는 몰타에 대한 향수 섞인 여행담을 얘기하는 동안 매클린틱의 머리에는 어떤 생각이 불현듯(사실상, 그것은 그가 벌써부터 생각했어야 할 일이었지만) 떠올랐다. 그것은 여자들과의 간단하고 덧없는 관계에서 벗어나는 유일한 길은 천천히 어렵고 맥 빠지기 쉬운 방법으로 끈기 있게 노력하는 길이라는 사실이었다. 입 다물고 사랑할 것이며, 얼간이같이 굴거나 손나팔을 부는 일 없이 도울 것, 냉정을 지키되 관심을 잃지 말 것. 그는 알았어야 했다, 만약 그가 그토록 몰상식하지 않았다면. 그것은 어떤 새로운 깨달음으로 그에게 왔다기보다, 오히려 그가 지금껏 인정하지 않으려 했던 것을 인정했을 뿐이라고 하는 쪽이 더 정확했다.

"맞아." 그는 나중에 둘이 버크셔에 들어갈 때 말했다. "파올라, 내가 지금까지 어리석은 짓만을 해 온 걸 파올라는 아는지 모르겠어. 미스터 플랩의 원형은 나야. 게으르고 어디엔가 가면 구할 수 있는 놀라운 특효약이 그 도시의 병을 치료해 줄 거라고, 나를 치료해 줄 거라고, 덮어 놓고 믿었던 거야. 이제 그런 건 없어졌어. 앞으로도 없을 거야. 누군가가 하늘에서 사뿐히 내려와 루니와 루니의 아내, 또는 앨라배마, 또는 남아프리카, 또는 우리, 또는 러시아 등을 바로잡아 주지는 않을 거라고. 마법의 말 같은 건 없어. 내가 널 사랑하는 것이 제아무리 마법 같긴 하더라도 말이지. 아이젠하워가 말렌코프나 흐루쇼프한테 마법의 말을 하는 걸 상상할 수 있어? 하하, 어림없지."

"냉정을 지키되 관심을 잃지 않아야 해." 그가 말했다. 누군가 한참 뒤쪽에서 스컹크 한 마리를 친 모양이었다. 그 냄새가 수 킬로미터 이상 계속 그들을 뒤쫓고 있었다. "우리 어머니가 살아 계셨더라면 저걸 가지고 스컹크 냄새 견본을 만들어 달라고 할 텐데 그랬어."

"알겠지, 난 지금······." 그녀가 말했다.

"돌아가야 된다고, 물론. 하지만 이 주는 아직 안 끝났어. 긴장을 풀어 봐."

"난 그럴 수 없어. 그게 가능한 얘기야, 도대체?"

"우린 음악가들을 멀리할 거야." 그는 단지 이런 말을 지껄였을 뿐이다. 이 여자가 할 수 있는 일이······ 아니 될 수 있는 것이 무엇일지 그가 어떻게 알 것인가? 가령, 그녀가 그의 말대로 긴장을 풀 수 있는 날이 과연 언제 올 것인가?

"플롭, 플립." 그는 매사추세츠 나무들에게 말했다. "한번은 내가······."

13장

요요의 끈은 마음의
상태인 것이 판명되다
V

1

몰타 여행은 9월 말에 있었다. 태양이라곤 모르는 대서양을 수재나 스콰두치라는 배를 타고 떠났다. 그것은 프로페인의 파올라에 대한(오랫동안 단절된) 후견인 역을 해내는 기간 중 이미 한번 소개된 바 있는 그 배였다. 그는 그날 아침 이제 운명의 요요 역시 어떤 종류의 조회점에 도달했음을 의식하며 안개 속을 헤치고 나왔었다. 그는 싫어하지도 않았을 뿐 아니라 별 기피 증세, 또는 그 외의 다른 아무 감정적 반응 없이 나온 것이었다. 그저 물 위에 뜰 준비가 되어 있을 뿐이었다. 조류 하나를 타곤 어디로고 운명이 데려가는 곳으로 표류하면 되었던 것이다.

족속들 중 몇 명이 프로페인과 파올라와 스텐슬을 전송하러 나와 서 있었다. 유치장에 있든가, 국외에 있든가, 병원에 입원해 있지 않은 몇몇이었다. 레이철은 나타나지 않았다. 주중이었으므로 그녀는 직장에 나가 있었던 것이다. 적어도 프로페인은 그렇게 생각했다.

그가 여기에 오게 된 것은 우연에 의해서였다. 몇 주 전, 그가 레이철과 둘이서 구축한 이인계(二人界)의 변방 밖에서 스텐슬이, 그의 이른바 '연줄'을 이용하여 배표, 여권과 비자, 파올라와 자기를 위한 예방 주사 수속 등을 하며 도시를 헤매고 있을 때 프로페인은 자신이 이윽고 누에바 요크의 사점(死點)에 와 닿았다는 것을 깨달은 것이다. 그는 이 도시에서 '여자 친구'와, 밤을 지키는 파수직과, 슈라우드의 조연 배우 역, 그리고 세 여자가 사는 아파트에서의 거처 등을 확보했다. 세 여자 중 하나는 쿠바에 갔고, 또 하나는 이제 곧 몰타로 떠나려는 길이었으며, 그의 여자 친구인 나머지 하나만이 그대로 남게 되어 있었다.

　　그는 무생물의 세계와 그것의 보복 행위에 대해서 그동안 잊어버리고 지냈었다. 그리고 '이인계'와 평화의 겹봉투는 그가 타이어를 발로 차고 난 뒤 몇 분인가 지난 다음에야 생겨난 현상이라는 사실을 잊고 있었던 것이다.(타이어를 찬 것은 슐레밀로서는 순전히 대꾸할 말이 궁해서 한 짓이었던 것이지만.)

　　'그들'이 보복 행위를 개시하는 데는 오래 기다릴 필요가 없었다. 그 뒤 며칠인가 지난 어느 날 밤, 프로페인은 4시에 잠자리에 들었다. 그는 그때 잠을 자도 충분히 여덟 시간의 수면을 취하고 일터로 나갈 수 있을 것이라고 생각했던 것이다. 그가 마침내 눈을 떴을 때 그는 광선의 질감과 자신의 콩팥 상태로 그가 지나쳐 잔 것을 알았다. 레이철의 전기 시계는 1시 30분을 가리키며 그의 곁에서 행복하게 돌아가고 있었다. 레이철은 어디엔가 나가고 집에 없었다. 전등을 켠 그는 자명종이 자정에 맞추어 있는 것을 알았다. 뒤의 버튼은 '켜짐'으로 돌려져 있었다. 기능 불량이었다. "개 같은 새끼." 그는 시계를 들어 올려 방 저쪽으로 내던졌다. 욕실 문에 가서 부딪친 시계는 종을 울리기 시작했다. 크고 거만한 울림이 계속되었다.

그리고 나서도 그는 신을 잘못 신었다든가 면도를 하다가 상처를 냈다든가 지하철 개표구에서 집어넣은 토큰이 구멍에 맞질 않았다든가 지하철이 그가 가서 닿기 불과 일이 초 전에 출발해 버렸다든가 등의 연속적인 불운에 봉착했다. 시내에 닿았을 때는 거의 세 시가 다 되어 있었다. 인류 연구 협회는 발칵 뒤집혀 있었다. 얼굴이 흙빛이 된 버고마스크가 문에서 그를 맞이했다. "어떻게 된 거야!" 소장은 소리를 버럭 질렀다. 그들은 밤새껏 계속되는 시험을 하고 있었던 모양이었다. 1시 15분경 전기 기구 중의 큰 더미 하나가 제멋대로 작동하기 시작하더니, 회로 절반의 퓨즈가 나갔던 것이다. 경종이 울리고 자동 소화 장치와 이산화탄소 통 두어 개가 동원되었다. 그런데 담당 기술자가 그 모든 소요의 시간을 평화로운 잠 속에서 보냈던 것이다.

"기술자들은⋯⋯." 버고마스크가 말했다. "잠에서 깨어나는 데 대해 보수를 받고 있는 게 아니야. 우린 그래서 야간 수위를 두는 거라고." 슈라우드는 조용히 웅얼거리면서 저쪽 벽에 기대 앉아 있었다.

곧 ― 그 모든 것이 다 그에게 납득되자 ― 프로페인은 어깻짓과 함께 이렇게 대꾸했다. "어리석은 짓이었어요. 하지만 그건 내가 항상 말하는 거예요. 나쁜 습관이란 거죠. 어쨌든 미안합니다." 아무 대답이 없는 것을 확인하고 그는 돌아서서 걸어 나왔다. '그들은 아마 우편으로 퇴직금을 보내겠지.' 그는 생각했다. 망가진 기구의 배상을 하게 만들 작정이라면 모르지만. 슈라우드가 그의 등 뒤에 대고 말했다.

여행 잘하게나.

"그건 무슨 말이지."

두고 보면 알게 돼.

"잘 있게, 친구."

냉정을 지킬 것, 냉정을 지키되 관심을 잃지 말 것. 그건 네가 아침마다 외우는 모토지, 프로페인. 자, 이제 난 이미 네게 너무 많은 걸 말했어.

"넌 괜히 냉소주의자인 체하지만 아마도 그 낙산염 가죽 밑으로는 형편없는 물렁 팥죽일 거야. 감상주의자일 거라고."

이 밑엔 아무것도 없어. 그건 명백해.

그것은 그가 마지막으로 슈라우드와 나눈 대화였다. 112번가로 돌아오자 그는 레이철을 깨웠다.

"다시 길바닥을 두드리는 거지 뭐." 레이철은 명랑하게 말했다. 적어도 그렇게 들리게 말하려 했고 그는 그녀의 그 시도에 대해 점수를 주었다. 하지만 그는 자신에게 화가 나 있었던 것이다. 슐레밀의 생득권을 잊어버릴 정도로 나태했다는 데 화가 난 것이었고, 그 화풀이를 할 사람은 이 여자밖에 없었던 것이다.

"너 보기야 아무렇지도 않겠지." 그는 말했다. "넌 일생을 소위 '지불 능력'이란 걸 잃어 본 일 없이 살아온 여자니까."

"그 덕분에 난 공간-시간 직업소개소하고 협조해서 네게 좋은 ─ 진짜로 좋은 일자리를 구해 줄 때까지 우리 두 사람이 바닥으로 가라앉지 않게 할 수 있어." 그 정도의 '지불 능력'은 있다고."

피나가 그에게 지시한 것도 바로 이와 같은 행로였다. 그날 밤 아이들와일드에서 만난 것이 과연 그녀였던가! 아니면 또 하나의 슈라우드, 또 하나의 죄의식이 바이온 리듬을 타고 그를 탐지하고 있는 것이었을까?

"어쩌면 난 직장을 원하지 않는지도 몰라. 어쩌면 난 무직자가 더 되고 싶은지도 몰라. 기억하지? 난 무직자들을 사랑하는 사람이야."

이제 그녀는 늘 그러듯 생각을 바꾼 모양이다. 그를 위해 한쪽으로 비켜 자리를 만들어 주며 말했다. "난 뭘 사랑하는 얘기 같은 건 하기 싫어." 그녀는 벽에 대고 말했다. "그건 너무도 위험한 화제야. 우린 서로를 조금씩 속여야 돼, 프로페인. 잠자면 어떨까?"

'안 돼.' 그는 그냥 그렇게 얘기를 중단할 수는 없었다. "네게 미리 경고하겠다, 그것뿐이야. 즉 난 아무것도 사랑하지 않는다는 걸 말이지. 너까지도 말이야. 내가 그런다고 말할 때마다, 난 앞으로도 말은 할 거니까, 그건 거짓말이라고. 내가 지금 이렇게 말을 하고 있는 것도 반은 동정을 얻기 위한 연극이고 말이야."

그녀는 코를 고는 체했다.

"좋아, 넌 내가 슐레밀이란 걸 알고 있어. 넌 두 갈래의 말을 하고 있어. 레이첼 O.[149] 넌 그렇게 어리석단 말이야? 슐레밀이 할 수 있는 건 취하는 일뿐이야. 공원의 비둘기들한테서고 거리에서 만난 여자에게서고 좋든 나쁘든 나 같은 슐레밀은 누구에게서고 빼앗기만 하고 도로 줄 줄은 모른다 그거야."

"나중에 얘기해도 되지 않을까, 거기에 대해선?" 그녀가 순하게 물었다. "그건 언젠가 사랑의 위기 같은 것이 왔을 때 눈물과 함께 얘기할 만한 것 같아. 지금은 그만두자고, 프로페인. 그냥 잠자는 거야."

"싫어." 그는 몸을 그녀 위에 굽혔다. "이것 봐, 난 지금 네게 무언가 내 안에 감추어진 것 같은 것을 얘기하고 있는 게 아니야. 지금 내가 얘기한 건 말해도 아무 상관이 없는 거야. 왜냐하면 거기에는 아무 비밀도 없기 때문이야. 그건 누구에게 알려져도 상관없는 거야. 그건 나하고 아무 상관이 없는 것이라고. 슐레밀들은 모두가 그래."

그녀는 그에게 몸을 돌리고 다리를 벌리며 말했다. "쉬……."

"못 알아듣겠어?" 그는 흥분이 되며 — 비록 그것은 지금 그가

149   아울글래스를 말한다.

전혀 원하지 않는 것이었지만 — 말했다. "나나 다른 어느 슐레밀이라도 여자한테 마치 자기에게 이야기할 수 없는 과거라든가 꿈 같은 것이 있는 체한다면 그건 틀림없는 속임수야, 레이철. 그뿐이야." 그는 마치 슈라우드가 계속 말하라고 독촉하는 듯 말을 이었다. "안엔 아무것도 없어. 소라 껍데기가 있을 뿐이라고, 레이철……." 그는 다음 말을 되도록 가짜스러운 어조로 말했다. "슐레밀들은 이걸 알고, 그리고 이용하는 거야. 왜냐하면 그들은 대부분의 여자들이 신비를 원한다는 걸, 그런 것에서 어떤 낭만을 찾는다는 걸 알기 때문이야. 여자들이 그러는 건 만약 그들이 자기네 애인이나 남편에 대해 모든 걸 알아 버리게 되면 그가 지루한 존재가 될 것을 알기 때문이야. 난 네가 지금 생각하는 것이 이런 건 줄 알고 있어. 가엾은 사람, 왜 이 사람은 자신을 저렇게 깎아 내릴까라고. 그리고 난 네가 미련하게도 아직도 두 갈래의 것이라고 믿고 있는 그 사랑을 이용해서 이렇게 네 다리 사이로 들어가는 거야. 그러고는 네 느낌이 어떤지에 대해서는 생각해 보는 일 없이 취하는 거라고. 내 유일한 관심은 너를 충족시키느냐 하는 것뿐이지. 그것도 내가 얼마나 능력이 있는가를 나 자신에게 증명하기 위해서일 뿐……." 이런 식으로 그는 둘 다 일을 끝낼 때까지 계속 말을 이어 갔다. 그러고 나서 그는 몸을 굴려 드러누워 전통적인 슬픔에 자신을 내맡겼다.

"넌 더 자라야겠어." 이윽고 그녀가 말했다. "그뿐이야, 내 불행한 소년. 우리가 하는 짓도 연극일 뿐이라고 생각한 일 없어? 우린 너희들보다 나이를 더 먹었어. 한때 우린 너희들 속에서 살았지. 즉 다섯 번째 갈비뼈라는 거였다고. 심장에서 가장 가까운 뼈 말이야. 우린 그때 모든 걸 배운 거야. 그러고 나선 우린 너희들이 텅 비었다고 생각하는(우린 그렇게 생각지 않아.) 그 심장에 자양을 주는 놀이를 하기 시작한 거지. 지금은 너희 모두가 우리 안에 살게 됐어. 아홉 달

동안. 그리고 너희가 그 후에 되돌아오려고 할 땐 언제나⋯⋯." 그는 코를 골고 있었다, 진짜로. "아, 난 참 거창한 소리를 곧잘 지껄이게 됐구나. 잘 자⋯⋯." 그러고 나서 그녀는 잠이 들었고 교미에 대한 색채롭고 구체적인 꿈을 꾸었던 것이다.

다음 날, 침대에서 굴러 나와 옷을 입으며 그녀는 말을 계속했었다. "뭣이 들어와 있나 보겠어. 대기하고 있어. 전화할 테니까." 그는 다시 잠을 잘 수 없었다. 그는 닥치는 대로 물건들에게 욕지거리를 하며 아파트 안을 왔다 갔다 하다가 "지하철." 하고 소리쳤다. 그것은 마치 노트르담의 꼽추가 성소(聖所)라고 외치는 소리와도 같은 것이라 할 만했다. 하루를 요요 놀이로 보낸 후 그는 해 질 녘에 거리로 올라와 동네 술집에서 취하도록 술을 마셨다. 그가 집(집?)으로 돌아가자 레이철이 웃는 얼굴로 맞이했다. 즉 연극을 했다.

"세일즈맨은 어때? 푸들을 위한 전기면도기야."

"무생물은 싫어." 그는 겨우 이렇게 말했다. "여자 노예를 파는 일이라면 몰라도." 그녀는 그를 따라 침실로 들어와 그가 침대 위에 정신을 잃고 쓰러지자 구두를 벗겨 주었다. 그러고는 이불까지 잡아당겨 덮어 주었다.

다음 날은, 숙취를 느끼며 그는 스태튼섬과의 왕복 나룻배로 요요 놀이를 했다. 그러면서 사랑하는 불량 소년 소녀들이 서로 부둥켜안았다가 놓쳤다가 다시 이어지는 것을 지켜봤다.

그다음 날 그는 그녀보다 더 일찍 일어나 풀턴 생선 시장으로 내려가 이른 아침의 움직임을 구경했다. 피그 보딘이 따라왔다. "난 생선을 한 마리 샀어." 피그가 말했다. "파올라에게 주고 싶어. 히이 히이." 프로페인은 감정이 상했다. 둘은 월 스트리트를 배회하며 몇몇 브로커의 게시판을 들여다봤다. 그러고는 그들은 센트럴 파크가 있는 곳까지 걸어 올라갔다. 거기에 가서 닿았을 무렵에는 오후도 절반을 지나가 있었다. 그들은 교통 신호를 한 시간 동안 감상한 뒤 술집으로 들어가 텔레비전 연속극을 감상했다.

그들은 히히대면서 늦게야 집으로 돌아왔다. 레이철은 나가고 없었다.

하지만 파올라가 졸린 눈으로 나이트가운을 입고 나타났다. 피그는 안절부절을 못 했다. "아아." 피그를 보더니 파올라가 말했다. "커피를 만들려면 만들어요." 그녀가 하품하며 다시 말했다. "난 다시 자러 들어갈 테니까."

"그럼죠." 피그가 말했다. "문제없습죠." 그러고는 그녀의 등 뒤를 노려보며 좀비 같은 몸짓으로 그녀를 침실까지 따라 들어가 문을 닫았다. 프로페인은 커피를 만들기 시작했다. 그러나 곧 그는 비명 소리를 들었다. "왜 그래." 그는 침실을 들여다봤다. 피그는 겨우 파올라 위에 기어 올라가 있었다. 형광등 불빛에 보니, 마치 그의 번쩍이는 침의 줄기가 그를 그녀의 베개에 매어 놓은 것 같아 보였다.

"도움이 필요하다고?" 프로페인이 얼떨떨한 소리로 물었다. "강간이야?"

"이 돼지를 내게서 내려놔 줘." 파올라가 소리를 질렀다.

"피그, 이것 봐, 내려와."

"난 싫어." 피그가 항의했다.

"내려와." 프로페인이 말했다.

"너나 꺼져." 피그가 험상궂게 말했다.

"천만에." 그러고는 프로페인은 피그의 상의에 달린 큼직한 칼라를 잡아당겼다.

"이것 봐, 내 목을 조르고 있어." 피그가 잠시 후 말했다.

"맞아." 프로페인이 말했다. "하지만 난 벌써 한번 네 목숨을 구해 줬어, 기억하겠지?"

그건 사실이었다. 스캐폴드호 시절, 피그는 누구라도 귀를 기울여 주기만 하면 이렇게 말했다. 프렌치 티클러라면 모르지만 자기는 그 외의 모든 피임기구를 사용 거부하노라고. 이 예외적 물품이란 그리 별다를 것이 없는 보통 피임기구였는데 단지 보통 방법으로는 자극을 받지 않는 부류의 여성들의 첨단 신경을 건드리도록 끄트머리에 사람이나 동물의 얼굴 모양의 돋을새김 장식이 새겨진 물건이었다. 지난번의 킹스턴 자메이카 항해에서 피그는 쉰 개의 코끼리 점보와 쉰 개의 미키 마우스형 프렌치 티클러를 가지고 왔었다. 그런데 드디어 어느 날 밤 피그는 이 돌기형 콘돔이 다 떨어진 것을 깨달은 것이다. 마지막 것은 그의 한때 동료인 크누프 중위와 일주일 전에 스캐폴드 함교에서 벌인 그 유명한 결투에서 탕진되어 버린 것이었다.

피그와 그의 친구이며 전자 기술공인 히로시마가 해변에서 라디오 튜브를 이용하여 한몫 보고 있을 때였다. 스캐폴드 같은 구축함을 탄 전자 기술자들은 보통 자기들 전용의 전자 부품들을 가지고 있었다. 그러므로 히로시마는 조금 장난을 칠 수 있는 입장에 있었고 또 그는 그런 기회가 생긴 즉시 노퍽 시내에서 그것을 시도했던 것이다. 히로시마는 가끔 튜브를 얼마만큼씩 훔쳐 내 피그에게 가져다주었고, 그러면 피그는 그것을 외출 주머니에 넣어 가지고 해변으로 진출하곤 했던 것이다.

어느 날 밤, 크누프는 갑판 파수를 보게 되었다. 갑판 파수가 하는 일이란 후갑판에 서서 오가는 사람들에게 경례를 붙이는 일이었다. 그는 또 감독으로서 한몫하기도 했다. 즉 외출자들 누구나가 목수건을 바로 매고 있는가, 바지 앞이 열려 있지 않은가, 정해진 유니폼을 입고 있는가 등을 검열하는 것이었다. 또는 누군가가 배에서 무엇인가를 빼내 가지 않는가, 아니면 들여와서는 안 될 것을 외부에서 배 안으로 들여오지 않는가를 검사하는 것도 그의 일이었다. 근자에 와서 크누프는 눈이 날카로워져 있었다. 주정뱅이 하사관 하위 서드 는 다리에 난 털에 골이 파일 지경으로 파인트 병에 든 여러 종류 술 을 다리에다 접착테이프로 붙이고 벨 보텀 바짓가랑이로 감추어 가 지고 들어오는 것이었다. 그가 이런 짓을 하는 것은 선원들에게 하급 밀주보다 좀 더 맛있는 음료를 제공하고자 해서였다. 그는 후갑판에 서 장교실까지 두 발짝을 성공적으로 진출했다. 바로 그때 크누프는 마치 태국 권투 선수처럼 그의 정강이에 재빨리 발길질을 한 것이었 다. 그리하여 하위는 '센리 리저브'와 피를 구두 위로(그것은 그의 외 출용 구두 중 제일 상품의 것이었다.) 흘리며 서 있어야 하는 처지에 몰 린 것이었다. 크누프가 승리의 개가를 부른 것은 물론이다. 그자는 또 프로페인이 5파운드의 햄버거를 취사장에서 훔쳐 내는 것도 잡은 일이 있었다. 프로페인은 때마침 부인과의 사이에 심각한 문젯거리 를 가지고 있던 크누프와 전리품을 나누어 가짐으로써 처벌을 면했 었다. 2파운드 반의 햄버거는 평화의 제물이 될 수 있다고 크누프는 생각하는 모양이었다.

그리하여 그 후 불과 며칠밖에 지나지 않은 밤, 튜브가 가득 찬 휴가용 주머니를 들고 크누프의 감시망을 빠져나와야 했던 피그가 조마조마하지 않을 수 없었던 것은 너무나 당연하다. 그는 거수경례 를 하면서 증명서를 동시에 내보이면서 한쪽 눈으로는 크누프를, 그 리고 다른 쪽 눈으로는 주머니를 망보아야 했던 것이다.

"상륙 허가를 요청합니다, 중위님." 피그가 말했다.

"허가를 내린다. 주머니에 든 건 무어냐?"

"휴가 주머니 말입니까."

"그렇다."

"무엇이 들었는가 하면……." 피그가 사색에 잠기듯 말했다.

"갈아입을 속옷." 크누프가 대신 말해 줬다. "주수기(注水器), 독서용 잡지 나부랭이, 엄마한테 빨아 달랠 세탁물……."

"말씀하셨으니까 말입니다만, 크누프 중위님……."

"라디오 튜브도 들었지."

"뭐라고요."

"주머니를 열어."

"허락하시면." 피그가 말했다. "저 장교 사무실에 뛰어 들어가 해군 규칙 요강을 읽어 보고 오겠습니다, 중위님. 제가 알고자 하는 것은 지금 중위님이 제게 명령하시는 것은, 무어라고 말씀할깝쇼. 말하자면 약간 불법적이 아닌가 하는 점입지요……."

험상궂은 미소를 지으며 크누프가 펄쩍 공중으로 뛰어올랐다가 외출 주머니에 털썩 내려앉자, 주머니는 와자작 덜컥 하고 듣기에도 구역질 나는 소리를 냈다.

"아하." 크누프가 말했다.

피그는 일주일 후 문책에 회부되었고 그 결과 출입을 금지 당했다. 히로시마는 전혀 언급되지 않았다. 보통 같으면 그가 범한 죄는 군법 회의, 영창, 불명예 제대에 해당되는 것이었다. 왜냐하면 그런 것들은 모두 기강을 튼튼히 해 주는 것들이었으니까. 그런데 스캐폴드호의 사령관인 C. 오스릭 리치라는 늙은이는 어떻게 되어서인지 이른바 습관적 범법자라고 불릴 인물들을 그의 주변에 모아 놓고 있는 터였다. 이 패거리에는 베이비 페이스 팔란지라는 기계공의 짝패가 있었는데, 그는 정기적으로 바부슈카[150]를 뒤집어쓰곤 A갱의 패거리들을 자기 방에 불러다 놓고 자기 뺨을 꼬집으라고 하는 작자였

---

150   삼각형 머릿수건.

다. 라자르라는 갑판 청소부로 말할 것 같으면 시내의 남부 연합군 기념비에다가 악담을 낙서하곤 구속의에 묶여 돌아오는 일이 전문이었다. 이자의 친구인 텔레두는 언젠가 작업을 피하기 위해 냉장고 속에 숨었다가 그곳이 마음에 들어 이 주일간을 날달걀과 냉동 햄버거를 먹고 산 경력을 가지고 있었다. 결국 선임 위병 하사관과 경호원 하나가 그자를 강제로 냉장고에서 끄집어냈다. 조타수 그룸스먼은 제2의 고향이 배 안의 진료실이었다. 그에게는 항상 사면발니가 들끓었는데 이 곤충은 불행하게도 배의 간호병장이 조제해 주는 특별 구충약을 먹으면 더욱 번성하는 것 같았다. 어쨌든 그 때문에 그는 항상 진료실에서 살았던 것이다.

배를 탈 때마다 선원에게서 이런 요인을 거듭 발견하는 동안 선장은 이런 종류의 인간들을 '그의 아이들'로서 사랑하게끔 된 것이었다. 이 사람은 그의 영향력을 아낌없이 발휘하고 온갖 법 외의 조처를 동원해 가면서 이런 자들을 해군에서 또는 스캐폴드호에서 쫓겨나지 않도록 보호해 주었다. 피그는 말하자면 선장 패거리의 창설 위원 비슷한 것이었으므로 한 달 동안의 출입 금지 처분을 받는 데 그쳤던 것이다. 곧 피그는 권태에 빠지게 되었고, 따라서 자연히 사면발니가 들끓는 그룸스먼에게 접근해 갔던 것이다.

그룸스먼은 피그의 비행기 여승무원들과의 거의 치명적인 관계를 성립시키는 데 주역을 했다. 문제의 여승무원들인 행키와 팽키 두 여자는 그들과 비슷한 처지의 여자 열두어 명과 함께 버지니아 해변 근처에 큰 아파트를 가지고 있었는데, 감금 기간이 끝나던 날 밤 그룸스먼은 피그를 그곳으로 데리고 간 것이었다. 가는 길에 그들은 주립 주점에서 술을 샀다.

피그는 팽키를 목표로 삼았다. 왜냐하면 행키는 그룸스먼의 여자였으니까. 피그 역시 지키는 율법 같은 것이 있었던 것이다. 그는

603

그 여자들의 진짜 이름이 무언지는 알아내지 못했다. 하지만 그건 이러나저러나 상관이 될 수 없는 일이었다. 여자들은 거의 똑같았으니까. 둘 다 인위적인 금발이었고 둘 다 스물한 살에서 스물일곱 살 사이였으며 둘 다 157센티미터에서 170센티미터 사이의 키였다.(그리고 몸무게도 거기에 알맞게 나갔다.) 그들은 둘 다 맑은 피부를 가졌고 안경을 끼거나 콘택트렌즈를 착용하지 않았으며 같은 잡지를 구독하는 애독자였다. 또 같은 치약과 같은 비누와 같은 방취제를 썼고 근무 외 시간에는 평상복을 바꾸어 가며 같이 입었다. 어느 날 피그는 실제로 행키와 같은 침대에 들어갔던 것이다. 다음 날 아침 그는 전날 밤 너무 취한 터라 제정신이 아니었던 체했다. 그룸스먼은 쉽게 사과를 받아들였다. 그도 그럴 것이 그는 같은 불찰로 팽키와 같은 침대로 들어갔기 때문이었다.

모든 것이 목가적으로 진행되었다. 봄과 여름이 되자 해변에는 수많은 패거리들이 몰려들었고 해변 정찰대원은 행키와 팽키의 아파트로 종종 폭동을 진압시키고 커피 대접을 받으러 들르곤 했다. 그룸스먼은 끊임없는 추궁 끝에 팽키가 사랑의 행위 중 하는 어떤 일이 피그를(그 자신의 말에 따르면) 흥분시킨다는 것을 알아냈다. 그것이 무엇인지는 아무도 알아내지 못하고 말았다. 보통은 이런 문제에 대해 침묵을 지키는 편이 아닌 피그는 이제는 마치 현시를 보고 난 신비주의자같이 행동했다. 아마도 그는 팽키의 그 말로 형언할 수 없는 초자연적 재능을 말할 능력도 없으려니와 말할 의도도 별로 없었던 것 같다. 그것이 무엇이었든지 간에 피그로 하여금 자유 시간을 몽땅 버지니아 해변에서 보내게 만들었고 근무 중에도 몇 날 밤인가는 그리로 빠져나오게 만들었던 것이다. 어느 근무의 밤, 스캐폴드호로 돌아간 그는 장교 구역에서 영화가 끝난 뒤 조타수가 거꾸로 매달려 원숭이 소리를 내고 있는 것을 발견했다. 그룸스먼은 피그를 보자 소리쳤다. "애프터셰이브 로션이 개자식을 잡는 유일한 방법이라고." 피그는 움찔했다. "그것들은 그 냄새에 취해서 잠들어 버리는 거야." 그는 내려와서 피그에게 사면발니에 대해 얘기해 주었다. 그는 최근 사면발니들이 토요일 밤이면 그의 음모가 이루는 수풀 속에서 무도회를 연다는 이론을 펼쳐 놓는 것이었다.

"그 얘긴 그만." 피그가 말했다. "우리 클럽 계획은 어찌 됐지?" 이것은 방출 중의 죄수들과 출입 금지 클럽의 회원들로 이루어진 크누프 징벌 위원회 같은 것이었다. 크누프는 그룸스먼의 상사이기도 했다.

"크누프가 못 견디는 것이 하나 있는데." 그룸스먼이 말했다. "그건 물이야. 그자는 수영을 못하고 우산은 세 개나 있지."

그들은 크누프를 물에 끌어들일 계략을 세웠다. 그것은 뱃전 너머로 던져 버리는 것만을 제외하곤 무엇이고 다 허용하는 엄한 징벌 계획이었다. 소등 후 몇 시간이 되지 않았을 때 라자르와 텔레두는 식당에서 블랙잭 놀이(봉급 봉투를 걸고)에 낀 뒤 음모단에 합류했다. 둘 다 놀이에서 잃은 다음이었다. 다른 모든 '선장의 사나이들'과 마찬가지로 이들은 하위 서드에게서 빼앗은 올드 스태그를 오분의 일가량 가지고 있었다.

토요일은 크누프의 근무 밤이었다. 해 질 녘 해군에서 지키는 전통이 있었다. 즉 국기 하강식이었다. 그것은 노퍽의 호위함 부둣가에서 바라보기에는 상당히 그럴듯한 광경이었다. 어느 구축함의 함교에서 보더라도 모든 움직임(도보자나 차량들이나 말이다.)이 일제히 그치는 것을 알 수 있었다. 모두가 차렷 자세를 하고 열 개가 넘는 부채꼴 고물 위로 하강하는 미국 국기에 대고 거수경례를 하는 것이었다.

갑판 장교로서 크누프는 첫 번째 보초를 서게 되어 있었다. 오후 4시부터 6시까지였다. 그룸스먼이 "갑판의 전원은 국기를 향하여 경례." 하고 암호를 부르기로 약속이 되었었다. 구축함 부속선인 미합 중국 선박 매머드 케이브(스캐폴드와 그 분대는 이것과 나란히 정박되어 있었다.)는 새로 워싱턴 D. C.의 해변 담당 경비원으로 있던 트럼펫 주자를 맞아들인 바 있었으므로 이날 밤에는 일몰 귀영을 알리는 나 팔 주악까지 등장할 수 있었다.

피그는 조타실 꼭대기에서 이상한 물체 곁에 엎드려 있었고 텔레두는 조타실 뒤쪽의 수도꼭지 있는 데에 내려가 있었다. 그는 고무 주머니들(그중에는 피그의 돌기형 콘돔도 있었다.)에다 물을 채우고 있는 것이었다. 고무 주머니들에다가 물을 채워서는 라자르에게 건네 주었고 라자르는 받아서 피그 곁에다가 갖다 놨다.

"갑판의 전원은……." 그룸스먼이 말했다. 저쪽에서 나팔소리가 울리기 시작했다. 몇 척의 배들이 포 소리와 함께 국기를 하강시키기 시작했다. 크누프는 검열을 위해 함교로 나와 섰다. "국기를 향하여 경례." 철썩, 고무 주머니 하나가 크누프의 발에 5센티미터 못 미처 떨어졌다. "저런 저런." 피그가 말했다. "경례를 붙이고 있는 사이에 맞춰야 돼." 라자르가 수군거렸다. 그는 몹시 흥분되어 있었다. 두 번째 주머니는 고스란히 크누프의 모자에 내려앉았다. 한 눈 귀퉁이로 피그는 그 거대하고 육중한 선체가 석양의 오렌지색으로 바뀌어 호위선 부두 전역을 제압하고 있는 광경을 볼 수 있었다. 나팔수는 자기의 할 일을 잘 알고 있었다. 그는 일몰의 주악을 낭랑하고 드높게 불어 댔다.

세 번째 주머니는 완전히 빗나갔다. 뱃전 너머로 가서 떨어진 것이다. 피그는 겁먹은 소리로 말했다. "난 못 맞추겠어." 그는 연거푸 같은 말을 되풀이했다. 라자르는 화를 터뜨리며 주머니 두 개를 집어 들고 뛰기 시작했다. "배반자." 피그가 으르렁거리더니 주머니 한 개를 그의 등에다 던졌다. "아하." 라자르는 약 8센티미터의 융기들

틈에 서서 올려다보며 주머니 한 개를 피그에게 되던졌다. 나팔수는 반복 악절을 불었다. "계속해." 그룹스먼이 말했다. 크누프는 오른손을 옆구리에 갖다 날씬하게 붙이더니 왼손으로 모자에 올라앉은 물이 담긴 고무 주머니를 내렸다. 그는 침착한 발걸음으로 피그를 찾으러 조타실 위쪽의 사다리를 오르기 시작했다. 제일 먼저 그의 눈에 띈 사람은 텔레두였다. 그는 아직도 수도 곁에 웅크리고 앉은 채 고무 주머니에 물을 채우고 있었다. 어뢰 갑판에서는 피그와 라자르가 이제는 지는 해로 하여 주홍빛으로 물든 회색 고무 주머니들 사이에서 서로 쫓고 쫓기며 물싸움을 벌이고 있었다. 피그가 버리고 간 비축 고무 주머니들로 무장을 갖춘 크누프도 거기에 한몫 끼었다.

그들은 물을 흠뻑 뒤집어쓴 다음에야 싸움을 그쳤다. 기운이 탕진된 그들은 서로를 인정하는 욕지거리를 교환했다. 그룹스먼은 크누프에게 '짝패'와 '금지된 사나이들의 클럽'의 명예 회원권을 수여하기까지 한 것이다.

이 화해는 피그를 적잖이 놀라게 했다. 그가 기대했던 것은 보복당하는 일이었다. 그는 배반당한 느낌을 갖게 되어 그의 인생관을 개선하는 길은 여자를 찾는 길밖에 없다는 것을 알았다. 불행히도 그는 이제는 콘돔의 완전 결핍이라는 곤경에 처해 있었다. 몇 개 빌려 보려 했으나 때는 누구에게 있어서나 모든 것이, 돈, 담배, 비누, 특히 콘돔(돌기형 콘돔은 더더욱)이 다 떨어지는 그 무서운 시기, 즉 봉급 직전이었던 것이다. "아, 아." 피그가 신음하듯 말했다. "난 어떻게 해야 좋지?" 바로 이 판에 히로시마가 구원의 손길을 내민 것이다.

"r-f 에너지의 생리학적 효과에 대해 들어 본 일 없어?" 기술자 나리가 물었다.

"뭐라고?" 피그가 말했다.

"레이더 안테나 앞에 가서 서 있어." 히로시마가 말했다. "방사

중에 말이야. 그렇게 하게 되면 어떤 결과가 오는가 하면 자네가 일시적으로 불모가 되는 거야."

"정말일까." 피그가 말했다. 정말이야. 히로시마는 그에게 그 설명이 나와 있는 책 한 권을 보여 줬다.

"난 높은 데 올라가는 건 싫어해." 피그가 말했다.

"그 길밖에 없어." 히로시마가 그에게 말했다. "자네가 해야 하는 일은 마스트로 기어올라가는 일이야. 그러면 내가 가서 SPA 4 에 이블이란 놈을 작동시키겠어."

피그는 벌써 약간 불안정한 걸음걸이로 꼭대기를 향해 올라가고 있었다. 그는 바야흐로 마스트를 기어오르려는 참이었다. 하위 서드가 그의 곁으로 다가와 걱정하는 듯한 태도로 무엇인가 상표가 붙지 않은 병 속에 든 탁한 마실 것을 한 모금 주었다. 위로 올라가는 길에 피그는 프로페인이 원재(圓材)에 걸어 놓은 갑판장 의자에 새처럼 올라앉아 흔들흔들하고 있는 것을 보았다. 프로페인은 마스트에 페인트를 칠하고 있었다. "둠 디 둠, 디 둠." 프로페인이 흥얼거렸다. "안녕하쇼, 피그. 나의 옛 친구." 피그는 생각했다. 아마도 저 친구 말소리가 내가 이 세상에서 듣는 마지막 소리일 거야.

히로시마가 아래쪽에 나타났다. "여보게, 피그." 그가 소리쳤다. 피그는 아래를 내려다봤다. 그것이 잘못이었다. 히로시마가 엄지손가락과 가운뎃손가락으로 동그라미를 만들어 보였다. 피그는 구토증을 느꼈다.

"이 협소한 수풀 속엔 왜 왕림했어?" 프로페인이 말했다.

"응 그냥 산책을 좀 나왔어." 피그가 말했다. "자넨 마스트에 페인트칠을 하고 있군."

"맞아." 프로페인이 말했다. "갑판하고 같은 회색으로 칠하고 있다고." 둘은 스캐폴드호의 색채 조화에 대해 길게 검토하고 갑판원인 프로페인이 어째서 레이더 담당원들이 해야 할 마스트에 페인트 칠을 하는 일에 동원되었는가 하는, 지금까지도 여러 번 거론되었던 바의 관할 구역 문제에 대해서도 길게 논의했다.

갑갑증이 난 히로시마와 서드가 고함을 치기 시작했다. "자, 그럼." 피그가 말했다. "잘 있게, 옛 친구."

"그 플랫폼을 걸어 다닐 땐 조심해야 돼." 프로페인이 말했다. "난 취사장에서 햄버거를 더 훔쳐 내다 거기에 감춰 놨어. 그걸 이 갑판 위로 해서 빼내 갈 생각이야." 피그는 고개를 끄덕이며 천천히 사다리를 올라갔다. 사다리가 삐걱거렸다.

꼭대기에 닿은 그는 킬로이처럼 코를 플랫폼 위에 갖다 대고 상황을 진단했다. 과연 프로페인의 햄버거가 어디엔가 있는 것이 분명했다. 그런데 피그가 막 플랫폼으로 올라가려 할 때였다. 그의 초민감한 코가 무엇인가를 탐지한 것이다. 그는 그것을 들어 올렸다. "야, 이럴 수가." 피그는 소리 내 말했다. "여기에서 햄버거 굽는 냄새가 날 줄이야 누가 알았겠어." 그는 프로페인의 저장물을 좀 더 가까이에서 관찰했다. "이것 봐라." 그는 말했다. 그러고는 재빨리 사다리를 내려갔다. 프로페인이 있는 곳까지 내려간 그는 프로페인에게 외쳤다. "이봐, 옛 친구. 자네가 방금 내 목숨을 구했어. 끈 좀 가진 것 있나?"

"뭘 하려고? 목이라도 매달려는 거야?" 프로페인이 그에게 낚싯줄을 얼마만큼 던져 주며 물었다.

피그는 끈 한쪽에다 올가미를 만들어 가지고 다시 사다리를 올라갔다. 두세 번 만에 그는 햄버거를 낚아채는 데 성공했다. 그는 쓰고 있던 흰 모자를 벗어 그 속에다 햄버거를 쑤셔 넣었다. 그러면서도 그는 되도록 레이더 안테나와 일직선이 되는 위치에는 서지 않으려 애썼다. 프로페인이 있는 곳까지 내려간 그는 그에게 햄버거를 보였다.

"놀라운데." 프로페인이 말했다. "어떻게 해냈지?"

"언제 내가." 피그가 말했다. "r-f 에너지의 생리학적 효과에 대해 말해 주겠어." 이 말을 하면서 그는 흰 모자를 히로시마와 하위 서드를 향해 뒤집었다. 그리하여 익은 햄버거의 소나기가 그들에게 쏟아진 것이다.

"무엇이고 말만 해." 피그가 말했다. "원하는 건 무엇이고 말이야. 난 나 나름의 법전을 가졌지. 그리고 한 번 진 신세는 잊어버리질 않아."

"좋아." 프로페인이 몇 년 뒤 누에바 요크 112번가에 있는 아파트의 파올라 침대 곁에 서서 피그의 옷깃을 약간 비틀면서 말했다. "난 지금 그때의 빚을 받겠어."

"법전은 법전이니까." 피그가 목 졸린 소리로 말했다. 그는 침대에서 내려와 슬픈 표정을 지으면서 달아났다. 그가 가 버린 다음 파올라는 손을 뻗어 프로페인을 끌어다가 자기 곁에 눕게 하려 했다.

"싫어." 프로페인이 말했다. "난 언제나 싫다고 해 왔어, 지금도 싫어."

"당신은 너무 오랫동안 떠나 있었어. 우리 버스 여행 이후 참 오랜 시간이 지났어."

"내가 이제 돌아왔다는 말은 누가 했지?"

"레이첼 때문이야?" 그녀가 그의 머리를 두 손으로 잡으며 말했다. 철저한 모성적 제스처였다.

"그것도 있어, 물론. 하지만……."

그녀는 기다렸다.

"어쨌든 난 이건 좋지 않게 생각해. 하지만 내 정말 이유는, 난 누가 내게 의존하는 걸 원치 않는 거야."

"벌써 의존하고들 있어." 그녀가 소곤거렸다.

아냐, 이 여잔 제정신이 아니야. 난 아냐. 슐레밀에게는 그런 일이 안 일어나.

"그럼, 왜 피그를 가게 만들었지?"

그는 거기에 대해 몇 주일 동안 생각해 봤다.

2

모든 건 다 전송의 자리에 모였다.

프로페인이 몰타행 배를 타기 직전의 어느 날 오후였다. 그는 우연히 자신의 옛 동네인 휴스턴가에 갔었다. 날씨는 쌀쌀한 가을날이었다. 어둠이 빨리 왔고 공놀이를 하고 있던 어린아이들은 그날의 놀이를 마무리할 모양이었다. 아무 특별한 이유 없이 프로페인은 자기 부모를 찾아볼 생각이 났다.

모퉁이를 두 개 돌고 계단을 올라간 그는 경찰관 바질리스코의 아파트를 지나갔다. 그의 아내는 항상 홀에다 쓰레기를 내놓는 습관이 있었다. 그러고 나서 그는 소규모 사업을 하고 있는 미스 앤저빈네 집 앞을 지나고 비너스버그네 집 앞을 지났다. 이 집의 뚱뚱한 딸은 항상 어린 프로페인을 욕실로 유인하려 애쓰곤 했다. 그러고 나서는 술주정뱅이 마식시네와 조각가 플레이크하고 그의 여자 친구의 집을 지나 고아가 된 쥐새끼들을 기른 현행 마녀인 늙은이 민 데 코스타의 집 앞을 지났다. 즉 그는 그의 과거를 지나가고 있었다. 하지만 그것을 누가 알 것인가? 프로페인은 알 수 없었다.

그는 옛 문 앞에 가 서서 문을 두드렸다. 그는 노크 소리로(마치 우리가 전화의 송신 소리로 우리 여자 친구가 집에 있는지 없는지를 알듯이) 안에는 아무도 없다는 것을 알았다. 그는 문의 손잡이를 돌렸다. 이왕 거기까지 온 이상 그들은 생전 문을 걸고 다니지 않았다. 문 반대쪽에 가서 선 그는 자동 기계처럼 주방으로 들어갔다. 식탁을 검사하기 위해서였다. 햄, 칠면조 고기, 로스트비프가 있었고 과일로는 포도, 오렌지, 파인애플 그리고 자두가 있었다. 또한 케이크가 있었고 아몬드와 브라질 땅콩이 한 그릇 놓여 있었다. 회향풀과 로즈메리, 사철쑥의 신선한 다발 위에 돈 많은 여자의 목걸이처럼 척척 걸쳐져 있는 마늘단들, 한 쌍의 말린 대구(대구의 눈들은 커다란 프로볼리니 치즈 덩어리를 노려보고 있었다.), 엷은 노란색의 파마산 치즈, 게다가 얼음 양동이 안에는 가짓수도 헤아릴 수 없는 생선류와 거필터[151] 등이 있었다.

아니, 그의 어머니는 정신 감응 능력을 지니지는 않았다. 프로페인이 올 걸 알았던 것이 아니었다. 그녀의 남편인 지노이든, 비든, 가난이든, 무엇이든 기다리지 않았던 것이다. 단지 그 여자에게는 음식을 먹이려는 강렬한 욕구가 있었을 뿐이다. 프로페인은 이 세상은 그런 어머니들이 없다면 그만큼 더 나쁜 곳이 될 것을 확신했다.

그는 밤이 다가오는 동안 한 시간을 주방에서 무생물인 음식의 들판을 거닐면서 지냈다. 간혹 그는 이것저것의 귀퉁이를 조금씩 축냄으로써 그만큼을 생명체로, 즉 그의 것으로 만들었던 것이다. 바깥은 이내 어두워졌다. 구운 고기와 과일의 표피들이 아파트 건물 안마당 저쪽의 아파트에서 오는 불빛을 받아 더욱 윤이 나 보였다. 비가 내리기 시작했다. 그는 그곳을 빠져나왔다.

---

151   속을 넣거나 동그랗게 만들어 익힌 생선 요리.

이제 밤 시간이 자유로워진 프로페인은 러스티 스푼과 포크트 유를 심각한 타협 없이 자주 드나들 수 있었다.

"벤." 레이첼이 소리쳤다. "이건 날 무시하는 거야." 그가 인류 연구 협회에서 쫓겨난 밤 이후 그는 여러 가지로 그녀를 무시하는 행동을 했던 것 같다.

"왜 내가 일자리를 구해 주는데도 싫다고 하지? 지금은 9월이야. 대학생들은 도시에서 빠져나가고 있어. 노동 시장은 최고 경기라고."

"휴가중이라고 해 두지." 프로페인이 말했다. 하지만 부양가족이 둘씩 있는 놈이 어떻게 휴가를 가질 수 있을까?

미처 누가 생각하기도 전에 프로페인은 어엿한 족속들의 일원이 되어 있었다. 카리스마와 푸의 지도 아래 그는 대명사를 사용하는 법, 과하게 마시고 취하는 법, 시침 떼는 법 그리고 마리화나 피우는 법 등을 배웠다.

"레이첼." 일주일 뒤 뛰어 들어오며 프로페인은 말했다. "나, 마리화나 피웠어."

"썩 나가 버려."

"뭐라고?"

"넌 가짜가 되고 있어." 레이첼이 말했다.

"넌 그게 어떤 건지 알고 싶지 않나 보구나."

"나도 피워 봤어. 어리석은 짓일 뿐이야. 수음처럼 말이야. 그런 걸로 위안을 받는다면 상관 않겠어. 하지만 내가 안 보는 데로 가서 해."

"한 번 해 보았을 뿐이야. 경험을 위해서였을 뿐이라고."

"한 번만 말하겠어, 나도. 족속들은 사는 것이 아니야, 경험할 뿐이야. 그들은 창조를 하는 것이 아니라 창조하는 사람들에 대해 말

을 할 뿐이야. 바레즈[152], 이오네스코, 데 쿠닝[153], 비트겐슈타인. 구역
질이 나. 족속들은 자기 자신들을 풍자하지만 그것도 진정은 아니야.
《타임》은 그걸 심각하게 취하지. 그리고 그건 진짜로야."

"해 볼 만한 경험인 것 같아."

"그리고 그 덕분에 넌 그만큼 더 인간성을 잃고 있어."

그는 아직도 마리화나에 취해 있었다. 너무 취해서 같이 심각하
게 이야기를 할 수 없었다. 그는 카리스마하고 푸와 함께 아이들처럼
떠들며 놀았다.

레이철은 휴대용 라디오를 들고 욕실로 들어가 문을 잠그고 얼
마 동안 엉엉 울었다. 라디오에서는 누군가가 어째선지 우린 항상 우
리가 가장 사랑하는 사람에게, 절대로 상처를 주지 말아야 하는 사람
에게 상처를 준다는, 그 으레 나오는 주제의 가락을 부르고 있었다.
"맞는 말이야." 레이철이 말했다. 하지만 베니는 나를 사랑하기나 하
는 걸까? 난 그를 사랑해. 적어도 난 그렇게 생각해. 내가 사랑해야
될 이유는 아무것도 없어. 그녀는 계속 울었다.

그리하여 어느 날 새벽 1시에 레이철은 머리를 빳빳이 늘이고
검정색 옷차림과 마스카라 외에는 화장기 없는 얼굴에다 두 눈가에
너구리테만 그려 가지고 러스티 스푼에 나타났던 것이다. 즉 부대를
따라다니는 비전투원 여성의 모습을 하고서 말이다.

"베니." 그녀가 말했다. "미안해." 그리고 좀 뒤에 다시 말했다.

"내게 상처를 주지 않으려 애쓸 필요는 없어. 나하고 집에 가기
만 하면 돼. 잠자리로……." 그리고 또 훨씬 더 뒤에, 즉 아파트로 돌
아간 뒤, 그녀는 벽을 보고 말했다. "남자일 필요조차 없어. 그냥 나

---

152   Edgar Varèse. 20세기의 프랑스 태생의 미국 작곡가.

153   de Kooning. 20세기의 네덜란드 태생의 미국 화가.

를 사랑하는 체만 하면 돼."

하지만 그 어느 것도 프로페인의 기분을 조금이라도 돋워 주지는 않았다. 그리고 프로페인은 러스티 스푼으로 가는 것을 중단하지 않았다.

어느 날 밤 그는 포크트 유에서 스텐슬과 같이 취했다. "스텐슬은 여기를 뜰 거야." 스텐슬이 말했다. 그는 이야기가 하고 싶은 모양이었다.

"나도 여길 뜰 수 있으면 좋겠어."

젊은 스텐슬, 즉 스텐슬 2세는 이름은 어찌 되었든 노련한 모사(謀士)였다. 곧 그는 프로페인으로 하여금 그의 여자 문제에 대해 이야기를 하게 만들었던 것이다.

"난 파올라가 원하는 게 무언지를 몰라. 당신이 그 여자를 더 잘 알지. 당신은 알 것 같아, 그 여자가 원하는 게 뭔지를?"

이건 스텐슬로선 거북한 질문이었다. 그는 대답을 피했다.

"자네들 둘은 ─ 뭐라고 할까 ─."

"아니." 프로페인이 말했다. "아니, 그렇잖아."

하지만 스텐슬은 그다음 날 저녁에도 그리로 나타났다. "사실을 말하면." 그는 고백했다. "스텐슬은 그 여자를 다룰 줄 몰라. 하지만 자네는 할 수 있지."

"그만하고 술이나 드시지." 프로페인이 말했다.

여러 시간이 흐른 후, 그들은 둘 다 제정신이 아니었다. "그들과 같이 올 생각은 없을까." 스텐슬이 말했다.

"난 거기 한번 갔어. 뭣하러 다시 가겠어?"

"하지만 발레타는 어딘지 매혹적이었지 않을까? 무엇인가를 느끼게 하지 않았어?"

"난 거트에 가서 다른 작자들처럼 진창 마셨지. 무얼 느끼기엔 너무 취했었어."

이것은 스텐슬을 안심시키는 말이었다. 그는 발레타에게 대단
히 겁먹고 있었다. 그는 프로페인(아니면 다른 누구라도 좋았다.)이 (1)
그 여행에 따라와 주고 (2) 파올라를 돌보아 주면, 즉, 그가 혼자서
그런 걸 모두 감당하지 않아도 되면 좋을 것 같았던 것이다.

부끄러운 일이었다. 노 시드니는 거기에 산더미 같은 난제들을
안고 혼자서 가지 않았던가. 그런데 지금의 그는 어떠한가! 약간은
비관적이며 약간은 불안정하다는 것 외에는 할 말이 없는 것이다. 스
텐슬은 약간 비관적이고 약간 불안정한 표정으로 자신에게 말했다.
그러고는 짐짓 공격적인 어조로 "소속이 어디지, 프로페인?"이라고
말했다.

"나 있는 곳, 그것이 어디든 간에."

"뿌리를 잃은 거군. 저들이 다 그랬듯이. 이 족속들 중 그 누가
내일 털고 일어나 몰타로 가기를, 또는 달로 가기인들 주저할 것 같
아? 그들에게 물어봐. 어떻게 되어서 그러냐고. 그럼 그들은 대답할
거야. 어째서 그러면 안 되느냐고."

"난 발레타야 어떻게 되든 상관없다고." 하지만 폭격당한 건물
들, 담황색의 잡석들, 킹스웨이의 흥분된 분위기 등에서 과연 아무것
도 못 느꼈다고 주장할 수 있을까? 파올라는 그 섬을 무엇이라 불렀
던가? 맞아! 생명의 요람.

"난 항상 바다에 매장되길 원했지." 프로페인이 말했다.

스텐슬이 만약 그 연쇄적 관계 맺음에서의 짝짓기를 보았다면
어쩌면 그는 용기를 얻었을 것이다. 하지만 파올라와 그는 한 번도
프로페인에 대해 얘기해 본 일이 없었다. 도대체 프로페인이 누구란
말이야?

어쨌든 지금까지의 사정은 그랬다. 둘은 제퍼슨가의 한 파티로

몰려가기로 했다.

다음 날은 토요일이었다. 이른 아침 스텐슬은 그의 이른바 '접촉망'의 여러 요인들을 찾아다녔고 그 모든 곳에서 제삼의 승객이 있을지 모른다는 사실을 시사해 두었다.

그런데 그 제삼의 승객은 그동안 끔찍한 숙취의 고통을 겪고 있었던 것이다. 그의 '여자 친구'는 그들의 관계에 대해 재고하는 것 같았다.

"왜 자꾸 러스티 스푼으로 가지, 베니."

"가면 왜 안 되지?"

그녀는 한쪽 팔을 세우고 엎드리며 말했다. "네가 그런 말을 한 건 이번이 처음이야."

"넌 매일 무언가를 위해 지조를 꺾으면서 그러니."

미처 생각지 않고? "사랑은 어떻게 되지? 거기 가서는 언제 미혼의 신상에 종지부를 찍으려는 거야, 벤?"

거기에 대한 대답으로 프로페인은 침대에서 굴러떨어진 후 욕실로 기어가 변기 위에 몸을 굽혔다. 그의 계획은 토하는 것이었다. 레이철은 한쪽 가슴 위에 무대에 선 소프라노 가수처럼 두 손을 모았다. "나의 사람." 프로페인은 토하는 대신 거울 속을 들여다보며 자신을 상대로 지껄였다.

그녀는 머리를 흩뜨려서 늘어뜨린 채 그의 등 뒤로 다가와 볼을 그의 등에 갖다 댔다. 마치 파올라가 지난겨울 뉴포트 뉴스의 나룻배에서 그랬듯이 말이다. 프로페인은 자기 치아를 검사했다.

"내 등에서 내려."

아직도 등에 매달린 채. "그래, 한 번 마리화나를 피우곤 벌써 낚싯바늘에 걸렸다는 거야? 그게 네가 말하고 있는 허튼소리야?"

"그게 내 말이야, 비켜."

그녀는 물러났다. "비키라니 얼마나 멀리 비키라는 거야, 벤?" 그러고 나서는 조용해졌다. 부드럽고 참회하는 태도로, "내가 누구에게 걸렸다면 그건 너에게야, 레이철 O." 그는 거울 속으로 그녀의 의심쩍은 표정을 본다.

"여자들한테 걸렸지." 그녀가 말했다. "네가 사랑이라고 생각하는 것에. 즉 일방적으로 취하기만 하는 인간관계에 얽혀든 거지. 나한테 걸린 건 아냐."

그는 맹렬한 기세로 이를 닦기 시작했다. 그녀가 지켜보는 동안 거울에는 커다란 거품의 꽃이 그의 입과 턱 양쪽을 중심으로 피어났다.

"가고 싶으면." 그녀가 외쳤다. "가란 말이야."

그는 무엇이라곤가 말했지만 칫솔이 내는 소리와 치약 거품 때문에 둘 중 누구에게도 그 뜻이 분명치 않았다.

"넌 사랑이 무서운 거야. 그건 누군가 다른 사람이 있다는 걸 의미해." 그녀가 말했다. "네가 주어야 할 필요가 없는 이상 무엇엔가 소속되어 있는 것이 좋다는 거겠지. 넌 사랑에 대해서 얘기는 할 수 있을 거야. 말로 말해야 되는 것이라면 진짜가 아닐 테니까 말이지. 그건 너 자신을 높은 자리에 올려놓은 방편에 불과해. 그리고 누구라도 네게 접근하려고 노력하는 사람이 있다면, 나같이 아랫자리로 끌어내리고."

프로페인은 세면대에서 요란하게 입을 헹구기 시작했다. 그는 수도꼭지에서 직접 입속에 물을 담아서는 내뱉었다. "이봐." 숨을 쉬기 위해 고개를 들며 그가 말했다. "내가 뭐라고 했지? 내가 미리 경고하지 않았느냐고!"

"사람은 변할 수 있어. 변하도록 노력을 해 볼 순 없겠어?" 그녀는 울지 않으려 안간힘을 썼다.

"난 안 변해. 슐레밀들은 변하지를 않는다고."

"난 그런 말을 들으면 토할 것 같아. 넌 너 자신에게 연민을 느끼는 버릇을 버릴 순 없겠니? 넌 네 흐느적거리고 질둔한 영혼을 마음대로 확대시켜 가지고 그걸 '일반적 원칙'이라는 이름으로 부르고 있는 거야."

"너하고 그 MG하곤 어떻게 된 거지?"

"그것하고 이것하고 도대체 무슨 상관이……."

"넌 내가 어떤 생각을 갖고 있는지 알고 있지? 넌 부품이라는 생각 말이야. 육체인 너는 자동차보다 더 빨리 해체될 거라는 그 사실 말이야. 자동차는 계속 존재할 거고 폐차장에 가서라도 그건 전과 같은 모습일 거야. 그리고 그것이 알아볼 수 없도록 녹이 슬고 변모하려면 천년도 더 걸릴 거고. 하지만 우리의 레이철은? 우리 레이철은 어떤가? 그때는 레이철은 없어진 지 오래지. 부품, 아주 하찮은 부품, 자동차의 유리창 닦는 막대 같은 것이 되는 거지."

그녀는 이 말에 적잖이 흔들린 것 같았다. 그는 더 밀고 들어갔다.

"난 네가 MG하고 단둘이 있는 걸 보고 난 후에야 슐레밀이라는 것이 무엇인가에 대해 생각하기 시작했고, 경계해야 할 무생물의 세계라는 것에 대해서도 생각하기 시작했다고. 난 그것이 변태적일지도 모른다는 생각조차도 해 보질 않았어. 내 눈앞에서 벌어지고 있는 일이 말이지. 난 다만 겁에 질렸을 뿐이야."

"그건 모두 네가 여자들에 대해 얼마나 무식한가를 말해 줄 뿐이야."

그는 머리를 긁적이기 시작했다. 큼직한 비듬 조각들이 욕실 바닥으로 쏟아져 내렸다.

"슬랩이 내 첫 번이었어. 슐로자우어네 트위드 족속 가운데 아무도 내게 맨 손바닥 이상은 얻어 갖질 못했어. 이것 봐, 벤, 젊은 여자들은 무엇엔가 자기네의 처녀를 바쳐야 돼. 애완용 앵무새 또는 자동차 등등. 사실은 무엇보다도 자기 자신들한테 바치기가 일쑤지만."

"아냐." 그가 말했다. 그의 머리칼은 온통 엉켜 있었고, 손톱은 죽은 머리 표피로 누렇게 되어 있었다. "그것만이 아니야. 그런 식으로 거기서 빠져나가려 하지 마."

"넌 슐레밀이 아니야. 넌 특별한 누구도 아니라고. 사실은 누구나 일종의 슐레밀이지. 네 그 소라 껍질에서 나와 보면 알 수 있을 거야."

서 있는 그의 모습은 마치 배가 불룩한 서양배 모양과 흡사했다. 두 눈 밑에는 주머니가 달렸고 표정은 황량했다. "원하는 게 뭐야? 얼마나 따내려고 그래? 이것으로……." 그는 그녀에게 무생물의 장신구를 흔들어 보였다. "충분하지 않아?"

"그럴 수가 없어. 난 그럴 수 없어. 파올라도 마찬가지야."

"그 여자 얘기는 왜……."

"네가 가는 곳마다 베니를 위해 여자 하나가 있을 거야. 그걸로 위안을 삼도록. 네 그 슐레밀 신분을 잃을 염려 없이 들어갈 수 있는 구멍이 마련되어 있는 거지." 그녀는 방 안을 쿵쿵 소리를 내며 걸어다니기 시작했다.

"좋아, 우린 모두 낚시꾼이야. 우리 값은 정해져 있고 무엇이 됐든 같은 값이야. 똑바로든 프랑스식으로든, 아니면 세계 일주형이든 말이지. 값을 담당할 수 있겠어? 맨머리, 맨심장을 송두리째 내놓겠느냐고?"

"만약 네가 나하고 파올라 사이에……."

"너하고 누구라도 마찬가지야. 물건이 효력이 없어질 때까진 변함이 없을 거라고. 줄로 서 있겠지. 그리고 더러는 나보다 나을 거고.

하지만 미련하긴 다 마찬가지일 거야. 우린 모두 속을 수밖에 없어. 왜냐하면 우린 이걸 가졌기 때문이야." 다리 사이를 가리키며 말했다. "그리고 이것이 말을 할 때면 우린 귀를 기울이는 거야."

그녀는 침대 위에 있었다. "이리와, 벤." 그녀가 거의 울음을 터뜨릴 지경이 된 채 말했다. "이건 공짜야. 사랑을 위해서 주겠어. 올라와. 물건은 좋아, 그리고 무료야."

기이하게도 그는 전자 기술공 히로시마가 저항기의 색별 공식을 외우는 데 도움이 되는 안내서를 읽어 주던 장면을 기억해 냈다.

나쁜 남자아이들이 우리의 어린 여성들을 '승리의 정원'[154] 담 뒤에서 강간한다.(아니면 '하지만 바이얼릿은 스스로 원해서 내게 자기를 바쳤지.') 이상: 물품 양질. 요금 무.

그들의 저항을 옴(ohm)으로 측량할 수 있을까. 언제라도. 오, 하느님, 완전한 '전자 여자'를 주세요. 어쩌면 그 여자의 이름은 바이얼릿일 거야. 이 여자하곤 문제가 생기는 즉시 사용 안내서만 보면 될 거야. 측정 기준은 대략 이렇게 되겠지. 손가락 무게, 심장 체온, 입 크기, 참을 수 없음. 제거하고 갈아 넣을 것.

그는 어찌 됐든 기어 올라갔다.

그날 밤 러스티 스푼은 보통 때보다 훨씬 시끄러웠다. 마피아가 출동했고 족속들 중 몇 명이 보석으로 나와서 모범적 행위를 시범하고 있었기 때문이다. 삼복이 가까운 토요일 밤이었다. 이유는 그뿐이었다.

문 닫을 때가 다 되어 스텐슬은 저녁 내내 마셨지만 어쩐 일인지 취하지 않고 있는 프로페인에게 다가왔다.

"스텐슬이 들으니 자네하고 레이철은 곤란하게 된 모양이던데."

---

154   주로 전시(戰時)에 가정에서 가꾼 채소밭을 말한다.

"말을 꺼내지 마."

"파올라가 스텐슬에게 말했어."

"레이철이 그 여자한테 말했겠지. 좋아. 맥주 사시지."

"파올라는 자네를 사랑해, 프로페인."

"그게 날 감동시키기라도 할 줄 알아? 뭘 연출하고 있어?" 젊은 스텐슬은 한숨을 쉬었다. 바텐더가 쩡그렁쩡그렁 소리를 내며 다가와 말했다. "시간이 되었습니다, 손님네들." 그런 식의 격조 있는 영어는 그 모든 병든 족속들하고는 곧잘 걸맞았다.

"무슨 시간이 다 됐다는 거지?" 스텐슬이 생각에 잠기며 말했다. "말을 더할 시간? 맥주를 더 마실 시간? 또 다른 파티, 또 다른 여자를 즐길 시간? 다시 말해 중요한 일을 할 시간이란 건 존재조차 하지 않는다는 말이야. 프로페인. 스텐슬에게 문제가 생겼어. 여자 때문이야."

"그래요?" 프로페인이 말했다. "그건 이상한데. 그런 소린 지금까지 들어 보질 못했거든."

"가지. 걷는 거야."

"난 도와줄 수 없는걸."

"귀가 되어 주면 돼. 스텐슬이 필요로 하는 건 그뿐이야."

밖에 나간 그들은 허드슨가를 따라 걷기 시작했다. "스텐슬은 몰타에 가고 싶지 않아. 간단히 말해서 겁이 난 거야. 1945년부터 그는 사람 사냥을 해 왔어. 아니, 여자 사냥이라고 해 두어도 좋겠지. 확실한 건 아무도 몰라."

"왜 그렇지?"

"왜 안 그래야 하지?" 스텐슬이 말했다. "확실한 이유를 그가 내놓을 수 있다는 건 그가 벌써 그 여자를 찾았다는 말이 돼. 왜 우린 바에서 어떤 한 여자를 다른 여자들을 제쳐 놓고 선택하는 거지? 그 이유를 안다면 여자 때문에 골치를 앓는 일은 없을 거야. 왜 전쟁은 일어날까? 그 이유를 알 수 있다면 우리에겐 영원한 평화만이 있을 거야. 그와 같이 이 수색에서는 모티프는 수색의 목적의 일부가 되고 있어."

"스텐슬의 아버지는 일기에다 이 여자를 언급하고 있어. 그건 세기 초에 일어난 일이야. 스텐슬은 1945년 호기심에 끌린 거야. 권태증 때문이었을까? 노 시드니는 아들에게 쓸모 있는 말을 한마디도 한 일이 없었기 때문이었을까? 아니면 아들에겐 남모르게 신비에 대한 욕구가 축적되었던 것일까? 그는 말하자면 신진대사를 가냘프게나마 유지하기 위해서는 어떤 종류의 추격의 감흥이라도 필요로 했단 말일까? 어쩌면 신비는 그의 자양인지도 모르지."

"하지만 그는 몰타에 가까이 가지 않았지. 그에게는 몇 개의 실마리가 있었어, 단서들이라고 할 만한 것들이. 젊은 스텐슬은 그 여자가 간 모든 도시에 갔었지. 흐릿한 기억과 사라진 건물들이 그를 패배시킬 때까지 그 여자를 끈질기게 추격했던 거야. 발레타만이 예외였어. 그의 아버지는 발레타에서 죽었지. 그는 자신에게 시드니의 V.와의 만남과 그의 죽음 사이에는 아무 연관이 없다는 것을 믿게 하려 애썼던 거야.

"그렇지는 않았어. 왜냐하면 이집트에서의 어리고 서툰 마타 하리[155]의 촌막극 — 항상 그렇듯 그녀는 누구의 고용인도 아닌 자신의 고용인이었지 — (때는 파쇼다가 불을 일으킬 퓨즈를 찾아 불꽃을 튀길 때였어.)으로부터 1931년, 그녀가 이제 자기는 자기가 할 수 있는 일은 다 했다는 것을 알고 사랑을 위해 시간을 냈을 때까지의 기간 동

---

155   프랑스에서 활약한 네덜란드의 댄서. 후에 독일을 위해 첩보 활동을 한 혐의로 프랑스 정부에 체포되어 사형당했다.

안 무엇인가 끔찍하고 기괴한 것이 형성되고 있었기 때문이야. 전쟁을 말하는 것은 아니야. 우리에게 소비에트 연방을 가져다준 사회주의 물결을 말하는 것도 아니고. 그것들은 증후였을 따름이니까."

그들은 14번가로 접어들어 동쪽을 향해 걸었다. 옆을 지나쳐 가는 무직자의 수가 많아짐에 따라 그들은 점점 더 가까이 3번가로 접근해 가고 있었다. 어떤 날 밤에 14번가는 지구상에서 제일 키 큰 바람이 부는 제일 폭넓은 도로가 된다.

"그 여자가 어떤 명분 또는 어떤 매개물이 되었다는 말도 아니야. 그저 그녀는 거기에 있었을 뿐이야. 하지만 거기에 있는 것만으로도 충분했지. 비록 증후에 불과하다 해도 말이야. 물론 스텐슬은 연구 재료로 전쟁이나 러시아를 선택할 수도 있었어. 하지만 그에겐 그런 정도의 시간 여유가 없는 거야.

"그는 사냥꾼이니까."

"당신은 이 여자를 몰타에서 찾겠다는 거야?" 프로페인이 말했다. "아니면 당신 아버지가 어떻게 죽었는가를 알아내려는 거야? 아니면 뭐야?"

"스텐슬이 어떻게 알겠어?" 스텐슬이 소리 높여 말했다. "일단 그 여잘 찾으면 어떻게 할지를 스텐슬이 어떻게 알 것이냐고? 스텐슬은 그 여자를 찾기를 원하는가? 그건 모두 어리석은 물음이야. 그는 몰타로 가야 해. 할 수 있으면 누군가하고, 자네하고 같이 말이야."

"또 그 얘기야?"

"그는 두려운 거야. 왜냐하면 만약 그 여자가 한 전쟁을 지나쳐 버리려 그리로 갔다면, 그건 그녀가 일으킨 것이 아니었지만 그 원인학적 근원은 그녀에게 전혀 생소한 것이 아니었지. 그래서 그 전쟁은 그녀에게 놀라움 같은 것은 가져다주지 않았던 것이야. 그리고 또 어쩌면 그녀는 제1차 세계 대전 때도 거기에 가 있었을지 몰라. 거기서 종말을 맞는 노 시드니를 만났을지도 모른단 말이지. 파리는 사랑을 위해 있고 그리고 몰타는 전쟁 기간을 보내기 위해 있다고나 할는지. 만약 그렇다면 지금, 바로 지금⋯⋯."

"전쟁이 있을 거라고 생각하는군."

"어쩌면 그럴지도 몰라. 자네도 신문을 읽었겠지."프로페인 자신은 《뉴욕 타임스》 1면을 간단히 훑어보는 정도였다. 만약 거기에 전단 표제 같은 것이 없다면 세계는 잘 돌아가고 있는 것이었다. '문명의 요람'인 중동이 문명의 무덤이 되지 말라는 법이 어디 있겠는가.

"만약 그가 몰타에 가야만 한다면, 파올라와 단둘이서만은 안 돼. 스텐슬은 그 여자를 믿을 수 없어. 그에겐 누군가가 필요해, 그 여자를 동무해 줄 누군가가. 말하자면 완충 지대가 되어 줄 누군가가 필요하단 말이야."

"그건 누구라도 되잖아? 당신이 말했잖아, 족속들은 어딜 가나 편안하다고. 라울이나 슬랩, 아니면 멜빈은 어때?"

"그 여자가 사랑하는 건 자네야. 자네는 왜 안 되나?"

"글쎄, 왜 안 될까?"

"자넨 족속들에 속하지 않아, 프로페인. 자넨 그 기구에서 떨어져 지냈어. 8월 한 달 내내."

"아니지, 아니야. 레이철이 있었는걸."

"자넨 거기서 떨어져 나왔어."그러고는 교활한 미소를 짓는다. 프로페인은 눈을 돌렸다.

그리하여 그들은 3번가를 올라가 그 거리의 거센 바람 속에 풍덩 빠져 버린다. 모든 것이 미친 듯 펄럭거린다. 펄럭거리는 것들 가운데 긴 삼각형 깃발인 아일랜드의 페넌트들이 눈에 띈다. 스텐슬은 이야기를 계속했다. 그는 프로페인에게 자기가 한번은 니스에 있는 창녀굴의 거울로 된 천장에서 그의 V.를 찾은 것 같노라고 말했다. 그는 또 마요르카의 셀다 박물관에서 쇼팽 사후 그의 손을 석고로 찍어서 만든 조각품을 본 이야기를 했다.

"다를 건 아무것도 없었어." 그는 기쁜 음성으로 외쳤다. 부랑자 둘이 지나가다가 그와 함께 소리 내서 웃는다. "그게 전부였다고. 쇼팽은 석고 손을 가진 거야!" 프로페인은 어깨짓을 한다. 부랑자들이 그들을 따라왔다.

"그 여잔 비행기 한 대를 훔쳤어. 고돌핀 청년이 탔다가 추락한 것과 같은 구형 스패드였어. 아, 그 비행은 어떠했을까! 르아브르로부터 비스케이만을 넘어 스페인 오지 어디론가에까지 나는 거야. 당번 장교의 말에 따르면 무시무시해 보이는(그자가 그 여자를 뭐라고 불렀더라.) '기마병' 하나가 붉은 야전용 망토를 걸치고 뛰어들었는데 이 습격자는 장교를 시계 모양으로 된 유리눈 한 개로 노려보더라면서 이렇게 말하는 거였어. '그건 마치 시간의 사악한 눈이 나를 제물로 사용할 것을 결정한 것 같은 느낌이었죠.'"

"위장은 그녀의 특기 중 하나였지. 마요르카에선 그녀는 적어도 일 년간 늙은 어부로 행세했더랬어. 그러고는 저녁때면 아이들한테 홍해에서 총기 밀수입을 하던 때의 이야기를 해 주는 것이었지."

"랭보야." 부랑자 중 하나가 아는 체를 했다.

"그 여자가 어려서 랭보를 알았을까? 십자가에 처형된 영국인의 시체들이 회색과 선홍의 꽃 장식처럼 걸쳐져 있는 나무들 사이로 그 땅을 역역행했을까, 세 살이나 네 살의 어린애로서? 마디스트들의 마스코트 노릇을 하기라도 했을까? 카이로에 살면서 나이가 차자 앨러스테어 렌 경을 연인으로 삼기라도 했단 말인가?"

"누가 알 것인가, 스텐슬은 역사의 이해를 위해서는 오히려 인간에 대한 불완전한 통찰력에 의존하는 편이야. 왠지 몰라도 정부의

보도라든가 술집에서 얻는 정보 또는 집단 운동 같은 것은 너무 믿기
가 위태로운 것 같아."

"스텐슬." 프로페인이 말했다. "취했군."

맞는 말이었다. 다가오는 가을은 프로페인의 취기를 깨우기에
충분하리만큼 쌀쌀했다. 하지만 스텐슬은 술 외의 무엇엔가 취해 있
었던 것이다.

스페인의 V., 크레타섬에서의 V., 코르푸섬에서 불구가 된 V.,
소아시아에서 파르티잔으로 활약하던 시절의 V., 그녀가 비를 그치
게 한 그리고 그녀가 탱고 교사로서 활약한 로테르담. 용 두 마리가
장식된 타이츠를 신은 그녀는 로마 교외에서 지루한 여름을 보내며
이류급 마술사인 우고 메디케볼레에게 긴 칼 몇 자루와 풍선과 여러
색깔의 손수건들을 건네주었다. 그러고 나서는 얼른 마술을 터득하
여 그녀 자신의 마력을 시험할 여유조차 가졌던 모양이다. 왜냐하면
사람들은, 하루아침, 메디케볼레가 들판에서 구름의 그림자에 대해
양 한 마리와 함께 토론하고 있는 것을 발견했던 것이다. 그의 머리
칼은 하얗게 변색해 있었고 그의 정신 연령은 약 다섯 살 정도로 퇴
화된 것 같았다. V.는 이미 자취를 감춘 뒤였다.

네 명으로 구성된 그들의 대열은 70번가에 이르기까지 이런 식
으로 진행되었다. 스텐슬은 참을 수 없는 이야기의 충동에 사로잡혔
고 다른 사람들은 흥미를 가지고 귀를 기울였다. 3번가가 취한 자의
고해소라는 뜻은 아니다. 스텐슬도 그의 아버지처럼 발레타에 대해
어떤 종류의 경계심을 가진 것일까? 어쩌면 그는 그가 이해할 수 있
기에는 너무도 오래된(아니면, 적어도, 그가 알고 있는 것과는 다른) 역
사 속으로 자신이 곧 침몰되리라는 것을 예감하는 것일까? 이것도
저것도 아닐지 몰랐다. 다만 그가 지금 떠나려는 길은 퍽 의미심장한
여행이리라는 의식이 그를 좀 들뜨게 하고 있는 건가도 몰랐다. 프로

페인과 두 부랑자가 아니었다면 그는 다른 누군가에게, 다시 말해 경찰관이나 바텐더, 여자 등에게 이런 얘기들을 털어놓았을 것이다. 지금껏 스텐슬은 바로 그런 식으로 자신(과 V.)의 작은 조각들을 서방 세계 각 곳에 남겨 놓았을 것임에 틀림없었을 테니까.

V.란 지금에 이르러서는 고도로 산만한 개념이 되어 있었다.

"스텐슬이 몰타로 가는 건 신랑이 결혼 생활로 들어가는 것과 같아. 이건 편의를 위한 결혼이야. 누구에게나 부모 노릇을 하는 운명이라는 것이 마련해 준 결혼이지. 어쩌면 운명은 이런 일들의 성공을 원하기조차 하는 것 같아. 어쩌면 그것은 우리가 그것의 노후를 돌보아 주기를 원하는지도 몰라."

이건 프로페인에게는 어리석게만 들렸다. 그들은 자신들도 모르는 사이에 파크가를 지나갔다. 두 부랑자들은 지형이 낯설어진 것을 느끼자 서쪽으로 공원을 향해 멀어져 갔다. 무슨 임무를 수행하기 위해서일까? 스텐슬이 말했다. "평화의 공물을 들고 가야 할까?"

"뭐라고? 초콜릿 상자나 꽃 같은 거? 하하."

"스텐슬은 꼭 적당한 걸 알고 있지." 스텐슬이 말했다. 그들은 아이겐밸류의 사무실 건물 앞에 와 있었다. 의도적이었을까, 아니면 우연이었을까?

"여기에 있어." 스텐슬이 말했다. "스텐슬은 곧 돌아오겠어." 그러고는 건물 로비를 향해 사라져 갔다. 바로 그때 정찰차 한 대가 몇 블록 위쪽에 나타나더니 회전하여 파크가로 해서 시내 쪽을 향해 달렸다. 프로페인은 걷기 시작했다. 정찰차는 그의 곁을 지나면서 멈춰 서지 않았다. 프로페인은 길모퉁이까지 걸어간 뒤 서쪽으로 발길을 돌렸다. 그가 그 한 블록을 거의 다 돌았을 때 스텐슬이 꼭대기 층 유리창에서 내려다보며 소리쳤다.

"올라 오래. 도와야겠어."

"난 달리 할 일이 있어······. 당신은 정신이 나갔어."

초조한 음성으로 말했다. "올라와, 경찰이 돌아오기 전에."

프로페인은 잠시 좀 더 밖에 서서 건물의 층수를 세었다. 9층이
었다.

그는 어깻짓을 한 후 로비 안으로 들어가 셀프 서비스 승강기를
탔다.

"자네 걸린 문을 열 줄 아나?"

스텐슬이 간절한 목소리로 물었다. 프로페인은 소리 내서 웃
었다.

"좋아, 그럼 자넨 유리창으로 들어가야겠어."

스텐슬은 빗자루 벽장을 뒤지더니 얼마만큼 길이의 끈을 찾아
서 내왔다.

"내가?" 프로페인이 말했다.

그들은 지붕으로 올라가기 시작했다.

"이건 중요한 문제야." 스텐슬은 애걸하고 있었다. "자네가 누구
하고 원수지간이라고 상상해 봐. 그런데 그 남자를, 아니면 그 여자
를 만나야 한다고 상상해 보라고. 그런 경우 자네는 그 만남을 되도
록 고통이 적게 만들려고 애를 쓰겠나 안 쓰겠나 말이야?"

그들은 아이겐밸류의 사무실 바로 위에 해당될 것 같은 지붕 위
에 당도했다.

프로페인은 거리를 내려다봤다. 그는 과장된 제스처를 해 보이
며 말했다. "그래, 나를 비상구도 없는 저 담을 타고 내려가서 저기
저 유리창을 열게 하려는 거야?" 스텐슬이 고개를 끄덕였다. 그럼 또
다시 갑판장의 의자로 돌아가자. 다만 이번에는 구출할 피그나 맞바
꿀 선의 같은 것은 없었다. 스텐슬에게서 보답이 올 리는 없었다. 왜
냐하면 담을 타고 남의 집으로 들어가는 도둑들 간에는 명예 같은 건

없으니까. 그리고 스텐슬은 그 자신보다 더 부랑자고 무직자였던 것이다.

그들은 프로페인의 허리에다 끈의 한끝을 고리 지어 묶었다. 워낙 허리고 어디고 없이 생긴 그였기 때문에 중력의 중심을 찾는 건 쉬운 일이 아니었다. 스텐슬은 끈을 텔레비전 안테나에다 두세 번 감았다. 프로페인은 지붕 끝을 넘어갔다. 그러고는 점차 내려갔다.

"어떤가." 스텐슬이 잠시 후 말했다.

"다 좋은데 저기 저 경관 셋이 좀 문제군. 날 이상한 눈으로 쳐다보고 있는걸."

끈이 경련적으로 움직였다.

"하, 하." 프로페인이 말했다. "내려다보게 만들었지." 오늘 밤 그는 자살할 기분이라든가 그런 건 아니었다. 하지만 그렇듯 무생물인 안테나, 빌딩 그리고 9층 아래의 거리에 둘러싸인 지금 어떻게 그가 상식적으로 행동할 수 있겠는가?

중력의 중심에 대한 계산은 형편없이 잘못되었던 것 같다. 프로페인이 조금씩 조금씩 아이겐밸류의 유리창을 향해 다가가는 동안 그의 몸뚱이는 거의 수직 상태에서 거리와 평행인 상태로 서서히 바뀐 것이다. 그런 식으로 공중에 매달려 있으려니까 그는 호주식 크롤 영법을 연습할 생각이 났다.

"맙소사." 스텐슬이 말했다. 그는 신경질적으로 끈을 잡아당겼다. 곧 문어를 사등분하여 절단한 것 같은 프로페인의 흐리멍덩한 몸뚱이는 도리깨질을 그쳤다. 이제 그는 공중에 부동으로 매달려 자못 사색적인 표정을 짓고 있었다.

"이것 봐." 그는 잠시 후 소리쳤다. 스텐슬이 왜 그러냐고 물었다.

"날 도로 잡아당겨 올려 줘. 어서." 스텐슬은 그의 중년의 나이를 통절히 느끼며 끈을 잡아당기기 시작했다. 그는 숨을 몹시 헐떡였다.

그 작업은 십 분 동안 계속되었다. 프로페인의 모습이 보이고 그의 코가 지붕마루를 넘어왔다.

"왜 그래."

"유리창으로 해서 안으로 들어간 다음엔 어떻게 하라는 말을 안 해 줬어." 스텐슬은 그를 바라볼 뿐이었다. "아, 아, 나보고 문을 열어 달라는 거였군⋯⋯."

"⋯⋯그리고 나갈 땐 문을 걸고." 둘은 같이 읊조리듯 말했다.

프로페인은 간단히 거수경례를 붙였다. "움직여 봐." 스텐슬은 또다시 끈을 내리기 시작했다. 유리창에 가서 닿자 그는 뒤를 보고 소리쳤다.

"이봐, 스텐슬. 유리창이 열리질 않아."

스텐슬은 안테나 둘레로 약간 발을 절듯 서성댔다.

"깨고 들어가." 그가 치아 사이로 거칠게 내뱉었다. 곧 또 하나의 경찰차가 사이렌을 요란하게 울리고 회전하는 불을 번쩍이며 쏜살같이 달려왔다. 스텐슬은 지붕을 둘러싼 낮은 벽 뒤에 몸을 숙였다. 경찰차는 계속 달렸다. 스텐슬은 그것이 시내 쪽으로 한참 내려가 소리가 들리지 않게 될 때까지 기다렸다. 그러고도 약 일 분가량 더 기다린 다음에야 그는 조심스레 일어나 프로페인 쪽으로 눈을 돌렸다.

프로페인은 또다시 수평으로 매달려 있었다. 그는 머리를 스웨이드 재킷으로 감싼 채 전혀 움직이지 않고 있었다.

"뭘 하고 있어?" 스텐슬이 말했다.

"숨고 있어." 프로페인이 말했다. "좀 비틀어 봐." 스텐슬이 밧줄을 비틀었다. 프로페인의 머리가 서서히 건물에서 반대되는 쪽으로 돌아갔다. 건물 바깥쪽으로 완전히 고개가 돌아가고 마치 괴물상 같은 자세가 취해졌을 때 프로페인은 유리창을 찼다. 와장창하고 끔찍하게 큰 소리가 밤공기를 뚫었다.

"이제 반대쪽으로."

그는 유리창을 열고 기어 들어가 스텐슬을 위해 문을 열었다. 스텐슬은 시간을 놓치지 않고 여러 개의 방을 차례로 거친 후 박물관이 있는 곳까지 가서 진열장을 강제로 열었다. 그러고는 온갖 귀금속으로 만든 한 벌의 의치를 상의 주머니에 집어넣는 것이었다. 다른 방에서 유리창 깨는 소리가 또 들려왔다.

"저건 또 뭐야?"

프로페인이 고개를 이쪽으로 돌리며 말했다. "유리창 한 장만 깬다는 건 서툰 짓이야."

그가 설명했다. "이렇게 해 두면 도둑처럼 보일 테니까. 그래서 난 몇 개 더 깨겠어. 의심받지 않도록 말이야."

거리로 돌아온 그들은 자유의 몸으로 모든 부랑자들을 쫓아 센트럴 파크로 들어갔다. 새벽 2시였다.

그 폭 좁은 직사각형 모양의 광야에서 그들은 시냇물 근처에 있는 둥근 바위를 한 개 발견했다. 스텐슬은 바위에 자리 잡고 앉아 의치를 꺼냈다.

"전리품이야." 그가 말했다.

"그건 당신 거야. 내가 이빨을 더 가져서 뭘 하겠어." 특히 이런 이빨, 지금 그의 입속에 들어 있는 반만 살아 있는 연장들보다 더 죽어 있는 그 물건을 말이다.

"훌륭한 행위였어, 프로페인. 스텐슬을 그렇게 도운 건."

"맞아." 프로페인이 동의했다.

달의 일부가 나와 있었다. 의치는 경사진 바위에 놓인 채 물에 비친 그것의 반영을 보고 환하게 빛을 발한다.

그들 주변의 죽어 가는 관목 숲에서는 온갖 생명체들이 움직이고 있었다.

"당신 이름이 네일이오?" 남자 목소리가 물었다.

"그렇소."

"당신이 적어 놓은 걸 봤어. 포트 오소리티 터미널 남자 화장실에서. 세 번째 칸……."

아하, 프로페인은 생각했다. 이건 틀림없는 경찰관적인 수작이었다.

"당신 성기의 그림하고 같이 말이요, 실물 크기였죠."

"내가 동성 성교보다 더 좋아하는 게 한 가지 있는데 그건 잔꾀부리는 경찰관을 때려눕히는 일이야."

곧 나지막한 구타 소리가 나고 이어서 사복 경관이 덤불 속으로 뛰어드는 소리가 났다.

"오늘이 무슨 요일이지?" 누군가가 말했다. "이것 봐, 오늘이 무슨 요일이야?"

저 밖에서 무슨 일이 일어난 것이 분명했다. 어떤 중요한 대기 변화 같은 것인지도 몰랐다. 하지만 달은 더 밝게 비치고 있었다. 공원 안의 물체와 그림자 수도 더 늘어났다. 그것들은 따스한 흰색 또는 따스한 검은색이었다.

불량 소년 한 떼가 노래를 부르며 지나간다.

"달 좀 봐라." 그들 중 하나가 말했다.

쓰고 난 콘돔 하나가 시냇물에 떠내려왔다. 쓰레기차 운전사같이 생긴 여자아이 하나가 한 손으로 젖은 브래지어를 질질 끌면서 고개를 숙인 채 콘돔 뒤를 따라간다.

어디선가에서 여행용 시계가 일곱 번 울렸다. "오늘은 화요일이야." 반쯤 잠든 것 같은 늙은 남자 목소리가 말했다. 그날은 토요일이었다.

하지만 거의 사람이 남아 있지 않고 추운 밤의 공원에는 어떤 까닭인지 인구가 충분히 들어 차 있는 느낌과 온기가 있었고 정오의 느낌이 있었다. 시냇물은 무엇이 깨지는 소리와 종 치는 소리가 반반씩 섞인 것 같은 이상한 소리를 냈다. 모든 난방용 열이 갑자기(그리고 영원히) 단절된 겨울 응접실에 매달린 샹들리에의 유리 조각들이 낼 법한 소리와도 같았다. 달이 잘게 떨렸다. 그 빛은 믿을 수 없을 정도로 밝았다.

"참 조용하군." 스텐슬이 말했다.

"조용하다니, 마치 오후 5시에 지나가는 전차 소리를 듣는 기분인걸."

"아냐, 여기선 아무 일도 일어나고 있지 않아."

"그런데, 지금 연도는 어떻게 되지?"

"1913년." 스텐슬이 말했다.

"그렇지 말란 법은 없지." 프로페인이 말했다.

14장

V.는 사랑을 하다
V

1

노르역 내의 시계는 11시 17분을 가리키고 있었다. 파리 시각에
서 오 분을 뺀 시간이다. 벨기에 기차 시각에다 사 분을 더한 것이기
도 하다. 또 유럽 시각에서 오십육 분을 뺀 시간이다. 여행용 시계를
잊어버리고 안 가지고 온(그 외에도 무엇이나 다 잊어버리고 안 가져왔
지만) 멜라니에게는 시곗바늘들은 어디에 가서 선다 해도 마찬가지
였다. 그녀는 알제리인같이 생긴 요원을 따라 정거장 속을 급한 걸음
으로 따라갔다. 그 사나이는 멜라니의 단 하나밖에 없는 짐인, 수놓
은 가방을 어깨에 가볍게 메고 처절하게 도움을 청해 오는 한 떼의
영국인 관광객들 때문에 서서히 광증을 일으키고 있는 세무 관리들
에게 미소를 지으며 농담을 던졌다.

오를레아니스트 조간 신문인《르 솔레유》표지에 따르면 이날
은 1913년 7월 24일이었다. 오를레앙의 공작인 루이 필리프 로베르
는 현대판 프리텐더[156]였다. 파리의 몇몇 지역은 시리우스 열기 때문

에 미쳐 날뛰고 있었고, 원의 가장자리에서 중앙까지 9광년에 이르는 그것의 후광 속에 들끓는 재난을 겪고 있었다. 17구역의 새로 중류급이 된 한 집의 2층 방에서는 매 일요일마다 흑미사[157]가 거행되고 있었다.

멜라니 뢰르모디는 시끄러운 택시에 실려 라파예트가를 내려갔다. 그녀는 좌석의 정확히 한가운데에 앉아 있었다. 세 개의 큼직한 아케이드와 정거장의 일곱 우화상은 그녀의 등 뒤에서 점점 낮게 드리우는 초가을의 하늘 아래 서서히 멀어져 갔다. 그녀의 눈은 생기가 없었고 코는 프랑스 스타일이었다. 그녀의 코와 턱, 그리고 입술에서 느껴지는 힘은 그녀를 자유의 여신의 고전적인 조형과 비슷한 모습을 띠게 했다. 전체적으로 볼 때 그녀의 얼굴은 얼음 섞인 비의 색깔인 두 눈을 제외하고는 상당히 잘생긴 얼굴이었다. 멜라니는 열다섯 살이었다.

그녀는 1500프랑과 그녀 아버지의 모든 재산은 법정에 소속될 것이나 그녀의 양육비만은 계속 지급될 것이라는 통고가 들어 있는 편지를 어머니에게서 받자마자 벨기에에 있는 학교에서 도망쳐 나온 것이었다. 그녀의 어머니는 오스트리아와 헝가리 지역으로 여행을 떠나고 없었고 가까운 장래에 멜라니를 만날 계획 같은 것은 가지고 있지 않았다.

멜라니는 두통을 느꼈다. 하지만 상관하지는 않았다. 아니면, 상관하지 않은 건 아니지만 지금 이 자리, 즉 택시 뒷좌석에서 펄쩍펄쩍 뛰는 발레리나 몸뚱이 끝에 달린 얼굴처럼 채신없이 끄떡거리면서 두통을 상관할 생각은 없었다. 운전사의 목덜미는 부드럽고 희었

156   왕위를 노리는 자.
157   악마 숭배자들의 의식.

다. 흰 머리칼 몇 가닥이 푸른색 털모자 밑으로 빠져나온 것이 눈에 띄었다. 오스만 거리와의 교차로에 이르자 자동차는 쇼세 당탱 간선 도로로 회전했다. 그녀의 왼쪽으로 오페라좌의 둥근 지붕이 솟은 것이 보였고 황금 리라를 들고 있는 아폴로의 작은 상이 보였다.

"아빠!" 그녀가 외쳤다.

운전사는 흠칫하고 놀랐다. 그는 반사적으로 브레이크를 밟았다.

"난 아가씨 아버지가 아닌데." 그가 혼잣말처럼 말했다.

차는 몽마르트의 고지대로 접어들었다. 즉 그들은 지금 가장 병든 하늘을 향하여 가고 있는 것이었다. 비가 오려는가? 구름장들은 나병 환자의 살점처럼 처져 있었다. 그런 광선 밑에서 그녀의 머리칼은 중성적인 갈색, 즉 담황색으로 보였다. 머리를 풀어 놓으니 그녀의 궁둥이까지 닿았다. 하지만 멜라니는 머리칼로 귀를 덮고 목 양쪽에 달락 말락 한두 개의 큰 컬을 만듦으로써 머리 길이를 짧게 만들었다.

아버지는 단단한 대머리와 용감한 콧수염을 가진 남자였다. 저녁때면 그녀는 곧잘 방으로 살그머니 들어가곤 했다. 그것은 그녀의 아버지와 어머니가 잠자는, 비단으로 벽을 싼 신비스러운 곳이었다. 마들렌이 다른 방에서 엄마의 머리를 빗질하는 동안 멜라니는 넓은 침대 위 그의 곁에 가서 누웠고 그는 그녀의 여러 곳을 만졌다. 그녀는 몸을 비틀면서 소리를 내지 않으려고 무척 애를 썼다. 그건 그들의 놀이였다. 어느 날 밤 소리 없는 번개가 치고 작은 밤새 한 마리가 유리창턱에 앉아서 그들을 지켜봤다. 그것은 얼마나 오래전의 일인 듯이 느껴지는가! 그건 오늘 같은 늦은 여름밤의 일이었다.

이는 '세레 쇼'에서의 일이었다. 그것은 노르망디에 있는 그들의 저택 이름이었다. 이 저택은 한때, 이제는 그 혈통이라는 것이 파리한 영액(靈液)으로 변하여 아미앵의 서리 긴 하늘로 증발해 버린 어

느 가문의 조상 대대로부터 내려온 집이라고 했다. 앙리 4세 때 지어
진 이 집은 크기는 하지만 그 밖에는 아무 흥미도 일으키지 못하는
물건이었다. 동시대의 다른 대부분의 건축물들처럼. 그녀는 항상 그
집의 그 웅대한 맨사드 지붕에서 미끄럼질 치고 싶어 했다. 꼭대기에
서 시작해서 첫 번째의 완만한 경사를 미끄럼질 쳐 내려가는 것이다.
그녀의 치마는 궁둥이 위로 날아오를 것이고 검정색 양말을 신은 다
리는 광야의 굴뚝들에 대항하기 위해서 정신없이 비틀릴 것이다. 하
늘에서는 노르망디의 태양이 빛을 던지고 있겠지. 엄마가 파라솔 밑
의 작은 반점이 되어 그녀를 지켜보고 있고 느릅나무와, 나무 사이에
감추어진 잉어 연못들이 저 아래로 내려다보이는 그 높이에서 말이
다. 그녀는 그 느낌을 가끔 상상해 보았다. 그녀의 단단한 궁둥이의
곡선 밑으로 빠르게 미끄럼 치는 기왓장들의 감촉, 블라우스 밑에 잡
혀 들어간 채 그녀의 새로 싹트는 유방을 간질이는 바람의 느낌 등.
그러고는 미끄럼 타기는 일단 중단된다. 아래쪽의 더 가파른 지붕의
경사가 시작될 차례다. 여기서부터는 되돌아올 수 없는 길이다. 그녀
의 몸뚱이와 지붕과의 마찰은 감소되고 그 대신 속도가 증가되어 그
녀의 몸뚱이는 휙 뒤집히고 치마는 뒤틀려 어쩌면 완전히 찢어져 검
은 연처럼 날아가 버릴지도 몰랐다. 뾰족뾰족한 기와들은 그녀의 젖
꼭지를 성난 붉은색으로 만들 것이었다. 그녀는 비둘기 한 마리가 막
날아오르려 지붕 끝에 매달려 있는 것을 보겠지. 그리고 그녀의 치아
와 혀 사이에 들어온 긴 머리칼을 음미하겠지. 그러고는 그녀는 소리
를 지르겠지…….

　택시는 불바르 클리시 근처의 제르맨 필롱 가의 한 카바레 앞에
섰다. 멜라니는 요금을 내고 자동차 꼭대기에서 내려 주는 가방을 받
았다. 그녀는 비의 시작과도 같은 것의 감촉을 볼 위에 느꼈다. 택시
는 떠나가고 그녀는 빈 거리의 르 네르프 앞에 섰다. 그녀의 꽃무늬

가 수놓인 가방은 구름장들이 드리운 하늘 밑에 아무 경사(慶事)의 느낌도 방사하지 않았다.

"결국 우리를 믿어 주었군요." 이타그 씨는 여행 가방의 손잡이를 잡고 구부정한 자세로 서서 말했다. "들어와요, 귀여운 아가씨. 전해 줄 소식이 있어요."

쌓아 올린 테이블과 의자들만이 있는 식당을 면한 작은 무대에서 야릇한 8월 대낮의 광선과도 같은 조명을 받으며 그녀는 사탱과의 첫 대면을 가졌다.

"자르티에르[158] 양." 그가 말했다. 이것은 그녀의 예명이었다. 그는 키가 작고 묵직해 보이는 체구를 가진 사나이였다. 머리칼은 골통 양편으로 다발을 이루며 뻗어 있었고 타이츠와 드레스 셔츠를 입고 있었다. 그의 눈은 그녀의 궁둥이 정점 두 개를 잇는 선과 평행한 곳에 머물러 있었다. 그녀가 입은 치마는 구입한 지 이 년 된 것이었고 그녀의 몸뚱이는 자라고 있었다. 그녀는 부끄러운 생각이 들었다.

"난 있을 곳이 없어요." 그녀가 나지막하고 불분명한 소리로 말했다.

"여기에 묵어요." 이타그가 말했다. "뒤에 방이 있으니까. 우리가 이사할 때까진 여기 있어요."

"이사요?" 그녀는 그녀의 가방을 장식하고 있는 열대 꽃의 정열적인 꽃잎을 응시하며 말했다.

"우린 테아트르 드 뱅상 카스토르를 차지했어." 사탱이 외쳤다. 그는 몸을 휙 돌리더니 펄쩍 뛰어올랐다. 그의 몸뚱이는 이제 작은 사다리 발판 위에 올라가 있었다.

이타그는 흥분된 목소리로 「중국 처녀 강간범」에 대해 설명했

---

158   프랑스어로 '양말 대님'이라는 뜻이다.

다. 그것은 사탱의 최우수 발레, 블라디미르 포르세픽의 가장 위대한 음악 그리고 또 그 외에도 막강한 공연진을 동원한 야망의 작품이었다. 연습은 내일부터였고 그녀 덕분에 지체 없이 잘 시작될 것으로 믿는다고 했다. 그러나 그들은 어쨌든 마지막 순간까지도 기다릴 생각이었다고. 왜냐하면 몽골의 침략군에 항거하여 죽도록 처녀성을 지킨 수 펭의 역을 맡을 사람은 멜라니, 즉 라 자르티에르 외에 아무도 없었으니까.

그녀는 그사이에 무대 오른쪽 끝에까지 가 있었다. 이타그는 무대 중앙에 서서 손짓을 해 가며 연설하고 있었다. 그러는 동안 불가해한 사탱은 사다리 발판 위에 올라앉아 뮤직홀의 가락을 나지막하게 흥얼거리고 있었다.

이번 공연에서 주목할 만한 새로운 창안은 수 펭을 시중드는 여자 하인 역으로 자동인형을 출연시키는 일이었다. "독일인 기술자가 인형들을 만들고 있죠." 이타그가 말했다. "놀라운 것들이죠. 그중 한 인형은 자르티에르 양이 입은 옷의 띠를 풀어 주기까지 할 거예요. 또 다른 한 인형은 치터를 치게 되죠. 음악 소리는 무대 밑에서 올 것이지만 말이죠. 하지만 인형들은 어쨌든 굉장히 유연하고 우아하게 움직여요. 전혀 기계 같질 않아요."

그녀는 듣고 있는 것일까? 물론. 적어도 그녀의 일부는 듣고 있었다. 그녀는 한 발로 거북하게 서 있었다. 몸을 조금 굽히고 한 손으로 정강이를 긁고 있는 것이었다. 검은색 양말 밑으로 손을 넣어 긁는 것은 아니다. 사탱은 굶주린 눈으로 쳐다보고 있었다. 그녀는 쌍둥이 컬이 목에 흘러내려 초조하게 동요하고 있는 것을 느낄 수 있었다. 저 사람은 뭐라고 말하고 있는 걸까? 자동인형이 어쨌다고?······.

그녀는 그 방의 측면 유리창으로 하늘을 올려다봤다. 아, 비는 과연 올 것인가?

그녀의 방은 덥고 답답했다. 한쪽 구석에는 예술가가 만든 머리 없는 조각상이 엎드려 있었다. 낡은 극장 포스터들이 방바닥과 침대 위에 아무렇게나 널려 있었고 벽에 붙어 있기도 했다. 그녀는 밖에서 천둥 치는 소리가 한번 나는 것을 들었다고 생각했다. "연습은 여기서 할 거요." 이타그가 그녀에게 말했다. "공연을 이 주일 앞두고 우린 테아트르 드 뱅상 카스토르로 이사 들어가려 해요. 그래야 거기 판자 마루 느낌에 익숙해질 수 있을 테니까요." 그는 극장 용어를 많이 사용했다. 그는 꽤 근자까지 피갈 광장 근처에 있는 술집에서 바텐더 노릇을 했었다.

혼자 남게 되자 그녀는 침대에 드러누웠다. 비가 오게 해 달라고 기도를 올릴 수 있으면 좋을 것 같았다. 그녀는 하늘을 볼 수 없어 다행이라고 생각했다. 어쩌면 그것의 촉수 중 더러는 이미 카바레 건물 지붕에 와서 닿았는지도 몰랐다. 누군가가 문을 흔들어 댔다. 그녀가 문을 걸어 두었던 것이다. 문을 흔들어 대는 사람이 사탱인 것을 그녀는 알았다. 곧 그녀는 러시아 사나이와 이타그가 함께 뒷문으로 해서 나가는 소리를 들었다.

잠이 잠깐 들었을까. 그녀의 두 눈은 또다시 그 흐리멍덩한 천장을 응시하고 있었다. 침대 바로 위로 거울이 하나 천장에 매달려 있는 것이 보였다. 이건 그녀가 미처 못 보았던 품목이었다. 그녀는 팔을 양쪽으로 늘어뜨린 채 짐짓 다리를 추켜올려 푸른 치마가 양말 꼭대기 훨씬 위까지 말려 올라가게 했다. 그런 뒤에 그녀는 드러누운 채 검정색과 부드러운 흰색의 조화를 감상했다. 아빠는 말했다. "네 다리는 정말 예쁘구나. 무희의 다리야."라고. 그녀는 얼른 비가 오기를 다시 한번 바랐다.

그녀는 거의 광적인 동작으로 일어나 블라우스와 스커트와 속옷을 벗어던졌다. 검정 양말과 흰 사슴 가죽 테니스화만 남기고는 모두

다 벗어 버린 것이다. 그 동작 중간에 그녀는 머리를 풀어 내렸다. 그 옆방에서 그녀는 「중국 처녀 강간범」의 의상들을 찾아냈다. 그녀는 등 위에 무겁게 철썩 드리워진 머리끝이 궁둥이 끝을 간질이는 것을 느끼며 커다란 상자 곁에 무릎을 꿇고 앉아 수 펭의 의상을 찾았다.

더운 방으로 돌아오자 그녀는 재빨리 신발과 양말을 벗고 나서 눈을 딱 감은 후 번쩍이는 장식이 달린 산호 머리빗을 이용하여 머리를 뒤에다 고정시켰다. 그녀는 옷을 안 입고는 예뻐 보이질 않았다. 자기의 누드를 보면 그녀는 언제나 심한 혐오를 느꼈다. 황금색 실크 타이츠(그 양쪽 다리 부분에는 날씬한 용무늬가 길게 수놓여 있었다.)를 신고 조각한 쇠장식 버클과 꾸불꾸불 무릎까지 올라오는 정교한 장식 끈이 달린 슬리퍼를 신고 나서야 그녀의 자기혐오는 가라앉기 시작했다. 젖가슴을 동여매는 물건 같은 건 아무것도 없었다. 그녀는 궁둥이에 꽉 붙는 치마를 둘러 입고 허리에서 허벅지 위까지 서른 개나 되는 작은 고리 단추를 잠갔다. 나머지는 털로 가를 두른 절개구였다. 그녀가 춤을 추는 데 필요한 여분인 셈이다. 이윽고 기모노의 차례다. 그것은 반투명의 무지갯빛 옷이었다. 그 무지개의 효과는 강렬한 햇살 무늬와 연분홍과 보라, 황금색과 짙은 녹색 등의 동심원으로 조성되어 있었다.

그녀는 머리를 베개 없는 매트리스에 부챗살처럼 펼치면서 다시 한번 드러누웠다. 그녀는 자신의 아름다움에 숨이 막힐 것 같았다. 만약 아빠가 지금 그녀를 볼 수 있다면…….

구석의 조각상은 가벼웠다. 침대까지 가지고 오기는 어렵지 않았다. 그녀는 무릎을 높이 치켜들고 자신의 정강이가 거울 속 그 조각상의 석고 등 위에서 열십자로 엇갈린 모양을 흥미롭게 바라봤다. 그러고는 그것을 허벅지에 갖다 밀착시키고 그것의 옆구리가 누드 색 실크에 주는 시원한 감촉을 음미했다. 그녀는 조각상을 껴안았다.

그러자 그것의 삐죽삐죽하고 조금씩 부스러지는 목의 부러져 나간 끝이 그녀의 젖가슴에 와 닿았다. 그녀는 발끝을 세우고 수 펭의 춤을 추기 시작했다. 그러면서 그녀는 그녀의 시녀들이 어떠할까에 대해 생각해 보았다.

오늘 밤은 요술 램프 쇼가 있을 예정이었다. 이타그는 압생트에다 물을 타 마시면서 루간다에 앉아 있었다. 그 액체는 최음 효과가 있다고 했으나 이타그에게는 반대 효과를 가져다주었다. 그는 흑인 무희 하나가 양말을 바로잡는 것을 바라보며 프랑과 상팀[159]을 계산하고 있었다.

돈 계산은 간단히 끝났다. 이번 기획은 성공할 수도 있었다. 포르세픽은 프랑스 전위 음악파 사이에 이름이 나 있었다. 시중의 의견은 격렬하게 나뉘어 있었다. 한번은 이 작곡가가 거리에서 낭만주의 후기파 중 가장 존경받는 자 하나에게 심한 모욕을 당한 일도 있었다. 이 남자의 사생활이 대부분의 극장 후원자 대상에게 좋은 인상을 주지 못하는 것은 분명했다. 이타그는 그가 대마초를 피울지도 모른다고 생각했다. 그리고 또 흑미사와의 연관도 무시할 수 없었다.

"가없은 아이군." 사탱이 말했다. 그의 앞에 놓인 테이블은 빈 포도주 잔으로 거의 빈틈이 없을 지경이 되어 있었다. 러시아 사나이는 가끔 한번씩 「강간범」의 안무 계획을 짜기 위해 그 잔들을 이리저리 옮겨 놓는 것이었다. 이타그는 사탱이 프랑스 남자처럼 포도주를 마신다고 생각했다. 그가 당장에 곤드레가 되는 일은 한 번도 본 적이 없었다. 하지만 빈 유리잔 가무단의 부피가 더 커질수록 그는 점점 더 불안정하고 초조해졌다. "저 애가 제 아버지 간 곳을 알까?" 사탱이 소리를 내서 자문했다. 바람 없는 더운 밤이었다. 그리고 이타그가 기억하는 어느 밤보다도 더 캄캄했다. 그들의 등 뒤에서 소규모 오케스트라가 탱고를 연주하기 시작했다. 흑인 무희는 일어나 안으로 들어갔다. 남쪽으로 보이는 샹젤리제의 불빛은 구역질 나도록 노란 구름의 아랫배를 조명하고 있었다.

"아버지가 추방당한 이상." 이타그가 말했다. "저 애는 자유로워. 저 애 엄마는 저 애를 상관도 안 하니까."

러시아 남자가 갑자기 얼굴을 들었다. 그의 앞에 놓인 테이블에서 유리잔 하나가 넘어졌다.

"……아니면 거의 자유롭겠지."

"아마 정글 속으로 도망쳤다나 봐." 사탱이 말했다. 웨이터 하나가 포도주를 더 가져왔다.

"천부적인 소질이야. 그 남자가 저 애에게 준 게 도대체 무언지 알겠나? 저 애의 모피와 실크를 봤나? 저 애가 자기 몸을 돌보는 걸 봤느냐고? 저 애가 말할 때의 기품을 주의해 봤나? 그 남자는 저 애에게 그걸 모두 준 거야. 아니면 저 애를 통해서 그자는 자기 자신에게 그걸 모두 준 것일까."

"이타그, 저 애는 분명히 가장……."

"아냐, 아냐, 저 애의 소질이란 반영품에 지나지 않아. 저 애는 거울 구실을 할 뿐이라고. 자네, 저 웨이터, 이 옆 거리의 양복장이, 저 애는 그 어느 사람도 될 수 있는 거야. 거울 앞에 그 처량한 사나이 대신에 서게 되는 누구라도 저 애는 될 수 있단 말이지. 유령의 반영 같은 걸 우린 보는 거지."

"이타그 선생, 당신의 최근 독서는 아무래도……."

"난 유령이라고 말했어." 이타그가 낮은 소리로 말했다. "그것의 이름은 뢰르모디가 아니야. 아니면, 뢰르모디란 그것의 여러 이름 중 하나일 뿐이라고 해 두지. 그 유령은 이 카페와 이 구역의 모든 거리를 가득 채우고 있지. 그뿐 아니라, 어쩌면 그건 세계의 모든 행정 구역에 그것의 숨결을 퍼뜨리고 다니는지도 몰라. 그것은 무엇의 형상으로 만들어졌을까? 신의 형상은 아니야. 그런 식으로 장성한 남성으로 돌이킬 수 없는 비행을 한 뒤에 또다시 어린 소녀의 눈에서 자기를 찾으려 하는 영체(靈體)가 과연 있다 할지라도 그 이름은 알 수 없어. 그렇지도 않다면 그 이름은 야훼일 거고 우린 모두 유대 민족인 거라고. 왜냐하면 아무도 그 이름을 말하려 하지 않기 때문이야."

이건 이타그 선생에겐 너무 강력한 말이었다. 그는《라 리브르 파롤》[160]을 구독했으며 대중의 편에 합세하여 드레퓌스 대위에게 침을 뱉은 터였다.

여자는 그들의 테이블 곁에 와서 서 있었다. 그들이 자기를 위해 일어서기를 기다리거나 하지는 않았다. 그저 거기에 서 있을 뿐이었다. 마치 그 여자는 무엇을 기다리는 일 같은 건 해 본 일이 없는 듯 말이다.

"자리를 함께하시겠어요?" 사탱이 열성적으로 말했다. 이타그는 먼 남쪽 하늘, 지금도 형체가 바뀌지 않는 노란 구름장을 바라보고 있었다.

그녀는 카트르셉탕브르가에 의상실을 하나 가지고 있었다. 오늘 밤 그녀는 푸아레 스타일의 조제프 크레이프천으로 만든 이브닝드레스를 입고 있었는데 색상은 흑인의 머리색이었고 전면에 구슬이 장식되어 있었다. 그 드레스 위로 그녀는 가슴 밑이 죄는 엠파이어 스타일의 연분홍색 튜닉을 입고 있었다. 그녀의 얼굴 하반을 덮은 아랍 후궁형 베일은 적도 조류의 깃털이 요란하게 장식된 모자 뒤에

---

160   자유 언론.

고정되어 있었다. 산호 자루에다 비단술이 달린 타조 깃털 부채, 그리고 연갈색의 스타킹은 정교한 수가 정강이를 장식하고 있었다. 머리에는 번쩍거리는 돌이 박힌 별갑 제품 핀이 두 개 꽂혀 있었다. 은으로 만든 망사 백. 발끝이 칠피로 덮이고 단추는 위까지 주욱 달렸으며 굽은 프랑스풍인 염소 가죽 구두.

누가 그 여자의 '영혼'을 알까, 이타그는 곁눈질로 러시아 사나이를 쳐다보며 혼자서 생각했다. 그러니까 그녀의 정체를 결정하여, 떼로 몰려다니는 부녀 관광객들 가운데에다, 또는 거리에 득실거리는 창녀들 가운데에다 고정시키는 것은 그녀의 옷이요 액세서리였던 것이다.

"우리 프리마 발레리나가 오늘 도착했죠." 이타그가 말했다. 그는 후견인들과 함께 있을 때도 언제나 불안 초조한 기색이었다. 바텐더로서의 그는 사람들에게 외교적인 언동을 할 필요를 느끼지 않았던 것이다.

"멜라니 뢰르모디." 그의 여후견인이 미소를 지으며 말했다. "언제 나와 만나게 해 주겠어요?"

"언제라도." 사탱이 유리잔들을 옮겨 놓으며 말했다. 그의 눈은 테이블에서 떠나지 않고 있었다.

"아이 엄마가 반대했나요?" 그녀가 물었다.

아이 엄마도, 또, 그가 생각하기에는 아이 자신도 상관을 안 했다. 아버지의 도주는 아이에게 이상한 영향을 준 것 같았다. 지난해 그녀는 배우고자 하는 열성이 있었으며 창의적이고 창조적이었다. 올해 사탱은 골치께나 아플 것 같았다. 둘은 서로 신경이 곤두서 가지고 소리를 질러 댈 것이 뻔했다. 아니, 그녀 쪽에서는 소리를 지르지는 않을 것이다.

그녀는 마치 벨벳 무대 커튼같이 그들 둘을 에워싸고 있는 밤을 바라보느라고 정신없이 앉아 있었다. 이타그는 몽마르트에서 그토록 많은 시간을 보냈지만 지금까지 그 커튼 뒤의 벌거벗은 밤의 벽을 본 일이 없었다. 하지만 이 여자는 그걸 본 일이 있을까? 그는 그런 배반을 탐지해 내기 위하여 그녀를 골똘히 조사했다. 그는 이 얼굴을 지금껏 수없이 여러 번 지켜봤지만 거기에는 찡그리거나 미소 등의 감정 표현에 해당되는 상투적인 표정이 있을 뿐이었다. 독일인한테 한 개 더 만들라고 하지. 아무도 둘을 식별할 수는 없을 거야.

탱고는 아직도 계속되고 있었다. 어쩌면 지금 것은 아까와 다른 것인지도 몰랐다. 그는 귀 기울여 듣고 있지 않았다. 인기를 끌고 있는 새로운 댄스였다. 머리와 몸을 똑바로 세우고 스텝은 정확하고 유연하고 우아하게 밟아야 하는 그런 춤이었다. 이건 왈츠와는 달랐다. 저쪽 춤에는 여자들의 빳빳하게 뻗친 치마의 물결이라든가, 붉힐 준비가 만반으로 갖추어진 귀에 대고 콧수염 사이로 수군거리는 말 등을 위한 여유가 마련되어 있었다. 하지만 이 새 춤에는 말을 한다든가 아니면 다른 어떤 주의를 분산시키는 행위 같은 것이 개입할 여지가 전혀 없었다. 그저 홀 속을 큰 나선형을 그리면서 돌기 시작하여 점점 좁혀 들어와 급기야는 제자리걸음 같은 스텝을 밟는 데 이르고 마는 춤이었다. 즉 자동인형을 위한 춤이었던 것이다.

커튼은 완전한 정적 속에 드리워져 있었다. 만약 이타그가 그것의 도르래나 접합부 같은 것을 찾을 수만 있었던들 어쩌면 그는 커튼을 움직여 볼 수도 있었을 것이다. 그리고 밤의 극장의 벽까지 꿰뚫고 들어갈 수도 있었을 것이다. 그는 빌 뤼미에르[161]의 기계적인 회전식 어둠 속에서 갑자기 자기가 홀로 있다는 느낌에 사로잡혔다. 그는 때려 부숴라! 하고 외치고 싶은 충동을 느꼈다. 밤의 장치를 때려 부

---

161   '빛의 도시'라는 뜻이다.

수고 장치 뒤에 감추어진 참것을 보자는 것이었다…….

여자는 무표정한 얼굴로 마치 그녀의 마네킹의 하나가 된 듯 꼼짝 않고 앉아 그를 지켜보고 있었다. 표정 없는 눈, 푸아레 스타일의 드레스를 걸칠 옷걸이 틀, 그것이 그녀였다. 술에 취한 포르세픽이 노래하면서 그들의 테이블로 다가왔다.

그것은 라틴어 노래였다. 그는 오늘 밤 바티뇰에 있는 그의 집에서 열릴 흑미사를 위해 그것을 지금 막 작곡한 것이었다. 여자는 거기에 참석하기를 원했다. 이타그는 그것을 곧 알 수 있었다. 그녀의 눈에선 막이 한 겹 걷힌 것 같았다. 그는 바쁜 밤의 가장 두려운 적인 잠이 소리 없이 침입한 것 같은 느낌을 경험하며 황량한 표정으로 앉아 있었다. 그것은 마치 언젠가 일대일로 대면해야 되는 그 한 사람, 가장 오래된 단골손님이 듣는 데서 이름도 들어 본 일이 없는 칵테일을 주문하는 그런 두려운 사람의 침입을 방비 없이 받는 기분이었다.

그들은 사탱으로 하여금 빈 포도주 잔들의 뒤처리를 하도록 내버려 둔 채 그 자리를 떴다. 그는 마치 오늘 밤 어떤 인기척 없는 거리에서 살인이라도 할 것 같은 표정이었다.

멜라니는 꿈을 꾸었다. 조각상은 침대에서 반쯤 떨어져 내려가고 있었다. 조각상의 팔은 마치 십자가에 매달린 듯 뻗어 있었고, 그 중 한쪽 팔 끝이 그녀의 가슴에 와 있었다. 이것은 곧잘 눈을 뜨고도 꾸는 그런 종류의 꿈이었다. 또는 방의 모습이 너무도 분명히 세목까지 완벽하게 기억되어 꿈을 꾼 사람이 자기가 잠을 자고 있는지 아니면 깨어 있는지를 잘 알지 못하는 그런 꿈이었다. 독일인은 침대 곁에 서서 그녀를 내려다보고 있었다. 아빠였다. 그리고 또 동시에 독일인이기도 했다.

"돌아누워야 한다." 그는 계속 그렇게 주장하고 있었다. 그녀는 왜 그래야 하느냐고 물어볼 용기가 나지 않았다. 그녀의 눈은(그녀는 무슨 영문인지 자기 자신의 눈을 볼 수 있었다. 그것은 마치 자신의 눈이 몸뚱이에서 떨어져 나와 침대 위쪽, 가령 거울의 수은판 안쪽 같은 데로 올라가서 자신을 내려다보고 있는 기분이었다.) 가늘게 찢어진 동양형 눈이었다. 긴 속눈썹 위쪽에는 금으로 된 작은 잎사귀들이 장식되어 있었다. 그녀는 조각상을 곁눈질로 쳐다봤다. 그녀 생각에 그것에는 머리가 생긴 것 같았다. 그것의 얼굴은 그녀의 반대쪽으로 돌아가 있었다. "네 어깻죽지 사이로 들어가기 위해서야." 독일인이 말했다. 저 사람은 거기서 무얼 찾겠다는 걸까? 그녀는 생각했다.

"내 다리 사이로 와요." 그녀가 속삭이며 침대 위에서 움질거렸다. 침대에 깔린 실크에도 같은 금잎사귀 장식이 마치 스팽글처럼 붙어 있었다. 그는 손을 그녀의 어깨 밑에 갖다 넣더니 그녀의 몸을 뒤집었다. 치마가 그녀의 다리에 감겨 뒤틀렸다. 그녀는 그녀의 다리 안쪽 가장자리가 치마의 절개구를 갓 두른 사향쥐 털에 부각되어 금색으로 돋보이는 것을 보았다. 거울 속의 멜라니는 손가락들이 정확한 움직임을 유지하며 그녀의 등 한가운데로 움직여 가는 것을 보았다. 손가락들은 거기를 더듬더니 작은 열쇠를 찾아냈다. 그는 그 열쇠를 감기 시작했다.

"난 시간을 놓치지 않고 네게 왔어." 그가 속삭였다. "안 그랬으면 넌 멈춰 버렸을 거야."

조각상의 얼굴은 이제 그녀에게로 돌려져 있었다. 그것은 오랫동안 그렇게 그녀 쪽을 향하고 있었던 것이다. 거기에 얼굴이 없었다. 그녀는 깨어났다. 비명 같은 건 지르지 않았다. 하지만 그녀는 마치 성욕에라도 몰리운 듯 신음하고 있었다.

이타그는 권태를 느꼈다. 이 흑미사는 늘 그렇듯 불안한 무리와 세속적으로 닳아진 무리 가운데 인기를 끌었다. 포르세픽의 음악은 아프리카풍의 다음절 가락이었는데 그것의 효과는 늘 그렇듯 놀랍도록 인상적이었다. 그의 음악에서는 불협화음이 빈번히 동원되고 있었다. 나중에 작가인 게르포는 창가에 앉아 무슨 일인지 몰라도 근자에 와서는 또다시 어린 소녀들(사춘기나 그보다 더 어린)이 에로 소설의 정형이 되었다는 주제의 연설을 늘어놓고 있었다. 턱이 두세 개쯤 되는 게르포는 직각으로 앉아서 청중이라곤 이타그 한 사람뿐임에도 불구하고 현학적인 말씨로 연설을 해 대고 있었다.

이타그는 게르포와 이야기를 나눌 생각은 사실상 없었다. 그는 그들과 같이 온 여자를 바라보기 원했다. 그녀는 지금 보지라르에서 온 여성 조각가인 추종자 하나와 함께 앉아 있었다. 장갑을 끼지 않고 장식품이라곤 반지 한 개밖에 없는 손은 두 여자가 이야기를 하는 동안 저쪽 여자의 앞머리를 쓰다듬고 있었다. 반지로부터는 가냘픈 은빛 여자 팔이 순이 돋아나듯 뻗어 나와 있었고 오므린 손은 그 여자의 담배를 받들고 있었다. 이타그가 지켜보는 동안 그녀는 다시 담배 한 개비에 불을 붙였다. 검은 종이로 만 황금색 끝을 가진 담배였다. 그녀의 구두 주변에는 꽁초들이 수없이 널려 있었다.

게르포는 자신의 최근 소설의 줄거리에 대해 얘기하고 있었다. 여주인공은 두세트라는 이름의 열세 살배기 소녀였는데, 그녀는 그녀 자신의 이름을 지어 부를 수 없는 내적 갈등 때문에 번민하고 있었다. "어린아이면서 동시에 여자란 말이지." 게르포가 말했다. "그리고 그 애에게는 무언지 영원을 느끼게 하는 것이 있어. 난 거기에 대해선 나 자신 직접 경험을 통해 터득한 바가 있다는 걸 고백해도 좋아……."

늙은 야수 같으니라고.

게르포는 이윽고 물러갔다. 거의 아침이 되어 있었다. 이타그는 두통을 느꼈다. 그는 자고 싶었고 여자를 필요로 했다. 그 여자는 아직도 검은 담배들을 태우고 있었다. 몸집이 작은 여성 조각가는 의자 위에 다리를 거둬 올리고 머리는 그 여자의 가슴에 갖다 댄 채 비스듬히 누워 있었다. 그녀의 검은 머리칼은 담홍색 튜닉 위에 물에 빠져 죽은 시체처럼 등 떠 있는 인상이었다. 방 전체와 그 속에 있는 몸뚱이들(더러는 비틀리고 더러는 짝지어 있으며 더러는 깨어 있었다.)과 여기저기 널려 있는 성찬용 빵 조각들, 검은 가구들, 이 모두는 파열하기를 거부하는 비구름 사이로 흘러들어 오는 황색 광선의 지친 물결 속에서 헤엄치고 있었다.

그 여자는 피우고 있는 담배 끝으로 여성 조각가가 입고 있는 치마에 작은 구멍들을 만들기에 여념이 없는 것 같았다. 이타그는 그녀가 만드는 무늬가 확대되는 것을 지켜봤다. 그녀는 검은 테를 두른 불탄 구멍을 가지고 '나의 페티시'라고 쓰고 있었다. 여성 조각가는 속치마를 입고 있지 않았으므로 그 여자가 글씨 쓰기를 마치게 되면 글씨들은 어린 여자의 허벅지가 발산하는 싱싱한 피부 빛을 띠리라. 무방비 상태? 이타그는 잠깐 거기에 대해 생각해 봤다.

2

다음 날에도 같은 구름이 도시 위에 드리워졌다. 하지만 비는 아직도 오지 않은 채였다. 멜라니는 수 펭 옷차림으로 깨어났다. 그녀는 비가 오지 않은 것을 알았다. 거울에 비친 자신의 모습을 알아보자 그녀는 가벼운 흥분에 사로잡혔다. 포르세픽이 기타를 들고 일찌감치 나타났다. 그는 무대에 앉아 버드나무, 술 마시는 학생들, 썰매타기, 돈강에 벌렁 누운 채 떠 있는 그의 사랑하는 여인의 시체 등에

대한 감상적인 러시아 민요조 노래들을 불러 댔다.(사모바르[162] 주변에
모여 앉아 소설을 같이 낭송하던 여남은 명의 젊은이들. 아, 그 젊음은 모두
어디로 갔는가.) 향수에 젖은 듯 포르세픽은 기타를 치면서 훌쩍였다.

새로 몸을 깨끗이 씻고 이곳에 올 때 입고 온 옷으로 다시 갈아
입은 멜라니는 그의 등 뒤에 서서 두 손으로 그의 눈을 가린 채 그의
음악에 화음을 맞추어 흥얼거렸다. 이타그가 들어왔을 때 둘은 그런
모양이었다. 이타그는 무대라는 테두리 속에 황색 광선을 받고 있는
그들이 제시하는 그림을 어디에선가 한 번 본 적이 있다고 생각했다.
아니면 그건 어쩌면 기타의 우수 띤 음조 때문에 생긴 느낌인지도 몰
랐다. 그리고 그들 얼굴에 나타난 그 불안하고 위태로운 기쁨의 제
압된 표정 때문인지도 몰랐다. 무더운 삼복더위 동안 조건부로 평화
를 지키는 두 젊은이들 같다고나 할까. 그는 바로 들어가 큰 얼음 덩
어리를 쪼개기 시작했다. 그는 떨어져 나온 조각들은 빈 샴페인 병에
넣고 물을 채웠다.

정오가 되자 무용단은 집합되었다. 그 여자들의 대부분은 이사도
라 덩컨과 깊은 사랑을 하고 있는 모습이었다. 여자애들은 지친 나방
같은 몸짓으로 무대 위를 움직여 다녔다. 그들의 거즈 튜닉은 지친 나
방의 날개처럼 흐느적하게 펄럭였다. 이타그는 그들 중 절반은 동성
애자라고 짐작했다. 나머지 절반도 옷차림은 비슷했다. 즉 얼간이 같
은 옷차림이었다. 그는 바에 앉아 사탱이 안무 계획에 착수하는 모양
을 지켜봤다.

"어느 것이 그 애죠?" 또 그 여자였다. 1913년 몽마르트에선 사
람들은 허공에서 돌연히 나타나기가 일쑤였다.

"저기 포르세픽하고 있어요."

162   러시아식 물 끓이는 기구.

그녀는 소개를 받기 위해 빠른 걸음으로 그쪽으로 걸어갔다. '천하군.' 이타그는 생각했다. 그러고 나선 그는 그 말을 '자제심이 없군.'으로 고쳤다. 맞는 말일까? 조금은. 자르티에르는 묵묵히 쳐다보고 있을 뿐이었다. 포르세픽은 언쟁이라도 한 것처럼 성이 나 보였다. 가엾고 쫓기는 아버지 없는 어린것. 게르포가 저 애를 보면 뭐라고 할까? 작은 바람둥이로 만들겠지. 할 수 있으면 육체로써 실현할 것이고 그렇지 않더라도 분명 원고 속에다가 바람둥이 어린 소녀로 만들어 버릴 거야. 작가들에게는 도덕적인 감정 같은 것은 없으니까.

포르세픽은 피아노에 앉아 「태양을 경배함」을 연주하고 있었다. 크로스 리듬을 가진 탱고였다. 사탱은 거의 불가능한 동작을 거기에 맞추어 창안해 냈다. "그건 춤출 수 없어요." 한 젊은이가 무대에서 펄쩍 사탱 앞으로 뛰어내리며 적의를 가지고 외쳤다.

멜라니는 수 펭 의상으로 갈아입기 위해 재빨리 사라져 갔다. 멜라니가 슬리퍼의 끈을 묶으며 올려다봤을 때 여자는 방문께에 서서 들여다보고 있었다.

"당신은 진짜가 아니야."

"나요……." 그녀의 두 손은 죽은 듯 그녀의 허벅지에 붙어 있었다.

"'페티시'라는 게 뭔 줄 알아요? 그건 쾌감을 주는 여자의 한 부분 같은 것, 구두 한 짝, 로켓,[163] 양말대님, 이런 거지. 당신도 그런 것과 같아. 진짜 사람이 아니고 쾌감을 주는 물건과 같단 말이지."

멜라니는 입을 열지 못했다.

"당신은 옷을 벗었을 땐 어떨까? 무질서하기 짝이 없는 몸뚱이겠지. 하지만 수소와 산소, 라임의 원통 광선 속에 수 펭의 의상에 싸

163   사진, 머리카락 같은 것을 간직할 수 있도록 만들어진 목걸이.

여 인형처럼 움직여 다닐 땐, 당신은 파리 전체를 미치게 만들 거야. 여자고 남자고 할 것 없이."

눈들은 아무 반응도 보이지 않았다. 두려움도, 욕망도, 기대도 없었다. 그런 것은 거울 속의 멜라니만이 보일 수 있는 느낌이었다. 그 여자는 침대 발께에 가 있었다. 반지 낀 손은 조각상 위에 얹혀 있었다. 멜라니는 그녀 곁을 재빨리 빠져나가 발끝 달리기로 맴을 돌며 무대 측면을 거쳐 무대로 나갔다. 그녀는 포르세픽이 피아노로 두드려 대고 있는 맥 빠진 곡에 맞추어 즉흥무를 추었다. 밖에서는 천둥소리가 났다. 그 소리는 음악 소리에 아무렇게나 종지부를 찍었다.

비는 영원히 안 올 것을 알 수 있었다.

포르세픽 음악의 러시아적 음조는 그의 어머니에게서 영향받은 것이 대부분이었다. 그의 어머니는 상트페테르부르크의 모자 봉제공이었다. 지금 포르세픽은 마리화나 피우기, 바티뇰에서의 그랜드 피아노 때려눕히기식 연주 틈틈이 몸집이 거대하고 살인벽이 있는 양복장이인 콜스키라는 사나이가 이끄는 러시아인들의 기이한 집단과 어울리고 있었다. 이 집단은 모두가 비밀 정치 활동에 참여하고 있었고 모두가 바쿠닌, 마르크스, 울리야노프에 대해 유창한 연설을 늘어놓을 줄 알았다.

콜스키는 황색 구름에 가려진 채 해가 지고 있을 때 나타났다. 그는 포르세픽에게 말싸움을 걸었다. 댄서들은 분산되고 무대에는 이윽고 멜라니와 그 여자를 제외하곤 아무도 남아 있지 않았다. 사탱이 기타를 들고 나왔고 포르세픽은 피아노에 앉았다. 둘은 혁명적인 노래를 부르기 시작했다. "포르세픽." 양복장이가 싱글거리며 말했다. "자넨 놀랄 날이 있을 거야, 우리가 하려는 일 때문에 말이야."

"난 무엇에도 놀라지 않아." 포르세픽이 말했다. "만약 역사가 순환한다면, 우린 지금 퇴폐기를 겪고 있을 거야, 그렇지 않을까? 그

리고 그렇다면 당신들이 얘기하는 혁명이란 것도 그 한 증후에 불과
한 것이 되고 만단 말이지."

"퇴폐주의는 낙하를 의미해." 콜스키가 말했다. "우린 일어서고
있지."

"퇴폐주의란." 이타그가 끼어들었다. "인간적인 것으로부터의
이탈을 의미해. 그렇기 때문에 우리는 더 멀리 떨어질수록 그만큼 더
비인간적이 되는 셈이라고. 그리고 비인간적이 될수록 우리는 우리
가 잃은 인간성을 무생물인 물체들이나 추상적인 이론들에다가 덮
어씌우게 돼."

여자아이와 그 여자는 무대에 장치된 단 하나의 머리 위 라이트
의 불빛 밖으로 걸어나가 버리고 없었다. 그들의 형체조차 알아보기
어려웠고 소리조차 들려오지 않았다. 이타그는 얼음물을 마저 들이
켰다.

"당신의 생각들은 비인간적이오." 그가 말했다. "당신은 사람들
이 마치 그래프지 위에 찍혀진 점집적(點集積)이나 곡선인 것처럼 말
을 하니 말이요."

"바로 그렇기 때문이죠." 콜스키가 말했다. 그의 눈은 꿈을 꾸고
있었다. "나, 사탱 또는 포르세픽은 길가에서 쓰러질 수 있어요. 그건
문제가 될 수 없죠. 사회주의 의식이 자라는 거지. 이것은 저항할 수
없고 돌이킬 수 없는 그런 물결이라고요. 우리가 살고 있는 세계는 황
량한 곳이오, 이타그 선생. 원자들이 부딪치고 뇌세포들은 쇠퇴하고
경제 체제는 붕괴하며 다른 경제들이 그것들을 계승하고 말이죠. 그
런데 이 모든 것이 '역사'의 기본 리듬과 보조를 맞추어 일어나는 거란
말이에요. 어쩌면 역사는 여성인지도 몰라요. 여자들은 내겐 신비의
존재죠. 하지만 역사라는 여자의 습관들은 적어도 측량이 가능해요."

"리듬이라니." 이타그가 경멸 조로 말했다. "마치 형이상학적 침

대 스프링이 덜덜 떨고 삐걱거리는 소리라도 묘사하려는 것 같군."
양복장이는 소리 내서 웃는다. 그 말이 퍽 마음에 드는 모양이었다.
그는 마치 성질이 광포한 몸집 큰 어린아이와도 같았다. 방의 음향
효과로 그의 웃음은 유령의 웃음소리 같은 느낌을 전달했다. 무대는
비어 있었다.

"가요." 포르세픽이 말했다. "루간다로." 사텡이 테이블에서 기
계적으로 춤 동작을 취하며 말했다.

밖에서 그들은 그 여자가 멜라니의 팔을 잡고 있는 것을 발견했
다. 그들은 그 곁을 지나쳐 갔다. 둘은 지하철역 쪽으로 가고 있는 중
이었다. 두 여자는 어느 쪽도 입을 열지 않았다. 이타그는 가는 길에
한 매점에서《라 파트리》를 샀다. 이 신문은 반유대적 성향의 일간지
로 저녁때 살 수 있는 가장 유력한 것이었다. 곧 그들은 불바르 클리
시 쪽으로 사라져 갔다.

회전식 계단을 내려가면서 그 여자가 말했다. "두려워하고 있
군." 아이는 아무 말도 하지 않았다. 그녀는 지금도 무대 의상을 입
고 있었다. 단지 그 위에다 지금은 비싸 보이는 사실상 값비싼 망토
를 두르고 있었다. 그건 그 여자가 승인한 것이기도 했다. 그녀는 둘
을 위해 일등 차표를 샀다. 둘이 갑자기 실체화한 기차 속에 들어가
앉은 후 그 여자는 물었다. "넌 물체처럼 수동적으로만 남아 있을 거
야? 물론 그렇겠지. 그것이 바로 너니까. 페티시." 그녀는 끝의 무성
음을 마치 노래할 때와 같이 악센트를 주어 발음했다. 메트로의 공기
는 답답했다. 바깥도 마찬가지였다. 멜라니는 자신의 정강이에 수놓
인 용의 꼬리를 들여다보았다.

얼마의 시간이 지난 뒤 기차는 지상으로 올라왔다. 멜라니는 그
들이 강을 건너고 있다는 사실을 의식했는지도 모른다. 그녀의 왼쪽
으로 에펠탑이 상당히 가깝게 보였다. 그들은 파시 다리를 건너고 있

었다. 레프트 뱅크[164]의 첫 번째 정류장에서 여자는 일어났다. 그녀는 지금도 멜라니의 팔을 놓지 않았다. 거리에 나선 그들은 서남쪽에 있는 그르넬 구역을 향해 걷기 시작했다. 공장과 화학물 제조소, 철 주조장 들이 이루는 풍경이 눈에 띄었다. 그들은 거리의 유일한 행인이었다. 멜라니는 이 여자가 정말로 공장들이 밀집해 있는 이곳에 살고 있는지 궁금해졌다.

둘은 약 1.5킬로미터가량으로 느껴지는 거리를 걸은 후 이윽고 3층만이 한 혁대 제조업자에 의해 사용되고 있는 높은 건물 하나에 도달했다. 그들은 좁은 층계를 오르기 시작했다. 그 여자는 꼭대기 층에 살고 있었다. 비록 무희이고 다리 힘이 센 멜라니였지만 이제 그녀는 지친 기색을 보이기 시작했고, 그 여자의 거처에 도착하자 멜라니는 방 한가운데에 있는 둥근 침대 의자에 가서 스스로 드러누웠다. 그녀의 거처는 아프리카와 동양풍으로 장식되어 있었다. 원시적인 검은 조각품들이 있었고 용 모양의 등이 있었다. 거기에다 중국 홍색의 실크가 있었으며 사주식(四柱式) 침대가 있었다. 멜라니의 망토는 벗겨졌고 용이 장식된 그녀의 황금색 다리는 반은 침대 의자 위에 얹혀지고 반은 동양식 양탄자 위에 부동으로 놓여졌다. 여자는 소녀 곁에 앉아 손을 가볍게 멜라니의 어깨에 얹은 채 말하고 있었다.

만약 우리가 이미 추측하지 못했다면 '그 여자'란 다름 아닌 레이디 V., 즉 스텐슬의 광적 추구의 대상임을 여기서 밝혀야겠다. 파리에서는 아무도 그 여자의 이름을 몰랐다.

그녀는 그냥 V.일 뿐 아니라 사랑에 빠진 V.였다. 허버트 스텐슬은 그의 음모에의 단서가 되는 인물들에게는 인간적인 정열을 별로

---

164   리브 고슈(Rive Gauche, 좌안)로 불리는 파리 센강의 남안(南岸)으로 예술가·학생들이 모이는 곳.

허용하지 않았다. 우리가 지금의 이 프로이트식 해석을 가한다면 여성 간의 동성애란 자기 사랑이 다른 대상에게 투영된 것이라고 보겠다. 여자가 자기애에 빠지기 시작하면 조만간에 자기가 속하는 인간 계급, 즉 여성이란 꽤 괜찮은 족속이라는 깨달음을 갖게 된다. 멜라니가 경험한 것이 바로 이런 느낌인지도 몰랐다. 하지만 누가 거기에 대해 확실한 말을 할 수 있겠는가! 어쩌면 세레 쇼에서의 근친상간의 편력은 이 여자아이의 기호가 1913년에 우세했던 족외혼인적 이성애적 유형의 권외에 있다는 것을 말해 주는 것인지도 몰랐다.

하지만 V.로 말할 것 같으면, 즉 사랑에 빠진 V.로 말할 것 같으면 숨은 동기 같은 것은, 설혹 그런 것이 있었다 할지라도 다른 사람들의 눈에 신비로 남아 있을 뿐이었다. 공연에 관련된 누구나가 이 일의 진행을 눈치채고 있었지만 정보는 사디즘, 신성 모독, 동족결혼, 동성애 등에 경주된 패거리의 내부에서만 순환했으므로 둘은 누구의 간섭도 받지 않을 수 있었고 어린 애인들처럼 저희끼리만 내버려 두어졌던 것이다. 멜라니는 연습 때마다 꼬박꼬박 나타났다. 그리고 그 여자가 멜라니를 공연에서 빼내 가지만 않는다면(이건 그녀가 그 공연의 후원자인 한 그녀가 의도하는 바일 수 없었다.) 이타그 자신은 상관할 생각이라곤 없었다.

어느 날 멜라니는 르 네르프에 남학생 복장으로 그 여자와 함께 나타났다. 꽉 끼는 검정색 바지에 흰 셔츠, 짤막한 검은색 재킷, 게다가 궁둥이까지 내려왔던 그 긴 머리카락은 어찌도 짧게 잘라 버렸는지 거의 대머리가 된 느낌이었다. 어떤 의상으로도 감출 수 없는 무희의 몸뚱이만 아니었다면 누구라도 여자아이를 학교를 빼먹은 어린 남학생쯤으로 알았을 것이다. 다행히 의상 상자에는 긴 검은색 가발이 있었다. 사탱은 이 제안을 열렬히 환영했다. 즉 1막에서 수 펭은 머리를 달고 나가고 2막에서는(이때는 그녀가 몽골인에게 고문당한

다음이었다.) 머리 없이 등장하게 하자는 제안이었다. 그런 게 관객의 취향(그는 그것이 거친 편이라고 믿었다.)에 알맞은 쇼크를 제공할 것이라고 그는 생각했다.

연습 때마다 그 여자는 뒤쪽 테이블에 앉아 말없이 지켜봤다. 그녀의 주의는 여자아이에게 집중되어 있었다. 이타그는 처음 그녀를 대화에 끌어넣으려 애써 봤다. 하지만 실패하자 그는 「라 비 외르즈」[165], 「르 리르」[166], 「르 카리바리」[167]의 감상으로 되돌아갔다. 공연단이 테아트르 드 뱅상 카스토르로 옮겨 간 다음에도 그녀는 지조를 지키는 애인처럼 따라왔다. 멜라니는 거리에 나갈 때는 계속 복장도착적 옷차림을 했다. 단원들 사이에서의 추측은 야릇한 전도 현상이 일어났다는 것이었다. 이런 관계에서는 보통 지배적인 측과 복종하는 측이 있기 마련이었고, 이 둘 중 어느 쪽이 어떤 역을 하는지는 명백했으므로 응당 그 여자가 공격적인 복장, 즉 남장을 해야 했던 것이다. 하루 저녁 포르세픽은 루간다에서 두 여자가 연출하는 역들의 조합 가능성을 도표로 그려 놓은 것을 내보여 모두를 즐겁게 했다. 그 도표에 의하면 가능한 조합의 수는 예순네 개에 달했으며 대략 '옷차림', '사회적 역할', '성적 역할' 등의 종목으로 구분되었다. 둘은 같이 남자 차림을 할 수도 있었고 또 둘 다 지배적인 사회적 역할을 할 수도 있었으며 성적으로 지배적 역할을 하려 경쟁할 수도 있었다. 둘은 각각 다른 성의 차림을 할 수도 있었고 둘 다 완전히 수동적일 수도 있었으며(이때의 쟁점은 다른 쪽을 공격적인 역할을 하도록 조작하는 데에 있었다.) 또 그 외의 예순두 개 배합 중 어느 것이라도 가능했

---

165   '행복한 삶'이라는 뜻의 프랑스어.
166   '웃음'이라는 뜻의 프랑스어.
167   '소음'이라는 뜻의 프랑스어.

다. 어쩌면 무생물의 기구도 동원되고 있는지 모른다고 사탱은 추측했다. 그렇게 되면 전체의 상황에 혼란이 일어날 것이라는 점에 모두 동의했다. 누군가가 그 여자는 실제로 복장도착증의 희생물인지도 모른다고 말했다. 그렇다면 일은 더 재미있게 된 것 같았다.

하지만 그르넬의 그 꼭대기 방에서 실제로 일어나고 있는 일은 어떤 것일까? 루간다의 족속들과 테아트르 드 뱅상 카스토르의 단원들은 한 장면을 만들어 냈다. 그것은 정교한 고문 기계들, 이상야릇한 의상, 살덩어리 밑의 기괴한 근육의 움직임, 이런 것으로 구성된 그림이었다.

만약 그들이 보지라르에서 온 그 여성 조각가의 치마를 보고 그 여자가 멜라니에게 붙여 준 별명을 들었더라면, 또는 이타그가 그랬듯이, 마음의 새로운 연구에 대한 책을 읽었다면, 그들은 어떤 종류의 페티시는 전혀 만지거나 어떤 특별한 방법으로 다룰 필요가 없다는 것을, 그것들은 완전한 성취를 위해 눈으로 감상하는 것으로 충분하다는 사실을 확인했을 것이며 따라서 크게 실망했을 것이다. 멜라니로 말할 것 같으면, 그녀도 그녀의 애인에게 수없이 많은 거울을 공급받았었다. 손잡이 달린 거울, 장식적인 테가 달린 거울, 전신 거울, 포켓용 거울 등 수많은 거울이 그 꼭대기 방에 장치되어 있었다. 말하자면, 그녀가 돌아보는 곳마다 거울이 있었다는 얘기다.

서른세 살에(이것은 스텐슬의 계산에 의한 것이다.) V.는 드디어 사랑을 발견했던 것이다. 라이프치히의 카를 베데커에 의해(정직하게 말하기로 하자.) 충분히 묘사된 바 있는(비록 그가 창조했다고는 할 수 없을지언정) 그 세계를 두루 편력하던 중 이 사랑을 마침내 발견한 것이다. 그것은 이상한 나라였다. 그것의 유일한 인구는 '관광객들'이란 족속이었고 그것의 풍경은 무생물의 기념비와 빌딩들이었다. 또 거의 무생물인 바텐더들과 택시 운전사들, 호텔 종업원들, 가이드들이 있었는데, 이들은 주문에 따라 각각 정도에 맞는 능력을 발휘했고 그 서비스에 대해 적당한 액수의 팁을 받았다. 그 외의 이 나라의 특징 으로는, 그것이 '거리'와 마찬가지로 이차원적이라는 점을 들 수 있었 다. 그 점은 그 붉은 작은 안내 책자들을 구성하는 페이지들이나 지 도들도 마찬가지였다. 쿡 여행 안내 사무소와 여행자 클럽들, 그리고 은행들이 열려 있고 이 지역별 시간표를 면밀히 따르며, 호텔이 하수 도가 막히지 않은 이상(카를 베데커는 말하고 있다. "위생 시설이 만족스 럽지 않은 호텔은 일류급 숙박소에 들지 못한다. 위생 시설이란 변기에 물 이 충분한 것과 휴지가 부족하지 않게 배치되어 있는 것도 포함한다.") 관 광객은 두려움 없이 이 잘 조정된 조직망 속을 마음대로 돌아다녀도 된다. 여기에서 싸움이란 '외부에서 온 자를 얼른 알아보고 그의 무 지를 악용하려 드는 거대한 군대'에 속하는 소매치기와의 격투 정도 다. 경제 불황과 번영도 기껏 환율에 반영될 뿐이다. 이곳 주민들과 의 정치적 토론 같은 건 있을 수 없다. 관광주의는 이렇듯 가톨릭교 회와 마찬가지로 초국가적이다. 그리고 아마도 이 지구상에서 가장 절대적인 인간 교류의 장이기도 할 것이다. 왜냐하면 미국인이든 독 일인이든 이탈리아인이든, 누구든지 간에 에펠탑과 피라미드 그리고 캄파닐레에의 관광은 그들에게서 똑같은 반응을 일으키기 때문이다. 그들의 성경은 명백한 언어로 적혀 있고 아무 사적인 해석을 허용치 않는 것이다. 그들은 같은 풍경을 공유하고, 같은 불편을 겪으며, 같 은 명확한 시간표를 따른다. 이들은 거리의 친자식들인 것이다.

오랫동안 이 족속의 하나였던 레이디 V.는 이제 돌연히 자기가 그 무리에게 파문당한 것을 발견했다. 그녀는 인간애라는 비시간 속 으로 아무 예의도, 의식 절차도 없이 내동댕이쳐진 것이다. 그녀는 그것이 정확하게 어느 순간에 일어난 일인지 몰랐다. 다만 멜라니가 포르세픽의 팔에 매달려 르 네르프의 옆문으로 들어왔을 때 시간은

(당분간) 끝났던 것이다. 스텐슬의 서류에는 포르세픽에게서 직접 나온 권위 있는 기록들이 있었는데, V.는 그에게 그녀와 멜라니의 관계에 대해 많은 이야기를 한 것을 알 수 있었다. 그는 그녀에게서 들은 얘기 중 어느 것도 퍼뜨리지를 않았다. 루간다에서고 그 외의 어느 다른 데에서고 말이다. 다만 스텐슬에게 말했을 뿐이다. 그것도 아주 여러 해 뒤에. 어쩌면 그는 순열 배합의 도표 건 때문에 죄의식을 느꼈는지도 몰랐다. 어쨌든 그녀의 말을 반복하지 않았다는 점에서는 그는 신사처럼 행동한 것이다. 둘에 대한 그의 묘사를 들어 보면 그들의 관계란 나이를 초월한 사랑의 정물화와도 같은 것이었다. 사랑의 극단적인 면을 제시하기도 한 이 그림은 구성도 좋았다. 둥근 침대 의자에 앉은 V.가 침대에 앉은 멜라니를 바라본다. 멜라니가 거울에 비친 자신의 영상을 바라본다. 거울의 영상은 어쩌면 가끔 V.를 관찰하는지도 모른다. 여기에 동작은 없었고 다만 미세한 마찰이 있을 뿐이었다. 하지만 역설 중에서도 가장 오래된 사랑의 역설에는 해결책이 있었다. 그것은 동시적인 주권 행사와 서로에게로의 융화였다. 지배와 복종이란 이들의 관계와 관련 없는 개념이었다. 셋의 배합은 공생적이고 상호적이었다. V.는 페티시가 필요했고 멜라니는 거울이 필요했다. 그리고 또 그녀는 임시적 평화와 그녀가 쾌락을 누리는 것을 지켜봐 줄 사람이 필요했다. 왜냐하면 젊은 사람의 자기애란 사회적 국면을 가진 것이기 때문이었다. 시각적 인생을 사는 사춘기 소녀가 거울에서 또 하나의 자기를 발견한다. 그 또 하나의 그녀는 관음증을 갖게 된다. 자신을 웬만큼 충분한 수의 관객으로 만들 수 없는 좌절감 때문에 그녀의 성적 흥분은 상승한다. 그녀의 반영들이야말로 그녀의 청중이라는 환상을 완성시키기 위해서 그녀는 진짜 관음자를 필요로 한다. 이 다른 요소의 첨가로(이 다른 요소라는 것도 거울들에 의해 그 수가 늘어난다.) 극점에 이르게 된다. 왜냐하면 그

다른 요소란 다름 아닌 또 다른 그녀이기 때문이다. 그녀는 옷을 입는 것이 오로지 다른 여자들에게 보이고 그 여자들 간에 화제가 되기 위함일 뿐인 여자와 같았다. 그들의 질투, 수군대며 말하는 평가, 싫어 하면서도 감추지 못하는 감탄의 대상은 그녀였다. 그들은 그녀였던 것이다.

V.로 말하자면 그녀는 멜라니의 페티시와 그녀 자신의 페티시는 같은 것이라는 사실을 확인했다. 어쩌면 그녀는 자기의 무생물로의 이행을 의식했는지도 몰랐다. 왜냐하면 모든 무생물의 물체들은 그것들에 의해 희생당한 자에게는 다 같기 때문이었다. 그것은 포펜타인 또는 트리스탄과 이졸데 주제의 변형이었다. 어떤 사람들에 의하면 그것은 중세 이후의 모든 낭만주의 음악의 천하고 신경질 나는 유일의 멜로디였다. 즉 사랑의 행위와 죽음의 행위는 같다는 것이다. 이윽고 죽게 되면 그들은 무생물의 세계와 합치될 것이며 서로와 화합하게 될 것이었다. 그러니까 이때까지는 사랑의 유희란 무생물의 의인화 내지 남성과 여성 사이가 아닌 죽은 자와 산 자 사이의 도착 현상, 또한 인간과 비인간인 페티시 사이의 도착 현상이 되고 마는 것이다. 그들 각각이 어떤 의상을 걸치느냐는 중요치 않았다. 멜라니의 삭발은 우발적인 사건에 불과했다. 말하자면 레이디 V.를 위한 중요치 않은 단편적이고 사적인 상징적 행위에 불과했다. 하긴 만약 그녀가 정말로 빅토리아 렌이었다고 하면, 그녀가 수련 수녀로 지냈던 일과도 무관하지 않을런가 모를 일이다.

만약 그녀가 정말로 빅토리아 렌이었더라면, 스텐슬까지도 그녀의 삶이 목표로 삼은 듯한 풍자적 실패에 의해 감동을 아니 받을 수 없었다. 그녀의 삶은 사실상 어찌도 빠르게 그 종말을 향해 질주하고 있었던지 전쟁 전의 그 8월은 다시는 돌이킬 수 없는 과거가 되어 버린 것이었다. 피렌체에서의 봄, 봄의 바람을 한껏 음미하려는 신성 여성 기업가, 그리고 그녀의 운명에 대한 신념……. 그 빅토리아 렌은 이제 서서히 V.라는, 전혀 다른 어떤 것(그것을 위해 젊은 세기는 아직 이름을 발견하지 못하고 있었다.)에 의해 교체되고 있는 것이었다. 우리 모두는 느린 죽음의 정치 체계에 개입되어 있다. 하지만 가여운 빅토리아는 '뒷방의 물체들'과도 친숙해진 것이다.

만약 V.가 자기의 페티시즘이 살아 있는 세계에 대한 어떤 음모의 성격을 띠고 있다고 생각했다면(예를 들어 죽음의 왕국을 여기에 돌연히 건립하든가 하는) 아마도 러스티 스푼에서의 풍문, 즉 스텐슬이 그녀에게서 그 자신의 정체 확인을 수행하려 한다는 그 의견이 정당화될 수도 있었을 것이다. 하지만 멜라니가 그녀에게서, 그리고 거울의 영혼이 없는 번득임 속에서, 자기의 정체성을 확인했다는 사실에 도취된 나머지, 그녀는 사랑에 의하여 불균형에 빠진 채 무의식 상태에 머물러 있었던 것이다. 그녀는 여기의 이 침대 의자와 침대, 그리고 거울이 지침하는 시간의 분포는 제쳐 놓고라도 그들의 사랑이란 그 자체가 관광주의의 한 변형에 지나지 않는다는 사실까지도 잊고 있었다. 하지만 마치 관광주의가 이 세상에 다른 세계의 일부를 들여오고 또 각 도시마다 그것의 닮은꼴을 건립하여 놓듯이, 죽음의 왕국은 그것 역시 침투의 한 형태인 V. 모형의 페티시 구조들을 요구했던 것이다.

그녀가 만약에 알았다면 어떤 반응을 보였을까? 이건 또다시 모호한 점이라고 할 수밖에 없었다. 그것은 궁극적으로는 V.의 죽음을 의미할 수밖에 없었던 것이다. 즉 이 무생물의 왕국에서 그것을 방지하려는 어떤 노력에도 불구하고 갑자기 죽어 가는 것이다. 그녀가 궁극적으로는 그녀의 파멸로 그녀를 이끌어 가도록 되어 있는 보다 큰 체제의 일부라는 깨달음이 조금만치라도 그녀에게 왔더라면(그 깨달음은 그녀의 여정의 어느 지점에서고 그녀에게 올 수 있었다. 즉 카이로, 피렌체 또는 파리 등), 그녀는 그러한 운명을 피할 수도 있었을지 모르며 그녀 자신에게 수많은 제재를 가하여 급기야는 그녀는(프로이트적 또는 행동주의적 등의 관점에서 말한다면) 순수하게 한정된 유기체, 즉 인간의 육체로 야릇하게 조성된 하나의 자동인형이 되어 버릴 수밖에 없었을 것이다. 아니면 반대로 우리가 청교도적이라는 이름으로 부를 수밖에 없는 상기의 태도에 반기를 들고 페티시 나라로 너무나 깊이 침투해 버린 나머지 전적으로, 그리고 사실적으로 — 멜라니와의 사랑놀음에 있어서만이 아니라 — 무생물적인 욕망의 대상이 되어 버렸을지도 몰랐다. 스텐슬은 그의 습관적인 꼼꼼하고 힘겨운 연구 조사 방법을 잠시 버리고 일흔여섯 살의 그녀의 모습을 상상하려 애썼다. 그녀의 피부는 어떤 신종의 광채 나는 플라스틱으로 만들어졌고 양쪽 눈이 다 유리알이었다. 하지만 그것들은 이제는 순수하기 짝이 없는 구리선으로 된 시신경과 은으로 된 전극으로 연결되고 정교하기 그지없는 이극 매트릭스의 뇌로 통하는 광전기 세포를 가지고 있었다. 솔레노이드 계전기가 그녀의 신경절이 되며 서보 발동기가 그녀의 흠 없는 나일론 사지를 움직이게 되어 있었다. 그리고 수경 액체가 백금 심장 펌프에 의하여 낙산염의 정맥과 동맥으로 보내지게 되어 있었다. 그뿐 아니라(스텐슬도 가끔은 족속들의 누구 못지않게 추악한 상상을 할 줄 알았다.) 폴리에틸렌으로 만든 놀라운 질에 장치된 압력 변환기들의 복잡한 조직까지도 생각할 수 있었다. 그것들의 전기 저항 측정기의 가변 침들은 그녀의 두개골에 설치된 정확한 계수형 자동 기록기에 직접 쾌감 전압을 보내는 단 한 개의 은전선으로 모두 이어져 있었다. 그녀가 미소하거나 무아경에 빠져 있을 때는 그녀의 가장 보배로운 부분, 즉 아이겐벨류의 귀금속 치아들이 번득였다.

왜 그녀는 그렇게 많은 걸 포르세픽에게 이야기했을까? 그녀는 두려웠던 것이다. 그들의 관계가 오래가지 않을까 봐서다. 이것이 그녀가 말한 이유였다. 화려한 무대와 명성과 남성 청중의 추악한 총애의 대상이라는 위치, 그런 것은 수많은 애인들의 슬픔의 근원이기도 했다. 포르세픽은 그녀에게 그가 줄 수 있는 위로를 주었다. 그 자신은 사랑이란 오래가지 않는 것이라는 확신을 갖고 있었고, 따라서 그런 몽상은 이러나저러나 백치인 그의 동포인 사탱에게 떠맡기고 있는 터였다. 슬픈 눈으로 그는 그 여자와 같이 한탄했다. 그 밖에 그가 할 수 있는 일이 무엇이 있었겠는가? 도덕적인 심판을 할 것인가? 사랑은 사랑이었다. 그것은 야릇한 환치 현상으로 나타났으며 이 가여운 여자는 그 때문에 고통을 받고 있었다. 하지만 스텐슬은 어깻짓 이상의 아무 표시도 하지 않았다. 레즈비언 노릇이나 하라지. 페티시에나 의존하라지. 죽으라지. 그녀는 욕정의 짐승이었고 스텐슬은 그녀를 위해 눈물을 흘릴 생각 같은 건 전혀 없었다.

공연의 밤이 왔다. 그때 일어난 일은 스텐슬에게 경찰 기록의 형태로 입수됐고 아마도 지금까지도 뷔트 근방에서는 늙은 사람들에 의해 이야기되고 있을 것이다. 오케스트라가 울리기 시작했을 무렵부터도 이미 관중 사이에는 큰 소리로 시비가 벌어지고 있었다. 이 공연이 정치적 색채를 띠었다는 것이 그 시비의 발단이었다. 즉 동양주의에 기울어졌다는 것이었다. 이 시기에 파리의 패션, 음악, 극장에서 인기를 끌고 있던 동양주의는 러시아와 함께 서방 문명을 붕괴시키려는 국제적인 움직임과 관련지어졌던 것이다. 육 년 전까지만 해도 한 신문은 베이징에서 파리까지의 자동차 경기를 후원할 수 있었다. 이뿐 아니라 그 중간 지역에 놓인 모든 나라의 자발적인 지원을 확보하는 데에도 성공했었다. 근자의 정치 사태는 자못 침울했다. 그날 밤 테아트르 데 뱅상 카스토르에서 소요가 일어난 건 이 때문이었다.

1막이 시작된 지 얼마 되지 않아 포르세픽 반대파들은 고함과 이상한 몸짓으로 야유를 해 대기 시작했었다. 이미 자신들을 포르세피키스트라고 명명한 이쪽 패거리는 그것을 진압하려 했다. 청중에는 또 제삼의 패거리, 즉 조용하게 공연이나 즐기기를 원하는 무리가 있었고 이들은 말할 것 없이 시끄러운 시비를 막고 중재하려 애썼다. 이리하여 장내는 세 패로 갈라져 실랑이질을 했으며 인터미션에 이르러서 장내는 거의 걷잡을 수 없는 혼란에 빠지고 말았다.

이타그와 사탱은 무대 옆에 서서 서로에게 소리를 질러 댔다. 관중석으로부터의 소음 때문에 그들이 무엇이라 소리 지르는지는 서로에게도 전혀 분명치 않았다. 포르세픽은 커피를 마시며 무표정한 얼굴로 구석에 혼자 앉아 있었다. 탈의실에 다녀오는 나이 어린 무희 하나가 말을 건네려 그의 앞에 멈춰 섰다.

"음악이 들려?" "잘 안 들려요." 그녀가 말했다. "이런 변이 어디 있을까요? 라 자르티에르는 기분이 어떨까?" 멜라니는 춤을 완전히 외워 버렸고 리듬 역시 완벽했다. 그녀의 존재는 전체 단원의 기운을 한껏 돋워 주었다. 무희는 그녀를 격찬했다. 또 하나의 이사도라 덩컨이라고도 했다. 포르세픽은 어깻짓을 한 번 하고 나서 얼굴을 찡그리며 말했다. "내게 다시 돈이 생긴다면 난 내 오락을 위해 오케스트라와 무용단을 고용해서 그들로 하여금 「강간」을 공연하게 하겠어. 이것이 어떤 물건인가 보기 위해서. 어쩌면 나도 야유를 던질지도 모르지." 그는 그녀에게라기보다는 자기 자신에게 말하듯 말했다. 그들은 같이 슬프게 소리 내어 웃었다. 그러고는 무희는 그의 곁을 떠났다.

2막은 더 소란스러웠다. 막이 끝날 즈음에야 보다 관심 있는 소수의 관객들은 라 자르티에르에게 주의를 집중시킬 수 있었던 것이다. 오케스트라가 마지막 곡목, 즉 「처녀의 희생」을 연주하기 시작했다. 그것은 불협화음과 음색권의 마지막 영역까지 헤치고 들어간 듯한(다음 날 조간 신문 《피가로》에서 사용한 문구를 빌린다면) "오케스트라에 의한 야만성"의 극치를 드러낸 듯한 음악의 표본이었다. 어쨌든 오케스트라가 지휘봉의 주도를 받으며 마지막 칠 분의 강력하고 느릿느릿한 크레셴도를 힘겹고 초조하게 강행하고 있을 때였다. 갑자기 멜라니의 비 내리는 두 눈 뒷면의 빛이 새로 탄생하는 것 같았다. 그러고는 그녀는 포르세픽이 기억하는 그 노르만족의 탁발승으로 되돌아갔다. 그는 사랑 비슷한 것을 가지고 무대 가까이 다가가 그녀를 지켜봤다. 출처가 미심쩍은 풍문에 따르면, 그는 이 순간 다시는 약을 사용하지 않으며 다시는 흑미사에 참석하지 않을 것을 맹세했다는 것이다.

이타그가 항상 몽골화한 요정이라고 부르기를 좋아하는 두 명의 남자 댄서가 한쪽 끝이 고약하게 꼬부라진 긴 막대기를 들고 나왔다. 트리플 포르테에 가까워진 음악은 이제 청중이 일으키는 소음보다 더 높아져 있었고, 경찰들은 뒤쪽 출입구에까지 다가와 무익한 일이었지만, 질서를 회복하려 애쓰고 있었다. 사탱은 작곡가 곁에 와서 한 손을 그의 어깨에 얹은 채 앞으로 조금 굽히는 듯 몸을 떨고 있었다. 사탱의 창작인 이 무용은 다분히 모험적인 것이었다. 그는 이 무용의 창안을 미국에서의 인디언 학살에 대한 한 기록을 읽는 중에 얻었었다. 다른 두 사람의 몽골인이 그녀를 잡고 있는 동안 수 펭은(이때 그녀는 이미 투쟁 끝에 삭발을 당한 상태였다.) 막대기 끝에 가랑이가 걸린 채 무용단의 전 남성 멤버들에 의해 높이 들어 올려졌다. 그동안 여성 멤버들은 아래쪽에서 그녀의 비극을 한탄하고 있었다. 그런데 돌연히 수 펭의 시녀 역을 하던 자동인형 하나가 무질서하게 움직이기 시작하면서 무대 위를 마음대로 왔다 갔다 하기 시작했다. 사탱은 신음 소리를 내고 이를 갈았다. "독일 놈의 엉터리 제조상 같으니라고." 그가 부르짖듯 말했다. "이제 주의가 산만해질 건 뻔하지 뭐야." 공연의 성공 여하는 막대기 끝에 매달린 채 춤을 계속하고 있는 수 펭에게 달렸다. 그녀는 지금 제한된 한 공간의 어느 지점, 어느 상승된 초점, 아니 어느 상승된 정점에 가 있었다.

막대기는 이제 수직으로 서 있었다. 그리고 음악은 종결까지 네 소절 남아 있을 뿐이었다. 관람석에는 무서운 정적이 흘렀고 경찰과 투쟁하던 청중은 마치 자력에 끌린 듯 다 같이 무대를 응시했다. 라자르티에르의 동작은 더욱 경련에 가까운 것이 되어 있었고 고통을 암시했다. 보통 때는 죽은 사람의 그것과 같아 보였던 그 얼굴 표정은 앞 좌석에 앉았던 관객들을 앞으로 참으로 여러 해 동안 악몽을 꾸게 하기에 족한 것이었다. 이제 포르세픽의 음악은 거의 들을 수 없을 정도의 소음으로 변해 있었다. 모든 음조의 위치는 상실되었고 음들은 마치 폭탄의 파편처럼 아무렇게나 한꺼번에 터져 나왔다. 목관 악기, 현악기, 금관 악기 및 타악기들이 서로 뒤엉켜진 채 피가 막대로 흘러내리는 동안 그리고 여자아이의 몸뚱이가 막대기 끝에서 맥을 잃고 늘어지는 동안, 아우성쳤으며, 그러는 가운데 마지막 코드가 울리고 잠시 공중에 정지했다가 침전되었다. 누군가가 무대의 불들을 모두 꺼 버렸고 또 누군가 달려가서 커튼을 닫았다.

막은 다시는 열리지 않았다. 멜라니는 쇠로 만든 보호 장치를 하도록 되어 있었다. 일종의 정조대 같은 것이었다. 막대 끝은 여기에 맞추어 만들어졌었다. 멜라니는 그것을 착용하지 않은 것이었다. 관객 중에서 의사 한 사람이 동원되었다. 피를 보는 즉시 이타그가 서두른 것이다. 셔츠 앞가슴이 열어 젖혀지고 한 눈에 멍이 든 그 의사는 멜라니의 죽음을 선언했다.

그녀의 애인인 그 여자에 대해서는 아무런 목격의 기록도 남아 있지 않았다. 한 풍문에 의하면 이 여자는 무대 뒤에서 히스테리 증세를 일으켰다고 했다. 즉 그녀는 죽은 여자아이의 몸뚱이를 놓지 않으려 하다가 강제로 끌려 나가면서 사탱과 이타그에게 여자애를 죽이려 둘이서 음모했다고 복수를 외쳤다는 것이었다. 검시관의 판정은 자애롭게도 사고사였다. 어쩌면 사랑에 취한 멜라니는 첫 공연의 긴장 속에 그 보호대를 착용하는 것을 잊었는지도 모른다. 그 수많은 빗, 팔찌 그리고 스팽글들로 몸을 단장한 뒤에 그녀는 이 페티시의 세계에 대해 혼동을 일으켜 그녀를 구출했을 그 하나의 무생물의 품목을 착용하는 것을 잊었는지도 모른다. 이타그는 그것을 자살이라 했고 사탱은 거기에 대해 이야기하기를 거부했으며 포르세픽은 판단을 정지했다. 하지만 이들은 그 후 여러 해 동안 이 사건과 더불어 살았다.

풍문에 의할 것 같으면 이로부터 일주일가량 뒤에 레이디 V.는 스게라치오라는 한 작자와 도망친 것으로 되어 있다. 그는 실성한 이탈리아 민족 통일당원이었다. 어쨌든 둘은 동시에 파리에서 사라진 것이다. 파리에서뿐 아니라 뷔트의 주민들의 관점에서 본다면 지구의 표면 그 자체에서 영원히 사라진 것이었다.

15장

안녕히
V

1

일요일 아침 9시쯤 '쾌활한 사나이들'은 절도 행각과 공원의 배회로 밤을 보낸 후, 레이철의 아파트에 나타났다. 두 사람 다 밤을 꼬박 새운 것이다. 레이철의 아파트 벽에는 이런 말이 적혀 있었다.

난 휘트니로 가고 있어. 키슈 마인 토쿠스,[168] 프로페인.

"메네 메네, 데겔 우바르신."[169] 스텐슬이 말했다.

"흠, 흠." 프로페인이 마룻바닥에서 잠이 들려다 말고 참견한다. 바로 그때 파올라가 머리에는 바부슈카를 뒤집어쓰고 팔에는 절겅거리는 갈색 종이 주머니를 안은 모습으로 나타났다. "어젯밤 아이겐밸류 집에 도둑이 들었어." 그녀가 말했다. "《타임스》 1면 기삿거

---

168   이디시어 욕설.

169   "세고, 세고, 저울로 달아 나누다." 「다니엘서」 5장 25~28절에 나오는
      말로, 다니엘이 벨사살왕에게 왕국의 멸망을 예언한 것이다.

리야." 그들은 다 함께 갈색 종이 봉지를 공격했다. 흐트러진《타임스》의 페이지들과 맥주 4쿼트[170]가 나왔다.

"저런, 저런." 프로페인이 신문 1면을 들여다보며 말했다. "경찰은 곧 체포를 개시하겠다는군. 당돌한 새벽의 절도단에 대해서 말이야."

"파올라." 스텐슬이 그의 등 뒤에서 말했다. 프로페인은 움칠했고 파올라는 병따개를 손에 든 채 프로페인의 왼쪽 귀 너머로 보이는 스텐슬의 손 안에서 번쩍이는 무엇을 바라보았다. 그녀는 눈을 거기에 고정시킨 채 아무 말을 안 했다.

"관련자는 셋이야, 이제."

이윽고 그녀는 프로페인을 돌아다봤다. "몰타로 갈 거야, 벤?"

"아니." 하지만 그 소리는 약하게 나왔다.

"뭣 때문에?" 그가 말했다. "몰타는 내게 아무 약속도 해 주지 않았어. 지중해 어디를 가든 좁은 거리, 즉 '내장'에 해당되는 거리는 있기 마련이야."

"베니, 만약 경찰이……."

"경찰이 내게 뭐랬어? 이빨은 스텐슬이 가졌어." 그는 더럭 겁이 났다. 그가 범법행위를 했다는 깨달음이 이제야 찾아온 것이다.

"이것 봐, 스텐슬. 우리 중 누군가가 그리 가 보면 어떨까? 이가 아파서 온 체하고 말이야. 가서 낌새를 보고……." 그는 말을 마저 마치지 않았다. 스텐슬은 아무 말을 안 했다.

"밧줄 타기며 무어며 하는 그 희극은 결국 날 따라오게 하려는 수단에 지나지 않았단 말이야? 내가 뭣이 그리 특별해?"

아무도 아무 말을 안 했다. 파올라는 곧 울음을 터뜨릴 기세였

170　1쿼트는 32온스. 약 네 잔 정도의 분량이다.

다. 그러면 프로페인이 안아 줄 것을 기대하고서 말이다.

갑자기 방 밖에서 떠들썩한 소리가 들려왔다. 누군가가 문을 두드렸다. 그러더니 "경찰이요." 하는 목소리가 들렸다.

스텐슬은 이빨을 한쪽 주머니에 처넣더니 비상구를 향해 뛰었다. "왜 이러는 거야." 프로페인이 말했다. 이윽고 파올라가 문을 열었을 때는 스텐슬이 이미 한참 전에 방을 빠져나간 뒤였다. 마피아의 미치광이 파티를 깨뜨린, 그 같은 사나이인 텐 아이크가 술에 흠뻑 취한 루니 윈섬을 부축하고 거기에 서 있었다.

"레이철 아울글래스는 집에 있나요?" 그가 말했다. 그는 윈섬이 술에 취해 성 패트릭 성당 계단에 있는 것을 발견했노라고 말했다. 윈섬은 바지 앞을 열어 놓은 채 일그러진 얼굴로 아이들에게 겁을 주고 선량한 시민들의 인격을 모독했다는 것이었다. "이 사람이 이리로만 오겠다는군요." 텐 아이크는 거의 애원하듯 말했다. "집엔 안 가겠다는 거죠. 어젯밤 벨뷰에서 풀려난 거예요."

"레이철은 곧 돌아올 거예요." 파올라가 엄숙하게 말했다. "그때까지 우리가 맡아서 돌보겠어요."

"발은 내가 잡았어." 프로페인이 말했다. 그들은 같이 그를 레이철의 방으로 들고 가 침대에 던져 넣었다.

"고맙군요, 선생." 영화에 나오는 국제적인 보석 절도단처럼 냉정을 유지하며 프로페인은 콧수염이 달렸더라면 하고 생각했다.

텐 아이크는 심각한 얼굴로 물러났다.

"베니토, 일이 잘 안 돼 가고 있어. 내가 한시바삐 고향으로 돌아가는 것이……."

"행운을 빌겠어."

"왜 같이 안 가려 하는 거야?"

"우린 서로 사랑하는 사이가 아니야."

"그건 그래."

"어느 쪽도 빚진 건 없어. 다시 불붙여야 할 옛날의 로맨스 같은 것도 없고 말이야."

그녀는 고개를 흔들었다. 이제는 정말로 눈물을 흘리고 있었다.

"그렇다면 왜 내가 가야 하지?"

"우린 노픽의 테플론 집을 떠났기 때문이야."

"아냐, 아냐."

"가엾은 벤." 그들은 모두 그를 가엾다고 했다. 하지만 그의 감정을 상하게 하지 않기 위해 설명은 하지 않았다. 그저 애정을 나타내는 호칭인 듯 그 말을 사용할 뿐이었다.

"넌 열여덟 살밖에 안 돼. 그래서 이렇게 내게 일시적으로 반해 있는 거지." 그가 말했다. "내 나이가 되면 알게 될 거야……." 그녀가 그의 말을 중단시켰다. 그녀가 그에게 돌연히 달려든 것이다. 마치 그녀는 허수아비를 마구 공격하듯 그를 덮치더니 스웨이드 재킷에다가 그동안 밀렸던 눈물을 모두 쏟아 놓는 것이었다. 그는 얼떨떨한 채 그녀를 밀어냈다.

레이철이 걸어 들어왔을 때 둘이 이 광경을 연출했던 건 물론이다. 회복이 빠른 여자였던 레이철의 첫마디는 이러했다.

"아하, 내가 등만 돌리면 이 짓이군. 프로페인, 난 교회에 가서 너하고 애들을 위해 기도했단 말이야."

상식이 완전히 결여되지 않은 그는 이렇게 맞장구를 쳤다. "믿어 줘. 아무 죄도 짓지 않았다고." 레이철은 어깻짓을 했다. 단막극은 끝났다는 뜻이었다. 그리고 그사이에 레이철이 사태를 잠시 가늠해 보는 시간을 가졌던 것을 의미하기도 했다. "성 패트릭 성당엔 안 갔 겠지? 갔더라면 좋았을걸 그랬어." 그러고는 이제 옆방에서 코를 골고 있는 물체 쪽에 엄지손가락을 대고 흔들며 말했다. "무슨 일이 있었나 상상해 봐."

우린 이날의 나머지와 그 밤을 레이철이 누구하고 지냈는지 알 수 있다. 그의 머리를 두 손으로 잡아 주고 이불을 덮어 주고 잠자는 그의 얼굴에 잡혔던 주름살이 서서히 풀리는 것을 그녀는 지켜봤던 것이다.

얼마 뒤 프로페인은 러스티 스푼에 나타났고, 일단 거기에 도착하자 그는 그곳에 모인 족속들에게 자신이 몰타에 가기로 했다는 것을 통고했다. 그들이 환송 파티를 해 준 건 물론이다. 결국 두 명의 여종업원이 프로페인에게 사랑 비슷한 것으로 반짝이는 눈길을 보내며 획책 작업을 개시하는 것으로 프로페인의 러스티 스푼에서의 저녁은 끝났다. 이들은 마치 자극을 받은 죄수들과도 같았다. 즉 이들은 자기들이 아닌 누구라도 다시 바깥세상으로 가려 한다는 사실에서 대상적 행복감을 맛본 것이다.

프로페인의 눈앞에는 거트 외에는 아무 다른 거리도 보이지 않았다. 이스트메인가보다 더 나빠지려면 거트는 한참 더 부패해야 되리라는 생각을 그는 했다.

물론 바다라는 대도로(大道路)도 있었다. 하지만 그것은 완전히 다른 얘기였다.

2

스텐슬과 프로페인, 그리고 피그 보딘은 주말을 이용하여 비행기로 워싱턴 D. C.를 방문했다. 세계적 모험가의 용무는 그들의 여행 수속을 촉진하는 것이었고, 슐레밀의 용무는 마지막 자유를 누리는 일이었으며, 피그는 그를 도울 목적으로 따라갔다. 그들은 그곳에서의 본거지로 차이나타운에 있는 한 여인숙을 선택했고, 스텐슬은 국무성으로 일을 보러(무엇이 되었든 그가 볼 수 있는 일을 보러) 갔다.

"난 전혀 안 믿어." 피그가 말했다. "스텐슬은 사기꾼이야."

"두고 보자고." 프로페인은 고작 이렇게 대꾸했다.

"취하러 나가야 하지 않겠어?" 피그가 말했다. 그래서 두 사람은 나가서 취했다. 프로페인은 나이를 먹어 가고 있었다. 따라서 그는 그의 능력을 잃고 있는 것 같았다. 아니면 그는 이날, 이전에 없이 취했었는지도 몰랐다. 그는 어느 만큼의 시간 동안 일어난 일에 대해 아무것도 기억할 수 없었던 것이다. 이것은 항상 그렇지만, 몹시 기분 나쁜 경험이다. 프로페인이 나중에 가서 겨우 기억해 낸 바로는 그들은 먼저 내셔널 갤러리에 갔었다. 그것은 피그가 짝을 구해야 된다는 제안을 했기 때문이었다. 그들은 달리의 「최후의 만찬」 앞에서 두 명의 정부 여직원을 발견했다.

"내 이름은 플립." 금발 여자가 말했다. "이쪽은 플롭이에요."

피그는 신음 소리를 냈다. 순간적으로 행키와 팽키가 그리워진 것이다. "여긴 베니고 난 헤, 헤, 피그죠."

"분명하군요." 플롭이 말했다. 하지만 워싱턴에서 여자 대 남자 비율은 팔 대 일이었다. 그녀는 피그의 팔을 잡고 마치 다른 유령 자매들이 거기 어디 조각 전시품들 뒤에라도 숨어 있는 듯이 방 안을 둘레둘레 돌아봤다.

이들의 거처는 P가 근방에 있었다. 거기에는 지금껏 나온 팻 분의 레코드란 레코드는 모조리 수집되어 있었다. 피그가 그날 오후 그들 수도의 주류 방출처 이곳저곳에서 합법적인 것과 비합법적인 것을 합하여 거두어 모은 수확물들이 든 종이 봉지를 미처 내려놓기도 전에 25와트짜리 재즈 음악이 아무것도 모르고 있던 그들 위에 쏟아졌다.

이 서곡이 있은 후 주말은 전격적으로 진전되었다. 피그가 워싱턴 기념탑 중간쯤에서 잠이 들었고, 그러다가 배려 깊은 보이 스카우트 단원들 위로 굴러떨어진 사건을 비롯하여 넷이 플립의 머큐리를 타고 새벽 3시에 듀폰 서클을 빙빙 돈 일, 그러다가 올즈모빌을 탄 여섯 명의 흑인들과 합류하게 되어 그 흑인들의 제안으로 자동차 경기를 벌인 일 등을 기억할 수 있었다. 그러고 나서 두 대의 자동차는 뉴욕가에 있는 아파트로 갔다. 거기에는 무생물의 오디오 시스템과 쉰 명의 재즈 애호가들이 있을 뿐이었다. 아, 그들은 얼마나 많은 술병을 돌려 가며 마셨던가. 이윽고 깨어나니 프로페인은 워싱턴 서북 방면에 있는 한 프리메이슨 사원 계단에서 허드슨 베이 블랭킷[171] 안에 플립과 함께 싸여 있었다. 그들을 그렇게 싸 준 건 이아고 세이퍼스타인이란 보험 회사 중역이었는데 그는 이들에게 자기와 같이 또 다른 파티에 가자고 권유하는 것이었다.

"피그는 어디 있지?" 프로페인이 물었다.

"내 머큐리를 훔쳤어. 플롭하고 같이 마이애미로 갔어." 플립이 말했다.

"아, 그래?"

"결혼하러 갔어."

"내 취미지." 이아고 세이퍼스타인이 하던 말을 계속했다. "이런 흥미로운 젊은이들을 발견해서 파티로 데리고 가는 것이 말이야."

"베니는 슐레밀이에요." 플립이 말했다.

"슐레밀들은 아주 재미있어." 이아고가 말했다.

파티는 메릴랜드 가까운 교외에서 열리고 있었다. 참석자 중에는 데블스 아일랜드에서 도망쳐 나온 메이너드 바실리스크란 가명

---

171   두껍고 줄무늬가 진 모직 담요.

의 사나이가 있었는데 그는 양봉을 가르치러 바사[172]로 가는 중이라 했다. 미국 특허국에서 일흔두 번째로 거절당한 것을 축하하고 있는 발명가도 한 명 있었는데, 그의 이번 발명품은 동전으로 작동하는 기차와 버스 정류장용 사창굴로, 그는 설계도와 손짓 발짓을 온통 동원해서 몇몇 모인 청중에게 설명하고 있었다.(여기 있는 몇몇 청중이란 다름 아닌 이아고에게 연례회 도중 납치되어 온, 프랑스산 치즈 상자에 붙은 상표 수집가들이었다.) 식물 병리학자인 상냥한 부인도 한 명 끼어 있었는데, 이 부인으로 말할 것 같으면 원래 맨섬에서 온 여자로 그녀의 특출한 점은 그녀가 맨섬 말만을 모국어로 사용하는 유일한 사람이라는 점이었다. 따라서 이 여자는 누구와도 말을 하지 않았다. 파티에는 또한 페타드라는 이름의 무직의 음악학자가 참석해 있었다. 이 사람은 자신의 전 생애를 비발디의 카주 콘체르토를 발굴하는 일에 바친 학자였다. 이 작품이 처음 그의 주의를 끌게 된 것은 무솔리니 밑에서 공무원을 지낸(지금은 피아노 밑에 취해서 드러누워 있었다.) 스콰지모데오란 사나이의 도움에 의해서였는데 이 사나이는 어떤 파시스트 음악 애호가들이 수도원에서 이 콘체르토를 훔쳐내간 정보를 입수했을 뿐 아니라, 지금도 페타드가 가끔 한 번씩 방 안을 돌아다니며 플라스틱 카주로 연주하고 있는 느린 악장의 약 스무 소절에 대한 정보도 알아낸 것이다. 그 밖에도 다른 '흥미로운' 사람들이 참석해 있었다. 잠잘 생각밖에는 남지 않은 프로페인은 그들 중 누구와도 대화를 나누지 않았다. 그는 이아고의 욕조에서 새벽녘에 여자의 낄낄대는 소리를 들으며 깨어났다. 한 금발 여자가 징집 군인의 흰 모자만을 착용한 모습으로 갤런들이 커피 주전자에 들어 있는 버번을 프로페인 위에 붓고 있었다. 프로페인은 입을 벌렸다. 그리고

172   뉴욕주에 있는 명문 여자 대학.

빌린 입을 물줄기 쪽으로 가져가려 했다. 그런데 바로 그때였다. 다름 아닌 피그 보딘이 걸어 들어온 것이다.

"내 흰 모자를 돌려줘." 피그가 말했다.

"난 자네가 플로리다에 간 줄 알았는데." 프로페인이 말했다.

"하, 하." 금발 여인이 말했다. "날 잡을 수 있으면 잡아 보시죠." 그러고 나서 둘은 마치 사티로스와 님프[173]인 양 뛰어나가 버렸다.

다음으로 프로페인이 정신을 차린 것은 또다시 플립과 플롭의 아파트에서였다. 그의 머리는 플립의 무릎에 놓여 있었고 턴테이블에는 팻 분이 올라앉아 있었다. "당신은 팻 분하고 첫 자가 같군요." 플롭이 방 저쪽에서 아양을 떨고 있었다. "팻 분, 피그 보딘." 프로페인은 일어나서 주방으로 비틀비틀 걸어갔다. 그는 주방 싱크대에다 토했다.

"나가." 플립이 소리를 빽 질렀다.

"그러지." 프로페인이 말했다. 계단 밑에는 여자들이 버스 요금을 절약하기 위해 일터에 타고 다니는 자전거가 두 대 놓여 있었다. 프로페인은 그중 한 대를 들고 현관으로 해서 길로 내려섰다. 그의 꼴은 말이 아니었다. 바지 앞은 열려 있었고 크루 컷 머리 양쪽은 떡이 되어 있었으며 턱수염은 이틀 동안 깎지 않아 텁수룩했고, 구멍이 뚫린 속셔츠는 맥주로 불룩해진 배에 밀려 웃옷의 단추가 끌러진 사이로 삐죽삐죽 나와 있었다. 그는 여인숙을 향해 비틀비틀 자전거를 몰았다.

그가 두 블록을 채 못 갔을 때 등 뒤에서 고함 소리가 들려왔다. 다른 쪽 자전거를 타고 쫓아오는 피그의 고함 소리였다. 자전거 핸들 바에는 플롭이 앉아 있었고, 플립은 그들 뒤에서 걸어서 쫓아오고 있

---

173   호색가와 미녀를 가리키는 신화적 비유.

었다.

"아하." 프로페인이 말했다. 그는 기어에 손을 가져갔다. 재빨리 하단 기어로 바꾼 것이다.

"도둑이야." 피그가 음탕한 웃음을 지으며 소리쳤다. "도둑이야." 정찰 경찰차가 어디로부터인가 유령처럼 나타났다. 경찰차는 프로페인을 막으며 들어왔다. 프로페인은 이윽고 자전거를 상단 기어로 바꾸어 모퉁이를 돌아 빠져나갔다. 이런 식으로 그들은 가을의 쌀쌀한 공기와 그들 외에는 아무도 없는 텅 빈 일요일의 거리 안을 쫓고 쫓기며 잽싸게 다녔다. 이윽고 경찰과 피그가 프로페인을 따라붙었다.

"괜찮아요." 피그가 말했다. "친구예요, 난 고발 않겠어요."

"좋아요." 경찰관이 말했다. "내가 고발하리다." 그들은 관할 경찰서로 끌려가 주정뱅이 감방에 감금되었다. 피그는 잠이 들었고 방에 있던 두 명이 그의 구두를 벗기기 시작했다. 프로페인은 너무도 피곤했으므로 모른 체했다.

"이것 봐." 방 저편에서 명랑한 주정뱅이 하나가 불렀다. "'때리기 자르기' 놀이 하겠어?"

캐멀의 푸른 스탬프 밑에는 H 자나 C 자가 있고 거기에는 숫자가 딸려 있다. 놀이에 낀 자들은 차례로 그것을 알아맞힌다. 잘못 맞히게 되면 다른 자들은 틀리게 말한 자의 팔 안쪽을 주먹으로 때리거나(hit) 손의 모서리로 '자르는(cut)' 것이다. 때리거나 자르는 횟수는 적힌 숫자에 달렸다. 술꾼의 주먹은 작은 옥석같이 단단해 보였다. "난 담배를 안 피워." 프로페인이 말했다.

"그래?" 술꾼이 말했다. "가위바위보는 어때?"

바로 그때 해안 경비대원과 민간 경찰로 구성된 특별 정찰대 한 패거리가 자기가 그 유인원 킹콩이라는 생각에 사로잡혀 난동을 피우다가 잡혀 온 6척의 갑판장 조수를 이끌고 들어섰다. "아이이잇!" 사나이가 소리를 질렀다.

"나, 킹콩이다. 내게 손대지 마."

"자, 자." 해안 경비대원이 말했다. "킹콩은 말을 안 해, 으르렁거리지."

그래서 갑판장 조수는 으르렁거렸다. 그러더니 그는 껑충 뛰어올라 천장에 매달린 선풍기를 붙잡았다. 그는 소리를 꽥꽥 지르고 가슴을 치면서 빙빙 돌아갔다. 해안 경비대원과 경찰관들은 그의 발밑 저 아래서 어쩔 줄 모르고 모여 서 있었다. 그중 좀 더 용감한 자들은 사나이의 발을 휘어잡으려 시도하기도 했다.

"어떻게 할까?" 한 경찰관이 말했다. 이 물음에는 선풍기가 대신 대답을 해 주었다. 즉 선풍기가 바로 이때 천장에서 빠져나온 것이다. 갑판장 조수는 밑에 모여 섰던 자들 가운데에 떨어졌다. 그들은 재빨리 두세 개의 보호대로 그를 묶었다. 한 경찰관이 옆의 차고에서 작은 손수레를 한 대 빌려 왔고 그들은 갑판장 조수를 그 위에 실어서 내다 버렸다.

"이것 봐." 해안 경비원 하나가 소리쳤다. "저기 주정꾼 수용소를 봐라, 탈영 혐의로 노픽에서 체포령을 받고 있는 피그 보딘이 저기 있다."

피그는 한쪽 눈을 뜨고 그들을 봤다. "별수 없지." 그는 말하고 눈을 다시 감은 뒤 잠으로 되돌아갔다.

경찰관들이 와서 프로페인에게 가도 좋다고 말했다. "나중에 보세, 피그." 프로페인이 말했다.

"파올라에게 내 몫으로 여섯 번 해 줘." 피그가 맨발로 반 잠이 든 채 웅얼거렸다.

여인숙에 돌아와 보니 스텐슬이 포커판을 벌이고 있었다. 다른 당번들이 돌아오는 시간이었으므로 놀이는 거의 끝장나고 있었다. "잘됐어, 차라리." 스텐슬이 말했다. "저자들한테 스텐슬은 거의 다 털렸으니까."

"마음이 약해서 그래." 프로페인이 말했다. "저자들한테 일부러 져 준 거지."

"아냐." 스텐슬이 말했다. "돈은 여행을 위해 필요해."

"그건 정해진 일이야?"

"완전히 정해졌지."

프로페인은 일이 너무 걷잡을 수 없이 진전된 것을 느꼈다.

3

일주일 뒤 프로페인과 레이철 단둘이서 송별 파티를 열었다. 여권 사진을 찍고 2차 예방 주사를 맞는 등의 절차가 끝난 다음부터 스텐슬은 몸종 같은 태도를 가졌다. 그는 어떤 자기만의 마법으로 모든 공적인 장애물을 제거했다.

아이겐밸류는 그야말로 이성을 지켰다. 스텐슬은 그를 만나러 가기까지 했다. 어쩌면 그는 몰타섬에 가서 V.의 잔존물(그것이 무엇이든지 간에)을 만나는 데 대비하여 배짱을 시험해 볼 생각이 있었는가도 모른다. 그들은 재산 개념에 대해 토의했다. 결론으로 그들은 진정한 소유주는 육체적인 소유를 필요로 하지 않는다는 점에 동의했다. 만약에 이 심령 치과의가 알고 있었다면(스텐슬은 거의 그것을 확신했다.), 그렇다면 아이겐밸류의 정의에 의해 '소유주'는 아이겐밸류였다. 그리고 스텐슬의 정의에 의한다면 그것은 V.였다. 그들 사이에는 완전한 교통의 두절이 있었고 두 사람은 친구로 헤어졌다.

프로페인은 일요일 밤을 레이철의 방에서 감상적인 샴페인 큰 병 하나와 함께 보냈다. 루니는 에스터의 방에서 잤다. 이 주일간 그는 잠자는 것 외에 별로 한 것이 없었다.

나중에 프로페인은 그녀의 무릎에 머리를 얹고 누워 있었다. 그녀의 긴 머리는 그의 위에까지 내려와 그를 덮어 주고 따뜻하게 해 주었다. 9월이라 하여 집주인은 아직 난방을 해 주려 하지 않았던 것이다. 그들은 둘 다 나체였다. 프로페인은 그녀의 음순에 귀를 갖다 댔다. 마치 그것이 입이고 그에게 말을 걸어올 수 있기라도 하듯이 말이다. 레이철은 무심코 하는 것처럼 샴페인 병에 귀를 기울이고 있었다.

"들어봐." 그녀가 그의 다른 쪽 귀에다가 샴페인병 주둥이를 갖다 대며 속삭였다. 그는 가짜 밑바닥이 제공하는 반향판에 의하여 확대된 탄산가스가 액체에서 빠져나오는 소리를 들었다.

"행복한 소리야."

"맞아." 그것의 소리가 정말 무엇을 연상케 하는지 그녀에게 말하면 알아들을 확률이 얼마나 될까? 인류 연구 협회에는 방사능 계측기가 (그리고 방사능이) 있었는데 그것들이 내는 소리는 마치 미친 메뚜기 떼가 다가오는 소리와도 같았었다.

다음 날 그들은 배를 타고 떠났다. 수재나 스콰두치의 난간에는 풀브라이트 타입[174]의 사나이들이 잔뜩 나와 있었다. 크레이프의 꼬불꼬불한 장식, 색종이 조각의 소나기, 악대(이것들은 모두 세낸 것이었다.)들 덕분에 제법 축제 분위기가 조성되어 있었다. "차오." 하고 '족속들'이 소리쳤다. "차오."

"사하." 파올라가 말했다.

"사하." 프로페인이 반복했다.

<hr>

174   해외로 나다니는 풀브라이트 교환 교수 타입을 말한다.

16장

발레타
V

1

지금 발레타에는 여우비가 내렸고 무지개조차 걸렸다. 주정꾼 창고계 하사관 하위 서드는 52포가 밑에 엎드려 머리를 팔 위에 괸 채 비 오는 부두를 횡단하고 있는 영국 착륙선을 바라보고 있었다. 시카고에서 온 키 185센티미터에 몸무게 64킬로그램의 뚱보 클라이드는 집이 위네트카에 있으며 세례명은 하비였는데, 그는 지금 구명삭 곁에 서서 드라이독에다 무심코 침을 뱉고 있었다.

"뚱보 클라이드." 하위가 소리쳐 불렀다.

"싫어." 뚱보 클라이드가 말했다. "뭣이든 간에 말이야."

그는 성이 난 것 같았다. 아무도 창고계 하사관을 그런 식으로 부르지는 않았다. "난 오늘 밤 가겠어." 하위가 부드러운 어조로 말했다. "난 레인코트가 필요해. 왜냐하면 이미 알고 있을 것 같지만 밖에는 비가 오거든."

뚱보 클라이드는 뒷주머니에서 흰 모자를 꺼내 머리에 뒤집어

썼다.

"내게도 자유는 있다고." 그가 말했다.

마이크가 말했다. "페인트와 페인트 솔을 일제히 페인트 로커에 갖다 놓을 것."

"그럴 때도 됐지." 하위가 말했다. 그는 포가 밑에서 기어 나와 01 간판에 쭈그리고 앉았다. 비가 귓속으로 들어오고 목을 타고 내려오기도 했다. 그는 해가 발레타의 하늘을 새빨갛게 물들이는 것을 지켜보고 있었다. "왜 그래, 응, 뚱보 클라이드?"

"아아." 뚱보 클라이드가 말했다. 그러고는 뱃전 너머로 침을 뱉었다. 그는 침이 물에 떨어질 때까지 계속 지켜봤다. 하위는 오 분 동안 말없이 기다린 끝에 단념했다. 그는 우현 쪽으로 해서 사다리를 내려가 계단 밑 취사실 바깥에 앉아 오이를 썰고 있는 취사장 보조원 타이거 영블러드를 귀찮게 굴기로 한다.

뚱보 클라이드는 입을 벌리고 하품을 했다. 그의 입속에 비가 내렸다. 하지만 그는 그런 걸 알지도 못하는 것 같았다. 그에게는 문제가 하나 있었다. 그것은 그가 외배엽성 체질인 것과 관계가 있었다. 체질상 그는 사색에 잠기기를 잘하는 편이었다. 하사관 3번 조수인 그로서는 그런 걸 상관할 일은 없었다. 하지만 문제는 그의 침상이 패피 호드의 침상 바로 위에 위치했다는 사실이었다. 그리고 패피 호드가 발레타에 도착한 이래 혼잣말하는 버릇이 생겼다는 거였다. 말을 크게 하는 것은 아니었다. 사실상 그의 말소리는 아주 조용한 편이어서 뚱보 클라이드만이 들을 수 있는 정도였다.

선원들이란 원래 호색한들인 데다 바깥만 그런 것이 아니라 안도 감상적 야성이 들어차 있었던 고로, 뚱보 클라이드는 몰타의 무엇이 패피 호드를 불행하게 하고 있는지를 알 수 있었다. 패피는 음식을 먹지 않았으며 보통은 육지에 닿기만 하면 상륙할 구실을 찾아 날

뛰는 그가 이번에는 뱃전 너머로는 한 발도 나가지 않은 것이다. 보통 패피 호드와 착륙 시 같이 나간 건, 그리고 같이 술에 취한 건 뚱보 클라이드였다. 그런데 패피가 이렇게 되고 보니 뚱보 클라이드까지도 재미를 못 보고 있는 것이었다.

갑판원 라자르는 이 주일 동안 레이더 반원들을 귀찮게 군 끝에 지금 빗자루를 들고 나와 좌현의 하수구로 물을 쏠아 버리고 있었다. "왜 내가 이 짓을 해야 하는지 알 수 없군." 그가 말이 하고 싶은 듯 투덜거리는 체했다. "난 당번도 아닌데 말이지."

"1사단에 남아 있을걸 그랬어." 뚱보 클라이드가 무뚝뚝한 소리로 위로를 시도했다. 라자르는 물을 뚱보 클라이드에게 쏠아 보내기 시작했다. 뚱보 클라이드는 그걸 피하려 펄쩍 옆으로 비켰다. 그러고는 우현의 사다리를 내려갔다. 취사장 조수 곁을 지나면서 그는 "오이 한 개만 줘, 타이거." 하고 소리쳤다.

"오이 한 개 달라고?" 타이거가 말했다. 그는 양파를 썰고 있었다. "자, 오이 한 개 받아." 그는 눈물을 어찌도 흘렸던지 성격이 아주 우울한(사실이 그랬다.) 청년 같은 인상을 주었다. "저미서 접시에 담아 줘 봐." 뚱보 클라이드가 말했다. "그럼 어쩌면 내가⋯⋯."

"여길 봐." 취사장 하역구에서 들려온 소리다. 패피 호드가 초승달 모양의 수박 한 쪽을 휘두르며 내다보고 있었다. 그는 수박씨를 타이거에게 뱉었다.

'패피 호드의 본모습이야.' 클라이드는 속으로 말했다. 감색 슈트를 입고 목수건까지 두르고 있잖은가.

"궁둥이에 발동을 걸어라, 클라이드." 패피 호드가 말했다. "곧 외출 시간이 아니냐."

물론 클라이드는 쏜살같이 앞갑판 쪽으로 뛰었다. 그는 오 분 후에 한껏 모양을 내고 나타났다.

"팔백서른두 날이야." 타이거 영블러드는 뒷갑판을 향해 걸어가는 패피와 클라이드의 등에 대고 으르렁대듯 외쳤다. "그래도 난 그걸 못 얻어."

스캐폴드호는 배의 양쪽 현으로부터 드라이독의 양쪽 벽까지 뻗친 사방 한 자짜리 들보 열두 개씩을 양쪽에 괴고 용두대에서 쉬고 있었다. 위에서 보면 스캐폴드호는 나무 빛깔의 촉수들이 달린 거대한 오징어 같아 보였을 것이다.

패피와 클라이드는 기다란 돌출부를 가로지른 후 빗속에 잠시 멈춰 서서 배를 바라보았다. 수중 음파 탐지기의 둥근 지붕은 비밀의 방수천을 뒤집어쓰고 있었다. 마스트 꼭대기에는 리치 선장이 구할 수 있었던 가장 큰 성조기가 매달려 있었다. 저녁에 국기 하강 시간이 되어도 그 깃발은 하강하지 않을 것이며 밤이 되면 휴대용 스포트라이트들이 켜지고 그것들의 불빛은 이 깃발로 모일 것이다. 이것은 혹시라도 들어올지 모르는 이집트 폭격기 조종사를 위한 조처였다. 스캐폴드호는 이때 발레타에 와 있는 유일한 미국 배였던 것이다.

우현 쪽으로 학교 같은 것이 보였다. 시계탑이 있었는데 그것은 표면 탐지 레이더의 안테나만큼이나 높은 능보에 서 있었다.

"높고 건조하군."[175] 클라이드가 말했다.

"듣자 하니 영국 해병들이 우릴 납치하려 한다던데." 패피가 말했다. "이 일이 끝날 때까지 우릴 높고 건조한 데다가 놔두려는 거라고."

"그보다는 이러나저러나 더 오래 걸릴지도 모르지. 담배 한 개비 줘. 저기 보이지, 발전기하고 스크루……."

---

175   배가 육지로 밀려 올라왔을 때, 또는 어떤 사람이 버림받았을 때 쓰는 표현이다.

687

"그리고 조개들이 따닥따닥 붙은 것도 보이는군." 패피 호드는 정이 떨어진 얼굴을 했다. "아마 이왕 조선소에 들어온 이상 모래 뿜기를 하려고 들지 몰라. 돌아가는 길로 필라델피아 조선소로 들어가 정비를 받게 될 테지만 말이지. 무언가 우리가 할 일을 찾아내고야 말 거야, 클라이드."

그들은 조선소를 통과했다. 그들 주변에는 외출 나온 패거리들의 대부분이 한 줄로 또는 무리를 이루어 걸어가고 있었다. 잠수함도 덮개를 뒤집어쓰고 있었다. 은폐를 위해서든 비 때문이든. 출발을 알리는 호루라기 소리가 들리자 갑자기 땅에서, 배에서, 공중변소에서 해병들이 떼 지어 나와 출입구를 향해 밀려갔다.

"해병들은 어딜 가나 똑같군." 패피가 말했다. 그와 클라이드는 서두르지 않았다. 부두 노동자들은 그들을 밀치면서 지나갔다. 그들의 모습은 거무튀튀하고 거칠었다. 패피와 클라이드가 돌로 된 출구까지 갔을 때는 이들은 모두 없어졌고 두 늙은 수녀만이 출구 양편에서 그들을 기다리고 있었다. 이들은 짚으로 만든 바구니를 무릎에 놓고 모금을 하고 있었는데 검정 우산을 쓰고 앉아 있는 이들의 바구니 밑바닥에는 겨우 1실링짜리 동전 한두 개와 얼마만큼의 6펜스짜리 동전들이 깔려 있을 따름이었다. 클라이드는 크라운화를 꺼냈다. 통화로 바꾸는 수고를 하지 않았던 패피는 다른 쪽 바구니에다 일 달러를 떨어뜨렸다. 수녀들은 잠깐 미소를 지어 보이고는 또다시 불침번을 계속했다.

"뭐였을까?" 패피가 누구에게랄 것 없이 미소를 지으며 말했다. "입장료?" 산같이 쌓인 폐허를 바라보며 그들은 언덕 하나를 오른 후 도로를 크게 한 바퀴 돌아 터널을 뚫고 들어갔다. 터널이 끝나는 곳에 버스 정류소가 있었다. 발레타까지의 요금은 삼 펜스였다. 페니키아 호텔까지였다. 버스가 와서 섰을 때 그들은 몇몇 선원과 같이 버스에 올랐다. 스캐폴드호 선원들도 상당수 같이 탔는데 이들은 뒷자리에 앉아서 노래를 했다. "패피." 클라이드가 시작했다. "이건 내 일이 아닌 건 알아, 하지만……."

"운전사." 뒤에서 고함치는 소리가 들렸다. "이봐요, 버스를 세워요. 난 오줌을 눠야겠어."

패피는 자기 자리에서 더욱 몸을 낮추려 애썼다. 흰 모자를 깊숙이 내려 쓴 뒤 "텔레두." 하고 그는 말했다. "그건 텔레두일 거야."

"운전사." A 갱의 텔레두가 말했다. "버스를 안 세워 주면 난 유리창에서 오줌을 갈겨야겠어." 패피는 본의는 아니었지만, 고개를 그쪽으로 돌렸다. 몇 명의 기술공이 텔레두를 유리창에서 떼어 내려고 애쓰고 있었다. 운전사는 시무룩한 표정으로 운전대를 잡고 있었다. 초년병들은 아무 말도 하지 않았다. 그냥 빈틈없이 지켜보고만 있었다. 스캐폴드호 선원들이 노래를 시작했다.

> 우리 다 같이 갑시다, 포레스털로
> 포레스털에 오줌을 갈깁시다. 떠내려 보냅시다

그들은 이 노랫말을 「올드 그레이 메르」의 곡조에 맞추어 불렀다. 이것은 그들이 1955년 겨울 기트모 항구에서 부르기 시작한 노래였다. "저자는 어떤 생각을 한번 먹으면 기어이 그렇게 하고 말지. 유리창에서 오줌을 누지 못하게 하면 아마……."

"저것 봐, 저것 봐." 뚱보 클라이드가 말했다. 노란 오줌의 냇물이 중앙의 좌석 사잇길로 흘러 내려오고 있었다. 텔레두는 바지의 지퍼를 올리는 중이었다.

"쾌활한 선의의 대사님이시지, 우리 텔레두는." 누군가가 말했다. 냇물이 가까이 오자 선원들과 초년병들은 좌석 여기저기에 널려 있던 조간 신문지들을 가지고 그 물줄기를 덮으려 했다. 텔레두의 짝패들이 환성을 질렀다.

"패피." 뚱보 클라이드가 말했다. "오늘 밤 어디 가서 취할 생각이야?"

"거기에 대해 연구하는 중이었어." 패피가 말했다.

"난 그걸 염려했어. 난 지금 몸이 좀……."

그의 말은 버스 뒷좌석에서 들려오는 폭소 소리로 중단되었다. 뚱보 클라이드가 01 갑판에서 물을 쏟고 있는 것을 보고 나온 바 있는 텔레두의 친구 라자르가 지금 막 버스 바닥에 널린 신문지들에다 불을 붙인 것이다. 연기가 뭉클 피어오르고 고약하기 짝이 없는 냄새가 풍겼다. 초년병들은 저희끼리 무어라고 지껄이고 있었고, 텔레두는 "좀 남겼다 불을 끄는 데 사용할걸 그랬어." 하고 말하고 있었다.

"제기랄, 잘돼 간다." 패피가 말했다. 텔레두의 동료 두셋이서 불을 끄려고 허둥대고 있었다. 버스 운전사는 입속말처럼 욕설을 퍼붓고 있었다.

그들은 드디어 페니키아 호텔에 도착했다. 버스 유리창에서는 아직도 연기가 새어 나오고 있었다. 바깥은 밤이었다. 스캐폴드호의 사나이들은 떠들썩하게 노래를 불러 대면서 발레타로 내려섰다.

클라이드와 패피는 제일 마지막으로 하차했다. 그들은 운전사에게 늦게 하차하는 것을 사과했다. 호텔 정면의 종려나무 잎사귀들이 저희끼리 잡담을 하느라 떠들썩했다. 패피는 무언가 주저하는 것 같았다.

"영화 보러 가면 어때?" 클라이드가 어느 정도 절망하며 묻는다. 패피는 그의 말에 귀를 기울이고 있지 않았다. 그들은 아치 밑을 거쳐 킹스웨이로 들어섰다.

"내일은 핼러윈이야." 패피가 말했다. "이 얼간이들한테 구속 의를 입혀 두는 게 좋을 거야."

"라자르한테 입힐 수 있는 구속의는 없을 거야. 제기랄, 여긴 왜 이렇게 붐비지."

킹스웨이는 몹시 복잡했다. 마치 음향 영화 촬영실처럼 밀집한 느낌을 주는 분위기였다. 수에즈에서의 위기가 시작된 이래 몰타에서 군사력이 확장되는 사태의 증거로 거리에는 영국 특공대원의 녹색 베레모와 백색과 청색의 해군 제복들이 물결치고 있었다. 아크 로열[176]이 입항해 있었고 해병대를 이집트로 (점유하고 지배하기 위해) 데리고 갈 코르베함들과 항공모함들이 있었다.

"난 전쟁 중엔 AKA를 타고 있었는데." 패피가 킹스웨이의 붐비는 군중 속을 헤치고 가며 말했다. "디데이 바로 전엔 바로 이랬거든."

"한국 전쟁 때 우린 요코하마에서 이렇게 취했었어." 클라이드가 자기 방어를 하듯 말했다.

"아냐, 그렇지 않아. 그때나 지금이나 우린 그 흉내를 못 내. 영국인들은 어디에 가서 싸워야 할 때면 나가기 직전에 취하는 버릇이 있어. 우리가 취하듯 그렇게가 아니야. 우린 기껏해야 토하고 가구를 때려 부수고 하는 정도지. 하지만 영국인들은 상상력이란 걸 가졌어. 들어 봐."

그건 영국인 해병대원과 그의 몰타인 애인에 대한 얘기였다. 하루는 이 얼굴이 불그틱틱한 젊은이와 젊은이의 애인이 남자 의상실 앞에 서서 실크 스카프를 들여다보며 「오클라호마」의 「사람들은 우리가 사랑한다고 하겠죠」를 불렀다는 것이었다.

머리 위에서는 폭격기들이 이집트 쪽을 향해 소음을 내며 날아

---

176   영국 군함.

갔다. 어떤 길모퉁이에서는 장신구상이 판자 가게를 세워 놓고 행운의 부적이며 몰타제 레이스 등으로 경기를 올리고 있었다.

"레이스란 어디다 쓰지?" 뚱보 클라이드가 말했다.

"여자 생각을 하게 해 주는 물건이야. 여자가 없다 하더라도……." 그는 말을 마치지 않았다. 뚱보 클라이드는 그 화제를 살리려 애쓰지 않았다.

그들 왼쪽에 서 있는 필립스 라디오 상점에서 뉴스 보도가 커다란 소리로 새어 나왔다. 긴장한 시민들이 자그마한 떼로 모여 서서 듣고 있었다. 근처의 신문 가판대에 큰 붉은 글자로 "영국군 수에즈 진군 계획"이라고 씌어 있는 것이 보였다. "의회는." 방송에서 보도하고 있었다. "임시 비상 회의를 열고 수에즈 사태에 공군 부대를 참가시키자는 결의안을 오늘 오후 통과시켰습니다. 키프로스와 몰타에 주둔하고 있는 낙하산 부대들은 한 시간 이내에 동원될 만반의 태세를 취하고 대기하고 있습니다."

"아 아." 뚱보 클라이드가 권태롭다는 듯 말했다.

"높고 건조하구나." 패피 호드가 말했다. "그리고 6함대에서 상륙이 허용되는 유일한 배에 몸을 담고 있다니." 다른 배들은 모두 동지중해 지역에 가서 이집트 본토에 있는 미국인들을 소개시키고 있었다. 갑자기 패피는 모퉁이를 왼쪽으로 돌아갔다. 약 열 발짝쯤 갔을 때 그는 뚱보 클라이드가 따라오고 있지 않는 것을 발견했다.

"어딜 가는 거야?" 뚱보 클라이드가 모퉁이 도는 데서 소리쳤다.

"거트." 패피가 말했다. "거기 말고 어딜 갈 거야?"

"그렇군." 클라이드가 뒤뚱뒤뚱 내리막길을 걸어오며 말했다. "난 큰길에서 좀 더 얼쩡거릴 걸로 생각했지."

패피가 싱긋 웃으며 손을 뻗어 맥주로 살찐 클라이드의 배를 다독거렸다. "걱정할 것 없어, 클라이드 아줌마. 호드가 다 잘 알아서

할 테니까."

'도움이 되려 했을 뿐이지.' 클라이드는 생각했다. 하지만 "알았어." 하고 그는 말했다. "난 코끼리 새끼를 뱄다고. 코를 보고 싶어?"

패피가 너털웃음을 지었다. 그러고는 둘은 떠들어 대며 언덕길을 내려갔다. 오랜 농담처럼 좋은 건 없었다. 그것은 이 둘의 관계에 어떤 안정성을 주었고, 말하자면 둘이 안심하고 걸을 수 있는 안전지대와 같은 것이 되어 주었던 것이다. 스트레이트 스트리트 또는 거트는 사람이 붐비는 정도에 있어서는 킹스웨이와 같았으나 그보다 더 어두웠다. 둘이 만난 첫 번째의 친숙한 얼굴은 '물의 왕'으로 일컫는 붉은 머리 리먼이었다. 그는 '포 에이시즈'라는 술집에서 문을 밀치며 비틀비틀 걸어 나오고 있었다. 그의 머리에는 흰 모자가 올라앉아 있지 않았다. 리먼은 술버릇이 나빴다. 그래서 패피와 클라이드는 앞에 있는 화분에 심은 종려나무 뒤에 엎드려 망을 보았다. 아니나 다를까, 리먼은 도랑에 가서 구십 도로 허리를 굽히더니 무엇인가를 찾기 시작했다. "돌멩이야." 클라이드가 속삭였다. "저자는 언제나 돌멩이들을 찾는다고." 물의 왕은 돌멩이 하나를 발견했다. 그는 그것을 포 에이시즈 유리창에다 던지려 했다. 미합중국 기마대(터너란 이름의 함선 이발사)가, 그 역시 자동문으로 나오더니 리먼의 팔을 붙들었다. 둘은 거리에 같이 쓰러져 흙 속에서 씨름을 시작했다. 지나가던 영국 해병들이 잠깐 흥미롭게 바라보더니 좀 쑥스러운 듯 웃으며 걸어가 버린다.

"그것 보라고." 패피가 철학적인 어조로 말했다. "세계에서 제일 부유한 국가의 국민이면서 우린 영국인들처럼 송별 주연을 즐길 줄도 몰라."

"하지만 송별이 아니잖아." 클라이드가 말했다.

"어떻게 알아? 헝가리와 폴란드에선 혁명이 일어나고 이집트에선 전쟁이 일어났지 않아." 잠시 말을 끊었다. "그리고 제인 맨스필드[177]는 결혼하려고 해."

"그럴 순 없어, 그럴 수는. 날 기다려 주겠다고 했어."

그들은 포 에이시즈로 들어갔다. 아직 시간이 일렀다. 리먼같이 쉽게 주벽이 생기는 몇몇 주정꾼을 제외하곤 아무도 소란을 피우지 않았다. 그들은 테이블에 앉았다. "기네스 스타우트." 패피가 말했다. 클라우드는 그 말들이 마치 향수에 어린 모래주머니처럼 그의 청각에 떨어지는 것을 느꼈다. 그는 이렇게 말하고 싶었다. '패피, 지금은 옛날이 아니야. 자넨 스캐폴드호에 남아 있을걸 그랬어. 왜냐하면 내겐 상처받는 상륙 허가보다는 재미없는 상륙 허가 쪽이 낫거든. 지금 그대는 우리 외출을 자꾸만 더 상처받는 상륙 허가로 만들고 있어.'

그들에게 맥주를 가져다준 바메이드는 처음 보는 얼굴이었다. 적어도 클라이드는 지난번 왔을 때 그 여자를 본 기억이 없었다. 하지만 패피의 당번병하고 방 저쪽에서 춤추고 있는 여자는 알 만한 얼굴이었다. 파올라의 바는 거리 더 저쪽의 '메트로'라는 곳이었지만 이 여자(엘리사던가?)는 바메이드들의 포도 넝쿨 같은 정보망을 통하여 패피가 그들 중 하나와 결혼했다는 사실을 알고 있었다. 클라이드는 패피를 메트로에만 못 가게 할 수 있다면, 엘리사가 그들을 발견하지만 않는다면 좋으련만 하고 마음속으로 바랐다.

하지만 음악이 그치고 그녀는 그들을 보았으며 그러고는 이쪽을 향해 걸어온 것이다. 클라이드는 맥주잔에 주의를 집중시켰다. 패피는 엘리사에게 미소를 보냈다.

"부인 잘 있어요?" 그녀가 물었다, 물론.

"나도 그러길 바라고 있지."

---

177   Jayne Mansfield. 육감적인 미국 여배우.

엘리사는 자비롭게도 그 화제를 버렸다. "춤추겠어요? 아직 당신 기록을 깬 사람은 없어. 스물두 번 연거푸 춘 기록은 말이죠."

패피는 벌써 일어서 있었다. "새 기록을 세우자고."

좋아, 클라이드는 생각했다. 좋아. 그런데 잠시 후 그의 앞에는 뜻밖에도 스캐폴드호의 파손 통제과 보조원인 조니 콘탱고 중위보가 나타난 것이다. 그는 사복 차림이었다.

"스크루는 언제 수리하지, 조니?"

그를 조니라고 부르는 데는 그럴 만한 이유가 있었다. 즉 조니는 사병으로서 장교 후보 학교로 보내졌는데 거기서 나오자 의례적인 양자택일의 결단을 내려야 했다. 자기의 이전 신분의 무리들을 박해하느냐 또는 계속 친하게 지내고 사관실 따위는 상관 안 하는가의 양자택일이었는데 그는 후자를 택했다. 그는 아마도 이 노선을 지나치게 지켰던 것 같다. 그리고 빈번히 법을 어겼던 것 같다. 가령, 바르셀로나에서 모터사이클을 한 대 훔치고 피레우스에서의 착륙 시에는 즉흥적인 한밤중의 집단 수영을 선동하는 등의 탈선 행위를 행하는 등 말이다. 어쩐 일인지(아마도 리치 선장의 범법자들에 대한 기호 덕분이겠지만) 그는 군사 재판만은 모면해 오는 터였다.

"난 그 스크루 때문에 점점 더 마음이 무겁다고." 조니 콘탱고가 말했다. "난 지금 막 영국 장교 클럽에서 열린 답답하기 짝이 없는 모임에 갔다 오는 길인데 말이지, 거기서 어떤 농담을 한 줄 알아? '우리 서로를 상대로 싸우러 나가기 전에 술 한 잔씩 더 나누자.'는 거야."

"난 못 알아듣겠어, 무슨 말인지를." 뚱보 클라이드가 말했다.

"우린 수에즈 사태에 대해 안전 보장 이사회에서 러시아하고 같은 쪽으로 표를 던진 거야. 영국하고 프랑스하고는 반대쪽에 투표했단 말이지."

"패피도 영국인들이 우릴 납치할 거라는데."

"모르겠어, 난."

"스크루는 어떻게 됐어?"

"맥주나 마셔, 클라이드." 조니 콘탱고는 배의 프로펠러가 훼손된 데 대해 죄의식을 느꼈지만 그것은 국제 정치적인 의미에서가 아니라 개인적인 동기에서라고 뚱보 클라이드는 판단했다. 그는 스캐폴드가 (물속의 난파선하고인지 오일 드럼통하고인지 모르지만) 메시나 해협을 지나가며 충돌 사건을 일으킨 심야 당직 때 갑판 장교였다. 레이더 반원들은 스캐폴드와 같은 노선을 항해하던 한 떼의 어선들을 감시하느라고 그 물체를 탐지할 여념이 없었던 것이다. 그것이 물 위로 일부 노출되었다 하더라도 말이다. 풍향과 해류, 그리고 우연이 스캐폴드로 하여금 지금 스크루를 수선하러 여기 와 있게 만든 것이다. 지중해가 조니 콘탱고의 항해로에 갖다 던져 놓았던 것이 과연 무엇인지는 아무도 몰랐다. 보고서에는 '적대적인 바다의 생물체'라고 적혀 있었다. 그 후 선원들 사이에는 스크루를 씹는 신비한 물고기에 대한 농담이 퍼졌었다. 하지만 조니 자신은 그것이 자기 잘못이라고 생각하는 것 같았다. 해군은 무엇이라도 생명 있는 것을(가능하면 인간이면 좋았고 군번을 가졌으면 더 좋았다.) 탓하기를 순전한 사고를 탓하기보다 더 좋아하는 경향이 있었다. 물고기? 인어? 바다 괴물? 소용돌이? 아니면 무엇? 이 지중해에 여성형 괴물들이 얼마나 많이 있는지 누가 알 것인가?

"꿰엑!"

"핑게스군." 조니는 고개를 돌리지도 않고 말했다.

"맞았어. 푸른 제복을 다 버렸군." 술집 주인이 어디선가 나타나 핑게스(그는 조달계 하사관의 당번병이었다.) 앞에 무서운 얼굴을 하고 버티어 선 채 외쳤다. "경비! 경비!" 하지만 아무 성과도 없었다. 핑게스는 바닥에 앉아 헛구역질을 하고 있었다.

"안됐네." 조니가 말했다. "핑게스, 일찌감치 걸렸군."

플로어에서는 패피가 약 열두 번째의 춤을 추고 있었고 중단할 기색은 전혀 보이지 않았다.

"택시에 실어 보내야겠어." 뚱보 클라이드가 말했다.

"베이비 페이스는 어디 있지?" 그것은 핑게스의 짝패인 기계공 팔란지였다. 핑게스는 이제 테이블 다리 틈에 펑퍼짐하게 누워 있었다. 그는 필리핀어로 무어라곤가 혼잣말을 하고 있었다. 바텐더가 유리잔에다가 무언지 거품이 이는 검은색 액체를 담아 가지고 다가왔다. 베이비 페이스 팔란지가 늘 그러듯이 바부슈카를 쓰고 핑게스를 에워싸고 있는 패거리 틈에 와서 낀다. 몇 명의 영국 해병이 흥미롭게 바라보고 있었다.

"자, 이걸 마셔." 바텐더가 말했다. 핑게스는 고개를 들고 바텐더의 손이 있는 쪽으로 얼굴과 입을 가져갔다. 바텐더는 그의 메시지를 알아듣고 손을 휙 비켰다. 핑게스의 번쩍이는 이빨들은 딱 하고 굉장한 소리를 내며 공기를 깼다. 조니 콘탱고는 조달계 하사관 옆에 가서 무릎을 꿇고 앉았다.

"가자고, 이 사람아." 그는 핑게스의 머리를 들어 올리면서 부드럽게 말했다. 핑게스는 그의 팔을 물었다. "이것 놔 줘." 조니는 또다시 부드러운 어조로 말했다. "이건 해서웨이 제품 셔츠야. 어느 바보가 거기다 토하도록 내버려 둘 순 없다고."

"팔란지!" 핑게스가 '아' 발음을 길게 끌며 불렀다.

"저것 봐." 베이비 페이스가 말했다. "저자는 후갑판에서도 저 소리밖엔 외칠 줄 모른다고. 난 이제 지쳤어."

조니는 핑게스의 겨드랑이에 손을 넣었다. 뚱보 클라이드는 불안을 감추지 못하며 그의 발을 들었다. 그들은 그를 거리에까지 들고 나가 택시 한 대를 잡아 그 안에다 태웠다.

"우리의 거대한 회색빛 어머니에게로 돌아가는 거야." 조니가 말했다. "어때 유니언 잭에 가 보겠나?"

"난 패피를 돌봐야 돼, 알겠지만."

"알아. 하지만 지금은 춤을 추느라 다른 여념이 있을 리 없어."

"메트로에만 안 가면 괜찮아." 뚱보 클라이드가 말했다. 그들은 유니언 잭까지 반 블록가량을 걸어갔다. 안에 들어가니 2사단 대위인 앙투안 지포와 제빵 담당인 '심술쟁이 처브'(그는 이른 아침에 파이를 만들면서 정기적으로 설탕 대신 소금을 넣었는데 그것은 파이 도둑질을 방지하기 위해서였다.)가 밴드 스탠드를 점유해 버렸을 뿐 아니라 트럼펫과 기타까지 각각 차지하고 있는 것을 볼 수 있었다. 그들은 지금 경건한 표정으로 「66번 도로」를 연주하고 있었다.

"조용하군." 조니 콘탱고가 말했다. 하지만 이것은 시기상조적인 발언이었다. 왜냐하면 간호 당번병인 샘 마나로(이자는 여우같이 꾀가 많은 젊은이였다.)가 바야흐로 황산 알루미늄을 감시 없이 피아노 위에 올라앉아 있는 앙투안의 맥주잔 속에 살짝 집어넣은 것이다.

"해안 경비대원들이 오늘 밤엔 분주하겠는걸." 조니가 말했다. "그런데 패피는 도대체 어떻게 외출이라도 했지?"

"난들 어떻게 알겠어, 그런 경험이라곤 해 본 일이 없으니." 클라이드가 약간 퉁명스러운 소리로 말했다.

"미안해. 난 오늘 빗속에서 생각했지. 어떻게 하면 특대형 담배를 적시지 않고 불붙일 수 있을까 하고 말이야."

"내 생각에도 저 사람은 배에 남아 있었어야 될 것 같아." 클라이드가 말했다. "하지만 일이 이렇게 된 이상 저 유리창으로 지켜보는 도리밖에 없겠어."

"맞아." 조니 콘탱고가 맥주를 들이켜며 말했다.

거리에서 비명 소리가 들려왔다. "오늘 저녁 할당분이 시작됐군." 조니가 말했다. "아니면 오늘 저녁 할당 건 중 하나든지."

"나쁜 거리야."

"7월, 그러니까, 이 일이 모두 시작되던 초창기에는 거트에서 사건이 일어나는 비율은 하룻밤에 살인 사건 한.건 정도였지. 그게 평균 사고율이었다고. 지금은 어떻게 되나 모르겠어."

두 명의 특공대원이 들어와 앉을자리를 찾았다. 그들은 조니와 클라이드의 테이블에 와서 앉기로 마음을 정한 모양이었다.

그들의 이름은 데이비드와 모리스였다. 내일 이집트로 떠날 거라고 했다.

"우린 당신네가 올 때쯤이면 거기에서 손을 흔들어 환영해 줄 수 있을 거야."

"그럴 날이 있을까?" 조니가 말했다.

"이 세상은 멸망하고 있어." 데이비드가 말했다. 그들은 술은 많이 마셨지만 잘 버티고 있었다.

"선거가 끝날 때까진 우리한테서 소식이 있길 기다리지 않는 게 좋겠어." 조니가 말했다.

"일이 그렇게 됐던가."

"미국이 미결정으로 있는 이유는." 조니가 말했다. "우리 배가 이렇게 꼼짝 못하고 박혀 있는 것하고 같은 이유 때문이지. 예를 들어, 횡단 기류, 지진 현상 및 그 밖의 밤 동안에 곧잘 일어나는 이런저런 사건들, 이런 것들 때문이라고. 하지만 이것이 누군가의 잘못으로 인해 생긴 일들이라고 생각을 안 하기가 어려운 거야."

"멋지고 멋진 풍선이 둥둥 뜨는구나." 모리스가 말했다.

"우리 들어올 때 한 남자가 살해당한 얘기 들었어?" 데이비드가 연극적으로 몸을 앞으로 구부리며 물었다.

"이집트에선 그보다 더 많은 수가 살해당할 거야." 모리스가 말했다. "그리고 내 생각엔 헌병들 좀 그놈의 트럭에다 싣고 낙하산에 태워서 그리로 보내면 좋을 것 같아. 왜냐하면 전쟁은 그자들이 원하는 거지, 우리가 원하는 게 아니니까."

"하지만 내 동생은 키프로스에 가 있지. 만약 그 애가 나보다 먼저 그리로 가는 날엔 난 그 수치를 일생 동안 못 잊을 거야."

특공대원들은 술을 마시는 데 있어 그들을 2대1로 앞섰다. 일주일 이내로 죽을지 모르는 사람과 이야기해 본 적이 없었던 조니는 조금 살벌한 호기심을 느끼고 있었다. 그런 경험을 이미 한 클라이드는 불행만을 느꼈다.

스탠드의 패거리는 「66번 도로」에서 「난 매일 우울해요」로 옮겨가 있었다. 작년에 노퍽에서 해변에 기지를 둔 해군 밴드에서 활약하다가 목정맥을 망가뜨린 앙투안 지포는 지금 두 사람 몫을 혼자서 하느라 애쓰고 있었다. 그는 연주를 중단하고 악기에서 침을 털어 낸 후 피아노에 놓인 맥주잔으로 손을 뻗었다. 그는 자살형 해병 트럼펫 주자가 그럴 수밖에 없듯, 더워 보였고 땀을 뻘뻘 흘리고 있는 것 같았다. 그러나 황산 알루미늄은 황산 알루미늄인지라 예기할 수 있었던 일이 일어난 것이다.

"이런!" 앙투안 지포가 맥주잔을 피아노 위에 탁 놓으며 말했다. 그는 적의가 등등해서 돌아다보았다. 그의 입술이 마비 증세를 일으킨 것이다. "샘이다. 이리 같은 놈." 앙투안이 말했다. "황산 알루미늄을 구할 수 있는 놈은 그 새끼밖에 없어." 그는 말이 잘 나오지 않았다.

"패피가 저기 간다." 클라이드가 모자를 급히 집어 들며 말했다. 앙투안 지포는 마치 퓨마처럼 스탠드에서 뛰어오르더니 샘 마나로의 테이블에 가서 떨어졌다.

데이비드는 모리스를 돌아봤다. "양키들 기운을 아꼈다 나세르에 가서 쓰면 좋으련만."

"그렇긴 하지만." 모리스가 말했다. "연습은 잘될걸."

"동감이야, 동감." 데이비드가 거드름을 피우며 말했다. "거들어 볼까?"

"좋지!" 두 특공대원은 점점 커지는 샘 주변의 군중 속으로 끼어들어 갔다.

클라이드와 조니만 문을 향해 가고 있었다. 나머지는 모두 싸움에 한몫 끼려 하고 있었다. 오 분 후 그들은 거리에 나와 섰다. 그들 등 뒤에서 유리 깨지는 소리와 의자 쓰러지는 소리 등이 시끄럽게 들려왔다. 패피 호드는 아무 데에도 보이지 않았다.

클라이드는 고개를 숙였다. "메트로로 가야겠어." 그들은 둘 다 그 일이 하고 싶지 않았으므로 서두르지 않았다. 패피는 술 취하면 떠들썩하고 무자비했다. 그는 자기를 돌보는 자들이 동정할 것을 요구했고 실제로 일이 그렇게 됐다. 그렇기 때문에 그를 돌보는 일은 더 힘이 들었던 것이다.

그들은 작은 골목길을 지났다. 그들 정면의 흰 벽에는 킬로이의 모습이 그려져 있었다.

양쪽 옆에는 위기에 처한 영국인들 사이에서 가장 많이 마주치

는 두 개의 중대 관심사가 적혀 있었다. 바로 '휘발유 물량 부족'과 '소집 영장 발부 중지'였다.

"휘발유가 떨어졌다고." 조니 콘탱고가 말했다. "저들은 중동에서 정유 공장을 모조리 폭파시키고 있어." 나세르가 라디오 방송을 통해 경제적 성전을 촉구한 모양이었다.

그날 밤 발레타의 유일한 객관적 관찰자는 킬로이뿐이었을 것이다. 보통 떠도는 풍문에 의하면 그는 미합중국에서 전쟁 직전에 철조망 아니면 화장실에서 태어났다고 했다. 후에 그는 미국 군인이 있는 곳에는 어디에고 나타났다. 프랑스 농가에, 북아프리카 무기 창고에, 태평양에 뜬 군함의 방수벽에, 어디에고 그들을 따라다닌 것이다. 그러는 중 그는 슐레밀 또는 새드 색[178]이라는 별명을 얻어 갖게 되었다. 바보 같은 코를 벽 너머로 늘어뜨린 그는 온갖 수모를 다 당했다. 주먹질, 유산탄 사격, 큰 칼로 내리치기 등. 어쩌면 위협받는 남성적 활력 또는 거세 등을 암시하는 것인지도 몰랐지만 이런 인상이란 변소 심리학(프로이트 심리학도 마찬가지지만)에서는 으레 발견되는 것이기도 했다.

하지만 그건 모두 속임수였다. 1940년에 이르러서는 킬로이는 대머리에다 중년이 되어 있었다. 그의 참 근본은 잊히고 그는 인간 세상의 일원인 듯 그의 곱슬머리의 젊은 시절에 대해서는 슐레밀적 침묵을 지키는 것에 익숙해 있었다. 그것은 썩 능란한 위장이었다. 하나의 비유라고 해도 되었다. 왜냐하면 킬로이는 삶 속으로, 말하자면 대역(帶域) 필터의 일부로서 돌파해 나왔다고 할 수 있기 때문이다. 이렇게 말이다.

178　　　항상 당하기만 하는 군인 만화의 주인공.

무생물이었다. 하지만 오늘 밤 발레타에서는 당당한 주인 격이
었다.

"쌍둥이 봅시들이 오는군." 클라이드가 말했다. 모퉁이를 돌아
서 달려 나온 것은 다후드(그는 꼬마 플로이가 투신자살을 하지 못하게
한 바로 그자였다.)와 난쟁이 가게 주인 르로이 텅이 둘 다 야경봉을
들고 완장을 두른 차림으로 나타났다. 그들의 출현은 마치 희극의 한
장면과도 같았다. 다후드는 르로이보다 키가 이분의 일가량 더 컸다.
클라이드는 이들의 평화 수호의 방법이 대개 어떤 것이라는 건 알고
있었다. 르로이가 맡은 일은 다후드의 어깨 위로 올라가 선원들의 어
깨나 머리에다 물을 퍼붓듯 평화의 말을 퍼붓는 것이었으며, 다후드
의 역할은 아래쪽에서 진압 작업에 힘쓰는 일이었다.

"이것 봐." 다후드가 가까이 오며 소리쳤다. "뛰면서 해 보자."
르로이는 속도를 줄이더니 짝패의 뒤쪽으로 가서 붙어 선다. "하나
둘 셋." 다후드가 말했다. "좋다." 그러고는 둘 중 누구도 멈춰 서지
않은 채 르로이는 다후드의 큰 칼라를 잡고 그의 등에 올라탔다.

"저리로 달리자, 말아." 르로이가 소리를 빽 질렀다. 둘은 유니언
잭을 향해 쏜살같이 달렸다. 옆길로부터는 해병대의 작은 파견대가
발맞추어 나오고 있었다. 금발에 순진한 얼굴을 한 농촌 출신 젊은이

하나가 알아들을 수 없는 소리로 박자를 부르고 있었다. 클라이드가 조니 옆을 지날 때 그 젊은이는 박자 부르기를 멈추고 물었다.

"그 시끄러운 소린 뭐였죠?"

"싸움이야." 조니가 말했다. "유니언 잭에서야."

"좋다!" 다시 자신의 편대로 돌아간 그는 "종대 좌로 돌아 앞으로 가."를 외친다. 대열은 분부대로 유니언 잭을 향해 행군한다.

"우린 재미있는 구경거리를 다 놓치고 있어." 클라이드가 처량한 소리로 말했다.

"패피가 저기 있다."

그들은 메트로로 들어갔다. 패피는 파올라와 닮았지만 훨씬 더 살이 찌고 나이가 들어 보이는 바메이드하고 같이 테이블에 앉아 있었다. 바라보기에 가슴 아픈 광경이었다. 그는 자신의 「시카고」 대본을 연출하고 있는 중이었다. 두 사람은 그것이 끝날 때까지 기다렸다. 바메이드는 성이 나서 일어나 가 버렸다. 패피는 손수건으로 얼굴에 솟은 땀을 닦았다.

"스물다섯 번 추었어." 그가 두 사람이 가까이 오는 것을 보자 말했다.

"난 나 자신의 기록을 깬 거야."

"유니언 잭에서 꽤 재밌는 싸움판이 벌어졌던걸." 클라이드가 말했다.

"그리로 가 보지 않겠어, 패피?"

"아니면 바르셀로나에서 만난 행크호의 우두머리가 말해 준 그 창녀 집으로 가면 어때." 조니가 말했다. "그 집을 찾아보자고."

패피는 고개를 저었다. "자네들도 알겠지만 난 여기밖에 오고 싶지 않았어."

이리하여 그들의 밤샘은 시작됐다. 클라이드와 조니는 명목상 약간의 저항의 뜻을 표명한 뒤 패피 양쪽에 의자를 놓고 두 다리를 벌리고 앉아 패피와 똑같은 양의 술을 마시되 패피보다 덜 취하는 일에 전념했다.

메트로는 귀족의 심술궂은 목적을 위한 임시 숙소 같아 보였다. 댄스장과 바는 조상(彫像)들이 들어 있는 벽감이 한쪽으로 파여 있는 폭넓고 굴곡 진 대리석 층계 위에 있었다. 벽감 속의 조상들은 기사, 귀부인, 터키인 등이었다. 공중에 매달린 듯한 유흥자의 흥겨움이 어찌도 고도에 달했던지, 폐점 시간이 되어 마지막 해군이 떠나가고 마지막 전등불이 꺼지면 이들 조상의 몸에 온기가 돌아 벽의 움푹 파인 곳의 주춧대에서 내려 당당한 걸음걸이로 계단을 오르는 것 같았다. 이즈음 조상들은 자기들 자신의 빛을 갖고 있었는데 그것은 바다의 인광 바로 그것이었다. 그들은 위에 오른 후, 짝을 짓고 해 뜰 때까지 춤을 추는 것이었다. 완전한 침묵 속에서 말이다. 음악도 없었다. 다만 그들의 돌로 된 발들이 판자 바닥을 키스할 때 나는 소리뿐이었다.

방의 두 가장자리로는 커다란 돌 항아리들이 종려나무와 포인시아나 나무들을 떠받들고 늘어서 있었다. 붉은 카펫이 깔린 상단에는 작은 핫 재즈 밴드가 앉아 있었다. 거기에는 바이올린, 트롬본, 색소폰, 트럼펫, 기타, 피아노 그리고 드럼이 있었다. 바이올린 주자는 살이 찐 중년 여자였다. 지금 그들은 「세 마니피크」[179]를 테일게이트[180] 식으로 연주하고 있었다. 키가 198센티미터 되는 특공대원 한 명이 두 명의 바메이드하고 동시에 춤을 추고 있었고 서너 명 되는 그의 친구들이 지켜보고 있었다. 그들은 손뼉을 치기도 하고 응원을 하기도 했다. 그들의 음악은 딕 파월의 「노래하는 미 해병대」, 「축가를 부

179 '굉장하다.'라는 뜻의 프랑스어.
180 재즈 연주의 한 스타일.

르는 샐리와 수」,「슬퍼하지 마세요」 등의 것들하고는 성질이 달랐다. 이들의 음악은 애프터눈 티라든가 왕실에 대한 존경심 같은 이성적 염색체의 작용이 만드는 효과, 즉 배원질(胚原質) 속에 잠재적으로 깃든 어떤 전통적 태도의 한 표면화에 불과한 것이었다. 양키들이 새로운 것을 발견하고 뮤지컬 코미디를 만들 구실을 찾을 곳에서 영국인들은 역사를 읽는 것이었다. 샐리와 수는 우발적 현상이었다.

다음 날 아침 일찍이 갑판 장교들은 부둣가의 강렬한 조명 속에서 녹색 베레모들의 일부를 모두 일렬종대로 세울 것이었다. 그러니 그 전날 밤에 감흥이 없을 수 있겠는가. 그들이 제조품 송별회장 그늘에서 상냥한 바메이드들과 희롱하고 한 파인트 더 마시고 담배 한 개비 더 피우는 것은 그 때문이었던 것이다. 그러니까 이 술집이란 이 병사들에게는 워털루 전쟁 전 토요일 밤에 열렸던 그 대무도회의 변형이었던 것이다. 내일 나가는 것이 누구누구인가를 알 수 있는 방법이 있었다. 그들은 뒤를 돌아다보지 않고 떠나갔다.

패피는 흠뻑 취했다. 그러고는 그의 두 보호인들을 그들이 전혀 조사해 볼 생각이 없는 사적 과거로 끌고 들어갔다. 그들은 길지 않은 결혼 생활의 보고를 지극히 자세하게 들어야 했다. 그가 그녀에게 준 선물들, 그들이 같이 간 곳들, 해 먹은 음식들, 애정의 표시들 등에 대해 모두 들었던 것이다. 나중에 가서는 그의 말의 절반은 소음에 불과했다. 중얼중얼 알아들을 수도 없게 지껄이는 것이었다. 하지만 그들은 말하고 있는 사나이에게 말의 뜻을 명확히 할 것을 요구하지 않았다. 아무것도 요구하지 않은 것이다. 술로 혀가 굳어서라기보다 유도(誘導)에 의한 코 맹맹함 때문이었다. 뚱보 클라이드와 조니 콘탱고는 그 정도로 감수성이 예민했던 것이다.

하지만 몰타에서 그들이 가진 것은 신데렐라의 나들이였다. 그리고 주정꾼의 시계는 천천히 가기는 했으나 아주 멈추는 일은 없었다. "가자고." 이윽고 클라이드가 펄떡 일어나며 말했다. "때가 된 것 같아." 패피는 서글픈 미소를 지으며 의자에서 떨어졌다.

"택시를 잡아서 데리고 가자." 존이 말했다.

"아이고, 시간이 굉장히 지났구나." 그들은 메트로에 남아 있는 마지막 미국인들이었다. 영국인들은 발레타의, 적어도 이 부분에다, 조용히 하직을 고하는 일에 몰두해 있었다. 스캐폴드호 선원들이 일어서자 모든 것이 정상을 되찾는 기분이었다.

클라이드와 조니는 패피를 감싸 안고 계단을 내려갔다. 기사들이 비난의 눈초리로 지켜보는 가운데 그들은 계단을 내려가 거리로 나섰다. "여, 택시." 클라이드가 외쳤다.

"택시는 없어." 조니 콘탱고가 말했다. "다 가 버렸어. 야, 별들이 참 크기도 하네."

클라이드는 시비를 걸고 싶은 모양이었다. "내가 데리고 가겠어." 그가 말했다. "자넨 장교야. 밤새껏 여기 있어도 되지 않냐고."

"내가 장교라고 누가 그래. 난 하얀 모자야. 자네 형제야. 패피의 형제고, 형제의 파수꾼이야."

"택시, 택시, 택시."

"영국인의 형제, 모든 사람의 형제라고. 누가 날 장교라고 그래. 하원에서 그랬지. 법령에 의해 장교요, 신사가 된 거라고. 하원은 수에즈에 가서 영국인을 도우려고도 안 해. 그건 잘못이야. 내게 대해서도 잘못 알고 있어, 사람들은."

"파올라." 패피가 신음하듯 부르고는 앞으로 고꾸라졌다. 그들이 그를 잡았다. 그의 흰 모자는 벌써 없어진 지 한참 된 것 같았다. 그의 푹 숙인 얼굴에 머리칼이 내려와 덮었다.

"패피는 대머리가 되고 있어." 클라이드가 말했다. "지금까지 몰랐는걸."

"술이 취하기 전엔 그런 걸 못 알아본다고."

그들은 천천히 걸었다. 발걸음이 불안정했다. 그들은 '거트'를 걸어 내려가며 가끔 한 번씩 "택시." 하고 외쳤다. 택시는 한 대도 오지 않았다. 거리는 언뜻 보기에 침묵에 빠져 있었다. 하지만 사실은 그렇지를 않았다. 그리 멀지 않은 곳, 킹스웨이로 올라가는 언덕께에서 예리한 작은 폭음들이 들려오는 것을 그들은 들은 것이다. 그리고 다음 모퉁이에서는 굉장히 많은 군중이 모여 있는 것을 소리로 알 수 있었다.

"무얼까." 조니가 말했다. "혁명일까?" 그보다 더 좋은 일이었다. 그것은 200명의 영국 왕실 특공대원과 약 서른 명가량의 스캐폴드 선원들 사이에 벌어진 참가 자유형 패싸움이었다.

클라이드와 조니는 패피를 끌고 모퉁이를 돌아 그 싸움판의 변두리로 끼어들어 갔다.

"아하." 조니가 말했다. 그 소리에 패피가 깨어났다. 패피는 잠이 깨자 아내를 불렀다. 혁대 몇 개인가가 흔들거리고 있을 뿐 다른 증거라곤 깨진 맥주병도 갑판장의 칼도 없었다. 적어도 눈에 보이는 한도 내에선 그랬다. 아니면 적어도 아직까지는 그러했다. 다후드가 벽에 등을 대고 스무 명의 특공대원과 마주 서 있었다. 그의 왼쪽 어깨 밑에서는 또 하나의 킬로이가 지켜보고 있었다. 그는 '미국인 물량 부족'이라는 말 외에는 아무 할 말이 있을 리 없었다. 르로이 텅은 어딘가 발밑 다른 곳에서 야경 방망이로 정강이들을 때려 부수고 있었다. 무언가 붉고 퍼덕거리는 것이 아치를 그리며 공중을 날더니 조니 콘탱고의 발 옆에 떨어져 폭발했다. "폭죽이다." 조니가 말했다. 그는 1미터 정도 저쪽으로 물러나 있었다. 클라이드 역시 피했기 때문에 부축하는 사람을 잃은 패피는 길바닥에 넘어졌다. "저 사람을 여기서 데리고 나가야 돼." 조니가 말했다.

하지만 그들은 뒤에서 밀어닥친 해병대원들에 의해 길이 봉쇄된 것을 발견했다.

"이봐, 빌리 엑스타인." 다후드 앞의 특공대원들이 소리쳤다. "빌리 엑스타인! 노래 한마디 불러라!" 오른쪽 어디에선가 폭죽 터지는 소리가 요란하게 났다. 주먹싸움의 거의 전부가 아직은 군중의 한가운데에만 집중되어 있었다. 그 밖에는 밀치기, 팔꿈치로 치기, 그리고 변두리에서 관망하는 호기심 어린 눈들이 있을 뿐이었다. 다후드는 모자를 벗더니 몸을 세우고 「내 눈엔 당신밖에 보이지 않아요」를 부르기 시작했다. 특공대원들은 놀라서 잠잠해졌다. 거리 아래쪽 어디선가 경찰의 호루라기 소리가 울렸다. 군중의 한가운데에서 유리 깨지는 소리가 들렸다. 인간의 동심 파동이 뒤로 퍼졌다. 두세 명의 해병대원이 비틀비틀 뒤로 물러나더니 아직도 땅에 누워 있는 패피 위에 쓰러졌다. 조니와 클라이드가 그를 구출하러 뛰어들었다. 몇몇 수병이 쓰러진 해병대원들을 도우러 달려들었다. 되도록 주의를 끌지 않으려 노력하며 클라이드와 조니는 양쪽에서 팔을 잡아 부축하여 그들의 보호물을 일으켜서 살짝 빠져나갔다. 그들의 등 뒤에서는 해병대원들과 수병들이 저희끼리 싸우기 시작하고 있었다.

"경찰이다." 누군가가 소리쳤다. 대여섯 개의 강력한 폭죽이 한꺼번에 터졌다. 다후드가 노래를 끝마쳤고 몇 명의 특공대원들이 박수를 보냈다. "이제 「난 잘못했어요」를 불러 봐."

"이것 말이지." 다후드가 머리를 긁적이며 말했다. "내가 거짓말을 하고 내가 널 울리더라도 날 용서해 다오?"

"멋있다, 빌리 엑스타인!" 그들이 외쳤다.

"천만에, 아무에게도 난 사과 안 해." 다후드가 말했다. 특공대원들이 공세를 취했다. 다후드는 사태를 살펴본 후 갑자기 거대한 팔 한쪽을 똑바로 치켜올렸다. "자, 좋다, 병사들, 일렬종대로 서! 전투

준비!"

어떻게 되어선지 몰라도 그들은 대열 비슷한 것을 이루었다.

"됐어." 다후드가 말했다. "오른쪽으로 돌아." 그들은 그렇게 했다. "자, 제군들, 진군이다!"

팔이 내려오고 그들은 발맞추어 행진을 시작했다. 킬로이는 무표정한 얼굴로 올려다보고 있었다. 어디에서인가 르로이 텅이 나타나 행렬의 후방 경계를 맡는다. 클라이드와 조니, 그리고 패피 호드는 패거리에서 겨우 빠져나와 모퉁이를 돈 후 킹스웨이를 향해 비탈길을 오르기 시작했다. 도중에 다후드의 분대가 그들을 따라붙었다. 다후드는 마치 블루스라도 부르는 듯한 식으로 박자를 외쳤다. 그가 하고 있는 짓은 모든 양상으로 보아 이 병사들을 배로 되돌려 보내고 있는 일이었다.

택시 한 대가 세 사람 곁에 와서 섰다. "저 행렬을 따라가요." 조니가 말했다. 그리고 세 사람은 차에 올라탔다. 택시에는 지붕에 채광용 창이 있었다. 그러니까 택시가 킹스웨이에 가 닿기 전에 세 개의 머리가 지붕 바깥으로 나타난 건 물론이다. 그들은 특공대원들 뒤를 따라가며 이렇게 노래했다.

나보다 더 재수 좋은 작은 쥐는 어느 누구냐
그대들은 모두가 개자식들이니……

이 노래는 피그 보딘의 창작품이었는데 그는 항구에서 매일 밤 마치 예배라도 보는 태도로 꼬박꼬박 지켜본 텔레비전 어린이 프로그램에서 이 노래의 자료를 얻은 것이었다. 그는 식사 당번 요리사 전원에게 자기 비용으로 검은 귀마개를 마련해 준 후 그 프로그램의 주제 음악으로 음탕한 노래를 만들었던 것이다. 지금의 이 구절은 그중에서도 가장 매력적인 부분으로 철자에 변형을 주는 것을 중점적으로 시도한 것이었다. 뒤에 가던 특공대원들은 조니에게 그 가사를 가르쳐 달라고 청했다. 그는 그 청에 응했다. 그 대가로 그는 오분의 일 갤런들이 아일랜드산 위스키 병을 받았는데 이 술의 임자는 자기가 다음 날 아침 출발할 때까지 도저히 그 병을 비울 수 없노라고 주장한 것이다.(오늘날까지도 그 병은 열지 않은 채 조니 콘탱고의 소지품에 들어 있다. 아무도 그가 왜 그것을 그렇게 보존하고 있는지 알지 못한다.)

이 괴이한 행렬은 영국군 소속 짐승 수송차인가 짐차인가에 의해 저지당할 때까지 킹스웨이를 계속 걸어갔다. 특공대원들은 차로 기어 올라갔다. 그러고는 모두에게 즐거운 저녁을 보내게 해 주어 감사하다는 인사를 던진 후 부르릉 소리와 함께 영원히 사라져 갔다. 다후드와 르로이는 지친 몸짓으로 택시 안으로 기어들어 왔다.

"빌리 엑스타인이라." 다후드가 싱글싱글하며 말했다. "괜찮은걸."

"돌아가야겠어." 르로이는 말했다. 운전사는 유턴을 하여 그들을 좀 전의 자유 패싸움의 장소로 다시 데리고 갔다. 그때로부터 불과 십오 분밖에 경과하지 않았음에도 불구하고 거리는 인기척이라곤 없이 한산하고 조용했다. 폭죽 터뜨리는 소리라든가 외침 소리라든가 떠들썩한 소음 같은 건 이제 들리지 않았다. 완전히 소리 없는 거리가 되어 있었다.

"이럴 수가 있나." 다후드가 말했다. "그런 일은 전혀 일어나지 않았던 것 같잖아." 르로이가 말했다.

"부두로 몰아요." 클라이드가 하품을 하며 운전사에게 말했다. "드라이독 2호요. 스크루를 씹어 먹는 물고기 이빨 모양이 그려진 미국 군함이죠."

부두로 가는 동안 내내 패피 호드는 코를 골았다.

그들이 배에 도착했을 때는 외출 허가 시간이 끝난 지 한 시간 뒤였다. 해군 헌병인 두 사나이는 화장실들이 늘어선 곳을 쏜살같이 지나 이동식 다리를 건너갔고 클라이드와 조니, 그리고 패피 호드 세 사람은 뒤처져 걸었다.

"애써서 나갈 것도 없었어." 조니가 씁쓸한 어조로 내뱉었다. 홀쭉하고 뚱뚱한 한 쌍이 화장실 벽에 붙어 서 있었다.

"자, 걸어." 클라이드가 패피를 격려했다. "몇 발짝만 더 떼어."

심술쟁이 처브가 띠에 H. M. S.[181] 실론이라는 글씨가 박힌 영국 해병 모자를 쓰고 옆으로 달려갔다. 그림자같이 서 있던 자들이 화장실 벽에서 떨어져 나오더니 그들에게 가까이 왔다. 패피가 발이 걸려 넘어지려 했다.

"로버트." 여자가 말했다. 아무런 물음 같은 것도 없었다.

"잘 있었어, 패피." 다른 쪽이 말했다.

"저건 누구야." 클라이드가 말했다. 조니는 우뚝 멈춰 섰고 클라이드의 중력으로 하여 패피는 여자와 정면으로 마주 보는 위치에 돌려졌다. "이건 식당 커피에 빠져 죽을 일이군." 조니가 말했다.

"가엾은 로버트." 하지만 그녀는 이 말을 부드러운 목소리로 말했으며 그녀의 얼굴에는 미소가 감돌고 있었다. 조니와 클라이드는 마침 그 정도로 취하지 않았다면 아마도 어린아이들처럼 엉엉 울어 버리고 말았을 거다.

패피가 두 팔을 빼내려 애쓰며 말했다. "먼저 가 봐. 난 혼자 설 수 있어. 곧 따라갈 테니까."

후갑판으로부터 심술쟁이 처브가 갑판 당번 장교하고 언쟁을 벌이고 있는 소리가 들려 왔다.

181 　　영국 군함을 가리키는 말.

"네 모자엔 H. M. S. 실론이라고 적혀 있다, 처브."

"그래서 어쨌는데."

"그래서 어쨌냐니, 넌 배를 잘못 타고 있다는 말이야."

"프로페인." 패피가 말했다. "돌아왔군. 그럴 줄 알았어."

"돌아온 게 아니야." 프로페인이 말했다. "하지만 이 여잔 돌아왔어." 그는 저만치 떨어져 기다렸다. 그는 말소리가 들리지 않을 만한 거리의 화장실 벽에 기대서서 스캐폴드를 바라봤다.

"잘 있었소, 파올라." 패피가 말했다. "사하." 그건 둘을 다 뜻하는 말이었으니까.

"당신은……."

"당신은……." 동시에 말했다. 그는 그녀에게 먼저 말하라고 손짓했다.

"내일 당신은." 그녀가 말했다. "숙취 때문에 고생하겠죠. 그리고 이런 일이 모두 안 일어났던 거라고 생각할 거예요. 메트로의 술은 두통뿐 아니라 환상까지도 일으킨다고요. 하지만 난 진짜예요. 진짜로 여기에 와 있어요. 그리고 만약 저들이 당신에게 제재를 가한다면……."

"진정서를 제출하겠어."

"아니면 당신을 이집트나 그 밖의 어디엔가로 보내 버린다 해도 마찬가지죠. 어떤 경우에든 난 당신보다 먼저 노퍽에 가서 부두에 서 있겠어요. 다른 아내들처럼 그때까진 당신에게 키스하는 것도 당신을 만지는 것도 안 돼요."

"만약 내가 나올 수 있다면?"

"난 떠나고 없을 거예요. 이런 식으로 헤어지도록 해요, 로버트." 그녀의 얼굴은 현창 위 조명등이 던지는 흰 광선 속에서 얼마나 지쳐 보였던가."

"그쪽이 더 좋아요. 그리고 더 제대로 된 셈이고요. 당신은 내가 당신 곁을 떠난 지 일주일 후에 항해를 시작했죠. 그러니까 우린 일주일밖에 손해 보지 않은 거예요. 그 후의 일은 모두가 바다에서 일어나는 이야기에 불과하죠. 난 노픽에서 집에 앉아 수절하며 물레질이나 하겠어요. 당신의 귀가를 위해 실을 잣고 있겠어요, 당신께 드릴 선물로."

"사랑해." 그는 기껏 이 한마디를 했을 뿐이다. 그는 이 말을 매일 밤 강철 받침대와 저 밖의 대지와 같이 펼쳐진 바다에 대고 말해 왔었다.

그녀의 얼굴 뒤쪽에서 하얀 손들이 퍼덕거렸다. "자, 내일 당신이 이것이 꿈이라고 생각하지 않도록." 그녀의 머리카락이 밑으로 떨어졌다. 그녀는 그에게 상아 빗을 내주었다. 십자가에 달린 영국인 다섯 명(다섯 킬로이)이 조각되어 있는 빗이었다. 그녀는 그가 그것을 주머니에 넣기까지의 잠깐 동안 발레타의 하늘을 응시했다. "포커를 하다가 그걸 잃지 말아요. 내가 오랫동안 지니던 물건이니까."

그는 고개를 끄덕였다. "우린 12월 초에 돌아갈 거야."

"그때 굿 나이트 키스를 해 주겠어요." 그녀는 미소를 지었다. 그러고는 뒷걸음치더니 돌아서 가 버렸다.

패피는 돌아다보지 않고 화장실 앞을 천천히 지나갔다. 그들 위쪽 높은 곳에서는 미합중국 국기가 조명등 불빛에 꿰인 채 흐느적거리고 있었다. 패피는 후갑판을 향해 걷기 시작했다. 그는 긴 이동식 다리를 걸어가면서 다리의 저쪽 끝에 가 닿을 무렵에는 술이 좀 더 깨었으면 좋겠다고 생각했다.

2

훔친 르노를 타고 대륙을 횡단한 일, 경찰이 프로페인을 미국 깡패로 오인하여 그가 제노바 근처 감옥소에서 하룻밤을 지낸 일, 리구리아에서부터 나폴리를 훨씬 지나도록 계속된 주연, 그 도시의 변방에서 변속 장치를 떨어뜨리고 수리하는 동안 일주일을 스텐슬의 친구들이 사는 이스키아의 폐허가 되어 가는 별장에서 기다리던 일(스텐슬의 친구들이란 이전에 로마의 명문가 사람들이 그들의 나이 어린 소년 소녀 첩들을 벌할 때 사용하던 대형 전갈을 대리석 우리에다 기르는 취미를 가졌으며, 오래전 성직을 빼앗긴 수도승 페니스와 동성애자이자 간질병 환자라는 불운을 한 몸에 지녔던 시인인 시뇰로사였다.), 지진으로 금이 간 대리석, 번개에 맞아 파괴된 소나무들, 죽어 가는 마이스트랄풍에 의하여 주름 잡힌 바다가 이루는 풍경 속을 정처 없이 헤매던 일, 시칠리아에 도착하여 산길에서 도둑 패거리를 만나던 일(그들은 스텐슬이 도둑들에게 했던 시칠리아 농담과 그가 그들에게 바친 위스키 덕분에 빠져나올 수 있었다.), 라펠라 증기 기선인 '몰타의 별'을 타고 시라쿠사에서 발레타까지 꼬박 하루를 항해한 일(이 항해 중 스텐슬은 자칭 로빈 페티포인트란 순한 얼굴의 목사에게 포커에서 100달러와 커프스 단추 한 쌍을 잃었다.), 그리고 그 모든 것이 일어나는 사이 파올라가 시종일관 한마디도 말을 하지 않았던 일 등에 대해서는 그들 누구도 별로 기억할 수 있는 것이 없었다. 다만 몰타가 주먹 속에 요요의 끈을 꽉 틀어잡고 그들을 잡아당겼던 것만이 분명한 사실로 남았을 뿐이다.

그들은 빗속에 하품과 함께 몸을 떨며 발레타에 입항했다. 그들은 적어도 외부적으로는 아무 기대하는 것도, 기억하는 것도 없는 상태에서 마이스트랄의 방으로 차를 타고 갔다. 그들의 심리 상태는 비와 마찬가지로 무감동하고 묵직했다. 마이스트랄이 침착한 태도로 그들을 맞이했다. 파올라는 그와 함께 머물기를 원했다. 스텐슬과 프로페인은 당초 페니키아 호텔에 투숙할 계획이었으나 하루 이 실링 팔 펜스의 숙박비를 지불하기에는 약삭빠른 로빈 페티포인트의 영향력이 너무도 컸던 것을 발견한다. 그들은 항구 근처 여관으로 낙착했다. "이젠 어떻게 되는 거지." 프로페인이 더러운 짐 보따리를 방구석으로 내던지며 말했다.

스텐슬은 오랫동안 생각했다.

"난 말이야." 프로페인이 말했다. "당신 돈으로 생활하는 건 마음에 들어. 하지만 당신하고 파올라가 나를 속여서 이리로 오게 했어."

"우리 급한 일부터 하자고." 스텐슬이 말했다. 비는 그쳤고 스텐슬의 신경은 날카로워져 있었다. "마이스트랄을 만나야 돼, 마이스트랄을 만나야 된다고."

그는 마이스트랄을 과연 만나 보았다. 하지만 그 이튿날에야 그는 그 일을 수행했고 그것도 아침 내내 위스키 병을 놓고 말씨름을 한 끝에(그리고 그 승부가 위스키 병의 패배로 판결이 난 다음에야) 그는 그 일을 한 것이다. 그는 찬란한 회색의 오후 공기를 헤치고 폐허 건물로 걸어갔다. 광선은 마치 보드라운 빗발처럼 그의 어깨에 와서 걸쳤다. 그는 무릎이 덜덜 떨림을 느낄 수 있었다.

하지만 마이스트랄은 같이 얘기하기에 힘들지 않았다.

"스텐슬은 선생이 파올라 앞으로 쓴 고백서를 읽었어요."

"그럼, 내가 이 세상에 겨우 들어올 수 있었던 건 스텐슬이란 한 인간의 도움에 의해서였다는 것도 알고 있겠군요."

스텐슬은 머리를 떨구었다. "그건 그의 아버지였는지도 몰라요."

"그럼, 우린 형제가 되는 거군요."

포도주가 있어서 장면은 덜 거북했다. 스텐슬은 밤이 깊도록 이야기를 풀어놓았다. 그러나 그의 목소리는 금방 끊어질 듯했다. 마치 이제 마침내 목숨을 구하기 위해 간청하는 사람과도 같은 태도였다. 마이스트랄은 스텐슬이 말을 쉽게 잇지 못할 때면 참을성 있게 기다려 주며 우아한 침묵을 지켰다.

그날 밤 스텐슬은 V.의 전 역사를 다 얘기했고, 그 결과 오랜 혐의가 더욱 강화되었다. 그 혐의란 모든 것이 결국은 이름의 이니셜과 몇 개의 물체밖에 의존할 것이 없다는 사실이었다. 몬다우겐 이야기의 한 대목에서 마이스트랄은 말했다.

"아, 유리 눈알."

"그리고 당신이죠." 스텐슬은 이마를 수건으로 닦았다. "당신은 마치 신부와 같은 태도로 내 이야기를 듣고 있군요."

"나도 좀 이상하게 생각하고 있어요." 그는 미소를 지었다.

그러고 나서 말했다.

"하지만 파올라가 내 고백서를 당신께 보여 줬죠. 신부는 누구일까요? 우린 서로에게 고백한 사이죠."

"스텐슬하고는 상관없는 일이에요." 스텐슬이 고집스럽게 말했다. "그 여자의 고백이었을 뿐이에요."

마이스트랄은 어깻짓을 했다. "당신은 왜 왔죠? 그 여잔 죽었어요."

"분명히 알기 위해서였어요."

"난 그 지하실은 다시 찾을 도리가 없어요. 다시 찾을 수 있다 하더라도 지금은 거기에 다시 건물이 세워졌겠죠. 당신이 찾는 확증적인 증거품은 땅속 깊이 묻혀 있을 것이라는 뜻이죠."

"벌써 너무 깊이 들어가 있어요." 스텐슬이 속삭였다. "스텐슬은 이미 머리까지 그 속에 들어가 있지요."

"난 길을 잃었었어요."

"하지만 환상을 보는 증세가 있었던 건 아니었겠죠."

"그건 충분히 실감 나는 경험이었어요. 우린 항상 내부부터 들여다보니까. 그렇잖은가요? 잃은 것이 무엇인가를 찾고자 할 땐 말이오. 환상이 채워 줄 구멍이 거기에 있는 거죠. 난 그땐 구멍 천지였어요. 그리고 그 구멍을 채울 것들은 아주 많았죠. 마음대로 고를 수 있었어요."

"하지만 그때 당신은……."

"난 엘레나를 생각했죠. 틀림없어요. 라틴족은 모든 것을 성적인 현상으로 왜곡시켜 버리고야 마는 습성이 있어요. 그리하여 죽음이란 간음자이거나 경쟁자로 표현되죠. 그리고 한 경쟁자가 패배하는 것을 볼 필요가 생겨요. 하지만 난 그전에 이미 부패해 있었어요. 어떤 광경을 지켜보며 증오나 승리감 같은 것을 느끼기엔 너무 타락해 있었던 거죠."

"동정 외엔 아무것도 없었다 그 말씀인가요? 적어도 스텐슬이 읽을 수 있었던 한도 내에선, 그가 풀이할 수 있는 한도 내에선…… 도대체 어떻게 그가……."

"무엇보다도 수동적 태도 때문이겠죠. 어쩌면 바위 특유의 정지 상태에 기인하는 것인지도 모르고, 타성이겠죠. 난 바위로 돌아갔던 거예요. 아니, 들어갔다고 말하는 것이 더 옳겠죠. 능력이 자라는 한 깊이 들어갔죠."

스텐슬은 잠시 후 얼굴 표정이 밝아지면서 말의 방향을 바꾸었다. "표적이 될 만한 것이 한 개쯤 있겠죠. 빗이라든가, 신발, 유리 눈알 또는 아이들이라도."

"난 아이들을 잘 보지 않았어요. 당신의 V.를 줄곧 지켜보느라고 말이오. 난 아이들 얼굴들은 하나도 기억할 수 없었어요. 그래요,

그들은 전쟁이 끝나기 전에 죽었는지 몰라요. 아니면 전쟁이 끝난 다음 나라를 떴을 수도 있고. 오스트레일리아에라도 가서 찾아보시죠. 전당포 또는 선물 가게 같은 곳들을 찾아보는 것도 괜찮겠고, 하지만 신문에 광고를 내는 건, 가령 '신부의 해체에 참여한 그 누구라도 찾습니다.' 따위의 광고를 내는 것……."

"제발."

다음 날, 그리고 그 후 계속 여러 날 동안, 그는 기념품 업자, 전당포 업자 또는 넝마주이들의 명단을 조사했다. 하루아침 그가 돌아와 보니 파올라가 프로페인을 위해 버너에 차를 끓이고 있었다. 프로페인으로 말하면 그는 침대에 웅크리고 누워 있었다.

"열이 있어요." 그녀가 말했다. "술을 너무 많이 마신 탓이죠. 그 밖에도 모든 것이 너무 과했던 거예요. 뉴욕에서 말이죠. 여기 온 후 별로 음식을 안 먹었어요. 도대체 어디서 음식을 먹는지조차 알 수 없어요. 물은 어떤지도 알 수 없고."

"나을 거요." 프로페인이 목쉰 소리로 말했다. "스텐슬은 감당하기가 어려운 사람이야."

"당신이 못살게 군대요."

"맙소사." 스텐슬이 말했다.

다음 날은 스텐슬을 위해 잠깐이나마 고무적인 날이었다. 카사르란 이름의 가게 주인 하나가 스텐슬의 묘사와 들어맞는 눈알을 한 개 알고 있다고 말해 온 것이다. 그 여자는 발레타에 살고 있었고 그 여자의 남편은 카사르의 모리스를 돌봐 주는 차고에서 일하는 기계공이었다. 그는 그 눈알을 구입하기 위해 갖은 애를 썼으나 그 어리석은 여자는 그걸 내놓으려 하지 않았다는 것이었다. 기념으로 가지고 있으려 한다는 것이 그녀가 내세우는 이유였다고 가게 주인은 말했다.

그녀는 꼭대기 층에 발코니가 달려 있고 스타코 벽으로 된 집에 살고 있었는데, 그날 오후에는 햇빛이 그 검정색과 흰색의 배합 속에 마치 '태우기' 기법으로라도 특별 효과를 낸 듯이 물체의 가장자리는 보풀이 인 듯 아른거렸고 흰색은 너무 희었으며 검은색은 너무 검었다. 스텐슬은 눈이 아팠다. 모든 것이 검은색 아니면 흰색이었고 색채라곤 거의 없었다.

"난 그걸 바닷속에 던졌어요." 그녀는 궁둥이에 손을 갖다 대고 도전하듯 말했다. 그는 애매한 미소를 지었다. 시드니의 매력은 어디로 날아가 버렸단 말인가? 같은 바다 밑, 그것의 원소유자에게 가 버렸을까? …… 유리창으로 비스듬히 새어 들어온 광선이 과일 그릇 위에 떨어졌다. 거기에는 오렌지와 다른 과일들이 담겨 있었다. 광선을 받은 과일들은 그 밑에서 빛이 바래는 것 같았고 그릇 안쪽에는 검은 그늘이 졌다. 광선은 어딘지 잘못된 데가 있는 광선이었다. 스텐슬은 피곤했다. 그래서 그 일을 더 이상 계속 밀고 나갈 수 없었다. 어쨌든 당장에는 그렇게 할 수 없었고 그가 원한 것은 그곳을 뜨는 일뿐이었다. 그는 그곳을 떠났다.

프로페인은 파우스토 마이스트랄의 낡은 꽃무늬 가운을 입고 앉아 있었다. 그는 몹시 지쳐 보이는 얼굴로 낡은 궐련 조각 한 개를 입에 문 채 지근거리고 있었다. 그는 스텐슬을 성이 잔뜩 난 눈으로 쳐다보았다. 스텐슬은 그 눈길을 모른 체하며 침대에 몸을 던진 후 열두 시간 동안 내리 잠을 잤다.

그는 새벽 4시에 눈을 뜨자 바다 인광 속에서 마이스트랄의 집을 향해 걸었다. 물이 새어 들어오듯 동이 트기 시작했다. 그러자 조명은 한낱 인습적인 장치로밖에 느껴지지 않았다. 진흙길을 지나 스무 개의 층계를 올라갔다. 등 한 개가 켜져 있었다.

마이스트랄은 책상에서 잠들어 있었다. "날 가만 내버려두어 주

시게, 스텐슬. 유령처럼 따라다니지 말고." 그는 아직도 꿈에서 깨어
나지 않은 듯한 소리로 싸움을 걸듯 말했다.

"스텐슬은 그에게 붙었던 유령이 당신께 가서 붙게 하려는 거
죠." 스텐슬이 몸을 부르르 떨며 말했다.

두 사람은 웅크리고 앉아 이 빠진 컵에 차를 따라 마셨다.

"그 여자는 죽었을 리가 없어요." 스텐슬이 말했다.

"그 여자가 이 도시에 있는 것을 느낄 수가 있어요." 그가 말했다.

"이 도시에 있다고?"

"광선 속에 있어요. 광선과 관계가 있다고 봐요."

"만약에 영혼이 빛이라면 그렇겠지." 마이스트랄이 말했다. "그
것이 존재라고 할 수 있을까요?"

"제기랄, 말은 상관없어요. 스텐슬의 아버진 만약 상상력이 있었
다면 그 말을 썼을 거예요." 스텐슬이 울음을 터뜨릴 듯 눈썹을 일그
러뜨리며 말했다. 그는 신경질적으로 몸을 틀더니 눈을 끔벅이고 나
서 파이프를 찾기 시작했다. 그는 그것을 숙박소에 두고 온 것을 깨
달았다. 마이스트랄이 플레이어 한 갑을 밀어 보낸다.

담배에 불을 붙이며 말을 이었다. "마이스트랄. 스텐슬은 얼간이
같이 말을 하죠."

"하지만 난 당신의 탐색에 현혹당했어요."

"그가 기도문을 만든 걸 아시나요? 그는 이 도시를 걸어 다니면
서 발걸음 박자에 맞추어 이 기도문을 외는 거예요. 운명의 여신이
여. 스텐슬로 하여금 이 가련한 폐허의 어느 것엔가 가서 매달리지
않을 만큼의 평정을 갖게 해 주십시오. 제멋대로든 아니면 마이스트
랄의 귀띔을 듣고서든 말입니다. 그가 어느 날 밤 등불과 삽을 들고
망상을 발굴하러 어느 고딕 폐허를 배회하지 않게 해 주십시오. 진흙
으로 얼룩지고 미친 그가 의미 없는 흙덩이를 휘갈기다가 경찰에게

발견되는 일 따위는 생기지 않게 해 주십시오."

"이것 봐요." 마이스트랄이 낮은 소리로 말했다. "난 내 입장을 이미 충분히 불편하게 느끼고 있어요."

스텐슬은 아주 큰 소리를 내며 숨을 들이켰다.

"아뇨, 난 지금 재조사를 시작하려는 게 아니에요. 그건 이미 오래전에 마쳤으니까요."

마이스트랄 자신은 그때부터 스텐슬을 좀 더 자세히 관찰하기 시작했다. 비록 판결은 아직 내리지 않기로 했지만 말이다. 그는 그 고백서가 1943년 이래 그를 괴롭혔던 죄의식을 씻으려는 행위의 첫 절차라는 것을 알아차릴 만큼 나이가 들은 것을 알 수 있었다. 하지만 이 V.란 분명 죄의식 이상의 것이었다.

날로 악화되는 수에즈와 헝가리, 그리고 폴란드의 사태는 이들과 무관한 듯 이들의 화제에 오르는 일이 없었다. 마이스트랄은 여느 몰타인 못지않게 풍선이 조금만 움직여도 경계를 했다. 그리하여 그는 무엇인가가 나타나(가령, 스텐슬이) 마음을 신문 기사들로부터 다른 곳으로 끌려가게 하는 데 대해 감사했던 것이다. 하지만 스텐슬 자신은 매일같이(그에게 물음을 가함으로써 이 사실을 알아낼 수 있었지만) 바깥세상에서 무슨 일이 일어나고 있는가에 대해 더 무관심한 것 같이 보임으로써 V.란 그의 집착일 것이라는 마이스트랄의 이론을 강화시켜 줄 뿐이었던 것이다. 그리고 그런 종류의 집착이란, 일정한 온도와 무풍, 잡색의 변종 식물과 야릇한 꽃들의 혼잡 등이 구성하는 하나의 온실과 같은 것이라는 그의 이론을 보다 강하게 뒷받침해 준 것이다.

숙소로 돌아온 스텐슬은, 파올라와 프로페인이 소란스럽게 말다툼을 하고 있는 가운데로 걸어 들어갔다.

"그러니까 가라고." 그가 소리쳤다. 무엇인가가 문에 가서 깨졌다.

"내 마음을 대신 정해 줄 건 없어." 그녀가 소리를 질렀다. 스텐슬은 조심스레 문을 열고 안을 들여다봤다. 그러자 베개가 그의 얼굴을 때렸다. 유리창에는 차일이 내려져 있어서 스텐슬은 어슴푸레한 윤곽만을 볼 수 있었다. 프로페인은 계속 공격을 피하려 애쓰고 있었고 파올라의 팔은 계속 던지기 자세를 취하고 있었다.

"왜 이러는 거야."

프로페인은 두꺼비처럼 웅크린 채 그에게 신문지를 흔들어 보였다. "내 배가 들어와 있어." 스텐슬은 그의 눈의 흰자위를 볼 수 있을 뿐이었다. 파올라는 울고 있었다.

"아아." 스텐슬은 침대를 향해 돌진했다. 프로페인은 바닥에서 자고 있었던 것이다. '알아서들 잘해 보라지.' 스텐슬은 원한을 품으며 생각했다. 그러고는 코를 쿵쿵거린 후 잠 속으로 슬슬 빠져들어 갔다.

이윽고 그는 노신부 아발랑슈를 만나야겠다는 생각을 해냈다. 마이스트랄에 의하면 그는 1919년 이래 여기에 있었다고 하니까.

그는 교회에 들어서면서 곧 자신이 또다시 허탕을 친 것을 알았다. 늙은 신부는 제대 난간에 무릎을 꿇고 앉아 있었다. 검은 법의 위로 흰머리가 보였다. 그는 너무 늙은 것이었다.

나중에 신부 집에서 그들은 이런 대화를 가졌었다.

"신은 우리를 이상한 침체 상태에서 기다리게 하시지요." 아발랑슈 신부가 말했다. "내가 살인자를 고해시킨 지 얼마나 오래되었는지 아시오? 작년 갈리스 탑 살인 사건 때 난 희망을 가졌었죠……." 그는 스텐슬의 내키지 않는 손을 잡으며 이런 식으로 별 두서없는 말을 했다. 그러고는 기억의 수풀 속을 목표 없이 마구 침공하기 시작했다. 스텐슬은 그의 회고의 방향을 6월 소요 사건 쪽으로 돌리려 애썼다.

"난 그땐 신화에 한껏 취한 젊은이에 불과했죠. 몰타 기사들의 신화 말입니다, 아시겠죠. 발레타에 오면 누구나 기사들에 대해 알게 되죠. 난 지금도 그때나 다름없이 그들이 해가 지고 나면 거리를 배회한다고 믿고 있어요." 그는 재미있는 듯 웃음소리를 섞어 가며 말했다. "어디엔가에서 배회하고 있다고 믿는 거죠. 난 실전에는 군목으로 참가했을 뿐이죠. 아발랑슈가 구호군 기사라는 거짓 믿음을 남기기에 족한 기간 동안이었죠. 하지만 1919년의 몰타와 기사들의 몰타를 비교하기 위해선 이곳의 내 선임인 페어링 신부하고 얘기해 보는 게 좋겠어요. 그이는 미국에 갔어요. 단지 그 노인은 지금 어디에 있든지 이미 죽은 몸이겠죠."

스텐슬은 되도록 정중한 태도로 그 늙은 신부의 곁을 떠나 햇빛 속으로 풍덩 빠져들어 갔다. 그러고는 걷기 시작했다. 아드레날린이 너무 증가한 탓으로 그의 연한 근육이 수축되고 숨소리가 거칠어졌으며 맥박이 빨라졌다. "스텐슬은 걸어야 한다." 그는 거리를 상대로 말을 걸었다. "걸어야 한다고."

어리석은 스텐슬. 그는 컨디션이 좋지 않았다. 그는 자정이 훨씬 지나서야 숙소로 돌아왔다. 그때 그는 일어서 있기가 힘든 상태에 이르렀다. 방에는 아무도 없었다.

"기가 막힌 일이군." 그가 중얼거렸다. 만약 그가 같은 페어링이라면. 그렇지 않다 하더라도 그것이 상관있을까?(그가 지쳤을 때면 자주 일어나는 일이었지만) 지금 그의 마음에서는 어떤 한 구절이 맴을 돌고 있었다. 그것은 의식 이전의, 입술과 혀의 움직임 바로 문턱 밑에서 일어나는 현상이었다. '사건들은 아주 기괴한 논리 속으로 페어 맞추어져 들어가는 것 같다.' 이 구절은 자동적으로 반복되었고 스텐슬은 그 구절이 새로 그에게 올 때마다 개선의 시도를 해 보았다. 즉 그는 강조를 한 말에서 다른 말로 옮겨 보았다. 즉 '같다'에다 강조점을 두어 발음해 보았다가 그다음에는 '맞추어져'에 강조를 주었으며 또 다음에는 '기괴한'에다가 힘을 주어 말해 본 것이다. 또 그는 어조를 음산하게 만들어 보았다가 경쾌하게 만들어 보기도 했다. 이렇듯 그 같은 구절은 몇 번이고 그의 마음 주변을 맴돌았던 것이다. 사건들은 기괴한 논리 속으로 꿰어 맞추어져 들어가는 것 같다. 그는 종이와 연필을 찾아 그 구절을 필체와 글씨 모양을 바꾸어 가며 적어 보았다. 바로 이런 상태에 프로페인이 뛰어 들어온 것이다.

"파올라는 남편에게 돌아갔어." 프로페인이 말했다. 그러고는 침대에 쓰러졌다. "미국으로 돌아갈 거야."

"누군가." 스텐슬이 중얼거렸다. "거기서 빠져나오겠군, 그렇다면." 프로페인은 신음 소리를 내며 담요를 잡아당겨 몸을 감쌌다. "이것 봐." 스텐슬이 말했다. "지금 자넨 병들어 있어." 그는 프로페인에게 다가가 그의 이마를 짚어 보았다. "고열이야. 스텐슬은 의사를 데리고 와야겠어. 이 시간까지 무얼 하고 다녔어, 도대체."

"싫어." 프로페인이 몸을 뒤집더니 침대 밑으로 손을 뻗어 그의 그 더러운 보따리를 뒤졌다. "해열제를 먹고 땀을 빼겠어."

두 사람은 잠시 말을 끊었다. 하지만 스텐슬은 말을 안에 담고 있기에는 마음이 너무도 심란했다. "프로페인." 그가 말했다.

"파올라 아버지한테 얘기해. 난 같이 따라온 사람일 뿐이니까."

스텐슬은 방 안을 걷기 시작했다. 그러더니 소리 내어 웃으며 말했다. "스텐슬 생각엔 그 사람이 이젠 스텐슬을 안 믿을 것 같아." 프로페인은 힘들게 이쪽으로 몸을 돌리더니 눈을 끔벅거렸다.

"V.의 나라는 우연의 일치의 땅이야. 신화가 다스리고 있지. 그 나라의 밀사들이 지금 이 세기의 거리를 배회하고 있다고. 포르세픽, 몬다우겐, 스텐슬 1세. 또 여기 이 마이스트랄, 스텐슬 2세 등이지. 이 중 누가 우연의 일치를 창조할 수 있을까? 그건 신만이 할 수 있는 일이지. 이 우연의 일치가 사실적인 것들이라면, 그렇다면 스텐슬이 만난 건 역사가 아니라 그보다 훨씬 더 무서운 것이야."

"스텐슬은 페어링 신부의 이름과 전에 한 번 마주친 적이 있었어. 그건 틀림없이 우연에 의해서였을 거야. 그는 오늘 또다시 그 이름과 맞부닥친 거야. 그건 기도적(企圖的)인 만남이라고밖에 볼 수 없는 것이었지."

"혹시." 프로페인이 말했다. "그게 그 같은 페어링 신부였을까……."

프로페인이 졸린 목소리로 그가 악어 정찰대에서 일하던 때의 얘기를 하자 스텐슬은 놀라움으로 얼어붙었으며 잔 속의 술은 파들거렸다. 프로페인은 그가 얼룩빼기 악어 한 마리를 추격하느라고 페어링 교구로 침입했던 일, 이윽고 그 짐승을 무시무시한 빛으로 밝은 한 방으로 몰아넣고 죽였던 일에 대해 스텐슬에게 얘기해 주었다.

스텐슬은 조심스레 위스키를 마저 마신 후 잔을 손수건으로 닦아 내고 테이블에 내려놓았다. 그러고는 외투를 입었다.

"의사한테 가는 거야?" 베개에 얼굴을 묻으며 프로페인이 말했다.

"일종의 의사지." 스텐슬이 말했다.

한 시간 후 그는 마이스트랄의 집에 가 있었다.

"깨우지 말아요." 마이스트랄이 말했다. "가엾은 것. 난 저 애가 우는 걸 본 일이 없어요."

"스텐슬이 우는 것도 본 일이 없으시죠." 스텐슬이 말했다. "하지만 보게 될지도 몰라요. 전(前) 신부시여, 스텐슬은 악마에게 사로잡혔소이다. 그의 침대에서 자고 있어요, 그 악마는."

"프로페인인가요?" 그건 유머의 시도로는 훌륭했다. "A 신부에게 가야 해요. 그 사람은 좌절당한 엑소시스트니까. 항상 흥분거리가 없다고 불평하죠."

"당신은 좌절당한 엑소시스트가 아닌가요?"

마이스트랄은 얼굴을 찡그렸다. "그건 또 하나의 마이스트랄이죠."

"그 여자가 그를 사로잡고 있죠." 스텐슬이 소곤댔다. "V.가 말이에요."

"당신도 꼭 같이 병들었구려."

"제발."

마이스트랄은 유리창을 열고 발코니로 나갔다. 밤빛 속의 발레타는 전혀 사람이 살고 있지 않은 곳 같았다. "아니지." 마이스트랄이 말했다. "당신은 당신이 원하는 걸 가질 수 없어요. 만약 그것이 당신의 세계였다면 필요했을 그것 말이에요. 도시에서 귀신을 내쫓아야 돼요. 섬에서 그리고 지중해의 모든 선박의 선원들에게서. 대륙들과 세계에서, 서방 세계에서." 그는 생각난 듯 덧붙였다. "우린 서방인들이니까."

스텐슬은 유리창으로 들어오는 찬바람에 소스라쳤다.

"난 신부가 아니오. 서면으로 쓰인 고백서를 통해서밖에 알고 있지 않은 사람에게 호소하려 들지 말아요. 우린 패거리를 지어 다니지 않아요, 스텐슬. 우린 따로따로 떨어져 있어요. 다섯 쌍둥이나 또는 그보다 더 숫자가 많은 경우 같은 거죠. 얼마나 많은 수의 스텐슬이 V.를 쫓아 세계를 헤매고 다녔는지는 하느님이나 아실 거예요."

"페어링……." 스텐슬이 숨넘어가는 소리로 말했다. "스텐슬은 그 사람의 교구에서 총에 맞았죠. 아발랑슈 신부의 선임자예요, 그이는."

"당신에게 얘기해 줄 수도 있었죠. 이름을 얘기해 줄 수 있었어요."

"하지만."

"아무 이점도 발견할 수 없었던 거죠. 사태를 더 악화시킨다는 것밖에."

스텐슬의 눈이 좁혀졌다. 마이스트랄이 고개를 돌렸다. 그는 스텐슬의 눈에서 경계의 빛을 읽었다.

"그래요. 우린 열셋이서 비밀리에 세계를 다스리고 있어요."

"스텐슬은 상당한 수고를 해 가며 프로페인을 이리로 데리고 왔어요. 더 조심스럽게 행동했어야죠. 조심을 하지 않았던 거예요. 그가 찾는 건 과연 그 자신의 근절일까요?"

마이스트랄은 그를 보며 미소를 지었다. 그는 그의 등 뒤에 있는 발레타의 누벽을 손짓으로 가리켰다. "저 여자에게 물어봐요." 그가 속삭였다. "바위에게 말이죠."

3

이틀 후 마이스트랄은 그들의 숙소로 돌아왔다. 그는 프로페인이 취해서 죽은 듯 침대 위에 대각선으로 누워 있는 것을 발견했다. 일주일 동안 자란 온갖 터럭들이 따로따로 선명하게 돋아 있는 펑퍼짐한 얼굴에 오후의 빛이 비치고 있었다. 입은 떡 벌린 채, 그는 침을 흘리면서 코를 골고 있었는데 지금의 상태에 상당히 만족하고 있는 것 같았다.

마이스트랄은 손등을 프로페인의 이마에 갖다 댔다. 좋아. 열은 내린 것 같았다. 하지만 스텐슬은 어디 있을까? 이 물음을 묻자마자 마이스트랄의 눈에 그의 편지 쪽지가 띄었다. 그것은 마치 프로페인의 맥주 배에 영원히 내려앉은 입체파 나방과도 같았다.

아킬리나라는 이름의 선박 조립공이 비올라 부인이라는 여자에 대해 정보를 갖고 있다 합니다. 이 여자는 해몽 점술사요 최면술사인데 1944년에 발레타를 통과했답니다. 유리 눈알은 이 여자와 함께 갔어요. 카사르가 말한 여자는 거짓말을 한 거지요. V.는 그것을 최면술의 도구로 사용한 거예요. 그녀의 행선지는 스톡홀름. 그건 또 스텐슬의 목적지지요. 그건 또 하나의 낡은 끄나풀의 끄트머리 역할을 할 거예요. 프로페인은 알아서 처리해 주세요. 스텐슬은 당신들 중 누구도 더 이상 필요치 않아요. 사하.

마이스트랄은 술을 찾아 두리번거렸다. 프로페인은 거기 있는 모든 걸 다 끝장내 버린 것이었다.

"돼지 같으니라고."

프로페인이 깨어났다. "뭐라고요."

마이스트랄은 그에게 편지 쪽지를 읽어 주었다. 프로페인은 침대에서 굴러 나와 유리창으로 기어갔다.

"오늘이 무슨 요일이죠?" 그러고는 잠시 후 또다시 물었다. "파올라도 갔어요?"

"어젯밤에."

"날 두고 갔군요. 그런데 날 어떻게 처리하겠어요."

"우선 오 파운드를 빌려주리다."

"빌려 주다니." 프로페인이 큰 소리로 말했다. "그건 말이 안 되는 걸 아실 텐데."

"다시 오겠소." 마이스트랄이 말했다.

그날 밤, 프로페인은 면도와 목욕을 했다. 그러고는 스웨이드 재킷과 리바이스 바지를 입고 커다란 카우보이모자를 쓴 후 킹스웨이로 진출했던 것이다. 재밋거리를 찾기 위해서였다. 그는 그 재밋거리를 브렌다 위걸즈워스라는 형태로 발견했다. 그녀는 WASP로, 비버

대학을 다녔으며 반바지가 일흔두 벌이나 있는데 그중 절반을 그랜드 투어 시초인 지난 6월에 유럽으로 가지고 왔다고 했다. 그땐 그랜드 투어는 전망이 아주 좋았었다. 그녀는 대서양을 횡단하는 내내 계속 취해 있었다. 그녀는 주로 슬로 진 피즈에 취해, 배의 갑판만큼 기분이 둥실 들떠 있었다. 이 인기 있는 동쪽으로의 여행에 동원된 여러 구조선을 그녀와 함께 나눈 사람으로 학문에 젖은 뉴저지의 평야에서 온 사무장(여름 직업)이 있었는데 그는 이 여자에게 오렌지색과 검은색이 섞인 장난감 호랑이와 임신의 공포(이건 그녀에 한한 것이었지만) 그리고 암스테르담(파이브 플라이스 뒤쪽 어디에선가)에서 다시 만나자는 언약을 준 바 있었다. 하지만 그 사람은 오지 않았더랬다. 그녀는 100대의 검은 자전거가 세워져 있는 운하 근처 바의 주차장에서 제정신으로 돌아왔다. 아니면 적어도 결혼 또는 옳은 삶이 시작될 때 그녀가 그렇게 변신할, 불가침의 청교도적 자아로 되돌아간 것이다. 주차장은 그녀의 고물 폐기처였고 그녀는 이제 곤궁기 메뚜기의 계절을 맞은 것이었다. 해골과 등딱지들, 그리고 또 무엇이 있은들 어쩌랴. 그녀의 내부는 그녀의 외부와 다름없었다. 그리하여 그녀는 연약한 브렌다와는 딴판의 모습으로 라인 강가와 와인 지대의 부드러운 비탈들 그리고 티롤을 통과하여 토스카나로 제멋대로의 고독한 진군을 했던 것이다. 그녀는 이 여행 동안 줄곧 그녀의 카메라 또는 그녀의 심장과 마찬가지로 긴박한 상황에선 무질서하고 요란한 소리를 내는 연료 펌프가 달린 모리스의 차를 빌려 타고 다녔었다.

발레타는 또 하나의 계절의 끝에 해당되었다. 그녀의 친구들은 이미 오래전에 모두 다 미국으로 돌아가 버렸고 그녀는 거의 돈이 다 떨어진 상태에 있었다. 프로페인은 그녀를 도와줄 수 없었다. 그녀가 그에게 반한 모양이었지만.

그리하여 마이스트랄이 건넨 5파운드를 야금야금 갉아먹은 그녀를 위한 슬로 진 피즈와 베니를 위한 맥주를 마셔 가며 그들은 자신들이 어찌하여 여기까지 오게 되었으며 또 발레타 다음으로는 어디로 갈 것인가에 대해 얘기했던 것이다. 결국 그들은 자신들 각각을 위해 비버[182]와 '거리'가 기다리고 있다는 사실에 도달했다. 두 사람은 그곳들은 아무 곳도 아니라는 점에 합의를 보았으며, 그럼에도 불구하고 인간들은 종종 그 아무 곳도 아닌 곳으로 가며 그러면서 자기 자신들에겐 그들이 어디론가 가고 있다고 믿게 하려 한다는 점에도 함께 동의했다. 그건 일종의 재능이었는데 거기에 대한 반대란 드문 것이었고 그나마도 억지스럽게밖에 시도되지 않았던 것이다.

그날 밤 둘 사이에는 적어도 이 세상은 엉망이라는 사실이 확인된 셈이다. 그들이 만난 영국 해병과 특공대원, 그리고 선원들이 그들이 이 깨달음을 얻는 데 도움이 된 것이다. 프로페인은 스캐폴드 호 선원은 전혀 만나지 못했다. 그들 중 더러는 거트에 가지 않을 정도로 깨끗한 삶을 사는 자들일 것이 분명했으므로 그들 중 아무도 프로페인의 눈에 띄지 않았다는 건 스캐폴드가 아마도 떠났다는 것을 의미할 것 같았다. 그 때문에 그는 더 슬퍼졌다. 마치 그의 모든 집은 임시적인 것이며 무생물인 그것들마저도 그와 같이 방황하고 있는 것 같아서였다. 왜냐하면 움직임이란 상대적이었기 때문이다. 사실상 그가 참으로 슐레밀의 구세주인 듯 바다 가운데에 우뚝 서지 않았던가. 그리고 그 꾀병을 부리는 거대한 도시와 그 안의 단 하나의 주거할 만한 공간, 그리고 속임수에 걸려들 수 없는(고로 값이 비싼) 한 명의 여자는 지금 그의 시점에서 보건대 적어도 한 세기 동안 축적된 듯한 작은 파도 더미와 함께 장대한 수평선의 능선 너머로 사라져 버린 것이다.

182　　비버가 부지런히 일하는 동물이라는 데 비유한 것 같다.

"슬퍼하지 마."

"브렌다, 우린 누구나가 슬픈 거야."

"베니, 정말 그래." 그녀는 큰 소리로 웃어 댔다. 진에 대한 지구력이 별로 크지 못한 모양이었다.

그들은 그의 숙소로 돌아갔다. 밤중에 그녀는 어둠 속에서 그의 곁을 떠나간 모양이었다. 프로페인은 깊은 잠을 잤다. 그는 늦은 오전의 차량 소리를 들으며 혼자서 깨어났다. 마이스트랄이 테이블 위에 혼자 앉아, 반바지에 맞추어 신는 격자무늬 반스타킹이 천장 한가운데에 내리 드리워진 전등의 가리개 노릇을 하고 있는 것을 바라보고 있었다.

"포도주를 가져왔소." 마이스트랄이 말했다.

"좋군요."

그들은 2시쯤 아침 식사를 하러 카페에 갔다. "난 자네를 무한정 먹여 살릴 의사는 없구료." 마이스트랄이 말했다.

"일거리를 구해야겠어요. 몰타에 도로 공사 같은 건 없나요?"

"지금 포르테데봄브에 경사 교차로를 만들고 있지. 지하 터널이오. 또 도로가에 나무를 심을 인부도 필요하고."

"난 도로 공사하고 하수도 작업밖엔 몰라요."

"하수도라고? 마르사에 새로 펌프장을 만들고 있는데."

"외국인을 고용할까요?"

"어쩌면."

"그렇다면 해 보죠, 어쩌면."

그날 저녁 브렌다는 페이즐리 무늬의 짧은 바지와 검은 삭스 차림이었다. "난 시를 써요." 그녀가 말했다. 두 사람은 대형 승강기 근처에 있는 아담한 호텔의 그녀의 숙소에 같이 있었다.

"그래요?" 프로페인이 말했다.

"난 20세기입니다." 그녀가 읽었다. 프로페인은 몸을 굴려 양탄자의 무늬를 들여다봤다.

"난 래그타임이요 탱고요 산 세리프체이며 깨끗한 기하학입니다. 나는 처녀의 머리칼로 만든 채찍이요 퇴폐열(頹廢熱)로 교묘하게 만들어진 정교한 쇠고랑입니다. 난 유럽의 모든 도시의 모든 외로운 기차 정거장입니다. 나는 거리입니다. 그리고 상상력이 결핍된 정부 건물입니다. 나는 카페 당상[183]이며 시계 장치가 달린 조각품이며 재즈 색소폰이며 여자 관광객의 머리 장식이며 변태 성욕자의 고무 유방, 항상 시간이 틀리고 울릴 때마다 다른 소리를 내는 여행용 시계입니다. 나는 죽은 종려나무요 흑인의 무도용 펌프화요 관광철이 끝난 다음의 고갈된 분수입니다. 난 밤의 모든 부속품들입니다."

"그거 듣기에 괜찮은걸요." 프로페인이 말했다.

"난 모르겠어요." 그녀가 시가 적힌 종이로 비행기를 접으며 말했다. 비행기는 그녀의 층을 이룬 담배 연기에 실린 채 방을 가로질러 갔다. "이건 가짜 여대생 시에 불과해요. 내가 강의 듣기 위해 읽은 것들을 흉내 낸 거죠. 괜찮게 들려요?"

"그런걸요."

"당신은 훨씬 더 많은 걸 해냈죠. 남자들은 보통 그러니까."

"무엇 말이죠?"

"당신네는 놀라운 경험을 가졌죠. 난 내 경험도 내게 무언가를 말해 준다면 좋겠어."

"왜죠?"

"경험 때문이죠. 경험 때문에. 배우지도 않았단 말이에요, 당신은?"

183   춤출 수 있는 술집.

프로페인은 오래 생각할 필요가 없었다. "아니." 그가 말했다. "얼른 생각하기에 난 배운 거라곤 티끌만치도 없는 것 같아요."

그들은 잠시 잠자코 있었다. 그녀가 말했다. "산책할까?"

거리에 나간 후 바다 가까이 층계에 이르자 그녀는 까닭 없이 그의 손을 잡고 달리기 시작했다. 전쟁이 끝나고 11년이 지난 지금도 발레타의 이 구역 건물들은 재건되지 않은 채 있었다. 하지만 거리는 평평했고 휑했다. 프로페인은 어제 처음 만난 브렌다와 손에 손을 잡고 거리를 달려 내려갔다. 얼마 지나지 않아 돌연히 그리고 침묵 속에 발레타의 모든 조명(주택들의 전등, 가로등 등)이 꺼졌다. 프로페인과 브렌다는 갑자기 완전한 밤으로 변한 거리를 계속 달렸다. 지금 몰타의 변두리를 그들로 하여금 달리게 하고 있는 건 타성뿐이었다. 그리고 또 그것은 그들을 저 너머 지중해까지도 끌고 갈 것이었다.

에필로그

1919

V

1

겨울, 성애(性愛)의 여신인 아스타르테의 뱃머리 장식을 단 녹색 지벡[184]이 그랜드 항만으로 서서히 입항한다. 노란색 보루, 무어 땅의 분위기를 지닌 도시, 그리고 비구름에 덮인 하늘이 눈에 띈다. 첫눈에 그 이상의 것을 볼 수 있을까? 노 스텐슬이 젊었을 때는 그가 간 약 스무 곳의 도시 중 어느 도시도 그에게 낭만의 가능성을 제공하진 않았었다. 하지만 이제 마치 잃어버린 시간에 대한 보상이라도 하려는 듯 그의 마음은 비 오는 하늘처럼 축축해진 것이다.

그는 비를 맞고 있는 고물 가까이에 방수포로 몸을 감고 서서 파이프에 불을 붙이기 위해 바람을 막았다. 머리 위에는 잠시 더러운 노란색의 세인트 안젤로 요새가 이 세상 것이 아닌 정적에 싸인 채 모습을 드러냈다. 뱃전을 마주 보는 방향에서 영국 함선 에그먼트

---

184   지중해에서 볼 수 있는 소형 세 돛대 범선.

가 천천히 다가오고 있었다. 그 배의 갑판 위에 나와 있는 몇 명의 선원은 뭔가를 떨쳐 버리려는 듯 열심히 갑판을 닦고 있었다. 마치 푸른색과 흰색 옷을 입힌 인형들 같은 모습으로 항구에서 불어오는 바람 속에 몸을 떨고 있었고, 마치 이 아침의 한기를 마석(磨石)으로 닦고 있는 것과도 같은 인상이었다. 범선이 완전한 원을 그리며 회전하자 그는 볼이 움푹 패어 들어갔다가 다시 펴지는 느낌이었다. 기사단장 라 발레트의 꿈은 세인트 엘모 요새와 지중해를 향해 커다란 곡선을 지르며 지나가 버렸으며, 세인트 엘모 요새와 지중해는 리카솔리, 비토리오사의 제(諸) 조선소를 지나쳐 맴돌기에 바빴다. 선장 메헤메트는 조종사한테 욕지거리를 내뱉었고 아스타르테는 범선 뱃머리 활대에서 마치 그것이 잠자는 남성이기라도 한 듯, 그리고 자기는 (한낱 무생물의 장식품에 불과하면서도) 마치 바야흐로 정욕을 충족시키려는 마녀이기라도 한 듯, 도시 쪽을 간절한 눈으로 바라보는 것이었다. 메헤메트가 그의 곁으로 다가왔다. "마라[185]는 이상한 집에 살고 있군요." 스텐슬이 말했다. 바람이 그의 두개골 위로부터 내려온 희끗희끗한 앞머리 한 뭉치를 후려친다. 그는 이 말을 메헤메트에게가 아니라 도시를 상대로 한 것이다. 하지만 선장은 이해했다.

"난 우리가 몰타에 올 때마다 이런 느낌을 가지죠." 그가 레반트 지역 억양이 섞인 말로 말했다. "마치 이 바다에 큰 고요가 와서 덮쳤는데 섬은 그것의 심장이라는 그런 느낌 말이에요. 마치 내 심장 속 깊이에서, 하나의 심장이 원할 수 있는 한 최고로 간절히 원하는, 그 어떤 것에게로 돌아온 듯한 그런 느낌을 받는단 말이에요." 그는 스텐슬의 파이프에서 담배에 불을 붙였다. "하지만 그건 기만이죠. 이 섬은 정조가 없는 여자예요. 조심하는 게 좋아요."

185   힌두 신화에서 죽음의 신을 말한다.

몸집이 덩실한 소년 하나가 부두에 서 있다가 그들에게서 밧줄을 받는다. 소년과 메헤메트는 "살람 알레이 쿰"[186]을 교환했다. 마르사뮤세토 뒤 북쪽으로는 구름 장막이 기둥처럼 드리워져 있었다. 견고해 보이는 그것은 곧이라도 쓰러져, 온 도시를 짓이겨 버릴 것도 같다. 메헤메트는 선원들을 발로 툭툭 차며 돌아다닌다. 하나씩 하나씩 그들은 갑판 밑으로 사라져 가더니 짐을 갑판 위로 올리기 시작했다. 짐이란 산 염소 몇 마리와 설탕 몇 자루, 시칠리아에서 온 말린 사철쑥, 소금에 절인 청어(이건 그리스에서 왔다.)가 들어 있는 나무통들, 대개 이러했다.

스텐슬은 자기 짐을 한데 모았다. 비가 더 빠른 속도로 내리기 시작했다. 그는 커다란 우산을 편 후 아래 서서 조선소의 나라를 관망했다. '난 그래 무얼 기다리고 있단 말인가?' 그는 자신에게 물었다. 선원들은 모두 시무룩해져서 배 밑으로 내려가 버려 아무도 눈에 띄지 않았다. 메헤메트가 갑판을 가로질러 오며 말했다. "운명의 여신 짓이죠."

"절개 없는 여신이에요." 그들의 밧줄을 받아 들었던 부두보조원은, 지친 바닷새 같은 모습으로 쌓인 짐 덩이 위에서 바다를 향해 웅크리고 앉아 있었다. "태양 광선의 섬?" 스텐슬이 소리 내서 웃었다. 그의 파이프에는 아직도 불이 있었다. 그리하여 그와 메헤메트는 백색 연기 속에 하직 인사를 나누었다. 그는 한 장의 널빤지를 밟고 해안으로 비틀비틀 걸어갔다. 한쪽 어깨에서는 선원용 주머니가 균형을 잡느라 춤추고 있었고 큰 우산은 마치 줄타기 곡예사의 우산과도 같았다. 그는 생각했다. 안전이 도대체 이 해안에 있으란 법이, 아니 어느 해안에고 있으란 법이 어디에 있단 말인가?

186   아랍어 인사말.

스텐슬은 택시를 타고 빗속의 스트라다 레알레를 통과하며 유리창 밖을 내다보았으나 거기에는 유럽의 다른 수도들에서 볼 수 있는 그런 축제 분위기는 전혀 없었다. 어쩌면 비 때문일 수도 있었다. 하지만 그것은 스텐슬 쪽에서 보면 분명히 환영할 수밖에 없는 휴식이기도 했다. 스텐슬은 지금 그동안의 너무도 많은 노래와 깃발들, 퍼레이드들, 난잡한 사랑의 행위, 촌스러운 외침 소리 등으로 포만 상태에 있었던 것이다. 이것은 비전투병 집단들이 휴전 또는 종전에 임하여 보이는 평상적인 반응이었다. 보통은 근엄한 화이트홀의 사무실 안에서까지도 견디기가 어려운 지경이었다. 휴전이라, 흥!

"난 자네 태도를 이해 못 하겠네."

당시 스텐슬의 상관이었던 캐러더스필로는 말했었다. "휴전이라, 흥이라니."

스텐슬은 거기엔 충분한 안정성이 없게 느껴져서 그런다는 식으로 무엇이라곤가 중얼거렸었다. 도대체 어째서 그가 하고 많은 사람들 중에서도 하필이면 캐러더스필로에게 속마음을 설명할 것인가. 마치 모세가 그를 위해 신이 돌에 새겨 준 십계명 앞에서 떨었듯이, 가장 하찮은 메모일지라도 외무부 장관 이름 첫 글자만 적혀 있으면 벌벌 떠는 그 작자 앞에서 어떻게 그의 참 이유를 설명할 수 있을 거냐 말이다. 휴전은 합법적으로 구성된 정부 고관들에 의해 승인된 것이 아닌가? 만약 그렇다면 어째서 평화가 있을 수 없단 말인가? 따져 봤자 소용없을 것이 뻔했다. 그리하여 그 둘은 11월의 그 아침, 등불지기가 세인트 제임스 공원의 불을 끄고 다니는 것을 지켜보기만 했다. 마치 그레이 자작[187]이 어쩌면 그, 같은 유리창 앞에 서서 그

<hr>

187 제1차 세계 대전 직전 영국의 외무부 장관으로 있으면서 유럽의 평화를 도모하려 했으나 전쟁의 발발을 막지 못했다.

의 그 유명한 말, '유럽 전역에서 등불이 꺼지고 있다.'는 그 말을 던진 이후, 수은의 유동적 표면을 통과해 나온 지가 퍽이나 오래되기라도 한 듯, 그들은 그렇게 서 있었던 것이다. 스텐슬은 물론 사건과 이미지의 차이를 보지 못했다. 하지만 그의 상관의 다행증(多幸症)을 분쇄하는 일이 어떤 이익도 그에게 가져다주지 않을 것을 알았던 것이다. 가련하고 순진한 자여, 잠잘지어다. 스텐슬은 그저 좀 우울한 태도를 유지하는 정도에서 그쳤고 그것은 그로서는 열렬한 축하의 말을 한 것과 같은 것이었다.

몰타 행정부 요원의 부관인 멍고 시브스 중위는 화이트홀 앞에다 불평의 건축물을 전시했었다. 경찰관들에 섞여 대학생들, 공무원들, 부두 노동자들, 그리고 이 모든 것의 뒤에는 조직원이며 민간 기술사인 이른바 '닥터'로 통하는 E. 미치가 잠복해 있었다. 스텐슬은 그가 육군 소장이며 이곳 행정관인 헌터 블레어에게는 공포의 대상이리라고 짐작했다. 하지만 미치를 날렵하고 마키아벨리적인(약간 시대에 뒤처진 것 같은 느낌은 있었지만 그래도 그는 성공적으로 1919년까지 지속해 온 것이다.) 정치가 외의 다른 어떤 것으로 본다는 일은 스텐슬로서는 어려웠다. 그런 인간이 그렇게 성공적으로 존속하는 것을 보면 스텐슬은 부러움과 자랑스러움을 금할 수 없었다. 그의 친구 포펜타인은(이십 년 전 이집트에서) 바로 그런 인물이 아니었던가? 어느 쪽에 속하는가는 문제가 되지 않았던 그런 시대 사람이었던 것이다. 문제 되는 것은 반대하는 상태를 유지하는 일뿐이었다. 또는 미덕의 테스트를 받는 일, 그리고 크리켓 게임에 능할 것 정도가 중요했던 것이다. 스텐슬 자신은 그 척도로 재면 꼴찌를 면하기 어려웠을 것이다.

쇼크일 거야. 좋아. 스텐슬 역시 쇼크는 느낄 줄 알았다. 적어도 1000만 명의 사망자와 그 두 배의 부상자가 났다. 그 밖의 것은 치지 않더라도. "하지만 우린 어떤 단계라는 것에 도달하게 되어 있어요." 그는 캐러더스필로에게 말할 것을 생각했다. "우리 같은 오래된 공작원들은 과거의 습관이 너무 강력하게 작용할 땐 그런 단계에 도달하게도 된다고요. 이 단계라는 건 어떤 건가 하면 최근에 파산한 이 도살 행위는, 프로이센-프랑스 전쟁, 수단 전쟁, 또는 크림 전쟁하고까지도 근본적으로 다르지 않다는 관점을 갖게 되는 것을 말해요. 어쩌면 그것은 우리 같은 일을 하는 데는 필요한 망상 또는 편의인가도 몰라요. 하지만 분명히 그것은 이, 무장 해제의 파스텔화, 국제 연맹 또는 우주적 법칙 등의 몽상에 빠져드는 과오를 범하기보다는 더 명예스러운 일일 것 같아요. 1000만 명의 사망, 독가스, 파스샹달, 막대한 사망자 수, 끔찍한 화학 물질, 아니면 가공할 역사적 기록, 이런 걸 언급하는 건 다 좋아요. 하지만 제발 '이름 없는 공포'라고는 부르지 말아야 해요. 갑자기 우리가 모르는 사이에 세상에 튀어나오는 깜짝 놀랄 현상 같은 건 아니라고요. 우린 그걸 모두 보지 않았던가요. 거기에는 갑작스러운 혁신도 자연의 각별한 어김도, 또는 낯익은 원칙의 정지도 없었죠. 만약 그것이 사람들에게 너무도 갑작스러운 것으로 느껴졌다면 그건 그들 자신이 너무도 깜깜했다는 걸 탓할 수밖에 없는 일이지요. 즉 그들의 무지가 대비극의 원인이란 말이죠. 전쟁을 탓할 순 없어요.

발레타로 가는 도중(시라쿠사까지 기선으로 간 후 메헤메트의 짐 가방이 도착하는 것을 기다리며 부둣가 주막에서 꼼짝 않고 지낸 것이 일주일, 그리고는 지중해를 건너는 데 들어간 모든 시간.) 그는 바다에 넘쳐 나는 역사의 밀도나 그것의 물 깊이 따위는 전혀 느끼지 못했고 느낄 길도 없었다. 내내 스텐슬은 자기 분석에 몰두해 있었다. 메헤메트가 그 작업에 도움이 된 건 사실이었다.

"선생은 늙었어요." 선장은 밤마다 피우는 해시시를 빨며 말했다. "나도 늙었고 세상도 늙었죠. 하지만 세상은 항상 변해요. 우리도 변하긴 하지만 얼마 많이 변하질 못하죠. 이 변화가 무엇을 뜻하는지는 뻔하죠. 세상과 우린 말이에요, 스텐슬 씨. 태어날 때부터 죽기 시작한 거예요. 당신 놀음은 정치죠. 난 그걸 이해하는 척하지 않겠어요. 하지만 말이죠……." 그는 어깻짓을 했다. "이렇게 정치적 행복을 이룩하겠다고 떠들썩하게 난리들을 치는 건, 새로운 형태의 정부와 농토와 공장의 재정비 등을 시도하는 일들 말이에요. 마치 내가 1324년에 비제르테 근해에서 만난 뱃사람을 연상시킨단 말예요." 스텐슬은 재미있는 듯 목웃음을 웃었다. 메헤메트가 항상 한탄하는 것은 그에게서 세상을 하나 빼앗아 갔다는 것이었다. 그는 그 자신은 중세의 무역 항로에 소속된다고 느끼고 있었다. 그의 말에 따르면 그는 사실상 그의 범선을 시간의 직조물에 의해 생긴 빈틈으로 밀고 들어간 일이 있었다. 그가 그렇게 된 것은 토스카나의 해적선에 추격당했기 때문이었는데, 그 해적선은 돌연히 자취를 감추어 버린 것이다. 하지만 바다는 같은 바다였고 그는 로도스섬에 가서 닻을 때까지도 자기에게 일어난 환치 현상을 알아차리지 못한 것이었다. 그 후 그는 육지를 버리고 지중해로 들어가 살게 되었는데 그것은 거기야말로 알라신의 덕분으로 변함을 모르는 곳이었기 때문이었다. 그의 참 노스텔지어가 어디에 가 있었나는 알 도리가 없었지만 그는 대화에서뿐 아니라 항해 일지나 회계부 같은 것에 적어 넣을 때도 이슬람력을 사용했다. 종교나 자기 출생의 권리 같은 건 벌써 여러 해 전에 내던져 버린 터였지만.

"그자는 '위험'이라는 이름의 낡은 펠루카선[188]의 뱃전 위 대에 매달려 있었어요. 방금 폭풍이 지난 다음이었지요. 폭풍은 이미 사막

188   주로 지중해를 다니는 작은 어선.

의 누런빛을 띠어 가며 큰 구름 비탈을 이루고 육지로 몰려가고 있었어요. 아주 조용했죠. 그리고 해가 지고 있었고. 아름다운 석양 같은 건 아니었어요. 말하자면 공기가 점차로 색이 짙어지는 것과 폭풍의 산비탈이 있었을 뿐, '위험'은 망가져 있었어요. 우린 그 곁까지 다가가 배의 선장을 찾았죠. 대답이 없더군요. 그 뱃사람이 있을 뿐이었어요. 난 그자의 얼굴은 못 봤지만 그건 마치 속에서 이는 바람을 가라앉힐 길 없는 남편처럼 육지를 버리고 배를 탄 후 계속 불평만 말하는 그런 종류의 농부 출신 뱃사람이었어요. 그건 이 세상에서 제일 강력한 결혼이라고 할 수 있죠. 이 작자는 가리개 천 같은 것을 허리에 두르고 머리에는, 이미 다 져 버린 거나 다름없었으나 햇빛으로부터 머리를 보호하기 위해 누더기 헝겊을 두르고 있었어요. 우리가 각 지방의 언어로 번갈아 가며 소리치자 그자가 투아레그어[189]로 대답했죠. '선장은 없어졌어요. 선원들도 없어졌어요. 난 여기 있죠. 난 배에 칠을 하고 있어요.' 그건 사실이었어요. 그는 배에 칠을 칠하고 있었던 거예요. 배는 망가져 있었죠. 만재 흘수선도 눈에 띄지 않았고 배가 한쪽으로 많이 기울어져 있었지요. '이리 올라타요.' 우린 그자에게 말했죠. '밤이 다 되어 가고 있는데 육지까지 헤엄쳐 갈 순 없지 않소.' 그자는 대답을 안 했어요. 붓을 질그릇 항아리 속에 넣었다 빼내서는 '위험'의 비걱거리는 옆구리 판에다가 대고 부드럽게 칠을 할 뿐이었죠. 무슨 색이라고 할까? 회색 같아 보였어요. 하지만 공기가 어두웠기 때문인지도 몰라요. 이 펠루카선은 다시 해를 못 볼 것이 뻔했죠. 난 이윽고 타수에게 배를 돌려 길을 계속 가자고 말했죠. 난 너무 어두워서 보이지 않게 되도록 그 작자를 바라보았어요. 그자의 모습은 점점 작아졌고 배가 한 번씩 출렁일 때마다 조금씩 더 수

189   북아프리카 사하라 지방의 이슬람 유목민어.

면에 가까워져 갔어요. 하지만 전혀 붓을 놀리는 손은 느려지지 않았죠. 땅에서 억지로 뽑아낸 뿌리가 아직도 역력히 보이는 듯한 농군이 밤바다에서, 혼자, 잠겨 가는 배에 칠을 하고 있었던 것이었어요."

'난 단지 늙어 갈 뿐일까?' 스텐슬은 자신에게 물었다. '난 어쩌면 세상하고 같이 변할 수 있는 그 시기를 놓친 걸까?'

"유일한 변화는 죽음을 향한 변화일 뿐이죠." 메헤메트가 행복하게 말했다. "조만간 우린 썩도록 돼 있죠." 조타수는 단조로운 레반트 조로 가락을 부르기 시작했다. 별은 하나도 보이지 않았고 바다는 조용했다. 스텐슬은 해시시를 거절한 후 점잖게 파이프를 영국제 연초로 채웠다. 그는 담배를 빼어 물며 말했다.

"어느 쪽으로 가는 걸까요? 젊을 때 난 사회의 진화란 걸 믿었어요. 왜냐하면 그땐 난 나 자신의 진보의 기회를 볼 수 있었기 때문이에요. 나이 예순인 지금, 즉 갈 수 있는 만큼 다 가고 난 지금에 와선 나는 나를 위해 막다른 골목의 끝을 볼 뿐이지요. 그리고 당신 말이 맞는다면 사회에 대해서도 마찬가지라고 할 수밖에 없어요. 하지만, 그렇다면, 만약에 말이죠. 만약에 시드니 스텐슬이 변한 것이 아니라 1859년과 1919년 사이의 어느 시점에서인가 세계가 병에 걸린 거라면? 그 병은 너무도 증후가 미약한 것, 즉 역사의 사건과 쉽게 혼합되어 버리는 것이 되어서 아무도 애써 진단까지 내리려 하질 않았던 것일 수 있단 말이죠. 그 증후들은 하나씩 하나씩 떼어서 보면 역사의 다른 사건과 다름이 없는 것 같아 보였으나 함께 합쳐질 때는 치명적 효과를 가졌던 것이죠. 사람들이 지난번 전쟁을 보는 건 이런 관점에서인 것 같아요. 즉 이제는 치유되었고 영영 퇴치된 새롭고 이상한 병으로 본단 말이죠."

"늙는다는 것도 병일까요?" 메헤메트가 물었다. "몸은 느려지고 기계들은 낡고 혹성들은 비틀거리며 맴을 돌고 해와 별들은 녹아 내리며 연기를 뿜죠. 병이라고 할 게 뭐 있겠소? 그건, 당신이 바라볼 수 있는 형태로, 또 바라보면서도 큰 불편을 느끼지 않는 형태로, 그것을 만들려는 수작에 불과해요."

"왜냐하면 우린 '위험' 또는 다른 어떤 그 비슷한 것에 칠을 하기 때문이죠. 그렇잖은가요? 우린 그걸 사회라고 불러요. 거기다 우린 또 하나의 새로운 칠을 하는 거죠, 모르겠어요? 그건 제 색깔을 스스로 바꾸진 못해요."

"그건 마치 천연두의 농포들이 죽음과 아무 상관도 없는 것과 같은 거죠. 새로운 피부색, 그리고 새롭게 칠한 겹에 불과해요."

"물론이죠." 스텐슬이 다른 생각을 하며 말했다. "물론 우린 누구나 명대로 살고 죽기를 원하죠……."

대전쟁은 끝나고 살아남은 직업 군인들은 아무런 축복도, 아니면 언어의 통달도 얻지 못하고 말았다. 그것의 생애를 끝장내려는 수많은 시도에도 불구하고 끈질긴 지구는 쉽게 죽으려 하지 않았다. 명대로 살려는 모양이었다.

그러자 메헤메트가 그에게 마라에 대해 얘기해 주었다.

"당신의 또 다른 여성이군요."

"하하. 그렇군요. '마라'는 몰타어로는 여자를 뜻하니까요."

"그럼요."

"당신이 그 말에 이의가 없다면 그 여잔 영혼이죠. 샤아리이트 메위야 속에 살도록 억지로 강요당한 영혼이에요. 그건 사람이 살고 있는 평원 그 끝이 발레타인 그 반도는 그 여자의 영토였던 거예요. 그 여자는 마치 나우시카가 오디세우스를 돌보았듯이, 난파당한 성 바오로를 돌보았고, 페니키아인으로부터 프랑스인까지 모든 침입자들에게 사랑을 가르쳤죠. 어쩌면 영국인에게도 가르쳤다고 보겠는데 나폴레옹 이후의 전설은 신빙성이 떨어지죠. 그 여자는 모든 증거로 볼 때 완전히 역사적 인물이에요. 성 아가사(이건 또 하나의 좀 덜 중요한 섬의 성인이지만)처럼 말이에요."

"대포위는 내가 떠난 후의 일이죠. 하지만 적어도 그중 한 전설에 의하면 한때 그 여잔 섬 전부에 마음대로 드나들었고 람페두사 밖 고기잡이 제방이 있는 곳 바다까지도 마음대로 다녔다는 거지요. 고기잡이배들은 항상 그곳 바다 위에 그녀의 — 지당한 — 상징인 캐러브 모양으로 늘어서 있었죠. 어쨌든, 1565년 초에 두 대의 사략선인 지우호와 로메가스호가 터키 소속이며 궁정 환관의 소유인 큰 범선을 한 척 포획했던 것이에요. 거기에 대한 보복으로, 마침 람페두사에 다니러 갔던 마라는 드라구트라는 사략선에 의해 납치되어 콘스탄티노플에 끌려갔어요. 람페두사가 변방에 놓이고, 샤아리이트 메위야가 그 중심이 되는 보이지 않는 동그라미를 배가 곧 통과하게 되었는데, 바로 그때 마라는 이상한 혼수 상태에 빠졌던 거예요. 누가 어떤 애무나 고통을 가해도 그녀는 깨어나질 않았죠. 드디어 터키인들은 일주일 전 시칠리아 라구지와의 충돌에서 이물 장식을 잃은 터라, 마라를 자기네 배의 이물에 갖다 묶었던 거예요. 마라는 그런 모양으로 콘스탄티노플에 입항했죠. 즉 살아 있는 이물 장식으로 말이에요. 그 도시에 가까워졌을 때 — 도시는 그때 맑은 하늘 밑에 눈부신 황색과 흙색의 형체를 드러내고 있었죠. — 그녀는 깨어나서 이렇게 외쳤다고 해요. '레일, 헤크 이쿤' 밤이여, 올지어다. 터키인들은 이 여자가 미쳐서 헛소리를 하는 줄 알았죠. 아니면 눈이 멀었거나."

"그들은 그녀를 후궁으로 데려간 후 술탄의 면전으로 데리고 갔죠. 그런데 이 여자는 굉장한 미인으로 묘사되는 일은 없어요. 이런저런 여신으로 또는 덜 중요한 신의 하나로 그려지죠. 위장은 그녀의 속성이나 다름 없었어요. 하지만 그 여자의 모습들, 병 장식이나 프리즈 장식, 조상 등에 드러난, 어느 것도 그녀를 몸이 가늘고 가슴은 작으며 배는 불룩한 여자로 그리지 않은 것이 없다는 점은 신기한 일이에요. 여자의 모습에 대한 유행이 어떻게 변하든 간에 그녀의 모습은 항상 변함없었단 말이죠. 항상 약간 휜 코와 작고 미간이 넓은 두 눈을 가진 것으로 묘사되었죠. 길을 지나간다 해도 고개를 돌려서 쳐다볼 사람이 없을 얼굴이었어요. 하지만 그럼에도 불구하고 그 여자는 사랑의 스승이었던 거지요. 사랑의 생도들만이 아름다울 필요가 있는 건지요.”

  “이 여잔 술탄의 마음에 들었어요. 어쩌면 그 여자 편에서 그렇게 되도록 애를 썼나도 몰라요. 하지만 어찌해서든 그녀의 섬에서 기사단장 라 발레트가 쇠사슬로 센글레아와 세인트 안젤로 사이의 협곡을 막고 마르사 평원의 샘물에 대마초와 비소를 집어넣어 못 마시게 만들었던 바로 그때 즈음에 술탄의 첩으로 들어앉았던 거예요. 일단 터키 왕의 궁전에 들어앉자 그녀는 난리를 일으키기 시작했죠. 그녀는 항상 마술을 가진 것으로 알려져 있었어요. 어쩌면 캐러브의 꼬투리하고 관계가 있는 일인지도 몰라요. 그녀는 항상 캐러브 꼬투리를 한 개 든 모습으로 그려지죠. 아니면 요술 막대기, 또는 홀이라고 말할 수도 있겠죠. 어쩌면 그런 걸 들고 있게 함으로써 일종의 풍요의 여신을 상징케 하려는 것인지도 몰라요.(내가 이런 말을 해서 앵글로·색슨인 당신의 예민한 감각에 손상을 입히는 건 아닌가 모르겠군요.) 비록 조금 이상한 양성체적인 풍요의 신이긴 했지만.”

  “곧 — 불과 몇 주일 안에 — 술탄은 그의 밤 동반자들 전부가 어떤 종류의 냉각 증세를 보이는 것을 느끼게 됐죠. 그것은 일종의 비협조, 또는 재능의 결핍과도 같은 형태로 나타났던 거예요. 그리고 또 환관들에게도 변화가 일어나고 있었어요. 어떻게 말해야 될까. 그것은 뽐내는 듯, 그러면서 그것을 감추려 하지만 감추어 내지 못하는 듯한 태도였죠. 그가 분명히 증거를 잡을 수 있는 성질의 것은 아니었어요. 그래서 그는 의심증에 걸린 대부분의 비이성적 남성이 그러 듯 여자 몇 명과 환관 몇 명을 심한 고문에 처했죠. 모두가 결백을 외 쳤어요. 그리고 목을 잡아 틀 때마다, 쇠꼬챙이가 치켜올려질 때마다 정직한 공포를 포명했죠. 하지만 그 작업은 계속됐어요. 정탐꾼들은 전엔 눈을 내리뜨고 얌전한 걸음걸이로 걸어 다니던 수줍은 첩들이, 이 여자들 두 발목에는 가느다란 쇠사슬이 매어져 있었죠. 지금에 와 서는 환관들과 형편없이 난잡하게 놀아나고 있으며, 환관들로 말할 것 같으면, 맙소사! 그들 역시 여자들과 같이 놀아나고 있다는 정보 를 가져온 거예요. 여자들은 자기들끼리만 있게 되면 갑자기 서로에 게 달려들어 애무를 하기도 했죠. 그리고 또 때로는 술탄의 정탐꾼들 이 보는 앞에서 떠들썩하게 사랑의 행위를 마음 놓고 벌이는 것이었 어요."

"이윽고 존엄하신 폐하께서는 질투심으로 광기에 이르러 마녀 마라를 불러들일 생각을 하시게 됐어요. 그녀는 호랑이 나방 날개로 만든 의상을 입고는 그의 앞에 선 채 장난기 가득한 미소를 띠고 폐 하의 높은 단상을 쳐다봤어요. 대신들은 현혹됐죠.

'여인아.' 술탄이 입을 열었죠.

그녀는 손을 들었어요. '모두 내가 한 일이에요.' 그녀가 상냥한 목소리로 말했어요. '폐하의 여인들에게 자신들의 몸을 사랑하는 것 을 가르쳤고 여인의 사랑의 사치스러움을 알게 했어요. 환관들에겐 정력을 회복시켜 주어 300명의 향수 바른 폐하의 후궁들의 유방뿐 아니라 자기 자신들을 즐길 수 있게 해 줬죠'."

"그토록 쉽사리 고백하는 데에 당혹하고, 또 그녀가 그의 평화 로운 가정에 퍼뜨려 놓은 변태 성욕의 역병 때문에 섬세한 이슬람적 감각에 손상을 입은 술탄은 어느 여자에게도 저질러서는 안 되는 치 명적인 과오를 저질렀죠. 그는 따지기를 시작한 거예요. 좀체 없는

747

일이지만 그는 이제 날카롭게 빈정대는 어조로 마치 천치에게 설명하듯 그녀에게 환관들은 어째서 성교를 할 수 없는지에 대해 설명을 한 거예요.'

"그녀는 미소를 잃지 않은 채 조금 전처럼 상냥한 어조로 말했죠. '내가 그들에게 방법을 주었어요.'"

"그녀의 어조가 어찌도 자신감에 차 있었는지 술탄은 격세 유전적 공포의 첫 물결이 그를 휩쓰는 걸 느낀 거예요. 아, 이윽고 그는 알아차린 거죠, 그가 마녀 앞에 있다는 것을 말이죠."

"한편, 몰타섬에서는 드라구트 및 파샤[190] 피알리와 파샤 무스타파에 이끌린 터키군이 섬을 포위했어요. 그런 일이 어떻게 처리되는 건 대강 알고 있겠죠. 그들은 샤아리이트 메위야를 점거하고 세인트 엘모 요새를 함락한 후 노타빌레, 보르고, 지금은 비토리오사죠. 그리고 라 발레타와 기사들이 최후의 진을 벌이고 있는 센글레아에 공격을 가하기 시작했던 거예요. 세인트 엘모가 함락되자 무스타파는(아마도 그 전투에서 돌로 된 대포알에 맞아 전사한 드라구트 때문에 너무도 슬퍼서 한 일일 거예요.) 기사들의 기강에 무서운 공격을 가하기 시작했어요. 그는 기사들의 살해당한 동지들의 머리를 자르고 시체는 판자에 묶어서 그랜드 항만으로 떠내려 보냈어요. 새벽 경비를 보다가 동지들의 누운 시체들이 물에 가득 실려 내려오는 것을 본 기사들의 마음을 상상해 보세요. 죽음의 소함대 같은 것이었죠."

"대포위를 에워싼 신비 중 가장 큰 신비의 하나는 어째서 터키군의 수가 정식 기사들의 수를 능가했고 포위당한 자들의 목숨은 단한 사람의 손에 달렸을 때, 그리고 보르고와 몰타가 거의 같은 한 손(무스타파의 손)에 그 운명이 맡겨져 있는 상황에서 터키군이 갑자기

190   터키 문무 고관의 존칭.

철군하여 닻을 올리고 섬을 떠났느냐 하는 점이죠."

"역사는 소문 때문이라고 말하고 있죠. 시칠리아의 총독인 돈 가르시아 데톨레도가 마흔여덟 척의 군함을 이끌고 오고 있긴 했어요. 폼페오 콜로나와 1200명의 군사가 교황의 발레타를 구출하라는 명령을 받고 고조에까지 도달한 것도 사실이고요. 하지만 어찌돼선지 터키군은 2만 명의 군대가 멜레하 항만에 상륙하여 지금 노타빌레로 오고 있다는 정보를 입수한 거예요. 후퇴 명령이 내려졌죠. 샤아리이트 메위야 전역에 교회종이 울리고 사람들은 환성을 지르며 거리로 몰려나왔어요. 터키군은 도망쳐서 배에 올라 남동쪽으로 영영 사라져 버렸죠. 역사는 이 모든 걸 정찰의 과오로 돌리고 있어요."

"하지만 사실은 이래요. 이건 술탄 자신의 머리가 직접 무스타파에게 말한 거라고요. 마녀 마라가 최면술을 써서 그를 어떤 혼수상태에 빠뜨린 후 그의 머리를 분리시켜 다르다넬스 해협에 떨구었는데 거기서 그 머리는 어떤 기적적인 물결의 조합을 타고, 물결들의 신비, 바다에서 일어나는 여러 조화에 대해서 누가 안다고 할 수 있을까요. 몰타에 가서 부딪치게 되었다 그 말이죠. 훗날 팔코니에르란 이름의 음유 시인에 의해 씌어진 노래가 있죠. 이 사람은 르네상스 같은 건 몰랐던 사람이었어요. 대포위 땐 카탈루냐와 나바르, 그리고 아라곤의 여인숙에 머물고 있었죠. 아시죠, 그런 종류의 시인을. 무엇이고 유행되는 종교, 유행되는 철학, 새로 발견된 외국의 미신 같은 걸 무턱대고 좋아하는 그런 종류 말이죠. 이자는 마라를 믿고 아마 사랑하게 된 것 같아요. 그리고 보르고의 누벽에서 혁혁한 전과도 올린 것 같고요. 누군가가 칼을 넘겨주기 전에 이미 류트를 가지고 네 명의 터키 보병의 골통을 깬 것이에요. 그녀는, 알겠죠. 그의 '레이디'였던 거예요."

메헤메트는 낭송했다⋯⋯.

마이스트랄 북서풍과 태양의 뜨거운 채찍질에 쫓기어

조갑지 무늬의 파도와 조각해진 하늘 가운데

비도 모르고 시커먼 밤에 대한 두려움도 없이 머리는 고요히 누워

있구나.

이 고색창연한 바다에서 별들과 같이 달린

운명의 열두 마디밖엔 들은 것이 없는 마라, 나의 단 하나의 사랑

마라에게

매혹당한 머리여……

"그러고는 마라에 대한 돈호가 따르죠."

스텐슬은 충분히 납득이 간 듯 고개를 끄덕였다. 그러면서 그는 비슷한 뜻의 스페인어로 그럴싸하게 맞장구를 시도했다.

"결국." 메헤메트가 말했다. 다시 "머리는 콘스탄티노플의 임자에게로 돌아갔죠. 그리고 영리한 마라는 그사이에 배의 심부름하는 아이로 변장하여 그녀에게 호의를 보인 작은 갤리선을 타고 도망쳐 나왔어요. 발레타로 돌아온 그녀는 라 발레타에게 환영으로 나타났어요. 그러고는 그 남자에게 '샬롬 알레이쿰'이라고 인사말을 했죠."

"샬롬은 평화를 뜻하는 히브리어이면서 동시에 그리스어인 살로메(세례 요한의 머리를 자른)의 어원이었다는 데에 그 인사말의 유머가 있는 거죠."

"마라를 조심해요." 늙은 뱃사람이 말했다. "샤아리이트 메위야의 수호신이라고요. 그런 인물을 돌보는 누군가가 아니면 무엇인가가 그녀를 사람이 살고 있는 평야를 헤매게 했죠. 콘스탄티노플에서 한 짓에 대한 징벌로서 말이죠. 하지만 그건 마치 바람둥이 아내를 정조대로 묶어 놓는 만큼의 효력밖엔 없는 처사였어요."

"그 여잔 안정을 모르죠. 그 여잔 발레타에서 뻗어 나올 길을 찾

을 거예요. 그건 남자의 이름을 따서 지은 이름이죠. 하지만 그것의 참성은 여성이에요. '몬스 베네리스' 모양의 반도지요. 정조대 모양이에요. 하지만 극정(極頂)에 이르는 길은 하나가 아니죠. 그 여자가 술탄에게 증명해 보인 것처럼요."

이제 택시에서 그의 호텔로 뛰어가며 스텐슬은 실제로 무엇이 잡아당기는 것 같은 느낌을 받았다. 사타구니에라기보다(시라쿠사에선 그것을 당분간 진정시키기에 충분한 만큼의 사교 활동을 가졌던 것이다.) 그가 쉽사리 빠져들어 가는 그 말라비틀어진 사춘기적 감상에의 당김이었다. 잠시 후, 그는 아주 작은 크기의 욕조 안에 겨우 들어가 누워서 노래를 불렀다. 그것은 사실상 전쟁 전의 그의 뮤직홀 시절에서부터의 가락이었다. 그 주 역할은 그의 긴장을 풀어 주는 일이었다.

젊은 스텐슬은 좋아했어요
매일 밤 '개와 종'으로 가는 것을
테이블 위에서 춤추고 소리치고 노래하기를
그리고 친구들을 즐겁게 해 주기를
그의 작은 아내는 집에 있었죠
그녀의 가슴은 아픔으로 가득 찼죠
하지만 다음 날 밤에도 정각 여섯 시 십오 분 전
스텐슬은 술집으로 갔지요
그러다가 어느 5월의 저녁
그는 눈에 띄는 모두에게 말했어요
이제부턴 나를 빼고 놀아야겠네
난 이제 술 먹고 떠드는 일은 그만하겠네
왜냐하면 스텐슬은 오늘 밤
집으로 가기 때문

(전성기에는 이 대목에서 하급 외무부 공작원들이 끼어들며 노래했었다.)

"뭐야, 뭣이라고? 스텐슬이 왜 이래? 도대체 왜 이렇게 마음이 변했지?"

(그러면 스텐슬은 이렇게 대답했었다.)

내 곁으로 모여들게, 이 사람들아
난 가장 외로운 녀석이라네
그런 내가 말해 주겠네
떠나기 전에, 모두에게……

[후렴]
난 지금 막 팔팔한 남자아이의 아버지가 되었다네
그 애 이름은 허버트 허튼소리 스텐슬이라네
그 앤 굉장한 놈이라네
그리고 날 존경한다네
그렇다고 그 녀석 기저귀를 갈아 주지 않아도 되는 건 아니라네
난 모르겠다네, 우리가 그 앨 만들 시간을 어디서 구했는지
왜냐하면 난 매일 밤 취해서 집에 갔기 때문이라네
하지만 녀석은 아주 귀엽다네 콩팥파이만치나 귀엽다네
저이 엄말 닮았다네 그리고 그래서라네
스텐슬이 오늘 밤 집에 가는 건
(우유 배달부한테 물어보면 알지만)
스텐슬은 오늘 밤 집에 갈 거라네

욕조에서 나와 몸을 말리고 다시 트위드 슈트를 걸친 후 스텐슬은 창가에 서서 밤을 한가히 내다봤다.

이윽고 문에서 노크 소리가 났다. 마이스트랄일 것 같았다. 그는 방 안을 재빨리 둘러보았다. 흐트러진 서류라든가 무슨 단서 잡을 만한 것이 없나 찾기 위해서였다. 그러고는 문으로 걸어가서 잘못 자란 참나무 같다고 그에게 묘사되었던 바의 조선공을 데리고 들어왔다. 마이스트랄은 공격적이지도 겸손하지도 않은 태도로 거기에 서 있었다. 그저 존재하고 있을 뿐이었다. 흰머리에 정돈되어 있지 않은 콧수염에다 윗입술은 신경질적으로 떨리고 있었는데 그것이 움직일 때마다 거기에 낀 음식 부스러기가 같이 움직여 보기에 거북했다.

"좋은 집안 사람이요." 메헤메트는 슬픈 어조로 말했다. 함정에 걸려든 스텐슬은 어느 집안이냐고 묻는 실수를 범했다. "델라토레." 메헤메트는 대답했다. 델라토레, 정탐꾼을 뜻했다.

"조선소 사람들은?" 스텐슬이 물었다.

"그자들은 신문사로 쳐들어갈 거요."(그것은 1917년 스트라이크에서 유래한 원한 때문이었다. 신문은 스트라이크를 정죄하는 편지는 실었지만 거기에 대한 답변에 대해서는 그만 한 지면을 제공하지는 않았다.) "몇 분 전에 회의가 열렸었죠." 마이스트랄이 간단히 회의 내용을 설명했다. 스텐슬은 모든 반대에 대해 알고 있었다. 영국에서 온 노동자들은 '대륙적 고려'라는 혜택을 받고 있었다. 반면 이곳의 조선소 노동자들은 일상적인 보수 외에는 받는 것이 없었다. 대부분이 나라에서 빠져나가고 싶어 했다. 몰타 노동 단체들과 임금이 더 높은 다른 고장에서 온 선원들에게서 화려한 정보를 들은 탓이었다. 하지만 무슨 영문인지는 몰라도 정부가 섬에서 노동자들이 빠져나가지 못하게 하기 위해 여권을 발부하지 않는다는 소문이 나돌기 시작했던 것이다. 앞으로 노동력이 더 필요하게 되는 경우에 대비하기 위해서라는 것이었다. "여기에서 빠져나가는 것 외엔 그들이 할 수 있는 일이 무엇이 있단 말이에요?" 마이스트랄은(본론 밖으로 벗어나며) 덧붙였다. "전쟁 때문에 조선소 노동자의 수는 전의 세 배로 늘어났죠. 그런데 이제 휴전이 되고 보니 그들은 벌써 임시 해고 처분을 당하기 시작하고 있어요. 여기서 조선소를 제외한 일터라는 건 제한되어 있죠. 누구나에게 먹게 해 줄 만한 일자리가 없어요."

스텐슬은 "그들에게 동정하고 있으면서 왜 일러바치죠?" 하고 묻고 싶었다. 그는 마치 날품팔이 일꾼이 연장을 사용하듯 정탐꾼들을 사용해 왔으나 지금껏 한 번도 그들이 왜 정탐꾼 노릇을 하는지의 동기에 대해서는 생각해 본 적이 없었다. 보통은 그는 동기란 개인적인 원한이나 복수욕 때문일 거라고 짐작했을 뿐이었다. 하지만 그는 전에도 이들을 본 적이 있었다. 찢긴 인간상이라고 할까. 이들은 어떤 프로그램 같은 것에 가담해 있으면서 계속 그 패배를 초래하는 일에 협조하는 것이었다. 마이스트랄도 몰타 매일 신문사로 폭도들을 싣고 달려가는 차 안에 같이 탑승해 있을까? 스텐슬은 그 이유를 묻고 싶었다. 하지만 그럴 수는 없었다. 그건 그의 일이 아닌 것이 명백했다.

마이스트랄은 그가 아는 모든 것을 그에게 얘기했다. 그러고는 떠나갔다. 그의 얼굴에는 여전히 아무 표정이 없었다. 스텐슬은 파이프에 불을 붙였다. 그러고는 발레타의 지도를 연구하기 시작했다. 오분 후, 그는 스트라다 레알레를 활기차게 걸어 내려가고 있었다. 그의 뒤에는 마이스트랄이 따랐다.

이것은 정규적인 경계 행위였다. 물론 일종의 이중 원칙이 작용하고 있었다. 그건 '그자가 날 위해 정탐꾼 노릇을 한다면 또 다른 사람들을 위해 나를 정탐할 수도 있다'라는 느낌에 기인한 것이었다.

마이스트랄이 그의 앞에서 왼쪽으로 돌았다. 이제 그들은 큰 도로의 불빛을 등지고 있었다. 그리고 스트라다 스트레타를 향해 비탈길을 내려가기 시작하고 있었다. 여기서부터 이 도시의 '불명예스러운 구역'이 시작되는 것이다. 스텐슬은 별로 호기심이 없는 눈으로 주변을 둘러보았다. 별다른 점이라곤 없었다. 점령 기간 동안엔 사람들이 참 이상한 도시 개념을 갖게 되는 모양이군! 이 세기에 대한 기록이 외무부 공작원들의 개인적인 기록 외에 남는 것이 없다면 후세 역사가들은 꽤 야릇한 풍경을 재건립하겠구나.

개성이라곤 찾아볼 수 없는 거대한 공공건물들, 민간인은 이상할 정도로 결여되어 있는 거리들의 교차, 꼬불꼬불한 샛길과 창녀굴들과 술집으로 이루어진 야만 지대에 둘러싸인 무균 상태의 행정 세계. 그곳은 밀회 지점들(그것들은 낡고 보관이 잘못된 무도복에 박힌 스팽글처럼 두드러져 보였다.)을 제외하고는 조명도 잘 안 되어 있었다.

'이 세상에 정치적 도덕관이란 것이 과연 있다면.' 스텐슬은 언젠가 일기장에 이렇게 썼다. '우리가 이 세기의 사업에 대해 견디기 어려운 이중적 상상을 지탱하고 있다는 사실이다. 우익과 좌익, 온실과 거리, 이렇듯 말이다. 우익은 과거라는 온실 속에서 밀봉된 가운데 그들의 삶을 살고 일할 수 있을 뿐이다. 그런데 밖에서는 좌익이 폭도들의 폭력을 조종함으로써 자기들의 임무를 수행하고 있는 것이다. 그리고 그들은 미래의 몽상화 속에서밖에 살지를 못한다.

정말 현재는 어떻게 되었을까? 정치를 모르는 인간들, 한때는 존중받던 그 중용의 정신은 어떻게 되었는가. 그것은 이미 퇴화되어 버리고 존재하지 않는다. 그렇진 않다 하더라도 이미 눈에 띄지 않는 곳으로 사라져 버린 것이다. 그런 극단적인 진영들이 지배하는 서방 세계에서 우리는 적어도 몇 년 이내에 고도로 '소외된' 인간들을 발견하게 될 것이다.'

'스트라다 스트레타.' '좁은 길'이라. 그것은 통로인 것같이 느껴졌다. 군중으로 완전히 질식하도록 만들어진 모양이다. 실제로 벌어진 사태가 사실 거의 그러했으니까. 이른 저녁 영국 함선 에그먼트호와 소규모 군함들의 선원들이 몰려왔고, 그리스에서 온 뱃군들, 이탈리아와 북아프리카에서 온 상인들이 밀려왔으며 거기에다 구두닦이들, 뚜쟁이들, 장신구, 사탕 및 추잡한 사진 등의 품팔이꾼들이 보조 병력으로 모두 밀려들어 온 것이었다. 이 거리의 지리학적 불균형이란 워낙 특별한 것이어서 이 거리를 통과하며 받는 느낌은 마치 뮤직홀의 다양한 무대를 차례로 거쳐 가는 것과 흡사한 것이었다. 그 무대의 각각은 어떤 곡선 또는 비탈에 의하여 서로 구별되었으며, 무대 장치도 모두 달랐고, 제가끔 다른 공연단에 의하여 서로 구분되었다. 하지만 모두가 공통되게 저급의 흥행 목적에 봉사하고 있었다. '소프트 슈' 스텐슬에게는 친숙하고 편안한 분위기였다.

하지만 그는 발걸음을 재촉하며 점점 더 붐비는 군중 사이를 헤치고 들어갔다. 그는 마이스트랄이 앞쪽의 청색과 백색의 파도 속으로 사라지는 횟수가 점점 잦아지기 시작하고 있다는 사실을 불안하게 의식하고 있었다.

그의 오른쪽에서는 어떤 영상이 그의 시야에 끈기 있게 나타났다 사라지고 있었다. 그것은 키 크고 검고 무언지 원추형을 연상시키는 것이었다. 그는 용기를 내어 곁눈질로 쳐다봤다. 그리스 법왕 같기도 하고 교구 신부 같기도 한 무엇인가가 아까부터 그의 곁을 따라 걷고 있었던 것이다. 하느님의 사자가 이런 곳에서 무얼 하고 있을까? 영혼을 구출하러 왔을까? 하지만 그들의 눈길이 마주쳤을 때 스텐슬은 그의 눈에는 아무 자비로운 의도도 깃들어 있지 않은 것을 확인했다.

"안녕하시오." 신부가 중얼거리듯 말했다. "안녕하세요, 신부님." 스텐슬은 입가로 말하듯 대꾸했다. 그러고는 앞으로 밀고 나가려 했다. 법왕의 반지를 낀 손이 그를 잡았다.

"잠깐, 시드니." 저쪽 목소리가 말했다. "이리로 와요, 군중 밖으로."

그 목소리는 몹시 익숙하게 들렸다. "마이스트랄은 존 불에게 가고 있어요." 법왕이 말했다. "이따가 가서 만날 수 있어." 그들은 골목길을 내려가 작은 광장이 있는 곳에 도달했다. 그 한가운데에 저수지가 있었고 그 가장자리에는 검은 하수구가 검은 태양 광선처럼 장식적으로 펼쳐져 있었다.

"눈 깜짝할 사이에, 이렇게." 이 말과 동시에 성자의 검은 턱수염과 반구모(半球帽)가 벗어졌다.

"드미볼트, 자넨 늙으면서 천해졌군. 이게 무슨 저질 코미디야? 화이트홀은 어떻게 됐어?"

"다들 잘 있어." 드미볼트가 광장 안을 툭툭 튀어다니며 경쾌하게 말했다. "나도 자네 때문에 놀랐다고, 정말이야."

"모핏은 어떻게 됐지." 스텐슬이 말했다. "피렌체 패거리의 재회가 각본이라면 그 사람도 끼어야잖냐구."

"모핏은 벨그레이드에서 걸렸어. 자네가 아는 줄 알았지." 드미볼트가 법의를 벗어 그것으로 그의 위장 도구들을 싸며 말했다. 그가 밑에 입고 있는 것은 영국제 트위드 슈트였다. 그는 재빠르게 머리에 빗질을 한 뒤 콧수염을 비틀었다. 그러자 그는 스텐슬이 1899년에 마지막 본 드미볼트와 조금도 다름이 없었다. 머리칼이 좀 더 희어져 있는 것과 얼굴의 주름살이 몇 개 더 늘은 것 외에는.

"그들이 발레타에 보낸 것이 누구누구인가 다 알 수 있는 자가 누가 있겠어." 드미볼트가 명랑한 목소리로 말했다. 그들은 큰 거리로 되돌아와 있었다. "또 하나의 유행 같은 것인지도 몰라, 외무부가 가끔 그런 발작을 일으키는 건. 온천 또는 해수욕장에 가는 것처럼 말이야. '인기 있는 장소'란 해마다 그 기준이 달라지거든."

"날 쳐다볼 건 없어. 난 사태에 대해 희미한 암시밖에는 받지 않았으니까. 이곳 원주민들은 우리가 소위 말하는 그 불안정한 상태에 들어갔어. 이 페어링이란 작자, 가톨릭교회 신부 말이야. 아마 예수회 소속일 거야. 그는 오래지 않아 굉장한 유혈 사태가 벌어질 거라고 생각하고 있어."

"나도 페어링을 만났지. 그자의 월급봉투가 우리 것하고 같은 출처에서 나오는지 아닌지는 모르겠지만 적어도 그자의 하는 짓으론 그걸 알 순 없었어."

"그건 아닐 거야, 그건⋯⋯." 스텐슬이 막연하게 말했다. 그는 지나간 시절에 대해 얘기하고 싶었다.

"마이스트랄은 항상 앞쪽에 자리를 잡지. 우린 길을 횡단해야 되겠어." 그들은 카페 페니키아에 좌석을 잡았다. 스텐슬은 거리에 등을 대고 앉았다. 잠깐 동안 그들은 바르셀로나산 맥주잔을 놓고 지난 이십 년 동안의, 즉 베이수 사건으로부터 지금까지의 기간에 대해 서로에게 정보를 제공했다. 거리의 의도적인 광기에 대조되어 그들의 목소리는 단조롭게 들렸다.

"신기한 일이야. 사람들의 인생행로가 서로 교차되는 걸 보는 건."

스텐슬이 고개를 끄덕였다.

"우린 서로 잊지 않고 지내도록 마련된 걸까? 아니면 만나도록 의도된 걸까?"

"의도됐다고?" 너무 빨리 물었다.

"화이트홀에 의해 의도됐겠지, 물론."

"그래, 물론이야."

우린 나이를 먹음에 따라 점점 더 과거로 기울어진다. 그리하여 스텐슬은 거리를 얼마만큼 잊어버리고 그 저쪽의 조선소 노동자들의 존재도 망각했던 것이다. 피렌체에서의 악운의 해는(드미볼트가 이렇게 그의 앞에 다시 튀어나옴으로써) 지금 그에게 다시금 다가오는 것이었다. 그의 첩보원적 기억의 어두운 방에 그 사건의 불유쾌한 세목들은 밝게 파들거렸다. 그는 드미볼트의 출현이 우연이기를 간절히 바랐다. 그것이 이십 년 전 피렌체에서 있었던 그 같은 혼란과 '상황적' 세력의 재작동을 알리는 것이 아니기를 그는 마음속 깊이 바랐던 것이다.

페어링의 대학살과 거기에 수반된 정치 사태에 대한 예언은 '머지않아 일어나고자 하는 상황'의 모든 표적을 가지고 있었다. 그는 '상황'에 대해 의견을 전혀 바꾸지 않고 있었다. 그는 익명으로 글까지 한 편 써서《펀치》에 보내기도 했던 것이다.「N-차원의 뒤범벅으로서의 '상황'에 대하여」라는 제목의 글이었다. 그 기고는 거절당했었다.

"참가한 각 개인의 전 역사를 조사하는 것에 미치지 못하는 한." 스텐슬은 말했었다. "그리고 모든 영혼을 해부하는 것에 미치지 못하는 한, 누가 '상황'을 이해할 수 있을 것인가? 미래의 공무원들은 뇌 수술을 받기 전엔 자격증을 얻지 못하게 될지도 모를 일이다."

그는 실제로, 그가 현미경적 크기 이하로 축소되어 뇌 속에 들어가 어떤 이마에 난 구멍 속으로 산책하다가 어느 땀샘의 막다른 골목으로 들어가는 꿈을 계속 꾸었다. 그는 거기의 모세관 정글에서 빠져나와 드디어 뼈에 가서 도달했던 것이다. 그러고는 두개골을 따라 내려가 경뇌막과 지주막, 그리고 연뇌막을 거쳐 열구(裂溝) 위를 흐르는 뇌척수액의 바다로 나간 것이다. 그곳으로부터 그는 둥둥 뜬 상태로 회색 반구들의 영역, 즉 영혼의 영역으로 최후의 공격을 가했었다.

랑비에 결절, 슈반 수초(髓鞘), 그리고 갈레노스의 맥(脈). 작은 스텐슬은 신경 세포의 연접부를 횡단하며 소리 없이 터지는 거대한 신경 충동의 번갯불 가운데에서 밤새 헤매고 다녔다. 손 흔드는 수상

돌기들, 어디로 가는지 모르게 끝이 뭉툭한 다발을 이루며 도망쳐 가는 신경 전용 고속 도로들. 이런 풍경에 처음 접한 그는 이것이 누구의 뇌인가를 물어볼 생각을 못했었다. 어쩌면 그 자신의 것인지도 몰랐다. 그것들은 열이 만드는 꿈들이었다. 가령, 도저히 풀 수 없는 문제를 풀어야 하는 꿈, 끝이 막힌 길들을 차례차례로 아무렇게나 주어진 암시를 좇아 헤매지만 번번이 좌절당한다는 꿈과 같은 종류의 것이었다. 그런 경우, 악몽은 열이 내려야 끝났다.

그렇다면 도시의 거리에서의 대혼란을 상상해 보자. 그 혼란에는 섬에 있는 원한을 가진 모든 집단이 가세하고 있다. 그건 행정관과 그의 요원들을 제외한 모두를 말한다. 누구나가 자기의 가장 직접적인 욕구만을 생각하고 있다는 것은 틀림없다. 하지만 군중의 폭력이란, 마치 관광과도 같이, 성찬식적 성질을 가지고 있다. 그것 고유의 마력으로 하여 많은 수의 외로운 영혼들(그들이 제아무리 서로 이질적일지라도)은 무엇이 되었든 있는 것에 대한 반대라는 공공 소유물을 나누어 갖게 되는 것이다. 그리하여 무슨 역병이나 지진과도 같이 거리의 정치는 가장 안정되어 보이는 정부까지도 따라 붙일 수 있다. 죽음과도 마찬가지로 그것은 사회의 모든 계층 사이를 꿰뚫고 다니며 그것들을 포섭하는 것이다.

☞ 가난한 자들은 전쟁 중 빵으로 돈을 벌었다는 혐의가 있는 방앗간 주인에게 복수하려 한다.

☞ 공무원들은 더 공평한 대우, 즉 공개 경쟁의 조기 통고, 더 많은 월급, 인종 차별의 폐지 등을 위해 싸우러 나선다.

☞ 상인들은 상속 및 증여 의무법의 폐지를 위해 투쟁하려 한다. 이 세제는 연간 5000파운드를 거두어들이도록 계획된 것이었으나 실제로는 3만 파운드를 부과하게 되었다.

☞ 조선소 노동자들 가운데 과격 분자들은 성스러운 것이고 속

세적인 것이고를 막론한 모든 사유 재산의 근절 외의 어떤 것에도 만족할 수 없었다.

☞ 반식민주의 극단론자들은 물론 영국을 궁전에서 영영 소탕해내기를 원할 것이었다. 그 결과야 어찌 되든 간에 말이다. 물론 그 뒷자리로는 이탈리아가 들어앉을 것이고 그건 빼내기가 더 어려울 것이다. 그렇게 되면 혈족 관계가 생길 테지.

☞ 자제주의자들은 새로운 헌법을 원했다.

☞ 미치파(派)들은 조비네 몰타, 단테 알리기에리, 일코미타토 파트리오티코, 이 세 클럽을 다 절충하여 (ㄱ) 몰타에서의 이탈리아 패권, (ㄴ) 우두머리 엔리코 미치 박사의 권리 확장을 원했다.

☞ 교회(이 문제에 대해서는 스텐슬의 영국 국교회적 경직됨이, 달리는 객관적 견해에 색채를 입힌 것도 같다.)는 오로지 교회가 정치적 위기에 당면했을 때면 으레 원하는 그것만을 원했다. 즉 교회는 제3왕국을 원했던 것이다. 폭력적 전복은 기독교적 현상이었다.

위로자이자 비둘기인 패러클레트[191]의 도래, 불꽃의 혓바닥 또는 언어의 통달, 즉 유월절. 삼위일체의 제삼의 존재. 그 어느 것도 스텐슬에게는 불가능한 것으로 여겨지지 않았다. 아버지는 왔다가 간 것이었다. 그리고 전에는 그의 탁월한 힘이 역사의 결정적 요인이 되었던 바의 동적 존재였다. 그것이 '아들'의 개념으로 퇴락한 것이다. 그는 1848년을 생산했고 최근에는 차르의 전복을 이룩한 그 자유분방한 사랑의 향연의 천재였던 것이다. 다음은 무엇일까? 어떤 묵시가 있을까?

특히 몰타, 모성적 섬인 몰타에서 패러클레트는 어머니도 될 수 있을까? 위로자란 맞는 말이다. 하지만 여자에게서 무슨 교류의 축

191   성령(聖靈).

복이 올 수 있을까?

'그만해 둬.' 그는 자신에게 말했다. '넌 지금 위험한 바다에 와 있어. 나와, 나오라고.'

"돌아다보진 마." 드미볼트가 대화를 계속하듯 말했다. "하지만 그 여자야. 지금 마이스트랄의 테이블에 앉아 있는 건."

스텐슬이 이윽고 돌아다보았을 땐 이브닝 케이프를 두른 불분명한 형체를 볼 수 있을 뿐이었다. 그녀의 얼굴은, 정교하게 만들어진, 아마도 파리 제품으로 보이는 모자에 가려져 있었다.

"저건 베로니카 망가니즈야."

"구스타브 5세는 스웨덴의 통치자지. 자넨 참 정보가 흘러넘치는걸."

드미볼트는 스텐슬에게 베로니카 망가니즈에 대한 간단한 정보를 제공했다. 출신은 불확실했다. 전쟁 초에 몰타에 돌연히 출현했는데 미치파인 스게라초라는 자와 함께였다. 지금 그녀는 여러 명의 변절한 이탈리아인과 가까운데 그 가운데에는 시인이며 군사주의자인 단눈치오, 그리고 행동적이고 말썽꾼인 반사회주의자로서 무솔리니란 이름의 사나이가 섞여 있었다. 그녀의 정치적 입장은 알려지지 않았다. 그것이 어떤 것이었든 간에 화이트홀은 그녀에 대해 상당한 불안을 느끼고 있었다. 여자는 틀림없이 말썽꾼이었다. 그녀는 돈이 많은 것으로 알려져 있었다. 그 여자는 몰타의 귀족 가운데 거의 소멸해 버린 가계인 산 투고의 탈리아피옴보 디삼무트 남작 가문이 오래전에 버린 별장에 혼자 살고 있었다. 그녀의 수입원은 분명치 않았다.

"그럼, 저 사나인 이중간첩이군."

"그냥 보아선 그렇다고 할 수 있지."

"내가 런던에 가면 어떨까. 자넨 혼자서도 잘해 가고 있는 것 같은데.”

“안 돼, 안 돼, 시드니. 피렌체를 기억하겠지.”

웨이터 한 명이 바르셀로나 맥주를 더 가지고 나타났다. 스텐슬은 파이프를 더듬었다. “이건 지중해에서 제일 고약한 맥주이기가 쉬워. 자넨 이보단 나은 걸 마셔야 될 사람이지. 베이수는 결코 끝난 서류가 될 수 없단 말인가?”

“베이수를 증후라고 부르자고. 그런 증후란 항상 살아 있어, 세상 어딘가에 말이지.”

“맙소사, 우린 지금 막 하나의 질병에서 회복했어. 그런데 자네 생각엔 저들이 또다시 어리석은 짓을 시작할 준비를 갖췄단 말인가?”

“아니, 그렇게 생각진 않아.” 드미볼트가 씁쓸하게 미소를 지으며 말했다. “심각하게 하는 말인데, 난 이 모든 정교한 놀이의 출처는 관청에 있는 누구라고 생각해. 높은 자리에 있는 누구지, 물론. 그자가 어떤 육감을 갖게 된다 그 말이야. 그자는 자신에게 이렇게 말할 거야. ‘이것 봐. 무언가가 제대로 안 되고 있어. 알겠나.’ 그자의 육감은 대체로 맞는다고. 피렌체에서도 그자는 바로 맞혔었어. 우리가 증후라고 한 것들에 한해서는 말이야. 병의 날카로운 진단을 말하는 건 아니고.

“지금 자네하고 난 병졸에 불과해. 나 자신은 감히 어떤 추측도 하지 않겠어. 추측을 한다는 건 정말 일류급의 본능적 감각을 필요로 하는 거니까. 물론 우리도 중요치 않은 육감을 더러 갖지. 자네가 오늘 밤 마이스트랄을 따라온 것이 그 하나 일 거야. 하지만 그건 급수 문제일 거야. 월급 지급액의 급수 같은 거 말이야. 소용돌이 위로 올라서야 된다고. 그래야지 장기적 동작들이 눈에 들어오니까. 우린 그 속에 있어, 혼잡의 한가운데에.”

“그래서 그들은 우리가 같이 있길 원하는 걸까.” 스텐슬이 중얼거렸다.

"지금은 그래. 그들이 내일은 무얼 원하게 될지는 아무도 모르지만."

"그리고 여기에 또 누가 와 있는지도 모른단 말이지."

"잘 봐. 저들이 가고 있어." 그들은 둘이 길을 건너가 버릴 때까지 기다렸다가 자리에서 일어났다. "섬을 구경하겠어? 저들은 아마 그 별장으로 가고 있을 거야. 별로 흥분할 만한 일은 벌어질 것 같지 않지만 말이야."

그리하여 그들은 스트라다 스트레타를 따라 내려갔다. 검은 뭉치를 안쪽 팔 밑에 낀 드미볼트는 마치 팔팔한 무정부주의자 같아 보였다.

"도로 사정은 말할 수 없이 나쁘지." 드미볼트가 시인하는 어조로 말했다. "하지만 우리에겐 차가 있어."

"난 자동차는 죽기만큼 무서워."

그건 정말이었다. 별장에 가는 도중 스텐슬은 푸조의 좌석을 틀어잡은 채 차 바닥 외의 무엇에도 눈을 돌리려 하지 않았다. 자동차들, 풍선들, 비행기들, 그는 그런 것들하곤 아무 상관도 안 하려 했다.

"이건 좀 너무 서툰 짓이 아닐까." 그는 마치 그것이 금방이라도 없어져 버릴 듯 방풍 유리 뒤에 잔뜩 웅크리고 앉아 이 사이로 내뱉었다. "도로엔 우리 외에 아무도 없어."

"저 여자가 가는 속도로 보아 저들은 곧 우리의 시야에서 빠져 나갈 것이 분명해." 드미볼트가 말했다. 그의 목소리는 바람 때문에 마치 새소리와도 같았다. "긴장 풀어, 시드니." 그들은 남서쪽으로 차를 몰아 플로리아나로 들어갔다. 그들 앞에서는 베로니카 망가니즈의 벤츠가 재가루와 배기가스의 돌풍 속으로 사라졌다. "잠복이군." 스텐슬이 말했다.

"그런 종류의 인간들이 아니야."

잠시 후 드미볼트는 오른쪽으로 돌았다. 그들은 이렇듯 캄캄한 대기 속에서 마르사뮤세토를 한 바퀴 돌았다. 갈대들이 늪지에서 휘파람을 불고 있었다. 그들 뒤에서는 조명을 받은 도시가 그들에게 몸을 굽혀 오는 것 같아 보였다. 마치 초라한 기념품 가게의 진열 상자처럼 말이다. 그리고 몰타의 밤은 얼마나 고요했던가. 다른 수도로 가까이 가거나 그곳에서 빠져나올 때 사람들은 항상 어떤 거대한 맥박이나 망상(網狀) 조직의 힘(그 에너지는 귀납 원칙에 의해 사람들에게 전달되었다.)을 느낀다. 그것을 감추고 있는 어느 산등성이, 또는 바다의 굴곡 주변으로 그것의 존재를 뻗치면서 말이다. 하지만 발레타는 그녀 자신의 과거, 지중해의 태 안에서 태연히 누워 있었다. 그것은(그것이 무엇이든 간에) 어찌도 진공이 잘되어 있던가 그 옛날 제우스가 어떤 오래된 죄, 또는 그보다 더 오래된 역병 때문에 그녀와 그녀의 섬을 고립시켰을지 모른다는 상상을 가능케 할 지경이었다. 발레타는 정말이지 어찌도 평화로웠던지 조금만 떨어져 가도 하나의 풍경으로 퇴화하는 것이었다. 즉 그녀는 살아 있는 맥박을 가진 것이기를 그치고 다시금 그녀 자신의 역사가 쌓은 원문적(願文的) 정적에 흡수되어 버리는 것이었다.

빌라 디삼무트는 보이지 않는 대륙을 향하여 슬리에마를 지난 바다 근처 조금 높은 곳에 누워 있었다. 스텐슬의 눈으로 보기에 그것은 보통 별장이 그렇듯 전통적인 구조의 건축물이었다. 흰 벽과 발코니가 있었고 육지 쪽으로는 거의 유리창이 나 있지 않았다. 돌로 만든 반인 반마의 사티로스들이 돌의 여정들을 쫓아 퇴락한 터전을 뛰어다녔고 한 마리의 대형 사기 돌고래는 풀 속에다 맑은 물을 토하고 있었다. 하지만 그곳을 에워싸고 있는 낮은 담으로 그의 시선이 끌렸다. 그는 보통은 어느 도시에 가든 그 예술적 또는 관광적 측면에는 무감각했으나 지금은 그를 어린 시절로 되돌아가도록 부드럽게 촉구하고 있는 그 향수의 깃털 돋친 촉수들에게 굴복하려 하고 있었다. 마녀 모양으로 된 생강 빵, 요술의 공원, 환상의 나라가 있었던 어린 시절 말이다. 그 담은 꿈의 담이었고, 지금 초승달의 빛 속에서 소용돌이를 치고 있었다. 그것은 그것의 줄무늬가 지고 자갈이 박힌 몸체에 뚫려 있는 장식적인 허공들(그것들은 더러는 잎사귀나 꽃잎 모양이었고 더러는 미처 인간이 못 된 어떤 생물의 육체 기관을 연상시키는 형체로도 뚫려 있었다.)보다 더 실체감을 주지는 않았다.

"전에 어디선가 우린 이걸 봤었지." 그는 속삭였다.

위층의 불 한 개가 꺼졌다. "이리 와." 드미볼트가 말했다. 그들은 담을 넘어 들어가 유리창을 들여다보고 문들 앞에서 귀를 기울이며 별장을 한 바퀴 돌았다.

"우린 뭔가 특정한 걸 찾고 있는 건가?" 스텐슬이 물었다.

그들 뒤에서 남폿불이 밝혀지며 목소리가 말했다. "천천히 돌아서. 손을 옆구리에서 떼고."

스텐슬은 담보가 있는 편이었고 그의 비정치적 생애에서 얻은 냉소주의와 제2의 유년기가 주는 효력에도 힘입고 있었다. 하지만 램프불 위에 드러난 얼굴은 그에게 적이 충격적인 것이었다. 그것은 진짜이기에는 너무도 기괴하고 너무도 정밀하게 고딕적이었다. 그는 자신에게 그건 진짜일 수 없다고 항의해 보았다. 코의 위쪽 부분은 마치 무너져 내린 듯 아랫부분이 과장되어 보일 정도로 움푹 패어 있었고 턱은 중간점에서 절단되어 입술의 일부를 잡아당겨 상처 난 반미소를 짓게 하며 다른 방향으로 경사를 만들어 오목한 요면(凹面)을 만든 것을 볼 수 있었다. 같은 쪽 눈의 동공 바로 밑으로는 거칠고 넓적한 은의 동그라미가 추파를 던지고 있었다. 램프불이 던지는 그림자들로 해서 그가 주는 인상은 더 험악해 보였다. 그의 다른 쪽 손에는 권총이 들려져 있었다.

"정탐꾼들이냐?" 목소리가 물었다. 입의 구멍으로 추측되는 곳에서 비틀어져 나오는 그 소리는 영국인의 목소리 같았다. "얼굴을 보여라." 그는 램프불을 가까이 가져왔다. 스텐슬은 그의 눈에서 변화가 일어나고 있는 것을 볼 수 있었다. 무엇보다도, 그것은 그의 얼굴에서 인간적이라고 부를 수 있었던 유일한 것에서 일어난 것이었다.

"당신들은." 입이 말했다. "당신들은 그럼 둘이 다……." 그러고는 눈에서 눈물이 비어져 나오기 시작했다. "둘이 다 알고 있겠군, 그것이 그 여자인 줄, 그리고 내가 왜 여기에 있는지를." 그는 권총을 주머니에 다시 집어넣은 뒤 별장을 향해 뒤뚱뒤뚱 걸어갔다. 스텐슬은 그의 뒤를 따르기 시작했다. 그러나 드미볼트가 그의 팔을 잡았다. 문에까지 가서 닿자 그 사나이는 돌아다보며 말했다. "우릴 그냥 내버려 둘 순 없겠소? 그 여자가 자기의 화평을 이룩하도록 내버려 둘 순 없겠느냐고? 나로 하여금 단순한 관리인으로 남게 해 줄 순 없느냐고? 난 영국에서 더 이상 바라는 것이 아무것도 없소." 마지막 말들은 어찌도 약한 소리로 말해졌던지 바닷바람에 불려 가 버릴 뻔했을 지경이다. 램프불과 그것을 들고 있던 사나이는 문 속으로 사라져 들어갔다.

"이전의 러닝메이트군." 드미볼트가 말했다. "이 공연엔 무언가 굉장히 향수적인 측면이 있다고, 그걸 느낄 수 있겠어? 귀향의 고통이라 할까."

"저것이 피렌체에 있었을까?"

"우리 모두는 거기에 있었지. 그가 있지 말았어야 한다는 법이 있을 리 없지."

"난 노력의 복제는 좋아하지 않아."

"이 점령은 그 외의 것은 이룩하지 못하고 있어." 그의 어조는 침울했다.

"그렇다면 다시 한 번?"

"그렇게 금방은 아닐 테지. 하지만 이십 년만 여유를 주어 보라고."

비록 그 여자의 관리인과 얼굴을 마주 대한 일이 있었겠으나 스텐슬에게는 이것이 첫 번째 정식 대면이었다. 그는 아마도 그때 이미 그들의 만남을 '첫 번째 대면'이라고 명명했던 모양이다. 그는 베로니카 망가니즈와 그는 전에 만난 일이 있으며 또다시 만날 것임에 틀림이 없다는 생각을 떨쳐 버릴 수 없었던 것이다.

2

하지만 두 번째의 만남은 거의 봄이 도래할 때까지 기다려야 했다. 그때는 항구의 냄새들이 발레타의 가장 높은 지역까지 가서 닿았고 바닷새들이 떼를 이루어 조선소 근처에서 서글프게 하소연하며 그들의 공동 주거 인간들의 흉내를 내는 때이기도 했다.

몰타 매일 신문사는 습격을 당하지 않았다. 2월 3일, 몰타 언론계의 정치적 검열은 폐지되었고 미치파 신문인 《라 보체 델 포폴로》[192]는 신속하게 선동 공작에 들어갔다. 이탈리아를 찬양하며 대영 제국을 공격하는 글들이 실리기 시작하고 외국 통신에서 복사한 발췌문들이(그 글들에서는 몰타섬이 독재적인 오스트리아 압정 아래 이탈리아 어떤 지방들에 비교되고 있었다.) 공개되었다. 자국어 통신은 그 뒤

---

192   '인민의 소리'라는 뜻.

를 따랐다. 그 어느 것도 스텐슬을 특별히 걱정시키지는 않았다. 정부에 의해 그 정부를 비판하는 자유가 사 년 동안 정지되었을 때 지금껏 막혀 있던 대량의 원성이 굉장히 큰 (반드시 효과적이 아닐지는 모르겠으나) 폭류처럼 터질 것은 당연했다.

하지만 삼 주 후, '국민 회의'가 발레타에서 열려 자유 정체를 요구하는 초안을 작성했다. 모든 색채의 정치 단체들, 즉 자제주의자들, 온건파들, 코미타토 파트리오티코(애국 위원회)가 다 참석했다. 그 회의는 몰타의 조비네 클럽(전에는 미치파의 관할 아래에 있었다.)에서 열렸었다.

"걱정거리가 생길 거야." 드미볼트가 암담하게 말했다.

"반드시 그렇지는 않을지 몰라." 그러나 스텐슬 역시 '정치적 모임'과 '폭도들의 모임'의 차이가 굉장히 섬세하다는 것은 알고 있었다. 별것 아닌 요인으로도 그것에 불이 붙을 수는 있었다.

그 회의가 열리던 전날 밤, 이탈리아에서의 오스트리아 폭정을 다룬 연극이 마노엘 극장에서 공연되었는데 그것으로 인하여 군중은 찬란하게 험악한 기분으로 빠져들어 갔다. 배우들은 몇몇 선동적인 선전 문구를 내뱉었는데, 이것이 군중의 험악해진 기분을 더욱 살벌하게 하는 효과를 가져왔다. 거리의 떠들썩한 패거리들은 「라 벨라 지고진」[193]을 부르고 다녔다. 마이스트랄은 몇 명의 미치파들과 볼셰비키파들이 조선소 노동자들 간에 폭도적 흥분을 일으키려 갖은 애를 다 쓰고 있다는 보고를 해 왔었다. 그들의 성공이 어느 정도일지는 확언할 수 없었다. 마이스트랄은 어깨를 한 번 들었다 내릴 뿐이었다. 그건 날씨 때문만일 수도 있었다. 가게 문을 닫으라는 권고 내용을 담은 비공식적 공문도 나간 다음이었다.

193   '아름다운 지고진'이라는 뜻의 노래 제목.

"그건 배려 있는 처사인걸." 드미볼트는 다음 날 둘이 스트라다 레알레를 같이 걸어 내려갈 때 말했다. 더러 가게와 카페들이 문을 닫은 데가 있었는데 잠깐 조사해 본 결과 주인들이 미치파 동조자들인 것을 알아낼 수 있었다.

시간이 경과함에 따라 작은 집단의 선동자들은 대부분이 축제 기분에 들떠서(마치 폭동이라는 것이 수공예라든가 옥외 스포츠처럼 건강한 여가 활동인 듯이) 거리를 배회하며 다녔다. 그들은 유리창을 깨기도 하고 가구를 파손하기도 했으며 아직 가게 문을 닫지 않은 상인들에게 문을 닫으라고 악을 쓰기도 했다. 하지만 무슨 영문인지 불꽃이 부족했다. 하루 종일 계속해서 비는 간격을 두고 한 차례씩 퍼붓고 있었다.

"지금 순간을 포착해야 돼." 드미볼트가 말했다. "잽싸게 휘어 잡어. 그러고는 잘 연구 조사하고 아껴야 해. 지금은 선견적 지혜가 정확한 것이 판명되는 드문 순간 중 하나란 말이야."

맞는 말이었다. 아무도 특히 들뜬 사람은 없었다. 하지만 스텐슬은 촉매 작용의 결정적 요인의 결여에 대해 생각해 보았다. 그것은 어떤 중요치 않은 우연적 원인 때문일 수도 있었다. 예를 들어 갑자기 구름층에 파열이 생겼다든가 처음으로 가게 유리창에 시도적 타격을 가했을 때에 경험한 재난의 떨림, 파괴 대상물의 지리적 위치(비탈길을 올라갔느냐 내려갔느냐 따위. 그건 중요한 차이였다.), 이 중 어느 한 요인만으로도 그저 장난기와 유머가 섞인 악감에 불과했던 것을 갑자기 묵시적 분노로 변질시킬 수 있었던 것이다.

하지만 회의는 대영제국으로부터의 완전한 독립을 제안한 미치의 결의안을 채택하는 정도에서 끝났다. 《라 보체 델 포폴로》는 승리의 구호들을 외쳐 댔다. 6월 7일에 그 의회의 새 모임을 가질 것이 제의되었다.

"석 달 반 후군." 스텐슬이 말했다.

"그때쯤엔 날씨가 더워질 거야." 드미볼트는 어깨를 움찔해 보일 뿐이었다. 극단주의자 미치가 2월 모임에선 수석에 앉았었거니와 6월 모임에선 온건파인 미프수드 박사가 수석이 될 것이었다. 온건파들은 영국과 완전히 결렬하기보다는 헌터 블레어의 팀, 그리고 식민지 국무성 장관과 함께 자리에 앉아 헌법 문제를 의논하고 싶어 했다. 그리고 6월이 되면 온건파는 다수파가 될 것이었다.

"전망은 좋은 것 같군." 드미볼트가 항의를 제기하듯 말했다. "무슨 일이 일어날 거라면 미치가 세력을 잡고 있는 동안 일어났을 거야."

"비가 오지 않았나." 스텐슬이 말했다. "날씨가 찼어."

《라 보체 델 포폴로》와 몰타어 신문들은 정부에 대한 그들의 공격을 계속했다. 마이스트랄은 일주일에 두 번씩 보고하러 왔으며 조선소 노동자들 간에 날로 심화되고 있는 불평불만에 대한 대강의 판로를 제시했다. 하지만 그들은 물에 흠뻑 젖은 것 같은 무거운 무기력을 떨쳐 버릴 수 없었다. 여름의 뜨거운 열기가 물기를 모두 말려 줄 때까지 기다려야 했던 것이다. 그리고 또 미치나 그 비슷한 지도자가 제공할 수 있는 불꽃이 필요했다. 그래야만 좀 더 폭발적 사태가 벌어질 가능성이 생길 것이기 때문이었다. 날이 갈수록 스텐슬은 그의 이중 첩보원에 대해 더 많은 것을 알 수 있게 되었다. 마이스트랄은 그의 젊은 아내 카를라와 함께 조선소 근처에 살고 있었으며 카를라는 임신 중이었고 아기의 출산 예정이 6월이란 사실을 알아냈다.

"부인은 어떻게 생각해요." 스텐슬은 언젠가 한번 그로서는 이례적인 신중 결여를 범하며 물었다. "당신이 이런 직업을 가진 데 대해서?"

"곧 어머니가 될 사람이에요." 마이스트랄이 대답했다. 그의 어조는 우울했다. "그 여자의 생각이나 감정은 그 사실에 국한되어 있죠. 이 섬에서 어머니가 된다는 것이 무얼 뜻하는 건지는 아시겠죠."

스텐슬의 소년기적 낭만주의는 이 말을 허겁지겁 붙잡았다. 어쩌면 밤에 빌라 디삼무트에서 가지는 회합에는 직업적 요인 이상의 것이 있는지도 몰랐다. 그는 하마터면 마이스트랄에게 베로니카 망가니즈를 정탐해 주도록 부탁할 뻔했다. 하지만 이성의 소리 드미볼트는 거기에 쾌히 찬동치 않았다.

"우린 그쪽으로 손을 뻗어 보아야 될 것 같아. 우리 귀는 이미 거기에 가 있으니까. 그건 별장의 주방 심부름꾼 여자아이를 사랑하는 넝마주이 두피로를 말하는 거야."

만약 조선소가 경계해야 되는 유일한 사고 가능 장소였다면 스텐슬 역시 조선소 노동자들을 엄습한 같은 무기력 증세의 환자가 되었을 것이다. 하지만 그에게는 연락 관계를 계속해야 할 또 하나의 대상, 즉 라이너스 페어링 신부가 있었다. 그의 구원을 청하는 목소리는 11월 축제단의 아우성 소리를 뚫고 나와 그 모든 감정적 또는 본능적 지렛대들, 톱니멈춤쇠, 또는 래칫을 작동시켜 스텐슬로 하여금 그로서는 아직 명확히는 알 수 없는 분명한 이유 때문에 대륙과 바다를 여행하게 했었다. 그런데 이 예수회 소속 신부는 아마도 스텐슬을 얼떨떨하게 만들기에 충분한 자료를 보고 듣고(그리고 어쩌면 행동으로 제시하기까지) 했다는 것이 스텐슬의 견해였다.

"예수회의 신봉자로서……." 신부는 말했다. "지켜야 할 것이 있지요. 가령 우린 비밀리에 세계를 통치하려 하지 않죠, 스텐슬. 우리에겐 아무런 정보망도 없어요. 그리고 바티칸에 중심을 둔 정치적 조직도 없고요." 아, 스텐슬은 편견의 노예는 아니었다. 물론 그가 자란 배경상 그가 영국 국교도들이 예수회 사람들에게 갖는 용의주도함을 완전히 버릴 수는 없었겠지만 말이다. 그러나 어쨌든 그는 페어링의 지론에 반대했다. 그것은 정확한 보도를 왜곡하기 위해 침입해 들어온 정치적 의견의 안개와도 같은 것이었다. 그들이 제일 처음 만났을 때(베로니카 망가니즈의 별장으로 맨 처음 갔었던 그 직후의 일이었다.) 페어링은 그에게 과히 좋지 않은 첫인상을 주었었다. 그는 친숙한 체하려 애썼고, 그뿐 아니라 스텐슬과 마치 동업자나 되는 듯 떠들어 대는 것이었다. 스텐슬은 공직에 있는 앵글로 인디언 가운데 달리 능력 있는 어떤 자들을 떠올리지 않을 수 없었다. 그들의 불평은 "우린 차별 대우를 받고 있다."는 것인 것 같았다. "우린 백인과 아시아인들에게 똑같이 멸시받고 있다. 좋다. 우린 대중이 우리에게 떠맡기는 거짓 역할을 최대한도로 연출해 보이련다." 얼마나 많은 계획적인 방언의 과장과 대화의 단절, 식탁에서의 무례 등이 그 목적을 위해 범해지는 것을 스텐슬은 보아 왔던가?

페어링도 마찬가지 경우였다. "우린 다 같이 이 일을 위해 정탐꾼 노릇을 하고 있소." 그것이 그가 택한 행동 방향이었다. 스텐슬은 정보밖에는 관심이 없었다. 그는 개인의 인격이 '상황'에 개입되는 것은 원치 않았던 것이다. 그것은 혼란을 초래하는 일이라고 생각했기 때문이었다. 스텐슬이 결국은 가톨릭 반대파가 아니라는 것을 깨닫자(그는 그 사실을 이내 깨달았던 것이다.) 페어링은 그 교만한 정직함의 자세를 버리고 그보다는 훨씬 더 참아 내기 어려운 태도를 취하기 시작했던 것이다. 그는 이렇게 생각했던 것 같다. 이 사람이야말로 자기 시대의 정치적 소용돌이를 뚫고 상승한 첩보원이구나. 고문당하고 있는 마키아벨리주의자 같은 거지. 그 사람은 직접적인 결과보다는 이상에 더 관심이 있는 사람이야. 결과적으로 그의 주관적 안개가 그가 매주 가져오는 보고서를 흐리멍덩하게 감싸기 시작한 것이었다.

"무정부주의로 조금이라도 기울어진다는 건 이미 반그리스도교적이 된다는 뜻이죠." 그는 언젠가 반론을 제기했다. 그것은 그가 스텐슬을 교활하게 유인하여 그의 성령적 정치 견해를 고백하게 만든 직후의 일이었다. "교회는 성숙한 거예요, 모든 것에도 불구하고 말이죠. 나이 어린 여자처럼 교회는 잡혼의 시기를 지나 권위의 시기로 접어든 거지요. 당신은 약 2000년가량 시대에 뒤처졌어요."

정열이 넘치던 젊음을 덮어 버리려는 늙은 여자의 입에서 나옴직한 말이었다. 하하하!

사실에 있어 페어링은 자료의 출처로서 이상적이었다. 몰타는 결국 가톨릭 구역이었으므로 신부는 고해소 밖에서도 (적어도) 섬의 불만 있는 모든 단체에 대한 설명을 제공할 수 있는 위치에 있었다. 스텐슬은 비록 이들 보고의 품질에 대해 불만이 있었지만 그 양에 대해서는 할 말이 없었다. 하지만 그가 멍고 시브스에게 불평을 제기해 왔던 것은 도대체 무슨 동기에서일까? 그자가 두려워하는 건 무엇일까?

왜냐하면 그건 단순한 정치와 계략에 대한 취미와는 달랐기 때문이다. 만약 그가 교회의 권위와 제도의 존엄성을 믿었더라면 사 년 동안, 최근에 전 유럽을 뒤흔든 평화의 중절 밖에서 격리되어 지낸 경험은 그에게 몰타에 대한 어떤 믿음을 가져다주었을지도 몰랐다. 예를 들어 마법에 걸린 어떤 구획, 어떤 안정된 평화의 영토에의 믿음 같은 것 말이다.

그러자 휴전이 왔고 그것의 영향은 모든 생의 부위에 속해 있는 그의 교구민들에게 어리석고 비이성적인 전복을 선동했던 것이다. 당연히.

그가 두려워하는 것은 패러클레트였다. 그는 장성한 '아들'에 대해서는 아무 불만도 없었다.

페어링, 마이스트랄, 남폿불 위로 드러났던 얼굴의 정체. 이것들이 스텐슬의 마음을 3월이 가도록 점유했다. 어느 날 오후, 그는 교회당에서 열리는 한 회합에 예정 시간보다 먼저 도착했고, 고해소에서 나오는 베로니카 망가니즈와 마주쳤다. 그녀의 고개는 숙여져 있었고 얼굴은 그가 그녀를 스트라다 스트레타에서 보았을 때처럼 그늘 속에 감춰져 있었다. 그녀는 제단 난간 앞에 무릎을 꿇고 참회의 기도를 올렸다. 스텐슬은 교회당 뒤쪽에 반 무릎을 꿇은 채 두 팔꿈치를 앞에 놓여 있는 좌석 너머로 드리우고 있었다. 그녀는 겉보기엔 꽤 독실한 가톨릭 신자이며 마이스트랄과 불륜 관계를 맺고 있는 듯 행세했다. 그 둘 중 어느 행위에도 혐의를 자극할 점은 없었다. 하지만 그 두 여건이 동시에 그녀에게서 발견된다는 것은, 특히 스텐슬이 추측컨대 수십 명은 될 것 같은 발레타의 신부 가운데 하필이 한 신부를 그녀가 택했다는 사실과 한데 놓고 생각해 볼 때 의심의 여지가 충분히 있는 것 같았다. 사실상, 이 모든 것은 스텐슬로서는 거의 미신에 가까울 정도로 불가사의하면서 분명한 혐의를 갖게하는 경험이었다. 사건은 이렇듯 가끔 불길한 모형을 따라 전개되는것 같았다.

페어링도 이중 첩보원일까? 그렇다면 영국 외무부를 이 일로 끌어들인 건 다름 아닌 그 여자란 말인가. 도대체 어떤 이탈리아식 궤변이 적에게 계획 중인 음모를 폭로할 것을 권고한단 말인가?

그 여자는 일어섰다. 그러고는 교회에서 나갔다. 나가는 길에 그녀는 스텐슬의 곁을 지나쳤다. 그들의 눈이 서로 마주쳤다. 드미볼트가 한 말이 상기되었다. "이 작업에는 굉장한 향수적 요인이 개입돼있어."

향수와 우울증. 그는 그 두 세계에 다리를 놓지 않았던가? 변화는 몽땅 그의 안에서만 일어났을 수 없었다. 그것은 모든 역사가 동시에 현존하고 모든 거리는 유령들로 붐비며 그것의 불안정한 바닥이 매년 섬들을 만들고 파괴하기를 일삼는 그 바다에 이 돌 생선과 가우덱스, 그리고 쿠민의 씨앗 및 페퍼콘[194]이라 불리는 바위들이 기억할 수도 없는 태곳적부터 지금까지 계속 고정된 현실로 남아 있는 이 몰타에서 발견되는 이국적인 열정이었던 것이다. 런던에는 주의를 산만하게 하는 요소가 너무도 많았다. 그곳에선 역사란 진화의 기록에 불과했다. 일방통행이며 연속적인 기록 말이다. 기념비와 건물들, 그리고 명예나 직위를 말하는 소패(小牌)들은 유품에 불과했다. 하지만 발레타에서는 기억 또는 회고란 거의 살아 있는 실체들인 것처럼 느껴졌다.

유럽 어디에서고 자기 나라에서와 마찬가지로 편안하고 자유롭게 처신하는 자질을 가졌던 스텐슬은 지금에 와서 이렇듯 그의 본질 밖으로 밀려 나오게 된 것이다. 그것을 인정하는 것은 그의 퇴락의 첫 단계를 의미했다. 첩보원은 떨쳐 버릴 아무런 자기 본질이란 것을 갖고 있지 않았다. 그리하여 '편안치' 않다는 것은 허약함을 뜻했다.

외무부에서는 계속 통신과 협조를 보내는 데 인색했다. 스텐슬은 이 문제에 대해 드미볼트와 상의했다. 혹시 그들은 여기서 풀이나 뜯으라고 방목된 격일까?

"나도 그걸 의심했어. 우린 늙었지 않은가."

"전엔 이렇질 않았지." 스텐슬은 말했다. "그렇잖은가?"

이날 밤 두 사람은 같이 나가 술을 마셨다. 둘 다 흠씬 취해서 축축한 감상에 형편없이 빠져들어 갔던 것이다. 하지만 향수적 우울증이란 꽤 그럴듯한 감상이다. 그리고 알코올에 의하여 아픈 모서리가 적당히 밋밋해지기도 한다. 스텐슬은 그날 밤의 주연에 대해 유감이 있었다. 그는 자정이 훨씬 지난 시간에 스트레이트 스트리트('좁은

---

194   후추 열매.

거리')를 향해 옛날에 유행하던 보드빌 가곡을 부르며 언덕길을 내려
갔다. 도대체 무엇이 어떻게 돼 가고 있는 걸까?

이윽고 때가 차자 '그런 날들 중 하나'가 도래했다. 봄날 아침과
또 하룻밤의 지독한 주연을 보낸 후 스텐슬은 교회에 갔다. 거기서
그가 들은 소식은 신부가 전속될 것이라는 사실이었다.

"미국으로 가게 돼요. 나로선 어찌해 볼 수 없는 결정이에요." 그
러고 나서 신부는 또다시 그의 그 동업자적 미소를 짓는 것이었다.

스텐슬은 '신의 뜻'을 비웃었을까? 그랬을 것 같지는 않다. 그는
아직 그 단계까지는 이르지 못하고 있었다. 교회의 뜻이라면 부정할
생각이 없었다. 페어링은 '권위'에 머리 숙이는 타입의 인간이었다.
스텐슬은 결국 또 하나의 영국인이었고 어찌 보면 그들은 함께 추방
당한 동지나 같았다.

"카이사르와 하느님 중 어느 쪽을 선택하느냐 하는 문제에 있어
선." 신부가 미소를 잃지 않으며 말했다. "예수회 신도는 당신이 생각
하듯이 많은 타협을 할 필요는 없어요. 이해의 충돌이라는 건 거기에
없기 때문이죠."

"카이사르와 페어링 사이와는 다르단 말이군요. 아니면 카이사
르와 스텐슬이라고 할까요?"

"대강 그런 뜻이죠."

"안녕히 가세요, 그럼. 후임은……."

"아발랑슈 신부는 나보다 젊습니다. 그를 나쁜 길로 인도하지
마시도록."

"유념하죠."

드미볼트는 방앗간 주인들 사이에 풀어놓은 정탐꾼들과 면담을
하기 위해 함룬 지역에 나가 있었다. 그들은 겁을 내고 있었다. 페어
링 역시 너무 겁이 나서 떠나려는 걸까? 스텐슬은 자기 방에서 저녁

식사를 했다. 그가 파이프를 겨우 몇 번인가 물었을 때 누군가 문을 조심스레 노크하는 소리가 들렸다.

"들어와요, 들어오시죠, 어서."

분명 임신 중으로 보이는 젊은 여자였다. 그녀는 거기 서서 잠자코 그를 지켜보았다.

"영어를 할 줄 알아요?"

"그래요. 난 카를라 마이스트랄이에요." 그녀는 여전히 빳빳이 서 있었다. 어깻죽지 끝과 궁둥이 양 끝은 문에 붙은 채였다. "그 사람은 살해되거나 다칠 거예요." 그녀가 말했다. "전쟁 중엔 여자는 남편을 잃을 걸 각오해야 해요. 하지만 지금은 평화 시죠."

그녀는 남편이 해고되길 원했다. 해고하라고? 못 할 것 없지. 이 중간첩은 위험한 존재였다. 하지만 지금은, 신부를 잃은 지금은 사정이 같을 수 없었다. 이 여자가 망가니즈에 대해 알 리가 없었다.

"도와주실 수 있으실까요, 선생님. 그 사람한테 얘길 해 주세요."

"어떻게 알았어요? 그 사람이 말한 건 아니겠죠?"

"노동자들은 자기들 가운데 스파이가 있는 걸 알아요. 노동자 아내들의 큰 화제 중 하나죠, 그건. 우리 중 누굴까? 물론 그건 총각 중 누구일 거야. 그들은 말해요. 아내나 아이들이 있는 사나이는 그런 모험을 안 할 거라고." 그녀의 눈에는 눈물이 고여 있진 않았다. 목소리도 침착했다.

"제발." 스텐슬이 짜증 섞인 소리로 말했다. "앉으시죠."

그녀는 자리를 잡고 앉은 후, "여자는 이런저런 걸 알아요, 특히 곧 엄마가 되려는 여자는요."라고 그녀는 말을 마치고 자기 배를 내려다보며 미소를 지었다. 스텐슬의 비위를 몹시 거슬리게 하는 행동이었다. 그녀에 대한 혐오는 시간이 지날수록 더해졌다. "난 마이스트랄에게 무엇인가 좋지 않은 일이 일어나고 있다는 것만을 알 뿐이에요.

난 영국에선 여자들이 출산 몇 달 전부터 집 안에 '갇힌다'는 말을 들었어요. 여기선 여잔 움직일 수 있는 최후 순간까지 일하고 거리로 나가 다녀요."

"그래서 날 찾아 나섰군요."

"신부가 얘기해 줬어요."

페어링이었다. 누가 누구를 위해 일하고 있는 것일까? 카이사르는 공정한 처우를 못 받고 있는 것 같았다. 그는 동정을 하려 애서 보았다. "그것이 당신을 그 정도로 괴롭혔나요? 그걸 모두 고해소로 가서 얘기할 정도로?"

"그 사람은 전엔 밤에 집에 있었어요. 이건 우리의 첫 번째 아이죠. 첫아이는 제일 중요해요. 게다가 그 사람의 아이잖아요? 하지만 우린 이제는 서로에게 말도 건네는 일이 별로 없어요. 그 사람은 늦게 들어오고 난 잠든 체하는 거예요."

"하지만 아이는 또 먹이고 비를 가려 주고 어른보다 더 많은 보호를 해 주어야 해요. 그리고 그렇게 하려면 돈이 필요하죠."

여자는 성이 났다. "용접공 마라트에겐 아이가 일곱 있어요. 그 사람의 수입은 파우스트보다 적고요. 그런데 그 아이들은 아무도 배가 고프거나 헐벗거나 집을 못 가져 본 일이 없어요. 우린 당신의 돈이 필요 없어요."

맙소사, 이 여잔 일을 망칠 수도 있겠군. 설사 그가 그녀의 남편을 해고한다 하더라도 밤이면 그녀의 남편을 그녀에게서 빼앗아 갈 베로니카 망가니즈가 있다는 말을 이 여자에게 할 수 있을까? 대답은 하나뿐이었다. 신부와 면담을 하는 일이었다. "내가 할 수 있는 최선을 다해 보겠어요." 그는 여자에게 말했다. "하지만 '상황'은 당신이 생각한 것보다 훨씬 복잡해요."

"우리 아버지도……." 그가 지금까지 그녀의 목소리에서 히스테리 증후를 눈치채지 못한 건 이상한 일이었다. "내가 다섯 살 때 집을 비우기 시작했어요. 난 그 이유를 끝까지 알아내지 못했죠. 하지만 그 일은 우리 어머닐 죽였어요. 난 같은 일이 나를 죽일 때까지 기다리지 않겠어요."

자살의 위협일까? "남편과 얘기나 해 보았어요?"

"아내가 할 일이 아니에요."

미소를 지으며 말했다. "남편의 고용주에게 얘기하는 것만이 아내의 일이군요. 알겠어요, 부인. 내가 애써 보죠. 하지만 아무것도 보장은 할 수 없어요. 내 고용주는 영국이죠. 왕이에요."

이 말에 그 여자는 조용해졌다.

그녀가 떠나자 그는 자신과 쓸쓸한 대화를 나누었다. 외교적 창의성은 어찌 된 거지? 곡조는 그자들이('그자들이' 누구인지는 알 수 없으되) 선정하고 있는 것 같았다.

'상황'은 항상 너보다 더 거대해, 시드니. 그것은 신처럼 그것 자체의 논리와 존재 정당성을 가지고 있다고. 그러니까 네가 할 수 있는 최상의 일이란 탈락되지 않도록 애쓰는 일뿐이야.

난 결혼 상담관도, 신부도 아니야.

그것이 네게 대한 의식적 음모인 것처럼 굴지 말라고. 얼마나 수많은 우연적 요인, 즉 일기의 변화나 배를 구하고 못 구하는 일, 그리고 수확의 실패 등이 각각의 꿈과 걱정거리를 가진 이 모든 인간을 이 섬으로 데려와 이런 식으로 진(陣)을 구성하게 했는지 누가 알 것인가? '상황'이란 으레 단지 인간적 차원보다 훨씬 낮은 곳에서 발견되는 사건에 의해 형태가 지어졌다.

아, 물론. 피렌체를 보라지. 차가운 공기의 흐름이 제멋대로의 형태를 이루고 총빙(叢氷)의 위치 바꿈, 망아지 몇 마리의 죽음. 우리가 보았듯, 이들 요인이 휴 고돌핀을 생산했던 것이다. 그가 그 얼음 세계의 개인 논리를 피할 수 있었던 것은 참으로 미약한 우연의 덕분이었다.

무기력한 우주에 우리가 논리라고 부르는 것이 있는지도 모른다. 하지만 논리란 결국 인간적 속성이다. 그래서 우주에 대해서 그렇게 말한다면 이미 그것은 명칭을 잘못 말하는 격이 되는 것이다. 참이라는 것은 동문서답 문답 놀이였다. 우리는 그런 것들에다 '직업'이라든가 하는 점잖은 이름을 붙여 준다. 망가니즈, 미치, 마이스트랄, 넝마주이 두피로, 별장에서 우리를 잡았던 그 폭파당한 얼굴의 사나이 등 모두가 역시 동문서답 문답 놀이에 참여하고 있다는 깨달음은 어느 정도의 냉정한 위로를 제공해 주는 것 같다.

하지만 그렇다면 우리가 하는 건 무슨 일인가? 탈출구는 과연 있는가?

거기에는 항상 카를라 마이스트랄이 위협적으로 암시하는 그 탈출구가 있었다.

그의 명상은 드미볼트에 의해 중단되었다. 그는 앞으로 쓰러질 듯한 걸음걸이로 걸어 들어왔다. "문제가 생겼어."

"아, 그래. 그건 이상한 일인걸."

"넝마주이 두피로야."

좋은 일은 세 겹으로 오나 보다. "어떻게 된 거야?"

"마르사뮤세토에서 익사했어. 만데라지오의 내리막길이 끝나는 해안에 떠밀려 올라온 거야. 몸이 절단되어 있었어."

스텐슬은 대포위와 터키군의 잔인한 행위들을 생각했다. 죽음의 소함대 사건을 말이다.

"그건 '이 반디티'의 짓이었을 거야." 드미볼트가 말했다. "테러단 아니면 직업적인 암살자 집단이지. 그자들은 살인의 교묘한 방법을 고안해 내는 것으로 서로 경쟁하고 있어. 가여운 두피로는 성기가 입에 꿰매 붙여져 있었지. 훌륭한 외과 의사의 솜씨라 해도 좋을 실크 봉합이었어."

스텐슬은 메스꺼워졌다.

"우린 그들이 어떤 연줄로이든 간에 지난달 이탈리아 밀라노 근처에서 조직된 전투자 동맹(Fasci di Combattimento)과 관련되어 있다고 생각하고 있어. 망가니즈는 그들의 지휘관 무솔리니와 간헐적인 접촉을 해 왔어."

"조수에 밀려서 바다를 횡단했을 수도 있었겠군."

"그자들은 바다에서 일을 치르는 걸 싫어해. 그 정도의 뛰어난 솜씨를 가진 자면 청중을 원했을 거야. 그렇지 않으면 그 솜씨는 값어치 없는 것이 되니까."

"어떻게 된 걸까?" 그는 그의 다른 절반에게 물었다. '상황'은 이전엔 문명에서 벗어나는 일이 없었는데.

발레타에는 시간도 없었고 역사도 없었다. 아니면 모든 역사가 한꺼번에 있었다고 할까…….

"앉아, 시드니, 자." 브랜디 한 잔을 내밀고 그의 얼굴을 몇 번 가볍게 때렸다.

"됐어, 됐어, 그만해. 날씨 때문이야." 드미볼트는 눈썹을 움직여 보이더니 불이 꺼진 벽난로 쪽으로 걸어갔다. "이제 우린 페어링을 잃었어, 자네도 알다시피. 그리고 우린 또 마이스트랄도 잃을지도 몰라." 그는 카를라의 방문을 간단히 요약했다.

"신부였어."

"내가 생각했던 대로군. 하지만 우린 별장에 장치한 귀 한 개를 절단당한 거야."

"망가니즈하고 연애하는 방법 외에 손실을 보충할 길은 없겠어, 우리 중 하나가 말이지."

"어쩌면 그 여잔 나이가 든 남자에겐 끌리지 않을는지 몰라."

"심각한 뜻으로 말한 건 아니야."

"하긴 그 여자가 나를 이상한 눈으로 쳐다본 것 같은걸. 그날 교회에서 말이야."

"이 음흉스러운 친구야! 자넨 교회에서 밀회를 하고 다닌다는 얘길 하지 않았잖아." 그는 농담을 시도했으나 실패한다.

"사태가 어쩌나 퇴화했는지 이제 와서는 우리 측의 모든 움직임은 대담한 것이어야 하게 되었다네."

"어리석어야 하는지도 모르지. 하지만 그녀를 직접 대면한다면, 난 낙관주의자라네. 자네도 알다시피."

"난 비관주의자야. 그래서 어떤 종류의 균형이 유지되지. 어쩌면 난 단순히 지쳤는지도 몰라. 하지만 사태는 사실상 그 정도로 절망적이라고. 이 반디티를 고용했다는 건 곧 그들이 그보다 더 큰 행동을 취할 거라는 걸 의미해."

"어쨌든 기다려 봐. 먼저 페어링이 어떤 태도로 나오는지 보자고."

봄은 그것 특유의, 불꽃의 혓바닥을 휘두르며 그들에게 덮쳤다. 스텐슬이 페어링의 교회를 향해 스트라다 레알레 남동쪽 언덕을 올랐을 때 발레타는 영혼의 키스를 받아 혼혼한 자족감에 빠져들어 간 것처럼 보였다. 교회당 안은 비어 있었다. 그리고 고해소 안에서 들려오는 코 고는 소리만이 그 고요를 방해하고 있었다. 스텐슬은 다른 쪽 무릎으로 몸의 무게를 옮기며 신부를 거칠게 깨웠다.

"그 여자는 이 작은 상자의 비밀을 깰 수도 있겠지만 난 안 되오." 페어링이 말했다.

"마이스트랄이 어떤 사람인지 알지 않소." 스텐슬이 성난 목소리로 말했다. "그가 얼마나 여러 명의 카이사르를 섬기는지를 말이오.

그 여자를 진정시킬 수 없겠소? 예수회 신학교에선 최면술을 가르치지 않소?" 그는 그 말들을 이내 후회했다.

"난 여길 떠난다는 걸 기억하시오."

차가운 어조였다. "내 후임 아발랑슈 신부에게 말하시오. 어쩌면 당신은 그 사람에게 신과 교회와 그의 신도들을 배반하는 것을 가르칠 수 있을는지도 모르겠소. 나하곤 실패했어요. 난 내 양심을 따라야 하겠소."

"도대체 어떻게 생겨 먹은 사람이오, 당신은." 스텐슬이 분통을 터뜨렸다. "당신 양심은 탄성 고무로 만든 것 아니오?"

잠시 말을 끊은 후 말했다. "물론 난 그 여자에게 어떤 과격한 행동, 예를 들어 아이의 안녕을 위협하는 일 같은 행동을 취한다는 건 큰 죄를 짓는 일이라는 걸 말해 줄 순 있소."

분노는 사라졌다. 그는 그가 사용한 모독적 언사를 기억하며, "용서하시오."라고 말했다.

신부는 끌끌거리며 웃었다. "그럴 순 없소. 당신은 영국 국교회 신자인걸."

그 여자는 어찌도 조용히 다가왔던지 그녀가 말을 했을 땐 스텐슬과 신부 두 사람 모두 펄쩍 뛸 지경으로 놀랐다.

"내 상대역이군요."

그 목소리, 그 목소리. 물론 아는 목소리였다. 신부가(놀람을 보이지 않을 만한 유연성을 발휘하며) 소개의 의무를 수행하는 동안 스텐슬은 그녀의 얼굴을 자세히 들여다보았다. 마치 그것이 자신을 드러내 보여 주기를 고대하듯이. 하지만 그 여자는 정교하게 만들어진 모자와 베일을 쓰고 있었다. 그리고 그녀의 얼굴이란 것은 거리에서 발견되는 다른 어느 우아한 여인과 다름없이 일반화되어 있었다. 팔꿈치까지 소매 없이 노출된 한쪽 팔에는 장갑을 끼고 있었다. 그리고 거의 전면에 팔찌들이 끼워져 있었다.

그녀는 그들에게 온 것이다. 스텐슬은 드미볼트에게 한 그의 약속을 지킨 것이었다. 페어링이 어떤 행동을 취하는지를 두고 본 것이다.

"우린 전에 만나 일이 있죠, 망가니즈 양."

"피렌체에서였죠." 목소리는 베일 뒤에서 들렸다. "기억하세요?" 그녀는 고개를 돌리며 말했다. 모자 밑에 노출된 머리칼에는 조각된 상아 빗이 꽂혀 있었다. 십자가에 못 박힌 고통에 오래 시달린 헬멧 쓴 다섯 얼굴들을 볼 수 있었다.

"그렇군요."

"난 오늘 이 빗을 사용했어요. 당신이 여기 올 것을 알았죠."

이제 그가 드미볼트를 배반하느냐 안 하느냐와는 별 문제로 스텐슬은 이제부터는 6월에 일어날 사건이 무엇이든지 간에 화이트홀의 수수께끼 같은 목적을 위해 그 일을 방지함에 있어서나 또는 일어나도록 조종함에 있어서나 다 같이 쓸모없는 존재가 된 것 같았다. 그가 끝이라고 생각했던 것은 이십 년의 정체(停滯)로 판명되었을 뿐이다. 그녀가 그를 추적했는지 아니면 어떤 제3의 힘이 그들의 해후를 조종했는지에 대해서 묻는 건 아무 쓸데없는 짓이라는 것을 그는 알았다.

그녀의 벤츠를 타고 별장으로 가는 동안, 그는 평소에 느끼던 자동차 공포증을 조금도 경험하지 않았다. 무슨 소용이 있단 말인가? 그들은 그들의 수천 개의 거리를 헤치고 이렇게 만난 것이다. 그렇잖은가? 손을 잡고 또다시 피렌체의 온실로 들어가기 위해서. 껍질이 벗겨지고 진공 처리된(내부일까? 외부일까?) 사각형으로 잘려지기 위하여. 그곳에선 모든 예술작품이 타성과 깨어남의 가운데에서 오락가락 헤매며 모든 그림자들이 ─ 비록 밤이 오는 일은 생전 없었으나 — 보이지 않게 길어졌다. 그리고 가슴의 풍경 위에는 전적인 향수 어린 고요가 내려앉은 것이다. 그리고 모든 얼굴들은 빈 탈이었고 봄은 기력 탕진의 연장이었으며 여름은 저녁이 오지 않듯 오지 않았다.

"우린 같은 편이에요, 그렇죠?" 그녀는 미소했다. 그들은 어두컴컴한 응접실에 앉아 있었다. 그들의 눈은 바다 위에 내린 밤 가운데의 아무것도 보고 있지 않았다. 비록 바다를 향한 유리창이 있었지만 말이다. "우리의 목적도 같아요. 이탈리아를 몰타에 들어오지 못하게 하는 거죠. 그건 제2전선이에요. 이탈리아의 어떤 분자들은 그걸 펼칠 능력을 갖지 못했죠, 지금 와서 보면."

이 여잔 자기 하녀의 애인인 넝마주이 두피로로 하여금 끔찍한 살해를 당하게 했어요.

난 그걸 알고 있죠.

당신은 아무것도 알고 있지 않아요. 가여운 늙은이.

"하지만 우리의 수단은 다르죠."

"환자로 하여금 위기에 도달하게 하는 거예요." 그녀가 말했다. "열나는 기간이 얼른 지나가도록 떠밀어 주는 거라고요. 병을 되도록 빨리 끝내기 위해서죠."

빈 웃음소리. "무슨 방법이라도 사용하라 그 말이군요."

"당신의 방법은 병을 지속시킬 힘을 그들에게 제공하는 거죠. 내 고용주들은 일직선으로 움직여야 해요. 옆길로 빠진다거나 하지는 못해요. 합병주의자들은 이탈리아에서 소수파죠. 하지만 귀찮은 존재예요."

"절대적 전복이군요." 향수 어린 미소를 지었다. "그건 당신의 방법이죠. 빅토리아, 물론." 왜냐하면 피렌체에서 그는 베네수엘라 영사관 앞에서의 피 어린 시위가 벌어진 가운데서 한 경관의 얼굴을 손톱으로 마구 할퀴고 있는 그녀를 억지로 끌어내야 했던 것이다. 찢긴 벨벳 옷을 입은 여자아이. 폭동은 본질적으로 그녀에게 어울렸다. 마치 이 어두운 (쌓아놓은 물건들로 뒤덮인 듯한) 방처럼. 거리와 온실. V.에게서는 어떤 마력에 의해서인지 두 개의 극이 용해되었다. 그는 이 여자가 무서웠다.

"우리가 마지막으로 밀폐된 방에 같이 있은 이후 내가 어디에 가 있었는지 말해 줄까요?"

"아니, 내게 말할 필요가 무엇이 있겠어요? 난 아마 당신을, 또는 당신이 이룩한 업적을 지나쳐 가고 또다시 지나쳤겠죠. 화이트홀이 나를 부른 모든 도시에서 말이에요." 그는 호의적으로 끌끌거렸다.

"아무것도 아닌 것을 지켜보는 건 참으로 즐거운 일이에요." 그녀의 얼굴은(그는 그녀의 얼굴이 그런 표정이 되는 것을 거의 본 일이 없었다!) 평화로웠다. 살아 있는 눈도 시계 홍채가 있는 쪽 눈과 마찬가지로 생명이 없어 보였다. 그는 그 눈을 보고 놀라지 않았다. 그녀의 배꼽에 꿰매어진 스타사파이어를 보고 놀라지 않은 것과 마찬가지였다. 외과 의술의 계속적인 실력 발휘였다. 피렌체에서 이미(예를 들어 그녀가 그에게 빼내는 것을 거부했던 빗이 그 한 예다.) 그는 작은 무생물의 물체들을 몸의 일부로 합체시키려는 집념이 그녀에게 있는 것을 알아차렸다.

"내 예쁜 신발을 보세요." 삼십 분 전 그가 신을 벗겨 주기 위해 무릎을 꿇었을 때 그녀가 한 말이다. "난 발 한쪽을 몽땅 그런 식으로 만들어 갖고 싶어요. 정말이지 호박과 금으로 된 발 말이에요. 정맥은 돋을새김이 아니라 오목새김으로 만들고 말이죠. 같은 발을 두 개 갖는다는 건 얼마나 지루한 일인가요. 그럼 신발을 바꾸어 신는 것으로밖에 변화를 줄 수 없지요. 하지만 어린 여자가 만약 아름다운 무지개, 또는 채색이 다르고 크기가 다 다른 발을 가졌다면……."

어린 여자라고? 그녀는 지금 마흔 살이었다. 하지만 좀 더 덜 살아 있다고 할 수 있는 육체를 제외하곤 변한 것이 실제로 얼마나 되는가? 이 여자는 이십 년 전 피렌체 영사관의 긴 가죽 의자에서 그를 유혹했던 같은 풍선팔이 소녀였던 것이다.

"가야겠어요." 그가 말했다.

"내 관리인이 차로 데려다 줄 거예요." 마치 요술을 건 듯 절단된 얼굴의 사나이가 문에 나타났다. 그가 그들이 같이 있는 것을 보고 어떤 느낌을 가졌는지를 말해 줄 만한 표정의 변화 같은 것은 없었다. 그날 밤의 그 남폿불은 변화의 환상을 제공했었다. 하지만 이제 스텐슬은 그 얼굴이 데스마스크나 마찬가지로 완전히 고정되어 있는 것을 볼 수 있었다.

자동차를 타고 발레타로 되돌아오며 두 사람은 아무도 말을 걸지 않았다. 그렇게 그들은 도시의 변두리에 가서 닿았다.

"그 여자에게 해를 끼쳐선 안 되오, 알겠소?"

무슨 생각이 갑자기 났는지 스텐슬은 그에게 고개를 돌렸다. "당신은 청년 가드룰피, 고돌핀이군요. 그렇죠?"

"우리는 둘 다 그 여자에게 관심을 가졌어요." 고돌핀이 말했다. "난 그 여자의 하인이죠."

"나도 그런 셈이오. 그 여자에게 해를 끼치는 일은 없을 거요. 그렇게 될 수가 없죠."

3

사건은 6월 그리고 다가오는 총회를 위해 형체를 정비해 갔다. 드미볼트는 스텐슬에게 일어난 변화를 눈치챘는지 모르지만 그것을 드러내지는 않았다. 마이스트랄은 계속 보고를 해 왔고 그의 아내는 침묵을 지켰다. 아기는 아마도 그녀의 속에서 자라면서 역시 6월을 위해 형체를 갖추어 가고 있었으리라.

스텐슬과 베로니카 망가니즈는 자주 만났다. 그것은 어떤 신비로운 '조종'에 의한 것이라고 볼 수는 없는 것이었다. 그의 대머리진 머리 위에 그녀는 아무런 말 못하는 비밀의 구름도 드리우지 않았고 또 특별히 성적으로 그를 매혹하려 애쓰지도 않았다. 아마도 그건 나이가 불러일으키는 최악의 부작용, 즉 향수 이외의 아무것도 아닌 것 같았다. 과거로의 조금의 기울임은 어찌도 폭력적인 효과를 가졌는지 스텐슬은 그 모든 정치적 위기에도 불구하고 현재 속에 사는 일이 점점 더 어려워지는 것을 느낄 수 있었다. 슬리에마의 별장은 점점 더 그가 늦은 오후의 우울증을 음미하는 은신처 역할을 하게 되었다. 메헤메트와의 대화, 드미볼트와의 감상적인 주연, 거기에다 페어링의 변화무쌍한 술책 및 카를라 마이스트랄의 인간애적 본능 — 그는 정보일을 시작하기 전에 그런 건 모두 내버렸다. — 에의 호소 등이 모두 힘을 합쳐 그가 육십 년 동안 유지해 온 활력 — 그런 것이 있었다면 — 을 무너뜨리기 시작했다. 그리하여 그는 몰타에선 이제 더 이상 쓸모가 없게 되어 버린 것이다. 이 섬은 교활하고 변덕스러운 초원이었다.

베로니카는 친절했다. 스텐슬과 함께하는 그녀의 시간은 완전히 그를 위해 보내졌다. 시간 약속도, 숨을 죽이고 얘기해야 되는 회의도, 급히 서류를 꾸미는 일도 없었다. 다만 그들의 온실 시대의 계속이었을 뿐이다. 마치 낡고 지나치게 값진, 마음대로 태엽을 감고 시간을 맞출 수 있는 시계에 의하여 그들의 시간이 측량되는 느낌이었다. 왜냐하면 이윽고 사태는 여기에 이르렀기 때문이다. 즉 시간으로부터의 소외에 이른 것이다. 그것은 몰타 자체가 원인이 결과를 따르는 역사에서 소외된 것과 마찬가지 현상이었다.

카를라는 그에게 또다시 왔었다. 이번에는 가짜 눈물을 들고 온 것이다. 그리고 도전적인 태도가 아니라 애원의 태도였다.

"신부는 갔어요." 그녀는 울면서 말했다. "이제 누가 내게 남았을까요? 내 남편과 나는 남남이에요. 다른 여자 때문일까요?"

그는 그녀에게 얘기해 주고 싶은 유혹을 느꼈다. 하지만 일의 그 섬세한 아이러니 때문에 그만두었다. 그는 사실상 그의 '옛사랑'과 조선공 사이에 간통이 있기를 바라는 마음이었다. 그 목적이 다름 아닌 십팔 년 전 영국에서 시작된 동그라미를 완성하는 데 있는지도 몰랐다. 그 시작은 그 기간 동안 그의 생각들로부터 강제로 밀려났던 것이다.

허버트는 열여덟 살일 것이다. 그리고 아마 사랑스러운 옛 섬들이 떠나가게 신나는 젊은 시절을 즐기고 있겠지. 그 아이는 아버지에 대해 어떤 생각을 하고 있을까?

아버지라, 하.

"부인." 그는 황급히 말했다. "난 이기적으로 행동했어요. 내가 할 수 있는 모든 수단을 다 써 보겠어요. 약속합니다."

"우린, 내 아기와 난, 어째서 계속 살아가야 할까요?"

어째서 살아가야 하는가, 우리 중 누구라도? 그는 이 여자에게 남편을 돌려보내리라. 그자가 있든 없든 6월 총회는 될 대로 될 테니까. 피의 목욕이거나 조용한 협상이겠지. 누가 그걸 그 이상 더 정확하게 예고하거나 형체지을 수 있을까? 이제 왕자적 지도자들은 더 이상 존재하지 않았다. 지금부터는 정치가 점진적으로 더 민주화될 것이며 더 아마추어들의 손에 내맡겨질 것이었다. 그리고 병은 더 심화될 것이었다. 그러나 스텐슬은 거기에 더 이상 관심을 기울일 수 없는 상태에 이른 것이다.

드미볼트와 그는 그다음 날 저녁 담판을 가졌다.

"자넨 돕고 있질 않아. 난 이걸 혼자서 막아 낼 순 없다고."

"우린 정보원들을 잃었어. 우린 그보다 더 많은 걸 잃었어……."

"도대체 왜 그러는 거야, 시드니?"

"건강 때문일 거야." 스텐슬은 거짓말을 했다.

"맙소사."

"학생들이 흥분했다고 들었어. 대학을 폐지한다는 소문도 있고. 1915년 학위 수여법이란 것 때문이야. 이 해의 졸업반이 그 법의 처음 피해자가 되나 봐."

드미볼트는 사태를 스텐슬이 바랐던 대로 받아들였다. 병든 자가 도움이 되려고 시도한 것으로. "조사해 보게." 그가 불분명한 낮은 소리로 말했다. 그들은 둘 다 대학의 소요 사태를 이미 알고 있었던 것이다.

6월 4일, 경찰국장 서리는 몰타 혼합 부대에 스물다섯 명조의 분단 하나를 보내어 시에 머물게 해 줄 것을 요청했다. 같은 날 대학생들은 스트라이크에 들어갔고 스트라다 레알레를 행진하며 미치 반대파들에게 달걀을 던지고 가구를 파손했으며 장식한 자동차들의 행렬로 거리에 축제 기분을 돋우었다.

"우린 그쪽을 밀 거야." 그날 저녁 드미볼트가 말했다. "난 궁으로 들어가 보겠어." 곧 고돌핀이 벤츠로 스텐슬을 부르러 왔다.

별장 응접실은 평소와 달리 아주 환하게 불이 밝혀져 있었다, 두 사람밖에 방에 있지 않았음에도 불구하고. 그녀와 함께 있는 사람은 마이스트랄이었다. 다른 사람들도 왔던 것이 분명했다. 석상과 해묵은 가구들 사이에 담배꽁초며 찻잔이 너저분하게 널려 있었다.

스텐슬은 당황해하는 마이스트랄을 보며 미소했다. "우린 오랜 친구죠." 그가 부드럽게 말했다. 어디에서인지(탱크 밑바닥) 이중성과 미덕의 마지막 폭음이 들려왔다. 그는 억지로 진짜 현재 속으로 자신을 밀쳐 넣었다. 그건 아마도 그가 여기에 오는 것은 이번이 마지막이리라는 것을 깨달은 때문일 수도 있었다. 그는 조선소 노동자의 어깨에 한 손을 얹으며 말했다. "따라와요. 개인적으로 지시할 것이 있으니까." 그는 여자에게 눈을 찡긋해 보였다. "우린 아직도 명목상으론 반대 진영에 있어요, 아시겠죠. 규칙이 있으니까요."

밖에 나오자 그의 미소는 사라졌다. "자, 마이스트랄, 서둘러요. 아무 말 말고 들어요. 당신은 이제 해고됐소. 우린 이제 당신이 더 이상 필요치 않아. 당신 아내의 산기가 가까워요. 아내에게 가 봐요."

"부인은……." 안쪽을 향해 고갯짓을 하며 말했다. "아직 날 필요로 해요. 내 아내에게는 아이가 있어요."

"이건 우리 두 사람으로부터의 명령이오. 이 말을 덧붙여 말하겠소. 당신이 아내에게로 돌아가지 않는다면 그 여잔 자기 자신과 아기를 동시에 파괴해 버릴 거라고."

"그건 죄예요."

"그 여잔 그걸 범하려는 거요." 하지만 마이스트랄은 아직도 머뭇거렸다. "좋소. 앞으로 내가 당신을 여기서, 또는 내 여자와 함께 있는 것을 발견하게 되는 날엔……." 이것은 명중했다. 마이스트랄의 입술에 교활한 미소가 떠올랐다. "난 당신 이름을 당신 동료 노동자들에게 넘기겠소. 그들이 당신에게 어떤 짓을 할지 알고 있소, 마이스트랄? 물론 알고 있을 거요. 난 반디티를 불러들일 수도 있소. 만약 당신이 좀 더 화려하게 죽고 싶다면……." 마이스트랄은 잠시 더 그 자리에 서 있었다. 그의 두 눈은 마비된 듯 생기를 잃었다. 스텐슬은 마술의 말 반디티가 효력이 잠시 더 계속되게 하기 위해 한순간 더 지체했다가 그의 최상급의 ─ 그리고 최후적인 ─ 외교적 미소를 씽긋 띠어 보냈다. "떠나요. 당신과 당신 아내와 어린 마이스트랄은 피의 목욕탕에서 빠져나가라는 거요. 집에서 나오지를 말아요." 마이스트랄은 어깨를 움칠하더니 돌아서서 걸어가 버렸다. 그는 돌아다보지 않았다. 그러나 그의 발걸음은 그의 마음의 주저를 조금은 반영하는 듯했다.

스텐슬은 짤막한 기도를 올렸다. '저 사람으로 하여금 나이를 더 먹음에 따라 점점 더 확신을 잃게 해 주십시오……'

그가 응접실로 돌아오자 그녀는 미소했다. "다 끝났어요?"

그는 루이 15세형 의자에 꺼지듯 몸을 던졌다. 그것의 두 천사들은 짙은 녹색 벨벳의 잔디밭 위에서 통곡했다. "다 끝났어요."

6월 6일까지 긴장이 계속되었다. 민간 경찰 부대들과 군경 부대들이 동원되었고, 상인들에게 가게 문을 닫으라고 권고하는 또 하나의 비공식 공문서가 돌았다.

6월 7일 오후 3시 반, 폭도들은 스트라다 레알레로 밀려들기 시작했다. 다음 날과 그다음 날 오전까지 그들은 발레타 외곽 지대를 차지했다. 그들은 약속했던 것처럼 몰타 매일 신문사만을 습격한 것이 아니라 유니언 클럽, 문화 회관, 궁전, 그리고 반미치파 가정집들, 그때까지 문을 닫지 않은 술집과 가게들을 모두 습격했다. 영국 함선 에그먼트호에서는 상륙하는 선원들과 군의 파견병들, 그리고 경찰이 질서를 수립하는 데에 협조했다. 그들은 몇 번에 걸쳐 대열을 재구성했고 한 번인가 두 번 발사하기까지 했다. 민간인 세 명이 총에 맞아 죽었고 일곱 명이 부상을 당했다. 그 외에 수십 명이 소동 속에서 소소한 부상을 입었고 건물 몇 개가 불탔다. 두 대의 영국 공군 소속 트럭이 기관총을 싣고 와 함룬의 몇몇 방앗간 주인들에게 습격을 가했다.

몰타 정부의 평화 시책에 작은 소용돌이가 인 것이다. 지금에 와서는 이 사건은 문의국의 보고서에 수록되어 있을 뿐이다. '6월의 소요(이렇게 불리게 됐다.)'는 일어났을 때와 마찬가지로 돌연히 끝났다. 아무것도 결정된 것은 없었다. 제일 우선적인 문제, 몰타의 자치권은 1956년 현재에도 아직 해결을 못보고 있다. 그때까지 몰타는 이두(二頭) 정치까지의 발전을 기록했을 뿐 오히려 2월 선거 때는 영국에 더 가까이 접근해 온 것이다. 그 선거에서 선거민들이 몰타인을 영국 하원에 보내자는 결의안에 3대 1의 찬성투표를 한 것이다.

1919년 6월 10일 이른 아침, 메헤메트의 범선은 라스카리 부두에서 출영했다. 그 배의 뒤쪽에 어떤 퇴화된 해양 부속품처럼 앉아 있는 것은 시드니 스텐슬이었다. 아무도 그를 배웅하러 나온 사람은 없었다. 베로니카 망가니즈는 꼭 필요한 만큼만 그를 잡아 두었던 것이다. 그의 두 눈은 배의 뒤꽁무니에 고정되어 있었다.

하지만 범선이 세인트 엘모 요새 근처를 지날 때 번쩍이는 벤츠 한 대가 부두 근방에 와서 정차하는 것이 보였고, 절단된 얼굴에 검은 제복 차림의 운전사가 항구 끝에 와서 배를 내다보는 것이 발견되었다. 잠시 후 그는 손을 들더니 이상하게 감상적이고 여성적인 팔목 놀림으로 손을 흔들었다. 그는 무엇이라곤가 영어로 외쳤다. 하지만 관찰자 중 누구도 그 말을 알아듣지 못했다. 그는 울고 있었다.

몰타에서 람페두사까지 줄을 그어 보라. 그것을 반지름이라 하자. 그 반지름이 완성하는 원의 어디엔가에서 10일 저녁께에 물이 뿜어 오르기 시작했다. 물 뿜기는 십오 분간 계속되었다. 그러나 그것은 범선을 15미터 높이로 솟구쳐 올라가 맴돌고 삐걱대게 한 뒤에 (아스타르테의 목은 구름 없는 날씨에 선명하게 드러나 보였다.) 다시 그것을 지중해의 한 작은 부위에 가서 떨어지게 만들기에 충분한 시간이었다. 거기에 뒤따른 바다의 수면 현상(흰 파도 머리들, 해초의 섬들, 그 이후에 난폭한 태양 분광의 일부를 포착한 수백만 개의 수면들)은 그 고요한 6월 어느 날 수면 밑에 가서 드러눕게 된 물체에 대해선 아무런 흔적도 보여주지 않았다.

도피로부터의 퇴각

설순봉

    토머스 R. 핀천은 1937년 3월 8일 미국 뉴욕주 롱아일랜드, 글렌 코브에서 삼 남매 중 첫째로 태어났다. 그의 아버지는 공학 기사이자 자원 소방대 대장, 도로 감독관 등으로 일했는데, 핀천은 고등학교를 우수한 성적으로 졸업한 후 열여섯 살에 뉴욕주 코넬 대학교에 장학생으로 입학하여 응용 물리학을 공부하기 시작했다. 그러나 대학 2학년 재학 중 그는 무슨 연고에서인지(불행하게 끝난 짧은 결혼 경험 때문이라는 추측도 있다.) 학업을 중단하고 해군에 입대하여 통신병과 소속으로 복무한 듯하다. 1957년에 제대하고 학교로 돌아온 그는 자연 과학에서 문학으로 전과하여 영문학을 전공하기 시작했다. 이 시기 그는 학과 공부에 충실한 한편 맹렬하게 독서에 침잠했다. 당시에 그가 수학책들을 '재미로' 읽었다는 가까운 지인의 증언은, 그가 대학에서 한때 물리학을 공부했다는 사실과 더불어 『브이.』의 독자들에게 흥미롭게 다가올지도 모르겠다.(작품에 나오는 수많은 물리학과 수학의 용어와 개념이 눈에 띌 것이다.)

    핀천은 대학에서의 마지막 두 해 동안, 교지인 《코넬 라이터(The Cornell Writer)》에 발표한 단편 「이슬비(The Small Rain)」(1959)를 위시하여, 1959년과 1961년 사이에 《케니언 리뷰(Kenyon Review)》 등에 게재된 수 편의 작품을 썼다. 그중에서도 1961년 봄 《케니언 리뷰》에 발표한 「엔트로피(Entropy)」라는 단편은 『브이.』에서도 주목되는 핀천의 우주관 내지 역사관과 깊은 연관이 있는 열역학 개념을 다루고 있다는 점에서 주목할 만하며, 한 차례 출판된 후 1976년까지는 지면에서조차 다시는 언급되지 않았던 핀천의 첫 번째 출판작 「이슬비」 역시, 『브이.』를 통해 작가가 전폭적으로 전개하게 될 주요 주제들을 다루고 있다는 점에서 주목할 만하다. 그 주제 중 하나는 자연 현상과 인간사 간의 복합적이고 숙명적인 관계인데, 그는 이 초기 단편에서 자연의 변화가 얼마나 효과적으로 인간을 바꾸어 놓는지를 성찰하는 한편, 인간은(이슬비와도 같은) 어떤 외부적 사건이(마치 비가 흙을 느슨하게 하여 나무뿌리로 하여금 오랫동안 박혀 있던 자리에서 빠져나가게 하듯이) 그를 흔들어 빼내 주지 않는 한, 침체와 퇴화 내지 가공할 비인간화를 피할 수 없다는 점에 일찍부터 주의를 집중하고 있다. 재학 중 그는 당시 코넬 대학교에서 가르치고 있던 블라디미르 나보코프의 강의를 수강할 기회를 얻었으며 성적 역시 뛰어났던 듯하지만 가까이 지내던 대부분의 사람들이 핀천의 자기 공개 기피증을 철저히 존중하는 연고로 회고담이나 일화가 그리 많이 알려지지는 않았다.

　　1959년 6월 코넬 대학교를 졸업할 때 핀천은 선망받는 우드로 윌슨 장학 기금을 포함한 몇몇 장학금의 수여 대상자로 선정되었으나 이러한 학자의 길을 가기에 유리한 조건뿐 아니라 다른 사회 진출 기회(《에스콰이어》의 문예 담당 평론가로 청탁을 받기도 했다.)를 모두 마다하고 뉴욕의 예술가 구역인 그리니치 빌리지와 리버사이드 드라이브 등에서 친구들과 극빈자의 생활을 하며 창작에 전념했다.(『브이.』

에 등장하는 '그 모든 병든 족속들'의 모습에서 이때 핀천의 생활을 짐작해 볼 수도 있겠다.) 그가 이 시기에 집중했던 작품은 다름 아닌 『브이.』이다. 뉴욕에서 몇 달이나 불안정한 삶을 살던 핀천은 미국 서해안 워싱턴주 시애틀로 옮겨 가 보잉 항공사에서 '공학 부문 보좌관' 자격으로 1960년 2월부터 1962년 9월까지 일하게 되는데 그때 핀천이 맡았던 일은 기술 문서를 작성하는 일이었다.

그의 첫 번째 장편이자 당장에 그를 미국의 주요 신예 작가로 주목받게 만든 『브이.』를 완성한 것은 그가 보잉 항공사를 나와 캘리포니아와 멕시코 등지에 머무르던 동안의 일이었다. 1963년 출판된 『브이.』는 당장에 열렬한 호평(물론 비평가들 사이에는 유보적인 태도도 적지 않았다.) 속에 그해 출판된 최우수 장편으로 윌리엄 포크너 상을 받았다. 1966년, 핀천은 정보의 엔트로피적 증대가 정보의 부재를 초래한다는 것을 주요 주제 중 하나로 삼은 작품 『49호 품목의 경매(The Crying of Lot 49)』를 출판하여 비평가와 독자의 관심을 더욱 확고히 했는데, 이 작품은 『브이.』를 완성하는 중 경험한 캘리포니아 생활을 토대로 하고 있다고 추측된다. 그는 또한 '미국 문예원'이 선정하는 '리처드 앤드 힐다 로즌솔 상(Richard and Hilda Rosenthal Foundation Award)'의 수상자가 되었다.

이렇듯 이름이 널리 알려진 다음에도 앞서 언급한 핀천의 자기 공개 기피증(실상 이 역시 핀천이 『브이.』에서 피력한 바와 같이, 한 명의 인간을 제대로 이해하기 위해서는 그의 '전 역사'를 통찰함은 물론 '영혼의 해부'까지 거쳐야 한다는 전제하에, 그저 단순한 성격적 기벽으로 치부해서는 안 될 듯하다.) 때문에 인적 사항에 대하여 대중에게 상세히 알려진 바가 없다. 그는 단 한 번도 인터뷰에 응한 일이 없으며 베스트셀러 목록에까지 오른 세 번째 장편 『중력의 무지개(Gravity's Rainbow)』가 1973년 출판된 후, 《뉴스위크》 등이 관련 기사를 게재할 때에도 겨우 열여덟 살에 찍은 사진 한 장으로밖에는 면모를 소개할 수 없었다. 자기 홍보뿐 아니라 이때에 이르러서는 더 이상 상을 수상하는 것에도 '기피증'이 생겼는지, 한꺼번에 세 개의 문학상 수여 대상작이 되었던 『중력의 무지개』가 아이작 바셰비스 싱어와 함께 내셔널 북 어워드의 공동 수상자로 정해졌을 때는 출판사가 임기응변으로 대역 코미디언을 내세워 수여식에 대신 참석시키면서 축하객들을 얼떨떨하게 했고 하월스 훈장의 수상자로 정해졌을 때는 상을 단호히 거절했다.

1984년 초기 단편들을 모은 『느리게 배우는 사람(Slow Learner)』이 출판되었을 뿐, 『중력의 무지개』 이후 긴 침묵을 지키던 핀천은 1990년, 마침내 자유주의와 더 나은 사회에 대한 낭만적 낙관이 미국의 수많은 젊은이들을 휩쓸었던 1960년대를 향수에 젖어 회고하는 로맨스적 소설 『바인랜드(Vineland)』를 출판했다. 독자와 비평가 모두가 기다리던 이 작품은, 부정적인 평과 호평이 첨예하게 엇갈리는 가운데 미국의 일부 대학에서는 곧바로 문학 강의 교재로 사용되었다. 독자의 기호나 기대에 대한 호응보다는 인류가 더욱 행복해질 수 있는 방법에 단연코 더 큰 관심을 갖는 것이 명백한 작가의 작품이 정당한 평가를 받게 되기까지는 조금 더 시간이 필요하리라 예상된다. 복잡한 기법 및 과감하고도 실험적인 문장 등은 『바인랜드』가 충분한 이해와 인정을 받는 순간을 어쩌면 조금 더 늦추게 될지도 모르겠다.

실험 소설에 익숙하지 않은 독자들은 『브이.』를 처음 대할 때 적지 않은 혼란과 당혹을 느낄 수 있을 것이다. 이를테면 시간 설정이 임의적이고, 이야기의 전개를 읽어 내기 어려우며, 사실과 허구가 교묘하게 뒤섞여 있고, 무엇보다도 어느 한 가지의 일 또는 어느 한 사람의 등장인물도 분명히 납득이 가도록 묘사되어 있지 않다는 점 등이 핀천의 소설에 넘쳐흐르는 백과사전적(사실상 백과사전으로도 확인할 길 없는 정보들까지 대량으로 쏟아 놓고 있다.) 언급, 인유, 비유 등과 더불어 작품을 더욱 난해하게 하고 있다. 하지만 이 난해함은 의도적인 것으로, 1960년대 이후 새로운 경향의 소설들(부조리 소설, 뉴 픽션, 블랙 유머 문학, 초현실주의 소설, 메타 픽션, 또는 이 모든 것을 통칭하여 포스트모더니즘 문학)을 읽기 위해서는 원래부터 참고 견뎌 내거나, 흥미를 가지고 통달해야 한다는 점을 기억하는 것이 독자에게 어느 정도 보상이 되지 않을까 한다. 통달이라는 것은 난해함에서 실제로 해방된다는 뜻이 아니라 그것을 그대로 받아들이고 익숙해지는 것을 뜻한다. 물론 단순히 수동적으로 난해함이라는 조건을 감수하기만 하는 것은 작가의 의도도 아니려니와 독서 행위를 보다 무의미하고 재미없게 만들 것이다.

하지만 포스트모더니즘 문학의 가장 근본적인 문제의식은 바로 기존 감성과 상식으로는 받아들일 수 없는 각종 인간 경험을 어떻게 설득력 있게 묘사하여 받아들이게 할 것인가라는 점을 생각해 보면 오히려 작품들에서 독자가 부딪치는 난해함은 당연한 것이다. 핀천이 끊임없이 상기시키는 대자연의 위협에 더해, 인간 스스로가 만든 각종 제도들, 상상을 초월한 과학 기술과 산업의 발달, 급격한 도시화 등이 복합적으로 만들어 낸 '인간 조건'은 도저히 인간 본연의 육체적 정신적 적응력이 감당할 수 없는 정도에 도달했다. 『브이.』에 나오는 이집트인 마부 게브라일이 아무리 자기 집에 침입해 오는 사막의 모래를 퍼내려 해도 들어오는 모래의 양이 훨씬 더 많아서 점점 매몰되는 것을 막을 수 없듯, 오늘날 사람들은 대부분 감당해 낼 수 없는 실존적 도전을 받으며 살아가고(어쩌면 죽어 가고) 있다. 사회 계층 간 차이, 지역 간 구별 등이 무너짐에 따라 발생하는 새로운 문제들 역시 긍정적인 변화보다 우선은 훨씬 크다고 할 수 있다.

비교적 최근작인 『바인랜드』에서 핀천은 지금까지의 그의 기법들에 더하여 눈에 띄게 일본 문화와 일본어, 컴퓨터적인 개념과 용어 등을 적극적으로 도입하고 있는데 이런 현상은 작품 세계의 다양화와 동시에 인간 환경은 얼마나 빨리 변화하고 있는가, 인간은 얼마나 시시각각 생소한 땅에 내던져지고 있는가를 상기시킨다고 하겠다. 결국 『브이.』를 위시하여 소위 포스트모더니즘 문학을 접한다는 일은 작품 안에서 'V.'의 정체를 추구하는 작업만큼이나 의혹과 신비의 미로에 이끌려 들어가는 경험일지도 모르겠다. 하지만 'V.'의 추구가 반의식의 인간 스텐슬에게 적절한 자극을 주어 목적과 활력이 있는 사람처럼 살 수 있게 했듯, 많은 사고와 수수께끼 풀이를 하게 만드는 『브이.』와 같은 작품을 읽는 일은 독서 행위를 더욱 풍성하게 함과 동시에, 집중을 요하는 어려운 작업을 해냈을 때만 느낄 수 있는 특이한 성취감과 만족을 줄 것이다.

이제 『브이.』가 제시하는 문제들을 좀 더 구체적으로 살펴보겠다. 앞서 언급했듯 폭넓고 다채로운 인유와 참조 조항들이 쉴 새 없이 튀어나와 독자들을 압도할지도 모른다. 원작자의 의도에 다소 반할 위험을 무릅쓰고 편의를 위하여 적지 않은 역자 주를 달아 지나치게 생경한 느낌을 받지 않도록 했음에도 역시 전적인 이해는 어려우리라 생각된다. 마치 관광 도시 카이로의 음식점에서 영국인 고객이 어느 나라 말로 주문을 해야 할지 몰라, 아랍어, 영어, 프랑스어를 차례로 사용하듯이, 책장을 넘기다 장애에 봉착할 때마다 요령껏 유연하게 대처해야 할 듯하다.

독자가 경험하는 생경함의 상당 부분은 스타일의 문제일 텐데, 예를 들어 핀천은 자연 과학의 개념이나 용어를 빈번하게 사용한다. 그 결과 그의 문장에는 "호를 그리며"라든가 "현에 의해" 혹은 "반경이 완성하는 원의 어디엔가에서", "심장의 지질학적 문제 때문인지 넓어진 모공"과 같은 표현이 자주 발견되며 또한 여러 물리적 상황들이 '동적' 상태와 '정적' 상태의 정교한 상호 관계를 이루는 맥락(피렌체에서 일어났던 폭동 가운데의 빅토리아를 묘사한 대목에서처럼) 안에 그려지고 있는 것을 볼 수 있다. 핀천이 자연 과학에 큰 관심을 가지고 있었던 것과도 연관이 있겠지만 한편으로는 그가 인간이 자연 현상 내지 자연 현상이나 다름없이 정확하고 무거운 '사고들'(이를테면 전쟁)에 의하여 정확하게, 불가항력적으로 조종되는 존재라고 생각했던 것과 더욱 밀접한 연관이 있는 듯하다. 예를 들어 독자는 차차 무생물화하기 시작하던 파리에서의 'V.'와 극도로 정적이고 수동적인 소녀 멜라니에 대한 묘사에 경직되고 비인간적인 표현 방법들이 다양하게 동원되고 있다는 것을 쉽게 알아볼 수 있을 것이다. 심지어는 발레 공연에서 몽골 처녀 수 펭 역을 하는 멜라니의 시녀들은 자동인형처럼 여러모로 딱딱하고 기계적인 분위기를 만들어 내고 있음을 알 수 있다.

이야기의 전개 또한 대단히 복잡하다. 줄거리는 대략 '실수투성이'의 보통 남자 베니 프로페인이 어떻게 요요처럼 정처 없이 길을 오가면서도('인간 요요'로 전락했으면서도) 최소한의 인간성을 지키는가, 1945년까지는 반수(半獸) 상태에서 '무생물'과 다를 것 없이 지내던 허버트 스텐슬이 어떻게 하여 V.에 대한 끝없는 추적을 계속하는가, 이 두 갈래를 좇고 있다. 두 가지 맥락 안에 2차 세계 대전 후 데카당트들을 대표하는 뉴욕의 예술인 집단 '그 모든 병든 족속들'이 빚어내는 일화들과 V.를 에워싼 이집트, 프랑스, 이탈리아, 아프리카, 몰타섬을 배경으로 한 일화들(대부분 스텐슬의 각색을 거친)이 소개된다. 이야기들의 시간적 순서, 등장인물들의 정체, 사실적 근거와 상상적 보완의 접합점 등은(포스트모더니즘 소설답게) 구분이 어려우며 불분명하다. 이 작품을 보다 깊이 이해하기 위해서는 이러한 특징들을 보다 알기 쉽게 예증하는 구체적인 사례를 찾아내어 기억하는 것이 중요하다.

(1) 핀천은 작품 안에서 '거울 시간', '전쟁 시간', '기차 시간(인간이 알아볼 수 없는 기차만의 시간)' 등의 개념을 소개하고 있는데 이는 현실적인 시간과 상관없이 진행되거나 정지되어 있는 시간들이다. 이런 시간을 기준으로 하면 보통 우리가 지키는 시간은 임의적인 시간이 된다. 악어 사냥 작업에서 '늦은 팀'에 속하는 프로페인은 어느덧 자기가 일터로 가야 하는 '늦은 팀'이 지켜야 하는 시간이 그날의 시작인 것처럼, 그러니까, 마치 '늦은 팀'이야말로 '이른 팀'인 것처럼 생각하게 된다.

(2) 마음씨 착한 탐험가인 노 고돌핀은 인간의 형상을 한 괴물 같은 아프리카의 백인 농장주 포플과 정체를 간단히 바꾸며, 포플 가의 농성 파티 참석자인 독일 중위 바이스만은 성도착을 일으킬 뿐 아니라 V.로 추측되는 베라 메로빙 등과의 관계에서 공격자와 희생자의 역할을 동시에 담당한다.

(3) 바로 위 항목을 확장해 보자면 핀천은 한 인간을 과거로부터 미래에까지 걸쳐 여러 조각으로 나누고(V., 파우스토 등의 인격 분화) 그것도 모자라 그 사람의 생령까지 불러내는 작가적 회의와 탐구 정신을 곳곳에서 보인다.

(4) 텔레비전을 잠시도 놓치지 않고 감상하기 위해 팔의 피부 밑에다 전기 회로 장치를 설치한 뉴욕의 데카당트 퍼거스 믹솔리디언과 머리에서 발까지 각종 인공 장치(머리 문신, 유리 눈알, 보석 의치, 황금 구두를 신고 뺐다 끼웠다 할 수 있게 만들어진 의족 등)에 둘러싸인 몰타섬에서의 V., 전쟁 부상 때문에 성형수술을 받은 에번 고돌핀, 또는 유대인의 코 대신에 아일랜드인 같은 코를 갖기 위해 성형수술

을 받은 에스터 하비츠, 이들은 사실상 서로 크게 다르지 않은 것처럼 다루어졌다. 그리고 보면 인간의 뼈대로 만들어 낸 실험용 인조인간과 무생물인 이물질(가령 피부 속에 전기 회로를 장치한 믹솔리디언처럼)이 몸속에 들어 있는 인간에 큰 차이가 느껴지지 않는 것도 무리는 아니다. 혼란은 물론 거기서 그치지 않는다. 아들 허버트 스텐슬과 아버지 시드니 스텐슬(아버지 쪽은 1899년의 사건들을 취급하는 7장에 잠깐 나타났다가 1919년의 일들을 서술하는 '결어'에 가서야 좀 더 구체적으로 형체를 드러낸다.)의 정체를 각각 알아보기 어렵다는 점, 아들 허버트 스텐슬이 자신을 3인칭으로 가리켜 "스텐슬은……" 또는 "그는……"이라 말하는 습관 등도 전체 작품의 난이도를 더 높이고 있다. 이 밖에도, 몰타섬의 시인 철학자 파우스토 마이스트랄이 자신을 파우스토 1세, 파우스토 2세…… 등으로 칭하고 '마이스트랄'이라는 명사 역시 파우스토와 파올라의 이름인 동시에 바람의 이름으로 쓰이는 등 헷갈리는 요인투성이이다.

한편 무엇보다도 독자들의 관심을 끄는 문제는 V.가 누구이며 무엇인가 하는 문제일 것이다. 1898년 카이로에 나타났다 다시 1899년 피렌체에 나타나는 빅토리아 렌, 그녀의 변신이라는 것이 (확인은 되지 않은 채) 짙게 암시되고 있는 파리 극장가의 신비스러운 여인(1913년), 포플의 농성 파티에 뮌헨에서 온 여인으로 등장하는 베라 메로빙, 이윽고 1943년 몰타섬에서 잔인한 아이들(아이들에게는 '마음'이라는 것이 없으니까 잔인하다.)에게 에워싸인 채 죽어 가는 '나쁜 신부' 또는, 베로니카 망가니즈, V.의 정체는 일단 이렇게 추적해 볼 수 있다. 하지만 여기까지 확인이 끝나고 V.가 몰타섬에서 숨을 거두었을 거라는 결론이 일단 성립된 뒤에도 스텐슬은 또다시 다른 '단서'인 비올라 부인을 추적하여 스톡홀름으로 떠남으로써 V. 사냥을 재개한다.

V.는 다른 한편으로는, 몰타섬에서 미국으로 옮겨 간 듯싶은 신부 페어링이 대공황 때 뉴욕시 하수구에서 전도한 여자 쥐 베로니카라는 추측, 노 고돌핀의 흠모와 환멸의 대상이었던 가공의 땅 베이수, 몰타의 수도 발레타라는 추측 등도 불가능하지는 않다. 또 다른 차원에서는 승리(Victory), 삶(Vita), 진리(Veritas) 등의 추상적인 개념들을 표상한다는 추측, 심지어는 프로페인의 영원한 주거지인 '길' 또는 '도로'를 원근법적으로 상징한다는(V 자를 거꾸로 놓으면 길의 모양이 된다는 착상에서) 해석조차 시도되고 있다. 이 모두가 수용 가능한 의견일 것이다. 하지만 핀천이 작품 안에서 이야기하고 있듯이 의견이란 안개에 싸여 있게 마련이며 참된 언어라는 것은 반드시 동문서답적인 성질을 가졌다. 뿐만 아니라, 암호 풀이를 하면 할수록 점점 더 밤과 같은 불투명으로 빠져 들어가는 공학 기사 몬다우겐이 베라 메로빙(V.)에 대해 말하듯이 V.의 가치는 끝없이 불확실성으로 남아 있다는 바로 그 점이라고 할 수도 있다. 그렇다면 정말로 모든 것이, 연기나 바람이나 구름처럼 종잡을 수 없고 시뇨르 만티사나 프로페인의 사랑 레이철의 눈처럼 불분명한 것일까. 그렇지만은 않다는 것이 핀천의 생각이라고 보인다. 휴 함장(노 고돌핀)은 그가 베이수에서 체험한 일이 혹시 직사광선을 너무 쐰 데서 온 일시적인 정신착란은 아니었는지 의심하는 친구 만티사에게 이렇게 말한다. "중요한 건 내가 본 것도 아니고 봤다고 믿은 것도 아니야. 결국 내가 어떤 생각을 어떻게 하느냐가 문제니까. 내가 어떤 진실에 도달했느냐가 문제라고." 이는 핀천의 회의주의에 대한 독자의 의문에 대한 대답일 수도 있다. 그는 매우 용의주도한 회의주의적 접근에도 불구하고 파우스토 마이스트랄의 입을 통하여 "진실'이란 도달할 수 있는 정확"이라고까지 선언하고 있다. 그렇다면 그가 본 진실이란 무엇일까? 모든 것이 붕괴하고 변질되는 오늘날 그 진실에 대해 인간은 어떻게 대처해야 할

까? 이런 문제들에 대해 몇 가지를 제안해 보려 한다.

우선 핀천이 도달한 진실이란 인생은 자칫 "산다는 사실조차 인간에 대한 모독"으로 느껴지도록 만들어졌으며, 인간들이 살고 있는 세상이란 과연 아이들을 데려다 놓겠다는 생각이 들 수 있는지가 의심스러울 만큼 부조리에 가득 찬, 가혹한 곳이라는 사실이다. 인생이란 인간의 개별적 인간성에 대한 부단한 거부이며 세상은 인생에게 아무것도 내줄 것이 없는 곳이다. 근본적으로 살아남기란 선택할 수 없는 일이 되기 쉽다. 또한 인간 조건이 이토록 복잡해진 오늘날, 살아남은 사람들이라고 해서 진짜로 살았다고 하기 어려운 경우가 대부분이다. 파우스토 마이스트랄이 말했듯, 어떤 기계는 "인간보다 더 복잡한" 반면, 인간들은 오히려 정해진 반응밖에 보이지 못하는 자동인형같이 되어 가며, 비인간화의 과정은 걷잡을 수 없이 빨라졌고 무생물로의 진행이 가속되고 있다.

여기에서 말하는 비인간성이란 동물성이 아니라 물건의 부스러진 조각이라든가 깨어진 돌멩이와 같이 되는 것을 뜻한다. 말하자면 프로페인이 인류 연구 협회에서 만난 인조인간 슈라우드와 거의 비슷한 상태로 전락해 버리는 과정을 말하는 것이다. 이 상태에서 인간들이 적극적이고 의미 있는 일을 할 수 없는 것은 명백하다. 프로페인이 요요처럼 거리에서 거리로, 한 지하철역에서 다른 지하철역으로 왕복하며 다니는 것은 그것만이 그를 살아 있는 상태로 지켜 주는 행위이기 때문일지도 모른다. 마찬가지로 V. 추격전의 주인공인 허버트 스텐슬이 V. 사냥을 포기하지 않는 것 역시 V.의 추적만이 잠속으로 흡수되어 버릴지도 모르는 그의 인생에 유일한 활기를 부여해 주기 때문일 것이다.

그렇다면 무엇이 인생을 이토록 험악하게 만들며 인간들에게서 삶의 모든 의미를 빼앗아 가 버리는가? 작품이 다루는 시간적 배경이 1차 세계 대전 얼마 전(1898년)으로부터 2차 세계 대전 얼마 후 (1956년)까지인 만큼 우리는 이 문제를 전쟁과 연결 짓지 않을 수 없 다. 더욱이 이즈음의 전쟁은 "인간의 싸움이 좀 더 평등한 것이었던 때", "전쟁이 적어도 명예의 환상이라는 금박을 입던 시절"의 전쟁과 는 전혀 다르다. 오늘날의 전쟁은 단 1회의 폭격으로 한 세대의 청춘 이 돌연히 사라지게 만드는 힘을 가졌다. 폭격이란 얼마나 특이하고 강력한 체험인지 마치 한 번 먹으면 일생 동안 "죽음, 배고픔, 중노동 의 공포에 대하여 면역이" 생기게 해 주는 미약과도 같다. 전쟁을 한 차례 겪고 나면 세상이 급격히 심한 냉소주의와 무감동에 빠진다고 토로하며 여든 살이 다 된 노탐험가 휴 고돌핀은 "전쟁 때문에 세상 이 나보다 더 늙어 버렸다"고 말한다. 하지만 문제는 이렇듯 가공할 힘을 가진 전쟁이 인간의 궁극적인 적이 아니라는 데에 있다. 환멸에 빠진 고돌핀은 자신의 세대가 처한 절망적인 상태에 대해 이렇게 외 친다. "전쟁 때문이라고 하면 그럴듯하겠지요. 요새는 그렇게 말하 는 것이 유행인 모양이더구만요. 뭐든지 전쟁 탓하는 것이 말이오." 그러면 무엇이 인간의 가장 큰 적일까?

핀천은 작품 전체를 통해 거듭하여 사고(事故)라는 단어를 사용 하고 있다. 지진, 태풍과 같은 자연 현상을 위시하여 전쟁, 여자의 임 신 등 인간 현상을 총망라한 의미를 담은 말이다. 사회가 다양해지고 복잡해질수록, 생물과 무생물 간의 거래가 많아질수록, 한 지역과 다 른 지역 간의 교류가 빈번해질수록, 사고가 발생할 확률은 더욱더 높 아진다. 파우스토는 자기 딸 파올라가 미군과 결혼한 것도 사고적 사 건이라 부르고 있는데 그 결혼이 심사숙고를 거치지 않고 이루어졌 다는 점은 차치하고서라도 몰타의 아이인 파올라와 미 해군 패피 호 드가 만나게 된 것부터가 수많은 사고적 사건들에 의해 가능했다는 의미이다. 거기에는 몰타가 대영제국의 속국이 되었다는 역사적 '사고'로부터 2차 세계 대전이라는 '사고적' 사건, 그 외에도 어떤 특정한 날의 기온, 날씨, 바람의 상태 등 여러 우연적인 요인들의 개입까지 작용하고 있다. 여자들의 임신에 대하여 파우스토는 이렇게 적고 있다. "폭탄의 탄도, 별의 죽음, 바람과 바다의 용오름 같은 일을 다스리는 세력들이 이들의 동의도 없이 골반 부근 어딘가에 모여서 또 하나의 거대한 사고를 일으키려는 건지도 몰랐다."

그러고 나서 그는 그러한 일은 누구에게나 공포스러울 것이라고 덧붙인다. 그런데 사고를 일으키는 이 우연적 요인들의 특징은 그것은 "단순히 부분과 부분의 총합이 아니라 또 다른 조작에 의해 합쳐진 부분들의 복합적이고 더 거대한 힘을 가지고 작용해 오는 것"이다. 이 "복합적이고 더 거대한 힘"을 가지고 수많은 일을 벌이는 사고적 요인들은 어찌도 막강한지 파우스토는 인생의 유일한 주제에 대하여 "인생이란 살면서 단 한 번이라도 그 사실을 인정하고 나면 미치지 않는 게 이상할 만큼 사고로 점철된 것"이라고 단언하고 있다. 그렇다면 여기에 대한 대책은 무엇일까?

퇴폐주의는 전쟁과 같은 무서운 경험을 하고 난 후에 흔히 일어나는 현상이다. 1차 세계 대전 후 아프리카의 백인 농장주로 정착한 포플의 저택에서 벌어졌던 농성 파티와 2차 세계 대전 후 뉴욕시 예술인 구역에서 펼쳐졌던 '그 모든 병든 족속들'의 퇴폐상이 좋은 예가 될 것이다. 전쟁을 치른 인간들뿐 아니라, 계속해서 사고가 발생하는 환경에서 사는 인류 전부가 퇴폐주의의 밀폐된 공간 속으로 빨려 들어갈 위험에 노출되어 있다고 보는 것이 옳다. 나아가 현시대처럼 이름 없는 공포의 위협이 날로 더 증대되는 상황에서는 이러한 현상이 더욱 가속화될 것이다. 그렇다면 퇴폐주의란 무엇인가? 그것은 시드니 스텐슬이 발레타를 제외한 모든 유럽 도시들에서 목격한, 인간들에 의해 만들어진 축제의 분위기, 노래와 깃발과 퍼레이드, 난잡한 행위 등에 의하여 암시되고 연상되는 문화적 상태라고도 하겠다. 그것은 또한, 고유명사의 나열, 정해진 행위의 동일한 반복과 재조합 밖에는 할 수 없을 지경까지 전락해 버린 '그 모든 병든 족속들'이나 포플 가의 손님들이 연출하는 삶의 형태를 묘사하는 개념어이다.

그러나 무엇보다도 퇴폐주의는 죽음을 향한 동작이자 인간적인 것으로부터의 이탈, 영혼의 공황에 의한 인간의 파멸이다. 퇴폐는 낙하와 죽음만을 의미한다. 퇴폐주의의 화려함과 사치스러움은 죽음의 왕국이나 흑미사 같은 데에서나 볼 수 있는 것이다. 퇴폐주의의 큰 특징 중 하나는 비인간화 작용인데, 이는 인간에게 돌이나 파괴된 건물의 잔해 같은 무생물의 속성을 부여한다. 그러니까 퇴폐주의의 밀봉된 비현실 속에 더 깊이 빠져들수록 인간은 무생물과 그만큼 가까워지는 것이다. 그런데 비인간화 과정의 희생물이 된 인간들이 보이는 두드러진 특성 중 하나는 그가 "잃어버린 인간성을 무생물인 물체나 추상적인 이론에 덮어씌우"는 경향이다. 그리하여 프로페인이 사랑하는 레이철 아울글래스는 자동차를, 피그 보딘은 모터사이클을, 다 콘오는 기관총을 사람이라도 되는 것처럼 사랑하며, 루니 윈섬의 아내 마피아는 영웅적 사랑에 대한 자기 이론을 사랑의 대상으로 선택되는 남자들보다 더 사랑한다. 이런 현상을 핀천은 페티시즘의 개념으로 설명하고 있는데 그 전형적인 예를 우리는 극도로 정적이고 수동적인 어린 댄서 멜라니에 대한 V.의 태도에서 볼 수 있다. 멜라니에게 V.는 이렇게 말한다. "페티시라는 게 뭔지 알아요? 그건 구두 한 켤레, 사진이 든 목걸이, 가터벨트처럼 여자의 어느 딱 한 부분에 쾌감을 느끼게 하는 거죠. 당신도 그거나 똑같아. 진짜 사람이 아니라 쾌감을 위한 물건에 지나지 않는다고." 피렌체의 미술 애호가 시뇨르 만티사의 「비너스의 탄생」에 대한 정열도 이 테두리에서 이해할 수 있다. 다만 그의 경우에는 베이수의 환상에서 용감하게 깨어나는 친구 휴 고돌핀과 마찬가지로, 결정적인 순간 페티시즘의 마력에서 벗어나 넓은 바다를 향해 그의 영혼의 동지인 휴 고돌핀, 그의 아들 에번과 함께 떠나 버린다.

퇴폐주의와 연관되어 있으면서도 일견 다른 형태를 가진 관광주의[195]는 또 하나의 현실 도피 수단이다. V.는 1913년 파리에서 이윽고 사랑을 하기 전까지는 가톨릭교회처럼 초국가적이며, 잘 조정된 조직망을 가진 이상한 나라, 즉 관광의 나라가 낳은 친자식이었다. 그 땅에서 "싸움이란 '외부인을 재빨리 알아보고 그의 무지를 악용하려는 거대한 군대'에 속하는 소매치기와 벌이는 드잡이 정도"에 지나지 않고 "경제 불황이든 번영이든 기껏 환전율에나 반영될 뿐이다." 인간을 에워싸고 있는 사고의 위협을 잊기 위해 인간이 이런 나라의 친자식이 되고 싶어 하는 것은 당연하다. 또한 인간은 휴 고돌핀이 베이수에 대해 품은 것과 같은 완전한 땅을 찾는 경향이 있는 생명체다. 하지만 휴 고돌핀이 발견한 베이수 역시 요란하게 단장한 관광지들과 마찬가지로 무의미하고 공허할 뿐 필요한 대답은 제공하지 않는다. 영원한 것을 의미할 줄 알았던 그 땅에서 휴 고돌핀은 그 강렬하고 변화무쌍한 색채며, 음악, 시, 법, 의식 등이 아무런 내용도 없는 "거죽에서 떠"도는 것들임을 확인한다. 그뿐 아니라 그는 "외국 땅의 번쩍이는 외피 아래에는 진리의 사각(死角)"만이 존재한다는 사실을 발견한다. 그러나 그는 베이수가 거죽뿐이라는 발견, 이국적인 것들이 아무리 현혹적이어도 사실상 아무것도 삶에 공헌하지 않는다는 발견 등에 대해 세상에 말하지 못한다. 왜냐하면 그러한 불온하고 전복적인 발언은 세상을 미치게 할 것이 뻔하기 때문이다. 세상이 원하는 것은 진리가 아니라 그것이 감히 쳐다볼 수 있고 보는

195   관광을 중심으로 일어나는 각종 문화 현상.

데 불편함을 느끼지 않을 수 있는 형태로 그려진, 자기 모습의 파스텔화이기 때문이다.

유일한 대책은 '도피로부터의 퇴각', '삶으로의 복귀'이다. 그러나 말할 것도 없이 이 일은 이미 삶으로부터 도피하지 않을 수 없었던 자들에게는 대단히 어려운 일이다. 우선 현실을 있는 그대로 수용해야 하는데, 그러기 위해서는 인간 생명의 유한함이라는 숙명은 차치하고서라도 수많은 자연적, 우연적, 인위적 사고에 위협받고 있다는 인간 조건을 수락해야만 한다. 이는 결론적으로 오늘날 사회가 진화하면서 생성한 '복합적 인간 조건' 일체를 몽땅 받아들이는 행위이다. 핀천의 분석에 따르면 오늘의 세계에서 구분이라는 것은 거의 불가능해졌다. 그의 작품 속에서는 악인과 선인, 생물과 무생물, 여자와 남자의 구별조차도 철저하지 않다. 모든 것이 불분명과 혼란 속에 마구 뒤섞여 있다. 이런 상태에서 어떤 행위이건 간에 적극적인 목적의식 아래 시도한다는 것은 매우 힘들 것이다. 도피의 미로로 깊이 들어갔던 인생이 삶으로의 복귀 같은 엄청난 기획에 따른다는 것은 더더욱 그렇다.

그러면 파우스토 마이스트랄의 예를 통해 핀천이 재현한 삶으로의 복귀가 무엇인지 살펴보자. 파우스토 마이스트랄은 직접 고백한 대로, 영국식 교육을 받았기 때문에 자신과 동족인 아내에게 그녀를 얼마나 사랑하는지, 자신이 어떤 시를 쓰고 있는지에 대해서도 설명할 수가 없다. 왜냐하면 대영제국의 영향 아래 그는 '이중 인간' 또는 '복수(複數) 인간'이 되어 버렸기 때문이다. 전쟁을 겪으면서 그는 일시적으로 '단순한 몰타 사람'으로 되돌아가지만 폭격으로 아내를 잃고서 무생물 상태에 빠진다. 그러나 시간이 흐름에 따라 다시금 인간성을 회복하고 폭탄이 그들에게 남겨준 진짜 세상으로 돌아와 "작금의 사태에만 관심을 쏟아붓는 척하면서 지금까지 벌어져 온 사태에 대한 반성이나 올바른 정부 수립이 가져올 바람직한 사태에 대한 성찰은" 없었던 지금까지의 태도를 일신한다. 그가 이렇게 될 수 있었던 것은 바로 제국주의가 몰타 사람들에게 들이부은 불순물 덕분이라고도 할 수 있을 것이다. 왜냐하면 그는 영국식 교육 덕분으로 "인과응보의 허구, 이성으로 구축된 인간 역사의 허구 등을 꿰뚫어 볼 만한 맑은 눈"을 갖게 되었기 때문이다. 물론, 이를 위하여 그는 그와 이름이 같은 전설적 철인 파우스트가 그랬던 것처럼 그의 영혼을 조금씩 역사에 팔아야만 했다.

하지만 결국 인간들이 이름 없는 공포의 희생물이 되는 것은 위협 세력이 많아서라기보다 그들이 너무도 무지하고 순진하여 사고에 대한 대비를 하는 대신 '다행병' 환자의 낙관적 몽상에 빠져 지내기 때문이다. 그러므로 이 모든 고난에도 불구하고 살아남아 자유롭게 똑바로 서기 위해서는 의식을 포기하지 않으려는 집착이 필요하다. 현실을 받아들인다는 것은 허다한 모순과 역설과 '불순물'을 함께 받아들이는 것, 이미 일어난 일들은 물론 일어났을 수 있는 일, 일어날 가능성이 있는 일까지도 모두 인정하고 받아들이는 것을 의미한다. 성스러운 것과 세속적인 것(프로페인(Profane)이란 단어는 '세속적'이라는 의미이다.), 과거와 현재, 바다와 육지, 백인과 흑인, 동양과 서양, 문명과 원시, 꿈과 현실, 우익과 좌익, 온실과 거리, 거리와 거리 아래, 성도착, 시간과 공간의 환치 현상, 가해자와 피해자의 자리바꿈 등등, 심지어 어떤 경우에는(파우스토 마이스트랄이 그랬듯이) 자기 자신으로서는 가장 견디기 어려운 부조리까지도 거부할 수 없는 처지에 놓이게 되는 것을 전제로 한다. 뿐만 아니라 인간은 기적이나 성령의 도래처럼 이성의 범주를 뛰어넘는 현상의 가능성을 받아들이지 않고는 절망과 삶의 포기를 면할 수 없다. 이런 상황에서 "자신을 위해 미신을 만들어 내는 데 성공한" 파우스토 마이스트랄의 몰타적 전통에 대한 새로운 믿음이나 살벌한 자연 환경 때문에 백인도 종종 흑인으로 오인되어 사살당하곤 하는 "살인자 같은 바다에 침범당한 재의 들판"에서 젊은 포플이 "필수적으로 의지한" 대식민지 정책의 "가부장적 징벌"에 대한 환상 등은 적어도 필요한 망상이다. 다만 이 망상과 미신은 반드시 절박한 실존적 상황에 의해 임기응변으로 주조된 것이어야만 한다.

　어쩌면 이런 미신이나 망상보다 더 보편적이며 긍정적인 형태의 구제책은 사랑이다. 사랑은 지배와 피지배, 가해자와 피해자, 착취와 희생이라는 경직된 틀 속에서도 끝없이 관용적이며 유연한 인간관계를 가능하게 한다. 사랑은 "주권을 동시에 누리게 했고, 서로에게 융화하게" 하는 참으로 이상적이며 희귀한 힘을 지니고 있다. 사랑은 이성애, 동성애, 또는 휴 고돌핀과 시뇨르 만티사 사이의 "부패하지 않는 우정" 등 여러 가지 형태를 전부 포괄하겠지만, 그중에서도 부모의 자식에게 대한 사랑 또는 어른의 어린아이들에 대한 사랑이 작품 전체를 통하여 거듭 강조되고 있다. 파우스토 마이스트랄과 파올라 마이스트랄, 휴 고돌핀과 에번 고돌핀, 시드니 스텐슬과 허버트 스텐슬은 다 좋은 예이다. 아버지 고돌핀이 자기의 비밀을 아들에게 사랑으로 얘기해 주고 싶다고 말하는 장면, 자칫 인간이 아니기 쉬운 시민의 공복 시드니가 문득 영국에 있는 아들 생각을 떠올리고는 자기에게 구원을 청해 온 몰타의 여인에게 동정과 도움을 주기로 결정하는 장면 등은 특별한 설득력이 있다.

　그 밖에도, 풍선 이미지 등을 통해 아이들의 귀중함과 행복할 권리를 상기하게 하는 동시에 어린 시절의 기억이 인간의 삶에 부여하는 안정감과 삶에 대한 긍정을 수많은 기법들을 통해 표현하고 있다. 프로페인의 떠돌이들에 대한 사랑, 싸구려 여인숙 떠돌이들이 동료 떠돌이와 그가 데리고 들어온 여자를 위해 세레나데를 불러 주는 장면의 묘사, 변두리 술집 바텐더가 허탕을 치고 들어온 여급에게 보이는 친절, "한참 자랄 나이의 가난한 어린아이들에게는 좀 더 먹이고, 집 없는 떠돌이들에게는 커피를 공짜로 다시 부어 주는" 음식점 여종업원의 인정 등, 사랑의 주제는 이 작품에서 빼놓을 수 없는 요소이다. 자기 몸에 무생물을 합체하고, 여자에게 결혼도 하지 말고 아이도 낳지 말라는 충고를 하고 다니던 '나쁜 신부 V.' 역시 결국 나이 서른셋(예수가 십자가에 못 박힌 나이)에 사랑을 배우고 나서 이 세상이 너무나 괴로운 곳이며 사랑이 자라나기 어려운 곳이라는 사실을 절실히 깨달은 탓에 고통과 실망을 미리 차단하기 위해 그런 기이한 행동들을 취했다고 볼 수 있지 않을까. 사랑을 알기 전 그녀는 유럽의 각 도시를 돌아다니며 인간의 고통에 대해서 아무 감각이 없이 지냈다. 아버지와 동생에게서 영영 헤어질 때도 무감동했다. 그러나 사랑을 안 다음부터 그녀는 무생물화해 가는 세상과 함께 실제로 자기 신체의 일부분들을 점차로 무생물로 바꾸어 가면서 삶 대신 죽음을 설파한다. 사랑을 하면서 죽지 않고 살기에는 세상이 너무 괴롭기 때문이며 사랑을 하지 않고 관광객처럼 인생을 산다는 것은 이미 불가능한 일이었기 때문이다. 사랑을 하면서부터 V.는 그녀가 속했던 관광의 나라 주민들에게 파문당한 채, "인류애라는 비시간 속으로" 버려진 것이다. 그녀로서는 돌아갈 곳도 달리 택할 길도 없었다. 결국 폭격 중에 그녀가 고통으로부터 보호해 주기를 원했던 아이들이 빙 둘러서 쳐다보는 가운데 무거운 나무 기둥에 깔린 채(예수가 십자가에 못 박히듯) 죽는 종말은 그녀가 택한 길의 논리적 귀결이라 할 수 있다.

작가 자신이 주석에서 밝힌 것처럼 사랑의 경험은 V.로 하여금 관광주의라는 하나의 퇴폐를 극복할 수 있도록 도와주기는 하였으나, 그 결과 그녀는 관광주의의 변형이라고도 볼 수 있는 또 하나의 퇴폐 현상, 즉, 페티시즘에 빠져 버렸을 뿐이다. 고로 그녀가 사랑에 의해 구제되었다거나 삶으로의 복귀에 성공했다고는 볼 수 없다. 하지만 적어도 그녀가 사랑을 함과 동시에 삶의 목적을 자기에게서 다른 사람에게로 전이시키고, 죽음과 물체화의 교리를 설파하면서 자기 자신에게 육체적이고 실체적인 고통을 가하여 자기 스스로에게 죽음과 물체화가 일어나게 한 것은 역시 사랑이라는 인간 경험이 주는 비상한 힘의 도움이 없이는 불가능했을 것이다.

비록 V.의 희생적 노력이 결론적으로 죽음의 왕국을 도래하게 했을 뿐이기는 하다. 그러나 "사랑 때문에 균형을 잃고 무의식에 머물러" 있게 된 V.는 자기의 부정적인 현실을 인지조차 하지 못하였으며 V.에 대하여 기술하는 제3자들 역시 V.처럼 신속하고 정열적으로 과감하게 뛰어들지 않았을 뿐 대부분 죽음의 체계 안에 관련되어 있었다. 비인간화, 물체화, 죽음의 왕국에 대한 헌신은 극소수를 제외한 인간 모두가 크든 작든 한몫 끼고 있는 세기적 현상이라고도 볼 수 있는 것이다. V.가 사랑의 힘을 얻은 후에도 이전과 형태만 바뀐 죽음의 세력에 공헌할 수밖에 없었던 것은 사랑의 힘이 부족했기 때문이라기보다 죽음과 무생물의 영역이 세상을 철저히 장악한 탓에 아무리 발버둥 쳐도 그 지배권에서 벗어날 수 없기 때문이었다. 이 역시 예외적인 극소수를 제외한 모든 인간에게 해당되는 해석이다.

사랑의 힘이 아무리 크고 희귀하다고는 해도 일정 부분 환상에 의존하는 측면이 있기는 하다. 하지만 결국 아들은 아들이고 친구는 친구다. 또한 이집트의 기관사이자 다정한 가장인 발데타르가 명백하게 보여 주듯이, 가족은 가족이다. 나에게서 타인에게 관심이 퍼져 나가는 것은 인간적 '성숙'을 의미한다. 따라서 혼탁한 현실에도 불구하고 몰타의 또 다른 시인 드누비에트나가 노래하듯 "우리는 그래도 아이들이 자라난다는 사실을 알며", "공연이 끝나고 백 년의 세월이 흐르면 움직이기 시작할 것을 (……) 악한 이의 웃음에서 기만을 보게 될 것을" 믿는 용기와 지혜에 이를 수 있다. 낭만적인 혁명가 가우초가 한탄했듯이 "우리가 애써 만들어 낼 수 있는 유일한 인간 조건이라는 게 가짜 자유하고 가짜 위엄밖에" 없을지도 모른다. 그러나 그는 마지막에 선언한다. "그럴 수는 없어. 만약 그렇다면 내 삶이란……."(그는 말을 끝맺지 않는다.)

이 역서가 급변하는 세계가 같이 겪고 있는 '현대적' 고충을 함께 나누는 한국의 독자들에게 위로와 힘이 되기 바라며 책이 나오기까지 도와주신 민음사의 여러분들께 감사드린다.

옮긴이 설순봉

1957년 서울대학교 영문학과를 졸업하고 미국 뉴욕주립대학교에서 공부했고, 서울여자대학교, 성균관대학교 등에서 영문학을 가르쳤다. 이문열의『황제를 위하여』를 포함한 다수의 한국 소설을 영어로 번역했고, 헤밍웨이의『무기여 잘 있거라』, 존 버거의 3부작『그들은 노동에 함께 하였느니라』등 다수의 책을 우리말로 옮겼다.

브이.

1판 1쇄 펴냄	1991년 1월 15일
2판 1쇄 펴냄	2020년 6월 30일
2판 2쇄 펴냄	2022년 10월 13일

지은이	토머스 핀천
옮긴이	설순봉
발행인	박근섭·박상준
펴낸곳	민음사

출판등록	1966. 5. 19. 제16-490호
주소	서울시 강남구 도산대로 1길 62(신사동)
	강남출판문화센터 5층 (우편번호 06027)
대표전화	02-515-2000	팩시밀리 02-515-2007
홈페이지	www.minumsa.com

한국어 판 © ㈜민음사, 2020. Printed in Seoul, Korea

ISBN   978-89-374-7278-7 (03840)